一部迄今为止最权威、最有影响的

中国历代史通俗演义

读本书熟知两晋历史

为读者所喜爱的白话版、小说版的“中国通史”

国学百部典藏

蔡东藩中国历代史演义

两晋演义

（民国）蔡东藩◎著

上

内蒙古出版集团
内蒙古人民出版社

图书在版编目(CIP)数据

两晋演义:全2册/蔡东藩著. -呼和浩特:内蒙古人民出版社,2012.11

ISBN 978-7-204-11968-4

Ⅰ.①两… Ⅱ.①蔡… Ⅲ.①章回小说-中国-现代 Ⅳ.①I246.4

中国版本图书馆CIP数据核字(2012)第277616号

两晋演义(上、下)

作　　者	蔡东藩
责任编辑	石　红
项目负责人	朱莽烈
封面设计	宋双成
出版发行	内蒙古出版集团　内蒙古人民出版社
地　　址	呼和浩特市新城区新华大街祥泰大厦
印　　刷	内蒙古爱信达教育印务有限责任公司
开　　本	710×1000　1/16
印　　张	35
字　　数	600千
版　　次	2013年1月第1版
印　　次	2013年1月第1次印刷
印　　数	1-5000册
书　　号	ISBN 978-7-204-11968-4/I·3415
定　　价	39.80元(上、下)

如出现印装质量问题,请与我社联系。联系电话:(0471)4971562　4971659

序

《晋书》一百三十卷，相传为唐臣房乔等所撰，盖采集晋朝十有八家之制作，及北魏崔鸿所著之《十六国春秋》等书，会而通之，以成此书。独宣武二帝纪，与陆机王羲之传论，出自唐太宗手笔，故概以御撰称之，义在尊王，无足怪也。后书评论《晋书》之得失，不一而足，而《涑水通鉴》《紫阳纲目》叙述晋事，书法与《晋书》相出入者，亦不胜举焉。愚谓当今之时，以古为鉴，不必问其史笔之得失，但当察其史事之变迁。两晋之史事繁矣，即此内讧外侮之复杂，已更仆难详。宫闱之祸，启自武元，藩王之祸，肇自汝南，胡虏之祸，发自元海；卒致铜驼荆棘，蒿目苍凉，鳌坠三山，鲸吞九服，君主受青衣之辱，后妃遭赭寇之污，此西晋内讧外侮之大较也。王敦也，苏峻也，陈敏杜韬祖约也，孙恩卢循徐道复也，而桓玄则为篡逆之尤，此东晋内讧之最大者。二赵也，三秦也，四燕五凉也，成夏也，而拓跋魏则为强胡之首，此为东晋外侮之最甚者。盖观于东西两晋之一百五十六年中，除晋武开国二十余年外，无在非祸乱侵寻之日，不有内讧，即有外侮，甚矣哉！有史以来未有若两晋祸乱之烈也。夫内政失修，则内讧必起，内讧起则外侮即乘之而入，木朽虫生，墙罅蚁入，自古皆然，晋特其较著耳。鄙人愧非论史才，但据历代之事实，编为演义，自南北朝以迄民国，不下十数册，大旨在即古证今，惩恶劝善，而于《两晋演义》之着手，则于内讧外侮之所由始，尤三致意焉。盖今日之大患，不在外而在内，内讧迭起而未艾，吾恐五胡十六国之祸，不特两晋为然，而两晋即今日之前车也。天下宁有蚌鹬相争，而不授渔人之利乎？若夫辨忠奸，别贞淫，抉明昧，核是非，则为书中应有之余义，非敢谓上附作者之林，亦聊以寓劝戒之意云尔。惟书成仓猝，不免诖误，匡我未逮，是所望于阅者诸君。

目　录

目录

目录

第一回

祀南郊司马开基
立东宫庸雏伏祸

华夷混杂，宇宙腥膻，这是我国历史上，向称为可悲可痛的乱事。其实华人非特别名贵，夷人非特别鄙贱，如果元首清明，统御有方，再经文武将相，及州郡牧守，个个是贤能廉察，称职无惭，就是把世界万国联合拢来，凑成一个空前绝后的大邦，也不是一定难事，且好变做一大同盛治了。无如我国人一般心理，只守定上古九州的范围，不许外人羼入，又因圣帝明王，寥寥无几，护国乏良将相，殖民乏贤牧守，仅仅局守本部，还是治多乱少；所以旧儒学说，主张小康，专把华夷大防，牢记心中，一些儿不肯通融，好似此界一溃，中国是有乱无治，从此没有干净土了。看官！试搜览古史，何朝不注重边防，何代能尽除外患？日日攘外夷，那外夷反得步进步，闹得七乱八糟，不可收拾。究竟是备御不周呢？还是别有他故呢？古人说得好："人必自侮，然后人侮；家必自毁，然后人毁；国必自伐，然后人伐。"又云："木朽虫生，墙罅蚁入。"这却是千古不易的名言。历朝外患，往往从内乱引入，内乱越多，外患亦趋深。照此看来，明明是咎由自取，应了前人的遗诫，怎得专咎外夷与防边未善呢？

小子尝欲将这种臆见，抒展出来，好待看官公决是非，但又虑事无左证，徒把五千年来的故事，笼笼统统地说了一番，看官或且诮我为空谈，甚至以汉奸相待，这岂不是多言招尤么？近日笔墨少闲，聊寻证据，可巧案左有一部《晋书》，乃是唐太宗汇集词臣，撰录成书，共得一百三十卷，当下顺手一翻，看了一篇《序言》，是总说五胡十六国的祸乱，因猛然触起心绪，想到外祸最烈，无过晋朝，晋自武帝奄有中原，仅阅一传，便已外患迭起，当时大臣防变未然，或说是罢兵为害，或说是徙戎宜早，言谆谆，听藐藐，遂致后来外祸无穷，由后思前，无人不为叹惜。哪知牝鸡不鸣，群雄自息；八王不乱，五胡何来？并且貂蝉满座，尘尾挥尘，大都龌龌龊龊，庸庸碌碌，没一个文经武纬，没一个坐言起行。看官试想，这种败常乱俗的时局，难道尚能支持过去么？假使兵不罢，戎早徙，亦岂果能慎守边疆，严杜狡寇么？到了神州陆沉，铜驼荆棘，两主被虏，行酒狄庭，无非是内政不纲，所以致此。既而牛传马后，血统变迁，阳仍旧名，阴实易姓，王马共天下，依然是乱臣贼子，内讧不休，一波未平，一波又起，单剩得江表六州，尚且朝不保暮，还有甚么余力，要想规复中原呢？幸亏有几个智士谋臣，力持危局，淝水一役，大破苻秦，半壁江山，侥幸保全；那大河南北，长江上游，仍被杂胡占据，虽是倏起倏衰，终属楚失楚得，就中非无一二华族，夺得片土，与夷人争衡西北，究竟势力甚微，无关大局；且仇视晋室，仍似敌国一般。东晋君臣，稍胜即骄，由骄生惰，毫无起色，于是篡夺相寻，祸乱踵起，不能安内，怎能对外？大好中原，反被拓跋氏逐渐并吞，成一强国，结果是枭雄柄政，窥窃神器，把东晋所有的区宇，也不费一兵，占夺了去。咳！东西两晋，看似与外患相终始，究竟自成鹬蚌，才有渔翁。西晋尚且如此，东晋更不必说了。有人谓司马篡魏，故后嗣亦为刘裕所篡，这是从因果上着想，应有此说；但添此一番议论，更见得晋室覆亡，并非全是外患所致。伦常乖舛，骨肉寻仇，是为亡国第一的祸胎；信义沦亡，豪权互阋，是为亡国的第二祸胎。外人不过乘间抵隙，可进则进，既见我中国危乱相寻，乐得趁此下手，分尝一脔，华民虽众，无拳无勇，怎能拦得住胡马，杀得过番兵。眼见得男为人奴，女为人妾，同做那夷虏的仆隶了。自古到今，大抵皆然，不但两晋时代，遭此变乱，只是内外交迫，两晋也达到极点。为惩前毖后起见，正好将两晋史事，作为榜样，奈何后人不察，还要争权夺利，扰扰不休，恐怕四面列强，同时入室，比那五胡十六国，更闹得一塌糊涂，那时国也亡，家也亡，无论豪族平民，统去做外人的砧上鱼，刀上肉，无从幸免，乃徒怨及外人厉害，试问外人肯受此恶名吗？

话休叙烦，且把那两晋兴亡，逐节演述，作为未来的殷鉴。看官少安毋躁！待小子缓笔写来：晋自司马懿起家河内，曾在汉丞相曹操麾下，充当掾吏，及曹丕篡汉，出握兵权，与吴蜀相持有年，迭著战绩。懿死后，长子师嗣，后任大将军录尚书事，都督中外各军，废魏主曹芳及芳后张氏，权焰逼人。未几师复病死，弟昭得承兄职，比乃兄还要跋扈，居然服衮冕，着赤舄。魏主曹髦，忍耐不住，尝谓司马昭之心，路人皆知。因即号召殿中宿尉及苍头官僮等，作为前驱，自己亦拔剑升辇，在后督领，亲往讨昭，才行至南阙下，正撞着一个中护军，面目狰狞，须眉似戟，手下有二三百人，竟来挡住乘舆。这人为谁，就是平阳人贾充。魏主髦喝令退去，充非但不从，反与卫士交锋起来，约莫有一两个时辰。充寡不敌众，将要败却，适太子舍人成济，也带兵趋入，问为何事相争？充厉声道："司马公豢养汝等，正为今日，何必多问！"成济乃抽戈直前，突犯车驾。魏主髦猝不及防，竟被他手起戈落，刺毙车中，余众当然逃散。

司马昭闻变入殿，召群臣会议后事。尚书仆射陈泰，流涕语昭道："现在惟亟诛贾充，尚可少谢天下。"看官！你想贾充是司马氏功狗，怎肯加诛？当下想就了张冠李戴的狡计，嫁祸成济，把他推出斩首，还要夷他三族。一面令长子中抚军炎，迎入常道乡公曹璜，继承魏祚。璜改名为奂，年仅十五，一切国政，统归司马昭办理。昭复部署兵马，遣击蜀汉，骁将邓艾钟会，两路分进，蜀将望风溃败，好容易攻入成都，收降蜀汉主刘禅。昭引为己功，进位相国，加封晋公，受九锡殊礼。俄而进爵为王，又俄而授炎为副相国，立为晋世子。正拟安排篡魏，偏偏二竖为灾，缠绕昭身，不到数日，病入膏肓，一命呜呼。世子炎得袭父爵，才过两月，即由司马家臣，奉书劝进，胁魏受禅。魏主奂早若赘疣，至此只好推位让国，生死唯命。司马炎定期即位，设坛南郊。时已冬暮，雨雪盈涂，炎却遵吉称尊，服衮冕，备卤簿，安安稳稳地坐了法驾，由文武百官拥至郊外，燔柴告天。炎下车行礼，叩拜穹苍，当令读祝官朗声宣诵道：

> 皇帝臣司马炎，敢用玄牡，明告于皇皇后帝。魏帝稽协皇运，绍天明命以命炎。昔者唐尧熙隆大道，禅位虞舜，舜又禅禹。迈德垂训，多历年载。暨汉德既衰，太祖武皇帝，拨乱济时，辅翼刘氏，又用受命于汉。粤在魏室，仍世多故，几于颠坠，实赖有晋匡拯之德，用获保厥肆祀，弘济于艰难，此则晋之有大造于魏也。诞惟四方，罔不祗顺。廓清梁岷，包怀扬越，八纮同轨，祥瑞屡臻，天人协应，无思不服。肆予宪章三后，用集大命于兹。炎维德不嗣，辞不获命，于是群公卿士，百辟庶僚，黎献陪隶，暨于百蛮君长，佥曰："皇天鉴下，求民之瘼，既有成命，固非克让所得距违。天序不可以无统，人神不可以旷主。"炎虔奉皇运，寅畏天威，敬简元辰，升坛受禅，告类上帝，永答众望。

祝文读毕，祭礼告终。司马炎还就洛阳宫，御太极前殿，受王公大臣谒贺。这班王公大臣，无非是曹魏勋旧，昨日臣魏，今日臣晋，一些儿不以为怪，反且欣然舞蹈，曲媚新朝。随即颁发诏旨，大赦天下，国号晋，改元泰始。封魏主奂为陈留王，食邑万户，徙居邺宫。奂不敢逗留，没奈何上殿辞行，含泪而去。朝中也无人饯送，只太傅司马孚，拜别故主，欷歔流涕道："臣已年老，不能有为，但他日身死，尚好算做大魏纯臣哩。"看官道孚为何人？乃是司马懿次弟，即新主司马炎的叔祖父，官至太傅，生平尝洁身远害，不预朝政，所以司马炎受禅，独孚未曾赞成。但年已八十有余，筋力就衰，不能自振，只好自尽臣礼，表明心迹，这也不愧为庸中佼佼了。

过了一日，诏遣太仆刘原往告太庙，追尊皇祖懿为宣皇帝，皇伯考师为景皇帝，皇考昭为文皇帝，祖母张氏为宣穆皇后，母王氏为皇太后。相传王太后幼即敏慧，过目成诵，及长能孝事父母，深得亲心。既适司马氏，相夫有道，料事屡中。后来生了五子，长即司马炎，次名攸，又次名兆，又次名定国广德。兆与定国广德三人，均皆早夭，惟炎攸尚存。炎字安世，姿表过人，发长委地，手垂过膝，时人已知非常相。攸字大猷，早岁岐嶷，成童后饱阅经籍，雅善属文，才名籍籍，出乃兄右，司马昭格外钟爱。因兄师无后，令攸过继，且尝叹息道："天下是我兄的天下，我不过因兄成事，百年以后，应归我兄继子，我心方安。"及议立世子，竟遂属攸，左长史山涛劝阻道："废长立少，违礼不祥。"贾充已进爵列侯，亦劝昭不宜违礼。还有司徒何曾，尚书令裴秀，又同声附和，请立嫡长，因此炎得为世子。炎篡位时，正值壮年，春秋鼎盛，大有可为，初政却是清明，率下以俭，驭众以宽。有司奏称御牛丝靷，已致朽敝，不堪再用，有诏令用麻代丝。高阳人许允，为司马昭所杀，允子奇颇有才思，仍诏为太常丞，寻且擢为祠部郎。海内苍生，讴歌盛德，哪一个不望升平？但天下事靡不有初，鲜克有终，晋主炎正坐此弊，所以典午家风，不久即坠呢。这事备详后文，看官顺次细阅，自见分晓。惟晋主炎的庙号，叫做武帝，小子沿着史例，便称他为晋武帝。

且说晋武帝已经篡魏，复力惩魏弊，一意更新。他想魏氏摧残骨肉，因致孤立，到了禅位时候，竟无人出来抗衡，平白地让给江山，自己虽侥幸得国，若使子子孙孙，也像曹魏时孤立无援，岂不要仍循覆辙么？于是思患预防，大封宗室，授皇叔祖父孚为安平王，皇叔父干，为平原王，亮为扶风王，(伷)为东莞王，骏为汝阴王，肜为梁王，伦为琅琊王，皇弟攸为齐王，鉴为乐安王，机为燕王。还有从伯叔父，及从父兄弟，亦俱封王爵，列作屏藩。进骠骑将军石苞为大司马，封乐陵公，车骑将军陈骞为高平公，卫将军贾充为鲁公，尚书令裴秀为钜鹿公，侍中荀勖为济北公，太保郑冲为太傅，兼寿光公，太尉王祥为太保，兼睢陵公，丞相何曾为太尉，兼朗陵公，御史大夫王沈为骠骑将军，兼博陵公，司空荀顗为临淮公，镇北大将军卫瓘为菑阳公。此外文武百僚，各加官进爵有差。

转瞬间已过残腊，便是泰始二年，元旦受朝，不消细说。有司请建立七庙，武帝恐劳民伤财，不忍徭役，但将魏庙神主，徙置别室，即就魏庙作为太庙，所有魏氏诸王，皆降封为侯。旋册立王妃杨氏为皇后，杨氏为弘农郡人，名艳，字琼芝，父名文宗，曾仕魏为通事郎，母赵氏产女身亡，女寄乳舅家，赖舅母抚育成人，生得姿容美丽，秀外慧中，相士尝说她后当大贵，司马昭乃纳为子妇，伉俪甚谐。及得立为后，追怀舅氏旧恩，请敕封舅氏赵俊夫妇，武帝自然依议。俊兄赵虞，也得授官。虞有一女，芳名是一粲字，颇有三分姿色，杨后召她入宫，镇日里留住左右，就是武帝退朝，与后叙谈，粲亦未尝回避，有时却与武帝调情，杨后欲成人美，遂劝武帝纳作嫔嫱，赐号夫人。武帝还道杨后大度，毫不妒忌，哪知杨后正要这种表姊妹，来做帮手，一切布置，仿佛与美人计相似，武帝为色所迷，怎能窥破杨后的私衷呢？

杨后初生一男，取名为轨，二岁即殇，嗣复生了二子，长名衷，次名东，衷顽钝如豕，年至七八岁，尚不能识之无，虽经师傅再三教导，也是旋记旋忘。武帝尝谓此儿不肖，未堪承嗣，偏杨后钟爱顽儿，屡把立嫡以长的古训，面语武帝，惹得武帝满腹狐疑，勉强延宕了一年。衷已年至九岁了，杨后常欲立衷为太子，随时絮聒，又经赵夫人从旁帮忙，只说："衷年尚幼冲，怪不得他童心未化，将来大器晚成，何至不能承统。今主上即位二年，尚未立储，似与国本关系，未免欠缺，应速立衷为嗣"云云。从来妇人私语，最易动听，况经一妻一妾，此倡彼和，就是铁石心肠，也被销熔。况晋武帝牵情帷笫，无从摆脱，怎能不为它所误，变易成心？泰始三年正月，竟立衷为皇太子。内外官僚，哪个来管司马家事？且衷为嫡长，名义甚正，更令人无从置喙，大众不过依例称贺，乐得做个好好先生，静观成败罢了。

是年特下征书，起蜀汉郎官李密为太子洗马，密父虔早殁，母何氏改醮，单靠祖母刘氏抚养，因得长成。是时刘氏年近百岁，起居服食，统由密一人侍奉。密乃上表陈情，愿乞终养。表文说得非常恳切，一经呈入，连武帝也为动情，且阅且叹道："孝行如是，毕竟名不虚传呢。"待至刘终服阕，仍复征为洗马，不久即出为守令，免官归田，考终原籍。

泰始四年，皇太后王氏崩，武帝居丧，一遵古礼，追丧葬既毕，还是缞绖临朝。先是武帝遭父丧时，援照魏制，三日除服，但尚素冠蔬食，终守三年。至是改魏为晋，法由己出，因欲仿行古制，持三年服，偏百官固请释缞，乃姑允通融，朝服从吉，常服从凶，直到三年以后，才一律改除。事有凑巧，晋室方遭大丧，那孝子王祥，亦老病告终。祥系琅琊人氏，早年失恃，继母朱氏，待祥颇虐，卧冰求鲤的故典，便是王祥一生的盛名。后仕魏至太尉，封睢陵侯，武帝即位，迁官太保，进爵为公。祥以年老乞休，一再不已，乃听以睢陵公就第，禄赐如前。已而病殁，赙赠甚优，予谥曰元。祥弟名览，为朱氏所出，屡次谏母护兄，孝友恭恪，与祥齐名，后来亦官至光禄大夫。门施五马，代毓名贤，这岂不是善有善报么

且说晋武帝新遭母丧，无心外事，但将内政稍稍整顿，已是兆民乐业，四境蒙庥。过了年余，方欲东向图吴，特任中军将军羊祜为尚书左仆射，出督荆州

军事。祜坐镇襄阳,日务屯垦,缮备军实,意者待时而动,不愿与吴急切启衅,故在军中常轻裘缓带,有儒雅风。武帝亦特加宠信,听他所为。不意雍凉交界,忽出了一个外寇,叫做秃发树机能,这树机能系出鲜卑,为秦汉时东胡遗裔,散居塞北鲜卑山,因即沿称为鲜卑种。鲜卑酋匹孤,集得部众千人,从塞北入居河西。妻相掖氏方孕,延至足月,陡欲分娩,不及起床坐蓐,竟在被中产出一儿,鲜卑人呼被为秃发,乃以秃发两字,为婴儿姓氏,取名寿阗。寿阗年长,嗣父遗业,却也没甚奇异,不过部众日繁,约得数千人。寿阗子就是树机能,骁果多谋,集众数万,出没雍凉,当邓艾破蜀时,上表乞降,遂任他居住。偏偏养痈贻患,到了泰始六年,居然造起反来,是为胡人蠢动的第一声。小子有诗叹道:

豺狼生性本猖狂,聚众咆哮敢肆殃。
不信晋朝开国日,已闻叛贼树西方。

欲知树机能造反后事,容待下回叙明。

第二回

堕诡计储君纳妇 慰痴情少女偷香

却说树机能拥众造反，气焰甚盛，雍凉边境，多被劫掠，十室九空。晋武帝本恐杂胡作乱，尝从雍凉二州故土，析置秦州，并遣胡烈为秦州刺史，令他屯兵镇守，严防胡人。胡烈莅任，甫及一年，树机能便即蠢动。烈当然督兵往讨，与树机能对垒争锋。树机能确是乖巧，先用老弱残众，出来诱敌，略经交战，马上遁去。烈三战三胜，便藐视树机能。树机能乃自来挑战，待烈出营，即麾众倒退，烈追赶一程，树机能退走一程，至烈欲收军回来，他又拨转马头，作进逼状。好几次相持不舍，激得胡烈性起，向前直追，约行数十里，见前面都是乱山深箐，险恶得很，树机能部下，统向山谷中跑入，杳无人影。烈未免惶惑，且未知此处地名，只好勒兵不进，谁知山冈上一声胡哨，竟张起一面叛旗，旗下立着一个番酋，戟手南指，口中呶呶不休，大约是辱骂晋军。烈又忍耐不住，策马当先，驰入山中。霎时间叛胡四起，把晋军截作数段，烈冲突不出，身受数创，创重身亡，部下军士，大半陷没，逃归的不过数人。看官听着！这地方叫作万斛堆，山上立着的番酋，就是秃发树机能。树机能既诱杀胡烈，势益猖獗，西陲大震。

扶风王司马亮，方都督雍凉军事，急遣将军刘旗往援。旗闻胡烈败没，不敢进击，但在中道逗留。那寇警日甚一日，连洛都中亦屡有急报，上下震惊。武帝乃传诏责亮，贬亮为车骑将军，并饬亮执送刘旗，处以死刑。亮复称节度无方，咎在臣亮，乞免刘旗死罪。武帝更下诏道："若罪不在旗，当有他属。"因将亮免官召归，另简尚书石鉴为安西将军，都督秦州军事，出讨树机能。更命前河南尹杜预为秦州刺史，兼轻车将军。预与鉴素有宿嫌，鉴欲借此陷预，遂令预孤军出战，不得延期。预知鉴有意为难，复书辩驳，大致说是‘胡马方肥，势又甚盛，不可轻敌。且官军远行乏粮，更难久持，宜并力运足刍米，待至来春大进，方可平虏’等语。鉴得书大怒，即劾预张皇寇势，挠阻士心。有诏遣御史至秦州，囚预入都，械付廷尉。亏得预为皇室懿亲，曾尚帝姑高陆公主，内线一通，便有人出来解免，援照议亲减罪故例，准他图功自赎。预才得出狱，还归私宅。那石鉴一再发兵，统被树机能击退，日久无功。到了泰始七年，树机能且与北地叛胡，互相连结，进围金城。凉州刺史牵弘，复为所杀。从前高平公陈骞，尝言："胡烈牵弘，有勇无谋，不堪重任。"武帝以为讳言，及二将先后阵亡，方悔不用骞议，但已是无及了。

于是趁着秋狝时候，再简将帅，特任鲁公兼车骑将军贾充，都督秦凉二州军事。这诏一下，累得贾充日夕徬徨，不知所措。他本来没甚韬略，徒靠着谄媚逢迎伎俩，得列元勋，看官阅过上文，应知他有两大功劳，第一着是与弑魏主，第二着是劝立冢子。嗣是邀殊宠，位上公，蟠踞朝堂，党同伐异。太尉临淮公荀勖，侍中荀勖，越骑校尉冯紞，皆与充友善，朋比为奸，独侍中任恺，中书令庾纯，刚直守正，不肯附充。充长女荃又为齐王攸妃，恺等恐他威焰日加，必为后患，可巧武帝择将西征，遂入内密陈，请命充都督秦凉。武帝竟允所请，骤然颁下诏书，迅雷不及掩耳，几令充莫名其妙。及仔细探听，方知由任恺等所荐举。外示推崇，实是排斥，不由得懊恨异常，但又无法推辞，只好托词募兵，迁延数月；到了寒信迭催，不便再挨，只好硬着头皮，上朝辞行。百僚往饯夕阳亭，盛筵相待，酒至半酣，充离座更衣，荀勖亦起身随入，两人得一处密谈。充皱眉道："我实不愿有此行，公可为我设策否？"勖答道："公为朝廷宰辅，乃受制一夫，煞是可恨。勖为公筹划已久，苦无良策，近得宫中消息，却有一隙可乘，若得成事，公自得免远行了。"充问有何事？勖又道："闻主上为太子议婚，公尚有二女待字，何不乘此营谋，倘蒙俞允，是遣嫁在迩，主上亦不使公行了。"充狞笑道："恐无此福。"勖凑机道："事在人为。"说至此，又与充附耳数语。充喜出望外，向勖再拜，恨不得跪下磕头。勖慌忙答礼，握手并出，还座畅饮。待至日暮兴阑，彼此方才告别。充徐徐就道，每日不过行了数里，老天有意做人美，竟连宵降雪，变成一个粉妆玉琢的世界，千山皆白，飞鸟不通，何况这远行军士呢？充即遣使飞奏，说是雨雪载涂，难以行道，惟有待晴再往一法。果然皇恩浩荡，曲体军心，便令充折回都门，缓日起程。充喜如所期，匆匆还都。时来福凑，皇太子结婚问题，竟被充运动到手，得将三女许字青宫，这正是一大喜事，差不多似锦上添花。

原来太子衷年已十二，武帝欲为他择配，拟纳卫瓘女为太子妃。充妻郭槐，早思将己女许配太子，暗地里纳赂宫人，托她们向杨后处说合。妇人家耳朵最软，屡经左右提及贾女，说她如何有德，如何有才，不由地艳羡起来，便乘武帝入宫时，劝纳贾女为冢妇。武帝摇首道："不可，不可。"杨后惊问何因？武帝道："我意愿聘卫女，不愿聘贾女。卫氏种贤，并且多子，女貌秀美，身长面白，贾氏种妒，子息不蕃，女貌丑劣，身短面黑，两家相较，优劣不同，难道舍长取短么?"杨后道："闻贾女颇有才德，陛下不应固执成见，坐失佳妇。"武帝仍然不答。杨后又固请武帝访问群臣，证明可否。武帝方略略点首。越宿召群臣入宴，与论太子婚事，荀勖正得列座，力言贾女贤淑，宜配储君。再加荀瓘冯紞，亦极口称赞贾女，说得天花乱坠，娓娓动听。武帝不觉移情，便问："贾充共有几女?"荀勖答道："充前妻生二女，已经出嫁，后妻生二女，尚未字人。"武帝又问："未字二女，年龄几何?"勖又答道："臣闻他季女最美，年方十一，正好入配青宫。"武帝道："十一岁未免太幼。"瓘即接口道："还是贾氏三女，已十有四龄，貌虽未及幼女，才德比幼女为优，女子尚德不尚色，还请圣裁!"武帝道："既如此说，不如叫贾氏三女，入配吾儿。"勖等闻言，便离席拜贺。武帝也有喜色，再令勖等入席，续饮数巡，方撤席而散。是日充正还都，荀勖等一出殿门，便欢天喜地跑往贾府称贺去了。

小子走笔至此，更不得不将贾充二妻，详叙一番。充本娶魏中书令李丰女为妇，颇有才行，生下二女，长名荃，便是齐王攸妃，次名濬，亦得适名门。李丰前为司马师所杀，充妻李氏，亦坐父罪被戍，与充诀别，自往戍所。充不耐鳏居，更娶城阳太守郭配女，叫做郭槐。槐性妒悍，为充所惮，晋武践阼，颁诏大赦，李氏蒙恩释归，留居母家。武帝方感贾充旧惠，特别隆宠，命得置左右夫人。充母柳氏，亦嘱充迎还故妇，郭槐攘袂忿争道："佐命荣封，惟我得受，李氏乃一罪奴，怎得与我并等?"充素畏阃威，未便逆命，只好委曲答诏，托言臣无大功，不敢当两夫人盛礼。武帝还道他谦卑自牧。哪知是河东狮吼，从中作梗哩。已而长女荃得为齐王攸妃，复欲替母设法，令得迎还。充终畏郭槐，但筑室居李，未尝往来。荃至充前，吁请一往，充仍不许。及充奉命西行，荃复与妹濬同往劝充，求充会母，甚至叩头流血，尚不见允。郭槐却妒上加妒，定欲将己女入配东宫，与荃比试。她有二女，长名南风，幼名午，南风矮胖不文，午虽短小，尚有姣容。此次与太子为配，正是矮而且胖的贾南风。贾充闻武帝俯允婚事，自然笑逐颜开，对着荀勖等人，称谢不置。还有屏后探信的郭槐，得着这个好消息，真个是喜从天降，愉快莫名。自是备办奁具，无日不忙。充亦几无暇晷，把西征事搁在脑后，就是武帝也并不问及。至年暮下诏，仍令充复居原职，两老二小，团圞过年，快意更可知了。

泰始八年二月，为太子衷纳妃佳期。坤宅是相府豪门，纷华靡丽，不消细说，只忙煞了一班官僚，既要两边贺喜，又要双方襄礼，结果是蠢儿丑女，联合成双，也好算是无独有偶，天赐良缘了。武帝见新妇面目，果如所料，心中不免懊悔，好在两口儿很是亲热，并无忤言，也乐得假痴假聋，随他过去罢了。惟郭槐因女入东宫，非常贵显，因欲往省李氏，自逞威风。充从旁劝阻道："夫人何必自苦，彼有才气，足敌夫人，不如勿往。"郭槐不信，令左右备了全副仪仗，自坐凤舆，呼拥而去。行至李氏新室，李氏不慌不忙，便服出迎。槐见她举止端详，容仪秀雅，不由得竦然起敬，竟至屈膝下拜。李氏亦从容答礼，引入正厅，谈吐间不亢不卑，转令郭槐自惭形秽，局促不堪。勉强坐了片刻，便即告辞。李氏亦不愿挽留，由她自归。她默思李氏多才，果如充言，倘充或一往，必被李氏羁住，因此防闲益密，每遇充出，必使亲人随着，隐为监督。傍晚必迫充使归，充无不如命，比王言还要敬奉，堂堂宰相，受制一妇，乃真是可愧可恨哩。充母柳氏，素尚节义，前闻成济弑主，尚未知充为主使，因屡骂成济不忠，家人俱为窃笑。充益讳莫如深，不敢使母闻知。会柳母老病不起，临危时由充入问："有无遗嘱?"柳母长叹道："我教汝迎李新妇，汝尚未肯听，还要问甚么后事哩?"遂瞑目长逝。充料理母丧，仍不许李氏送葬，且终身不复见李氏。长女荃抑郁成疾，也即病终。还有一件贾府的丑史，小子也连类叙下，免得断断续续，迷眩人目。自贾女得为太子妃，充位兼勋戚，复进官司空尚书令，领兵如故。当时有一南阳人韩寿，为魏司徒韩暨曾孙，系出华胄，年少风流，才如曹子建，貌似郑子都，乘时干进，投谒相门。贾充召令入见，果然是翩翩公子，丰采过人，及考察才学，更觉得应对如流，言皆称意。充大加叹赏，便令他为司空掾，所有相府文牍，多出寿手，果然文成倚马，技擅雕龙。相国重才，格外信任，每宴宾僚，必令寿与席，充作招待员。寿初入幕，尚有三分拘束，后来已得主欢，逐渐放胆，往往借酒鸣才，高谈雄辩，座中佳客，无不倾倩。好容易物换星移，大小宴不下数十次，为了他议论风生，遂引出一位绣阁娇娃，前来窃听。一日宾朋满座，寿仍列席，酒酣兴至，又把这饱学少年，倾吐了许多积愫，偏那屏后的锦帷，无风屡动，隐约逗露娇容，好似芍药笼烟，半明半灭。韩寿目光如炬，也觉帷中有人偷视，大约总是相府婢妾，不屑留神。谁知求凰无意，引凤有心，帷间的娇女儿，看这韩寿丰采丽都，几把那一片芳魂，被他勾摄了去。等到酒阑席散，尚是呆呆地站着一旁，经侍婢呼令入室，方才怏怏退回。既入房中，暗想世上有这般美男子，正是目未曾睹，若得与他结为鸳侣，庶不至辜负一生。当下问及侍婢，谓席间少年，姓甚名谁？侍婢答称韩寿姓名，并说是府中掾吏。那娇女儿既是一喜，又是一忧，喜的是萧郎未远，相见非难，忧的是绣闼重扃，欲飞无翼。再加那脉脉春情，不堪外吐，就使高堂宠爱，究竟未便告达，因此长吁短叹，抑郁无聊，镇日里偃息在床，不思饮食，竟害成一种单思病了。

看官道此女为谁？就是上文说过的少女贾午。午自胞姊出嫁，闺中少了一个伴侣，已觉得无限寂寥，蹉跎蹉跎，过了一两年，已符乃姊出阁年龄，都下的公子王孙，哪个不来求婚，怎奈贾充不察，偏以为只此娇儿，须要多留几年，靠她娱老。俗语说得好："女大不中留。"贾午年虽尚稚，情窦已开，听得老父拒婚，已有一半儿不肯赞成，此次复瞧见韩寿，不由得惹动情魔，恹恹成病。贾充夫妇，怎能知晓？总道她感冒风寒，日日延医调治，医官几番诊视，未始不察出病根，但又不便在贾充面前，唐突出言，只好模模糊糊的拟下药方，使她煎饮。接连饮了数十剂，毫不见效，反觉得娇躯越怯，症候越深。充当然忧急，郭槐更焦灼万分，往往迁怒婢女，责她们服侍不周，致成此疾。其实婢女等多已窥透贾午病源，不过似哑子吃黄连，无从诉苦，就中有个侍婢，为贾午心腹，便是前日与午问答、代为报名的女奴。她见午为此生病，早想替午设法，好做一个撮合山，但一恐贾午胆怯，未敢遽从，二恐贾充得闻，必加严谴，所以逐日延挨，竟逾旬月。及见午病势日增，精神亦愈觉恍惚，甚至梦中呓语，常唤韩郎，心病必须心药治，不得已冒险一行，潜至幕府中往见韩寿。寿生性聪明，蓦闻有内婢求见，已料她来意蹊跷，当下引入密室，探问情由。来婢即据实相告，寿尚未有室，至此也惊喜交并，忽转念道："此事如何使得？"便向来婢答复，表明爱莫能助的意思。来婢愀然道："君如不肯往就，恐要害死我娇姝了。"寿又觉心动，更问及贾女容色，来婢舌上生莲，说得人间无二，世上少双，寿正当好色，怎能再顾利害，便嘱来婢返报，曲通殷勤。婢当即回语贾午，午也与韩寿情意相同，惊喜参半。婢更为午设谋，想出往来门径，令得两下私会。午为情所迷，一一依议，乃嘱婢暗通音好，厚相赠结，即以是夜为约会佳期。彼此已经订定，午始起床晚妆，匀粉脸，刷黛眉，打扮得齐齐整整，静候韩郎。该婢且整理衾裯，熏香添枕，待至安排妥当，已是更鼓相催，便悄悄的踅至后垣，屏息待着。到了柝声二下，尚无足音，禁不住心焦意乱，只眼巴巴的望着墙上，忽听得一声异响，即有一条黑影，自墙而下，仔细一瞧，不是别物，正是日间相约的韩幕宾。婢转忧为喜。私问他如何进来？韩寿低语道："这般短墙，一跃可入，我若无此伎俩，也不敢前来赴约了。"婢即与握手引入，曲折至贾午房中。午正望眼将穿，隐几欲寐，待至绣户半开，昂头外望，先入的是知心慧婢，后入的便是可意郎君，此时身不由主，几不知如何对付，才觉相宜。至韩寿已趋近面前，方慢慢地立起身来，与他施礼。敛衽甫毕，四目相窥，统是情投意合，那婢女已出户自去，单剩得男女二人，你推我挽，并入欢帏。这一宵的恩爱缠绵，描摹不尽。最奇怪的是被底幽香，非兰非麝，另有一种沁人雅味。寿问明贾午，方知是由西域进贡的奇香，由武帝特赐贾充，午从乃父处乞来，藏至是夕，才取出试用。寿大为称赏，贾午道："这也不难，君若明夕早来，我当赠君若干。"寿即应诺，待晓乃去。俟至黄昏，又从原路入室，再续鸾交。贾午果不食言，已向乃父处窃得奇香，作为赠品。这一段便是贾女偷香的故事，小子有诗咏道：

逾墙钻穴太风流，处子贪欢甘被搂。

莫道偷香原韵事，须知淫贱总包羞。

究竟两人欢会情状，后来被人知晓否，容至下回续详。

第三回

杨皇后枕膝留言　左贵嫔摅才上颂

却说韩寿得了奇香，怀藏回寓，当然不使人知，暗地收贮。偏此香一着人身，经月不散。寿在相府当差，免不得与人晋接，大众与寿相遇，各觉得异香扑鼻，诧为奇事。当下从旁盘诘，寿满口抵赖，嗣经同僚留心侦察，亦未见有什么香囊，悬挂身上，于是彼此动疑，有几个多嘴多舌的人，互相议论，竟致传入贾充耳中。充私下忖度，莫非就是西域奇香，但此香除六宫外，唯自己得邀宠赉，略略分给妻女，视若奇珍，为什么得入寿手？且近日少女疾病，忽然痊愈，面目上饶有春色，比从前无病时候，且不相同，难道女儿竟生斗胆，与寿私通，所以把奇香相赠么？惟门闼森严，女儿又未尝出外，如何得与寿往来？左思右想，疑窦百出，遂就夜半时候，诈言有盗入室，传集家僮，四处搜查，僮仆等执烛四觅，并无盗踪，只东北墙上，留有足迹，仿佛狐狸行处，因即报达贾充。充愈觉动疑，只外面不便张皇，仍令僮役返寝，自己想了半夜，这东北墙正与内室相近，好通女儿卧房，想韩寿色胆如天，定必从此入彀。俄而晨鸡报晓，天色渐明，充即披衣出室，宣召女儿侍婢，秘密查问，一吓二骗，果得实供，慌忙与郭槐商议。槐似信非信，复去探问己女，午知无可讳，和盘说出，且言除寿以外，宁死不嫁。槐视女如掌中珠，不忍加责，且劝充将错便错，索性把女儿嫁与韩寿，身名还得两全。充亦觉此外无法，不如依了妻言，当下约束婢女，不准将丑事外传，一面使门下食客，出来作伐，造化了这个韩幕宾，乘龙相府，一番露水姻缘，变做长久夫妻，诹吉入赘，正式行礼，洞房花烛，喜气融融，从此花好月圆，免得夜来明去，尤妙在翁婿情深，竟蒙充特上荐牍，授官散骑常侍，妻荣夫贵，岂不是旷古奇逢吗？话分两头。

且说安平王司马孚，位尊望重，进拜太宰，武帝又格外宠遇，不以臣礼相待，每当元日会朝，令孚得乘车上殿；由武帝迎入阼阶，赐他旁坐。待朝会既毕，复邀孚入内殿，行家人礼。武帝亲捧觞上寿，拜手致敬。孚下跪答拜，各尽义文。武帝又特给云母辇，青盖车，但孚却自安淡泊，不以为荣；平居反常有忧色，至九十三岁，疾终私第，遗命诸子道："有魏贞士河内司马孚，字叔达，不伊不周，不夷不惠，立身行道，终始若一，当衣以时服，殓用素棺。"诸子颇依孚遗嘱，不敢从奢。凡武帝所给厚赙，概置不用。武帝一再临丧，吊奠尽哀，予谥曰宪，配飨太庙。孚长子邕袭爵为王，余子亦授官有差，外如博陵公王沈，钜鹿公裴秀，乐陵公石苞，寿光公郑冲，临淮公荀颉等，俱相次告终。又有武帝庶子城阳王宪，东海王祇，亦皆夭逝。武帝屡次哀悼，常有戚容，不意福无双至，祸不单行，那杨皇后做了八九年的国母，已享尽人间富贵，竟致一病不起，也要归天。后与武帝情好甚笃，六宫政令，委后独裁，武帝从未过问。就是后庭妾御，为数无多，也往往敝服损容，不敢当夕。自从武帝即位，至泰始八年，除旧有宫妾外，只选了一个左家女，拜为修仪。左女名芬，乃是秘书郎左思女弟。左思字太冲，临淄人氏，家世儒学，夙擅文名，尝作《齐都赋》，一年乃成，妃白俪黄，备极工妙。嗣又续撰《三都赋》，构思穷年，自苦所见未博，因移家京师，搜采各书，朝夕浏览，每得一句，即便录出，留作词料。菑阳公卫颉及著作郎张载，中书郎刘逵等，闻思好学能文，皆引与交游，且荐为秘书郎。思得了此官，所有天府藏书，任他取阅，左宜右有，始得将《三都赋》制成。屈指年华，正满十稔，后人称他为炼都十年。三赋脱稿，都下争抄，洛阳为之纸贵，就是左太冲三字的价值，也冠绝一时。左芬得兄教授，刻意讲求，仗着她慧质灵心，形诸歌咏，居然能下笔千言，作一个扫眉才子。武帝慕才下聘，左思只好应命，遣芬入宫，更衣承宠，特沐隆恩。可惜她姿貌平常，容不称才，武帝虽然召幸，终嫌未足，因此得陇望蜀，复欲广选绝色女子，充入后庭。

会海内久安，四方无事，遂诏选名门淑质，使公卿以下子女，一律应选，如有隐匿不报，以不敬论。那时豪门贵族，不敢违慢，只好将亲生女儿，盛饰艳妆，送将进去。武帝携了杨后，临轩亲选，但见得粉白黛绿，齐集殿门，杨后阴怀妒忌，表面上虽无愠色，心计中早已安排，待各选女应名趋入，遇有艳丽夺目，即斥为妖冶不经，未堪中选，惟身材长大，面貌洁白，饶有端庄气象，才称合格。武帝也无可奈何，只好由她拣择。俄有一卞家女冉冉进来，生得一貌如花，格外娇艳，武帝格外神移，掩扇语后道："此女大佳。"后应声道："卞氏为魏室姻亲，三世后族，今若选得此女，怎得屈以卑位？不如割爱为是。"武帝窥透后意，只好舍去。卞女退出，复来了一个胡女，却也艳丽过人，惟乃父奋为镇军大将军，女秉有遗传性质，婀娜中有刚直气，后乃不复多说，便许武帝选定。当时中选女子，概用绛纱系臂，胡女笼纱下殿，自思不得还见父母，未免含哀，甚至号泣有声。左右忙摇手示禁道："休哭！休哭！恐被陛下闻知。"胡女反朗声道："死且不怕，怕甚么陛下？"武帝颇有所闻，暗暗称奇。嗣复选得司徒李胤女，廷尉诸葛冲女，太仆臧权女，侍中冯荪女等，共数十人，乃退入后宫，是夕不传别人，独宣入胡家女郎，问她闺名，系一芳字。当下叫她侍寝，胡女到了此时，也只好唯命是从。一夜春风，恩周四体，翌晨即有旨传出，着洛阳令司马肇奉册入宫，拜胡芳为贵嫔。复因左芬先入，恐她抱怨，也把贵嫔绿秩，赏给了她。后来复召幸诸女，只有诸葛女最惬心怀，小名叫一婉字，颇足相副，因亦封为夫人，但尚未及胡贵嫔的宠遇，一切服饰，仅亚杨后一等，后宫莫敢与争。独后由妒生悔，由悔生愁，竟致染成一病，要与世长辞了。

武帝每日入视，且迭征名医诊治，始终无效，反逐渐加添起来。时已为泰始十年初秋，凉风一霎，吹入中宫，杨后病势加剧，已是临危，武帝亲至榻前，垂涕慰问，后勉强抬头，请武帝坐在榻上，乃垂头枕膝道："妾侍奉无状，死不足悲，但有一语欲达圣聪，陛下如不忘妾，请俯允妾言！"武帝含泪道："卿且说来，朕无不依从。"杨后道："叔父骏有一女，小字男胤，德容兼备，愿陛下选入六宫，补妾遗恨，妾死亦瞑目了。"言讫，呜咽不止。武帝也忍不住泪，挥洒了好几行，并与后握手为誓，决不负约。杨后见武帝已允，才安然闭目。竟在武帝膝上，奄然长逝，享年三十七岁。看官！你道杨后何故有此遗言？她恐胡贵嫔入继后位，太子必不得安，所以欲令从妹为继，既好压制胡氏，复得保全储君，这也是一举两得的良策。武帝也瞧破隐情，但因多年伉俪，不忍相违，所以与后为誓，勉从所请。当下举哀发丧，务从隆备，且令有司卜吉安葬，待至窀穸有期，又命史臣代作哀策，叙述悲怀，随即予谥曰元，奉葬峻阳陵。左贵嫔芬，独献上一篇长诔，追溯后德，诔文不下数千言，由小子节录如下。

维泰始十年，秋，七月，丙寅，晋元皇后杨氏崩。呜呼哀哉！昔有莘适殷，姜姒归周，宜德中闱，徽音永流。樊卫二姬，匡齐翼楚，马邓两妃，亦毗汉主。元后光嫔晋宇，伉俪圣皇，比踪往古。遭命不永，背阳即阴，六宫号咷，四海恸心。嗟予鄙妾，衔恩特深。追慕三良，甘心自沉。何用存思？不忘德音。何用纪述？托词翰林。乃作诔曰：赫赫元后，出自有杨，奕世朱轮，耀彼华阳。维岳降神，显兹祯祥。笃生英媛，休有烈光。含灵握文，异于庶姜。率由四教，匪怠匪荒。行周六亲，徽音显扬。显扬伊何？京室是臧。乃娉乃纳，聿嫔圣皇。正位闺阈，维德是将。鸣珮有节，发言有章。思媚皇姑，虔恭朝夕。允厘中馈，执事有恪。于礼斯劳，于敬斯勤。虽曰齐圣,迈德日新。亦既青阳,鸣鸠告时。躬执桑曲,率导媵姬。修成蚕簇,分茧理丝。女工是察,祭服是治。祗奉宗庙,永言孝思。于彼六行,靡不蹈之。皇英佐舜,涂山翼禹,惟卫惟樊,二霸是辅。明明我后,异世同轨,内敷阴教,外毗阳化。绸缪庶正,密勿夙夜。恩从风翔,泽随雨播,遐迩咏歌,中外禔福。天祚贞吉,克昌克繁,则百斯庆,育圣育贤。教逾妊姒,训迈姜嫄,堂堂太子,惟国之元。济济南阳,为屏为藩。本支菴蔼,四海荫焉。积善之堂,五福所并,宜享高年,匪陨匪倾。如彭之齿,如聃之龄,云胡不造?于兹祸殃。寝疾弥留,寤寐不康,巫咸骋术,扁鹊奏方。祈祷无应,尝药无良。形神既离,载昏载荒。奄忽崩殂,湮精灭光。哀哀太子,南阳繁昌。攀援不寐,擗踊摧伤。呜呼哀哉!阖宫号咷,宇内震惊。奔者填衢,赴者塞庭。哀恸雷骇,流涕雨零,欷歔不已,若丧所生。惟帝与后,契阔在昔。比翼白屋,双飞紫阁。悼后伤后,早即窀穸。言斯既及,涕泗陨落。追维我后,实聪实哲。通于性命,达于俭节。送终之礼,比素上世。襚无珍宝,唅无明月。潜辉梓宫,永背昭晰。臣妾哀号,同此断绝。庭宇遏密,幽室增阴。空设帷帐,虚置衣衾。人亦有言,神道难寻。悠悠精爽,岂浮岂沉?丰奠日陈,冀魂之临。孰云元后,不闻其音。乃议景行,景行已溢。乃考龟筮,龟筮袭吉。爰定宅兆,克成玄室。魂之往兮,于以今日。仲秋之晨,启明始出。星陈夙驾,灵舆结驷。其舆伊何?金根玉箱。其驷伊何?二骆双黄。习习容车,朱服丹章。隐隐輲轩,弁绖繐裳。华毂曜野,素盖被原。方相仡仡,旌旐翻翻,挽童引歌,白骥鸣辕。观者夹涂,士女涕涟。千乘万骑,迄彼峻山。峻山峨峨,层阜重阿。弘高显敞,据洛背河。左瞻皇姑,右睇帝家,惟存揆亡,明神所嘉。诸姑姊妹,娣姒媵御,追送尘轨,号咷衢路。王侯卿士,云会星布。群官庶僚,缟盖无数。中外俱临,同哀并慕。有始有终,天地之经。自非三光,谁能不零?存播令德,没图丹青。先哲之志,以此为荣。温温元后,实宣慈焉。抚育群生,恩惠滋焉。遗爱不已,永见思焉。悬名日月,垂万春焉。呜呼庶妾,感四时焉。言思言慕,涕涟洏焉。

这篇诔文,经武帝览着,看她说得悲切,也出了许多眼泪,并重芬词藻,屡加恩赐。但芬体素弱,多愁多病,终不能特别邀宠,镇日里闷坐深宫,除笔墨消遣外,毫无乐趣。从来造物忌才,左家女有才无色,也是天意特留缺陷,使她无从得志哩。

越年正月朔日,颁诏大赦,改元咸宁,追尊宣帝为高祖,景帝为世宗,文帝为太祖,并录叙开国功臣,已死得配享庙食,未死得铭功天府。帝德如春,盈庭称颂。武帝自杨后殁后,虽然不免悲感,但也有一桩好处,妃嫔媵嫱,尽可随意召幸，不生他虑。无如人主好色，往往喜新厌故，宫中虽有数百个娇娥，几次入御，便觉味同嚼蜡，因此复下诏采选，暂禁天下嫁娶，令中官分驰州郡，专觅娇娃。可怜良家女子，一经中官合意，无论如何势力，不能乞免，只好拜别爹娘，哭哭啼啼，随着中使，趋入宫中，统共计算，差不多有五千人。武帝朝朝挹艳，夜夜采芳，把全副龙马精神，都向虚牝中掷去，究竟娥眉伐性，力不胜欲，徒落得形容憔悴，筋骨衰颓。咸宁二年元日，竟不能视朝，托词疾疫，病倒龙床，接连有数日未起。朝野汹汹，俱言主上不讳，太子不堪嗣立，不如拥戴皇弟齐王攸，河南尹夏侯和，且私语贾充道："公二婿亲疏相等，立人当立德，不可误机。"充默然不答。既而武帝得了良医，病幸渐瘳，仍复出理朝政。荀勖冯紞，阿谀取容，素为齐王攸所嫉，积不相容。勖乃乘间行谗，使紞进说武帝道："陛下洪福如天，病得痊愈。今日为陛下贺，他日尚为陛下忧。"武帝道："何事可忧?"紞嗫嚅道："陛下前立太子，无非为传统起见，但恐将来或有他变，所以可忧。"武帝复问为何因？紞又道："前日陛下不豫，百僚内外，统已归心齐王，陛下试想万岁千秋后，太子尚能嗣立么?"武帝不觉沉吟。紞见武帝心动，更献计道："臣为陛下画策，莫若使齐王归藩，免滋后虑。"武帝也不多言，唯点首至再。及紞既趋出，复遣左右随处探访，得知夏侯和前日所言，仍徙和为光禄勋，并迁贾充为太尉，罢免兵权。惟见攸守礼如恒，无瑕可指，因暂令任职司空，再作计较。外如何曾得进位太傅，陈骞得迁官大司马，不过挨次升位，并没有甚么关系。独汝阴王骏，受职征西大将军，都督雍凉等州军事，专讨树机能，都督荆州军事羊祜，加官征南大将军，专御孙吴。

转瞬间为杨后二周年，遣官往祭峻阳陵，并忆及杨后遗言，拟册杨骏女为继后，先令内使往验女容，果然修短得中，纤秾合度，乃援照古制，具行六礼，择吉初冬，续行册后典仪。届期这一日，龙章丽采，凤辇承恩，当然有一番热闹。礼成以后，下诏大赦，颁赐王公以下及鳏夫寡妇有差。新皇后入宫正位，妃嫔等无不趋贺。左贵嫔也即与列，当由武帝特旨赐宴，并命左贵嫔作颂。左贵嫔略略构思，便令侍女取过纸笔，信手疾书，但见纸上写着：

峨峨华岳，峻极泰清。巨灵导流，河渎是经。惟渎之神，惟渎之灵，钟于杨族，载育盛明。穆穆我后，应期挺生。含聪履哲，岐嶷夙成。如兰之茂，如玉之莹。越在幼冲，休有令名。飞声八极，翕习紫庭。超任邈姒，比德皇英。京室是嘉，备礼致聘，令月吉辰，百僚奉迎。周生归韩，诗人是咏。我后戾止，车服辉映，登位太微，明德日盛。群黎欣戴，函夏同庆。翼翼圣皇，睿哲孔纯。愍兹狂戾，阐惠播仁。蠲衅涤秽，与时惟新。沛然洪赦，恩诏遐震。后之践祚，囹圄虚陈。万国齐欢，六合同欣。坤神抃舞，天人载悦，兴顺降祥，表精日月。和气氤氲，三光朗烈。既获嘉时，寻播甘雪。玄云晻蔼，灵液霏霏。既储既积，待旸而晞。曣晛沾濡，柔润中畿。长享丰年，福禄永绥。

属稿既成，另用彩纸誊真，约有一二个时辰，已将颂词缮就，妃嫔等同声赞美，推为隽才。可巧武帝在外庭毕宴，慢慢的踱入中宫，新皇后以下，一律迎驾。左贵嫔即将颂词呈上，由武帝览阅一周，便称赏道："写作俱佳，足为中宫生色了。"说着，亲举玉卮，赐饮三觞。左贵嫔受饮拜谢，时已昏黄，便各谢宴散去。小子有诗赞左贵嫔道：

曹氏大家常续史，左家小妹复能文。
从知大造无偏毓，巾帼多才也轶群。

宫中已经散席，帝后两人共入龙床，同去做高唐好梦了。欲知后事，请看下回。

第四回

图东吴羊祜定谋
讨西虏马隆奏捷

却说武帝继后杨氏，名芷，字李兰，小名叫做男胤，年方二九，饶有姿容，并且德性婉顺，能尽妇道。自从入继中宫，与武帝情好甚欢，大略与前后相似。后父骏曾为镇军将军，至是进任车骑将军，封临晋侯。骏有弟珧，任职卫将军，独上表陈情道："从古以来，一门二后，每不能保全宗族，况臣家功微德薄，怎堪受此隆恩？乞将臣表留藏宗庙，庶几后日相证，尚可曲邀天赦，免罹祸殃。"武帝准如所请，乃将珧表留藏。惟骏自恃国戚，怙宠生骄，尚书郭奕等，表称骏器量狭小，不宜重任，武帝为后推爱，竟不少省。镇军将军胡奋，见骏骄侈，竟直言相规道："公靠着贵女，乃更增豪侈么？历观前朝豪族，与天家结婚，辄至灭门，不过略分迟早呢。"骏瞿然道："君女亦纳入天家，何必责我？"奋微笑道："我女虽然入宫，只配与公女作婢，怎得相比？我家却无关损益，不如公门显赫，令人侧目，此后还请公三思！"骏终不以为意，且还疑奋有妒意，快快别去。

既而卫将军杨珧等，上言"古时封建诸侯，实为屏藩王室起见，今诸王公皆在京师，实与古意未合，应一律遣使出镇，俾就外藩。且异姓诸将，散屯边疆，非皆可恃，亦宜参用亲戚，隐为监制"云云。武帝乃核定国制，就户邑多少为差，分为三等。大国置三军，共五千人，次国二军，共三千人，小国一军，共一千五百人。凡诸王兼督军事，各令出镇，于是徙扶风王亮为汝南王，出为镇南大将军，都督豫州诸军事。琅琊王伦为赵王，兼领邺城守事。渤海王辅为太原王，监并州诸军事。东莞王（伷）已莅徐州，徙封琅琊王。汝阴王骏已赴关中，徙封扶风王。又徙太原王颙为河间王,河间王威为章武王。尚有疏戚诸王公,悉令就国。大家恋恋都中,不愿远行,奈因王命难违,不得已涕泣辞去。寻又立皇子玮为始平王,允为濮阳王,该为新都王,遐为清河王,数子年尚幼弱,皆留居京师。

征南大将军羊祜,久镇襄阳,垦田得八百余顷,足食足兵。襄阳与吴境接壤,吴主孙皓,系吴主孙权长孙,粗暴骄盈,好酒渔色。祜本欲乘隙图吴,因吴左丞相陆凯,公忠体国,制治有方,所以虚与周旋,未敢东犯。及凯已病殁,乃潜请伐吴,适益州兵变,又致迁延。祜有参军王浚,奉调为广汉太守,发兵讨益州乱卒,幸即荡平。浚得任益州刺史,讲信立威,绥服蛮夷。武帝征浚为大司农,祜独密表留浚,谓欲灭东吴,必须凭借上流。浚才可专阃,不宜内用,武帝乃仍令留任,且加浚龙骧将军,监督梁益二州军事。当时吴中有童谣云:"阿童复阿童,衔刀浮渡江。不畏岸上兽,但畏水中龙。"浚籍隶弘农,小名正叫做阿童,小具大志,丰姿俊逸。燕人徐邈,有女慧美,及笄未嫁,邈甚是钟爱,令女自择偶,迄未当意。会邈出守河东,浚得迭为从事,年少英奇,颇为邈所赏识。邈因大会佐吏,使女在幕内潜窥,女指浚告母,谓此子定非凡器。邈闻女言,即将女嫁浚为妻,琴瑟和谐,不消细说。嗣投羊祜麾下,祜亦加优待,每事与商。祜兄子暨尝伺间语祜道:"浚好大言,恐滋他患,宜预加裁抑,休使胡行!"祜粲然道:"如汝怎能知人?浚有大才,一得逞志,必建奇功,愿勿轻视!"及浚得监督梁益二州,祜欲借上流势力,顺道伐吴,并因浚名与童谣相符,即表闻晋廷,请饬浚密修舟楫,为东略计。武帝依言诏浚。浚即大作战舰,长百二十步,可容二千余人,舰上用木为城,架起楼橹,四面开门,上可驰马往来,又在各船头上,绘画鹢首怪兽,以惧江神。工作连日不休,免不得有木头竹屑,被水漂流,随江东下。吴建平太守吾彦,留心西顾,瞧见江心竹木,料知上流必造舟楫,当即捞取呈报,谓晋必密谋攻吴,宜亟加戍建平,堵塞要冲。吴主皓方盛筑昭明宫,大开苑囿,侈筑楼观,采取将吏子女,入宫纵乐,还有何心顾及外侮?得了吾彦的表章,简直是不遑细览,便即搁过一边。吾彦不得答诏,自命工人冶铁为锁,横断水路,作为江防。

适吴西陵督军步阐,惧罪降晋,吴大司马陆抗,自乐乡督兵讨阐,围攻西陵。祜奉诏往援,自赴江陵,别遣荆州刺史杨肇攻抗。抗分军抵御,击败杨肇。祜闻肇败还,正拟亲往督战,偏西陵已被抗攻入,步阐被诛,屠及三族。祜只好付诸一叹,率兵还镇。武帝罢杨肇官,任祜如旧。祜乃敛威用德,专务怀柔,招徕吴人。有时军行吴境,刈谷为粮,必令给绢偿值,或出猎边境,留止晋地,遇有被伤禽兽,从吴境奔入,亦概令送还。就是吴人入掠,已为晋军所杀,尚且厚加殡殓,送尸还家。如得活擒回来,愿降者听,愿归者亦听,不戮一人。吴人翕然悦服。祜又尝通使陆抗，互有馈遗。抗送祜酒，祜对使取饮，毫不动疑。及抗有小疾，祜合药馈抗，抗亦即取服。部下或从旁谏阻，抗摇首道："羊叔子岂肯鸩人？"叔子即祜表字。抗又遍戒边吏道："彼专行德，我专行暴，是明明为丛驱雀了。今但宜各保分界，毋求细利。"吴主皓反以为疑，责抗私交羊祜。抗上疏辩驳，并陈守国时宜十二条，均不见行。皓且信术士刁元言，谓："黄旗紫盖，出现东南。荆扬君主，必有天下。"乃大发徒众，杖钺西行，凡后宫数千人，悉数相随。行次华里，正值春雪兼旬，凝寒不解，兵士不堪寒冻，互相私语道："今日遇敌，便当倒戈。"皓颇有所闻，始引兵还都。陆抗忧国情深，抑郁成疾，在镇五年，竟致溘逝。遗表以西陵建平，居国上游，不宜弛防为请。吴主皓因命抗三子分统部军，抗长子名元景，次名元机，又次名云，机云善属文，并负重名，独未谙将略。吴主却令他分将父兵，真所谓用违其长了。

术士尚广，为吴主卜筮，上问休咎。尚广希旨进言，说是岁次庚子，青盖当入洛阳。吴主大喜。已而临平湖忽开，朝臣多称为祯祥。临平湖自汉末湮塞，故老相传："湖塞天下乱，湖开天下平。"吴主皓以为青盖入洛，当在此时，因召问都尉陈顺。顺答说道："臣止能望气，不能知湖的开塞。"皓乃令退去。顺出语密友道："青盖入洛，恐是衔璧的预兆。今临平湖无故忽开，也岂得为佳征么？"嗣复由历阳长官奏报，历阳山石印封发，应兆太平。皓又遣使致祭，封山神为王，改元天纪。东吴方相继称庆，西晋已潜拟兴师，羊祜缮甲训卒，期在必发，因首先上表，力请伐吴，略云：

先帝顺天应时，西平巴蜀，南和吴会，海内得以休息，兆庶有乐安之心，而吴复背信，使边事更兴，夫期运虽天所授，而功业必由人而成。蜀平之时，天下皆谓吴当并亡，蹉跎至今，又越十三年，是谓一周。今不平吴，尚待何日？议者尝谓吴楚有道后服，无礼先强，此乃诸侯之时耳，今当一统，不得与古同论。夫适道之言，未足应权，是故谋之虽多，而决之欲独。凡以险阻得存者，谓所敌者同，力足自固，苟其轻重不齐，强弱异势，则智士不能谋，而险阻不可保也。蜀之为国，非不险也，高山寻云霓，深谷肆无影，束马悬车，然后得济，皆言一夫荷戟，千人莫当，及进兵之日，曾无藩篱之限，斩将搴旗，伏尸数万，乘胜席卷，径至成都，汉中诸城，皆鸟栖而不敢出，非皆无战心，力不足以相抗也。至刘禅降服，诸营堡者索然俱散，今江淮之隘，不过剑阁，山川之险，不如岷汉，孙皓之暴，侈于刘禅，吴人之困，甚于巴蜀，而大晋兵众，多于前世，资储器械，盛于往时，今不于此平吴，更阻兵相守，征夫苦役，日寻干戈，经历盛衰，不可长久，宜乘时平定以一四海，今若引梁益之兵，水陆俱下，荆楚之众，进临江陵，平南豫州，直指夏口，徐扬青兖，并会秣陵，鼓旆以疑之，多方以误之，以一隅之吴，当天下之众，势分形散，所备皆急，一处倾坏，上下震荡，虽有智者，不能为谋。况孙皓恣情任意，与下多忌，将疑于朝，士困于野，平常之日，独怀去就，兵临之际，必有应者，终不能齐力致死，已可知也。又其俗急速，不能持久，弓弩戟楯，不如中国，唯有水战，是其所长，但我兵入境，则长江非复彼有，还保城池，去长就短，我军悬进，人有致节之志，吴人战于其内，徒有凭城之心，如此则军不逾时，克可必矣。乞奋神断，毋误事机，臣不胜橐鞬待命之至。

这表呈上，武帝很为嘉纳，即召群臣会议进止。贾充荀勖冯紞，力言未可，廷臣多同声附和，且言秦凉未平，不应有事东南。武帝因饬祜且缓进兵。祜复申表固请，大略谓："吴虏一平，胡寇自定，但当速济大功，不必迟疑。"武帝终为廷议所阻，未肯急进。祜长叹道："天下不如意事，常十居八九，当断不断，天与不取，恐将来转无此机会了。"既而有诏封祜为南城郡侯，祜固辞不拜。平时嘉谟入告，必先焚草，所引士类，不令当局得闻，或谓祜慎密太过，祜慨然道："美则归君，古有常训。至若荐贤引能，乃是人臣本务，拜爵公朝，谢恩私室，更为我所不取呢。"又尝与从弟琇书道："待边事既定，当角巾东路，言归故里，不愿以盛满见责。疏广便是我师哩。"咸宁四年春季，祜患病颇剧，力疾求朝，既至都下，武帝命乘车入视，使卫士扶入殿门，免行拜跪礼，赐令侍坐。祜仍面请伐吴，且言："臣死在朝夕，故特入觐天颜，冀偿初志。"武帝好言慰谕，决从祜谋。祜乃趋退，暂留洛都。武帝不忍多劳，常命中书令张华，衔命访祜。祜语华道："主上自受禅后，功德未著，今吴主不道，正可吊民伐罪，混一六合，上媲唐虞，奈何舍此不图呢？若孙皓不幸早殁，吴人更立令主，虽有众百万，也未能轻越长江，后患反不浅哩。"华连声赞成。祜唏嘘道："我恐不能见平吴盛事，将来得成我志，非汝莫属了。"华唯唯受教，复告武帝。武帝复令华代达己意，欲使祜卧护诸将。祜答道："取吴不必臣行，但取吴以后，当劳圣虑，事若未了，臣当有所付授，但求皇上审择便了。"未几疾笃，乃举杜预自代。预已起任度支尚书，至是因祜推荐，即拜预为镇南大将军，都督荆州诸军事。预尚未出都，祜已疾终私第，享年五十八。武帝素服临丧，恸哭甚哀。是时天适严寒，涕泪沾着须鬓，顷刻成冰，及御驾还宫，特赐祜东园秘器，并朝服一袭，钱三十万，布百匹，追赠太傅，予谥曰成。

祜本南城人，九世以清德著名。自祜出镇方面，起居服食，仍守俭素，禄俸所入，皆分赡九族，或散赏军士，家无余财，遗命不得厚殓，并不得以南城侯印入柩。武帝高祜让节，许复本封。原来祜曾受封巨平侯，巨平系是邑名，与南城不同。襄阳百姓，闻祜去世，追忆遗惠，号哭罢市。祜生前在襄阳时，好游岘山，百姓因就山立祠，岁时享祭，祠外建碑，道途相望，相率流涕，后来杜预号此碑为堕泪碑。太傅何曾，同时逝世。曾性颇孝谨，整肃闺门，自少至长，绝意声色，晚年与妻相见，尚各正衣冠，礼待如宾。惟阿附贾充，无所建白，自奉甚厚，一食万钱，尚谓无下箸处。博士秦秀，为曾议谥，慨语同僚道：“曾骄侈过度，名被九域，生极恣情，死又无贬，王公大臣，尚复何惮？谨按谥法，名与实异曰缪，怙乱肆行曰丑，可谥为缪丑公。”武帝忆念勋旧，不欲加疵，仍策谥为孝。正拟举兵伐吴，忽闻凉州兵败，刺史杨欣，又复战死，武帝又未免踌躇，仆射李熹，独举匈奴左部帅刘渊，使讨树机能，侍臣孔恂谏阻道：“非我族类，其心必异，刘渊岂可专征？若使他讨平树机能，恐西北边患，从此益深了。”武帝乃不从熹言。

看官听着！刘渊是西晋祸首，小子既经叙及，不得不详为表明。从前南匈奴与汉和亲，自称汉甥，冒姓刘氏。魏祖曹操，曾命南匈奴单于呼厨泉，入居并州境内，分匈奴部众为五部。左部帅刘豹，系呼厨泉兄子，部族最强。后司马师用邓艾计，分左部为二，另立右贤王，使居雁门。豹子名渊，字元海，幼即俊异，师事上党人崔游，博习经史，尝语同学道：“我常耻随陆无武，绛灌无文。随陆遇汉高祖，不能立业封侯，绛灌遇汉文帝，不能兴教劝学，这岂非一大可惜么？”于是兼学武事，日演骑射，少长已膂力过人，入为侍子，留居洛阳。安东将军王浑父子，屡称渊文武兼长，可为东南统帅，李熹又荐他督领西军，俱被孔恂等谏阻。渊得知消息，密语好友王弥道：“王李见知，每相推荐，非徒无益，恐反为我患哩。”因纵酒长啸，欷歔流涕。当有人告知齐王攸，攸入奏武帝道：“陛下不除刘渊，臣恐并州不能久安。”王浑在侧，独替渊解免道，“大晋方以信义怀柔殊俗，奈何无故加疑，杀人侍子呢？”晋主遂释渊不诛，未几豹死，竟授渊为左部帅，出都而去。

已而复闻树机能攻陷凉州，武帝且忧且叹道：“何人为我讨平此虏？”道言未毕，左班内闪出一人道：“陛下若肯任臣，臣决能平虏。”武帝瞧将过去，乃是司马督马隆，便接口道：“卿能平贼，当然委任，但未知卿方略何如？”隆答道：“臣愿募勇士三千人，率领西行，陛下不必预问战略，由臣临敌制谋，定能报捷。”武帝大喜道：“卿能如是，朕复何忧？”当下命隆为讨虏将军，兼武威太守。廷臣多言隆本小将，妄谈难信，且现兵已多，何必再募勇士？武帝不听，一意委隆。隆设局募兵，悬标为的，须引弓四钧，挽弩九石，方得合选。隆亲自简试，得三千五百人，称为已足。又自至武库选仗，武库令但给敝械，与隆忿争。隆复入白武帝，陈明武库令阻难情形，武帝因传谕武库令，任隆自择。隆始得往取精械，分给勇士，一面入朝辞行。武帝面许给三年军资，隆拜命出都，向西进发。行过温水，树机能等拥众数万，据险拒守。隆见山路崎岖，不易轻进，乃令部下造起扁箱车，载兵徐进，遇着地方辽阔，联车为营，四面排设鹿角，相随并趋，一入狭径，另用木屋覆盖车上，得避弓弩。胡兵虽有埋伏，也觉技无所施，就使出来拦阻，亦被隆逐段杀退。隆且战且前，并令勇士挽弓四射，发无不中。

胡兵多应弦倒地，有几个侥幸脱彀，均皆骇散。因此隆冒险进兵，如同平地，转战千里，未尝一挫，反杀伤胡虏数千人，得直抵武威镇所。自从隆领兵西进，音问杳然，好几月不见军报，朝廷颇以为忧。或谓隆已陷没，故无音耗，及隆使到达，始知他已安抵武威。武帝抚掌欢笑，自喜知人，诘朝召语群臣道："朕若误信卿等，是已无秦凉了。"群臣怀惭退去。武帝即降诏奖隆，假节宣威将军，加赤幢曲盖鼓吹，未几，又得隆捷报，已擒降鲜卑部酋数人，得众万余，又未几更闻报大捷，十年以来的巨寇树机能，竟被隆乘胜奋斫，枭首凉州，秦凉各境，一律肃清。小子有诗咏道：

用兵最忌是拘牵，良将功成在任专。

十载胡氛从此扫，明良相遇自安全。

秦凉既平，武帝拟按功行赏，偏朝上一班奸臣，又复出来阻挠，毕竟隆众能否邀赏，且看下回再表。

第五回

捣金陵数路并举　俘孙皓二将争功

却说马隆既讨平秦凉，朝议将加赏西征将士，偏有人出来阻挠，谓西征将士，已加显爵，不宜更授。独卫将军杨珧进驳道："前由隆募选骁勇，稍加爵命，不过为鼓励起见，今隆众已荡平西土，未得增赏，将来如何用人，反觉得朝廷失信了。"武帝也以为然，遂颁诏酬勋，赐爵加秩如例。先是西北未平，尚不暇顾及东南，吴主孙皓，还道是四境平安，乐得淫佚。每宴群臣，必令沉醉，又尝置黄门郎十余人，密为监察，群臣醉后忘情，未免失检，那黄门郎立即纠弹，皓即令将失仪诸臣，牵出加罪，或剥面，或凿眼，可怜他无辜遭谴，徒害得不死不活，成为废人。晋益州刺史王浚，察知东吴情事，遂奉表晋廷，略谓："孙皓荒淫凶逆，宜速征伐，臣造船七年，未得出发，反致朽败。且臣年七十，死亡无日，愿陛下无失时机，亟命东征！"武帝复召廷臣会议，贾充荀勖等仍执前说，力阻行军，唯张华忆羊祜言，赞同浚议。适将军王浑，调督扬州，镇守寿阳，与吴人屡有战争，遂上言："孙皓不道，意欲北上，应速筹战守为宜。"朝议以天已严寒，未便出师，决待来春大举，武帝亦乐得休暇。一日，正召入张华弈棋，忽由襄阳递入急奏，武帝不知何因，忙即展览，奏中署名，是荆州都督杜预，大略说是：

故太傅羊祜，与朝臣异见，不先博谋，独与陛下密议伐吴，故朝臣益致龃龉。凡事当以利害相较，今此举之利，十有八九，而其害止于无功耳。近闻朝廷事无大小，异议蜂起，虽人心不同，亦由恃恩不虑后难，故轻相同异也。昔汉宣帝议赵充国所上事，获效之后，召责前时异议诸臣，始皆叩头而谢，此正所以塞异端，杜众枉耳。今自秋以来，讨贼之形颇露，若又中止，孙皓怖而生计。或徙都武昌，更完修江南诸城，远其居民，城不可攻，野无所掠，则明年之计，亦得无及矣。时哉勿可失，惟陛下察之！

武帝览毕，顺手递视张华。华看了一周，便推枰敛手道："陛下圣明神武，国富兵强，号令如一。吴主荒淫骄虐，诛杀贤能，及今往讨，可不劳而定，幸勿再疑！"武帝毅然道："朕意已决，明日发兵便了。"华乃趋出。翌晨由武帝临朝，面谕群臣，大举伐吴，即命张华为度支尚书，量计运漕，接济军饷。贾充闻命，忙上前谏阻，荀勖冯统，亦附和随声。武帝不禁动怒，瞋目视充道："卿乃国家勋戚，为何屡次挠我军谋？今已决计东征，成败不干卿事，休得多言！"充碰了一鼻子灰，又见武帝变色，且惊且骇，忙即免冠拜谢。荀冯二人，亦随着磕头。武帝方才霁颜，命镇军将军琅琊王（伷）出涂中，安东将军王浑出江西，建威将军王戎出武昌，平南将军胡奋出夏口，镇南大将军杜预出江陵，龙骧将军王浚与广武将军唐彬，率巴蜀士卒，浮江东下，东西并进，共二十余万人；并授太尉贾充为大都督，行冠军将军杨济为副，总统各军。分派既定，武帝才辍朝还宫。

吏部尚书山涛，素以公正著名，尝甄拔人物，各为题奏，时称为山公启事。他见武帝决意伐吴，不便多嘴，至退朝后，但私语同僚道："自非圣人，外宁必有内忧。今若释吴以为外惧，未始非策，何必定要出兵呢？"及东征军陆续出发，西方捷报又至，武帝益锐意东略，督促进军。龙骧将军王浚，筹备已久，一经奉命，率舟东下，长驱至丹阳。丹阳监盛纪，出兵迎战，怎禁得浚军一股锐气，横冲直撞，无坚不破。纪不及奔还，立被浚军擒去。浚顺流直进，探得江碛要害，统有铁锁截住，江心又埋着铁锥，逆距战船，乃作大筏数十，方百余步，缚草为人，被甲持仗，令善泅诸水手，在水中牵筏先行，筏遇铁锥，辄被引去，再用火炬长十余丈，大数十围，灌渍麻油，爇着猛火，乘风烧毁铁锁，锁被火熔，当即断绝，于是船无所碍，鼓棹直前。时已为咸宁六年仲春，和风嘘拂，春水绿波，浚与广武将军唐彬，驱兵至西陵，西陵为吴要塞，吴遣镇南将军留宪，征南将军成璩及西陵监郑广，宜都太守虞忠，并力扼守。不防浚军甚是厉害，一鼓作势，四面攀登，吴兵统皆骄惰，毫无斗志，蓦见敌军乘城，顿时骇散，留宪成璩等，还想巷战，奈手下已皆遁去，单剩得主将数人，孤立无助，眼见得束手成擒了。浚又乘胜攻克荆门夷道二城，擒住吴监军陆晏，再下乐乡，擒住吴水军统领陆景，江东大震。吴平西将军施洪等望风投降。

晋安东将军王浑，出发横江，得破寻阳，击走吴将孔忠，俘得周兴等数人，收降吴厉武将军陈代，平虏将军朱明；又镇南大将军杜预，进向江陵，密遣牙将管定周旨等，泛舟夜渡，袭据巴山，张旗举火，作为疑兵。吴都督孙歆，望见大骇，不禁咋舌道："北来诸军，怕不是飞渡长江么？"当下派兵出拒，被管定周旨等预先埋伏,突起交锋,杀得吴军大败奔还。歆尚未得知,安坐帐中,至敌军冲入,方惊起欲遁,不防前后左右,已是敌人环绕,就使力大如牛,也无从摆脱,被他活捉了去。管周二将,向预报功,预即亲抵江陵,督兵攻城。吴将伍延佯请出降,暗中却部署兵士,登陴抵御。预已先料着,趁他行列未整,即命部众缘梯登城。守兵措手不及,城即被陷,伍延战死。江陵既下,沅湘以南各州郡,望风归命,奉送印绶。预仗节称诏,一一抚慰,令各就原官,远近肃然。平南将军胡奋,亦得克江安,会奉晋廷诏命,令胡奋与王濬王戎,合攻夏口武昌,杜预但当静镇零桂,怀辑衡阳,且待江汉肃清,直指吴都未迟。预乃分兵益濬,奋与戎亦互助濬军,一战破夏口,再战平武昌,更泛舟东下,所向无前。

可巧春雨水涨,谣诼纷纭,贾充首先倡议,表请罢兵,略谓:"百年逋寇,未可悉定,况春夏交际,江淮卑湿,一旦疫疠交作,反为敌乘,宜急召还各军,置作后图。且此次行军,虽似顺手,所损实多,虽腰斩张华,未足以谢天下!"等语。幸武帝不为少动,把充表留中不报。杜预闻充议辍兵,急忙抗表固争,一面征集各军,会议进取,有人从旁梗议,大旨与贾充相似。预奋然道:"昔乐毅借济西一战,几并强齐;今兵威已振,譬如破竹,数节以后,迎刃而解,还要费什么大力呢?"遂指授群帅,径进秣陵。

吴遣丞相张悌及督军沈莹诸葛靓等,率众三万,渡江逆战,行次牛渚,莹语悌道:"上流诸军,素无戒备,晋水师顺流前来,势必至此,不如整兵待着,以逸制劳。今若渡江与战,不幸失败,大事去了。"悌慨然道:"吴国将亡,贤愚共知,及今渡江,尚可决一死战,不幸丧败,同死社稷,可无遗恨。若坐待敌至,士众尽散,除君臣迎降以外,还有甚么良策?名为江东大国,却无一人死难,岂不可耻?我已决计效死了。"言讫,遂麾众渡江。到了板桥,与晋扬州刺史周浚军相值。悌便即迎击,两下相交,晋军甚是骁悍,吴兵尽管退却。约阅一二小时,但见吴人弃甲抛戈,纷纷遁去。诸葛靓料难支持,劝悌逃生,悌洒泪道:"今日是我死日了。我忝居宰相,常恐不得死所,今以身死国,死也值得,尚复何言。"靓垂涕自去。悌尚执佩刀,左拦右阻,格杀晋军数名。既而晋军围裹过来,你一枪,我一槊,竟将悌刺死了事。沈莹见悌死节,也不顾性命,力战多时,至身受重创,倒地而亡。吴人视此军为孤注,一经覆没,当然心惊胆落,风鹤皆兵。晋将军王濬,闻板桥得胜,便自武昌拥舟东下,直指建业。扬州别驾何恽,得悉王濬东来,进白刺史周浚道:"公已战胜吴军,乐得进捣吴都,首建奇功,难道还要让人么?"浚使恽走告王浑,浑摇首道:"受诏但屯江北,不使轻进,且令龙骧受我节度,彼若前来,我叫他同时并进便了。"恽答道:"龙骧自巴蜀东下,所向皆克,功在垂成,尚肯来受节度么?况明公身为上将,见可即进,何必事事受诏呢?"浑终未肯信,遣恽使还。

原来浚初下建平，奉诏受杜预节制，至直趋建业，又奉诏归王浑节制。浚至西陵，杜预遗浚书道：“足下既摧吴西藩，便当进取秣陵，平累世逋寇，救江左生灵，自江入淮，肃清泗汴，然后泝河而上，振旅还都，才好算得一时盛举呢!”浚得书大悦，表呈预书，随即顺流鼓棹，再达三山。吴游击将军张象，带领舟军万人，前来抵御，望见浚军甚盛，旌旗蔽空，舳舻盈江，不由得魂凄魄散，慌忙请降。浚收纳张象，即举帆直指建业。王浑飞使邀浚，召与议事，浚答说道：“风利不得泊，只好改日受教罢。”来使自去报浑。浚直赴建业。吴主孙皓，连接警报，吓得无法可施。将军陶浚，自武昌逃归，入语皓道：“蜀船皆小，若得二万兵驾着大船，与敌军交锋，或尚足破敌呢。”皓已惶急得很，忙授浚节钺，令他募兵退敌。偏都人已相率溃散，只剩得一班游手，前来应募，吃了好几日饱饭。待陶浚驱令出发，又复溃去。陶浚也无可奈何，复报孙皓。皓越加焦灼，并闻晋王浚已逼都下，还有晋琅琊王司马(伷)，亦自涂中进兵，径压近郊，眼见得朝不保暮，无可图存。光禄勋薛莹，中书令胡冲，劝皓向晋军乞降。皓不得已令草降书，分投王浚王浑，并向司马(伷)处送交玺绶。王浚接了降书，仍驱舰大进，鼓噪入石头城。吴主孙皓，肉袒面缚，衔璧牵羊，并令军士舆榇及亲属数人，至王浚垒门，流涕乞降。浚亲解皓缚，受璧焚榇，延入营中，以礼相待。随即驰入吴都，收图籍，封府库，严止军士侵掠，丝毫不入私囊，一面露布告捷。

晋廷得着好音，群臣入贺，捧觞上寿。武帝执爵流涕道：“这是羊太傅的功劳呢!”惟骠骑将军孙秀，系吴大帝孙权侄孙，前为吴镇守夏口，因孙皓见疑，惧罪奔晋，得列显官，他却未曾与贺，且南面垂涕道：“先人创业，何等辛勤，今后主不道，一旦把江南轻弃，悠悠苍天，伤如之何?”武帝以浚为首功，拟下诏褒赏，忽接到王浑表文，内称浚违诏擅命，不受自己节度，应照例论罪。武帝未以为然，举表出示群臣。群臣多趋炎附势，不直王浚，请用槛车征浚入朝。武帝不纳，但下书责浚，说他“不从浑命，有违诏旨，功虽可嘉，道终未尽”等语。看官！你想这平吴一役，全亏王浚顺流直下，得入吴都，偏王浑出来作梗，竟要把王浚加罪，可见天下事不论公理，但尚私争。武帝还算英明，究未免私徇众议，所以古往今来功臣志士，终落得事后牢骚，无穷感慨呢。原来王浑闻浚入吴都，方率兵渡江，自思功落人后，很是愧忿，意欲率兵攻浚。浚部下参军何攀，料浑必来争功，因劝浚送皓与浑。浑得皓后，虽勒兵罢攻，意终未惬，乃表浚罪状，浚既奉到朝廷责言，因上书自讼，略云：

臣前受诏书，谓：“军人乘胜，猛气益壮，便当顺流长骛，直造秣陵。”奉命以后，即便东下。途次复被诏书谓：“太尉贾充，总统诸方，自镇东大将军(伷)及浑浚彬等，皆受充节度。”无令臣别受浑节度之文。及臣至三山，见浑军在北岸，遗书与臣，但云暂来过议，亦不语“臣当受节度”之意。臣水军风发，乘势造贼，行有次第，不便于长流之中，回船过浑，令首尾断绝。既而伪主孙皓，遣使归命，臣即报浑书，并录皓降笺，具以示浑，使速会师石头。臣军以日中至秣陵，暮乃得浑所下当受节度之符，欲令臣还围石头，备皓越逸。臣以为皓已出降，无待空围，故驰入吴都，封库待命。今诏旨谓臣忽弃明制，专擅自由，伏读以下，不胜战栗。臣受国恩，任重事大，常恐托付不效，辜负圣明，用敢投身死地，转战万里，凭赖威灵，幸而能济。臣以十五日至秣陵，而诏书于十二日发洛阳，其间悬阔，不相赴接，则臣之罪责，宜蒙察恕。假令孙皓犹有螳螂举斧之势，而臣轻军单入，有所亏丧，罪之可也。臣所统八万余人，乘胜席卷，皓以众叛亲离，无复羽翼，匹夫独立，不能庇其妻子，雀鼠贪生，苟乞一活耳。而江北诸军，不知其虚实，不早缚取，自为小误。臣至便得，更见怨恚，并云守贼百日，而令他人得之，言语噂沓，不可听闻。案春秋之义，大夫出疆，有利专之，臣虽愚蠢，以为事君之道，唯当竭力尽忠，奋不顾身，苟利社稷，死生以之。若其顾护嫌疑，以避咎责，此是人臣不忠之利，实非明主社稷之福也。夫佞邪害国，自古已然，故无极破楚，宰嚭灭吴，及至石显倾乱汉朝，皆载在典籍，为世所戒。昔乐毅伐齐，下城七十，而卒被谗间，脱身出奔。乐羊既返，谤书盈箧，况臣疏顽，安能免谗慝之口？所望全其首领者，实赖陛下圣哲钦明，使浸润之谮，不得行焉。然臣孤根独立，久弃遐外，交游断绝，而结恨强宗，取怨豪族，以累卵之身，处雷霆之冲，茧栗之质，当豺狼之路，易见吞噬，难抗唇齿。夫犯上干主，罪犹可救。乖忤贵臣，祸常不测。故朱云折槛，婴逆鳞之怒，望之周堪，违忤石显，虽阖朝嗟叹，而死不旋踵，此臣之所大怖也。今王浑表奏陷臣，其支党姻族，又皆根据磐牙，并处世位，闻遣人在洛中，专共交构，盗言孔甘，疑惑亲听。臣无曾参之贤，而罹三至之谤，敢不悚栗。本年平吴，诚为大庆，于臣之身，独受咎累，恶直丑正，实繁有徒。欲构南箕，成此贝锦。但当陛下圣明之世，而令济济之朝，有谗邪之人，亏穆穆之风，损皇代之美，是实由臣疏顽，使至于此。拜表流汗，言不识次，伏乞陛下矜鉴！

武帝得书，也知浚为王浑所忌，不免有媒孽等情，因下诏各军，班师回朝，待亲讯功过，核定赏罚云云。王浑既得絷皓，乃与琅琊王(伷)会衔，送皓入洛，皓至都门，泥首面缚。由朝旨遣使释免，给皓衣服车乘，赐爵归命侯，拜孙氏子弟为郎。所有东吴旧望，量才擢叙。从前王浚东下，吴城戍将，望风归降；惟建平太守吾彦，婴城固守，及孙皓被俘，方才投诚。武帝调彦为金城太守。诸葛靓姊，为琅琊王妃，靓自板桥败后，即窜入姊家，武帝素与靓相识，亲往搜寻。靓复避匿厕中，被武帝左右牵出，始跪拜流涕道："臣不能漆身毁面，使得复见圣颜，不胜惭愧。"武帝慰谕至再，面授靓为侍中。靓固辞不受，情愿放归乡里。武帝不得已依议，听他自去，终身起坐，不向晋廷，后幸善终。

武帝复颁诏大赦，改元太康。会值诸将陆续还都，因临轩召集，并引见孙皓，赐令侍坐，且顾语皓道："朕设此座待卿，已好几年了。"皓指帝座道："臣在南方，亦设此座待陛下。"贾充已回朝复命，时亦在侧，向皓冷笑道："闻君在南方，凿人目，剥人面，此刑施于何人？"皓答说道："人臣有敢为弑逆，及奸邪不忠，方加此刑。"充听了此言，不由的面目发赪，掉头趋退。王浑王濬，相继入朝，彼此尚争功不已。武帝命廷尉刘颂，叙次战绩。颂不免袒浑，列浑为首功，濬为次功。武帝因颂考绩徇私，左迁京兆太守。怎奈王浑私党，充斥朝廷，浑子济又尚公主，气焰逼人，大家统为浑帮护，累得武帝不便专制，也只好委曲通融，乃增浑食邑八千户，进爵为公。授濬为辅国大将军，与杜预王戎等，并封县侯。以下诸将，赏赐有差。遣使祭告羊祜庙，封祜夫人夏侯氏为万岁乡君，食邑五千户。一番东征事迹，至此结局。王濬以功大赏轻，始终不服，免不得怨忿交并，小子有诗叹道：

楼船直下扫东吴，功业初成已被诬。
何若当时范少伯，一舸载美去游湖。

欲知王濬后来事情，且至下回叙明。

第六回

纳群娃羊车恣幸　继外孙螟子乱宗

却说王浚因功高赏轻，时怀不平，每在朝右自陈战绩及诸多枉屈情形，武帝虽有所闻，亦如聋瞽一般，绝不与谈。浚不胜愤懑，往往不别而行。武帝念他有功，始终含忍过去。益州护军范通，为浚外亲，尝入语浚道："公有平吴大功，今乃不能居守，未免可惜。"浚惊问何因？通答道："公返旆后，何不急流勇退，角巾私第，口不言功，如有人问及，可答称圣主宏谟，群帅戮力，若老夫实无功可言。从前蔺相如屈服廉颇，便得此意。公能行此，也足令王浑自愧了。"浚瞿然道："我亦尝惩邓艾覆辙，自恐遭祸，不能无言。及今已隔多日，胸中尚不免介介，这原是我器量太小呢。"通即起贺道："公能自知小过，便足保全。"说毕乃退。浚自是稍稍敛抑，不欲争功。博士秦秀，太子洗马孟康等，却代为浚诉陈枉抑，武帝乃迁浚为镇军大将军，加散骑常侍，领后军将军。时都中竞尚奢侈，浚本俭约，至此恐功高遭嫌，乐得随风张帆，玉食锦衣，优游自适。后又受调为抚军大将军，开府仪同三司，延至太康六年病终。年已八十，得谥为武。看官听说！在晋武未曾受禅以前，本来是三国分峙，各据一方，自西蜀入魏，降王刘禅，受封为安乐公，三国中已少了一国。及魏变为晋，吴又并入晋室，晋得奄有中原，规复秦汉旧土，遂划全国为十九州，分置郡国百五十余。小子特将十九州的名目，析述如下：

司 兖 豫 冀 并 青 徐 荆 扬 凉 雍 秦 益 梁 宁 幽 平 交 广

小子还有数语交代，那安乐公刘禅的死期，是在晋泰始七年间，归命侯孙皓的死期，是在晋太康二年间，两降主俱病死洛阳，已无后患。就是废居邺城的魏曹奂，无拳无勇，好似鸟入笼中，受人豢养，得能饱暖终身，还算是新朝厚惠。他最后死，直到晋惠帝泰安元年，方病殁邺城。武帝既混一字内，遂思偃武修文，下诏罢州郡兵，诏云：

自汉末四海分崩，刺史内亲民事，外领兵马，今天下为一，当韬戢干戈，刺史分职，皆如汉时故事。悉去州郡兵，大郡但置武吏百人，小郡五十人，以示朕与民安乐，共享太平之意。

这诏颁下，交州牧陶璜，便即上书，略谓："州兵不宜减损，自示空虚。"武帝不纳。右仆射山涛，因病告假，闻朝廷下诏罢兵，亦不以为然。会武帝亲至讲武场，搜阅士卒，涛力疾入朝，随驾讲武，当下乘间进言，谓不宜去州郡武备，语意甚是剀切。武帝也为动容，但自思天下已平，不必过虑，既已颁诏四方，也未便朝令暮改，因此将错便错，延误过去。俗语说得好："饱暖思淫欲。"武帝不脱凡俗，一经安乐，便勾起那淫欲心肠。他闻得南朝金粉，格外鲜妍，乘此政躬清泰，正好选入若干充作妾婢，借娱晨夕。可巧吴宫伎妾，多半被将士掠归，洛阳都下，凑娶吴娃，但教一道命令，传下都门，将士怎敢违旨？便将所得吴女，一古脑儿送入宫中。武帝仔细点验，差不多有五千名，个个是雪肤花貌，玉骨冰肌，不由得龙心大喜，一齐收纳，分派至各宫居住。自是掖廷里面，新旧相间，约不下万余人。武帝每日退朝，即改乘羊车，游历宫苑，既没有一定去处，也没有一定栖止，但逢羊车停住，即有无数美人儿，前来谒驾。武帝约略端详，见有可意人物，当即下车径入，设宴赏花。前后左右，莫非丽姝，待至酒下欢肠，惹起淫兴，便随手牵了数名，同入罗帏。这班妖淫善媚的吴女，巴不得有此幸遇，挨次进供，曲承雨露。武帝亦乐不忘疲，今朝到东，明朝到西，好似花间蝴蝶，任意徘徊。只是粉黛万余，惟望一宠，就使龙马精神，也不能处处顾及，有几个侥幸承恩，大多数向隅叹泣，于是狡黠的宫女，想出一法，各用竹叶插户，盐汁洒地，引逗羊车。羊性嗜竹叶，又喜食盐，见有二物，往往停足。宫女遂出迎御驾，好把武帝拥至居室，奉献一脔。武帝乐得随缘，就便临幸。待至户户插竹，处处洒盐，羊亦刁猾起来，随意行止，不为所诱。宫女因旧法无效，只好自悲命薄，静待机缘罢了。惟武帝逐日宣淫，免不得昏昏沉沉，无心国事。后父车骑将军杨骏及弟卫将军珧，太子太傅济，乘势擅权，势倾中外，时人号为三杨。所有佐命功臣，多被疏斥。仆射山涛，屡有规讽，武帝亦嘉他忠直，怎奈理不胜欲，一遇美人在前，立把忠言撇诸脑后，还管甚么兴衰成败呢？一日，由侍臣捧入奏章，呈上御览，武帝顺手批阅，乃是侍御史郭钦所奏，大略说是：

戎狄强犷，历古为患，魏初民少，西北诸郡，皆为戎居，内及京兆魏郡弘农，往往有之。今虽服从，若百年之后，有风尘之警，胡骑自平阳上党，飚忽南来，不三日可至孟津，恐北地西河太原冯翊安定上郡，尽为狄庭矣。宜及平吴之威，谋臣猛将之略，渐徙内郡杂胡于边地，峻四夷出入之防，明先王荒服之制，此万世之长策也。

武帝看了数行，嗤然笑道："古云杞人忧天，大约如此。"遂置诸高阁，不复批答。仍乘着羊车，寻欢取乐去了。后来得着昌黎军报，乃是鲜卑部酋慕容涉归，导众入寇。幸安北将军严询，守备颇严，把他击退。武帝越加放心，更见得郭钦奏疏，不值一览。未几又有吴人作乱，亦由扬州刺史周浚，剿抚兼施，得归平靖。南北一乱即平，君臣上下，统说是幺麽小丑，何损圣明？于是权臣贵戚，藻饰承平，你夸多，我斗靡，直把那一座洛阳城，铺设得似花花世界，荡荡乾坤。

当时除三杨外，尚有中护军羊琇，后将军王恺，统仗着椒房戚谊，备极骄奢。琇是晋景帝继室羊后从弟，恺是武帝亲舅，乃姊就是故太后王氏，两家是帝室懿亲，安富尊荣，还在人意料中，不意散骑常侍石崇，却比两家还要豪雄，羊琇自知不敌，倒也不敢与较，只王恺心中不服，时常与崇比富。崇字季伦，系前司徒石苞幼子，颇有智谋，苞临终分财，派给诸子，独不及崇，谓崇将来自能致富，不劳分授，果然崇年逾冠，即得为修武令，嗣迁城阳太守，帮同伐吴，因功封安阳乡侯。旋复受调为荆州刺史，领南蛮校尉，加鹰扬将军。平居孳孳为利，在荆州时，暗属亲吏扮作盗状，往劫豪贾巨商，遂成暴富。入拜卫尉，筑室宏丽，后房百数，皆曳纨绣，珥珠翠，旦暮不绝丝竹，庖膳务极珍馐。王恺，家用粭沃釜，崇独用蜡代薪；王恺作紫丝布步障四十里，崇作锦布障五十里以敌恺。恺涂屋用椒，崇用赤石脂相代。恺屡斗屡败，因入语武帝，欲假珊瑚树为赛珍品，武帝即赐与一株，高约二尺许。恺扬扬自得，取出示崇，总道崇家必无此珍奇，定要认输了事。那知崇并不称美，反提起铁如意一柄，把珊瑚树击成数段。看官！你想王恺到此，怎得不怒气直冲，欲与石崇拼命？崇反从容笑语道："区区薄物，值得甚么？"遂命家僮取出家藏珊瑚树，约数十株，最高大的约三四尺，次约二三尺，如恺所示的珊瑚树，要算是最次的，便指示恺道："君欲取偿，任君自择。"恺不禁咋舌，赧然无言，连击碎的珊瑚树，也不愿求偿，一溜烟地避去。崇因此名冠洛阳。车骑司马傅咸，目击奢风，有心矫正，特上书崇俭道：

> 臣以为谷帛虽生，而用之不节，无缘不匮，故先王之化天下，食肉衣帛，皆有其制。窃谓奢侈之费，甚于天灾。古者尧有茅茨，今之百姓，竞丰其屋；古者臣无玉食，今之贾竖，皆厌粱肉；古者后妃，乃有殊饰，今之婢妾，被服绫罗；古者大夫，乃不徒行，今之贱隶，乘轻驱肥；古者人稠地狭，而有储蓄，由于节也，今者土广人稀，而患不足，由于奢也。欲时之俭，当诘其奢，奢不见诘，转相夸尚，弊将胡底？昔毛玠为吏部尚书时，无敢好衣美食者，魏武帝叹曰："孤之法不如毛尚书，今使诸部用心，各如毛玠，则风

俗之移，在所不难矣。”臣言虽鄙，所关实大，幸乞垂察！

书入不报。司隶校尉刘毅，耿直敢言，尝劾羊琇纳赂违法，罪应处死，亦好几日不见复诏。毅令都官从事程衡，驰入琇营，收逮琇属吏拷问，事皆确凿，赃证显然，乃再上弹章，据实陈明。武帝不得已罢免琇官。暂过旬月，又使琇白衣领职。贪夫得志，正士灰心，一班蝇营狗苟的吏胥，当然暮夜辇金，贿托当道，苞苴夕进，朱紫晨颁，大家庆贺弹冠，管甚么廉耻名节？到了太康三年的元旦，武帝亲至南郊祭天，百官相率扈从，祭礼已毕，还朝受谒。校尉刘毅，随班侍侧，武帝顾问道："朕可比汉朝何帝？"毅应声道："可比桓灵。"这语说出，满朝骇愕。毅却神色自若，武帝不禁失容道："朕虽不德，何至以桓灵相比？"毅又答道："桓灵卖官，钱入官库，陛下卖官，钱入私门，两相比较，恐陛下还不及桓灵呢！"武帝忽然大笑道："桓灵时不闻有此言，今朕得直臣，终究是高出桓灵了。"说毕，乃抽身入内，百官联翩趋出，尚互相惊叹。刘毅仍不慌不忙，从容自去。

尚书张华，甚得主宠，独贾充荀勖冯纨等，因伐吴时未与同谋，常相嫉忌。适武帝问及张华，何人可托后事？华朗声道："明德至亲，莫如齐王。"武帝闻言，半晌不出一语。华也自知忤旨，不再渎陈。原来齐王攸为武帝所忌，前文中已略述端倪，此次由张华突然推荐，更不觉触起旧情，且把那疑忌齐王的私心，移到张华身上，渐渐地冷淡下来。荀勖冯纨，乘间抵隙，遂将捕风捉影的蜚语，诬蔑张华。华竟被外调，出督幽州军事兼安北将军。他本足智多谋，一经莅任，专意怀柔，戎夏诸民，无不悦服。凡东夷各国，历代未附，至是也慕华威名，并遣使朝贡。武帝又器重华才，欲征使还朝，付以相位。议尚未定，已被冯纨窥透隐情，趁着入传时间，与武帝论及魏晋故事。纨怃然道："臣窃谓钟会构衅，实由太祖。"武帝变色道："卿说甚么？"紞免冠叩谢道："臣愚蠢妄言，罪该万死，但惩前毖后，不敢不直陈所见。钟会才智有限，太祖乃夸奖太过，纵使骄盈，自谓算无遗策，功高不赏，因致构逆。假使太祖录彼小能，节以大防，会自不敢生乱了。"说至此，见武帝徐徐点首，且说出一个"是"字，便又叩首道："陛下既俯采臣言，当思履霜坚冰，由来有渐，无再使钟会复生。"武帝道："当今岂尚有如会么？"纨又答道："谈何容易！且臣不密即失身，臣亦何敢多渎？"武帝乃屏去左右，令他极言。纨乃说道："近来为陛下谋议，著有大功，名闻海内，现在出踞方镇，统领戎马，最烦陛下圣虑，不可不防。"武帝叹息道："朕知道了。"于是不复召华，仍倚任荀冯等一班佞臣。

既而贾充病死，议立嗣子，又发生一种离奇的问题。先是充尝生一子，名叫黎民，年甫三龄，由乳母抱儿嬉戏，当阁立着，可巧充自朝退食，为儿所见，向充憨笑。充当然爱抚，摩弄儿顶，约有片时，不料充妻郭槐，从户内瞧着，疑充与乳母有私，竟乘充次日上朝，活活将乳母鞭死。可怜三岁婴孩，恋念乳母，终日啼哭，变成了一个慢惊症，便即夭殇。未几复生一男，另外雇一乳母，才阅期年，乳母抱儿见父，充又摩抚如初，冤冤相凑，仍被郭槐窥见，取出老法儿处死乳母，儿亦随逝，此后竟致绝嗣。充死年已六十六，尚有弟混子数人，可以入继。偏郭槐想入非非，独欲将外孙韩谧，过继黎民，为贾氏后。看官！试想三岁的亡儿，如何得有继男？况韩谧为韩寿子，明明是贾充外孙，如何得冒充为孙？当时郎中令韩咸与中尉曹轸，俱面谏郭槐道："古礼大宗无后，即以小宗支子入嗣，从没有异姓为后的故例，此举决不可行。"郭槐不听，竟上书陈请，托称贾充遗意，愿立韩谧为世孙。可笑武帝糊涂得很，随即下诏依议，诏云：

太宰鲁公贾充，崇德立勋，勤劳佐命，背世殂陨，每用悼心。又胤子早终，世嗣未立，古者列国无嗣，取始封支庶以绍其统，而近代更除其国。至于周之公旦，汉之萧何，或豫建元子，或封爵元妃，盖尊显勋劳，不同常例。太宰素取外孙韩谧为世子黎民后，朕思外孙骨肉至近，推恩计情，合于人心，其以谧为鲁公世孙，以嗣其国，自非功如太宰，始封无后，不得援以为例。特此谕知！

看官阅过第二回，应知贾午偷香，是贾门中一场风流佳话。此次又将贾午所生的儿子，还继与贾充为孙，益觉得闻所未闻。风流佳话中，又添一种继承趣事了。那韩谧接奉诏旨，即改姓为贾，入主丧务，一切仪制，格外丰备。武帝厚加赙赐，自棺殓至丧葬费，钱约二千万缗，且有诏令礼官拟谥。博士秦秀道："充悖礼违情，首乱大伦，从前春秋时代，鄫养外孙莒公子为后，麟经大书莒人灭鄫，今充亦如此，是绝祖父血食，开朝廷乱端，岂足为训？谥法昏乱纪度曰荒，请谥为荒公。"武帝怎肯依议，再经博士段畅，拟上一个武字，方才依从，这且待后再表。

且说齐王攸德望日隆，中外属望，独荀勖冯紞，日思排挤，并加了一个卫将军杨珧，也与攸未协，巴不得将他捽去。三人互加谗间，尚未见效，冯紞是谗夫中的好手，竟入内面请道："限下遣诸侯至国，成五等遗制，应该从懿亲为始。懿亲莫若齐王，奈何勿遣？"武帝乃命攸为大司马，都督青州军事。命令一下，朝议哗然。尚书左仆射王浑，首先谏阻，略言："攸至亲盛德，宜赞朝政，不应出就外藩。"武帝不省。嗣由光禄大夫李熹，中护军羊琇，侍中王济甄德，皆上书切谏，又不见从。王济曾尚帝女常山公主，甄德且尚帝妹京兆长公主，两人因谏阻无效，不得已乞求帷帝，浼两公主联袂入宫，吁请留攸。两公主受夫嘱托力劝武帝，不意也碰了一鼻子灰。小子有诗叹道：

上书谏阻已无功，欲借蛾眉启主聪。
谁料妇言同不用，徒教杏靥并增红。

知两公主被斥情形，且至下回再详。

第七回

指御座讽谏无功 侍帝榻权豪擅政

却说武帝决意遣攸，不愿从谏。蓦见两公主入宫，至御座前敛衽下拜，力请留攸。武帝道："汝等妇女，怎知国事？不必来此纠缠！"两公主跪不肯起，甚至叩头涕泣，惹得武帝怒起，拂衣外出，趋往别殿。两公主见他自去，无从再求，没奈何起身归家。那武帝怒尚未息，至别殿间，正值侍中王戎值日，便顾语道："兄弟至亲，今出齐王，乃是朕家事，甄德王济，横来干涉，今且遣妻入宫，向朕哭泣，朕不死，何劳彼哭？齐王亦未尝死，更何劳彼哭呢！"王戎听了，也不敢多言。武帝即令戎草诏，黜济为国子祭酒，德为大鸿胪。济与德因公主归来，复述武帝拒谏情形，更觉得自寻没趣，及左迁命下，越加扫兴，惟与公主相对涕洟罢了。独羊琇以杨珧排攸，运动最力，意欲与珧面论是非，怀刃寻衅。偏杨珧预先防备，托疾不出，暗嘱有司劾琇。降官太仆，恚愤而死。光禄大夫李熹，亦因年老辞职，罢死家中。是时已值年暮，齐王攸奉诏未行，暂留京都守岁。越年仲春，诏命太常议定典礼，崇锡齐王，促令就道。博士庾旉秦秀等，再上章挽留，仍不见报。祭酒曹志叹道："亲如齐王，才如齐王，不令他树本助化，反欲远徙海隅，晋室恐不能久盛了。"乃复上书极谏，谓当从博士等言。武帝览书大怒道："曹志尚不明朕心，何论他人！"遂黜免志官，并庾旉等七人除名。

原来中书监荀勖，曾在武帝前进谗，谓百僚已归心齐王，试诏令就国，必致朝议沸腾。武帝先入为主，且见群臣陆续留攸，果如勖言，免不得忮心愈甚，所以奏牍上陈，无一见信，反加严谴。齐王攸亦不愿莅镇，奏乞守先后陵，仍被驳斥。满腔孤愤,无处上伸,累得攸郁郁成疾,竟至呕血。武帝遣御医诊视,御医希旨承颜,复称齐王无疾。武帝遂连番下诏,催促起程。攸素好容仪,犹力自整肃,入阙辞行。武帝见他举止如恒,益疑他居心多诈,哪知过了两日,即由攸子冏呈入讣音,称攸呕血不止,竟尔逝世。武帝以变生意外,不禁大恸,冯纨在旁劝解道:“齐王名不副实,盗誉有年,今自薨逝,未始非社稷幸福,陛下何必过哀。”武帝乃收泪而止。诏为齐王发丧,礼仪如安平王孚故事,并亲自往吊。攸子冏对帝悲号,诉称为御医所诬,武帝也觉不忍,令即收诛御医。命冏承袭父爵,谥攸为献。攸为晋室贤王,享年只三十有六。扶风王骏,闻武帝遣攸出镇,也曾上书力阻,嗣因武帝不从,忧愤成疾,与攸同时告终。骏遗爱及民,西人多树碑志德,悲泣盈途,晋廷追赠为大司马,予谥曰武。乃进汝南王亮为太尉,录尚书事,光禄大夫山涛为司徒,尚书令卫瓘为司空。

涛年垂八十,老病侵寻,因固辞不许,力疾入谢,途中又感冒风寒,归卧不起,旋即去世。武帝优加赙给,赐谥曰康。涛字巨源,河内人氏,早年丧父,食贫居贱,尝向妻韩氏道:“勉耐饥寒,我将来当位至三公,但未知卿堪做夫人否?”及年已四十,始为郡曹,从祖姑为宣穆皇后生母,瓜葛相连,得与武帝为中表亲,乃累迁至尚书仆射,兼领吏部铨衡。有知人鉴,平居贞顺节俭,家无妾媵,禄赐俸秩,分赡亲故,殁后只遗旧屋十间,子孙不敷居住。左长史范晷,为白朝廷,武帝乃令有司拨款,代为营室,总算是酬答勋亲的惠意;另简右仆射魏舒为司徒。

舒籍隶任城,幼即失怙,寄食外家宁氏。宁氏尝增筑居宅,有堪舆家相宅道:“此宅应出贵甥。”舒闻言自负,欣然语人道:“当为外家成此宅相。”已而与宁氏别居,身长八尺二寸,仪容秀伟,不修小节,专喜骑射,以渔猎为生涯,尝投宿野王逆旅,闻有车马声隐隐前来,约至门外,即有人互相问答。问语为是男是女?答语称是男子。接连又有人应声道:“是男至十五岁,当死兵刃。”过了片刻,复问为何人借宿?答称为魏公舒。言迄遂去。舒卧至天明,起询寓主,始知主人妻夜产一男,乃记忆而行。蹉跎蹉跎,已过了十五年,贫困如故,往探野王主人,问及生男所在?主人黯然答述,谓:“伐桑伤斧,创重身亡。”舒觉前闻已验,惟年登强仕,故我依然,又似前兆未符,转思平时不学,何从上达?不如发愤攻书,借博功名。由是曰习一经,期月有成,出与郡试,得升上第,除渑池长,迁浚仪令,入为尚书郎,不数年位至尚书,晋职司徒。舒处事明决,持躬清俭,散财好施,与山涛相同,所以德望亦与涛相亚。司空卫瓘,向与舒友善,至此更同心来辅,整饬纪纲,故太康年间,虽经武帝荒淫,三杨用事,尚赖两老臣极力维持,幸得少安。

瓘世居安邑,父觊曾仕魏为尚书,中年去世,瓘得袭父荫,弱冠已仕尚书郎，后来佐晋立功，受封菑阳公。第四子宣，得尚帝女繁昌公主，瓘得邀宠眷，遇事摅忠，尝虑储贰非人，欲密请废立，屡次入见，且吐且茹，始终未敢直陈。会武帝幸凌云台，召集百僚，各赐盛宴。瓘饮至数觥，佯为醉状，起身至御座前，下跪道："臣有言上陈，未知圣意肯容纳否？"武帝许令直陈。瓘欲言又止，如是三次，乃用手抚床道："此座可惜。"武帝已悟瓘意，权词相答道："公真大醉么？"瓘亦知武帝托词，叩头而退。及宴毕还宫，过了数日，武帝想出一法，特召东宫官属，悉数入殿，概令侍宴。暗中却封着尚书疑案，遣内侍赍付东宫，令太子判决，当即复命。太子衷呆笨得很，骤接来文，晓得什么裁答，慌忙召问僚属，急切不见一人，那时仓皇失措，只好入问床头夜叉，与她商议。贾妃南风虽然读过好几年诗书，略通文墨，但欲代为答复，亦觉自愧未能，急来抱佛脚，忙遣侍婢趋问外臣，当有人代为拟草，引古证今，备具典博，传婢持报贾妃，妃恐忙中有错，再召入给事张泓，使决可否。泓摇首道："太子不学，为圣上所深知，今答诏多引古义，明明是倩人代拟，一或查究，水落石出，属稿吏当然被谴，恐太子亦不能安位了。"贾妃大惊道："这却如何是好？"泓答道："不如直率陈词，免得陛下动疑。"贾妃乃转惊为喜，温言与语道："烦公为我善复，他日当与共富贵。"泓因为具草，令太子自写。太子衷勉强录成，再由泓复阅，方交内使持去。武帝接视复文，词句虽多鄙俚，意见却是明通，不由得放下忧怀，既便又召入卫瓘，持示答草。瓘才阅数行，即逡巡谢过，左右始知瓘有毁言，齐称陛下圣明，不受谗间，说得瓘满面怀惭，容身无地，还是武帝替他调解，方使瓘徐徐引退，尚得盖愆。

是时贾充尚在，得此消息，使人语贾妃道："卫瓘老奴，几破汝家。"妃因此恨瓘，尝思设计报复，只因武帝知瓘忠诚，宠遇日隆，一时无可下手，不得不容忍过去。及瓘为司空，遇有军国大事，武帝辄令会商，瓘亦有所献替，补益颇多。会日融过半，瓘与太尉汝南王亮、司徒魏舒、联名上表，固请避位，有诏不许，至太康五年正月，龙现武库井中，武帝亲自往观，颇有喜色。百官将提议庆贺，瓘独无言。边有一人闪出道："昔龙降夏庭，终为周祸，寻案旧典，并无贺龙故例，怎得创行？"瓘闻言急视，乃是尚书左仆射刘毅，是由司隶校尉新升，便随口接下道："刘仆射所言甚当，何必贺龙。"百官才打消贺议。武帝亦命驾驰归。先是魏尚书陈群，因吏部不能相士，特命郡国各置中正，州置大中正，令取本地人士，甄别才德，列为九品，吏部得援格补授。相沿日久，奸弊丛生，往往中正非人，徇私去取。刘毅不忍缄默，因力请更张，期清宿敝，奏疏有云：

臣闻立政者以官才为本，官才有三难，而国家兴替之所由也。人物难知，一也；爱憎难防，二也；情伪难明，三也。今立中正，定九品，高下任意，荣辱在手，操人主之威福，夺天朝之权势，爱憎决于心，情伪由于己，公无考校之负,私无告讦之忌,用心百态,求者万端,廉让之风灭,苟且之俗成,窃为圣朝耻之。臣尝谓中正之设,未获一益,反得八损,高下逐强弱,是非随兴衰,一人之身,旬日异状,或以货赂自通,或以亲私登进,是以上品无寒门,下品无势族,慢主罔时,实为乱源,所损一也;重其任而轻其人,所立品格,徒凭一人之意见,未经众望之所归,卒使驳违之论,横于州里,嫌仇之隙,结于大臣,所损二也;推立格之意,以为才德有优劣,伦辈有首尾,序列高下,若贯鱼之成次,秩然不乱,乃法立而弊生,名是而实非,公以为格,坐成其私,徒使上欺明主,下乱人伦,优劣易地,首尾倒错,所损三也;国家赏罚,自王公以至庶人,无不如法,今置中正,委以重柄,无赏罚之防,遂至清平者寡,怨讼者众,听之则告讦无已,禁绝则侵枉无极,上明不下照,下情不上闻,所损四也;一国之士,多者千数,或流徙异地,或取给殊方,面犹不识,遑问才力,而中正无论知否,但采誉于台府,纳毁于流言,任己则有不识之蔽,听受则有彼此之偏,所损五也;职有大小,事有剧易,稽功叙绩,庶足鼓舞人才,今则反是,当官著效者,或附卑品,在官无绩者,转得高叙,抑功实而隆虚名,长浮华而废考绩,所损六也;官不同事,人不同能,得其能则成,失其能则败,今不状才能之所宜,而徒第为九品,以品取人,或非才能之所长,以状取人,则为本品之所限,即使鉴衡得实,犹虑品状相仿,况意为取舍,黑白混淆,所损七也;前时铨次九品,朝廷犹诏令善恶必书,以为褒贬,故当时犹有所忌,今之九品,所下不彰其恶,所上不列其善,废褒贬之义,任爱憎之断,清浊同流,惩劝不明,天下人焉得不骤行而骛名,所损八也。由此论之,职名中正,实为奸府,事名九品,实有八损。古今之失,无逾于此。臣以为宜罢中正,除九品,弃魏氏之弊法,立一代之美制,则铨政清而人才出矣。事关重要,恳切上闻!

这疏上后,武帝虽尝优容,仍然不见施行。司空卫瓘,更与太尉汝南王亮等,申请尽除中正,规复乡举里选的古制。武帝但务因循,终不能改。未几刘毅疾殁,魏舒又以老疾辞官,旋亦谢世。朝议征令镇南大将军杜预,还都辅政。预已六十三岁,自荆州奉诏启行,行次邓县,一病不起,告终驿馆。自武帝罢撤兵备,吏惰民嬉。独预镇襄阳,常言天下虽安,忘战必危,所以文武并重,内立泮宫,外严堡寨,又引凿滍淯诸水以溉原田,疏通扬夏诸水以达漕运,公私同利,兵民永赖,时人称为杜父,又号为杜武库。平居无事,辄流览经籍,自撰《春秋经传集解》,又参考众家谱弟,著成释例,再作盟会图春秋长历。再四斟酌,至老乃竣。当时侍中王济善相马,和峤善聚财,预谓济有马癖,峤有钱癖,惟自己有《左传》癖,迄今杜氏《集解》,流传不替。预殁后归葬京兆,追赠开府,得谥为成。天不慭遗,老成雕谢,只剩了一个卫司空,孤立无援,内为贾妃所忌,外为杨氏所嫌，免不得表里相倾，不安于位。卫宣曾尚帝女，复好作狭邪游，伉俪间不甚和协。杨骏等乘间设谋，谓宣若离婚，瓘必逊位，因嘱黄门侍郎等劾瓘父子，讽武帝夺宣公主。瓘当然惭惧，告老乞休。武帝准如所请，听令原爵休致，并命繁昌公主入宫居住，示与卫氏绝婚。有司又奏宣所为不法，应付廷尉治罪，武帝总算不问。后来知宣被诬，拟令公主仍归卫家，哪知缘分已断，不能再续，宣已病瘵亡身，徒使那金枝玉叶，坐守空帏，岂不可叹！

杨骏既排去卫瓘，复忌及汝南王亮，多方媒孽，不由武帝不从，竟命亮为大司马，出督豫州诸军事，使镇许昌。又徙封皇子南阳王柬为秦王，使出督关中，始平王玮为楚王，使出督荆州，濮阳王允为淮南王，使出督扬江二州军事。更立诸子乂为长沙王，颖为成都王，晏为吴王，炽为豫章王，演为代王，皇孙遹为广陵王，遹为太子冢嗣，但不由嫡出，乃是宫妾谢玖所生。谢玖本系武帝宫中的才人，秀外慧中，颇邀睿赏，特给赐东宫，使充妾媵，才阅年余，便生一男，取名为遹。遹年五岁，颖悟绝伦。一夕，侍武帝侧，蓦闻宫外失火，左右惊惶，武帝欲登楼觇视，遹牵住武帝衣裾，不使上楼。武帝问为何意？遹答说道："昏夜仓猝，宜备非常，不可使火光照见人主。"武帝不禁点首。至火已救熄，内外安静，益称遹为奇儿。且谓遹酷肖宣帝，将来必能纂承大统，所以太子不才，武帝未尝不晓，只因遹生性敏慧，有恃无恐，所以不愿废储，照旧过去。贾妃南风，甚是妒悍，不悦皇孙，自遹得生长，更恐他妾再复生男，严加防检。适有一妾怀妊，腹大便便，为妃所觉，便用戟掷刺孕妾，随刃仆地，且责宫女防闲不密，自持刀杀死数人。武帝闻报大怒，命修金墉城冷宫，将妃废锢。充华赵粲，为妃缓颊，从容入白道："贾妃年少，未能免妒，待至长成以后，自当知改，愿陛下三思！"就是杨后亦替她劝解，再加杨珧亦为进言，谓："贾充有功社稷，不应遽忘，毋致废及亲女。"武帝乃寝议不行。

转瞬间已是太康十一年，改元太熙，进王浑为司徒，起卫瓘为太保，加光禄大夫石鉴为司空。三人虽同心秉政，权力终不敌三杨。更因武帝晚年，渔色成疾，常不视朝。杨后居中用事，屡召入乃父杨骏，商榷要政。至太熙元年孟夏，武帝病剧，索性将杨骏留侍禁中，一切诏令，俱出骏手，诸王大臣，无一与谋。骏得擅易公卿，私树心腹。武帝连日昏沉，不省人事，既而回光返照，偶觉清明，居然能起阅案牍，省视黜陟，适见骏所拟诏书，用人非才，因正色语骏道："怎得便尔？"骏惶恐谢罪。武帝又道："汝南王亮，已启程否？"骏答言尚未。武帝又道："快令中书草诏，留他立朝辅政。"骏不得已传命出去。武帝卧倒床上，又昏昏睡着。骏慌忙趋出，直至中书处索阅草诏，持还禁中，越宿尚未缴出。中书监华廙入叩宫门，向骏乞还原稿，骏不肯与。到了傍晚，复传入华廙及中书令何劭，由杨后口宣帝旨，令作遗诏，授骏为太尉，兼太子太傅，都督中外诸军，录尚书事。廙与劭不敢违慢，当即草就，呈与杨后。杨后却故意引入两人，使就帝榻前作证。两人跪请帝安，然后由杨后递过草诏，使武帝自视。但见武帝睁着两眼，看了许多时候，方才掷下，一些儿不加可否。及廙与劭叩辞出宫，武帝已经弥留，临危时忽问左右道："汝南王来否？"左右答言："未来。"武帝不能再言，长叹一声，呜呼崩逝。在位二十五年，享寿五十五岁。小子有诗叹道：

欲垂燕翼贵诒谋，悍媳蚕儿已兆忧。
况复托孤无硕彦，帷廧怎得免戈矛？

欲知武帝死后，宫中如何行动，待至下回叙明。

第八回

怙势招殃杨氏赤族 逞凶灭纪贾后废姑

却说杨骏见武帝已崩，即入居太极殿，主持国政，引太子衷即位柩前，颁诏大赦，骤改太熙元年为永熙元年，尊皇后杨氏为皇太后，立贾妃南风为皇后。会梓宫将殡，六宫出辞，骏并不下殿，反用虎贲百人，环卫殿门，一面促令汝南王亮即日赴镇。亮不敢临丧，但在大司马门外，北向举哀，又表求送葬山陵，然后启行。骏哪里肯依，并恐亮有别图，因即告知太后，诬亮谋变，且迫令嗣主手诏遣兵，声罪讨亮。还亏司空石鉴，从中劝阻，不致遽发。亮已微闻消息，商诸廷尉何勖。勖笑说道："今朝野皆惟公是望，公不能讨人，乃怕人讨么？"亮素胆小，但知趋避，竟夤夜出都，驰赴许昌，方得免难。骏弟杨济及骏甥李斌，皆劝骏留亮，骏终不从。济语尚书左丞傅咸道："家兄若召还大司马，令主朝政，自己洁身退避，门户尚可保全。"咸答道："但当召还大司马，秉公夹辅，便致太平，何必故意趋避呢？况宗室外戚，谊关唇齿，唇亡齿寒，恐非吉征。"济闻言益惧。又问诸侍中石崇，崇答如咸言。济乃托崇谏骏，骏方自幸得志，怎能改过不吝，从谏如流？而且前此一班老臣，多已雕谢，就是荀勖冯𬘘等，亦相继病终，宫廷内外，没人敢与骏相抗。骏乐得作威作福，任意横行。越月即奉梓宫出葬峻阳陵，庙号世祖，尊谥武帝。

骏自知平时威望，未满人意，因欲大加封爵，笼络众心。左军将军傅只，向骏贻书，谓："从古以来，未有帝王始崩，臣下得论功加封，请即辍议！"骏又不听从，竟劝嗣主下诏，凡中外群臣，皆增位一等，预丧各官，得增二等，二千石以上，统封关内侯，复租调一年。散骑侍郎何攀，又奏言：“班赏行爵，超过开国功臣及平吴诸将帅，他日将何以善后？务请收回成命！”奏入不报。未几又有诏传下，授骏为太傅大都督，假黄钺，录朝政，百官总己以听。尚书左丞傅咸，入朝语骏道：“谅暗本是古制，近世久不见行，今主上谦冲，委政明公，天下乃不以为是，试问公能当此重任么？周公大圣，尚致流言，况嗣主已非冲幼，公又地居贵戚，与周公不同，何不乘山陵事毕，慎图行止？可退即退，毋拂众情！”骏忿然作色，不答一词。咸乃告退。未几又复入谏，骏恨他多嘴，将出咸为郡守，骏甥李斌，谓斥逐正士，恐失人望，骏乃罢议。杨济密遗咸书，略云：“生子痴，了官事，今日官事恐未易了呢。虑君撄祸，故敢直告。”咸复称：“矫枉过正，卖直市名，或不免遭祸杀身。若控控愚忠，反致见怨，咸所未闻。”济得书付诸一叹，不复再白。咸亦不再谏骏，因得无恙。看官记着！这晋主衷嗣位以后，蠢顽如故，外事悉委杨骏，内政全出贾南风，自己同木偶一般，毫无守文气象。不过史家沿称庙号，叫作惠帝，所以小子也不得不援例相呼。

杨骏虽得专政柄，也恐贾后阴险多谋，时加防备。特令甥段广为散骑常侍，执掌机密，私党张劭为中护军，督领禁兵，所有诏命，先示惠帝，继白杨太后，始付颁行，其实统由骏一人主裁，太后与帝，无非唯唯承诺，从未尝有一异言。中外臣僚，因骏独断独行，专擅严愎，啧有烦言。冯翊太守孙楚，直言规骏，终不见纳，弘训少府蒯钦，为骏姑子，亦屡进箴规，不嫌烦渎。他人多为钦惧祸，钦慨然道：“杨文长虽暗，尚能知人无罪，不可妄杀，我言不见听，不过为彼所疏，我得疏乃可免患，否则将与彼俱族了。”既而骏选匈奴东部人王彰为司马，彰逃避不受，有彰友从旁怪问，彰答语道：“古来一姓二后，少有不败。况杨太傅昵近小人，疏远君子，专权自恣，终必败亡。我逾海出塞，远避千里，尚恐及祸，奈何应他辟召，自投罗网呢？且武帝不思择嗣，负荷大业，受遗又不得人，天下大乱，翘足可待，还想甚么功名？我所以见机远行了。”友人方佩服彰言。

先是侍中和峤，尝启奏武帝，谓：“太子朴诚，颇有古风，但末世多伪，质朴如太子，恐不能了陛下家事。”武帝默然。嗣峤复与荀勖入传，武帝顾语道：“太子近日，颇有进境，卿等可往觇虚实。”峤与勖奉旨往验，及复命时，勖满口贡谀，独峤直说道：“圣质如初。”武帝愀然变色，拂座竟入。峤当然返归。这语传入贾南风耳中，未免记在心里，隐含恨意。及惠帝嗣位，经过半年，立广陵王遹为太子，进中书监何劭为太子太师，吏部尚书王戎为太子太傅，卫将军杨济为太子太保，还有少师一职，任用了卫尉裴楷，少傅一职，因幽州都督张华入朝，留任太常卿，因即迁授。和峤得厕职少保，六大臣辅遹入宫，谒见贾后，后见峤在列，触起前憾，一张半青半黑的脸上，不由得露出嗔容。峤神色夷然，佯若未见，俟太子谒毕，贾后入室，少顷见惠帝出来，顾问和峤道："卿常谓我不了家事，今果何如？"峤从容答道："臣昔事先帝，曾有此言，如臣言无效，便是国家幸福了。"惠帝被峤一说，反弄得哑口无言。峤与众大臣徐徐引退，太子遹亦辞赴青宫，不消细表。

惟贾后生性阴鸷，素来是个不安本分的泼妇，此时统领六宫，内权在手，又想出预外政，偏上有太后，下有杨骏，每事受他牵掣，不能任所欲为，因此积怨成仇，恨不得速除二人。再加武帝在日，杨太后阴为调停，阳申劝诫，贾后未知太后暗护，反因太后责言，疑她拨弄是非，所以处心积虑，徐图报复。自正位中宫后，日夕思逞，可巧殿中中郎孟观李肇，为骏所憎，屡遭诟斥，平时衔骏切骨，愿做中宫耳目，为后效劳，甚且构造蜚言，谓骏将危社稷，不可不防。从中牵合的叫做董猛，向为东宫给使，超列黄门，贾后倚为腹心，辄遣他通使观肇，密谋除骏，并废太后。又令肇往唆汝南王亮，使亮入请君侧，亮怯不敢承，肇因转告楚王玮。玮少年气锐，性又狠戾，便满口应允，表请入朝。杨骏本已忌玮，尝欲征召，只因玮勇悍难制，坐此迁延，及闻他自请入朝，喜如所愿，遂劝惠帝诏从所请。时已为永熙二年，诏复改元，号为永平，春光和煦，最便行人。玮与淮南王允，联袂入朝，贾后闻玮已入都，便即发难，嘱令孟观李肇，夜启惠帝，称骏谋反。惠帝晓得甚么真假，遽付手书，降黜骏官，令以列侯就第。观与肇以为未足，便请发兵讨骏。惠帝复命东安公繇，率殿中兵四百人，往围骏第。楚王玮亦带领随兵，驻扎司马门，且令淮南相刘颂为三公尚书，入卫殿中。

散骑常侍段广闻变，急驰入见帝，跪伏座前，且泣且语道："杨骏受恩先帝，竭忠辅政，且年老无子，岂有反理？愿陛下审慎后行！"惠帝不答。广知无可言，因即趋出，报知杨骏。骏已得内变音耗，忙召众官入商，主簿朱振献议道："今内变猝起，定由阉竖为贾后设谋，不利公家。公宜亟率家甲，往烧云龙门，索交乱首，一面引东宫及外营兵，拥皇太子入宫，追取奸人，殿内震惧，当将首犯斩送出来，否则不能免祸了。"骏平居很是骄愎，至此反狐疑不决，且嗫嚅道："云龙门为魏明帝所造，工费甚大，怎好烧去？"侍中傅祗，见骏多疑，料知不能成事，便起座语骏道："祗愿入宫观察事势，就便转圜。"复掉头语群僚道："宫中亦不可无人。徒在此聚议，亦属无益。"大众听了，起身皆走。独尚书武茂，还是坐着，祗瞋目顾茂道："公非朝廷大臣么？今内外隔绝，不知天子所在，怎得安坐？"茂乃惊起，随众同出。骏党左军将军刘豫，陈兵万春门，遇右军将军裴頠，问及太傅所在，頠随口设诳道："我曾在西掖门遇着太傅，见他乘着素车，带了二人，向西出走了。"豫惊诧道："我将何往？"頠答道："可至廷尉处自陈。"豫为頠所给，匆匆径去。頠即接诏代豫，领左军将军，扼守万春门。

贾后恐太后救父，作为内应，即派心腹密往监守，果然得太后帛书，自宫中射出城外，上面写着“救太傅者有赏”六字。因扬言：“太后与骏同反，大众不得妄从！”东安公繇，已率殿中兵围烧骏第，又令兵弩手等，分登阁上，环射骏门。骏与家属，俱不得出走。繇麾众掩入，四面搜寻，随手捕戮，约不下百余人，独不见有杨骏。再往马厩中缉捕，始觉有人蜷伏厩隅，群呼不应，各用戟攒刺进去，但听得几声惨号，已是溅血成红，死于非命。兵士拖尸出认，不是别人，正是前日赫声濯灵的杨太傅。孟观李肇，又分收杨珧、杨济、张劭、李斌、段广、刘豫、武茂及散骑常侍杨邈、中书令蒋骏、东夷校尉文鸯等，俱至市曹斩首，各夷三族，共死数千人。杨珧临刑时，呼东安公繇，憘声与语道：“表在石函，可问张华。”繇置诸不睬。贾氏族党，又促使行刑，珧尚号叫不止，蓦闻砉然一声，头破脑裂，方倒地而死。

汲郡有高士孙登，营窟北山。夏时编草为裳，冬季用发自复，好读《易》抚琴，见人辄笑。杨骏在日，尝闻登名，遣使征召。登不肯就征，已而自至骏第，骏给以金帛，俱辞谢不受，又改赠布被，登携被出门外，随手乱劈，大呼道：“斫斫刺刺。”及被皆扯碎，又奄卧道旁，作已死状。自骏以下，俱目登为疯人，听他僵毙，越宿出视，竟不知去向。既而温县又有一狂徒，自造四语，歌诸市上云：“光光文长，大戟为墙，毒药虽行，戟还自伤。”当时俱莫名其妙。至骏居内府，用戟为卫，死时又被戟攒刺，始知狂徒也是高人。就是孙登举动，统有先觉，不过未曾道破，转令人索解无从呢。骏既诛死，遗骸委弃，无人敢收，惟太傅舍人阎纂，不忘故主，挺身独出，替他棺殓，却也未尝遭诛。是夕刑赏大权，统出自东安公繇。繇为琅琊王（伷）第三子，（伷）平吴后，恭俭自处，病殁青州。长子觐承袭父爵，又不永年。觐子睿嗣，就是将来的东晋元帝。繇得受封东安公，曾官散骑常侍，此次应诏除骏，威振内外，太子太傅王戎与语道：“大事已成，此后当谢权远势，毋蹈覆辙。”繇不能从。越宿乃奉诏大赦，复改永平元年为元康元年。贾后矫制，使后将军荀悝，徙杨太后至永宁宫。特全太后母庞氏生命，许与太后同居，暗中复唆使群臣，纠弹太后。群臣趋炎附势，不敢逆命，遂联衔上奏道：

> 皇太后阴渐奸谋，图危社稷，飞箭系书，要募将士，同恶相济，自绝于天。鲁侯绝文姜，《春秋》所许，盖以奉承祖宗，任至公于天下，陛下虽怀无已之情，臣下不敢奉诏，可宣敕王公于朝堂，会议进止。

当下有诏答复，说是：“事关重大，当妥议后行。”有司又复申奏，大略说是：

> 逆臣杨骏，借外戚之资，居冢宰之任，陛下既居谅暗，委以重权，至乃阴图凶逆，布树私党。皇太后内为唇齿，协同逆谋，祸衅既彰，背捍诏命，阻兵负众，血刃宫省，而复流书募众，以奖凶党，上背祖宗之灵，下绝亿兆之望。昔文姜与乱，《春秋》所贬，吕宗畔戾，高后降配，宜废皇太后为峻阳

庶人,以为大逆不道者戒!

牝鸡司晨,灭伦害理,盈廷僚佐,一大半党恶助虐,附和同声。只有太子少傅张华,新任中书监,还抱定一折衷主义,敷奏上去,略谓:“太后非得罪先帝,不过与父同恶,有悖母仪,宜依汉废赵太后为孝成后故事,号为武帝皇后,徙居离宫,以全终始。”偏偏张议甫上,又有一个下邳王晃,串同左仆射荀恺等,定要贬太后尊号,废锢金墉城。再加各王公大臣,接连奏请,应从晃等所言。那时诏书随下,竟废杨太后为庶人,出锢金墉城中。谁知贾南风心如蛇蝎,已把皇太后废去,还想把太后母庞氏,结果性命。一不做,二不休,再唆动狐群狗党,狂吠朝堂,无非说是:“杨骏造反,家属同坐,怎得曲赦庞氏?”有诏尚佯称不忍,难从所请。至奏牍迭呈,援引“大义灭亲”四字,作为铁证,可怜白发皤皤的庞太君,竟奉到诏旨,枭首宫门。废太后怎忍母死,抱持悲号,且截发稽颡,上表贾后,自称为妾,乞全母命。看官!试想这都是穷凶极恶的贾南风,唆使出来,怎肯出尔反尔,放下屠刀?废太后拼命哀求,悍皇后反加催促,刀光闪闪,绝不留情,霎时间庞氏陨首,并将废太后杨氏,硬送入金墉城,幽禁了事。贾氏党羽,还是你一奏,我一疏,请尽诛杨骏官属,幸亏侍中傅祗,出为谏阻,方许赦免,不再滥刑。随即征汝南王亮为太宰,与太保卫瓘并录尚书事,进秦王柬为大将军,东平王楙为抚军大将军,楚王玮为卫将军,下邳王晃为尚书令,东安公繇为尚书左仆射,晋爵为王,加封董猛为武安侯,孟观李肇等,皆拜爵有差。

汝南王亮入都辅政,又追论诛杨骏功,普加爵赏,封拜至千余人。傅咸已迁任御史中丞,一再致书谏亮,第一次是咎亮滥赏,第二次是劝亮让权,亮皆不愿听受,渐渐的自用自专。贾后族兄贾模,从舅郭彰,及贾充嗣孙贾谧,又俱得梯荣邀宠,蟠踞朝纲。楚王玮与东安公繇,也乘势干政。宗室外戚,双方分峙,又不免彼此生嫌。繇见贾后暴悍,恐不免害及己身,因与徒党密谋,拟设法废去悍后。计尚未定,偏遇那同胞兄弟,先加倾轧,暗肆谗言,竟把繇排挤出去。原来繇次兄淡,曾受封东武公,向与繇不相和协,屡次至太宰亮处进谗,说他专行诛赏,欲擅朝政。亮信为真言,奏免繇官。繇与东平王楙,常相往来,至是失官生怨,与楙谈及,有诋亮语,复为亮所闻知,遂遣楙赴镇,并谪繇至带方。繇既远去,又少一个著名的宗亲,贾谧郭彰,权焰益隆,眼见得宗室日弱,敌不过外戚威权。小子有诗讥汝南王亮道:

危厦何堪一木支,材庸器小更难持。
蟠根未固先戕叶,怎奈南风再折枝。

毕竟宗室外戚,有无冲突,容至下回再表。

第九回

遭反噬楚王受戮　失后援周处捐躯

却说贾氏私党，权焰日盛，太宰亮未曾加防，反因楚王玮刚愎好杀，拟撤他兵权，遣令归镇，另用临海侯裴楷代任。太保卫瓘，亦赞成亮议。玮自恃有功，怎肯俯首听命？裴楷亦不敢受职。玮长史公孙宏及舍人岐盛，素行无赖，为玮所昵，因替玮设法，劝他与贾后结欢。贾后本恐玮难制，密怀猜忌，只因他自来迁就，也乐得曲为周旋，留作心膂，遂命玮领太子少傅。亮与瓘所谋未遂，不免加忧，瓘又因岐盛，向附杨骏，后来反噬杨氏，居心反复，不可不除，因欲请诏诛盛。盛微有所闻，竟驰往积弩将军李肇宅中，诈称玮命，报告亮瓘有废立意。肇已为贾后功狗，深得后宠，便把盛言转达贾后。后前曾怨瓘，又因瓘与亮同掌朝政，自己仍不能专恣，索性乘势捽去，可以逞志横行，乃自草密书，胁令惠帝照写。书中略云："太宰太保，欲行伊霍故事，王宜宣诏调兵，分屯宫门，并免二公官爵。"惠帝惟后是从，匆匆写就，遂由贾后交付黄门，叫他乘夜授玮。

玮得惠帝手书，也不禁踌躇，谓当入内复奏。黄门驳说道："事宜急行，若辗转需时，一或漏泄，转非密诏本意。"玮亦知谋出贾后，为争权计，但自思亮瓘二人，与己有隙，此时正好借端报复，一快私忿；况二人得除，将来亦可进揽朝纲，自逞大欲。遂慨然应允，令黄门返报，一面部勒本军，再矫诏召入三十六军，手令晓谕道："太宰太保，密图不轨，我受密诏，都督中外诸军，汝等皆应听我节制，助顺讨逆！"诸军闻令，相率惊顾，但亦不敢不唯命是从。玮又矫诏传示亮瓘僚属，教他们预先散归，概不连坐；若不奉诏，便军法从事。于是遣李肇与公孙宏，领兵讨亮。侍中清河王遐，率吏收瓘。亮尚未得确音，由帐下督李龙踉跄入报，请即严拒外交。亮尚疑为讹传，不肯照行。俄而府第被围，外兵登墙哗噪，亮始出问道："我并无二心，何故得罪？"公孙宏答道："奉诏讨逆，不知有他。"亮又谓："既有诏书，何不见示？"宏全然不理，但麾众攻入。亮乃返身入内，适遇长史刘准，向他泣涕。准忿然道："这必是宫中奸谋，公府内俊乂如林，尚可并力一战。"亮仍然不决。未几，由李肇趋入，指麾兵士，把亮缚住。亮仰首长叹道："似我忠心，可披示天下，如何无道，枉杀不辜？"肇既执亮，使坐车下。时当六月，夜间犹热，人皆挥汗，亮被缚着，汗出如沈。有几个监守军人，悯他无罪，替他搧凉。肇从旁觑着，竟下令军中道："有人斩亮，赏布千匹！"乱兵闻利动心，一齐下手，或割鼻，或劈耳，承截手足，霎时间将亮送命，投尸北门。亮子矩亦为所杀，惟少子羕等，年尚幼稚，由婢仆等窃负逃出，避匿临海侯裴楷家。楷与亮有姻谊，密为保护，一夕八迁，始得免害。

那清河王遐趋至瓘第，宣诏逮瓘，瓘左右亦疑遐矫诏，劝瓘上表自讼，俟得报后，就戮未迟。瓘不欲抗旨，坦然趋出，接受诏书。正拟束手就缚，不防遐背后闪出一人，拔出利刃，手起刀落，把瓘挥作两段，并趁势闯入，捕得瓘三子恒岳裔及瓘孙六人，一并杀死。这人为谁？乃是被瓘所逐的帐下督荣晦。晦又屠戮瓘门，得报宿怨，复因瓘尚有二孙，未得搜获，还想率众严索，幸二孙璪玠，有病就诊，适寓医家，无从捕戮。清河王遐，已恨晦专杀，叱令返报。晦乃随遐白玮，公孙宏李肇等，亦皆至玮前缴令。岐盛又入语玮道："亮瓘虽诛，贾郭未除，宜一并翦灭，方可正王室，安天下。"玮接口道："这……这事恐不可再行呢。"盛叹息而出。

时已天明，太子少傅张华，使董猛往说贾后道："楚王既诛二公，威权在手，试问帝后如何得安？何勿责玮擅杀大臣，摒除后患！"贾后喜道："我正虑此，卿等与我同见，幸速转告张公，事在速行。"猛驰白张华，华即入内启帝，立遣殿中将军王宫赍驺虞幡，出麾玮众道："楚王矫诏杀人，汝等如何盲从？"言甫毕，众皆骇走。玮左右不留一人，窘迫不知所为，亟驾着牛车，将赴秦王柬第。途遇卫士追来，立把玮拖落车下，押交廷尉，一道诏书，接连颁下，说玮擅杀二公父子，又欲诛灭朝臣，谋图不轨，罪大恶极，应速正大典，特遣尚书刘颂监刑，颂奉诏后，当命将玮推出市曹，玮从怀中取出青纸，就是前次惠帝手书，令诛亮瓘，当下递示刘颂，且泣语道："受诏行事，怎得为擅？自谓托体先帝，谋安社稷，乃反被见诬，幸为申奏！"颂亦欷歔涕下，不能仰视。无如朝旨迫促，未便稽留，只得强作威容，喝令斩玮。玮既斩讫，复有诏命诛公孙宏岐盛，并夷三族，一股冤气，冲上九霄，顿时大风骤雨，卷入刑场，再加那电光似火，雷声如鼓，吓得刘颂以下，慌忙逃回。惟玮既受诛，亮与瓘应该昭雪，偏偏过了数日，未见明文。瓘女向廷臣上书，为父讼冤，又有太保主簿刘繇等，亦各执黄幡，挝登闻鼓，请追申枉屈，兼惩余凶。大致说是：

前矫诏者至太保第，太保承诏当免，重敕出第，子身从命，如矫诏之文，唯免太保官，右军以下，即承诈伪。违基本文，辄戮宰辅，不复表上，横收太保子孙，辄皆行刑。贼害大臣父子九人，伏见诏书，为楚王所诳误，非本同谋者皆弛遣。如书之旨，第谓吏卒被驱，逼赍白杖者耳。律称受教杀人，不得免死，况乎手害功臣，贼杀忠良，虽云非谋，理所不赦。今元恶虽诛，凶竖犹存，臣惧有司未详事实，或有纵漏，不加详尽，使太保仇贼不灭，冤魂永恨，诉于穹苍，酷痛之臣，悲于明世。臣等身被创痍，殡殓始迄，谨陈瓘在司空时，帐下给使荣晦，有罪被黜，转投右军麾下，不自知过，反思修怨。此次变起，晦在门外，即扬声丑诋，及入门，宣毕讹诏，即敢加刃，彼又素知太保家属，按次收捕，悉加斩斫，屠戮全门，实由于晦。劫盗府库，亦皆晦所为。考晦一人，众奸毕集，乞验尽情伪，加以族诛。庶已死者犹可瞑目，而未死者尚得逃生。雪冤情，戢凶焰，臣等不胜哀吁之至！

自经繇等吁请，廷议乃归罪荣晦。执晦枭首，并诛晦族，且追复亮瓘爵位。谥亮曰文成，谥瓘曰成。嗣是贾后得志专政，委任亲党，用贾模为散骑常侍，兼加侍中。贾谧亦得任散骑常侍，并领后军将军。谧为后谋画，谓："张华系出庶姓，不致逼上，且儒雅有识，素孚众望，宜以朝政相委。"贾后转问裴頠，頠很是赞成，乃命华为侍中，兼中书监，頠为侍中，頠从叔楷。为中书令，加侍中，与左仆射王戎，并掌机要。华尽忠帝室，弥缝衮阙，朝野倚为柱石。后虽凶险，亦加敬礼。华常作女史箴，呈入宫中，明明为讽后起见，后虽不肯改，却也未尝恨华。贾模裴頠，并服华才略，遇有大议，皆推华主张，故元康年间，主德虽昏，犹得安然无事。郭彰亦稍自敛抑，未敢横行，独贾谧少年好事，恃宠增奢，室宇崇闳，器服珍丽，歌僮舞女，选极一时。惟好延宾客，往往开阁相迎，凡贵游豪戚及海内文士，陆续趋附，尝与谧饮酒论文，相得甚欢，当时号为二十四友。小子特将各友姓名，编次如下：

郭彰、石崇、欧阳建、潘岳、陆机、陆云、缪征、杜斌、挚虞、诸葛诠、王粹、杜育、邹捷、左思、崔基、刘瑰、和郁、周恢、牵秀、陈眕、许猛、刘讷、刘舆、刘琨。

这二十四友，不是豪家，就是名士。此外奔走谧门，伺候颜色，就使多方谄媚，谧只以泛交相待，未尝许为知己。谧本有文名，更得二十四人，竞为标榜，声誉益隆。贾后得谧为助，更觉似虎添翼，或需文字煽惑，皆令谧草，别人怀宝剑，我有笔如刀，可为贾后写照。贾后越无忌惮，任性妄行，故太后杨氏，出居金墉城，尚有侍女十余人，充当役使，嗣复为贾后所夺，甚至无人进膳，一代母后，竟至绝粒八日，奄奄饿死，年才三十有四。贾后贼胆心虚尝怨冤魂未泯，棺殓时用物覆面，又用许多符书药物，作为镇压，才得放怀。这是元康二年间事。

越年，弘农雨雹，深约三尺，又越年，淮南寿春大水，山崩地陷。上谷居庸上庸，亦遭水灾，伤及禾稼，人民大饥。又越年，荆扬兖豫青徐六州，又复大水，接连是武库火灾，所有累代藏宝，如孔子履及汉高斩蛇剑等，悉数被焚。他如军械遭毁，不可胜计。宗亲如秦王柬，下邳王晃等，相继亡故，耆旧如石鉴傅咸等，亦病殁数人。中书监张华，得进位司空，陇西王泰，系宣帝司马懿弟，早膺封爵，至是入为尚书令。梁王彤已为卫将军，复加官太子太保，循资迁授，毋庸细表。

惟匈奴部落，出没朔方，渐有蠢动状态。悍目郝散，纠众万人，进攻上党，戕杀长官，当由邻近州郡，发兵往援，击退郝散。散兵败乞降，冯翊都尉，防他反复，诱散入语，把他处斩。散弟度元，率兄余部，逃出境外，好容易招兵买马，卷土重来，誓为乃兄复仇，且勾结马兰山中的羌人，卢水附近的胡骑，一同作乱，闯入北地。太守张损，督兵堵御，反杀得大败亏输，死于非命。冯翊太守欧阳建，前往协剿，也被他数路夹攻，丧失许多人马，狼狈奔回。晋廷正授赵王伦。为征西大将军，都督雍梁二州军事。此次逆虏犯境，应由伦运筹决胜，制服叛徒，怎奈伦未谙韬略，徒靠那皇家势力，得握兵权，并有一个嬖人孙秀，从中揽柄，贻误戎机。所以羌胡蜂起，无术荡平。雍州刺史解系，献议伦前，愿分兵御寇，独当一面。孙秀谓系有异志，断不可从，且促系出讨羌胡。系督兵出战，果遭羌胡夹击，失利而还。伦因此劾系，系亦劾伦，彼此各执一词。司空张华，直系曲伦，请召伦还朝，另简军帅，乃改授梁王彤出镇雍梁，领征西将军。调还赵王伦，不加谴责，反授他为车骑将军。秦雍二州的氐羌，见晋廷赏罚不明，索性乘机抗命，聚众造反，推戴了一个氐帅，叫作齐万年，僭称帝号，围攻泾阳。梁王彤甫经莅镇，因氐羌猖獗，飞使奏闻，请即济师。晋廷特派安西将军夏侯骏为统帅，率同建威将军周处，振威将军卢播，往讨齐万年。中书令陈准入谏道："骏与梁王，俱系贵戚，非将帅才，进不求名，退不畏罪。周处，吴人，忠勇果敢，有怨无援，必致丧身。宜诏积弩将军孟观，带领精兵万人，为处先驱，庶足殄寇，否则梁王必使处前行，迫陷绝地，寇不可灭，徒亡一国家良将，岂不可惜？"偏廷议说他过虑，不肯照行。

或劝处道："君有老母，何不以终养为名，辞去此任？"处慨然道："忠孝不能两全，既已辞亲事君，不能顾全私义。今日是处死日了。"遂率军西去。看官道周处何故誓死？就是陈准等人，又何故知处必死？说来又是话长，待小子将周处履历，从头叙来。处系义兴人氏，父名鲂，曾仕吴为鄱阳太守。处早年丧父，不修细行，弱冠时膂力过人，好勇斗狠，为乡里患。处自知不满人口，颇思改过。一日游里社间，见乡父老愁眉不展，各有忧色，便开口问道："现今时和年丰，何为不乐？"父老答道："三害未除，何乐可言？"处又问三害底细，父老道："南山白额虎，长桥下蛟，还有一害，且不必说了。"处定要问明，父老始直言为汝。处笑答道："这有何患？凭诸我手，一并除尽，可好么？"父老道："汝若果能除尽，乃是一郡的大幸了。”处欣然辞出，即往家中取了弓箭，径赴南山，静候谷中。傍晚，果见猛虎奔来，由处连发二矢，俱中要害，虎竟倒毙。又复投水搏蛟，蛟或沈或浮，行数十里，处相随不舍，仗剑与争，约斗了三日三夜，方得斩蛟首，还里报命。里人因处往除蛟，三日不返，疑他已死，互相庆贺。蓦见处斩蛟归来，又不免喜中带忧。处窥透里人隐情，便慨语道：“二害已除，处亦从此改行。如再怙恶，定遭天殛。”里人见他语出真诚，才欢然道谢。处乃入吴，往访陆机，机适他出，与机弟陆云相遇，具陈悔过情状，且唏嘘道：“本欲自修，恐年已蹉跎，学亦无及。”云答道：“古人贵朝闻夕改，况君方在壮年，但患志不立，何忧名不彰？”处唯唯受教。嗣是励志好学，克己复礼。言必信，行必果。期年州府交辟，仕吴为东观左丞。吴亡入洛，迭任新平广汉太守，皆有政声，寻拜散骑常侍，复迁御史中丞，守正不阿，所有纠弹，不避宠戚。梁王肜尝犯法为非，廷臣因他位兼亲贵，无一敢言，独处执法相绳，登诸白简。肜坐是怨处，权贵也恨处鲠直，遂乘那氏帅僭逆，梁王西征，把处遣发出去，好使梁王借刀杀人，互泄私忿，所以处自知必死。与处交好的士大夫，也无一不为处耽忧，就是氐帅齐万年，探得处奉命从军，亦顾语部众道：“周府君尝为新平太守，我知他才兼文武，不可轻敌，若专断而来，只有退避一法。今闻受他人节制，必遭牵掣，来此亦要成擒了。”乃率众七万人，分屯梁山，据险待着。

处与夏侯骏等，同见梁王，梁王肜果然挟嫌，佯称处忠勇过人，足为前驱，令领骁骑五千人，前攻梁山寇垒。处宣言道：“军无后继，必至覆败。处死不足惜，但为国取羞，岂非大误？”肜冷笑道：“将军平日毫不畏人，今乃临敌生畏吗？”处尚欲自辩，夏侯骏在座，遽接入道：“将军放心前往，我当令卢将军解刺史等，同为后应便了。”处怏怏前进，行至六陌，距虏营不过里许，乃整阵以待，守候卢播解系两军。才越一宵，那梁王肜的催战令，已到过两次。翌日黎明，军尚未食，又是一道催命符，立促进战。处待卢解二军，并未见到，料知梁王肜有意逞刁，自分必死，乃上马长吟道：“去去世事已，策马观西戎。藜藿甘粱黍，期之克令终。”吟毕，便麾军急进。齐万年亦驱众前来，两下交锋，各拼死决斗。自旦至暮，战到数百回合，番奴死伤甚多，但番众聚至七万，处兵只有五千，一方面逐渐加添，一方面逐渐减少，并且腹馁肠鸣，弦绝矢尽，回望后援，一些儿没有影响。处左右劝处速退，处按剑瞋目道：“这是我效节授命的时日，怎得言退？况诸军负约，令我独战，明明是置我死地，我死便罢！”说至此，拍马向前，力杀番众数十名。番奴重重环绕，竟把这位周将军，掷死阵中。小子有诗叹道：

知过非难改过难，一行传吏便胪欢。

如何正直招人忌，枉使沙场暴骨寒。

周处殉国，余军尽死，欲知晋廷如何处置，试看下回便知。

第十回

讽大廷徙戎著论 诱小吏侍宴肆淫

却说晋廷闻周处战死，明知为梁王所陷，所有权臣贵戚，反私相庆幸，没一人为处呼冤，就是张华陈准等人，亦不敢纠劾梁王，不过奏陈周处忠勇，应该优恤。有诏赠处为平西将军，赐钱百万，葬地一顷，又拨给王家近田，赡养处母，便算了事。转眼间又是一年，梁王肜与夏侯骏等，逗留关中，毫无战绩。张华陈准，因复保荐积弩将军孟观，出讨齐万年。观奉命出发，所领宿卫兵士，类皆趫捷勇悍，一往无前。既至关中，梁王肜等知观为宫府宠臣，不敢与较，索性将关中士卒，尽付调遣。观得专戎事，不虑牵制，遂努力进讨，大小数十战，俱由观亲当矢石，无坚不摧。齐万年穷蹙失势，窜入中亭，观穷加搜剿，竟得把万年擒住，就地枭首，悬示番奴。氐羌遗众，望风奔角，不敢再贰。观乘胜转剿郝度元，度元遁去，窜死沙漠。于是马兰羌及卢水胡，相继乞降。秦雍梁三州，一律廓清。晋廷命观为东羌校尉，暂镇西陲，征梁王肜还朝，录尚书事，独将雍州刺史解系免官，勒归私第。

原来赵王伦奉召还都，解系复上书劾伦，并请诛孙秀以谢氐羌。张华亦知孙秀不法，曾密托梁王肜令他收诛，偏被孙秀闻知，暗赂梁王参军傅仁，替他解免，方得随伦入京。秀见贾氏势盛，劝伦厚贿贾郭，为侥宠计，伦遂如秀议。果然钱可通神，非但贾郭与他交欢，就是恣肆中宫的悍后，亦渐加亲信。遇伦上奏，往往曲从，伦因得劾免解系，且复求录尚书事，后亦意动。偏张华裴頠固言不可，伦又求为尚书令，又被张裴二人阻挠，自是伦深恨二人，要与他势不两立了。太子洗马江统，因羌胡初平，未足惩后，特著《徙戎论》以儆朝廷，论文不下

数千言,由小子节录如下:

夫夷蛮戎狄,地在要荒,禹平水土,而西戎即叙。然其性气贪婪,凶悍不仁,四夷之中,未有甚于戎狄者。弱则畏服,强则侵叛。当其强也,以汉之高祖,尚困于白登,及其弱也,以元成之微,而单于入朝。是以有道之君,待之有备,御之有常,虽稽颡执贽,而边城不弛固守,强暴为寇,而兵甲不加远征,期令境内获安,疆场不侵而已。汉建武中,马援领陇西太守,讨平叛羌,徙其余种于关中,居冯翊河东空地。数岁之后,族类蕃息,既恃其肥强,且苦汉人侵之。永初之元,群羌叛乱,覆没将守,屠破城邑,邓隲败北,侵及河内,十年之中,夷夏俱敝,任尚马贤,仅乃克之。自此之后,余烬不尽,小有际会,辄复侵叛。魏兴之初,与蜀分隔,疆场之戎,一彼一此。魏武帝徙武都氐于秦川,欲以弱寇强国,捍御蜀虏,此实权宜之计,非万世之利也。今者当之,已受其敝矣。夫关中土沃物饶,帝王所居,未闻戎狄宜在此土也。非我族类,其心必异,而因其衰敝,迁居畿服,士庶玩习,侮其轻弱,使其怨恨之气,冲入骨髓。至于蕃育众盛,则坐生其心,以贪悍之性,挟愤怒之情,候隙乘便,辄为横逆,此必然之势,已验之事也。当今之宜,须及兵威方盛,徙冯翊北地新平安定诸羌,使居先零罕并析支诸地,徙扶风始平京兆诸氐,出还陇右,仍居阴平武都之界,各附本种,反其旧土,使属国抚夷,就安集之,则华戎不杂,并得其所,纵有猾夏之心,而绝远中国,隔间山河,为害亦不广矣。至若并州之胡,昔为匈奴,桀恶之寇也。建安中使右贤王古卑,诱质呼厨泉,听其部落,散居六郡,分为五部。咸熙之际,一部太强,分为三率,泰始之初,又增为四。今五部之众,户达数万,人口之盛,过于西戎,其天性骁勇,弓马便利,倍于氐羌,若有不虞,风尘猝警,则并州之域,可为寒心,郝散之变,其近证也。魏正始中,毌丘俭讨高句骊,徙其余种于荥阳,始徙之时,户落百数,子孙孳息,今以千计。数世之后,亦必殷炽,夫百姓失职,犹或叛亡,犬马肥充,且有噬啮,况于戎狄能不为变乎?自古为邦者忧不在寡而在不安,以四海之广,士民之富,岂须夷虏在内,然后取足哉?此等皆可申谕发遣,还其本域,慰彼羁旅怀土之思,释我华夏纤介之忧,惠此中国,以绥四方;德施永世,于计为长也。

晋廷终不能用,眼见得外族日盛,侵逼中原。时匈奴左部帅刘渊,已进任五部大都督,号建威将军,封汉光乡侯,威震朔方。又有慕容涉归子廆,遣使降晋,亦受封为鲜卑都督。相传慕容氏世居塞外,号称东胡,后为匈奴所逐,走保鲜卑山,因以为名。魏初有莫护跋入居辽西,纠集部众,建牙棘城,见燕人多戴步摇冠,因亦敛发仿效,令部众尽冠步摇,番音讹称步摇为慕容,遂以为氏或云慕二仪之德,继三光之容,因号慕容。究竟孰是孰非,无从考明。莫护跋生木延,木延生涉归,迁邑辽东,世附中国，得拜为鲜卑大单于。武帝时，涉归始入寇昌黎，为安北将军严询所败，遁归本帐。已而涉归病死，弟删篡立，将杀涉归子廆，廆亡命避难，国人不服，群起杀删，迎廆入嗣。廆姿容秀伟，身长八尺，雄健有大度，从前张华为安北将军，得见廆貌，许为大器，赠给簪帻。及廆既嗣位，因与邻近宇文部，素有嫌隙，特向晋廷上表，请讨宇文氏。晋廷不许，廆怒寇辽西，不得逞志，乃复奉书乞降，受诏为鲜卑都督。廆以辽东僻远，复徙居大棘城，事大并小，渐见强盛。

此外尚有略阳氐杨茂搜，亦据住仇池，自号辅国将军右贤王。仇池在清水县中，约得百顷，旁绕平地，计二十余里，四面斗绝，高凌九霄，中有羊肠蟠道，须经过三十六回，方登绝顶。氐人杨驹，始居此地，驹孙千万附魏，封百顷王，千万孙飞龙，徙居略阳，飞龙无嗣，以外孙令狐茂搜为子，茂搜遂冒姓杨氏。自齐万年扰乱关中，茂搜率部落四千家，由略阳退保仇池。关中人士，亦避乱往归，因此部众渐盛，也得称霸一方。杨氏以外，更有巴氐李氏，从前秦始皇并吞中国，在巴地设黔中郡，薄赋人口，令每岁出钱四千，巴人呼赋为賨，故号为賨人。东汉季年，张鲁据汉中，賨人李氏，挈族依鲁，鲁为魏武所灭，徙李氏全族五百家，至略阳北上，名曰巴氐。后来出了兄弟三人，皆有勇略，长名特，次名庠，又次名流，至齐万年作乱，关中荐饥，略阳天水等六郡人民，迁移就食，流入汉川，多至数万家。沿路饥民累累，辄至病仆。特兄弟仗义疏财，倾囊赈救，因得众心。流民至汉中上书，乞寄食巴蜀，朝议不许，但遣侍御史李苾，持节往抚。苾受流民赂遗，表称流民十万余口，非汉中一郡所能赈赡，应从流民所请，听往巴蜀。朝廷乃许令就食蜀中，李特乘机入剑阁，遍览形势，不禁叹息道："刘禅有如此要险，乃面缚降人，岂非庸才么？"遂与二弟并居蜀地，渐思谋蜀。

晋廷的王公大臣，但顺眼前富贵，不顾日后利害。就中如张华裴頠，稍称明达，但防御内讧，恐尚不及，如何能抵制外患？他若左仆射王戎，进位司徒，旋进旋退，毫无建树，性复贪吝，田园遍诸州，尚自执牙筹，昼夜会计，家有好李，得价便沽，又恐人得种，先将李核钻空，然后卖去。一女为裴頠妇，贷钱数万，日久未偿。女归宁时，戎有愠色，且多烦言，女立即偿清，始改为欢颜。从子将婚，尝给一单衣，婚讫仍向他索还，时人讥为膏肓宿疾。惟素好游散，自诩风流，尝与嵇康阮籍等，作竹林游，号竹林七贤。这七贤中，谯人嵇康，善弹琴，能操广陵散，声调绝伦，终因放荡不羁，得罪当道，为司马昭所杀，阮籍嗜酒善啸，不循礼法，平居尝为青白眼，与人莫逆，方觉垂青，否即反白，自作《咏怀诗》八十余篇，以适性为本旨，又著《达庄论》专尚无为，作《大人先生传》痛诋正士，总算得幸全首领，老死陈留。从子名咸，亦旷达不拘，与籍相契，历任散骑侍郎。武帝说他耽酒蔑礼。出为始平太守，亦得寿终。河内向秀，与嵇康论养生诀，往复数万言，世称康善锻，秀为佐，后仕至散骑常侍而卒。尚有沛人刘伶，嗜酒如命，出入必以酒自随，伶妻捐酒毁器，涕泣劝戒，伶托言至神前宣誓，令具酒肉，及酒肉具陈，乃向天跪祝道："天生刘伶，以酒为名，一饮一斛，五斗解酲，妇女之言，慎不可听。"说毕即起，仍引酒食肉，颓然复醉。伶妻无法，只好付诸一叹。伶醉后或与人相忤，争论不休，粗暴之徒，奋拳相向，伶却徐徐道："鸡肋岂足当尊拳？"这语说出，令人自然气平，一笑而去。晋初开国，文士对策，昌言无为盛治，皆得高第，独伶以无用被斥，未几遂殁，只有一篇《酒德颂》传诵后世。尚书仆射山涛，亦列入竹林七贤中，闻望最隆。涛以后要推王戎，通籍临沂，素称望族，独惜他与世浮沈，徒尚虚骛，有所赏拔，也统是名实未符。阮咸子瞻，尝投刺谒戎，戎传见后，顾问瞻道："圣人贵名教，老庄明自然，有无异同？"瞻答了"将毋同"三字。戎叹为知言，遂辟为掾属，时人呼他为三语掾。

戎有从弟名衍，神情朗秀，风度安详。总角时往见山涛，涛也为叹赏，及衍别去，目送良久道："何物老妪，生这宁馨儿？但误天下苍生，必属是人。"衍年十四，诣仆射羊祜第，申陈事状，侃侃敢言，左右目为奇童。杨骏欲以女妻衍，衍佯狂自免。武帝闻衍名，尝问戎道："夷甫当世何人可比？"戎答道："世无衍匹，当从古人中搜求。"武帝乃加意录用，累迁至尚书郎，出补元城令，终日清谈，不理政务。寻复入为黄门侍郎，高谈如故。每当宾朋满座时，自执玉柄麈尾，与手同色，娓娓陈词，无非宗尚老庄，偏重虚无，遇有义理未足，即随口变更，无人敢驳，但赠他一个雅号，叫作信口雌黄。衍不以为愧，且自比子贡，到处鼓吹，风靡一时。娶妻郭氏，系贾后中表亲，郭氏恃势作威，贪鄙无厌，衍以妻为非，口不言钱。郭氏令婢用钱绕床，使不得行，至衍晨起见钱，召婢与语道："快将阿堵物搬去。"终不道及钱字。幽州刺史李阳，与衍同乡，时称大侠，颇为郭氏所惮。衍尝语郭氏道："如卿所为，非但我言不可，李阳亦尝谓不可。"郭氏方才稍敛，惟衍终得因妻取荣，超擢至尚书令。衍弟名澄，聪悟似衍，每有品评，衍不复置议，举世推为定论。

河南尹乐广，亦好清谈，与衍兄弟为莫逆交。更有僚吏阮修胡母辅之谢鲲王尼毕卓等，皆与澄友善，谑浪笑傲，穷欢极娱。辅之尝酣饮，子谦之大呼父字道："彦国年老，怎复如是？"辅之毫不动怒，反笑呼谦之，引与共饮。毕卓亦素来好酒，闻邻有佳酿，很是垂涎。夜半悄起，往邻盗饮，醉卧瓮旁，黎明为邻人所缚，取烛审视，乃是毕吏部。因释毕缚，毕尝谓右手持酒杯，左手持蟹螯，便足了过一生。乐广虽然放达，却与胡母辅之毕卓等，不甚赞成，尝笑语道："名教中自有乐地，何必乃尔？"侍中裴頠，且作了一篇《崇有论》评驳时弊。无如敝俗已成，积重难返，徒靠着一二人正言指导，怎能挽救人心？眼见是礼教沦亡，祸不旋踵了。贾谧郭彰等，却另是一派举止，穷奢极欲，骄恣无比。郭彰年老病死，贾谧恃才傲物，目空一切，尝与太子遹博弈争道，不肯少让，甚至谩语相侵。成都王颖，方官散骑常侍，旁坐观博，不由的厉声呵斥道："皇太子为一国储君，贾谧怎得无礼？"谧闻颖言，辍局遽起，悻悻而出，往诉贾后。后当然袒谧，竟出颖为平北将军，镇守邺城。又因无故调颖，太露形迹，可巧梁王肜还朝，遂将河间王颙，同时简放，使镇关中。

先是武帝遗制，藏诸石函，非至亲不得守关中。颙系疏族，因他轻才爱士，夙孚舆论，特故畀重镇，且与颖一同外调，免滋物议，这也是贾后的苦心。惠帝好同傀儡，事事受教宫闱，或行或止，惟后所命。会值年年水灾，四方饥馑，惠帝闻报，随口语道："何不食肉糜？"左右并皆失笑。又尝游华林园，得闻虾蟆声，便问左右道："虾蟆乱鸣，为官呢？为私呢？"左右又笑不可仰。有一人答道："在官地为官，在私地为私。"惠帝尚一再点头。昏騃如此，所以军国重权，全在贾后掌握，甚且龙床里面，亦有人替惠帝效劳。惠帝也全然未觉，任凭贾后择人侍寝，一些儿不加防闲。太医令程据，状貌颀晰，为后所爱，后借医病为名，一再召诊，竟要他值宿宫中，连宵侍奉。据惮后淫威，不得已勉承后命，疗治相思。偏后得陇望蜀，多多益善，除程据外，又尝令心腹婢媪，在都下招寻美少年，入宫交欢，稍稍厌忤，便即处死，省得他溜出宫门，传播秽事。惟洛南有盗尉部小吏，面目韶秀，仿佛好女。失踪数日，又复出现，身上穿着袙衣，乃是宫锦制成，不同常服，偶为同人所见，问从何来？小吏不肯实对，同人遂疑为窃取，互相私议。适贾后有疏亲被盗，向尉求缉，遂致小吏为嫌疑犯，不得不当堂对簿。小吏始实供云："日前在途，遇一老妪。谓家中人有疾病，问诸师卜，宜得城南少年，入家厌禳，今欲相烦，必当重报。于是随主登车，车有重帷，帷内有簏箱，由老妪令居簏箱中，遂饬车夫御行。约十余里，跨过六七门限，方将簏箱开启，呼令下车。说也奇怪，下车四望，统是楼阙好屋，与宫殿无二。当下问为何地？老妪答称天上，即替我香汤沐浴，易以锦衣，饲以美食。到了傍晚，复随老妪入一复室，见一贵妇人上坐，年约三十五六，身短且胖，面色青黑，眉后有疵，她竟下座挽留，同席共饮，同床共寝。如是数日，方许告归，临别时赠此袙衣，并嘱言切勿外泄，如或转告外人，必遭天谴。今被疑作贼，不能再默，只好直供"云云。说至此，那原告人不禁面赤，但言小吏既非盗犯，不必再问，因即辞去。尉亦解意，令此后毋得妄言，一笑退堂去了。看官！试想这小吏所遇的贵妇，不是贾后，还有何人？小吏为后所爱，乃得幸全，这也是命不该绝，方有此造化呢。俗语说得好："欲要不知，除非莫为。"为了贾后淫凶，有几个稍知忧国的大臣，秘密商议，欲将贾后废去。小子有诗叹道：

不是冶容也肆淫，矧兼怨毒入人深。
由来女宠多倾国，如此凶横绝古今。

究竟何人欲废贾后，下回再当叙明。

第十一回

草逆书醉酒逼储君
传伪敕称兵废悍后

却说贾后淫虐日甚，秽闻中外。侍中裴頠等，引以为忧，就是后党贾模，亦恐祸生不测，累及身家，因未免心下不安。裴頠已窥透模意，乃至模私第，商议秘密，可巧张华亦至，一同晤谈。頠与华本来莫逆，不必避嫌，因质直相告，拟把贾后废去，更立太子遹生母谢淑媛。谢淑媛就是谢玖，自遹为太子，母以子贵，得封淑媛。贾后很是妒忌，不令太子见母，但使淑媛静处别宫，仿佛与禁锢相似。此次裴頠倡议废后，当然欲将谢淑媛抬举起来，偏模与华齐声说道："主上并无废后意见，我等乃欲擅行，倘主上不以为然，如何是好？且诸王方强，各分党派，一旦祸起，身死国危，非徒无益，反致有损了。"頠半晌才道："公等所虑亦是，但中宫如此昏虐，乱可立待，我等岂果能置身事外么？"华便接口道："如公等两人，与中宫皆关亲戚，何勿进陈祸福，预为劝诫？言或见信，当可改过迁善，易危为安，天下不致大乱，我等方得优游卒岁了。"原来模为贾后族兄，頠母为贾充妻郭槐姊妹，两人与贾后互有关系，故华言如此。模颇赞同华议，頠亦不便拘执己见，姑依华言进行，当下趋诣贾第，入白姨母郭槐，托她戒谕贾后，勉盖前愆，并宜亲爱太子。模亦屡入中宫，为后指陈利害。看官！试想这凶残淫暴的贾南风，习与性成，岂尚肯采纳良言，去邪归正么？郭槐是贾后生母，向后进规，虽然不肯见从，尚无他恨，至模一再渎陈，反以为模有异心，敢加毁谤，索性嘱令宫竖，拒模入谒。模且忧且恨，竟生了一种绝症，便登鬼箓。有诏进裴頠为尚书仆射，頠上表固辞，略谓："贾模新亡，将臣超擢，偏重外戚，未免示人不公，恳即收回成命。”复诏不许，或向頠进言道：“公为中宫亲属，可言即当尽言，言不见听，不若托病辞官。若二说不行，虽有十表，恐终未能免祸了。”頠颇为感动。但初念欲见机而作，转念又且住为佳，因此日误一日，仍复在位。那贾郭二门的子弟，恃权借势，卖爵鬻官，贿赂公行，门庭如市，南阳人鲁褒，尝作《钱神论》讥讽时事，谓：“钱字孔方，相亲如兄，无德反尊，无势偏热，排金门，入紫闼，危可使安，死可使活，贵可使贱，生可使杀，无论何事，非钱不行。洛中朱衣，当涂人士，爱我家兄，皆无已已”云云。时人俱为传诵，互相倾倒。平阳名士韦忠，为裴頠所器重，荐诸张华，华即遣属吏征聘，忠辞疾不至。有人问忠何不就征？忠慨然道：“张茂先华而不实，裴逸民欲而无厌，弃典礼，附贼后，这岂大丈夫所为？逸民每有心托我，我常恐他蹈溺深渊，余波及我，怎尚可褰裳往就呢？”关内侯索靖，亦知天下将乱，过洛阳宫门，指着铜驼，咨嗟太息道：“铜驼铜驼，将见汝在荆棘中了。”

太子遹储养东宫，少小时本来颖悟，偏到了成童以后，不务正业，但好狎游，就是左师右保，亦不加敬礼，唯与宦官宫妾，嬉嬲度日。贾后素忌太子，正要他隳名败行，可以借端废立，因此密嘱黄门阉宦，导令为非，尝向太子前怂恿道：“殿下正可及时行乐，何必常自拘束？”及见太子拂意时，怒诋役吏，又复从旁凑奉道：“殿下太觉宽仁，若辈小竖，不加威刑，怎能使他畏服呢？”古人有言：“一傅众咻。”又说是：“习善则善，习恶则恶。”东宫中虽有三五师傅，怎禁得这班宵小，朝夕鼓煽？就是生性聪慧，也被他陷入恶途，成为习惯了。太子生母谢淑媛，幼时微贱，家世业屠。太子偏秉遗传，辄令宫中为市，使人屠酤，能手揣斤两，轻重不差。又令西园发卖葵菜篮子鸡面等类，估本牟利，逐日收入，随手散给，却又毫不吝惜。东宫旧制，按月请钱五十万缗，作为费用，太子因月费不足，尝索取两月俸钱，供给嬖宠。平居雕题刻桷，役使不已，若要修墙缮壁，偏好听阴阳家言，动多顾忌。洗马江统，上陈五事，规谏太子，一是请随时朝省，二是请尊敬师保，三是请减省杂役，四是请撤销市酤，五是请破除迷信，太子无一依从。舍人杜锡，也常劝太子修德进善，毋招谗谤。太子反恨他多言，俟锡入见时，先使人至锡座毡中，插针数枚，锡怎能预料，一经坐下，被针刺臀，血满裤裆，真似哑子吃黄连，说不出的苦楚。散骑常侍贾谧，与太子年龄相仿，更为中表弟兄，免不得时往过从。太子喜怒无常，有时与谧相狎，有时与谧相谤，或令谧自坐，径往后庭嬉戏，不再顾谧，谧屡遭白眼，当然挟嫌。詹事裴权进谏道：“贾谧为中宫宠侄，一旦交构，大事去了，愿殿下屈尊相待，免滋他变。”太子勃然变色，连称可恨，说得权不敢再言，俯首辞去。其实，太子并非恨权，不过因权数语，触起旧忿，致有恨声。先是贾后母郭槐，欲令韩寿女为太子妃，太子亦欲结婚韩氏，自固地位。寿妻贾午，却不愿意。贾后更不乐赞成，另为太子聘王衍女。衍女有二，长女貌美，少女貌陋。太子既不得韩女，乃转思纳衍长女为妃。偏贾谧又来作梗，垂涎彼美，乞后作主。后方宠谧，便为谧娶衍长女，但使太子与衍少女为婚。太子得了丑妇，自然恨后及谧，此时听着权言，怎能不感愤交并，流露言表？嗣被谧探知消息，也惹动前日弈棋的恶感，向贾后处进谗，还亏后母郭槐，从中保持，不使贾后得害太子，故太子尚得无恙。

未几，郭槐病重。由后过省，槐握住后手，嘱以二语：一语是保全太子，一语是赵粲贾午，必害汝家。贾后虽然应诺，心中总未以为然。至郭槐死后，谧虽守丧，仍然出入中宫，一夕，踉跄入白道："太子蓄私财，结小人，无非欲害我贾氏，若宫车晏驾，彼得入立，不特臣等遭诛，恐皇后亦坐废金墉了。"贾后不禁骇愕，便与赵粲贾午，谋废太子。可巧午生一儿，遂嘱令送入宫中，佯称自己有娠，预备产具，一面嘱令内史，暴扬太子过恶，将为李代桃僵的诡计。宫廷内外，多已瞧透阴谋。中护军赵俊，密请太子举兵废后，太子不敢照行。左卫军刘卞私白张华，且替华设策道："东宫俊义如林，卫兵不下万人，若得公命，请太子入录尚书事，废锢贾后，徙居金墉城，但教两黄门费力，便足办到此事。"华瞿然道："今天子当阳，太子乃是人子。我又未得阿衡重任，乃胆敢与太子行此大事，是变做无父无君的贼子了，就使有成，尚难免罪。况权戚满朝，威柄不一，怎见得果能成事呢？"卞太息而去。不意过了一宵，即有诏出，卞为雍州刺史。卞疑有人泄谋，因有此诏，遂服药自尽。

元康九年十二月，太子长男虨有疾，太子为儿祷祀求福，忽由内廷颁到密诏，乃是皇上不豫，令太子立即入朝。太子只好前往，趋入宫中，不意有内侍出来，引太子暂憩别室，静待后命。太子莫名其妙，但入别室休息，甫经坐定，即由宫婢陈舞，左手持枣一盘，右手执酒一壶，行至太子座前，传诏令饮。太子酒量素浅，饮了一半，已是醉意醺醺，便摇手道："我不能再饮了。"陈舞瞋目道："天赐殿下酒，乃不肯饮尽，难道酒中有恶物么？"太子无可奈何，把余酒一吸而尽，遂至大醉。既而又来宫婢承福，持给纸笔，并原稿二纸，逼令太子录写。太子辞不能书，复由承福矫诏逼迫。太子醉眼模糊，也不辨为何语，但看原稿中为何字，依次照录，字迹多歪歪斜斜，残缺不全，好容易录就二纸，交与承福持去。太子酒尚未醒，当由内侍拥掖出宫，扶上寝舆，使他自返。翌晨，由惠帝御式乾殿，召令王公大臣，使黄门令董猛，赍出二纸，遍示群僚，且对众宣谕道："这是不肖子遹所书，如此悖逆，只好把他赐死罢。"百官听了，多半惊心，张华裴頠，更觉诧异，便接阅二纸，第一纸写着：

> 陛下宜自了，不自了，吾当入了之；中宫又宜速自了，不自了，吾当手了之。

大众看这数语，都为咋舌。还有一纸，文字越觉离奇，有云：

吾母宜刻期两发，勿疑犹豫致后患。茹毛饮血于三辰之下，皇天许当扫除患害，立道文为王，蒋氏为内主，愿成当以三牲祠北君，大赦天下。要疏如律令。

看这语意，似内达谢淑媛，与约同日发难。文中所叙的道文，便是太子长男虨表字，蒋氏乃是太子所宠的美人。大众瞧罢，彼此面面相觑，不发一言。独张华忍耐不住，竟向座前启奏道："这是国家的大不幸事，惟从古到今，往往因废黜正嫡，遂致丧乱，愿陛下核实乃行。"裴頠亦续奏道："东宫果有此书，究由何人传入？且安知非他人伪造，诬陷太子？请验明真伪，方可立议。"惠帝接连闻奏，好似痴聋一般，噤不复言。那殿后却趋出内侍，奉贾后命，取了太子平日手启十余笺，令群臣对核笔迹，张华裴頠等，即互相比视，笔迹大略相符，惟一是恭缮，笔画端正，一是急书，姿势潦草，一时也辨不出真假，无从指驳。原来贾后使太子录书，原稿系嘱黄门侍郎潘岳草成，及太子录就进呈，字画缺漏，仍由岳补添成字。岳善模仿笔迹，一经改写，与頠子手书无殊，故足使人迷乱心目。惟裴頠定要查究传书的姓名，张华谓须召太子对质，此外一班大臣，依违两可，聚讼不决。贾后暗坐屏后，听着张裴两人的议论，大咈已意，那惠帝又一言不发，任令絮聒，恨不得走将出去，喝住众口，倒好独断独行，只是大庭广众，未便越礼，勉强容忍了半天。看看日影西斜，还是没有结果，不由得怒气上冲，便召董猛入内，嘱使传语道："事宜速决。为何议了半日，尚未定夺？如群臣不肯传诏，应该军法从事。"猛奉命出宣，道言甫毕，张华即驳斥道："国家大政，应由皇上主裁，汝系何人？妄传内旨，淆乱圣听。"裴頠亦喝道："董猛休得多言，圣上明明御殿，难道我等未奉明诏，反依内旨不成?"猛且惭且愤，返报贾后。贾后恐事情中变，因即令侍臣草表，请免太子为庶人。这表传出，惠帝便即依议，拂袖退朝。于是使尚书和郁等，速诣东宫，废太子遹为庶人。遹方游玄圃，闻使节持至，改服受诏，步出承华门，乘粗犊车，往居金墉城，遹妃王氏，及三子虨臧尚，同时随徙。独虨母蒋氏，坐蛊惑太子罪名，生生杖毙，甚且归咎谢淑媛，一并赐死。王衍闻变，自恐株连及祸，急忙表请离婚，有诏准议。于是遹妃王氏，与遹永诀，恸哭一场，辞归母家。

越年，改元永康，西戎校尉司马阎缵，舆棺诣阙，上书切谏，略言："汉戾太子称兵拒命，尚有人主从轻减，说是罪不过笞，今遹罪不如戾太子，理应重选师傅，先加严诲，若不悛改，废弃未迟。"这书呈入，当然不报。贾后因异议沸腾，终究未妙，不如下一辣手，致死太子，方绝后患，乃再行设计，嘱使黄门自首，诡言与遹谋逆。有诏将黄门自首表文，颁示公卿，遂命卫士押徙太子，往锢许昌宫，不许官僚送行。洗马江统潘滔，舍人王敦杜蕤鲁瑶等，冒禁往饯，至伊水旁涕泣拜辞，不意司隶校尉满奋，已奉诏驰至，把江统等一并拘去，分系河南洛阳两狱中。河南尹乐广，不待赦书，已悉数放归。洛阳令曹摅，未敢遽释罪囚，经都官从事孙琰，向贾谧处说情，方得一律释出。右卫督司马雅，系是晋室疏亲，平时常给事东宫，得遹宠爱，每思为遹效力，设法复位，乃与从督许超，殿中郎士猗等，日夕营谋，彼此互议，统说张华裴頠，贪恋禄位，未足与图大事，不如右军将军赵王伦，手握兵权，素性贪冒，尚可假彼行权。因往说孙秀道："中宫凶妒，与贾谧等诬废太子，无道已甚。今国无嫡嗣，社稷垂危，大臣将起行大事，公乃素奉中宫，与贾郭亲善，外人皆谓公实预内谋，一朝变起，祸必相及，何勿先事预防呢？"秀被他一说，也觉寒心，当即转告赵王伦，拟废去贾后，迎还太子。伦惟言是从，密结通事令史张林及省事张衡等，使为内应，待期举发。偏孙秀又变了一计，再与伦语道："太子聪明刚猛，若得还东宫，必图报复。明公素党贾后，道路共知，今虽为太子建立大功，太子且未必见德，一有衅隙，仍然加罪，不若迁延缓期，俟贾后害死太子，然后为太子报仇，入废贾后，名正言顺，更无他患，岂不是一举两得么？"伦拍手赞成，连称好计。秀复散布谣言，谓殿中人欲废皇后，迎太子，一面往见贾谧，劝他早除太子，杜绝众望。谧立白贾后，后正得外间谣传，阴启杀心，一闻谧语，便召入太医令程据，使合毒药。据即用巴豆杏仁，研末为丸，交与贾后。后复令黄门孙虑，假传上命，赴许昌毒死太子。

太子至许昌后，常恐见鸩，所有饮食，必令宫人当面煮熟，方敢取尝。孙虑到了许昌，先与监守官刘振说明，振即徙太子至小坊中，绝不与食。宫人得太子厚恩，尚从墙上递给食物，俾得充饥。那孙虑急欲复命，径持入毒药，逼令太子吞下。太子不肯照服，托词如厕。虑袖出药杵，从太子背后，掷击过去，太子中杵倒地，再由虑拾起药杵，用力猛捶，太子大声哀呼，声彻户外，及要害受伤，一声惨号，气绝而逝。年才二十三岁。虑回都复命，有司请用庶人礼葬遹，贾后即假托慈悲，上表帝前，略云：

> 遹不幸丧亡，伤其迷悖，又早短折，不能自已。妾常冀其刻肌刻骨，更思孝道，使得复正名号，此志不遂，重以酸恨。遹虽罪大，犹是王者子孙，便以匹庶送终，情实可悯，特乞天恩，赐以王礼。妾诚暗浅，未识礼义，不胜至情，冒昧陈闻。

惠帝得贾后表，方命用广陵王礼，厚葬太子。会天象告警，尉氏雨血，妖星现西方，太白昼现，中台星坼，中外诧为怪象。张华少子名韪，劝华即速辞职，为避祸计。华踌躇多时，方答说道："天道幽远，未尽可凭，不如修德让灾，静俟天命。"既而，孙秀使司马雅见华，屏人与语道："赵王欲与公共匡社稷，为天下除害，使雅以实情告公，请公勿疑！"华摇首不答。雅不禁怒起，掉头趋出，且行且语道："刃将加颈，尚作此态么？"当下诣赵王府第中，敦促起事。伦遂矫称诏敕，遍谕三部司马道："中宫与贾谧等杀我太子，为此命车骑将军兼领右军将军赵王伦，入废中宫，汝等皆当从命！事成当赐爵关内侯。如或不从，罪及三族。"三部司马，接了此敕，那有不从之理？齐王冏方任翊军校尉，亦与伦通谋，遂与三部司马，突入宫中，排闼趋进。华林令骆休为内应，引冏至惠帝住室，迫帝出御东堂，一面召入贾谧。谧无从趋避，应召而至，及见甲杖如林，复走至西钟下面，大呼阿后救我！声尚未绝，已有人追至背后，拔刀砍去，首随刀落。贾后闻谧呼救声，慌忙出视。正与齐王冏相遇，便惊问道："卿来此做甚么？"冏答道："有诏收后。"后复道："诏当从我发出，这是何处诏旨？"一面说，一面返身入内，趋上阁中，凭槛遥呼道："陛下有妇，乃使人废去，恐陛下亦将被废了。"冏复带兵入阁，胁后徙居。后复问起事为谁？冏答称梁赵二王。原来尚书令梁王肜，曾预闻伦事，也愿赞成，故冏有是言。贾后长叹道："系狗当系颈，今反系尾，怎得不尔？"乃出居建始殿中，由冏派兵监守。随即收捕赵粲贾午，驱入暴室，一顿杖责，把两个如花似玉、貌美心毒的妇人送归冥府，往销阎王簿据去了。就是韩寿兄弟子侄，也共同连坐，诛黜有差。伦复召入中书监侍中黄门侍郎等，夤夜入殿，趁势拿下司空张华，及仆射裴頠。华顾通事张林道："汝等欲害我忠臣么？"林矫诏诘责道："卿为宰相，不能保全太子，及太子废死，又复不能死节，怎得称忠？"华驳说道："式乾殿中的争议，臣尝力谏，尽可复按。"林不待说毕，便接口道："力谏不从，何不去位？"华听到此语，无言可驳，只好俯首就刑，遂与裴頠一同受戮，并至夷族。华是日昼寝，梦见屋坏，入夜即验。死时年六十九。著有《博物志》十篇及文章等并传后世。华长子散骑常侍祎及少子散骑侍郎韪，同时遇害。頠死时才三十四岁。二子嵩该，由梁王肜代为保护，谓："頠父裴秀，有功王室，不应殄绝后嗣。"因得免死，流徙带方。校尉阎缵，时尚在都，入抚张华尸首，且泣且语道："我曾劝君逊位，君乃不从，今果见戮，莫非是命中注定么？"小子有诗讥张华道：

蹉跎已届古稀年，何事名缰尚被牵？
老且受诛儿并戮，如斯结局也堪怜！

华頠既死，赵王伦未肯罢手，还要杀死数人。欲知何人被杀，待看下回报明。

第十二回

坠名楼名姝殉难　夺御玺御驾被迁

却说赵王伦杀死裴张二人，本意是报复旧怨，不论罪状。还有前雍州刺史解系，前时已为伦所谗，免官居京，伦余恨未泄，也将他拘至，并将系弟结一并下狱。梁王肜复出来救解，伦怫然道："我在水中见蟹，犹谓可恨，况解系兄弟，素来轻我，此而可忍，孰不可忍？"肜苦争不得。系结皆为伦所杀，并戮及妻孥。结尝为御史中丞，有一女许字裴氏，择定嫁期，正在解家被祸的第二日，裴氏欲上书营救。女泣叹道："全家若此，我生何为？"遂亦坐死罪。后来晋廷怜女无辜，始改革旧制，女不从坐，惠帝全无主意，一任伦滥杀无辜。伦又恃孙秀为耳目，秀言可杀即杀，秀言不可杀即不杀。秀复为伦决计，废贾后为庶人，迁往金墉城。后党刘振、董猛、孙虑、程据等一体捕诛。司徒王戎，系裴頠妇翁，坐是罢职。此外文武百官，与贾郭张裴四家，素关亲戚，不是被诛，便是被黜，简直是不胜枚举了。

于是赵王伦托称诏制，大赦天下，自为都督中外诸军事兼相国侍中，一依宣文辅魏故事。置左右长史司马及从事中郎四人，参军十人，掾属二十人，府兵万人。使长子荂。领冗从仆射，次子馥为前将军，封济阳王，三子虔为黄门郎，封汝阴王，幼子诩为散骑侍郎，封霸城侯，孙秀为中书令，受封大郡。司马雅张林等，并皆封侯，得握兵权。百官总已，听伦指挥。孙秀从中主政，威振朝廷。有诏追复故太子遹位号，使尚书和郁，率领东宫旧僚，赴许昌迎太子丧。太子长男彪，已经夭逝，亦得追封南阳王，彪弟臧为临淮王，臧弟尚为襄阳王。

有司奏称尚书令王衍，备位大臣，当太子被诬时，志在苟免，不思营救，应禁锢终身，诏从所请。衍既免官还第，尚恐遇害，佯狂自免。前平阳太守李重，素有令名，由伦辟为长史。重知伦有异志，托疾不就，偏经伦再三催逼，硬令人扶拽入府，胁令就官。重满腔忧愤，无处可伸，归家后果然成疾，不愿医治，未几遂亡。淮南王允，前曾随楚王玮入朝，玮被戮后，允仍然莅镇。至太子被废，朝议将立允为太弟，复密促还朝，留住都中。太弟议尚未定夺，赵王伦已经发难，允两不袒护，置身事外，至此乃受诏为骠骑将军，开府仪同三司，兼领中护军。允性沈毅，为宿卫将士所畏服，他见伦不怀好意，便豫养死士，密谋诛伦。伦毫无闻知，惟孙秀瞧料三分，劝伦防允。伦方才加防，且恐贾后与允勾结，或致死灰复燃，因与秀密商，想出两条计策：一是鸩死贾后，一是册立皇太孙。当下遣尚书刘弘，赍金屑酒至金墉城，赐贾后死。贾后无可奈何，只得一吸而尽，一代悍后，至此乃终。弘既复旨，即立临淮王臧为皇太孙，召还故太子妃王氏，令她抚养。所有太子旧僚，就作为太孙官属。赵王伦兼为太孙太傅，追谥故太子曰愍怀，改葬显平陵。

中书令孙秀，既得逞志，计无不遂，便逐渐骄淫，闻石崇家有美妾绿珠，奴冶善歌，兼长吹笛，遂使人向崇乞请，谓肯以绿珠见赠，当起复崇官。看官阅过前文，应知崇为贾谧好友，贾氏得祸，崇已坐谧党褫职，惟家产未遭籍没，崇仍得席丰履厚，护艳藏娇。且崇有别馆，在河阳金谷中，号为金谷园。自崇罢职后，常居园中休养，登高台，瞰清流，日与数十婢妾，饮酒赋诗，逍遥自在，反比那供职庙堂，更加快活。及孙秀使至，崇含糊对付，遣使返报。秀竟再令人带着绣舆，往迓绿珠。崇尽出婢妾数十人，由来使自择。来使左眄右盼，个个是飘长裾，翳轻袖，绮罗斗艳，兰麝熏香，端的是金谷丽姝，不同凡艳。便问崇道："孙公命迓绿珠，未识孰是？"崇勃然道："绿珠是我爱妾，怎得相赠？"来使道："公博古通今，察远照迩，愿加三思，免贻后悔。"崇仍然不允。来使既去复返，再为劝导。崇始终固执，叱退来使。秀得来使归报，当然大怒，便拟设计害崇。

崇亦自知惹祸，与甥欧阳建及旧友黄门郎潘岳，私下商酌，为除秀计。秀前为岳家小吏，岳恨他狡黠，辄加鞭挞，及秀为中书令，岳时与相值，尝问秀道："孙令公，尚记得前日周旋否？"秀引古语相答道："中心藏之，何日忘之。"岳知他怀恨未忘，很加忧惧，与崇建等议及除秀，谓不如交结淮南王，劝令起事，捽去伦秀二人。淮南王允，正思讨灭伦秀，既得潘岳等相劝，筹备益急。伦与秀探察得实，遂迁允为太尉，阳示优礼，实夺兵权。允称疾不拜，秀遣御史刘机逼允，收允官属，并矫诏责允拒命，大逆不敬。允取诏审视，系秀手书，便怒叱道："孙秀何人，敢传伪诏！"说至此，返身取剑，欲杀刘机。机狂奔出门，幸逃性命。允追机不及，便顾语左右道："赵王欲破我家。"随即召集部兵七百人，出门大呼道:“赵王造反,我将讨逆,如肯从我,速即左袒!”兵吏常仇怨赵王,多左袒趋附。允率众赴宫,适尚书左丞王舆,闻变先入,闭住掖门。允不得趋入,乃转围相府。伦与秀仓促调兵,与允相持,屡战屡败,死伤约千余人。太子左率陈徽,勒东宫兵,鼓噪宫内,作为内应。允列阵承华门前,令部众各持强弩,迭射伦兵。伦正督众死战,矢及身前,主书司马眭秘,挺出翼伦,可巧一箭射来,向胸穿入,立即倒毙。伦不禁着忙,旁顾门右,幸有大树数株,便挈领官属,趋至树后,借树为蔽。树上矢如猬集,伦幸得免。自辰至未,尚是喊杀连天,未曾罢斗。

中书令陈准,系陈徽胞兄,入值宫中,意欲助允,便请诸帝前,谓宜遣使持白虎幡,出解战事。乃使司马督护伏胤,率骑兵四百,持幡从宫中出来。胤藏着空板,诈称有诏,径至允阵前,取板遥示。允还道他是前来帮助,又见他持着诏书,定有他命,便令军士开阵纳胤,自己下马受诏。不防胤突至允前,拔出利刃,竟将允挥为两段。允众相顾错愕,胤复对众宣诏,略言“允擅自称兵,罪在不赦,除允家外,胁从罔治”等语。于是大众骇散。允子秦王郁汉王迪等,均被胤追捕,相继杀死。看官道是何因?原来白虎幡是借以麾军,并非解斗,陈准因惠帝昏愚,托言解斗,实欲麾动允军,威吓伦兵,使知允众攻伦,实出帝命,偏遣了一个贪利怀诈的伏胤,受命出宫,行过门下省,与伦子汝阴王虔相值。虔邀入与语,誓同富贵,嘱令变计图允。胤坐此生心,便去诳允。允见他持着白虎幡,又是赍奉诏敕,明明是得着内援,怎得不为胤所给?哪知一场好事,竟成恶果,这也是晋朝的气数。

允既被害,赵王伦越加威风,复饬令严索允党,一体同罪。孙秀遂指称石崇欧阳建潘岳等,奉允为逆,应该伏诛。崇正在楼上高坐,与绿珠等欢宴,蓦闻缇骑到门,料知有变,便旁顾绿珠道:“我今为汝得罪了,奈何奈何?”绿珠涕泣道:“妾当效死公前,不令公独受罪。”遂叩头谢别,抢步临轩,一跃下楼。崇慌忙起座,欲揽衣裾,已是不及,但见下面倒着娇躯,已是头破血流,死于非命。崇不禁垂泪道:“可惜!可惜!我罪亦不过流徙交广,卿何必至此!”遂驾车诣狱。未到狱门,已有人传到敕书,令赴东市就刑。崇至东市,方长叹道:“奴辈利我家财。”旁有押吏应声道:“早知财足害身,何不散给乡里?”崇不能答,仰首就戮。崇甥欧阳建,亦同时被杀,绝命时尚口占诗章,词甚凄楚。崇母兄及妻子等十五人,骈戮无遗,家产籍没。有司按录簿籍,得水碓三十余区,苍头八百余人,田宅货财,不可胜数。黄门郎潘岳,并为所害。岳字安仁,少美丰姿,尤工词藻。弱冠以前,尝挟弹出洛阳,妇女皆掷果相赠,满载以归。嗣为河阳令,遍植桃树,时人号为一县花。妻殁作悼亡词,哀艳绝伦,惟躁急干进,不安恬淡。岳母尝责岳道:“汝当知足,奈何奔竞不休?”岳不能从。及被收时,始入与母诀道:“负阿母!”出至东市,见崇亦在列,相顾欷歔。崇呼岳道:“安仁亦遭此祸么?”岳泣答道:“可谓白首同所归。”这一语,乃是岳寄金谷园诗,不料竟成谶语。岳死,家属亦多毙刀下,惟兄子伯武,在逃得免。

赵王伦又收捕淮南王弟吴王晏,拟即加刑,经光禄大夫傅祗力争,始得贷死,贬为宾徒县王。齐王冏与伦相结,迁任游击将军,冏尚未满意,颇有恨色。秀即白伦,将冏外调,令出为平东将军,使镇许昌,免得在内生变,伦趾高气扬,拟自加九锡殊礼。吏部尚书刘颂道:“从前汉锡魏武,魏锡晋宣,俱系一时异数,并非古礼。周勃霍光,立功甚大,并不闻有九锡的宠命呢。”伦党张林,斥颂为张华余党,因有异议,将加颂死刑。还是孙秀进言道:“杀张裴已乖物望,不宜再杀刘颂。”伦乃罢议。秀为伦嘱使群僚,均至相府称道功德,应用九锡典命,伦佯为谦让,再由朝使持诏敦勉,方才拜受。进秀为侍中兼辅国将军,仍领相国司马,相府增兵至二万人,与禁中宿卫相同。秀子会为校尉,年已二十,形短貌丑,少时尝在城西,为富家贩马,此时骤得贵显,居然欲与帝子结婚。惠帝已同虚设,但教伦秀二人,如何裁决,便即允行,伦遂为秀子作伐,使尚帝女河东公主。秀即把将军孙旗外孙女羊氏,为帝说合,请为继后。旗与秀同族,旗婿为尚书郎羊玄之,生有一女,名叫献容,姿容秀媚,倾国倾城,与前时贾南风相比,判若天渊。永康元年仲冬,羊女得册为后,好算是非常遭际,喜从天来。吉期已届,盛妆启行,不料衣上忽然起火,几吓得魂胆飞扬,还亏左右侍女,急忙扑救,才得将火光灭熄,但一袭翚衣,半成焦黑,已觉得预兆不祥。慌忙将原衣脱去,再从宫中乞取后服,重复穿上,方好登舆入宫。礼成以后,见惠帝年逾四十,面目粗蠢,知识愚钝,不由得大失所望,只得自悲命薄,蹉跎度日罢了。惟后父羊玄之,却得朝拜光禄大夫,特进散骑常侍,加封兴晋侯,自夸奇遇,深感秀德。谁料到腊尽春来,竟出了一桩篡国奇闻,好好一位新皇后,竟随了一个老皇帝,同徙金墉城,这真是祸福无常,福为祸倚了。

看官!不必细猜,便可知那篡国的贼臣,就是相国赵王伦。伦迷信神鬼,好听巫言。孙秀欲迫伦篡位,自为首功,乃密使牙门赵奉,诈为宣帝神语,命伦早入西宫。又言宣帝在北邙山,阴为伦助。伦乃在邙山立宣帝庙,私自祷祝,潜构逆谋,令太子詹事裴劭,左军将军卞粹等,充当相府从事中郎,作为帮手。更使义阳王威,与黄门郎骆休,闯入内廷,逼夺玺绶,伪作禅诏。诏既草就,即付尚书令满奋,及仆射崔随,令并玺绶送往相府,禅位与伦。伦又假作谦恭,固让不受,一班寡廉鲜耻的王公大臣,早已由孙秀运动,一齐趋至,满口是功德巍巍,天与人归的套话,趋奉伦前,再三劝进。伦遂直任不辞,于是遣左卫将军王舆,前军将军司马雅等,率甲士入殿,晓谕三部司马,示以威赏。三部莫敢抗议,唯唯听命。伦乃备卤簿,乘法驾,昂然入宫,登太极殿,受百官朝谒,大赦天下，改元建始。一面徙惠帝及羊后，出居金墉城，阳尊惠帝为太上皇，改称金墉城为永昌宫。废皇太孙臧为濮阳王，立长子荂为皇太子，封次子馥为京兆王，三子虔为广平王，幼子诩为霸城王，皆兼官侍中，分握兵权；又用梁王肜为宰衡，何劭为太宰，孙秀为侍中中书监，兼骠骑将军，仪同三司。义阳王威为中书令，张林为卫将军，余党皆为卿将，越次超迁；下至奴卒，亦加爵位。每遇朝会，貂蝉盈座，都下竞相传语道："貂不足，狗尾续。"伦既据大位，亲祠太庙，还遇大风，吹折麾盖。伦也觉不安，因密使人害死濮阳王臧，省却后患。且恃孙秀为长城，每有号令，必先示秀。秀得意为窜改，或自书青纸，充作诏书。朝令夕更，百官常转易如流。孙旗子弼及弟子髦辅琰四人，因与秀同族，旬月三迁，皆得为将军，受封郡侯，并加旗为车骑将军，使得开府。旗正出镇襄阳，闻子侄辈受伦官爵，恐为家祸，因遣幼子回入都消让，迫令辞职。弼等方致位通显，履坚策肥，怎肯勒马悬崖，幡然谢去？仍令回返报乃父，极称平安。旗不能遥制，惟有自悲自痛罢了。

卫将军张林，与孙秀积有夙嫌，并怨不得开府，因私与荂笺，据言秀专权擅政，未协众心，应速诛为是。荂持书白伦，伦又复示秀，气得秀咆哮不已，急请诛林，伦怎敢不从？当即往华林园，佯言会宴，召林入侍，立即拘住，赏他一刀，并夷三族。秀复虑齐王冏成都王颖河间王颙等，各据方面，拥强兵，无从控制，乃悉遣亲党，往为三王参佐，且加冏为镇东大将军，颖为征北大将军，皆开府仪同三司，隐示羁縻。偏齐王冏不受笼络，首先发难，传檄讨伦，一面遣使四出，联结诸王。成都王颖，接冏来使，便召邺令卢志入商，志答说道："赵王篡逆，神人同愤，殿下能助顺讨逆，何患不克？"颖乃命志为谘议参军兼左长史，即日调发兖州刺史王彦，冀州刺史李毅，督护赵骧石超等为前驱，自率部兵为后继。行抵朝歌，远近响应，得众二十万，声势大振。常山王乂，本来是受封长沙，因与楚王玮为同母兄弟，连坐被贬，徙封常山，既得冏书，即与太原内史刘暾，率众应冏。还有新野公歆，闻冏起事，未知所从，嬖人王绥道："赵亲而强，齐疏而弱，公宜从赵。"参军孙洵在座，厉声叱道："赵王凶逆，人人得诛，有甚么亲疏强弱呢？"歆乃与冏连兵，愿作声援。前安西将军夏侯奭，在始平纠合党羽，得数千人，与冏相应。并致书河间王颙，约同赴义。颙初用长史李含谋，遣振武将军张方，率兵诱奭，擒至长安市，把奭腰斩。及冏使驰至，复将他拘住，使张方押使入都，并为伦助。方至华阴，颙得二王兵盛消息，忙着人将方追还，更附二王。

各种警报，次第传入洛阳。伦与秀始相顾惊惶，不能安枕，忙遣上军将军孙辅，折冲将军李严，率兵七千，出延寿关；征虏将军张泓，左军将军蔡璜，前军将军闾和，率兵九千，出堮阪关；镇军将军司马雅，扬威将军莫原，率兵八千，出成皋关;这三路兵马,同往拒齐王冏。再令孙秀子会,督率将军士猗许超,领宿卫兵三万名,出敌成都王颖。更召东平王楙为卫将军,都督军事。再命次子京兆王馥,三子广平王虔,领兵八千,为三军继援。分拨已定,尚觉心绪不宁。伦秀两人,日夜祈祷宣帝庙,拜道士胡沃为太平将军,替他求福禳灾,并使巫祝选择战日。秀又潜令亲党往嵩山,身服羽衣,诈称仙人王乔,贻书与伦,说他福祚灵长。伦将伪书宣告大众,为欺人计。哪知此次变起,曲直昭然,一切欺饰手段,全然用不着了,小子有诗咏道:

情同鬼蜮太离奇,一举敢将帝座移。
待到楚歌传四面,欺人诡计究谁欺?

毕竟后来胜败如何,且看下回续叙。

第十三回

迎惠帝反正除奸 杀王豹擅权拒谏

却说齐王冏兵至颍阴，正与张泓军相遇，彼此交锋，冏军失利，死亡至数千人，辎重亦半为所夺。冏收集败卒，再图一战，乃分军渡颍，复为张泓所遏，不能前进。泓遂于颍上列阵，日夜防守。孙辅等亦陆续相会，与泓分地屯兵。冏乘夜掩击，泓军不动，独孙辅骇退，遁还洛阳，诣阙入报道："齐王兵盛，势不可当，张泓等已战没了。"赵王伦不禁战栗，飞召三子虔及许超入卫。超匆匆驰归，虔亦继至，会接到张泓捷报，谓已击退冏军，乃复遣许超出赴军前。看官！试想出兵打仗，全靠纪律，忽而召还，忽而遣去，怎得不令人生疑，自挫锐气？不过齐王冏非将帅才，尚在颍上相持，一时未能攻入。张泓且麾军渡颍，直攻冏营，冏几乎被乘，幸部众猛力截杀，得破泓部将孙髦司马谭，泓始退去。孙髦司马谭部下败兵，散归洛阳。孙秀还诈称得胜，宣示都下，谓已破灭冏营，朝臣皆贺。已而孙会败报又至，瞒无可瞒，吓得伪皇帝瞠目结舌，不知所为。原来孙会与士猗许超，出拒颖军，行抵黄桥，一鼓作气，得破颖前锋军士，俘斩至万余人。颖欲退保朝歌，参军卢志进谏道："今我军失利，敌新得志，势必轻我，我若退缩，士气沮丧，不可复用。况胜负乃兵家常事，不若更选精兵，出奇制胜，方可得志。"颖乃汰弱留强，涕泣宣誓，激动众心，鼓勇再进。孙会等果然轻颖，不复设备，及颖军已到营前，方驱兵出战。这番接仗，与前次大不相同，颖军俱蓄怒前来，好似江上秋潮，一发莫御。会与士猗许超，见来军如此厉害，不由得胆战心惊，步步倒退。战了两三个时辰，但见头颅乱滚，血肉纷飞，部下士卒，除战死外，多半逃亡，会料知不妙，拨马先奔，士猗许超相继骇走，都一口气跑回洛阳。所有宿卫兵三万人，任他自生自灭，无暇再问下落了。

孙秀见会等奔还，也急得无法可施，只好集众会议：或谓应收集余众，背城一战；或谓且毁去宫室，诛锄异党，挟伦南就孙旂孟观，再图后举。孙旂已见前文。孟观自擒灭齐万年后，由东羌校尉任内调入为右将军，赵王伦篡位，令观出监沔北诸军事，齐王冏檄观讨伦，观粗知天文，仰望紫宫帝座，并无他变，还道伦得应天象，不至速败，因仍为伦固守，不愿应冏。孙秀恐旂观二人，未必可恃，所以迟疑不决，那外边的警报，杂沓传来，不是说颖军渡颍，就是说冏军逾河。都下将吏，汹汹思变。左卫将军王舆，与尚书广陵公漼乘风转舵，号召营兵七百余人，自南掖门入宫，倡言反正。三部司马也乐得依声附和，联同一气。舆令三部兵分卫宫门，自率部曲至中书省，拿捉孙秀，秀忙将省门闭住，不使舆入。舆纵兵登墙，掷入火具，毁及房屋，霎时烟焰满室，不可向迩。秀与士猗许超冒烟出走，正遇左部将军麾下赵泉，舞刀过来，顺手劈去，巧巧剁落三个头颅。又搜杀秀子孙会与前将军谢惔，黄门令骆休，司马督王潜，尚书左丞孙弼。

舆还屯云龙门，使人入白赵王伦，速即迎还惠帝。伦不得已，宣令道："我为孙秀所误，激怒二王，今已诛秀，可迎太上皇复位，我当归老农亩，不问朝事。"令既发出，复使亲校执驺虞幡，至宫门外麾示罢兵，一面挈领家属，出华林东门，退归私第。舆乃使甲士数千人，赴金墉城，迎还惠帝。帝与羊后并驾入宫，道旁百姓，咸称万岁，当下由惠帝亲自登殿，召集百官，群臣皆顿首谢罪。诏送伦父子至金墉城，派兵监守，改元永宁，大酺五日，且分遣使臣慰劳冏颖颙三王。梁王肜首先上表，请诛伦父子以谢天下。有诏令百官会议，百官皆如肜旨，共请诛伦。乃使尚书袁敞持节责伦，赐饮金屑酒。伦取酒饮毕，用巾覆面，且泣且呼道："孙秀误我！孙秀误我！"未几即毒发而毙。伦子荂馥虔诩，一并捕诛。此外如伦秀私党，并皆斥免，台省府卫，所存无几。成都王颖，驰入都中，使部将赵骧石超，往助齐王冏，讨张泓等。泓等闻都中复辟，伦已受戮，没奈何向冏乞降。自兵兴六十余日，两下战死，差不多有十万人。闾和孙髦张衡伏胤等，自戍所还洛，均因情罪较重，斩首东市。蔡璜畏罪自杀。义阳王威，尝入宫夺玺，惠帝记在心中，至是语廷臣道："阿皮可恨！夺我玺绶，致捩我指，不可不杀。"阿皮为威小字，因即遭诛。东平王楙免官。河间王颙与齐王冏先后入都，冏部众约数十万，威震京师，复传檄襄沔，令诛孙旂孟观。襄阳太守宗岱，承檄斩旂，饶冶令空桐机，承檄斩观，皆传首洛阳，并夷三族。那时孙辅孙惔，为旂犹子，当然骈首市曹。不必细表。

惠帝封赏功臣，授齐王冏为大司马，加九锡殊礼，备物典策，如宣景文武辅政故事。成都王颖为大将军，都督中外诸军事，并假黄钺，录尚书事，亦加九锡。河间王颙为侍中太尉，常山王乂为抚军大将军，兼领左军。进广陵公漼爵为王，领尚书，加侍中。新野公歆，亦进爵为王，都督荆州诸军事。授梁王肜为太宰，领司徒。起前司徒王戎为尚书令，王衍为河南尹，立襄阳王尚为皇太孙，复宾徒县王晏故封，仍为吴王。大司马齐王冏，表请呈复张华裴頠及解结兄弟原官，有诏令廷臣会议，积久未决。越年，始得如冏所请，为张裴二解昭雪，复还官阶，拨归原产，且遣使吊祭。

海内想望太平，总道是拨乱反正，除逆申冤，好从此重见天日了。哪知天不祚晋，内乱未已，东莱王蕤与左卫将军王舆，共谋害冏，骤欲生变。事前被发，始致败谋。蕤系齐王冏庶兄，素性强暴，使酒凌人，冏生平常为所侮，只因谊关手足，格外包容。及冏起兵讨伦，伦收蕤下狱，尚未加刑。惠帝反正，蕤得释出，闻冏至洛阳，往迎路旁。冏但颔以首，未尝下马与谈。蕤愤詈道："我为尔几罹死罪，何太无友于情？"既而冏入辅政，蕤只得为散骑常侍，益觉怏怏，因向冏乞求开府。冏答说道："武帝子吴王晏，尚未得开府，兄且少待。"蕤闻冏言，恨上加恨，遂密劾冏专权不道，将为管蔡。惠帝当然不报。左卫将军王舆，自谓有复辟大功，未得厚赏，因与蕤表示同情，拟伏兵阙下，俟冏入朝时，把他刺死。偏被冏得悉阴谋，立即奏闻，捕舆斩首，诛及三族，废蕤为庶人，徙居上庸。上庸内史陈钟，私伺冏意，将蕤谋毙，冏亦不复过问。为了兄弟相戕，遂致诸王疑议，又复生出无数乱端。新野王歆，将赴荆州，与冏同出谒陵，因密语冏道："成都王系是至亲，同建大勋，当留与辅政，否则宜撤彼兵权，毋令生祸！"冏点首会意，不再答言。常山王乂，亦与成都王谒陵，乘间语颖道："天下系先帝的天下，王宜好为维持，毋使齐王逞志！"颖也以为然，还语参军卢志。志进言道："齐王众号百万，与张泓等相持颍水，日久未决，大王直前渡河，首先入都，功无与比，朝野共知。今齐王欲与大王共辅朝政，志闻两雄不并立，何不因太妃微疾，求还定省，委重齐王，得收物望？这乃是今日的上策呢。"颖素信志言，便即依议。越日入朝，由惠帝引至东堂，面加褒奖，颖拜谢道："这都是大司马冏的功劳，臣怎能掠美呢？"言毕趋出，即上表称冏功德，宜委以万机，自陈母疾，愿即归藩，为终养计。一面匆匆治装，不待复诏，便告辞太庙，径乘车出东阳门，西向归邺。相随只卢志等数人，不令营中与闻。就是齐王冏府第中，也只遣人贻书告，别外无他语。冏得书大惊，急驾马往追，驰至七里涧，方得见颖。颖停车叙别，涕泣滂沱，但言太妃疾苦，引为深忧，故无暇面辞。言毕，即驱车别去，毫不谈及时政。冏也即还都，尚自称为咄咄怪事。

颖既还邺，诏遣使臣再申前命，颖但受大将军职衔，辞九锡礼，且表称："兴义功臣，应并封公侯。前时大司马屯兵颍上，日久民困，乞运河北米十五万斛，赈给饥民"云云。又自制棺木八千余口，即移成都国俸为衣服，殓祭黄桥死士，并各抚家属，比普通战死为优。又命温县瘞埋赵王伦部卒，得万四千余人。看官听着！成都王颖这种行为，统是卢志替他划策，教他笼络人心，收集时誉。果然，两河南北，交口称颂，就是都城内外，也没一个不号为贤王。还有中书郎陆机，从前为赵王府中的参军，齐王冏入都后，得伦受禅诏书，疑是陆机所为，即欲加诛，亏得颖力为解救，方得免罪。颖爱机才，后表请为平原内史，机弟云为清河内史，晋廷自然允准，立遣二人赴任。机友人顾荣戴渊，为言中国多难，劝机还吴。机感颖厚惠，且谓颖有时望，可与立功，乃逗留不去。

颖方惠民礼士，刻意求名。冏却植党营私，但务纵欲，所有立功将佐，如葛旟路秀卫毅刘真韩泰五人，皆封为县公，号曰五公。委以心膂，并就乃父齐王攸故第，增筑广厦，所有邻近庐舍，不问公私，统被拆毁，使大匠刻意经营，规制与西宫相等。又凿通千秋门墙，得达西阁，后房遍设钟悬，前庭屡舞八佾，沈湎酒色。常不入朝，长子冰得封乐安王，次子英得封济阳王，三子超得封淮南王。好容易过了一年，太孙尚又复夭逝，梁王肜相继去世，诏复封常山王乂为长沙王，领骠骑将军，起东平王楙为平东将军，都督徐州军事，使镇下邳。召还东安王繇给复官爵，且拜为宗正卿，再迁至尚书左仆射。齐王冏欲久专国政，见皇孙俱已死亡，成都王颖为众望所归，倘立为皇太弟，于自己大有不利，因表请立清河王覃为太子。覃系惠帝弟遐长男，年才八岁，当即择日册立，入居东宫，使冏为太子太师。是时，尚有东海王越，为宣帝从子，父泰曾受封高密王。泰死后越得袭爵，改封东海。越少有令名，不慕富贵，恂恂如布衣。永康初，始入为中书令，冏思联为臂助，进拜越为侍中，寻复授职司空，领中书监，越乃渐得预闻政事。侍中嵇绍，见惠帝昏庸如故，内权属齐王冏，外望归成都王颖，将来必起争端，乃上疏防变，大略说是：

臣闻改前辙者车不倾，革往弊者政不爽，故存不忘亡，安不忘危，为大易之至训。今愿陛下无忘金墉，大司马无忘颍上，大将军无忘黄桥，则祸乱之萌，无由而兆矣。

绍既上疏，又致冏书，援引唐虞茅茨，夏禹卑宫的美迹，作为规讽。冏虽巽言答复，终不少改。那惠帝是个糊涂人物，不识好歹，就使嵇侍中上书万言，也似不见不闻，徒然置诸高阁罢了。冏坐拜百官，符敕三台，选举不公，嬖佞用事。殿中御史桓豹，因事上奏，未曾先报冏府，即被谴斥。南阳处士郑方，露书谏冏，且陈五失，冏亦不省。主簿王豹抗直敢言，向冏上笺，请冏谢政归藩。辞云：

豹闻王臣蹇蹇，匪躬之故，将以安主定时，保存社稷者也。是以为人臣而欺其君者，刑罚不足以为诛，为人主而逆其谏者，灵厉不足以为谥。伏惟明公虚心下士，开怀纳善，而逆耳之言，未入于听。豹思晋政渐阙，始自元康以来，宰相在位，皆不获善终。今公克平祸乱，安国定家，若复因前日倾败之法，寻中国覆车之轨，欲冀长存，非所敢闻。今河间树根于关右，成都盘桓于旧魏，新野大封于江汉，三面贵王，各以方刚强盛，并典戎马，处险害之地，明公兴义讨逆，功盖天下，以难赏之功，挟震主之威，独据京都，专执大权，进则亢龙有悔，退则蒺藜生庭，冀此求安，未知其福，敢以浅见陈写愚情。昔武王伐纣，封建诸侯为二伯：自陕以东，周公主之，自陕以西，召公主之。及至其末，四海强兵，不敢遽阙九鼎，所以然者，天下习于所奉故也。今诚能遵用周法，以成都为北州伯，统河北之王侯，明公为南州伯，摄南土之官长，各因本职，出居其方，树德于外，尽忠于内，岁终率所领而贡于朝，简良才，命贤隽，以为天子百官，则四海长宁，万国幸甚，明公之德，当与周召并美矣。惟明公实图利之！

这笺上后，王豹待了十余日，并无答语，因再上一笺云：

豹上笺以来，十有二日，而盛德高远，未垂采察，不赐一字之令，不敕可否之宜，豹窃疑之！伏思明公挟大功，抱大名，怀大德，执大权：此四大者，域中所不能容，贤圣所以战战兢兢，日昃不暇食，虽休勿休者也。昔周公以武王为兄，成王为君，伐纣有功，以亲辅政，执德弘深，圣思博远，至忠至仁，至孝至敬，而摄政之日，四国流言，离主出奔，居东三年，赖风雨之变，成王感悟，若不遭皇天之应，神人之察，恐公旦之祸，未知所限也。至于执政，犹与召公分陕为伯，今明公自视功德，孰如周公旦？元康以来，宰相之患，危机窃发，不及营思，密祸潜起，辄在呼吸，岂复宴然得全生计？前鉴不远，公所亲见也。君子不有远虑，必有近忧，忧至乃悟，悔无所及。今若从豹此策，皆遣王侯之国，北与成都分河为伯，成都在邺，明公都宛，宽方千里，以与圻内侯伯子男，小大相率，结好要盟，同奖王家，贡御之法，一如周典。若合尊旨，可先与成都共议，虽以小才，愿备行人。百里奚秦楚之商人也，一开其说，两国以宁。况豹虽陋，犹大州之纲纪，与明公起事险难之主簿也，身虽轻而言未必否，倚装以待，伫听明命！

冏连接二笺，方有明令批答道："得前后白事，具见悃诚，当深思后行。"掾属孙惠，亦上笺谏冏，略言："大名不可久荷，大功不可久任，大权不可久执，大威不可久居，宜思功成身退之义，崇亲推近，委重长沙成都二王，长揖归藩，方足保全身名"等语。冏不能用，惠辞疾竟去。冏问记室曹摅道："或劝我委权还国，汝以为何如？"摅答道："大王能居高思危，褰裳早去，原为上计。"冏始终不决。适长沙王乂过访冏第，见案上列着书牍，便顺手展阅，看到王豹二笺，不由的发怒道："小子敢离间骨肉，何不拖他至铜驼下，打杀了事？"冏听着此言，也不禁愤急起来，再经乂添入数语，好似火上加油，愈不可遏，便奏请诛豹，略云：

臣忿奸凶肆逆，皇祚颠坠，与成都长沙新野三王，共兴义兵，安复社稷，唯欲戮力皇家，与懿亲宗室，腹心从事。不意主簿王豹，妄造异言，谓臣忝备宰相，必构危害，虑在旦夕，欲臣与成都分陕为伯，尽出蕃王，上诬圣朝鉴御之威，下启骨肉乖离之渐，讪上谤下，谗内间外，构恶导奸，莫此为甚。昔孔丘匡鲁，乃诛少正，子产相郑，先戮邓析，诚以交乱名实，若赵高诡怪之类也。豹为臣不忠不顺不义，应敕赴都街，正国法以明邪正，谨此奏闻！

奏入，便奉诏依议，当下将豹推出东市，用鞭挞死。豹将死时，顾监刑官道："可将我头悬大司马门，使得见外兵攻齐哩。"小子有诗叹道：

逆耳忠言反受诛，臣心原可告无辜。

临刑尚订悬头约，犹是当年伍大夫。

豹既冤死，同僚多恐遭祸，随即告退。容至下回报明。

第十四回

操同室戈齐王毕命 中诈降计李特败亡

却说王豹受戮，中外称冤，与豹同事的官僚，各有戒心。掾属张翰，见秋风徐来，忆及江南家景，有菰菜莼羹鲈鱼脍诸风味，便慨然自叹道："人生贵适意，何必恋情富贵呢？"遂上笺辞官，飘然引去。僚友顾荣，故意酣饮，不省府事。冏长史葛旟，说他嗜酒废职，被徙为中书侍郎。颍川处士庾衮，闻冏期年不朝，亦不禁唏嘘道："晋室将从此衰微了。看来祸乱不远，我不便在此久居。"乃挈妻子逃入林虑山中。冏溺志宴安，终不自悟，且因河间王颙，前曾依附赵王伦，很不满意，任令还镇，并加意设防。颙长史李含，尝被征为翊军校尉，与梁州刺史皇甫商有嫌，商得参冏军事。含以此不安，冏右司马赵骧，又与含有积忿，含益恐罹祸，竟匹马出都，奔还关中。颙见含回来，当然惊问。含诈称传达密诏，令颙诛冏，颙将信将疑，含遂说颙道："成都王为皇室至亲，且有大功，今委政归藩，甚得众心。齐王冏越亲专政，朝野侧目，为大王计，可檄长沙王讨齐，齐王必诛长沙王，我得借此兴师，归罪齐王，师出有名，不患不胜。若除去齐王，使成都王辅政，除逼建亲，永安社稷，岂不是一番大功劳么？"颙贪立大功，居然依议，便抗表陈请道：

王室多故，祸难罔已。大司马冏虽曾倡义，有兴复皇位之功，而安定都邑，克宁社稷，皆成都王之勋力也，而冏不能固守臣节，实乖众望。自京城大定，篡逆诛夷，乃率百万之众，来绕洛城，阻兵经年，不一朝觐，百官拜伏，晏然南面，坏乐官市署，用自增广，取武库秘仗，严列不解。故东莱王蕤，知其逆节，表陈事状，横遭诬陷，加罪黜徙。彼益树植私党，僭立官属，幸妻嬖妾，名号比之中宫，宠竖顽僮，官爵俨同勋戚，密署心腹，实为货谋，斥罪忠良，窥窃神器，逆伦始谋，固犹是也。臣受重任，蕃卫方岳，见冏所行，实怀激愤。即日翊军校尉李含，乘駉密来，宣腾诏书，臣伏读感切，五情若灼，《春秋》之义，君亲无将。冏拥强兵，置党羽，权宦要职，莫非私人，虽加重责之诛，恐不义服。今特勒精卒十万，与州郡并协忠义，共会洛阳。骠骑将军长沙王乂，同奋忠诚，废冏还第，成都王颖，明德茂亲，功高勋重，往岁去就，允合众望，宜为宰辅，代冏阿衡之任。臣志安社稷，未敢营私，为此拜表摅诚，急切上闻！

颙既上表，即令李含为都督，出次阴盘，张方为前锋，进逼新安，距洛阳百二十里，一面遣使邀结成都王颖，新野王歆，并范阳王虓。虓系宣帝从孙，父绥尝封范阳王。绥死由虓袭封，拜安南将军，都督豫州军事，就镇许昌。诸王接到颙使，尚各按兵不动，坐观成败。那齐王冏得了颙表，事出意外，不免惊惶，忙召百官，会议府中。冏首先开口道："孤首倡义兵，扫除元恶，区区臣心，可质神明。今二王听信谗言，忽构大难，究应如何对待，方保万全?"尚书令王戎应声道："如公勋业，原足盖世，但赏不及劳，故人怀贰心。今二王相结，恐不可当，公何不委权崇让，洁身就第?使二王无从借口，自然得安。"司空东海王越，也如戎议。忽有一人趋入，怒目厉声道："赵庶人听任孙秀，移天易日，当时衮衮诸公，无一倡义，赖我王犯矢石，贯甲胄，攻围陷阵，事乃得济。今日计功行封，未遍三台，这是赏报稽迟，责不在府。今谗言肆逆，理应一致同心，共图诛讨，乃虚承伪书，令王就第，试想汉魏以来，王侯就第有能保全妻子否?谁主此议，实可斩首!"王戎闻言，大吃一惊，慌忙审视，乃是冏门下中郎将葛旟。再顾齐王冏面色，也觉有异，更惶恐得了不得。眉头一皱，计上心来，托言腹胀入厕，装出龙钟状态，才至厕所，跌了一跤，弄得满身粪秽，臭不可闻，乃踉跄逃去。百官莫敢置议，也陆续溜了出来。

冏恐长沙王乂为内应，忙遣心腹将董艾，引兵袭乂。偏乂已走了先著，率左右百余人，驰入中宫，阖住诸门，挟了惠帝，号召卫士，出攻大司马府。董艾陈兵宫西，纵火焚千秋神武诸门，乂亦遣部将宋洪，往烧冏第。两下里喊声大震，火光烛天。冏使黄门令王湖盗出驺虞幡，麾示大众，宣言长沙王矫诏为乱。乂却拥惠帝至上东门，御楼传旨，说是大司马谋反。董艾不顾利害，望见天子麾盖，竟令部众仰射，矢集御前，侍驾诸臣，多被射伤，或即倒毙。都下各军，见董艾如此无礼，遂疑冏谋反是实，于是相率攻冏，接连战了三日三夜，冏众大败。大司马长史赵渊，执冏请降，当由乂牵冏上殿，面见惠帝。冏自陈枉屈情形，伏地涕泣。惠帝不觉心动，意欲赦冏。乂亟叱左右推冏出外，一刀杀死，枭示六军。同党如董艾葛旟等，皆夷三族，戮至二千余人。冏子冰英超，一并褫爵，幽禁金墉城。冏弟北海王阃，连坐被废，乃复请惠帝登殿，下诏大赦，改元太安。进长沙王乂为太尉，都督中外诸军事。封废王蕤子炤为齐王，奉齐献王攸遗祀，且遥谕河间王颙等罢兵。颙乃召还李含张方，含怏怏退归。原来含为颙计，檄乂讨冏，本意是借乂为饵，总道乂非冏敌，必为所杀，待冏杀乂后，势必具敝，正好乘衅入都，除冏废帝，迎立成都王颖，由颙为相，自己好佐颙预政，偏偏不如所料，乂得一举杀冏，反把朝廷大权，平白地为乂取去，真是替人作嫁，毫无益处。含因此失望，又想设法挑衅，劝颙除乂。适值巴氐李特，倡乱成都，颙有西顾忧，遣督护衙博出屯梓潼，与特相持，不得不将内政问题，暂且搁起。小子也只好将李特乱事，随笔叙明。

自从李特兄弟，与流民西行入都，益州刺史赵廞，见特材武，引为己用。特弟庠流，当然同处。特恃势掠民，为蜀人患。成都内史耿滕，密奏晋廷，略言"流民剽悍，蜀民懦弱，喧宾夺主，必为乱阶。刺史赵廞，不能控驱，反假权宠，应如何防患未然，酌量调遣"云云。晋廷遂征还赵廞，用滕为益州刺史。廞本贾后姻亲，接到朝旨，愈觉悚惶，自思晋廷衰乱，不如抗命据蜀，独霸一方。乃大发仓廪，遍赈流民，更厚待李特兄弟，倚作爪牙。待耿滕入州，竟发兵出攻，把滕击死。又诱杀西夷校尉陈总，自称大都督大将军益州牧，建置僚属，改易守令，分遣李特兄弟，屯守要害。庠招集各郡壮勇，得万余人，堵塞北道，受廞封为威寇将军。廞长史杜淑张粲，谓廞倒戈授人，恐为庠噬，廞从此忌庠。庠未曾闻知，反入劝廞速称尊号，语尚未毕，即被淑粲两人，左右突出，把庠拿下，责他大逆不道，推出斩首。一面遣人慰抚特流，但言庠罪应死，兄弟不相连坐，尽可安心戍守。特与流哪里肯从？便引众趋归绵竹。廞恐二人报怨，拟遣将加防，适牙门将许弇，求为巴东监军，杜淑张粲，固执不许。弇怒杀淑粲，淑粲左右复杀弇。三人皆廞心腹，同时毙命，廞如失左右手，不得已遣长史费远，蜀郡太守李苾，督护常俊，率领万余人，往戍绵竹附近的石亭。李特欲为弟报仇，潜募徒众，得七千余人，夜袭费远等军营。远等骇走，奔还成都。特乘胜进攻，日夜不休。远苾与军祭酒张微，复斩关夜遁，文武尽散。廞孤立无助，只好带了妻孥，混出城门，驾着扁舟，走向广都。手下亲丁数名，见廞失势，顿时图变杀廞，函首送特。特已趋入成都，大掠三日。既得廞首，悬示城门，且遣使入都，表陈廞罪，伫待朝命。先是梁州刺史罗尚，闻廞逆命，曾上言廞非雄才，不久必毙，已而果如尚言。晋廷以尚为能，即授尚平西将军，领益州刺史。尚率牙门将王敦，广汉太守辛冉，及新任蜀郡太守徐俭等入蜀。特闻尚来，且忧且惧，使季弟骧绕道出迎，赂贻珍玩，统是五光六色，价值连城。尚不禁大喜，立命骧为骑督，特与弟流复率部众牵牛担酒，驰至绵竹，为尚接风。王敦辛冉语尚道："特等统是盗贼，可乘他来会，拿住斩首，方免后患。"尚不肯依议。厚抚特流，偕入成都，更保举特为宣威将军，流为奋武将军。会秦雍二州，接奉朝旨，令召还入蜀流民。又由御史冯该，往蜀督遣，流民多不愿行。特尚有兄辅，留居略阳，此时赴蜀，语特谓中国方乱，不宜遣还流民。特乃再致赂罗尚，并及冯该，请展缓流民归期。两人得了货赂，许令宽限半年。

时方春季，转瞬间即到新秋，流民多为人佣工，无资可行，且因水潦方盛，五谷未登，更不便就道，复乞特再为缓颊。特因申禀罗尚，更请延期。尚颇欲允许，广汉太守辛冉，向尚力阻，坚持前约。就中还有一段隐情，乃是冉暗中舞弊，只手瞒天，当特流二人受官时，诏书迭下，令冉等调查流民，果与特等同讨赵廞，亦应按功加赏等语，冉昧下朝命，并未照办，且欲杀流民首领，劫取资财。流民相率怨冉，复相率感特。特欲收结众心，便在绵竹连置大营，安处流民，并移文至冉，请他法外施仁，毋使流民失所。冉阅特文，勃然大怒，索性悬赏通衢，募李特兄弟头颅。特闻冉悬赏购己，令人潜往揭榜，令弟骧添写数语，谓能斩送流民首级，每一头赏布百匹，于是流民大愤，奔投特营，旬日间至二万余人。冉复立栅冲要，谋掩流民，且遣广汉都尉曾元，牙门张显率步骑三万人，夜袭特营。罗尚亦遣督护田佐为助。特正分部众为二垒，自居东营，令弟流居西营，缮甲厉兵，设伏以待。曾元张显田佐等，到了特营，见营中灯火无光，寂无声响，总道特未曾防备，放胆直入。不料号炮一声，伏兵四出，特自营内杀出，流从营外杀入，一阵乱剁，把曾元张显田佐三人，一古脑儿了结性命，余众多死，逃脱的不过数千人。流民喜跃异常，共推特行镇北大将军，承制封拜。流行镇东大将军，兼号东督护。辅与骧亦俱为将军，进兵攻冉。冉督兵出战，屡为所败，遂溃围出走德阳。特入据广汉，令李超为太守，再率众往攻成都。沿途晓示蜀民，与他约法三章，施舍赈贷，礼贤拔滞，军律肃然，秋毫无犯，蜀民大悦。罗尚出兵拒特，统被击退，不得已在城外筑垒，连营自固，一面贻书梁州，及南夷校尉等处，乞请援师。

河间王颙，得成都被困消息，乃遣衙博带领兵士，往援成都。晋廷亦授张微为广汉太守，进军德阳，罗尚又遣督护张龟，出次繁城。三路人马，遥相呼应，为夹攻计。特使次子荡引兵袭博，自统部众击破张龟，再至德阳堵御张微。博引兵至梓潼，列营阳沔，突闻李荡掩至，仓猝出战，被他杀败，退保葭萌。梓潼太守张演，弃城遁去。巴西丞毛植迎降荡军。荡再攻衙博，博又怯走，麾下兵悉数降荡。荡向特报捷，特遂自称大将军益州牧，都督梁益二州军事。改年建初，大发兵攻张微。微依高据险，与特相持，连日不决。待至特众惰弛，乃遣步兵循出而下，突入特营。特抵挡不住，且战且走。途中七高八低，险些儿为微所乘，几至全军覆没。忽见一少年将军，身穿重铠，手持长矛，大呼直前，让过李特，竟向微军中杀入，左挑右拨，无人敢当，接连刺死数十人，方将微军杀退。特瞧将过去，那少年不是别人，正是次子李荡，不由的喜出望外，复驱众返追微军。微见特追至，整阵再战，不料荡余勇可加，仗着一杆蛇矛，摧锋陷阵，辟易千人。微军已胆弱气衰，不敢与斗，微只得逃回德阳。特既得胜仗，便欲引还，荡进言道："微已战败，士卒伤残，智勇俱竭。我军正可乘他劳敝，一鼓擒微，若失此机会，待微休养疮痍，再得振奋，恐未易图谋了。"特乃令荡进围德阳。微溃围出走，由荡驱众追杀，竟得将微刺死，并生擒微子存，旋师报特。特召存入见，存跪伏乞命。特乐得施恩释存使归，发还微尸。遣部将骞硕为德阳太守，正拟再攻成都。

忽闻河间王颙，又遣梁州刺史许雄，率兵前来，乃留众守候。俟雄军一到，便杀将过去。雄军远来困乏，怎敌得李特的生力军？战不数合，便即败退。越宿又战，雄军复败，遁回梁州。特乃得移兵西进，复攻罗尚。尚自特东去后，曾在郫水岸上，增戍加防，且因李流李骧，未曾随特他去，仍然分驻毗桥，因此不敢远出，但遣兵出扰骧营。骧再战再胜，三战失利，奔入流营，与流并力回攻，又大破尚军。尚急得没法，偏李特又潜军渡江，击退郫水戍卒，会集流骧两营，直逼城下，声震山谷，直使尚叫苦不迭，寝食难安。成都尚有内外二城，内城叫做太城，外城叫做少城，蜀郡太守徐俭，见李特势盛，竟将少城降特，尚只孤守太城，越觉汹惧，不得已向特求和。特未肯遽许，入据少城。是时，蜀人危惧，皆结坞自保，特遣使安抚，众皆听命。惟特尝申行禁令，不准侵掠，部下流民，趋集如蚁，免不得人多粮少，乃分遣流民，自向诸坞就食。李流入告道："诸坞新附，人心未固，宜令大姓子弟，入城为质，方保无虞。"特怒答道："大事已定，但当安民，奈何迫令人质，使他离叛呢？"既而晋廷遣荆州刺史宗岱，建平太守孙阜，带领水军三万人，西援成都。岱令阜为前锋，进逼德阳。特亟遣李荡等往御阜军，一战失利，入守德阳。益州从事任睿，向尚献议道："特散众就食，骄怠无备，朝廷援军大至，将入德阳，这正是天意诛逆的时候了。乘此密结诸坞，约期同发，内外夹击，定可破贼。"尚乃令睿夜缒出城，往告诸坞。诸坞人民，正得阜军入境消息，便即从命，愿如睿约。睿还城报尚，又自请往特诈降。尚悉依睿计，睿又出城诣特。特问及城中虚实，睿答道："粮储将尽，只有货帛，不久便可破灭了。鄙意不甘同尽，故来投降。"特信为真言，留诸麾下。睿在特营二日，备悉特军情状，乃求还省家，特仍不以为疑，听令自去。睿复入内城，部署兵马，如期出发，直薄特营。诸坞亦遵约四应，表里合击，杀得特众走投无路，东倒西歪。睿领着锐卒，冲至特前，特见睿到来，还疑他纠众来援，当拍马相迎，不防睿劈面一刀，立即送命，倒毙马下。李辅急上前相救，又被睿顺手杀死。惟李流李骧，及特少子李雄，挈领家属及所有残众，拼命杀出，遁往赤祖去

了。罗尚出城安民,把李特李辅尸身,一并焚骨扬灰,惟先时将两首枭下,遣使传送洛阳。小子因有诗叹道:

挺身百战逞强梁,一败偏遭马上亡。
莫笑当年刘后主,兴衰得丧本无常。

特既败死,荡在德阳,闻报即还,欲知后来情形,待至下回再表。

第十五回

讨逆蛮力平荆土
拒君命冤杀陆机

却说李流遁至赤祖，收集残众，尚不下数万人。李荡亦自德阳奔还，助流拒守。流与荡雄各为一营，流居北，荡雄居西。部众以军中无主，无所适从，因复推流为大将军，领益州牧，秣马厉兵，再图一战。是时，德阳已为孙阜所破，守将骞硕等被擒，阜退屯涪陵，罗尚却遣督护何冲常深等，分道攻流。还有涪陵民药绅，亦起兵相助。流与李骧拒深，使荡与雄拒绅，何冲却乘虚攻北营。流已外出，只留部将苻成隗伯等，居守营中，两将忽生变志，与冲为应，冲趁势杀入，不意营内出来一个女将军，擐甲执矛，麾动部众，拼命抵住。冲不禁诧异，但令军士困住女将，与她厮杀。那女将毫不畏惧，反抖擞精神，当先冲突，好几次被她荡决，直使冲无可下手，目眙心惊。忽从刺斜里闪出一人，手执利刃，直奔女将，女将连忙闪避，那刀锋已到眉尖，伤及左目，顿时血泪交迸，点滴不休，冲总道这女将受伤，必致败遁，偏女将仍复酣战，反觉得裂眦扬眉，拼个你死我活。看官欲知女将来历，乃是特妻罗氏。刃伤罗氏左目，便是隗伯。罗氏已有死志，始终不肯退去，那营内却已被捣乱，眼见得危巢将覆，猛听得营门外面一声呼啸，有两大头目，率众杀到，一是李流，一是李荡。原来流往拒常深，得破深垒，深已遁去；荡往拒药绅，绅闻深败，不战自退，所以流与荡得收兵驰还，来救北营。何冲只一支孤军，怎禁得两路来攻。只好冲开一条血路，没命似的乱跑。苻成隗伯，也溃围突出，随冲同诣成都。流与荡尚不肯舍，在后力追。荡自恃勇力，持矛先驱，将到成都城下，不防苻成隗伯翻身猛斗，苻执矛,隗执刀,双战李荡。荡格过了矛,又要防刀,格过了刀,又要防矛,略略一个失手,被苻成刺中腰胁,坠落马下。苻成正要枭取荡首,适值李流驰到,部众甚盛,料知不遑下手,亟与隗伯掉头入城。何冲已在城闉守候,见二人得入,立将城门阖住,阻遏外兵。流抢得荡尸,涕泪并下,再拟鼓众攻城,忽有急足驰到,报称孙阜将至,没奈何长叹一声,载尸引还。既返北营,检点营中士卒,也被何冲一战,伤毙多人。自思兄侄俱亡,孙阜又至,不由得悲惧交并。姊夫李含,曾由特任为西夷校尉。至是劝流乞降阜军。流无可奈何,因遣子世及含子胡,至单军为质,壹意求和。李骧李雄,交谏不从,胡兄离为梓潼太守,闻信驰还,欲谏不及,退与雄谋袭阜军。雄很是赞成,但虑流不肯发兵。离答道:"事若得济,何妨擅行。"雄大喜过望,便语部众道:"我等前已残虐蜀民,今一旦束手,便为鱼肉,为今日计,惟有同心袭阜,尚可死中求生。"众皆踊跃从命。雄与离遂不复白流,率众径袭阜军。阜因流已求和,不复设备,竟被雄等捣入营垒,杀得一个落花流水。阜但率数骑遁去。宗岱驻军垫江,得病身亡,荆州军遂退。雄始向流报捷,流不禁愧服,嗣是一切军事,委雄主持。雄更出兵攻杀汶山太守陈图,夺踞郫城。相传雄为罗氏所生,与荡同出一母,罗氏尝梦见大蛇绕身,方致怀妊,阅十四月乃生。罗氏知非常人,告诸李特。特因取名为雄,表字仲俊。术士刘化,见雄有奇姿,尝语人道:"关陇士人,皆当南移,李氏子中,惟仲俊有奇表,将来终为人主呢。"后果如刘化言,这且慢表。

且说晋廷闻蜀乱未平,再遣侍中刘沈,出统罗尚许雄等军,申讨李流。沈行过长安,河间王颙慕沈才学,留为军司,表请易人。诏授沈为雍州刺史,使得与颙相处。另由颙派出一人,叫作席薳,也是有名无实,不闻西行。廷议欲再简良帅,蓦由新野王歆,递入急奏,乃是义阳蛮酋张昌,聚众为逆,锋不可当,请朝廷急速发兵,分道进援。当时荆州东南,蛮民伏处,尚知归服王化,自歆出镇荆州,政尚严急,失蛮人心。义阳蛮张昌,聚众数千人,乘隙思乱,适晋廷征发荆州丁壮,往讨李流,大众俱不愿远行,诏书一再督促,并责令地方官随地查察,不准役夫逗留。郡县有司,依诏办理,不敢违慢。被役兵民,急不暇择,索性相聚为盗。还有饥民趋集,约数千口。于是张昌四处煽诱,即就安陆县石岩山中,作为巢穴,自己移名改姓,叫作李辰,诸戍役及众饥民,多往趋附,众至万余。江夏太守弓钦,遣兵往讨,反为所败。昌遂出巢攻江夏郡,钦督众迎战,又复失利,竟与部将朱伺奔往武昌。昌得入据江夏,又造出一种妖言,谓当有圣人出世,为万民主。已而得山都县吏邱沈,使改姓名曰刘尼,诈称汉后,奉为天子,且向众诳言道:"这便是圣人呢。"昌自为相国,指野鸟为凤凰,充作符瑞,居然拥着邱沈,郊天祭地,号为神凤元年,徽章服色,一依汉朝故事,如有人民不肯应募,便即族诛。并捏称"江淮以南,统已造反,官军大起,悉加诛戮,惟得真主保护,方可免难”等语。为此种种讹传,煽动远近,遂致乱徒四起,与昌相应,旬月间多至三万人,皆首着绛帽,用马尾作髯,几与戏子演剧,仿佛相同。

新野王歆,闻江夏失守,乃遣骑督靳满往剿。满至江夏,与昌交锋,不到半日,杀得大败亏输,慌忙奔还。歆因乞请济师,诏遣监军华宏往讨,又不是张昌的对手,败绩障山。廷议乃如歆所请,发兵三道:一是命屯骑校尉刘乔为豫州刺史,攻昌东面;一是命宁朔将军刘弘为荆州刺史,攻昌西面;一是诏河间王颙,使遣雍州刺史刘沈,率州兵万人,并征西府五千人,出蓝田关,攻昌北面。哪知颙不肯奉诏,止沈不遣。沈自领州兵至蓝田,又被颙遣使追还,北路兵完全无效。唯刘乔出屯汝南,刘弘及前将军赵骧,平南将军羊伊,出屯宛城。昌遣党羽黄林,率二万人向豫州,自统众攻樊城。新野王歆,因乱党逼近,不得已亲自出马,督兵往御。两下相值,彼此列阵,歆方麾兵接仗,不防部下一声哗噪,竟尔四散。那乱党竟摇旗呐喊,好似狂风猛雨,一齐扑来。歆心慌意乱,正思拍马逃奔,偏乱党已突至马前,把他围裹,你刀我槊,四面杀入,霎时间把一位晋室藩王,收拾性命,送往冥途。

败报传到洛阳,一道急诏,令刘弘代歆为镇南将军,都督荆州诸军事。弘,相州人,颇有才略,御下有律,宽严相济,昌党黄林,进薄弘营,被弘一鼓击退。及接朝廷诏敕,星夜就道,即向荆州进发。昌意图南扰,别遣悍党石冰,东寇扬州,击败刺史陈徽,诸郡尽被陷没。又攻破江州,连陷武陵、零陵、豫章、武昌、长沙诸州郡,沿江大震。临淮人封云,复起应石冰,骚扰徐州,遂致荆江扬豫徐五州境地,多为贼据。官吏或逃或降,由张昌另易牧守,专用部下一班盗贼。萑蒲小丑,何知抚字,一味地恃强行凶,到处掠夺,人民不堪暴虐,才思把盗贼驱除,蓄谋待变;再加刘弘御寇有方,一入荆州境内,便将司马歆的苛政,尽行蠲除,然后遣南蛮长史陶侃为大都护,牙门将皮初为都战帅,进据襄阳,扼守要害。昌屡攻不克,退处竟陵。侃留皮初居守,自率兵攻竟陵城,与昌前后数十战,尽得胜仗,斩贼首至数万级,昌弃城遁去。侃号令贼中,降者免死,贼党遂弃戈抛甲,悉数投诚。刘乔亦遣部将李杨等进取江夏,诛死刘尼,荆土遂平。

弘至荆州城下,望见城门四闭,城上遍列官军,似与弘相仇敌。弘很是诧异,便呼城上人答话,叫他开门。守卒答道:“我等奉范阳王令,到此守城。无论何人,概不放入。”弘答道:“我受诏前来,督辖此土,岂范阳王尚未闻知么?究竟由何将监守,请出来相会,说个明白。”言毕停辔相待,好一歇才见开城,一将带兵出门,跃马当先,势甚凶猛。弘料他不怀好意,扬起马鞭,向后一招,将士等已一齐向前,截住来将,来将无从突入,始自报姓名职衔,说是长水校尉张奕,由范阳王虓差遣到此。弘出诏相示,奕仍不服,舞刀欲斗,经弘一声喝令,将士即将奕围住,好似群虎攒羊,不到半时,已把奕斫死了事。弘乃得入城安众，并将奕首送入阙廷，说奕兴兵拒诏，所以枭首，且自请擅杀的处分。有诏慰抚刘弘，不复问罪。弘因再发陶侃等剿捕张昌，昌窜入下俊山，由侃军入山搜缉，连斗数次，昌众尽死，只剩昌一人一骑，逃往清水，嗣被侃军追及，眼见是不能脱逃，身首两分。侃军回城报命，弘起座迎侃，欢颜与语道："我昔为羊公参军，蒙羊公器重，谓我他日必镇此地，今果得验。我看卿亦非凡器，他日亦必继老夫了。"侃当然逊谢，不消细叙。侃字士行，鄱阳人氏，少孤身贫，及长乃为县吏。鄱阳孝廉范逵，尝过访侃家，侃母湛氏，截发为双髲，易钱市酒肴，款待范逵，畅饮尽欢。及逵别去，侃送逵至百里外，逵知侃微意，便语侃道："君是否欲为郡曹？"侃答道："正苦无人荐引，公能为我吹嘘否？"逵满口答应，方与侃握别。逵至庐江，见太守张夔，极称侃才，夔因召侃为督邮，领枞阳令，始有能名。夔又举侃为孝廉，侃乃得入为郎中，寻调吏部令史。弘受命出镇，辟侃为南蛮长史，令他从军，果然一战成功，更由弘叙劳上奏，封东乡侯，授江夏太守。又举皮初为襄阳太守，晋廷以襄阳名郡，恐皮初未能胜任，改令前东平太守夏侯涉补授。涉系弘婿，弘又表称涉系姻亲，例须避嫌，皮初有功，宜见酬报，诏乃从弘。弘复语人道："为政须秉大公，若必用亲戚，试想荆州十郡，莫非有十女婿不成？"当下劝课农桑，宽刑省赋，公私交济，万姓腾欢。

惟叛党石冰，与临淮乱徒封云相结，攻陷临淮，寇焰尚盛。议郎周玘等，起兵江东，推前吴兴太守顾秘，都督扬州军事，传檄州郡，仗义讨贼。周玘系故将军周处子，颇有闻望，一经起义，四处响应。前侍御史贺循，起自会稽，庐江内史华谭及丹阳人葛洪甘卓，均集众应玘。玘得连破石冰，斩首万级。冰自临淮退趋寿春，征东将军刘准，方戍广陵，闻冰将至，不禁惶骇，独度支陈敏，愿出击石冰，乃成军前往，与冰屡战屡胜。冰众十倍陈敏，统是乌合，故敏能用少胜多。冰奔往建康，敏再与周玘合师进击，冰复败走。冰党封云正留扰徐州，冰乃北窜就云，云部下张统，料二人不能成事，杀冰及云，献首军前，扬徐二州乃平。玘与贺循，散众还家，不求封赏，惟陈敏得为广陵相，敏自是恃勇生骄，渐渐的发生出异志来了。是时，洛阳都中，已闹得一塌糊涂，不可收拾，庸愚无识的晋惠帝，任人拨弄，忽东忽西，几至身家不保，颠危得很，说来不但可恨，也觉可怜。河间王颙，不服朝命，日夕思逞，再加长史李含，从旁挑拨，越觉跋扈不臣。还有成都王颖，恃功骄弛，差不多与颙相似。长沙王乂，在都专政，虽事事就颖咨商，颖尚未餍所欲，因此与颙交通，共图除乂。适皇甫商复为乂参军，商兄重出任秦州刺史，李含怀有宿忿，闻商兄弟俱得邀宠，不得不设计驱除，乃向颙进言道："商为乂所任重，重又出刺秦州，二人为乂爪牙，必为我患，今可表迁重为内职，诱令还过长安，顺便拘戮，也得除却一患了。"颙如言上表，晋廷亦准如所议。偏重已猜透含计，露檄上闻，竟发陇上兵讨含。乂因兵患方纾，决意和解，既征含为河南尹，又敕重罢兵息争。含喜得美缺，即日就征，重却不肯奉诏。颙遣金城太守游楷，陇西太守韩稚等，合兵攻重，复密遣人授意李含，使与侍中冯荪，中书令卞粹，共谋杀乂。偏又被皇甫商料着，向乂报闻，乂即捕杀李含，便将冯荪卞粹，也即收戮。含党骠骑从事诸葛玫等，恐遭连坐，都逃赴长安，往报河间王颙。颙不闻犹可，既已闻知，哪得不怒气直冲？便飞使邺城，约颖会师讨乂。颖即欲如约，左司马卢志入谏道："公前有大功，乃委权谢宠，甘心就藩，所以物望同归，交口称美。今因辅政非人，欲加整顿，何必带兵入阙，但教文服入朝，从容论治，自足服人。志料长沙王未必敢反抗呢。"颖本来深信卢志，及骄心一起，前后判若两人，所以良言进规，拒绝勿纳。又有参军邵续，亦谓兄弟如左右手，不应自去一臂，颖亦不从，遂许从颙约，与颙联名上表。劾"论功不平，且与右仆射羊玄之，左将军皇甫商，共擅朝政，杀戮忠良，请诛玄之皇甫商，遣乂还镇"云云。不意朝廷下诏，亲出征颙，特命乂为太尉，都督中外诸军事。于是颙令张方为都督，统率精兵七万，自函谷东趋洛阳，颖亦出屯朝歌，令平原内史陆机，为前将军都督，统率北中郎将王粹，冠军将军牵秀，中护军石超等，领兵二十万，南向洛阳。

惠帝出都至十三里桥，由乂下令，遣皇甫商督兵万人，往拒张方。商至宜阳，被方掩击一阵，竟至败还。惠帝返驻芒山，转往缑氏，羊玄之忧惧成疾，数日告终。成都王颖进屯河南，使石超进逼缑氏，惠帝又走归洛阳。陆机等直薄都下，乂陈兵东阳门，击退机军。颖复遣将军马咸，为机臂助，机本文士，未娴军旅，且骤握重任，不能服人，王粹等多有异言，遂致全军生贰。乂奉惠帝御建春门，麾兵再战。司马王瑚，率数千骑为前驱，马上各系大戟，冲突机军。机军前队，由马咸督领，骤为王瑚所乘，顿时溃乱，咸马扑被擒，当即枭斩。牵秀石超，率部曲先遁，王粹亦去，机军大败，各赴七里涧逃生，多半溺死，涧水为之不流。偏将贾崇等十六人，悉遭陷没。尚有小督孟超，同时败死。孟超兄叫做孟玖，系是成都王宠奴，尝乞简乃父为邯郸令，为机所阻，遂与机有隙。超虽随机出行，不受节制，自领万人为一队，到处大掠。机收逮超麾下将弁，超立率骑士百余名，入机帐中，竟把部将夺去，且悍然语机道："看你蛮奴能作督否？"机司马孙拯，劝机杀超，机不能决。超且出语大众道："陆机将反。"又寄书与玖，诬机阴持两端。玖早欲进谗，会闻弟又败没，便诉诸颖前道："机已私通长沙王，不可不除。"牵秀素来媚玖，又恐败还见责，便将失败情由，统委诸陆机身上，证成机罪。颖当即大怒，使秀率兵收机，参军王彰谏道："今日战事，强弱异势，愚人犹知必胜，今乃反是，实因机为吴人，北土旧将，不肯服从，所以有此挫失呢。还乞殿下赦机！"颖不肯听，促秀使去。机闻秀至，释戎服，著白袷，与秀相见，并作笺辞颖，随即长叹道："华亭鹤唳，可再闻否？"秀竟杀机。又收机弟清河内史云，平东祭酒耽及司马孙拯，一并下狱。记室江统蔡克等，先后营救，统被孟玖阻住，且催令速杀云耽，夷及三族。狱吏拷掠孙拯，甚至两髁露骨，仍言机冤。吏知拯义烈，乃语拯道："二陆沈冤，人已尽知，君奈何不自爱身呢？"拯仰天叹道："陆君兄弟，为当世奇才，我既蒙知遇，不能相救，难道还好忍心相诬么？"拯有门人费慈宰意，诣狱省拯。拯与语道："我不负二陆，死亦甘心，汝等何必来此？"二人答道："先生不负二陆，我等怎敢负先生？"遂为拯上书，谓拯无罪。孟玖已令狱吏诈为拯供，亦夷三族，并将费慈宰意二人，一律处斩。小子有诗叹道：

才高班马露英华，一跌丧身并复家。
何若当年先引去，好随云鹤隐天涯。

究竟战事如何结局，待至下回叙明。

第十六回

刘刺史抗忠尽节　皇太弟挟驾还都

却说长沙王乂，既击败颖军，复转攻颙军，惠帝仍亲出督战。颙军都督张方，率众近城，众见乘舆麾盖，不禁气沮，便即退走。方亦禁遏不住，只好却还。乂竟驱兵杀来，把方军前队的兵士，多半杀毙，共约五千余人。方退屯十三里桥，众心未定，尚拟夜遁。方下令道："胜败乃兵家常事，古来良将用兵，往往能因败为胜，今我更向前营垒，出其不意，也是一兵家奇策呢。"遂乘夜前进数里，筑垒数重，为持久计。得战胜方军，总道是方不足忧。到了翌晨，接得侦报，才悉方又复进逼，连忙引兵往攻，那方已倚垒为固，无隙可乘。乂军上前挑战，方按兵不发，及见乂军欲退，乃开垒出战，一盈一竭，眼见是方军得势，乂军失利了。

乂败回都城，未免心慌，因与群臣集议军情，大众多面面相觑，你推我诿，结果是想出一个调停法子，拟先与颖和，然后并力拒颙。乂与颖本是兄弟，总望他顾及本支，罢兵息怨，乃使中书令王衍，光禄勋石陋等，同往说颖，令与乂分陕而居，颖竟不从。衍等归报，乂再致书与颖，为陈利害，劝使还镇。颖复书请斩皇甫商等，方可退兵，乂亦不纳。颖又进兵薄京师，两镇兵士，齐逼都下，皇命所行，仅及一城，米石万钱，公私俱困。骠骑主簿祖逖，为乂设策道："雍州刺史刘沈，忠勇果毅，足制河间，今宜奏请遣沈，使袭颙后，颙欲顾全根本，必召还张方，一路退去，颖亦无能为了。"乂当然称善，便即奏闻。惠帝无不依从，颁诏去讫。乂又申请一敕，令皇甫商赍敕西行，饬金城太守游楷等罢兵，且使皇甫重进军讨颙。商行至新平，与从甥相遇，述及密计，从甥与商有隙，驰往告颙。颙遣众往追，将商擒归，当即杀死，并遥令游楷等速攻秦州。幸皇甫重坚壁固守，部下亦愿为死战。好容易又过一年，长沙王乂，鼓众誓师，出与颖军决战，屡得胜仗，斩俘至六七万人，颖军大沮。张方见颖军失败，亦欲退还，惟探得都城乏食，或有内乱可乘，所以留兵待变。果然不到数日，左卫将军朱默，与东海王越通谋，竟勾通殿中将士，把乂拿下，入启惠帝，且免乂官，锢置金墉城中，一面大赦天下，改元永安，开城与颖颙二军议和。颖颙二军，无词可驳，勉强从命，独乂在金墉城上表道：

陛下笃睦，委臣朝事，臣小心忠孝，神祇所鉴，诸王承谬，率众见责，朝臣无正，各虑私困，收臣别省，幽臣私宫，臣不惜躯命。但念大晋衰微，枝党将尽，陛下孤危，若臣死国，宁亦家之利，但恐快凶人之心，无益于陛下耳。幸陛下察之！

原来乂居围城，侍奉惠帝，未尝失礼。城中粮食日窘，乂与士卒同食粗粝，甘苦共尝，所以出御两军，胜多败少。偏出了一个东海王越，忌乂成功，潜下毒手。将士等初为所诳，因致盲从，及见外兵不盛，乂表可哀，乃隐起悔心，复欲迎乂拒越。越察得众情，不禁着忙，便召黄门侍郎潘滔入议道："众心将变，看来只有杀乂一法，省得人心悬悬。"滔应声道："不可，不可！杀乂终负恶名，何勿让与别人。"越已会意，乃使滔密告张方。方系杀人不眨眼的魔星，得滔通报，立即派兵至金墉城，取乂入营，锁诸柱上，剥去衣服，四围用炭火焙着，好像烧烤一般。可怜乂身被火炙，号声震地，到了乌焦巴弓，才见毕命。方营中大小将士，睹此惨状，俱为流涕。惟方狰狞上坐，反露笑容。乂死时只二十八岁，遗尸由故掾刘佑收埋，步持丧车，悲恸行路。方却目为义士，不复过问。先时洛下有谣言云："草木萌芽杀长沙。"乂死时适当正月二十七日，谣言果验。

成都王颖，得入京师，使部将石超等，率兵五万，分屯十二城门。殿中宿卫，平时为颖所忌，概皆处死。颖自为丞相，增封二十郡，加东海王越为尚书令，乃出都返镇，表卢志为中书监，参署丞相府事。雍州刺史刘沈，尚未闻都中情事，自得密诏后，即纠合七郡兵旅，径向长安进发。河间王颙，尚屯兵关外，为方声援，蓦闻刘沈起兵到来，慌忙退守渭城，并遣人飞召张方。方大掠洛中，掳得官私奴婢万余人，向西驰去，未及入关，颙已与沈军交战，败还长安。沈使安定太守衙博，功曹皇甫淡领着精甲五千，掩入长安城门，直逼颙帐。不意旁面杀出一彪人马，锐厉无前，把衙博等军，冲作两段。博等专望沈军来援，偏偏沈军迟至，致博等孤军失继，相率战死。这一路援颙的兵马，乃是冯翊太守张辅带来，他见博军无继，便来横击一阵，及刘沈驰至，前军已经覆没，只好收拾败卒，渐渐退去。适值张方西归，亟遣部将敦伟夜袭沈营，沈军惊溃，沈与麾下南走,被伟追及,射沈落马,活捉回来。当下押沈见颙,颙责他负德,沈朗声道:“知己恩轻,君臣义重,沈奉天子诏命,不敢苟免,明知强弱异形,乃投袂起兵,期在致死,虽遭菹醢,甘亦如荠。”颙顿时怒起,鞭沈至百,方令腰斩,一道忠魂,上升天界去了。

颖与颙既相连接,颙上书称颖有大功,宜为储副。又言羊玄之怙宠为非,该女不宜为后,颖亦表称玄之已殁,未降明罚,宜废后以暴父罪。惠帝虽然愚钝,但对着如花似玉的羊皇后,却也不忍相离,因将两王表文,出示廷臣,商决可否。朝右百官,个个是贪生怕死,哪里还敢冲撞二王?再加东海王越,是与二王表里为奸,当然赞同二议。惠帝没法,乃将羊后废为庶人,徙居金墉城。皇太子覃,仍黜为清河王,立颖为皇太弟,都督中外诸军事,兼职丞相。乘舆服御,皆迁往邺中,进颙为太宰大都督,领雍州牧,起前太傅刘阇为太尉,阇自称老疾,固辞不拜。看官阅过前文,如汝南王亮,如楚王玮,如赵王伦,如齐王冏,如长沙王乂,没一个不是争权夺利,丛怨亡身。偏颖颙越三王,不思借鉴前车,也想挟权求逞,结果是凶终隙末,同室操戈,终落得蚌鹬相持,渔人得利,这岂不是司马家儿的大病么?

成都王颖,既得为皇太弟,越加骄恣,不知有君。嬖人孟玖等,倚势横行,大失众望。右卫将军陈眕,殿中中郎逯苞成辅及长沙王故将上官巳等,怂恿东海王越,谋共讨颖。越乐得转风,借着众怒为名,好夺朝柄,便与陈眕勒兵入云龙门,称制召三公百僚,相率戒严,收捕颖将石超。超突出都门,奔往邺城,随即迎还庶人羊氏,仍立为后,就是清河王覃,亦复入东宫,再为太子。越奉惠帝北征,自为大都督,召前侍中嵇绍,扈跸同行。侍中秦准语绍道:“今日随驾出征,安危难料,君可有佳马否?”绍正色道:“臣子扈卫乘舆,遑计生死,要甚么佳马呢?”准叹息而退。绍从惠帝出抵安阳,沿途由大都督越檄召兵士,陆续趋集,得十万余人。邺中震恐。颖召群僚问计,议论不一,东安王繇,新遭母丧,留居邺中,独入帐宣言道:“天子亲征,臣下宣释甲缟素,出迎请罪。”颖闻言动怒道:“莫非自去寻死么?”折冲将军乔智明,亦劝颖奉迎乘舆,颖复怒说道:“卿名为晓事,投身事孤,今主上为群小所逼,勉强北来,卿奈何亦为此说,使孤束手就刑哩?”遂叱退繇乔二人,立遣石超率兵五万,前往迎战。

越驻军荡阴,探得邺中人心不固,以为无患,竟不加严备,哪知石超驱兵杀来,势甚汹涌,立将越营攻破。越仓皇逃命,不暇顾及惠帝,一溜烟的走往东海。惠帝猝不及避,被超军飞矢射来,颊中三箭,痛苦得了不得。百官侍御,有几个也遭射伤,纷纷窜去。独侍中嵇绍,朝服下马,登辇卫帝,超军一拥上前,将绍拖落,惠帝忙牵住绍裾,惶遽大呼道:“这是忠臣嵇侍中,杀不得!杀不得!”但听超军回答道:“奉太弟命,但不犯陛下一人。”两语才毕,已将绍一刀斫死，碧血狂喷，溅及帝衣，吓得惠帝浑身乱颤，兀坐不稳，一个倒栽葱，堕落车下，僵卧草中。随身所带的六玺，悉数抛脱，尽被超军拾去。还算超有些天良，见帝堕下，喝令部众不得侵犯，自己下马相救，叫醒惠帝，扶他上车，拥入本营，且问惠帝有无痛楚。惠帝道："痛楚尚可忍耐，只腹已久馁了。"超乃亲自进水，令左右奉上秋桃。惠帝吃了数枚，聊充饥渴。超向颖报捷，并言奉帝留营。颖乃遣卢志迎驾，同入邺城。颖率群僚迎谒道左，惠帝下车慰劳，涕泣交并。及入城以后，复下诏大赦，改永安元年为建武元年。皇弟豫章王炽，司徒王戎，仆射荀藩，相继至邺，见惠帝衣上有血，请令洗浣。惠帝黯然道："这是嵇侍中血，何必浣去。"戎等亦皆叹息。惟颖却请帝召越，颁诏东海，越怎肯赴邺？却还诏使。前奋威将军孙惠，诣越上书，劝越邀结藩方，同奖王室。越遂令惠为记室参军，与参谋议。北军中侯苟晞，往投范阳王虓，虓令为兖州刺史。陈眕上官巳等，走还洛阳，奉太子清河王覃，保守都城，偏又来了一个魔贼张方，仗着一般蛮力，擅将都城占住。原来越出讨颖，颙曾遣张方救邺，及越已败走，惠帝被颖劫去，颙即令方折回中道，往踞洛阳。方至洛阳城下，上官巳与别将苗愿，出担方军，为方所败，便即遁去，方遂入洛都。太子覃至广阳门，迎方下拜，方下马扶住，偕覃入阙，派兵分戍城门。才越两日，复把羊皇后太子覃废去，居然皇帝无二，自作威福，独断独行，这真叫作天下无道，政及陪臣呢。

先是安北将军王浚，都督幽州。颖颙乂三王，入讨赵王伦时，曾檄令起兵为助，浚不应命。颖常欲讨浚，迁延未果。嗣令右司马和演为幽州刺史，密使杀浚，演与乌桓单于审登连谋，邀浚同游蓟城南泉清，为刺浚计。会天雨骤下，兵器沾湿，苦不得行。审登胡人，最迷信鬼神，疑浚阴得天助，因将演谋告浚。浚即与审登连兵杀演，自领幽州营兵。颖既劫入惠帝，欲为和演报仇，乃传诏征浚入朝。浚料颖不怀好意，索性纠合外兵，驰檄讨颖。乌桓单于遣部酋大飘滑弟羯朱，引兵助浚，还有浚婿段务勿尘，系是鲜卑支部头目，也率众相从。浚既得两部番兵，势焰已盛，复约同并州刺史东嬴公腾，联兵攻邺。腾系东海王越亲弟，正接越书，令他联络幽州，攻颖后路。凑巧浚使亦到，自然答书如约。于是幽并二州的将士及乌桓鲜卑的胡骑，合得十万人，直向邺城杀来。颖遣北中郎将王斌及石超等出兵往御，复因东安王繇，前有迎驾请罪的议论，恐他密应外兵，立即拿斩了事。繇兄子琅琊王睿，惧祸出奔，自邺还镇。颖先敕关津严行检察，毋得轻放贵人。睿奔至河阳，适被津吏阻住，可巧有从吏宋典，自后继至，用鞭拂睿，佯作笑语道："舍长官，禁贵人，汝何故亦被拘住呢？"津吏与睿，不甚相识，蓦闻典言，疑是误拘，便向典问个明白。典又伪称睿是小吏，并非贵人，更兼睿微服出奔，容易混过，当由津吏放睿渡河。睿潜至洛阳，迎了太妃夏侯氏，匆匆归国去了。

颖因外兵压境，也无心追问，但与僚属日议军事。王戎等谓胡骑势盛，不如与和。颖却欲挟帝还洛，暂避敌锋。忽有一相貌堂堂、威风凛凛的大元戎，趋入会议厅中，与大众行过了军礼，就座语颖道："今二镇跋扈，有众十余万，恐非宿卫将士及近郡兵马，所能抵制呢！愚意却有一计，可为殿下解忧。"颖见是冠军将军刘渊，便问他有何妙策？渊答道："渊曾奉诏为五部都督，今愿为殿下还说五部，同赴国难。"颖半晌才答道："五部果可调发么？就使发遣前来，亦未必能御鲜卑乌桓。我欲奉乘舆还洛阳，再传檄天下，以顺制逆，未知将军意见如何？"渊驳说道："殿下为武皇帝亲子，有功皇室，恩威远著，四海以内，何人不愿为殿下效死？况匈奴五部，受抚已久，一经调发，无患不来，王浚竖子，东嬴疏属，怎能与殿下争衡？若殿下一出邺城，向人示弱，恐洛阳亦不能到了。就使得到洛阳，威权亦被人夺去，未必再如今日。不如抚勉士众，静镇此城，待渊为殿下召入五部，驱除外寇，二部摧东嬴，三部枭王浚，二竖头颅，指日可致，有甚么可虑呢？"颖听了渊言，不禁心喜，遂拜渊为北单于，参丞相军事，即令刻日就道。

渊辞颖出发，行至左国城，匈奴右贤王刘宣等，早欲推渊为大单于，至是与部众联名，奉书致渊，愿上大单于位号。渊先让后受，旬日间得众五万，定都离石，封子聪为鹿蠡王。遣部将刘宏率铁骑五千，往援邺城。是时王浚与东嬴公腾，已击败颖将王斌，长驱直进。颖将石超，收兵堵御，平棘一战，又为浚先锋祁弘所败，退还邺城，邺中大骇，百僚奔走，士卒离散。中书监卢志，劝颖速奉惠帝还洛阳，颖乃令志部署军士，翌日出发。军士尚有万五千人，均仓猝备装，忙乱一宵，越宿待命启行，守候半日，并无音响。大众当然动疑，及探悉情由，方知颖母程太妃，不愿离邺，因此延宕不决。俄而警报迭至，哗传外兵将到，大众由疑生贰，霎时溃散。颖惊愕失措，只得带同帐下数十骑，与卢志同奉惠帝，南走洛阳。惠帝乘一犊车，仓皇出城，途中不及赍粮，且无财物，只有中黄门被囊中，藏着私蓄三千文，当由惠帝面谕，暂时告贷，向道旁购买饭食，供给从人。夜间留宿旅舍，有宫人持升余糠米饭及燥蒜盐豉，进供御前。惠帝连忙啖食，才得一饱。睡时无被，即将中黄门被囊展开，席地而卧。越日又复登程，市上购得粗米饭，盛以瓦盆，惠帝啖得两盂，有老叟献上蒸鸡，由惠帝顺手取尝，比那御厨珍馐，鲜美十倍。自愧无物可酬，乃谕令免赋一年，作为酬赏。老叟拜谢而去。行至温县，过武帝陵，下车拜谒，右足已失去一履，幸有从吏脱履奉上，方得纳履趋谒。拜了数拜，不由得悲感交集，潸然泪下。左右亦相率欷歔。及渡过了河，始由张方子熊，带着骑士三千，前来奉迎。熊乘的青盖车，让与惠帝，自己易马相从。至芒山下，张方自领万余骑迎帝，见了御驾，欲行拜跪礼仪。惠帝下车搀扶，方不复谦逊，便即上马，引帝还都。散众陆续踵至，百官粗备,乃升殿受朝,颁赏从臣,并下赦书。旋闻邺城探报,已被王浚各军,掳掠一空。乌桓部长羯朱,追颖不及,已与王浚等一同北归。惟鲜卑部掠得妇女,约八千人,因浚不许带归,均推入易水中,向河伯处当差去了。小子有诗叹道:

无端军阀起纷争,祸国殃民罪不轻。
更恨狼心招外寇,八千妇女断残生。

邺中已经残破,刘渊所遣部将王宏,驰援不及,也即引归,报达刘渊。究竟刘渊能否践约,且至下回再详。

第十七回

刘渊拥众称汉王　张方恃强劫惠帝

却说刘渊得王宏归报，慨然语道："颖不用我言，弃邺南奔，真是奴才，但我尝受他知遇，保荐为冠军将军，寓邺以来，他总算待我不薄，我既与约相援，不可不救。"说毕，即命右于陆王刘景，左独鹿王刘延年，率步骑兵二万，将讨鲜卑。刘宣等入阻道："晋人不道，待我如奴隶，我正恨无力报复，今彼骨肉相残，自相鱼肉，乃是天厌晋德，授我重兴的机会。鲜卑乌桓，与我同类，可倚以为援，奈何反发兵攻击？况大单于威德方隆，名震远迩，诚使怀柔外部，控制中原，就是呼韩邪基业，也好从此恢复了。"渊笑答道："卿言亦颇有见识，但尚是器小，未足喻大。试想禹出西戎，文王生东夷，帝王有何常种？今我众已至十余万，人人矫健，若鼓行而南，与晋争锋，一可当十，势若摧枯，上为汉高，下亦不失为魏武，呼韩邪亦何足道哩？"刘宣等皆叩首道："大单于英武过人，明见万里，原非庸众所能企及，请即乘势称尊，慰我众望。"渊徐徐答道："众志果已从同，我亦何必援颖，且迁居左国城，再作计较。"宣等遵令起身，各整行装，随渊徙至左国城。远近依次归附，又达数万人，正拟拥众称尊，雄长北方，不料西方巴蜀，已有人先他称王，遂令野心勃勃的刘元海，急不暇待，便树起大汉的旗帜来了。

小子按时叙事，不得不先将蜀事表明，再述刘渊开国情形。自李雄得取成都，遂奉叔父李流，一同居住。蜀民相率避乱，或南入宁州，或东下荆州，城邑皆空，野无烟火。惟涪陵人范长生，挈千余家依青城山，依险自固。流无从掠食，部众饥困。平西参军徐轝，求为汶山太守，特向益州刺史罗尚献谋，谓“流已乏食，正好进讨，且可邀范长生为犄角，并力合攻”云云。偏尚不肯依议，惹动轝怒，反出城附流，并为流往说长生，运粮济困，流军复振。既而流病将死，嘱部将等协力事雄，部将共愿遵嘱，俟流死后，即推雄为益州牧。雄使将校朴泰，通书罗尚，伪言愿为内应。尚遽令降氐隗伯攻郫城，陷伏被擒。雄赦免隗伯，使李骧带领降卒，夜至成都，诈称已得郫城，还兵报捷。守卒不知有诈，开门纳入。骧即杀死守吏，据住外城。惟内城还是关着，未曾失手。罗尚急登陴抵御，堵住外兵，骧留兵攻扑，自往截尚粮道，适值犍为太守袭恢，运粮前来，被骧麾兵掩击，将恢杀死，尽把粮车夺去。尚困守孤城，无粮可食，再经骧还军攻击，更由雄添兵相助，眼见得朝不保暮，危如累卵，三十六策，走为上策，乃留牙将张罗居守，自率左右开门夜遁。张罗以尚为镇将，还且弃城逃生，自己位居偏裨，何苦为国殉难，便即插起降旗，纳入骧军。骧迎雄入成都，兵不血刃，坐得了西蜀雄藩。梁州刺史许雄，坐视不救，由晋廷召还治罪。罗尚逃至江阳，遣使表闻，适晋廷大乱，无暇加谴，但令他权统巴东巴郡涪陵诸郡，收取军赋。尚又遣别驾李兴，赴荆州乞粮，镇南将军刘弘，拨给粮米三万斛，尚乃得自存，但苦兵力衰残，不能再复成都。

李雄占据成都数月，因范长生素有德望，见重蜀民，乃欲迎立为君，自愿臣事长生。长生不肯应命，雄乃自即成都王位，大赦境内，号为建兴元年。除晋弊制，约法七章，令叔父骧为太傅，兄始为太保，折冲将军李离为太尉，建威将军李云为司徒，翊军将军李璜为司空，材官李国为太宰，尊母罗氏为王太后，追号父特为景王，又遣使往迎范长生。长生自青城山登舆，布衣应征，及抵成都，甫入城闉，即见雄下马相迎，握手引进，延他上坐，称为范贤，详询政治。长生约略对答，甚惬雄心。雄即亲递板册，拜为丞相。长生也乐得受命，坐享安荣，嗣复劝雄称帝，便是这位范贤人了。看官！试想李雄是个流民子弟，还能据地称雄，何况五部大都督刘渊，才兼文武，识迈华夷，怎尚肯蜷伏一隅，不思自主呢？当下由刘宣等奉书劝进，请他筑坛即位，立国纪元。渊笑语道：“昔汉有天下，历世久长，恩结人心，所以昭烈帝仅据益州，尚能与吴魏抗衡，相持至数十年。我本汉甥，约为兄弟，兄亡弟继，有何不可？我就称为汉王便了。”乃命就南郊筑坛，也是告天祭地，仿行汉制。登坛这一日，五部胡人，统来谒贺。刘渊令竖起大汉旗帜，居然祖述汉朝，下令谕众道：

> 昔我太祖高皇帝，以神武应期，廓开大业，太宗孝文皇帝，重以明德，升平汉道，世宗孝武皇帝，拓土攘夷，威倾中外，中宗孝宣皇帝，搜扬俊义，多士盈朝，是我祖宗道迈三王，功高五帝，故卜年倍于夏商，卜世过于姬氏。而元成多僻，哀平短祚，贼臣王莽，滔天篡逆。我世祖光武皇帝，诞资

圣武，恢复鸿基，祀汉配天，不失旧物。显宗孝明皇帝，肃宗孝章皇帝，累叶重辉，炎光再阐。自和安以后，皇嗣渐颓，天步艰难，国统濒绝。黄巾海沸于九州，群阉毒流于四海，董卓因之，肆其猖獗，曹操父子，凶逆相寻，故孝愍委弃万国，昭烈播越岷蜀，冀否终有泰，旋轸旧京，何图天未悔祸，后帝窘辱？自社稷沦丧，宗庙之不血食，四十年于兹矣。今天诱其衷，悔祸星汉，使司马氏父子兄弟，迭相残灭，黎庶涂炭，靡所控告。孤今猥为群公所推，绍修三祖之业，顾兹尪暗，战惶靡厝。但以大耻未雪，社稷无主，衔胆栖冰，勉从群议，特此令知。

此令下后，即改易正朔，称为元熙元年。国仍号汉，立汉高祖以下三祖五宗神主，筑庙祭祀，追尊安乐公刘禅为孝怀皇帝。一切开国制度，皆依两汉故例。立妻呼延氏为王后，长子和为世子，鹿蠡王聪守职如故。族子曜生有白眉，目炯炯有赤光，两手过膝，身长九尺三寸，少时失怙，由渊抚养，成人后既长骑射，尤工文字，渊尝称为千里驹，因亦授为建武将军。命刘宣为丞相，召上党人崔游为御史大夫，后部人陈元达为黄门侍郎，崔游为上党耆硕。渊曾从受业，至是固辞不受。陈元达亦尝躬耕读书，渊为左贤王时，曾招为僚属，元达不答，此次驿书往征，却欣然就道，愿为渊臣。他如刘宏刘景刘延年等，皆渊族人，并授要职，不消细说。渊僭号旬日，即率众往攻东嬴公腾。腾遣将军聂玄率兵出拒，行次大陵，与渊军相值。两下交锋，勇怯悬殊，才及数合，玄军大败，狼狈遁归。腾闻败大惧，亟领并州二万余户，避往山东，渊乃四处寇掠，入居蒲子。复遣曜进寇太原。曜兵锋甚锐，连陷泫氏屯留长子诸县。别将乔晞，往攻介休。介休县令贾浑，登城死守，约历旬日，内无粮草，外无救兵，斗大孤城，怎能支持得住，便被乔晞陷入。浑尚率兵巷战，力竭被擒，晞勒令投降，浑正色道："我为大晋守令，不能保全城池，已失臣道，若再苟且求活，屈事贼虏，还有什么面目，得见人民？要杀便杀，断不降汝！"晞听着贼虏两字，当然发怒，即喝令推出斩首。裨将尹崧进谏道："将军何不舍浑，也好劝人尽忠。"晞怒答道："他为晋尽节，与我大汉何涉？"遂不从崧言，促使牵出。忽有一青年妇人，号哭来前，与浑诀别。晞闻声喝问道："何人敢来恸哭？快与我拿来！"左右奉令，便出帐拘住妇人，牵至晞前，且报明妇人来历，乃是贾浑妻宗氏。晞见她散发垂青，泪眦变赤，颦眉似锁，娇喘如丝，不由得怜惜起来，便易怒为喜道："汝何必多哭，我正少一佳人呢。"语犹未了，外面已将浑首呈入，宗氏瞧着，越觉狂号。晞尚狞笑道："休得如此，好好至帐后休息，我当替你压惊。"宗氏听了，反停住了哭，戟指骂晞道："胡狗！天下有害死人夫，还想污辱人妇么？我首可断，我身不可辱，快快杀我，不必妄想！"晞尚不忍加害，再经宗氏詈骂不休，激动野性，竟自拔佩刀，起身下手。宗氏引颈就戮，渺渺贞魂，随夫俱逝，年才二十余岁。当有消息传报刘渊,渊不禁大怒道:“乔晞敢杀忠臣,并害义妇,假使天道有知,他还望有遗种么?”遂命厚葬贾浑夫妇,且将乔晞追还镌秩四等。已而东嬴公腾,又遣部将司马瑜周良石鲜等,分统部曲,往攻离石,与渊将刘钦交锋,四战皆败,一并逃归。渊更得横行北方,无人敢撄。晋廷又内乱未休,还顾着甚么边防?就是一座洛阳城中,也弄得乱七八糟,迄无宁日。张方迎帝入都,专制朝政,不但公卿百僚,无权无势,连太弟颖亦削尽权力。都下人士,统惮方凶威,莫敢发言。惟豫州都督范阳王虓,徐州都督东平王楙,从外上表道:

自愍怀被害,皇储不建,委重前相,辄失臣节,是以前年太宰与维社稷之贰,不可久虚,特共启成都王颖,以为国副。受重之后,弗克负荷,小人勿用而以为心腹,骨肉宜敦而猜嫌荐至,险诐宜远而谗说殄行,此皆臣等不聪不明,失所宗赖,遂令陛下谬于降授,虽戮臣等,不足以谢天下。今大驾还宫,文武空旷,制度荒废,靡有孑遗。臣等虽劣,足匡王室,而道路流言,谓张方与臣等不同,悠悠之口,非尽可凭。臣等以为太宰惇德元元,著于具瞻,每当义节,辄为社稷宗盟之先。张方受其指教,为国效劳,此即太宰之良将,陛下之忠臣;但以秉性强毅,未达变通,且虑事翻之后,为天下所罪,故不即西还耳。臣闻先代明主,未尝不全护功臣,令福流子孙。自中叶以来,陛下功臣,初无全者,非必人才皆劣,实由朝廷驾驭失宜,不相容恕,以一旦之咎,丧其积年之勋,既违周礼议亲之典,且使天下人臣,莫敢复为陛下致节者。臣等此言,岂独为一张方?实为社稷远计,欲令功臣身守富贵。臣愚以为宜委太宰以关右之任,自州郡以下,选举受任,一皆仰成,若朝之大事,废兴损益,每辄畴咨,此则二伯述职,周召分陕之义,陛下复行于今时。遣方还郡,令群后申志,时定王室,所加方官,请悉如旧,则忠臣义士有劝,功臣必全矣。司徒戎异姓之贤,司空越公族之望,并忠国爱主,小心翼翼,宜干机事,委以朝政。安北将军王浚,率身履道,远近所推,如今日之大举,实有定社稷之勋,此臣等所以叹息归功也。浚宜特崇重之以负众望,使抚幽朔,长为北藩。臣等竭力捍城,屏藩皇家,则陛下垂拱,而四海自正矣。乞垂三思,察臣所言。

未几,又再上一疏,略言:“成都王弗克负荷,实为奸邪所误,不足深责,可降封一邑,保全生命”云云,张方得见二表,不禁忿恚道:“我奉迎车驾,保全都城,明明是自守臣节,乃反讥我未识变通,促我西还。王戎庸驽,怎得称贤?东海专擅,怎能惬望?王浚称兵犯驾还,说他有功社稷,这等妄谈,不值一辩。我亦无意留此,就变通一着,免致小觑,看他如何对付呢?”原来方久留洛阳,部兵逐日剽掠,十室九空,群情扰扰,俱有归志。方正思拥帝西去,适为二表所激,乃决意一行,但恐帝及百官,未肯照从,只得借谒庙为名,诱帝出宫,才好劫驾登程。当下使人白帝，请出主庙祀，偏惠帝不肯亲出，答言须遣派诸王。方顿时盛怒道："他不出谒庙，难道我不能使他西迁么？"当下传令部兵，齐集殿门，自率亲卒数百人，跨马入宫，胁迫乘舆。惠帝闻变，慌忙趋避，驰匿后园的竹林中。方令士卒搜寻，当即觅着，硬将惠帝拥出。惠帝面色如土，托称乘舆未备，须备就乃行。士卒哗声道："张将军已驾好坐车，来迎陛下，陛下不必多虑。"惠帝无奈，垂涕出殿，由士卒扶掖登车。方在宫门前候着，见惠帝驾车出来，才在马上叩首道："今寇贼纵横，宿卫单少，愿陛下亲幸臣垒，臣当竭尽死力，备御不虞。"惠帝无词可答，四顾左右，也没有一个公卿，只中书监卢志在侧，恐是张方党羽，欲言不言。志启奏道："陛下今日，当概从张将军。"惠帝乃驰入方营，令方多具车辆，装载宫人宝物。方即令部卒入宫载运。部卒贪馋得很，遇着这个美差，正是意外飞来，当下拥入宫中，见有姿色的宫人，便任情调笑，逼令为妻，所有库中的宝藏，值钱的都藏入私囊，单剩那破败杂物，搬置车上，甚至你抢我夺，分配不匀，好好一顶流苏宝帐，被割至数十百块，取作马韀。经此一番劫掠，把魏晋以来百余年积蓄，荡涤无遗。

穷凶极恶的张方，还想将宗庙宫室，一概毁去，免得使人返顾。卢志亟向方谏阻道："董卓不道，焚烧洛阳，怨毒至今，尚未有已，将军奈何效此凶人？"方乃罢议。过了三日，方遂拥帝及太弟颖豫章王炽等，西往长安。时适仲冬，天降大雪，途次非常寒冷，行到新安，惠帝忍冻欲僵，手足麻木，突然间堕落车下，伤及右足。尚书高光，正在帝后，忙下马搀扶，仍令登辇。惠帝始知足痛，扪伤垂泪。光自裂衣襟，代为裹创。惠帝且泣且语道："朕实不聪，累卿至此。"光亦为泣下。好容易到了霸上，遥见有一簇人马，站住道旁。惠帝似惊弓之鸟，又吓得冷汗淋漓。张方下马启奏道："太宰来迎车驾了。"惠帝才稍稍放心。已而太宰颙趋至驾前，拱手拜谒。惠帝依着老例，下车止拜，遂由颙导入长安，就借征西府为行宫，休息数日，再议大政。那时仆射荀藩，司隶刘暾，太常郑球，河南尹周馥等，尚在洛阳，号为留台，承制行事，复称年号为永安。羊皇后为张方所废，仍居金墉城，未尝随驾。留台诸官，仍复迎她入宫，奉为皇后。于是关洛各设政府，时人号为东西台。太宰颙有意废颖，与张方商决可否，方不甚赞成，颙已立定主意，决计废颖立炽。惠帝有兄弟二十五人，相继死亡，惟颖炽及吴王晏尚存。晏材质庸下，炽却早年好学，故颙推立为皇太弟，且因四方分裂，祸难未已，并请下诏调停，期得少安。小子有诗叹道：

扰扰江山已半倾，如何翻欲作干城？
狂澜一决难重挽，大错由谁误铸成。

欲知诏命如何，且看下回录叙。

第十八回

作盟主东海起兵
诛恶贼河间失势

却说惠帝到了长安，政权为太宰颙所把持，颙议立豫章王炽为太弟，并及一切调停的法度，入白惠帝，当然依议颁诏。诏云：

天祸晋邦，冢嗣莫继，成都王颖，自在储贰，政绩亏损，四海失望，不可承重，其以王还第！豫章王炽，先帝爱子，令闻日新，四海注意，今以为皇太弟，以隆我晋邦。司空越可进任太傅，与太宰颙夹辅朕躬，司徒王戎，参录朝政，光禄大夫王衍为尚书左仆射，安南将军虓，平东将军楙，平北将军腾，各守本镇。高密王略为镇南将军，领司隶校尉，权镇洛阳。东中郎将模，为宁北将军，都督冀州，镇于邺。镇南大将军刘弘，领荆州以镇南土。其余百官，皆复旧职。齐王冏前应还第，长沙王乂轻陷重刑，可封其子绍为乐平县王，以奉其祀。自顷戎车屡征，劳费人力，供御之物，三分减二，户调田租，三分减一，蠲除苛政，爱人务本，清通之后，当还东京。此诏。

诏书既下，又大赦天下，改元永兴。命太宰颙都督中外诸军事，张方为中领军，录尚书事，领京兆太守，一切军国要政，迓颙为主，方为副。无论如何和解，要想辑睦宗室，慎固封疆，哪里有这般容易呢？东海王越，先表辞太傅职任，不愿入关，高密王略，拟奉诏赴洛，偏被东莱乱民，相聚攻略，连临淄都不能守，走保聊城。司徒王戎，当张方劫驾时，已潜奔郏县，避地安身，且年逾七十，怎肯再出冒险？当下称疾辞官，不到数月，果然病死。王衍素来狡猾，名为受职，未尝西行。只北中郎将模，往镇邺中，收拾余烬，募兵保守。

越年为永兴二年，张方又逼令惠帝，颁诏洛阳，仍饬废去羊皇后，幽居金墉城。留台各官，不得已依诏奉行。会秦州刺史皇甫重，累年被困，遣养子昌驰赴东海，向越乞援。越因东西遥隔，不愿出兵，昌径诣洛阳。诈传越命，迎还羊后入宫，即用后令，发兵讨张方，奉迎大驾。事起仓猝，百官不暇考察，相率依议。俄而察悉诈谋，便即杀昌，传首关中。颙方主和平行事，不欲久劳兵戎，因请遣御史赍诏宣重，敕令入朝行在。重又不肯奉命。秦州自遭围以后，内外隔绝，音信不通，即如长沙王遇害，皇甫商被杀等情，亦全未闻知。重问诸御史驺人，谓我弟早欲来援，如何至今未到？驺人答道："汝弟早为河间王所杀，怎得再生？"重闻言失色，也将驺人杀死。城中守卒，始知外援已断，群起杀重，函首乞降。颙调冯翊太守张辅为秦州刺史。辅莅任后，与金城太守游楷，陇西太守韩稚等有隙，互起战争，终至败死。这且搁过不提。

且说东海王越，既不愿入关受职，当然与太宰颙有隙，中尉刘洽，劝越往讨张方，为迎驾计。越已补卒蒐乘，整缮戎行，遂从刘洽言，传檄山东各州郡，谓当纠率义旅，西向讨罪，奉迎天子，还复旧都。东平王楙，先举徐州让越，自为兖州都督。范阳王虓与幽州都督王浚，亦与越相应，推为盟主，联兵勤王。越二弟并任方镇，均归乃兄节度。越托名承制，改选各州郡刺史，朝士多赴东海，乘便梯荣。偏赵魏交界，又出了一个公师藩，独树一帜，往攻邺郡。师藩系成都王颖故将，闻颖被废，心甚不平，遂自称将军，声言为颖报怨，纠众至数万人，无论悍贼黠胡，并皆收用。当时有个羯人石勒，原名为匐，先世为匈奴别部小帅，因号为羯。勒寄居上党，年方十四，随邑人行贩洛阳，倚啸上东门，适为王衍所见，不禁诧异。嗣复顾语左右道："小小胡雏，便有这般长啸，将来必有异图，为天下患，不如早除为是。"乃遣人捕勒，勒已先机逃归，无从追获。过了数年，勒强壮绝伦，好骑善射，相士尝称他状貌奇异，不可限量。邑人嗤为妄言。

会并州大饥，刺史东嬴公腾，用建威将军阎粹计议，掠卖胡人，充作军费。勒亦为所掠，卖与茌平人师欢为奴。欢令他耕作，身旁尝有鼓角声，并耕诸人，屡有所闻，归告师欢。欢颇以为奇，别加优待，听令自由。牧师汲桑，与欢家毗邻，勒得往来过从，互相投契，且纠合壮士，作为朋侣，闻师藩起兵，竟与汲桑挈领牧人，并党与数百骑，投入师藩部下。桑始令他以石为姓，以勒为名。勒骁勇敢战，愿作前驱，连破阳平汲郡，杀害太守李志张延，转战至邺。邺中都督司马模，亟遣将军赵骧出御，并向邻郡乞援。广平太守丁邵，引兵救模。范阳王虓，亦命兖州刺史苟晞往救。两路兵到了邺城，与赵骧合军御寇，师藩自然怯退，就是胆豪力大的石勒，也只得随众引归。

模为越弟，向越告捷。越因邺中无恙，使发兵西行，授刘洽为司马，尚书曹馥为军司，督军前进。留琅琊王睿屯守下邳，接济军需。睿请留东海参军王导为司马，越亦许诺。导字茂弘，系前光禄大夫王览孙，少有风鉴，识量清远，素与睿相亲善，故睿引入帷幄，使参军谋。导亦倾心推奉，知无不言。越留此二人，放心西向，出次萧县，麾下约三万余人。范阳王虓，亦自许昌出屯荥阳，为越声援。越命虓领豫州刺史，调原任豫州刺史刘乔，移刺冀州，并使刘蕃为淮北护军，刘舆为颍川太守。虓亦令舆弟琨为司马，独刘乔不受越命，发兵拒虓，且上书行在，历陈刘舆兄弟罪恶，并说他协虓为逆，应加讨伐等语。究竟刘舆兄弟，是何等人物？小子尚未曾叙及，应该就此说明。看官阅过前文，当知贾谧二十四友中，舆琨亦尝列入。舆字庆孙，琨字越石，乃父就是刘蕃，系汉朝中山静王胜后裔。世居中山，兄弟并有才名，京都曾相传云："洛中奕奕，庆孙越石。"两人相继为尚书郎，只因他党附贾谧，已受时讥。舆妹又适赵王伦世子荂，伦篡位时，舆为散骑侍郎，琨为从事中郎，父蕃为光禄大夫，一门皆受伪职，益致失名。及伦被诛，齐王冏辅政，器重二人，特从宥免，仍授舆为中书郎，琨为尚书左丞，转司徒左长史。至此由越派遣，不足服乔。乔因归罪二人，借以动众。太宰河间王颙，正虑师藩为乱，越又起兵，中夜徬徨。筹出二策，一面起成都王颖为镇军大将军，都督河北军事，给兵千人，授卢志为魏郡太守，随颖镇邺，抚慰师藩。一面请惠帝下诏，令东海王越等，各皆还国，不得构兵。其实乃是弄巧成拙，毫无益处。颖为颙所废，未免怨颙，怎肯再为颙尽力？越既出兵，自然不从诏命，仍使颙无法可施。

会接到刘乔书，喜得一助，便令乔讨虓，分越兵势，且使镇南大将军刘弘，征东大将军刘准等，助乔进攻。又遣张方为大都督，率领建威将军吕郎，北地太守刁默，集兵十万，讨舆兄弟，同会许昌。还要成都王颖，邀同故将石超，出屯河桥，为乔继援。范阳王虓，得知消息，忙向越告急。越即移师灵璧，援虓拒乔。乔令长子祐率兵御越，自引轻骑进击许昌。最可怪的是东平王楙，据住兖州，不发一兵，专事括赋，累得州县奔命。兖州刺史苟晞，前由虓遣往援邺，此时引军还镇，又为楙所拒。虓使楙徙镇青州，楙不愿移节，索性变易初志，与虓为敌，负了越约，竟同刘乔联盟去了。独镇南大将军刘弘，志在息争，不欲偏袒，特分缮两书，一书寄乔，一书寄越，无非劝他们释怨罢兵，同扶王室。越与乔已势不两立，哪里还肯听从？弘因无法，乃驰表行在，申述意见，略云：

范阳王虓，欲代豫州刺史刘乔，乔举兵逐虓，司空东海王越，以乔不从命，讨之。臣以为乔忝受殊恩，显居州司，自欲立功于时，以殉国难，无他罪阙，而范阳代之，代之为非，然乔亦不得以虓之非，专威辄讨，诚应显戮，以惩不恪。自顷兵戈纷乱，猜祸锋生，疑隙构于群王，灾难延于宗子，今夕为忠，明日为逆，翩其反而，互为戎首，载籍以来，骨肉之祸，未有甚于今日者也，臣窃悲之。今边陲无预备之储，中华有杼轴之困，而股肱之臣，不维国体,职竟寻常,自相楚剥,为害转深。万一四夷乘虚为变,此亦猛兽交斗,自效于卞庄者矣。臣以为宜速发明诏,令越等两释猜疑,各保分局。自今以后,其有不被诏书,擅兴兵马者,天下共伐之。诗云:"谁能执热,逝不以濯。"若诚濯之,必无灼烂之患,永有泰山之固矣。谨陈鄙悃,伏乞采行!

虓得弘书,意亦少动,但自思山东连兵,方为己患,赖有刘乔为助,如何反加罪名?因此拒绝不纳。那刘乔已倍道前进,径至许昌城下,乘夜登城。虓不及备御,夺门出奔,渡河北去。司马刘琨,方往说汝南太守杜育,引兵还救,见许昌已为乔所夺,也与兄舆俱奔河北。惟琨父蕃为乔所执,琨思亲念重,恋主情深,由急生智,凭著那三寸妙舌,往说冀州刺史温羡,劝他让位与虓。羡却也慷慨得很,竟将刺史的印信,付琨带回,挂冠去职。虓得入冀州,再遣琨至幽州乞师,幽州都督王浚,见琨词气忠愤,涕泪交并,也慨然顾念同袍,特选突骑八百人,随琨返报。琨又招募冀州健卒,得数千人,鼓行南下,到了河上,见有数营扎住,便即攻入。营中守将,叫做王阐,是由石超遣来,防戍河滨。他在河上逍遥自在,并不防有战事,哪知琨引兵掩至,一时不及措手,立被琨突破营寨,欲逃无路,断命送终。虓闻琨得胜,也倾巢出来,为琨后应,相继渡河。

时成都王颖,因洛阳有变,乘隙进都,不在河桥,只留石超把守。超见琨兵杀到,仓猝逆战,两下里杀了半日,未分胜负,不防虓又驱兵继至,以众临寡,顿时支持不住,奔往西南。虓与琨如何肯舍,策骑穷追,超众逃命要紧,沿途四散。单剩亲卒百余骑,保超飞奔。偏偏幽州突骑,赶得甚快,与风驰电掣相似,不多时被他追及,便将超围住,再加琨从后驰到,一声喊杀,千手并举,即将超砍死了事。琨志在救父,不遑休息,复领健骑五千人,乘夜攻乔。乔正囚住琨父,进据考城,夜间阖城安睡。蓦被喊声惊醒,起视城上,已是火炬齐明,外兵猝上,乔料不可敌,慌忙遁去。琨父蕃囚住槛车,无人舁取,幸得留下,琨一入城,当然将蕃释出,父子重逢,不胜欢忻。越宿,虓亦趋到,开宴相贺,酒后议及军情,琨进议道:"刘乔败去,必往灵璧,与伊子合兵,我军正宜往迎东海,夹击刘乔父子。乔如可灭,便好乘胜入关了。"虓鼓掌称善。正拟拨兵迎越,忽有探卒入帐,报称东平王楙,已出屯廪邱,虓勃然道:"楙乃反复小人,此来必接应刘乔,我当自去击他。"琨起身道:"不劳大王亲往,琨愿当此任。"虓答道:"卿去甚佳,再令田督护助卿,可好么?"琨应声如命。虓即令督护田徽,与琨同行,步骑兵各数千人,将到廪邱,已接侦骑走报,楙怯战东归,仍还兖州去了。

琨乃遣使报虓,自与田徽径趋灵璧。一日,行至灵璧附近,又由侦骑报明,刘乔父子,合兵杀败东海军,追往谯州。琨即顾语田徽道:"果不出我所料,我等快往救东海王。"说毕,麾兵急进。到了谯州,正值刘乔父子,耀武扬威,驱杀越军。琨大喝一声，当先杀去。乔子祐见有来兵，持刀返斗，琨仗剑相迎，约有数十回合，未见胜败。田徽挥众上前，突入乔军，那东海王越，听得后面有战斗声，回头一顾，见有刘字旗号，料知刘琨等来援，也即返兵来战。两路军夹攻刘乔，乔拦阻不住，正在着忙，祐恐乃父有失，舍了刘琨，回马保父，忽斜刺里戳入一槊，适中祐胁，祐负痛伏鞍，兜头又劈下一剑，削去脑袋，坠死马下。这一槊是被田徽从旁刺入，一剑是由刘琨顺手劈下，两人结果祐命，越觉精神焕发，同往杀乔。乔哪里还敢招架，夺路飞跑。部众或死或溃，单剩得五百骑兵，奔投平氏县中，才得幸免。

刘琨出徽，与越相会，越慰劳备至，遂进屯阳武，直指关中。幽州都督王浚，复遣部将祁弘，率领鲜卑乌桓骑卒，前来助越，愿为先驱。于是兵威大盛，浩浩荡荡，杀奔长安。张方屯兵霸上，但遣吕郎往据荥阳，自己逗留不进。刘弘以张方残暴，料颙必败，因通书与越，愿归节制。刘准也按兵不动，眼见得关中大震，风鹤皆兵。颙闻刘乔败还，还想成都王颖，由洛拒越，阻他西行。颖既入洛都，当然不受颙命，究竟颖如何入洛，待小子表明原因。当时留洛诸官，尚与关中传达消息，所有诏旨，多半遵行。忽有玄节将军周权，诈称被诏，复立羊后，自称平西将军，意图讨颙。洛阳令何乔，探悉诈谋，引兵杀权，又将羊后废锢，报告行在。颙因羊后忽废忽立，终为后患，索性遣尚书田淑，持了一道伪敕，赐后自尽。留台校尉刘暾等，不肯照行，即使田淑奉还表章，力保羊后，大致说是：

> 奉被诏书，伏读惶悴，臣按古今书籍，亡国破家，毁丧宗祊，皆由犯众违人之所致也。自陛下迁幸，旧京廓然，众庶悠悠，罔所依倚。家有跂踵之心，人想銮舆之声，思望大德，释兵归农，而兵缠不解，处处互起，岂非善者不至，人情猜隔故耶？今宫阙摧颓，百姓喧骇，正宜镇之以静，而大使忽至，赫然执药，当诣金墉，内外震动，谓非圣意。羊庶人门户残破，废放空宫，门禁峻密，若绝天地，无缘得与奸人构乱。众无智愚，皆谓不然，刑书猥至，罪不值辜。人心一愦，易致兴动。夫杀一人而天下喜悦者，宗庙社稷之福也。今杀一枯穷之人，而令天下伤惨，臣虑凶竖乘间，妄生变故。臣忝司京辇，观察众心，实已忧深，宜当含忍。谨密奏闻，愿陛下更深与太宰参详，勿令远近疑惑，取谤天下，国家幸甚！臣民幸甚！

颙览表大怒，命吕郎自荥阳带兵，入洛收暾。暾自恐得祸，已先机遁往青州。成都王颖，适至河桥，趁着这个机会，径入洛阳，闭城拒郎。郎只好退去，羊后才得免死。颙不能逞志，又因越军逼近，屡次传诏，促颖击越，颖终不报。颙急得没法，没奈何想出一策，欲与越议和。颙有妻舅缪胤，尝为太子右卫军，胤从兄播，又为中庶子，当东海起兵时，两人拟为颖调停，诣越进言令颙奉帝还洛，约与越分陕为伯。越素重二人才望，倒也屈志相从，使二人报颙立约。颙亦欲依议，偏张方硬加阻挠，厉声语颙道："关中为形胜地，国富兵强。王挟天子以令诸侯，谁敢不从？奈何拱手让人，甘为人制呢？"颙因此中止。

颙有参军毕垣，常为方所侮，衔恨不休，屡思设法害方，至越军相迫，得乘间语颙道："张方久屯霸上，盘桓不进，必有异谋。闻他帐下督郅辅，屡与密议，何不召入讯明，首先除患？"缪播缪胤，尚留关中，时亦在侧，也凑机插入道："山东起兵，无非为了张方一人，王诚斩方首以谢山东，东军自然退去了。"颙不禁耳软，便令人往召郅辅。辅本长安富人，方微时尝得辅资助，故引为心腹，此次应召入帐，毕垣在帐外候着，即握住辅手，引至密室，附耳与语道："张方欲反，有人谓君实知谋，所以王特召问，君来见王，将如何对答？"辅愕然道："我实不闻方有反谋，如何是好？"垣又佯惊道："休得欺我！"辅指天誓日，自明无欺。垣说道："平素知君真诚，故特相告，方谋反是实，君果不闻，倒也罢了，但王今问君，君但当应声称是，休得取祸。"辅点首入帐，向颙谒见。颙便启问道："张方谋反，卿可知否？"辅答了一个"是"字。颙又说道："即遣卿取方首级，卿可能行否？"辅又答了一个"是"字。颙乃付一手书，使辅送达张方，顺手取方首级。辅连答三个"是"字，退出见桓。桓复道："君欲取大富贵，便在此举，莫再误事。"辅匆匆还入方营，时已黄昏，辅佩刀入帐，帐下守卒，因辅是张方心腹，毫不动疑。方见辅回来，问为何事？辅递过颙书，方在灯下启函，正要详阅，不图辅拔刀砍方，砉然一声，方首落地。辅拾起方首，抢步趋出，竟向颙复命去了。小子有诗咏道：

挟众横行已有年，刀光一闪首离肩。
从知天道无私枉，恶报到头不再延。

颙得方首，进辅为安定太守，并将方首传送越军，与越议和。毕竟越肯否允议，待至下回表明。

第十九回

伪都督败回江左 呆皇帝暴毙宫中

却说太宰河间王颙，把张方首送与越军，总道是越肯允和，兵可立解，偏越将方首收下，不允和议，叱还去使，即遣幽州将领祁弘为前锋，西迎车驾，一面令部将宋胄往徇洛阳，刘琨往取荥阳。琨持方首，径至荥阳城下，揭示守将吕朗，朗即开城迎降，胄行至中途，又遇邺中军将冯嵩，奉遣来助，遂偕往洛都。成都王颖，兵单势寡，料不能守，便由洛阳出奔，西赴长安。到了华阴，闻颙已与越议和，且前次不受颙命，恐颙挟嫌谋害，不敢西进。颙因越军未退，复悔杀张方，穷诘郅辅，才察出虚情，把辅斩首。遂遣弘农太守彭随与刁默等，统兵拒越，更令他将马瞻郭伟为后应。随与默行至关外，正与祁弘相遇，弘麾下多鲜卑兵，纵横驰突，锐利无前，一阵冲击，把随默所领的部众，裂作数段。随不能顾默，默不能顾随，便即骇散，被弘杀退数里，伤毙多人。弘进至霸水，又遇颖将马瞻郭伟，一边是转战直前，势如潮涌，一边是临敌先怯，隐兆土崩。战不多时，马郭两将，又逃得不知去向，只晦气了许多士卒，冤冤枉枉，做了胡马脚下的垫底泥。败报连达关中，吓得颙魂驰魄散，不知所为。俄又有人入报道："敌军已经入关，猖獗得了不得，大王须亟自为计。"颙至此也顾不得别人，忙自上马，扬鞭急走。侥幸逃出城外，旁顾并无随兵，只有坐骑还算亲昵，负他飞奔，自思孤身只影，不能远避，还是窜入山谷，免得露眼，遂向太白山中，策骑驰去。

祁弘杀入长安，无人敢当，一任鲜卑兵淫杀掳掠，伤亡至二万余人。百官都奔往山间，无处觅食，亏得橡实盈山，大家采拾若干，充作口粮。惠帝尚在行宫,无人保护,只好生死由命。幸司空越随后踵至,禁住淫掠,入宫谒见,又召集百官,即日东归,命太弟太保梁柳为镇西将军,留戍关中,自率各军奉帝还都,仓猝中不及备辇,便用牛车载着惠帝,及左右宫人,趋还洛阳。途中还算安稳。及入洛城,由惠帝登御旧殿,朝见官僚,但觉得两阶积秽,四壁生尘,所有一切仪仗,统是七零八落,不由得悲感丛生,欷歔下涕。越率扈驾诸臣,草草拜谒,便算礼毕,转谒太庙,也是蟏蛸在户,庙貌不华,及返至宫中,虚若无人,不过有三五个老宫婢及六七个穷太监,充当服役。惠帝寂寞得很,忙草了一道诏书,使宫监持至金墉城,迎还故后羊氏。羊皇后又惊又喜,略略梳裹,便与来使乘车入宫,桃花无恙,人面重逢,惠帝好生喜欢,自然令她仍主中宫,颁诏内外。看官听着!这羊皇后也算命薄,一为继后,便遇着赵王伦的乱祸,后来五废五复,真是死里逃生,哪知磨蝎重重,还是未了,请看官续阅下去,便见分晓哩。

是年为永兴三年六月,复改为光熙元年,诏赏迎驾诸臣,进司空越为太傅,录尚书事,范阳王虓为司空,仍令镇邺,宁北将军模为镇东大将军,守平昌公封爵,仍镇许昌,幽州都督王浚为骠骑大将军,都督东夷河北诸军事兼领幽州刺史。此外如皇太弟以下,各仍旧职。惟颖与颙不复提叙,但下了一道赦书罢了。

说也奇怪,当惠帝在长安时,江东却出了一个假皇太弟,居然承制封官,占踞一方。这假皇太弟,究是何人?原来是丹阳人甘卓。卓本为吴王常侍,曾与陈敏等同讨石冰,冰被陈敏穷追,为下所杀,卓亦得叙功受封,列爵都亭侯。嗣由东海王越引为参军,出补离狐令,因见天下大乱,弃官东归。行抵历阳,巧与陈敏相遇,数年阔别,一旦相逢,当然有一番叙谈。但敏却有特别秘谋,急切不便明说。惟与卓格外欢昵,愿订婚姻。卓有一女,正与敏子景年貌相当,敏求卓女为子妇,卓亦便即允从,不消数旬,男婚女嫁,当即成礼。不料敏与卓密议,竟要他假充皇太弟,立帜江东。原来敏攻克石冰,自谓无敌,便想占据江左,敏父屡次呵阻,谓此子必灭我门,旋即忧死,敏丁艰去职。及东海起兵,越起敏为右将军前锋都督,乃易服从戎。灵壁一战,敏先败挫,得刘琨等助攻,方转败为胜。敏遂请东归,还次历阳,召集将士,意在图乱。适遇甘卓回来,想他作一帮手,于是先缔婚约,继与密谋。卓已中敏计,没奈何将错便错,就把皇太弟三字,作为头衔,拜敏为扬州刺史。敏因遣次弟恢及部将钱端等,南略江州,季弟斌东略诸郡,江州刺史应邈,扬州刺史刘机,丹阳太守王旷,俱闻风遁去。敏得据有江东,遍征名士,召顾荣为右将军,贺循为丹阳内史,周玘为安丰太守。循佯狂自免。玘亦称疾,不肯赴郡。荣前为中书侍郎,避乱家居,恐不从敏召,反触彼怒,乃从容前往,单骑见敏。敏正恨江东名士,多半怯聘,拟尽加捕戮,闻荣肯来应召,怒气却消了一半,当即迎入。寒暄已毕,便与荣谈及根事。荣答说道:“中国丧乱,胡夷内侮,司马氏恐难复振,百姓不得安全,江南半壁,虽被石冰扰乱,人物尚称无恙,荣正虑无孙刘诸王,保抚人民,今得将军神武盖世,带甲数万,连下各州,先声已振,诚使委任君子,推诚相与,不记小忿,不听谗言。将见名流趋集,大事可图,上流各州郡,便传檄可定了。否则刑罚一加,人皆裹足,怎能济事?”敏不禁心喜,起座谢教。遂使荣领丹阳内史,事辄与商。又复大会僚佐,嘱令大众推为楚公,都督江东诸军事,兼大司马,加九锡礼。伪言密授中诏,令自己溯江入汉,奉迎车驾。当下率兵出发,鼓棹前行。

镇南将军刘弘,亟遣江夏太守陶侃,与武陵太守苗亮,出堵夏口,又令南平太守应誉,调集水师,策应陶侃等军。是时,太宰颙尚在关中,亦命顺阳太守张光,带着步骑五千,至荆州协助刘弘,弘即使他前往夏口,与侃合兵,侃与陈敏同郡,又与敏同年举吏。随郡内史扈怀,恐侃与敏相结,为荆州患,乃密白刘弘道:“侃居大郡,握强兵,倘有异图,荆州便无东门了。”弘笑答道:“忠勤如侃,必无他虑,尽可放心。”怀乃退去。当有人传入侃耳,侃即令子洪及兄子臻,往荆为质,自明无贰。弘引为参军,且给资遣臻归省,临行与语道:“贤叔出外御寇,君祖母年高,应该前去侍奉,匹夫交友,尚不负心,况身为大丈夫呢?”及臻归去,又加侃为督护,使他安心拒敏。侃自然感激,整军待敌。适敏弟恢受乃兄伪命,挂了荆州刺史的头衔,充作前驱,进逼武昌。侃用运船为战舰,载兵击恢。或谓运船不便行军,侃怡然道:“用官船击官贼,有何不便?但教统兵得人,无可无不可呢。”遂与恢交锋,连战皆捷。敏遣钱端继进,侃邀同张光苗亮二军,共击钱端。端又败却,荆州兵威,震响江淮。敏只好收兵回去,不敢再窥江汉。

刘弘乃遣张光西归,且表叙诸将战功,列光为首。南阳太守卫展语弘道:“张光系太宰腹心,公既与东海连盟,何不把光斩首,自明向背?”弘摇首道:“宰辅得失,与光无涉,危人自安,岂是君子所为?”说着,竟遣光西去。及光入关,东海军亦至长安,弘遣参军刘盘为督护,往会越兵。越奉驾东归,加弘车骑将军,余官如故。弘积劳成疾,年亦浸衰,方拟申请辞职,草表未上,病势遽剧,竟在任所告终。弘专督江汉,威行南服,事成尝归功他人,事败辄归咎自己,遇有兴废,致书守相,必叮咛款密,所以人皆感悦,无不效命。僚属私相语道:“得刘公一纸书,远胜十部从事。”弘殁后统皆下泪。就是荆州士女,亦相率悲恸,若丧所亲,这可见刘公的惠泽及民了。朝议谥弘为元,追赠新城郡公。独弘司马郭劢,因弘已病殁,欲奉成都王颖入襄阳,奉为镇帅。弘子璠追述弘志,墨绖从戎,率府兵斩劢首,襄沔复安。太傅越手书致璠,甚加赞美,一面调高密王略代镇荆州。璠俟略莅任,奔丧还里。略行政未能如弘,寇盗又盛,有诏起璠为顺阳内史,使为略助。璠再出受职,江汉间翕然畏服,仍然安堵,父子济美,作述重光，却是晋史上的美谈。

还有南方的宁州，得了李氏兄妹二人，易危为安，也是出类拔萃的人材。宁州频年饥疫，边疆有一种五苓夷，逐渐强横，乘饥大掠，甚至围逼州城，刺史李毅，正患重病，又闻夷人进攻，急上加急，遽致气绝。州民大恐。忽有一位年甫及笄的女英雄，满身缟素，趋至府舍，号召兵民，涕泣宣誓，无非说是"父殁身存，当与全城共同生死，力拒夷虏"等语。大众瞧着，乃是刺史的爱女，芳名是一秀字，不由得肃然起敬，齐声应命。李秀复说道："我是一女子身，恐难制虏，还仗诸位举一主帅，专司军政，方保万全。"大众见她气概不凡，声容并壮，料知不是个弱女子，竟同心一德，愿推李秀权领州事。秀又朗声道："诸位推我暂为州主，试想全城责任，何等重大？敢问大众肯听我号令么？"众又齐声道："愿听指挥！"秀乃部署兵士，分队守城，并手定赏罚数条，揭示城门。条文皆井井不乱，令人畏服。夷人围攻兼旬，昼夜不休。秀身穿银铠，足踏蛮靴，左持宝剑，右执令旗，整日里登城巡阅，未尝少辍；每伺夷人懈弛，即出兵掩击，屡有斩获。夷人却也中馁，只一时不肯解围。既而城中粮尽，无米可炊，不得已熏鼠拔草，聊充口食。秀坚忍如故，士卒亦皆感奋，誓死不贰。可巧毅子钊自洛中驰至，手下却带有数百兵马，来救州城，秀亦从城中杀出，内外合攻，竟把夷虏杀退，得将州城保全。原来钊在洛阳就官，未曾随侍，此次毅得病身亡，当然由李秀报丧，并将夷人猖獗情形，一并告达，所以钊招募勇士，星夜南行，得与秀并力退敌。兄妹相见，如同隔世，秀即将州事让与乃兄，众亦愿奉钊为主。钊暂允维持，一面遣使入都，乞简刺史。晋廷选王逊为南夷校尉，兼刺宁州。逊既莅任，抚辑饥民，击平叛夷，那李钊兄妹，却早已扶榇回籍，居家守制去了。

且说成都王颖，自洛阳奔至华阴，逗留数日，闻关中已破，车驾还洛，乃复折回南行，竟至新野。荆州司马郭劢，与颖勾通，为刘璠所杀，颖知栖身无所，复渡河北向，欲走依公师藩。偏被顿邱太守冯嵩，要截途中，执颖送邺。范阳王虓，遂把颖拘禁起来，公师藩自白马渡河，前来寇邺。嫚飞檄兖州刺史苟晞，统兵迎击，一战败师藩，再战斩师藩，独汲桑石勒等遁去，晞仍还原镇，虓旋病死邺中。长史刘舆，恐邺人释颖图乱，因令人假充朝使，逼颖自尽，然后为虓发丧，上报朝廷。颖二子皆被杀死。旧有僚属，统已散尽，惟卢志自洛随奔，始终不离，并收殓颖尸，购棺暂厝。太傅越得知底细，嘉志信义，特召为军谘祭酒。又因刘舆防变未然，亦有殊劳，并征令入洛。越左右却先入白道："舆犹腻物，近即害人。"越即记入胸中，待舆到来，即淡漠相遇，不甚加礼。舆密视天下兵簿及仓库牛马器械等，一一详记，至会议时，他人不能猝答，舆独应对如流。越不禁倾倒，叹为奇才，立命为左长史，宠任无比，并与商及镇邺事宜。舆请调东嬴公腾镇邺中，所有并州刺史遗缺，荐了一个胞弟刘琨，谓可委镇北方。越无不依议，便表琨为并州刺史，且进东嬴公腾为东燕王，领车骑将军，移督邺城诸军事。双方交代，事见后文。

惟河间王颙，逃入太白山中，匿居多日，不敢出头。会故将马瞻等，收集散卒，混入长安，杀毙关中留守梁柳，更偕始平太守梁迈，至太白山迎颙入城。偏弘农太守裴廙，秦国内史贾龛，安定太守贾疋等，复起兵击颙。马瞻梁迈，为颙效力，立即率兵三千，前往拦阻。终因寡不敌众，一同战死。颙惶急无措，还幸有平北将军牵秀，镇守冯翊，特来援颙，得将三镇兵击退。太傅越闻颙又入关，忙遣督护麋晃，引兵西讨，途次接得三军败耗，惮不敢进。怎料到颙复内变，长史杨腾，欲叛颙归越，诈传颙命，至秀军前，饬秀罢兵。秀出营相迎，兜头遇着一刀，竟尔毙命。这一刀不必细猜，便可知是杨腾下手了。秀本为颖将，随颖入关，乃为颙用，前时曾枉杀陆机，此次也遭人枉杀，天道好还，毕竟不紊。腾既斩牵秀，又诳秀军，但说是奉令而行。兵士以秀无辜遭诛，益不服颙，相率散去。腾持秀首送入晃营，晃正拟进关，适都中传出急诏，乃是惠帝暴崩，太弟登基，循例大赦，眼见得是不必讨罪，乐得守候中途，静俟后命。

看官道惠帝何故暴亡？相传为被太傅越鸩死，惠帝并无疾病，一夕在显阳殿中，食饼数枚，才逾片刻，腹中忽然搅痛，不可名状，但卧倒床上，辗转呼号，当由内侍飞召御医。至御医入宫，见惠帝眼白口开，已不省人事，诊视六脉，已如散丝，便接连摇首道："罢了！罢了！不可救药了！"宫人问他是何病症，他尚未敢说明，及穷诘底细，方轻轻说出"中毒"二字，一溜烟似的出宫去了。究竟毒为何人所置，也无从查考，不过太傅越身秉国政，眼睁睁的视主暴崩，一些儿不加追究，便遣侍中华混等，急召太弟炽嗣位，显见得无私有弊呢。尚有一层可疑的情由，皇后羊氏，恐太弟得立，自己只做了一个皇嫂，不得为太后，已密召清河王覃，入尚书阁，有推立意。偏太弟炽同时进来，又由太傅越从旁拥护，一时情见势绌，没奈何闭口无言，任炽即位。照此看来，内外早生暗斗，后欲立覃，越欲立炽，呆皇帝做了磨心，平白地被人毒死，十有其九，是越进毒，羊后恐无此胆量呢。统计惠帝在位十六年，改元七次，享年四十八岁。

太弟炽系武帝幼子，入承兄祚，大赦天下，是谓怀帝。尊谥先帝为孝惠皇帝，即号羊后为惠皇后，移居弘训宫，追尊所生太妃王氏为皇太后，立妃梁氏为皇后，命太傅越辅政。越请出诏书，征河间王颙为司徒。颙但困守长安一城，长安以外，统是附越，自知不能孤立，不如应诏赴洛，还可自解。当下挈眷登车，出关东行，路过新安，忽来了一班赳赳武夫，手持利刃，拦住去路，且大声喝道："快留下头颅，放你过去！"颙出一大惊，但至此已逃无可逃，不得不硬着头皮，颤声问道："你等从何处差来，敢阻我车？"那来人反唇相诘，颙答道："我是河间王，现奉诏入洛，受职司徒，你等是大晋臣民，应该拜谒，怎得无礼？"来人一齐哗笑道："你死在眼前，还要称王说帝，岂不可笑？"说至此，便有数人跃登车上，把颙揿倒，扼住颙喉。颙有三子，都上前相救，怎禁得这班悍党，拳打足踢，把三子陆续击死。颙被扼多时，气不能达，两手一抖，双足一伸，呜呼哀哉！小子有诗叹道：

豆釜相煎何太急？瓜台屡摘自然稀。

试看骨肉摧残尽，典午从兹慨式微。

究竟是何人杀颙，且至下回再表。

第二十回

战阳平苟晞破贼垒　佐琅琊王导集名流

却说新安杀颙的武夫，似盗非盗，实是由许昌将军梁臣，领着健卒数百名，扮作强盗模样，截路杀颙。许昌镇帅，是太傅越弟模，梁臣为许昌将，当然为模所遣。模杀颙后，就加封南阳王，可知主动力出越一人，自无疑义。前冀州刺史温羡，已起为中书监，得进官司徒，尚书仆射王衍，升授司空。待惠帝安葬太阳陵，已是腊残春至，元日由怀帝御殿受朝，改元永嘉，颁诏大赦，除三族刑。族诛本是虐政，但怀帝诏令革除，亦特别施仁，乃是太傅越所陈请，就中也有一段原因。自从清河王覃，不得入嗣，仍然退居外邸，覃舅吏部郎周穆与妹夫御史中丞诸葛玫，尚欲立覃，共向越进言道："今上得为太弟，全出张方私意，不洽众情。清河王本为太子，无端见废，先帝暴崩，多疑太弟，公何不效伊霍盛事，安宁社稷呢？"语尚未终，越不禁瞋目道："大位已定，汝等尚敢乱言？罪当斩首！"两人吓得魂不附体，还想哀词辩诉，偏越毫不容情，即命左右驱出两人，赏他两刀。穆为越姑子，本应援大逆不道的故例，罪及三族，越总算法外行仁，表称玫穆世家，身外不应连坐，且因此请除三族旧刑。于是怀帝得下此诏，名为仁政，仍然由太傅越暗中营私呢。

越又请追复废太后杨氏尊号，依礼改葬，谥为武悼。怀帝年二十四，尚无子嗣，越因清河王未绝众望，不能无虑，乃倡议建立储君，即以清河王弟诠为太子。诠曾受封豫章王，尚在髫龄，越主张立诠，也是一番调停的苦心。怀帝践阼未久，不得不勉从越议，但因立储一事，免不得心下怏怏，乃援武帝旧制，听政东堂，每日朝见百官，辄留意庶政，勤谘不倦。黄门侍郎傅宣，叹为复见武帝盛事。怎晓得怀帝隐衷，是欲亲揽万机，免得军国大权，常落越手，越亦暗中窥透，自愿就藩。一再奉表，得邀俞允，许以原官出镇许昌，即调南阳王模为征西大将军，都督秦雍梁益四州军事，镇守长安。改封东燕王腾为新蔡王，都督司冀二州军事，乃居邺中。腾前镇并州，屡遇饥年，又尝为汉刘渊部众所掠，自刘琨出刺并州，移腾镇邺。腾喜出望外，不待琨至，便即东下。吏民万余人，统随腾就食冀州，号为乞活，所遗人口，不满二万家，寇贼纵横，道路梗塞。琨至上党，探得前途多阻，乃募兵得五百人，且斗且前，得至晋阳。晋阳境内，也是萧条不堪，经琨抚循劳徕，流民渐集，才得粗安。腾至邺城，总道是出险入夷，可以无恐，哪知汲桑石勒，复来相扰，好好一条性命，被两寇催索了去。

桑自公师藩败没，仍逃入牧马苑中，勒亦相随未散，两人仍纠集亡命，劫掠郡县，桑自称大将军，署勒为讨虏将军，又声言为成都王报仇，转战至邺。腾仓猝闻警，亟调顿邱太守冯嵩，移守魏郡，堵御寇盗。嵩出兵迎击，禁不住寇势凶横，竟至败绩。石勒为桑前锋，长驱至邺，腾素来悭吝，更因邺中府库空虚，格外鄙啬，待遇军士，务从克扣，部下皆有怨言。至石勒兵至城下，不得已犒赐将士，促令守城。但每人不过给米数升，帛数尺，将士未惬所望，当然不愿尽力，一哄而散。腾支撑不住，轻骑出奔。桑将李丰，窥悉腾踪，从后追蹑，约至数十里外，与腾相及。腾无可逃生，只得拔出佩刀，拨马交战，才经数合，被李丰刺中要害，跌落马下。从吏或死或逃，一个不留。丰斩了腾首，返报汲桑。桑与石勒已入邺城，放火杀人，无恶不作。邺宫室尽被毁去，烟焰蔽霄，旬日不灭。复发出成都王颖棺木，载诸车上，呼啸而去。再从南津渡河，将击兖州。太傅越得知消息，飞调兖州刺史苟晞，及将军王赞等，往讨桑勒。两下里相遇阳平，却是旗鼓相当，大小三十余战，互有杀伤，历久未决。太傅越乃出屯官渡，为晞声援，晞颇善用兵，见桑与勒锐气未衰，连战不下，索性不与交锋，固垒自守，以逸待劳。流寇最怕此策，既不得进，又不得退，坐至粮尽卒疲，各有散志。晞连日坐守，任令挑战，不发一兵，及见寇垒懈弛，始督军杀出，连破桑营，毁去八垒，毙贼万余。桑与勒收拾余众，渡河北走，又被冀州刺史丁绍，邀击赤桥，杀死无数。桑奔还马牧，勒逃往乐平。太傅越连接捷报，方还屯许昌，加丁绍为宁北将军，监督冀州军事，仍檄苟晞还镇兖州，加官抚军将军，都督青兖军事。王赞亦从优加赏，不消细述。惟东平王楙，前经刘琨田徽等出兵，怯走还镇，不敢与苟晞相抗，又经越调还洛阳，在京就第，怀帝即位，改封为竟陵王，拜光禄大夫，也不过循例议叙，不假事机，所以晞久镇兖州，训练士卒，累战不疲，威名称盛。汲桑逃回牧苑后，乞活人田甄田兰等，聚众同仇，为腾报怨，入攻马牧。桑不能拒，窜往乐陵，被甄兰等追上杀死，且将成都王颖遗棺，投入眢井中。嗣经颖旧日僚佐，再为收瘗及东莱王蕤子遵，奉怀帝诏，继承颖祀，乃得迁葬洛阳。

独石勒自乐平还乡，正值胡部大张訇督等，入据上党，遂趋往求见。訇督本无智略，徒靠着一身蛮力，做了头目，勒能言善辩，见了訇督，说出一番绝大的议论，顿使訇督心服，惟命是从。原来勒欲往投刘渊，因恐孑身奔往，转为所轻，乃特向訇督游说，劝令归汉。见面时先恭维数语，引起訇督欢心，旋即迎机引入道："刘单于举兵击晋，所向无敌，独部大拒绝不从，如果得长久独立，原是最佳，但究竟有此能力否？"訇督沉吟道："这却不能。"勒又道："部大自思，不能独立，何不早附刘单于？倘迟延不决，部下或受单于赏募，叛了部大，自往趋附，反恐不妙。"訇督瞿然道："当如君言。"说着，即令部众守候上党，自与勒谒刘渊。渊正招致枭桀，当然延纳，授勒为辅汉军，封平晋王，命訇督为亲汉王，使勒至上党召入胡人，即归勒统带，作为亲军。乌桓长伏利度，有众二千，出没乐平。渊尝遣人招徕，屡为所拒。勒却为渊设策，佯与渊忤，出奔伏利度。伏利度大喜，与勒结为弟兄，使勒率众回掠，勇敢绝伦，众皆畏服。勒复买动众心，益得众欢，遂返报伏利度。伏利度出帐迎勒，被勒握住两手，呼令部众将他缚住，且遍语众人道："今欲起大事，我与伏利度，何人配做主帅？"大众愿推勒为主。勒即笑顾伏利度道："众愿奉我，我尚不能自立，只好往从刘大单于，试问兄究有何恃，能反抗刘单于呢？"伏利度已被勒缚住，且思自己果不及勒，乃愿从勒教。勒遂亲为释缚，并为道歉，使伏利度死心塌地，始从勒归汉。刘渊大喜，复加勒都督山东征讨诸军事，并将伏利度旧有部众，统付勒节制调遣。勒遂得如虎生翼，不可复制了。

话分两头，且说伪楚公陈敏，占据江左，已历年余，刑政无章，民不堪命，又纵令子弟行凶，不加督责。顾荣等引以为忧，常欲图敏。适庐江内史华谭，遗荣等密书，且讽且嘲，略云：

> 陈敏盗据吴会，命危朝露，诸君或剖符名郡，或列为近臣，而更辱身奸人之朝，降节叛逆之党，不亦羞乎？吴武烈父子，皆以英杰之才，继承大业，今以陈敏凶狡，七弟顽穴，欲蹑桓王之高踪，蹈大皇之绝轨，远度诸贤，犹当未许也。皇舆东返，俊彦盈朝，将举六师以清建业，诸贤何颜复见中州之士耶？幸诸贤图之！

荣得书，且愧且奋，因即密遣使人，往约征东大将军刘准，使发兵临江，自为内应，剪发明信。准乃遣扬州刺史刘机，出向历阳，领兵讨敏。敏亟召荣入议，荣答道："公弟广武将军昶，历阳太守宏，均有智力，若使昶出屯乌江，宏出屯牛渚，据守要害，虽有强敌十万，也不敢入窥了。"敏即依荣议，分兵与二弟昶宏，令他去讫。尚有弟处在敏侧，待荣退出，便密语敏道："弟恐荣不怀好意，欲遣开我等兄弟，使彼得居中行事，一或生变，患且不测，不如先杀荣等为是。"敏瞋目道："荣系江东名士，相从年余，并未闻有异志，今遣我二弟，正恐别人未必可恃，故有此议，汝奈何叫我杀荣？荣一冤死，士皆离心，我兄弟尚得生活么？"昶司马钱广与周玘同为安丰人民，玘因递与密缄，劝令杀昶，协图反正。广复称如命，待昶至中途安营，熟睡帐中，即持刀突入，把昶刺死，即将昶首持示大众，谓已受密诏诛逆，如敢抗旨，夷及三族。众唯唯从命，遂由广勒兵回来，驻扎朱雀桥南，传檄讨敏。

敏闻广杀昶为变，惊惶得很，便遣甘卓拒广，所有坚甲精兵，尽付卓带去。顾荣恐敏动疑，忙驰入白敏道："广为大逆，义当速讨，但恐城内或有广党，意外构变，所以荣特来卫公。"敏愕然道："卿当四出镇卫，怎得就我？"荣乃辞出，竟往说甘卓道："江东事如果有成，我等理应努力，但看今日情势，可得望成功否？敏本庸才，政令反复，计划不一，子弟又各极骄矜，不败何待？我等尚安然受他伪命，与彼同尽？使江西诸军，函首送洛，指为逆贼顾荣甘卓首级，这岂非万世奇辱么？请君三思后行！"卓踌躇道："我本意原不愿出此，只因女为敏媳，堕入诡计，勉强相从，今若背敏，未始不是正理，只我女不免惨死了。"荣慨然道："以一女害三族，智士不为，且今日何尝不可救女呢？"卓造膝问计，荣与附耳数言，卓乃转忧为喜，俟荣退去，即出至朱雀桥，与广对垒，诘旦伪称有疾，高卧不起，亟遣使报敏，令女出视。敏尚不知有诈，竟遣卓女往省。卓得见爱女，麾兵渡桥，将桥拆断，与广合兵，并把北岸船只，一古脑儿撑至南岸。于是顾荣周玘及丹阳太守纪瞻等，统与甘卓钱广，联合一气，同声讨敏。

敏闻报大惧，没奈何召集亲兵，得万五千人，出城御卓。两军隔水列阵，卓遥语敏军道："本欲与汝等同事陈公，奈顾丹阳周安丰等名士，已皆变志，我亦不能支持，汝等亦宜早思变计。"敏众闻言，尚是狐疑未决，俄见顾荣跃马而出，揽辔遥语道："陈敏为逆，上干天怒，今新主当朝，派兵来讨，早晚将至，我等亦受密诏讨逆，汝等何尝不去，难道自甘灭族么？"说着，将手中所执的白羽扇，向敌一麾，敌众哗散，只剩下陈处一人，余皆溃去。敏亦只好回头北走，处随后同奔。顾荣复把白羽扇向后一招，部众即下舟渡江，登岸追敏。行不数里，便将敏兄弟擒住，解回建业。荣与甘卓等人，已尽入建业城，当即将敏兄弟处斩。敏长叹道："诸人误我，致有今日！"又顾弟处道："我负卿，卿不负我。"霎时间双首尽落，昆季归阴，所有敏弟及子，一并捕诛。

是时，征东大将军刘准，已经调任，继任为平东将军周馥。建业诸军，函着敏首，送交馥处，馥又传敏首至京师。有诏叙讨逆功，征顾荣为侍中，纪瞻为尚书郎太傅，太傅越辟周玘为参军。荣等奉命北行，到了徐州，闻北方未靖，仍复折回，朝廷特派琅琊王睿为安东将军，都督扬州诸军事，使镇建业。睿由下邳启行，仍用王导为司马，同至江东，每事必向导咨谋，非常亲信。导劝睿优礼名贤，收揽豪俊，睿当然依从。但睿尚无重望，为吴人所轻，所以睿虽加意旁求，总觉乏人应命。导为睿设策，从睿临江观禊，睿但乘肩舆，导与掾属，皆跨着骏马，安辔徐行。吴中人士，望见仪从雍容，始知睿真心爱士，相率称扬。可巧顾荣纪瞻等，亦在江乘修禊，得睹丰采，也觉倾心，不由得望尘下拜。睿下舆答礼，毫无骄容，益令荣等悦服。及睿已回城，导因语睿道："吴中物望，莫如顾荣贺循，宜首先汲引，维系人心，二人肯来，外此无虑不至了。"睿乃使导往聘循荣。循荣各欢喜应命，随导见睿。睿起座相迎，殷勤款接，立授循为吴国内史，荣为军司，兼散骑常侍，所有军府政事，无不与谋。荣与循转相荐引，名流踵至。纪瞻入为军祭酒，周圯进为仓曹属，外如济阴人卞壶，为从事中郎，琅琊人刘超为舍人，吴人张闿及鲁人孔衍，并为参军，端的是英才济济，会聚一堂。吴中幕府，于斯为盛。睿颇好酒，或致废事。导婉言进规，睿即引觞覆地，不复再饮。导又尝语睿道："谦以接士，俭以足用，清静为政，抚绥新旧，这便是创成大业的根本呢。"睿一一依议，见诸施行。果然吴会风靡，一体归诚。相传睿初生时，神光满室，户牖尽明，及年渐长成，日角上忽生长毫，皑白有光，隆准龙颜，目有精采，顾盼烨然。十五岁嗣父觐遗封，得为琅琊王，侍中嵇绍，见睿状貌，便语人道："琅琊王毛骨非常，前途难量，当不至终身为臣，就是天子仪表，亦不过如是罢了。"既而太妃夏侯氏，病殁琅琊，睿表请奔丧，葬毕还镇，加封镇东大将军，开府仪同三司。

惟尚有一条异闻，载诸稗史，流传今古，当非尽诬。睿名为觐子，实为小吏牛金所生。觐妃夏侯氏，貌赛王嫱，性同夏姬，因小吏牛金入值，见是美貌少年，就与他眉挑目逗，竟成苟合，未几即身怀六甲，产下一男，觐颇有所疑，因爱妃貌美，生子又有异征，遂含忍不发，认为己子。从前司马懿执政时候，闻玄石图记中，有牛继马后的谶文，尝隐忌牛氏，把将校牛金鸩死。哪知后来复出一牛金与他孙妇勾引成奸，居然生下一睿，为司马氏后继，保住江东半壁，即位称帝，号为中兴，这大约是天数已定，人事难逃，凭你司马懿足智多谋，也不能顾及子孙，防闲终古呢。小子有诗咏道：

中冓遗闻不可详，但留一脉保残疆。
若非当日牛金力，怀愍沉沦晋已亡。

江东得睿镇守，差幸少安，惟江东以外，乱势方炽，不可收拾，欲知详情，试看下回接叙。

第二十一回

北宫纯力破群盗　太傅越擅杀诸臣

却说江南既平，河北一带，尚是未靖，太傅越虽出镇许昌，朝政一切，仍然由他主持，怀帝统未得专行。越以邺中空虚，特请简尚书右仆射和郁为征北将军，往守邺城，且令王衍为司徒，怀帝自然准议。衍因往说越道："朝廷危乱，当赖方伯，须得文武兼全的人材，方可任用。"越问何人可使？衍却援举不避亲的古例，即将二弟面荐，一是亲弟王澄，一是族弟王敦。越便允诺，奏请授澄为荆州刺史，敦为青州刺史。有诏令二人任职，二人当然不辞。衍喜语二弟道："荆州内江外汉，形势雄固，青州面负东海，亦踞险要，二弟在外，我在都中，正好算作三窟了。"看官记着！荆州自高密王略出镇，亏得刘璠出为内史，才得安堵，略未几即死，后任为山涛子山简，因璠得众心，未免加忌，特奏请迁调。晋廷徙璠为越骑校尉，荆湘遂从此多事。澄虽有虚名，无非是王夷甫一流人物，徒尚空谈，不务实践，要他去镇守荆州，眼见是不能胜任呢。王敦眉目疏朗，神情洒脱，少时即号称奇童，得尚武帝女襄城公主，拜驸马都尉，兼太子舍人，声名尤盛。但素性残忍，不惜人死，从弟王导，曾说他不能令终，太子洗马潘滔，亦尝讥他豺声未振，蜂目已露，人不噬彼，彼将噬人。如此刚暴不仁，衍却替他荐引，恃作护符，这也是知人不明，徒增妄想罢了。

敦甫经莅镇，即由太傅越征令还朝，授中书监，敦不免失望，但也只好奉召入都。青州刺史一缺，由兖州刺史苟晞调任，晞屡破巨寇，为越所重，常引晞升堂，结为异姓兄弟。此时潘滔为越长史，屏人语越道："兖州为东方冲要，魏武尝借此创业，现由苟晞居守有年，若晞有大志，便非纯臣，今不若移镇青州，厚加名号，晞必欣然徙去，公乃自牧兖州，经纬诸夏，藩卫本朝，这才叫做防患未然哩。”越颇以为然，自为丞相，领兖州牧，都督兖豫司冀幽并诸州军事，加苟晞为征东大将军，都督青州诸军事，领青州刺史，封东平郡公。晞虽奉调东去，却已是猜透越意，暗暗生嫌。他本来严刑好杀，不肯少宽，在兖州时，迎养从母，颇加敬礼。从母为子求将，晞摇首道：“王法无亲，若一犯法，我不能顾及从弟了，不如不做为妙。”从母固请如初，晞乃说道：“不要后悔。”因令为督护。后来果然犯法，晞即令处斩。从母叩头吁请，乞贷一死，晞终不从。及斩讫返报，乃素服临哀，且哭且语道：“斩卿是兖州刺史，哭弟是苟道将。”部下见他情法兼尽，很是惮服。至移镇青州，复思以严刑示威，日加杀戮，血流成川，州人号为屠伯。

晞弟名纯，亦颇知兵，由晞遣讨盗目王弥，得获胜仗。弥为掖令刘伯根长史，伯根尝纠众作乱，为幽州都督王浚讨平，独弥亡命为盗，再集伯根遗众，出没青徐。阳平人刘灵，少时贫贱，力大无穷，能手挽奔牛，足及快马，尝恨无人举引；又见晋室浸衰，不由得抚膺太息道：“老天！老天！我一贫至此，莫非令我造反不成?”及闻王弥为乱，也招致盗贼，揭竿起事，乃自称大将军，寇掠赵魏。已而弥为苟晞所败，灵为别将王赞所败，两人俱奉书降汉，敛迹不出。忽顿邱太守魏植，为流民所迫，有众五六万，大掠兖州。太傅越急檄苟晞进援，晞出屯无盐，留弟纯居守青州。纯嗜杀行威，比晞还要厉害，州民生谣道：“一苟不如一苟，小苟毒过大苟。”未几晞得诛植，乃仍还青州。偏王弥又复蠢动，党羽集至数万人，分掠青徐兖豫四州，所过残戮，郡邑为墟。苟晞再奉诏出征，连战未克，太傅亦下令戒严，移镇鄄城。

会闻前北军中侯吕雍与度支校尉陈颜等，谋立清河王覃为太子，便由越一道矫诏，遣将收覃，幽锢金墉城。过了旬月，索性命人赍鸩，把覃逼死。但越只能制内，不能制外，那王弥竟从间道突入许昌，且自许昌进逼洛阳，越亟遣司马王斌，率甲士五千人入卫京师。还有凉州刺史张轨，亦遣督护北宫纯等，领兵入援。轨系汉张耳十七世孙，家住安定，才华明敏，姿仪秀雅，与同郡皇甫谧友善，隐居宜阳女儿山。泰始初年叔父锡入京为官，轨亦随侍，得授五品禄秩，嗣复进官太子舍人，累迁散骑常侍征西军司。他见国家多难，谋据河西，筮得《周易》中泰与观卦，投筴大喜道：“这是霸兆，得未曾有哩。”遂求为凉州刺史。天下无难事，总教有心人，果然得如所愿，一麾出守，及至凉州，适鲜卑为寇，盗贼纵横，便即调兵出讨，斩首万余级。嗣是威著西州，化行河右。至是闻王弥寇洛，因遣将勤王。晋廷方命司徒王衍，都督征讨诸军事，发兵出御轘辕，被王弥一阵杀败，兵皆溃归，京师大震，宫城昼闭，弥竟进攻津阳门。可巧凉州兵驰至，统将北宫纯，入城见衍，与东海司马王斌会师，相约出战。纯愿为前驱，选得勇士百余人，作为冲锋，疾驰而出，与弥对垒，才经交锋，由纯飐动令旗，便突出一队身长力大的壮士，跨着铁骑，持着利刃，不管那枪林箭雨，只硬着头冲将进去。凉州兵也不肯落后，既有勇士为导，当然拼了性命，一齐跟入，任他王弥党羽，是百战剧盗，都落得心慌意乱，纷纷倒退。北宫纯趁势杀上，王斌亦领兵继进，杀得盗党血流漂杵，尸积成山。王弥大败，抱头东窜。

都中又驱出一支生力军，系是王衍所遣，军官是左卫将军王秉，来应北宫纯王斌两军。两军正追杀数里，稍觉疲乏，因即让过王秉一路人马，听令追去。秉追至七里涧，王弥见来军服饰与前略殊，还道是强弱不同，复思回身一战，当下勒马横刀，令盗众一律返顾，与秉接仗。盗众勉强应命，但已是胆怯得很，不耐久斗，略略交手，又复溃散。弥始知不能再战，只得与部下盗目王桑，逃出轵关，竟去投汉。汉主刘渊，与弥本有旧交，当即遣使郊迎，且传令语弥道："孤已亲至客馆，拂席洗爵，敬待将军。"弥闻令大喜，便随入见渊。渊即面授弥为司隶校尉，加官侍中，且命王桑为散骑侍郎。刘灵得王弥归汉消息，也亲往谒渊，受封平北将军。渊收了两个大盗，便用为向导，使子聪带兵数千，同袭河东。

可巧北宫纯自洛阳旋师，途次与聪兵相值，即杀将过去。聪不意官军掩至，顿时忙乱，且疑此外尚有伏兵，不敢恋战，匆匆地收兵遁回，麾下已死了数百人，纯乃归凉州，禀明张轨，申表奏闻。有诏封轨为西平郡公，轨辞不受命，且屡贡方物，藩臣中推为首忠，也是确评。

惟刘渊闻聪败还，未免失望，且因并州一带，由刘琨据守晋阳，无隙可乘，前遣将军刘景往攻，亦遭一挫，两方面统是败仗，尤觉得忧悔交并。侍中刘殷王育进议道："殿下起兵以来，年已一周，乃专守偏方，王威未振，甚属可惜。诚使命将四出，决机大举，枭刘琨，定河东，建帝号，鼓行南下，攻克长安，作为都城，再用关中士马，席卷洛阳，易如反掌。从前高皇帝建竖鸿基，荡平强楚，便是这番谋划，殿下何不仿行呢？"渊不禁鼓掌道："这正是孤的初心呢！"遂号召大众，亲自督领，趁着秋高马肥的时候，裼纛起行。到了平阳，太守宋抽，惊惶的了不得，弃城南奔。渊得拔平阳城，再入河东。太守路述，却是有些烈性，募集兵民数千，出城搦战，怎奈众寡不敌，伤亡多人，没奈何退守城中。渊督众猛攻，相持数日，城垣被毁去数丈，一时抢堵不及，竟为胡马所陷。述还是死战，力竭捐躯。渊连得数郡，遂移居蒲子。上郡四部鲜卑陆逐延，氐酋单征，并向渊请降。渊又遣王弥石勒，分兵寇邺，征北将军和郁，也是贪生怕死，走得飞快，把一座河北险要的邺城，让与强胡。于是渊得逞雄心，公然称帝，大赦境内，改元永凤。命嫡子和为大司马，加封梁王，尚书令刘欢乐为大司徒，加封陈留王，御史大夫呼延翼为大司空，加封雁门郡公；同姓以亲疏为等差，各封郡县王；异姓以勋谋为等差，各封郡县公侯，就把这蒲子城，号为汉都。

看官记着！当时氐酋李雄，与刘渊同时称王，此次渊僭号称尊，比李雄还迟二年。李雄称帝，国号成，改元晏平，且在晋惠帝末年六月中。刘渊称帝，是在晋怀帝二年十月中。小子属辞此事，前文未及西陲，无复插叙，此次为刘渊称帝，不能不补叙李雄。五胡十六国开始，就是李雄刘渊两酋长，最早僭号，看官幸勿责我漏落呢。

渊既僭号，两河大震。晋廷遣豫州刺史裴宪，出屯白马车骑将军王堪，出屯东燕，平北将军曹武，出屯大阳，无非为防汉起见。偏刘渊得步进步，不肯少休，复遣石勒刘灵率众三万，进寇魏汲顿邱三郡，百姓望尘降附，多至五十余垒。勒与聪请诸刘渊，各给垒主将军都尉印绶，并挑选壮丁五万为军士，老弱仍令安居。魏郡太守王粹，领兵抵御，一战即败，被勒活捉了去，押至三台，一刀毕命。越年为晋怀帝永嘉三年，正月朔日，荧惑星入犯紫微，汉太史令宣于修之，入白刘渊道："陛下虽龙兴凤翔，奄受大命，但遗晋未灭，皇居逼仄，紫宫星变，犹应晋室。不出三年，必克洛阳。蒲子崎岖，不可久安，平阳近有紫气，且是陶唐旧都，愿陛下上迎乾象，下协坤祥。"渊当然大喜，便即迁都平阳。会汾水滨有人得玺篆，文为"有新保之"四字，乃是王莽后投失，他却聪明得很，增刻渊海光三字，献与刘渊。渊表字元海，便称为己瑞，又复改元，即以河瑞二字为年号，封子裕为齐王，子隆为鲁王，聪为楚王，南向窥晋。

晋廷专靠太傅越为主脑，越不务防外，专务防内，真正可叹。他本已移镇鄄城，因鄄城无故自坏，心滋疑忌，乃徙屯濮阳。未几，又迁居荥阳，忽自荥阳带兵入朝，都下人士，相率惊疑。中书监王敦语人道："太傅专执威权，选用僚属，还算依例申请，尚书不察，动以旧制相绳，他必积嫌已久，来此一泄，不识朝臣有几个晦气，要遭他毒手呢。"及越既入都，盛气诣阙，见了怀帝，便忿然道："老臣出守外藩，尽心报主，不意陛下左右，多指臣为不忠，捏造蜚言，意图作乱，臣所以入清君侧，不敢袖手呢。"怀帝听了，大是惊惶，便问何人谋乱。越并未说明，即向外大呼道："甲士何在？"声尚未绝，外面已跑入一员大将，乃是平东将军王景，领着甲士三千人，鱼贯入宫，形势甚是汹涌，差不多与虎狼相似。越随手指挥，竟命将帝舅散骑常侍王延，尚书何绥，太史令高堂冲，中书令缪播，太仆卿缪胤等，一古脑儿拿至御前，请旨施刑。怀帝不敢不从，又不忍遽从，迟疑了好多时，未发一言。越却暴躁起来，厉声语王景道："我不惯久伺颜色，汝可取得帝旨，把此等乱臣，交付廷尉便了。"说着，掉头径去。怀帝不禁长叹道："奸臣贼子，无代不有，何不自我先，不自我后，真令人可痛呢。"当下起座离案，握住播手，涕泣交下。播前在关中，随惠帝还都，与太弟很是亲善，所以怀帝即位，便令他兄弟入侍，各授内职，委以心膂。偏由越诬为乱党，勒令处死，叫怀帝如何不悲？王景在旁相迫，一再请旨，怀帝惨然道："卿且带去，为朕寄语太傅，可赦即赦，幸勿过虐，否则凭太傅处断罢。"景乃将播等一并牵出，付与廷尉，向越报命。越即嘱廷尉杀死诸人，一个不留。

何绥为前太傅何曾孙，曾尝侍武帝宴，退语诸子道："主上开创大业，我每宴见，未闻经国远图，但说生平常事，这岂是贻谋大道？后嗣子孙，如何免祸，我已年老，当不及难。汝等尚可无忧。"说到"忧"字，忽然咽住，好一歇才指诸孙道："此辈可惜，必遭乱亡。"及绥被戮，绥兄嵩泣语道："我祖想是圣人，所以言有奇验哩。"后来洛阳陷没，何氏竟无遗种，这虽是因乱覆宗，但如何曾父子的骄奢无度，多藏厚亡，怎能保全后裔？怪不得一跌赤族了。

越自解兖州牧，改领司徒，使东海国将军何伦，与王景值宿宫廷，各带部兵百余人，即以两将为左右卫将军，所有旧封侯爵的宿卫，一律撤罢。散骑侍郎高蹈，见越跋扈，略有违言，便被越斥为讪上，逼令自杀。嗣是朝野侧目，上下痛心。越留居都中，监制怀帝，无论大小政令，统须由越认可，才得施行。

那汉大将军石勒，已率众十余万，进攻钜鹿常山，用张宾为谋主，刁膺张敬为股肱，夔安孔苌支雄桃豹逯明为爪牙，除兵营外，另立一个君子营，专纳豪俊，使参军谋。张宾系赵郡中邱人，少好读书，阔达有大志，常自比为张子房。及石勒寇掠山东，宾语亲友道："我历观诸将，无如此胡将军，可与共成大业，我当屈志相从便了。"乃提剑至勒营门，大呼求见。勒召入后，略与问答，亦不以为奇。嗣由宾屡次献策，无不合宜，因为勒所亲信，置为军功曹，动静必资，格外契合。正拟进略郡县，忽接刘渊命令，使率部众为前锋，移攻壶关，另授王弥为征东大将军，领青州牧，与楚王聪一同出兵，为勒后援，勒当然前往。并州刺史刘琨，急遣将军黄肃韩述赴援。肃至封田，与勒相遇，一战败死。述至西涧，与聪争锋，亦为聪所杀。

警报传达洛阳，太傅越又令淮南内史王旷，将军施融曹超，往御汉兵。旷渡河亟进，融谏阻道："寇众乘险间出，不可不防。我兵虽有数万，势难分御，不如阻水自固，见可乃进，方无他患。"旷怒道："汝敢阻挠众心么?"融退语道："寇善用兵，我等冒险轻进，必死无疑了。"遂长驱北上，逾太行山，次长平坂。正值刘聪王弥，两路杀来，捣入晋军阵内，晋军大乱，旷先战死，融超亦亡。聪乘胜进兵，破屯留，陷长子，斩获至万九千级，上党太守庞淳，举壶关降汉，汉势大炽。刘渊连得捷报，更命聪等进攻洛阳，晋廷命平北将军曹武，集众抵御，连战皆败。聪入寇宜阳，藐视晋军，总道是迎刃立解，不必加防。弘农太守垣延，探得汉兵骄弛，用了一条诈降计，自谒聪营，假意投诚。聪沿路纳降，毫不动疑，哪知到了夜半，营外喊声连天，营内亦呼声动地，外杀进，里杀出，立将聪营踏平。聪慌忙上马，引众宵遁，侥幸得全性命。诸君不必细问，便可知是垣延的兵谋了。垣延上表告捷，廷臣称庆，不料隔了两旬，那刘聪等复到宜阳，前有精骑，后有锐卒，差不多有七八万人，比前次猖獗得多了。小子有诗叹道：

外患都从内讧生，金汤自坏寇横行。
乱华戎首刘元海，典午河山一半倾。

毕竟刘聪能否深入，待至下回表明。

第二十二回

乘内乱刘聪据国　借外援猗卢受封

却说刘聪复至宜阳，同行诸将，乃是刘曜刘景王弥呼延翼，骑兵五万，步卒三万，大有气吞河洛的势焰，都中大震。聪率轻骑先进，连败戍兵，直达都下，屯兵西明门，凉州刺史张轨，再遣北宫纯等入援，纯至洛阳，与汉兵对面扎营，待至夜半，方率勇士千余人，直攻汉垒。聪亦预先防着，即令征虏将军呼延颢，开营抵敌。颢甫出营门，正与纯撞个满怀。纯眼明手快，一刀劈下，正中颢首，脑浆迸流，倒毙地上。汉兵见颢被杀死，顿时骇退，纯即踹入营中，左斫右劈，杀死汉兵数十人。聪喝令各军，上前拦阻，还是招架不住，亏得队伍尚齐，且战且行，退至洛水滨下寨。纯因夜色昏黄，也恐有失，便收兵回营。

越日，呼延翼营内自乱，步卒不服翼令，将翼杀死，竟自溃归。刘渊闻败，飞饬聪等还师。聪不肯遽退，表称"晋兵微弱，可以力取，不得以翼颢死亡，自挫锐气，遽尔班师"云云。渊乃听令留攻，聪复分兵进逼，自攻宣阳门，令曜攻上东门，弥攻广阳门，景攻大夏门，四面猛扑，声震山谷。太傅越婴城拒守，且调入北宫纯等，一齐登陴，随方抵御。聪攻了数日，竟不能入，不由得想入非非，要至嵩岳中去祷山神，求他保佑，速下洛城，当下留平晋将军刘厉及冠军将军呼延朗，暂摄军事，自己竟带着千骑，跨马而去。太傅越参军孙询，探得聪不在营中，谓可乘虚出击，越即令询挑选劲卒，得三千人，由将军邱光楼裒等带领，潜开宣阳门，呐一声喊，冲将出去。呼延朗身不及甲，马不及鞍，冒冒失失，前来搦战。邱光楼裒，双械并举，杀得朗手法散乱，一个疏忽，被邱光挑落马下，楼裒再加一槊，结果性命，刘厉忙麾兵相救，已是不及。且邱楼二将，越加胆壮，领着三千健卒，横冲直撞，辟易万人。厉亦只好却走。聪在半途闻变，忙即折回，方得招架一阵，邱楼亦即收兵入城。刘厉恐为聪所责，竟投水自尽，聪不觉叹息。

王弥趋至聪营，向聪进言道："今既失利，洛阳犹固，殿下不如还师，再图后举，下官当立兖豫二州间，收兵积谷，守候师期。"聪皱眉答道："前曾表请留攻，此时不待命令，便即还师，未免不合。"弥笑道："这有何虑，下官为殿下设法便了。"遂即致书宣于修之，托他解说。修之已料知聪军不利，既得弥书，便入白刘渊道："岁在辛未，当得洛阳，今晋气尚盛，大军不归，必败无疑。"渊乃促聪回军，聪始与刘曜同归。惟王弥南出轘辕，沿途流民，陆续趋附，多至数万人。

还有石勒一支人马，自攻破壶关后，仍留扰并州一带，收降山北诸胡，再与刘灵进攻常山。幽州都督王浚，遣部将祁弘，邀同鲜卑部酋务勿尘等，带领十余万骑，来讨石勒。勒从常山退兵数里，至飞龙山前，依险列营，专待祁弘角斗。弘驱众直进，行近山麓，望见勒兵扎住，营伍颇严，便心生一计，使务勿尘领着本部，登山而下，直压勒营，自统部众与勒接仗。勒令刘灵守营，分兵趋出，奋斗祁弘。两边统是朔方劲旅，旗鼓相当，酣战了两三个时辰，未分胜败，不防务勿尘从后面杀下，突破勒营，刘灵保不住营寨，也只得出会勒军，勒军见营垒已破，当然慌乱，就是勒亦万分惊惶，自知立脚不住，不如夺路逃奔，一声呼啸，向南飞逸。刘灵迟走一步，被祁弘追及背后，用槊猛戳，穿通心胸，立即倒毙。余众约毙万余人。勒垂头丧气，走保黎阳，及闻幽州兵回去，复分兵四出，攻陷三十余堡寨，又进寇信都。适东海司马王斌，出任冀州刺史，引兵拒勒，一战败亡。晋车骑将军王堪，北中郎将兼豫州刺史裴宪，奉诏联兵，合攻石勒。勒引兵还拒，道出黄牛垒，魏郡太守刘矩，举城降勒。勒收得粮械，兵势益振。裴宪胆小如鼷，探得勒众甚盛，即潜奔淮南，连兵马都不遑带去。王堪孤掌难鸣，也退保仓垣。勒便从石桥渡河，攻陷白马，坑死男妇三千余口，复东袭鄄城，杀害兖州刺史袁孚，再攻仓垣。王堪败没，还与王弥合兵，连下广宗清河平原阳平诸县。捷书屡达平阳，刘渊加封勒为镇东大将军，兼汲郡公，又命聪曜等出兵会勒，共攻河内。

河内太守裴整，飞表乞援，诏命宋抽为征虏将军，往援河内，被勒邀击中途，把抽杀死。河内人复执整降汉，整得受汉职，拜为尚书左丞。河内督将郭默，收整余众，自为坞主。刘琨表称默为河内太守，时已为怀帝永嘉四年。会值刘渊得病，召还各军，河北山东，暂得少安。渊后呼延氏殁，另立氐酋单征女为皇后，这位新皇后的姿色，端的是纤丽无比，美艳无双，自从单征降汉，便将女纳为渊妾，宠号专房。生子名乂，亦得殊宠。可巧渊妻病死，妾媵不下数十，偏被那娇娇滴滴的单氏女，越级超升，得为继后，且封乂为北海王。单氏感恩不已，整日里振起精神，侍奉刘渊。渊见她靓妆媚骨，处处可人，不由得为色所迷，贪欢无度。怎奈少女多情，老夫已迈，渐渐的精力不支，酿成羸疾。当下为顾托计，命梁王和为太子，齐王裕为大司徒，鲁王隆为尚书令，楚王聪为大司马大单于，特在平阳城西，置单于台，为聪任所。北海王乂为抚军大将军，领司隶校尉。始安王曜为征讨大都督兼单于左辅。廷尉乔智明为冠军大将军兼单于右辅。尚有同姓老臣陈留王刘欢乐，进官太宰，长乐王刘洋，进官太傅，江都王刘延年，进官太保。渊恃三人为心膂，所以加位三公，付他重任。到了病不能起，即召入禁中，亲授遗命，叫他拥立太子，同心辅政，三人自然遵嘱。越二日渊竟逝世，共计称王四年，称帝三年。

太子和嗣为汉主，和本渊妻呼延氏所生，前大司空呼延翼，便是后父，被杀洛阳，翼子名攸，官拜宗正。渊因他素无才行，终身不令迁官。侍中刘乘，与聪有隙，西昌王刘锐，未得预顾命，三人共怀不平，乃串通一气，入殿语和道："先帝不顾重轻，使三王在内总兵，大司马拥劲卒十万，逼居近郊，陛下不过做了一个寄主，将来祸难，恐不可测，不如早为设法，先发制人。"和颇以为然。夜召武卫将军刘盛刘钦及左卫将军马景等，使图裕隆聪乂诸王。盛抗声道："先帝尚在殡宫，四王未有逆节，今忽生他谋，自相鱼肉，臣恐不能邀福，反且召祸。况四海未定，大业粗成，陛下但应继志述事，开拓鸿基，幸勿误听谗言，疑及兄弟。古诗有言：'岂无他人，不如我同父。'陛下不信诸弟，他人如何轻信呢？"锐与攸正在和侧，闻言大怒道："今日计议，已由主上裁决，理无反汗，领军怎得妄言？"盛尚欲再言，已被锐拔出佩剑，劈为两段。钦与景不禁惶惧，慌忙应命，乃共在东堂设誓，诘旦举发。

转瞬间已是天明，由和派兵四路，分攻四王。锐与马景赴单于台，攻楚王聪，攸与右卫将军刘安国，诣司徒府，攻齐王裕，乘与钦攻鲁王隆，使尚书田密，武卫将军刘璿，攻北海王乂。乂尚年少，不知守备，立被田密刘璿等闯入，只好延颈待戮，不料命未该绝，由璿抢步上前，把乂轻轻掖住，招呼部曲，斩关急走，趋往单于台。密亦随行，共见刘聪，报明内变。聪见乂无恙，心下大喜。便命军士服甲持械，静待刘锐等到来。锐至城外，已知田密刘璿举动，料聪必有预备，不敢轻往，当下折回城中，与攸乘等会攻隆裕。复恐安国与钦，尚有异志，因再杀死二人，然后进攻司徒府。裕不能守御，竟为乱军所害。锐等移兵攻隆，隆亦被杀。

是夕，闻西明门外，喊声大震，乃是大司马聪，率领全军，来攻都城。锐攸乘三人，亟趋上城楼，督众拒守，约莫过了一日有余，已被聪军攻入，乱兵四窜。锐等奔入南宫，聪军追入，把锐攸乘陆续擒住。刘和避匿光极殿西室，托词守丧。聪军持械直进，不管他皇叔不皇叔，顺手乱砍，立即毙命。聪入居光极殿，命诛锐攸乘三人，枭首通衢，示众三日。群臣联笺上聪，请即尊位，聪呼众与语道："我弟乂为单后所生，子以母贵，应该嗣立，我愿退就单于台。"道言甫毕，即有一少年趋至聪前，长跪流涕道："先帝创业未终，全仗兄长继承先志，倘或舍长立幼，如何维持？还乞兄长勉从众言。"聪俯首瞧着，正是北海王乂，忙即离座搀扶。乂不肯起立，百官亦皆跪请，乃慨然答道："乂与群公，既因四海未定，国难尚多，谓孤年较长，迫孤就位，这乃国家大事，不便固辞。今孤当远遵鲁隐，俟乂年长，当复子明辟，表孤素心。"百官交口称颂，乂亦拜谢，乃皆起身出殿，筹备新君即位礼仪。

聪进谒单后，请安道歉，礼节甚恭。单后见他仪容秀伟，冠冕堂皇，不禁由爱生羡，待遇加优。且因聪保全己子，柔声道谢。聪听得一副娇喉，禁不住情迷心荡，再审视单氏花容，毕竟轻盈艳冶，与众不同，可惜耳目众多，不能无端调戏，没奈何按定了神，对答数语，徐徐辞出，转往别宫，去谒生母张夫人。原来聪为渊第四子，母为渊妾张氏，怀妊时梦日入怀，醒后告渊，渊称为吉征。嗣过了十五月，方产一男，形体伟岸，左耳有一白毛，长二尺余，闪闪有光，渊因取名为聪。幼时敏悟过人，年至十四，博通经书百家及孙吴兵法，又工书草隶，善作诗文，十五岁演习骑射，能弯弓三百斤，膂力骁捷，冠绝一时。渊亦谓此儿不可限量，很是钟爱。果然武艺超群，得登大位。称尊以后，改元光兴，尊单后为皇太后，张夫人为帝太后，立乂为帝太弟，领大单于大司徒。立妻呼延氏为皇后，封子粲为河内王，领抚军大将军，都督中外诸军事。粲弟易为河间王，翼为彭城王，悝为高平王，乃为父渊发丧，移棺奉葬，号渊墓为永光陵，追谥为光文皇帝，庙号高祖。

聪既将国家要事，依次施行，所有王公百官，概仍旧职，毫无异言。他乐得趁闲寻乐，卖笑追欢，不过他心目中只有一人，要想同她勾搭，只苦不能下手，且有名分相关，似乎未便妄为。可奈意马心猿，不能自制，更且平时入省，时近芳容，越觉得撩乱情思，无从摆脱。嗣是朝朝暮暮，问安视寝，一个是垂涎已久，昏夜乞怜，一个是寂处难安，心神似醉。移花不妨接木，拢篙正可近舵，好风流处便风流，还管甚么尊卑上下呢？况名分虽嫌未合，年貌正是相当，意外鸳鸯，倍饶乐趣，从此春生鼕帐，连夕烝淫，望断长门，同悲陌路。俗语说得好："好事不出门，恶事传千里。"这汉主聪的不法行为，才经数夕，已是喧传内外，统说他母子通奸。别人不过播为笑谈，最难堪的是北海王乂，少年好胜，禁不起冷讽热嘲。有时入宫省母，隐约进规，那母亲却也怀惭，但木已成舟，无可挽回。到了黄昏时候，新皇帝复来续欢，不能不再效于飞，与子同梦。两口儿确是情浓，只北海王引为恨事，已气愤得不可名状。

是时，略阳出了一个氐酋，叫做蒲洪，相传为夏初有扈氏苗裔，世作西戎酋长。洪家池中忽生了一枝蒲草，长约五丈，中有五节，略如竹形，时人号为蒲家，因即以蒲为姓。洪身长力大，权略过人，为群氐所畏服，威震一隅。汉主聪意欲羁縻，特遣使至略阳，拜洪为平远将军。洪不肯受命，却还来使，旋即自称秦州刺史略阳公，聪亦无暇过问。惟雍州流民王如，寄居南阳，因晋廷逼他还乡，激使为乱，聚众至四五万，陷城邑，杀令长，自称大将军，向汉称藩。汉主聪当然收纳，且命石勒领并州刺史，使他略定河北，方好锐下河南。晋并州刺史刘琨，身当敌冲，恐孤危失援，为虏所乘，乃外结鲜卑部酋拓跋猗卢，表请为大单于，封为代公。这拓跋猗卢的履历，说来又是话长，小子只好略叙颠末。

这拓跋氏即索头部，俗喜用索编发，故号索头，世居北荒，不通中夏，至酋长毛始渐强大，统国三十六，大姓九十九，历五世至推寅，南迁大泽，又七世至邻，有兄弟七人，分统部众。邻传位与子诘汾，再使南迁，诘汾因徙居匈奴故地。相传诘汾好猎，尝出畋山泽间，见空中有一辎軿，冉冉下来，内坐一美妇人，姿容秀丽，自称天女，谓与诘汾有缘，竟下车握手，与他交合，尽欢而去。到了次年，诘汾再往原处游畋，天女又复来会，怀抱一男，授与诘汾，谓即去年成孕，得生此子，说毕复去。诘汾乃抱归抚养，竟得成人，取名力微。后来北魏传为佳话，编成二语道："诘汾皇帝无妇家，力微皇帝无母家。"便是为了这种原因。诘汾死，力微立，复徙居并州塞外的盛乐城，部落浸盛。晋初，曾两遣嗣子沙漠汗入贡。力微活至一百四岁，方才病殁。沙漠汗已死，弟悉鹿立。悉鹿传与弟绰，绰传与子弗，弗死无嗣。叔父禄官嗣位，分国为三部，使沙漠汗子猗㐌，居代郡附近。猗㐌弟猗卢，居盛乐城，自居上谷的北边。猗卢善用兵，屡破匈奴乌桓各部，降服三十余国。及刘渊起兵入寇，幽州刺史东嬴公腾，尝向猗㐌处乞援。猗㐌与弟猗卢，率众援腾，击散渊兵。腾表猗㐌为大单于，既而猗㐌禄官，先后去世，猗卢遂总摄三部。会刘琨至并州，欲讨匈奴遗裔铁弗氏等，因遣使卑辞厚礼，结交猗卢，请他出兵相助。猗卢乃遣从子郁律，领二万骑助琨，破铁弗氏酋长刘虎。琨遂与猗卢约为兄弟，指水同盟，且遣长子遵往质，嗣因汉寇益盛，乃请以代郡封猗卢。朝议却也依琨，授册转交。惟代郡尚属幽州管辖，幽州都督王浚，不肯照允，发兵击猗卢，致为猗卢所败。自是浚与琨有隙，琨但求得猗卢欢心，不暇顾浚。猗卢以封邑暌隔，民不相接，乃率部落万余家，由云中入雁门，向琨求陉北地。琨既引他入境，不能再拒，只得将楼烦马邑阴馆繁峙崞五县人民，徙至陉南，就把陉北地让与猗卢，这便是拓跋据代的源流。小子又考得拓跋二字，也有寓意，鲜卑称土为拓，后为跋，所以叫做拓跋氏。

会汉主刘聪，大举图晋，命河内王粲，始安王曜，与王弥率兵四万，入寇洛阳,又令石勒发四万骑兵,与粲等会师,共至大阳城。晋监军裴邈,逆战渑池,败绩南奔。汉兵直指洛川,复分两路。粲出轘辕,勒出成皋,沿途四掠,烽火连天。刘琨在并州闻警,即与猗卢同约举兵,往讨刘聪石勒,先遣人至洛阳,向太傅越报明。偏越别怀猜忌,复书谢绝。琨乃遣还猗卢,按兵不发。小子有诗叹道:

国势颠危已可忧,借资外助亦忠谋。
如何权相犹多忌,坐使神京一旦休!

欲知太傅越的隐情,试看下回分解。

第二十三回

倾国出师权相毕命　覆巢同尽太尉知非

却说太傅越拒绝刘琨，并不是猜忌外夷，实因青州都督苟晞与越有嫌，越恐他乘隙图乱，袭据并州，乃令琨固守本镇，不得妄动。琨只得奉令而行，遣还猗卢。那汉兵却齐逼洛阳，有进无退，洛阳城内，粮食空虚，兵民疲敝，眼见是不能御侮。太傅越乃传檄四方，征兵入援。怀帝且面谕去使道："为我寄语诸镇，今日尚可援得，再迟即无及了。"哪知朝使四出，多半不肯应召。惟征南将军山简，差了督护王万，引兵入援，到了涅阳，被流贼王如邀击一阵，兵皆溃散。如反与徒党严嶷侯脱等，大掠汉沔进逼襄阳。荆州刺史王澄，号召各军，拟赴国难。前锋行至宜城，闻襄阳被困，且有失陷消息，不由的胆怯折回。汉将石勒，引众渡河，将趋南阳，王如等不愿迎勒，堵截襄城，顿时触动勒怒，移兵掩击，把贼党万余人，悉数擒住。侯脱被杀，严嶷乞降，王如遁去。勒趁势寇掠襄阳，攻破江西垒壁四十余所，还驻襄城。

晋太傅越，已失众望，心不自安，复闻胡寇益盛，警信屡至，乃戎服入见，自请讨勒。怀帝怆然道："今胡虏侵逼郊畿，王室蠢蠢，莫有固志，朝廷社稷，惟仗公一人维持，公奈何远去，自孤根本？"越答道："臣今率众出征，期在灭贼，贼若得灭，国威可振，四方职贡，自然流通。若株守京畿，坐待困穷，恐贼氛四逼，患且加盛。"怀帝也不愿苦留，听越出征。越乃留妃裴氏，与世子毗及龙骧将军李恽，右卫将军何伦，守卫京师，监察宫省。命长史潘滔为河南尹，总掌留守事宜。于是调集甲士四万人，即日出发，并请以行台随军，即用王衍为军司，朝贤素望,悉为佐吏,名将劲卒,尽入军府,单剩着几个无名朝士,已老将官,局居辇毂,侍从乘舆。府库无财,仓庾无粮,荒饥日甚,盗贼公行。看官!试想这一座空空洞洞的洛阳城,就使天下太平,也不能支持过去,何况是四郊多垒,群盗交侵,哪里还得保全呢?越东出屯项,自领豫州牧,命豫州刺史冯嵩为左司马,复向各处传檄,略云:

皇纲失驭,社稷多难。孤以弱才,备当大任,自顷胡寇内逼,偏裨失利,帝乡便为戎州,冠带奄成殊域。朝廷上下,以为忧惧,皆由诸侯蹉跎,遂及此难。投袂忘履,讨之已晚,人情奉本,莫不义奋,当须会合之众,以俟战守之备,宗庙主上,相赖匡救,此正忠臣战士效诚之秋也。檄到之日,便望风奋发,勿再迟疑!

这种檄文,传发出去,并不闻有一州一郡,起兵响应,大约是看作废纸,都付诸败字簏中了。怀帝以越既出征,得离开这眼中钉,总好自由行动,哪知何伦等比越更凶,日夕监察,几视怀帝似罪犯一流,毫不放松。东平王楙,时改封竟陵王,未曾从军,因密白怀帝,谋遣卫士夜袭何伦。偏卫士都是何伦耳目,不从帝命,反先去报伦。伦竟带剑入宫,逼怀帝交出主谋。怀帝急得没法,只好向楙委罪。伦乃出宫捕楙,幸楙已得悉风声,逃匿他处,始得免害。先是汉兵日逼,朝议多欲迁都避难,独王衍一再谏阻,且出卖车牛,示不他移。至是扬州都督周馥,又上书阙廷,请迁都寿春,太傅越得悉馥书,谓馥不先关白,竟敢直接陈请,禁不住忿火交加,怒气勃发,即下了一道军符,令淮南太守裴硕,与馥一同入都,馥料知触怒,不肯遽行,但令硕率兵先进。硕诈称受越密令,引兵袭馥,反为馥败,乃退保东城,遣人至建业求救。琅琊王睿,总道是周馥逆命,即遣扬威将军甘卓等,往攻寿春。馥众奔溃,馥亦北走。豫州都督新蔡王确,系太傅越从子,镇守许昌,当即遣兵邀馥,将他拘住,馥意气死。已而石勒攻许昌,确出兵抵御,行至南顿,正值勒驱众杀来,矛戟如林,士卒如蚁,吓得确军相顾失色,不待接仗,先已却走。确尚想禁遏溃卒,与决胜负,哪知部下已情急逃生,未肯听令。胡虏却抢前急进,毫不容怜,一阵乱砍,晦气了许多头颅。就是新蔡王确,也做了刀头鬼。勒扫尽确军,遂进陷许昌,杀死平东将军王康,占住城池。

许昌一失,洛阳愈危,怀帝寝馈难安,尚日传手诏,令河北各镇将,星夜入援。青州都督苟晞,接受诏书,便向众扬言道:“司马元超,为相不道,使天下淆乱,苟道将怎肯以不义使人?汉韩信不忍小惠,致死妇人手中,今道将为国家计,惟有上尊王室,入诛国贼,与诸君子共建大功,区区小忠,何足挂齿呢?”说着,即令记室代草檄文,遍告诸州,称己功劳,陈越罪状。当有人传报都中,怀帝得信,复手诏敦促,慰勉殷勤。晞乃驰檄各州,约同勤王。适汉将王弥,遣左长史曹嶷,行安东将军事,东略青州。嶷破琅琊,入齐地,连营数十里,进薄临淄。晞登城遥望,颇有惧色。及嶷众附城,才麾兵出战,幸得胜仗。嶷且却且前,晞亦且战且守。过了旬日,晞挑选精锐,开城大战。不意大风陡起,尘沙飞扬,嶷兵正得上风,顺势猛扑,晞不能招架,遂至败溃,弃城遁走。弟苟纯亦随晞出奔,同往高平。嗣是收募众士,复得数千人。会得怀帝密敕,命晞讨越,晞亦闻河南尹潘滔及尚书刘望等,向越构己,因复上表道:

奉被手诏,肝心若裂。东海王越,以宗臣得执朝政,委任邪佞,宠树奸党,至使前长史潘滔,从事中郎毕邈,主簿郭象等操弄大权,刑赏由己。尚书何绥,中书令缪播,太仆缪胤,皆由圣诏亲加拔擢,而滔等妄构,陷以重戮,带甲临宫,诛讨后弟,翦除宿卫,私树党人,招诱逋亡,复丧州郡,王涂圮隔,方贡乖绝,宗庙阙烝尝之飨,圣上有约食之匮。征东将军周馥,豫州刺史冯嵩,前北中郎将裴宪,并以天朝空旷,权臣专制,事难之兴,虑在旦夕,各率士马,奉迎皇舆,思隆王室,以尽臣礼。而滔邈等劫越出关,矫立行台,逼徙公卿,擅为诏令,纵兵寇抄,茹食居人,交尸塞路,暴骨盈野,遂令方镇失职,城邑萧条。淮豫之氓,陷离涂炭,臣虽愤懑,局守东嵎,自奉明诏,三军奋厉,拟即卷甲长驱,径至项城,使越稽首归政,斩送滔等,然后显扬义举,再清胡虏,谨拜表以闻。

怀帝既得晞表,日望晞出兵到项,削除越权,偏是望眼将穿,晞尚未至。时已为永嘉五年仲春,怀帝近虑越党,外忧汉寇,整日里对花垂泪,望树怀人。越党何伦等,倚势作威,形同盗贼,尝纵兵劫掠宦家,甚至广平武安两公主私第,亦遭蹂躏。怀帝忍无可忍,乃复赐诏与晞,一用纸写,一用练书,诏云:

太傅信用奸佞,阻兵专权,内不遵奉皇宪,外不协毗方州,遂令戎狄充斥,所至残暴。留军何伦,抄掠官寺,劫制公主,杀害贤士,悖乱天下,不可忍闻。虽曰亲亲,宜明九伐。诏至之日,其宣告天下,率同大举。桓文之绩,一以委公,其思尽诸宜,善建弘略,道涩故练写副手笔示意。

晞接诏后,因遣征虏将军王赞为先锋,带同裨将陈午等,戒期赴项,并遣还朝使,附表上陈。略云:

奉诏委臣征讨,喻以桓文,纸练兼备,伏读跪叹,五情惶怛。自顷宰臣专制,委仗佞邪,内擅朝威,外残兆庶,矫诏专征,遂图不轨,纵兵寇掠,陵践宫寺。前司隶校尉刘暾,御史中丞温畿,右将军杜育,并见攻劫。广平武安公主,先帝遗体,咸被逼辱,逆节虐乱,莫此之甚。臣只奉前诏,部奉诸军,已遣王赞率陈午等,将兵诣项,恭行天罚,恐劳圣廑,用亟表闻。

朝臣赍表还报,行至成皋,不料被游骑截住,把他押至项城,往见太傅司马越。越令左右搜检,得晞表及诏书,不禁大怒道:“我早疑晞往来通使,必有不轨情事，今果得截获，可恨！可恨！”遂将朝使拘住，下檄数晞罪恶。即命从事中郎杨瑁为兖州刺史，使与徐州刺史裴盾，合兵讨晞。晞密遣骑士入洛，搜捕潘滔。滔夜遁得免。惟尚书刘曾，侍中程延，为骑士所获，讯明是为越私党，一并斩首。

越以为不能逞志，累及故人，且内外交迫，进退两难，不觉忧愤成疾，遂致不起。临死时召入王衍，嘱以后事。衍秘不发丧，但将越尸棺殓，载诸车上，拟即还葬东海。大众推衍为元帅，衍不敢受，让诸襄阳王范。范系楚王玮子，亦辞不肯就，乃同奉越丧，自项城启行，径向东海进发。讣音传入洛中，何伦李恽等，自知不满众望，且恐虏骑掩至，不如先期出走，乃奉裴妃母子，出都东行。城外士民，相率惊骇，多半随去。还有宗室四十八王，也道是强寇即至，愿与何伦李恽，同行避难。于是都中如洗，只有怀帝及宫人，尚然住着，孤危无助，嵩目苍凉，自思乱离至此，咎实在越，因追贬越为县王，诏授苟晞为大将军大都督，督领青徐兖豫荆扬六州诸军事。

汉将石勒，闻越已病死，立率轻骑追袭，倍道前进。行至苦县宁平城，竟得追及越丧。王衍本不知用兵，全然无备，就是襄阳王范等，都未曾经过大敌，彼此面面相觑，不知所为。还是一位将军钱端，稍有主意，麾动士卒，出拒勒众。两下交战，约二三时，勒众煞是厉害，任意蹂躏，无人敢当，端竟战死。勒复指麾铁骑，围住王衍等人。衍众不下数万，没一个是敢死士，更兼统帅无人，号令不专。大都怀着一个遁逃秘诀，你想先奔，我怕落后，自相践踏，积尸如山。最凶横的是个石勒，出了一声号令，叫骑士四面攒射，不使衍等脱逃。可怜王衍以下，只有闭目待死，束手就擒。当下由胡骑突入，东牵西缚，好象捆猪一般，无一遗漏。除衍及襄阳王范外，如任城王济，武陵王澹，西河王喜，梁王禧，齐王超及吏部尚书刘望，廷尉诸葛铨，前豫州刺史刘乔，太傅长史庾呆等，统被拿住，押入勒营。勒升帐上坐，令衍等坐在幕下，顾问衍道：“君为晋太尉，如何使晋乱至此？”衍支吾道：“衍少无宦情，不过备位台司，朝中一切政治，统由亲王秉政，就是今日从军，也由太傅越差遣，不得不行。若论到晋室危乱，乃是天意亡晋，授手将军，将军正可应天顺人，建国称尊，取乱侮亡，正在今日。”勒掀须狞笑道：“君少壮登朝，延至白首，身居重任，名扬四海，尚得谓无宦情么？破坏天下，正是君罪，无从抵赖了。”这一席语，说得衍无词可答，俯首怀惭。勒命左右将衍扶出，更向他人讯问。众皆畏死，作乞怜状，独襄阳王范，神色不变，从旁呵叱道：“今日事已至此，何必多言！”勒乃顾语部将孔苌道：“我自从戎以来，东驰西骤，足迹半天下，未尝见有此等人物，汝以为可使存活否？”苌答道：“彼皆晋室王公，终未必为我用，不如今日处决罢。”勒沉吟半晌，方道：“汝言亦是。但不可加他锋刃，使得全尸以终。”说至此，即令将被虏诸人，统驱往民舍中，监禁起来。俟至夜半，使兵士推倒墙壁，压入室内。覆巢之下，尚有什么完卵呢？唯王衍临死呼痛，惨然语众道："我等才力，虽不及古人，但若非祖尚玄虚，能相与戮力，匡扶王室，当不至同遭惨死。"说到"死"字，顶遇巨石压下，顿时头破血流，奄然长逝。余皆同时毕命，砌成一座乱石堆，也不辨为谁氏尸骸，何人血肉了。勒又命人劈开越棺，焚骨扬灰，且宣言道："乱晋天下，实由此人，我今为天下泄恨，故焚骨以告天地。"王弥弟璋，在勒军中，更将道旁尸首，一并焚毁，见有肥壮的死人，割肉烹食，咀嚼一饱，方拔营起行。到了洧仓，刚值何伦李恽等，仓皇奔来，冤冤相凑，投入虎口，李恽忙自杀妻子，逃往广宗，何伦亦奔向下邳。晋室四十八王及越世子毗，统被勒众虏去，死多活少。惟越妻裴氏，已经年老，无人注目，当时乘乱走脱，嗣被匪人掠卖，售入吴姓民家，作为佣媪。后来元帝偏安江左，始辗转渡江，得蒙元帝收养，才得令终。八王乱事，至是作一结束。小子恐看官失记，再将八王提出，表明如下：

汝南王亮、楚王玮、赵王伦、齐王冏、长沙王乂、成都王颖、河间王颙、东海王越。

后人又另有一说，去亮与玮，列入淮南王允及梁王肜。惟《晋书》中八王列传，却是亮玮伦冏乂颖颙越八人，小子依史叙事，当然援照《晋书》。总之，晋室诸王，好的少，坏的多，八王手执兵权，骄横更甚，后来是相继诛戮，没有一个良好结果。越虽是善终，终落得尸骨被焚，妻被掠，子被杀，这也是祖宗诒谋，本非忠孝，子孙相沿成习，不知忠孝为何事，此争彼夺，各不相让。骨肉寻仇，肝脑涂地，五胡乘隙闯入，大闹中原，神州致慨陆沈，衣冠悉沦左衽，岂不可恨？岂不可痛？古人说得好："告往知来"，如晋朝的往事，确是后来的殷鉴。奈何往者自往，来者自来，兵权到手，便不顾亲族，自相残杀，甘步八王的后尘，情愿将华夏土宇，让与别人脔割呢。小子有诗叹道：

八王死尽晋随亡，滚滚胡尘覆洛阳。
为语后人应鉴古，兵戈莫再构萧墙。

虏焰大张，中原板荡，西晋要从此倾覆了。看官续阅下回，自见分晓。

第二十四回

执天子洛中遭巨劫 起义旅关右迓亲王

却说怀帝因越已病死，改任大臣，进太子太傅傅祗为司徒，尚书令荀藩为司空，进幽州都督王浚为大司马，都督幽冀诸军事，南阳王模为太尉，凉州刺史张轨为车骑大将军，琅琊王睿为镇东大将军，兼督扬江湘交广五州诸军事。复颁诏四方，促令勤王。可奈神州鼎沸，世乱益滋，两河南北，胡骑充斥，各镇将自顾不遑，怎能入卫？就是荆湘一带，也闹得一塌糊涂。征南将军山简，驻守襄阳，俄为王如所逼，又俄为石勒所攻，他本是个酒中徒，时在高阳池滨游宴，童儿为简作歌道："山公出何许，往自高阳池。日夕倒载归，酩酊无所知。"照此看来，前时遣督护王万入援，事虽不成，还算他提醒精神，力图报效。后来接连遇寇，安坐不稳，复迁屯夏口，勉强支撑。

外如荆州刺史王澄，误信谣言，折回江陵，适巴蜀流民，散居荆湘，与土人忿争，激成乱衅，戕杀县令，啸聚乐乡。澄遣内史王机，率兵往讨，流民已望风乞降，澄佯为许诺，暗令机乘夜掩袭，沈杀八千余人，所有流民妻子，悉数充赏。但尚有益梁流民，未曾从乱，免不得兔死狐悲，更兼湘州参军冯素，亦欲尽诛流民，遂致流民大骇，寓居四五万家，同时造反，推醴陵令杜弢为主，奉为湘州刺史，南破零陵，东掠武昌。王机出军堵御，失利奔回。澄亦不加忧惧，且与机日夜纵酒，投壶博戏，消遣光阴。即如乃兄王衍，惨死宁平，他亦没甚悲戚，反抱着达观主义，得过且过罢了。

至若成都为李雄所据，前益州刺史罗尚，始终不能规复，反由李雄出兵东略，屡攻涪城，梓潼太守谯登，固守三年，食尽援穷，终遭陷没。登被擒不屈，致为所害。长江上下游，如此扰乱，还有何人勤王？惟琅琊王睿镇守江东，尚觉安居无事，但他是已脱虎口，栖身乐国，何苦再投险地，来作孤注？所以宅中驭外的洛阳城，反弄到内无粮草，外无救兵。怀帝终日忧闷，徒唤奈何。会大将军大都督荀晞，表请迁都仓垣，并使从事中郎刘会，运船数十艘，宿卫五百人，谷米千斛，来迎乘舆。怀帝意欲从晞，召集公卿，决议行止。公卿已是寥寥，剩了几个糊涂虫，毫无智谋，当断不断。侍从左右，又只管眼前温饱，恋恋家室，未肯远行。究竟怀帝是个主子，不能孑身潜遁，没奈何顺从众意，又蹉跎了好几日。既而洛中饥困，人自相食，百姓流离转徙，十死八九。怀帝实不堪久居，再召公卿集议，决意启行。偏是卫从寥落，车马萧条，怀帝抚手长叹道："如何竟无车舆？"乃使傅祗出诣河阴，整治舟楫，自与朝士数十人，步行出西掖门。到了铜驼街，但见盗贼盈途，随处劫掠，料知不能过去，只好退回。度支校尉魏浚，率领流民数百家，出保河阴的硖石，有时掠得谷麦，献入宫廷。怀帝已饥不择食，未便问及来历，就将这谷麦赡济宫人，并加浚为扬威将军，仍领度支如故。

蓦然间传入警报，乃是汉大将军呼延晏，率众二万七千人，杀奔洛阳来了，怀帝当然加忧。嗣是连接败耗，多至一十二次，统共合算死亡人数，直达三万余人。已而又闻汉兵日盛，刘曜王弥石勒三路人马，会同呼延晏，趋集都下，急得怀帝形色仓皇，不知所措。迁延数日，果然汉兵进逼，猛攻平昌门，城内汹汹，无心拒守。才阅一夕，便被汉兵陷入，再攻内城，杀人放火，猖獗得很。东阳门外，烟雾迷离，就是各府寺衙门，多被延烧，骚扰了一昼夜，竟尔退去。怀帝急命荀藩兄弟，具舟洛水，准备东行。藩与弟组奉命往办，船只甚少；东招西呼，才凑集了数十艘。不料汉兵又复转来，放起一把无名火，将各船一律毁尽。藩组两弟兄，不敢回都，竟逃往轘辕去讫。

原来前时攻入都门，只有呼延晏一支兵马，他在都中扰乱一宵，还恐孤军有失，未敢久留，所以引兵暂退。及王弥刘曜，先后继至，晏自然放心大胆，再来攻城，适见洛水中备有船只，料知晋主将遁，乐得乘机毁去，断他走路，遂与王弥再攻宣阳门。都中已经残破，越觉无人守御，晏与弥当即攻入，内城卫士，亦纷纷逃散。汉兵斩关直进，如入无人之境。两汉将驰入南宫，登太极前殿，纵兵大掠，所有宫中妇女，库中珍玩，抢劫一空。怀帝不能不走，带了太子诠吴王晏竟陵王楙等，趋出华林园门，欲奔长安。可巧刘曜自西明门进来，兜头碰着，一声号令，部将齐进，立把怀帝等抓住，拘禁端门，再拨兵搜捕朝臣，凡右仆射曹馥，尚书闾邱冲袁粲王绲，河南尹刘默及王公以下百余人，悉数拿住，一并屠戮。太子诠与晏楙二王，亦为所害。只留侍中庾珉王俊，陪侍怀帝，不令加刑。都下士民，被难死亡，约二万人。由曜命兵士迁尸，至洛水北滨，筑为京观。复发掘诸陵，焚毁宗庙宫阙，大肆凶威。是年正岁次辛未，适应宣于修之的前言。曜又搜劫后妃，自皇后梁氏以下，分赏诸将，充作妻妾，自己拣了一个惠皇后羊氏，逼与为欢。羊皇后在惠帝时，九死一生，留居弘训宫中，年已三十左右，犹是鬒发红颜，一些儿不见憔悴，此次为曜所逼，仍然怕死，不得已委身强虏，由他淫污。其余后妃嫔嫱，也与羊后一般观念，宁可失节，不可捐生。独故太子遹妃王氏，在宫被掠，为汉将乔属所得，属见她风韵未衰，便欲下手行强，自快肉欲。不料王氏铁面冰心，誓不相从，觑着属腰下佩剑，趁他未及防备，顺手拔来，向属猛刺，偏属将身一扭，竟得闪过。王氏执剑指属道："我乃太尉公女，皇太子妃，义不为胡逆所辱，休得妄想！"乔属至此，禁不住怒气上冲，便向王氏手中夺剑，究竟王氏是个女流，怎能相敌？霎时间剑被夺去，还手乱砍，呜呼告终。一道贞魂，上冲霄汉。看官欲知烈妇遗名，乃是王衍少女王惠风。石勒最后入都，见都中已同墟落，掠无可掠，乃仍然引去，往屯许昌。

刘曜既污辱羊后，又杀害太子诸王，尚嫌财帛未足，不免怨及王弥，说他先入洛阳，格外多取。弥尚未知曜意，向曜献议道："洛阳为天下中州，山河四塞，城阙宫室，不劳修理。殿下宜表请主上，自平阳徙都此地，便可坐镇中原，奄有华夏了。"曜借端泄忿道："汝晓得甚么？洛阳四面受敌，不可固守，况已被汝等掠夺净尽，只剩了一座空城，还有何用？"弥亦怒起，且行且骂道："屠各子，莫非想自做帝王么？"遂亦引兵出洛，东屯项关。曜遣呼延晏押着怀帝及庾珉王俊等赴平阳，复将宫阙焚去，挈了羊后，麾兵北行。汉兵已三路分趋，胡氛少散。司徒傅祗，曾出诣河阴，尚未还都。便在河阴设立行台，传檄四方，劝令会师孟津，共图恢复，无如年垂七十，精力就衰，偶然感冒风寒，就不能支，竟尔谢世。

大将军苟晞，屯兵仓垣，适太子诠弟豫章王端，自洛阳微服逃出，奔至晞处，晞始知洛阳已陷，即奉端为皇太子，徙屯蒙城，建设行台，自领太子太傅，都督中外诸军事。别将王赞出戍阳夏，他本出身微贱，超任上将，已不免志骄气盈，此次挟端承制，独揽大权，更觉得意气扬扬，饶有德色。平居侍妾数十，奴婢近千，终日累夜，不出庭户，僚佐等稍稍忤意，不是被杀，即是被笞；私党务为苛敛，毒虐百姓，因此怨声载道，将士离心。辽西太守阎亨，上书极谏，大触晞怒，即诱令入问，把他枭首。从事中郎明预，有疾居家，闻亨受戮，乃力疾乘车，入帐白晞道："皇晋如此危乱，乘舆拨迁，生灵涂炭，明公亲禀庙算，将为国家拨乱反正，除暴安民，阎亨善士，奈何遭诛？预窃不解公意，所以负疾进陈。"晞怒叱道："我自杀阎亨，与汝何涉，乃抱病前来，胆敢骂我！"预从容答道："明公尝以礼进预，预亦欲以礼报公。今明公怒预，恐天下亦将怒公。从前尧舜兴隆，道由翕受，桀纣败灭，咎在饰非，天子尚且如此，况身为人臣呢？愿明公暂且霁威，熟思预言。”晞见他意诚语挚，倒也不觉自惭，因巽词答复，遣令回家，惟骄惰荒纵，仍不少改。

部将温畿傅宣等，相继叛去，并且疫疠交侵，饥馑荐至，眼见是不能保守，坐待灭亡。果然石勒从许昌杀来，先破阳夏，擒住王赞，复轻骑驰至蒙城。晞尚安坐厅中，与嬖妾等饮酒调情，直至勒兵已入，方惊出征兵，兵尚未集，寇已先临。那时大苟小苟，无处奔避，统被勒兵捉去。豫章王端，也即受擒。勒有意辱晞，锁住晞颈，且署为左司马，一面报告刘聪。聪加勒为幽州牧。王弥欲自王青州，只忌一勒，佯贻勒书，贺勒获晞，书中说道：“公一鼓获晞，用为司马，猛以济宽，令弥拜服。果使晞为公左，弥为公右，天下有何难定呢？”勒览书毕，顾语参谋张宾道：“王弥位重言卑，必非好意。”宾答道：“诚如公言，宾料王公私意，无非欲据有青州，自安故土，只恐明公踵袭彼后，所以甘言试公，公不图彼，彼且图公了。”勒乃令宾作书答弥，谓愿与弥结欢，使弥主青州，自主并州，当即约期会盟。弥却信为真言，复书如约。勒遂移营就弥，请弥至营内宴会。弥长史张嵩，劝弥勿往，弥不肯听，昂然径去。勒殷勤款待，酒至半酣，被勒拔剑出鞘，一挥了命，便即纵兵出营，持了弥首，往抚弥众。弥众不敢与争，只好降勒。于是弥在洛阳时，所掠子女玉帛，尽为勒有，勒始得如愿以偿了。

汉主聪闻勒擅杀王弥，手书诘责，勒表称王弥谋叛，所以加诛。聪因王弥已死，损一大将，不得不笼络石勒，乃加勒镇东大将军，督并幽二州军事。苟晞王赞，潜谋杀勒，事泄被戮。豫章王端亦遇害，晞弟纯一并毙命。勒复引兵南掠豫州诸郡，临江乃还，屯驻葛陂。尚有刘曜一军，进攻蒲阪，守将赵染，乃奉南阳王模军令，统兵留戍，至此竟举城出降。曜即遣染为先锋，使攻长安，自为后应。适河内王刘粲，亦由汉主聪遣发，领兵到来，与曜相会。曜偕粲同行，途次接赵染捷报，在潼关击破模兵，长驱至下邽，曜粲大喜。未几又接染书，报称模已出降，粲志在劫掠，麾兵先进，及抵长安，染已将模拘至，令他见粲，且攘袂瞋目，旁数模罪，粲即令推出斩首。模妃刘氏，与次子范阳王黎，亦送至粲前，粲见刘氏姿貌平常，年亦半老，不禁冷笑道：“此妇只合配我奴仆，奈何为王妃？”随即叫过胡奴张本，指刘与语道：“赏了汝罢！”张本拜谢，竟领刘氏趋入帐后，大约是去效于飞了。范阳王黎，又由粲叱出处斩，惟模长子保，镇守上邽，幸得免难。都尉陈安，率模余众，出走依保，余如长史鲁繇，将军梁汾等俱作俘虏，由粲送入平阳。是时关西饥馑，饿莩盈途，粲无从饱掠，怏怏引去，留刘曜居守长安。曜得晋封中山王，领雍州牧，复遣兵出掠州郡，勒令归汉。

安定太守贾疋，惮汉兵威，方与诸氐羌等，奉书与曜，且送子弟为质。途次遇着冯翊太守索綝，问明情由，截使折回，同行见疋，慨然与语道：“公为晋臣，怎得未战先降？况关西亦不乏将士，何不首先倡议，勉图兴复呢？”疋愧谢道：

"我非无此意,但恨兵力未足,暂图安民,今得君来助,自当受教。"原来綝为模从事中郎,出守冯翊,因模已败死,乃与安夷护军麹允,频阳令梁肃等,共议为模复仇,即由綝往说贾疋,约同起义。疋已依了綝言,綝便召麹允梁肃同至安定,公推疋为平西将军,集众五万,共指长安。雍州刺史麹特,新平太守竺恢,扶风太守梁综,亦望风响应,合兵十万,与疋相会,军势大振。

汉河内王粲,行次新丰,接得关西军警,忙令降将赵染,部将刘雅,往攻新平。索綝急引兵赴援,努力鏖斗,杀退赵刘二将,再与贾疋会合,进攻刘曜。曜领兵至黄邱,一场大战,曜众败却,退还长安。疋移兵袭汉梁州,击毙汉刺史彭荡仲,又遣麹特等往攻新丰,也是卷甲衔枚,出其不意,得将刘粲杀败。粲奔还平阳,于是大集各军,合围长安。关西胡晋,翕然归附,大有叱咤风云,光复河山的气象。

可巧前豫州刺史阎鼎,奉秦王业至蓝田,遣人告疋。疋乃发兵相迎,导入雍城,使梁综引众为卫,俟收复长安后,再定规程。这秦王业为吴王晏子,过继秦王柬为嗣,年甫十二,乃是司空荀藩外甥。藩与弟组同奔密县,业亦往依,适阎鼎招集西州流民,也至密县,藩乃奉业为主,用鼎为佐,前中书令李暅,司徒左长史刘畴,镇军长史周顗,司马李述等,陆续趋至,谓鼎才可用,劝藩署鼎冠军将军,仍行豫州刺史事。鼎本天水人氏,意欲还乡,乃与大众商议,拟奉业入关。荀藩等俱籍隶东南,不愿西去,只因山东未靖,总须迁地为良,于是转趋许颍。会河阳令傅畅,寄书与鼎,谓不如速赴长安,起兵雪耻,鼎遂决意西往。行至中途,荀藩等俱皆奔回,鼎勒兵返追,暅等被杀,唯藩组顗述四人,分路逃脱。鼎力追不及,才西趋蓝田,得疋相迎,转入雍城,这且待后再表。

且说荀藩兄弟及李述奔往荥阳,收集部属,往保开封。独周顗渡江东行,走依琅琊王睿。睿令顗为军谘祭酒,颇加礼遇。当时海内大乱,只江东少安,士大夫为避乱计,陆续东来。王导劝睿延揽俊杰,共得一百六人,皆辟为掾属,号百六掾。最著名的是前颍川太守刁协,东海太守王承,广陵相卞壶,江宁令诸葛恢,历阳参军陈頵,前太傅掾庾亮诸人,就是周顗亦参列在内。既而前骑都尉桓彝,亦奔投建业,见睿微弱,退语周顗道:"我因中州多故,来此求全,乃单弱至此,怎能济事?"顗也未免欷歔。及彝往见王导,与谈时事,导口讲指画,议论风生,顿令彝心悦诚服。又还语周顗道:"江左有管夷吾,我不必再忧了。"建业城南有临沧观,在劳劳山上,有亭七间,名曰新亭。导每与群僚往游,设宴共饮。周顗饮了数觥,不由得悲从中来,凄然叹息道:"风景不殊,举目有山河之异。"大众听了,具相顾流涕。惟导慷慨激昂,举觞与语道:"我辈聚首一方,应共戮力王室,克复神州,奈何颓然不振,徒作楚囚对泣呢?"众乃收泪,相与谢过。导又借着酒兴,谈了一番匡复事宜,方才偕归。已而陈頵与王导书,请黜虚崇实，大略说是：

中华所以倾敝，四海所以土崩者，正以取才失所，先白望而后实事，浮竞驱驰，互相贡荐。言重者先显，言轻者后叙，遂相波扇，乃至凌迟。加有老庄之俗，倾惑朝廷，养望者为弘雅，政事者为俗人，王职不恤，法物沦丧，夫欲制远，必由近始，故出其言善，千里应之。今宜改张，明赏信罚，拔卓茂于密县，显朱邑于桐乡，然后大业可举，中兴可冀耳。

看官试阅颉书，应知晋室危亡，正坐此弊，就是隔江人士，过从如鲫，亦不过侈谈文物，雅号风流，若要他戮力从公，实是寥寥无几，导虽有志振兴，但究未能转移风俗，得了颉书，无非是付诸一叹罢了。小子有诗咏道：

不经坚忍不成忠，士节凌夷国本空。

但解清谈终误国，余风尚自染江东。

江东初造，百废待兴，忽闻石勒在葛陂治兵，有进攻建业消息，免不得又要开战了。欲知后事，且阅下回。

第二十五回

贻书归母难化狼心
行酒为奴终遭鸩毒

却说石勒屯兵葛陂，课农造船，将攻建业。琅琊王睿，得知消息，乃大集士卒，使至寿春城会齐，即命镇东长史纪瞻为扬威将军，统兵讨勒。勒整兵抵御，两下相持至三月余，霖雨浸淫，连旬不绝，勒军中遇疫，粮食又尽，死亡过半。勒不免加忧，与将佐共议行止。右长史刁膺，谓不如输款江东，暂且求和，再作计较。勒愀然长啸，声尚未绝，即闪出三十余将，由孔苌为首领，厉声大呼道："刁长史休得胡言！试想我军未尝败衄，如何乞降？若分路进军，夜入寿春，斩吴将头，据城食粟，乘胜下丹阳，定江南，不出一年，可告成功，请刁公看着哩！"勒始有喜色，笑语诸将道："这才不愧为勇将了。"遂各赏铠马一匹。惟谋士张宾，始终无言。勒顾问道："君意以为何如？"宾乃答道："将军攻陷京师，囚执天子，杀害王公，妻掠妃主，得罪晋室，擢发难数，奈何尚得改颜事晋呢？去年既杀王弥，不应南来，今天降霖雨，明明示意将军，速宜变计。"勒掀髯道："君意拟将何往？"宾又道："邺城西接平阳，山河四塞，为将军计，亟宜北行据邺，经营河北。河北既定，南下未迟。今可令辎重先发，将军从后徐退，定保无虞。江东军闻我北去，幸得自全，哪里还愿追袭呢？"勒攘袂鼓髯道："妙计！妙计！决从张君。"又叱责刁膺道："汝既来佐孤，应思共成大业，奈何劝孤降晋？本应处斩，姑念汝素来胆怯，别无歹意，特从宽贷，不来杀汝。"膺慌忙拜谢，赧颜退去。勒即黜膺为裨将，擢宾为左长史，称为右侯。

勒遣从子石虎，领着骑兵二千，抵挡晋军。自引兵出发葛陂，辎重在先，兵队在后，依次北去。石虎往向寿春，适值江南运船数十艘，载米到来，他即麾兵抢夺，不料两岸俱有伏兵，一鼓齐起，围击石虎。虎兵贪劫运米，已无纪律，当然四溃。虎亦拍马急奔，晋将纪瞻追击，直至百里以外，竟及勒军。勒整阵以待，很是严肃。瞻不敢进逼，乃退还寿春。勒复驱军北行，沿途皆坚壁清野，无从掠取，士卒饥甚，人自相食。致东燕渡河，闻汲郡太守向冰，聚众数千，驻扎枋头，勒恐被邀击，因召诸将问计。张宾鼓掌道："今我军欲渡河北去，正苦乏船，何妨向冰借用。"诸将闻言，俱不禁暗笑，连勒亦诧为奇语。宾又说道："诸君休笑！冰船尽在对岸，未入枋头，我若遣兵缚筏，从间道袭取冰船，载运大军，军一得济，还怕什么向冰呢？"勒依计而行，令部将孔苌支雄，诣文荔津，缚筏夜渡。果然船中无备，尽被两将夺来。及冰得闻警，率军收船，不但船已被夺，且勒军亦陆续渡河。冰急忙回营，扼堑固守。

勒令主簿鲜于丰挑战，三面埋伏，诱冰出来。冰初意原不欲出战，经丰至垒门前，百般辱骂，惹动冰怒，乃开门来追。丰且战且走，引冰入伏，同时俱起，夹攻冰军。冰欲归无路，欲战无继，只好杀开血路，落荒遁去。勒得入冰营，尽取营中资械，长驱寇邺。守将刘演，将所有守兵，分布三台，为保邺计。勒将孔苌等，即欲攻扑三台，张宾道："刘演虽弱，众尚数千，三台险固，未易攻拔，何必在此劳师？方今王浚刘琨，为公大敌，宜先往规取，区区一演，何足深虑！且天下饥乱，明公拥众游行，人无定志，终非善策，不如急据要地，广聚粮储，西禀平阳，北略幽并，方可图王称霸呢。"勒说道："右侯所言甚是，但究应择居何地？"宾答道："莫如邯郸襄国，请择一为都。"勒喜道："我就进据襄国罢。"遂移兵至襄国，城内无备，兵民骇散，勒不费兵力，安据了襄国城。宾又向勒进议道："今将军据此为都，刘琨王浚，必来相犯，若城堑未固，资粮未广，二寇交至，如何对待？宜亟收野谷，充作军食，一面速报平阳，具陈情形，将来缓急有恃，方可无虞。"勒乃表达刘聪，分命诸将略冀州，收降郡县数处，得粮济勒。刘聪亦复诏褒功，加勒散骑常侍，都督冀幽并营四州军事，领冀州牧，封上党公。先是勒被鬻茌平，与母王氏相失，王氏至此尚存，由并州刺史刘琨，访得王氏踪迹，特遣属吏张儒将王氏迎入府厅，款留数日，乃令儒偕王氏同行，送交石勒。勒得见王氏，母子重逢，且悲且喜，一面厚待张儒，儒取出琨书，交勒启视，书中说道：

将军发迹河朔，席卷兖豫，饮马江淮，折冲汉沔，虽自古名将，未足为喻，所以攻城而不有其人，略地而不有其土，翕尔云合，忽复星散，将军岂知其然哉？存亡决在得主，成败要在所附。得主则为义兵，附逆则为贼众，义兵虽败而功业必成，贼众虽克而终归殄灭。昔赤眉黄巾，横逸宇宙，所以一旦败亡者，正以兵出无名，聚而为乱，将军以天挺之姿，威振宇内，择有德而推崇，随时望而归之，勋义堂堂。长享遐贵，背聪则祸除，向主则福至，采纳往诲，翻然改图，天下不足定，蝗寇不足扫。今相授侍中持节车骑大将军，领护匈奴中郎将襄城郡公，总内外之任，兼华戎之号，显封大郡，以表殊能，将军其受之，副远近之望也。自古以来，诚无戎人而为帝王者，至于名臣而建功业者，则有之矣。今之望风怀想，盖以天下大乱，亟须雄才，遥闻将军攻城野战，合于机神，虽不视兵书，暗与孙吴同契，所谓生而知之者上，学而知之者次，但得精骑五千，以将军之才，何向不摧？至心实事，皆张儒所具知，合当面述，伫待复音。

勒启书览毕，掀髯一笑，并不多言。唯设宴飨儒，款留一夕，至次日厚送赆仪，并取出名马珍宝，使儒转送刘琨，且给与复书，遣儒归报。儒即回晋阳，呈入勒书及礼仪。琨见书中寥寥数行，除首尾称呼外，只有四语，云：

事功殊念，非腐儒所闻。君当逞节本朝，吾自夷难为效。

琨掷下勒书，自思所谋未遂，禁不住长叹数声，随即趋入后庭，令歌伎数十人，作乐侑饮，排遣愁肠。原来琨素性奢豪，颇好声色，河南人徐润，善长音律，为琨所宠，琨竟擢为晋阳令。润恃势骄恣，干预政权。护军令狐盛，抗直敢言，屡劝琨除润，琨不肯从。已而润至琨处进谗，谓盛将劝公为帝，遂致激动琨怒，加盛死刑。琨母闻琨杀盛，召琨入责道："汝不能驾驭豪杰，与图远略，乃好佞恶直，害及正人，祸必及我。"琨颇自认过，极思矫正，但始终不肯诛润。到了愁闷无聊的时候，仍然借着声色，聊作欢娱。但部下将吏，总道他是纵逸忘情，互生讥议，再加令狐盛枉遭杀害，尤失人心。

盛子泥潜踪奔汉，泣拜刘聪，乞师报仇。聪问及晋阳内容，泥具言虚实。聪不禁大喜，便令河内王粲，入寇并州，即用令狐泥为向导，一面使中山王曜，率兵继进。看官阅过前回，应知曜在关中，为贾疋等所围，此时曜已失败，弃城遁还，被贬为龙骧将军，留居平阳。及刘粲出攻并州，乃复使他领兵策应，无非叫他立功赎罪的意思。刘琨闻汉兵入寇，亟东出常山，招募兵士，但令部将郝诜张乔，领兵拒粲。偏雁门诸胡，乘隙造反。上党太守龚醇，又复降汉，累得琨不能兼顾，没奈何遣使往代，至猗卢处乞援，自己决先平胡，然后御汉。哪知汉兵步步进逼，所遣郝诜张乔二将，只与汉兵战了一次，便即败亡。刘粲刘曜，竟乘虚进袭晋阳，晋阳虽尚有士卒数千，多系老弱残兵，不足御寇。太原太守高乔及并州别驾郝聿等，由琨委他居守，他急不暇择，竟开门迎纳汉兵。粲与曜相继入城，搜杀刘琨家属，琨父母并皆遇害。

汉主聪得晋阳捷报，仍授曜为车骑大将军，命前将军刘丰为并州刺史，同镇晋阳。刘琨正杀退诸胡，蓦闻晋阳被围，急率轻骑还援，已是不及，乃复走常山，飞使敦促代公猗卢，速即济师。猗卢令子六修及兄子普根，将军卫雄范班箕澹等，率众数万，作为前锋，自率大军为后应，耀武扬威，直指晋阳。刘琨收得散卒数千骑，自常山往会，导至汾东。刘曜出兵搦战，渡汾对垒，曜军已经饱掠，各无斗志，那代兵方如出水蛟龙，飞扬奋迅，一往无前，杀得曜军七颠八倒，东走西奔。曜尚不肯遽退，还想上前招架，偏遇代将突入，攒槊丛刺，曜身中七创，竟致堕落马下。汉讨虏将军傅虎，奋勇救曜，杀退代将，把曜扶起，使乘己马，曜凄然道："我已不能再战了，宁可死在此地，将军不可无马，且驰还晋阳，请得大兵，为我报仇。"虎流涕道："虎蒙大王识拔至此，常思效命，今日正应致死了。况汉室初基，宁可无虎，不可无大王。"说着，扶曜上马，自己步行，冀曜至汾水旁，使曜涉汾，复返截追军，竟致战死。

曜奔回晋阳，夜与河内王粲，并州刺史刘丰，掠得晋阳子女，出城逸去。琨引猗卢大军，连夜追蹑，追及蓝谷，大破汉兵，擒住刘丰，斩汉将邢延等三千余级，伏尸数百里，只曜与粲飞马遁去。猗卢回至寿阳山，令部众陈阅尸首，流血盈途，山石皆赤。琨自营门步入拜谢，再乞进兵。猗卢道："我不早来，致君父母见害，未免抱愧。但君已得复州境，我军远来疲敝，不便再举。刘聪尚未可灭，容俟后图。"琨亦不能相强，只好举酒饯行。猗卢留马牛羊各千余匹，车百乘，赠给与琨，并使部将箕澹段繁，助戍晋阳，自引大军北归。琨入城后，收瘗父母尸骸，即将刘丰斩讫，取血祭灵，大恸一场。嗣见城中民居，已被掠尽，一时不能规复，又恐寇至难守，乃徙居阳曲，招集亡散，抚慰疮痍，徐图后举罢了。

且说关中郡县，自经贾疋索綝等，兴兵匡复，多半略定，复将刘曜逐出长安，于是奉秦王业为皇太子，由雍城迎入长安，创立行台，祭坛告类。并建宗庙社稷，下令大赦，用阎鼎为太子詹事，总摄百揆，加封贾疋为镇西大将军，遥授南阳王保为大司马，领秦州刺史。尚书令司空荀藩，仍守本职，令他督摄远近。藩弟组为司隶校尉，行豫州刺史，仍奉永嘉年号，承制行事。且时距怀帝被掳的时候，已隔一年，中原久无共主，海内尚怀念故君，又无强宗可以推戴，所以海内臣民，除成汉两国外，共沿称永嘉六年。

究竟怀帝掳入平阳，如何处置，应该补笔叙明。怀帝被汉兵拘住，由呼延晏押至平阳，汉主聪升殿受俘，堂皇高坐。呼延晏先行入报，聪当然欣慰，面加晏为镇南大将军。晏拜谢毕，起立一旁，即呼左右押入怀帝及晋臣庾珉王俊等人。怀帝至此，身作俘囚，不得不向聪行礼。珉与俊随帝下拜。聪狞笑道："我父与汝先帝有交，应从宽宥，汝等可在此留居，听我命令便了。"怀帝与珉俊两人，又不得不稽首称谢。聪乃命退居别室，派兵监守，一面称诏行赦，改元嘉平，封晋主为平阿公，晋臣庾珉王俊，为光禄大夫。怀帝也只好忍垢含羞，做了胡虏的臣奴。好容易寄居一年，汉皇后呼延后去世，宫内发丧，汉臣当然吊送，晋君臣亦未能免例，大约亦低首送丧，这却毋庸细表。

先是刘聪上烝单太后，非常亲昵，太弟北海王乂，委实看不过去，屡至宫中进规单后，单后又恨又惭，竟致成疾，不到一年，便即死别。聪悲悼万分，足足哭了好几日。嗣闻单后病死，由乂规谏所致，免不得与乂有隙。聪后呼延氏，又另存一种思想，时常忌乂，一日，向聪进言道："父死子继，古今常道，如陛下践位，实承高祖遗业，奈何今日立一太弟呢？妾恐陛下百年以后，粲兄弟将无遗种了。"聪半晌方答道："容我徐作计较。"呼延后复道："事缓变生。太弟见粲兄弟渐长，必至不安，万一有他人构衅，祸且立发了。陛下能容太弟，太弟未必肯侍陛下。"聪应声道："我知道了。"单太后有兄名冲，曾仕汉为光禄大夫，平时出入宫禁，已有风闻，乃往东宫见乂，未言先泣。乂惊问何因？冲方与密语道："疏不间亲，主上已属意河内王，请殿下先机退让，免蹈危机！"乂瞿然道："河瑞末年，主上因嫡庶有别，尝让位与乂。乂因主上年长，故相推奉，天下系高祖的天下，兄终弟及，有何不可？就是粲兄弟将来序立，犹如今日。若谓疏不间亲，乂想子弟关系，相去无几，主上亦未必爱子憎弟哩。"冲见乂未肯相信，因默然退去。惟聪虽听信妇言，有意废乂，但回忆单后生时，如何柔媚，如何亲爱，又不觉耳热面红，未忍将乂废去。蹉跎过了一两年，呼延后得病身亡，少了一个太弟对头，越将前事搁起。

且聪本好色，自单后死后，广选名家女子，充入后宫，及呼延后殁，即命司空王育女为左昭仪，尚书令任顗女为右昭仪，大将军王彰女，中书监范隆女，左仆射马景女，皆为贵人，右仆射朱纪女为贵妃，均佩金印紫绶，轮流进御。后又探悉太保刘殷，家多丽姝，女二人，女孙四人，统是天姿国色，秀丽绝伦，遂欲一并纳入，充作嫔嫱。太弟又独援同姓不婚的古例，上书切谏。聪乃转问太宰刘延年及太傅刘景，两人专知迎合，便齐声答道："太保自谓出自刘康公，与陛下同姓异源，何不可纳？"聪闻言大喜，便即召入刘氏二女及四女孙，拜二女为左右贵嫔，位在昭仪上，四女孙为贵人，位次贵嫔。六个美人儿，同时入宫，引得这位汉主聪，应接不暇，镇日里深居简出，罕闻外事。廷臣陈奏，辄令中黄门收入，归左右两贵嫔裁决。两贵嫔一名英，一名娥，隐寓娥皇女英的意思。刘殷本是晋臣，旧为新兴太守，陷没汉廷，历官侍中太保，并将二女及四孙女，尽献与聪，取荣求媚，这也是无耻已极了。

既而聪授晋主仪同三司，加封会稽郡公。庾珉王俊，依次加秩。晋君臣入朝拜谢，聪引与共饮，从容语晋主道："卿前为豫章王时，朕在中原，曾与王武子访卿，卿尝示朕乐府歌，又引朕入射厅，同试技艺，朕得十二筹，卿与武子俱得九筹，卿赠朕柘弓银砚，今可记忆否？"怀帝答道："臣怎敢失记，但恨当时不早识龙颜。"聪又道："卿家骨肉，何故屡相残害？"怀帝道："这是天意，实非人事。大汉将应天受命，故为陛下自相驱除，若臣家能守武帝遗业，九族敦睦，陛下何从得平河洛呢？"聪不禁大笑，饮至黄昏，竟呼出小贵人刘氏，赏与怀帝，且与语道："这是名公女孙，今赐为卿妻，卿好为待遇，幸勿轻视！"说至此，又转嘱刘氏数语，面封她为会稽国夫人，使怀帝即夕领去。

光阴容易，转瞬冬残，越年元旦，聪御光极殿，大宴群臣，使晋主改着青衣，旁立斟酒。怀帝不堪耻辱，满面生惭。庾珉王俊，时亦在列，禁不住悲恸起来。聪顿时动恼，把他斥出。至怀帝行酒毕，亦令退去。过了旬月，有人告讦庾珉王俊，说他阴谋变乱，将召刘琨入攻平阳，聪即遣人赍着毒酒，鸩死怀帝，并杀庾珉王俊。总计怀帝在位四年余，臣虏一年余，殁时三十岁。小子有诗叹道：

青衣行酒作囚奴，天子宁甘拜黠胡？
畏死终难逃一死，何如临变早捐躯。

怀帝遇害，耗问四达，欲知晋朝有无嗣主，且至下回说明。

第二十六回

诏江东愍帝征兵　援灵武麴允破虏

却说秦王业入居长安，已阅一年，长安新遭丧乱，户不满百，荆棘成林，太子詹事阎鼎与征西将军贾疋，职掌内外，又未免挟权专恣，未协舆情。汉梁州刺史彭荡仲，被疋袭死。荡仲子天护，纠合群胡，来攻长安。疋出拒天护，竟至败回。天护从后追击，时已日暮，疋误堕涧中，士卒奔散，无人捞救，再经天护等乱投矢石，眼见是一命归阴了。天护既得杀疋，引众自归，长安还得无恙。偏扶风太守梁综，调任京兆尹，与鼎争权，鼎将综杀死，另用王毗代任。综弟梁纬，方守冯翊，梁肃又新任北地太守，闻兄遇害，当然不服。索綝麴允，本来是倡义勤王，应称功首。及秦王入关，反被阎鼎做了首辅，专揽大政，两人亦暗抱不平。綝与梁氏兄弟，又系姻亲，因即共同联络，说鼎擅杀大臣，目无主上，一面上笺秦王，请加严谴，一面号召党羽，即行声讨。鼎虑不能敌，出奔雍城，为氐人窦首所杀，传首长安。于是麴允索綝，才得逞志。允领雍州刺史，綝领京兆太守，承制黜陟，号令关中。至怀帝凶问，得达长安。秦王业举哀成礼，由綝索两大臣及卫将军梁芬等，奉业即位，是谓愍帝，传旨大赦，改元建兴。命梁芬为司徒，麴允为尚书左仆射，录尚书事，索綝为尚书右仆射，领吏部京兆尹。寻即加綝卫将军，兼官太尉。公私只有车四乘，百官无章服印绶，但用桑版署号，将就了事。嗣复命琅琊王睿为左丞相，都督陕东诸军事，南阳王保为右丞相，都督陕西诸军事，且诏谕二王道：

夫阳九百六之灾，虽在盛世，犹或遘之。朕以幼冲，纂承洪绪，庶凭祖宗之灵，群公义士之力，荡灭凶寇，拯拔幽宫，瞻望未达，肝心分裂。昔周召分陕，姬氏以隆，平王东迁，晋郑为辅，今左右丞相，茂德齐圣，国之昵属，当恃二公。扫除鲸鲵，奉迎梓宫，克复中兴，令幽并二州，勒卒三十万，直造平阳，右丞相宜率秦凉雍武旅三十万，径诣长安，左丞相率所领精兵二十万，径造洛阳，分遣前锋，为幽并后应，同赴大期，克成元勋，是所至望，毋替成命！

是时琅琊王睿，保守江东，无心北上，得新皇诏旨，但遣使表贺，不愿兴师。前中书监王敦，由洛阳陷没以前，已出任扬州刺史，幸不及祸。睿召为军谘祭酒，及扬州都督周馥走死，睿又令敦复任扬州都督征讨诸军事。江州刺史华轶及豫州刺史裴宪，不受睿命，均由敦会师往讨。斩华轶，逐裴宪，威名浸盛。荆州刺史王澄，屡为杜弢所败，走奔沓来。他与敦为同族弟兄，因即致书乞援，敦转达琅琊王睿，睿令军谘祭酒周顗往代，召澄为军谘祭酒，且遣敦接应周顗，同讨杜弢。敦乃进屯豫章，为顗后援，澄既得交卸，回过豫章，与敦相见。敦自然接待，共叙亲情。惟澄素轻敦，敦素惮澄，此次澄遭败衄，尚傲然自若，仍把那旧日骄态，向敦凌侮，敦也是一个杀星，至此怎肯忍受？眉头一皱，计上心来，佯请澄留宿营中，盘桓数日，暗中实欲害澄。澄尚有勇士二十人，执鞭为卫，自己尝手捉玉枕，防备不测。敦不便下手，复想出一策，宴澄左右，俱令灌醉，又伪借玉枕一观，澄不知有诈，出枕付敦。敦奋然起座，指澄叱责道："兄何故与杜弢通书？"澄亦勃然道："哪有此事？有何凭据？"敦置诸不理，即召力士路戎等，入室杀澄。澄一跃登梁，呶呶骂敦道："汝如此不义，能勿及祸么？"敦指麾力士，上梁执澄。澄虽力大，究竟双手不敌四拳，终被路戎等拿下，把他搤死。

太子洗马卫玠，素为澄所推重，时正寓居豫章，见敦忍心害理，不欲久依，乃致书别敦，奔投建业。未几即殁，年才二十七岁。玠系故太保卫瓘孙，表字叔宝，幼时风神秀异，面如冠玉，当时号为璧人。骠骑将军王济，为玠舅父，亦具丰姿，及与玠相较，尝自叹道："珠玉在侧，使我形秽。"又辄语人道："与玠同游，好似明珠在侧，朗然照人。"至玠年已长，好谈玄理，语辄惊人。王澄雅善清谈，每闻玠言，必叹息绝倒。时人尝谓："卫玠谈道，平子绝倒。"平子即澄表字。玠妻父河南尹乐广，素有清名。广号冰清，玠称玉润，翁婿联镳，延誉一时。怀帝初年，征为太子洗马。玠见天下将乱，奉母南行，到了江夏，玠妻病逝，征南将军山简，待玠甚优，且将爱女嫁为继室。玠纳妇山氏，又复东下，道出豫章，正值王敦镇守。敦长史谢鲲，相见倾心，欢谈竟夕。越日，引玠见敦，敦亦叹为名士。别敦后转趋建业。江东人士，素闻玠有美姿，聚观如堵。琅琊王睿，拟任以要职，偏玠体羸多病，竟致短命。玠被人看杀，语足解颐。谢鲲哭玠甚哀，人问他何故至此？鲲答道："栋梁已断，怎得不哀呢？"

且说王澄卫玠，相继死亡，琅琊王睿，乃别用华谭为军谘祭酒，谭先为周馥属吏，走依建业，睿尝问谭道："周祖宣何故造反？"谭答道："馥见寇贼滋蔓，神京动摇，乃请迁都以纾国难，执政不悦，兴兵讨馥。馥死未几，洛都便覆，如此看来，馥非无先见，必谓他有意造反，实是冤诬。"睿又道："馥身为镇帅，拒召不入，见危不扶，就是不反，也是天下罪人呢。"谭亦接着道："见危不扶，当与天下人共受此责，不能专责一馥呢。"睿默然不答。参军陈頵，数持正论，犯颜敢谏，府吏多半相忌，就是睿亦恨他多言，竟出頵为谯郡太守。既而长安忽又有诏命到来，当由睿接读，诏书有云：

朕以冲昧，纂承洪绪，未能枭夷凶逆，奉迎梓宫，枕戈烦冤，肝心抽裂。前得魏浚表，知公率先三军，已据寿春，传檄诸侯，协齐威势，想今渐进，已达洛阳。凉州刺史张轨，乃心王室，连旂万里，已到汧陇，梁州刺史张光，亦遣巴汉之卒，屯在骆谷。秦川骁勇，其会如林，间遣使探悉寇踪，具知平阳虚实。且幽并隆盛，余胡衰破，顾彼犹恃险不服，须我大举，未知公今所到此处，是以息兵秣马，未便进军。今若已至洛阳，则乘舆亦当出会，共清中原。公宜思弘谋猷，勖济远略，使山陵旋返，四海有赖，故遣殿中都尉刘蜀苏马等，具宣朕意。公茂德昵属，宣隆东夏，恢融六合，非公而谁？但洛都寝庙，不可空旷，公宜镇抚以绥山东。右丞相当入辅弼，追踪周召以隆中兴也。东西悬隔，跂予望之！

睿读罢诏书，踌躇半晌，始接待刘蜀苏马，与他会谈。略说"江东粗定，未暇北伐，只好宽假时日，方可兴师"云云。刘苏二人，亦不便力劝，当即告辞。睿使他赍表还报，便算复命。当时恼动了一位正士，竟从京口谒睿，愿假一偏师，规复中原。这人为谁？乃是军谘祭酒祖逖。逖字士雅，世籍范阳，少年失怙，不修仪检。年十四五犹未知书，惟轻财好侠，慷慨有气节。后乃博览书史，淹贯古今，旋与刘琨俱为司州主簿，意气相投，共被同寝。夜半闻鸡鸣声，蹴琨使醒道："此非恶声，能唤醒世梦，披衣起舞。"有时与琨谈及世事，亦互相策励道："若四海鼎沸，豪杰并起，我与足下，当相避中原呢。"已而，累迁至太子舍人，复出调济阴太守。会丁母忧，去官守丧。及中原大乱，乃挈亲党数百家，避居淮泗。衣服粮食，与众共济，众皆悦服，推为行主。琅琊王睿，颇有所闻，特征为军谘祭酒，使戍京口。逖常怀匡复，纠合骁健，谋为义举。闻睿两得诏书，仍未北伐，乃毅然入谒，向睿进言道："国家丧乱，并非由上昏下叛，实由藩王争权，自相残杀，遂致戎狄乘隙，流毒中原。今遗黎既遭酷虐，人人思奋，欲扫强胡，大王若决发威命，使如逖等志士，作为统率，料想郡国豪杰，必望风归向，百姓亦共庆来苏，中原可复，国耻可雪，愿大王毋失时机！"睿见他义正词严，倒也不好驳斥，乃使为奋威将军，领豫州刺史，给千人粮，布三千匹，惟不发铠仗，使逖自往招募。逖也不申请，当即辞归，便率部曲百余家，乘舟渡江，驶至中流，击楫宣誓道："祖逖若不能澄清中原，便想渡还，有如大江。"语至此，神采焕发，非常激昂，众皆感叹。及抵江阴，冶铁铸械，募得二千余人，然后北进。并州都督刘琨，闻逖起兵渡江，慨然语人道："尝恐祖生先我着鞭，今祖鞭已进着了。"看官听说！这时候的刘琨，已由愍帝拜为大将军，都督并州诸军事。琨志在同仇，但苦力弱，当时曾奉一谢表，说得感慨淋漓，略云：

陛下略臣大愆，录臣小善，猥蒙天恩，光授殊宠，显以蝉冕之荣，崇以上符之位，伏省诏书，五情飞越。臣闻晋文以郤縠为元帅而定霸功，汉高以韩信为大将而成王业，咸有敦诗说礼之德，戎昭果毅之威，故能振丰功于荆南，拓洪基于河北。况臣凡陋，拟踪前哲，俯惧折鼎，虑在复悚。昔曹沫三败而收功于柯盟，冯异垂翅而奋翼于渑池，皆能因败为成，以功补过。陛下宥过之恩已隆，而臣自新之善不立，臣虽不逮豫闻前训，恭谨之节，臣犹庶几。所以冒承宠命者，实欲没身报国，以死自效。臣闻夷险流行，古今代有，灵厌皇德，曾未悔祸。蚁狄纵毒于神州，夷裔肆虐于上国，七庙阙禋祀之飨，百官丧彝伦之序，梓宫沦辱，山陵未兆，率土永慕，思同考妣。陛下龙姿日茂，睿质弥光，升区宇于既颓，崇社稷于已替。四海之内，肇有上下，九服之萌，复睹典制。但尚蒙尘于外，越在秦郊，烝尝之敬在心，桑梓之思未克。臣备位历年，才质驽下，权假位号，未报涓埃。得奉先朝之班，苟存偏师之职，赦其三败之愆，收其一功之用，使获骋志虏场，快意大逆，虽身膏野草，无恨黄墟。陛下偏恩过隆，曲蒙抽擢，遂授上将，位兼常伯，征讨之务，得从便宜，拜命惊惶，五情战悸，深惧陨越，以为朝羞。昔申胥不殉柏举，而成复楚之勋，伍员不从城父，而济入郢之绩，臣虽顽钝，无觊古人，其于披坚执锐，致身寇仇，当惟力是视，有死无二。受恩图报，谨拜表陈闻！

琨上表后，适值汉石勒从子石虎，为勒所遣，率众攻邺。虎长七尺五寸，勇悍好杀，善战无前。勒尝因他生性凶残，意欲杀虎，还是勒母王氏，从旁戒勒道："快牛为犊，多能破车，汝且容忍为是。"勒乃罢议，屡使虎领兵为寇。邺中守将刘演，系刘琨兄子，据守三台，被虎攻入。演奔廪邱，琨乃令演为兖州刺史，暂借廪邱为汛地。同时有三个兖州刺史，一为司空荀藩所遣，叫作李述，一为琅琊王睿所遣，叫作郗鉴，第三个便是刘演。琨因寇氛日亟，复议出师，即约同代公猗卢，会叙陉北，共谋击汉。猗卢乃遣拓跋普根，进屯北屈。琨亦进据蓝谷，使监军韩据，领兵攻西平。汉主聪使刘粲等拒琨，刘易等拒普根，兰阳等助守西平。琨见汉兵有备，又复退还。汉兵仍未撤回，为战守计。刘聪更命中山王曜，西攻长安。曜遣降将赵染为先锋，驱兵大进。愍帝忙遣麴允为冠军将军，出次黄白城，堵御汉兵。允与染交战数次，均皆失利，再加曜军从后继进，关东大震。愍帝又授索綝为征东大将军，引兵助允。染闻索綝复至军前，即向曜献策道："麴允索綝，先后继至，长安必定空虚，若往掩袭，一鼓可下了。"曜亦以为奇计,立拨精兵五千,归染统带,使袭长安。染从间道绕出,直趋长安城下。长安果然无备,更兼染兵衔枚夜进,尤不及防。

三更已过,愍帝在秦宫酣寝,忽有卫士入报,说是汉兵已入外城,吓得愍帝梦中惊醒,慌忙披衣起床,走奔射雁楼。幸喜内城各门,还是紧闭,城上有卫卒保守,未曾失手,因此染不能攻入,只在龙首山麓,纵火大噪,焚掠诸营。待至天明,染始退屯逍遥园,晋将麹鉴,自阿城引兵入援,杀退赵染,乘胜追击,驰至灵武。刚值刘曜统兵前来,染得了援军,自然杀回。麹鉴部下,只五千人,怎能抵敌得住,顿时奔溃,逃还阿城。曜与染就在灵武扎营,拟休息一宵,再攻长安。不料到了夜半,营外突然火起,满寨皆红,曜从睡梦中跃起,仓皇对敌,部众都睡眼蒙眬,穿了军服,不及持械,携了刀枪,不及衣甲,那外兵似潮涌入,如何阻拦?汉冠军将军乔智明,不识好歹,尽管向前堵截,突被来兵裹住,四面攒刺,戳毙帐中。汉兵无从抢救,越加心慌,彼此都逃命要紧,乱窜出营。曜与染亦料不可支,统从帐后遁去。到了晨光熹微,汉垒已都扫光,单剩了一堆尸骸,约莫有三五千名,来兵得胜而返,为首大将,乃是晋尚书左仆射麹允。允料曜恃胜无备,乘夜劫营,果得了一大胜仗,奏凯还师。曜与染奔还平阳,好几月敛兵不动。

惟占据襄国的石勒,锐图幽并,想出许多计策,既欺王浚,复绐刘琨,竟先将幽州夺去,然后规取并州。幽州都督王浚,自洛阳陷没后,设坛祭天,假立太子,自为尚书令,布告天下,托言密受中诏,承制封拜,备置百官,列署征镇。适前豫州刺史裴宪,由南方奔至,浚命宪与女夫枣嵩,并为尚书,大张威令,专行征伐。遣督护王昌,中山太守王豹等,会同鲜卑部长段疾陆眷,及疾陆眷弟匹磾文鸯,从弟末抷,率众三万,共攻石勒。勒出战不利,奔还城中。末抷轻入城闉,为勒所获,勒即以末抷为质,遣人至疾陆眷处求和。疾陆眷恐末抷被杀,不得不允从和议,遂用铠马金银,取赎末抷。勒召末抷与饮,格外欢昵,约为父子,复厚赠金帛,送还疾陆眷军前。疾陆眷感勒厚惠,复与石虎订盟,结为兄弟,誓不相侵,引兵自去。王昌等失去厚援,当然退归。

看官记着!王浚与段氏,本来是甥舅至亲,相约为助,此次段氏被石勒诱去,仿佛似断了一臂,全体皆僵。浚尚不以为意,反与刘琨争冀州。原来代郡上谷广宁三郡人民,尚属冀州管辖,至是因王浚苛暴,趋附刘琨,所以浚愤愤不平,竟把讨勒各军撤回,与琨相距,往略三郡。琨不能与争,只好由他张威,三郡士女,俱被浚兵驱逐出塞,流离颠沛,奄毙道旁。浚且欲自称尊号,戕杀谏官,遂令强虏生心,伺间而入,这叫作自作孽,不可活呢。小子有诗叹道:

无才妄想建雄图,纵虐残民毒已逋。
天网恢恢疏不漏,诛凶手迹假强胡。

欲知王浚后事,且看下回详叙。

第二十七回

拘王浚羯胡吞蓟北 毙赵染晋相保关中

却说王浚骄盈不法，意欲称尊，商诸燕相胡矩。矩婉言谏阻，致拂浚意，被徙为魏郡守。燕国霍原，志节清高，浚屡征不就，再使人诱令劝进，原当然不从，浚竟诬原谋变，派吏拘原，枭首以徇。北海太守刘抟，及司空掾高柔，相继切谏，又为浚所杀。女夫枣嵩，最得浚宠，尚有掾属朱硕，表字丘伯，亦专事谀媚，甚惬浚心。两人朋比为奸，贪婪无度，北州有歌谣云："府中赫赫朱丘伯，十囊五囊入枣郎。"又有一谣云："幽州城门似藏户，中有伏尸王彭祖。"彭祖即王浚表字。浚又令枣嵩督率诸军，出屯易水，复召段疾陆眷，与同讨勒。疾陆眷已与勒有盟，哪里还肯应石？浚引为深恨，使人赍着金帛，往赂代公猗卢，令讨段氏，再檄鲜卑部酋慕容廆，发兵助讨。猗卢遣子六修往攻，为疾陆眷所败，退还代郡。独慕容廆所向皆捷，得取徒河。先是河洛人氏，北向避乱，俱往依王浚，嗣见浚政刑日紊，往往他去，作塞外游。外族以段氏慕容氏为最盛，段氏兄弟，专尚武力，不礼文士，惟廆喜交宾客，雅览英豪，所以士多趋附，远近如归。廆尝自称鲜卑大单于，至王浚承制封拜，授廆散骑常侍，冠军将军，前锋大都督，大单于名号，廆却不受。此次奉檄攻段，并非甘为浚使，不过段氏盛强，亦中廆忌，所以乐得卖情，出兵拓土。他部下却有许多人物，分任庶政，河东人裴嶷，代郡人鲁昌，北平人杨耽，为廆心腹。广平人游邃，北海人逄羡，渤海人封抽，西河人宋奭，河东人裴开，为廆股肱。平原人宋该，安定人皇甫岌皇甫真，渤海人封弈封裕，并典机要。会稽人朱左车，泰山人胡母翼，鲁人孔纂，皆为宾友。又平原宿儒刘赞为东庠祭酒，令子眺带着国胄，北面受业，居然习礼讲让，用夏变夷。幽州从事韩咸，监护柳城，入谒王浚，盛称廆下士爱民，无非是借廆讽浚，诱令改过的意思。不料浚竟翻起脸来，叱他私通外族，喝令斩首。

嗣是人心益离，往往叛入鲜卑，再加幽州一带，连岁饥馑，不是旱灾，就是蝗灾，百姓非常困苦。浚尚纵令枣嵩诸人，横征暴敛，荼毒生灵。古人有言："木朽虫生。"为了幽州衰敝，遂至汉将石勒，虎视眈眈。他还未敢遽行动手，拟先遣使往觇，探明虚实。僚佐请用羊祜陆抗故事，致书王浚，以便通使。勒乃转咨右长史张宾。宾答道："浚名为晋臣，实图自立，但患四海英雄，不肯依附，所以迁延至今。将军威振天下，若卑辞厚礼，与彼交欢，犹惧未信，况如羊陆抗衡，能使彼相信不疑么？"勒踌躇道："如右侯言，将用何术？"宾说道："荀息灭虞，勾践沼吴，前策具在，奈何不行？"勒闻言大喜，便令宾草就一表，特遣舍人王子春董肇，赍表诣浚，又使带去许多珍宝，半献王浚，半赠枣嵩。子春与肇，领命至幽州，当由王浚召入，问明来意。子春格外谦恭，拜呈表文，浚即取表展览，但见纸上写着：

> 勒本小胡，遭世饥乱，流离屯厄，窜命冀州，窃相保聚，以救性命。今晋祚沦夷，中原无主，殿下州乡贵望，四海所宗，为帝王者，非公其谁？勒所以捐躯起兵，诛讨暴乱者，正欲为殿下驱除尔。伏愿殿下应天顺人，早登皇祚。勒奉戴殿下，如天地父母，殿下察勒微忱，亦当视之如子也。谨此表闻！

浚览表毕，禁不住喜笑颜开，再由子春等奉上珍物，都是五光十色，价值连城，便命左右一概全收，使子春等左右旁坐，欢颜与语道："石公亦当世英雄，据有赵魏。今乃向孤称藩，殊为不解。"子春本是辩士，随口答道："石将军兵力强盛，诚如圣论，但因殿下中州贵望，威振华夷，石将军自视勿如，所以愿让殿下。况自古到今，胡人为上国名臣，尚有所闻，从未有突然崛起，得为帝王。石将军推功让美，正是明识过人，殿下亦何必多疑呢？"浚顿时大悦，面封子春等为列侯。子春等当然拜谢，退就宾馆。又将礼物一份，赠与枣嵩，托他善为周旋。嵩满口应承，入与王浚商议，遣使报勒，厚贶子春与肇，偕使同行。

既到襄国，勒先将劲卒精甲，藏入帐后，唯用羸卒站立，开府接使，北面拜受来书。浚使亦略有礼物相遗，内有麈尾一柄，勒佯不敢执，高悬壁上，且对浚使道："我见赐物，如见王公，当朝夕下拜呢。"随即款宴浚使，待如上宾，挽留了好几日，方才送归。复遣董肇奉表与浚，约期入谒，当亲上尊号，并修笺传达枣嵩，求封并州牧兼广平公。浚使返报，具言勒形势寡弱，款诚无二，再经董肇接踵到来，奉表递笺，喜得王浚翁婿二人，如痴如狂，一个是候补皇帝，一个是候补宰相，指日高升，说不尽的快活了。

石勒部署兵马，将赴幽州，唯尚有一种疑虑，迟延未发。张宾入问道："将军果欲袭人，须掩他不备。今兵马已经部署，尚延滞不行，莫非虑及刘琨及鲜卑乌桓等部落，乘虚袭我么？"勒皱眉道："我意原是如此，右侯有无妙策？"宾答道："刘琨及鲜卑乌桓，智勇俱不及将军，将军虽然远出，彼亦未敢遽动。且彼亦未知将军一往，便能速取幽州，将军轻骑往返，不过二旬，就使彼有心图我，出师掩至，将军已可归来，自足抵御。若再恐刘琨路近，变生意外，何妨向琨请和，佯与周旋。琨与浚名为同寅，实是仇敌，万一料我袭浚，亦必不肯往援，兵贵神速，幸勿再延！"勒跃然起立道："我所未了的事情，右侯能为我代了，还有何说？"遂命军士夤夜起程，亲自督行，所有与琨求和的书函，统委张宾办理。

宾替勒修笺，遣人达琨，无非说是"去逆效顺，讨汉自赎"等语。琨得笺大喜，移檄州郡，谓"勒已奉笺乞降，当与代公猗卢，共讨平阳，这是累年积诚所感，得此效果"等语。勒在途中接得消息，越发放心前进，行至易水，为王浚督护孙纬所闻，忙驰入白浚，请速拒勒。浚笑语道："石公此来，正践前约，如何拒他？"说至此，旁立许多将佐，齐声进谏道："羯胡贪而无信，必有诡谋，不如出击为是。"浚不禁动怒道："他既有心推戴，正应迎他进来，汝等反谓可击，真正奇怪。"道言未绝，又由范阳镇守游统，奉书至浚，略言"石勒前来，志在劝进，请勿多疑"云云。看官！你道游统何故上书？原来统已阴附石勒，卖主求荣，所以特地报浚，借坚浚信。浚越以为真，便下令道："敢言击勒者，斩！"将佐乃不敢再言。浚且预备盛筵，俟勒入府舍时，替他接风。

过了两天，勒已率兵驰至，天适破晓，叫开城门，尚恐内有埋伏，先驱牛羊数十头进城，假称礼物，实欲堵截街巷，阻碍伏兵，待见城内空虚，乃麾众直进，立即四掠。浚左右亟请抵御，尚未邀允。但浚到此时，也觉惊惶，或坐或起，形神不安。勒率众升厅，召浚出见，浚还望他好意相待，昂然出来，甫至厅前，即被勒众七手八脚，把浚拘住。浚无子嗣，只有妻妾数人，被勒众入内搜劫，牵出见勒。浚妻乃是继室，年齿未暮，尚有姣容。勒拉与并坐，始令兵士推浚入厅。浚且惭且愤，向勒骂道："胡奴调侃乃公，为何凶逆至此？"勒狞笑道："公位冠元台，手握强兵，坐睹神州倾覆，不发一援，反欲自为天子，尚得谓非凶逆么？况闻公委任奸贪，残虐百姓，贼害忠良，毒遍燕蓟，这才叫做真正凶逆呢。"说着，即派部将王洛生，率领五百骑兵，先送浚往襄国。浚被押出城，愤投濠中，又被骑兵捞起，上了桎梏，匆匆去讫。勒收捕浚众万余人，一律杀死。

浚将佐等均诣勒帐谢罪，馈赂交错，独尚书裴宪，从事中郎荀绰，未见往谢。勒使人召至，面加呵责道："王浚暴虐，由孤亲来讨伐，首恶已擒，诸人俱来庆谢，二人乃甘与同恶，难道独不怕死吗？"宪接口道："宪等世仕晋朝，得蒙宠禄，浚虽粗悍，犹是晋室藩臣，所以宪等相从，不敢有贰。明公若不修德义，专尚威刑，宪等自知应死，也不愿求免了。”言毕，即掉头趋出。勒急忙呼还，待以客体，惟拿下枣嵩朱硕，责他纳贿乱政，推出枭斩。游统自范阳进见，满望功成加赏，不料勒叱他不忠，也命斩首。又籍浚将佐亲戚，多半是积资巨万，只裴宪荀绰家内，有书百余箱，盐米十余斛罢了。勒语僚属道：“我不喜得幽州，但喜得二人呢。”遂令宪为从事中郎，绰为参军。分遣流民，各还乡里。一住二日，便拟旋师。授前尚书刘翰为幽州刺史，使他居守蓟城。临行时毁去晋宫，携着浚妻，驰还襄国。途次被浚督护孙纬邀击，勒众败溃，惟勒得逃还，连浚妻都不知去向了。勒回至襄国，尚有余忿，立将王浚枭首，函送平阳。汉主聪加授勒为大都督兼骠骑大将军，封东单于。

乐陵太守邵续，为浚所署，屯居厌次，续子乂为勒所虏，使为督护，且令乂往劝续降。续因孤危失援，暂且附勒。渤海太守刘胤，弃郡依续，且语续道：“大丈夫当思立名全节，君为晋臣，奈何从贼自污呢？”续凄然谢过，并说明苦衷，行当自拔。可巧幽州留守刘翰，亦不欲从勒，特举城让与段匹磾。匹磾为段疾陆眷弟，已见前回，疾陆眷与勒联盟。独匹磾心下不愿，仍与刘琨通书，不忘旧好，故刘翰邀他守蓟，情愿去位。匹磾遂贻邵续书，招使归晋。续即复称如约。或谓续不宜背勒，自害嗣子，续泣答道：“我出身为国，怎得顾子废义呢？”当下与勒相绝，即遣刘胤往报江东，愿听琅琊王睿驱遣。睿用胤为参军，遥授续为平原太守。石勒闻续负约，竟杀邵乂，发兵攻续。续忙向蓟城乞援，段匹磾令弟文鸯，引众援续。续被围，幸得文鸯援兵，才能退敌。且与文鸯追至安陵，虏勒所署官吏，并驱回流民三千余家，然后还兵。

刘琨得悉幽州军报，始知为勒所给，懊悔无及，乃复遣人诣代，与猗卢约同攻汉。猗卢方有内患，不遑赴约，琨亦只好罢休。会有长安使至，传示诏书，并报称关东大捷。琨暂留来使，询明大捷情形。原来汉中山王刘曜，自被麹允击破营寨，与赵染奔回平阳。他却整缮兵甲，休养了好几月，又复从平阳出发，欲寇长安。曜进屯渭汭，染进屯新丰。晋征东大将军索綝，引兵出拒，行至新丰附近，早有虏谍报入染营，染奋然道：“前次误堕诡计，致与中山王败退，今彼复敢前来，定是到此送死了。”长史鲁徽道：“晋室君臣，亦知强弱难敌，只因我军入境，不得不拼死来争。古语有云：‘一夫拼命，万夫莫当。’将军幸勿轻视。”染瞋目道：“强盛如司马模，我一往取，势如摧枯，索綝一小竖子，不足污我马蹄，怕他甚么！”时已天晚，即欲出营杀去，又经徽好言拦阻，勉强按住忿火，宿了一宵。次日早起，便率轻骑数百人，前往迎战，且扬言道：“擒住索綝，还食未迟。”一面说，一面麾兵急进。到了新丰城西，正与綝军相遇，两下不及答话，便即厮杀起来。綝见染兵不多，却也生疑，但素知汉兵强悍，未可轻敌，因先麾动前队，与他交锋，约有两个时辰。染兵已经枵腹，气力不加，偏綝驱出后队的生力军，一拥齐上，逢人便斫，见马便戳，好象削瓜切菜一般，把染兵斩杀殆尽。染亦受伤，拨马奔回。后面追兵不舍，险些儿被他杀到，还亏鲁徽遣兵援应，方得保染回营。染且悔且叹道："我不用徽言，致有此败。"既而又咬牙自恨道："回去无面目见徽，不如杀死了他，免我生惭。"计划已定，方驰入营门，兜头碰着鲁徽，几似仇人相见，格外眼红，一声喝令，竟将鲁徽拿下。徽怅然道："将军不听忠言，愚愎致败，乃复忌贤害士，欲快私忿，天地有知，能令将军安死衽席么？"染越加动恼，竟令杀徽。再向曜率众数万，从间道趋向长安。

愍帝因綝报捷，方加綝骠骑大将军承制行事，不防汉兵又进逼都城，连忙使麹允出御。允至冯翊，与曜染交战一场，不幸败绩，当夜收拾败卒，再劫汉营，避实击虚，杀入汉将殷凯营内。凯慌张失措，被允擒斩。及曜染整兵出救，允已退去。曜恐复为所袭，乃移攻河内太守郭默。默婴城固守，被围月余，粮食已尽，乃向曜乞籴，愿送妻子为质。曜得默妻子，总道默已愿降，乃给粮与默。哪知默得了粮米，仍闭城拒曜。曜将默妻子沉死河中，督兵再攻。默因使人夜缒出城，驰往新郑，向太守李矩乞援，矩令甥郭诵迎默。诵闻汉兵势盛，不敢遽进，会刘琨遣将刘肇带领鲜卑五百余骑，入援长安，道阻不通，乃还过矩营。矩邀肇同击汉兵，汉兵最怕鲜卑骑士，不战自去，河内才得解围。默率众依矩，远避敌冲。曜已退屯蒲坂，独染转攻北地，由麹允移师赴救，再与染对垒争锋。染夜梦鲁徽，弯弓注射，负痛惊醒。翌晨出战，被允诱入伏中，四面突出弓弩手，弦声齐响，箭如飞蝗。染虽然凶悍，哪禁得万镞飞来，霎时间集矢如猬，倒毙马下，余众多死。这一次射毙悍虏，总算是大获胜仗了。刘琨闻报，送还朝使，又向愍帝上表道：

逆胡刘聪，敢率犬羊，凭陵肇毂，神人同愤，遐迩奋怒。伏省诏书，相国南阳王保，太尉凉州刺史张轨，纠合二州，同恤王室。冠军将军麹允，骠骑将军索綝，总齐六军，戮力国难，王旅大捷，俘馘千计。旌旗扬于晋路，金鼓振于河曲。崤函无虔刘之惊，汧陇有安业之庆，斯诚宗庙社稷，陛下神武之所致，含气之伦，莫不引领，况臣之心，能无踊跃？臣前与鲜卑猗卢，约讨平阳，适羯奴石勒，以诡计掩入蓟城，大司马王浚，受其伪和，为勒所虏，勒势转盛，欲来袭臣，城坞骇惧，唯图自守。又猗卢国内，适有变患，卢虽得诛奸臣，已愆成约，臣所以泣血宵吟，扼腕长叹者也。勒据襄国，与臣隔山，寇骑朝发，夕及臣城，同恶相求，其徒实繁。自东北八州，勒灭其七，先朝所授，存者唯臣，是以勒朝夕谋虑，以图臣为计，窥伺间隙，寇抄相寻。戎士不得解甲，百姓不得在野，天网虽张，灵泽未及。唯臣孑然与寇为伍，自守则稽聪之谋，进讨则勒袭其后，进退维谷，首尾狼狈，徒怀愤踊，力不从心。臣与二虏，势不并立，聪勒不枭，臣无归志，比者秋谷既登，胡马已肥，前锋诸军，当有至者。臣愿首启戎行，身先士卒，得凭陛下威灵，使获展微效，然后陨首谢国，殁亦无恨矣！臣琨谨表。

愍帝得表，复遣大鸿胪赵廉持诏，拜琨为司空，都督并冀幽三州军事。琨辞去司空，拜受都督，且进加封猗卢为王，好教他感激图报，共讨刘聪。小子有诗咏道：

一木难为大厦支，枕戈泣血勉扶持。
臣躯未死心犹在，敢掬丹忱报主知。

欲知愍帝是否依议，且至下回再详。

第二十八回

汉刘后进表救忠臣　晋陶侃合军破乱贼

却说愍帝得刘琨申请，加封猗卢为代王，许置官属，食代常山二郡。猗卢向刘琨借材，请拨并州从事莫含，作为参军。含不欲去琨，琨乃语含道："并州单弱，外邻二寇，如我不才，尚得保存境土，实赖代王为援，我倾身竭资，奉事代王，且使长子为质，无非欲为国家雪耻，卿奈何徒顾小诚，转忘大体呢？"含乃往依猗卢。卢优礼相待，常与参商大计。惟卢有少子比延，最为昵爱，意欲立以为嗣，因使长子六修，出居新平城，且将六修母废去。父子兄弟，互生嫌隙，所以祸机暗伏，内外不安。卢亦防有变动，所以不能远出，助琨讨汉。

汉主聪自恃强盛，恣意奢淫。既将晋怀帝鸩死，复把小刘贵人收入后庭，仍为贵人，食品必备具珍馐，居处必穷极奢丽。左都水使者刘摅，失供鱼蟹，将作大匠靳陵，奉命筑造温明徽光二殿，逾限不成，均枭首东市。又尝出外游猎，朝出晚归，观鱼汾水，用烛继昼，中军将军王彰，犯颜直谏，几致断首。还有彰女王氏，入宫为上夫人，代父乞哀，乃贷彰死罪，囚入狱中。再经聪母张氏，恨聪滥刑，三日不食，太弟乂与河内王粲，舆榇切谏，还有太宰刘延年，率领百官，伏阙固诤，方将王彰释放。聪欲立左贵嫔刘英为继后，母张氏究嫌同姓，不使继立，因纳弟实二女徽光丽光入宫，先使她们并为贵人，然后命聪择一为后。聪为母命所迫，没奈何指定徽光。会刘英父殷，得病身亡。英悲愤两迫，郁极致病，医药罔效，也即与聪长别，玉殒香消。聪乃立张贵人徽光为后，进后父将军实为光禄大夫。才阅数月，聪母张氏又殁，聪后徽光，哭姑甚哀，累得体瘠血枯，竟化做一场春梦。渺渺芳魂，返入冥途，仍至乃姑前侍奉去了。徽光已逝，丽光本可继立，但前此册立徽光，全由聪母作主，此时聪母已逝，眼见得中宫位置，被那刘家女夺去。刘英女弟刘娥，已由右贵嫔进为左贵嫔，挨次上升，即得为后，聪大加宠爱，特命造一鹍仪楼，为藏娇计。廷尉陈元达，上书谏阻道：

臣闻古之圣王，爱国如家，故皇天亦祐之如子。夫天生烝民而树之君，使司牧之，非以兆民之命，穷一人之欲也。晋民暗虐，视百姓如草芥，故上天剿绝其祚，眷佑皇汉，苍生引领，庶几息肩，怀更苏之望有日矣。我高祖光文皇帝，靖言惟兹，痛心疾首，故身衣大布，居不重茵，先皇后嫔，服无绮彩，重逆群臣之请，乃建南北二宫，今光极殿之前，足以朝群后，享万国矣；昭德温明二殿以后，足以容六宫，列十二尊矣。陛下龙兴以来，外殄二京不世之寇，内兴殿观四十余所，加以军旅数兴，馈运不息。饥馑疾疫，死亡相继，兵疲于外，民怨于内，为民父母，果若是乎？伏闻诏旨，将营鹍仪，中宫新立，诚臣等乐为子来者也。窃以大难未夷，宫宇粗给，今之新营，尤实非宜。况有晋遗类，西据关中，南擅江表，李雄奄有巴蜀，刘琨窥窬肘腋，石勒曹嶷，贡稟渐疏，陛下释此不忧，乃更为中宫作殿，岂目前之所急乎？昔太宗孝文皇帝，承高祖之业，惠吕息役之后，四海之富，天下之殷，粟帛流衍，尚惜百金之费，辍露台之役，历代比美，迹垂不朽，故能断狱四百，拟于成康。陛下承荒乱之余，所有之地，不过太宗之二郡，战守之备，非特匈奴南越而已。孝文之广，思费如彼，陛下之狭，欲损如此。愚臣所以敢犯颜切谏，冒不测之祸者也。昧死上闻，幸陛下鉴之！

聪览毕全文，掷诸地上，愤然大怒道："朕为万乘主，但营一殿，何干汝鼠子事！乃敢妄言阻挠，藐视朕躬，不杀此鼠子，朕殿何由得成？"说至此，喝令左右："快将元达拿到，斩首市曹，妻子一并骈戮，令他群鼠共穴，方泄朕恨。"言已，自往逍遥园去了。元达闻旨，先自锁腰入园，且用锁扳及堂下李树，朗声大呼道："如臣所言，关系社稷至计，陛下不信，反命杀臣，臣死有知，当先诉上天，继诉先帝。朱云有言：'臣得与龙逢比干，同游地下，亦可无恨。'但未审陛下为何如主，常得保全身名否？"聪闻言益怒，叱左右牵他出斩。偏元达抱住李树，不令人曳，恼得聪拍案狂呼，几欲自拔佩刀，下堂加刃。大司徒任颛，光禄大夫朱纪，左仆射范隆，骠骑大将军刘易等，齐跪堂下，叩头流血道："元达为先帝所知，开国受命，便已引置门下，彼亦尽忠竭虑，知无不言，臣等窃禄苟安，每对元达，自顾生惭。今元达语虽狂直，还乞陛下包容，开恩特宥。倘为了数语谏诤，即加诛戮，元达死固足惜，陛下亦累盛名，还乞三思！"聪怒尚未息，不肯依议。忽有一内侍踉跄出来，呈上一表，乃是新皇后的手笔，即由聪按阅道：

伏闻敕旨，将为营殿，今宫室已备，无烦更营。且四海未一，祸难犹繁，宜爱民力，廷尉之言，社稷之计也。陛下当加爵赏，而反欲诛之，四海谓陛下何如哉？夫忠臣进谏者，固不顾其身也，而人主拒谏者，亦不顾其身也，陛下为妾营殿，而杀谏臣，使忠良结舌者由妾，公私困敝者由妾，社稷阽危者由妾，天下之罪，皆萃于妾，妾何以当之？妾观自古败国亡家，未始不由妇人，每览古事，忿之不已，何由今日妾自为之，使后人视妾，犹妾之视前人也。妾复何面目仰侍巾栉？请归死此堂，以塞陛下之过！

聪看到“归死”二字，急得面色仓皇，连下文都不及看下，便顾语内侍道：“快……快入报皇后，朕决赦元达了，愿皇后放怀！”内侍奉命复入，聪再览表文，只有结末数语，料想是官样文章。也无心细阅，便召任颛等上堂，赐令旁坐，从容与语道：“朕近来微得狂疾，往往喜怒失常，不能自制。元达原是忠臣，朕未及细察。幸诸卿能规我过失，竭诚效忠，朕且愧对诸卿，怎敢再违忠告呢？”任颛等听了聪言，无非将改过不吝的套话，说了几句，引得聪沾沾自喜，饶有欢容。当下指使左右，将元达开锁，赐给衣冠，亦令旁坐，取后表出示道：“外辅如公等，内辅如皇后，朕可无后忧了。”遂改称逍遥园为纳贤园，堂为愧贤堂，且笑顾元达道：“本意当使卿畏朕，偏今日使朕畏卿了。”元达等拜谢而出。

小子演述至此，还要补叙数语：当元达抱树时，左右意存观望，不亟曳出，这是经刘后着人暗嘱，教他延挨时刻，好得进表，否则一个元达，怎能抵得住数人？就使力大如虎，也早被牵出斩首了。但刘聪虽似好贤，终不免荒淫败德。刘后聪明机警，可谏乃谏，不可谏亦只好听他做去。至嘉平四年正月，天象地理，相继告变，有三日出自西方，径向东行，平阳地震，崇明观陷为陂池，水亦如血，有赤龙奋身飞去。最奇怪的是流星起自牵牛，入紫微垣，状如龙形，堕落平阳北十里，化为一肉，长三十步，阔二十七步，臭达平阳。肉旁常有哭声，昼夜不止。平阳内外，哗称怪事。汉主聪亦不能无疑，乃召公卿等入问休咎。陈元达及博士张师，同声进对道：“陛下问及星变，臣等恐吉少凶多，不久将至。若后庭内宠过多，三后并立，必致亡国败家，愿陛下思患预防，毋自取咎！”聪摇首道：“天变无常，难道定关人事么？”说着，拂袖入内，纵乐如故。适刘后有娠，常患腹痛，等到十月满足，势将临盆，非常难产，晕死了好几次，经医官竭力救治，才得分娩。不料生下两种怪物，一是半红半白的怪蛇，一是有角有头的怪兽，蛇兽并出，惊倒左右，霎时间蛇即窜去，兽亦遁走，不知去向。有人蹑迹寻视，到了陨肉处，蛇兽俱在，似死非死，也不敢下手掩捕，惟还报都中，益称奇异。刘后既遭难产，又出重惊，当然酿成危症，挨了数日，气绝而亡。那陨肉却也失去，哭声亦止。汉主聪最爱此后，丧葬仪制，格外从隆，予谥武宣，并将后姊刘英，亦追谥为武德皇后。

二刘既死，尚有四小刘，统想承恩邀宠，求跻后位。聪已将四小刘挨次序进，最长的进位左贵嫔，次为右贵嫔，不过立后问题，还未解决。一日，至中护军靳准宅中，饮酒为欢。准呼二女出谒，由聪瞧着，好似那仙子下凡，嫦娥出世，不由的拍起案来，连声叫绝。准趁势面启道："臣女月光月华，年将及笄，倘蒙陛下不弃葑菲，谨当献纳。"聪喜出望外，即夕载二女入宫，普施雨露，合抱衾裯，彻夜绸缪，其乐无极。翌日，即封二女为贵嫔。月光尤为妖媚，无体不骚，引得聪魄荡神迷，爱逾珍璧。过了旬月，竟立为继后。又过了数月，复因左右两个刘贵嫔，侍奉有年，不便向隅，特册左贵嫔刘氏为左皇后，右贵嫔刘氏为右皇后，加号皇后靳月光为上皇后。校尉陈元达，上言："三后并立，适如臣虑，将来必有大患，务乞收回成命。"聪不肯从。且调元达为右光禄大夫，阳示优礼，阴实夺权。已而太尉范隆，大司马刘丹，大司空呼延晏，尚书令王鉴等，情愿让位元达，乃复徙元达为御史大夫，仪同三司。

元达复居谏职，仍常监察宫廷，得间便谏。可巧查得一种秽史，遂援了有犯无隐的故例，确凿陈词，递将进去。聪取览奏牍，乃劾上皇后靳氏，私引美少年入宫，与他苟合等情。看官！试想天下没有一个男儿汉，不恨妻室犯奸。聪虽宠爱月光，听了犯奸二字，也不禁忿火中烧，便趋入上皇后宫内，痛詈月光，并将元达原奏，随手掷示，令她自阅。月光情虚畏罪，只好呜呜咽咽，哀乞求怜。偏聪置诸不理，拂袖竟去。到了次日，竟有内侍报聪，说是上皇后服药自尽。聪又不禁追念前情，急去临视，见她颦眉泪眼，尚带惨容，顿时爱不忍释，又抱尸大哭一场，才令棺殓。从此由悲生愤，深嫉元达，无论什么规谏，都置若罔闻。甚且益肆荒淫，终日不出，但命子粲为丞相，总掌百揆，一切国事，俱委粲裁决便了。

惟聪虽不道，余威未衰，石勒刘曜，进退无常，终为晋患。愍帝孤守关中，势甚岌岌，只望着三路兵马，合力勤王。建兴三年二月，命左丞相睿为丞相，都督中外诸军事，南阳王保为相国，刘琨为司空。诏使分遣，加官进爵，无非是劝勉征镇的意思。无如琨在晋阳，介居胡羯，一步不能远离，保自上邽出据秦州，收抚氐羌，军势稍振，但也无心顾及长安。睿虽奄有江左，比并州秦州两路，较为强盛，怎奈一东一西，相去太远。河洛未靖，荆湘又乱，中途被阻，未便行军，所以诏书日迫，睿总以道梗为辞，须俟两江戡定，方可启行。小子查阅《晋书》，那时沿江乱首，莫如杜弢，次为胡亢杜曾。杜弢已见前文，胡亢系前新野王歆牙门将，歆死后将佐四散。亢至竟陵，纠集散众，自号楚公，用歆司马杜曾为竟陵太守。曾技勇过人，能被甲入水，不致沉没，所以亢恃为股肱，常使他出掠荆湘。荆湘人民，既苦杜弢、复苦胡亢杜曾，当然不得宁居，流离失所。荆州刺史周𫖮，甫经莅镇，便为杜弢所迫，退走浔水城。扬州刺史兼征讨都督王敦，屯兵豫章，急檄武昌太守陶侃，寻阳太守周访，历阳内史甘卓等，合兵讨弢。弢正进围浔水城，由陶侃督兵往援，使明威将军朱伺为前驱，奋击弢众。弢还保冷口，侃语朱伺道："弢必步向武昌，掩我无备，我军亟宜还郡，扼住寇踪，毋中彼计！"说着，仍遣伺带着轻骑，从间道先归，自率步兵继进。伺至江陵，城尚无恙，正在城外安营，遥闻喊声大震，料是弢众前来，不禁大呼道："陶公真是神算，有我在此，看贼能摇动我城否？"当下按辔待着，不到片时，弢众已至，伺即麾骑杀出，迎头痛击，反使弢意外惊疑，仓猝对敌。两下里正在酣战，不防后面又来了一支步兵，各执短刀，杀入弢阵。弢前后受敌，立即溃散，遁归长沙。伺会同步兵，追至数十里外，擒斩千人，方才回城。这支步兵，不必细问，便可知是陶侃带来。侃使参军王贡，向敦告捷，敦欣然道："今日若无陶侯，便无荆州了。"遂表侃为荆州刺史，令屯沔左。周顗自浔水城，追至豫章，仍奉琅琊王命令，召还建业，复任军谘祭酒，不消细叙。

惟侃使王贡，由豫章西还，道出竟陵。竟陵城内的杜曾，已因胡亢好猜失众，潜引故都督山简参军王冲，袭杀胡亢，并有亢部，贡想乘机邀功，径入竟陵城。诈传陶侃号令，授曾为前锋大都督，使击王冲，冲本在山简麾下，因简病殁夏口，所以聚众为乱。杜曾闻王贡言，乐得转风使航，将冲击死，即令贡报答陶侃，贡作书寄往沔左，但言曾愿投诚，未及矫命情事。侃乃征召杜曾，曾见来札中，并无前锋大都督字样，未免启疑，不肯应召。贡亦恐矫命事发，或至得罪，索性直告杜曾，且与曾合谋袭侃。侃那知两人密谋，未及防备，蓦被杜曾潜兵突入，害得全营大乱。还亏命不该绝，侥幸逃生。王敦得报，表夺侃官，以白衣领职，侃复邀同周访等，进破杜弢，敦乃复奏侃官。已而侃又为弢将王真所袭，败奔滠中，得周访援，方将王真击退。杜曾王贡与弢联合，到处劫掠，王敦又令陶侃甘卓等，并力击弢，大小数十战，弢众多死，乃遣使诣建业，向睿乞降。睿不肯许，弢已穷蹙，因再贻南平太守应詹书，托他代为解免，当图功赎罪。詹将原书转呈建业，并称弢有清望，应许他悔恶归善，借息兵锋。睿乃使前南海太守王运，往受弢降，赦免前愆，令为巴东监军。弢已受命，偏征弢诸将，未肯罢兵，仍然攻弢不止。弢不胜愤恨，拘害王运，又复为乱，分遣部将杜弘张彦，掩袭临川豫章。临川内史谢摛被杀，豫章亦几被陷没，幸周访击杀张彦，逐去杜弘，豫章复安。陶侃专攻杜弢，弢使王贡挑战，横足马上，状极嚣张。侃出马遥语道："杜弢为益州小吏，盗用库钱，父死不奔丧，毫无礼义，卿本善人，奈何背我助逆？难道天下有白头贼么？"说至此，见贡敛容下足，易倨为恭，便不与交锋，还入原垒。夜间乃遣使慰谕，并截发为信，誓不记仇。贡遂趋降侃营，侃推诚相待，令贡反袭杜弢。弢骤为所乘，不能抵敌，除逃以外无别策。但贡与弢麾下将佐，均已熟识，当时向众大呼，降可免死，并可加官。于是人人解甲，个个投戈，单剩弢一人一骑，狂窜而去。贡收降众报侃，侃不戮一人，择尤录用，余皆给资遣归，遂乘胜进复长沙，后来追索杜弢，竟无下落，想已是走死荒野了。小子有诗叹道：

漂摇风雨满神州，日下江河乱未休。

戡定荆湘非易事，论功应独让陶侯。

杜弢已死，只有杜曾未除，逃匿石城。丞相琅琊王睿，得了长沙捷报，承制颁给赦书，分赏诸将，欲知底细，容待下回说明。

第二十九回

小儿女突围求救　大皇帝衔璧投降

却说琅琊王睿，因杜弢走死，湘州告平，遂进王敦为镇东大将军，都督江扬荆湘交广六州诸军事，领江州刺史，封汉安侯。外如陶侃以下，无甚超擢，唯奖叙有差。敦既握六州兵权，得自选置官属，权势益隆。当时江东一带，内倚王导，外恃王敦，曾有王马共天下的谣言。荆州刺史陶侃，最称有功，反中敦忌。侃却未悉敦情，但知平乱，复引兵往击杜曾。适愍帝派侍中第五猗为安南将军，监领荆梁益宁四州军事。猗自武关南下，由杜曾至襄阳往迎，曲致殷勤，且娶猗女为侄妇，竟与猗分据汉沔，作为犄角。及侃赴石城攻曾，也未免恃胜生骄，视为易取。司马鲁恬谏侃道："兵法有言，知己知彼，百战百胜，杜曾非可轻视，公当小心将事，毋中彼计。"侃不以为然，径向石城进发。到了城下，麾兵猛攻。曾多骑士，突然开门，纵骑突出，冲过侃垒。侃率众抢城，不遑顾后，哪知前面由曾杀出，后面又有骑兵返击，几至腹背受敌，为曾所乘，还亏侃军素有纪律，临危不乱，才得勉力支持，但兵众已战死了数百人。曾见侃力战不退，也不愿返守石城，因下马别侃。侃亦不欲进逼，由他自去。

时晋廷因山简已殁，续派襄城太守荀崧，都督荆州江北诸军事，驻节宛城。杜曾自石城出走，引众往攻荀崧，突将宛城围住。崧不意寇至，顿时慌乱，又兼兵少食寡，势难久持，不得已向外乞援，为解围计。当时襄阳太守石览，为崧故吏，崧即缮就书函，拟遣人送达襄阳，求发援兵。偏僚佐不敢出城，得了崧命，都面面相觑，呆立不动。崧急得没法，只得据案欷歔；蓦见一垂髫女子，从屏后出来,振起娇喉,向崧朗禀道:“女儿愿往!”崧惊起俯视,乃是亲女荀灌,年只一十三龄,不由的叹息道:“汝虽愿往投书,但身为弱女,如何突围?”灌奋答道:“城亡家破,同时毕命,果有何益?女儿年虽幼弱,颇具烈志,倘能突出重围,乞得援兵,那时城池可保,身家两全,岂不甚善?万一不幸,为贼所困,也不过一死罢了,同是一死,何若冒险一行。”说至此,竟把两道柳眉,耸上眉棱,现出一种威毅的气象。旁边站立的僚佐,都不禁暗暗喝采,啧啧称奇。灌又向外召集军士,慨然与语道:“我父被困,诸君亦被困,譬如同舟遇难,共虑覆亡,我一弱女子身,不忍同尽,所以自愿乞援,今夜即拟出发,如有与我同志,即请偕行。退贼以后,我父不惜重赏,与诸君共享安乐,愿诸君三思!”言未毕,即有壮士数十名,踊跃上前道:“女公子尚不惜身命,我等怎敢自阻?愿为女公子先驱!”灌又顾语僚佐道:“灌冒昧求援,往返必需时日,守城重责,我父以外,还仗诸公。”僚佐听了,也不好再为推诿,便即应声如命。灌乃与勇士立约,准至夜半出城,自已入内筹备。

到了黄昏时候,饱餐一顿,便即束住头巾,缚紧腰肢,身穿铁铠,足着蛮靴,佩了三尺青虹剑,携了两把绣鸾刀,出至堂上,辞别乃父。荀崧瞧着,好似一个女侠模样,不觉又喜又惊,便嘱语道:“汝既愿往,我也不便阻汝,须要小心为上。”灌答道:“女儿此去,必有佳音,愿父亲勿忧!”崧乃递与乞援书,灌接藏怀中,即奋然告别道:“女儿去了。”一面说,一面出厅,但见壮士数十名,俱已扎束停当,携械待着,经灌一声招呼,都上前听令。灌命大众上马,自已亦跨上征鞍,驰至城边,潜开城门,一声驱出。杜曾营外,只有侦骑巡逻,见城内有人出来,忙即报知杜曾。待曾拨兵出阻,灌等已穿垒过去。曾兵相率来追,被灌指麾壮士,回杀一阵,砍倒曾兵数名。究竟夜深天黑,咫尺不辨,曾兵亦何苦寻死,乐得退还。

灌得驰至襄阳,入谒石览,呈上父书。览见灌是个少女,却能突围求救,自然另眼相看。再经灌词气慷慨,情致纯诚,当即满口应承,即日赴援。灌尚虑览兵未足,再代崧草书,遣人飞报寻阳太守周访,请他为助,自与石览兵众,还救宛城。城中日夕望援,见有救兵到来,欢声四噪,荀崧即督众出迎。灌引览至城下,被杜曾兵阻住,当即跃马冲入,且战且前。览军随进,奋力突阵,荀崧亦已杀出,里应外合,即将杜曾兵击退。崧览并马入城,灌亦随进。未几,又来了一员小将,带兵三千,也来援崧。杜曾见救兵陆续到来,料知宛城难下,见机引去。看官欲问小将为谁?乃是周访子抚。崧迓抚入城,与览并宴,席中谈及乃女突围事情,览与抚同声赞美。从此灌娘芳名,遂得传诵一时,称扬千古了。

石览周抚,辞归本镇,不在话下,惟杜曾退次顺阳,遣人至荀崧处上笺,有“乞求抚纳,讨贼自效”等语。崧因宛中兵少,恐曾再至,不得不复书允许。陶侃闻报,亟贻崧书道:“杜曾凶狡,性如鸱枭,将来必致食母,此人不死,州土不安,足下当记我言,幸勿轻许。”崧不听侃言,果然杜曾复出,进围襄阳,亏得襄阳有备,无懈可击,曾始退去。侃将还江陵,欲至王敦处告别,部将朱伺等,俱向侃谏阻,谓敦方见忌,不宜轻往。侃以为敦不足惧,慨然竟行。见敦以后,果为所留,别用从弟王廙为荆州刺史。侃吏郑攀马俊等,诣敦上书,共请留侃,敦当然不许。攀等相率恨敦,竟率徒党三千人,西迎杜曾,同袭王廙。廙奔至江安,调集各军讨曾,曾既得郑攀等人,复北合第五猗,来攻王廙,廙又为所败。王敦嬖人钱凤,素来嫉侃,遂诬称攀等为乱,实承侃旨。看官!试想敦既与侃有嫌,又经钱凤从旁媒孽,顿时起了杀心,披甲持矛,拟往杀侃。转念一想,不便杀侃,又复回入。再一转念,仍要杀侃,又复趋出。辗转至四五次,为侃所闻,竟昂然见敦,正色与语道:“使君雄断,当裁制天下,奈何迟疑不决呢?”言毕,趋出如厕。谘议参军梅陶,长史陈颂,并入谏敦道:“周访与侃,乃是姻亲,相倚如左右手,岂有左手被断,右手不应么?愿公慎重为是!”敦意乃解,释甲投矛,命设盛筵,召侃同宴,且调侃为广州刺史。侃宴毕即行,惟侃子瞻尚留敦处,由敦引为参军。

先是广州人民,不服刺史郭讷,另迎前荆州内史王机为刺史,机至广州,恐为王敦所讨,因遣使白敦,情愿转徙交州。敦却也允诺,故令侃往刺广州。偏机收纳杜曾将杜弘,听了弘言,仍欲还取广州。可巧陶侃驰至,击破王机及杜弘,机走死道中,弘奔投王敦。广州平定,侃得进封柴桑侯,食邑四千户。侃在州无事,辄朝运百甓至斋外,夜运百甓至斋内。左右问为何因?侃答说道:“我方欲致力中原,不宜过逸,今得少暇,欲借此习劳,免致筋力废弛呢。”左右乃服。只是郑攀等与廙相拒,尚未了结,俟至下文再表。

且说汉中山王刘曜,奉汉主聪命,复出兵寇掠关中。晋愍帝令麹允为大都督。率兵抵御,索綝为尚书仆射,都督宫城诸军事,保守长安。曜至冯翊,太守梁肃,弃城奔万年。冯翊为曜所得,再移兵攻北地。麹允出至灵武,因兵力单弱,不敢轻进,再上表长安,乞请济师。长安无兵可调,只得向南阳王征兵。南阳王保,与僚佐商议行止,僚佐皆说道:“蝮蛇螫手,壮士断腕,今胡寇方盛,不如且断陇道,见可乃进。”从事中郎裴诜道:“今蛇已螫头,头可断不可断么?”保实不愿援长安,但使镇军将军胡崧为前锋都督,待诸军会集,然后进援。麹允待援不至,又表请奉帝就保。索綝从中阻议道:“保得天子,必逞私图,不如不去。”乃不从允议,但促允速援北地。允不得已集众赴救,行至中途,遥望北地一隅,烟焰蔽天,仿佛大火燎原,不可向迩,心下已未免惊疑,又见有一班难民,狼狈前来,便饬军停住,问及北地情形。难民答说道:“郡城已陷,往救恐不及了。且寇锋甚盛,不可不防。”说毕,即踉跄趋去。允听了此言,进退两难,不料部众竟先骇散，不待允令，便即奔回。允也只好拍马返走。其实，北地尚未陷没，由曜纵火城下，计惑援兵，就是一班难民，也是汉兵假扮，来给麴允。允不辨真伪，竟堕曜计，回至磻石谷，又被曜众杀到，此时还有何心对敌，连忙奔窜，走入灵武城内。麾下不过数百骑兵，还算带头归来，是一幸事。允颇忠厚，惜无断制，威不足服人，惠不能及众，所以诸将慢法，士卒离心。安定太守焦嵩，本是由允荐举，嵩却瞧允不起，很是倨傲，至是允遣使告嵩，饬即进援。嵩冷笑道："待他危急，往救未迟。"遂却还来使，但言当会齐人马，然后趋救。允亦无法催逼，只好束手坐视。

那刘曜已攻取北地，进拔泾阳，渭北诸城，相继奔溃。曜长驱直进，势如破竹。晋将鲁充梁纬等，沿途堵御，均为所擒。曜素闻充贤，召令共饮，且劝充道："司马氏气运已尽，君宜识时变计，能与我同心共事，平定天下不难了。"充怅然道："身为晋将，不能为国御敌，自致败覆，还有何面目求生？若蒙公惠，速死为幸！"曜连称义士，拔剑付充，充即自刎。梁纬亦不肯降曜，也被杀死。纬妻辛氏，亦在戍所，同时遭掳。辛氏形容秀丽，仪态端庄，曜不禁艳羡起来。便好言慰谕，想把她纳为妾媵。辛氏大哭道："妾夫已死，义不独生。况烈女不事二夫，妾若隳节，试问明公亦何用此妇？"曜亦叹为贞女，听令自杀，命兵士依礼棺殓，与纬合葬。鲁充遗骸，照样办理。忠臣烈妇，并得千秋，死且不朽了。

曜遂率众逼长安，西都大震，愍帝四面征兵，朝使迭发，并州都督刘琨，拟约同代王猗卢，入援关中。偏猗卢为子所弑，国中大乱。小子于前回起首，曾叙及猗卢宠爱少子，黜徙长子六修，并及修母，嗣因六修入朝，猗卢使下拜比延。六修不愿拜弟，拂袖竟去。猗卢饬将士往追，将士亦不服猗卢，纵还新平城。偏猗卢尚不肯甘休，督兵往讨。六修佯为谢罪，夜间竟掩袭父营，猗卢未曾预备，再经将士离叛，一哄散去，单剩猗卢一人，逃避不及，竟为乱军所害。猗卢从子普根，居守代郡。闻得猗卢死耗，仗义兴师，往攻六修。前次为猗卢废长立幼，因致舆情不服，此次闻六修以子弑父，又不禁激起众愤，俱来帮助普根，同讨六修。六修连战失利，旋即伏诛。普根嗣立，国中尚未大定，当然不能助琨。琨孤掌难鸣怎能入援长安，琅琊王睿，路途遥远，又一时不能西行，只有凉州刺史张寔，遣将王该，率步骑五千人入援。

寔系凉州牧张轨子，轨镇凉有年，始终事晋，每遇国家危难，辄发兵勤王，晋封为太尉凉州牧西平公。愍帝二年六月，轨寝疾不起，遗令诸子及将佐，务安百姓，上思报国，下思宁家。已而轨没，长史张玺等，表称世子寔继摄父位。愍帝乃诏寔为凉州刺史，袭爵西平公，赐轨谥曰武穆。凉州军士，得着玉玺一方，篆文为"皇帝行玺"四字，献与张寔。寔承父命，不肯背晋，即将玉玺送入长安，并奉上诸郡方贡。有诏命寔都督陕西军事，寔弟茂拜秦州刺史。及长安被困，阗乃遣王该入援，但该带兵不多，眼见是不能却虏。安定太守焦嵩，始与新平太守竺恢，弘农太守宋哲等，引兵救长安。散骑常侍华辑，曾监守京兆冯翊弘农上洛四郡，也募众入救，同至霸上，探得曜众甚盛，仍不敢前进，作壁上观。南阳王保，遣胡崧带兵进援，崧尚有胆力，独至灵台袭击曜营，得破数垒。索綝麹允，并未遣人犒赏，崧怀恨退去，移屯渭北，未几竟驰还槐里。曜见晋军各观望不前，乐得麾众大进，攻扑长安。麹索两人，保守不住，即由外城退入内城，外城遂致陷没。曜复攻内城，围得水泄不通。

城中粮食已尽，斗米值金二两，人自相食，或饿死，或逃亡，唯凉州义勇千人，入城助守，誓死不移。太仓有麹数十䜺，由麹允先时运入，舂碎为粥，暂供宫廷，寻亦食尽。时已为愍帝三年仲冬，雨雪霏霏，饥寒交迫，外面的钲鼓声，刀箭声，又陆续不绝，日夜惊心。愍帝召入麹允索綝，与商大计。允一言不发，只有垂泪。綝想了多时，但说出了一个"降"字。愍帝亦不禁涕泣，顾语麹允道："今穷厄如此，外无救援，看来只好忍耻出降，借活士民。"允仍然不答。忽有将吏入报道："外面寇兵，势甚猖獗，恐城池不能保守了。"索綝便抢步出去，允亦徐退。愍帝长叹道："误我国事，就是麹、索二公。"随即召入侍中宗敞，叫他草就降笺，送往曜营。敞持笺出殿，转示索綝。綝留敞暂住，潜使子出城诣曜，向曜乞请道："今城中粮食，尚足支持一年，急切未易攻下，若许綝为车骑将军，封万户郡公，綝即当举城请降。"曜不禁劝怒，叱责綝子道："帝王行师，所向惟义，孤将兵已十五年，未尝用诡计欺人，必待他兵穷势竭，然后进取。今索綝所言如此，明明是晋室罪臣，天下无论何国，不讲忠义，乱臣贼子，人人得诛，果使兵食未尽，尽可勉力固守，否则粮竭兵微，亦宜早知天命，速即来降，何必欺我！"说着，即令左右将綝子推出，枭首徇众，送还城中。綝得了子首，当然悲哀，惟自己总还想保全性命，没奈何遣发宗敞，使诣曜营乞降。

曜收了降笺，令敞返报。愍帝委实没法，自乘羊车，衔璧舆榇，驰出东门。群臣相随号泣，攀车执愍帝手，哭声震地。愍帝亦悲不自胜。御史中丞吉朗，掩面泣叹道："我智不能谋，勇不能死，难道就随主出降，北面事虏么？"说至此，即向愍帝前叩别，且启愍帝道："愿陛下好自珍重，恕臣不能追随陛下！臣今日死，尚不失为晋臣呢。"拜毕起身，用头撞门，头破脑裂，倒地而亡。愍帝到了此时，已无主宰，意欲不去，又不好不去，乃径诣曜营。曜接见愍帝，居然行起古礼，焚榇受璧，暂使宗敞奉帝还宫，收拾行装，指日东行。

越宿，曜入长安城，检点图籍府库，令兵士入迫愍帝及公卿等迁往曜营。又越一日，曜派将押同愍帝等人，送往平阳。愍帝登汉光极殿，汉主聪早已坐着，由愍帝稽首行礼。麹允伏地痛哭，触动聪怒，命将允拘入狱中，允即自杀。聪授愍帝为光禄大夫，封怀安侯，赠麹允车骑将军，旌扬忠节，独责索綝不忠，处斩东市。一面下令大赦，改元麟嘉，命中山王曜假黄钺大都督，统领陕西军事，进官太宰，改封秦王。于是西晋两都，一并覆灭，西晋遂亡。总计西晋自武帝称尊，传国三世，共历四主，凡五十二年。小子有诗叹道：

洛阳陷没已堪哀，谁料西都又被摧？
怀愍相随同受掳，徒稽史迹话残灰。

西晋虽亡，尚有征镇诸王，能否兴废继绝，且至下回再表。

第三十回

牧守联盟奉笺劝进　君臣屈辱蒙难丧生

却说长安陷没，愍帝被掳，荡荡中原，又变了没有正主的国家。霸上屯着的援兵，都已遁还，就是凉州差来了王该，也收回义勇，与黄门郎史淑同去。当愍帝出降前一日，淑曾亲受诏命，赍着愍帝手书，加拜张阗为凉州牧，承制行事。且诏中有云“朕已命琅琊王睿，继摄大位，愿公协赞，共济多难”云。淑得先入王该营中，所以与该同往。行到姑臧，就是凉州治所，当下入见张阗，报明愍帝被掳情形。阗辞官不受，大哭三日。又遣司马韩璞等，率步骑万人，东往击汉，并贻南阳王保书。有云：“王室多难，不敢忘死，况朝廷倾覆，天子蒙尘，东向悲愤，死有余责。今遣璞等讨贼，愿公即日会师，同建义举，阗当唯命是从。”这书亦付璞带去。璞至陕西，为寇所阻，自思手下只有万人，怎能敌得过数万汉兵，不如见机引还，尚保万全，乃麾兵径归。就是寄保一书，亦不得达。惟凉州一带，幸由张氏镇守，尚得无恙。先是关中有意谣云：“秦州中，血没腕，惟有凉州倚柱观。”及长安失陷，汉兵四掠，氐羌亦乘隙蠢动，骚扰陇右。雍秦两州人民，十死八九，惟凉州得安，果如歌谣相符。弘农太守宋哲，自长安奔至建康，由琅琊王睿接见。哲从怀中取出愍帝诏书，南面宣读。睿下阶跪伏，但听哲读诏道：

遭遇迍否，皇纲不振。朕以寡德，奉承洪绪，不能祈天永命，绍隆中兴，至使凶胡敢率犬羊，逼迫京辇，朕今幽塞穷城，忧虑万端，恐一旦奔溃，因令平东将军宋哲，诣丞相府，具宣朕意，使摄万几，恢复旧都，修缮陵庙，以雪大耻而报深仇，是所至望！丞相其毋辞！

诏既读毕，睿起身接受，留哲在府。哲复述及长安情状，睿乃入易素服，出次举哀，且移檄四方，拟即北征。西阳王羕，系前汝南王亮第三子，曾从睿渡江，睿承制拜为抚军大将军，至是邀同僚佐牧守，上笺劝进，睿不肯从。羕等再三固请，睿慨然流涕道："孤乃皇晋罪人，惟有蹈节死义，誓雪国耻，得能济事，尚可自赎，且孤本受封琅琊，若诸贤见逼，再四不已，孤只有仍归原国便了。"说罢，便自呼私奴，命驾归国。羕等不敢再劝，但请依魏晋故事，称为晋王。睿乃允诺，择日即晋王位，设坛西郊。届期受僚属参谒，改元建武，号建业为建康，颁令大赦。除杀祖父母父母及刘聪石勒等，不从此令外，悉数宥免。遂备置百官，立宗庙社稷。有司请立王太子，睿爱次子宣城公裒，意欲为嗣，因商诸王导道："立子应该尚德否？"导主张立长，谓世子绍与宣城公，朗俊相同，但立长较为顺理，幸勿乱序。睿乃立世子绍为王太子，次子裒为琅琊王，奉恭王后，使镇广陵。绍与裒同为宫人荀氏所生，颇得睿宠，唯睿妃虞氏，素妒荀宫人。荀氏不免怨望，为睿所闻，遂致见疏。虞妃无子，至睿为晋王时又已去世，所以立绍为嗣，绍虽见立，荀氏仍不得加位，但追尊虞氏为王后，这也无庸细评。西阳王羕，受封太保，外如征南大将军王敦，进为大将军领江州牧，右将军王导，进为骠骑将军，领扬州刺史，都督中外诸军事。左长史刁协为尚书左仆射，右长史周颢为吏部尚书，军谘祭酒贺循为中书令，右司马戴渊王邃为尚书，司直刘隗为御史中丞，参军刘超为中书舍人，余亦封拜有差。王敦辞去州牧，王导因敦外握兵权，亦辞去中外都督，贺循亦自称老病，辞去中书令，睿皆准如所请。惟改任循为太常卿，循为江左儒宗，明习礼仪，颇为睿所推重。还有刁协历仕中朝，熟谙旧事，睿亦随事谘询。江东草创，百事待举，一切兴作，多由二人决议，才见推行。

未几，又来了一个名士，姓温名峤，字太真，乃是故司徒温羡从子，本是祁县人氏，父憺为河东太守。峤生性聪颖，博学能文，年十七时，已有盛名，州郡辟召，均皆不就。后为东阁祭酒，补授潞令。平北大将军并州刺史刘琨妻，系峤从母，琨因引为参军，迁擢上党太守，加建威将军，拒击石勒，辄有战功。琨进官司空，复任峤为右司马。小子尝阅《世说新书》，载有峤艳史一则。峤原配王氏，早年病殁，从姑刘氏有一女，秀外慧中，刘氏嘱峤觅婿，峤自有婚意，但佯答道："佳婿难得，若有人似峤，可能中意否？"刘氏道："不敢望汝。但教品学少优，便可将就了。"过了两三日，峤即入报道："已得佳婿了，门地恰也清高，婿现为名宦，与峤相似。"刘氏大喜。峤即取出玉镜台一枚，作为聘物，刘氏当然收下。到了婚期，峤引导彩舆，往迎新嫁娘，刘家还道峤是媒妁，待以常礼，及刘女登舆，峤亦随回，竟令彩舆抬入己家，居然改穿吉服，自作新郎，与女交拜。礼毕入房，女用手自披纱扇，顾峤大笑道："我原疑是老奴！"峤亦笑道："如峤可得配卿否?”女本来慕峤,自然乐允。旧中表作为新夫妇,相亲相爱,更逾常人。惟看官不要误作琨女,琨妻是峤的从母,俗例叫姨母,若刘氏是峤的从姑,乃是姑母,与姨母不同。这事虽无关时势,但古今传为韵事,所以小子也随笔叙入,见得峤风流自喜,确是一个不羁才。

至长安陷没的时候,琨为石勒所攻,奔入蓟城,当时也有一段情事,不得不补叙明白。汉主聪使刘曜攻长安,复使石勒攻并州,双方并举,免得琨入援长安。勒进陷廪邱,守将刘演,遁往段氏,勒复进围乐平,太守韩据,向琨求救,适琨子遵,因代有内乱,引着代将卫雄箕澹等,并及人马牛羊,趋回晋阳。琨得了资助,即拟出兵拒勒,箕澹谓代众新附,不宜轻用。琨急欲平寇,不从澹言,且使澹率代众为前趋,往救乐平,自屯广牧为后援。澹中石勒埋伏计,丧失兵马一大半,走还代郡。韩据亦弃城他窜,并土大震。那石勒确是厉害,又从间道袭晋阳,留守长史李弘,竟举城降勒,于是琨进退失据,不得已奔往蓟城,投依段匹磾。匹磾已领幽州刺史,见琨来奔,很加器重,与琨约为兄弟,并结姻好,两人遂歃血同盟,期复晋室,一面檄告华夷,邀同太尉豫州牧荀组,镇北将军刘翰,单于广宁公段辰,辽西公段眷,冀州刺史邵续,兖州刺史刘广,东夷校尉崔毖,鲜卑大都督慕容廆等,并推晋王睿为晋主,同心讨汉。就是汉将曹嶷,占据齐鲁间郡县,自守临淄,筑广固城,因与石勒有隙,也去汉附琨,愿戴晋王。琨即令温峤南赴建康,奉书劝进。峤奉令即行,母崔氏不愿峤往,牵住峤裾,峤绝裾径去。兼程至建康,王导周颉等,素闻峤名,迎入客廨,问明来意。峤取笺出示,导等大喜,即引入见睿。睿而加慰劳,且取笺展览道:

臣闻天生烝民,树之以君,所以对越天地,司牧黎元,圣帝明王,监其若此,知天地不可以乏享,故屈其身以奉之;烝黎不可以无主,故不得已而临之。社稷多难,则戚藩定其倾,郊庙或替,则宗哲纂其祀,是以弘振遐风,式固万世。三五以降,靡不由之。伏维高祖宣皇帝,肇基景命,世祖武皇帝,遂造区夏,三叶重光,四圣继轨,惠泽侔于有虞,卜世过于周氏。自元康以来,艰难繁兴,永嘉之际,氛厉弥昏,宸极失御,登遐丑裔,国家之危,有若缀旒,赖先后之德,宗庙之灵,皇帝嗣建,旧物克甄,诞授钦明,服膺聪哲。玉质幼彰,金声夙振。冢宰摄其纲,百辟辅其政,四海想中兴之美,群臣怀来苏之望。不图天不悔祸,大灾荐臻,国未忘难,寇害寻兴,逆胡刘曜,纵逸西都,敢肆犬羊,陵虐天邑。主上幽劫,复沈虏庭,神器流离,再辱荒逆。臣每览史籍,观之前载,厄运之极,古今未有。苟在食土之毛,含血之类,莫不叩心绝气,行号巷哭。况臣等荷宠三世,位厕鼎司,闻问震惶,精爽飞越,且惊且惋,五情无主。臣闻昏明迭用,否泰相济,天命无改,历数有归,或多难以固邦国,或殷忧以启圣明。是以齐有无知之祸,而小白为五霸之长，晋有骊姬之难，而重耳主诸侯之盟。社稷靡安，必将有以扶其危，黔首几绝，必将有以继其绪。伏维陛下，玄德通于神明，圣姿合于两仪，应命世之期，绍千载之运，符瑞之表，天人有征，中兴之兆，图谶垂典。自京畿陨丧，九服奔离，天下嚣然，无所归怀，虽有夏之遘夷羿，宗姬之罹犬戎，蔑以过之。陛下抚征江左，奄有旧吴，柔服以德，伐叛以刑，抗明威以慑不类，杖大顺以号宇内，纯化既敷，则率土宅心，义风既畅，则遐方企踵，百揆时叙于上，四门穆穆于下。昔少康之隆，夏训以为美谈，宣王中兴，周诗以为休咏。况茂勋格于皇天，清晖光于四海，苍生颙然，莫不欣戴，声教所加，愿为臣妾者哉。且宣皇之胤，惟有陛下，亿兆依归，曾无与二。天祚大晋，必将有主，主晋祀者，非陛下而谁？是以迩无异言，远无异望，讴歌者无不吟讽徽猷，讼狱者无不思于圣德。天地之际既交，华夷之情允洽，一角之兽，连理之木，以为休征者，盖有百数，冠带之伦，要荒之众，不谋同辞者，动以万计。是以臣等敢考天地之心，因函夏之趣，昧死上尊号，愿陛下存舜禹至公之情，挟由巢抗矫之节，以社稷为务，不以小行为先，以黔首为忧，不以克让为嗣，上慰宗庙乃顾之怀，下释普天倾首之勤，则所谓生繁华于枯荑，育丰肌于朽骨，神人获安，无不幸甚。臣闻尊位不可久虚，万几不可久旷，虚之一日，则尊位已殆，旷之浃辰，则万几以乱。方今踵百王之季，当阳九之会，狡寇窥窬，伺国瑕隙，黎元波荡，无所系心，安可废而不恤哉？陛下虽欲逡巡，其若宗庙何？其若百姓何？昔者惠公虏秦，晋国震骇，吕郤之谋，欲立子圉，外以绝敌人之志，内以固阖境之情，故曰丧君有君，群臣辑睦，好我者劝，恶我者惧。前事之不忘，后代之元龟也。陛下明并日月，无幽不烛，深谋远猷，出自胸怀，不胜犬马忧国之情，待睹神人开泰之路。是以陈其乃诚，布之执事。臣等忝于方任，久在遐外，不得陪列阙廷，与睹盛礼，踊跃之怀，南望罔极，敢布腹心，幸乞垂鉴！

睿既览毕，半晌才说道："主上播越，正臣子见危致命的时候，奈何敢妄窃天位呢？"遂留峤在建康，另遣使赍递复书，语云：

豺狼肆毒，荐复社稷，亿兆颙颙，延首罔系。是以居于王位，以答天下，庶几迎复圣主，扫荡仇耻，岂可猥当隆极？此孤之至诚，著于遐迩者也。公受奕世之宠，极人臣之位，忠允义诚，精感天地，实赖远谋，共济艰难，南北回邈，同契一致。万里之外，心存咫尺，公其抚宁华戎，致罚丑类，动静以闻！

琨得晋王睿复书，便与段匹磾商议，先讨石勒，再击平阳。匹磾推琨为大都督，自为琨副，联名檄州郡牧守，会师襄国，且发兵出屯固安，俟集各军。偏匹磾从弟末杯，得勒厚赂，多方阻挠，各州郡牧守，亦多徘徊观望，未闻出师。

琨与匹磾，只好付诸长叹，同归蓟城。总之晋乱已甚，天怒人怨，大势一去，无可挽回。汉主聪原是不道，但势方强盛，连虏二帝，晋室王公，半多束手，有几个侈谈匡复，或力不从心，或言不由衷，全局似散沙一般，怎能毅然进讨，问罪平阳呢？建武元年十二月，汉主聪复弑愍帝，简直如屠戮犬豕一般，从臣只死了一个辛宾，总算是孤忠耿耿，碧血千秋。

这愍帝遇弑原因，全是聪子粲一人主张，说将起来，又有一番颠末，应该约略叙明。自聪多内宠，不理朝政，凡事皆委粲办理，且加封晋王。粲不但欲代父统，并想奄有中原，做一个华夷大皇帝，惟事有先后，第一着下手，非除太弟乂不可。乂在东宫，亦窃窃自危。一日，天忽雨血，东宫延明殿中，下血尤多，乂且惊且忧，转问太傅崔遐，太保许遐。两人齐声道："天象已明示殿下，须要流血一次，方可安枕，试想主上立殿下为太弟，无非暂安众心，今已属意晋王，任为相国，权势威重，高出东宫，殿下若再容忍过去，位必难保，且有不测的危祸，故不如先发制人，免为彼算。"乂迟疑不答。两人复并说道："今东宫卫兵，不下四千，相国轻佻，但教遣一刺客，便足了事，余王并幼，有何能为？若殿下有意，二万精兵，叱嗟可致，一鼓入云龙门，卫士必倒戈相迎，正无烦费力呢。"乂终不从。

东宫舍人荀裕，竟入告汉主聪，报称崔许劝太弟谋反，聪立收崔许入狱，寻即诛死，别使冠威将军卜抽，率兵监守东宫，禁乂朝会。乂非常忧惧，上表乞为庶人，请以晋王粲入嗣。抽将表捺住，不使上达。乂虽未被废，已等囚奴，从前乂妾靳氏，为护军靳准从妹，与役吏宣淫，被乂窥透奸情，杀死靳氏，且屡次嘲准。准暗生忿恨，尝至粲处进谗，谓乂将谋变，窃发有期。粲不禁着急，向准问计。准说道："主上爱信太弟，若猝然相告，未必肯信，不如撤回东宫监守，使太弟仍得交通宾客，太弟素好待士，必不加防，俟探得间隙，下官乃可举发，再将太弟往来宾佐，拘住数人，利诱威逼，不怕大狱不成！"粲喜从准言，便令卜抽引兵撤回。乂还道是相国有情，得免禁锢，哪知他是请君入瓮的诡谋。

汉主聪更加糊涂，沉湎酒色，好几月不出视朝，后宫佩皇后玺绶，多至七人，以靳月华为正皇后，又拣了一个宫人樊氏，使侍巾栉。樊氏系聪母张氏侍婢，生小入宫，垂髫后妖媚无比，便得偷沾雨露，仰沐皇恩。聪宠爱逾恒，竟令她为上皇后，做了靳月光的替身。从来女子小人，往往有连带关系，宫中既有若干宠妾，当然有若干权阉，中常侍王沈宣怀，中宫仆射郭猗等，皆嬖幸用事，车服第舍，僭越诸王，子弟多出为守令，靳准欲设法除乂，不得不联络阉人，表里为奸。东宫少府陈休，左卫将军卜崇，人品清正，素嫉宦官，虽在公座，不与王沈等交言。侍中卜干，尝引窦武陈蕃故事，隐戒休崇。休崇情愿一死，不肯少屈，果然憸人构陷，大祸临头。汉主聪忽御上秋阁，命收陈休卜崇，及特进綦毋达，大中大夫公师彧，尚书王琰田歆，大司农朱诞，一并加诛。綦毋达等，同为宦寺所忌,故亦连坐。侍中卜干,见诏旨猝下,慌忙谏阻,甚至叩头流血。王沈站立聪侧,厉声叱干道:“卜侍中胆敢拒诏么?”聪闻沈言,拂衣竟入。休崇等遂被牵出市曹,一齐处斩。干趋退后,有诏黜为庶人。太宰河间王刘易,大将军渤海王刘敷,御史大夫陈元达,光禄大夫西河王刘延等,联名上表,弹劾宦官。汉主聪反将所上表章,取示王沈,且笑语道:“群儿为元达所引,乃致有此痴语呢?”沈即叩头称谢。聪复召粲入问,粲极言沈等忠清,因复封沈等为列侯。刘易闻诏,伏阙上疏,稽首固谏。聪竟大怒,把易疏撕碎,掷还刘易。易乃趋出,恚忿而死。陈元达临丧大恸道:“人之云亡,邦国殄瘁,我从此不能再言,还要活着做甚么?”及吊毕归家,亦服毒自杀。

既而聪宴会群臣,引见太弟乂,见他面目憔悴,涕泣陈词,也不觉潸然泪下,乃与乂畅宴,待遇如初。那靳准王沈等,却非常惶急,亟谒相国刘粲,授与密计。粲即使私党王平,往语太弟乂道:“顷得密旨,谓京师将有大变,请饬左右衷甲戒严,豫备不虞。”乂信为真言,命宫臣衷甲以待。不意靳准王沈,借此诬乂,聪听信谗言,竟使粲往围东宫,收捕太弟僚佐,屈打成招,自诬与乂谋反。供词入呈。聪反称沈等忠贤,并废乂为北海王。粲又使准进毒鸩乂,乂死得不明不白,无处伸冤。东宫官属,亦枉死了数十人。粲得立为皇太子,仍领相国大单于,总摄朝政如故。

会聪出猎上林,召晋愍帝行车骑将军,使他执戟前导,行三驱礼。平阳父老,聚观道旁,都不觉惨然道:“这便是长安故天子呢!”粲时在列,听到是言,触起旧感,俟罢猎回宫,即向聪进言道:“周武王岂愿杀纣,正恐同恶相求,容易生患,不如早除为是。”聪踌躇道:“前杀庾珉王俊,尚滋众议,我今不忍再行此事。”粲不肯遽退,又复力请。经聪以他日为约,方才退出。未几又在光极殿会宴。聪使愍帝行酒洗爵,及更衣时,又使执盖。晋尚书郎辛宾,侍从愍帝,不由的目击心伤,起抱帝腰,大哭失声。聪愤愤道:“想汝不望再活,愿随庾珉辈后尘呢。”遂叱左右扯出辛宾,一刀杀死。愍帝吓得乱抖,只因死期未届,尚使退回。会荥阳太守李矩,招降洛阳汉将赵固,使与河内太守郭默,共攻汉境,师次小平津。聪令太子粲出御,固因扬言道:“要当生缚刘粲,赎还天子。”粲即使人奉表道:“今司马睿跨据江东,赵固李矩,同逆相济,皆以故主为口实,须亟杀子业,示绝民望,彼矩固等无词可借,士卒必离,不战自溃了。”聪乃害死愍帝,时年才一十八岁。小子有诗叹道:

一君陷死几何年,又听平阳惨报传。

执盖洗樽犹遇害,可怜天地两腥膻。

愍帝遇害,赵固郭默等众,又被粲发兵击退。那时晋室统绪,当然要属诸晋王睿了。欲知底细,请看下回便知。

第三十一回

晋王睿称尊嗣统　汉主聪见鬼亡身

却说愍帝凶闻，传至建康，晋王睿斩衰居庐，百官请上尊号，睿尚不许，前会稽内史纪瞻，上书申请，大略说是：

> 陛下性与天道，犹复役机神于史籍，观古人之成败，今世事举目可知，不为难见。二帝失御，宗庙虚废，神器去晋，于今二载。梓宫未殡，神人无主。陛下膺箓受图，特天所授，使六合革面，遐荒来庭，宗庙既建，神主复安，亿兆向风，殊俗毕至。若列宿之绾北极，百川之归巨海，而犹欲守匹夫之谦，非所以阐七庙，隆中兴也。但国贼宜诛，当以此屈己谢天下耳。而欲逆天时，违人事，失地利，三者一去，虽复倾匡于将来，岂得救祖宗之危急哉？适时之宜万端，其可纲维大业者，惟理与当。晋祚屯否，理尽于今，促之则得，可以隆中兴之祚，纵之则失，所以资奸寇之权，此所谓理也。陛下身当厄运，纂承帝绪，顾望宗室，谁复与让？当承大位，此所谓当也。四祖廓开宇宙，大业如此，今五都燔爇，宗庙无主，刘石窃弄神器于西北，陛下方欲高让于东南，此所谓揖让而救火也。臣等区区，尚所不许，况大人与天地合德，日月并明，而可以失机后时哉？机不可失，时不再来，幸陛下垂察！

瞻一面上书，一面已安排御座，召集百官，力劝晋王睿登位。睿尚徘徊不进，至瞻等拥他升殿，还令殿中将军韩绩，撤去御座。瞻厉声叱绩道："帝座上应列星，谁敢妄撤？妄撤即斩！"睿也为动容。瞻即请睿下即位令，慰副民望。

睿乃允诺，当有草令官缮就文辞，颁发朝堂，令云：

孤以不德，当厄运之极，臣节未立，匡救未举，夙夜所以忘寝食也。今宗庙废绝，亿兆无系，群官庶尹，咸勉之以大政，亦何敢辞？谨从众请，即日履新，特此令知！

令文甫下，忽由奉朝请周嵩，递入一笺，乃是谏阻登基，与众不同。略言：“古时帝王，义全后取，让成后受，故能享世长久，万载重光。今梓宫未返，旧京未清，何不训卒励兵，先雪大耻？待至功德具隆，自然天与人归！”云云。这一张笺文，映入睿目，不由的心下一惊，默忖多时，才把原笺递示百官，又说出几句谦逊的话头。纪瞻等顿时大哗，统言周嵩无知，应从贬斥。右将军王导进言道：“诸公不必哗噪，殿下亦不必过谦。圣如孔子，犹言从众，一二人异议，何足介怀，请殿下易衣登座，君临万民，然后四海有主，方好壹意讨虏了。”睿闻导言，始决意践阼，复入内改着法服，衮冕出郊，祭告天地，还朝即皇帝位，受百官谒贺。百官依次俯伏，三呼已毕，睿命导并升御床。导固辞道：“若太阳下同万物，苍生何从仰照呢？”睿乃罢议，因即下诏道：

昔我高祖宣皇帝，诞应期运。廓开王基，景文皇帝。奕世重光，缉熙诸夏，爰暨世祖，应天顺时，受兹明命，功格天地，仁济宇宙。昊天不融，降此鞠凶。怀帝短世，越去王都，天祸荐臻，大行皇帝崩殂，社稷无奉，肆群后三司六事之人，畴谘庶尹，至于华戎，致辑大命于朕躬。予一人畏天之威。用弗敢违，遂登坛南岳，受终文祖。燔柴颁瑞，告类上帝。惟朕寡德，缵我弘绪，若涉大川，罔知攸济，惟尔股肱爪牙之佐，文武熊罴之臣，用能弼宁晋室，辅予一人。思与万国，共同休庆。钦哉惟命！

看官记着！睿是江东开国的第一个主子，历史上称为东晋，又因他后来庙号，叫作元皇帝，所以沿称元帝。先是江左有童谣云：“五马浮渡江，一马化为龙。”时人都莫名其妙。至永嘉年间，睿与西阳王羕，汝南王祐，南顿王宗，彭城王释，相继渡江，睿独得为帝，童谣始验。但穷究底细，实是牛代马后，小子于前文中，已经叙过，想看官应早接洽呢。话休絮烦。

且说元帝睿既已即位，颁诏大赦，复改建武二年为太兴元年，立王太子绍为皇太子。绍幼年聪颖，素得父宠，数岁时，坐置膝下。适长安使至，元帝问绍道：“汝谓日与长安，孰近孰远？”绍答道：“长安近，不闻人从日边来。”次日，元帝款待来使，并宴及群僚，又召绍出问道：“究竟长安近呢，还是日近呢？”绍却答言日近。元帝失色道：“汝曾言长安近，为何今日异词？”绍又答道：“举目见日，不见长安，所以说是日近。”元帝益觉惊异，群僚当然推为奇童。及长，颇知仁孝，喜属文辞，又善武艺，好贤礼士，虚心纳谏，与庾亮温峤等，为布衣交。亮风格峻整，善谈老庄，元帝称亮有清才，因纳亮妹为绍妇，绍为太子，庾氏当然为太子妃，亮亦得侍讲东宫。元帝尝以韩非书赐太子，亮进谏道："申韩刻薄伤化，不足取法。"太子绍深纳亮言，故不尚烦苛，专主宽简，中外目为贤储君。

绍弟琅琊王裒，曾奉父命，带领锐卒三万，往助豫州刺史祖逖，北讨石勒。逖自击楫渡江，进至谯城，流人张平樊雅，曾聚众谯郡，自称坞主。逖使参军殷乂，往招平雅，乂意甚轻平，谓平屋只可作厩，又见大镬，谓可置铁器。平夸言是帝王镬，待天下清平，大有用处。乂冷笑道："头且不保，尚爱这镬么？"平勃然怒起，拔剑斩乂。遂督众固守。逖往攻不克，以重利啗平将谢浮，使杀张平。浮将平刺死，携首献逖。惟樊雅尚据住谯城，未肯降服，逖更使人说降，谯城乃下。石勒遣从子虎围谯，适南中郎将王含，使参军桓宣往援，虎乃退去，逖表宣为谯国内史。至琅琊王裒驰至，谯城已经解围，裒还建康，数月病殁。裒有弟冲，封东海王，使继故太傅越宗祀，尊越妃裴氏为太妃。冲弟晞，亦封武陵王，加王导骠骑大将军，开府仪同三司，仍进王敦为江州牧，迁刁协为尚书令，荀崧为尚书左仆射，其余内外文武各官，俱增位二等。惟出周嵩为新安太守，阴示薄惩。

忽由河北传到骇闻，乃是前并州都督刘琨，竟被幽州刺史段匹磾杀死。看官阅过前文，应知匹磾与琨，约为兄弟，申以婚姻，同盟讨汉，齐心事晋，为甚么凶终隙末，反致害琨呢？原来元帝即位，曾命琨为太尉，仍广武侯，匹磾为渤海公。会匹磾因兄死奔丧，琨遣嫡子群送往，偏匹磾从弟末抷，私通石勒，率众袭击匹磾，匹磾走脱，刘群为末抷所执，厚礼相待，许琨为幽州刺史，诱群同攻匹磾。群不得已允了末杯，作书遗父，请为内应。偏匹磾回蓟，防备末柸，屡遣探骑侦察，凑巧末柸使人，被他拘住，搜得群书，献与匹磾。匹磾即将原书示琨，琨大为惊异。匹磾道："我知公无他意，所以白公。"琨答道："与王同盟，志匡王室，仰仗威力期雪国耻。若儿书密达，乃是末抷为反间计，离我二人，我终不私爱一子，负公忘义呢。"匹磾也一笑而罢。琨本别屯故征北府小城，此次由匹磾召来，彼此证明心迹，情好如初。琨即欲还屯，匹磾弟叔军白兄道："我等俱系胡人，向为晋所轻视，今不过畏我兵众，所以甘心俯就，若我骨肉构祸，示以间隙，适使彼得图我，倘有人奉琨发难，我族将从此无遗了。"匹磾因留琨不遣。琨庶长子遵，留居征北府小城，闻琨被拘，遂与琨左长史杨桥，并州治中如绥，闭门自守。匹磾使人慰谕，遵等不从。经匹磾发兵围攻，相持兼旬，小城中粮尽食空，守将龙季猛，暗降匹磾，斩桥绥，执刘遵，开城纳匹磾兵。琨迭闻变故，自知难免，索性将生死置诸度外，毫不慌忙，惟尚有一腔忠愤，无处可挥，特吟五言诗一首，寄赠别驾卢谌，诗云：

幄中有悬璧，本自荆山球。维彼太公望，昔是渭滨叟。邓生何感激？千里来相求。白登幸曲逆，鸿门赖留侯。重耳凭五贤，小白相射钩。能通二霸主，安问党与仇？中夜抚枕叹，想与数子游。吾衰久矣夫！何其不梦周？谁云圣达节？知命故无忧。宣尼悲获麟，西狩泣孔丘，功业未及建，夕阳忽西流。时哉不我与，去矣如云浮。朱实陨劲风，繁英落数秋。狭路倾华盖，骇驷摧双辀。何意百炼刚，化作绕指柔？

诗中寓意，无非借鸿门白登故事，激励卢谌。谌无甚奇略，但用常词酬和，且谓琨措词未合，不应作帝王思想。琨见他不知己意，付诸一叹罢了。已而代郡太守辟闾嵩，与雁门太守王据，后将军韩据同谋，欲袭匹磾，救出刘琨。不料韩据女为匹磾儿妾，得知三人密计，竟告匹磾。匹磾即诱执王据辟闾嵩，并皆杀死。会江州牧王敦，寄书匹磾，嗾使杀琨。匹磾亦虑众为变，托称建康有诏，处琨死刑。琨闻敦使到来，顾语子侄道："处仲使来，不闻见告，这明明是诱杀我呢。死生有命，但恨仇耻未雪，愧与君亲相见地下呢。"因呜咽流涕。俄顷，即有吏趋入，伪传诏命，逼琨自缢。琨子侄四人，亦俱被害。卢谌等率琨遗众，走依末抷，奉琨子群为主，暂依末柸部下。末柸匹磾，益寻仇不已，晋人尤不服匹磾，相率离散，匹磾亦转盛为衰。

元帝闻匹磾杀琨，尚畏匹磾势焰，不敢指斥，且未尝为琨举哀。琨右司马温峤，表称琨尽忠帝室，应加褒恤。元帝不报，但除琨为散骑侍郎。峤既悲琨死，又闻母亡，因固辞职位，苦请北归。有诏不许，且责峤道："今寇逆未枭，诸军奉迎梓宫，尚不得进，峤怎得专顾私难，任官不拜呢？"峤不得已受命。

会凉州刺史西平公张阗，遣牙门将蔡忠，通问建康，书中尚用建兴年号，不称太兴。当时东西悬隔，元帝即位的诏书，尚未颁到，所以犹仍旧号，且遣忠东行，亦非无因。南阳王都尉陈安，举兵叛保，入逼上邽。保向凉州告急，阗发步骑二万人往援，安始退去。凉州兵还镇，谓保欲自称尊号，破羌都尉张诜，因向阗献议道："南阳王不思国耻，遽欲称尊，将来必不能成功。晋王近亲，且有名德，公当为天下首倡，奉戴江东。"阗依诜言，乃使忠诣建康。及忠自建康西归，阗亦已知元帝即位，并由忠代赍诏书，虽语多慰勉，阗含有专制的意义。阗也未免怀嫌，阳若奉晋，阴实离晋，嗣是凉州亦别为一国了。

当时尚有南安赤亭，羌人姚弋仲，为后汉时西羌校尉迁那子，怀帝末年，因见中国大乱，得由赤亭东徙榆眉，华夷人民，襁负相随，共有数万。弋仲遂自称扶风公。略阳氐酋杨茂搜，有子难敌，袭踞梁州，刺史张光愤死，光子迈战殁，嗣由州人张咸，纠众逐去难敌，举州附成。成主李雄，得管领梁益二州，难敌回至略阳，适茂搜病死，便嗣立为氐王，这也是一路杂胡。代王普根，戡定国难。不久即死，国人立猗卢从子郁律为主。郁律好武，击走铁弗部酋刘虎，收降虎众，又西取乌孙故地，东并勿吉诸部，士马精强，复得雄长北方。还有慕容廆庶兄吐谷浑，与廆分部自治。会二部马斗，廆遣人诮浑，浑即率众西徙，后复度陇而下，据洮水西，拓地至白兰，地方数千里。鲜卑谓兄为阿干，廆追怀兄浑，为作阿干歌。浑子甚多，相传有六十人，长子吐延嗣位，未几为羌人所杀，子叶延继立。叶延好学尚礼，谓公侯之子，得用王父字为氏，因把吐谷浑三字作为国号，后来享国最长，在五胡十六国外，好算是一个西徼的雄封哩。

独汉主聪，骄淫荒虐，不修政事，朝廷内外，无复纲纪，佞人日进，货赂公行，后宫赏赐，动至千万。聪次子大将军敷，屡次泣谏，聪大怒道："尔欲乃公速死么？朝朝暮暮，生来哭人。"敷积忧病死。河东大蝗，犬豕相交，东宫四门，无故自坏，内史女人，化为丈夫，灾异不绝，聪毫不戒惧。已而聪所居螽斯百则堂，猝遭火灾，焚死聪子孙二十余人，聪自投床下，哀塞气绝，良久乃苏。但事过又忘，淫昏如故。中常侍王沈，有一养女，年方十四，娇小玲珑，为聪所爱，拟立为左皇后。尚书令王鉴，中书监崔懿之，中书令曹恂等，上书谏阻，略云：

> 臣闻皇者之立后也，将以上配乾坤之性，象二仪敷育之义，生承宗庙，母临天下，亡配后土，执馈皇姑，必择世德名宗，幽娴令淑，乃副四海之望，称神祇之心。是故周文造周，姒氏以兴，关雎之化洽，则百世之祚永。孝成任心纵欲，以婢为后，使皇统亡绝，社稷沦倾。有周之隆，既如彼矣，大汉之祸，又如此矣。从麟嘉以来，乱淫于色，纵沈之女弟，刑余小丑，犹不可侍琼寝，污清庙，况其家婢耶？六宫妃嫔，皆公子公孙，奈何一旦以婢主之。何异象榱玉箦，而对腐木朽槛哉？臣恐无福于国家，反有害于宫寝也。明知冒渎，不敢不陈，谨昧死上闻！

聪览毕大怒，即令中常侍宣怀，传语太子粲道："鉴等小子，漫侮国家，狂言漫语，无复君臣上下礼节，速即加刑。"粲一奉命，便饬兵吏收捕鉴等，牵往市曹。金紫光禄大夫王延，驰至殿门，意欲入谏，王沈密嘱司阍，不许入内。沈却自赴市曹监刑，用杖叩鉴等道："庸奴！庸奴！尚能逞刁么？乃公养女为后，干汝甚事？"鉴瞋目叱沈道："竖子！使皇汉灭亡，即由汝等鼠辈，与靳准一人。我死后，当诣先帝前诉汝，活捉汝等至地下。"懿之亦厉声道："靳准枭声獍形，必为国患，汝等为国蠹贼，党同枭獍，今日食人，他日人亦食汝，看汝能活到几时？"沈且怒且惭，立使刑吏加刃，刀光起处，首皆落地，时人都为呼冤。

中常侍宣怀，也觅得一个丽姝，作为养女，献入汉宫。聪多多益善，一视同仁，复立她为中皇后。这八九个年少娇娃，轮流供御，再加后庭粉黛，不下千百，任令聪随意选召，日夕淫嬲，就使铜头铁骨，也为所熔，何况是血肉身躯呢？聪渐觉不支，奄卧光极殿寝室中，常闻鬼哭，更迁至建始殿中，鬼哭如故。聪少子东平王约，已经夭逝，一日，聪适昼寝，并未睡熟，蓦见帐外有一人影，举目审视，不是别人，正是东平王约，禁不住大声呼异，声浪一传，那人影复杳然不见。聪越加惊疑，便召太子粲入室，握手叮咛道："我寝疾缠绵，见闻多怪，今又见约来此，想是我命该终，此儿特来迎我呢。人死果有神灵，我亦何必怕死。但现今世难未平，汝不必拘守谅暗古制，朝死夕殓，旬日出葬便了。”粲含糊答应。聪又命粲颁发诏令，征刘曜为丞相，石勒为大将军，并录尚书事，夹辅朝政，二人皆奉表固辞。粲复入白，聪乃改令刘景为太宰，刘骥为大司马，刘颉为太师，朱纪为太傅，呼延晏为太保，并录尚书事。范隆守尚书令，仪同三司，靳准为大司空，领司隶校尉，皆迭决尚书奏事。过了数日，聪病加剧，满身呼痛，等到气竭声嘶，两目一翻，呜呼死了。共计在位九年，太子粲嗣为汉主，依聪遗命，旬日即葬，追谥聪为昭武皇帝，庙号烈宗。小子有诗叹道：

九载淫荒恶贯盈，到头一死国随倾。

及身幸免儿孙受，莫向苍天怨不平。

粲既嗣位，恣行无道，比乃父还要荒淫，欲知详情，试看下回续叙。

第三十二回

诛逆登基羊后专宠
乘衅独立石勒称王

却说刘粲为刘聪长子，少时却也聪隽，具文武才。自得为宰相后，威福自专，远忠贤，近奸佞，任情严刻，拒谏饰非；好兴宫室，罗列妾媵，相国府仿佛紫宫。及继承大位，毫无戚容。聪后靳月华，得尊为皇太后，樊氏号弘道皇后，宣氏号弘德皇后，王氏号弘孝皇后，这四后俱在妙年，未满二十，面庞儿均皆齐整，模样儿又皆轻狂，此次刘聪已死，眼见得四位嫠妇，不耐守孀，好在嗣主粲能体心贴意，善代父劳，一身周旋四后，夜以继日，挨次烝淫，妇人家水性杨花，乐得屈尊就卑，共图欢乐。但粲已有妻孥，未免多嘴，粲乃立妻靳氏为皇后，子元公为太子，大赦境内，改年汉昌。

司空靳准，阴蓄异志，潜入白粲道："臣闻诸公欲行伊霍故事，将先杀太保，次杀臣身，另推大司马统摄万几。陛下若不先图，臣恐祸机不远，便在旦夕间了。"粲矍然道："恐无此事，休得相疑！"准怏怏退出，恐粲转告诸刘，反致杀身，乃急商诸太后皇后，教她们乘间进谗。二后俱系靳家儿女，当然唯命是从，趁着粲入宫行乐，便说诸刘如何设谋，如何废主，虽是无端捏造，一经莺簧百啭，竟觉得语语似真。靳月华尤善逞刁，对着粲前，呜咽与语道："宗臣等密谋废立，无非为嗣君烝淫而起，嗣君欲脱免此祸，幸勿再至妾宫，妾愿与陛下生别，冀得少安。"看官试想！粲与靳月华，已似胶漆相投，融成一片，哪里还分拆得开？经此一激，遂不管它是真是假，是好是歹，便毅然下令，收逮太宰上洛王刘景，太师昌国公刘颉，大司马济南王刘骥，大司徒齐王刘劢等，一古脑儿斩首。

骥弟车骑大将军吴王刘逞，亦连坐被诛，惟太傅朱纪，太保呼延晏，太尉兼尚书令范隆，出奔长安。

粲又大阅上林，谋讨石勒，命丞相刘曜为相国，都督中外诸军事，贸镇长安。授靳准为大将军，录尚书事。准暗嘱内侍，令劝粲晏处后宫，凡军国重事，尽付大将军裁决。粲正流连四美，倚翠偎红，巴不得有此良臣，代主国事，好使他安心纵乐。哪知准怀着鬼胎，潜谋不轨，乃大权到手，遂矫托粲旨，用从弟靳明为车骑将军，靳康为卫将军，所有宫廷宿卫，概归兄弟三人节制，于是决计作乱，戒兵待发。金紫光禄大夫王延，老成硕德，向负时望，准欲引为臂助，遣人与谋。延怎肯从乱，且拟入宫告粲，途次为靳康所劫，送至准处。准把延拘住，当即勒兵入宫。宫中无人阻拦，一任准等闯进，直登光极殿，使人执粲。粲尚在太后宫中，与靳月华饮酒调情，突见甲士驰入，还道是同宗发难，走匿床下。甲士呼道："司空有令，请主上升殿！"粲听了司空两字，不待收捕，便放胆出来，随甲士趋入殿中。哪知靳准竟高升御座，瞋目叱粲，说他种种淫虐，罪在不赦，粲才觉着忙，双膝跪下，叩头乞哀。准置诸不睬，竟喝令左右，将粲刺死，一面拘拿刘氏眷属，无论男女，不问少长，皆屠戮东市，只留着靳太后靳皇后二人。发掘刘渊刘聪陵墓，枭聪死尸，焚毁刘氏宗庙。嗣是彻夜鬼哭，声闻百里。惟征北将军刘雅，得出奔西平。

准自号大将军汉天王，称制置百官，召语汉臣胡嵩道："从古无胡人为天子，今将传国玺付汝，汝可送还晋家。"嵩不敢受。准又怒起，立命杀嵩，另派人通使司州。司州尚有晋属地，由河内太守李矩，迁为刺史，闻汉使到来，不知何因。至相见时，来使语矩道："刘渊屠各小丑，因大晋内乱，乘隙称兵，矫称天命，至使二帝幽没北廷，现由靳大将军汉天王，为晋复仇，屠灭刘氏，谨率众扶侍梓宫，请代表上闻！"矩乃飞奏元帝，遣太常韩胤等奉迎梓宫。胤尚未至平阳，那刘曜石勒等，已合兵攻准，眼见是战云扰扰，不便进行。准潜居宫禁，超擢私党，诛锄异己，仍将王延释出，令为左光禄大夫。延怒骂道："屠各逆奴，我岂肯为逆臣？快快杀我！且剜我左目置西阳门，右目置建春门，好看相国大将军入都，同诛逆贼哩。"准当然大愤，把延杀死。

相国刘曜，自长安发兵讨逆，大将军石勒，亦率精锐五万人，先驱讨准，据住襄陵北原。准屡拨兵挑战，勒坚壁不动，通书刘曜，愿会师同进。曜行抵赤壁，正与呼延晏朱纪范隆相遇，报明平阳惨状，且言曜母及兄，亦俱遭害。曜不禁大恸，誓报亲仇。呼延晏等遂请曜即尊，谓："国家不可一日无主，应先加尊号，维系众望。"曜即依议，就在赤壁设坛，行即位礼，大赦境内，惟准一门不在赦例。改元光初，使朱纪领司徒，呼延晏领司空，太尉范隆以下，各仍原职。遣使拜石勒为大司马大将军，加九锡，增封十郡，进爵赵公。勒进攻平阳，收降羌羯人民七万余名，均徙往所部郡县。刘曜亦檄征北将军刘雅，镇北将军刘策，进屯汾阴，作为声援。

靳准闻两路进兵，恐不能敌，乃使侍中卜泰，持了乘舆服御，送往勒营，情愿修和。勒将泰囚送曜营，曜释了泰缚，婉颜与语道："先帝末年，实乱大伦，司空仿行伊霍故例，使朕得登大位，不特无罪，并且有功；若能早迎大驾，当以政事相委，宁止免死？卿可为朕入城，具宣此意。"泰乃别去，返报靳准。准已害曜母及兄，恐曜未必相容，因沈吟不决。会车骑将军乔泰王腾，卫将军靳康与将军马忠等，刺杀靳准，推靳明为盟主，再使卜泰赍奉传国六玺，献与刘曜。曜欣然语泰道："使朕得此神玺，建帝王大业，实赖卿力。"因厚待卜奉，嘱令返报，许他归降。

石勒闻卜泰持玺降曜，未尝报勒，遂不禁怒起，增兵攻明。明出战屡败，婴城固守，且遣人向曜求救。曜使刘雅等纳降，靳明率平阳士女万五千人，奔归曜营，不料曜变了面目，俟明入见时，一声呼喝，便把他两手绑住，推出枭斩，且将靳氏全家诛戮，就是靳太后靳皇后等，亦悉数祭刀。惟靳康女，饶有姿容，为曜所羡，拟纳为皇后。女慨然道："陛下既诛妾父母兄弟，还要留妾何用？况妾家犯了逆案，致受诛夷，古人惩逆锄恶，尚当污宫伐树，难道可容留子女么？"说至此，泪容满面，越觉令人生怜。曜怎忍下手，还与她譬喻百端。康女总咬定一个"死"字，始终不肯从曜。曜乃纵令自去，且免康一子，使奉靳氏宗祀。

迎母胡氏丧于平阳，还葬粟邑，谥为宣明皇太后，追尊三代为皇帝，徙都长安，前筑光世殿，后筑紫光殿。立羊氏为皇后，羊氏就是晋惠帝继室，从前五废五复，九死一生，不料尚有这一段外缘，要去做那外国皇帝的正宫。曜尝私问羊氏道："我比司马家儿优劣何如？"羊氏嫣然一笑，复柔声作昵语道："陛下乃开国圣主，怎得与亡国庸夫，互相比论？彼贵为帝王，只有一妻一子及本身三人，尚不能保护，使妻子受辱庶人手中，妾当时已愤不欲生，何意复有今日？妾生长高门，误配庸奴，尝怪世间男子，为甚么无丈夫气？及得侍陛下，趋奉巾栉，乃知天下自有丈夫，正不能一概并论呢。"曜闻言大悦，宠爱有加。羊氏也格外逢迎，床第承欢，情好百倍。接连生下三子，长名熙，次名袭，幼名阐，并得曜宠。曜前妻卜氏，已有子数人，曜竟舍长立幼，以羊氏长男熙为嗣，册为太子，另封诸子为王。缮宗庙，定社稷，用司空呼延晏议，谓："晋以金德王天下，今宜承晋，取金水相生之义，不必沿汉旧号，可改称为赵。赵出天水，正与水德相符。"于是自称大赵，复以匈奴大单于为太祖，冒顿配天，渊配上帝，牲牡尚黑，旗帜尚玄，颁令大赦。且使侍中郭汜，持节署石勒为太宰，领大将军，进爵赵王。

勒已入平阳，修复渊聪二墓，收瘗刘粲以下百余尸骸，并将浑仪乐器，徙至襄国，一面遣左长史王修，至长安献捷，且贺曜即位。修谒曜称臣，呈上勒表，曜见表文中多恭逊语，很是欣慰，便留修馆宴，待遇甚优。勒有舍人曹平乐，前由勒遣至长安，应对皆如曜意。曜使侍左右，未曾遣归，至是独向曜进言道："大司马遣修到此，外表输诚，内觇强弱，待修一返，报明虚实，彼必将潜兵西来，轻袭乘舆。羯人无信，不可不防！"曜矍然道："卿言甚是，朕几为他所算。"遂发轻骑追还郭汜，且将王修牵出斩首。修随吏刘茂逃归，报明修被杀情形，勒遂回襄国，捕诛平乐家人，夷及三族，追赠修为太常，并下令示众道：

孤兄弟之奉刘家，人臣之道过矣。若微孤兄弟，岂能南面称朕哉？根基既立，便欲相图。天不助恶，使假手靳准，孤惟事君之体，当资舜求瞽瞍之义，故复推崇令主，齐好如初。何图长恶不悛，杀奉诚之使，帝王之起，复何常耶？赵王赵帝，孤自取之，名号大小，岂其所节耶？此后与刘氏绝好，俾众周知！

自勒下此令后，与曜交恶，遂成仇敌，这便是胡羯分离的张本，也就是刘曜灭亡的祸根了。秦州刺史陈安，即晋南阳王保都尉，他本是个反复无常的小人，曾叛保附汉，寻复降成。及刘曜即位，又遣人至曜处奉表，为保复仇。原来保闻愍帝凶耗，便欲称尊，好容易过了一年，竟自称晋王，改元建康，分置官属。保体极肥大，相传重量至八百斤。平居嗜睡，暗弱无能。部将张春杨次，触怒被责，因忿怼不平，相谋杀保。陈安尝逼攻上邽，偏此次上表刘曜，自称秦州刺史，托名讨贼。曜权词答复，安即引兵攻杀杨次，张春遁去。当下检出保尸，用天子礼安葬，私谥曰元，因即向曜告捷。曜授安为大将军，使镇上邽。嗣是晋又失去秦州。

还有蓬陂坞主陈川，尝自号宁朔将军，兼陈留太守。晋豫州刺史祖逖，遣人招抚，川愿效指挥。逖攻张平樊雅时，川曾拨部将李头往助，力战有功，得逖优待，赠给骏马。头感叹道："若得此人为主，虽死无恨。"及平诛雅降，头仍返蓬陂，不意陈川疑头归逖，将头杀死。头党冯宠，率亲属四百人，投奔逖军。川得报益怒，竟入掠豫州诸郡，大获子女车马，满载而归，行至谷水，突有一彪人马，从斜刺里杀出，截住川众，不许飏扬。川众顾命不遑，乱奔乱窜，还管甚么辎重。那时子女车马，仍得重归。看官欲问这支人马的来历，便是由祖逖差来，统将叫做卫策。策既截还所掠，还报祖逖。逖命将子女车马，各归原主，一无所私，百姓大悦。独川恐逖进讨，思借外援，自忖长安太远，未便通使，不如就近依附石勒，或得呼应较灵，乃奉书襄国，乞降求救。石勒即遣从子石虎，率兵五万，往援陈川。可巧祖逖亦引兵来攻，彼此相见，免不得一场大战。逖兵寡失利，退驻梁国。既而勒将桃豹，复率精骑至蓬关，遂与石虎陈川，共击祖逖。逖设伏待着，败虎前驱，虎乃退去，与陈川同还襄国，留桃豹守川故城，当下由虎倡议，请勒自称尊号。勒左长史张敬，右长史张宾，左司马张屈六，右司马程遐，及诸将佐百余人，当然赞成虎议，异口同辞。勒佯不肯允，虎等又复上书道：

臣等闻有非常之度，必有非常之功，有非常之功，必有非常之事。是以三代凌迟，五霸迭兴，静难济时，绩侔睿古。伏维殿下天纵圣哲，诞应符运，鞭挞宇宙，弼成皇业，普天率土，莫不来苏。嘉瑞征祥，日月相继。物望去刘氏，威怀于明公者，十分而九矣。今山川夷静，星辰不孛，夏海重译，天人系仰，诚应升御中坛，即皇帝位，使攀附之徒，蒙尽寸之润，请称大将军大单于领冀州牧赵王，依汉昭烈在蜀，魏王在邺故事，以河内、魏郡、汲郡、顿邱、平原、清河、巨鹿、常山、中山、长乐、乐平十一郡。并前赵国、广平、阳平、章武、渤海、河间、上党、定襄、范阳、渔阳、武邑、燕国、乐陵十三郡，合二十四郡户二十九万为赵国，封内依旧，改为内史。准禹贡冀州之境，南至盟津，西达龙门，东至于河，北至塞垣，以大单于镇抚百蛮，罢并朔司三州，通置部司以监之。伏愿钦若昊天，垂副群望，克日即位，翘首俟命！

勒览书后，尚装出许多做作，西向五让，南向四让。僚佐等叩头固请，勒乃允诺，即赵王位，赦境内殊死以下，腾出百姓田租半额，分赐孝悌力田及死义子孙帛各有差。孤老鳏寡，每人谷二石，大酺七日，依春秋列国及汉初侯王故例，每世称元，号为赵王元年。史家称为后赵，示与刘曜有别。勒建社稷，立宗庙，营东西官署，从象中郎裴宪，参军傅畅杜嘏，并领经学祭酒，参军续咸庾景，并领律学祭酒，任播崔浚，并领史学祭酒，中垒将军支雄，游击将军王阳，并领门臣祭酒。禁胡人陵侮华族，遣使循行州郡，劝课农桑，朝会始用天子礼乐。加张宾为大执法，专总朝政，位冠僚首。署石虎为单于元辅，都督禁卫诸军事，加骠骑将军，赐爵中山公。其余群臣，授位进爵有差。又悉召武乡耆旧，均至襄国，与同欢饮，畅叙平生。独旧邻李阳，不敢赴召。阳尝与勒争沤麻池，互致殴伤，所以畏缩不前。勒掀髯道："我方经营天下，岂与匹夫为仇？阳尽管前来，决无他患。"乃又遣乡人召阳，阳只好硬着头皮，随同见勒，伏地谢罪。勒下座扶阳，引臂令起，且与笑语道："孤往日惹卿老拳，卿亦饱孤毒手，事成已往，何足介怀？"因特给巨觥，命他畅饮，并赐阳甲第一区，拜为参军都尉。嗣复下令道："武乡是我故里，譬如汉朝的丰沛，百年以后，魂灵仍当归复，应豁除三世赋役，不得苦我乡人。"

会闻桃豹自蓬陂败还，颇以为虑，乃致书与逖，愿同和好。看官阅过上文，已知豹居守蓬陂，逖亦使部将韩潜，率兵掩入蓬陂坞，据住东台，从东门出入。豹守西台，从南门出入，与潜相持至四旬。逖用布囊盛土，伪作米状，使千余人运囊与潜，又别使数人挑米继进。豹见他陆续运粮，发兵出劫，挑米各人，弃担遁去。豹众正苦饥疲，夺得粮米，自然喜欢。独豹以逖粮食充足，不免加忧。逖却令部将冯铁，梭巡汴水，适值勒将刘夜堂，运粮馈豹，冯铁即报知韩潜，会兵截击，逐走夜堂，尽夺军粮。豹闻粮被夺去，料知难守，遂黄夜出走，遁往东燕城。

逖又使韩潜进次封邱，冯铁据有蓬陂，自至雍邱驻节，规画两河，剿抚兼施。石勒所遣各镇戍，不是散走，就是降逖，累得勒无法可施，只好与逖通好，乞求互市。逖得书不报，但默许商人往来，按货课税，收利十倍。勒因逖籍隶范阳，祖父墓皆在故里，特令范阳守吏代为修墓，并置守塚二家。逖乃遣使报谢，贻赠方物。勒厚赏逖使，报逖礼仪，计马百匹，金五十斤。既而逖将童建，擅杀新蔡内史周密，走降石勒。勒斩建首，函送与逖，且寄逖书道："叛臣逃吏，是我深仇，建负将军，胆敢叛亡，我国非逋逃薮。亦与将军同恶，故枭恶以闻。"逖答书称谢，自是勒众来降，逖亦不纳，彼此各禁侵暴，两河南北，少得安息。小子有诗咏道：

中流击楫誓澄清，百战河南众丑平。
毕竟祖鞭先一著，虏庭也自慑威名。

石勒与逖修和，另图幽冀并三州，欲知他略地情形，待至下回再详。

第三十三回

段匹磾受擒失河朔 王处仲抗表叛江南

却说幽州刺史段匹磾，害死刘琨，因致舆情不服，多半叛离。末柸复屡攻匹磾，匹磾不能支持，拟北奔乐陵，往依冀州刺史邵续，行至盐山，忽被一大队人马截住，统将叫作石越，乃是石勒麾下的前锋。匹磾不敢恋战，引众急退，已被石越掩杀一阵，零零落落，走保蓟城，已而石勒复遣部将孔苌，攻陷幽州诸郡，势将及蓟。匹磾大惧，又弃城出奔，拟往上谷。偏偏代王郁律，发兵扼阻，不令前进。匹磾恐代兵追来，慌忙窜去。途次又被末柸邀击，连妻子都不及顾，但与弟文鸯等，走依邵续。续顾念旧情，留住匹磾。匹磾凄然语续道："我本夷人，因慕义破家，君若不忘旧好，乞与我同讨末柸，感惠无穷。"续慨然许诺，即督领部曲，与匹磾同击末柸，斩获甚众，末柸仓皇遁去。末柸弟占据蓟城，匹磾与弟文鸯，复移兵往攻。

惟邵续还屯乐陵，石勒从子石虎，与别将孔苌，伺续空虚，竟来攻续，突至城下，大掠居民。续麾兵出救，虎诈败佯输，诱续远追，暗中却令孔苌，带着精骑，绕出续背，前后夹攻。续中箭落马，为虎所擒，缚至城下，胁令招降守兵。续呼兄子笠等，慷慨与语道："我志欲报国，不幸至此，汝等但努力守城，奉匹磾为主，勿生贰心。"语毕自退。虎将续解往襄国，勒使人责续道："汝前既归我，后复叛我，国有常刑，汝甘受否？"续答说道："续为晋臣，宜尽臣节，本无贰心。前次委命纳贽，无非为保全乡宗起见，大王不察愚衷，诛及续子，使续不得早叩天门，是大王负续，非续负大王。大王如欲杀续，续自甘就死，尚有何言？"勒闻续言，顾语张宾道："续言忠挚，孤且增惭，右侯可为孤招待便了。"宾奉勒命，延续入馆，厚加慰抚。寻复令续为从事中郎。续不愿事勒，亲自灌园鬻菜，作衣食资，勒称为高士，临朝时辄加叹赏，激励百僚。

惟续被擒后，匹磾得报，急与文鸯还救乐陵，中途为石虎所遮，兵皆骇散。亏得文鸯多力，带领数百亲兵，保住匹磾，血战入城，与续子缉，及续从子存笠等，乘障拒守。石虎孔苌，屡攻不克，苌恃强无备，反为文鸯所袭，大败一阵，退军十里。虎亦却走。既而虎与苌，又复进攻，相持兼旬，城内粮食垂尽，城外亦被掠一空。文鸯请诸匹磾，愿决一死战，匹磾不许。文鸯毅然道："我以勇力著名，故为民所倚望，今不能救民，已失民心，况粮竭无援，守亦死，战亦死，同是一死，何如一战，倒还好杀死几个胡虏。"说毕，径率壮士数十骑出战。石虎见文鸯出来，麾兵围绕，至数十匝。文鸯手执长槊，左挑右拨，十荡九决，戳毙虎兵无数，人尚未困，马却已乏，乃伏鞍少憩。虎高呼道："兄与我俱出夷狄，久欲与兄同为一家，今天不违愿，复得相见，何必苦战，请释仗共叙。"文鸯骂道："汝为寇贼，早该致死，天不祚我，使我骨肉相戕，令汝犹得称雄，我宁斗死，不为汝屈。"说着，下马再战，槊忽折断，拔刀冲突，自辰至申，腹枵力尽，然后被执。城上守兵，当然夺气。先是邵续被围，报至建康，吏部郎刘胤，曾奏闻元帝道："北方藩镇，只一邵续，倘复为石虎所灭，何以对忠臣义士？请亟发兵往救，免致沉沦。"元帝不能用。至续已陷没，乃令王英持节北行，令续子缉承袭父职。英到了乐陵，坐居围城，不能南归。匹磾欲与英突围，同赴建康，偏邵续弟洎，曾为乐安内史，不许匹磾出城，且欲执英送虎。匹磾正色道："卿不遵兄志，逼我不得归朝，已经无礼，且并欲执天子使，送交寇虏，我虽夷人，却未闻有这般横逆哩。"洎竟迫令缉笠等，舆榇出降。石虎入城见匹磾，尚拱手行礼。匹磾道："我受晋恩，志在灭汝，不幸我国自乱，竟致如此，既不能死，也不能为汝加敬呢。"虎竟拥匹磾出城，令与文鸯等同往襄国。勒授匹磾为冠军将军，文鸯为左中郎将，散诸流民三万余户，各复本业，分置守宰，按地抚治。于是幽冀并三州，俱入后赵。匹磾留居襄国，犹常着晋朝服，持晋旌节，一住年余。旧部又密谋规复，仍推匹磾为主，不幸事泄，为勒所杀。文鸯邵续，亦被鸩死。惟末柸尚存，臣事后赵，奄然不振，后文自有表见，暂且搁下。

且说晋江州牧王敦，扼守长江，权倾中外，但虑杜曾难制，特嘱梁州刺史周访，叫他努力擒曾，且预把荆州刺史一职，作为酬劳。先是杜曾出没汉沔，纠合郑攀马俊，屡与荆州刺史王廙为难，小子于前文二十九回中，曾已叙明。嗣由武昌太守赵彦，襄阳太守朱轨，合兵救廙，杀败郑攀马俊等军，攀等惶恐乞降。杜曾亦请击第五猗以自赎，廙因杜曾服罪，乃自江安赴荆州，留长史刘浚屯戍扬口，竟陵内史朱伺白廙道："曾乃猾贼，佯示屈服，诱公西行，待公启程，他定来袭扬口了。”廙不信伺言，便即就道。途次，接得刘浚急报，曾等果入袭扬口，慌忙遣伺还援，扬口已经被围。伺力战受伤，浮水得免。曾遣人招伺，伺拒绝道：“我年逾六十，不能再从君作贼了。”乃还就王廙，病殁甑山。杜曾已陷入扬口，复击退朱轨各军，径趋沔口。轨等再战败死，曾势大振。幸周访屯兵沌阳，出奇制胜，大败曾兵。曾还走武当，汉沔复平。

访本为豫章太守，至是始迁南中郎将，领梁州刺史，进屯襄阳。访慨语将佐道：“春秋时晋楚交兵，城濮一战，楚已败退，晋文谓得臣未死，尚有忧色。今不斩曾，祸难未已，我当与诸君再接再厉，誓诛此贼。”于是整缮兵马，再拟进击。可巧王敦以荆州相属，乐得公私两济，鼓勇直前。曾在武当，未及豫备，被访领兵突至，踊跃登城，曾众溃散。独曾狼狈出走，距城约数十里，由访部将苏温，引兵追来。曾欲逃无路，欲战无兵，只好束手就擒，牵入访营。访历数曾罪，腰斩以徇，复移军转攻第五猗。猗闻曾败没，已吓得魂胆飞扬，哪里还敢对敌？东逃西窜，结果是仍入罗网，为访所获。适王敦移镇武昌，访即将猗解往，且作书白敦，谓：“猗本中朝所署，为曾所逼，应特加宽宥，不可加诛。”敦方欲杀人示威，怎肯听信周访？待猗解至，即升座叱责，置诸重辟。

时王廙已早莅荆州，滥杀陶侃将佐，士民交怨。元帝颇有所闻，征廙为散骑常侍，令访代任荆州刺史。敦以前时曾与访约，至此得朝廷委任，正好践言，倒也没有异议。偏从事郭舒语敦道：“荆州虽遇寇难，现状荒敝，但究系用武要区，不可轻易假人，公宜自领为是。访既刺梁州，已足报功，倘再移荆州，恐尾大不掉，转为公忧。”敦听了舒言，竟易初志，便表达元帝，请留访仍任梁州，愿自领荆州刺史。元帝不好驳议，只得加敦荆州牧，命访留任，但使为安南将军。访平素谦逊，不自矜功，此次也不禁动怒，贻书诋敦，敦裁笺作答，强为慰解，并馈访玉环玉碗，申明厚意。访将环碗掷地，顾叱敦使道：“我非贾竖，不爱珍宝，怎得把此物欺我哩？”敦使自去。访务农训卒，秣马厉兵，本意欲宣力中原，规复河洛。自与敦有隙，隐料敦有异志，遂壹意防敦。守宰有缺，即择心腹补任，然后奏闻。敦虽然加忌，但惮访勇略，未敢逞威。无如访已垂老，天不假年，平曾后仅阅一载，竟致病逝。访系南安人氏，与陶侃素相友善，且结为儿女姻亲。庐江人陈训，有相人术，当访与侃卑贱时，尝语二人道：“二君皆位至方岳，功名亦大略相同。但陶得上寿，周得下寿，寿有长短，事业不能不少异了。”及访病殁梁州任所，年六十一，尚小侃一岁。两人俱为刺史，适如训言。有诏赠访为征西将军，赐谥曰壮，另调湘州刺史甘卓继任，兼督沔北诸军事，仍镇襄阳。

卓未到时，王敦已遣从事中郎郭舒，监襄阳军。至卓已莅镇，敦乃召还郭舒，元帝征舒为右丞，敦留舒不遣，自是元帝亦未免疑敦，另引刁协刘隗为腹心，裁抑王氏权势。就是佐命元勋王茂弘，亦渐被疏远。中书郎孔愉，谓：“王导忠贤，且有勋望，仍宜委任如初。”元帝竟出愉为司徒左长史。王导尚随势浮沉，没甚介意，独王敦愤愤不平，上疏陈请道：

臣从弟王导，昔蒙殊宠，委以事机，虚己求贤，竭诚奉国，遂借恩私，居辅政之重。帝王体远，事义不同，虽皇极初建，道教方阐，维新之美，犹有所阙。臣每慷慨于遐远，愧愤于门宗，是以前后表疏，何尝不寄言及此。陛下未能少垂顾眄，畅臣微怀。顷导见疏外，导诚不能自量，陛下亦未免忘情。天下事大，尽理实难，导虽凡近，未有秽浊之累，既往之勋，畴昔之顾，情好绸缪，足以激厉薄俗，明君臣合德之义。昔臣亲受嘉命云："吾与卿及茂弘，当管鲍之交。"臣忝外任，渐冉十载，训诱之诲，日有所忘，至于斯命，铭之于心。窃犹眷眷，谓前恩不得一朝而尽。伏维陛下，圣哲日新，广延俊乂，临之以政，齐之以礼。顷者令导内综机密，出录尚书，杖节京都，并统六军。既为刺史，兼居重号，殊非人臣之礼。流俗好凭，必有讥谤，宜省录尚书杖节及都督。且王佐之器，当得宏达远识，高正明断，道德优备者为之。以臣暗识，未见其才。如导辅翼积年，实尽心力。自来霸王之主，何尝不任贤使能，共相终始。管仲有三归反坫之讥，子犯有临河要君之责，萧何周勃，得罪囹圄，然终为良佐。以导之才，何能无失？当令任不过分，役其所长，以功补过。若圣恩不终，则遐迩失望，天下荒弊，人心易动；物听一移，将致疑惑。臣非敢苟私亲亲，惟欲效忠于社稷耳。事阙补衮，不尽欲言。

这篇奏疏，明明是心怀怨望，挟制朝廷。使人到了建康，先至导第，取疏出示。导摇手道："此疏不便上闻，烦汝持还便了。"因将原疏封固，交与来使，缴还王敦。敦不甘罢休，仍遣人直接奏陈。元帝览到此疏，也觉介意，夜召谯王承入宫，出疏与阅，且语承道："朕待敦不为不厚，今敦要求不已，语多忿激，究宜如何处置？"承答道："陛下不早为抑损，致有今日，若再加姑息，祸患不远了。"元帝亦不免叹悔。越日，复召刘隗入商，隗请速简重臣，出镇方面，以备非常。元帝点首，适王敦表荐宣城内史沈充，代甘卓为湘州刺史，元帝不从，复召语谯王承道："王敦奸逆已著，视朕如惠皇帝，朕若不图，必蹈覆辙。湘州地居上游，形势冲要，怎得再用王敦私人，同恶相济？看来只好烦劳叔父，为朕一行。"承答说道："臣仰承诏命，唯力是视，何敢辞劳？但湘州甫遭寇乱，人物凋敝，若奉命莅镇，必及三年，方可从戎。否则时日迫促，教养两难，虽粉身亦恐无益呢。"元帝竟颁下诏书，令承为湘州刺史。

承系谯王逊次子，即宣帝弟城阳亭侯进庶孙，兄随已殁，承得袭父爵，秉性忠厚，为元帝所亲信。此次出刺湘州，陛辞就道，行至武昌。撤去戎备，坦然见敦。敦不得不设宴相待，席间用言讽承道："大王系雅素佳士，恐未足为将帅才。"承知他有意诮己,便应声道:"铅刀虽钝,或堪一割,公亦休得轻人。"敦付诸一笑。及宴毕散席,敦入语参军钱凤道:"彼不知畏惧,漫学壮语,显见是虚骄无术,有甚么能为呢?"遂听令赴镇。

阅年为太兴四年,春季天变,日中有黑子,夏仲地震,终南山忽崩,时人目为不祥。元帝益恐王敦为乱,更命尚书仆射戴渊,为征西将军,出督司兖豫并雍冀六州军事,领司州刺史,镇守合肥。丹阳尹刘隗,为镇北将军,出督青徐幽平四州军事,领青州刺史,镇守淮阴。两人皆假节领兵,名为讨胡,实隐为防敦起见。且迁王导为司空,录尚书事,外尊内疏,一切机事,多不与议,但遥与刘隗密通敕奏,决定施行。敦探悉刘隗专政,即寄书与隗,略言:"足下近得圣眷,朝野共知,现今北虏未灭,中原鼎沸,敦欲与足下等,戮力王室,共静海内,事若有成,帝祚永隆,否则从此无望了。"隗复书道:"鱼相忘于江湖,人相忘于道术,竭股肱之力,济以忠贞,便是区区素志,愿与公各勉将来。"敦得复书,见他言外寓意,更加忿恨。复表陈:"古今忠臣,见疑君上,俱由幸臣交构所致。"这明明是指斥刘隗。元帝益生疑忌,但因筹备未固,暂加敦羽葆鼓吹,借示羁縻。

敦视刘隗刁协等人,均非已敌,惟豫州刺史祖逖,颇为所惮。逖已肃清河南,荡平群丑,方拟规画河北,逐渐进取,偏朝廷简派戴渊,来统豫州。逖因渊徒有虚名,不足共事,心甚怏怏。且闻王敦与刁刘构隙,将致内乱,眼见是国家多难,势不能恢复中原,于是感愤成疾,日重一日。临危时,尚营缮虎牢,命诸将筑垒,工未告竣,魂已长辞。当时豫州分野,发现妖星,术士戴洋,谓祖豫州九月当死,历阳人陈训,亦谓西北当折一大将,就是逖亦知自应星象,抱病长叹道:"我志平河北,乃天不佑国,偏欲杀我,我死尚有何望呢?"已而果殁,享年五十有六。豫州士女,若丧考妣。谯梁百姓,多为立祠,有诏赠逖车骑将军,令逖弟约,代领州事。约无抚驭才,士卒离心。王敦得祖逖死耗,喜出望外,遂以为天下无敌,决计发难。是时为太兴五年正月,元帝方改元永昌,颁诏大赦。那王敦发难的表文,接踵呈入,表云:

刘隗前在门下,邪佞谄媚,谮毁忠良,疑惑圣听,遂居权宠,挠乱天机,威福自由,中外杜口。晋魏以来,未有此比。倾尽帑藏,以自资奉,大起事役,以扰士民。臣前求迎,诸将妻息,圣恩听许,而隗绝之,使三军之士,莫不怨愤。又徐州流人,辛苦经载,家计始立,隗悉驱逼,以实己府。当陛下践阼之始,投刺王官,本以非常之庆,使豫蒙荣分,而隗使更充征役,仍依旧名,百姓哀愤,怨声盈路。臣备位宰辅,与国存亡,诚乏平勃济时之略,然自忘驽骀,志存社稷,岂可坐视成败,以亏圣美?事不获已,乃进军致讨。愿陛下深垂省察,速斩隗首,则众望厌服,皇祚复隆。隗首朝悬,诸军夕退。昔太甲不能遵明汤典,颠覆厥度,幸纳伊尹之勋,殷道复昌。汉武雄略，亦惑江充，至乃父子相屠，流血丹地，终能克悟，不失大纲。今日之事，有逾于此。忆昔陛下坐镇扬州，虚心下士，优贤任能，宽以得众。故君子尽心，小人毕力，如臣暗蔽，预奉徽猷，王业遂隆，维新克建，四海延颈，咸望太平。自从信隗以来，刑罚不中，街谈巷议，皆云如吴之将亡，闻之惶惑，精魂飞散，不觉胸臆摧破，泣血横流。陛下当令祖宗之业，存神器之重，察臣前后所启，奈何弃忽忠言，遂信奸佞，谁不痛心？愿出臣表，谘之朝臣。介石之讥，不俟终日，令诸军早还，不至虚扰，则四海乂安，社稷永固矣。擐甲待命，无任翘企！

表文既上，遂带领水陆各兵，出发武昌。宣城内史沈充，本系王敦爪牙，还至吴兴原籍，招募徒众，起应王敦。敦至芜湖，命充为大都督，督护东吴诸军事，又上表罪状刁协，迫令加诛，建康大震。小子有诗叹道：

果然蜂目露豺声，藐视朝廷敢逞兵。
纵使刁刘难免咎，叛君毕竟是横行。

欲知元帝如何对付，下回再行说明。

第三十四回

镇湘中谯王举义
失石头元帝惊心

却说元帝连接逆表，已知王敦造反，不由得动起怒来，当下飞召征西大将军戴渊，镇北将军刘隗，还卫京师，一面下诏讨敦。略云：

王敦凭恃宠灵，敢肆狂逆，方朕太甲，欲见幽囚，是可忍也，孰不可忍？今当统率六军，以诛大逆，有杀敦者封五千户侯。朕不食言。

敦闻诏后，毫无惧色，仍决意进兵，且拣选名士，入居幕府：一是故太傅羊祜从孙羊曼；一是前咸亭侯谢鲲；一是著作佐郎郭璞。曼本为黄门侍郎，迁晋陵太守，坐事免官，敦却引为左长史。曼性嗜酒，此时为敦所邀，不便固辞，乐得借酒涸迹，多醉少醒。那谢鲲是个放浪不羁的人物，能琴善歌，家住阳夏，表字幼舆，尝为东海掾吏，因佻达无行，除名回籍。邻家高氏女有姿色，鲲屡往挑引，被该女投梭中唇，击落门齿两枚，时人作韵语讥鲲道："佻达不已，幼舆折齿。"鲲不以为羞，怡然长啸道："尚不害我啸歌，折齿亦何妨呢！"既而王敦辟为长史，与讨杜弢，叙功得封咸亭侯，嗣因母忧去职，至敦将作乱，仍使起复，且召入与语道："刘隗奸邪，将危社稷，我欲入清君侧，卿意以为何如？"鲲答道："隗诚足为祸首，但城狐社鼠，何足计较。"敦愤叹道："卿乃庸才，不达大体。"便令鲲为豫章太守。鲲即日告辞，又留住不遣。及起兵东下，逼鲲同行。鲲随时通变，却也无喜无忧。

惟郭璞家世河东，素长经学，好古文奇字，通阴阳算历，尝拜隐士郭公为师，得青囊中书九卷，日夕研究，并通五行天文卜筮诸学。惠怀时河东先乱，璞筮得凶象，避走东南，抵将军赵固泛地。适固丧良马，璞谓能起死回生，固向璞求术，璞答道："可用健夫二三十人，俱持长竿东行，约三十里，见有丘林社庙，便用竿打拍，当得一物，可急持归来，医活此马。"固如言施行，果得一物，仿佛似猴。璞令置马旁，便向马鼻嘘吸，马一跃而起，鸣食如常，惟此物遁去，不知下落。固大加诧异，厚给资斧。行至庐江，太守吴孟康，由建康召为军谘祭酒，孟康不欲南渡。璞替他卜《易》，谓庐江不宜再居。孟康疑为妄言，不甚礼璞。璞寄居逆旅，见主人有一婢，婉娈可爱，便想出一法，取小豆三斗，分撒主人住宅旁。主人晨出，见赤衣人数千围绕，大骇奔还。璞自言能除此怪，谓宜贱鬻此婢，怪即立除。主人不得已从了璞言，将婢卖去。璞即为画一符，投入井中，数千赤衣人，皆反缚入井，杳无形影。主人大悦，厚赐璞资。其实该婢为璞所买，不过嘱人间接，至赆仪到手，除婢价外，尚有余资，且得了一个如花似玉的美鬟，挈领而去，途中偎玉倚香，不问可知。

过了数旬，庐江果被寇蹂躏，村邑成墟。璞既过江，宣城太守殷祐，引为参军，屡占屡验。寻为王导所闻，征璞为掾。尝令卜筮，璞惊说道："公当有灾厄，速命驾四出，至数十里外，有柏树一株，可截取至此，长如公身，置卧寝旁，灾乃可免了。"导亟向西行，果有柏树一株，取置寝室。数日，有大声出寝室，柏树粉碎，导独无恙。

时元帝尚未登位，璞筮得咸井二卦，便白王导，谓东北有武名郡县，当出铎为受命符瑞，西南有阳名郡县，井当上沸。已而武进县人，果在田中得铜铎五枚，献入建康。历阳县中井沸，经日乃止。及元帝为晋王时，又使璞占易，得豫及睽卦。璞说道："会稽当出瑞钟，上有勒铭，应在人家井泥中。爻辞谓先王作乐崇德，殷荐上帝，便是此兆。"未几，由会稽剡县，在井中发现一钟，长七寸二分，口径四寸半，上有古文奇书十八字，只有会稽岳命四篆文，尚易辨认，余皆莫识。璞独指为灵符，元帝就此称尊。璞尝著《江赋》，又作《南郊赋》，词皆伟丽，为元帝所叹赏，因命为著作佐郎。后来迭上数疏，无非借灾祥变异，略进箴规。

王敦闻璞能预知，致书与导，召璞一行。导遣璞往武昌，敦即令为记室参军。璞知敦必为乱，恐自己预祸，常以为忧。大将军掾陈述，表字嗣祖，素有重名，为敦所重。敦将起兵，述即病逝。璞临哭甚哀，且向柩连呼道："嗣祖嗣祖，安知非福？"惟敦见朝廷无人，必能逞志，所以率兵遽发，毫不迟疑。敦兄王含，曾在建康留仕，官拜光禄勋，闻敦已至芜湖，遂溜出都门，乘舟归敦。敦曾遣使告梁州刺史甘卓，约与同反，卓佯为允诺。及敦已出兵，卓竟不赴，但使参军孙双，往阻敦行。敦惊问道："甘侯已与我有约，奈何失信？我并非觊觎社稷，不过入除凶邪，事成以后，当使甘侯作公，烦汝归报，幸勿渝盟。"双回报甘卓，卓叹道："昔陈敏作乱，我先从后违，时人讥我反复无常，我若复作此态，如何自明？越要受人唾骂了。”乃使人转告顺阳太守魏该，该答复道：“该但知尽忠王室。今王公举兵内向，显是悖逆，怎得相从呢？”卓得闻该言，益不愿与敦同行。

敦又使参军桓罴至湘州，请谯王承为军司，承长叹道：“我将死了！地荒民寡，势孤援绝，不死何为？但得死忠义，亦所甘心。”因拘住桓罴，即檄长沙虞悝为长史。悝适遭母丧，承亲自往吊，向悝问计道：“我欲讨王敦，但兵少粮乏，且莅任不久，恩信未孚，卿兄弟系湘中豪杰，当如何教我？”悝答道：“大王不以悝兄弟为鄙劣，亲临下问，悝兄弟敢不致死。但本州荒敝，实难进讨，不如收众固守，传檄四方，先分敦势，然后图敦，或尚可望捷哩。”承遂授悝为长史，悝弟望为司马，督护诸军，当即移檄远近，劝令讨逆。零陵太守尹奉，建昌太守王循，衡阳太守刘翼，舂陵令易雄，皆应声如响，举兵讨敦。惟湘东太守郑淡不从。淡系敦姊夫，甘心附恶，承使司马虞望讨淡，淡出拒被诛，传首四境，徇示吏民。

承复遣主簿邓骞，往说甘卓道：“刘大连虽然骄蹇，自失民心，但与天下无甚大害，大将军王敦，蓄憾称兵，敢向北阙，忠臣义士，应当共愤。公受任方伯，奉辞伐罪，便是齐桓晋文的盛举了。”卓微笑道：“桓文事非我所能，若尽力国难，乃我本心，当徐图良策。”骞再欲进言，旁有参军李梁，为卓献议道：“东汉初年，隗嚣跋扈，窦融保守河西，徐归光武，终享令名。今将军控驭上游，还可效法古人，按兵坐待。若大将军事捷，公必得方面，不捷亦可邀朝命，代大将军后任，始终不失富贵，何必出生入死，与决存亡哩？”言未毕，骞即接口驳梁道：“古今异势，怎得相比？从前光武创业，中国未平，故窦融可从容观望；今将军已久事晋室，理应为国尽力。襄阳又不若河西，可以固守，假使大将军得克刘隗，还镇武昌，增石城戍卒，绝荆湘粮运，试问将军将归何处？参军将依何人呢？”梁被骞一驳，倒也哑口无言。惟卓尚迟疑不决，留骞小住，再决行止。

骞待了两三日，未见举动，乃复见卓道：“今公既不为义举，又不承大将军檄，莫非坐自待祸么？骞想公数日不决，大约恐强弱不同，未能制胜，实则大将军部曲，不过万余，至留守武昌，只得五千人。将军麾下，势且过倍，本旧日的盛名，率本府的精锐，杖节鸣鼓，效顺讨逆，何忧不克？何患不成？为将军计，当乘虚先攻武昌，武昌一下，据军实，施德惠，镇抚二州，截断大将军归路，大将军当不战自溃，怎能还与公敌？今有此机会，乃束手安坐，自待危亡，岂非不智？岂非不义？”卓听了骞语，也觉眉动色扬，跃跃欲动。

可巧来了王敦参军乐道融，由卓召入，问明来意。道融答道：“大将军催公东行，公果愿意呢，还不愿意呢？”卓半晌不答一词。道融请屏除左右，然后进白道：“道融此来，实为大将军所遣，促公启程，免得后顾。但道融究是晋臣，不便专事大将军，试想人主亲临万机，自用谯王为湘州，并非专用刘隗，乃王氏擅权构衅，背恩肆恶，举兵犯阙，敢为不韪。公受国重寄，若与他同逆，便是违悖大义,生为逆臣,死作愚鬼,岂不可惜?今不若伪许出兵,却暗地驰袭武昌,逆众闻风生惧,自然溃散,公就得坐建大功了。”卓乃转疑为喜,起座答说道:“君言正合我意,我志决了。”乃使道融与骞同留幕下,参议军事,一面约同巴东监军柳纯,南平太守夏侯承,宜都太守谭该等,檄数敦罪,合军致讨,更遣参军司马赞孙双,奉表入都,报明起义情形。再使参军罗英,南赴广州,邀同刺史陶侃,会师讨敦。侃便遣参军高宝,引兵北上,作为声援。

元帝加卓为镇南大将军,都督荆梁二州军,领荆州牧,兼梁州刺史。侃为平南将军,都督交广二州军事,兼领江州刺史。王敦闻警,却也心惊,惟令兄含,固守武昌,慎防袭击。另拨南蛮校尉魏乂,将军李桓,率兵二万,往攻长沙。长沙为湘州治所,城郭不完,资储又阙,单靠谯王承一腔忠义,乘城守着,到底是不能久持。或劝承南投陶侃,或退保零桂,承慨然道:“我起兵时,志在死节,岂可贪生苟免,临难即逃?事若不济,我身虽死,我心总可告无愧哩。”遂遣司马虞望,出城交战,互有杀伤,嗣复连战数次,望中箭而亡,全城恟惧。

邓骞闻长沙被围,请诸甘卓,乞即赴援。卓尚欲留骞,骞一再固辞,乃使参军虞冲,偕骞同赴长沙,赍交谯王承书,谓:“当出兵沔口,断敦归路,湘围当然可解,请暂从严守”云云。承遣还虞冲,付与复书,略言:“江左中兴,方在草创,不图恶逆,启自宠臣,我忝为宗室,猝受重任,不胜艰巨,但竭愚诚。足下能卷甲速来,尚可望救,若再迟疑,唯索我于枯鱼肆中。”这一番书辞,也算是万分迫切,偏甘卓年已垂老,暮气甚深,当驰檄讨敦时,颇似蹈厉发扬,饶有执戈前驱的状态,及过了数日,便即衰靡下去。且州郡各军,一时亦未能趋集,他便得过且过,无心去顾及长沙了。

且说戴渊刘隗,奉命入卫,隗先至建康,百官迎接道左。隗首戴岸帻,腰悬佩刀,谈笑尽欢,意气自若。及入见元帝,与刁协同陈御前,请尽诛王氏。元帝不许,隗始有惧色。司空王导,率从弟中领军邃,左卫将军廙,侍中侃彬,及诸宗族二十余人,每日辄诣台待罪。尚书周顗,晨起入朝,行径台省。导呼顗表字道;“伯仁!我家百口,今当累卿。”顗并不旁顾,昂然直入,既见元帝,却极言导忠,申救甚力。元帝颇加采纳,且命顗侍饮畅谈。顗素嗜酒,至醉乃出。导尚守候,又连呼伯仁,顗仍不与言,但顾语左右道:“今年当杀诸贼奴,好取斗大黄金印,系诸肘后了。”一面说,一面趋归宅中,又上表明导无罪,语甚切挚。导未知底细,还疑顗从中媒孽,暗暗切齿。会有中使出达帝命,还导朝服,导入阙谢恩,叩首陈词道:“逆臣贼子,无代不有,可恨今日出自臣族。”元帝跣足下座,亲执导手道:“茂弘!朕方欲寄卿重命,何烦多言。”导拜谢而起,自请讨敦,乃诏命导为前锋大都督,加戴渊骠骑将军,同掌军务。进周顗为尚书左仆射,王邃为右仆射,又使王廙往谕王敦,饬令撤兵还镇,敦怎肯从命,留廙不遣。廙为敦从弟，乐得在敦营中，希图荣利。敦即自芜湖进向石头，元帝命征虏将军周札为右将军，都督石头诸军事，另简刘隗屯守金城，复亲自披甲上马，出阅诸军，晓谕顺逆，然后还都。

敦既至石头，欲攻金城，敦将杜弘献计道："刘隗死士颇多，未易攻克，不如专捣石头，周札少恩，兵不为用，必致败覆。我得败札，隗众亦自然骇走了。"敦点首称善，即命弘为前锋，驱兵至石头城下，鼓噪攻城。城内守兵，果无斗志，多半思遁。札料不能战，竟开门纳弘。弘麾众直入，安安稳稳的据住石头。敦亦继进，登城自叹道："我今不能为盛德事了。"谢鲲在旁接入道："大将军何出此言？但使从今以后，日忘前忿，庶几君臣猜嫌，亦可日去，便无伤盛德呢。"敦默然不答。旋闻刁协刘隗戴渊等，率众来攻，便麾兵出战。刁刘等本不知兵，所领军士，没甚纪律，一经对垒，统皆观望不前。那王敦部下，未曾剧战，一些儿没有劳乏，便仗着一股锐气，横冲直撞，驰突无前。自辰至午，刁刘戴三部将士，均已溃走，三帅也拨马奔还，再经王导周顗，及他将郭逸虞潭，分道出御，导与顗已不相容，巴不得顗军战败，哪肯同仇敌忾？而且号令不一，行止不同，徒落得土崩瓦解，四散奔逃。郭逸虞潭，相继败走，顗亦退还，王导并不出兵，也且同声报败，愿受那丧师失律的污名。

败报连达宫廷，太子绍忍耐不住，拟自督将士出战，决一存亡，当下升车欲行。中庶子温峤，执辔进谏道："殿下乃国家储贰，关系至重，奈何轻冒不测，自弃天下？"绍尚欲前进，被峤抽剑断鞅，然后停留。宫廷宿卫，惊慌的了不得，逃的逃，躲的躲，只有安东将军刘超及侍中二人，尚留值殿中。元帝到了此时，一筹莫展，但脱去戎衣，改著朝服，闷坐殿上，顾语刘超道："欲得我座，亦可早言，何必如此害民？"超亦无词可劝，随声叹息。蓦闻敦纵使士卒，入掠都下，喧嚷声与啼哭声，杂沓不休。元帝乃遣使谕敦道："公若不忘本朝，便可就此息兵，共图安乐。若未肯已，朕当归老琅琊，自避贤路。"敦置诸不理，急得元帝没法摆布，越觉慌张。适刁协刘隗，狼狈入宫，俯伏座前，呜咽不止。元帝握二人手，相对涕洟，好一歇，才说出两语道："事已至此，卿二人速去避祸。"协答道："臣当守死，不敢有贰。"元帝又道："卿等在此，徒死无益，不如速行。"说着，便顾令左右，选择厩马二匹，赐与隗协，并各给仆从数人，令他速去。二人拜别出殿，协老不堪骑，又素乏恩惠，一出都门，从人尽散，单剩他一人一骑，行至江乘，为人所杀，携首献敦。隗返至第中，挈领妻孥，及亲信数百人，出都北去，竟投后赵，勒用为从事中郎，累迁至太子太傅，竟得寿终。小子有诗叹道：

无端构衅动京尘，一死犹难谢国人。
况复逃生甘事虏，叛君误国罪维钧。

究竟元帝能否免祸，且至下回再详。

第三十五回

逆贼横行廷臣受戮 皇灵失驭嗣子承宗

却说刁协走死，刘隗奔往后赵。王敦并非不闻，本来君侧已清，理应入朝谢罪，收兵还镇，但敦是个蜂目豺声的忍人，既已起事，怎肯就此罢休？当下据住石头，按兵不朝，明明是胁迫元帝，志在横行。元帝无法抵制，只得令公卿百官，统往石头，劝令罢兵。敦盛气相见，不待百官开口，便先问戴渊道："前日交战，君尚有余力否？"渊听了此语，暗暗吃惊，勉强接口道："怎敢有余，但苦不足。"敦又问道："我今为此事，天下以为何如？"渊答道："但论形迹，未免指公为逆，若体诚心，应该谅公为忠。"敦冷笑道："卿也好算是能言了。"又顾周𫖮道："伯仁！汝未免负我。"𫖮抗声道："公兴兵犯顺，下官亲率六军，不能尽职，终致王师挫败，这原是有负公心呢。"敦被𫖮讥嘲，倒也无词可答，但召入王导，屏人与语道："老弟不用我言，险些儿灭族了。"导答道："兄亦太觉孟浪，今日侥幸得志，还是祖宗的荫庇，得休便休，幸勿太过。"敦掀髯道："弟为何这般胆小？刁刘余党，尚列朝廷，还须除去数人。且主子由我等推戴，怎得疑忌我家？就使主位不移，也当有一番改革，方免后忧。"导又道："但教朝廷悔祸，不再加忌，我兄弟长得安全，也好趁此罢手了。"敦尚是摇首，导乃退出。原来元帝即位时，敦忌帝年长，意欲另立幼君，以便专政，独导不肯依敦，所以敦有此云云。

导出与百官商议一番，还白元帝，百官承导意旨，当然不敢斥敦，但请元帝颁发赦书，并加王敦官爵，饬令退兵。元帝无可如何，只得下诏大赦，进王敦为丞相，都督中外诸军，录尚书事，封武昌郡公，领江州牧，使太常荀崧赍册诣敦，敦语荀崧道："我此来不望升官，唯欲为国家除患，一切封爵，我不愿受，烦卿缴还便了。"崧申劝数语，敦终不听，乃辞归复命。敦又召集百官，议废太子，呼中庶子温峤至前，厉声诘问道："太子有何德望？卿侍东宫，理应深知。古人有言：'事父母几谏。'主上有过，不闻太子谏阻，难道尚得称孝么？"峤从容答道："钩深致远，非浅见所能窥，据峤看来，太子实是贤孝，就是公来辇下，亦未闻东宫抗议，贻误国家，怎见他不从中几谏哩？"大众亦随声附和，齐称太子有道，说得敦无可辩驳，不得不自发自收，含糊过去。百官乃复还朝。

元帝召周顗入见，蹙然与语道："近日大事，二宫无恙，诸人平安，大将军果得副民望么？"顗答道："二宫原如明谕，臣等生死，尚未可知。"元帝不禁长叹。顗退至朝堂，护军长史郝嘏等，与顗相遇，都劝顗暂避凶锋。顗奋袂道："我备位大臣，坐睹朝廷丧败，已足增羞，岂尚可草间求活，外投胡越么？"郝嘏等乃不便再劝，各叹息而去。果然不到数天，即致发作，首恶是王敦参军吕猗，从恶是王敦堂弟王导。吕猗尝为台郎，性好谄谀，为周顗戴渊所嫉，此时出为敦助，竟乘隙白敦道："顗与渊俱负重名，今日不除，必为公患。"敦本忌二人才望，一闻猗言，遂起杀心。适值王导复入，便顾问道："周戴望重南北，果应登列三司否？"导默然不答。敦又道："若不应列三司，止可使为令仆么？"导又不答。敦复张目道："既不应列三司，又不应为令仆，看来只好杀却了。"导仍然不答。敦即遣部将邓岳，率兵往捕周顗戴渊。

敦复召谢鲲入问道："近日都下人士，有无异议？"鲲应声道："物议悠悠，原不足计，但公尝谓朝臣重望，莫如周戴，诚使大用二人，群情自然帖服了。"敦动怒道："君真粗疏，不达时事，二人怎可大用？我已遣人收捕了。"鲲不禁骇愕，再欲进言，旁有参军王峤，向敦谏阻道："济济多士，文王以宁，想公定知此语，奈何捕戮名士？"敦怒上加怒，竟欲杀峤。鲲亟进谏道："公举大事，不妄戮一人。峤不过纳言忤意，便欲把他衅鼓，也未免过甚了。"敦乃释峤不诛，惟黜峤为领军长史。周顗被收，道经太庙，向庙大呼道："贼臣王敦，倾覆社稷，枉杀忠臣，神祇有灵，应速诛殛，毋使漏网。"说至此，被兵士用戟刺口，血流至踵，仍不改形。道旁行人，俱为流涕。至石头城南门外，正值戴渊亦被绑前来，渊已面无人色，顗仍容止自若，引颈就刑。顗被害后，渊首亦相随落地。

元帝又使王彬劳敦，彬素与顗善，先往哭顗，然后见敦。敦见他面目凄惨，尚有泪痕，便问为何事？彬直说道："见伯仁尸首，不禁凄惨，所以下泪。"敦愤然道："伯仁自寻死路，死何足惜！汝与他有甚么情谊，反去哭他？"彬答道："满朝大臣，如伯仁忠直，实不多得。况朝廷新下赦诏，伯仁本无大罪，无故遭此酷刑，怎得不悲？怎得不哭？"敦又道："汝莫非病疯么？"彬不禁瞋目道："如兄抗旌犯顺，杀害忠良，谋为不轨，如此过去，恐祸及全家了。"说着，词气慷慨，声泪俱下。敦攘臂起诟道:“汝这般无礼,狂悖已极,难道我不能杀汝么?”这数语声达帐外。王导闻知,抢步趋入,忙为排解,且劝彬向敦拜谢。彬直答道:“脚痛不能拜。况彬并未尝得罪,何必致谢。”敦狞视道:“脚痛比颈痛,究竟是何种利害?”彬仍无惧容,仍不肯拜。导恐他再起冲突,即扯彬同出,敦乃不复追究。后来导入检中书故事,方见顗上表救己,执表流涕道:“我虽不杀伯仁,伯仁由我而杀,幽冥中负此良友了。”

且说王敦既杀死周顗戴渊,仍未罢兵。敦将沈充,陷入吴郡,吴国内史张茂被杀,此时镇南大将军甘卓,但出屯睹口,逗留不进。卓兄子卬,曾为敦参军,敦先遣卬归卓,嘱令传语道:“君兴师相抗,自守臣节,我也不敢怪君。但我为身家起见,不得不然,事平便当归镇,君亦可返旆襄阳,彼此再结旧好,往事不必重提了。”甘卓本来是没甚主意,见卬得归来,已喜出望外,且闻敦有意修好,乐得观望徘徊,在途观变。既而敦又遣台使赍驺虞幡,令卓退兵。卓问明台使,得周戴二人死状,乃流涕语卬道:“我正恐王敦得志,必害忠良,尚幸圣上元吉,太子无恙,我据敦上流,想敦未必敢遽危社稷,我若进夺武昌,敦无路可归,必劫持天子,越加猖獗,今不如还守襄阳,再作后图罢了。”便下令军中,拔营退回。都尉秦康,邀同乐道融,相偕进谏道:“将军奈何还兵?试想将军仗义东行,无非为讨逆起见,逆敦不除,有进无退,今正当分兵,堵截彭泽,使敦上下不得相救,众自离散,敦势既孤,一战可擒。若就此中止,转失人望。况将军麾下,士卒多思除逆立功,博取富贵,乃索然退回,恐反将嫁祸将军,将军尚能安然西还么?”卓不肯从。道融复连番泣谏,仍不见听,竟致忧愤而殁。卓竟引兵退入襄阳去了。

王敦闻甘卓还军,当然心慰,令西阳王羕为太宰,王导为尚书令,王廙为荆州刺史,擅易百官及各处镇将,转徙黜免,数以百计。乃拟率兵西还武昌,谢鲲进言道:“公入都以来,累日不朝,所以功业虽成,众心未服。今若入朝天子,使君臣两释猜嫌,尚有何人不服呢?”敦沈吟道:“我若入朝,能保无他变吗?”鲲答道:“鲲近日入觐,主上正侧席待公,宫省穆然,必无他虞。若防有他变,鲲愿侍从。”敦勃然道:“君等屡来饶舌,我若杀君等数百人,也没有甚么害处。”鲲见他声色俱厉,料难再谏,因即告退,未几病殁。敦始终不朝,自思布置已妥,便即启行,径还武昌。

南蛮校尉魏乂等,为敦所遣,围攻湘州。谯王承婴城拒守,已将匝月。宜都内史周级,曾密遣兄子该入长沙,向承投书,约为援应。该留住围城,见承危急,自请出外求援。承乃缒该出城,复命从事周崎,与该俱出。冤家碰着对头,竟被乂军阻住,擒送乂营。乂升座语崎道:“汝尚望活否?”崎答道:“生死由公,要死就死。”乂又道:“汝若肯从我言,不但得活,并且加赏。”崎问为何语?乂说道:"今令汝至城下,传语守卒,但言大将军已克建康,甘卓退还襄阳,外援阻绝,不如出降为是。"崎即允诺,径往城下,朗声大呼道:"我不幸为贼所获,恐城中未知消息,故来相报。各处援兵,便可到来,请诸君努力坚守便了。"乂闻崎易词传报,不禁大怒,立命军士牵回,把崎杀死。一面严刑讯该,问他何故到此。该诡词作答,甚至掠死,终不肯稍吐真情,乃父周级,才得免祸。

乂等奋力攻城,连日不已。嗣又由王敦递到台臣书疏,令乂射入城中,守兵知建康失守,莫不怅惋,但尚誓死守着,各无贰心。有时潜兵出扰,杀获乂军多名。相持至百余日,粮食已尽,士卒多死。衡阳太守刘翼,又复阵亡,于是支持不住,为乂所陷。谯王承尚率领残兵,巷战多时,害得械尽力穷,相继被执。长史虞悝,骂乂助逆不忠,乂先令斩首。悝子弟俱对悝号泣,悝慨然道:"人生总有一死,今阖门为忠义鬼。死得留名,尚有何恨?"遂伸颈受刑。子弟亦多被杀害。乂用槛车载承,及舂陵令易雄,解送武昌。佐吏统皆逃散,惟主簿桓雄,西曹书佐韩阶,从事武延,易服改装,扮作家僮模样,随承同行,不离左右。乂见桓容止不凡,料非常人,将他杀毙。阶与延仍无惧容,依然随着。途次遇着荆州刺史王廙,是密承王敦意旨,来杀谯王承。承便即被害,年五十有九。阶延两人,收尸棺殓,送入都中,安葬乃去。

惟易雄拘入武昌,意气慷慨,绝不少屈。王敦取出湘中原檄,遣人示雄道:"小小邑令,檄中乃敢署名?"雄答道:"确有此事,可惜雄位卑力弱,不能救国。今日战败被执,死也甘心。"敦因他义正词严,不便明戮,暂令释缚,使就客舍。大众以雄复更生,相率道贺。雄微笑道:"我不过暂活数天,怎得再生?"果然不到数日,由敦潜遣心腹,害死易雄。惟长沙主簿邓骞,遁归故里,魏乂屡遣人搜索,里人皆为骞寒心。骞笑道:"这有何怕?我料他不欲杀我,反将用我。他新得湘州,多杀忠良,自知不满众口,所以求我出见,畀我一官,聊塞人望呢。"说毕,径赴长沙见乂。乂果称为古时解扬,命为别驾。既而托疾引归。

晋廷调陶侃为湘州刺史,王敦不欲侃赴湘,贻书止侃。侃闻敦势力尚盛,且按兵养晦,并将前时所遣的参军高宝,亦召还广州,徐作计较。独甘卓引还襄阳,竟变易常度,性情粗暴,举动失常,常对镜自照,不见头颅,顾视庭树,仿佛头在树上,越加惊疑。府舍中金柜忽鸣,声重似槌,召巫入卜。巫言金柜将离,所以悲鸣。主簿何无忌,及家人子弟,皆劝卓随时戒备。卓闻谏辄怒,呵叱交加,复遣散兵众,令他务农,毫不加防。襄阳太守周虑,得敦密书,嘱使图卓。虑遂想了一计,诈称湖中多鱼,劝卓遣发左右,向湖捕取。卓为虑所绐,即令帐下亲卒,都往捕鱼。到了夜间,正要就寝,忽听外面有人马声,非常喧嚷,惊出探视。适值周虑带兵进来,正要诘问,已被虑拔出佩刀,兜头劈下。卓将头一闪,刀中肩上,流血倒地;再复一刀,结果性命。卓有四子,俱为所杀。虑即枭卓首级，送与王敦。敦心下大喜，便命从事中郎周抚，往督沔北诸军事，代卓镇守襄阳，抚为故梁州刺史周访长子，得袭父荫，任官武昌太守。他与父志趣不同，甘心助敦，得敦亲信，所以特加委任。

敦既得志，骄倨益甚，四方贡献，多入府中。将相岳牧，皆出门下。用沈充钱凤为谋主，诸葛瑶、邓岳、周抚、李桓、谢雍为爪牙。充等皆凶险残暴，大起营府，侵人里宅，剽掠市道，百姓互相咒诅，但祝王敦早亡。敦尚作福作威，自领宁益二州都督，好象没有君主一般。会荆州刺史王廙病死，敦并不奏闻，即令卫将军王含，代刺荆州，都督沔南诸军事。又使下邳内史王邃，都督青徐幽平四州军事，镇守淮阴。武昌太守王谅，为交州刺史，且令谅诱杀交州刺史修湛。朝廷毫无主权，长江上下游，全然是王敦的势力圈。余如淮北河南，屡受后赵寇锋。泰山太守徐龛，忽叛忽降，结果为石虎所破，龛被擒斩。兖州刺史郗鉴，退保合肥，徐州刺史卞敦，亦退保盱眙。石虎复进陷青州，别将石瞻，又攻取东莞东海。河南为后赵将石生所攻。司州刺史李矩，颍川太守郭默，屡战屡败，转向赵主刘曜处乞援。曜出击石生，大败奔还。敦默南奔建康，李矩亦率众南归，病殁道中。豫州刺史祖约，自谯城退守寿春，陈留被陷。嗣是司豫青徐兖诸州，均被后赵夺去。

元帝内迫叛臣，外逼强寇，名为江左天子，几乎号令不出国门。累日穷愁，无可告语，遂致忧郁成疾，卧床不起，自思内外重臣，只有司徒荀组，尚是老成宿望，因迁官太尉，兼领太子太保，意欲使他主持朝事，遥制王敦。偏组年已六十有五，未曾入拜，便即谢世。元帝很是悲叹，索性将司徒丞相二职，暂从罢撤，不再补官。好容易过了数宵，元帝病势加剧，遂致弥留，不得已召入司空王导，嘱授遗诏，令辅太子绍即位。是夕驾崩。总计元帝在位五年，改元二次，享年四十七岁。元帝生平无甚设施，只有节俭一端，尚传后世。有司尝奏太极殿广室，应施绛帐。有诏令冬施青布，夏施青练。宫中将册封贵人，侍从请购金雀钗，又奉诏不许；所幸郑夫人，衣无文采，但着练裳；从母弟廙，筑屋过制，尝流涕谕禁，终使改作。所以轻赋薄税，民无怨声。可惜自治有余，治人不足，终致魁柄下移，豺狼当道，含羞忍垢，饮恨终身，这也是可怜可叹呢。

太子绍受遗即位，是谓明帝，循例大赦，尊生母荀氏为建安郡君，别立第宅，颐养慈颜。是时已为永昌元年腊月，未几即腊尽春来，元日因梓宫在殡，不受朝贺，年号尚沿称永昌。再阅一月，始奉梓宫，葬建平陵，庙号中宗，尊谥元帝。明帝送葬尽哀，徒跣至陵所，亲视封墓，然后还宫。又阅月，方改元太宁，立妃庾氏为皇后，后兄亮为中书监。命特进华恒为骠骑将军，都督石头水陆诸军事。兖州刺史郗鉴，为安西将军，都督扬州江西诸军事。这两处镇将，是由明帝特别简任，明明是防备王敦，阴令扼守。敦也知明帝谋略，密谋篡逆，特上表称贺，且讽朝廷征己入朝。明帝将计就计，即下手诏，召敦诣阙，且加敦黄钺班剑，奏事不名，入朝不趋，剑履上殿。敦托辞入觐，引兵至姑孰，屯驻湖县，仍然不进，请迁王导为司徒，自领扬州牧，部署军士，拟将犯阙。侍中王彬，系敦从弟，再四谏阻。敦面色遽变，顾视左右，意欲收彬。彬正色道："君前时害兄，今又欲杀弟么？"原来彬从兄豫章太守王棱，曾为敦所害，所以彬有是言。敦听了彬语，也觉不忍，乃出彬为豫章太守，复因郗鉴督领扬州江西，诸多牵掣，乃表请授鉴尚书令，使他入辅。明帝也即准议，鉴闻命入都，道过姑孰，与敦相见，自述志趣，语多激昂。敦留鉴不遣，继思鉴为名士，不应加害，乃许令东行。鉴至建康，遂与明帝谋讨王敦，明帝方得着一个心腹士了。小子有诗咏道：

君明还要仗臣忠，一德同心始立功。

莫道茂弘堪寄命，赤心到底让郗公。

究竟王敦曾否行逆，明帝能否致讨，一切详情，容至下回表明。

第三十六回

扶钱凤即席用谋
遣王含出兵犯顺

却说明帝谋讨王敦，虽与郗鉴定有密谋，究竟事关重大，王室孤危，未便仓猝从事。那王敦谋逆的心思，日甚一日。敦有从子允之，年方总角，性甚聪警，为敦所爱。一夕，侍敦夜饮，稍带酒意，便辞醉先寝。敦尚未辍席，与钱凤等商议逆谋，均为允之所闻。允之恐敦多疑，就用指控喉，吐出许多宿食，累得衣面俱污，还是闭眼睡着，伪作鼾声。及敦既散席，果然取烛入炤，见允之寝处污秽，尚自熟睡，不由的呼了数声。允之明明醒着，却假意将身转侧，仍然睡去。敦置不复顾，自去安寝，才不疑及允之。允之自喜得计，睡至天明，方整理被褥，不消细叙。既而允之父王舒，得拜廷尉，允之即求归省父，得敦允许，便赴建康，急将敦凤秘谋，详告乃父。舒与王导入白明帝，阴为戒备。敦还道逆谋未泄，但欲分树宗族，陵弱帝室，因请徙王含为征东将军，都督扬州江西诸军事，王彬为江州刺史。这三人中，只有含为敦兄，同恶相济，舒彬虽为敦从弟，却未甘助逆，所以明帝尽从敦请，一并迁调。

会稽内史周札，前在石头城时，尝开门纳敦军，敦迭加荐擢，迁右将军，会稽内史，封东迁县侯。札兄子懋，为晋陵太守，封清流亭侯，懋弟筵，为征虏将军，兼吴兴内史，筵弟赞，为大将军从事中郎，封武康县侯，赞弟缙，为太子文学，封都乡侯。还有札次兄子勰，亦得为临淮太守，封乌程公。一门五侯，贵盛无比。及筵丁母忧，送葬达千人，因此反为王敦所忌。敦适有疾，钱凤劝敦早除周氏，敦也以为然，迁延未发。周顗弟嵩，由敦引为从事中郎，每忆兄无故遭殃,心常愤愤。敦无子嗣,便养王含子应为继子,并令统兵。嵩为王应嫂父,因私怨王敦,遂谓应难主军事。敦闻嵩言,不免疑嵩。时有道士李脱,妖言惑众,自称八百岁,号为李八百,由中州至建业,挟术疗病,得人信事。有徒李弘,转趋灊山,煽惑更甚,诡言应谶当王。敦遂乘隙设谋,唆使庐江太守李恒,上表建康,谓:“李脱谋反,勾通周札等人,请即捕脱正法”云云。晋廷接到此表,饬吏捕脱,讯得种种妖言,即将脱枭斩都市。敦得脱死信,一面遣人至灊山,收诛李弘,一面就营中杀死周莚,并把周嵩也连坐在内,说他与莚串同一气,潜通周札,故一概就戮。

嵩为故安东将军周浚次子,与兄𫖮,俱为浚妾所生。浚妾李氏,名叫络秀,系汝南人。浚为安东将军时,尝出猎遇雨,避止李家。李氏父兄,均皆外出,独络秀在室,宰牲备饭,款待浚等。浚左右约数十人,均得饱餐。且闻内室寂静如常,并无忙乱形状,不由的惊诧起来,暗地窥望,只有一女一婢,女容甚是秀美,浚因即生心,既回府舍,便令人赍给金帛,往酬李氏,并求李女为妾。李氏父兄,颇有难色。络秀道:“门户寒微,何惜一女,若得连姻贵族,将来总有益处。否则得罪军门,恐反因此惹祸哩。”父兄听了,也觉女言有理,不得已遣女归浚。浚当然宠爱,迭生三子,长即𫖮,次即嵩,又次名谟。𫖮等年长,浚已去世,络秀顾语诸子道:“我屈节为妾,无非为门户起见,汝家仍不与我家相亲,我亦何惜余生,愿随汝父同逝罢。”𫖮等惶恐受教,乃与李氏相往来。晋代最重门阀,自周李联为姻戚,李氏始得列入望族,免人奚落,及𫖮等并作显官,母亦得受封。会逢冬至令节,母子团圞聚宴,络秀因举觞相庆道:“我家避难南来,尝恐无处托足。今汝等并贵,列我目前,我从此可无忧了。”嵩起语道:“恐将来难如母意。伯仁志大才短,名高识暗,好乘人敝,未足自全。嵩性抗直,亦为世所难容,惟阿奴碌碌,当得终养我母呢。”阿奴就是谟小字。络秀闻言,未免不欢,哪知后来果如嵩言,只有谟得免戮,送母归灵,官至侍中中护军乃终。

且说王敦既枉杀周嵩周莚,复遣参军贺鸾,往诣沈充,向充拨兵,执杀周札诸兄子,进袭会稽。札未尝预防,仓猝被兵,但率麾下数百人,出城拒战,兵散被杀。札贪财渔色,专务刻啬,库中本储有精仗,及贺鸾兵至,左右请拨仗给兵,札尚靳惜,但将敝械出给,所以士卒离心,终至夷戮。是时已为太宁二年,敦病尚未愈,延至夏季,病且加重,矫诏拜养子应为武卫将军,兄含为骠骑大将军,开府仪同三司。钱凤入省敦疾,乘便问敦道:“倘有不讳,便当将后事付应么?”敦唏嘘道:“应尚年少,怎能当此大事?我果不起,只有三计可行。”凤复问及三计,敦说道:“我死以后,即释兵散众,归事朝廷,保全门户,最为上计。若退还武昌,敛兵自守,贡献不废,便是中计。及我尚存,悉众东下,万一侥幸,得入京都,不幸失败,身死族灭,这就是下计了。”凤应命退出,召语同党道:“如公下计，实为上策，我等就此照行罢。”遂致书沈充，约同起兵，再犯建康。

中书令温峤，前遭敦忌，由敦表请为左司马，峤竟诣敦所，佯为勤敬，尝进密谋，从敦所欲，厚结钱凤，誉不绝口。凤字世仪，峤与同僚谈及，必称钱世仪精神满腹，凤得峤赞扬，喜欢的了不得，遂与峤为莫逆交。可巧丹阳尹缺人，尚未补允，峤向敦启闻道：“京尹责任重大，地扼咽喉，公宜急荐良才，免得朝廷用人，致有后悔。”敦答道：“卿言诚是，但何人可补此缺？”峤说道：“莫如钱凤。”敦召凤与语，凤情愿让峤，峤一再推辞，凤推峤愈坚，敦遂表峤为丹阳尹，使觇伺朝廷。有诏召峤莅镇。峤本意是欲得丹阳，可以入依帝阙，设法图敦，所谋既遂，即向敦告辞。敦力疾起床，为峤饯行。凤亦列席。峤恐自己去后，为凤所觉，或致遣人追还，因且饮且思，蓦得一计，便假作醉态，向凤斟酒，迫令速饮。凤略觉迟慢，峤即用手版击堕凤帻，且作色道：“钱凤何人？温太真行酒，乃敢不速饮么？”凤亦觉变色。敦见峤已醉，忙出言劝解，始无争言。至撤饮后，峤与敦话别，涕泗横流，既出复入，如是三次，方上马径去。凤入语敦道：“峤与庾亮有旧交，心在晋室，恐此去未必可恃。”敦冷笑道：“太真饮醉，稍加声色，汝怎得便来相谗？”凤碰了一鼻子灰，默然退去。

过了数日，接得建康探报，谓峤入建康，即与庾亮日夕密商，共图姑孰。敦勃然道：“我乃为小物所欺，可恨可恨！”随即致书王导，略言：“太真别来几日，胆敢负我，我当募人生致太真，亲拔舌根，方泄我恨。”导此时已不愿附敦，置诸不理。峤与庾亮等定议讨敦，并有郗鉴为助，相偕入奏。明帝已有动机，再问光禄勋应詹，詹亦赞同众议，乃决意兴师。但究竟敦军情形，尚未详察，意欲亲往一窥、验明虚实，遂自乘巴滇骏马，微服出都，随身只带得一二人，直至湖阴，察敦营垒。敦正昼寝，梦见旭日绕城，红光炎炎，顿时惊寤。适帐外有侦骑入报，说有数人窥营，内有一人状甚英武，想非常侣。敦不禁跃起道：“这定是黄须鲜卑奴，来探虚实，快快追去，毋使逃脱。”帐下将士，即有五人应声，控骑出追。看官道黄须鲜卑奴，是何出典？原是明帝生母荀氏，系代郡人，明帝状类外家，须色颇黄，故敦呼为黄须奴。追兵出发，明帝已经驰去，马有遗粪，用水浇沃。道旁有老妪卖饼，由明帝购得数枚，赠以七宝鞭，并语老妪道：“后有骑兵追来，可取鞭出示。”说着即行。俄而追骑至卖饼处，问及老妪，老妪即取示七宝鞭。谓：“客已去远，恐难追及。”追骑互相把玩，遂致稽迟，且见马粪已冷，料不可及，乃拨马还营，明帝始得安然还宫。越宿临朝，遂加司徒王导为大都督，领扬州刺史，丹阳尹温峤，为中垒将军，与右将军卞敦，共守石头城。光禄勋应詹，为护军将军，都督前锋及朱雀桥南诸军事。尚书令郗鉴，行卫将军，都督从驾诸军事。中书监庾亮，领左卫将军，尚书卞壶，行中军将军。导等俱皆受职，惟郗鉴谓徒加军号，无益事实，固辞不受，但请征召外镇，入卫京师。乃下诏征徐州刺史王邃，豫州刺史祖约，兖州刺史刘遐，临淮太守苏峻，广陵太守陶瞻等，即日入卫。一面拟传诏罪敦。王导闻敦已病笃，谓："不如诈称敦死，嫁罪钱凤，方足振作士气，免生畏心。"乃率子弟为敦举哀，并令尚书颁诏讨罪，大略说是：

先帝以圣德应运，创业江东。司徒导首居心膂，以道翼赞，故大将军敦参处股肱，或内或外，夹辅之勋，与有力焉。阶缘际会，遂据上宰，杖节专征，委以五州。刁协刘隗，立朝不允，敦抗义致讨，情希鬻拳。兵虽犯顺，犹嘉乃诚。礼秩优崇，人臣无贰。事解之后，劫掠城邑，放恣兵人，侵及宫省，背违赦诏，诛戮大臣，纵凶极逆，不朝而退。六合阻心，人情同愤。先帝含垢忍耻，容而不责，委任如旧，礼秩有加。朕以不天，寻丁酷罚，茕茕在疚，哀悼靡寄。而敦曾无臣子追远之诚，又无辅孤同奖之操，缮甲聚兵，盛夏来至，辄以天官假授私属，将以威胁朝廷，倾危宗社。朕愍其狂戾，冀其觉悟，故且含隐以观其后。而敦矜其不义之强，仍有侮辱朝廷之志，弃亲用疏，背贤任恶。钱凤竖子，专为谋主，逞其凶慝，诬罔忠良。周嵩亮直，谠言致祸。周札周筵，累世忠义，听受谗构，残夷其宗。秦人之酷，刑不过五。敦之诛戮，滥及无辜，灭人之族，莫知其罪。天下骇心，道路以目。神怒人怨，笃疾所婴。昏荒悖逆，日以滋甚，乃立兄息以自承代，从古未有宰相继体，而不由王命者也。顽凶相奖，无所顾忌，擅录冶工，私割运漕，志骋凶丑，以窥神器，社稷之危，匪旦则夕。天不长奸，敦以陨毙，凤承凶宄，弥复煽逆，是可忍也，孰不可忍？今遣司徒导，丹阳尹峤等，武旅三万，十道并进，平西将军邃，兖州刺史遐，奋武将军峻，奋威将军瞻，精锐三万，水陆齐势。朕亲御六军，率同左卫将军亮，护军将军詹，中军将军壸，骠骑将军南顿王宗，镇军将军汝南王祐，太宰西阳王羕等，被练三千，组甲三万，总统诸军，讨凤之罪。罪止一人，朕不滥刑。有能诛凤送首者，封五千户侯，赏布五千匹。冠军将军邓岳，志气平厚，识明邪正。前将军周抚，质性详简，义诚素著。功臣之胄，情义兼常，往年从敦，情节不展，畏逼首领，不得相违，论其乃心，无贰王室。朕嘉其诚，方欲任之以事。其余文武，为敦所授用者，一无所问。刺史二千石，不得辄离所职，书到奉承，自求多福，无或猜嫌以取诛灭。敦之将士，从敦弥年，怨旷日久，或父母陨殁，或妻子丧亡，不得奔赴，衔哀从役，朕甚愍之，希不凄怆。其单丁在军，皆遣归家，终身不调。其余皆给假三年，休讫还台，当与宿卫同例三番。明承诏书，朕不负信。

这诏传到姑孰，为敦所见，非常懊恼，但当久病似后，忽又惹动一片怒意，转至病上加病，不能支持。惟心中总不肯干休，即欲入犯京师，便召记室郭璞筮《易》，决一休咎。璞筮《易》毕，直言无成。敦含怒问道："卿可更占我寿，可得几何？"璞答道："不必再卜，即如前卦，已明示吉凶，公若起事，祸在旦夕。唯退往武昌，寿不可测。"敦大怒道："卿寿尚得几何？"璞又道："今日午刻，命已当终。"敦即命左右拘璞，牵出处斩。璞既出府，顾语役吏道："当至何处？"役吏答称南岗头。璞言："我命当尽双柏树下。"及抵南岗，果有柏树并立。璞又道："此树应有大鹊巢。"役吏偏索不得。璞再令细觅，枝上果得一大鹊巢；为叶所蔽，故一时不得相见。先是璞经越城间，遇一人，呼璞姓名。璞即赠以裤褶，辞不肯受。璞语道："尽可受得，不必多谦，将来自有分晓哩。"于是领受而去。及遇害时，便是此人行刑，感念璞惠，替璞棺殓，埋葬岗侧。后璞子骜，为临贺太守，才得改葬。璞撰卜筮书甚多，又注释《尔雅》《山海经》《穆天子传》《三仓方言》，及《楚辞》《子虚上林赋》，约数十万言，均得流传后世，死时四十九岁。及王敦平后，得追赠弘农太守。

敦既杀璞，即使钱凤邓岳周抚等，率众三万，东指京师。敦兄含语敦道："这是家事，我当自行。"乃复使含为元帅。钱凤临行，向敦启问道："事若得克，如何处置天子？"敦瞋目道："尚未南郊，算什么天子？但教保护东海王及裴妃，此外尽卿兵力，无庸多顾了。"凤领命即发，王含亦随后东行。敦又遣人上表，以诛奸臣温峤等为名，明帝当然不睬。孟秋朔日，王含等水陆五万，掩至江宁西岸，人情惶惧。温峤移军水北，烧断朱雀桥，阻住叛兵。含等不得渡，但在桥南列营。明帝欲亲自往击，闻桥梁毁断，不禁动怒，召峤入问。峤答道："今宿卫单弱，征兵未集，若被贼突入，危及社稷，宗庙尚恐不保，何爱一桥梁呢？"明帝方才无言。王导作书致含，劝令退兵，书云：

> 近闻大将军困笃，或云已至不讳，惨怛之情，不能自已。寻知钱凤首祸，欲肆奸逆，朝士忿愤，莫不扼腕。窃谓兄备受国恩，当抑制不逞，还镇武昌，尽力藩任，乃猝奉来告，竟与犬羊俱下，兄之此举，谓可得如大将军昔日之事乎？昔年佞臣乱朝，人怀不宁，如导之徒，心思外济。今则不然，大将军来屯于湖，渐失人心，君子危怖，百姓劳敝，将终之日，委重安期。安期断乳未几，又乖物望，便可袭宰相之迹耶？自开辟以来，曾有宰相以孺子为之者乎？诸有耳者，皆知将为禅代，非人臣之事也。先帝中兴遗爱在民，圣主聪明，德洽朝野，兄乃欲妄萌逆节，凡在人臣，谁不愤叹？导门户大小，受国厚恩，今日之事，明目张胆，为六军之首，宁为忠臣而死，不为无赖而生。但恨大将军桓文之勋不遂，而兄一旦为逆节之臣，负先人平素之志，既没之日，何颜见诸父子于黄泉，谒先帝于地下耶？今为兄计，愿速建大计，擒取钱凤一人，使天下获安，家国有福。若再执迷不悟，恐大祸即至，试思以天子之威，文武毕力，压制叛逆，岂可当乎？祸福之机，间不容

发，兄其早思之。

王含得书，并不答复。导待了两日，未见回音，因复议及战守事宜。或谓王含钱凤，挟众前来，宜由御驾自出督战，挫他锐气，方可制胜。郗鉴道："群贼为逆，势不可当，宜用智取，未便力敌。且含等号令不一，但知抄掠，吏民惩前毖后，各自为守，以顺制逆，何忧不克？今贼众专恃蛮突，但求一战，我能坚壁相持，旷日持久，彼竭我盈，一鼓可灭。若急思决战，万一蹉跌，虽有申胥等投袂起义，何补既往，奈何举天子为孤注呢？"于是各军皆固垒自守，相戒勿动。王含钱凤，屡次出兵挑战，不得交锋，渐渐的懈弛起来。郗鉴却夜募壮士千人，令将军段秀及中军司马曹浑等，率领过江，掩他不备，突入含营。含仓皇命战，前锋将何康，出遇段秀，战未三合，被秀一刀，劈落马下。含众大骇，俱拥含遁走。段秀等杀到天明，斩首千余级，方渡江归营。王敦养病姑孰，闻含败状，盛气说道："我兄好似老婢，不堪一战，门户衰败，大事去了。看来只好由我自行。"说至此，便从床上起坐，方欲下床，不料一阵头晕，仍然仆倒，竟致魂灵出窍，不省人事。小子有诗咏道：

病亟犹思犯帝京，狼心到死总难更。
须知公理留天壤，乱贼千年播恶名。

毕竟王敦性命如何，且看下回续表。

第三十七回

平大憝群臣进爵
立幼主太后临朝

却说王敦晕倒床上，不省人事，惊动帐下一班党羽，都至床前省视，设法营救，才见王敦苏醒转来。敦长叹数声，张目四顾，见舅羊鉴及养子王应，俱在床侧，便呜咽道："我已不望再活了。我死应便即位，先立朝廷百官，然后办理丧事，方不负我一番经营。"鉴与应唯唯受命。越宿敦死，应秘不发丧，用席裹尸，外涂以蜡，暂埋厅中，自与诸葛瑶等，任情淫狎，不顾军情。王含自江宁败后，退驻数里，遥促沈充会师，再图进攻。明帝也恐沈充前来，特遣廷臣沈桢，往说沈充，许为司空，劝令投诚。充摇首道："三司重任，我何敢当。古人谓币重言甘，实是诱我，今日正应此语。况丈夫共事，始终不移，若中道变心，便失信义，将来还有何人容我呢？"遂举兵趋江宁。宗正卿虞潭，因病乞休，辞还会稽故里，至是独起义余姚，传檄讨充。明帝即授潭为会稽内史。前安东将军刘超，宣城内史钟雅，亦皆募兵举义，与充为敌。义兴人周蹇，杀死王敦所署太守刘芳，平西将军祖约，亦逐敦所署淮南太守任台，彼此俱效命朝廷，交口讨逆。沈充尚怙恶不悛，自率万余人，兼程北行，与王含合兵。司马顾扬说充道："今欲举大事，偏被王师先扼咽喉，锋摧气沮，相持日久，必致祸败。今不若决破栅塘，引湖中水，灌入京邑，一面乘着水势，纵舟进攻，这便是不战屈人的上计。此计不行，或借我军初至的锐气，并合东西各军，十道并进，我众彼寡，所向必摧，尚不失为中计。若欲转祸为福。因败为成，诱召钱凤计事，设伏斩凤，携首出降，乃是今日的下计。"充迟疑半晌，终不作答。扬料充无成，遁归吴兴。

那兖州刺史刘遐，临淮太守苏峻，已各率精兵万人，同来勤王。明帝连夜召见，慰劳有加，并出库帛分赐将士，众皆踊跃。沈充钱凤，欲因北军初到，迎头进击，乃自竹格渚渡淮，直前攻扑。护军将军应詹，建威将军赵胤等，拒战失利，退至宣阳门。充与凤乘胜进逼，拔栅将战，不意刘遐苏峻，从东塘横击过来，把充凤两军冲断，再加应詹赵胤，也来助战，杀得充凤大败亏输，夺路飞奔，还逾淮水，人不及济，后面追兵大至。叛众纷纷投水，溺毙至三千人。刘遐尾追不舍，行至青溪，又奋击沈充一阵，充狼狈走脱。

寻阳太守周光，系周抚弟，因王敦举兵，也率数千人助敦。既至姑孰，与王应相见，便欲入省敦疾。应嗫嚅道："我父病中，不愿见客，且待异日进见罢！"光退语道："我远道来赴，不得一见王公，想必是已死了。"遂急赴军前，去探乃兄。抚闻光至，当然出见，光开口便语道："王公已死，兄何故与钱凤作贼？"大众闻言，都不胜惊愕，连周抚亦有悔心，即夕遁还。王含势孤失援，也毁营夜遁。

明帝本已出屯南皇堂，闻叛党尽走，乃还宫大赦，惟敦党不在赦例。申命庾亮督同苏峻等军，往追沈充。温峤督同刘遐等，往追王含钱凤。含奔回姑孰，拟挈王应同奔荆州。应谓不如投依江州。含皱眉道："大将军生前，与江州屡有龃龉，奈何往依？"应答道："正为江州平日异趋，所以宜往。彼时大将军兵马强盛，江州尚不肯阿附，识见高出常人，今见我困阨，必然相怜，不致加害。若荆州守文拘谨，怎能意外行事呢？"含不肯依言，竟与应载一扁舟，往奔荆州。荆州刺史王舒，遣兵出迎。俟含父子入城，立命拿下，缚住手足，投诸江中，眼见是葬身鱼腹了。江州刺史王彬，却密具舟楫，静待王含父子，日久不至，料知窜死，却引为己恨。钱凤走至阖庐洲，为周光所杀，函首诣阙，自赎前愆。沈充奔回吴兴，闻故吴内史张茂妻陆氏，招茂旧部，在途中守候充至，将执充脔割，为夫复仇。充不敢竟归，绕道奔窜，竟致失路，误入故将周儒家。儒诱充入复壁中，因笑语充道："我今日得三千户侯了。"充始知为儒所赚，乃流涕与语道："汝能顾义活我，我必厚报，若为利杀我，我死必令汝灭族，不要后悔。"儒竟杀充，传首建康。充子劲，例当坐诛，为乡人钱举所匿，幸得免死。后来劲竟灭周氏，如充所言。

晋廷因叛党悉平，当然解严。有司发掘王敦尸首，焚去衣冠，扶尸跪着，枭去首级，与沈充首同悬高桥。郗鉴入奏明帝道："前朝诛杨骏等人，皆先加官刑，后听私殡。臣以为逆敦既伏王诛，不妨使全私义，可听敦家收葬，借示皇恩。"明帝准如所请，乃将敦首取下，听令葬埋。敦党周抚邓岳，相偕出亡。抚弟光拟给兄路资，阴图执岳。抚怒道："我与邓伯山同亡，如欲害邓，宁先杀我。"伯山即岳表字，俄而岳至，抚即趋出，遥与岳语道："快去！快去！我弟尚不相容，何论他人。”岳回身返走。抚亦取得资斧，追及邓岳，同窜入西阳蛮中。后来再经大赦，才得东还。

明帝加封王导为始兴公，温峤为建宁公，卞壶为建兴公，庾亮为永昌公，刘遐为泉陵公，苏峻为邵陵公，郗鉴为高平侯，应詹为观阳侯，卞敦为益阳侯，赵胤为湘南侯，下此按功晋秩，不胜殚述。有司奏称王彬等为敦亲族，均应除名，复诏谓：“司徒导大义灭亲，应宥及百世，况彬等皆司徒近支，毋庸再问。”惟王敦纲纪，悉令除籍，参佐并皆禁锢。温峤又上疏解免道：

> 王敦刚愎不仁，忍行杀戮，亲任小人，疏远君子，朝廷所不能制，骨肉所不能阻，处其朝者，恒惧危亡，故士人结舌，道路以目，诚贤人君子，道穷数尽，遵养时晦之辰也。且敦为大逆之日，拘录人士，自免无路，原其私心，岂遑宴处？如陆玩、羊曼、刘胤、蔡谟、郭璞，常与臣言，备知之矣。必其赞导凶悖，自当正以典刑，如其枉陷奸党，还宜施之以宽。臣以玩等之诚，闻于圣听，当受同贼之责，苟默而不言，实负其心。陛下仁圣含弘，思求允中，臣阶缘博纳，于非其事，诚在爱才，不忘忠益，谨昧死上闻！

明帝览疏，颇加感动，特下群臣议决。郗鉴谓：“君臣有义，义在死节，不应偷生。王敦佐吏，虽多被胁，但进不能谏止逆谋，退不能脱身远引，有亏臣道，宜加义责。”此外或从峤议，或如鉴言，论久未决。还是明帝有意行仁，终从峤请，于是敦党皆免连坐。张茂妻陆氏，诣阙上书，语多哀痛，表面上是为茂谢罪，说他不能克敌，自致阵亡，实际上是为茂请封，无非说是“略迹原心，应待恩恤”等语。明帝乃赠茂太仆，且拨库帑，优恤遗孥。陆氏始谢恩归家。即而再叙前勋，命王导为太保，兼领司徒，西阳王羕领太尉，应詹为江州刺史，刘遐为徐州刺史，苏峻为历阳内史，庾亮加护军将军，温峤加前将军，惟导固辞不受。江州本由王彬镇守，骤遭易任，吏民未安。嗣经詹加意怀柔，才得翕服。

转瞬又是一年，明帝追赠谯王承、甘卓、戴渊、周顗、虞望、郭璞、王澄等官，不及周札。札故吏为札讼冤，尚书卞壶，谓札居守石头，开门延寇，不当追赠。偏王导出来申辩道：“往年札守石头，王敦逆迹未彰，如臣等俱昧先几，无怪一札。后来瞧破逆情，札便举身委国，横被诛夷。臣意宜与周戴同例，一并赠谥。”郗鉴听着，心下很是不服。便从旁参议道：“周戴死节，周札延寇，迹异赏同，何从劝善？如司徒议，谓往年王敦犯顺，不妨延纳，是谯王周戴等，俱当加责，何得赠谥？今三臣既予褒扬，札尚不应加贬么？”导尚强辩道：“札与谯王周戴，虽所见不同，后来均至死节，奈何必吹毛索瘢呢？”鉴又道：“王敦谋逆，好似履霜坚冰，由来已久，必谓敦往年入犯，义等桓文，难道先帝亦如幽厉么？”说到此语，驳得王导俯首无词。明帝终不忍违导，仍赠札官。

会因储君未立，国本有关，乃立长子衍为皇太子。衍为皇后庾氏所出，年甫五龄，受册礼毕，大酺三日，增文武官员各二级，赐鳏寡孤独布帛，每人二匹。调荆州刺史王舒为安南将军，都督广州诸军事，领广州刺史，即迁陶侃为征西大将军，都督荆湘雍梁诸军事，领荆州刺史。侃性极勤谨，终日敛膝危坐，军府诸事，检摄无遗。远近文牍，随到随答，不使积滞。宾佐求见，无不接谈。尝语人道："大禹圣人，尚惜寸阴，至如众人，当惜分阴，怎得逸游荒醉？生无益于世，死无闻于后耶？"诸参佐或好饮好博，偶至废事，侃随时查察，搜得酒器摴蒱等具，悉令投江，将吏有犯，且加鞭扑，严词儆戒道："摴蒱系牧猪奴戏，汝等奈何出此？"是时清谈余风，尚未尽改，侃辄忿恨道："老庄浮华，并非先王法言，怎可遵行？君子当振衣冠，摄威仪，哪有蓬头跣足，自诩宏达呢？"人民有所奉馈，必问所由来，若系力作所致，虽微必喜，慰赐三倍，否则掷还不受。一日出游，见有一人，手持禾秆，结谷未熟，因问作何用？答称禾遗路旁，所以拾取。侃大怒道："汝未尝为农，乃戏取人稻，还不知罪么？"竟加鞭数十，方才叱退。荆州士女，闻侃复至，互相庆贺。且因侃注重农桑，便相戒嬉游，各勤工作。因此家给人足，境内大安。侃既不旷时，又无弃物，竹头木屑，并皆收藏，旁人都不解侃意，及元旦宴贺，积雪始晴，厅前余雪尚湿，侃即将木屑铺地，往来交便，人始知侃有先见，号为精明。这且慢表。

且说明帝既调王舒至广州，寻复徙镇湘州，即以湘州刺史刘顗，移督广州，复命尚书令郗鉴，为车骑将军，都督青兖二州军事，暂镇广陵。授领军将军卞壸为尚书令，寻复进尚书仆射，荀崧为光禄大夫，录尚书事，用尚书邓攸为尚书左仆射。到了闰七月间，明帝忽得暴病，医药罔效，势且垂危，亟召太宰西阳王羕，司徒王导，尚书令卞壸，车骑将军郗鉴，护军将军庾亮，前将军温峤，领军将军陆晔，并受遗诏，使辅太子诏云：

> 自古有死，贤圣所同。寿夭穷达，归于一概，亦何足深痛哉？朕抱病日剧，常虑忽然，仰惟祖宗洪基，不能克终堂构，大耻未雪，百姓涂炭，所以有慨耳。不幸之日，敛以时服，一遵先度，务从俭约，劳众崇饰，皆勿为也。衍以幼弱，猥当大重，当赖忠贤，训而成之。昔周公匡辅成王，霍氏拥育孝昭，义存前典，功冠二代，岂非宗臣之道乎？凡此公卿，时之望也，敬听顾命，任托付之重，同心断金，以谋王室。诸方岳征镇刺史将守，皆朕扞城推毂于外，虽事有内外，其致一也。故不有行者，谁捍牧圉？譬若唇齿，表里相资，宜戮力一心，若合符契，要以缉事为期。百辟卿士，其总己以听于冢宰，保佑冲幼，弘济艰难，永令祖宗之灵，宁于九天之上，则朕没于地下，无恨黄泉。特此留谕，钦哉惟命！

越日，明帝驾崩，年仅二十七岁，在位只得三年。右卫将军虞胤，左卫将军南顿王宗，本得明帝亲信，使典禁兵，入值殿内，掌守宫门管钥。当明帝寝疾时，庾亮尝夜入奏事，向宗求钥。宗辄不与，且叱亮使道："这难道是汝家门户，好自由出入么？"亮从此恨宗。及明帝疾笃，群臣多不得进见。亮疑宗胤有异谋，排闼入见，请黜逐二人，明帝不从。既授遗诏，更命亮为中书令，亮因得专政。太子衍承统嗣位，群臣奉上玺绶，独王导称疾不至。卞壶入朝正色道："王公非社稷臣，大行在殡，嗣皇甫立，岂是大臣辞疾时么？"这数语传入导耳，导乃舆疾而至，谒见新主，行即位礼。再由大众会议，谓嗣皇年甫五龄，不能亲政，应请母后临朝。于是尊母后庾氏为皇太后，垂帘训政。命王导录尚书事，与中书令庾亮，夹辅帝室。导遇事退让，推亮主持。亮又是太后亲兄，太后当然倚任，所以军国重事，全归亮一人裁决，导不过列一虚名罢了。亮迁南顿王宗为骠骑将军，改授汝南王祐为卫将军，一面料理丧葬，至十月初旬，奉梓宫出葬武平陵，庙号肃祖，尊谥曰明。明帝在位三年，能奋发有为，亲除大憝，不可谓非英主。谥法称明，却是名实相符。可惜天不永年，未壮即殁。至太子衍立，便是成帝，越年改元咸和。

尚书左仆射邓攸，及徐州刺史刘遐、江州刺史应詹，相继去世。邓攸就是邓伯道，系平阳襄陵人氏，早丧父母，以孝友闻。祖殷尝为中庶子，攸得承祖荫，年逾弱冠，即为太子洗马，嗣出为河东太守。永嘉末年，陷没石勒，勒使为参军，攸不愿事虏，觑隙南奔，途挈妻子及从子绥，不幸遇贼，行装被掠。攸因子侄皆幼，不能并携，拟弃子存侄，与妻贾氏商议道："我弟早亡，只有一子，理不可绝。但我儿亦幼，势难两全，只好把我儿弃去。我若得存，天必鉴我苦衷，再当使我生子。"贾氏涕泣从命。攸将子缚诸树上，挈绥急遁，辗转至江东。元帝令为中庶子，寻复出守吴郡，载米赴任，不受俸禄，但饮吴水。会吴郡大饥，亟开仓赈民，先行后奏，致挂弹章，还算元帝仁恕，不加攸罪。嗣因遇病辞职，始终不取吴郡一钱。百姓遮道挽留，攸乃小停，待夜潜去。及病愈复起，入拜侍中，复迁吏部尚书。好几年才得超任右仆射。越年即殁，追赠光禄大夫。攸妻贾氏，终不得孕。攸生前纳得一妾，颇加宠爱，旋讯妾家属，乃是北人遭乱，流落江南，述及父母姓名，竟是攸的甥女。攸非常悔恨，乃不复蓄妾，终至无嗣。时人尝叹为天道无知，乃使伯道无儿。从子绥服丧三年，悲号擗踊，不啻亲生，这也好算得恩义两全了。

刘遐为故冀州刺史邵续女夫，勇健无敌，冀人常拟为关张。河朔大乱，遐曾遣使至建康，禀承元帝节制，元帝命为龙骧将军。遐妻邵氏，亦勇敢有父风，遐尝为石虎所围，邵氏披甲跨马，督率数骑，陷阵救遐。遐亦奋呼杀出，与妻同归。后来渡江入朝，累任刺史，因功封泉陵公，已见前文，殁后得追赠安北将军。应詹汝南人，弱冠知名，博通文艺。前镇南大将军刘弘，系詹祖舅，引詹为长史，委以军政，措置咸宜。嗣迁南平太守，兼督天门武陵二郡，讨平叛蛮，民皆爱戴。寻且破杜弢，败杜充钱凤，出刺江州，尤洽民情。病笃时，尚致书陶侃，勖以忠义，少府卿韦泓，得詹厚惠，祀詹终身。江州百姓，闻詹病殁，远近举哀。晋廷追赠詹为镇南大将军，予谥曰烈。小子有诗叹道：

贤如伯道竟无儿，邵女能军又守嫠。

再看江州悲雾起，茫茫天道果难知？

徐江二州，既亡刺史，免不得着人补授，欲知何人继任，容至下回再详。

第三十八回

召外臣庾亮激变　入内廷苏峻纵凶

却说刘遐应詹，相继去世，晋廷特派车骑将军郗鉴，出领徐州刺史，前将军温峤，出领江州刺史，再命征虏将军郭默，为北中郎将，监督淮南诸军事。刘遐妹夫田防，及部将史迭卞咸李龙等，不愿他属，竟拥遐子肇接任，反抗朝命。遐妻邵氏，谕止不从，乃潜自纵火，毁去甲械，免得滋乱。田防等尚不肯罢手，仍部署徒众，准备迎敌。晋廷即遣郭默进兵，往讨乱党。默甫就道，那临淮太守刘矫，已乘便袭击，得斩田防卞咸。史迭李龙，奔往下邳，由矫督兵追及，也即擒诛，传首诣阙。朝议令刘遐遗眷，及参佐将士，悉还建康。且因邵氏与肇，本未从乱，仍令肇袭父爵，留都养母，这也不必细表。

惟郗鉴陛辞出都，朝臣皆为饯别，王导常称病乞假，至是也出送鉴行，为尚书令卞壸所见，即上书劾导，说他亏法从私，失大臣体，应免官示罚。宫廷虽搁起不提，但举朝皆惮鉴风裁，各有戒心。壸平生廉俭，处事勤敏，不肯苟合时趋。丹阳尹阮孚，尝语壸道："君常无闲泰，终日劳神独不嫌辛苦么?"壸正色道："诸君子道德恢弘，侈尚风流，壸不与同性，自甘劳役，宜被人笑为鄙吝了。"是时贵游子弟，多慕王澄谢鲲等人，好为放达。壸在朝指斥道："悖礼伤教，实犯大罪，中朝倾覆，皆由此辈，我恨不一洗恶习哩。"随即商诸王导庾亮，拟奏劾当时名士。导与亮皆以文采为高，怎肯依议？壸只得罢休。惟导素尚宽和，能得众心，至亮专国政，任法裁物，不满人意。豫州刺史祖约，自恃重望，不落人后，偏明帝顾命，但及郗卞诸人，于己无与，不由的心下怏怏。及遗诏褒进大臣，又不及约，连陶侃亦不得与列，所以约与侃书，疑亮从中舞弊，故意删除，侃因此亦不能无嫌。

历阳内史苏峻，讨贼有功，威望素著，部下甲仗精锐，遂致轻视朝廷，又尝招纳亡命，仰食县官，稍不如意，即肆忿言。事为庾亮所闻，当然加忌，故令温峤出督江州，居守武昌，复调王舒为会稽内史，阴树声援。一面修缮石头城，作为预备。丹阳尹阮孚，私语亲属道："江东创业未久，主幼时艰，庾亮轻躁，德信未孚，恐祸乱又将发作了。"遂求为广州刺史，得请即行。南顿王宗，被亮调为骠骑将军，失去要职，遂生怨望，常与苏峻往来通书，欲废执政。亮颇有所闻，已有意除宗，可巧中丞钟雅，劾宗谋反，遂不请诏令，即使右卫将军赵胤，率兵捕宗。宗也挈部出拒，战败被杀，贬宗族为马氏。宗三子绰超演，皆废为庶人。西阳王羕，系是宗兄，也降封为弋阳县王。前右卫将军虞胤，已徙职大宗正，至此复左迁桂阳太守。宗是王室近支，羕又是先王保傅，一旦翦黜，罪状不明，势不能惬服舆情，成帝全未闻知。过了多日，始问及亮道："前日的白头公，许久不见，究往何处？"原来宗多白发，故呼为白头公。亮沉吟半晌，方答称谋反伏诛。成帝流涕道："舅言人反，便好杀死，倘人言舅反，应该如何处置呢？"亮不禁失色。但总以幼主易欺，遇有异己，必加排斥。宗党卞阐，亡奔历阳，亮遣人往索，苏峻匿阐不与，去使只好回报，亮益恨峻。适后赵将军石聪，进攻寿春，豫州刺史祖约，正在寿春驻守，闻后赵兵至，亟向建康乞援。亮前已忌约，竟不发兵。聪进寇阜陵，建康大震。幸苏峻遣将韩晃，领兵邀截，方得击退聪兵。亮欲作涂塘，以遏胡寇。涂即滁河，在寿春东，若就河筑塘，便将寿春隔开。祖约闻报大恚道："这明明是欲弃我呢。"遂与苏峻，密谋抗命，互通往来。庾亮以峻约勾连，必为祸乱，拟下诏征峻入朝。司徒王导劝阻道："峻好猜疑，必不肯奉诏，不若姑示包容，待后再议。"亮不以为然，召集群臣向众扬言道："苏峻狼子野心，终必作乱，今日颁诏征峻，就使彼不顺命，为祸尚浅，若再经年月，势且益大，不可复制。譬如汉朝七国，削亦反，不削亦反哩。"大众闻言，莫敢驳议。独卞壸接入道："峻外拥强兵，逼近京邑，一旦有变，朝发夕至，现在都下空虚，还请审慎为是。"亮不肯从。壸知亮必败，乃与江州刺史温峤书，略云：

> 元规召峻意定，怀此于邑。温生足下，奈此事何？壸今所虑，是国之大事，峻已出狂意而召之，是更速其祸也，必纵毒螫以召朝廷。朝廷威力，即桓桓称盛，接锋履刃，尚未知能否擒逆。王公亦同此情。壸与之力争，终不见信，本出足下以为外援，而今更恨足下在外，不得相与共谏，如何如何？幸足下教之！

峤得书后，即作书谏亮，亮终不听。峻已得消息，遣司马何仍入都，与亮婉商道："讨贼外任，远近惟命，若欲峻内辅，实不相宜，请俯允通融，幸勿固执！"

亮仍然不许，遣回何仍，召北中郎将郭默为后将军，领屯骑校尉，命司徒右长史庾冰，为吴国内史，严兵戒备。于是下诏征峻为大司农，加官散骑常侍，令峻弟逸代领部曲。峻复上表道："昔明皇帝亲执臣手，使臣北讨胡虏，今中原未靖，臣何敢自安？乞补青州界一荒郡，俾臣得效鹰犬微劳，不胜万幸！"这一篇表文，呈递建康，亮置诸不理，但促峻即日入都。峻整装将发，欲行又止。参军任让入语道："将军求处荒郡，尚不见许，事势至此，恐无生路，不如勒兵自守，还可求全。"阜陵令匡术，亦阻峻入朝，峻遂不应诏，私自征兵。

温峤闻变，便致书与亮，愿率众入卫京师。亮复峤书道："我忧西陲，且过历阳，足下幸勿越雷池一步，免我西忧。"峤乃罢议。亮尚遣使谕峻，示无他意。峻语朝使道："台下说我欲反，我怎得再活哩？我宁山头望廷尉，不能廷尉望山头。从前国家，危如累卵，非我不济。狡兔既死，猎狗应烹，我已自分一死，不过我无端遭枉，死也要死得明白呢。"朝使见话不投机，自然东归。峻即遣参军徐会，驰赴寿春，推祖约为盟主，共讨庾亮。约不禁大喜，从子智衍，又赞成约旨，便拟发兵助峻。谯国内史桓宣语智道："本因强胡未灭，将戮力致讨，奈何反还抗帝室呢？使君欲为雄霸，何不助国讨峻，自显威名？今乃与峻同反，怎得久存？"智视为迂谈，鼻作嗤声。宣更求见约，又以闭门羹相待，乃与约断绝，不通往来。约遂遣兄子祖沛、内史祖涣、女婿淮南太守许柳，率兵会峻。逖妻许氏，即许柳姊，固谏不从。峻既得约兵，因即发难，当有警报传入建康，有诏命尚书令卞壸，领右卫将军，会稽内史王舒，行扬州刺史事，吴兴太守虞潭，督三吴诸郡军事，整缮行伍，筹备出师。尚书右丞孔坦，司徒司马陶回，共至王导前献议道："峻已倡乱，必将东来，今请乘峻未至，急断阜陵，守江西当涂诸口，阻住叛兵，以逸待劳，一战可决。若峻迟回不发，我亦可往攻历阳，否则我尚未往，彼已先来，人心一动，便不能与战了。"导极口称善，转告庾亮。亮不知兵法，踌躇未决。才阅两日，果得姑孰紧报，峻将韩晃张健等，掩入姑孰，所有盐米，尽被取去。亮叹悔无及，乃颁诏戒严，自督征讨诸军事，授右卫将军赵胤为冠军将军，兼历阳太守，使与左将军司马流，出守慈湖，另派前射声校尉刘超，为左卫将军，侍中褚翜，典征讨军事，并使弟庾翼，白衣从戎，领数百人戍石头。

宣城内史桓彝，拟起兵赴难，长史裨惠谓："郡兵寡弱，山民易扰，不如静守待时。"彝厉色道："汝独不闻古语么？见无礼于君者，若鹰鹯逐鸟雀。今社稷危迫，君主受困，难道尚坐视不成？"说毕，即调集数千人马，进屯芜湖。峻将韩晃，乘他初至，便掩杀过去。究竟宣城兵弱，敌不过历阳锐卒，战不多时，竟致败退。韩晃就进攻宣城，彝退保广德，晃纵兵四掠，饱载而还。徐州刺史郗鉴，表请入卫，有诏令他备御北寇，不必移兵。时已残冬，雨雪载涂，彼此未便行军，因得相持过年。

未几，为咸和三年正月，江州刺史温峤，出屯寻阳，遣督护王愆期，西阳太守邓岳，鄱阳太守纪睦为前锋，进次直渎。荆州刺史陶侃，也遣督护龚登，率兵会峤，听峤驱遣。苏峻恐日久兵集，屡促韩晃等进攻慈湖。慈湖守将司马流，素来懦弱，未战先怯但请济师。庾亮再拨侍中钟雅，为骁骑将军，督领水师，前往助流，不防流为韩晃所袭，猝被摧陷，竟至败死。赵胤亦拒战失利，慈湖被夺，单剩钟雅一支舟军，如何济事，没奈何拨棹退回。苏峻径率祖涣许柳等，拥众二万人，自横江东渡，直登牛渚，进至蒋陵复舟山。台军节节败退，警报与雪片相似，庾亮未免惶急。陶回复入献计道："石头设有重戍，峻必不敢直下。回料他必出间道，当从小丹阳步行前来，若用伏兵邀击，定可擒峻。峻既受擒，祖约等自无能为了。"亮谓峻必直向石头，不从回言。嗣闻峻果出小丹阳，夜迷失道，部伍尽乱，亮又自悔失机，纵峻得入，都中大惧，吏民相率潜奔，朝臣亦各遣妻孥，东出避难。独左卫将军刘超，挈妻孥入居宫内，冀定众心。

亮又传出诏书，命卞壶都督大桁以东军事，所有钟雅赵胤郭默等军，尽归节制。壶尚有继母裴氏，亦奉养京师，至此与母诀别，挈得二子眕盱，慨然赴敌，出战西陵。峻兵凶悍，远过台军，任尔卞将军如何忠愤，不顾死生，怎奈兵不用命，孤掌难鸣，叛军节节向前，台军步步退后，结果是旗靡辙乱，舆尸败归。既而峻又进攻青溪栅，壶再率诸军抵御，两军攻守多时，未分胜负。偏是天不做美，竟起了一阵绝大的东风，峻因风纵火，烟雾迷漫，栅内各军，避火不暇，如何抗拒，霎时间栅尽延烧，一炬成墟。壶知事不济，决计死节，尚率左右力战。时正背疮新愈，创痕未合，一经气愤，流血淋漓，再加用力过度，顿至暴裂，自觉忍痛不住，大叫一声，血从口出，倒地而亡。二子追随父后，见父毕命，亦痛不欲生，索性突入敌阵，格杀叛党数十名，身上各受重创，相继捐生。部下将壶尸抢回，舁入壶家，母裴氏抚尸大恸道："父为忠臣，子为孝子，谅无遗恨，只恨我年已老，尚见此惨剧哩。"壶字望之，系济阴冤句人，阵亡时，年四十八。还有丹阳尹羊曼，守住云龙门，与黄门侍郎周导，庐江太守陶瞻，统皆战死。庾亮在宣阳门内，麾兵布阵，尚未及列，众皆散走，不得已挈弟三人，及郭默赵胤，俱奔寻阳。临行时，顾侍中钟雅道："后事一概委公。"雅答道："栋折榱崩，究是何人所致？"亮愀然道："事已至此，也不必再言了。"说着，匆匆出城，趋驾小舟。乱兵沿途劫掠，亮执弓射贼，误中舵工，应弦即倒。船上各相惊失色，亮独不动，且徐徐道："此手何可使著贼？"众见他形态雍容，方才心定，驶舟而去。

峻兵突入台城，毁去台省及诸营寺署，焚掠一空。司徒王导，驰入宫廷，急语侍中褚（翜）道："至尊当速御正殿，君可启裁，请御驾出来。"裁即诣（翜）中，抱掖成帝，出登太极前殿。导及光禄大夫陆晔荀崧，尚书张闿，共登御床，夹卫幼主。左卫将军刘超，及侍中钟雅褚翜，站立两旁。太常孔愉，朝服守宗庙。

峻兵呼噪而至，叱令褚(上羽下夾)下殿。翜兀立不动，还声呵斥道："苏冠军来觐至尊，军人怎得侵逼?"峻兵被他一斥，倒也面面相觑，不敢闯入殿门。小立多时，待峻不至，乃转往后宫。宫中统是女侍，如何阻挡，被乱兵东牵西扯，劫去多人。所有珍玩衣饰，亦遭掳掠，甚至庾太后宫中，亦胆敢搜索。左右女侍，稍有姿色，便难幸脱。乱兵夺得子女玉帛，一拥出宫，复去劫掠豪门，任意凌侮，不但夺取财货，还要驱役官僚，令他肩挑背负，送往蒋山，稍一迟延，便加鞭挞。前江州刺史王彬，去职入都，受职光禄勋，索性抗直，与乱兵争论数语，乱兵即鞭捶交下，几至击死。最可悲的是宦家妇女，多被他掖往僻处，褫去衣服，污辱一番，且赤条条的任她们卧着，自往别处抢掠。妇女含羞忍耻，或觅得敝席坏毡，少蔽身体，无毡无席，用土自覆，哀号声震动内外。苏峻并不加禁，纵兵横行。宫中所藏布帛二十万匹，金银五千斤，钱亿万，绢数万匹，谷米数百斛，一古脑儿搬往峻营，只留御厨中食米数石，聊供御膳。

或语侍中钟雅道："君性亮直，必不为寇贼所容，何不见几趋避?"雅答道："国乱不能救，君危不能扶，尚欲趋避求生，朝廷要用甚么臣子呢?"既而峻称诏大赦，惟庾亮兄弟，不在赦例。平素颇推重王导，故仍使为原官，自为骠骑大将军，录尚书事。令祖约为侍中太尉尚书令，许柳为丹阳尹，马雄为左卫将军，祖涣为骁骑将军。弋阳王羕，徒步见峻，称述峻功，峻当然心喜，仍封羕为西阳王，兼官太宰，录尚书事。峻复遣兵攻吴国内史庾冰。冰系亮弟，所以峻不肯干休。冰不能御，弃郡奔会稽，行至浙江，追兵尚不肯舍。幸有吴卒引冰下船，覆以草荐，吟啸鼓棹，泝流而去。每过逻所，辄用棹叩船，口作吴歌道："苏将军，悬赏缉庾冰，庾冰正在此，奈何不问侬?"岸上逻兵，见他舟中无人，还道他是酒醉胡言，由他过去。冰得幸免，往依会稽内史王舒。庾亮奔抵寻阳，宣太后诏，命温峤为骠骑将军，开府仪同三司，又加徐州刺史郗鉴为司空。峤怆然道："今日当以灭贼为急，若无功加官，何以服天下?"遂辞官不受。一面分兵给亮，涕泣誓师，志在讨峻，且先遣使奉表建康，慰问二宫起居。偏苏峻已经防着，出屯湖阴，不容外使出入，峤使只得返报。其实太后庾氏，已不堪忧郁，得病身亡，年仅三十二岁。太后性本仁惠，兼美容仪，临朝一事，曾推让再三，不得已乃受。咸和元年，有司请追赠后父琛及母邱氏，又由太后固让，终不见从。只是阴教虽娴，难语治国，名为训政，实都归庾亮一人主持，酿成叛乱，终至忧愤而崩。小子有诗叹道：

汹汹乱党入宫城，母后遭凶饱受惊。

三十二年悲短命，九原应自怨亲兄。

欲知建康能否再安，且待下回再表。

第三十九回

温峤推诚迎陶侃　毛宝负剑救桓宣

却说建康为苏峻所困，内外不通，宫中一切情事，外人无从得闻。江州刺史温峤，原想进兵讨逆，无如京城消息，一无所知，也不好冒昧前进。可巧有都人范汪，从间道奔至寻阳，报称："苏峻政令不壹，贪暴凶横。人情愤怒，共愿诛峻，朝廷亦待援甚急，宜速进讨"云云。峤即使汪转白庾亮，亮即令汪参护军事。峤与亮本相友善，因互推为盟主。峤有从兄名充，佐峤戎幕，独向峤进议道："陶征西位重兵强，何不推为领袖？"峤颇以为然，遂遣督护王愆期，驰往荆州，邀侃同赴国难。侃与庾亮有隙，且以未预顾命为恨，便答愆期道："我乃疆场外将，未敢与闻内事。"愆期依言复峤，峤再手书敦勉，终不见从。乃复遣使语侃，但说是仁公且守，仆当先行。使人已发，适参军毛宝，从他处回来，亟入见峤道："欲举大事，当与天下共谋，古人谓师克在和，便是此意。就使情迹可疑，尚留示人不觉，况自为携贰，尚能成事么？公急追使改书，推诚相与，料陶公亦不至固执了。"峤乃追还去使，另草一书，说得诚诚恳恳，愿奉侃为盟主。果然使人往返，得了效果，由侃遣督护龚登，率兵诣峤。峤有众七千，洒泪登舟，一面列数苏峻罪状，移告各镇。文云：

贼臣苏峻祖约，同恶相济，用生邪心，天夺其魄，死期将至，谴负天地，自绝人伦。寇不可纵，宜增军进讨，屯次湓口，即日护军庾亮来营，宣太后诏，寇逼宫城，王旅挠败，出告藩臣，谋宁社稷。后将军郭默，冠军将军赵胤，奋武将军龚保，与峤督护王愆期，西阳太守邓岳，鄱阳内史纪瞻，率其所领，相寻而至。逆贼肆凶，陵轹宗庙，火延宫掖，矢流太极。二宫幽逼，宰相困迫，残虐朝士，劫辱子女。承闻悲惶，精魂飞散。峤闇弱不武，不能殉艰，哀恨自咎，五情摧陨，惭负先帝托负之重，义在毕力，死而后已。今躬率所统，为士卒先，催进诸军，一时电击。西阳太守邓岳，寻阳太守褚诞等，连旗相继，宣城内史桓彝，已勒所属，屯滨江之要。江夏相周抚，乃心求征，军已向路。昔包胥楚国之微臣，重趼致诚，义感诸侯。蔺相如赵邦之陪隶，耻君之辱，按剑秦庭。皇汉之季，董卓作乱，劫迁献帝，虐害忠良，关东州郡，相率同盟。广陵功曹臧洪，郡之小吏耳，登坛歃血，涕泪横流，慷慨之节，实属群后。况今居台鼎，据方州，列名邦，受国恩者哉！不期而会，不谋而同，不亦宜乎？二贼合众，不盈五千，且外畏胡寇，城内饥乏。后将军郭默，已于战阵俘杀贼千人，贼今虽残破都邑，其宿卫兵人，即时出散，不为贼用。祖约情性褊窄，忌克不仁，苏峻小子，惟利是视，残酷骄猜，权相假合，江表兴义以抗其前，强胡外寇以蹑其后，运漕隔绝，资食空悬，内乏外孤，势何得久？群公征镇，职在御侮，征西陶公，国之耆德，忠肃义正，勋庸弘著。诸方镇州郡，咸齐断金，同禀规略，以雪国耻。苟利社稷，死生以之。峤虽怯劣，忝据一方，赖忠贤之规，文武之助，君子竭诚，小人尽力。高操之士，被褐而从戎，负薪之徒，匍匐而赴命，率其私仆，致其私仗，人士之诚，竹帛不能载也，岂峤无德而致之哉？士禀义风，人感皇泽耳。且护军庾公，帝之元舅，德望隆重，率郭后军等，与峤戮力，得有资凭，且悲且庆，若朝廷之不泯也，其各明率所统，毋后事机。赏募之信，明如日月，有能斩约峻者，封五等侯，赏布万匹。忠为令德，为仁由己，万里一契，不在多言。

这篇移文，分使四颁，满望各处响应，同时举义。不意陶侃督护龚登，竟至峤舟相见，说是得陶公来书，促令还镇，弄得峤莫名其妙，慌忙将登留住，再遣王愆期致书陶侃，书中有云：

仆谓军有进而无退，宜增而不可减。近已移檄远近，言于盟府，克日大举。南康建安晋安三郡军，并在路次，同赴此会，惟须仁公督军戾止，使齐进耳。仁公今乃召还督护，疑惑远近，成败之由，将在于此。仆才轻任重，实赖仁公笃爱，远禀成规，至于首启戎行，不敢有辞。仆于仁公，当如常山之蛇，首尾相衔耳。或者不达高旨，将谓仁公缓于讨贼，此声难追，仆于仁公并受方岳之任，安危休戚，理既同之。且自倾之顾，绸缪往来，情深义重，著于人士之口，一旦有急，亦望仁公悉众见救。况社稷之难，惟仆偏当一州，州之文武，莫不翘企，假令此州不守，约峻树置官长于此，荆楚西逼强胡，东接逆贼，因之以饥馑，将来之危，必有甚于今日者。以大义言之，则社稷颠覆，主辱臣死。公进当为大晋之忠臣，参桓文之义，开国承家，铭之天府；退当以慈父雪爱子之痛。约峻凶逆无道，囚制人士，裸其五体，近日来者，不可忍见，骨肉生离，痛感天地。人心齐一，咸皆切齿。今之进讨，如以石投卵，无虑不克，若出军既缓，复召兵还，人心乖离，是为败于几成也，愿深察所陈，以副三军之望。

愆期到了荆州，奉书与侃。侃展书详览，至慈父雪爱子之痛句，不禁流涕道："我儿果死了吗？"看官！你道侃子为谁？原来就是庐江太守陶瞻，小子在前回中，已曾叙及，不过尚未说明侃子。就是当时内外断绝，陶瞻战死，侃虽稍有所闻，尚未确悉，此次得了峤书，已经证实，当然生悲。愆期复接口道："公子殉难，真实不虚。且苏峻乃是豺狼，如得逞志，四海虽广，肯容明公托足么？"侃将书放下，投袂而起，立即大集将士，戎服登舟，与愆期同赴峤军，倍道急进。将至寻阳，令愆期先行返报。愆期驰抵峤营，峤问明原委，喜出望外，只庾亮捏着一把冷汗，惟恐侃来报复，不得不与峤相谋。峤说道："陶公既来赴难，谅不至再记前嫌，就使尚有芥蒂，总教向彼谢过便了。有峤在此，保无他忧。"遂与亮回舟相迎，两下会叙，由峤引导庾亮，代达殷勤。侃见亮趋入，故意不睬，亮只好硬着头皮，向侃拜谢。侃拈须冷笑道："庾元规乃拜陶士行么？"亮见他词色不佳，慌忙引咎自责，亏得他生就厚脸，又有三寸妙舌，说得悱恻动人。侃意乃少解，握住亮手道："君侯修石头城，防备老子，今日反来相求，才知老子是忠心为国，未尝通叛呢。"峤在旁婉劝，侃益释然，便相偕入寻阳城，大开筵宴，欢谈竟夕。越宿复登舟启行，东指建康，共计戍卒四万，旌旗相蔽，轴轳互连，钲鼓声远达数百里。

徐州刺史郗鉴，在广陵接得亮书，并所传太后诏旨，已流涕誓众，指日勤王。及闻陶温联兵东指，复遣将军夏侯长，间行语峤道："公既仗义兴师，鉴愿执鞭从事，但闻叛贼欲挟天子，东入会稽，请公先立营垒，屯据要害，防贼逃逸，又断彼粮道，坚壁清野，与贼相持，贼进不得攻，退无所掠，不出旬月，自然溃散了。"峤深服鉴策，遣还夏侯长，麾舟进行。

苏峻闻四方兵起，用参军贾宁计，自姑孰还据石头，分兵拒敌，一面入宫劫迁幼主，出居石头城。司徒王导，与峻力争，舌剑谈锋，怎敌真刀真槊？毕竟拗他不过，强胁幼主登车。八龄天子，骤遭迫辱，哪得不掩面哀啼？将军刘超，侍中钟雅，并步行相随。天适大雨，道路泥泞，峻给刘钟二人乘马，二人皆不愿乘坐，且泣且行。到了石头，扶帝下车，入居仓屋，尘粞委积，不堪小住。峻即号为行宫，令亲信许方等人，补充司马督殿中监，外托宿卫为名，内实监制刘超钟雅。超与雅日侍帝侧，还有右光禄大夫荀崧，金紫光禄大夫华恒，尚书荀邃，侍中丁潭等，同处患难，各不相离。成帝在宫，尝读《孝经》、《论语》，超仍然禀授，不使少闲。峻既忌超，又复敬超，时有馈遗，超皆不受。左光禄大夫陆晔，为峻所迫，令守行台，峻党匡术守台城。

尚书左丞孔坦，奔往陶侃，侃令为长史，与同计议。坦谓："须联合东军，两面夹攻，方可灭贼。"侃也称良策，只虑道路中梗，不得相通。事有凑巧，那司徒王导，已遣密使得达三吴，托称太后诏谕，勉令东军起义，入救天子。于是会稽内史王舒，使庾冰为奋威将军，领兵万人，西渡浙江。吴兴太守虞潭，吴国内史蔡谟，前义兴太守顾众等，均望风起应，募兵讨贼。潭母孙氏，系吴孙权族孙女，早岁守嫠，教子有方，至是复尽发家僮，随潭助战，且鬻去环佩衣饰，充作军资，复召潭申诫道："汝当移孝作忠，舍生取义，勿以我老为累呢。"潭益加奋勉，整兵将行。孙氏又闻会稽内史王舒，遣子允之为督护，乃再语潭道："王府君遣子出征，汝何不相效，反出人下？"潭因令子楚为督护，使为前驱，往会允之。允之与庾冰，同至吴国，冰曾任吴国内史，蔡谟以冰当还旧任，即去职让冰，彼此同心协力，相继西进。途次与峻将管商张健等相值，两下交锋，互有杀伤，急切不能抵京。东边方兵争未决，西边亦战舰迭乘，陶侃温峤，进军茄子浦。峤因部兵习水，不善陆战，因下令军中，如有擅自登岸，立处死刑。

会峻送米万斛，馈运祖约，约遣司马桓抚率兵接应，为峤前锋将毛宝所闻，便欲上岸劫粮。部将以军令为辞，宝奋然道："兵法有言，将在外，君命有所不受。今贼粮在道，难道可纵令过去，仍不登岸邀击么？"遂不暇白峤，即麾兵上岸，鼓勇直前，杀退桓抚及运粮等人，把粮米一并夺来，始向峤处请罪。峤大喜道："君能通变达权，立功不小，何罪可言？"遂荐宝为庐江太守。陶侃亦表请王舒监浙东军事，虞潭监浙西军事，郗鉴都督扬州八郡军事，节制舒潭等军。鉴率众渡江，与侃等会合，雍州刺史魏该，亦引兵诣侃，侃乃麾动舟师，直指石头，屯次查浦，峤军另屯沙门浦。苏峻闻西军大至，自登烽火楼，望见长江一带，舟楫如林，不禁失色道："我原防温峤，能得众心，今果成事实了。"说毕，下楼派兵，分道扼守。庾亮使督护王彰，领兵进击，为峻党张曜所败，乃使司马殷融，送节谢侃。侃答语道："古人三败，君侯尚止二次，当今事势急迫，不宜自扰，致惑军心。"遂遣还殷融，劝令静守。侃部下都欲决战，侃与语道："贼众尚盛，未可争锋，不如宽待时日，用计破贼，方保万全。"由是按兵待变，未尝进攻。

苏峻得再遣部将韩晃，往攻宣城，宣城内史桓彝，前次入讨无功，反致败还。长史裨惠，复劝彝通好苏峻，权与周旋，冀纾兵祸。彝勃然道："我受国厚恩，义在致死，怎能忍耻与逆臣通问？事或不济，也是命数使然，虽死无恨。"遂遣偏将俞纵，往戍兰石。纵在戍未久，不遑修缮，闻韩晃掩至，只得驱兵出战。晃系百战悍将，部众又都精锐，眼见俞纵不是敌手，纵虽拼死奋斗，可奈部卒力弱，再进再却。左右劝纵退军，纵叹息道："我受桓侯厚恩，理当死报，我不负桓侯，犹桓侯不负国家。今日是我绝命时期了。”说着，策马突阵，竟至战死。韩晃乘胜进薄宣城，彝困守多日，势孤力屈，终遭陷没，为晃所害。

先是彝与郭璞为友，尝令璞筮定休咎，筮既成卦，璞即用手搅乱，彝惊问何因？璞怅然道：“卦与我同。丈夫当此，必无良好结果，奈何奈何？”已而璞语彝道：“我与君情好多年，如来访我，尽可入室，但千万不可如厕。倘或误犯，必至客主有殃。”彝记在心中，未敢犯忌。一日过饮至醉，竟闯入璞家，觅璞无着，便往厕所。家人忙来拦阻，已是无及。他见璞对厕兀立，裸身被发，衔刀奠醊，禁不住狂笑起来。璞闻声回顾，见是桓彝，不觉大惊，掷刀与语道：“我前嘱君勿来厕所，君竟失约，不但祸我，君亦难免。天数难逃，无可禳解了。”彝似信非信，尚疑璞为捣鬼，大笑而去。谁料后来果如璞言，两人俱不得善终。

话休叙烦，且说陶侃温峤，屯兵江上，自夏经秋，已经累月。峤本主张急进，屡次出战，亦皆失利。侃决意坐守，并未与峻党交锋。会因峤军败还，峻兵尚耀威江岸，拟迫侃军，侃军多有惧色。监军李根，请诸陶侃，拟筑白石垒，以蔽舟车。侃依根议，即拨兵夤夜赶筑，至晓即成。忽闻峻军内有号炮声，诸将互相惊愕，总道是峻来攻垒，独长史孔坦驳议道：“峻若攻垒，必待东北风起，今天气清静，必不敢来，尽可勿虑。”诸将问何故鸣炮？坦又道：“我料他必发兵东出，堵御东来各军。”诸将尚不肯信，及侦骑来报，果由峻出兵东向，击败王舒虞潭等军。孔坦复献议道：“峻兵既得败东军，必来攻白石垒了，须亟遣重兵镇守。还有一虑，东军败退，京口随在可危，宜速使郗公还镇，尚可无忧。”侃乃使庾亮率精兵二千，往守白石，又令郗鉴与后将军郭默，同戍京口，立大业曲阿庱亭三垒，分峻兵势。峻果率步骑万余，攻白石垒，幸由庾亮严守，无隙可乘，方才退去。忽闻祖涣桓抚等来袭湓口，侃料是祖约应峻，双方并举，遂拟遣雍州刺史魏该，率兵往御。便有军吏入报道：“魏刺史病故了。”侃惊疑道：“魏刺史病殁，只好由我自行了。”遂往会温峤，拟留峤暂统各军，自率偏师，往援湓口。峤尚未答言，旁有一将应声道：“义军恃公为主帅，公奈何轻行？此等小贼，只配末将等往剿呢。”侃见是毛宝发言，便问宝愿往否？宝答称愿往，奉令即行。途次接得谯国警耗，乃是祖涣、桓抚，道出谯国，竟将谯城围住，当由宝兼程赴援，才到城下，即被涣抚等一阵冲突，并令弓弩手更番迭射，毙宝前队多人。宝向前力战，也为流矢所中，贯髀彻鞍。宝使人蹋鞍拔箭，流血满靴，他却毫不呼痛，收军暂退。等到箭声中断，复转身杀上，冲将过去。涣与抚已自幸得胜，不加防备，忽见宝跃马冲来，一时未及拦阻，竟被突入。宝军见主将受伤，尚如此奋勇，哪有不相率感奋，一齐随上。你刀我斧，尽力掩杀，立将敌阵捣乱。桓抚料不可敌，拨马先逃。祖涣独力难支，自然随走，谯城因得解围。内史桓宣，得出城迎宝，宝见他憔悴得很，不能再当冲要，乃使他东赴峤营，自率军进捣东关，攻破合肥戍垒。会接峤营来使，召令东还，乃引兵退归。祖约闻宝已退去，又欲派兵进击，不料故尚书令陈光，号召徒党，潜入攻约，好容易把约擒住，及仔细审视，乃是一个假祖约，貌似相类，实出两人，姓名叫做阎秃，系约帐下的从吏，约已从后墙逸出，无从追获了。光斩了阎秃，恐约召兵来攻，不能抵敌，乃北奔后赵，请石勒袭取寿春。勒遂令石聪石堪，领兵渡淮，径抵寿春城下。又由光寄发密书，诱动约将，使为内应。内外连结，顿将祖约逐去。约奔往历阳，聪等掳得寿春人民二万余户，渡淮北还。小子有诗咏道：

昆季如何大不同，乃兄靖虏弟兴戎。
痴心未遂先遭逐，叛贼由来少令终。

祖约败蹙，苏峻当然失势，峻将路永匡术贾宁等，向峻献策，峻却不从。究竟所献何计，容待下回叙明。

第四十回

枭首逆戡乱成功 宥元舅顾亲屈法

却说苏峻部将路永、匡术、贾宁等人，闻祖约败奔历阳，恐势孤援绝，不能成事，特向峻献议，劝峻尽诛司徒王导等，断绝人望，别树腹心。峻素来敬导，不允众议，路永遂生贰心。王导探知消息，即使参军袁眈，诱永归顺。永便即从导，导欲奉帝出奔，恐被峻党拦阻，反致不妙，因挈二子恬恰，与路永俱奔白石，往依义军。陶侃温峤，与苏峻相持日久，仍然不决。峻却分兵四出，东西攻掠，所向多捷，人情汹惧。就是朝士奔往西军，亦云峻众势盛，锐不可当，侃未免灰心。独峤怒答道："诸君怯懦，不能讨贼，反来誉贼么？"话虽如此，但屡战不胜，也觉胆寒，已而峤军粮尽，向侃告贷。侃愤愤道："使君曾与我言，不患无良将，无兵粮，但欲得老仆为主帅，今数战皆败，良将何在？荆州接近胡蜀二虏，当备不虞，若再无兵食，如何保守？仆便当西归，更思良策，他日再来灭贼，也是未迟。"峤闻言大惊，忙答说道："师克在和，古有明训，从前光武济昆阳，曹公拔官渡，兵以义动，故能用寡胜众。今峻约小竖，凶逆滔天，何患不灭？峻骤胜生骄，自谓无敌，若诱令来战，一鼓可擒，奈何自败垂成，反欲却退哩？况天子幽逼，社稷颠危，四海臣子，正当肝脑涂地，奋不顾身，峤与公并受国恩，何能坐视？事若得济，臣主同休，万一无成，亦惟灰身以谢先帝。今日势成骑虎，不能再下，公或违众独返，人心必沮，沮众败事，义旗将回指公身了。"侃默然不答。

峤乃退出，与参军毛宝熟商，宝奋然道："下官能留住陶公。"乃诣侃进言道:“公本应镇守芜湖,为南北声援。前既东下,势难再返,军法有进无退,非但整率三军,示众必死,就是一退以后,士心离沮,仓皇失据,必致败亡。前日杜弢为乱,亦尝猖獗,公一举灭弢,始享盛名,今难道不能灭峻么?贼亦畏死,未必统是勇悍,公可先拨给宝兵,上岸截粮,若宝不立功,然后公去,人情也不致生恨了。”侃方答道:“君既肯奋力杀贼,我愿依议。”遂加宝为督护,拨兵数千,遣令速往。宝奉令即行。

竟陵太守李阳,又替峤白侃道:“今温军乏食,向公借粮。公若不借,必至温军溃散,大事无成,阳恐各军将集怨公身,公虽有粟,也无从得食了。”侃乃分米五万石,接济峤军。嗣闻毛宝告捷,把句容湖熟诸屯粮,悉数毁去,这屯粮是苏峻的根本,根本既撤,料峻军必至乏食,久将自乱。侃乃留屯江上,不复言归。

峻遣韩晃张健等,往攻大业戍垒,垒为后将军郭默所守,被韩晃等困住,水泄不通,守兵无从汲水,甚至取饮粪汁,聊自解渴。郭默不耐苦守,突围出奔,惟留戍卒守着。郗鉴在京口驻节,蓦闻郭默潜遁,不免加忧,参军曹纳进言道:“大业为京口屏蔽,大业失守,京口恐难保全,不如亟还广陵,再图后举。”鉴摇手不答,但命左右召集僚佐。至僚佐已集,方责纳道:“我尝受先帝顾命,不能预救危难,虽捐躯九泉,未足塞责。今强寇在迩,众志未定,君为我腹心,乃倡议退归,摇惑众心,教我如何驭众呢?”说至此,便旁顾左右,拟将纳推出斩首。纳吓得魂不附体,慌忙跪伏哀求,僚佐亦替他解免,方得贷死。鉴即拨兵助守大业,且遣使至侃军乞援。

侃欲亲自赴救,长史殷羡进谏道:“我兵不惯步战,若往救大业,不能得胜,大事反从此去了。今不若急攻石头,石头得克,大业不劳往救,自然解围呢。”侃依羡言,遂与庾亮、温峤、赵胤等会商,使亮等率着步兵,从白石南进,自督水军攻石头城。亮等皆如侃议,乃分率步兵万人,登岸南行。胤为前驱,峤与亮为后应。

苏峻闻步兵来攻,亲率八千人迎战,遣子硕与部将匡孝,分领前军数十骑,先薄胤军。匡孝骁勇异常,当先开路,及与胤军相遇,仗着那一杆铁槊,左挑右拨,运动如飞,胤军纷纷落马,无人敢当。后队兵士,相率倒退。胤亦禁遏不住,只好退走。峻在马上遥望,见胤军退去,不禁惹起野心,顾语左右道:“孝能破贼,难道我不如孝么?”说着,即挈数骑前进,往追赵胤。可巧温峤军至,来助胤军,并力将匡孝杀退。孝已回马他遁,峻却冒冒失失,向前突阵。峤胤两军,已经排齐队伍,准备厮杀,还怕甚么苏峻?峻见不可敌,回趋白木阪,忽听得扑蹋一声,马失前蹄,竟至扑倒。峻亦随向前扑,不能安坐,正拟下马易骑,不防背后有物投来,忍不住一阵奇痛,便即跌下。看官道是何物?原来是一种兵器，叫作钩矛，俗语呼为钩头枪，这钩头枪是何人所掷？乃是彭世李千。彭李两人，为陶侃部将，从峤助战，见苏峻返奔，便策马力追。峻闻后有追兵，脚忙手乱，马缰一松，因致颠蹶。彭李见他马蹶，相距还有数丈，只恐峻得脱逃，所以将矛遥掷，也是苏峻恶贯满盈，命数该绝，巧巧掷中背上，遂至坠地。彭世李千，立刻驰至，下马拔刀，将峻枭首。峻手下尚有数骑，逃命要紧，走得一个不留。温峤赵胤等，一并趋集白木陂，命将峻尸脔割如糜，毁去尸骨。众军齐呼万岁。峻兵八千人，顿时骇散，惟石头城还未溃乱。峻弟逸在城中，由司马任让等，奉为主将，闭城自守。峻将韩晃，得峻死耗，撤大业围，引还石头。他将管商弘徽，尚留攻虔亭垒，为郗鉴部将李闳，及长史滕含所破。管商走降庾亮，弘徽走依张健。温峤进薄石头城，就在城外设立大营，暂作行台，布告远近，凡故吏二千石以下，皆令赴台自效。官吏陆续趋集，各思图功。

时光易过，两下相持，又过残年。光禄大夫陆晔，本由峻派守行台，峻将匡术，派守台城，至是晔令弟尚书陆玩，劝术反正。术见大势已去，乐得变计求生，遂举台城归附西军。百官亦乘势出头，推晔督领宫城军事。陶侃又遣毛宝入守南城，邓岳入守西城，建康复定，只有石头未下。右卫将军刘超，侍中钟雅，与建康令管旆等，拟奉成帝出赴西军，不幸密谋被泄，即由任让奉苏逸令，带兵入宫，拘住超雅。成帝下座，将超雅二人抱住，且语且泣道："还我侍中右卫。"让不肯从，扯开成帝，竟把二人牵出，一刀一个，杀死了事。复大发兵攻台城，韩晃当先，逸与从子硕继进，用了火弓火箭，射入城中，焚去太极东堂，延及秘阁。毛宝饬兵士扑救，自执弓矢，登城守御，弓弦响处，无不倒毙。晃见宝箭法如神，便仰首呼宝道："君号勇果，何不出斗？"宝亦答道："君号健将，何不入斗？"晃不禁大笑，再欲攻城，忽接到石头被攻消息，乃收兵退去。苏逸苏硕，先已引还，那围攻石头的兵马，便是陶侃温峤等军。就是扼守京口的郗鉴，亦遣长史滕含等入助。滕含带着步兵，在石头城下待着，邀击苏逸。逸退还时，被含痛击一阵，伤亡甚多。苏硕后至，与含混战，方得杀开走路，拥逸入城。至韩晃到来，含已退去，硕自恃骁勇，率领壮士数百，渡淮赴战，正值温峤截住，乘硕渡至中流，麾舟急击，把硕兵冲作数段。硕长陆战，不善水斗，弄得进退两难，立被峤军击毙。石头戍兵，闻硕败死，统皆夺气。韩晃开城出走，兵士争先恐后，一齐狂奔，无如门隘难容，五相践踏，死不胜计。滕含正在城外巡弋，趁机掩杀，门不及闭，便得攻进，兜头碰着苏逸，两马相交，刀枪并举，不到数合，被含卖个破绽，刺逸下马。含将李汤，从旁趋至，将逸擒住，任让急来抢救，已是不及。含麾众围让，让欲走无路，也即受擒。成帝尚在行宫，由含将曹据入卫，抱帝赴温峤船。峤率群臣迎谒，顿首请罪。成帝虽然年稚，究竟在位四年，多见多闻，也说了几句慰劳的话儿，均令起身。未几陶侃亦至，见过成帝，奉入京师，随即诛死苏逸，并斩任让。让与侃有旧交，侃请贷一死，成帝流泪道："他杀我侍中右卫，怎得赦免呢？"侃不便再言，让乃伏诛。又捕戮西阳王羕，及羕二子播充。司徒王导，由白石入石头，令取故节，侃嘲语道："苏武节似不如是。"导不禁赧颜，侃一笑而散。于是颁诏大赦。

峻党张健，奔驻曲阿，弘徽韩晃等，先后趋至。健拟东窜吴兴，弘徽谓不如北走，两人争论起来。健拔出佩刀，剁毙弘徽，遂使韩晃等乘车陆行，自己乘舟水行。舟车中满载子女玉帛，由延陵东赴吴兴，东军尚未退去，即由王允之亲督将士，截住水陆两路叛党，大破张健韩晃，夺得男女万余口，并金银布帛等物。健晃收拾余众，改向西奔，又被郗鉴阻住，不能过去，因转走岩山。鉴使参军李闳，领兵追击，健等逃匿山冈，不敢出战。惟韩晃挟箭两囊，至山腰中，自坐胡床，弯弓迭射。闳麾众登山，前驱多中箭倒毙，直至箭已射尽，才得杀上，把晃围住，四面攒击。任你韩晃如何枭悍，也落得身首异处，一命呜呼。闳众挟刃再登，搜杀健等，健料不能免，惶恐出降。闳责他罪恶滔天，立命枭首。自是峻党尽平。冠军将军赵胤，复遣部将甘苗，往攻历阳。祖约部将牵腾，开城迎苗。约挈领家族，及左右数百人，逃奔后赵去了。

两叛既灭，江左粗安，惟建康宫阙，已成灰烬，一时不及筑造，但借建平园为宫。温峤欲迁都豫章，三吴人士，请迁都会稽。议出两岐，纷纭未决。司徒王导，独主张仍旧，排斥众议道："孙仲谋与刘玄德，俱言建康饶有王气，足为皇都，怎得无端迁徙呢？古时圣帝明王，卑宫菲服，不求华丽，若能务本节用，休养生息，不出数年，元气渐复，自见蕃昌；否则移居乐土，亦且成墟，即如近来北寇，日伺我隙，我再避往蛮越，更属非计，道在镇定如常，安内驭外，才无后忧。"温峤等听到此言，也以为导有远见，取消前议，不复迁都，即用褚翜为丹阳尹。翜收集散亡，尽心抚卹，京邑复安。朝廷论功行赏，进陶侃为侍中太尉，封长沙公，兼督交广宁州诸军事。郗鉴为侍中司空，封南昌公。温峤为骠骑将军，开府仪同三司，加散骑常侍，封始安公。陆晔进爵江陵公。此外得进封侯伯子男，不可胜计。追赠卞壶、桓彝、刘超、钟雅、羊曼、陶瞻等官爵，并各赐谥。峻党路永匡术贾宁，相继反正，王导欲悉予封阶。温峤道："永等皆苏峻腹心，首为乱阶，负罪甚大，晚虽改悟，未足赎罪。诚使得全首领，已为幸事，岂尚可再给荣封么？"导乃罢议。

陶侃因江陵偏远，请移镇巴陵。有诏依议，侃乃辞去。温峤亦陛辞归镇，朝议欲留峤辅政。峤推让王导，谓系先皇旧臣，仍当照常倚任，不宜参用藩臣，因固辞而出。且以京邑荒残，资用不足，特将私蓄财物，留献宫廷，然后西行。惟庾亮初谒成帝，稽颡谢罪，嗣复上表辞职，欲阖门投窜山海。成帝手诏慰谕，谓系社稷危难，责不在舅云云。未免左袒。亮自觉过意不去，又上书引咎道：

臣凡鄙小人，才不经世，阶缘戚属，累忝非服，叨窃弥重，谤议弥兴。皇家多难，未敢告退，遂随谍展转，便膺显任。先帝不豫，臣参侍医药，登遐顾命，又豫闻后事，岂云德授，盖以亲也。臣知其不可，而不敢逃命，实以田夫之交，犹有寄托，况君臣之义，道贯自然。哀悲眷恋，不敢违拒。加以陛下初在谅暗，先后亲揽万机，宣通外内，臣当其责，是以激节驱驰，志以死报。顾乃才下位高，知进忘退，乘宠骄盈，渐不自觉，进不能抚宁内外，退不能推贤宗长，遂使四海谤怨，群议沸腾。祖约苏峻，不堪其愤，纵肆凶逆，事由臣发，社稷倾覆，宗庙虚废，先后以忧逼登遐，陛下旰食逾年，四海哀惶，肝脑涂地，臣之招也，臣之罪也。朝廷寸斩之，屠戮之，不足以谢祖宗七庙之灵。臣灰身灭族，不足以塞四海之责。臣负国家，其罪实大，实天所不覆，地所不载。陛下矜而不诛，有司纵而不戮，自古及今，岂有不忠不孝，如臣之甚？不能伏剑北阙，偷存视息，虽生之日，犹死之年。朝廷复何理齿臣于人次？臣亦何颜自次于人理？臣欲自投草泽，思愆之心也，愿陛下览先朝谬授之失，虽垂宽宥，全其首领，犹宜弃之，任其自存自殁，则天下粗知劝戒之纲矣。冒昧渎陈，翘切待命。

这书呈入，复有诏复答道：

苏峻奸逆，人所共闻，今年不反，明年必反。舅勃然而召，正是不忍见无礼于君者也。论情与义，何得谓之不忠乎？若以总率征讨，事至败丧，有司宜绳以国法，诚则然矣。但舅申告方伯，席卷东来，舅躬擐甲胄，卒得殄逆，社稷乂安，宗庙有奉，岂非舅与二三方伯，忘身陈力之勋耶？方当策勋行赏，岂可咎及既往？舅当上奉先帝付托之重，弘济艰难，使衍冲人，永有凭赖，则天下幸甚！

亮既接诏，尚欲逃入山海，准备舟楫，东出暨阳。诏令有司收截各舟，亮乃改求外镇，效力自赎，因出督江西宣城诸军事，拜平西将军，假节豫州刺史，领宣城内史，镇守芜湖。还有湘州刺史卞敦，前曾闻难不赴，但遣督护带领数百人，随从大军。陶侃劾敦阻军观望，请槛车收付廷尉。独王导谓丧乱甫平，应从宽宥，惟徙敦为广州刺史。敦适抱病，不愿南行，乃征为光禄大夫。未几病死，尚追赠散骑常侍，赐谥曰敬。

温峤自建康西还武昌，舟过牛渚矶，水深不可测摸，相传下多怪物。峤发出奇想，令毁犀角照水，果见怪物丛集，或乘马，或乘车，多着赤衣，奇形异状，见所未见。是夕，卧宿舟中，梦有一异人来语道："与君幽明相隔，何故照我？"峤尚欲详问，被异人用物击来，适中门牙，痛极而醒。次日，齿尚觉痛，他本有齿疾，至此因痛不可耐，将牙齿拔落二枚，不意痛仍未痊，反致唇舌艰涩，如中风状。莅镇以后，医治无效，不到旬日，便即去世，年只四十有二。江州士民，相率下泪。有诏赠峤侍中大将军，赐钱百万，布千匹，予谥忠武。

即令峤军司刘胤，嗣为江州刺史。陶侃郗鉴，表称胤不胜任，宜别简良才，王导不从。胤素纵酒渔色，不恤政事。后将军郭默，曾为胤所侮，时常怀恨，此时留屯淮北，竟率兵夜向武昌，候旦开门，突然掩入，诈称有诏收胤，不问他人。胤部下将吏，不知何因，未便拒抗。默突入内寝，胤尚拥妾同卧，被默牵出床下，一刀砍死。妾有姿色，取为己有，又掠得金宝及胤妻女，自称江州刺史，一面将胤首传入建康，诬胤谋逆。王导虑不可制，但令默为豫州刺史，不敢问罪。武昌太守邓岳，驰白陶侃。侃即上表讨默，且致导书道："郭默害方州，就用为方州，倘再害宰相，莫非便使为宰相么?"导复书谓："遵养时晦，留待足下。"侃览书大笑道："这乃遵养时贼哩。"遂驱兵登舟，直向武昌，四面环攻。默将张丑宋侯等，惧侃威势，缚默出降。侃斩默枭首，解送京师，诏令侃兼督江州，并领刺史。小子有诗叹道：

藐视王章太不伦，况经矫诏害疆臣。
若非当日陶公在，时贼居然得莅新。

侃既平默，威名益震，连后赵都惮他英威，不敢南窥。惟后赵主石勒，时正强盛，并吞前赵，欲知详情，请看下回分解。

第四十一回

察铃音异僧献技　失军律醉汉遭擒

却说后赵主石勒，乘晋内乱，连夺司豫、青、徐、兖诸州，复遣兵进扰江淮，攻陷寿春。一面令石虎等率众四万，从轵关西行，往攻刘曜，略定河东五十余县，进迫蒲坂。曜大发水陆各军，亲自督领，由卫关北渡黄河，为蒲坂援应。石虎闻曜军大至，不免震惧，乃撤围退兵。曜追至高候，得及虎兵，两下交战，虎兵大败，偏将石瞻战死，余众亦伤亡大半，伏尸二百余里，丧失资械，不可胜计。虎逃奔朝歌，曜乘胜南下，攻金墉城。后赵守将石生，竭力抵御，曜猛扑不克，因决穿千金堨外的流水，灌入城中。城内兵民，险些儿变成鱼鳖，幸亏金墉城素来坚固，不致坍没。石生移民登阜，麾兵乘城，日夜严防，兀自支撑得住。曜见金墉难拔，又分兵转攻汲郡河内，后赵荥阳太守尹矩，野王太守张进等，均迎降曜军，曜势大振，襄国戒严。

是时石勒右长史张宾，已经病殁，勒如失左右手，尝临丧大恸道："天不欲我成事么？何故夺我右侯？"既而令司马程遐，代为右长史，遐智计不及张宾，但因妹为勒妾，得预政权。勒每与遐议及国事，意见不合，辄流涕道："右侯遽舍我长逝，乃令我与此辈共议，岂非天数？"及曜围金墉，勒拟亲出为援，程遐等入谏道："刘曜乘胜南行，一时难与争锋，惟金墉城坚粮足，不致遽陷，待曜师老力疲，自然退去。大王不宜亲动，一或躁率，难保万全，大业反从此失败了。"勒怒叱道："汝等何知？休来妄言！"遐尚欲再谏，勒竟拔剑置案，几欲动手杀遐，遐乃怯退。

先是参军徐光，醉后忘情，致忤勒意，为勒所幽。至是勒复忆光，释令出狱,召与商议道:“刘曜乘高候胜仗,进围洛阳,看似锋不可当,但孤思曜带甲十万,围攻一城,多日不克,势必懈怠。若率我锐卒,击彼怠兵,无虑不胜。倘迟至洛阳不守,曜必鼓勇前来,席卷河北,直至冀州,我军为彼所慑,不战必溃,大事去了。程遐等不欲我行,卿意以为何如?”光应声道:“大王所料,确是胜算,试想刘曜既战胜高候,不能进临襄国,乃反往攻金墉,显见是无能为呢。诚使大王督兵亲征,彼必望旗奔败,平定天下,在此一举,何必多疑。”勒狞笑道:“如卿才合孤心哩。”遂下令调集人马,克日启行。

勒平时常敬礼西僧佛图澄,因复将出师休咎,令他预决。澄忽作梵语道:“秀支替戾冈,仆谷劬秃当。”勒听了茫然不解,请澄释明意义。澄乃答道:“秀支便是兵,替戾冈是出行的意义,仆谷指刘曜胡位,劬秃当就是捉人意。依此解释,定能出兵拒曜了。”勒又问出自何经?澄答称是相轮寺铃音。勒将信将疑。澄自言尚有一法,可觇未来,当由勒请令一试,澄谓须展期七日,七日内令一童子持斋,斋期满,方能觇视,于是如法施行。眨眼间已是七日,澄即入见,在勒前行法,令左右取过麻油及胭脂,二物搀合,置诸掌心,又用两手摩擦,好一歇方才启掌,粲然有光。勒等只见他掌中光芒,看不出甚么奇异,独持斋七日的童子,顾视澄掌,不禁大诧道:“内有无数兵马,捉住一须长面白的大人。”澄即语勒道:“这就是刘曜了。”勒乃大喜,即令亲将石堪石聪,往会豫州刺史桃豹等,各率部众趋荥阳,复饬石虎进据石门,自统步骑四万,出发襄国,下令敢谏者斩,程遐等自然不敢再言,一任勒上马登途去了。

但佛图澄究是何人,能有这般秘术?相传澄生长天竺,本姓帛氏,至晋怀帝永嘉四年,始至洛阳,自云百有余岁,能服气摄生,连日不食。每持神咒,役使鬼神,腹旁有一孔,用絮塞住,夜间拔絮露孔,光照一室。又尝至流水侧,从孔中取出脏腑,就水洗净,还纳腹中,洛人称为奇僧。至洛中大乱,投依勒将郭黑。黑从勒四出,每预知行兵吉凶,勒当然疑问。黑谓由澄所授,因即召澄相见,试以道法。澄取钵盛水,焚香持咒,立见钵中生出青莲,花光曜日,勒乃惊服。嗣是勒有举动,澄辄先知。勒为赵王至五年,襄国大旱,勒令澄祷雨,澄言祷求无益,别有良法。遂率徒侣往石井岗,掘得死龙一条,长约尺余,取置水盂,半日复苏。澄向龙咒诵,用酒为奠,蓦见龙一跃上升,腾往天空,即见阴霾四塞,大雨倾盆,田野沾足。因改名天井岗为龙岗。过了数年,襄国城壕,水源骤涸,勒又求澄设法。澄笑答道:“城壕无水,敕龙往取便了。”勒本字世龙,疑澄有心嘲弄,亦笑语道:“正因龙不能取水,所以商诸高僧。”澄乃正色道:“这是实语,并非戏言。水泉无论大小,必有神龙居住,今城堑水源,在西北五里团丸祠下,若非敕龙取水,水何从来?”说毕自出。随引弟子法首等数人,径至团丸祠下,自坐绳床,烧安息香,口中念念有词,絮絮不绝。直至三日三夜,方有小水流动，一小龙长五六寸，随水出没，人民相率趋观。澄禁令逼视，不到半日，水势骤涨，汹涌澎湃，流满隍堑，龙亦不知去向了。澄返报石勒，勒益加敬礼，号为大和尚，这且待后再表。

且说赵王刘曜，自据位称尊后，起初还从善纳谏，用游子远为车骑大将军，讨平氐羌。依侍中乔豫和苞等言，罢建宫室。又在长乐宫东隅立太学，未央宫西隅立小学，凡百姓年在十三以上，二十五以下，聪颖可教，俱令入学肄业，共得千五百人。命中书监刘均领国子祭酒，散骑侍郎董景道为崇文祭酒，居然尊经讲道，用夏变夷。曜后羊氏，虽得专宠干政，究竟也没有甚么权力，在位四年，境内尚称平安，不过与后赵已成仇隙，屡有兵争。是年五月，终南山忽崩。长安人刘终，从山崩处拾得白玉一方，上有篆文云："皇亡皇亡，败赵昌，井水竭，构五梁。咢酉小衰，困嚣丧呜。呜呼呜呼，赤牛奋靷其尽乎。"终莫名其妙，但赍玉献曜。曜臣都称为石勒将灭，乃有此征，因联翩入贺。曜也以为天锡祯祥，特斋戒七日，至太庙中拜受瑞玉，命终为奉瑞大夫。独中书监刘均上书道：

臣闻国主山川，故山崩川竭，国君为之不举。终南京师之镇，国之所瞻，无故而崩，其凶可知。昔三代之季，其灾也如是，今朝臣皆言祥瑞，臣独言非，诚上忤圣旨，下违众议。然臣不达大理，窃所未同。何则，玉之于山石也，犹君之于臣下。山崩石坏，象国倾人乱，皇亡皇亡。败赵昌者，此言王室将为赵所败，赵因之而昌大。今大赵都于秦雍，而勒跨全赵之地，赵昌之应，当在石勒，不在我也。井水竭，构五梁者，井谓东井，秦之分也，五谓五车，梁谓大梁，五车大梁，赵之分也，此言秦将绝灭以构成赵也。咢者岁之次，名作咢也，言岁驭作咢酉之年，当有败军杀将之事。困谓困敦，岁在子之年名，玄嚣亦在子之次，言岁驭于子，国当丧亡。赤牛奋靷，谓赤奋若，在丑之岁名也。牛谓牵牛，东北维之宿，丑之分也，言岁在于丑，当灭之殆尽，无复遗也。此其诚悟蒸蒸，欲陛下勤修德化以禳之耳。纵为嘉祥，尚愿陛下夕惕以答之。《书》曰："虽休勿休"，愿陛下追踪周旦盟津之美，捐鄗虢公梦庙之凶，谨归沐浴以待妖言之诛，则国家幸甚！

曜览毕均书，倒也怃然动容。廷臣劾均狂言瞽说，诬妄妖瑞，应作大不敬论。曜却谓不问灾祥，均当深戒，怎得加罪刘均。越年，又从并州献入玉玺一枚，文为赵盛二字。曜乃不复称瑞，但收贮库中罢了。既而征服仇池王杨难敌，又因秦州刺史陈安叛乱，亲往讨平。赤亭羌酋姚弋仲，亦称臣受封。凉州牧张寔，为帐下将阎涉所戕，寔弟张茂，平定内乱，嗣为凉州刺史。曜复率领戍卒二十八万，进攻凉州。茂惮曜兵威，奉表称藩，曜乃退兵。自是渐即骄盈，沉湎酒色。羊后病死，更立侍中刘昶侄女刘氏为后。才阅一年，刘氏又病不能起，留有遗言，请纳从妹刘芳。芳女姿色，比姊秀美，年甫十三，已长七尺八寸，垂手过膝，发与身齐。曜当然纳入，即册为继后，时已为光初十一年。曜命骠骑将军刘述为大司徒，侍中刘昶为太保，召公卿以下子弟，入阙亲选，见有材武出众，便使为亲御郎，被甲乘马，随同出入。尚书郝述，都水使者支当等，谓人主不宜日近武人，致触曜怒，勒令服毒自尽。是夕，曜梦见空中降下三神，统是金面丹唇，东向逡巡，不言即退。当下恍惚前追，屈身下拜，俯履三人足迹。俄而惊寤，细思梦兆，辨不出什么吉凶。翌晨，召入公卿，令他详梦。一班谐臣媚子，无非曲意献谀，交口称贺，惟太史令任义，谓梦兆不祥，列陈见解，大略说是：

三者历运统之极也，东为震位，王者之始次也。金为兑位，物衰落也。丹唇不言，事之毕也。逡巡揖让，退舍之道也。为之拜者，屈服于人也。履迹而行，慎勿出疆也。东井，秦之分也，五车，赵之分也，秦兵必大起，亡主丧师，留败赵地，远至三年，近七百日，其应不远，幸熟思而慎防之！

曜闻言大惧，即亲祀二郊，修缮神祠，遍祷名山大川，大赦死罪以下，减免百姓半租。越年，春令大旱，好几月不见甘霖，曜偏分兵袭仇池，攻凉州，略河南，一些儿不加轸恤，但令出掠境外，夺得子女玉帛，还充府实。又越年出败石虎，便是围攻金墉城一役。后赵主石勒，自救金墉。至大堨渡河，时当仲冬，寒风似刀，河滨更甚。及勒军将渡，忽天气转为晴和，风静冰泮，安然得济。济毕又狂风大起，沉阴如故。勒大喜道："这是天神祐我哩。"遂改名大堨为灵昌津。参军徐光，亦随勒南行，勒顾语光道："刘曜闻我出兵，若移兵成皋，据关拒我，方为上策；依洛为营，负水自固，乃是下策；坐守洛阳，束手待擒，便成无策了。"既而勒至成皋，会集诸军，得步兵六万，骑兵二万七千，鼓行而进，一路无阻，并不见有曜军。勒举手上指，又自指额，连声呼天，复令兵士卷甲衔枚，从间道出巩訾间，昼夜不休，直至洛水，遥见曜兵俱退驻对岸，连营十余里，差不多有十多万人，更不禁大喜道："曜真庸奴，为我所料，诸将士已好贺我了。"大众闻言，统向勒道贺。勒扬鞭得意，督步骑入宣阳门，由守将石生出接，迎入故太极前殿，升座劳众，休息一宵。越宿，乃部署兵马，整顿器械，准期明日出战。命石虎率步卒三万人，自城北趋西，攻曜中军，石堪石聪各领骑兵八千人，自城西趋北，击曜前锋。三人领命归营。勒又预戒亲卒，五更造饭，黎明饱餐，开城助战。

这一边已安排就绪，那一边尚杂乱无章。刘曜围攻金墉，已过了三月有余，他见坚城难下，索性置诸度外，镇日与群臣饮博，酣醉无度，不恤士卒。左右或进言相规，曜斥为妄语，连杀数人。及闻勒渡河亲至，方拟遣兵增戍，堵截勒兵。议尚未定，勒兵已抵洛水，前驱谍使，被曜候骑获得一人，献入营中。曜亲问道："大胡自来么？率众几何？"谍使答道："大王自来，兵势甚盛。"曜闻言不禁失色，便下令撤围，退营洛水西岸。到了勒兵入城，曜尚无布置，仍然拼命饮酒。临战的早晨，已闻石虎石堪等两路杀来，还要饮酒数斗，喝得醉意醺醺，方披甲上马。马无故悲鸣,立住不动,经曜挥了数鞭,反见马倒退下去,一前一却,几乎把曜掀落,亏得左右将曜扶住,仓猝下马,改乘他骑。曜疑是酒力未足,致马作怪,再命左右进酒一斗,一气喝干,乃策马出营,径诣西阳门。说时迟,那时快,石虎从左杀到,石堪石聪从右杀来。曜兵抵挡不住,纷纷溃乱。曜已烂醉如泥,不知进退,但向西阳门驰去,不防石勒带着亲兵,由阊阖门绕至西阳门,迎头击曜。曜醉眼朦胧,望不出甚么石勒,惟听得一声大喝道:"刘曜快来受死!"这一语传入耳鼓,才把十分酒意,吓退三分。又见前面兵士,好几个滚下头颅,乃拍马返奔,忙不择路,只管沿洛水边乱跑。又听背后有人叫道:"刘曜休走!"曜也不敢回头,飞马奔逃。那后面的箭镞,接连射来,可恨背上不生眼睛,无从闪避,徒受了三处箭伤。马亦中了数箭,负痛乱跃,高低不辨,竟致陷入石渠。曜慌忙提缰,马足虽得拔出,马力已竭,坠倒水滨,曜亦当然同坠。可巧水结成冰,将人马一同搁住,不致沉溺。奈左右俱已逃散,无人相救。俄而追兵驰到,用着挠钩等件,将曜钩起。曜身上又受创十余,卧在地上,由他捆缚,勉强开眼一瞧,面前立着一马,马上坐着一员大将,正是后赵都尉石堪。堪见曜西奔,率马追来,用箭射倒刘曜,遂得擒曜报功。

曜兵一半逃去,一半被杀。勒乃下令道:"我只欲擒获一人,今已得擒住,将士等可抑锋止锐,毋得再加杀戮,有伤天仁。"于是收军入城,牵曜至河南丞廨,把他拘住。一面宰牛设飨,大犒将士。一连三日,方班师北还襄国,使征东将军石邃,押曜同行。曜创痕未痊,不能行动,因用马车载曜,令金创医李永,与曜同载,沿途疗治。既至北苑市,三老孙机,请诸勒前,愿一见曜,勒即允诺。机持酒一大觞,进白刘曜道:"仆谷王,关右称帝王,当持重,保土疆;轻用兵,败洛阳,祚运穷,天所亡;开大量,进一觞。"曜见机庞眉皓首,须发似银,乃接觞答语道:"老翁年当近百,尚这般康健么?我当为公满饮此觞。"说着,一吸立尽。孙机乃退。勒闻机言,也为怅然道:"亡国奴,应该使老叟数罪哩。"及驰入襄国,勒令曜居永丰小城,遣还伎妾,与曜为伴,惟派兵监守,不准曜出入自由。

先是两赵连岁交兵,互有擒获,勒将石佗,为曜军所擒,便即杀死。曜将刘岳刘震,为勒军所擒,尚未被杀,至此岳震等,得奉勒命,许令见曜。曜瞿然道:"我道卿等久为灰土,不意石王仁厚,全宥至今,我骤杀石佗,有愧石王,无怪今日遭祸呢。"乃留岳震等同宴,终日始别。勒使人语曜,令致彼太子熙书,嘱使速降。曜不从勒意,但饬熙与群臣维持社稷,不必为我易虑云云。勒因此嫉曜,寻即将曜害死。曜僭位十三年,岁次戊子,兵败被擒,正与刘均言相符。小子有诗叹道:

谶纬遗文宁足凭?荒耽才是国亡征。
古今多少沧桑感,无道保邦得未曾。

曜子熙居守长安,能否保全宗祀,且看下回自知。

第四十二回

并前赵石勒称尊
防中山徐遐泣谏

却说刘熙居守长安，接得乃父被擒消息，当然大骇，急与南阳王刘胤等，商量方法。胤本是刘曜嫡子，为元配卜氏所生，从前靳准作乱，胤逃匿邻近郁鞠部。及刘曜即位，郁鞠部送胤归国，曜见他身长多力，意欲废熙立胤。胤舅左光禄大夫卜泰，及太子太保韩广等，均谓不宜废立，胤亦涕泣固辞。曜也追忆羊后，不忍废熙，乃封胤为王，号为皇子，追谥元配卜氏为元悼皇后，进卜泰为太子太傅，仪同三司。其实太子熙，原是懦弱，就是胤亦徒有外表，未足称能。曜率兵南下时，胤且进署大司马，辅熙居守。一切政事，归胤裁决，所以曜陷没后赵，熙即召胤计议。胤谓长安难守，不如退保秦州。尚书胡勋进言道："今主子虽已丧亡，国家尚未残缺，兵士不下数十万人，正可并力扼险，堵御石氏，万一力不能拒，再走未迟。"胤怒叱道："汝敢挠沮众心么？"遂喝令左右，把胡勋牵出斩首。勋既冤死，还有何人再敢多嘴，遂相率奔往上邽。首都一动，各镇皆摇，汝阴王刘厚，安定王刘策，各弃镇西走，关中大乱。

将军蒋英辛恕，拥众数万，入据长安，遣人奉表后赵，情愿投降。石勒览表，即敕洛阳守将石生，乘便西略。生即带领部曲，径入长安。那时刘胤却率兵数万，从上邽出发，来与石生争长安城。陇东武都安定新平北地扶风始平诸郡胡人，亦奋起应胤。胤军次仲桥，石生婴城自守，飞使向襄国乞援。勒即遣石虎往救，拨给骑兵二万，由虎带去。虎行至义渠，与各郡胡人相值，好似虎入羊群，不值一扫，夷人四面遁去，虎即进捣胤营。胤闻胡人败遁，已是心怯，没奈何出营迎战。两阵对圆，锋刃相交，虎麾动铁骑，冲入胤阵，纵横驰骋，十荡十决。胤慌忙奔还，经虎从后追击，杀得尸横遍野，血流成渠，遂进薄上邽城下。上邽城内的将吏，见胤逃还，都吓得魂魄飞扬，哪里还敢抵御？不到数日，便即溃散。虎挥众登城，擒住赵太子熙，南阳王胤，及王公卿校以上三千余人，一律杀死，所有后宫妃妾，俱分给将士。惟曜有女安定公主，年甫十二，却生得身材窈窕，眉目轻盈。虎取为己有，也不管她年龄长幼，到了夜间，便将她抱入寝处，恣情行乐，亏得胡人体质，本来强壮，还勉强容受得住，但已是蕊破花慵，不堪狼藉了。欢娱数夕，方挈女东行，并徙赵台省文武，关东流民，及秦雍大族九千余人，俱至襄国，又坑死王公等及五郡胡人，共五千余名，前赵遂亡。总计自刘渊僭号，共历三传，前称汉，继称赵，凡三十五年。刘曜受擒，岁次戊子，刘熙被屠，岁次己丑。困嚣丧鸣，赤牛其尽，白玉篆文，至此毕验了。

石虎还至襄国，赍献前赵传国玺，并拟上勒尊号，奉为赵帝。勒未肯遽许，再经内外百僚，全体申请，无非说是"功德并隆，祥符俱萃，应亟崇徽号，下副人望"等语。勒又迁延过年，始自称为赵天王，行皇帝事。立妻刘氏为王后，世子弘为太子，余子宏为骠骑大将军，都督中外诸军事，兼大单于，封秦王，斌为右卫将军，封太原王恢，为辅国将军，封南阳王，进中山公虎为太尉，兼尚书令，易公为王。虎子邃为冀州刺史，封齐王，石生为河东王，堪为彭城王，署左长史郭敖为尚书左仆射，右长史程遐为右仆射，徐光为中书令，领秘书监。此外，文武百官，各封拜有差。侍中任播等参议，谓赵承金为水德，旗帜尚玄，牲牡尚白，子社丑腊，方符天命。勒依议而行。右仆射程遐进言道："天下初定，应明罚敕法，显示顺逆。从前汉高斩丁公，赦季布，便是此意。大王自起兵以来，褒忠诛逆，中外归心，惟江左叛臣祖约，犹存我国，窃为不解。且约大引宾客，又占夺先人田里，地主多衔怨切骨，大王何尚事姑容，不申天罚呢？"勒本谓约不忠，有心鄙薄，虽然前次收纳，却未尝召见，至此听了遐言，便使人给约道："祖侯远来，未暇欢叙，今幸西寇告平，国家无事，可率子弟来会，借表积诚。"言外又与订会期。

约得了此信，当然欣慰，届期这一日，约挈子弟登殿，求见赵天王石勒。勒佯称疾，但令程遐接待。遐邀入别室，引与共饮，暗中着人诈托约言，召约亲属，一并到来。约见全族俱至，不禁动疑，且室外甲士趋集，料知凶多吉少，自思无法脱身，索性拼命乱喝，得能从此醉死，也省得眼见惨刑。偏程遐瞧透约意，待约半醉，便起座大言道："天王有令，祖约叛国不忠，罪应诛夷。"这语说出，甲士俱从外突入，立将祖约拿下，所有约亲信数十人，均被驱出，牵往市曹。蓦见有一群罪犯，由兵役押令前来，仔细一瞧，乃是一班蓬头少妇，垢面童儿，没一个不是家眷。此时心如刀割，险些儿晕了过去。忽有一数龄稚子，趋至约旁,手牵衣襟,哭呼外祖。约手未被缚,便将稚子抱起,且泣且语道:"外孙外孙,汝外祖不该背国,连害汝曹。"旁边走过似虎似狼的甲士,把他外孙夺去,掷诸地上,已是跌个半死。一声炮响,刀光四闪,可怜祖约以下的男子,不论老少长幼,都做了无头鬼。就中只有祖逖庶子道重,由后赵左卫将军王安,买嘱兵士,将他留下,为安携去。余如妇女妓妾,也算赦免,但已皆没为官奴,分充羯人的婢妾去了。

看官道王安何人,肯救逖子?原来安本羯奴,为逖所得,留侍左右,很加宠爱。及逖镇雍邱,安亦浸长,逖与语道:"石勒与汝同种,汝可往依,免汝久羁他乡,汝可愿否?"安尚不忍别,逖复说道:"我亦不在尔一人,尔尽管前去便了。"遂厚给路资,遣令北去。安得见勒,累擢至左卫将军,及闻约族骈诛,不禁长叹道:"怎可使祖士稚无后呢?"乃设法取出道重,匿居僧舍,令为沙门。时道重尚只十岁,及石氏灭后,始得南归。逖有兄祖纳,与约异母,憎纳如仇,尝闲散家居,览书自乐。约为逆时,纳得不坐。及约奔降后赵,纳仍在江东,由温峤荐引,辟为光禄大夫,卒获考终。祖氏一脉,赖此不亡。道重归宗,便与纳子孙同居,不在话下。

且说石勒既自称天王,群臣尚申表固请,统说是名位未正,应加帝号。勒乃加号称帝,改元建平,由襄国迁都临漳,追尊三代。妻称皇后,王子弘为皇子,封进百官,毋庸再叙。惟史家因前赵已亡,此后但称勒为赵主,不称后赵,小子亦依史叙述,止称为赵,看官不要疑我脱漏一字呢。勒并吞关陇,复窥江淮,特遣荆州监军郭敬,与南蛮校尉董幼,寇晋襄阳。晋南中郎将周抚,不能固守,退保武昌,襄阳遂陷。中州流民,悉数降赵,就是前平北将军魏该弟遐,亦率领部曲,自石城降敬。敬遂毁襄阳城,徙百姓至沔北,就樊城旁增筑城堡,居民屯兵,作为城镇。赵主石勒,即署敬为荆州刺史,领秦州牧。陇右氐羌,不受赵命,兴众为乱,勒遣河东王石生往讨,一鼓荡平,赵威大震。东方的高句骊肃慎诸国,贡入楛矢,宇文部并献名马。凉州牧张骏,本承叔父张茂遗命,嘱令服事晋室,仍守祖制,所以茂死骏继,自称晋大将军凉州牧,与前赵屡起战争。前赵亡,后赵主勒,遣使至凉州,拜骏征西大将军,兼凉州牧,加九锡殊礼,骏抗拒不受。及氐羌为石生所败,多奔凉州,骏恐生乘胜进击,乃遣官诣赵,奉贡称臣。还有西域诸部落,如高昌于阗鄯善大宛等,亦皆向赵奉贡,不惮远行。

赵主勒喜出望外,遂欲大营邺宫,自壮观瞻。廷尉续咸上书切谏,勒大怒道:"不斩此老,朕宫如何得成?"说着,即饬御史收咸下狱。中书令徐光进规道:"陛下天资聪睿,臣以为将超越唐虞,今乃厌闻直言,是将变作桀纣了。咸言可用即用,不可用亦当大度包容,奈何反欲加诛呢?"勒乃叹道:"人主不得自专,一至于此。朕岂不知咸言为忠,但偶与为戏呢。匹夫略积家资,尚想购一别室，况富有天下，难道不能营缮一宫？将来终当筑造，现且暂停工作，不负忠言。”乃释咸引见，面加慰谕，赐绢百匹，稻百斛。随命公卿百寮，荐举贤良方正，直言秀异，孝义清廉各一人。一面就襄国西偏，创造明堂辟雍灵台，侈然有上法姬周的痴想。

既而霖雨经旬，中山西北，水忽暴涨，漂集巨木百余万根，共至堂阳。勒闻报大喜道：“天意欲我营邺宫哩。”遂大兴工作，亲授规模。自建平二年孟秋营造，历久未成。越年正月，勒仍在旧殿朝见群臣，遍赐盛宴，酒至半酣，顾语中书令道：“朕可比古时何等君主？”光答道：“陛下神武谋略，越过汉高，雄材卓荦，超绝魏武，自古以来，罕可比伦，大约为轩辕黄帝的流亚哩。”勒掀髯道：“人生岂不自知？卿言未免太过。朕若遇汉高祖，当北面臣事，与韩彭毗肩，若遇光武，当并驱中原，未知鹿死谁手？大丈夫行事，须磊磊落落，皎如日月，怎可似曹孟德司马仲达辈，欺人孤儿寡妇，窃取天下？如朕品诣，应在二刘上下。轩辕乃上古圣人，朕何敢比拟哩？”群臣闻言，皆下座叩首，齐呼万岁。

勒本不识文字，但好令诸生讲读古书，静坐听诵，或出己意评论得失，类皆中肯，人多佩服。一日听读《汉书》，至郦食其劝立六国后，不禁惊诧道：“此法大误，何故能得天下？”及闻为留侯张良所阻，乃恍然道：“赖有此呢。”勒视当世人物，都不足取，惟晋豫州刺史祖逖，与荆州牧陶侃，先后推重，目为将才。侃方镇守巴陵，闻襄阳被陷，武昌垂危，倒也吃一大惊，接连是苏峻旧将冯铁，暗杀侃子，奔依石勒，得为戍将，害得侃又惊又悲，乃缮就一书，遣人赍往临漳，责勒纳用叛臣。勒有心干誉，便召入冯铁对着侃使，把他斩首。侃使才告谢南归。侃再遣长史王敷，赍送江南珍宝，与勒修好，并表谢忱。勒当即收受，厚待王敷，并赠赆仪。敷乃返报。

看官你道侃果真愿与勒和么？他因襄阳失守，意欲设法规复，所以计上加计，令他自弛兵备，好乘虚夺回襄阳，既得王敷归报，便从巴陵移镇武昌，命子斌率领锐卒，会同南中郎将桓宣，往袭樊城。赵将郭敬，果然无备，且督兵南掠江西，桓宣等掩入城中，将所有居守兵民，悉数俘获，又料敬必还援，使斌留镇樊城，自往涅水埋伏，截敬来路。敬得樊城警报，挟怒前来，到了涅水，听得一声号炮，伏兵猝发，他却毫不惊慌，分头抵敌。桓宣也督众力战，自午至暮，方将赵兵杀败，陆续退去。这一次鏖斗，赵卒原死了多人，宣兵亦伤亡过半。宣因飞使报侃，再请济师，侃令兄子南阳太守臻，竟陵太守李阳，率兵万人，共攻新野，遥应樊城。郭敬往救新野，又吃了一回败仗，方才北遁。襄阳城前已被毁，无人守着，当由侃军唾手取回，侃即命桓宣镇守。宣重修城寨，招集流亡，简刑罚，课农桑，复成重镇，赵一再进攻，终不能克。宣镇襄阳十余年，远近畏怀，时人比诸祖逖周访，可见得捍边固圉，全靠着有良将呢。

惟赵主石勒，中了侃计，叹息累日，暗想陶侃用伪和计，夺去襄阳，自己亦好如法炮制，与晋言和。计策已定，待至建平四年正月，借着贺年的名目，遣使至晋，奉帛修好。偏晋廷拒绝来使，且将所献各帛，焚毁都下。赵使撞了一鼻子灰，匆匆北归。勒顿时怒起，又欲动兵侵晋，偏偏天变迭兴，内忧隐伏，转令一个足智多谋的石季龙，有所顾忌，未敢妄行。

建平三年的夏天，已是疾风骤雨，雷震建德殿端门，及襄国市西门，殛死五人。既而雹降西河介山，大如鸡卵，平地水深三尺。太原乐平武乡赵郡广平钜鹿千余里，树木摧折，禾稼荡然。勒避殿禳灾，且问中书令徐光，主何凶兆？光言："介山为介之推所依，之推焚死，阴灵未泯，宜普复寒食故制，立祠奉祀。"原来勒曾禁止寒食，故光疑之推为祟，因致此灾。黄门郎韦谀，驳去光议，独援《春秋左氏传》言，谓："藏冰失道，阴气发泄为雹，与之推无关。若以之推为贤臣，但令绵介间人民奉祀，便足申敬，何必普及全国呢。"勒从谀议，只命并州复行寒食，更迁冰室至极寒处所，期顺天时。到了建平四年的夏天，红日当空，寂静无风，塔上一铃，无故自鸣。佛图澄素识铃音，说是国有大丧，不出今年。过了数日，有流星大如象尾，足似蛇形，自北极西南流动，约五十余丈，光芒烛地，坠入河中，声闻九百余里，勒亦自觉非祥。忽爱子斌暴亡，遂疑为流星所应，将备棺殓。忽佛图澄趋入道："小殿下尚未致死，何故骤令入棺？"勒惊叹道："朕闻虢太子死，扁鹊能起死回生，难道大和尚亦能救死么？"澄答一"能"字，遂取杨枝沾水，且洒且咒，果见尸身少动，手足渐能屈伸。澄即向前握手道："可起来了。"言已，斌即坐起，饮食如常。勒因命诸少子居澄寺中，托他照管。惟太子弘年已弱冠，留居东宫，襄办军国大事，凡尚书奏请，多归太子参决。次为骠骑大将军大单于秦王宏，亦得预政，权侔主相。石虎守邺有年，前时宏为大单于。虎甚不平，私语于石邃道："我身当矢石二十余年，得成大赵基业，大单于位置，应该属我，奈何反轻授黄口婢儿？俟主上晏驾后，当尽杀无遗，方泄我恨。"及弘宏兄弟，得专国政，虎益怏怏。

弘素好文士，尝引与交游，石勒谓："世未承平，不宜右文轻武。"乃使刘徵任播等教弘兵书，王阳教弘击刺，但弘已性格生成，终不脱文人气象。勒尝语徐光道："大雅愔愔，可惜不类将种。"光答道："汉高祖以马上取天下，孝文帝治以玄默，守文令主，原与创业不同，何必过忧。"勒始有喜色。光因进言道："皇太子仁孝温恭，中山王雄暴多诈，陛下万岁以后，臣恐社稷必危，宜渐夺中山威柄，休使上逼储君。"勒虽然点首，但因虎累立大功，也未便遽夺虎权。既而右仆射程遐，复入白道："中山王勇武权智，群臣莫及，看他志意，除陛下一人外，统皆蔑视。今专征日久，威振内外，性又不仁，残暴好杀，诸子又并长大，似虎添翼，共预兵权，陛下在日，谅无他变，将来必致跋扈，非少主臣，还请陛下绸缪，早除此患。”勒变色道：“今天下未平，兵难未已，大雅年少，宜资辅弼，中山系佐命功臣，亲同鲁卫，朕方欲委以重任，何至如卿所言。卿莫非因中山在侧，虽然身为帝舅，将来不得专政，故有此虑？朕已早为卿计，如或不讳，先当使卿参预顾命，卿尽可安心哩。”遐不禁流泪道：“臣实公言，并非私计，陛下奈何疑臣有私？中山虽为皇太后所养，究竟非陛下骨肉，难语恩义，近不过托陛下神规，稍建功绩，陛下报以重爵，并及嗣子，也可谓恩至义尽了。魏任司马懿父子，终被篡国，前鉴未远，怎得不防？臣累沐宠荣，又与东宫托附瓜葛，若不尽言，尚望何人？陛下今不除中山，恐社稷不复血食了。”勒终不肯从。遐只好叩头告退，小子有诗叹道：

养虎原为心腹忧，如何先事未绸缪。
毁巢取子犹难料，漫向廷臣诩智谋。

遐退出后，适与徐光相遇，免不得有一番叙谈。欲知后事，且至下回表明。

第四十三回

背顾命鸮子毁室
凛梦兆狐首归邱

却说程遐出遇徐光，便与光叙谈，述及进谏不从情形。光答道："中山王对我两人，时常切齿，不但与国有害，且必累及家祸，我等总当预先设法，保国安家，怎可坐待危祸哩？"遐皱眉道："君有甚么良策？"光想了多时，方答说道："中山手拥强兵，威势甚盛，我等无拳无勇，如何抵制？看来只好再三进谏，得能感悟主心，方得转祸为福呢。"遐摇首道："只恐主上未必肯从。"光说道："待我再去一试罢。"说毕乃散。过了数日，光入内白事，见勒面有愁容，便乘间讽勒道："陛下廓平八州，驾驭海内，为何神色未怡？当有隐患。"勒怅然道："今吴蜀未平，书轨不一，司马家儿，未绝丹阳，后世将疑我未应符箓，难为真主，我一想着，便不觉有忧色了。"光应声道："臣以为陛下忧及心腹，哪知陛下徒忧及四肢，四肢尚不足忧，腹心乃是大患呢。从前魏承汉祚，为正朔帝王，刘备虽绍兴巴蜀，总不能谓汉尚未亡，吴尝跨据江东，与魏无损。今陛下包括二都，平荡八州，适与魏王相符，彼司马家僻居江左，无异刘备。李氏据蜀，尚逊孙权，帝王大统，不属陛下，将属何人？这不过是四肢的微患，无庸深忧。惟中山王托陛下威灵，所向无敌，中外共目为英武，有类陛下，可惜他残暴多奸，见利忘义，迹同管蔡，情异伊霍，且父子并据权位，势倾王室，臣见他尚未满意，阴蓄异图。近在东宫侍宴，傲慢不恭，轻视太子，陛下想亦察觉，不过曲示宽容，臣恐陛下传及太子，宗社必生荆棘，这才是腹心重病，足为大患，奈何陛下顾小忘大呢？"勒默然不答。光当然说不下去，没奈何趋回私第。

已而安定府间，报称蛇鼠相斗，越宿蛇死，临泾亦报称马忽生角，长安城内，又报称鸡有怪声，勒不以为意，西巡泮水宫，途次感冒风寒，竟致成疾，便即还都。那病势日加沉重，因召太子弘，中常侍严震，与中山王虎，并侍禁中。虎立即入宫，矫托勒命，阻住弘震，不准入侍，就是王公大臣等问疾，也一概拒绝。内外隔断，不通音问，连勒病势的增减，都无人知晓。虎又召还秦王宏及彭城王堪，可巧勒病少痊，起床散步，忽见宏进来请安，便向虎惊问道："秦王何故来此？我使王等出处藩镇，正为今日的预备，究竟是何人召入，还是不召自来呢？如或有人矫制召王，便当处斩。"虎慌忙答语道："秦王想念陛下，暂时归省，今即遣令还镇便了。"宏闻虎言，才知是由虎擅召，只因虎势力逼人，未敢与辩，不得已含忍而退，待了数日，并无遣还命令，又只好留住都下。勒问虎曾否遣宏？虎诈言奉谕即遣，所以勒不复再言。

是时荧惑入昴，星陨邺中，又有赤黑黄云，绵亘如幕，声如雷震，坠地后气热如火，尘起连天。勒病势复剧，势难再起，乃遗令三日即葬，概从俭朴。牧守等不必奔丧，仍令照常镇守。内外百寮，既葬除服，毋禁婚嫁祭祀，饮酒食肉。又复申嘱数语道："大雅文弱，恐未能绍承我志，中山以下，宜各司所典，勿违朕命。大雅与斌宜好自维持，司马氏即汝等殷鉴，务须互相和好，勿蹈彼辙。中山王亦当三思周霍，勉力匡辅，我死方得瞑目了。"言讫即逝，年正六十，僭位十五年。虎主持勒丧，棺殓既毕，即舁棺夜瘗山谷，人不能测。别使大臣子弟六十人，为挽歌郎，引锦一匹，备具文物仪卫，虚葬城外，号高平陵，尊为高祖明皇帝。当下劫出太子弘，使他升殿，胁令手书，收捕程遐徐光下狱，并召齐王邃入宫宿卫，监制太子。文武百官，统皆骇散。弘亦大惧，情愿让位与虎。虎冷笑道："君薨，世子当立，这是古今通义，臣怎敢背越礼法？"弘料虎不怀好意，复泣陈："才力庸弱，不堪重寄，还是让位为是。"虎变色道："如果不堪重任，天下自有公论，也不能私相授受呢。"遂逼弘登位，改元延熙。文武百官，各进位一等，惟将程遐徐光牵斩市曹。虎自为丞相，魏王大单于，加九锡礼，据魏郡等十三邑，总摄百揆。虎妻郑氏为魏王后，长子邃为王太子，加官侍中大将军，都督中外诸军，并录尚书事，次子宣为车骑大将军，领冀州刺史，封河间王，三子韬，为前锋将军，司隶校尉，封乐安王，四子遵为齐王，五子鉴为代王，六子苞为乐平王，徙太原王斌为章武王，所有虎旧时僚属，悉署台省要职，改称太子宫为崇训宫，勒后刘氏以下，俱迁居崇训宫中。凡故宫侍女，具有姿色，及车马珍宝服饰玩好等类，尽被载入丞相府署。令镇军将军夔安为左仆射，尚书郭殷为右仆射。安与殷均虎党羽，所有举措，俱禀虎后行。虎虽未篡位，简直与君主无二。

勒后刘氏，不堪胁迫，密召彭城王石堪入见，流涕与语道："皇祚恐将覆灭了。王与先帝，义同父子，应该顾全一脉，毋致凌夷。"堪唏嘘道："先帝旧臣，均已被斥，宫廷僚属，统是中山心腹，无可与谋。臣惟有出奔兖州，据住廪邱，挟南阳王为盟主，宣太后诏，号召诸镇牧守，令各起义兵，入讨桀逆，方能济事。”刘氏道：“事已万急，便应速发，毋使日久变生。”堪应命而出，微服轻骑，往袭兖州。不料兖州有备，未能掩入，部下不过百余骑，如何持久？只好南奔谯城。石虎得知消息，亟遣部将郭太等追击，行至城父，与堪相值。堪兵单力寡，被太围住，一阵乱箭，把堪射倒，活捉了去。虎见了石堪，怒冲牛斗，即命左右取出鼎镬，将他炙死，复召石恢还都。嗣探得刘氏与谋，竟带兵入崇训宫，逼令自杀，别尊弘母程氏为皇太后。

关中镇将石生，洛阳镇将石朗，闻虎敢杀太后，很是不平，遂连兵讨虎。虎留子邃居襄国，自率步骑七万人，倍道攻金墉城，朗不意虎兵骤至，仓猝守御，偏守兵各无斗志，相率骇走，城即被陷，朗被擒住。虎命先刖朗足，继砍朗首，然后移兵转攻长安，用将军石挺为前锋大都督，引兵急进。石生遣部将郭权，与鲜卑涉璝部落，共二万人为前驱，自统大军为后应。权等到了潼关，正值石挺领兵前来，两下争锋，鲜卑兵骁悍异常，横冲直撞，立将挺阵捣破。挺竟战死，众多覆没。虎亦退走渑池，暗中差人赍着重赂，买嘱鲜卑，令他反攻石生。鲜卑贪赂忘信，背了郭权，还击生军。生猝不及防，单骑奔长安，又恐虎兵追至，潜逃至鸡头山。郭权尚有余众三千，退保渭汭，虎令裨将石广，与权相持，自率轻骑入关，竟至长安城下。长安守将蒋英，倒还凭城抵拒，好容易过了十多日，为虎所破，蒋英阵亡。再分兵四觅石生，且悬赏购募。生部下又贪厚赏，斩生出降。郭权孤军在外，当然不能支持，即逃往陇右。虎又遣将军麻秋进讨氐酋略阳公蒲洪，洪率部落二万户降虎，虎授洪为龙骧将军，使居枋头。羌帅姚弋仲，亦率众迎接虎军，虎又拜弋仲为奋武将军，兼西羌大都督，令徙居清河滠头，乃引兵东还襄国，颁令大赦，且讽弘命建魏台，一如魏武辅汉故事。寻闻郭权据住上邽，向晋投诚，晋授权为镇西将军，领秦州刺史。石广进攻失利，乃再遣将军郭敖，及章武王斌等，率步骑四万人攻权，行次华阴，那上邽人闻风惶骇，竟将权刺死，函首迎降。

虎因乱党悉平，踌躇满志，便欲篡移赵祚。适秦王隐有违言，即将他拘入别室，幽禁起来。弘更大惧，亲往魏宫，奉玺与虎。虎摇首道：“帝王大业，当由天下人公论，怎得屡来扰我？”遂却玺不受。弘流涕还宫，入白太后程氏道：“先帝种果不得再遗了。”未几，即由尚书省出名，向虎上书，请依唐虞禅让故事。虎勃然道：“弘性愚憎，居丧无礼，不能君临天下，直可废去，说甚么禅让呢？”便令右仆射郭殷持节入宫，废弘为海阳王，迫令徙居。弘徐步就车，顾语左右道：“愚昧不堪承统，自惭群后。但也由天命已去，致遭此祸，尚复何言？”左右统皆流涕，宫人亦恸哭失声，于是群臣俱诣魏台劝进。虎下书道：“王室多难，海阳自弃，四海任重，勉从推戴。但朕闻道合乾坤，方可称皇，德协神人，方可称帝。皇帝尊号，朕不敢当，今暂称为居摄赵天王，聊副众望。”群臣不好违议，虎即号居摄赵天王，升殿视朝，改元建武，立子邃为太子，进夔安为太尉，郭殷为司空，韩晞为尚书左仆射，魏概冯莫张崇曹显为尚书，申钟为侍中，王波为中书令，此外文武百官，俱进秩有差。当下放出毒手，命将故主弘及太后程氏，并秦王宏南阳王恢等，一古脑儿锁禁崇训宫，派兵监守。暗中却嘱使党羽，乘夜突入，凡自程太后以下，悉数被戕。弘在位才得逾年，只二十二岁而终。

是时各郡镇将，俱奉表贺虎。独西羌大都督姚弋仲，称疾不贺。虎疑他有异志，屡次发使驰召。弋仲始至，正色语虎道：“弋仲尝谓大王命世英雄，奈何把臂受托，乃遽行篡夺呢？”虎答道：“我岂乐为此谋，但海阳年少，恐不能了家事，所以代为主治，卿亦太不谅我哩。”弋仲听不入耳，奋衣趋出。虎见弋仲诚实，也不加罪。惟因谶文中云：“天子当从东北来。”乃特备法驾，东往信都，再向北方环巡一周，然后还都，这算是自己应谶的意思。

徐州从事朱纵，不服赵政，杀毙刺史郭祥，举城降晋。虎遣将军王朗击纵，纵奔淮南。虎率众南下，行近历阳，但欲张皇声威，恫吓晋廷，实无深入用兵的意思。历阳太守袁耽，吓得心胆俱裂，飞使报达建康，混称石虎入寇，江南已有好几年不闻兵革，骤得此信，都是错愕失措，相顾彷徨，再加太尉荆州牧陶侃，已经病亡，朝廷失去一座长城，更觉得守边乏材，不寒而栗。小子叙到此处，又不得不将侃死情形，略为表明。侃自克复襄阳后，晋廷因功加赏，拜侃为大司马大将军，剑履上殿，入朝不趋，赞拜不名。侃上表固辞，不肯受赏。相传侃少时往渔雷泽，网得一织布梭，取回家中，悬挂壁上。俄而天大雷雨，梭化为龙，破壁飞去，侃视为祥征，有志自负。寻复在夜间得了一梦，乃是身生八翼，奋飞上天，得登天门八重，惟一重不得闯入。内有阍人，携杖出击，触身坠地，致折左翼，痛极而寤。次日左腋尚痛，数宿乃愈。又尝诣厕所，见一人朱衣介帻，敛版前谒道：“君有长者风，故特来报，君将来当得公封，位至八州都督。”言讫不见。嗣复有相士师圭，握视侃手，随即指示道：“君左手中指有直纹，理当封公。若向上贯彻，便贵不可言了。”侃闻圭言，就用针戳中指上纹，欲使纹路上达。忽有指血漂入壁上，流为公字，再用纸揩指中恶血，也现出一个公字，愈拭愈明。及都督八州，受封长沙公，自思前事俱验，不敢再有他望，且每念及折翼梦兆，更恐盈满致祸，屡与僚佐言及，将上书乞休。僚佐再三苦留，方才中止。至成帝咸和七年，侃已七十六岁，一病垂危，即上表辞职，略云：

> 臣少长孤寒，始愿有限，过蒙圣朝历世殊恩，陛下睿鉴，宠灵弥泰，有始必终，自古而然。臣年垂八十，位极人臣，启手启足，当复何恨，但以陛下春秋尚富，余寇不诛，山陵未反，所以愤忾兼怀，不能已已。臣虽不知

命,年时已迈,国恩殊特,赐封长沙,陨越之日,当归骨故土。臣父母旧葬,尚在寻阳,拟以来秋奉迎窀穸,待葬事讫,乃告老下藩。不图所患,遂尔绵笃,伏枕感结,情不自胜。臣间者犹谓犬马之齿,尚可小延,欲为陛下西平李雄,北吞石虎,是以遣毌丘奥于巴东,授桓宣于襄阳,良图未叙,于此长乖。此方之任,内外之要,愿陛下速选臣代,使必得良才,奉宣王猷。遵成臣志,则臣死之日,犹生之年。陛下虽圣姿天纵,英奇日新,方事之殷,当赖群俊。司徒导鉴识经远,光辅三世,司空鉴简素贞正,内外惟允,平西将军亮雅量详明,器用周时,即陛下之周召也。献替畴咨,敷融政道,地平天成,四海幸赖。谨遣左长史殷羡,奉送所假节麾幢曲盖,侍中貂蝉太尉章,荆江州刺史印传啣戟,仰恋天恩,悲酸感结。以后事付右司马王愆期,加督护统领文武职衔,俾臣得归死首邱,虽在泉壤,亦拜赐无穷矣。谨待死上闻!

表文已发,即将军谘器仗,牛马舟车,照簿移交。仓库自加管钥,付与王愆期掌管,自己一无所私,乃力疾登舆,出府自去。愆期等送至江口,洒泪告别。侃顾语道:"老子婆娑,正为君辈,今恐当长别了。"说罢,下舆登舟,行至樊溪,越宿便逝。讣闻晋廷,即有诏颁发道:

故使持节侍中太尉,都督荆江雍梁交广益宁八州诸军事,荆江二州刺史长沙郡公,经德蕴哲,谋猷弘远,作藩于外,八州肃清,勤王于内,皇家以宁。乃者桓文之勋,伯舅是凭,方赖大猷。俾屏予一人,前进位大司马,礼秩册命,未及加崇,昊天不吊,奄忽薨殂。朕用震悼于厥心,今特追赠大司马,予谥曰桓,祀以太牢,魂而有灵,嘉兹宠荣。

总计侃在军中四十一年,雄毅有权,临机善断,事无大小,莫不明察,因此兵民不敢相欺。自南陵至白帝城,道不拾遗。尚书梅陶,尝与友人书云:"陶公机神明鉴似魏武,忠顺勤劳似孔明,非陆抗诸人所能及。"太常卿谢裒子安,亦谓:"陶公用法,常得法外意。"可见得陶侃才名,实为东晋诸臣的翘楚,不过苏峻乱时,稍存芥蒂,不离俗见,未免有些阙憾哩。晋廷以侃既寿终,特调平西将军豫州刺史庾亮,代镇武昌。亮名不副实,又辟殷浩为记室参军,专谈《老》《易》,徒尚风流,怎能与陶侃时相比?一闻石虎南来,正是自顾不暇。晋廷选不出将才,只好仍请出这位年高望重的王茂弘,抵御羯寇,当下加官大司马,假黄钺,都督征讨诸军事。成帝时已十有四岁,也观兵广漠门,分遣诸将,命将军刘仕救历阳,赵胤屯慈湖,路永戍牛渚,王允之戍芜湖。司空郗鉴,亦使广陵相陈光率众卫京师中外戒严,非常紧急。小子有诗叹道:

到底江南暮气深,一闻寇至便惊心。
纷纷遣将徒滋扰,虎子怀安不尔侵。

欲知后来有无战事,且待下回再表。

第四十四回

尽愚孝适贻蜀乱　保遗孤终立代王

却说晋廷防备石虎，遣将调兵，慌张的了不得。忽有探马来报，赵兵退向东阳去了，建康城中，方稍稍安定。嗣闻石虎已回临漳，乃下诏解严，但授南中郎将桓宣为平北将军，都督江沔前锋征讨诸军事，领司州刺史，仍镇襄阳。石虎还都后，复遣征虏将军石遇，率同骑兵七千人，渡过沔水，进攻桓宣。宣督兵守城，更遣人至荆州乞援。荆州都督庾亮，亟使辅国将军毛宝、南中郎将王国、征西司马王愆期等，往救襄阳。石遇掘地攻城，三面掘通三窟，欲从地道，入达城中。宣早已防着，招募壮士，先在地道中守候。俟外兵潜入，用了火器，向地道外烧将出去，外兵连忙倒退，已死伤了好几百人，遇策全然失败。宣又纵兵杀出，获得铠马甚多，弄得遇无法可施。又闻援兵将至，自己军粮垂尽，乃撤围夜遁。宣收回南阳诸郡难民，共八千余人，诏令宣督南阳、襄阳、新野、南乡诸军事兼梁州刺史。毛宝为征虏将军，镇守邾城。边境少安。

是年，已为成帝第十年，应加元服，改元咸康。增文武位秩各一等，大酺三日。成帝甚推重王导，幼时相见，每向导下拜，即位后手书与导，犹必加"惶恐言"三字，下诏亦云"敬问"。导年垂六十，常有羸疾，不能赴朝。成帝亲幸导第，纵酒作乐，尽欢乃归。遇有要政召询，必令乘舆入殿，赐座案侧。导性和缓，与人无忤，所以两遇内乱，终得保全禄位，安享天年。独导妻曹氏，性甚妒忌，为导所惮，导密营别馆，居住姬妾，不料为曹氏所闻，即欲往视。导恐众妾被辱，忙令备车，自去保护。车夫驾马稍迟，竟至迫不及待，即改乘牛车，自执麈尾柄驱牛，驰至别馆，使众妾避匿他处。及曹氏到来，已变了一间空屋，但向导诟詈不休。导如痴聋一般，置诸不理，曹氏亦急得没法，只好悻悻归去。太常蔡谟，闻知此事，向导戏语道："朝廷将加公九锡了。"导自言无功无德，决不敢受。谟笑语道："可惜未曾备物，但有短辕犊车，长柄麈尾罢了。"导不禁色变，谟大笑而去。导引为耻事，尝语僚属道："我昔与诸贤共游洛中，并未闻有蔡克儿，今反来侮弄老夫，也太不循礼了。"原来谟父名克，曾为河北从事中郎，新蔡王腾，为汲桑等所害，克亦殉难。谟少有令名，累任至太常，素好诙谐，故与导为戏。导当时颇觉不平，后来事过情忘，却也不忍报复，这便是他的大度。话休叙烦。

且说成帝即位以后，西北两方的僭国，除前后赵兴亡，并见前文外，尚有成代二国，先后代嬗，也经过许多沿革，应该大略表明。成主李雄，据有巴蜀，却安享了二三十年，彼时中原大乱，晋代播荡，势不能顾及西隅，就是前后两赵，也只管寇扰两河，无暇西略。雄既将巴蜀占据，已是心满意足，兴学校，薄赋敛，与民休息，无志动兵，所以四海鼎沸，蜀独安全。惟朝无威仪，官无禄秩，君子小人，服章无别，免不得品流猥杂，贤否混淆，又因舍子立侄，致启后来的争端，当时说他贻谋不臧，酿成祸患，其实也是国运使然，不能专责李雄。雄尝立妻任氏为后，任氏无子，惟有妾子十余人，他因长兄荡，战死成都，荡子班性颇仁孝，且尝好学，遂命立为太子。雄叔父太傅骧，与司徒王达进谏道："先王传子立嫡，无非为防备篡夺起见，吴王舍子立弟，终致专诸刺僚，宋宣不立与夷，独立穆公，终致华督弑主。事贵守经，不宜自紊，请三思后行！"雄叹道："我从前起兵据蜀，不过举手扞头，本无帝王思想，适值天下丧乱，得安西土，诸君谬相推戴，忝窃大位，自思目前基业，皆为先考所贻，吾兄嫡长，不幸捐躯，有子成材，应使主器，怎得私子忘侄呢？我志已定，毋庸多言。"骧知难再谏，退朝流涕道："乱从此起了。"

会凉州牧张骏，遣使诣蜀，劝雄自去帝号，向晋称藩。雄复称："晋室陵夷，德声不振，所以称长西方，君欲远尊楚汉，推崇义帝，却是《春秋》大义。假使晋出明主，我亦相从，引领东望，非自今始了。"骏还道雄语出真诚，很加敬服，自是聘问不绝。既而骏为赵兵所逼，不得已向赵称臣。及赵有内乱，复欲通表建康，因遣使向成借道，雄不肯许。骏又使治中从事张淳，再向成称藩，卑辞假道。雄佯为允诺，暗使心腹扮作盗状，将俟淳出东峡，把他颠覆江中。可巧有蜀人桥赟，侦知消息，潜往告淳。淳乃使人白雄道："寡君使臣假道上国，通诚建康，实因陛下嘉赏忠义，乐成人美，故有此举。今闻欲使盗杀臣江中，威刑不显，何以示人。"雄不意密谋被泄，只答称："并无此事。"司隶校尉景骞，谓："淳系壮士，不如留为我用。"雄答道："壮士怎肯为我留？卿且先探彼意。"骞遂往见淳道:“卿体丰肥,天热未便行道,不如小住我国,待至天凉,再行未迟。”淳答道:“寡君以皇舆播越,梓宫未返,生民涂炭,故遣淳通诚上都,会议北伐,就使汤山火海,亦所不辞,寒暑何足惮呢?”雄乃引淳入见,并问淳道:“贵主英名盖世,地险兵强,何不亦乘时称帝,自娱一方?”淳应声道:“寡君自祖考以来,世笃忠贞,近因仇恨未雪,方且枕戈待旦,何暇自娱?”雄不禁怀惭,赧颜与语道:“我乃祖乃父,也是晋臣,前与六郡流民,避难此地,为众所推,乃有今日。果使晋室中兴,自当率众归附,卿至建康,可为我达意。”说着,即厚礼馈淳,遣淳就道。淳谢别而出,自往建康去了。

会太傅李骧病死,雄令骧子寿为大将军,西夷校尉,都督中外诸军事,如骧故例。又命太子班为抚军将军,班弟玝为征北将军,兼梁州牧。嗣遣寿督同征南将军费黑,征东将军任邵,陷晋巴郡。太守杨谦,退保建平,费黑乘胜进逼,建平监军毌丘奥,退屯宜都。寿引兵西归,但使任邵,屯巴东。已而又调费黑攻朱提。朱提与宁州相近,刺史尹奉,发兵往援。黑屡攻不下,寿亲督兵往攻,包围数月,城中食尽。朱提太守董炳,及宁州援将霍彪等,开城出降。寿复移兵攻宁州,尹奉闻风惶惧,亦举州降寿。寿迁奉至蜀,自领宁州刺史。雄因寿有功,加封建宁王,召令还朝。寿乃分宁州地,别置交州,使降将霍彪,为宁州刺史,爨琛为交州刺史,自引兵还成都。时雄在位,已三十年,寿逾六十,忽头上生痈,脓血淋漓。雄子车骑将军越等,统憎嫌的了不得,不愿近前。独班亲为吮痈,毫无难色,每当尝药,辄至流涕,昼夜不脱冠带,侍奉寝宫。可奈雄痈大溃,不可收拾,加以前时百战,伤痕甚多,至此相继溃决,遂至丧命。大将军建宁王寿,受遗诏辅政,拥班嗣位,尊谥雄为武帝,庙号太宗。班依谅暗古礼,苫次守丧,政事皆委寿办理。雄子越,曾出镇江阳,前虽入省,未几即还,此次闻讣奔丧,自思大位传班,很觉不平,遂与弟期密谋为乱。班弟玝,却瞧透三分,劝班遣越还镇,并出期为梁州刺史,戍葭萌关。班言梓宫未葬,怎可遽遣?不如推诚相待,使释猜嫌。玝再加苦谏,班非但不从,反调玝出戍涪城。适天空有白气六道,流动不休,太史令韩豹入奏,谓:“宫中有阴谋起兵,兆主宗亲。”班尚未悟,但在殡宫居哭,日夕闻声。越与期夤夜突入,班尚对棺恸哭,不防刀光一闪,头已落地,两目间还带泪痕,年终四十有七,在位不满一年。

越又杀班仲兄领军将军都,诈传太后任氏命令,诬班罪状,废为戾太子。期欲奉越嗣位,越却让与弟期,期遂僭就大位,徙封建宁王寿为汉王,进任大都督。又封兄越为建宁王,位兼相国,加大司马大将军,与寿并录尚书事。仲兄霸为镇南中领军,弟保为镇西中领军,从兄始为征东将军,代越镇江阳。一面移雄遗柩,出葬安都陵。始因期弑主篡位,隐怀不服,乃与寿密商,意图讨逆。寿惮不敢发,始不禁怒起,竟向期告变,反说寿欲为逆。期本拟诛寿,适值涪城守将李玝，抗命起兵，将为兄复仇。期欲借寿敌玝，因改变前意，令寿出攻涪城。寿先遣人告玝，为言去就利害，示明去路。玝料不能敌，便与部将进会罗凯等，弃城东奔，向晋乞降。寿据实报期，期即使寿为梁州刺史，居守涪城。越年期改元玉恒，立妻阎氏为皇后，仍尊任氏为皇太后。期为雄第四子，生母冉氏，本为贱妾。任氏见期面目清秀，移养为儿，故期事任氏，不啻己母。仆射罗演，为班母舅，表面上虽为期臣，心中恨期甚深，常欲杀期泄忿。汉王相上官淡，与演友善，遂同谋杀期，改立班子幽为主。事尚未行，计已先泄。期即收杀演、谈，并害班母罗氏。嗣是期放斥旧臣，专任亲幸，外倚尚书令景骞及尚书姚华田褒，内恃中常侍许涪等人，庆赏刑威，但令数人裁决，纪纲废弛，法度荡然，国势渐见衰颓了。

且说代王郁律，为猗㐌猗卢从子，自猗㐌子普根殁后，入嗣王爵，。姿质雄壮，饶有威略。击走匈奴支部刘虎，收降刘虎从弟路孤，复西取乌孙故地，东并勿吉西境，士马精强，雄长朔方。赵主石勒，遣使通问，愿与郁律结为兄弟。郁律不许，斩使示威。东晋授册加封，亦拒绝不纳。好容易过了五年，普根母惟氏，欲立己子贺傉，想把郁律捽去。郁律向来疏阔，毫不加防，那惟氏却阴结诸将，乘间逞谋，得将郁律害死，并戮部酋数十人。郁律有子什翼犍，幼在繦褓，母王氏，匿居袴中，向天遥祝道：“天若有意存孤，切切勿啼。”果然什翼犍并不发声，好似睡熟一般。王氏藏儿出帐，惟氏令诸将监视，但见她孑身外徙，总道妇女没有能力，乐得放走，哪知她已挈儿出去。还有什翼犍兄翳槐，年已长成，向居外部，故亦得避难逃奔，往依贺兰部酋蔼头。蔼头系翳槐舅家，就是王氏带出什翼犍，亦借贺兰为藏身地。蔼头当然收纳，概令羁居。惟氏遂得立贺傉，自己出来训政，总握朝纲。她恐赵主记念前仇，或致加兵，因特着人赍书往赵，说是：“翳槐已受天诛，今另立新君，力反旧政，情愿修好邻邦。”赵主勒问明情形，含糊答应，惟索交宗子为质。代使答须回禀太后，方可定夺，勒乃遣归。赵人因他权归惟氏，特号他为女国使。

过了四年，惟氏病死，贺傉始得亲政，但贺傉素来懦弱，未足服人。各部酋多半生贰，阴有违言，累得贺傉胆怯心虚，徙居东木根山，倚险筑城，作为都邑。他尚恐各部进逼，时怀忧俱，愁里光阴，不堪消受，结果是心神劳悴，终丧天年。贺傉死后，弟纥那嗣。纥那较为刚猛，制服诸部，又向贺兰部酋蔼头，索交翳槐。蔼头顾全亲谊，不肯从命，纥那即约同宇文部，共击蔼头。蔼头向赵求救，赵拨兵助蔼头，破宇文部，并逐纥那，纥那退保大宁，于是蔼头号召诸部，拥立翳槐为代王，再向大宁进兵。纥那复奔宇文部，收合余烬，徐图恢复。翳槐当然加防，因使季弟什翼犍，至赵为质，与敦和好，隐树外援。纥那却也生畏，不敢动兵，偏是蔼头恃拥立功，骄恣不臣，非但不修职责，还要今岁索金，明岁索币，屡与翳槐为难。翳槐初尚容受，积忿至六七年，实是忍耐不住，因诱蔼头入帐，暗伏甲士，刺杀蔼头。蔼头一死，各部酋俱咎翳槐负德，相继离叛。纥那得乘隙而入，再还大宁，与诸部共攻翳槐。翳槐奔邺依赵，赵王石虎，遣将军李稷等，帮助翳槐，往攻纥那。纥那拒守数月，部落复叛，自知不能久持，弃城奔燕。翳槐复得为代王，就盛乐筑城，安然居住。先后在位九年，得病不起，召庶弟屈孤与语道："我命在旦夕，想难再生，两弟皆非治国才，看来只有迎立什翼犍，方可主持社稷，长治久安。"未几遂殁。孤欲奉兄遗命，往迎什翼犍，独屈有心自立，故意迁延，各部酋互相私议，谓："国家不可无君，什翼犍在赵为质，来否尚未可定，就使得来恐为屈所拒，未必得位。屈刚暴多诈，难为人主，不如杀屈立孤，较为妥当。"议定后，当即举行，共入盛乐，把屈杀死，请孤即日正位。孤流涕道："孤实不才，未堪承统，诸公如不忘先王，应各守遗言，迎立什翼犍。否则孤宁饮刃，尚可对我父兄。"各部酋见他名正言顺，倒也未便抗议，但虑赵未肯放还质子。孤复道："由我自往，不患什翼犍不来。"遂跨马出都，星夜驰至赵都，入见赵主石虎，说明来意。石虎果然迟疑，孤慨语道："孤奉先君遗命，来迎什翼犍，若大王见疑，孤情愿留身为质，但求放还什翼犍便了。"石虎听了，不禁赞许道："孝友兼全，情义两尽，我怎得不曲成人美哩。"因遣令俱归。孤拜谢而出，即与什翼犍同还。

什翼犍年方十九，身长八尺，仪表过人，隆准龙颜，立时发长委地，卧时乳垂至席。翳槐尝目为英器，所以留有遗嘱，使立什翼犍。既归故帐，就在繁畤北设坛登位，创立正朔，纪元建国。革弊制，订新仪，仿华夏立国规程，设立百官，分掌众务。用代人燕凤为长史，许谦为郎中令，特定叛逆杀人奸盗诸刑律，号令严明，政事清简，人民悦服，相率趋附。在位甫及三年，已得众数十万人，东自涉貊，西至破落那，南距阴山，北及沙漠，统翕然向慕，无复异言。什翼犍又大会诸部，议定都灅源川，彼此持论未决，什翼犍母王氏道："我先世以来，居无定所，无非为防患起见。今国家多难，尚未奠平，若必筑城定都，恐一旦寇至，无从避难，不如仍守旧制罢！"什翼犍依了母命，不复营都，但将境内分作二大部，北境命孤监守，南境命实君监守。孤即什翼犍弟兄，实君系什翼犍子，年甫数龄，另遣大臣为辅。什翼犍虽然有室，不过系出卑微，并非望族。此次拟立皇后，意欲求婚他国，较示优崇。当时北方强国，除赵以外，要算燕王慕容皝。什翼犍乃遣使诣燕，乞与和亲，小子有诗咏道：

奉币远来乞许婚，欲加象服待邦媛。
休言齐大非吾耦，得匹豪宗即外援。

究竟慕容氏曾否许婚，待至下回续叙。

第四十五回

杀妻孥赵主寡恩 协君臣燕都却敌

却说燕王慕容皝，就是慕容廆第三子。廆为鲜卑大单于，建牙辽西大棘城，礼贤下士，声望日隆。平州刺史崔毖，密结高句丽段氏宇文氏，合谋灭廆，三分廆地，廆遣子皝，与长史裴嶷，击破宇文部。段氏高句丽皆惧，遣使乞和。崔毖遁往高句丽。廆乃使裴嶷献捷建康，晋封廆为辽东公，都督幽平二州诸军事，领平州牧，仍为鲜卑大单于。廆因置官司守宰，立子皝为世子，命庶长子翰为建威将军，少子仁为征虏将军，分守要塞。赵遣使通和，因廆拒命，嗾使宇文部酋乞得归，再引兵攻廆。廆仍命皝等出御，连败乞得归，直入宇文部帐，虏得人民牲畜，奏凯班师。乞得归穷蹙失势，为别部逸豆归所逐，窜死荒郊。逸豆归继为宇文部长，收复故土。复经慕容皝率兵往讨。逸豆归惶恐乞盟，方才引还，皝威名大振。已而廆得病身亡，寿终六十五岁。廆自晋武帝十年时，受晋封为鲜卑都督，直至封公去世，共阅四十九年。

皝承袭父位，忌翰及仁，翰奔依段氏。仁据住平郭，与皝为仇，尽取辽东地。皝督兵攻克辽东，轻骑趋平郭，掩仁不备，擒仁而归，杀死了事。又遣将军封奕等，击败段氏宇文氏，遂自称燕王，立妻段氏为王后，子俊为王太子，拜封奕为国相，韩寿为司马，裴开阳骛王宇李洪等为列卿，历史上称为前燕。至代王什翼犍，遣使求婚，皝闻什翼犍才名，自为两雄相遇，愿与和亲，乃将妹兴平公主嫁与什翼犍。什翼犍大喜，迎为王后，就在盛乐城筑起宫室，暗寓金屋藏娇的意思。看官记着！这时候除东晋外，共为五国，赵为最大，次为成，次为燕，次为代，次为凉。凉州牧张骏，虽未曾僭号，但境内统称他为凉王，不过他尚守先命，仍然称藩晋室，自遣张淳赴建康，晋廷格外嘉尚，特拜骏为大将，军都督陕西雍秦凉州诸军事。骏乃岁修朝贡，通使不绝。至成帝咸康元年冬季，骏复遣参军麹护，奉表晋都，请即北伐。表文有云：

东西隔塞，逾历年载，夙承圣德，心系本朝，而江湖寂静，余波莫及，虽肆力修涂，同盟靡恤，及至奉诏，悲喜交并。天恩光被，褒崇辉渥，即以臣为大将军，都督陕西雍秦凉州诸军事。休宠震赫，万里怀戴，嘉命显至，衔感屏营。伏维陛下天挺岐嶷，堂构晋室，遭家不造，播幸吴楚，宗庙有黍离之哀，园陵有殄废之痛，普天咨嗟，含气悲伤。臣专命一方，职在斧钺，遐域僻陋，势极秦陇，人怀反正，谓石虎李期之命，曾不崇朝，而皆篡继凶逆，鸱目有年，东西辽旷，声援不捷，遂使桃虫鼓翼，四夷喧哗，向义之徒，更思背诞。铅刀有干将之志，萤烛希日月之光，是以臣前章恳切，欲并力声讨，而陛下雍容江表，坐视祸败，怀目前之安，替四祖之业，驰檄布告，徒设空文，臣所以宵吟荒漠、痛心长路者也。且兆庶离主，渐冉经世，先老销落，后生靡识，忠良受枭悬之罚，群凶贪纵横之利，怀君恋故，日月告流，虽时有尚义之士，畏逼首领，哀叹穷庐。臣闻少康中兴，由于一旅，光武嗣汉，众不盈百，祀夏配天，不失旧物。况以荆扬剽悍，尽州突骑，吞噬遗羯，在于掌握哉！愿陛下敷弘臣虑，永念先绩，敕司空鉴征西亮等，泛舟江沔，首尾齐举，臣愿执橐鞬以从，廓清河朔不难矣。拜表神驰，无任引企！

这篇表文，到了建康，正值成帝筹备大婚，有什么工夫，去讨北虏？但不过礼遣麹护，期诸他日罢了。越年二月，册立杜氏为皇后，后系故镇南将军杜预曾孙女，父乂曾为丹阳丞，姿容秀美，擅有盛名。前宣城内史桓彝，尝谓卫玠神清，杜乂形清。王导从子秘书郎羲之，亦称乂肤若凝脂，目如点漆，可谓神仙中人。怎奈天不假年，早岁去世，所遗仅一女子。妻裴氏嫠居养女，谨守礼教，甚有德音。女少擅容仪，姿采发越，惟年至二七，尚未生齿，因此人来求婚，往往中止。及成帝选为中宫，纳采这一夕，齿忽尽生，当时传为奇闻，至备礼入宫时，成帝亲御太极前殿，受群臣庆贺，盛赐筵宴，直至昼漏已尽，宫门悬籥，百官始散席告归。后与成帝同年，乾坤合德，龙凤呈祥，当然恩爱缠绵，不消细说。惟张骏因未遂所请，再遣使申陈前意，适值赵主石虎，迁都邺城，闻张骏常与晋往来，料有他故，特命侦骑四布，遇有凉州使人，由西赴东，往往把他截住，拘回邺中，所以骏使东行，多不得达。石虎自恃富强，浸成骄侈，命在旧都筑太武殿，新都造东西宫。太武殿基高二丈八尺，纵六十五步，阔七十五步，砌以文石，下置窟室，设卫士五百人，用漆灌瓦，金珰银楹，珠帘玉壁，穷工极巧，不计价值。殿上施白玉床，流苏帐，特制金莲花，盖住帐顶。广采良家美女，充作宫妾，服珠玉，被绮縠，长黛轻裾，多至万余人。又教宫女占星气，习骑射，用女骑千人为卤簿，皆着紫纶巾，衣熟锦裤，金银镂带，五色成文，每一出游，必令她们随行，执羽仪，鸣鼓吹，仿佛天女散花，令人眩目。是时，境内大旱，粟二斗，值金一斤，百姓嗷嗷待哺。虎却徭役并兴，日夜不休，又使牙门将张弥，至洛阳宫中，迁徙钟虡，九龙翁仲飞廉等物，搬入邺城。一钟沉入河流，募得泅水壮士三百人，捞取此钟，岸上系着竹絙，驱牛百头，仿辘轳法，引钟出水，才得捞起，用大舟载归。石虎大悦，赦二岁刑，赉百官粟帛，赐民爵一级。又依尚方令鲜飞计议，就邺南投石河中，欲造飞桥，工费数千万亿，桥竟不成。既而赵太保夔安等，上虎尊号，甫入殿庭，座燎油沸，猝然倒下，散及百官身上，炮得头青面肿，有几个火气攻心，舁回家中，竟致暴毙。虎引为深恨，拿下值殿侍臣成公段，责他疏忽，腰斩阊阖门。

先是虎已欲称尊，戴服衮冕，将祀南郊，尝揽镜自照，不见己首，乃大加惶惧，不敢称帝。至此因群臣劝上尊号，但自称赵天王，再就南郊筑坛，即位受朝。立后郑氏为天王后，太子邃为天王太子，惟诸子反降王为公，宗室且降王为侯。郑后小字樱桃，本为晋冗从仆射郑世达家歌妓，没入襄国。虎见她妖冶绝伦，即纳为己妾。虎元配郭氏，系征北将军郭荣女弟，虎本与她相敬如宾，未尝反目。不过郭氏无子，常为虎忧。及樱桃入室，生成一种淫妒性质，先用柔媚手段，把虎迷住，然后掩袖工谗，媒孽正室。郭氏不堪忍受，免不得反唇相讥，哪知虎袒护樱桃，不令郭氏插嘴。郭氏如何肯依，竟致与虎争执。虎性似烈火，口舌不足，继以武力。拳打足踢，立将郭氏殴毙，再娶清河崔氏女为继室。相处年余，适值樱桃生男，崔氏欲养为己子，樱桃不许。俄而婴儿夭殇，樱桃又对虎哭诉，捏称崔氏挟嫌诅咒，致子夭亡；且多取胡儿为养子，未识何心。虎闻言大怒，急取弓箭，召崔入问。崔徒跣出庭，且泣且语道："勿妄杀妾，乞听妾言！"虎狞笑道："汝若不生歹意，何必着忙。且还入座中，随汝分剖。"崔氏转身入座，不防背后弓弦声响，急欲闪避，已是不及，刚刚穿入胸中，倒地毕命。

自是樱桃得为虎继妻，生有二男，长子就是太子邃，小名阿铁，次子名遵，受封郡公。邃秉性阴鸷，膂力过人。虎既立邃为天王太子，复命他参决尚书奏事，且常顾左右道："司马氏父子兄弟，自相残灭，故使朕得至此，试想阿铁是我大儿，我肯忍心杀他么？"左右齐声道："陛下父慈子孝，怎出此言？"已而太子邃恃宠生骄，因骄成暴，酗酒渔色，纵慾无度，或终日游畋，入夜乃归，或夜出宫臣家，见有姿色妇女，即迫与交欢，有时且妆饰宫人，斩首洗血，置诸盘上，传示四座。又采纳美貌女尼，白日宣淫，狎媟既毕，便视作猪羊一般，洗剥宰割，与猪羊肉合贮一器，煮熟取食，有余遍赐左右，令他分尝一脔。河间公石宣，乐安公石韬，皆邃庶弟，得虎宠爱，邃独视如仇雠，虎毫不加察，也变做一个糊涂虫，左抱娇妾，右执大觥，镇日里昏醉沈迷，不问朝事。邃尝有事呈报，虎嫌他琐碎，即呵斥道："这等小事，呈报什么？"后来邃未报闻，被虎察觉，又召邃入骂道："为什么揹匿不报？"邃未免记述前言，益触虎怒，往往鞭笞交下，不少宽贷。邃屡遭鞭责，当然不平，私语中庶子李颜等道："官家很难服侍，我欲行冒顿故事，卿等肯从我否？"颜等不敢置词，都与傀儡相似。邃即托词有疾，不出莅事，暗中却带领宫僚，共计五百余骑，往饮李颜家。酒至半酣，顾颜与语道："我欲往杀河间公。"颜答言："今日饮酒，且从缓图。"邃又狂饮数觥，因酒使气，勃然起座，即上马饬众道："快随我杀河间公，如或不从，便当斩首。"大家骇走。颜叩头苦谏，邃亦醉不能支，踉跄趋归。

虎闻邃有疾，拟往探视，命人驾车，蓦见一人趋入，叩马谏阻道："陛下不宜屡往东宫。"虎瞧将过去，乃是大和尚佛图澄，遂延他入座，且命停车不赴。原来佛图澄言多奇验，很为虎所敬信。及与澄谈了数语，澄即别去，虎又不禁怀疑，瞋目大言道："我为天下主，难道亲如父子，反不相信么？"随即遣女官觇邃。邃佯呼与语，背地里拔出佩剑，殴击女官。幸亏女官身材伶俐，只被他击了一下，便转身逃出，奔回报虎。虎乃大怒，收逮中庶子李颜等三十余人，当面诘问。颜知无可讳，具白邃状。虎仍责他辅导无方，都令推出斩首，因将邃幽锢东宫。甫经半日，便令释出，传他入见。邃照常朝谒，并未叩谢，拜毕便退。虎令左右传谕道："太子当入朝中宫，奈何便去？"邃似无所闻，昂头径出。于是虎怒不可遏，立废邃为庶人，仍把他拘禁起来。到了夜间，索性遣人杀邃，并邃妻张氏，及男女二十六人，一律诛死，同瘗一棺。又杀东宫僚属二百余人，就是邃母王后郑樱桃，也连坐得罪，被废为东海太妃，另立河间公宣为太子，宣母杜昭仪为后。

适燕主慕容皝，遣使至赵，具表称藩，愿乞师会讨段氏。虎最喜用兵，又见皝表文恭顺，当然大悦，便与来使约定师期，遣他归报，当即招募壮士三万人，赐官龙腾中郎。旋命横海将军桃豹，渡辽将军王华，统领舟师十万，出漂渝津。虎骧将军支雄，冠军将军姚弋仲，统领步骑十万，充作前锋，往伐段氏。虎也督率亲兵，出次金台。段氏酋长名辽，闻赵将入犯，先遣从弟段屈云，进袭幽州，刺史李孟，退保易州。及支雄兵到，击退屈云，复长驱直进，连拔四十余城。燕王慕容皝，亦出兵遥应，攻掠令支北面。令支即段氏建牙处，段辽使弟兰御皝，为皝所诱，引入伏中，大破兰兵，驱五千户而返。辽南北皆败。又闻赵兵已入安次，杀㠇部酋那楼奇，不由的心惊意骇，急率母妻子姓等，夤夜出奔，逃往密云山。辽左长史刘群，右长史卢谌，司马崔悦等，封好府库，遣使至虎军乞降。虎再遣将军郭泰麻秋，带着轻骑二万，倍道追辽。行至密云，与辽相遇，辽众无心恋战，怎能敌得过赵兵？眼见是仓皇四溃，如鸟兽散。辽亦单骑窜去，连母妻都不及顾，尽被赵兵掣住，又乘势追杀，斩首三千级。虎直入令支，据住辽宫，正值辽子乞特真，赍献表文，情愿投诚，并贡名马百匹。虎许令降附，收受名马，徙民户二万余人，入居司雍兖豫四州。

是时，燕王慕容皝，已早还师，不复来会。虎恨他无礼，拟移军攻燕。佛图澄随虎偕行，从旁谏阻道："燕势方盛，福德正隆，现在未可加兵，不若班师为是。"虎作色道："我率大众进攻，战必胜，攻必取，区区小竖，唾手可擒，能逃到哪里去呢？"太史令赵揽亦入谏道："燕地岁星所守，行师无功，且恐受祸。"虎大怒道："你也敢来阻我么？"命左右鞭揽百下，把他逐出，谪为肥如长。当下引众出令支城，攻入燕境，并遣使招诱民夷。燕地各郡县，却也闻风惶骇，相继请降。虎得燕城三十六，乘锐东进，直捣棘城，有众数十万，四面猛扑，呐喊声震彻辽东。燕王皝日夕担忧，竟欲出走。帐下将士慕舆根进言道："赵强我弱，不宜轻动，大王若一举足，全局瓦解，适张赵威。若赵人掠我国民，夺我府实，兵多粮足，如何可敌？且赵人四面环迫，正欲大王畏惧出亡，奈何堕他诡计？今不若固守坚城，镇定士心，观形察变，出奇制胜，就使不能济事，走亦未晚，怎可望风委去，自速灭亡哩？"皝乃决计守城，但面上总难免惧色。玄菟太守刘佩献议道："今强寇在外，众志惊惶，国事安危，系诸一人。大王今日，无从推诿，当振作精神，率厉将士，不宜再示疲弱。事已万急，臣愿拼死出击，就使不能大捷，亦可小挫敌锋，借定众心呢。"皝乃许诺。佩即率敢死士数百骑，乘夜出城，掩击赵兵。赵兵虽然防备，究竟夜深月黑，不知有多少来军，仓猝抵敌，虚张声势。那佩众却人自为战，不按纪律，但用短兵突阵，乱砍乱斫，俘斩赵兵数百名，便收军入城。为了这一番踹营，赵兵稍稍气沮，守卒才有生机。

皝再向封奕问计，奕答道："石虎凶残已甚，人神共嫉，祸败将至，计日可待。今倾国远来，攻守势异，彼虽强横，无能为患。若顿兵多日，必将自乱，大王但坚守不怠，俟彼退去，遣锐追击，必得大胜。"皝意乃安。石虎射书招降。守兵拾书呈皝，皝扯碎来书，慨然说道："孤方欲规取天下，肯降这凶竖么？"既而虎督兵猛攻，四面蚁附，缘城而上。守将慕舆根等，力战不退，所有缘城的赵兵，尽被击仆，相持至十余日，赵兵死了无数，终不能克。虎无法可施，只好引退。行了数里，忽见后面尘头大起，燕兵努力追来。为首一员少年将官，横槊跃马，当先趋至，大呼："石虎快来受死。"虎闻声怒起，饬令大众回马接战，偏各军都有归志，不服号令，随你石虎如何督饬，只是掉头不顾，落荒窜去。小子有诗叹道：

> 自古佳兵定不祥，况兼暴戾等豺狼。
> 劳师已久军心溃，失律贻凶即否臧。

欲知石虎能否退敌，下回再当表明。

第四十六回

议北伐蔡谟抗谏　篡西蜀李寿改元

却说石虎还至中途，遇着燕兵追来。燕将叫作慕容恪，乃是慕容皝的第四子。恪为皝妾高氏所生，高氏无宠，恪亦失爱。及恪年十五，容貌雄毅，谋虑精详，皝始目为奇童，授以孙吴兵法，至是统兵追虎，部下不过二千骑，却击败赵兵十余万人。赵兵原是劳敝，不堪再战，但亦由恪勇往直前，才得大破虎众，斩获至三万余级，夺还三十六城，奏凯而回。虎狼狈还邺，检点各军，统皆残缺，独游击将军石闵，一军独全。闵本姓冉，世居魏郡，石勒破魏，掳得闵父冉瞻，少年有力，为勒所爱，乃命待虎左右使为虎养子，瞻遂易姓为石，历任左积射将军，封西华侯，后竟战死。虎悯瞻殉难，因抚闵如孙，使承父荫。闵既长成，也饶勇略，得为北中郎将游击将军。至是从虎出师，还军时队伍整齐，不缺一人。虎极口赞赏，奖叙有加。复召赵揽为太史令，一面造船积谷，再图攻燕。

时段辽尚在密云山，遣使诣赵，乞赵发兵相迎，嗣复中悔，又遣使至燕，谢罪投诚。燕王皝亲率诸军迎辽，辽与皝相见，自述前时使赵情形，现当助燕拒赵，计歼赵军。皝大喜过望，便遣慕容恪带领精骑，埋伏密云山，专待赵军到来。赵主石虎，怎知段辽中变，竟遣征东将军麻秋，领众三万，往迎段辽。临行时却面嘱麻秋道："受降如受敌，不可轻忽哩。"又命尚书左丞阳裕为军司马，令作向导。裕本段氏旧臣，前次赵军入蓟，战败降赵。虎因他驾轻就熟，所以命助麻秋，也是格外谨慎的意思。麻秋领兵前进，还道是石虎过虑，尽管纵马急行。将到三藏口，乃是密云山入谷要道，远远探望，只有深林丛箐，并无兵马往来，他遂麾兵入谷。才经一半，猛听得胡哨声起，深谷震响，始觉得毛发森竖，胆战心惊。正顾虑间，那慕容恪已挥动伏兵，两面杀来，秋慌忙退兵，可奈山路崎岖，易进难退，一时情急失措，竟致自相蹴踏，伤毙甚多。再经燕兵大刀阔斧，当头乱劈，就使铜头铁骨，也被斫伤。何况是血肉身躯，怎禁得这番横暴？当下赵兵三万人，约死了二万有余。单剩得几千残兵，保秋还奔。秋马已受伤，下马急跑，才得幸免。

阳裕已被燕兵擒去。赵将单于亮失马被围，冲突不出，索性倚石危坐。燕兵叱令起来，亮厉声道："我是大赵上将，怎肯受屈小人？汝等若能杀我，尽可下手，否则让开走路，听我自归。"燕兵见他状貌伟岸，声气雄壮，倒也不敢进逼，但遣人走报慕容皝。皝用马迎亮，召与叙谈，大加器重，遂授为左常侍。亮见皝厚礼相待，也即受命。从前平州刺史崔毖东遁，妻女没入燕庭。皝命将毖女妻亮，且释出阳裕，使为郎中令，遂载辽俱归，待若上宾。越年，辽复谋叛，乃把辽杀死，并辽党数十人。又遣长史刘翔，参军鞠运，至晋报捷，并乞册封，晋廷未许，惟闻赵为燕败，也不禁跃跃思逞，倡出北伐的议论来了。

看官道何人首倡此议？原来是征西将军庾亮。咸康四年，成帝命司徒王导为太傅，郗鉴为太尉，庾亮为司空。导性宽厚，委任诸将赵胤贾宁等，多不奉法，朝臣多引以为忧。亮不服王导，挟嫌尤深，尝与太尉郗鉴书道："人主春秋既盛，尚不稽首归政，究竟怀着何意？况身为师傅，豢养无赖，更属非宜。公与下官，并受顾命，朝廷有此大奸，不能扫除，他日到了地下，如何对得住先帝？现拟与公同日起事，廓清君侧，公作内应，亮为外援，不患无成，愿公勿疑！"鉴览书后，付诸一笑，并不答复。有人探悉此事，报知王导，劝导密为防备。导叹息道："我与元规谊同休戚，当无异心，果如君言，我便角巾还第，有什么畏惧呢？"话虽如此，但因亮在外藩，却要来干预内政，心下总未免不平。尝遇西风尘起，举扇自蔽，慢慢地说道："元规尘污人。"晋廷诸臣，统因导老成宿望，为帝师傅，格外推重，且拟降礼相见。太常冯怀，商诸光禄勋颜含，含正色道："王公虽为傅相，究竟是个人臣，礼无偏敬，诸君如要降礼，可请自便。鄙人年老，未识时务，但知遵守古礼呢。"及冯怀别去，转告亲友道："我闻伐国不问仁人，冯祖思意欲谄人，偏来问我，莫非我有邪德不成？"随即上表辞官，退归琅琊故里；再历二十余年，安殁家中。

惟庾亮既反对王导，又欲窃名邀誉，借着北伐的虚声，张皇中外。因特援举不避亲的古义，把两弟登诸荐牍，一是临川太守庾怿，谓可监督梁雍二州军事，使领梁州刺史，镇守魏兴；一是西阳太守庾翼，谓可充任南蛮校尉，使领南郡太守，镇守江陵。再请授征虏将军毛宝，监督扬州及江西诸军事，与豫州刺史樊峻，同率精骑万人，出戍邾城。然后调集大兵十万，分布江沔，由自己移镇石城，规复中原，乘机伐赵。表文上面，说得天花乱坠，俨然有运筹帷幄，决胜疆场的状态。成帝览到亮表，也不禁怦然心动，便将表文颁示廷臣，令他议复。太傅王导，是朝中领袖，且又得成帝诏命，升任丞相。这番军国大事，当然要他首先裁决，导看了表文，掀髯微笑道："庾元规能行此事，还有何说，不妨请旨施行。"太尉郗鉴接口道："我看是行不得的，现在军粮未备，兵械尚虚，如何大举？"此外百官，亦多赞成鉴议。太常蔡谟，更发出一篇大议论，作为议案，由小子录述如下：

盖闻时有否泰，道有屈伸。暴逆之寇，虽终灭亡，然当其强盛，皆屈而避之，是以高祖受屈于巴汉，忍辱于平城也。若争强于鸿门，则亡不终日，故萧何曰："百战百败，不死何待也。"原始要终，归于大济而已，岂与当亡之寇，争迟速之间哉？夫惟鸿门之不争，故垓下莫能与之争。文王身圮于羑里，故道泰于牧野，勾践见屈于会稽，故威申于强吴。今日之事，亦犹是耳。贼假息之命垂尽，而豺狼之力尚强，为吾国计，莫若养威以待时。时之可否，系于胡之强弱，胡之强弱，系于石虎之能否。自石勒举事，虎常为爪牙，百战百胜，遂定中原，所据之地，同于魏世，及勒死之日，将相欲诛虎，虎独起于众异之中，杀嗣主，诛宠臣，内难既定，千里远出，一举而拔金墉，再举而擒石生、诛石聪，如拾遗，取郭权，如振槁，还据根本，内外平定，四方镇守，不失尺土。以是观之，虎为能乎，抑不能也？假令不能者为之，其将济乎，抑不济也？贼前攻襄阳而不能拔，诚有之矣，但不信百战之效，而徒执一攻之验，譬诸射者百发而一不中，即可谓之拙乎？且不拔襄阳者，非虎自至，乃石遇之边师也。桓平北守边之将耳，遇攻襄阳，所争者疆场之土，利则进，否取退，非所急也。今征西以重镇名贤，自将大军，欲席卷河南，虎必自率一国之众，来决胜负，岂得以襄阳为比哉？今征西欲与之战，何如石生？若欲守城，何如金墉，欲阻沔水，何如大江？欲拒石虎，何如苏峻？凡此数者，宜详较之。石生猛将关中精兵，征西之战，殆不能胜也。金墉险固，刘曜十万众所不能拔，今征西之守，殆不能胜也。又当是时洛阳关中，皆举兵击虎，今此三镇，反为其用，方之于前，倍半之势也。石生不能敌其半，而征西欲当其倍，愚所疑也。苏峻之强，不及石虎，沔水之险，不及大江，大江不能御苏峻，而欲以沔水御石虎，又愚所疑也。昔祖士雅在谯，田于城北，虑贼来攻，预置军屯以御其外。谷将熟，贼果至，丁夫战于外，老弱获于内，多持炬火，急则烧谷而走，如此数年，竟不得其利。是时贼唯据沔北，方之于今，四分之一耳。士雅不能捍其一，而征西欲御其四，又愚所疑也。或云贼若多来，则必无粮。然致粮之难，莫过崤函，而石虎首涉此险，深入敌国，平关中而后还。今至襄阳，路既无险。又行其国内，自相供给，方之于前，难易百倍，前已经至难，而谓今不能济其易，又愚所疑也。然此所论，但说征西既至之后耳，尚未论道路之虏也。自沔以西，水急岸高，鱼贯溯流，首尾百里，若贼无宋襄之义，及我未阵而击之，将如之何？今王师与贼，水陆异势，便习不同，寇若送死，虽开江延敌，以一当千，犹吞之有余，宜诱而致之，以保万全。若弃江远进，以我所短，击彼所长，惧非庙胜之算也。鄙议如此，伏乞明鉴。

这篇大文，表示大众，没一人敢与他批驳，就是呈入御览，成帝亦一目了然，料知北伐是一种难事，乃诏亮停止北伐，不必移镇。会太尉郗鉴得疾，上疏逊位，疏中有云：

臣疾弥留，遂至沈笃，自忖气力，不能再起，有生有死，自然之分。但忝位过才，曾无以报，上惭先帝，下愧日月，伏枕哀叹，抱恨黄泉。臣今虚乏，危在旦夕，因以府事付长史刘遐，乞骸骨归丘园，惟愿陛下崇山海之量，弘济大猷，任贤使能，事从简易，使康哉之歌，复兴于今，则臣虽死，犹生之日耳。臣所统错杂，率多北人，或逼迁徙，或是新附，百姓怀土，皆有归本之心。臣宣国恩，示以好恶，处以田宅，渐得少安。闻臣疾笃，众情骇动，若当北渡，必启寇心。太常臣谟，平简贞正，素望所归，可为都督徐州刺史，臣亡兄子晋陵内史迈，谦爱养士，甚为流亡所宗，又是臣门户子弟，堪任兖州刺史，公家之事，知无不为，是以敢希祁奚之举。迫切上闻。

这疏上后，不到数日，便即谢世，年已七十有一。鉴系高平金乡人，忠亮清正，能识大体，殁后予谥文成，所有朝廷赠恤，一如温峤故事。且依鉴遗疏，迁蔡谟为徐州刺史，都督徐兖二州军事，即授郗迈为兖州刺史。可巧丞相王导，与鉴同时起病，先鉴告终，成帝特别哀悼，特遣大鸿胪监护丧事，赗禭典礼，仿诸汉博陆侯霍光，及晋安平献王司马孚，予谥文献。导卒年六十有四，当时号为中兴第一名臣。看官阅过前文，应知导毕生事实，究竟优劣何如，请看官自下断语，小子恕不琐叙了。

成帝征庾亮为丞相，亮复表固辞，乃进丹阳尹何充为护军将军，亮弟会稽内史庾冰为中书监，领扬州刺史，充并参录尚书事。冰办理政务，不舍昼夜，礼遇朝贤，引擢后进，朝野翕然归心，号为贤相。独庾亮尚欲北伐，又想申表固请，适接邾城失守警信，方不敢再提北伐二字。邾城虚悬江北，内无所倚，外接群夷，真是孤危得很。从前陶侃在日，镇守武昌，僚属屡劝侃分戍邾城，侃乃引集将佐，渡水指示道："此城为江北要冲，差不多是虎口中物，我国家现在势力，只能保守江南，倚江为堑，阻住戎马，若出守此城，必致引虏入寇，非但无益，反且有损。我闻孙吴御魏，尝用三万兵扼守此城，今我兵不过数万，怎能分顾？不若弃为空地，省得夷人生心，我却好安守江南，尚不失为中策呢。"将佐因侃说得有理，当然无言，随侃渡江回镇。侃既去世，由亮代任，亮视邾城为要地，谓可借此进兵，乃使毛宝樊峻，往守邾城，果被石虎闻知，立遣大都督夔安，带领石鉴石闵李农张貉李菟等五将，分率五万人，进攻邾城。毛宝忙向亮求救，亮反视若无事，不急往援，终致邾城陷没。宝与峻突围出走，为赵兵所追，俱投江溺死。夔安又转陷沔南，连拔江夏义阳等郡，进围石城。还亏竟陵太守李阳，发兵掩击，得破赵兵，斩首五千余级，才将赵兵杀退。亮始终不敢渡江，但上表谢过，自愿贬降三等，权领安西将军。有诏免议，惟庾怿为辅国将军，领豫州刺史，监督宣城庐江历阳安丰四郡军事，镇守芜湖。亮自邾城陷没，忧慨成疾，旋即殁世，年五十二，追赠太尉，谥曰文康，进护军将军何充为中书令，命南郡太守庾翼为安西将军，领荆州刺史，都督江荆司雍梁益六州诸军事，代亮镇武昌。

翼年仅及壮，超居大任，时人恐他不能称职，他却竭尽志虑，劳谦不懈，戎政严明，经略深远，自是公私充实，舆论帖然。惟翼志大言大，好谈兵事，既欲灭赵，又思平蜀，因通使燕凉，拟与和好，倚为外援。那赵主石虎，却也雄心思逞，贻书西蜀，志在并吞江南，愿与蜀主平分。蜀本称成，此时已改号为汉，就是主子李期，也已遭弑，为大将军李寿所篡了。期据位后，骄虐日甚，滥杀无辜，籍没资财妇女，充入后宫，内外汹汹，道路侧目。镇南大将军李霸，镇北大将军李保，俱系雄子，相继暴亡，朝臣都说是为期所鸩。期从子尚书仆射李戴，素有才名，期又诬他谋反，迫令自尽。大将军汉王李寿，本为期所忌，幸得不死，外镇涪城。每当入朝，辄诈造边书，辞以警急。会有巴西处士龚壮，谒见李寿，为寿划策，劝他入袭成都。看官道是何因？原来龚壮父叔，前为李特所杀，壮早欲报仇，苦不得间，历年悲恸，服阕未除，远近称为孝子。寿亦闻壮名，礼征不起，及寿与期有嫌，为壮所知。乃拟借寿泄恨，密加游说。寿竟信壮言，遂与掾吏罗恒解思明谋攻成都。期亦防寿为变，屡遣中常侍许涪窥寿，侦察动静。又鸩杀寿养弟安北将军李攸。一面与建宁王越，及尚书令景骞，尚书田褒姚华等，共议袭寿，将要发兵，不料寿已先发，自率步骑万人，由涪城径趋成都，用部将李奕为先锋，长驱直达。寿子势为翊军校尉，留居成都，正是一个好内应。马上开城迎接，李奕先入，李寿继进，便围住宫门，鼓噪不休。期不及防备，急得没法，只得遣人出慰寿军。寿奏称建宁王越，与景骞田褒姚华，以及李遐李西，统皆怀奸乱政，宜加重辟。期尚未复报，已由寿指挥兵士，收捕越等，随到随诛。兵士乘间四掠，数日乃定。寿即矫称任太后令，废期为邛都县公，幽居别室，追谥戾太子李班为哀皇帝。于是大会将佐，熟商后事。

罗恒解思明李奕，劝寿称镇西将军益州牧成都王，向晋称藩，执邛都公，送往建康。独寿妹夫任调，与侍中李艳，司马蔡兴等，请寿称帝，不宜屈膝江东。

寿乃令卜人占验吉凶，卜人视得卦兆，谓可作数年天子。任调跃起道："一日为帝，已足称威。况多至数年呢。"解思明驳说道："数年天子，何如百世诸侯？"寿微笑道："朝闻道，夕死尚可。任卿语原是上策哩。"遂僭即帝位，改国号汉，纪元汉兴，追尊父骧为献皇帝，母昝氏为皇太后，立妻阎氏为皇后，世子势为皇太子，命旧吏董皎为相国，罗恒为尚书令，解思明为广汉太守，任调为征北将军，领梁州刺史，李奕为西夷校尉，从子权为宁州刺史，所有公卿守令，一律参换，旧臣近亲，悉皆摈斥，特用安车乘马，征龚壮为太师，壮独不受，乃听令缟巾素带，待若宾师。邛都公李期，被幽兼旬，慨然叹道："天下主降为小县公，生不如死。"说着，即解带自缢，年仅二十五，在位三年，寿谥为幽公。期妻子徙死穷边。小子有诗叹道：

敢戕孝子乱天常，叛贼何能不速亡？

容易得来容易失，投环尚幸免刑章。

寿既僭位，便得赵主石虎来书，约他连兵寇晋，究竟寿如何复赵，待至下回说明。

第四十七回

饯刘翔晋臣受责　逐高钊燕主逞威

却说汉主李寿，得了赵主来书，竟喜出望外，即遣散骑常侍王嘏，中常侍王广，驰赴邺中，与赵定约。龚壮曾上陈封事，劝寿附晋，寿不肯从；至是又谏阻联赵，仍然不听；且大修军舰，储粮缮甲，准备东下。一面命尚书令马当为六军大都督，调集军士七万余人，齐至东场，由寿亲往校阅，并下书誓众，略言"吴会遗烬，久逋天诛，今将大兴百万，躬行天讨"云云。及军舰告成，便分载水师，舣集成都城下。寿登城俯瞩，但见帆樯蔽日，轴轳横江，不由的露出骄容，扬扬得意。偏群臣多与寿异心，相率谏阻道："我国地小兵单，只可自守，不应进取。且吴会险远，更未易图，一动不如一静，幸勿为赵所误，自蹈危机。"寿怒叱道："天与不取，反受其咎，今赵欲与我平分江南，正是天授我朝的机会，奈何勿往？"广汉太守解思明，再向寿反复陈词，极言利害，寿终不信。至龚壮申疏切谏，谓通胡宁可通晋，并援假虞灭虢事以戒寿，寿尚以为非。又经群臣叩头固争，方才罢议。大众齐称万岁。

寿有旧将李闳，前为东晋所获，得间奔赵。寿向赵致书，请遣还李闳。书中称虎为赵王石君，虎未免不悦，付诸廷议。中书监王波进言道："李闳尝志在故国，以死自誓，诚使陛下遣还蜀汉，使彼感恩，理当纠率宗族，归向王化，就使不如臣料，我国将多士众，何必留这一人？今寿既自称尊号，僭据一方，若我用制诏，彼必不受，不如赠以国书，示彼大度，免有违言，这也未始非怀柔之计。"虎意乃释然，遣闳使归。适挹娄国献入楛矢，波谓可转赠巴蜀，使寿知我国威服远人，虎亦依议,因派使臣偕闳赴蜀,往送楛矢。及使臣返国,报称李寿并未称谢,且下令国中道:“羯使来庭,献楛矢。”于是石虎大怒,黜免王波,令以白衣领职。既而凉州牧张骏,遣别驾马诜至赵,贡献方物,虎颇有喜色,览及来文,语多蹇傲。虎转喜为怒,即欲斩诜。侍中石璞道:“今日为陛下大患,莫若江东,区区河右,何关轻重?今若斩马诜,必征张骏,出师西略,无暇南讨,建业君臣,反得苟延过去,岂非失策?况凉州一隅,就使胜彼,也不足为武,不胜反贻笑四邻,倒不如格外厚抚,使彼改图谢罪,彼若执迷不悟,往讨未迟。虎乃礼待马诜,便即遣归。

忽闻燕兵有入侵消息,乃大加防备,集兵五十万,具船万艘,自河通海,运谷千一百万至乐安城,且由幽州东迄白狼山,广兴屯田,括取民马,得四万余匹,大阅宛阳,为攻燕计。哪知燕王皝已探悉虎谋,密与诸将商议道:“石虎专顾乐安城,总道是防守重复,固若金汤,若蓟城南北,必不设备,我今从间道出发,掩他不备,破彼积聚,才不致他轻觑哩。”说着即整率各军,从瞖翁塞攻入赵境,连破各戍,直抵蓟城。幽州刺史石光,拥兵数万,不敢出战,但闭城拒守。燕兵转渡武遂津,驰诣高阳,沿途焚毁积聚,掠徙幽冀三万余户而还。虎闻燕兵入境,急拟整军对敌,一时未及召齐,只好迁延数日。到了兵马会集,燕兵已饱载远扬,虎始知皝有智略,倒也不敢轻自出兵了。皝引兵归国,因前使刘翔等,尚留江东,未见北返,乃再贻晋中书监庾冰书,责他忘仇误国,大略说是:

> 君以椒房之亲,舅氏之昵,总据枢机,出纳王命,兼拥列将州司之位,昆弟网罗,显布畿甸,自秦汉以来,隆赫之极,岂有若此者乎?以吾观之,若功就事举,必享申伯之名,如或不立,不免梁窦之迹矣。每观史传,未尝不宠恣母族,使执权乱朝,先有殊世之勋,寻有负乘之累,所谓爱之适足以为害。吾尝忿历代之王,不尽防萌终宠之术,何不以一土之封,令藩国相承,如周之齐陈?如此则永保南面之尊,宁复有黜辱之忧乎?窦武何进,虚已好善,天下归心,虽为阉竖所危,天下嗟痛,犹有能履以不骄,图国亡身故也。方今天下有倒悬之急,中夏逋僭逆之寇,家有漉血之怨,人有复仇之憾,宁得安枕逍遥,雅谈卒岁?吾虽寡德,过蒙先帝列将之授,以数郡之人,尚欲并吞强虏,是以自顷及今,交锋接刃,一时务农,三时用武,而犹师徒不顿,仓有余粟,敌人日畏,我境日广。况乃王者之威,堂堂之势,岂可同年而语?若之何不自振作,反为胡人笑也?传曰:“畏首畏尾,身其余几。”幸执事图之!

是时江左君臣,为了燕使乞封问题,议论经年,尚未决定。燕使刘翔,争论数次,晋廷总借口成制,谓大将军不处边,异姓不封王,翔不得所请,所以淹留不去。至燕王皝贻书责冰,冰颇加惭惧,乃与中书令何充商议,不如封皝为王。充尝与刘翔会叙,翔直言语充道:“四海板荡,忽已三纪,宗社为墟,生灵涂炭,这正庙堂宵旰忧劳,卧薪尝胆的时候。翔羁居年余,每见诸公宴安江左,以奢靡为荣，以放诞为贤，试问如此过去，怎能尊主济民呢?”充闻翔言，也觉抱愧。因与冰联名奏请，乞封慕容廆为大将军、幽州牧、大单于、燕王。成帝下诏依议，翔既得奉诏，乃入朝辞行。朝旨又授翔为代郡太守，翔固辞不受，叩头趋出，当下与晋臣等告别，整装启行。公卿等饯送都门，宴饮尽欢，翔慨然道：“古时少康兴夏，一成一旅，尚灭有穷，勾践霸越，甲楯三千，终沼强吴，蔓草尚宜早除，况国仇呢？今石虎李寿，志在吞噬，王师即未能澄清北方，亦当从事巴蜀，一旦石虎先人举事，西并李寿，据形胜地以临东南，虽有智士，恐也不能善后了。”中护军谢广，时亦在座，奋衣起应道：“刘君高论，实获我心，应该大家努力呢。”已而饮毕撤席，翔等自去，晋臣等当然散归。

才过数日，忽宫中传出大丧，乃是皇后杜氏，得病而亡，百官相率入临，毋庸絮述。杜后在位六年，未得子嗣，享年只二十有一。当时三吴女子，并簪白花，好似素柰一般。相传为天亡织女，因着素服，哪知适应在杜后身上。成帝下诏治丧，概从节俭，应筑陵墓，但求洁扫，不得滥用涂车刍灵。又禁远近遣使吊赗，俟至葬讫，概令臣民释服。追谥杜后为恭皇后。杜后殁后，宫中要算周贵人最邀宠眷，生有二男，长名丕，次名奕。后文自有表见。

好容易过了一年，元旦正值日食，都人目为不祥。又越半载，成帝不豫，竟至辍朝。王公大臣，统至宫门请安，不意有中书符敕，颁发出来，谓不得擅纳宰相，大众不禁失色。中书监庾冰，独不改容，徐徐说道：“敕从何来？我备位中书，毫不接洽，可见得是虚伪了。”当下入宫拷问，果无是敕。冰但戒饬僚吏，此后务从审慎，不必追究既往，所以群疑俱释，镇定如常。及入谒成帝，见帝病已垂危，拟请以琅琊王岳为嗣。岳系成帝母弟，比成帝仅少一岁，冰因成帝二子，皆在襁褓，故欲立长君。中书何充在侧，私语庾冰道：“父子相传，先王旧典，若嗣立皇弟，如何处置孺子?”冰答道：“强寇逼伺，国家未靖，倘再立幼主，如何支持社稷呢?”未几，由成帝传召大臣，并授顾命，除冰充二人外，尚有武陵王晞，会稽王昱，尚书令诸葛恢，均至榻前受旨。冰即请立琅琊王岳。成帝颔首，便令冰代草遗诏，诏云：

> 朕以眇年获嗣洪绪，托于王公之上，于兹十有八年，未能阐融政道，剪除逋禄，夙夜战兢，不遑宁处。今忽遘疾，竟致不起，是用震悼于厥心。千龄眇眇，未堪艰难，司徒琅琊王岳，亲则母弟，体则仁长，君人之风，允塞时望，肆尔王公卿士其辅之，以祗奉祖宗明祀，协和内外，允执其中。呜呼！敬之哉！无坠祖宗之顾命！

遗诏既已草就，冰等乃退。越三日，成帝驾崩，年只二十二。帝冲龄嗣统，受制舅家，苏峻叛乱，实由庾亮一人激成，及乱事告平，迁亮出镇，成帝方得亲理万几。但亮尚思干预朝纲，引子弟为要援，庾冰居内，庾翼居外，还算有些才干，足当大任。惟豫州刺史庾怿，素性褊狭，尝与江州刺史王允之有嫌，特遣人赍送毒酒，谋害允之。允之却也小心，先把酒令犬试饮，犬一饮即毙，因将情状表闻。成帝不禁动怒道："大舅已乱天下，小舅复敢出此么？"这语传到芜湖，怿悔惧交并，又当庾亮殁后，失一护符，自恐得罪被谴，遂致仰药自杀。王公大臣，始畏成帝英明，且成帝崇俭恶奢，力求简约，尝欲就后园增设射堂，估计需四十金，便即罢议。可惜年方逾冠，便即去世，这也是气运使然，无可挽回呢。

皇弟琅琊王岳，受遗入嗣，即皇帝位，是谓康帝。封成帝子丕为琅琊王，丕弟奕为东海王，追尊成帝为显宗，奉葬兴平陵，进中书令何充为骠骑将军，中书监庾冰，为车骑将军，令他同心辅政，匡奕王室。此外文武百官，各增二等。立王妃褚氏为皇后，后为豫章太守褚裒女，裒字季野，为京兆人氏，慎重寡言，夙负盛名。桓彝尝谓季野有皮里春秋，说他外无臧否，内寓褒贬。谢安亦极加推重，尝语人云："裒虽不言，却具四时正气。"郗鉴辟裒为参军，嗣迁司徒从事中郎，转任给事黄门侍郎。成帝闻裒女端淑，因聘为母弟琅琊王妃，至是夫尊妻贵，遂得正位中宫。裒方出为豫章太守，特旨征召，迁官侍中。他却不愿内任，有志避嫌，坚求外调。适江州刺史王允之病殁，乃令裒代刺江州，出镇半洲。

越年元旦，改正朔为建元元年。建元二字，由庾冰议定。冰拥立康帝，原以长君利国为名，但未尝不怀着一种鬼胎。康帝为成帝母弟，当然是庾氏次甥，冰仍居舅氏地位，不致疏远，所以年号亦议定建元，取再兴中朝的意义。有人入语冰道："从前郭璞遗下谶文，曾云立始之际丘山颓，今年号建元，建训为立，元训为始，丘山即嗣皇本名，据此看来，这年号应即改易，不宜自应谶语。冰也觉失惊，渐复自叹道："吉凶早定，但改年号，恐未必就能禳灾呢。"遂仍用建元二字。果然康帝不能永年，事见后文。

且说燕王皝既受晋册封，特授刘翔为东夷校尉，领大将军长史。使内史阳裕为左司马，令至龙出西麓，督工筑城。建立宗庙宫阙，取名龙城，率众徙居，作为新都。皝见慕容翰，曾出奔段氏，段氏败亡，又北走宇文部，部酋逸豆归忌翰才名，阴欲加害。翰乃佯狂酣饮，或被发歌呼，或拜跪乞食，逸豆归以为真疯，不复监察，听令自由。翰得随地往返，默览山川形势，一一记忆。皝追忆翰才，且因他挟嫌出奔，并非叛乱，特令商人王车，至宇文部觇翰，劝令归国，并密遗弓矢。翰遂窃逸豆归名马，自挈二子，携弓矢逃归。逸豆归闻翰脱走，忙使骁骑百余名追翰将，要追及，翰回身顾语道："我久客思归，既得上马，断无还理。我前此佯作愚狂，实是诳汝，我艺犹在，幸勿相逼，自取死亡哩。"追骑见他手下寥寥，不肯退回，仍然趋进。翰复朗声道："我久居汝国，不愿杀汝，汝今可距我百步，握刀立住，我若得射中汝刀，汝即可回去，非我敌手，如或我射不中，汝等尽可追来。"前追骑乃解刀立住，由翰射箭。翰发箭射去，叮当一响，正中刀环，追骑便即骇走。翰得揽辔徐归。

皝闻翰至，大喜出迎，握手道故，殷勤款待，仍署翰为建威将军。翰乃为皝设策道："宇文部强盛日久，屡为我患。今逸豆归性情庸暗，将帅非才，国无防卫，军无部伍，臣久在他国，熟悉地形，彼虽远附强羯，声势不接，缓急难恃，我若发兵往击，可保必胜。惟高句丽接近我国，常相窥伺，我果破灭宇文，免不得使彼生惧，俟我一出，必且掩我不备，乘虚深入。我少留兵卒，不足自守，多留兵卒，不足远行，这却是心腹大患，应该早除。宇文部只知负固，料不能远来争利，我既得取高句丽，再还取宇文部，势如反手，立见成功。至两国既平，利尽东海，国富兵强，无返顾忧，然后好徐图中原了。"皝连声称善，即召集将士，出攻高句丽。高句丽古称朝鲜，系周时箕子旧封，汉初为燕人卫满所篡，两传即亡，地为汉有。至汉元帝时，汉威已衰，不能及远，高朱蒙纠众自立，创建高句丽国，后来日渐强大，屡寇辽东。慕容氏据有辽土，尚与高句丽时有战争，朱蒙十世孙钊，号称故国原王，正与慕容皝同时。皝既决意东略，遂与诸将会议军情。诸将谓高句丽有二道，北道坦平，南道险狭，今不如从北道进兵，较为无虞。独慕容翰献议道："不入虎穴，焉得虎子？臣谓宜南北并进，使他应接不暇，方可得志。且虏情必谓我从北道，当重北轻南，我正可避实击虚，以南道为正兵，北道为偏师；大王宜自率锐骑，掩入南道，出其不意，直捣彼都，别遣他将出北道，就使北道无功，我已取彼腹心，四肢亦何能为呢？"皝依翰议，即命翰为前锋，由南道进兵，自督劲卒四万为后应。另派长史王宇等，率兵万五千人，从北道徐入。

高句丽王钊，果然如翰所料，注重北面，所有国中精锐，悉令出诸北道，即命弟武为统帅，自挈老弱残兵，防备南道。不意慕容翰从南道杀来，部下都是锐卒，搅入高句丽阵中，好似虎入羊众，所向披靡。钊尚勉强抵敌，东拦西阻，至慕容皝继进，势如潮涌，无坚不摧，高句丽兵统是羸弱，哪里还能招架？不是被杀，就是四溃，单剩钊孑身逃走，不敢还都。燕兵乘胜长驱，攻入高句丽都城。钊母及妻子统被燕兵拘住，钊父利墓，亦为所掘，所有库中珍宝，及男女五万余口，悉遭掳掠。高句丽都城，叫作丸都，简直是搬徙一空，变做墟落。皝还拟穷兵追钊，闻北道兵已经败没，乃变计言归，载钊父尸，及钊母钊妻钊子，并子女玉帛等，一并驱回。临行时，复将丸都城毁去。钊穷无所归，不得已遣使至燕，奉款称臣，乞还父尸及母妻等。皝将钊父尸发还，留母为质。钊亦没法，只好收拾残众，徙都国内城。小子有诗叹道：

慈母娇妻悉受擒，丸都王气尽销沉。
须知御侮需才智，庸弱何能免敌侵？

皝既战胜高句丽，乃规取宇文部，究竟宇文部是否被灭，且看下回分解。

第四十八回

斩敌将进灭宇文部 违朝议徙镇襄阳城

却说慕容皝既破高句丽，即谋取宇文部。宇文部酋逸豆归，却先遣国相莫浅浑，引兵击燕。皝反下令诸将，不准出战，但须严守堡寨。莫浅浑数次挑战，无人对敌，还道是燕兵怯弱，不足为虑，遂报知逸豆归，述及燕兵畏懦情形。逸豆归信以为真，遂酣饮纵猎，不复设备。哪知过了一月，燕兵奋击莫浅浑，莫浅浑大败而逃，仅以身免，余众都被燕兵俘去。逸豆归方才着急，忙遣骁将涉奕干等，调集精兵，防堵燕军。果然慕容皝乘胜大举，令建威将军慕容翰为先锋，刘佩为副，率着骑士二万，作为正兵，再分遣广威将军慕容军、渡辽将军慕容恪、平狄将军慕容霸，及折冲将军慕舆根，三道并进，自引亲兵为后应。左司马高诩道："我军今伐宇文部，无虑不胜，惟恐将帅未免罹殃。"说着，也不愿回家，但使人传语妻孥，嘱及家事，便即从军前行。

宇文将涉奕干，自恃骁勇，麾众逆战。慕容翰刘佩高诩等，与他厮杀，两下鏖斗，足足战了半日有余，未分胜负。时将天暮，翰等拟鸣金收军，不防对面阵内，一声梆响，箭如雨发，燕兵多被射倒。翰不禁大忿，自与刘佩高诩断后，麾军退还。那来箭尚未中断，竟向翰等射来。翰佩诩三将，各中流矢，忍痛支持，且战且回。既归本营，检点兵马，伤亡不少。翰令受伤军士，皆至后帐休养，自与佩诩拔去箭镞，幸尚未中要害，不过各负创痛，彼此敷上箭疮药，方觉少瘥，一面遣人报达燕王皝。皝使人复语道："奕干雄悍，勇冠三军，未可轻敌，不如暂避凶锋，待虏势骄怠，然后进战，自足制胜。"翰奋然道："逸豆归尽出锐卒，付与涉奕干，正为奕干素有勇名，威倾全部，我能杀败涉奕干，部众闻风畏惧，不战自溃了。惟我在宇文部有年，素知奕干有勇无谋，徒播虚声，未识韬略，但教用一小计，便可擒戮渠魁，奈何避锋示弱，挫我兵气呢？”遂佯为高卧，累日不起，暗中却约同平狄将军慕容霸，为夹攻计。霸年方二九，善用双槊，有万夫不当之勇，他本与翰等分道异趋，及得翰书，方与翰约期会兵，同攻涉奕干。

涉奕干屡逼翰营，再四搦战，见翰兵固垒不动，他便令兵士指名辱骂，啰啰嗦嗦，无非说翰背德负义，应速受死等语。翰置若罔闻，但戒军士妄动，违令者斩。约莫过了三五天，已知慕容霸将到，便自起整军，披甲上马，开营跃出。涉奕干正来挑战，还道慕容翰照常闭垒，仍无战事，因此饬众散坐，信口喧呶。不意翰一马当先，厉声大呼道：“涉奕干休得罗唣，今日是汝死期，特来取汝首级。”涉奕干虽然骁勇，见翰突至，声若洪钟，也不禁慌乱起来，忙令部众上马，倒退里许，才与接战。部众不知就里，疑是涉奕干怯退，相率骇走，无复行列。翰引兵杀上，好似摧枯拉朽一般，刺倒敌兵好几百名。涉奕干大吼一声，舞着大刀，挺身接战，翰略与交锋，一来一往，约有数合，刘佩驰马冲至，代翰战住涉奕干，翰即退下，俟佩续战数合，又命高诩替佩。涉奕干连战三将，并不退缩，刀法盘旋，一无渗漏。诩负疮未愈，反敌不住涉奕干，涉奕干刀法一紧，没头没脑的劈来，害得诩眼花缭乱，几乎不能招架。忽斜刺里驰到一将，戏槊并举，左槊格住涉奕干刀锋，右槊刺入涉奕干心窝，涉奕干不及闪避，仓猝被刺，鲜血直喷，一声狂叫，倒毙马下。

看官道来将为谁？原来就是慕容霸。霸既挑死涉奕干，便趁势乱戮虏兵，虏兵已失了主将，当然乱窜，逃得慢的，都做了刀头鬼。于是慕容霸在先，慕容翰在后，直入宇文部，沿途无人阻挡，一任他杀到虏庭。逸豆归素无恩惠，部下离心，都一哄儿遁去，仅剩逸豆归家属，如何固守？急忙相挈遁逃，窜往漠北，宇文氏从此散亡。燕王皝接得捷报，也驰入宇文氏都城，尽收畜产资货，辟地千余里，徙宇文部众五万余至昌黎。先是涉奕干居南罗城，为宇文部各城领袖，皝命改为威德城，使弟左将军彪居守，自引诸军还都。赵主石虎，因宇文部本为藩属，累岁朝贡不绝，至此闻逸豆归被兵，特派右将军白胜，并州刺史王霸，出兵相救。及行至宇文部，已成墟落，只得进攻威德城。连日未克，撤兵退去，反被慕容彪追击一阵，丧失许多辎重，连兵士亦死了千人。虎闻白胜等败还，也只有付诸一叹，再探逸豆归消息，已在漠北病死，无从援助了。

高诩刘佩，箭疮迸发，相继毕命。诩善占天文，皝尝与语道：“卿有佳书，独不肯给我，未免不忠。”诩答道：“臣闻人君执要，人臣执职，执要乃逸，执职乃劳。所以后稷播种，尧不预闻。今欲占候天文，必须深夜不寐，未晨即兴，备极劳苦，非至尊所宜亲为，殿下何用出此哩。”皝乃罢议。惟慕容翰还军后，亦因箭疮未愈，卧病多日，嗣得渐痊，在家试骑乘马，有人与翰有嫌，向皝进谗，诬翰诈病不朝，私习骑乘，恐将为变。皝虽借翰勇略，但心下常自忌翰，竟不察真伪，遽赐翰死。翰闻命自叹道："我负罪出奔，幸得重还，直至今日方死，已是迟了。但羯贼跨据中原，我不自量，意欲为国家荡壹区夏，此志不遂，遗恨无穷，这想是命数使然，尚有何言呢。"说毕，即仰药而死。

会代王什翼犍，因皝妹兴平公主病亡，复向燕求婚，皝使纳马千匹作为聘礼。什翼犍不允，复书多倨慢语。皝遣世子俊等往讨，什翼犍遁去，俊乃退还。既而犍复遣部酋长孙秩，至燕谢罪，皝乃遣女适代，嫁与什翼犍为继室，一面请代女为己妃。什翼犍乃将翳槐遗女，遣嫁慕容皝。燕代仍旧和好，待后再表。

且说晋安西将军庾翼，代兄亮镇守武昌，府舍中屡有妖怪，乃欲移镇乐乡，上书朝廷，乞如所请。朝议纷纭未决，征虏长史王述，独向车骑将军庾冰上笺，谓不宜徙镇，略云：

乐乡去武昌千有余里，数万之众，一旦移徙，新立城壁，公私劳扰。又江州当泝流数千里，供给军府，力役增倍。且武昌实江东镇戍之中，非但捍御上流而已，缓急赴告，呼应不难。若移乐乡，远在西陲，一旦江渚有虞，不相接救，宁不可虑？方岳重将，固当居要害之地，为内外形势，使窥窬之心，不知所向。昔秦忌亡胡之谶，卒为刘项之资，周恶檿弧之谣，适启褒姒之乱。是以达人君子，直道而行，禳避之道，皆所不敢。但当凭人事之胜理，思社稷之长计耳。安西之请，似不可行，乞公鉴之！

冰得笺后，颇以为然，乃撤销翼议，仍令镇守武昌。骠骑将军何充，本与冰同受遗诏，夹辅晋室。嗣见冰自恃贵戚，事多专断，乃不欲在朝尸位，乞请外调。朝旨乃令充出镇京口，都督扬徐二州军事，兼领徐州刺史。自是冰主内政，翼主外务，兄弟相应，又把那东晋国家，变做庾氏的产业了。时琅琊内史桓温，为宣城内史桓彝子，彝殉难后，晋廷特加优恤，使温得尚南康公主。温性情豪爽，议论崇闳，尝与庾翼友善。翼甚相器重，当成帝未崩时，曾上疏推荐道："温系当世英雄，愿陛下勿以常人相待，常婿相畜，诚使委以重任，必能弘济艰难，方叔召虎不难复见哩。"成帝乃令温为琅琊内史。温与翼彼此通问，互相标榜，即互相期许。翼常欲灭赵取蜀，及得温怂恿，更跃跃欲动，遂遣使东约燕王皝，西约凉王骏，克期并举，当即上表道：

羯贼石虎，年垂六十，奢淫理尽，丑类怨叛，又欲决死辽东，皝虽骁果，未必能固。若北无掣肘之虏，则江南将不异辽左矣。臣所以辄激天良，不顾愆咎，然东西形援，未必尽举，且议北进，移镇安陆，入沔五百里，通道涓水，先率南郡太守王愆期，江夏相谢尚，寻阳太守袁真，西阳太守曹据等，精锐三万，风驰上道，并勒平北将军桓宣，往取丹水，摇荡秦雍，御以长辔，用逸待劳。比及数年，兴复可冀。臣既临许洛，窃谓桓温可渡戍广陵，何充可移据淮泗，路永可进屯合肥。伏愿表上之日，便决圣听，不可广询同异，以乖事会。兵闻拙速，不闻工之久也。谨此吁闻。

这表既上，遂调发所统六州兵马，昼夜催迫。百姓不堪需索，怨声盈路。康帝遣使谕止，朝士亦多贻书劝阻。还有车骑参军孙绰，又上笺力谏。翼皆不从，径引众出发夏口，复上表请徙镇襄阳，略云：

臣近以胡寇有敝亡之势，暂率所统，致讨山北，略复江夏数城。臣以九月十九日发武昌，以二十四日达夏口，简卒搜乘，停当上道，而所调供牛马，来处皆远，百姓所畜，谷草不充，并多羸瘠，难以涉路。加以向冬野草渐枯，往返二千里，或容蹶顿，辄便随事筹量，权停此举。又山南诸城，每至秋冬，水多燥涸，运漕用功，实为艰阻。窃思襄阳为荆楚之旧，西接益梁，与关陇咫尺，北去洛河，不盈千里，土沃田良，方城险峻，水路流通，转运无滞，进可以扫荡秦赵，退可以保据上流。臣虽不武，意略浅短，荷国厚恩，志存立效，是以受任四年，唯以习戎为务，实欲上凭圣朝威灵之被，下借士民义愤之诚，因寇衰敝，渐临逼之。去年春，曾上表请据乐乡，广农蓄谷，以伺二寇之衅，乃值天高听邈，未垂察照。朝议纷纭，遂令微诚不畅。自尔以来，上参天人之微，下采降俘之言，胡寇衰灭，为日不远。臣虽未获长驱中原，馘截凶丑，亦不可不进据要害，徐思攻取之宜。是以量宜入沔，徙镇襄阳，其谢尚王愆期等，悉令还据本戍，须到所在，驰遣启闻。

康帝迭览翼表，与己意实不相同，就是中外臣僚，也多有异议，只庾冰桓温，与前谯王承子无忌，极口赞成。两庾统是元舅，虽康帝亦拗他不过，只得听他施行。冰因翼移镇襄阳，亦欲外出为继，作翼声援。康帝乃使冰都督江荆宁益梁交广七州，及豫州四郡军事，领江州刺史，出镇武昌，为翼援应，且加翼都督征讨诸军事。征徐州刺史何充入朝辅政，录尚书事，调琅琊内史桓温，都督青兖徐三州军事，领徐州刺史，召还江州刺史褚裒，入为卫将军，领中书令。转眼间已是一年，翼有众四万，驻节襄阳，六会僚佐，具陈旌甲，亲授各将弓矢，分给后尚余三箭，遂奋身起座道："我今日引众北行，有如此矢。左右可取正鹄至百步外，由我迭射，试看我能命中否？"说着，已有军吏摆好箭靶。翼三射三中，顿时大众喝采，喧声如雷。当下檄令梁州刺史桓宣，往击丹水。宣奉檄出兵，行至丹水附近，正与赵将李罴相值。罴骁勇过人，部下亦多精锐，竟将宣军杀败。宣失利奔回，翼奏贬宣为建威将军。宣惭愤成疾，竟致谢世。翼令长子方之为义城太守，代领宣众，又授司马应诞为襄阳太守，参军司马勋为梁州刺史，并戍西城。

时赵王石虎，方大兴土木，连筑台观四十余所，又营洛阳长安二宫，工役多至四十余万人，并欲自邺城起造阁道，直达襄国，一面饬河南四州，整备舟械，为南侵计；并朔秦雍，筹集兵马，为西略计；青冀幽州，储积刍粟，为东攻计。诸州军赶造甲胄，共集五十余万人，还有舟夫篙工，又多至十七万名。再加公侯牧宰，竞营私利，暴敛横征，民不堪命。贝邱人李弘，乘势为乱，自言姓名应谶，号召党羽，署置百僚。经石虎派兵剿捕，始得诛灭，连坐至数千家。虎以为乱党立平，无人敢侮，索性日日畋游，纵情淫乐。又尝微服出行，觇察工役。侍中韦谀，婉言规谏，虎厚赐谷帛，似重善言，其实是并不少悛，荒诞如故。秦公韬为虎庶子，常得虎宠，独太子宣隐加猜忌，与韬有嫌。右仆射张离，向宣献媚，谓宜减削诸公府吏，免致侵逼东宫，宣闻言大悦，即令张离上书奏请，得虎允许，遂饬秦燕义阳乐平四公府，只准置吏百九十七人，兵二百人。四公以下，三成减二，为这一番裁减，得腾出兵士四万，悉配东宫。诸公相率含怨，遂生暗衅。石虎尚似睡在梦中，一些儿没有察觉。

会青州守吏报称济南平陵城北，有一石头雕制的老虎，忽然活动，走至城东南，后有狼狐千余头跟着，所过脚迹，统皆成蹊。石虎大喜道："石虎便是朕名。自西北徙至东南，大约天意欲使朕荡平东南呢。天意不可违，应敕诸州兵悉集，明年当由朕亲率六军，奉天南讨便了。"于是群臣皆贺。就中有一百七人，上皇德颂，说得石虎功德巍巍，尽情谀媚。虎益加欢忭，遂制令民家五户，出车一乘，牛二头，米十五斛，绢十匹，违令者斩，不足亦斩。可怜百姓无从筹给，甚至卖男鬻女，上供军需，尚不满数，没奈何自缢道旁。乡村林麓，遗骸累累，一方怨气，酿成变异。泰山上面，有石自燃，八日乃灭。东海有大石自立，旁有血流。邺西山石间出血，流十余步，延袤二尺余。太武殿初成，壁上多绘古圣先贤，忠臣孝子，贞夫烈妇，忽皆变做异状，狰狞可怖，过了旬日，头皆缩入肩中，仅余冠巾露出。虎也觉惊异，秘不使宣。惟佛图澄为虎所信，呼令入视。澄但欷歔流涕，不发一言。已而虎御太武前殿，宴飨群臣，见有白雁数百翔集，虎命群臣起射，无一得中，复由自己射雁，亦无所得，不由的惊诧起来，乃召问太史令赵揽。揽密白道："白雁集庭，是宫室将空的预兆。陛下但静镇宫城，不可南行，便足隐弭此变了。"虎因往至宣武观，大阅军士，各军已会集百余万，候命南下，当由虎校阅一番，饬令散归，全体解严。嗣是虎无意南下，但饬各戍将严守本汛，不得擅离，所以晋朝的庾翼庾冰，主张北伐，调兵遣将，瞎闹了一年有余，虽然不见成功，还算是未经大敌，不至大败。至康帝建元二年九月，帝忽寝疾，日甚一日，险些儿要归天了。小子有诗叹道：

国丧才了又遭丧，两载君王一旦亡。
毕竟丘山容易倒，谶文未必尽荒唐。

欲知康帝曾否崩逝，且看下回再表。

第四十九回

擢桓温移督荆梁 降李势荡平巴蜀

却说康帝寝疾，日甚一日，内外诸臣，免不得有些惶急。最紧要的第一着，是储嗣未定，将来康帝不起，应由何人承统？大众遂开紧急会议，一面且遥问二庾。庾冰庾翼，仍欲推立长君，拟立会稽王昱为嗣。惟何充在内建议，愿立康帝长子聃为太子，领司徒蔡谟等亦皆赞成。此时两庾在外，鞭长莫及，内事统由何充作主，一经议定，便即册定东宫。两庾亦无可奈何，只有暗恨何充罢了。未几，康帝告崩，年仅二十有二，在位只阅两年，何充等奉太子聃即位，是为穆帝。聃甫及二龄，镇日里需人保抱，怎能亲揽万几？当下由何充蔡谟，想出一策，尊康帝后褚氏为皇太后，即请太后临朝摄政，当下推蔡谟领衔，上奏太后道：

> 嗣皇诞哲岐嶷，继承天统，率土宅心，兆庶蒙赖，陛下体兹坤道，训隆文母，昔涂山光夏，简狄熙殷，实由宣哲以隆休祚。伏惟陛下德侔二妫，淑美关雎，临朝摄政，以宁天下。今社稷危急，兆庶悬命，臣等章惶，一日万几，事运之期，天禄所钟，非复冲虚高让之日。汉和熹顺烈，并亦临朝，近明穆故事，以为先制。臣等不胜悲怖，谨伏地上请，乞陛下上顺祖宗，下念臣吏，推公弘道，以协天人，则万邦协庆，群黎更生，天下幸甚！臣等幸甚！

褚太后览奏后，亦下了一道诏旨，无非说是"嗣主幼冲，宜赖群公同心夹辅，今既众谋佥同，恳切上词，当勉从所请，暂遵先后故事"云云。于是遂临朝称制。何充希太后旨，独表荐后父褚裒，宜总朝政。太后乃命裒为侍中，兼卫将军，录尚书事。偏裒以近戚避嫌，固辞内职，坚请外调，乃改授裒都督徐兖青三州，并扬州二郡军事，兼徐兖二州刺史，仍官卫将军，出镇京口，另征江州刺史庾冰入朝。冰适有疾，不便就征，已而病笃，临终时，语长史江虨道："我将死了，报国初心，不能终展，岂非天命？我死以后，殓用常服，毋得妄用官物呢！"言讫而逝。冰清廉自矢，临财不苟，殁后无绢为衾，又室无妾媵，家无私积，时人传为美谈。讣闻朝廷，追赠侍中司空，予谥忠成。庾翼得报，留子方之戍襄阳，自还夏口，兼辖冰所遗部兵。有诏令翼仍督江州，并领豫州刺史。翼表辞豫州，又请移镇乐乡，廷议不许。翼乃缮修军器，大修积谷，勉图后举。但尚遣益州刺史周抚、西阳太守曹据，侵入蜀境，与蜀将李桓接战，得破蜀兵，夺得辎重牲畜，随即还师。

越年元旦，晋廷改元永和，皇太后御太极殿，悬设白纱帷，抱帝临轩，颁诏大赦。进武陵王晞为镇军大将军，开府仪同三司，镇军将军顾众，为尚书右仆射，且复召褚裒入辅。吏部尚书刘遐，及长史王胡之，向裒进言道："会稽王令德雅望，可作周公，理宜授以大政，公何弗推德让美，避重就轻呢？"裒乃辞不就征，即表称会稽王昱，可当大任。有诏令昱为抚军大将军，录尚书六条事。昱清虚寡欲，好为玄辞，尝引刘惔王濛韩伯为谈客，郗超为抚军掾，谢万为从事中郎，清谈遗俗，至此复盛，这也是司马家的气运了。

会由江州都督庾翼上表，报称患病甚剧，特荐次子爰之为荆州刺史，委以后任。朝旨尚未答复，接连是讣状上闻，乃追赠翼为车骑将军，予谥曰肃。当时廷臣会议，谓："诸庾世在西藩，人心向附，不如从翼所请，即令爰之继任。"独何充驳斥道："荆楚为我国西门，户口百万，北控强胡，西邻劲蜀，难道可用一白面少年，当此重任么？我看现在牧守，只有徐州刺史桓温，才略过人，足守西藩，外此恐皆未及呢。"会稽王昱，亦以为然。独丹阳尹刘惔，私白昱道："温原有大才，可惜心术未纯，此人得志，适为国忧。荆州地控上游，夙号形胜，怎可令他往镇，酿成后患？为大王计，不如自请出守。惔虽不敏，粗具智识，若以军司马见委，效劳麾下，谅亦不至偾事呢。"昱未信惔言，竟遣使传诏，命温代翼，都督荆梁诸州军事。

惔字真长，世居沛国，祖宏，曾为光禄勋，表字终嘏。宏兄粹，字纯嘏，官至侍中。宏弟潢，字仲嘏，官至吏部尚书。兄弟并有时名，都人尝谓洛中雅雅，唯有三嘏。惔父耽亦尝为晋陵太守，中年去世，家无遗财。惔与母任氏，寓居京口，织履为业，人莫能识。独王导留意延揽，推为清才。后来入登仕籍，音望鹊起，得尚明帝女庐陵公主。会稽王昱，待如上宾，每一列座，语辄惊人，无敢与辩。就是桓温，亦服他伟论。温尝问惔道："近日会稽王谈玄，有进境否？"惔答道："大有进境，不过未列上乘，只好排在第三流哩。"温惊问道："第一流当属何人?”惔答道:“当在我辈。”温一笑而散。

小子前时叙及桓温,但云为宣城内史桓彝子,就中尚有许多故事,尚未详载,应该撮要申明。温生未及期,为故将军温峤所见,便谓温有奇骨,又试温使啼,声甚洪壮,峤极叹为英物。彝因婴儿为峤所赏,遂取名为温,表字元子。峤笑语道:“移姓为名,此后我将易姓呢。”及彝为苏峻部将韩晃所害,泾令江播,亦曾助晃。温年方十五,枕戈泣血,誓复父仇。播已反正,随时戒备,无隙可乘。越三年,播病死发丧,温佯为吊客,挟刃踵门,突入丧次,斫死播子彪等三人,随即自首。朝廷嘉温孝义,不复论罪,温以此得名。及温年逾冠,姿貌甚伟,面有七星。刘惔尝语人道:“温眼如紫石棱,须作猬毛磔,是孙仲谋司马宣王的流亚呢。”

既而温得尚公主,累任至荆梁都督,他本是个豪爽不羁、睥睨一切的人物。既得蟠踞上游,手握重兵,当然想做些事业,显些威风。到了永和二年,何充又复病殁,晋廷予谥文穆,特进前国子祭酒顾和为尚书令,前司徒长史殷浩为扬州刺史。这两人为褚裒所荐。和以孝著名,正直有余,干济不足。浩父名羡,尝为豫章太守,就是不肯寄书、掷诸流水的殷洪乔,浩素尚风流,谈吐不俗,前为庾亮参军,得亮信任。亮殁后,屏居墓侧,屡征不起。时人目为管葛,王濛谢尚,且相偕劝驾,不得邀允,归途互语道:“深源不起,如苍生何?”深源即浩小字。浩越不肯出,越负令名。独庾翼谓:“丧乱时代,此辈只应束诸高阁,俟天下太平,再议任使。”嗣翼为江荆都督,拟辟浩为司马,致书与浩,有“毋为王夷甫,当出图济世”等语,浩当然不就。桓温亦尝轻浩,谓少时尝与浩游戏,共骑竹马,我将竹马弃去,浩辄取归,可见浩出我下。至是命浩为扬州刺史,浩尚固辞。会稽王昱,贻书劝勉,至有“足下去就,关系兴废”二语,于是浩乃授命就职。桓温隐加鄙薄,每叹朝廷用人失宜,惟因情急建功,尚无暇顾及内事,但与僚佐等议伐胡蜀,准备出师。江夏相袁乔白温道:“胡蜀二寇,俱为我患,但蜀虽险固,比胡为弱,再加李势无道,臣民不附,若用精卒万人,轻赍疾进,直趋蜀境,待彼警觉,我已得入据险要,就使李氏君臣,出来抵御,也可一战成擒了。”温大喜道:“诚如卿言。”将佐等尚多异议,谓:“我军入蜀,赵必乘虚袭我,不可不防。”袁乔又申驳道:“羯赵久据河朔,内讧不已,势亦浸衰。且闻我万里出征,总道我有内备,未敢轻举,就使逾河南来,沿江诸军,亦足自守,可无他忧。惟蜀土富实,号称天府,从前诸葛武侯恃蜀为固,抗衡中夏,今即不能为害,究竟他据住上游,易为寇盗,我若乘机袭取,得蜀财,抚蜀众,岂非国家的大利么?”温奋起道:“我志决了,卿可为我先驱,我为卿后应,灭蜀就在此举了。”乔应声道:“愿效微劳。”温遂令乔率水军二千人,充作前锋,自与益州刺史周抚,南郡太守谯王无忌等,领军继进,即日拜表入都,不待复报,便即启行。晋廷接到温表，虑温兵少无继，骤入险地，恐难成功。独丹阳尹刘惔，料温必克，或问惔如何先知？惔笑道："温素好摴，今日伐蜀，与摴相似，若自知不胜，如何肯行？但恐温既胜蜀，未免专恣，倒是朝廷的隐忧了。"这且不必絮叙。

且说蜀已称汉，汉主李势，就是李寿的太子。寿篡位后，尝欲与赵连横图晋，经龚壮再三谏阻，方才中止。壮劝寿向晋称藩，寿终不从，因此壮辞疾归里，终身不复入成都。寿初尚宽俭，旋由使臣往返邺中，屡述石虎威强，宫殿美丽，刑禁苛严，寿不禁生慕，乃改从侈汰，也居然大修宫室，广凿陂池，募工兴役，多多益善。臣下偶有谏议，即指为诽谤，置诸极刑。左仆射蔡兴，入宫极谏，竟被叱出处斩。右仆射李嶷，也因直言忤旨，诬以他罪，下狱论死。并把李雄诸子，一律骈戮。好容易过了五年，忽得了一种重病，镇日里狂言谵语，闹个不休，不是说李嶷索命，就是说蔡兴伸冤，喧噪了好几天，终落得一命呜呼，伏惟尚飨。太子势嗣称汉帝，改元太和，尊嫡母阎氏为皇太后，生母李氏为太后。阎氏无子，势为寿妾李氏所出。李父名凤，前为李骧所杀，凤女没入掖庭，身长貌美，姿态动人，寿遂纳为妾媵，生子名势。势亦脑满肠肥，腰带十四围，犹善附仰，蜀人称为奇姿。所娶妻室，也是姓李，即位后，册为皇后。李后也连生数女，不得一男。

势弟汉王广，求为太弟，势不肯允。旧臣马当解思明，相偕入谏道："陛下兄弟不多，若复加废黜，恐益孤危，不如从汉王议，可固国基。"势默然不答。两人又复力请，惹动势怒，将他们叱出。嗣复疑马当等与广有谋，竟使相国董皎，收诛马当解思明，夷及三族。思明素有智谋，抗直敢谏，临刑长叹道："国家不亡，赖有我等数人，今我等无罪遭诛，国亡不远了。"说着，伸首就刑，毫无惧态。马当亦素得民心，及两人死后，士卒无不动哀。势且令太保李奕，袭执汉王广，贬广为临邛侯。广服毒自尽，奕得受命为镇东大将军，镇守晋寿。越年，奕竟谋反，攻陷巴东，蜀人相率从奕，聚至数万，遂进迫成都。势登城拒战，奕单骑突门，守兵觑奕不防，暗放冷箭，得中奕脑，倒毙马下，叛众骇散。势引兵屠抄奕家，独见奕女有色，贷她死罪，带回宫中。是夕即令她侍寝，一夜欢娱，曲尽恩爱，诘旦即封女为妃，并大赦境内，改元嘉宁。自是日益淫纵，渔财好色，每令内侍访求美妇，不问她有夫无夫，但教面貌韶秀，尽令强取入宫，该夫或稍争执，当即杀死。后庭妇女，多至千百，势遂日夜宣淫，不问国事，坐此众叛亲离，夷獠四起。群下谏诤，无一听从，反且横起夷戮，冤气盈衢。宫人张氏，妖淫善媚，大得势宠。一夕，忽化大斑理蛇，长约丈余，由势逐出宫门，窜入苑中。到了夜半，蛇复入宫，卧势床下，势益惊惧，呼令武士，将蛇杀死。还有一个郑美人，也是势所宠爱，忽然化为雌虎，噬食宫人。宫人大哗，各持械驱逐，虎竟自毙。此外怪异，不可胜举。势尚不少改，依然荒淫。

蓦得边戍急报，晋桓温引军入境，前锋已到青衣江，势乃出调将士，遣叔父右卫将军李福，从弟镇南将军李权，与前将军昝坚等，带领数千人，自山阳趋往合水，堵截晋军。诸将谓宜设伏江南，以逸待劳，昝坚不从，引兵渡江，竟向犍为进发。那时晋军已进次彭模，与汉兵相距不远。桓温拟分作两军，异道并进，袁乔道："今悬军深入，不遑返顾，事若得济，大功可成，否则将无遗类。为我军计，惟有同心并力，一战扬威，若分作两路，反致军心不壹，一或偏败，大事去了。故不如合军亟进，弃去釜甑，但赍三日干粮，示无还志，方得将士死力，战胜可豫决了。"温依乔议，留参军孙盛周楚，在彭模守住辎重，自率步兵，径趋成都。蜀将李福，进攻彭模，被孙盛一鼓击退。桓温进遇李权，三战三捷，蜀兵尽败还成都。昝坚到了犍为，方知与温异道，急忙返渡沙头津，还救成都，行至十里陌，但见晋车已排好阵势，旌旗甲仗，甚是精严，不由的魂驰魄散，相率窜去。

势闻各军俱溃，不得已乃悉众出战，到了笮桥，正与温军相遇，两下交战，蜀兵却也利害，迎头痛击。晋参军龚护阵亡，温未肯遽却，尚自麾军前搏，不防前面突来一箭，险些儿射中脑前，亏得温眼明手快，纵辔一跃，那箭向马头落下，得免受伤。温遭此一吓，也觉胆寒，便勒马不进。大众俱不敢向前，即欲退还，令鼓吏击鼓退兵。偏鼓吏误作进鼓，又蓬蓬勃勃的擂将起来，袁乔拔剑当先，督众力战。于是人人拼死，争突敌阵。势不能抵御，败回成都，各军皆溃。温遂进薄成都城，四面纵火，焚毁城门，守兵大骇，一日数惊。汉中书监王嘏，散骑常侍常璩，劝势出降。势转问侍中冯孚，孚答道："东汉时吴汉征蜀，尽诛公孙氏，今晋下书不赦，若诸李出降，恐亦未必能保全呢。"势乃夜开城门，与昝坚等突围出走，奔至葭萌城。温得入成都，拟即遣兵追势，可巧势遣散骑常侍王幼，来送降书，由温展开，只见纸上写着道：

> 伪嘉宁二年，略阳李势，叩头死罪，伏维大将军节下。先人播流，恃险因衅，窃有双蜀，势以闇弱，复统末储，偷安荏苒，未能改图。猥烦朱轩，践冒险阻，将士狂愚，干犯天威，仰惭俯愧，精魂飞散，甘受斧鑕，以衅军鼓。伏惟大晋，天网恢宏，泽及四海，恩过阳日，逼迫仓卒，自投草野。即日到白水城，谨遣私署散骑常侍王幼，奉笺以闻，并敕州郡投戈释仗，穷池之鱼，待命漏刻，诸乞矜鉴。

温既得降书，便令王幼还报，准他投诚，不加罪责。幼奉令去后，果见李势面缚舆榇，趋至军门。还有李福李权等十余人，也随同前来。温开营纳降，令势入见，当即释缚焚榇，以礼相待。随将李势等送往建康，所有汉司空谯献之等，仍用为参佐，举贤旌善，蜀人大悦。惟汉尚书仆射王誓，镇东将军邓定，平南将军王润，将军隗文等，复纠众拒温。温与袁乔周抚等，分头扑灭，阵斩王誓王润，惟邓定隗文遁去。温留成都三十日，振旅还江陵，留盖州刺史周抚，镇守彭模。既而邓定隗文，复入据成都，迎立故国师范长生子范贲为帝，捏造妖言，煽动蜀境。蜀人多半趋附，也猖獗了一两年。嗣经益州刺史周抚，引兵往剿，围攻多日，方得破入成都，擒斩范贲等人，蜀土复平。李势到了建康，受封为归义侯。总计李氏据蜀，自特为始，至势被灭，共得六世，凡四十六年。势居建康十二年乃死，小子有诗叹道：

笮桥一败蜀中休，面缚迎降也足羞。

试问十年天子贵，何如百世作诸侯？

温既平蜀，晋廷论功行赏，拟封温为豫章郡公。忽有一人出来谏阻，欲知他姓甚名谁，容待下回再表。

第五十回

选将得人凉州破敌　筑宫渔色石氏宣淫

却说晋廷议加封桓温，将给豫章大郡。有一人出来梗议道："温若复平河洛，试问将赏他何地？"朝臣相率注视，乃是尚书左丞荀蕤，一时瞠目结舌，不知所对。于是改封温为临贺郡公，兼征西大将军，开府仪同三司。加谯王无忌为前将军，袁乔为龙骧将军，封湘西伯。自从温平蜀后，威名大盛，震动朝廷。会稽王昱，也不禁畏忌起来，乃引殷浩为心膂，阴欲抗温。浩方因父忧去职，扬州刺史一缺，由领司徒蔡谟摄任。至浩已服阕，复起为扬州刺史，兼建武将军，参预政权。秘书丞荀羡，即尚书左丞蕤弟，少有令名，浩特荐为征北将军，兼义兴太守。未几，又迁任吴国内史。所有桓温奏请，浩与羡尝互相抗议，酌量驳斥。看官试想！这时候的桓元子，威势方隆，怎肯受制浩羡？不过因国无他衅，勉强容忍，心下实已是衔恨了。

故丞相王导从子羲之，识见旷达，素有清名，表字叫作逸少，与导子王悦、湛子王承，皆以年少见称，时号为王氏三少。太尉郗鉴，尝使门生至王导府中，选择女夫，导令往就东厢，遍览子弟。门生览毕自归，向鉴复报道："王氏诸少并佳，但听到择婿二字，各自矜持，反至拘谨，独一人在东床坦腹，饮食自如，恍若不闻，此子应算是王氏翘楚了。"鉴惊喜道："佳婿佳婿，我当访明确实，即与联姻。"后来探知坦腹王郎，便是羲之，当即将女许嫁。羲之生平，最工书法，尤长隶书，相传羲之笔势，飘若浮云，矫若惊龙。先是魏太傅钟繇，以善书闻，繇曾孙女琰，颇得祖传，能文工书，嗣嫁与晋司徒王浑为妻，礼仪法度，为中表则，又与浑弟湛妻郝氏，和好无间。琰为世家，未尝挟贵陵郝。郝出卑族，未尝因贱谄琰，当时称为钟有礼、郝有法。古人最重妇德，所以钟夫人的文字，反搁起不提。钟女往适卫家，为故太子洗马卫玠母。玠祖卫瓘，善草书，父卫恒，善草隶书，因此卫氏子女，俱工书法。恒有从妹名铄，曾适太守李矩，笔法高妙，冠绝一时，时号为卫夫人。羲之家世琅琊，与王浑系出晋阳，虽是同姓不宗，但因伯叔通籍，当然与王卫二家，互相往来。羲之少时，素慕钟繇书法，后得卫夫人笔迹，仿佛钟繇，才知她辗转传授，学有渊源，因即师事卫夫人，亲承指示，遂臻绝技。初出为秘书郎，旋为征西长史，累迁宁远将军。殷浩雅重羲之，复引为护军将军。羲之固辞不允，复求外调，乃命为右军将军，会稽内史。羲之既至会稽，闻浩与桓温不协，贻书劝浩，略称内外和衷，然后国家可安。浩私心未化，怎肯遽纳嘉言？因此内外嫌隙，越积越深。惟温素轻浩，虽然挟嫌，却瞧浩不起，以为容易捽去，倒不如再行图功；等到河洛平定，那时威震四海，就是皇帝老子，也在掌中，还怕甚么殷浩呢？

是时，凉州牧张骏病殁，由世子重华嗣位。骏本誓守臣节，不愿称王，惟境内都以凉王相呼。到了晚年，分境地为二十三郡，始自称大都督大将军，假摄凉王，置百官，建旌旗，私拟王制，越年即殁。重华自称凉州牧，假凉王，尊嫡母严氏为太王太后，生母马氏为王太后，轻赋敛，除关税，省园囿，赈贫穷，居然有宽仁气象。惟因赵主石虎，比晋为强，恐不免乘丧入犯，所以遣使报丧，先赵后晋。偏石虎不讲道理，一味蛮横，既闻张骏去世，嗣子重华，年未及冠，便道是机不可失，乐得兴兵图凉，略定河西。当下令将军王擢，引兵袭武街，擒去守将曹权胡宣，再遣将军麻秋，为凉州刺史，进攻金城，胁降太守张冲，凉州大震。

重华亟使征南将军裴恒，统率境内全军，出御赵兵。恒行次广武，逗留不进。凉州司马张耽，进白重华道："臣闻国以兵为强，兵以将为主，将有优劣，关系存亡，所以燕任乐毅，几下全齐，及骑劫代将，立失七十余城，可见是将难轻任呢。今朝士举将，多推宿旧，臣独谓未尽合宜。试想，汉举韩信，齐用穰苴，吴用吕蒙，何尝是任用旧将？但教才足专阃，便可委任。今强寇在郊，诸将不进，人情骚动，国势岌岌，若再不另擢良将，主持军务，如何能却敌安民？臣见主簿谢艾，文武兼长，晓明兵略，若授彼斧钺，使彼专征，必能折冲御侮，歼除丑类，请殿下勿疑。"重华听了，即召艾入询方略。艾答道："汉耿弇不欲以贼遗君父，蜀黄权愿以万人当寇，今殿下委心用臣，臣愿假兵七千人，自足扫贼。王擢麻秋，怕他甚么？"重华大喜，即授艾为中坚将军，使统步骑五千人，出击麻秋。

艾拜命即行，道出振武，正值天暮，乃择地安营。到了夜半，有二枭飞止营帐，鸣声聒噪。艾闻声遽起道："六博得枭，便是胜兆。今枭鸣帐上，胜敌无疑。"说着，即令部众齐起，埋锅造饭，饱餐一顿。不待天明，便拔寨前进，衔枚疾走，直逼赵营。赵将麻秋，因连日不得一战，懈怠元备，尚是高枕卧着，哪知营外鼓角乱鸣，一彪军奋勇杀到。待至麻秋惊起，垒门已被捣破，赵兵身不及甲，马不及鞍，又兼腹中饥饿，如何支持？眼见是弃营四散了。麻秋也跨马遁去，幸全性命。凉州兵乘势追杀，斩首五千级，天已大明，才收军退回。重华闻捷，大喜过望，即封艾为福禄伯，待遇甚隆。偏贵戚豪门，互嫉艾功，交相谮毁，乃出艾为酒泉太守。石虎闻谢艾被斥，又遣麻秋进攻大夏，大夏护军梁式，执住太守宋晏，举城降秋。秋胁晏作书招降宛，戍都尉宋距，距扯毁来书，逐出来使。秋得报大怒，麾众往攻。宋距自知不敌，向秋遥语道："辞父事君，当立功义，功义不立，当守名节。距宁为主死，不敢偷生。"说毕，即先杀妻子，然后自刎，戍卒皆散。秋遂移兵进攻枹罕，晋阳太守郎坦，谓枹罕城大难守，拟弃去外城。武城太守张悛道："不可不可。外城一弃，众心摇动，内城亦不能守了。"宁戎校尉张璩，赞成悛议，固守大城。秋屡攻不下，调集兵士八万人，把枹罕城四面围住，上架云梯，下穿地道，仰攻俯凿，日夕不休。张璩随方守御，用炬毁梯，用土塞穴，击毙赵兵甚多。赵复遣刘浑率兵二万，来助麻秋。张璩仍婴城死守，独郎坦恨己言不用，密嘱弁目李嘉，潜引赵兵千余人，乘夜登城。亏得璩防备甚严，立率诸将力战，杀退赵兵，斩获三百余人，且查出李嘉奸谋，诛嘉徇众。一面佯为嘉使，出诱赵兵，乘隙纵火，毁去赵兵攻具。麻秋刘浑，没奈何退回大夏。

石虎闻秋等败回，再遣中书监石宁，为征西将军，率领并司二州兵二万余人，会同秋等，再攻凉州。重华使部将宋秦，统兵堵御。秦畏赵势盛，反驱民二万户降赵，赵兵长驱直进，警报飞达重华，几与雪片相似。重华惶急非常，只好再召酒泉太守谢艾，使为军师将军，率骑兵三万人，往堵临河。艾乘轺车，戴白帢，鸣鼓进行，到了临河前面，遇着赵将麻秋，带着大队，截住途中，他便叫过裨将张瑁，密嘱秘计，瑁奉命自去。艾乃乘车径出，直呼麻秋答话。秋见艾冠服雍容，神情闲暇，不由的大怒道："艾一年少书生，身临大敌，乃敢这般闲雅，这明明是轻我呢。我与他有什么攀谈，但杀将过去，擒住了他，便好进捣凉州了。"遂督黑矟龙骧军三千人，鼓勇突阵。艾将李伟，见赵兵踊跃过来，忙请艾退回阵内，易车乘马。就是艾众，亦俱有惧容，惟艾不慌不忙，容色自若，反令左右移出胡床，索性下车坐着，指挥军士，站立两旁，不准妄动。秋率赵兵驰至，距艾坐处，不过丈许，便令军士呐喊起来，响声震彻山谷，艾似不见不闻一般，仍然端坐。秋不禁动疑，戒兵轻进，但呆呆的瞧艾举动。艾令左右大呼道："麻秋何不进兵？"呼声愈急，秋愈不敢进，猛听得赵兵阵后，喊声大振，秋回头一顾，见凉州兵绕出后面，慌忙还救。艾见秋退去，却上马麾军，并力追击，并下令军前，能擒斩麻秋，立加重赏。部众已经放胆追杀，更兼望赏心切，统不管死活，向秋进蹑；再加凉州将张瓘，在赵军后队杀入，两下夹攻，大败赵兵。秋从斜刺里逃去，凉州兵将，怎肯舍秋，只管前追。秋将杜勋汲鱼，返身拦阻，被凉州将围裹拢来，一阵乱砍，杀死两人。秋得了两个替死鬼，一溜风的奔往大夏去了。

艾得此大捷，检点俘馘，约得一万三千名，当然返报。重华进艾为左长史，封邑五千户，赏帛八千匹。才阅两旬，麻秋又与石宁王擢等，集兵十二万，分道进攻。重华以寇众大至，拟亲出拒敌，艾极力谏阻，从事索遐，亦进谏道："一国主君，不应轻动，左长史谢艾，屡建奇功，足当大任，殿下但居中作镇，委艾御贼，已破贼有余了。"重华乃使艾持节，都督征讨诸军事，行卫将军，遐为正军将军，率二万人出拒赵兵。艾建牙誓众，适有西北风吹至，飘动旌旗，尽指东南。遐喜语艾道："风为号令，今使旗帜俱指东南，正天令我破贼哩。"艾亦大悦，进次神乌，正值赵将王擢前锋，便驱众痛击，擢等败遁。艾又进击麻秋，斩首千余级，俘二千八百人，获牛羊十余万头，秋遁还金城。石虎屡接败报，不禁长叹道："我帅偏师定九州，所向无敌，今用九州兵力，出攻枹罕，反为所困，可见凉州有人，未可轻图呢。"遂无心西略，专事游畋。

太子宣亦日兴土木，使人四伐大树，充作宫材，役夫数万，吁嗟满道。领军王朗，据实白虎，请下禁令，为宣所恨。会星象告变，荧惑守房，宣使太史令赵揽进言道："房为天王，今为荧惑所守，必主祸殃，请陛下移祸贵臣，方可禳灾。"虎问何人可当此祸？揽答道："无如王领军。"虎踌躇道："此外尚有何人？"揽想了多时，便将中书监王波，对答出去。虎乃下诏收波，追论波前议楛矢罪，把他腰斩，并杀波四子，投尸漳水，嗣复闵波无辜，追赠司空，封波孙为侯。虎第五子鉴，封义阳公，出镇长安，旋复令鉴弟乐平公苞，代鉴出镇，修治长安未央宫，又发诸州工役二十六万人，往缮洛阳宫阙，再使各州民出牛二万余头，配朔州牧场，增置女官二十四等，诸公侯七十余国，皆令置女官九等。凡民女二十以下，十三以上，概令应选，充作女官。郡县有司，仰承意旨，务求美色，往往夺人妻女，多至三万余名。太子及诸公，又私自采访，强取至万余人。这四万妇女，驱至邺中，虎临轩简选。多是妙年韶秀，袅袅娉婷，不由的心花怒开，盛称采择得人，赏功封爵，计得十有二侯。当下按第分派，与众同乐，自己仗着一种虎力，糟蹋民妇，日夜不休。哪知义夫烈妇，不肯应命，或被杀，或自尽，已是不可胜计。河南人民流叛略尽，虎又坐罪守令，说他不善抚绥，下狱论死，共五十余人。金紫光禄大夫逯明，当面切谏，虎叱武士，将明拉死。自是朝臣杜口，莫敢发言。尚书朱轨，与中黄门严生未协，生屡思构陷，会值霪雨连绵，道路泞陷，生遂谮轨不修道途，讪谤朝政。虎当然动怒，收轨系狱。冠军将军蒲洪，上书直谏道：

臣闻圣王之御天下也，土阶三尺，茅茨不翦，食不累味，刑措而不用。亡君之驭海内也，倾宫琼台，象箸玉杯，截胫剖心，脯贤刳孕，故其亡也忽焉。今陛下既有襄国邺宫，足康帝宇，又修长安洛阳宫殿，将何以用之？盘于畋游，耽于女色，三代之亡，恒必由此；而忍为猎车千乘，环数千里，以养禽兽，夺人妻女数万口，以充后宫，圣帝明王之所为，固若是乎？尚书朱轨，纳言大臣，今以道路不修，将加酷法，此自陛下德政失和，阴阳灾沴，天降霪雨，七日乃霁，霁方二日，虽有鬼兵百万，亦未能去道路之涂潦，而况人乎？刑政如此，其如史笔何？其如四海何？愿止作徒，罢苑囿，出宫女，赦朱轨，以副众望，则天下安而国祚自永矣。伏乞明鉴施行！

虎览书不悦，惟畏洪强直，却也不敢加罪，为罢洛阳长安诸工役，但仍不肯赦轨，竟处死刑。一面聚敛金帛，贪多无厌，悉发前代陵墓，掘取宝货。沙门吴进白虎道："国运将衰，晋当复兴，宜苦役晋人，镇压戾气。"虎乃使尚书张群，发近郡男女十六万人，车十万乘，运土至邺城北隅，筑华林苑。沿苑遍筑长墙，广袤数十里。是年八月，天大雨雪，积地三尺，役夫冻毙至数千人。赵揽申钟石璞等，上言："天文错乱，百姓雕敝，宜停止工役。"虎大怒道："我筑苑墙，干天甚事？就使阴至天谴，但得苑墙朝成，我虽夕死，也无遗恨。"遂促张群连夜赶造，四围燃烛，光同白昼，筑三观，辟四门。三门通漳水，皆用铁屏为障，忽遇暴风大雨，涨水丈余，漂没至数万人。扬州献黄鹄五雏，颈长一丈，声闻十余里，虎令游泳池中，俄化为龟，因号池为玄武池。此外，郡国牧守，先后献入苍麟十七头，白鹿七头，虎命司虞张昌柱，管驭麟鹿，驾以芝盖，每遇朝会，即将麟鹿站立殿庭，侈然有百兽率舞的意思。已而令太子宣出祀山川，为祈福计。宣驾着大辂，羽葆华盖，建天子旌旗，前呼后拥，戎卒至十八万，出金明门，虎在后宫登凌霄观，遥见宣仪容庞赫，甲仗如林，便掀髯笑语道："我家父子，如此威武，若非天崩地塌，尚有何忧？我但当抱子弄孙，自求乐趣便了。"

宣借祷祀为名，沿途驻足，辄列长围，驱逐禽兽，至暮皆集行幄，文武官吏，或跪或立，环绕幄外，烽炬连宵，照彻百里。夜间犹令劲骑驰射，自与姬妾乘辇临观，欢娱忘返，必至兽尽乃止。所过三州十五郡，有司供张，穷极珍奇，历年积储，皆无孑遗。及还邺复命，虎复命秦公韬继出，自并州至秦雍，亦与宣行径相似，宣本已忌韬，又闻韬与己匹敌，格外生嫌。宦官赵生，得宣宠幸，遂劝宣谋韬。宣性暴戾，往往与虎面谈，亦有傲色，虎尝谓悔不立韬，韬闻言益骄，宣恨韬及虎，隐起杀心。可巧韬在府第中筑起一堂，取名宣光殿，梁长九丈，宣当然闻知，引众往视，斥他逾制，斩匠截梁，悻悻而去。韬亦怒甚，重加修筑，增至十丈。宣乃与力士杨柸，及幸臣赵生牟成道："凶竖傲愎，敢违我命，汝等如能杀却，我当将韬所有国邑，分给汝等。且韬既杀死，主上必亲临韬丧，我乘此得行大事，当无虑不济了。”杯等应声道：“殿下所委，敢不敬从。”宣因此大喜，便令杯等伺隙行事，要做出一种逆天害理的行为来了。小子有诗叹道：

到底豺狼种祸苗，一波才了一波摇。
东宫兴甲成常事，险衅都缘乃父招。

欲知宣如何逞谋，试看下回便知。

一部迄今为止最权威、最有影响的

中国历代史通俗演义

读本书熟知**两晋历史**

为读者所喜爱的白话版、小说版的“中国通史”

国学百部典藏

蔡东藩中国历代史演义

两晋演义

（民国）蔡东藩◎著

（下）

内蒙古出版集团
内蒙古人民出版社

第五十一回

诛逆子纵火焚尸　责病主抗颜极谏

却说赵太子石宣谋害弟韬，并欲弑父，因恐计不得逞，往访高僧佛图澄，及与澄相见，并坐寺中，又不便直达私衷，但听塔上一铃独鸣，宣乃问澄道："大和尚素识铃音，究竟主何预兆？"澄答道："铃音所云，乃是'胡子洛度'四字。"宣不禁变色道："什么叫作胡子洛度？"澄不好直答，诡词相对道："老胡为道，不能山居无言，乃在此重茵美服，这便叫做洛度呢。"说着，正值秦公韬徐步进来，澄起座相迎，待韬坐定，只管注目视韬。韬且惊且问，澄答道："公身上何故血臭？老僧因此疑视。"韬周视衣襟，毫无血迹，免不得又要诘问。澄只微笑不答。宣虑澄察泄秘谋，遂邀韬同行，辞澄出寺去了。

越宿由石虎遣人召澄，澄即入见，虎语澄道："我昨夜梦见一龙，飞向西南，忽然坠地，不知吉凶何如？"澄应声道："眼前有贼，不出十日，殿东恐要流血，陛下慎勿东行。"虎素来信澄，倒也默然无言。忽见屏后有一妇人趋出，娇声语澄道："和尚莫非昏耄么？宫禁森严，怎得有贼？"澄见是虎后杜氏，便微笑道："六情所感，无一非贼，年既老耄，还属无妨，但教少年不昏，方才是好哩。"已而遇秋社日，天空有黄黑云，由东南展至西方，直贯日中，及日向西下，云分七道，相去约数十丈，幻成白色，如鱼鳞相似，历时乃灭。韬颇解天文，顾语左右道："天变不小，恐有刺客起自京师，未知由何人当灾哩。"是夕，韬与僚属会宴东明观，召令乐工歌伎，弹唱侑酒。宴至半酣，不觉长叹道："人生无常，别易会难，诸君试畅饮一觞，各宜使醉，须知后会有期，应该乘时尽兴哩。"说至此，竟泫然涕下。大众听了，都不禁骇异，惟见韬涕泗横流，也不禁触动悲怀，相率欷歔，到了夜半，众皆别去，韬趁便留宿佛寺中。

哪知事出非常，变生不测，仅越半夜，好好一个石家主子，竟变做血肉模糊的死尸。天已大明，寝门尚闭，韬有侍役，怪韬高卧不起，撬户入视，已是腹破肠流，手断足折，倒毙在寝榻前。旁有刀箭摆着，也不辨是何人所置，何人所杀，当下慌乱无措，不得已着人飞报。偏宫中已经得知，赵主石虎，正闻变惊恸，晕倒床上。宫人七手八脚，环集施救，好容易才得救醒，尚是悲号不止。究竟由何人先去报闻？查将起来，乃是赵太子石宣。虎号哭多时，便拟亲往视丧。时百官已俱入请安，闻虎命驾将出，各欲扈从前去。独司空李农进谏道："害死秦公，未知何人，臣料是衅起萧墙，危生肘腋，陛下不宜轻出，当速缉凶手，毋使幸脱。"虎得农言，猛然记起佛图澄语，不由的顿足叹息道："是了是了。究竟和尚通灵，朕到此才能觉悟呢。"遂停止不行。一面饬卫士戒严，一面派官吏治丧。太子宣驾坐素车，引东宫兵千人，往视韬殓，使左右举衾观尸，仔细一瞧，反呵呵大笑，掉头自去。还至东宫，将委罪韬吏，命收大将军记室参军郑靖尹武等人。

偏是恶报昭彰，难逃冥谴，有一东宫役吏史科，向石虎处讦发阴谋，虎始知祸由太子，气得两目咆哮，无名火高起三丈，亟命左右往召太子宣。宣不敢径往，中使诈称奉杜后命，叫他进去。宣还道是另有密商，因即入省，甫进宫门，便有人传着虎谕，把宣驱入别室，软禁起来。那时杨杯牟成赵生等，已闻风出走，生稍迟一步，致被卫士拘住，交与刑官拷讯。生无可抵赖，始供称杀韬情迹，实由杨杯等隐受宣嘱，伺韬留宿寺舍，夜用猕猴梯架墙，逾垣入室，因得逞凶。这供词呈将进去，虎不瞧犹可，既已瞧着，大呼："了不得，了不得。"便命将宣移禁席库，更用铁环穿通宣颔，锁诸柱上，且作数斗可容的木槽，中贮尘粪土饭，迫使宣食，仿佛似猪狗一般。一面取入杀韬刀箭，见上面尚有血痕，便伸舌吮舐，且舐且泣，哀声震彻内外。百官俱入内劝解，哪里禁遏得住？大众无法可想，只好往请佛图澄，前来解免。澄当然驰至，见了石虎，说出一番前因后果，稍得令虎止哀。惟虎即欲加宣极刑，澄复谏道："宣与韬皆陛下子，今宣杀韬，陛下又为韬杀宣，是反变成两重祸祟了。陛下今日，诚使息怒加慈，福祚尚保灵长，可延六十余年，若必欲诛宣，恐宣魂当化为彗星，将来要下扫邺宫呢。"虎执意不从，待澄趋退，便令左右至邺城北隅，堆积薪柴，就柴堆上竖一标竿，竿上架着辘轳，两端穿绳，悬垂上面，当下把宣牵就柴上，用绳系住。并使韬平时宠幸二阉，一叫郝稚，一叫刘霸，拔宣发，抽宣舌，斫宣目，刳宣肠，断宣手足，然后将宣尸用辘轳绞上，挂诸天空，下面纵火焚薪，薪燃火盛，烟焰冲天，不到半时，已将宣尸烂焦，如燔如炙，及绳被毁断，尸复下坠，立成灰烬。最可怪的是暴主石虎，挈领宫妾数千人，共登高台，了望火所，看它燔灼。至火已垂灭，再令检出尸灰，分置诸门交道中，并收宣妻子二十九人，一并杀死。宣有幼儿，年才数岁，伶俐可爱，虎不忍加诛，抱置膝上，向他垂涕。儿亦啼哭道："这非儿罪。"虎欲赦儿不诛，偏秦府属吏，定请并诛此儿，看虎恋恋不舍，竟向虎膝上牵夺。儿揽住虎衣，狂叫痛号，甚至带绝手脱，始被猛掷出去，踢跶一声，登时断命。虎掩面入宫，敕废宣母杜氏为庶人，诛东宫僚属三百人，阉寺五十人，统皆车裂支解，弃尸漳水，洿东宫以养猪牛。还有东宫卫卒十余万人，全体谪戍凉州。太史令赵揽，已迁任散骑常侍，前曾入白道："宫中将有变乱，宜豫备不虞。"及虎既杀宣，疑揽预知宣谋，独不实告，亦勒令处死。贵嫔柳氏，系尚书柳耆长女，才色俱优，耆有二子尝侍直东宫，为宣所宠，此时已共诛死。虎复令柳女连坐，逼使自尽。既而追念柳氏姿容，未免生悔，幸柳氏尚有一妹，在家待字，便饬左右驱车接入，就在芳林园引见。细瞧芳容，不亚乃姊，就下座掖入寝床，令做乃姊替身，恣情淫狎，不消细说。

过了匝月，虎复议册立太子，太尉张举道："燕公斌有武略，彭城公遵有文德，惟在陛下自择。"虎答道："卿言正合我意。"语尚未终，偏有一人闪出道："燕公母贱，又尝有过，彭城公与前太子邃同母，母郑氏已经坐废，怎得再立他次子？还请陛下三思！"虎闻言瞧着，发言的系戎昭将军，就是前掳刘曜幼女的张豺。曜女安定公主，掳入赵宫，得虎宠爱，小子在前文中，已曾叙过，至此生有一子，取名为世，已有十龄，豺因虎年长多疾，意欲立世为嗣，俟虎死后，世母刘氏为太后，必感豺德，令他辅政，所以特地进言，阴图逞志。果然虎为所动，沉吟多时，不答一言。豺乘机说虎道："陛下再立储宫，母皆倡贱，不足服众，所以祸乱相寻，今宜自惩前辙，必须母贵子孝，方可册立，免再生患。"虎爽然道："卿且勿言，朕已悟卿意了。"豺乃趋出。越宿由虎召集群臣，面加晓谕道："朕欲取纯灰三斛，自涤心肠，何故专生恶子？年过二十，便欲弑父，今少子世年方十岁，待他及冠，我已老了，就使世再不肖，也不至为我所见哩。"道言未绝，即由太尉张举，司空李农，同时应声道："臣等愿奉诏立齐公。"原来齐公是世封爵，臣下不便直呼世名，因以齐公二字相代。农既倡议，大众便附和一辞，独大司农曹莫无言。张李二人，又谓应完备手续，先由公卿联名上疏，请立世为太子，及疏已草就，莫复不肯署名。虎使张豺问明莫意，莫答道："天下重器，不应立少，故不敢署名。"虎闻言叹道："莫为忠臣，可惜未达朕旨。惟张举李农，能体朕心，可转示委曲，免得误会。"举与农应命谕莫，相偕退去。虎遂立世为太子，进世母刘氏为皇后，命太常条攸为太子太傅，光禄勋杜嘏为太子少傅，并嘱使朝夕箴规，毋令太子再蹈前愆。

又阅两月，虎在太武前殿，大飨百僚，佛图澄亦至。酒阑席散，澄起座告辞,褰衣行吟道:“殿乎殿乎? 棘子成林,将坏人衣。”吟毕自去。虎料澄语必有因,即令左右发殿下石,果有棘子丛生,立命拔去。哪知佛图澄所说的棘子,并不是真棘子,乃是一个棘奴。棘奴究是何物? 看官不必急问,待至下文,自当说明。惟佛图澄还至佛寺,环视佛像,欷歔太息道:“可怅可恨,不得长此庄严。”嗣复自作问答,先发问道:“可得三年否?”答言:“不得。”又问:“可得二年么? 一年么? 百日么? 一月么?”答言:“不得,不得。”随即默然。返入禅房,弟子法祚等,见澄自说自话,多不可解,便随澄入问玄妙。澄乃明语道:“今年岁次戊申,祸机已萌,明年己酉,石氏当灭,我尚在此干甚么事,不如去罢。”法祚又问道:“当去何地?”澄仍作隐语道:“去! 去! 自有去处。”法祚等不敢再问,方才趋退。仅隔一夕,便遣徒侣往辞石虎道:“物理必迁,身命难保,贫僧化期已及,不能再延,素荷恩遇,用敢上闻。”虎怆然道:“昨尚无疾,今乃使人告终,岂不可怪?”便命驾自往省视,见澄形态如故,益加惊疑。澄微哂道:“出生入死,乃是常理。人命短长,定数难逃。但道重行全,德贵勿怠,道德无亏,虽死犹生,否则生不如死。贫僧死期已至,自思生平尚无大过,死亦何妨。不过国家心存佛理,建寺度僧,本宜仰蒙天祐,奈何政事猛烈,淫刑酷滥,显违圣典,隐悖法戒,如此过去,怎能得福? 若亟降心易虑,惠以下民,那时国祚永长,道俗庆赖,僧虽就尽,可无遗恨了。”虎似信非信,支吾半晌,便即退回。

先是虎为澄先造生墓,至是因澄言将死,又为凿圹营坟。约阅旬余,澄竟圆寂,坐化禅林。百官并往视殓,即将澄平时所用锡杖银钵,纳置棺中,移葬圹所,更由虎命为澄立祠,适天久不雨,陇土尽裂,虎诣澄祠虔祷,便有二白龙降下,引沛甘霖,泽遍千里。嗣有沙门从雍州来,曾见澄西入关中,及行至邺下,与僧侣晤谈,两不相符,彼此诧为奇事。又有郭门守吏,听得沙门传语,也猛忆前事,谓:“澄曾携一履出城,当时疑为目眩,今又由沙门相见,莫非真在人间,确是未死。”为此两人语言,遂至传遍邺中,连石虎亦有所闻,暗生惊异,遂命石工掘墓启视,说也奇怪,棺中只有一履,并无澄尸,惟多了一石。工人当即飞报,石虎且惊且恨道:“朕姓石,便是朕埋石棺中,莫非朕将死了么?”嗣是闷闷不乐,坐卧徬徨。尝见已死诸子孙,环立坐隅,不由的毛发森竖,悲悔交并,因此饮食无味,形体渐羸。蹉跎过了残冬,便是赵天王建武十五年的元旦,虎疾少瘳,自恐余生有限,不如僭称帝号,借以自娱,乃命在南郊筑坛,即位称帝,改元太宁。诸子进爵为王,百官各增位一等,颁制大赦。惟前东宫卫卒等万余人,谪戍凉州,不在赦例。

卫卒中有一队长,呼做高力督,姓梁名犊,本来有些膂力,此时遇赦不赦,当然生怨;就是一班卫卒,也共抱不平。犊得乘隙煽动,聚众为乱,自称晋征东大将军,攻陷下辩,胁雍州刺史张茂为大都督,连拔秦雍间城戍,戍卒多半依附。进至长安，有众十万人。乐平王石苞，为长安镇帅，尽锐出战，反为所败，不得已回城固守。犊遂率众出潼关，趋洛阳。赵主石虎，忙命李农为大都督，行大将军事，统率卫军将军张贺度，征西将军张良，征虏将军石闵等，麾兵十万，出拒新安。犊众都挟着一种怨气，拼死前来，虽然兵甲不整，却是一可当十，十可当百。李农麾下，人数与犊众相等，只是气势不敌，一战败绩，再战又败，没奈何退保成皋。犊又东掠荥阳陈留诸郡，声焰大张。石虎惧甚，旧疾复发，再令燕王斌为大都督，与冠军大将军姚弋仲，车骑将军蒲洪，合兵讨犊。

弋仲入朝求见，虎适卧床养疴，传令免谒，但引弋仲至领军省，赐给御食。弋仲怒说道："国家有贼，令我出击，主上理应面授方略，才可破贼，今乃徒赐我御食，难道我来乞食么？"说至此，即欲趋归。当有人报知石虎，虎乃力疾传见，弋仲抢步进去，怒尚未息，既见虎面，便大声诋虎道："为儿生愁么？何故致病！有儿不教，纵使为逆，因逆加诛，还愁什么？我想汝病已久，反立幼儿为储，万一不测，天下必乱，汝先当忧及此事，贼尚不足忧哩。犊等穷困思归，相聚为盗，所过残虐，已失民心，我老羌当为汝出力，一举平贼。"虎听他出言不逊，也觉生忿，但因乱事日亟，要靠他出兵平乱，只好含忍三分。且弋仲素性戆直，到了气急时候，往往不顾尊卑，但呼汝我，事成惯例，更不足贵。所以虎耐着性子，嘱令旁坐，面授弋仲为征西大将军，特赐铠马。弋仲并不称谢，唯起座申语道："汝看我老羌能破贼否？"说着，即取铠披身，跨鞍上马，就中庭驰骋数周，乃扬鞭一挥，跃马自去。虎又气又笑，静待报命。

约过旬日，便得弋仲捷报，在荥阳大破犊众，已而捷音复至，将犊擒斩，扫平余党。虎传旨褒功，封弋仲为平西郡公，履剑上殿，入朝不趋。蒲洪为侍中车骑大将军，都督秦雍诸州军事，领雍州刺史，封略阳郡公。弋仲等尚未回邺，虎病已日深一日，因授彭城王遵为大将军，使镇关右。燕王斌为丞相，录尚书事。张豺为镇卫大将军，并受遗诏辅政。独刘后心下不悦，密召张豺入商，意图害斌，免为后患。豺即为定谋，遣使给斌道："主上疾已渐愈，王若留猎，尽可自便。"斌本好猎嗜酒，得了此谕，乐得朝畋暮饮，流连数日。刘后遂与张豺发出矫诏，谓斌藐视父疾，不忠不孝，勒令免官归第；且使豺弟雄领龙腾军五百人，逼斌入室，严加管束。彭城王遵，时在幽州，奉诏至邺，刘后不令入省，但饬在朝堂受拜，即发给禁兵三万，遣往关右。遵涕泣而去。石虎全未预闻，因病得小瘥，勉强起床，出问遵已到否？左右答言去已两日，虎愠道："奈何不使见我？"说罢，复亲临西阁，见有龙腾中郎两军将士，环拜前面，约有二百余人。虎问他有何乞请？大众哗声道："圣体不安，宜令燕王入值宿卫，监制兵马，还有几个随后续陈，请改立燕王为太子。"虎惊疑道："燕王尚未到京么？"左右诈言燕王病酒，不能入朝。虎又道："可持辇迎入，当付玺绶。"左右虽然答应，却是阳奉阴违，并未往迎。虎无力支撑，竟至头晕心摇，使左右掖还寝宫。张豺竟令雄矫诏杀斌，入报刘后。刘后大喜，擅命豺为太保，都督中外诸军，录尚书事。侍中徐统，自语亲属道："大乱将作，我若再生，恐反遭夷灭了，不如早死为佳。"遂仰药自杀。邺宫内外，方无故自扰，那穷凶极恶的赵石虎，已不省人事，晕绝数次，结果是两眼一翻，两足一伸，呜呼毕命了。小子有诗咏道：

如此凶人得善终，上苍降鉴似非聪。
待看国乱家屠日，才识天心本大公。

虎既毙命，应由太子世入嗣，究竟有无乱端？容至下回续表。

第五十二回

乘羯乱进攻反失利 弑赵主易位又遭囚

却说赵太子石世，年甫十一，由张豺等拥他即位，尊世母刘氏为太后。刘氏临朝称制，进张豺为丞相，豺面辞不受，情愿让与彭城王遵，义阳王鉴。他恐二王不服，所以有此推荐。刘氏乃命遵为左丞相，鉴为右丞相。豺又与太尉张举，谋杀司空李农，举素与农善，遣人密告，农出奔广宗。豺使举统领宿卫精兵，往围李农，一面授张离为镇军大将军，监中外诸军事，兼司隶校尉，作为己副。邺中群盗四起，迭相劫掠，豺与离不能禁遏，只好紧守宫门，得过且过。

彭城王遵，往诣关右，途次闻丧，乃屯次河内。可巧冠军大将军姚弋仲，车骑大将军蒲洪，安西将军刘宁，征虏将军石闵等，平乱班师，与遵相遇，当下同声说遵道："殿下年长且贤，先帝尝欲立殿下为嗣，至晚年昏耄，乃为张豺所误，今女主临朝，奸臣用事，众心未服，京内空虚，殿下若声讨张豺，鼓行东进，哪有不倒戈开门，欢迎殿下哩？"遵欣然相从，即从河内举兵，还指邺都。洛州刺史刘国等，并引兵往会，传檄至邺。张豺大惧，飞召张举还军。举未及归，遵已将到，急得豺形色仓皇，不能不调兵出御。偏都中耆旧羯士，互相告语道："天子儿来奔丧，我辈正当出迎，奈何反随张豺拒守哩？"于是相率逾城，陆续迎遵。豺虽严令禁止，滥加杀戮，终不能止。继闻镇军大将军张离，亦率龙腾军二千，斩关出迎，越吓得手足无措。适宫中有旨传召，只好应命趋入。刘太后向豺泣语道："先帝梓宫未殡，便遇外祸，今上幼冲，国事尽托将军，将军将如何弭乱？现欲加遵重官，未知能撤兵免祸否？"豺支吾半晌，说不出一句话儿，唯有唯唯听命。

刘太后乃遣使谕遵，命为丞相，领大司马大都督，统辖中外诸军，录尚书事，并加黄钺九锡，增封十郡。遵不受命，谢绝来使，且进至安阳亭，邺中恟惧。张豺一筹莫展，没奈何硬着头皮，引众往迎。遵面加叱责，令左右将豺拘住，当即贯甲耀兵，自太武门驰入，直登太武前殿，擗踊尽哀，退至东阁，命兵士牵出张豺，至平乐市中枭首，并夷三族。且假传太后令云："嗣子幼冲，为先帝私恩所授，但皇业至重，非幼子所能承受，今当令彭城王遵，入嗣大位，勉绍洪基"云云。遵伪让至三，朝臣依次劝进，乃御殿称尊，照例大赦。废石世为谯王，食邑万户，降刘太后为太妃。未几将刘氏母子，一并鸩死。可怜十一岁的小皇帝，在位只三十三日，冤冤枉枉的送了性命，就是如花似玉的刘太后，享受了数载尊荣，也落得香消玉殒，一命呜呼。遵遂立生母郑氏为太后，妻张氏为皇后，故燕王斌子衍为皇太子，义阳王鉴为侍中太傅，沛王冲为太保，乐平王苞为大司马，汝阴王琨为大将军，武兴公闵都督中外诸军事，兼辅国大将军，录尚书事，下诏罢广宗围，召还张举。李农亦入都谢罪，仍复原官。

遵嗣位仅及七日，邺中暴风拔树，雷雨大作，下雹如盂，水火俱下，毁去太武辉华殿，及宫中府库，所有阊阖诸门观阁，亦尽成灰烬。乘舆服饰，大半被焚，火焰烛天，兼旬乃灭。已而，天复雨血，遍及邺城，时沛王石冲镇蓟，闻遵杀世自立，召语僚佐道："世受先帝遗命，嗣立为君，遵敢擅加废弑，罪大恶极，孤当亲自往讨，可饬内外戒严，克日启行。"于是留宁北将军沐坚，居守幽州，率众五万，由蓟南下，一面传檄燕赵，所至云集。及抵常山，有众十余万，进次苑乡，遇有中使自邺都到来，传示赦书。冲忽变初志，顾语左右道："遵亦我弟，既得定位，我何必再加残害？况死不可追，生宜相顾，得休便休，不如归去罢了。"道言甫毕，部将陈暹闪出道："彭城篡弑自尊，实负大罪，王欲北旆，臣愿南辕，俟平定京师，擒住罪首，然后奉迎大驾，入靖皇宫。"说着，即率部下兵自去。冲见暹前进，倒也不敢中止，只好麾兵随行。途中复接遵使王擢，赍到遵书，劝令罢兵。冲摇首不答，擢乃归报。遵假石闵黄钺金钲，令与司空李农等，统率精兵十万，出拒石冲。两军共至平棘，便即交锋，也是冲命数该绝，不幸碰着逆风，被石闵等顺风痛击，杀得七颠八倒，大败弃逃。冲策马还走，至元氏县，马蹄忽蹶，致为闵军追及，生生擒住。余众一半溃散，一半乞降。闵向遵报捷。遵下诏赐冲自尽，冲当然毕命。闵恐降兵变乱，掘坑诱入，全数活埋，共死三万余名，乃班师还邺。

遵因石冲已平，不复加虑，独闵入内白遵道："蒲洪是现今人杰，今领雍州刺史，镇守关中，恐将来秦雍二州，非国家所得复有，还请早图为是！"遵信闵言，遂撤去蒲洪官职，洪因此挟嫌；自领部曲，径归枋头，且遣使降晋。晋征西大将军桓温,已探得赵乱消息,出屯安陆,经营北方。赵扬州刺史王浹,举寿春城归晋。晋命西中郎将陈逵,往戍寿春。还有征北大将军褚裒,也想借此扬威,上表晋廷,请即伐赵,当日戒严,直指泗口。朝议谓:“裒任重责大,不应深入,但宜先遣偏师,为渐进计。”这议案传到京口,裒不以为然,申表固请。略谓:“前遣先锋督护王颐之等,径诣彭城,遍示威信,继遣督护麋嶷,进军下邳,守贼不战自溃,已由嶷安据城池,今宜速发大兵,助成声势。”晋廷乃加裒为征讨大都督,使率众三万人,向彭城进发。河朔士民,闻裒出兵,日来降附。朝野人士,各怀奢望,都说是规复中原,就在此举。惟光禄大夫领司徒蔡谟,引以为忧,尝语亲友道:“此举未足灭胡,就使胡人得灭,反为国家贻患,故我谓不如勿行。”亲友听了,不免疑问,谟复说道:“古来顺天乘时,弘济苍生,拨乱世,大一统,类皆由大圣英雄,方能出此。此外只有度德量力,不可妄动。我看今日时局,欲要平胡,非常材所能办到,必且经营分表,劳民求逞,至才略疏短,终难如愿,那时财已尽了,力已穷了,智勇两困,尚能不忧及朝廷么?”果然事机不顺,竟如所料。

褚裒发兵北进,适有鲁郡民五百余家,起兵来附。裒遣部将王龛李遇,率兵三千,往迎鲁民,行至代陂,正值赵都督李农,带兵二万,南下防戍,龛等无路可避,不得不上前交战。究竟寡不敌众,一场鏖斗,全军覆没。李农进逼寿春,晋将陈逵,恐为所乘,遂焚寿春积聚,毁城遁还。褚裒也不禁胆怯,退屯广陵,表请自贬。有诏不许,但命他还镇京口,免去征讨都督职衔。会河北大乱,遗民二十余万渡河,欲来归附,偏值褚裒退还,无人抚纳,大众流离荡析,死亡殆尽。裒还至京口,沿途只闻哭声,顾问左右,究为何因?左右答道:“代陂覆师,家属犹存,怎得不哭?”裒未免惭愤。还镇未几,即至病终。讣闻晋廷,诏赠侍中太傅,予谥文穆。另迁吴国内史荀羡,持节监徐兖二州,及扬州属郡晋陵诸军事,领徐州刺史。羡年方二十有八,东渡以后诸方伯,羡为最少,这真叫做人无大小,达者为先哩。

且说赵乐平王石苞,得着石冲败死的消息,也动了兔死狐悲的观感,拟就长安镇所起兵,进攻邺都。左长史石光,及司马曹曜等,固谏不从,反被杀死,因此将吏离心。雍州豪酋,料知苞难成事,统驰使告晋。晋梁州刺史司马勋,率众往会,又有仇池公杨初,也遥应晋兵,袭赵西城。仇池自杨茂搜死后,传子难敌,难敌本降附刘曜,受封武都王,既而病死,子毅嗣立,因刘曜已亡,遣使朝晋,愿为藩属。偏族兄初阴图篡夺,袭杀杨毅,据有世祚,称臣石赵,嗣闻石氏内乱,复向晋通好。晋廷但务羁縻,管甚么篡位不篡位,即册初为征南将军,雍州刺史。仇池公初乃与晋兵约为犄角,共攻赵境。司马勋领兵出骆谷,破长城赵戍,进次悬钩,距长安约二百余里,遂遣治中刘焕,进逼长安,阵斩赵京兆太守刘秀离，得拔贺城。三辅豪杰多杀守令应勋，共得三十余营，数约五万人。

赵乐平王石苞，只好把攻邺计谋，暂且搁起，专务防晋。当下派遣部将麻秋姚回，引兵拒勋。赵主石遵，已闻苞有异图，遂借击勋为名，使车骑将军王朗，带着铁骑二万，西趋长安，暗中却嘱使伺苞，俟击退晋兵，迫苞赴邺。晋司马勋闻赵兵大至，却也自虑兵少，不敢轻进。那赵将石遇，复奉赵主遵命令，攻陷宛城，擒去晋南阳太守郭启。勋亟移师往援，杀败石遇，克复宛城，斩赵新署南阳太守袁景，引还梁州。

是时，燕主慕容皝，已经病殁，由世子俊嗣位，平狄将军慕容霸，也欲乘石氏乱衅，兴兵攻赵，因上书白俊道："石虎穷凶极恶，为天所弃，余烬仅存，自相鱼肉。今中原涂炭，群望仁施，若我军一出，势必投戈，此机不宜坐失哩。"北平太守孙兴，亦表言："石氏大乱，宜乘时进取中原。"俊独以为新遭大丧，谢绝勿许。霸又驰诣龙城，当面语俊道："时机难得易失，倘石氏衰后复兴，或有英雄凭借遗业，奋然跃起，不但我失此大利，且恐更为后患。"俊踌躇道："邺中虽乱，尚有虏将邓恒，据住乐安，兵精粮足，我若伐赵，乐安当我东路，恐难进取，势不能不绕道卢龙。卢龙山径险窄，若被虏乘高据要，夹击我军，岂不是首尾受困，何从制胜？"霸又道："邓恒虽为石氏拒守，部下将士，已不免闻乱思家，各怀归志，若大军一至，当然瓦解。臣愿为殿下前驱，东出徒河，西越令支，出彼不意，两路并进，彼必惶骇，上不过闭城自守，下不免弃城溃去，还有何心御我呢？殿下尽可安步前行，毋劳多虑。"俊尚狐疑未决，转问五材将军封弈。弈答道："敌强用智，敌弱用势，这是用兵要诀，所以大吞小如狼食豚，治易乱如日沃雪。大王自上世以来，积德累仁，兵强士练，石虎穷极凶暴，死未瞑目，子孙争国，上下乘乱，民苦倒悬，日望救拔。大王若扬兵南下，先取蓟城，继指邺都，宣耀威德，怀抚遗民，哪有不扶老携幼，恭迎大王？凶党将望旗胆落，逃死不暇，岂尚能为我害么？"从事中郎黄泓，与折冲将军慕容恪，亦先后进言。俊乃勉从众议，即命慕容恪为辅国将军，慕容评为辅弼将军，左长史阳骛为辅义将军，叫做三辅，分统军事。再令慕容霸为前锋都督，建锋将军，调集大兵二十余万，讲武戒严，定期攻赵。

赵尚未接燕军警信，已是内乱相寻，几闹得不可收拾。原来赵主遵入邺以前，曾许石闵为太子，嘱使努力。及入都篡位，自背前言，竟立燕王子衍为太子，遂致闵隐生怨望。闵素骁勇，屡立战功，为宿将所畏服，又复都督各军，得总内外兵权，声威益盛，平时抚循殿中将士，各奏署员外将军，爵关内侯，并各赐给宫女，隐树私恩。遵未悉闵意，但将闵所奏署的将士，注明善恶，使知劝戒。众将士未免介意，怨遵日甚，感闵日深。中书令孟准，左卫将军王鸾，私下劝遵裁抑闵权，遵因此疏闵，闵益恨遵不置。可巧乐平王苞，自长安至邺，遵不暇除苞，但欲除闵，当下召苞入宫，并及义阳王鉴，汝阴王琨，淮南王昭等，一并入议。郑太后亦出御内殿，由遵先晓示道："闵目无君上，逆迹已萌，今欲设法加诛，是否可行？"鉴等皆随声道："闵既谋逆，应该就诛。"独郑太后摇首道："河内旋师，若无棘奴，哪有今日？就使棘奴稍稍骄纵，也当格外宽容，怎得骤然处死哩？"看官听说，这棘奴就是石闵小字，前回中叙及棘子，乃是佛图澄的隐语，庸耳俗目，怎能预解？此番祸已临头，小子也应该说明了。

遵闻母言，默然不应。鉴与苞等随即退出，遵送母入室，自往后庭寻乐，与妃妾等弈棋为欢。才毕数局，忽听得一片噪声，由外传入，不由的惊惧交并，便出琨华殿探视，正值将军周成苏彦，带着许多甲士，持刀执械，蜂拥进来。看他形色狰狞，定非吉兆，一时无从趋避，只好勉强喝问道："汝等来做甚么？敢是造反不成？"大众哗声道："来诛篡弑的逆贼！"遵又颤声道："反……反！究是何人造反？"成厉声答道："义阳王鉴，应该继立。"遵复道："似我尚有今日，汝等立鉴，能……能有几时？"说到"时"字，已被成挥众上前，乱刀砍死。成等遂闯入内庭，索性将郑太后张皇后太子衍等，随手斫去，杀得精光。复捕戮孟准王鸾，及上光禄大夫张斐。遵僭位仅一百八十三日，至此一门毕命。

看官欲问起乱原因，乃是石鉴出宫，密遣宦官杨环，报知石闵。闵即劫住司空李农，与右卫将军王基，同谋废立，当下遣苏周二将，入行大事。迅雷不及掩耳，竟得侥幸成功。于是拥鉴即位，改元青龙，进武兴公闵为大将军，封武德王，李农为大司马，录尚书事，张举为太尉，郎闿为司空，刘群为尚书左仆射，卢谌为中书监。鉴恃闵得立，心中却很是忌闵，夜召乐平王苞，中书令李松，殿中将军张才，使攻石闵李农。三人应命行事，总道是闵等无备，唾手可成，哪知闵却预防一著，自与农入宿琨华殿，分派殿中将士守卫。将士多系闵腹心，都抖擞精神，目不交睫，通宵守着。石苞等冒昧闯入，立被卫士杀退，霎时间禁中大扰。鉴知事无成，反诿罪石苞，及李松张才，待他还报，竟喝令左右，斫毙三人，然后把三人首级，出示石闵李农，诈言罪人已得，不必惊惶。闵亦料鉴预谋，但既有词可借，不如将错便错，俟后再图。乃下令将士，各归部伍，毋得再哗，总算安静了事。新兴王石祗，也是石鉴兄弟，久镇襄国，因闻闵农为乱，遂与姚弋仲蒲洪通和，合兵连谋，起攻闵农。闵请诸石鉴，遣汝阴王琨为大都督，与太尉张举，侍中呼延盛等，率步骑七万人，往击石祗。中领军石成，侍中石启，前河东太守石晖，谋诛闵农，反为闵农所杀。龙骧将军孙伏都刘铢，号召羯士三千人，拟挟鉴讨闵农，适鉴在御龙观中，登台见伏都等，鱼贯而入，惊问何因？伏都答道："石闵李农谋反，已至东掖门，臣欲严兵往讨，谨来启问。"鉴抚慰道："卿是功臣，好为官家出力，朕在台上观卿，事平以后，不吝重赏。"伏都等应声趋出，径攻闵农，连战不利，退屯凤阳门。闵农却率众数千，向金明门突入，来寻石鉴。鉴见闵农等进来，料知伏都等战败，忙从台上传令道："孙伏都谋反，卿等何不速讨，来此做甚？"闵农等得了此令，便晓谕卫士，同击伏都，伏都虽有勇力，毕竟众寡不敌，眼见是败绩丧身。刘铢亦同时毕命，部下三千羯人，多被杀毙。自凤阳门至琨华殿，积尸累累，流血盈途。闵传令内外兵民，毋得执械，违令立斩。羯人或夺门窜去，或逾城出走，先后不可胜计。闵遂使尚书王简，少府王郁，领众数千，监守御龙观，不准鉴自由进出。就是鉴一饮一食，亦只由观门悬入，勿许他入进餐。好好一个赵主鉴，反变做瓮中鳖，釜中鱼了。小子有诗叹道：

腹中有剑笑中刀，入阱如何不获逃？

我欲害人人害我，才知作伪总徒劳。

闵既幽鉴，又想出一条计策，歼尽羯人，欲知他如何行计，且看下回表明。

第五十三回

养子复宗冉闵复姓 孱主授首石氏垂亡

却说石闵幽主擅权，复下令城中，略言："孙刘构逆，已得伏辜，支党并诛，不及良善。此后与官同心，尽可留住，否则任令他去，不复相禁。"遂大开城门，纵使出入。于是羯人相率出城，填门塞道，独赵人陆续趋入，远近争集，闵知羯人不为己用，因颁令内外赵人，斩一羯首送凤阳门，文官进位三级，武官立拜牙门。看官！试想人生无不欲富贵，得了这种机会，哪有不欢跃奉命的道理？才阅一日，携首来献，多至数万。闵且亲率赵人，再行搜诛羯种，羯人共毙二十余万，弃尸城外，餧饲豺狼狐犬。就是一班外戍羯士，也由闵分投书札，令身为将帅的赵人，诛戮殆尽。太宰赵庶，太尉张举，中军将军张春，光禄大夫石岳，抚军将军石宁，武卫将军张季，及诸公侯卿校龙腾军等万余人，至此都恐连累，出奔襄国。汝阴王琨，亦奔据冀州，抚军张沈据滏口，张贺度据石渎，建义将军段勤据黎阳，宁南将军杨群据桑壁，刘国据阳城，段龛据陈留，姚弋仲据滠头，蒲洪据枋头，众各数万，皆不附闵。王朗麻秋，也自长安奔洛阳。闵遣人召秋，令图王朗，秋袭杀朗部羯人千余名，朗幸逃免，转奔襄国。秋忽生悔意，亦走依蒲洪。

汝阴王琨及张举王朗，纠众七万，向邺讨闵。闵自率骑兵出拒，列阵城北，遥见敌军如墙而来，便跃马出阵，手持两矛，直奔敌军。敌军前队，远来疲乏，不防闵轻骑杀到，一时不及招架，便致倒退。琨等尚在后面，见前军纷纷退后，还道闵军甚盛，抵敌不住，自己顾命要紧，也即拍马返奔。为这一走，遂致全军奔溃，仿佛天崩地塌一般。闵得任情追杀，斩首至三千级，待至琨等逃远，方收兵还邺，琨等仍奔还冀州去了。闵既大获胜仗，复与李农率三万骑兵，往攻石渎。石鉴被锢御龙观中，因闵农外出，监守少懈，乃得写就一书，密令近侍赍送滏口，嘱令抚军张沈等，乘虚袭邺。哪知近侍不去报沈，反将鉴书持达闵农。闵农当即驰还，突入御龙观，责鉴反复，褫去赵主的名目，又复赠他一刀，结果性命。鉴在位只一百零三日。闵索性大诛石氏，捕得石虎孙二十八人，骈戮无遗。惟尚有虎子数人，如石琨石祗等，统居外境，尚未遭难。

邺中已无石氏遗种，闵即欲僭号称尊，司徒申钟，司空郎闿，密承闵旨，联络朝臣四十八人，同声劝进。闵佯为退逊，让与李农。农不敢受，誓死固辞。闵乃语众道："我等本是晋人，今晋室犹存，愿与诸君分割州郡，各称牧守公侯，奉表迎晋天子还都洛阳，诸君以为何如？"尚书胡睦进言道："陛下圣德应天，宜登大位，晋氏衰微，远窜江表，岂尚能总驭英雄，混一四海么？"闵欣然道："胡尚书可谓识机知命，我当勉从。"遂至南郊即位，公然称帝，易赵号魏，复姓冉氏。纪元永兴，追尊祖隆为元皇帝，父曜为高皇帝，奉母王氏为皇太后，妻董氏为皇后，子智为皇太子，余子亦皆封王。命李农为太宰，领太尉，录尚书事，加封齐王，农诸子皆为县公。文武各进位三等，封爵有差。并遣使持节，尉谕各处军戍，一律免罪。

诸军屯皆不受命，赵新兴王石祗，闻鉴被弑，也在襄国称帝，改元永宁。用汝阴王琨为相国，并授姚弋仲为右丞相，待以殊礼。弋仲子襄为骠骑大将军，时弋仲据滠头，蒲洪据枋头，各思称雄关右，互生疑忌。秦雍流民，相率归洪，洪有众至十余万。弋仲恐洪过盛难制，遣子襄引兵击洪，为洪所破。洪遂自称大都督大将军大单于，兼三秦王。且因谶文有草付应王一语，乃改姓苻氏。洪第三子健，少娴弓马，勇武有力，尝为石氏父子所亲爱，洪因立为世子。赵将麻秋，既往依洪，洪命秋为军师将军。秋劝洪先收关中，然后东争天下，洪深服秋言。哪知人心不测，暗杀难防，洪引秋为知己，秋偏视洪若仇家，一无心，一有心，两人终夕昵谈，继以宴饮，秋竟置毒入酒，劝洪痛饮数杯。及秋辞宴退出，洪腹中忽然绞痛，不可忍耐，自知遭秋暗算，急召世子健入语道："我拥众十万，据住险要，冉闵慕容俊等，本可指日荡平，就是姚襄父子，亦在我掌握，所以迟迟入关，实欲先清中原，再行西略；不意为竖子所欺，致我中毒。我死后，看汝兄弟未能肖我，休得再想中原，不如鼓行西进，得踞关中，也好独霸一方呢。"言讫竟死。健秘不举哀，即率亲兵往捕麻秋。秋正安排兵甲，将乘丧为乱，不防苻健已先到来，急切不能抵御，立被健麾众拿下，一刀两段，报了父仇，然后为父发丧，承袭遗业。且遣使向晋报讣，自削王号，用晋封爵。原来洪先降晋，曾受封征北大将军，都督河北诸军事，冀州刺史，广川郡公。此时健即自称征北将军，向晋请命。赵石祗甫经称帝，也欲笼络苻健，命为镇南大将军，健佯为受命，在枋头修缮宫室，督兵种麦，示不复出；暗中却部署兵马，谋取关中。

关中本为赵属土，由将军王朗居守。朗自长安奔洛阳，复自洛阳奔襄国，当时但留司马杜洪，居守长安。洪常恐苻氏入关，阴加戒备。及苻氏父死子继，已放心了一大半，嗣闻健课农筑舍，更觉不以为意，谁知苻健竟自称晋征西大将军，都督关中诸军事，领雍州刺史，尽众西行，在盟津架起浮桥，渡河直进。至大众毕济，将桥毁断，仿佛破釜沈舟，有进无退。健弟雄先驱至潼关，洪始得报，乃遣部将张先出拒，与雄交战，倒还不分胜负。及健继至，张先势孤难敌，败回关中。健虽得战胜，犹修笺致洪，并送名马珍宝，谓将自至长安，奉洪尊号。洪也虑苻健怀诈，顾语属吏道："这所谓币重言甘，明明是诱我呢。"乃尽召关中兵士，东出拒健。健已进次赤水，遣雄略地渭北，又追击张先至阴槃，把他擒住；再派兄子菁旁徇诸城，所至辄陷。洪出长安才数十里，迭接各处败报。又闻健乘胜杀来，急得面色仓皇。部众见主帅失色，越发惊心，你奔我逃，如鸟兽散。洪只剩得数百骑，眼见得不能对敌，并不敢再回长安，索性奔往司竹去了。

健竟入长安，据为都城，遣使至晋廷告捷，且向桓温修好。健有长史贾玄硕等，请依刘备称汉中王故事，表健为关中大都督大单于秦王。健佯怒道："我岂就好做秦王么？况晋使未返，我所应有的官爵，难道汝等所能预知么？"众始无言。越年为晋穆帝永和七年，晋使已归，不闻加封，他复密使心腹，讽玄硕等表上尊号。玄硕等不敢不从，遂请健为天王大单于。健尚假惺惺的谦让一番，至玄硕等两次劝进，便自号秦天王大单于，建元皇始。史家称为前秦。当下缮宗庙，置社稷，立妻强氏为天王后，子苌为天王太子，弟雄为丞相，都督中外诸军事，兼车骑大将军，领雍州刺史。自余封拜百官，位秩有差。又遣使四出，问民疾苦，旁求俊乂，除去赵时苛政。关中人民，赖是少安。

赵主祗方与冉闵相持，无暇西顾，因此健得从容布置，据有西秦。冉闵欲北向攻赵，赵主祗已遣汝阴王琨，及张举王朗等，统兵十万，南行攻闵。闵遣人临江传语晋使道："羯贼扰乱中原，已数十年，今我已诛去羯首，只有余党未平，江东若能共讨，可即发兵前来。"晋使转报晋廷，廷议以闵亦乱贼，置诸不睬。闵欲自出拒敌，恐李农居中为变，竟将农诱入杀死，并戮农三子。还有尚书令王谟，侍中王衍，中常侍严震赵升等，俱连坐农党，尽被骈诛，乃遣卫将军王泰为前锋，出击赵兵，自为后应。

会赵汝阴王琨，南入邯郸，与镇南将军刘国，会师并进。途次遇着王泰，一战败绩，死伤万余人。琨退归邯郸，国亦还屯繁阳。既而国与段勤张贺度靳豚等，复会兵攻邺，闵遣刘群为行台都督，率同诸将王泰崔通周成等，共十二万众，出堵黄城。闵自统精卒八万继进，与刘国大战苍亭，刘国等虽然连兵，却是将令不齐，众心未壹，反不如魏兵一致，鼓动一股锐气，东冲西撞，斫毙刘国连合军，共二万八千人。国等败遁，靳豚稍迟一步，中槊被杀，残众尽溃。闵振旅归邺，旌旗钲鼓，绵亘百余里，仿佛如石氏全盛时。既入邺城，行饮至礼，群下欢舞。闵且欲笼络人心，求才兴学，特备玄纁束帛，礼征陇西辛谧。谧字处道，少有志操，博学能文，精草隶书，为时楷法，及长，尝杜门晦迹，谢绝交游。刘聪石勒，再三征召，终不肯起，及得闵征书，依然不就，但复书答闵道：

昔许由辞尧，以天下让之，全其清高之节。伯夷去国，之推逃赏，皆显史牒，传之无穷，此往而不返者也。然贤人君子，虽居庙堂之上，无异山林之中，斯穷理尽性之妙，岂有识之者耶？是故不婴于祸难者，非为避之，但冥心至趣，而与吉会尔。谧闻物极则变，冬夏是也，致高则危，累棊是也。君王功已成矣，而久处之，非所以顾万全，远危亡之祸也。宜因兹大捷，归身本朝，必有许由伯夷之廉，享乔松之寿，永为世辅，岂不美哉？

复书既去，尚恐闵不肯放过，竟自甘绝粒，不食而死。闵怎肯听从谧言，又起步骑十万人，往攻襄国。封次子胤为太原王，进号大单于，署骠骑大将军，配以降胡千人，令他居守。光禄大夫韦謏谏言："降胡难恃，且不宜仿称单于。"哪知闵闻言大怒，反责謏离间戎夷，把他处斩，并杀謏子伯阳，直抵襄国城下，四面围攻。上筑土山，下穿地道，仰登俯凿，誓破坚城。赵主祗督兵固守，支持至百余日，幸还无恙。闵令军士筑室返耕，为久持计，于是祗相顾惶急，自去帝号，改称赵王。使张举诣燕乞师，许送传国玺，遣张春赴滠头，向姚弋仲处求援。弋仲即命子襄率骑兵三万八千，往援襄国，就是燕王慕容俊，也令将军悦绾，率骑兵三万人，救赵拒魏。再加赵汝阴王石琨，又从冀州赴急，三方会合，共得劲卒十余万，直逼闵垒。闵使将军胡睦御襄，孙威御琨，并皆战败，孑身遁还。闵自拟出击，卫将军王泰谏阻道："今襄国未平，外援云集，若我军出战，必至腹背受敌，岂非危道？不若固垒相持，伺隙而动，方保万全。况陛下亲临行阵，万目共瞻，一或挫失，大事去了，请持重勿出，臣愿率诸将为陛下破敌。"闵点首称是。忽由道士法饶进言道："陛下围攻襄国，旷日逾年，尚无尺寸功效，今群寇趋至，又避难不击，试问将如何使众哩？且太白入昴，当应赵分，百战百克，何待踌躇。"闵被他一说，不由的眉飞色舞，攘袂大言道："我计决了，敢言不战者斩！"乃倾垒出发，与姚襄对阵交锋。可巧石琨从东面驰来，悦绾从西面趋至，尘头大起，惊动闵军。赵主石祗，又由城中冲出，前后左右，四集攻闵。闵军在外日久，已经疲敝，哪里挡得住四面兵马？顿时大溃，先走的得逃性命，后走的都做鬼奴。

闵与十余骑拼命飞跑，走还邺城，那知次子冉胤，已被降胡执住，往降襄国。邺中大乱，所有司空石璞，尚书令徐机，车骑将军胡睦，侍中李绯，中书监卢谌以下，尽被杀死，人物歼尽，盗贼蜂起，司冀大饥，人自相食。闵已潜入邺中,邺人尚未闻知,内外恂恂。讹言闵已败没,射声校尉张艾,劝闵亲出抚慰,安定众心。闵乃至南郊收劳军士,讹言少息,遂诛道士法饶父子,支解以徇,追尊韦謏为大司徒,一面搜卒补乘,再图御敌。姚襄已还军滠头,姚弋仲责他不擒冉闵,杖襄百下,惟不复用兵。燕将悦绾,也即退去,独赵主祗更遣部将刘显,率众七万,再攻冉闵,进次明光宫,去邺止二十三里。闵急召卫将军王泰,商议拒敌方法。泰恨前言不用,托病不入。至闵亲往访问,泰仍固称病笃,不能参议。闵不禁大怒,还宫语左右道:"可恨巴奴,乃公岂定要靠他,才得保命吗?我当先灭群孽,再斩王泰。"说着,便悉众尽出,拼死杀去,得破显军,追至阳平,乘势斩杀,得首级三万余颗,杀得显穷蹙失措,几乎无路可奔,不得已遣使乞降,情愿杀祗自效。闵乃纵显使去,自还邺中。左右密承闵旨,诬言王泰将叛奔入秦。闵正要杀泰,听得此语,好似火上添油,立命将泰处斩,并夷三族。

过了匝月,果得刘显来文,报称杀赵主祗,及丞相乐安王炳,太保张举,太宰赵庶等十余人,据定襄国,纳质请命。闵喜如所望,尚未答复,那赵主祗的头颅,已自襄国献入邺中。闵令悬示三日,焚诸通衢,乃封显为大单于,领冀州牧。看官听着!赵主祗称帝襄国,只越一年,便即遭弑,后赵至是乃亡,总计后赵自石勒建国,至祗已易六人,共得七主,只合成二十三年。刘显降闵,才阅百日,又欲自上尊号,谋袭冉闵,偏被闵预先探知,发兵邀击,杀退显兵,显狼狈走还。但闵虽得胜,所辖各土,已皆瓦解。徐州刺史刘启,兖州刺史魏统,豫州刺史张遇,荆州刺史乐弘,俱举州降晋。还有魏平南将军高棠,征虏将军吕护,执住洛州刺史郑系,也向晋请降。又如故赵将周成屯廪邱,高昂屯野王,乐立屯许昌,李历屯卫国,亦陆续归晋,就是刘显据住襄国,虽经屡败,也居然僭号称尊,且率众攻魏常山。常山太守苏彦,飞使至邺城乞援。闵使太子智留守邺城,以大将军蒋干为辅,自率锐骑八千人,往救常山,一战却敌。显前军大司马石宁,举枣强城降闵,闵势益盛,更进兵追显。显奔还襄国,大将军曹伏驹,知显无成,竟为闵内应,开门纳入追军。显无处奔避,眼见为闵军所困,乱刃分尸,所有家眷及伪署公卿,一古脑儿屠杀净尽。又放起一把无名火来,毁去襄国宫室;凡襄国遗民,尽被闵驱至邺中。可怜石氏遗种,单剩了一个汝阴王琨,系是石虎幼子,他已弄得无兵无饷,没奈何挈领妻妾,南走建康,向晋乞怜,保他一脉。晋廷追念宿仇,怎肯相容,立将琨绑缚起来,驱出市曹,一刀两段。琨妻妾亦同时骈首,于是石氏遂绝。小子有诗叹道:

莫道贻谋可不臧,祖宗积恶播余殃。
羯胡一败无遗类,到底凶人是速亡。

晋既杀死石琨,又想趁这机会,规复中原。欲知成功与否,待小子下回再详。

第五十四回

却桓温晋相贻书　灭冉魏燕王僭号

却说晋征西大将军桓温，因石氏乱亡，已屡请经略中原，辄不见报。晋穆帝年尚幼冲，褚太后女流寡断，一切国政，均归会稽王昱主持，领司徒光禄大夫蔡谟，本已实授司徒，诏书屡下，终不就职。褚太后遣使敦劝，谟仍固辞，且自语亲属道："我若实任司徒，必为后人所笑，义不敢受，只好违命罢了。"永和六年，复上疏陈疾，乞请骸骨，缴上光禄大夫领司徒印绶。有诏不许。会穆帝临朝会议，使侍中纪璩，与黄门郎丁纂，召谟入商。谟自称病笃，不能入朝。会稽王昱，谓谟为中兴老臣，定须邀他与议，从旦至申，使人往返，几十数次，谟终不至。时穆帝尚只八岁，不耐久持，顾问左右道："蔡司徒尚不见来，究怀何意？临朝已将一日，为他一人，遂致早晚不顾，岂不可恨？难道他不到来，今夕不能退朝么？"左右转禀太后，太后亦自觉疲倦，乃诏令罢朝。

会稽王昱，不禁懊恨起来，顾语朝臣道："蔡公傲违上命，无人臣礼，若我辈都似蔡公一般，试问由何人议政呢？"群臣齐声应道："司徒谟但染常疾，久逋王命，今皇帝临轩，百僚齐立，候谟终日，若谟愿止退，亦宜诣阙自辞，今乃悖慢如此，自应明正国法，请即拘付廷尉，依律拟刑。"这番议案，尚未定夺，已有人传达谟第。谟方才惶惧，率子弟诣阙待罪。当有一人趋入朝堂，厉声大言道："蔡谟今日，果无疾来阙么？欺君罔上，应当何罪？宜置诸大辟，为中外戒。"朝臣听他语言激烈，也觉一惊，连忙注视，乃是中军将军殷浩。当下互相讨论，议久未决，浩尚与固争，还是徐州刺史荀羡，私语殷浩道："蔡公望倾内外，今日被诛，明日必有人借口，欲为齐桓晋文的举动了，公何苦激成乱衅呢？”暗指桓温。浩乃无言。大众遂请由太后裁决，太后谓：“谟系先帝师傅，宜从末减，不忍骤加重辟。”乃诏免谟为庶人。

那桓温闻浩擅权，很是动忿，一时无词劾浩，只把北伐为名，呈入一篇表文，略称：“朝廷养寇，统为庸臣所误。”这句话明明是指斥殷浩。浩在内搉住温表，不使批答，谁知温竟率众数万，顺流东下，屯兵武昌，隐然有入清君侧的寓意。廷臣闻报，相率骇愕。浩亦急得没法，至欲去位避温。吏部尚书王彪之，进白会稽王昱道：“浩若去职，人情必更张皇，殿下首秉国钧，倘有变乱，何从诿责呢？”又顾语殷浩道：“温若抗表问罪，必举卿为首恶，卿虽欲自作匹夫，恐亦未能保全，不如静镇勿动，且由相王先与手书，为陈祸福，彼若不从，更遣中诏，再若不从，当用正义相裁，奈何无故匆匆，先自滋扰呢？”浩与昱依彪之议，即命抚军司马高崧，代昱草表，遣使致温。略云：

寇难宜平，时会宜接，此实为国远图，经略大算，能弘新会，非足下而谁？然异常之举，众情所骇，游声噂沓，想足下应亦闻之。苟或望风震扰，一时奔散，则望实并丧，社稷之事去矣。吾与足下，虽职有内外，安社稷，保国家，其致一也。天下安危，系诸明德，当先宁国而后图其外，使王基克隆，大义弘著，此吾之所深望于足下者也。区区诚怀，岂可复顾嫌而不尽哉？幸足下察之！

果然一缄书札，足抵十万雄师，才阅数日，即得温谢罪表文，自愿收军还镇去了。晋廷上下，才得放心。

已而姚弋仲遣使来降，有诏授弋仲为车骑大将军，六夷大都督，子襄为平北将军，兼督并州。弋仲年逾七十，有子四十二人，尝召集与语道：“我因晋室大乱，起据西偏，嗣石氏待我甚厚，我欲替他讨贼，借报私情，今石氏已灭，中原无主，从古以来，未有戎狄可作天子，我死后，汝筹便当归晋，竭尽臣节，毋得多行不义，自取咎戾呢。”越年为永和八年，弋仲老病缠身，竟致不起，卒年七十三。子襄秘不发丧，竟率众攻秦。

秦王苻健，自僭称天王后，安据关中，嗣闻晋梁州刺史司马勋，与故赵将杜洪相应，侵入秦川，当即出堵五丈原，击退勋兵，再移兵往攻杜洪。洪正由司竹出屯宜秋，欲应晋军，不料司马张琚，忽生变志，诱众杀洪。琚自立为秦王，分置官属，部署未定，健军已经掩至。他却冒冒失失的出来拒敌，一战败死，身首两分。健奏凯入关，即僭称秦帝。进封诸公为王，命子苌为大单于，又遣弟雄及兄子菁分略关东，招纳晋降将豫州刺史张遇，仍命镇守许昌。姚襄与苻氏挟有宿嫌，所以父丧不发，便即与秦为难。但苻氏气势方盛，将勇兵精，恁你姚襄如何骁悍，也一时攻不进去。

襄转向洛阳，行次麻田，与故赵将李历相遇，两下酣斗，襄马首忽中流矢，将襄掀下，部众相顾骇愕。李历乘隙闯入，飞马取襄，幸亏襄弟苌先到一步，把襄扶起，自将乘骑让兄，翼他出险，但经此一跌，部众已经奔散，丧亡无数。襄走回灄头，草草治丧，自悔前事冒昧，乃承父遗命，单骑南下，向晋款关，走依晋豫州刺史谢尚。尚自去仗卫，幅巾出见，推诚相待，欢若平生。襄为尚画策，令遣建武将军戴施，进据枋头。施奉令前往，果然得手，兵不血刃，即将枋头据住。可巧魏主冉闵，与燕鏖兵，战败被擒。闵子智尚守邺城，由将军蒋干为辅，派人至谢尚处乞援。尚即调戴施援邺，助守三台。

究竟冉闵如何战败，应该由小子表明大略。闵既克襄国，游食常山中山诸郡。故赵立义将军段勤，聚胡羯至万余人，保据绎幕，自称赵帝。燕王慕容俊，已遣辅国将军慕容恪略地中山，收降魏太守侯龛及赵郡太守李邽。还有辅弼将军慕容评，亦奉俊命，往攻鲁口，击斩魏戍将郑生。至是俊又命建锋将军慕容霸，出击段勤，更调慕容恪专攻冉闵。闵率兵御恪，行至魏昌城，与恪相遇，即欲交战。大将军董闰，车骑将军张温，俱向闵进谏道："鲜卑兵乘胜前来，锐不可当，且彼众我寡，不如暂避敌锋，待他骄惰，然后添兵进击，不患不胜。"闵瞋目道："我引军至此，方欲扫平幽州，擒慕容俊，今但遇一慕容恪，便这般胆小，将来如何用兵呢?"说毕，便将董张二人叱出。司徒刘茂，及特进郎闿，私相告语道："我君刚愎寡谋，此行必不返了，我等怎好自取戮辱，不如速死为宜。"遂皆服药自尽。

闵素有勇名，部兵虽不过万人，却是个个强壮，善战冲锋，当下与燕兵接仗，十荡十决，燕兵统被击退。闵兵俱系步卒，因燕皆骑士，恐被意外冲突，乃引趋林中。慕容恪巡劳军士，遍加晓谕道："冉闵有勇无谋，不过一夫敌呢。且士卒饥疲，不堪久用，俟他怠弛，再击未迟。我军可分为三队，互相犄角，可战可守，怕他甚么?"参军高开献议道："我骑兵利用平地，不宜林麓，今闵引兵入林，倚箐自固，不可复制。为目前计，应速遣轻骑挑战，只许败，不许胜，得能诱他转身，仍至平地，然后好纵兵挟击了。"恪依开计，便拨兵诱敌，且行且詈。冉闵听了，那里忍受得住，当即麾兵杀回。燕骑并不与战，拍马便走，惟口中辱骂如故。闵追了一程，停住不赶。燕骑复笑骂道："冉贼！冉贼！我料你只能避匿林中，怎敢再至平地，与我等大战一场?"这数语传入闵耳，闵越觉动怒，索性还就平地，列阵待战。

恪已分军为三队，部署妥当，见闵复来就平原，喜他中计，因诫令诸将道："闵性轻躁，又自知兵寡，不便久持。今复来迎战，必拼死来突我军，我但严阵以待，守住中坚，诸君亦在旁静候，但看中军与闵合战，便好前来夹击，左右环攻，定可破贼。"诸将应命而去。恪复选得鲜卑箭手，共五千人，各使乘马，连环锁住，成一方阵，令充前队，自率劲兵后列，竖起一面大纛旗，作为全军耳目，徐徐前进。那冉闵跨一骏马，号为朱龙，每日能行千里，此时拍马来争，当先突出，左操一杆双刃矛，右持一柄连钩戟，直至燕军阵前，连挑连拨，无人敢当。燕兵慌忙射箭，有几个脚忙手乱，连箭都发不出来。闵毫不畏怯，左手用矛飞舞，所来各箭，尽被拨开。右手用戟乱钩，燕兵稍不及避，便被钩落马下。闵众挟刃齐上，随手下刃，所有落马的燕兵，头颅都不知去向。闵杀得性起，怎肯罢休，又望见前面有一大旗竖着，料是燕军中坚，索性趁势冲入，直攻慕容恪。恪正勒马观战，专待闵亲来送死，可巧闵引兵杀到，便令勇士摇动大旗，指挥各军，于是骑士大集，合力击闵。中军原一齐奋勇，抵敌闵军，就是左右两路，也从旁杀到，包围冉闵，环至数匝。究竟闵兵有限，单靠着自己勇力，总敌不住数万人马，他尚舍命冲突，形似猘犬，好容易杀透重围，向东奔去。狂走二十余里，距敌已远，方敢下马少息。旁顾左右，不满百人，只有仆射刘群，与将军董闰张温等，还算随着。闵形色惨沮，如丧魂魄，身上亦血迹淋漓，创痕累累，勉强按定了神，想与刘群等商议行止。

不防鼓声四震，燕兵从后面追来，闵自知不能再战，仓皇上马，挥鞭急驰。刘群等也即随行。哪知燕兵来得真快，才经里许，便被追及，群回马与战，未及数合，即被杀死。董闰张温，无路可逃，双双就擒。闵所骑的朱龙马，本来是瞬息百里，迅速异常，偏偏跑了一程，无缘无故的停住不行，闵用鞭乱击，直至鞭折手痛，马仍然不动，反颓然向地倒下；仔细一瞧，已是死了。闵失了坐骑，好象失去性命，就使脚长力大，也是逃走不脱，眨眼间燕将攒集，七手八脚，把闵活捉了去，解送燕都。燕王慕容儁，面加呵责道："汝乃奴仆下才，怎得妄自称帝？"闵仍不少屈，抗声答道："天下大乱，汝等凶横，人面兽心，还想篡逆，我乃中土英雄，为甚么不得称帝呢？"儁当然动怒，命左右鞭闵三百，拘禁狱中。

会接慕容霸军报，伪赵帝段勤，已与弟思聪举城出降。寻又得慕容恪捷书，谓已阵斩魏将金光，进据常山。儁即令恪为常山留守，召霸还军，另派慕容评等攻邺，邺中大震。闵子智与将军蒋干，闭城拒守，城外一带，俱被燕军陷没。智与干当然惶急，不得已遣使降晋，向谢尚外乞师。尚将戴施，率壮士百余人，往邺助守。蒋干见来兵甚寡，大失所望。施得间给干道："汝主既降顺我朝，应该将传国玺出献。现今燕寇在外，道路不通，就使汝果献玺，也未便赍送江南，不如暂付与我，我当专使驰告天子，天子闻玺在我所，信汝至诚，必遣重兵，发厚饷，来救邺城。燕寇见我军大至，自然退去，保汝无恙。"干尚怀疑未决，不肯出玺。适邺中大饥，人自相食，守兵无从觅粮，就将故赵宫人，烹食充饥。干弄得没法，只好将玺取出，交与戴施。施佯令参军何融，往枋头运粮，暗将传国玺付给融手，使至枋头转报谢尚。尚得融报，亟遣振武将军胡彬，率骑兵三百，至枋头迎玺，送入建康。晋廷交相庆贺，不消细叙。

且说邺城被困，已经月余，城中孤危得很，还亏枋头运到粮米数百斛，暂救眉急，守兵暂免枵腹，勉力支撑。燕将慕容评，屡攻不克，燕王俊又遣广威将军慕容军，殿中将军慕容根，右司马皇甫真等，统率步骑二万人，至邺助评。邺城守将蒋干，闻燕兵继至，焦急万分，意欲乘夜出袭，期得一胜，当下挑选锐卒五千人，俟至夜半，开城杀出，直捣燕营。不防慕容评早已预备，四面设伏，等到蒋干驰至，一声号令，伏兵齐起，把干军尽行围住，逞情杀戮。干弃去盔甲，扮做小兵模样，才得混出围中，奔还邺城；五千人尽致覆没，守卒益惧。慕容评等围攻益急，魏长水校尉马愿等，开城迎降。蒋干戴施，缒城出走，逃往仓垣。魏后董氏，太子冉智，及太尉申钟，司空条攸等，一古脑儿做了俘虏，送往燕都。惟魏尚书令王简，左仆射张乾，右仆射郎萧，并皆自杀。冉氏篡赵建国，阅三年即亡。

是时，燕王俊方出巡常山，遣将分徇魏地，及邺城传到捷报，乃返至蓟郡，命将冉闵牵送龙城，祭告先祖考廆皝庙中，然后推闵往遏陉山，枭首徇众。不料闵一杀死，山中草木，亦皆枯凋，并且连月不雨，蝗虫四起。自从闵被执至蓟，直至闵死后三月有余，尚是亢旱。俊疑闵暗中作祟，乃使用王礼葬闵，遣官致祭，谥为悼武天王。是日，遂得大雪三寸。旱灾未靖，符瑞盛传，是年燕都正阳殿，有燕来巢，生下三雏，项上统有直毛。各城又竞献五色异鸟，于是群僚附会穿凿，共上美词，或说燕首有直毛，便是大燕龙兴，应戴通天冠的征验，燕生三子，数应三统。或说神鸟五色，便是国家将继五行帝箓，统御四海。彼献颂，此贡谀，说得天花乱坠，斐然成章。燕相封弈，遂联络一百二十人，劝燕王俊即称尊号。俊尚作逊词道："我世居幽漠，但知射猎，俗尚被发，未识衣冠，帝箓非我所有，何敢妄想？卿等无端推美，如孤寡德，不愿闻此"云云。

既而冉闵妻子等，由慕容评解送至蓟，凡赵魏相传的乘舆法物，一并献入。俊诈称闵妻董氏，实献传国玺，特别传见，好言慰谕，封董氏为奉玺君，赐冉智爵为海滨侯，用申钟为大将军右长史，并授慕容评为司州刺史，使镇邺中。故赵将王擢等，前时拥兵，据有州郡，至此俱闻燕声威，遣使请降。俊任王擢为益州刺史，夔逸为秦州刺史，张平为并州刺史，李历为兖州刺史，高昌为安西将军，刘宁为车骑将军。惟故赵幽州刺史王午，尚据住鲁口，自称安国王。俊命慕容恪往讨，恪出次安平，储粮整械，为讨午计。适中山人苏林，起兵无极，伪称天子，恪乃先往讨林，又值慕舆根前来会攻，马到成功，将林击死，再攻王午。午已为部将秦兴所杀，恪乃奉表劝进。燕臣一致同词，共上尊号。俊始置百官，进相国封弈为太尉，恪为侍中，左长史阳骛为尚书令，右司马皇甫真为左仆射，典书令张悕为右仆射，其余文武均拜授有差。然后在蓟城即燕帝位，大赦境内，自谓得传国玺，改年元玺，追尊祖廆为高祖武宣皇帝，父皝为太祖文明皇帝，立妻可足浑氏为皇后，子晔为皇太子。晋廷方遣使诣燕，与燕修和，俊语晋使道："汝归白汝天子，我承人乏，为中原所推，已得做燕帝了。此后如欲修好，不宜再赍诏书。"晋使怏怏自归。相传石虎僭位时，曾使人探测华山，得玉版文，内有四语云："岁在申酉，不绝如线，岁在壬子，真人乃见。"燕主俊僭号称帝，正当晋穆帝永和八年，岁次壬子，燕人即援作瑞应，史家号为前燕。小子有诗咏道：

符谶遗文宁足凭，但逢战胜即龙兴。
须知乱世无真主，戎狄称尊问孰膺。

燕既称帝，与秦东西分峙，各称强盛，偏晋臣不自量力，又想规复中原。欲知底细，且看下回续表。

第五十五回

拒忠言殷浩丧师
射敌帅桓温得胜

却说晋中军将军殷浩，累蒙迁擢，都督扬豫徐兖青五州军事。他本来大言不惭，至此因桓温屡请北伐，便想自担重任，得能侥幸一胜，方好压倒桓温，免受奚落。当下拟定草表，自请北出许洛，相机恢复。尚书左丞孔严，向浩进规道："近来众情摇惑，很足寒心，不识使君当如何善后哩？愚意以为材分文武，职区内外，韩彭应专征伐，萧曹宜守管钥，各有所司，方免误事。且廉蔺屈身，始能全赵，平勃交欢，方得安刘，使君材识过人，亦当先弭内衅，穆然无间，然后好保大定功呢。"浩不能从，竟将表文呈入。有诏依议，浩遂使安西将军谢尚，北中郎将荀羡为督统，进屯寿春。右军将军王羲之，贻书谏浩，并不见报。谢尚既奉浩令，即约姚襄同攻许昌，襄方寓居谯城，招集部众，便出兵会浩，相偕北行。

许昌为秦降将张遇居守，闻晋军将至，即向关中乞援。秦主苻健，使弟雄领兵往救，与谢尚等交战颍上，尚等大败，死亡至万五千人。尚奔还淮南，襄送尚至芍陂。尚尽将后事付襄，使屯历阳。苻雄击退晋军，驰入许昌，索性将张遇家属，及民户五万余家，迁到关中，另用右卫将军杨群为豫州刺史，留守许昌。张遇无法，只好随雄入关。遇有后母韩氏，年逾三十，华色未衰，丰姿依旧，入关以后，为健所闻，特别召见。韩氏应石入谒，由健仔细端详，果然是绝世芳容，不同凡艳。健妻强氏，曾册为皇后，姿貌不过中人，就是后宫妾媵，也没有与韩氏相似，惹得健目迷心眩，不肯放还。韩氏嫠居有年，伤心别鹄，每遇春花秋月，未免增愁，此时身入秦宫，撩起一番情绪，也不觉心神失主，如醉如痴。况苻健春秋鼎盛，面貌魁梧，端的是个乱世枭雄，番廷狼主，彼此互相慕悦，当然凑成了一对佳偶，颠倒鸳鸯，交欢数夕，居然由苻健下旨，册韩氏为昭仪，授张遇为司空。遇不免怀惭，但寄人篱下，如何反抗？只好含垢忍耻，模糊过去。嗣闻江东又要出兵，当即令人探听虚实，想乘此袭杀苻健，报复私仇。究竟晋军再举，是由何人主张？说来说去，仍是那有名无实的殷深源。殷浩自谢尚败还，未免扼腕，但雄心究还未死，仍拟整兵再举。王羲之因前谏不听，已遭败衄，一误不堪再误，乃更剀切陈书，重谏殷浩道：

近闻安西败丧，公私惋怛，不能须臾去怀。以区区江左，所营如此，天下寒心，固已久矣，而加之败丧，益令气沮。往事岂复可追？愿思弘济将来，令天下寄命有所，自隆中兴之业；正以道胜，宽和为本，力争武功，非所宜也。自寇乱以来，处内外之任者，未有深谋远虑，括囊至计，而疲竭根本，竟无一功可论，一事可记。忠言嘉谟，弃而莫用，遂令天下将有土崩之势。任其事者，岂得辞四海之责哉？今军破于外，资竭于内，保淮之志，非所复及，莫若还保长江，令督将各复旧镇。自长江以外，羁縻而已，秉国钧者，引咎责躬，深自贬降，以谢百姓，更与朝贤，思布平心，除其烦劳，省其贱役，与百姓更始，庶可允塞群望，救倒悬之急。使君起于布衣，任天下之重，尚德之事，未能事事允称，当重统之任，而丧败至此，恐阖朝群贤，未自与人分其谤者。今亟修德补阙，广延群贤，与之分任，尚未知获济所期。若犹以前事为未工，复求之于分外，宇宙虽广，自容何所？明知言不必用，或反取怨执政，然当情慨所在，正自不能不尽怀极言，惟使君谅之！

这书去后，又上会稽王昱一笺，无非是谏阻北伐，大致说是：

古人耻其君不为尧舜，北面之道，岂不愿尊其所事，比隆往代？况遇千载一时之运，何可自沮？顾智力有所不及，岂得不权轻重而处之也？今虽有可欣之会，内求诸已，而所忧乃重于所欣。传曰："自非圣人，外宁必有内忧。"今外不宁，内忧以深。古之弘大业者，或不谋于众，倾国以济一时功者，亦往往而有之。诚独运之明，足以迈众，暂劳之弊，终获永逸者可也。求之于今，可得拟议乎？夫庙算决胜，必宜审量彼我，万全而后动。功就之日，便当因其众而即其实；今功未可期，而遗黎歼尽，劳役无已，征求日重，以区区吴越，经纬天下十分之九，不亡何待？而不度德，不量力，不敝不已，此封内所痛心叹悼，而莫敢吐诚者也。往者不可谏，来者犹可追，愿殿下更垂三思，解而更张，令殷浩荀羡，还据合肥。广陵许昌谯郡梁彭城诸军，皆还保淮南，为不可胜之基，俟根立势举，谋之未晚，此实当今策之上者。若不行此，社稷之忧，可计日待也。殿下德冠宇内，以公室辅朝，最可直道行之，致隆当年，而未允物望，受殊遇者所以寤寐长叹，实为殿下惜之。国家之虑深矣，常恐伍员之忧，不独在昔，麋鹿之游，将不止林薮而已。愿殿下暂废虚远之怀，以救倒悬之急，可谓以亡为存，转祸为福，则宗庙之庆，四海有赖矣。

一书一笺，统是直言谠论，痛切不浮，无如殷浩是情急贪功，不顾利害。会稽王昱，又是深信殷浩，总道他有作有为，一败不至再败，所以羲之书笺，都付高阁，并不见行。浩复出屯泗口，遣河南太守戴施据石门，荥阳太守刘遯戍仓垣，甚至饷源无着，停办太学，遣归生徒，把经费拨充军需。谢尚留屯芍陂，亦遣冠军将军王侠，攻克武昌，秦豫州刺史杨群，退守弘农。那晋廷却征尚为给事中，尚乃还戍石头。最可怪的殷深源，未出兵时，不能听信良言，但好刚愎，既已出兵，又不能推诚任人，但务疑猜。他闻姚襄安次历阳，广兴屯田，训厉将士，未尝表请北伐，总道他别有异图，意欲先加除灭，免滋后患，乃屡遣刺客刺襄。襄雅善拊循，颇得士心，刺客阳奉浩命，到了历阳，反将实情转告。襄因此加防，日夕巡逻。浩复遣心腹将魏憬，率众五千，潜往袭襄，偏被襄预先探知，出城邀击，杀死魏憬，并有憬众。浩恨计不成，索性明下军书，迁襄至梁国蠡台，表授梁国内史。襄益加疑惧，因使参军权翼，诣浩陈情。浩问翼道："我与姚平北共为王臣，休戚相关，为何平北尝举动自由，与我异趣呢？"翼答道："姚平北英姿绝世，拥兵数万，乃不惮路远，来归晋室，无非因朝廷有道，宰辅明哲，想做一个盛世良臣。今将军轻信谗言，与彼有隙，愚谓咎在将军，不在平北。"浩忿然道："平北擅加生杀，又纵小人掠夺我马，这岂还好算得王臣么？"翼又道："平北归命圣朝，怎敢妄杀无辜？惟内奸外宄，有违王法，理宜为国行刑，怎得不杀？"浩又问何故掠马？翼正色道："闻将军猜忌平北，屡欲加讨，平北为自卫计，或至使人取马，诚使将军坦怀相待，平北也有天良，何至出此？"浩不禁笑语道："我也何尝欲加害平北，尽请放怀！"遂遣翼归报，翼拜辞而去。

浩又阴使人招诱秦将雷弱儿等，令杀秦主苻健，许以关中世爵。弱儿等复称如约，且请师接应。浩遂调兵七万，自寿春出发，进向洛阳。哪知弱儿等将计就计，伪称内应，并非真心从浩。惟一个降将张遇，为了苻健奸占后母，且居然呼他为子，心有不甘，因贿通中黄门刘晃，拟夜入袭健，偏偏事机不密，为健所闻，立将遇捕入处死。惟察得韩昭仪未曾与谋，不使连坐，仍然宠爱如常。浩接得苻秦内变消息，未悉确状，还道是弱儿等已经发难，即调姚襄为先锋，自督大军急进。吏部尚书王彪之，奉笺与昱，谓秦人多诈，浩不应率军轻行。昱似信非信，延宕多日，始拟着人往询军情，偏败报已经到来，姚襄叛命，返袭浩军，山桑一战，浩军大溃，辎重尽失，浩已走还谯城了。昱乃语王彪之道："果如君言，张良陈平，亦不过如是哩。"原来姚襄已经仇浩，佯作前驱，诱浩至山桑，返兵袭败浩军,俘斩万余人,尽得浩军资仗,乃使兄益守山桑,自己仍往淮南。浩遭襄暗算,且惭且愤,复遣刘启王彬之,往攻山桑。襄从淮南还援,内外夹攻,刘王以下,并皆败亡。襄遂进屯盱眙,招掠流民,有众七万,分置守宰,劝课农桑。复遣使至建康,陈浩罪状,并自陈谢。诏乃命谢尚都督江西淮南诸军事,往镇历阳。嗣是殷浩大名,一落千丈,投井下石的疏文,陆续进呈。就中有一疏最为利害,署名非别,便是那殷浩的仇家桓温。疏云:

按中军将军殷浩,过蒙朝恩,叨窃非据。宠灵超卓,再司京辇,不能恭慎所任,恪居职次,而侵官离局,高下在心。前司徒臣蔡谟,执义履素,位居台辅,师傅先帝,朝之元老,年登七十,以礼请退,虽临轩固辞,不顺恩旨,适足以明逊让之风,弘优贤之礼,而浩虚生狡说,疑误朝听,狱之有司,几致大辟。自羯胡夭亡,群凶殄灭,而百姓涂炭,企迟拯接,浩受专征之重,无雪耻之志,坐自封殖,妄生风尘,遂致寇仇稽诛,奸逆并起,华夏鼎沸,黎元殄悴。浩惧罪将及,不容于朝,外声进讨,内求苟免,出次寿阳,顿甲弥年,倾天府之资,竭五州之力,收合亡赖以自卫,爵命无章,猜害罔顾。羌帅姚襄,率命归化,浩不能抚而用之,阴图杀害,再遣刺客,为襄所觉,襄遂惶惧,用致逆命。生长乱阶,自浩始也。复不能以时扫灭,纵放小竖,鼓行毒害,身狼狈于山桑,军破碎于梁国,舟车焚烧,辎重覆没,三军积实,反以资寇,精甲利器,更为贼用。神怒人怨,众之所弃,倾危之忧,将及社稷,臣所以忘寝屏营,启处无地。夫率正显义,所以致训,明罚敕法,所以齐众。伏愿陛下上追唐尧放命之刑,下鉴春秋无君之典,即不忍诛殛,且宜遐弃,摈之荒裔,虽未足以塞山海之责,亦粗可以宣诫于将来矣。谨此表闻。

晋廷接到温疏,因惮温威势,不得已废浩为庶人,徙浩至信安郡东阳县,浩抵徙所,口无怨言,夷神委命,谈咏不辍。惟有时忧从中来,辄用笔书空,作"咄咄怪事"四字,浩甥韩伯,为浩所爱,随浩至东阳,经岁还都。浩送至渚侧,口吟古诗云:"富贵他人合,贫贱亲戚离。"吟毕泣下。后来桓温权倾内外,语掾属郗超道:"浩有德有言,使作令仆,亦足仪型百揆,前时朝廷用为外藩,原非所长,今拟起浩为尚书令,卿可为我致他一书,看他如何复我?"超当即缮就一书,寄与殷浩。浩览书大喜,便即裁答,写了许多套话,无非是感激愿效的意思。当下折就方胜,用函封固,又恐语中尚有错误,开闭至十数次,弄得精神恍惚,反将信笺遗落案下,竟把那一个空函,复达桓温。温展函检阅,并无一字,疑浩故意使刁,大为忿恨,遂不复起召。越二年,浩竟病死。

且说桓温既劾去殷浩,料知朝廷不敢反对,遂于永和十年二月,抗表伐秦。统率步骑四万,出发江陵,且命水师并进,自襄阳入均口,直达南乡,步兵由浙川趋武关，命梁州刺史司马勋出子午谷，直捣长安，别军攻上洛，擒住秦荆州刺史郭敬，进击青泥，连破秦兵。秦王苻健，遣太子苌，丞相雄，淮南王生，平昌王菁，北平王硕等，率兵五万，出屯蓝田。雄与菁已见前文，生、硕皆苻健子。生幼即无赖，一目盲瞽，祖洪在日，甚不悦生，尝对生语左右道："我闻瞎儿一泪，未知信否？"左右答声称"是。"生竟拔佩刀，从瞽目中自刺出血，指示洪道："这岂不是一泪么？"洪不禁惊骇，寻又用鞭挞生。生不觉痛苦，反大喜道："性耐刀槊，不宜鞭捶。"洪叱道："汝乃贱骨，只配为奴。"生复道："难道如石勒不成？"洪正任石氏，恐因生妄言招灾，急起掩生口，且召健与语道："此儿狂悖，将来必破人家，应早除灭为是"。健虽然应诺，究竟情关父子，不忍下手，因转与弟雄熟商。雄劝阻道："待儿长成，自当改过，何必无故加诛。"说着，又向洪前替生缓颊，生得不死。既而年已成丁，力举千钧，雄悍好杀，能手格猛兽，走及奔马，击刺骑射，冠绝一时。至桓温入关，与太子苌等相偕出拒，生单骑前驱，一遇温军，便恃勇突入。温将应诞，上前拦阻，才经交手，便被生大喝一声，劈落马下。他将刘泓，又挺枪接战，才经数合，复被杀死。温军前队大乱，由生执刀旋舞，出入自如，再加太子苌等，随生杀入，几乎把晋军前队，枭斩略尽。

忽听得晋军阵后，发出一声鼓号，声尚未绝，那箭杆似飞蝗一般，攒射过来。生用刀拨箭，毫不慌忙，偏背后有人狂叫，音带悲酸，急忙回首顾视，已见一人落马，那时不能不救，下马扶起，并非别人，乃是行军统帅太子苌。苌身中两矢，因此坠下，气息仅属，生只好掖他上马，保护回营。不防晋军纷纷杀来，势似暴风疾雨，不可遮拦，秦兵顿时披靡。苻生虽勇，只好保住太子苌，奔回要紧，不能再逞威风，眼见得全军溃散，一败涂地。看官阅此，应益知晋帅桓温，确是有些能耐呢。温弟桓冲，进军白鹿原，再与秦丞相雄交锋，又得胜仗。温亦转战直前，进至灞上。秦太子苌等退屯城南，秦主健领老弱兵六千，保守长安小城，尽发精兵三万，使雷弱儿为大司马，统率出城，会同苌军，并力御温。温抚谕居民，概令复业，禁兵侵犯。秦民多牵牛担酒，迎犒军前，男女多夹道聚观，耆老相顾泪下道："不图今日复睹官军。"于是三辅郡县，亦多遣使请降。忽有一介儒生，从容前来，身上穿着一件褐衣，不衫不履，进谒桓温。温志在延揽人才，不拒贫士，当下传入相见。他但对温长揖，昂然就坐，扪虱而谈，旁若无人。顿使一军皆惊，目为怪物。小子有诗咏道：

何来狂客谒军门？绝肖当年辩士髡。
岂是读书遵孟训，藐藐勿视大人尊。

究竟来人为谁，待下回表明姓名。

第五十六回

逞刑戮苻生纵虐　盗淫威张祚杀身

却说桓温方进逼长安，屯兵灞上，蓦来了一个狂士，被褐扪虱，畅谈当世时务，不但温军惊异，就是温亦怪诧起来。当下问他姓名，才知是北海人王猛。猛字景略，幼时贫贱，尝鬻畚为业，贩至洛阳，有一人向猛购畚，愿出重价，但自云无钱，令猛随同取值，猛乃随往，不知不觉的行入深山，见一白发父老，踞坐胡床，由买畚人引猛进见。猛当即下拜，父老笑语道："王公何故拜我哩？"说着，即命左右取偿畚值，并送他白镪十两，即使买畚人送出山口。猛回顾竟无一人，只有峨峨的大山。走询土人，乃是中州的嵩岳。当下怀资归家，得购兵书，且阅且读，深得秘奥。嗣是往来邺都，无人顾问。及入华阴山中，得异人为师，隐居学道，养晦待时。至是闻温入关，方出山相见。温既问明姓氏，料非庸流，乃复询猛道："我奉天子诏命，率锐兵十万西来，为百姓扫除残贼，乃三秦豪杰，未见趋附，究是何因？"猛答道："公不远数千里，深入秦境，距长安不过咫尺，尚逗留灞上，未渡灞水，百姓未识公心，所以不至。"温沈吟多时，复注目视猛道："江东虽多名士，如卿却甚少哩。"遂署猛为军谋祭酒。

秦丞相苻雄等，收集败卒，再来攻温。温与战不利，伤亡至万余人。温初入关中，因粮运艰难，意欲借资秦麦，偏秦人窥透温计，先期将麦刈去，坚壁清野，与温相持。温无粮可食，不得已下令旋师，招徙关中三千余户，一同南归。临行时赐猛车马，拜为高官督护，邀与同还。猛言须还山辞师，温准猛返辞，与约会期。及届期不至，温乃率众自行。原来猛还入山中，向师问及行止，师慨然道:“汝与桓温岂可并世?不若留居此地,自得富贵,何必随温远行呢。”猛乃不复见温,但寄书报谢罢了。温循途南返,为秦兵所追,丧失不赀,就是司马勋出子午谷,孤军失援,也被秦兵掩击,败还汉中。温驰出潼关,径抵襄阳,由晋廷派使慰劳,毋庸琐叙。惟温尝自命不凡,私拟司马懿刘琨,有人说他形同王敦,大拂彼意。及往返西南,得一巧作老婢,旧为刘琨妓女,与温初见,便潸然泪下。温惊问何因?老婢答道:“公甚似刘司空。”温闻言甚喜,出外整理衣冠,又呼老婢细问,谓与刘司空究相似否?老婢徐徐答道:“面甚似,恨薄;眼甚似,恨小;须甚似,恨赤;形甚似,恨短;声甚似,恨雌。”温不禁色沮,自往寝处,褫冠解带,昏睡了一昼夜。至睡醒起床,尚有好几日不见欢容。这且待后再表。

且说秦主苻健,既击退晋军,正拟论功行赏。那丞相东海王苻雄,得病身亡,健闻讣大哭,甚至呕血,且呕且语道:“天不欲我定四海么?奈何遽夺我元才呢?”元才就是雄表字,雄位兼将相,权侔人主,独能谦恭奉法,下士礼贤,所以望重一时,交相推重。次子名坚,承袭雄爵,相传坚母苟氏,尝游漳水,至西门豹祠中祈子,是夜梦与神交,遂致有娠。越十二月生坚,有神光从天下降,照彻庭中。坚生时背有赤文,隐起成字,仔细辨认,乃是“草付臣又土王咸阳”八字。祖洪很是奇异,因即将臣又土三字,拼做一字,取名为坚。坚幼即聪颖,状貌过人,臂垂过膝,目有紫光,及长,颇具孝思,博学有才艺。苻健尝梦见天使降临,命拜坚为龙骧将军,及醒寤后,诧为异事,因在曲沃设坛,即将龙骧将军印绶,亲自授坚,且嘱语道:“汝祖曾受此号,今汝为神明所命,当思上承祖武,毋贻神羞。”坚顿首受命。嗣是厚自激厉,遍揽英豪,如略阳名士吕婆楼强汪梁平老等,皆与交游,为坚羽翼。坚因此驰誉关中,不让乃父。坚既蒙父荫,得袭王爵,此外如淮南王生,因功进中军大将军,平昌王菁,升授司空,大司马雷弱儿,代雄为相,太尉毛贵,晋官太傅,太子太师鱼遵,得为太尉,惟太子苌箭疮复发,竟至逝世。

健因谶文有三羊五眼,疑为生当应谶,乃立生为太子。命司空平昌王菁为太尉,尚书令王堕为司空,司隶校尉梁楞为尚书令。未几,健忽罹疾,不能视事。平昌王菁,阴谋自立,独勒兵入东宫,欲杀太子。偏太子生入宫侍疾,无从搜寻,空费了一番举动。自思一不做,二不休,索性移攻东掖门,讹称主上已殂,太子暴虐,不堪为君,借此煽惑军心。不意秦主健力疾出宫,自登端门,陈兵自卫,并下令军士,速诛祸首,余皆不问。菁众见健尚活着,当然骇愕,统弃仗逃生。菁亦拍马欲遁,经健指挥亲军,出门追捕,把菁拘住,面数罪状,枭斩了事。此外一概赦免,便即还宫。越数日,健病加剧,授叔父武都王安为大将军,都督中外诸军事,一面召入丞相雷弱儿,太傅毛贵,太尉鱼遵,司空王堕,尚书令梁楞,左仆射梁安,右仆射段纯,吏部尚书辛牢等,嘱咐后事,受遗辅政;并语太子生道:“六夷酋帅,及贵戚大臣,如有不从汝命,宜设法早除,毋自贻患!”生欣然受教。又越三日,健乃病殁,年三十有几。

太子生当日即位,大赦境内,改元寿光。群臣俱进谏道:“先帝甫经晏驾,不应即日改元。”生勃然大怒,叱退群臣。嗣令嬖臣穷究议主,乃是右仆射段纯所倡,因即责他违诏,立处死刑。已而追谥苻健为明皇帝,庙号世宗,尊母强氏为皇太后,立妻梁氏为皇后,命太子门大夫赵韶为右仆射,太子舍人赵诲为中护军著作郎,董荣为尚书。这三人素以谄佞见幸,故同时登庸。又封卫大将军苻黄眉为广平王,前将军苻飞为新兴王。两苻原系宗室,但也是与生莫逆,因得受封。命大将军武都王苻安领太尉,弟晋王柳为征东大将军并州牧,出镇蒲坂。魏王庾为镇东大将军豫州牧,出镇陕城。二王受命辞行,由生亲出饯送,乘便闲游,蓦见一缟素妇人,跪伏道旁,自称为强怀妻樊氏,愿为子延请封。生便问道:“汝子有何功绩,敢邀封典?”妇人答道:“妾夫强怀,前与晋军战殁,未蒙抚恤。今陛下新登大位,赦罪铭功,妾子尚在向隅,所以特来求恩,冀沾皇泽。”生复叱道:“封典须由我酌颁,岂汝所得妄求?”那妇人尚未识进退,还是俯伏地上,泣诉故夫忠烈,喃喃不休。当下惹动生怒,取弓搭箭,飕的一声,洞穿妇项,辗转毕命。生亦怏怏回宫。

越宿视朝,中书监胡文,中书令王鱼入奏道:“近日有客星孛大角,荧惑入东井,大角为帝座,东井乃秦地分野,恐不出三年,国有大丧,大臣戮死,愿陛下修德禳灾。”生默然不答。及退朝后,饮酒解闷,自言自语道:“星象告变,难道定及朕身?朕思皇后与朕,对临天下,若皇后死了,便是应着大丧,毛太傅呢,梁车骑呢,梁仆射呢,统是受遗辅政的大臣,莫非应该戮死么?”近侍听了,还道他是醉语呶呶,莫名其妙,谁知过了数日,他竟持着利刃,趋入中宫。梁后见御驾到来,当然起身相迎,语未开口,刃已及颈,霎时间倒毙地上,玉殒香消。生既杀死梁后,立即传谕幸臣,往拘太傅录尚书事毛贵,车骑将军尚书令梁楞,左仆射梁安,不必审问,即饬推出法场,一同斩首。贵系梁皇后母舅,安且是皇后生父,楞亦与后同族,朝臣俱疑椒房贵戚,有甚么谋逆情事?哪知他们并无罪过,但为了胡文王鱼数言,平白地断送性命,这真是可悲可痛呢!

生遂迁吏部尚书辛牢为尚书令,右仆射赵韶为左仆射,尚书董荣为右仆射,中护军赵诲为司隶校尉。两赵有从兄名俱,曾为洛州刺史。生本欲召俱为尚书令,俱托疾固辞,且语韶诲道:“汝等不顾祖宗,竟敢做此灭门事么?试想毛梁何罪,乃竟诛死?我有何功,乃得升相?我情愿速死,不忍看汝等夷灭呢。”未几,果以忧愤告终。丞相雷弱儿,刚直敢言,见赵韶董荣等用事,导主为恶,往往面加指斥,不肯少容。荣等遂暗地进谗,诬他构逆,生因杀死弱儿,并及他九子二十二孙。弱儿系南安羌酋,素得羌人信服,至无辜受诛,羌人当然怨生。生不以为意，名为居丧，仍然游饮自若，弯弓露刃，出见朝臣，锤钳锯凿，备置左右。即位未几，凡后妃公卿，下至仆隶，已被杀毙五百余人。司空王堕，又为董荣所谮，说是天变相关，把他处斩。堕甥洛州刺史杜郁，亦连坐受诛。

一日，生在太极殿召宴群臣，命尚书辛牢为酒监，概令极醉方休。群臣饮至尽醉，牢恐他失仪，不便相强。生大怒道："汝何不使人饮酒，乃坐视无睹么？"说至此，手中已取过雕弓，搭矢射去，适贯牢项，便即倒毙。吓得群臣魂魄飞扬，不敢不满觥强饮，甚至醉卧地上，失冠散发，吐食污衣，弄得一塌糊涂。生反拍手欢呼，引为大乐，又连喝了数大觥，也自觉支持不住，方返身入寝去了。群臣如蒙恩赦，乃踉跄散归。

越年二月，生谕征东将军晋王柳，命参军阎负梁殊，出使凉州，招谕归附。凉州牧张重华，自击退赵兵后，重任谢艾，事必与商。偏庶长兄长宁侯祚，与内侍赵长等，表里为奸，交谮谢艾，惹得重华也起疑心，复出艾为酒泉太守。嗣是重华不免骄怠，希见宾佐。晋廷尝遣御史俞归，册授重华为侍中，都督陇右关中诸军事，封西平公，重华方谋为凉王，不愿受诏，经归再三劝导，方才无言。嗣因燕降将王擢，为秦所逼，率众奔凉，即命擢为秦州刺史，使与部将张弘宋修，会兵攻秦，被秦将苻硕杀败，掳去弘修，惟擢得脱身逃还。重华不加擢罪，再拨众二万，使复秦州。擢感激思奋，拼死报恩，果得大败苻硕，仍将秦州夺还。重华乃拜表晋廷，请会师伐秦。晋但遣使慰谕，实授重华为凉州牧。重华因晋未出师，也不敢冒昧用兵。

天下不如意事，十常八九，最难堪的是中菁贻丑，敝笱含羞，防不胜防，说无可说，遂令一位年富力强的藩帅，酿成心疾，郁郁而亡。重华嫡母严氏，奉居永训宫，生母马氏，奉居永寿宫。马氏本有姿色，为重华父骏所宠，骏殁时年将四十，还是丰容盛鬋，螓首蛾眉。就中有一个登徒子，暗暗垂涎，靠着那宗室懿亲，脂韦媚骨，出入宫禁，侍奉寝帷，费尽了许多心思，竟得将马氏勾搭上手，演成一回鹑鹊缘。那马氏美等宣姜，淫同夏姬，倒也不惜屈尊降贵，甘献禁脔，两口儿朝栖暮宿，非常狎昵，只瞒过了一个张重华。后来年深月久，不免暴露，竟被重华闻知，懊恼得不可名状。看官道淫夫为谁？就是重华庶长兄长宁侯祚。祚虽非马氏所生，名分上也称母子，此时以子烝母，怎得不使重华恨煞？重华意欲诛祚，计尚未定，忽有厩卒入报，厩马四十四，一夜都自断后尾，转令重华惊愕得很，只恐诛祚生变，未敢径行。既而十月闻雷，日中现三足乌，变异迭出，益使重华寒心，且忧且愤，竟致成病，渐渐的沉重起来。乃命子耀灵为世子，且手诏征谢艾入侍。艾尚未至，重华已殁，年才二十有四。在位只八年。

耀灵甫及十龄，承袭父位，内事由祖母马氏主张，外政当然被伯父张祚，把持了去。右长史赵长尉缉等，向与祚秘密往来，结为异姓兄弟。至是矫托遗命，授祚为抚军大将军，都督中外诸军事。祚意尚未足，再嗾长等建议，说是时难未平，应立长君，一面自求马氏，乞从长意，立己为主。马氏身且委祚，哪有不从之理？当下废耀灵为宁凉侯，由祚自立，称大都督大将军凉州牧凉公。祚既得志，索性大肆淫虐，重华妃裴氏，年方花信，也生得妩媚可人，他竟召令入室，逼使伴寝；就是重华妾媵，俱胁与宣淫，甚至未嫁诸妹，也公然纳入，轮流奸污。重华有女，才阅十龄，玲珑娇小，未解风情，偏又被祚引诱入内，强褫下衣，任情摆布。幼女怎堪承受，徒落得床褥呻吟，无从诉苦。凉州人士，争赋墙茨三章，作为讽刺，祚还管甚么清议，但教自快肉欲，彻夜寻欢罢了。

越年正月，赵长尉缉等，复上书劝进，祚竟就谦光殿中，僭登王位，立宗庙，置百官，郊祀天地，用天子礼乐，下书谓："中原丧乱，华夷无主，因勉徇众请，摄行大统，俟得扫秽二京，再当迎帝旧都，谢罪天阙"云云。先是凉州遵晋正朔，未尝改元，惟沿用愍帝建兴年号，直至祚篡位时，尚称建兴四十一年，及是乃改建兴四十二年为和平元年，赦殊死，赐鳏寡粟帛，加文武爵各一级，追尊曾祖轨为武王，祖实为昭王，从祖茂为成王，父骏为文王，弟重华为明王。立妻辛氏，次妻叱干氏，俱为王后。长子泰和为王太子，次子庭坚为建康王，弟天锡为长宁王，耀灵弟玄靓为凉武侯。是夕，天空有光，状如车盖，声若雷霆，震动城邑。翌日，大风拔木，日中如晦。祚反诱诛谢艾，大肆淫威。尚书马岌，直谏免官；郎中丁琪，再谏被杀。适晋征西大将军桓温入关，秦州刺史王擢，时镇陇西，遣使白祚，谓："温善用兵，如得克秦，必将及凉。"祚不禁惶惧，又恐擢乘急反噬，仍召马岌复位，与谋刺擢。密遣心腹将往陇西，不得下手，反被擢查出杀死。祚得报益骇，号召士卒，托词东征，实欲西保敦煌。嗣闻温已南归，更遣平东将军牛霸等攻擢。擢拒战失利，奔降苻秦。

河州刺史张瓘，为祚宗室，外镇枹罕，士马盛强，祚常加猜忌，容忍了一年有余，不能再止，乃遣部将易揣张玲，带领步骑万余人，往击张瓘，并发兵三十余道，分剿南山诸夷。张掖人王鸾，素通术数，入殿白祚道："军不可行，出必不还。凉州将有大变，不可不防。"祚叱为妖言。鸾即直陈祚恶，说他无道三大事，恼得祚气冲牛斗，立命推出斩首。鸾至法场大呼道："我死后不出二十日，兵败王死，定难幸免了。"祚不但杀鸾，又夷鸾族，然后发兵，再遣张掖太守索孚，往代张瓘。瓘不肯依令，斩孚誓众，出击易揣张玲。玲正前驱渡河，瓘军掩至，猝不及防，被打得落花流水，尽入洪波。只易揣尚在岸上，单骑奔回。瓘遂济河追蹑，直逼凉州，且传檄州郡，拟将祚废去，仍立耀灵。骁骑将军宋混，与弟澄聚众应瓘，引瓘并进。祚情急仓皇，想出一个釜底抽薪的计策，潜令亲将杨秋胡，趋入东苑，拉死耀灵，埋尸沙坑。他还道是斩草除根，免得外兵借口，哪知宋混等越觉有词，即为耀灵缟素举哀，一片白旗白甲，直捣姑臧。姑臧就是凉州的治所，祚愈急愈愤，命收瓘弟琚及瓘子嵩，先拟加诛。琚与嵩召集市人数百名，随处传呼道："张祚淫虐无道，我父兄纠合义旅，已到城东，若再敢与祚同恶，无故拿人，罪及三族。"兵民等相率袖手，不敢干预。琚嵩等便杀死门吏四百余人，斩关招纳外军。祚避入神雀观，祚将赵长等惧罪，急忙入阁，呼马太后出谦光殿，改立耀灵弟玄靓为主，一面大开宫门，迎宋混等趋入殿中，顿时齐声欢呼，统称万岁。祚在神雀观中，听得一片欢呼声，错疑长等已经平乱，便出观慰劳，谁知殿外列着，统是宋混等军，此时已无从躲避，只好拔剑大呼，饬令左右死战。左右无一答应，纷纷避去。从前极力逢迎的赵长，反手持长槊，向祚乱刺。祚仗剑招架，短剑不及长槊的利害，竟被刺中面颊，鲜血直喷，自知不能再战，还是逃命要紧，乃转身就跑，驰入万秋阁。兜头来了一个厨子，执刀劈来，正中祚首，立即晕毙阁下。小子有诗咏道：

残贼由来号独夫，况兼烝报效雄狐。
刀光一闪头颅落，如此淫凶应受诛。

欲知厨子姓名，容至下回续详。

第五十七回

具使才说下凉州　满恶贯变生秦阙

却说张祚被杀，下手的厨子，叫做徐黑。黑既劈倒张祚，便出报外兵，宋混等入阁枭祚，取首悬竿，宣示中外，并暴尸道旁。凉州士民，同称万岁。祚二子泰和庭坚，均遭骈戮。总计祚篡国僭位，仅阅三年，已是恶贯满盈，身死子灭。将军易揣等，也已与宋混联络，引兵入殿，拿下赵长，并所有张祚幸臣，一一声罪伏诛。张瓘亦驰入姑臧，推立玄靓为大将军大都督凉王，尊马氏为太王太后。玄靓年才七岁，由瓘秉持政柄，自为尚书令凉州牧，行大将军事，都督内外兵马。授宋混为尚书仆射，改易百官，废去和平年号，复称建兴四十三年。陇西人李俨，据郡抗命，擅杀大姓彭姚，自立为王，遥奉东晋正朔，旬月间有众万人。瓘遣将军牛霸往讨，霸至中途，忽闻西平太守卫綝，亦据郡为乱，与俨相应，霸众顿时大溃，单剩霸一人奔还。瓘更遣弟琚击綝，得破綝兵。西平人田旋，密劝酒泉太守马基，起兵应綝，谓："綝攻东面，我攻西面，不出六旬，可定凉州。"基信为奇谋，也即发难。哪知瓘司马张姚王国，已奉瓘命，兼程到来，突入酒泉。基部署兵马，尚未办齐，怎能与他对敌，眼见得束手就擒。就是主谋人田旋，亦被拿下，两人杀死一双，好头颅送入姑臧。綝闻酒泉失败，当然不敢再出，就是李俨亦负嵎自守，不敢出兵。

瓘兄弟自恃有功，浸成骄侈，也不免跋扈起来。适秦使阎负梁殊，到了姑臧，与瓘相见。瓘启问道："我凉州世为晋臣，不敢擅交外使，二君来此做甚？"阎负答道："我秦王现镇雍州，与贵国同为邻藩，所以遣使修好，何为见怪？"瓘又道:“我君臣尽忠事晋,迄今六世,今若与苻征东通使,便是上违先训,下堕臣节,故不愿闻命。”负殊齐声道:“晋室衰微,久失天命,所以令先王尝幡然变计,称臣二赵,知机顺时,应该如此。今大秦威德方盛,凉王欲自帝河右,必非秦敌,诚使以小事大,亦何如舍晋事秦,得长保福禄呢?”瓘微笑道:“中州无信,好食誓言,从前我国与石氏通好,使车方返,戎骑即来,如此欺诈,怎得令人信服?我国已不愿再闻和议了。”负殊又道:“三王异政,五帝殊风,岂可相提并论?况赵多奸诈,秦尚信义,本来是政教不同,风俗互异。今上更道合二仪,仁施四海,信义交孚,不分中外,奈何以二赵相比呢?”瓘复说道:“果如君言,秦已威德无敌,何不先取江南,使天下尽为秦有?乃徒劳君等跋涉,来做说客,苻征东亦未免失计哩。”梁殊道:“我先帝大圣神武,开构鸿基,强燕纳款,八州效顺。今主上缵承遗绪,威爱兼施。以为吴会倔强,必须力征,凉州柔顺,可以义服,故遣行人等先申大好,免动兵戈。如凉人未达天命,我国当缓图吴会,先讨凉州,恐河右便非君有了。”瓘勃然道:“我地跨三州,带甲十万,西包葱岭,东阻大河,伐人尚且有余,何况自守,难道便怕秦不成?”阎负道:“贵州山河虽固,未若崤函,五郡虽众,未若秦雍,试想杜洪张琚,因赵成资,据天险,策锐卒,内陆外海,劲士风集,骁骑如云,兵强财富,自谓关中可据,天下可平。我先帝戎旗西指,冰消云散,才经旬月,便致易主。燕虽虎视关东,尚且震慴天威,俯首帖服。余如单于屈膝,名王内附,不可胜计。若我主上因贵州不服,赫然震怒,控弦百万,鼓行西来,未识凉州将如何对待哩?”瓘复道:“秦果威德普及天下,江南何不入朝?”梁殊道:“江南为文身旧俗,负阻江山,从古以来,道污必先叛,化盛且后宾,所以古诗有云:‘蠢尔蛮荆,大邦为仇。’这正说他顽梗无知,不应与语德义,只好兵甲示威,才能制服,岂凉州也复如是么?”瓘又问及秦相如何?秦将如何?负殊两人,把苻氏王亲国戚,以及内外文武,都一一陈报出来。不是誉他经世奇才,便是称他折冲健将,你一唱,我一和,端的把关中人士,一古脑儿抬高声价,恍似伊吕重出,周召复生。这一席舌战词锋,说得瓘无言可驳,只能诿诸凉王玄靓,谓当禀命后行。负殊再逼进一步道:“凉王虽英睿夙成,但年尚幼冲,究难明决,君居伊霍重任,关系安危,见机而作,责无旁贷,何必互相推诿呢?”瓘自思国乱初平,河西又所在兵起,倘或秦兵再至,势不可敌,不若暂与修和,再作计较。乃用玄靓命令,特派行人,与负殊偕行入秦,愿为藩属。秦王生即将来表所署官爵,授册赐封,毋庸细叙。

会姚襄遣使降燕,燕主慕容俊,命襄夹攻苻秦,襄复报如约,俊乃遣将军慕舆长卿等,率兵七千人,自轵关攻幽州,襄亦引众攻平阳,晋将军王度,也乘隙攻青州。秦主苻生闻报,命建节将军邓羌拒燕,新兴王飞御晋,遥饬晋王柳救平阳。羌至裴氏堡南,与燕兵交战,大破燕兵,擒住长卿,枭得甲首二千七百余级。晋将王度，接得燕兵败没消息，不战自退。独姚襄转战无前，击退苻柳援军，陷入平阳城外的匈奴堡，杀毙守将苻产，且将产众悉数坑死。既而襄却向秦假道，愿回陇西，秦主生欲从襄请，东海王坚谏阻道："襄乃当今人杰，若纵还陇西，还当了得！不如诱以厚利，伺彼无备，击死了他，方绝后患。"生乃依坚议，遣使拜襄官爵。襄不愿受，杀死秦使，扯碎来册，又进兵侵掠河南。生当然大怒，适并州刺史张平，弃燕降秦，由生授为大将军，令率部众数万人击襄。襄自恐寡不敌众，乃卑辞厚币，与平结欢，面订盟约，结为兄弟，始各撤兵退回。

生因战事已平，乐得经营土木，遂发三辅民修治渭桥。金紫光禄大夫程肱谓："有害农时，不应劳民。"反被生驱出斩首。未几，大风拔木，行人颠仆，秦宫中讹传贼至，自相惊扰，宫门昼闭，五日方息。生查得造谣数人，刳心剖胃，惨加极刑。光禄大夫强平，为生母舅，实在看不过去，便入殿切谏，劝生爱民事神，缓刑崇德，才能上弭灾祲，下息奸回。语尚未完，已惹动生怒，命左右取凿过来，凿穿平顶，不得少延。卫将军广平王黄眉，前将军新兴王飞，建节将军邓羌，时正在侧，急忙叩头固谏，谓："平系强太后弟，应从薄谴。"生哪里肯听，但促左右凿平。可怜平脑破浆流，死于非命。生且黜黄眉为左冯翊，飞为右扶风，羌为咸阳太守。这三人素有勇名，所以生尚不忍加诛，但示薄惩。那强太后却哭弟过哀，恨子不道，竟致忧郁成疾，绝食而亡。生毫无戚容，反自书手诏，颁示中外，略云：

> 朕受皇天之命，君临万邦，嗣统以来，有何不善？而谤讟之声，扇满天下，杀不过千，而谓之残虐，行者毗肩，未足为希，方当强刑极罚，复如朕何？

是时，潼关以西，长安以东，虎狼为害，日中阻道，夜间发屋，不食六畜，专务食人，百姓不敢耕桑，都徙居城邑。百官奏请禳灾，生狞笑道："野兽腹饥，自然食人，饱即不食，何必过虑。天道本来好生，正因民多犯罪，特降虎狼替朕助威，为甚么要去祈禳呢？"一日，出游阿房，见有男女二人，行过道旁，容貌都尚秀丽，便令左右拉住二人，当面问道："汝二人却是佳偶，已结婚否？"二人答道："小民乃是兄妹，不是夫妻。"生笑道："朕赐汝为夫妇，汝即可就此交欢，毋庸推辞。"二人固执不从，生即拔剑出鞘，把他砍死。旋与继妻登楼眺望，继妻指问楼下一人，是何官职姓名？生望将下去，乃是尚书仆射贾玄石，仪容秀伟，素有美名，禁不住惹起醋意，便顾语道："汝莫非艳羡此人么？"说着，即召过卫士，交与佩剑，嘱使取玄石首来。卫士携剑下楼，才阅片时，已取玄石首复命。生掷与继妻道："赠汝何如？"继妻又惭又悔，弄得局踏不安，匍匐待罪。生却怜妻有色，扶使起身，携手回宫去了。

生平时最喜食枣，尝患齿痛，令太医令程延诊视。延诊毕语生道："陛下并无他疾，不过食枣太多，因致损齿。”说至此，忽听得一声狂吼道：“咦！汝非圣人，怎知我多食枣？”延心胆俱落，急拟下跪谢过，不料剑锋已到，首即坠地。嗣又使别医合安胎药，加入人参，嫌太细小。医谓：“参质虽细，未具人形，但已可合用。”生怒道：“汝敢讥笑我吗？”遂使左右剜出医目，然后枭首。医官到死，尚未知所犯何罪，及他人察及剜目情由，才料到苻生误会，还道是借参寓讥，与自己瞽目有关，所以冤冤枉枉的杀死该医。

越年，为秦主生寿光三年，就是晋穆帝升平元年。穆帝年阅十五，预行冠礼，褚太后撤帘归政，故改永和十三年为升平元年。秦与晋东西分峙，年号原是不同，惟史家推晋为正统，因此随笔叙明，聊醒眉目，看官不要嗤我夹七夹八呢。是年二月，太白犯东井，秦太史令康权上言道：“东井系秦地分野，太白罚星，恐主暴兵犯京师。”生狂笑道：“太白入井，想是因渴求饮，与人事有何关系呢？”

又越两月，接得边地急报，乃是姚襄入据黄落，将逼长安。生不得不遣将调兵，出击姚襄。襄前时出没淮北，隳突河南，自称大将军大单于，据住许昌，并窥洛阳。洛阳本由魏将周成驻守，及冉魏败亡，成举城降晋，仍得晋廷委任。晋大将军桓温，尝请迁都洛阳，修复园陵，穆帝未许，但命温为征讨大都督，使讨姚襄。适周成复叛，襄亦引兵回洛，彼此相持，未分胜负。温乃自江陵发兵，遣督护高武据鲁阳，辅国将军戴施屯河上，自率大军继进。温登船楼北望中原，慨然叹道：“使神州陆沈，百年邱墟，王夷甫诸人，实难诿责呢。”当下进次伊水。襄撤洛阳围，移兵拒温，先使部下精锐，避匿林中，乃遣人语温道：“公率大军远来，襄愿奉身归命，与公相见，但请公敕兵少退，即当拜谒路旁。”温知襄有诈，掀须微哂道：“我自来恢复中原，敬谒山陵，干君甚事？君既归顺，便当来见，何必烦劳使人，多费纠缠呢。”襄使返报，襄知所谋不遂，乃与温夹水对垒。温亲被甲胄，督众过击，襄众大败，死伤数千人，奔往北山。温追襄不及，进略洛阳，周成率众出降。温执成送建康，自徙屯金墉城，修复诸陵，分置陵令，表请调镇西将军谢尚，都督司州诸军事，镇守洛阳。尚有疾不行，未几去世。温乃留戴施为河南太守，使与冠军将军陈祐，居洛卫陵，自率大军还镇。

襄西奔平阳，收降秦并州刺史尹赤，乃改图关中，进屯否城。羌胡及秦民，陆续趋附，得五万余户，遂据黄落。黄落在长安南境，相距不过二三百里，秦即遣广平王黄眉，东海王坚，及将军邓羌，率步骑万五千人，直抵黄落。襄深沟高垒，固守不战。羌向黄眉献策道：“襄被桓温杀败，锐气已尽，今固垒不战，明明是惊弓伤鸟，未肯轻发，但我若长此顿兵，亦非良计。襄性刚狠，可以刚克，今宜鼓噪扬旗，直压襄垒，使他怒不可遏，勃然前来，我用埋伏计诱他入阱，必擒无疑。”黄眉依计施行，便令羌率骑兵二千，前往诱襄，自与坚埋伏三原，专待襄至。羌引兵至襄垒门，大声诟骂，襄果忍耐不住，尽锐出战。羌且战且却，退至三原，始回马力战。襄恃兵众，麾兵围羌，喊杀声震动山谷。俄而黄眉与坚，左右杀到，反将襄军裹入里面，羌从内杀出，黄眉等从外杀入，把襄兵冲得七零八落。襄所乘骏马，叫做黧眉騧騧樢塌，雄骏非常。此时襄思急遁，慌忙挥鞭，不防马忽自倒，将襄倾落马下，即被秦兵擒住，牵至坚前。坚见襄年少面悍，料不可制，不如乘此翦除，乃叱令斩首，余众尽降。襄尝载父柩从军，亦为秦虏，坚因此招襄弟姚苌，谓苌若不降，当枭乃父尸。苌乃率诸弟投诚。秦兵奏凯班师，秦主生命葬襄父弋仲柩于孤磐，许用王礼，并用公礼葬襄，授苌为扬武将军。独黄眉等未得重赏，反加叱辱，黄眉忿甚，潜谋杀生，事发被诛。王公亲戚，亦多连坐，骈戮至数百人。

生尝梦大鱼食蒲，以为不祥，又闻长安有歌谣云："东海有鱼化为龙，男便为王女为公，问在何所洛门东。"这三语是阴寓苻坚。坚为东海王，兼龙骧将军，住宅正在洛门东。生不明玄旨，反疑及广宁公鱼遵，平白地把他杀死，并诛及七子十孙。长安市民，复起一种歌谣道："百里望空城，郁郁何青青？瞎儿不知法，仰不见天星。"生听悉是歌，命将境内空城，悉数毁去。其实谣言预兆，乃是指清河王法。法为坚兄，后来起兵发难，便属此人，生怎能预知，一味儿轻举妄动罢了。

金紫光禄大夫牛夷，虑不免祸，乞请外调。偏生命为中军将军，召入与谑道："牛性迟重，善持辕轭，虽无骥足，能负百石。"夷答道："虽服大事，未经峻壁，愿试重载，乃知勋绩。"生笑道："爽快得很，公尚嫌所载过轻么？朕将把鱼公爵位处公。"夷叩谢而出。转思生言，寓有别意，恐不免为鱼遵第二，遂服毒自杀。

生荒暴益甚，日夜狂饮，连月不出视事，或至日入时御朝，每醉必妄加杀戮，妻妾臣仆，误言残缺偏只字样，常以为讥他眇目，置诸死刑。暇时辄问左右道："我自临天下以来，外人以我为何如主？想汝等应有所闻。"或答言："圣明治世，举国讴歌。"生怒叱道："汝为何媚我？"立即杀毙。他日又问，左右不敢再谀，只答言陛下稍觉滥刑。生又叱他何故谤我？亦令处斩。所以臣下得保一日，如度十年。他尚有一种奇嗜，专喜观男女淫亵事，往往上坐饮酒，呼令宫人与近臣，裸体交欢，如有不从，立杀无赦。或生剥牛羊驴马，活焰鸡豚鹅鸭，纵诸殿前，看它惨死。又尝剥死囚面皮，迫令歌舞，种种怪剧，不胜枚举。

寿光三年六月，太史令康权入奏，谓："昨夜三月并出，孛星入太微，光连东井，且自去月上旬，沉阴不雨，直至今日，恐有下人谋上的隐祸。"生拍案道："汝又敢来造妖言么？"立命扑死。御史中丞梁平老等，与东海王坚友善，便私语坚道："主上失德，人怀贰心，燕晋二方，伺隙欲动。一旦祸发，家国俱亡，殿下何不早图呢?”坚颇以为然,但畏生趫勇,未敢遽动。会有宫婢报坚道:“主上昨夜饮酒,曾言‘阿法兄弟,亦不可信,便当除灭’云云。坚令转告兄法,法亟与梁平老强汪等密商。梁汪俱主张先发,法便遣人告坚,自与梁汪两人,号召壮士数百,潜入云龙门。坚亦与侍中尚书吕婆楼,带领麾下三百余人,鼓噪继进。宿卫将士,皆释仗相从。生尚醉卧床中,至坚兵杀入,方起问左右道:“这等人何故擅入?”左右答言:“是贼。”生醉眼矇眬,尚满口胡言道:“既说是贼,何不拜他?”左右相将窃笑,连坚兵亦且笑且哗。生又催言何不速拜,不拜就斩。坚应声道:“不要汝拜,但教汝徙居别室。”说着,即指麾众士,至卧榻前,把生拖下,牵拉出去。生醉后无力,一任他拥入别室去了。小子有诗叹道:

不防天变不忧人,似此凶狂正绝伦。
待到萧墙生变祸,暴君毒已遍西秦。

欲知苻生性命如何,待至下回续叙。

第五十八回

围广固慕容恪善谋 战东河诸葛攸败绩

却说苻生被徙入别室,醉尚未醒,当即有人传入,废生为越王,生亦不知为何人所授。及醒后已失权威,虽然懊恼异常,但已似鸟入笼中,无从跳跃,只好再向酒中寻乐,终日沈酣。那苻法苻坚,已废去暴主,无人反抗,遂议另立嗣君。法与坚互相推让,法谓:"坚系嫡嗣,且有贤名。"坚谓:"法年较长,应该序立。"兄弟谦说多时,迄无定议。惟群臣多主张立坚,坚母苟氏趋入道:"社稷重事,我儿既自知不能,不如让人。若谬膺大位,他日有悔,当由诸君任咎哩。"群臣一齐顿首,盛称坚贤,必能安邦定国。苟氏乃喜。遂由坚升殿即位,自立帝号,称大秦天王。诛董荣赵韶等二十余人,复遣使逼生自尽。生临死时,尚饮酒数斗,醉倒地上,不省人事,当被坚使拉毙,年只二十三,在位二年有余,坚谥生为厉王。生子馗尚值幼冲,许袭越王封爵,总算是秦王坚的仁恩。当下大赦改元,年号永兴,追谥父雄为文桓皇帝,尊母苟氏为皇太后,妻苟氏为天王后,子宏为太子,兄法为丞相,都督中外诸军事。诸王皆降封为公。从祖永安公侯为太尉,晋公柳为车骑大将军尚书令,封弟融为阳平公,双为河南公,子丕为长乐公,晖为平原公,熙为广平公,叡为钜鹿公,命李威为左仆射,梁平老为右仆射,强汪为领军将军,吕婆楼为司隶校尉,王猛为中书侍郎。

猛自还居华阴后,隐遁如故。坚欲图生,令吕婆楼亭访人才,婆楼与猛有旧交,因即举荐。坚遂使婆楼往召,猛应召而至,与坚谈及时事,口若悬河,滔滔不绝,说得坚倾心悦服,自谓如刘玄德遇孔明,竭诚相待。及斩关废立,猛亦与谋。李威为苟太后姑子，坚事威如父，威亦知猛贤，劝坚委猛国事。坚尝语猛道："李公知君，不啻管鲍。"所以猛事威如兄。坚又任薛赞为中书侍郎，权翼为给事黄门侍郎，令与猛并掌机密。赞与翼皆姚襄参军，降秦事坚，坚任为心膂，事辄与商，这且不在话下。

惟坚母苟氏，尊为太后，尝恐众心未附，嗣主不安，又因法为庶长，得揽大权，将来未免生变，特别加防。一日出游宣明台，路过法第，留心注视，正值车马盈门，非常热闹，他遂忧上加忧，返与李威密谋，即夕发出内旨，收法赐死。坚仓猝闻报，趋往东堂，与法诀别，流涕悲号，甚至呕血。及法死后，谥曰献哀，封法子阳为东海公，敷为清河公，于是举异才，修废职，课农桑，恤困穷，礼神祇，立学校，旌节义，如前时鱼遵雷弱儿王堕毛贵梁楞梁安段纯辛牢等后嗣，俱量能授用，且追复本身官爵，依礼改葬，吏民大悦。尚书左丞程卓，案多不治，勒令免官，代以王猛。既而并州镇将张平，据州叛命，坚遣建节将军邓羌往讨，杀败平军，擒平养子蚝，送入长安。平乃悔罪投诚，坚特旨赦免，仍署平为右将军，并命蚝为武贲中郎将，但徙平部曲三千户入关。是年秋季天旱，坚减膳撤悬，发出金帛锦绣，充作赈资。后宫后妃，悉去罗绔，开垦山泽，与民共利，因此旱不为灾。看官！试想从前苻生在位时，如何暴虐，如何昏狂，此次得了这位英主，与苻生判若天渊，真是倒悬立解，事半功倍，还有何人不歌功颂德，想望太平呢？

且说燕主慕容俊，僭号称帝，雄长朔方，大封宗室诸臣，多授王爵。慕容军得封襄阳王，慕容恪得封太原王，慕容评得封上庸王，慕容霸得封吴王，慕容疆得封洛阳王。军为抚军将军，恪为大司马侍中大都督，录尚书事，皆留居蓟城。惟遣评为征南将军，都督秦雍益梁江扬荆徐兖豫十州诸军事，使镇洛水。疆为前锋，都督荆徐二州诸军事，进屯河南。霸为安东将军，领冀州刺史，留守旧都龙城。霸有勇略，前曾得乃父皝欢心，特名为霸，恩遇比世子为优。俊颇怀嫉忌，不过因霸常立功，未便加罪。霸少好畋游，堕马折齿，俊既僭位，令霸改名为䂖，霸不愿受命，至是乃令减去右旁，但留垂字。霸始易名为垂。垂既镇龙城，抚众课民，得收东北大利。俊又恐他势盛，仍复召还。俊母段氏，系出徒河，与段辽从子龛，有中表谊。龛父名兰，兰死后，龛收遗众，东屯广固，自号齐王，向晋称藩，袭燕郎山，击走俊将荥国，乃贻书与俊，抗称中表，斥俊僭号。俊得书甚怒，即遣太原王恪为征讨大都督，尚书令阳骛为副，同讨段龛。

先是俊父皝临终时，曾有遗言嘱俊云："恪智勇兼济，才堪任重，骛志行高洁，忠干贞固，可托大事。"俊谨记勿忘，凡军国重要，统与二人商决。此次因龛众方盛，特遣二人出师。龛弟罴骁勇过人，且有智谋，闻燕军将至，即向龛献议道："慕容恪素善用兵，更有阳骛为助，率众前来，恐不可当，若听彼渡河，顿兵城下，虽欲乞降，亦不可得。王但固守城中，由罴带领精锐，往拒河上；幸得战胜，王可合兵力追，乘胜歼虏，使他匹马不返，万一不胜，即可请降，尚不失为万户侯哩。”龛不肯从。已而罴闻燕军近河，重申前议，龛仍不许，罴情急语戆，竟触龛怒，拔剑杀罴。那慕容恪方屯兵河上，安排舟楫，好几日不敢渡河，也恐龛遣兵掩击，格外持重。至探得杀罴消息，才知龛无能为，麾兵急渡，陆续东进，行至淄水南岸，方见龛自来拒战。恪与骜分军为二，包抄龛兵，龛左右遇敌，招架不住，遂至败退。龛弟钦被擒，右长史袁范等，统皆战死。

恪追龛至广固城下，龛闭门固守，恪但令军士筑栅，四面兜围，另分兵招抚旁郡。龛所有诸城，依次附燕。恪或仍令故吏居守，或请派新官往署，从容布置，进退咸宜；独未尝督攻围城，镇日里按兵不动。诸将莫名其妙，群请速攻。恪乃与语道：“用兵不宜执一，或宜缓行，或宜急取，若彼我势均，外有强援，一或顿兵，腹背受敌，自应急攻为是，冀速大利；倘我强彼弱，又无外援，不如羁住守兵，静待彼毙，兵法所谓十围五攻，便是此意。龛恩结贼党，众未离心，前此淄南一战，彼非不锐，不过用兵未善，为我所败；今我得凭阻天险，上下戮力，攻守势倍，行军常法，必欲急攻，谅亦数旬可克，但恐困兽犹斗，必须恶战，伤我士众，定在意中。我国家连年用兵，未得休息，我每念士卒疮痍，几忘寝食，奈何再轻残民命哩？故我意持久以取，勿贪近功。”诸将始皆下拜，自称未及。就是军士闻言，亦皆悦服。于是严固围垒，屯田课耕。齐民亦争运粮刍，馈给燕军。

好容易过了半年，城中粮储已尽，樵采路绝，甚至人自相食，龛不得已悉众出战。恪早防到此著，开垒接仗，潜令骑兵抄到龛兵背后，截他归路。龛兵统皆枵腹，怎能杀得过燕军？一经交锋，便即败却，龛只好退回。不意到了城边，又被燕骑截住，弄得进退两难，没奈何拼死杀入，才得冲开走路，踉跄入城。燕骑也不去追逼，唯驱杀龛众，斩馘殆尽，守兵从此夺气，莫有固志。龛穷蹙万分，因使部将段蕴，缒城夜出，诣晋乞援。晋遣北中郎将荀羡，率兵往救，进次琅琊，探得燕军强盛，不敢轻进。阳郡守将王腾，方背龛降燕，他想讨好恪前，立些功绩，遂不待恪命，欲乘虚袭晋鄄城。将士方调发出去，谁知晋军已掩到城下，原来晋将荀羡，自恐逗留得罪，正思进攻阳郡，求功补过，凑巧阳郡出兵，城内空虚，遂引军扑城，日夜不休。老天有意做人美，连宵下雨，冲坍城墙，羡即乘隙攻入，把腾擒住，杀死了事。腾所遣赴鄄将士，中途闻耗，当然骇散，不消细叙。惟段龛待援不至，无法支持，且经恪许他不死，乃面缚出降。恪入城安民，禁止侵掠，人民大悦，遂定齐地。命龛为伏顺将军，同返蓟城。留镇南将军慕容尘居守广固。龛后为俊所杀。

晋将荀羡，闻广固失陷，退还下邳，留泰山太守诸葛攸，及高平太守刘庄，率兵三千守琅琊。参军戴逯，率兵二千守泰山。燕将慕容兰屯汴城。羡顺道进击,斩兰而去。越年燕太子晔病逝,谥曰献怀。俊立第三子暐为太子,改元光寿。是年即晋穆帝升平元年。晋泰山太守诸葛攸,攻燕东郡,进兵武阳。俊复遣慕容恪阳骛,及乐安王臧,引兵拒攸。攸才略有限,哪里是慕容恪的对手,一战即败,逃回泰山,恪遂进兵渡河,连陷汝颍谯沛诸郡县,分置守宰,振旅北归,还据上党,收降河内太守冯鸯,略定河北全境。燕主俊遂自蓟城徙都邺中,缮修宫殿,复作铜雀台。命昌黎辽东二郡,建庙祀廆。范阳燕郡,建庙祀皝,即派护军平熙,领将作大匠,监造二庙。独吴王垂素遭俊忌,垂妃段氏,为故鲜卑单于段末柸女,才高性烈,自恃贵姓,又不肯尊事俊后。后可足浑氏引为深恨,遂与中常侍涅浩密谋,诬称段氏为巫蛊事,收付廷尉讯验。亏得段氏抵死不认,垂始得免连坐。段氏不堪箠楚,竟死狱中。俊颇加悔悯,乃授垂为东夷校尉,领平州刺史,出镇辽东。

秦右将军张平,复叛秦降燕,据有并州壁垒三百余所,得胡晋遗民十余万众。会燕调降将冯鸯为京兆太守,改令别将吕护代任。鸯与护阴相联络,通款晋廷,就是张平亦模棱两可,意欲联晋。俊遣上庸王慕容评讨鸯,鸯固守不下,再由燕领军将军慕舆根,奉命助评,合兵急攻。鸯乃开城夜遁,奔投吕护。评又移兵往攻张平,平正与兖州刺史李历,安西将军高昌,通使连盟,阳事燕主,暗通秦晋。评侦实报闻,燕主俊使阳骛讨昌,乐安王臧讨历。历从濮阳奔荥阳,昌从东燕奔乐陵,平势日孤,所署征西将军诸葛骧,镇东将军苏象,宁东将军乔庶,镇南将军石贤等,又举并州壁垒百余所,降顺燕军。那时平支撑不住,也率众三千奔平阳,竟遣使向晋乞降。

俊因晋屡纳叛将,遂思大举南下,并拟经略关西,当下命州郡校阅现丁,详核隐漏,每户只准留一丁,余悉充当兵役,定额一百五十万,约期来春大集,进临洛阳。武邑人刘贵上书,极陈民力雕敝,不应过事征调,并陈时政失宜十三事。俊乃宽限征发,改来春为来冬,但中使仍然四出,募兵征饷,络绎道旁。郡县不堪供亿,相率咨嗟。太尉封弈,谓:“调发事宜,尽可责成州郡,不必另行遣使,所有从前使臣,概请召还,以省烦扰。”俊总算依议。已而晋北中郎将荀羡,攻入山茌,擒住燕泰山太守贾坚。坚祖父本皆晋臣,羡因劝坚降顺,且与语道:“君世代事晋,不应忘本归虏。”坚答说道:“晋自弃中原,并非坚甘心忘本。今既身为燕臣,怎得再思改节呢?”遂绝粒而死。

忽由燕将慕容尘,遣司马悦明来救泰山。羡与战失利,只好退走,山茌复被燕军夺去,羡愤恚成病,上书求代。晋廷乃遣吴兴太守谢万为西中郎将,监督司豫冀并四州军事,领豫州刺史。再命散骑常侍郗昙为北中郎将,都督徐兖青冀幽五州军事,领徐兖二州刺史。二人才具,均不及羡,惟昙为故太尉郗鉴次子,万为故镇西将军谢尚从弟,皆以门阀邀荣,得列方镇。右将军王羲之曾贻万书，说他用非所长，既已受职建牙，应与士卒共同甘苦。万不能用。万兄谢安，亦诫万道："汝为元帅，须常接待诸将，联络欢心，不宜自命风流，矜才傲物。"万亦不少悛。临行时，由安亲托诸将，一一慰勉。万还道阿兄多事，怏怏而去。荀羡解职还都，旋即去世。穆帝很加悲悼，叹为折一股肱，因追赠骠骑将军。

未几为升平三年，晋泰山太守诸葛攸，大起水陆兵士，共得二万余人，再往伐燕，自石门进次河渚，分遣部将匡超据碻磝，萧馆屯新栅，督护徐冏，带领水军三千，游弋河中，泛舟上下，作为东西声援。燕主俊即命上庸王评，率同长乐太守傅颜等，领兵五万，往拒攸军。评屡经战阵，纪律颇严，部下又统皆精锐，踊跃争先，行至东阿相近，正与攸军遇着，不待列营休息，便即麾兵上前，步骑相间，纵横驰骤。攸虽有志平虏，怎奈才力不济，徒靠着一时血气，究竟敌不过百战雄师，两下交战多时，攸军多半受伤，眼见是旗靡辙乱，不能再奋，没奈何败退下去。评趋兵追击，大杀一阵，俘斩不可胜计，遂乘胜围攻东阿，且分兵进窥河洛。

晋廷诏令西中郎将谢万，出驻下蔡，北中郎将郗昙，出驻高平。万在军中，仍然啸咏自如，未尝拊循士卒，每经升帐，不发一言，但手执如意，指麾四座。将士统不服万，万尚不以为意，引众出涡颍间，拟援洛阳。途次闻郗昙退屯彭城，不禁惶骇，也即拍马逃归。部将见他傲慢无能，相率鄙视，恨不得将他刃毙，只因受安嘱托，未敢妄言，但各走各路，分道引归罢了。究竟昙为何事退兵？后来传下诏书，才知昙因病自归。朝廷格外原谅，仅降昙为建武将军，惟谢万无故溃退，罪难轻恕，着即免为庶人。

燕上庸王慕容评，正想略定河洛，会接燕主俊寝疾消息，乃收兵还邺。俊自太子晔逝世，不免追悼，尝对群臣流涕，谓此儿若在，我可无忧。又因嗣子暐年轻质弱，未及乃兄，深以为虑，因此寝馈不安，酿成心疾。一夕，梦见石虎闯入，牵臂乱啮，不由的猛呼一声，才将梦魔驱出，醒后尚觉臂痛，乃命发掘虎墓，有棺无尸。寻复悬赏百金，购人告发。适有故赵宫女李菟，得知石虎葬处，在邺宫东明观下，因即应募报闻。俊遂令李女引示，发掘至数丈以下，果得一棺，剖棺出尸，僵卧不腐。俊亲往验视，用足蹴踏，对尸怒叱道："死羯奴敢梦扰活天子么？"说着，又命御史中丞杨约，数他罪恶，计数百件，遂加鞭挞，打得筋断骨折，乃投诸漳水中。尸尚倚着桥柱，终未漂没。及苻秦灭燕，王猛始收尸埋葬，并杀女子李菟，这是后话。

惟俊既弃去虎尸，病仍未痊，因召大司马太原王恪，入室与语道："我病恐不起，将与卿等长别。人生寿数，本有定限，死亦何恨，但秦晋未平，景茂尚幼，怎能遽当大位？我欲效宋宣公故事，即以社稷付汝，汝意以为何如？"恪答道：

"太子虽幼,秉性宽仁,必能胜残去杀,为守成令主。臣实何人,怎敢上干正统?"儁变色道:"兄弟间还要虚饰么?"恪从容道:"陛下既称臣能主社稷,难道不能辅少主吗?"儁乃转怒为喜道:"汝果能为周公,我复何忧?"恪便趋退。儁复召吴王垂还邺,寻因病体少瘥,复欲遣兵寇晋。越年正月,且出郊阅兵,派定大司马恪,及司空阳骛为正副元帅,定期出兵。是夕还宫,自觉劳倦。翌日,旧疾复发,遂至危笃,即召恪与阳骛,暨司徒评,领军将军慕舆根等,受遗辅政,言毕遂殂,年五十三,在位十有二年。燕人称儁为令主,小子有诗叹道:

六朝衰运慨氛棼,遍地胡腥不忍闻。

但得一方中主出,民间已是号贤君。

儁既病逝,百官复议立恪,究竟恪是否从众,容至下回叙明。

第五十九回

谢安石应征变节 张天锡乘乱弑君

却说慕容恪受遗辅政，当然拥立太子暐。百官多倾心事恪，意图推戴，恪哪里肯从，但言国有储君，不容乱统，乃由暐升殿嗣位。暐年方十一，恪率百官入朝，谨守臣节，当下循例大赦，改元建熙，追谥俊为景昭皇帝，庙号烈祖。尊俊后可足浑氏为太后，进太原王恪为太宰，专掌百揆。上庸王评为太傅，司空阳骛为太保，领军将军慕舆根为太师，夹辅朝政。根自恃勋旧，举动倨傲，且有异图，适太后可足浑氏，干预外事，根欲从中播弄，煽乱徼功，乃先向恪进言道："今主上幼冲，母后干政，殿下宜预防不测，亟思自全，且安定国家，全是殿下一人的功劳，兄终弟及，古有常制，应俟山陵事毕，废去幼主，由殿下自践尊位，永保国基，方为长策。"恪惊诧道："公莫非酒醉么，奈何敢出此言？我与公同受先帝遗诏，口血未干，怎得异议？"根不禁怀惭，赧颜退去。

恪转告吴王垂，垂劝恪速即诛根，恪摇首道："今国家新遭大丧，二邻方在旁观衅，若宰辅自相诛夷，就使内乱不生，亦招外侮，不如暂忍为是。"秘书监皇甫真，又谓："根已谋乱，不可不除。"恪仍然不听。哪知根竟入宫进谗，密白太后道："太宰太傅，将谋不轨，臣愿率禁兵捕诛二人。"太后可足浑氏，素好猜忌，一闻根言，便欲依议。还是嗣主暐从旁进言道："二公系国家亲贤，先帝特加选任，托孤寄命，想彼必不愿出此，莫非太师自欲为乱，因有此言？"可足浑氏乃拒绝根议。根又思归东土，入白太后及暐道："今天下萧条，外寇不一，国大忧深，不如仍还旧都。"太后与暐亦未从所请。

恪得闻根言，知根必将为乱，乃与太傅评联名，密陈根罪，即使右卫将军傅颜，引兵至内省诛根，并拘根妻子党与下狱，酌处死刑。中外未悉详情，还疑燕廷骤诛大臣，不免惊愕。恪独镇定逾恒，绝不张皇，每有出入，只令一人步从，或劝恪宜自戒备。恪答说道："人情方怀疑贰，非静镇不足安众，怎得自相惊扰呢？"果然不到数日，人心复定。惟各郡县所征兵士，乍闻大丧，并有内乱谣传，往往乘间散归，自邺以南，路人拥挤，几至断塞。恪授垂为镇南将军，都督河南诸军事，领兖州牧，兼荆州刺史，出镇蠡台。又令孙希为并州刺史，傅颜为护军将军，带领骑士二万，观兵河南，临淮而还。于是全国兵民，各知朝内无事，相率安堵，不复生疑了。

且说晋穆帝自亲政后，立散骑常侍何准女为皇后，准兄充尝为骠骑将军，后以名门应选，受册后正位中宫，柔顺有仪，毋庸细叙。司徒会稽王昱，奉表归政，穆帝不许，内政仍付昱参决，外政多为桓温把持。前领司徒蔡谟，虽由褚太后特诏起复，仍使为光禄大夫。谟称疾固辞，不复朝见，寻即病殁。诏赠侍中司空，赐谥文穆。自升平纪元，荏苒五年，江淮一带，尚无大变，不过与燕兵争战数次，均皆失利。西中郎将谢万，不战即溃，尤损国威。且王谢素号世家，当时风俗人心，统重门阀阶级，谢万得罪被黜，不但国家感受影响，就是谢氏门第，亦为一落。万兄谢安，幼即风神秀彻，长益智识深沈，善行书，工诗文，朝中权贵，互相钦慕，累征不起。祖籍本为阳夏人氏，随晋东渡建康。安独寓居会稽，与王羲之等为友，游山眺水，歌咏自娱。有司奏安屡不就征，性情乖僻，应禁锢终身，安不以为意，索性栖迟东土，放情邱壑，每出必挟妓从游，不拘小节。会稽王昱素闻安名，尝语僚属道："安石与人同乐，必肯与人同忧。"安石就是安小字。安妻刘氏，为丹阳尹刘惔妹，见伯叔多半富贵，独安隐居不仕，常语安道："大丈夫当不若是呢。"安掩鼻道："卿所见未能免俗，岂丈夫定要富贵么？"及万已褫职，门第减色。安年已四十余，免不得顾虑家门，转思仕进。可巧征西大将军桓温，表请辟安为征西司马，朝旨立即召安。安便至都中。自新亭启行，朝士多往饯送，中丞高崧戏语道："卿累违朝旨，高卧东山，诸人互相私议，谓安石不出，如苍生何？苍生今亦将如卿何？"说毕大笑。安被他一嘲，也不禁惭愧起来，勉强支吾，终席即去。

既到江陵，与温相见，谈笑竟日，甚惬温意。及安趋出，温问左右道："汝等曾见有如此佳客否？"嗣温有事访安，至安居室，安适早起理发，久不出见。温在外坐待，始闻室内有人传呼，令人取帻。温即朗声道："不必，不必，请司马即戴便帽，就好相见了。"安依言见温，坦然与语，取决如流。温满意乃去。晋廷复起谢万为散骑常侍，万受职未久，便即病死。安本不欲随温，无非借温干进，暂作过渡思想。及万已去世，遂假弟丧为名，投笺求归。温准令返家治丧，安此后不复诣温。寻由朝廷授为吴兴太守,便一麾赴郡去了。

升平五年五月,穆帝有疾,数日即逝,年仅十有九岁,在位十七年,帝尚无子,当由会稽王昱等,入白褚太后,请迎成帝长子琅琊王丕嗣位,褚太后依议施行,因即下令道:

帝奄不救疾,胤嗣未建,琅琊王丕,中兴正统,明德懋亲,昔在咸康,属当储贰,以年在幼冲,未堪国难,故显宗高让。今义望情地,莫与为比,其以王奉大统,毋坠厥命!

这令下后,当由百官备齐法驾,至琅琊王第迎丕入宫,升殿即位,是为哀帝。丕时年二十有二,曾纳司徒左长史王濛女为妃,至是册为皇后。封弟奕为琅琊王,奉葬穆帝于永平陵,庙号孝宗。尊所生母周氏为皇太妃,穆帝后何氏为穆皇后,又诏谕中外道:

显宗成皇帝顾命,以时事多艰,弘高世之风,树德博重,以隆社稷,而国故不已,康穆早世,祚胤不融。朕以寡德,复承先绪,感惟永慕,悲痛兼摧,夫昭穆之义,固宜本之天属,继体承基,古今常道,宜上嗣显宗以修本统。特此诏告中外,俾使周知。

越年,改元隆和。会闻北方降将吕护,又背晋归燕,将攻洛阳。乃命吴国内史庾希为北中郎将,领徐兖二州刺史,镇守下邳;前锋监军袁真为西中郎将,监督司豫并冀四州军事,领豫州刺史,镇守汝南。两将方才莅镇,那燕吕护已驱动燕军,进逼洛阳。守将河南太守戴施,闻风奔宛,只冠军将军陈祐,飞使至桓温处告急。温急檄北中郎将庾希,及竟陵太守邓遐,同率水师援洛阳。遐为建武将军广州刺史邓岳子。岳镇交广二州,垂十余年,岭南颇仰岳声威,相率畏服。岳又得击破夜郎,加督宁州,进征虏将军,迁平南将军。当时伏波将军葛洪,迁官避地,居罗浮山炼丹,岳素重洪,极力劝挽,表请任洪为东官太守。洪固辞不就,只留兄子望在广州,为岳记室参军。洪自号枹朴子,著书一百十六篇,类言长生要诀,分作内篇外篇,即以《枹朴子》名书。此外著作,不一而足,大约以方技杂事为最多,如《金匮药方》百卷,《肘后要急方》四卷,阐究医药,流传后世,医家奉为金针。洪至八十一岁时,寄书与岳,自言将远行寻师。岳即往送别,及抵罗浮山石室中,见洪兀坐不动,抚视已无气息,不过颜色如生。岳乃为棺殓,瘗葬山间。役夫举棺甚轻,因皆疑为尸解成仙。未几岳亦谢世。子遐勇力绝人,时人比诸樊哙,桓温辟为参军,从战有功。晋任冠军将军,累充各郡太守。襄阳城北沔水中,有蛟蛰伏,屡为人害。遐拔剑入水,与蛟角斗。蛟绕住遐足,遐挥剑斩蛟,截为数段,携蛟首而出,自是遂无蛟患。及为竟陵太守,受温檄使,便引兵进屯新城。庾希遣部将何谦为先驱,驾舟援洛,与燕将刘则交战檀邱,得获胜仗。刘则败去。西中郎将袁真,又从汝南运米五万斛，接济洛阳。洛城既得外援，复足粮食，当然支撑得住。

桓温复表请迁都洛阳，谓："自永嘉以后，东迁诸族，须一切北徙，仍返故土，再由御驾朝服济江，仪表两河，宅中驭外。臣虽庸劣，愿宣力先锋，廓清中原"云云。看官！试想河洛一带，迭经戎马，已闹得乱七八糟，不可收拾，此时虽经桓温规复，终究是劫灰满目，景物萧条。况燕人又屡次窥伺，烽火不绝，怎好仓猝迁都，举乘舆为孤注哩？只是满廷大臣，多半畏温，明知温言难从，却又不敢驳斥。独散骑常侍兼著作郎孙绰上疏道：

昔中宗龙飞，非惟信顺协于天人，实赖万里长江，画而守之耳。今自丧乱以来，六十余年，洛河邱墟，函夏萧条，士民播流江表，已经数世。存者老子长孙，亡者邱陇成行，虽北风之思，感其素心，而目前之哀，实为交切。温今此举，试欲大览终始，为国远图，而百姓震骇，同怀危惧，岂不以反旧之乐赊，而趋死之忧促哉！何者？植根江外数十年矣。一朝顿欲拔之，驱踧于穷荒之地，提挈万里，逾险浮深，离坟墓，弃生业，田宅不可复售，舟师无从得依，舍安乐之国，适习乱之乡，将顿仆道涂，漂溺江川，仅有达者，此仁者所宜哀矜，国家所宜深虑也。臣之愚见，以为且宜遣将帅有威名资实者，先镇洛阳，扫平梁许。清一河南，运漕之路既通，开垦之积已丰，豺狼远窜，中夏小康，然后可徐图迁徙耳。奈何舍百胜之长理，举天下而一掷哉？谨此疏闻，伏希睿鉴！

绰系晋初冯翊太守孙楚孙，表字兴公，少慕高尚，尝著《遂初赋》以见志。自此表为温所闻，温甚是不乐，特遣人传语道："致意兴公，何不寻君《遂初赋》，乃来预人家国事呢。"时朝廷忧惧，将遣使止温。扬州刺史王述道："温但欲虚声威人，并非实事，朝廷亦何妨允许哩。"乃有诏复温道：

在昔丧乱，忽涉五纪，戎狄肆暴，继袭凶迹，眷言西顾，慨叹盈怀。如欲躬率三军，荡涤氛秽，廓清中畿，光复旧京，非忘身殉国，孰能若此？诸所处分，委之高算，但河洛邱墟，所营者广，经始之勤，致劳怀也。

温得诏后，果然不行，寻且议迁洛阳钟簴。晋廷因述智足料温，复命述答辞道："永嘉不靖，暂都江左，方期荡平区宇，旋轸旧京，万一不克如期，亦当改迁园陵，不应先徙钟簴。"这数语理直气壮，又使温无可置喙，只好罢议。

会燕将吕护攻洛，中箭受伤，退守小平津，疮裂而死。他将段崇收兵北去，晋得解严。庾希自下邳还屯山阳，袁真自汝南还屯寿阳，这且待后再表。

且说凉州大将军张瓘，恃功骄恣，阴蓄异图。仆射宋混，素性忠直，为瓘所惮，瓘谋杀混及混弟澄，即废主自立，乃征兵数万，会集姑臧。混诇悉瓘谋，遂与澄率壮士数十人，奄入南城，宣告诸营道："张瓘谋逆，我兄弟奉太后令，速诛此贼。汝等助顺有赏，从逆立诛。"各营兵听到此言，立即趋附，得众二千，随混攻瓘。瓘出战败却，混策马追瓘，忽刺斜里有一槊刺来，几中腰下，亏得身穿坚甲，槊不能入。混将槊夺住，与他坚持，宋澄等复引兵拥上，那人料不可敌，弃槊返奔。混乘他转身，用槊横击，那人站立不住，倒地成擒，讯明姓氏，叫做玄胪。胪系张瓘部下的勇士，既被擒住，余众皆投械乞降。瓘势孤力尽，即与弟琚同时刎死。混夷瓘家族，声罪安民。凉王玄靓，乃进混为骠骑大将军，代瓘辅政。混劝玄靓去凉王号，复称凉州牧。又召玄胪与语道："卿前刺我，幸得不伤，今我辅政，卿可知惧否？"胪答道："胪受瓘恩，彼时但知有瓘，不知有公，尚恨刺公未深，有何足惧？"混称为义士，亲为释缚，优加待遇，胪始拜谢。

既而混罹重疾，不能起床。玄靓及祖母马氏，同往探视，且与语道："将军倘有不测，寡妇孤儿，将托谁人？可否以林宗继任？"混答说道："臣儿林宗，年尚幼弱，不堪重任，殿下若不弃臣家，臣弟澄尚可参政，但恐他材质迂缓，未足达权，还望殿下随时策励，才免误事。"及玄靓随马氏同归，混复召诫子弟道："我家受国厚恩，当以死报，慎勿挟势骄人。"嗣见朝臣俱来问疾，又惟举忠君爱国四字，一再劝勉，余无他言，寻即殁世。路人闻丧，统皆挥涕。

玄靓即命澄为领军将军，使代兄任。才阅半年，偏有一右司马张邕，恶澄专政，竟胁众杀澄，并灭澄族。澄虽不及乃兄的贤明，惟骄恣却不若张瓘，邕敢擅杀大臣，罪应立诛，乃玄靓反授邕为中护军，使与叔父中领军天锡，同掌国政，说来也有一种原因。玄靓祖母马氏，本来是个淫妇班头，前次曾与张祚私通，祚死后复伤岑寂，见邕身材雄伟，不亚张祚，复不禁暗暗动心。邕知情识意，乐得乘间凑奉，居然两厢情愿，合成好事。此番擅杀宋澄，马氏非不预闻，所以并未加罪，反令他代执政权。玄靓冲幼无知，一由马氏作主，从此淫人得志，生杀自专，复为国患。

天锡年未及壮，所结党羽，亦多属少年。有郭增刘肃二人，年皆止十八九，尝为天锡腹心，因密白天锡道："国家恐将复乱了。"天锡惊问何因？二人齐声道："今护军出入，仿佛长宁，怎得不乱？"天锡道："我亦早疑此人，未敢出口，今当如何处置？"肃答道："何勿早除了他。"天锡道："何人可使？"肃便自请效力。天锡道："汝年太少，须更求臂助。"肃又道："同僚赵白驹，颇有胆力，得他为助，便足诛邕。"天锡大喜，便召集壮士四百人，诘旦入朝。肃与白驹，当然随入，正值邕在门下省，肃即拔刀斫邕，被邕闪过。白驹继进，持刀乱斫。邕颇有勇力，跳跃盘旋，巧为趋避。嗣见壮士齐集，乃翻身逸去。天锡急与肃等驰入禁中，闭住禁门。才过须臾，即闻门外有呼噪声，由天锡登屋俯望，见邕领着甲士数百，前来攻门，便凭高大呼道："张邕凶逆，横行不道，既灭宋氏，又欲倾覆我家，汝将士世为凉臣，何忍兵戈相向？我不怕死，实恐先人废祀，不得不为除逆计。今我但欲取邕，他无所问，天地有灵，我不食言。"邕众闻言，陆续散去。天锡即下屋开门，引众出击。邕只剩孤身，自知不能脱逃，遂引刃自杀。天锡悉诛邕党，入见玄靓，备陈邕罪。玄靓便令天锡为冠军大将军，都督中外诸军事，执掌朝政。天锡乃奉东晋正朔，改去建兴年号，并遣使通好建康。晋授玄靓为大都督，领凉州刺史，护羌校尉，封西平公。

已而玄靓祖母马氏，得病而死，因尊生母郭氏为太妃。郭氏以天锡权盛，与疏宗张钦等密谋，拟诛天锡，偏为天锡所闻，搜杀张钦，并引兵入宫，质问玄靓母子。玄靓大惧，情愿让位。天锡不应，悻悻趋出。刘肃已升任右将军，便向天锡进言，劝他自立。天锡遂使肃等入弑玄靓，诈称暴卒，年才十四，谥曰冲公；自称大都督，大将军，护羌校尉，凉州牧，西平公。他系张骏少子，为刘美人所出，所以天锡篡位，仍尊嫡母严氏为太王太后，生母刘美人为太妃，且遣司马纶骞奉表建康，请命乞封。小子有诗咏道：

世变纷纷太不平，乱臣贼子敢胡行。
江东气运衰微久，谁奉天威仗钺征？

欲知晋廷曾否给封，待至下回再表。

第六十回

失洛阳沈劲死义　阻石门桓温退师

却说凉州使臣，奉表至晋，晋廷徒务羁縻，管甚么篡逆情事，但教他奉表称臣，已是喜出望外，当下厚待来使，即将前封玄靓的官爵，转授天锡，来使拜谢自去。天锡又使人向秦报丧，并陈即位情形。秦王苻坚，亦遣大鸿胪至凉州，拜天锡为大将军凉州牧，兼西平公。天锡受两国封册，安然在位，遂以为太平无事，乐得纵情酒色，坐享欢娱。越年元日，专与嬖幸亵饮，既不受群僚朝贺，又不往谒太后太妃。从事中郎张虑，舆榇切谏，并不见从。少府长史纪锡，上疏直言，又复不答。那太王太后严氏，本来是静居深宫，不预外事，及内变迭起，已不免忧惧交乘，天锡嗣位，名为尊奉，仍然不见礼事，越觉惹起懊恨，抑郁以终。天锡亦没甚悲戚，但循例丧葬罢了。话分两头。

且说晋哀帝丕嗣位逾年，又改元隆宁。太妃周氏，在琅琊第中寿终，帝出宫奔丧，命会稽王昱，总掌内外诸务。嗣因燕兵入寇荥阳，太守刘远弃城东走，乃加征西大将军桓温为侍中大司马，都督中外诸军事，并假黄钺。且命西中郎将袁真，都督司冀并三州军事。北中郎将庾希，都督青州诸军事。桓温令王坦之为长史，郗超为参军，王珣为主簿。超多须，时人号为髯参军；珣身矮，时人号为短主簿。尝有歌谣云："髯参军，短主簿，能令桓公喜，能令桓公怒。"温尝睥睨一切，予智自雄，惟谓超才不可测，待遇甚厚。超亦深自结纳，为温效忠。又有谢安兄子玄，亦为温掾属，温辄语左右道："谢掾年至四十，拥旄仗节，王掾当作黑头公，二人皆非凡才，前途正不可限量呢。"

越年，哀帝寝疾，复请褚太后临朝摄政，拜温为扬州牧，使侍中颜旄，宣温入朝参政。温上表固辞，朝旨不许，再发使征温。温乃启行至赭圻，不料来了尚书车灌，止温入都，无非说是“秦燕内侵，仍须赖公外镇”云云。温不肯即还，便在赭圻筑城，暂时驻节，遥领扬州牧。那哀帝因迷信方士，好饵金石，以致毒性沉痼，生就一种慢性症，一时不至遽死，亦不能复愈。迁延过了一年，已是兴宁三年了，皇后王氏，却得了暴病，骤致不起，因即棺殓治丧，追谥曰靖。上元令节，变作哀期，适燕太宰慕容恪，复拟取晋洛阳，先遣镇南将军慕容尘，攻陷许昌汝南诸郡，然后使司马悦希驻盟津，豫州刺史孙兴驻成皋，渐渐的进逼洛水。洛阳守将陈祐，检阅部兵，不过二千，粮饷又不过数月，自知不能固守，不如引众先走，遂借援许为名，出城径去，但留长史沈劲守洛阳。劲系王敦参军沈充子，充受诛后，劲逃匿乡里，年三十余，不得入仕。吴兴太守王胡之，受调为司州刺史，特请免劲禁锢，起为参军。有诏依议。偏胡之忽婴疾病，未得莅镇。劲独上书自请，愿至洛阳效力。晋廷乃命劲为冠军长史，使自募兵士，赴洛从军。劲募得壮士千人，入洛助祐，前此得却燕围，劲力居多，至祐出城自行，将士多由祐带去，只剩下五百人，随劲留守。劲明知孤危，却反欣然道：“我志在致命，今可偿我初志了。”遂率五百人誓死守城。

那陈祐自洛阳出发，并未往许，竟奔趋新城。晋廷得报，即由会稽王昱，亲赴赭圻，与大司马桓温议御燕事。温乃移镇姑孰，表荐右将军桓豁监督荆州扬州的义城，及雍州的京兆诸军事，振威将军桓冲，监督江州荆州的江夏的随郡，及豫州的汝南西阳新蔡颍川诸郡军事。豁与冲俱系温弟，温虽是举不避亲，究竟有阴布羽翼，广拓声威的意思。会闻哀帝大渐，会稽王昱匆匆返都，及抵建康，哀帝已经升遐了。昱入见太后，与议嗣位事宜。哀帝无子，只好令哀帝弟奕，入承大统，当由太后褚氏下令道：

> 帝遂不救厥疾，艰祸仍臻，遗绪泯然，哀恸切心。琅琊王奕，明德茂亲，属当储嗣，宜奉祖宗，纂承大统，便速正大礼以宁人神，特此令知。

昱奉令出宫，颁示百官，当即迎奕入殿，缵承帝祚，颁诏大赦，奉葬哀帝于安平陵。哀帝崩时才二十五岁，在位只阅四年。晋廷丧君立君，方忙碌的了不得，那燕兵竟乘隙进攻洛阳，遂使壮士丧躯，园陵再陷，河洛一带，复为强虏所有了。

燕太宰慕容恪，探知洛阳兵寡，遂与吴王垂，率兵数万，共攻洛阳。恪语诸将道：“卿等尝患我不肯力攻，今洛阳城虽高大，守卒孤单，容易攻下，此番可努力进取，不必疑畏。倘或顿兵日久，敌得外援，恐反不能成功了。”诸将得了恪令，个个是摩拳擦掌，踊跃直前。一到洛阳城下，便四面猛扑，奋勇争登。城中只有五百兵士，怎能挡得住数万雄师？守将沈劲，见危授命，明知城孤兵寡，当不可支，但一息尚存，不容少懈，因此登陴守御，力拒燕军。起初是备有矢石，掷射如注，就使燕军志在拔帜，前仆后继，究竟是血肉身躯，不能与矢石争胜，所以攻了数日，那一座孤危万状的围城，兀自保持得住。后来矢尽石空，守城无具，尚仗着一腔热血，赤手空拳，与敌鏖斗，待至粮食已尽，兵士饥疲，五百人丧亡一大半，眼见得势穷力尽，不能再持。燕兵并力登城，城上不过一二百人，如何拦阻？遂遭陷没。劲尚引着残卒，拼死巷斗，毕竟双拳不敌四手，被燕兵左右攒集，把他活捉了去，牵往见恪。恪劝劲降燕，劲神色自若，连说不降。恪暗暗称奇，欲加宽宥。中军将军慕容度道："劲虽奇士，看他志趣，终不肯为我用，今若加宥，必为后患。"恪乃将劲杀死，令左中郎将慕容筑为洛州刺史，镇守金墉，留卫洛阳；自与吴王垂略定河南，直至崤渑，关中大震。秦王坚亲率将士，出屯陕城，备御燕军。恪见秦有备，方收兵还邺，惟使垂为征南大将军，领荆州牧，都督荆扬洛徐兖豫雍益凉秦十州军事，配兵一万，驻守鲁阳。晋廷始终不发一兵，往复河洛，但追赠沈劲为东阳太守，聊旌忠节罢了。

是年七月，帝奕立妃庾氏为皇后，后为前荆江都督庾冰女，亲上加亲，当然乾坤合德，中外胪欢。只是帝奕后来被废，殁无尊谥，历史上但称帝奕，小子不得不沿例相呼。庾氏得列正宫，好象是预知废立，不愿久存。才阅十月，便安然归天，予谥曰孝，当即奉葬。进会稽王昱为丞相，录尚书事，入朝不趋，赞拜不名，履剑上殿。是年，改元太和，算是帝奕嗣位的第一年。益州刺史周抚病殁，诏令抚子楚继任。抚镇益州三十余年，甚有威惠，远近詟服。梁州刺史司马勋，久思据蜀，只因抚有威名，惮不敢发，及抚死楚继，遂举兵造反，自称成都王，攻入剑阁，围住成都。周楚遣使至下流告急，桓温遣江夏相朱序往援，会同楚兵，内外夹攻，得将司马勋击毙，蜀地复平。序收兵东归。

惟燕兵复屡寇晋境，燕抚军将军慕容厉寇兖州，连陷鲁高平数郡。晋南阳督护赵亿，举宛城降燕。燕令南中郎将赵盘戍宛。越年初夏，燕镇南将军慕容尘，又寇晋竟陵，亏得晋太守罗崇，应变有方，出兵击退燕军，又与荆州刺史桓豁，合兵攻宛，走赵亿，逐赵盘，夺还宛城，崇还戍竟陵。豁追赵盘至雉城，复杀败盘兵，且将盘活擒归来，燕人始稍稍夺气，敛兵自固。并且燕室长城慕容恪，得病垂危，不能视事，所以境外军务，暂从搁置，不复进兵。

恪尝虑燕主庸弱，太傅评又好猜忌，将来军国重任，无人承乏，因此时在记心。适乐安王臧前来探疾，恪即握手与语道："今南有遗晋，西有强秦，二寇都想伺机进取，只因我未有隙，不敢来侵。从来国家废兴，全靠将相，大司马总统六军，更宜量能授职，若果推才任忠，和衷协恭，就使混一四海，亦非难事，怕甚么秦晋二寇呢？我本庸才，猥受先帝顾托，每欲扫平关陇，荡一瓯吴，续成先帝遗志，乃忽罹重疾，势且不起，岂非天命？我死后以亲疏论，大司马一职，若非授汝，应该轮着中山王冲。汝两人未始无才，但少不更事，难免疏忽。惟吴王垂天资英敏，才略过人，汝等能交相推让，使握军权，自足安内攘外，幸勿贪利徇私，不顾国计哩。”臧唯唯而出。已而慕容评至，恪又申述大意，及病至弥留，由燕主時亲往省视，恪复将垂面荐，再三叮咛，未几即殁，追谥曰桓。

暐偏不从恪言，竟令中山王冲为大司马。冲为暐弟，才不及垂。暐总道是懿亲可恃，所以舍垂任冲，但进垂为车骑大将军。会秦将苻庾举陕降燕，请兵接应，暐欲发兵救庾，因图关右。太傅评素无经略，谓不宜远出劳师。魏尹范阳王慕容德，表请乘机出兵，又为评所阻。时太尉阳骛，又相继谢世，继任的乃是司空皇甫真。真与垂统主张西略，并得苻庾来笺，极力怂恿，当由垂私下语真道：“今我所患，莫若苻坚王猛。主上年少，未能留心政事，太傅才识，远不及苻坚王猛，现在秦方有衅，可取不取，恐正如苻庾来笺，将有甬东后悔哩。”真答道：“我亦与殿下同意，但言不见用，奈何奈何！”说着，与垂相对欷歔，挥涕而别。

旋闻陕城失守，苻庾被杀，还有庾党苻双苻柳苻武等，俱由秦王猛等讨平，一场好机会，坐致失去，垂与真更太息不已，徒恨蹉跎，俄而警报大至，晋兵大举西犯，前锋攻陷湖陆，宁东将军慕容忠，已经败没了，垂即自请出拒。燕主暐尚未肯任垂，但饬下邳王慕容厉为征讨大都督，给兵二万，使他前往。厉受命即行，究竟晋兵由何人率领，原来是晋大司马桓温。先是燕主慕容儁病殁，晋廷将相，统说是中原可图，独温谓慕容恪尚存，未可轻视。及闻恪死耗，温乃疏请伐燕，拟即大举。适平北将军徐兖二州刺史郗愔，因病辞职，朝旨授温兼代愔任，准令出师。温遂率弟南中郎将桓冲，及西中郎将袁真等，引兵五万，大举西进。参军郗超，谓漕运未便，不如缓行。温不肯依议，遣建威将军檀玄为先锋，进攻湖陆，一鼓即下，擒住守将慕容忠。温闻捷甚喜，即率大军进次金乡。

时为太和四年六月，天气亢旱，水道不通。温使冠军将军毛虎生，凿通钜野三百里，引汶水会入清水，乃从清水挽舟入河，舳舻达数百里。郗超又入谏道：“清水入河，仍难通运，若寇坚持不战，运道必绝，再思因寇为资，复无所得，岂非危道？计不若率众趋邺，彼惮公威，或即望风奔溃，北归辽碣，我即唾手可得邺城，若彼能出战，便与交锋，一战可决，倘恐胜负难必，务欲持重，何如顿兵河济，控引漕运？待粮储充足，来夏乃进，舍此两策，徒连兵北上，进不速决，退更为难。寇得迁延岁月，设法困我，渐及秋冬，水更滞涸，北方早寒，三军未带裘褐，必叹无衣，不但无食可忧哩。”温仍然不从。已而慕容厉领兵来战，温与厉对垒黄墟，麾兵猛斗，大败厉众，厉匹马奔还。燕高平太守徐翻，望风降晋。温复分遣前锋将邓遐朱序，往攻林渚，击败燕将傅颜，温节节进兵。适燕乐安王臧，奉燕王命，再统各军堵截晋师，被温迎头痛击，又大败亏输，逃之夭夭了。

晋军随温进驻武阳，燕故兖州刺史孙元，挈领族党，起应温军，温直至枋头。

是时，燕主暐及太傅评，连接败报，吓得魂魄飞扬，一面遣散骑常侍李凤，向秦求救，一面召集大臣，谋奔和龙。吴王垂奋然道："臣愿统兵击敌，如再不胜，走亦未迟。"暐乃命垂为南讨大都督，使与征南将军范阳王德等，调集步骑五万，出御晋军。垂请令司空左长史申胤，黄门侍郎封孚，尚书郎悉罗腾，皆为参军。暐当然允准，惟尚恐垂难却敌，再遣散骑侍郎乐嵩，驰赴关中，催促援兵，情愿将虎牢西境，作为赠品。秦王坚与群臣集议东堂，群臣俱进言道："从前桓温侵我，屯兵灞上，燕未尝发兵相援，今温自攻燕，与我无涉，我何必往救。且燕从未向我称藩，我更不宜往救呢。"大众异口同声，并作一词，只王猛在旁默坐，不发片言。秦王坚退入后庭，召猛入问。猛答说道："燕虽强大，慕容评实非温敌，若温举山东，进屯洛邑，收幽冀兵士，得并豫食粟，观兵崤渑，恐陛下大事去了。今不若与燕合兵，并力退温，温退燕亦疲，我可承他劳敝，一举取燕，岂不是良策么？"坚抚掌称善。因遣将军苟池，洛州刺史邓羌，率步骑二万人救燕，出自洛阳，进至颍川。更遣散骑常侍姜抚，至燕报使，名为赴援，实是借此观衅，要想并吞燕土哩。

且说燕大都督慕容垂，带领将士，行近枋头，择地驻营，按兵不动。参军封孚，密向申胤道："温众强士整，乘流直进。今我军徒逡巡南岸，兵不接刃，如何能击退强敌哩？"胤答道："如温今日声势，似足有为，但我料他决难成功。现在晋室衰弱，温跋扈专制，想晋臣未必尽肯服温，所以温得逞志，众必不愿，势且多方阻挠，使温无成。且温恃众生骄，应变反怯，率众深入，应该急进，今反逍遥中流，坐误事机，彼欲持久取胜，岂不思粮道悬绝，转运为难么？我料他师劳粮匮，情见势绌，必且不战自溃了。"孚喜道："诚如君言，我可坐待胜仗哩。"

翌日，慕容垂升帐，但命参军悉罗腾，与虎贲中郎将染干津等，引兵五千，授他密计，出营拒温。腾行至中途，遥见一敌将跃马前来，背后引着晋兵千余人。仔细辨认，乃是燕人段思，叛燕降晋，便语染干津道："可恨此贼，定是来作向导，卿可诱他过来，我当设法擒他。"染干津听着，便率五百人前进，遇着段思，便与交锋。才经数合，便虚晃一枪，拍马就走。思不知是计，纵马追去，不料悉罗腾纵兵杀出，染干津亦回马夹攻。段思能有偌大本事，禁得起两路兵马，一场厮杀被腾生擒活捉去了。腾将思解送大营，自与染干津共往魏郡。可巧兜头碰着李述，乃是故赵部将，归属晋军，当下告染干津道："我都督曾料晋兵旁掠，特遣我等到此。今果与敌相遇，须力斩来将，方好挫他锐气。"染干津便跃马摇枪，往战李述。述非染干津敌手，战了片时，力怯欲遁。悉罗腾纵辔出阵，向述一刀，砍去左肩，返身坠地。染干津下马枭首，述众皆遁，被腾杀死大半，回营报功。垂已令范阳王德，与兰台侍御史刘当，分率骑士万五千人，往屯石门，截温运漕。更使豫州刺史李邽，带领州兵五千，截温陆运。温方命袁真攻克谯梁，拟通道石门，以便运粮。偏燕将慕容德等，已在石门扼住，不能前进。德复令将军慕容寅，前往挑战，引诱晋军追来，用埋伏计，杀毙晋军多人。温闻粮道梗塞，战又失利，当然不能久留，且探得秦兵又至，没奈何焚舟弃仗，遵陆退归。小子有诗叹道：

行军第一是粮需，饷道艰难即险途。
锐进由来防速退，事前何不用良谟。

欲知温退兵情形，本回不及再表，须看下回自知。

第六十一回

慕容垂避祸奔秦 王景略统兵入洛

却说桓温自枋头奔归，焚舟弃仗，丧失不赀，但命毛虎生督东燕等四郡军事，领东燕太守。温从东燕出仓垣，凿井而饮，沿途饥渴交乘，很觉困顿。那燕大都督慕容垂，却未曾急追。诸将争请追击，垂与语道："我并非不欲往追，但行军须知缓急，不应轻动。今温方引兵退去，必严兵断后，我若骤然追击，恐难得志，不如展缓一两日，他见追兵未至，定当昼夜疾趋，速离我境，至离我已远，力尽气衰，然后我倍道往追，无虑不胜了。"说着，乃亲督精骑八千人，徐徐进行。温果兼程疾驰，力行至七百里，总道是去敌已遥，可以无忧，乃安营休息。早有燕骑探知消息，向垂返报。垂遣范阳王德，率劲骑四千名，从间道抄至襄邑，埋伏东涧中，截温去路，自引四千骑急进，直逼温营。温麾下尚有数万人，只因连日奔波，不堪再战，忽遇燕兵追到，顿时人人失色，个个惊心。温也捏了一把冷汗，没奈何出营厮杀。本来是我众彼寡，尽可支持，无如众无斗志，见敌即怯，温禁遏不住，只好且战且走。行至东涧相近，蓦听得一声胡哨，旷野中遍竖旗帜，引着许多铁骑，截杀过来。晋军统吓得胆落，不暇辨视来兵多寡，只恨身上少生两翅，无术腾空，不得已觅路四窜，你也走，我也逃，越想逃走，越是送死。燕兵前拦后逼，煞是厉害，见一个，杀一个，好似斫瓜切菜一般。好容易逃脱一半，已是二三万人，断送性命了。温垂头丧气，还至谯郡，谁知又有一彪军杀出，截住温军。温慌忙挈着轻骑，拼命冲过，后队被来兵拦杀，死伤又近万人。究竟来兵从何处杀到？原来是援燕的秦军，统将叫作苟池。池得胜归去，晋军七零八落，回至姑孰，五万人只剩得六七千了。

温经此挫，自觉脸上无光，不得不设法分谤。适袁真自石门奔归，温遂说他拥兵观望，贻误饷源，以致粮尽丧师。当下拜表劾真，并把邓遐亦牵连在内。晋廷惮温如故，即免真为庶人，并夺遐官，遐得休便休，只袁真心下不服，也上表劾温罪状。好几日不见复诏，真竟据住寿春，叛晋降燕，遣人诣邺中求救。燕遣大鸿胪温统，持册拜真为征南大将军，领扬州刺史，封宣城公。统在道病殁，免不得稽延使事，真望眼将穿，不得邺中消息，又通使关中，向秦乞降去了。惟燕故兖州刺史孙元，前次起应温军。及温军败还，元据武阳拒燕，燕使左卫将军孟高，率兵讨元。元战败遭擒，当然毕命。晋东燕太守毛虎生，在淮北站足不住，逾淮南归，温使虎生为淮南太守，镇守历阳，晋廷反遣侍中罗含，赍牛酒犒温军。又由会稽王昱，诣温会议，再图后举。昱返都后，诏授温世子熙为征虏将军，领豫州刺史，败不加诛，反给封赏，可怪不可怪呢！

且说燕将吴王垂，自襄邑还邺，威名益振。太傅评向来忌垂，至此益甚，垂表列将士功赏，统被评抑置，无一照行。垂不免忿怼，入阙面请，与评争论廷前。燕主暐不能裁决，燕臣又惮评威势，不敢助垂，可怜垂舌敝唇焦，终无效果，反与评多结怨恨罢了，就中尚有一段情由，关系垂事。垂妃段氏，为燕太后可足浑氏所谮，冤死狱中。垂格外悲悼，因娶段妃女弟为继室。偏可足浑氏胁令出妻，硬把亲妹长安君嫁垂。垂虽勉强遵命，心中很是不乐，名目上配合长安君，其实是心怀故剑，不及新欢，所以伉俪无情，看同陌路。这长安君遭夫白眼，怎能不上诉椒房？因此可足浑太后，时常恨垂。再加燕主暐新立一后，就是可足浑太后的侄女，姑侄变成婆媳，亲上加亲，联同一气，太后与垂有嫌，皇后自应表同情，宫帏里面，交口毁谤，任你燕主暐如何英明，也未免听信谗言，况暐原是个糊涂虫，怎能不为所迷，太后可足浑氏，见暐亦嫉垂，遂召太傅评入议，将加垂罪，置诸死刑。故太宰恪子楷，及垂舅兰建，诇得秘谋，即往告垂道："先发制人，后发为人制，今但除太傅评及乐安王臧，余众自无能为了。"垂慨然道："骨肉相残，自为乱首，我虽死，不忍出此！"二人乃退。越宿，又来告垂道："内意已决，不如先发。"垂复答道："如果不可弥缝，我宁可出奔他方，此外不敢与闻！"二人复进说道："就使出亡，也宜早行，等到祸机一发，欲行亦无及了。"说毕自去。

垂踌躇未决，在家闷坐，世子令尚未得知，但见垂有忧色，乃就前禀问道："我父面带愁容，莫非因主上庸弱，太傅猜疑，功高身危，因劳忧虑么？"垂说道："汝既能知吾心，可有良策否？"令答道："主上方委政太傅，一旦祸发，必似迅雷，今欲保族全身，不失大义，莫若逃往龙城，逊辞谢罪，如古时周公居东，静待主悟，再得还邺，方为大幸；否则内抚燕代，外睦群夷，守险自固，亦不失为中策哩！”垂起语道：“汝言甚是，我计决了！”翌晨，即托词游猎，挈领诸子，微服出邺，径向龙城进发。行次邯郸，不意少子麟背地逃还。垂素不爱麟，料知麟必走归邺中，告发隐情，乃亟令世子令断后，自率左右前进。果然不到半日，西平公慕容疆率骑追来，幸亏追兵不多，由世子令在后截住，倒也不敢进逼。延至日暮，追骑渐退，令走与垂语道：“本欲保守东都，为自全计，今事机已泄，谋不及行，现闻秦王方延揽英豪，不如暂时往投，再作计较！”垂不甚愿意，摇头道：“我自有计，何必投秦！”当下散骑晦迹，仍向南山绕道还邺，暂憩城外显原陵。适有猎人数百骑，四面环集，垂进退两难，仓皇失措，可巧猎鹰飞逸，众骑追鹰四散，才得无虞。垂乃杀马祭天，誓告从者。世子令又语垂道：“太傅评忌贤嫉能，不惬众情，邺中人士，莫不瞻望我父，若掩入城中，攻其无备，都人必欣然相应，定能唾手成功。事定以后，除害简能，匡辅主上，既能安国，更足保家，这乃今日上计，决不可失，但教给儿数骑，便可措办了。”垂半晌才道：“似汝谋图，事成原是大福，倘或不成，追悔何及。汝前劝我西入关中，今日事等燃眉，不如依汝前言，就此西奔罢！”遂潜召段夫人，与兄子楷，舅兰建等，一同奔秦，只继妃可足浑氏，听她居邺，不与偕行。到了河阳，为津吏所阻，垂拔刀杀毙津吏，挈众渡河，奔入关中。

秦王苻坚，方思图燕，只惮慕容垂。蓦有关吏入报，垂弃燕来奔，不禁大喜，急率吏郊迎。握手与语道：“天生俊杰，必相与共处，共成大功。今卿果前来依我，我当与卿共定天下，告成岱宗，然后还卿本邦，世封幽州，卿去国仍不失为孝，归我亦不失为忠，岂非一举两善么？”垂拜谢道：“远方羁臣，得蒙收录，已为万幸，怎能有他望呢！”坚又接见慕容令慕容楷等，都称为后起英雄，延入都城，优礼相待。关中士民，素慕垂名，交相倾慕，独王猛入谏道：“慕容垂父子，譬如龙虎，若借彼风云，必不可制，不如早除为是！”坚愕然道：“我方欲收揽英雄，肃清四海，奈何反杀降臣？况我已推诚相与，视同心腹，匹夫尚不食言，难道万乘主反好欺人么？”坚遂令垂为冠军将军，封宾都侯。垂兄子楷，为积弩将军，赏赐巨万，待遇甚隆。

是时，秦与燕方敦和好，使节往来。燕散骑常侍郝晷，及给事黄门郎梁琛，相继赴秦。晷与王猛有旧，彼此叙谈，免不得将燕廷情事，约略告知。独琛自尊国体，不肯轻泄一语。琛从兄奕，仕秦为尚书郎，秦特使他为招待员，延琛往寓私舍。琛说道：“从前诸葛瑾为吴聘蜀，与诸葛亮本为兄弟，亮惟公朝相见，退不私面，我与兄迹等古人，应该效法前贤，怎敢擅留兄室呢？”奕乃如言返报，秦主坚又命奕过问燕事。琛答道：“今秦燕分据东西，兄弟并蒙荣宠，食禄忠君，各尽本职。琛欲言东国美政，恐非西国所乐闻，此外又非使臣所得妄言，兄来问我做甚！”奕又复报闻。王猛劝坚留琛，坚留琛月余，至慕容垂入秦，乃遣琛归燕。

琛兼程回国，一入邺城，便往见太傅慕容评，坐定即说道："秦人日阅军旅，聚粮陕东，无非意图东略，必不能与我久和，今吴王又去归秦，多一虎伥，太傅宜赶早筹备，勿堕敌谋！"评沉着脸道："秦岂肯信我叛臣，自败和好么？"琛答道："今二国分据中原，常思吞并，近来桓温入寇，彼发兵来援，并非真心爱我，实借援我为名，探我虚实，我若有衅，彼岂遽忘本志么？"评问秦王为何如人？琛说是英明善断。评又问王猛如何？琛说是名不虚传，评始终不信，冷笑作罢。琛再入告燕主暐，暐亦不以为然，琛复退告皇甫真，真疏请拨兵防边，毋恃和议。暐乃召评入商，评嚣然道："秦国小力弱，当恃我为援，苻坚名为贤主，亦未必肯纳叛臣，我何必无故自扰，反启寇心！"暐随口称善。

已而秦遣黄门郎石越报聘，评反盛设供张，夸示富丽。尚书郎高泰，及太傅参军刘靖，相偕语评说："秦使言动目肆，居心可知，公宜示以兵威，或可折服彼意，今反示以奢侈，恐益使轻视了！"评仍然不从，泰遂谢病归家。尚书左丞申绍，见燕政日紊，内由可足浑太后专政，外有太傅评等擅权，贪冒无厌，引用非才，不由的忧愤交并，因上书言事，极陈时弊。大略说是：

> 臣闻汉宣有言："与朕共治天下者，其惟良二千石乎！"是以特重此选，必揽英才。今之守宰，率非其人，或武臣出自行伍，或贵戚生长绮绔，既不闻选举之方，复不得黜陟之法，贪惰者无刑戮之惧，清修者无旌赏之劝，百姓困敝，侵昧无已，兵士逋逃，寇盗充斥，纲颓纪紊，莫相纠摄。且吏多政烦，由来常患，今之现户，不过汉之一大郡，而备置百官，加之新立军号，虚假名位，公私驱扰，人不聊生，是非并官省职，何由饬政安民？彼秦吴二虏，僭据一方，尚能任道捐情，肃谐伪郡，况大燕累圣重光，君临四海，而可政治失修，取陵奸寇哉！邻之有善，众之所望，我之不修，众之愿也。秦吴狡猾，地居形胜，非惟守境而已，乃有吞噬之心。中州丰实，户兼二寇，弓马之劲，秦吴莫及，比者赴敌后机，兵不速济何也？皆由赋法靡恒，役之非道，郡县守宰，每于差调之际，无不舍置殷强，首先贫弱，行留俱窘，资赡无所，人怀嗟怨，遂致奔亡，进阙供国之饶，退离蚕桑之要。兵岂在多，贵于用命，宜严制军务，精择守宰，复习兵教战，使偏伍有常，从戎之外，足营私业。父兄有陟岵之观，子弟怀孔迩之顾，虽赴水火，何所不从？夫节俭省费，先王格言，去华敦实，哲后恒宪，故周公戒成王，以丰财为本，汉文以皂帏变俗，孝景宫人，弗过千余，魏武宠赐，不盈十万，薄葬不坟，俭以率下，所以割肌肤之惠，全百姓之力也。今后宫之女，四千有余，僮仆厮役，过兼十倍，一日之费，价盈万金，绮縠罗绔，岁增常额，戎器弗营，奢玩是务，帑藏空虚，军士无赖，宰相王侯，迭尚侈丽，风靡之化，积习成俗，卧薪之谕，

未足甚焉。宜罢浮华非要之役，峻定婚姻丧葬之条，禁绝奢靡浮烦之事，出倾宫之女，均农商之额，公卿以下，以四海为家，赏必当功，罚必当罪，如此则纲纪肃举，公私两遂。温猛之首，可悬之白旗，秦吴二主，可礼之归命，岂特保境安民而已哉！陛下若不远追汉宗弋绨之风，近崇先帝补衣之美，臣恐颓风弊俗，亦且改变靡途，中兴之歌，无以轸诸弦咏矣！更有请者，索虏什翼犍，疲病昏悖，虽乏贡御，无能为患，而劳兵远戍，有损无益，不若移置并豫，控制两河，重晋阳之戍，增南藩之兵，严战守之备，衒千金之饵，蓄力待时，庶乎一举而灭二寇，如其虔刘送死，俟入境而断之，可使匹马不返，非惟绝二国之窥窬，抑亦戡乱殄寇之要图也。惟陛下览焉！

这篇书牍，正是救燕的良策，偏燕主暐，毫不加省，反令他出守常山。且秦使来索前约，请割虎牢西境，燕太傅评反语秦使道："行人失辞，救患分灾，系邻国常理，奈何来索重赂呢？"看官试想！这秦王坚早思西略，只恨无隙可乘，一时不便兴兵，此次燕人负约，正是师出有名，怎肯坐失机会！当下用王猛为辅国将军，使率建威将军梁成，洛州刺史邓羌，率领步兵三万，直压洛阳。洛阳守将乃是燕洛州刺史武威王慕容筑。他闻秦兵入境，当然集众守城，只苦部兵寥寥，挡不住西来雄师，因急遣使至邺，速请援兵。

时值燕主暐建熙十年冬季，燕廷方准备过年，竟把洛阳事搁起。越年元旦，且援例庆贺，喜气盈廷，那知洛阳已是万急，警报日至，才遣乐安王臧，出兵援洛。慕容筑苦守孤城，待援不至，已是焦急异常，适有敌书从城外射入，由军吏拾起呈览，因即展阅，内云：

我国家已塞成皋之险，杜盟津之路，大驾虎旅百万，自轵关取邺都。金墉穷戍，外无救援，城下之师，将军所监，岂三千敝卒所能支乎？语云：识时务者为俊杰。吴王已导于前，将军何不随踵其后，否则孤城一破，玉石俱焚，愿将军图之。

筑阅书后，自思吴王垂尚且降秦，燕必危亡，不如依了敌书，出降秦军，随即复书请降。王猛陈兵城下，待筑开城，筑率众出迎，由猛欢颜接见，麾兵入城，抚众安民，不劳而定。当命偏将杨猛，往探路踪，以便进取。杨猛行至石门，适值燕乐安王臧，引兵前来，急切无从趋避，手下又不过数百骑，如何抵敌？当被燕军困住，活擒了去。臧遂筑新乐，进屯荥阳，王猛得知消息，便遣梁成邓羌，统众往击，大破臧军，俘斩万余人。臧退保石门，梁邓二将，乘胜进逼，相持经旬。因得王猛军书，召他还洛，于是徐徐引退，羌在前，成在后。那乐安王臧，不知好歹，还道秦兵引退，乐得追赶。先锋杨璩，又是个冒失鬼，策马轻进，刚值梁成返军待著，兜头拦住，两下交战，才经数合，被成舒开猿臂，将杨璩一把抓来，掷诸地上，眼见由秦兵绑去。成复驱兵转杀，斩首至三千余级，吓得慕容臧伏鞍急逃,奔回石门,成始收兵还洛。王猛一一记功,留邓羌居守金墉,自与梁成等退入关中。

先是王猛出发时,引慕容令为参军,使作向导,且至慕容垂处叙别。垂设宴饯行,猛且饮且语道:“今当远别,君将何物赠我,使我睹物怀人?”垂莫名其妙,便解佩刀相赠。猛宴毕即行,慕容令当然随去。及抵洛阳,猛却召入帐下走卒,叫作金熙,密赠金帛,叫他诈充垂使,即将垂所赠佩刀,使他赍去给令,且嘱使传语,伪为垂词道:“我父子奔入关中,无非为逃死起见。今王猛嫉人如仇,谗毁交至,秦王虽阳示厚善,隐情究不可知,若我父子仍不免一死,何如归死首邱。近闻东朝已渐悔悟,主后相尤,我所以决计东归,已经就道,汝迹速行为要!汝若不信,可视佩刀。”令未识猛计,且前时赠刀一事,亦未得闻,总道是来使可信,况金熙曾在垂处,充过役使,佩刀又非赝鼎,尚有何疑?当下遣还金熙,悄悄的奔出军营,往投乐安王臧,猛即表令叛状,垂闻报即走。到了蓝田,被追骑赶着,不得已再回关中。秦王坚召垂入见,垂惶恐谢罪。坚怛然道:“卿家国失和,委身投朕,贤郎心不忘本,仍然返国,倒也不足深咎,不过燕已将亡,非贤郎所能使存,徒入虎口,有损无益。朕非暴主,也知父子兄弟,罪不相及,卿何必畏罪骇走呢?”垂拜谢而出。小子有诗讥王猛道:

楚材晋用亦何妨,但免忮求罔不臧。
尽说英雄王景略,如何作幻惯诪张!

慕容垂幸得免罪,慕容令能否脱祸,容至下回表明。

第六十二回

略燕地连摧敌将　拔邺城追掳孱王

却说慕容令奔至石门，见了乐安王臧。臧恐他来做奸细，面上佯表欢迎，心中很怀疑窦，当下报知燕廷，表明己意。燕主暐立即复谕，饬将慕容令谪徙沙城。沙城在龙城东北六百里，令被他徙往该处，正是满目荒凉，不堪郁闷，自思终不免祸，不如冒险图功，于是联络沙城戍卒，谋袭龙城，偏有人告知龙城守将，预先防备，往攻不克，恼丧而返。戍卒恐为令所累，竟将令刺死，函首送燕。东西跋涉，空落得身首分离，父子长别，这也是命数使然，可悲可叹呢。

且说晋桓温自枋头败还，尚拟再举，闻得秦人取洛，正好乘隙图燕，乃亟发徐兖州民，增筑广陵城，自率麾下兵士，由姑孰移镇广陵。当时征役繁重，疫疠又兴，十死四五，民不堪命。秘书监孙盛，是一个文章妙手，与散骑常侍干宝齐名，干宝尝作《搜神记》二十卷，刘惔号为鬼董狐，嗣复著《晋纪》二十卷，自宣帝起，至愍帝止，词旨婉直，世称良史。盛亦继作《魏晋春秋》直书时事，如桓温败绩枋头，他却据实纪载，毫不讳言。温得见盛文，怒不可遏，便召盛子潜与语道："枋头虽然失利，何至如尊君所言，若此史得传，君家门户，亦休想保全呢！"说至此，张目如铃，奋须似戟，吓得孙潜魂不附体，慌忙下拜，情愿还家告父，即为修改。温乃将潜叱退。潜知盛家法素严，到老更辣，此时为身家计，不得不回家禀白，备述情形。盛愤愤道："桓元子丧师辱国，还想我替他掩饰么？我若下一曲笔，算甚么史家书法！"潜跪请道："现在桓氏权盛，朝廷尚且怕他，还请我父三思！"盛益怒道："我不怕死！"潜再叩头泣请，就是一门家口，无论长幼，统环跪盛前，固请删改，保全家门。盛奋袖入室，仍然不许，且另钞别本，寄往北方。潜急得没法，只好瞒过乃父，私下修改，持示桓温，伪称是乃父手笔。温见原文已改去大半，并为极力回护，方才转怒为喜，令潜持还，一面部署兵马，先讨袁真。

真据住寿春，受燕封为扬州刺史，逾年病毙。陈郡太守朱辅，与真友善，也随真降燕，因立真子瑾为建武将军，领豫州刺史，保住寿春，遣子乾之及司马彝亮，赴邺请命。燕授瑾为扬州刺史，辅为荆州刺史，且遣兵助瑾，进至武邱。晋将竺瑶，已奉桓温军令，往击袁瑾，正值燕兵到来，便移军与战，得破燕兵。南顿太守桓石虔，为温从子，又由温遣攻寿春，突入南城。温连得捷报，亲率二万人继进，至寿春城下，筑起长围，内遏敌冲，外截援道。燕复遣左卫将军孟高，引兵救瑾，途中接得邺中急诏，乃是秦兵大举，攻克壶关，促高返御秦寇。高只好匆匆还军，不暇顾及寿春了。

先是王猛旋师，正因粮道不继，所以急归，秦王坚进猛为司徒，录尚书事，封平阳郡侯。猛固辞不许，乃整兵储粟，再拟伐燕。筹备至半年有余，俱已安排妥当，乃由坚下令，仍使猛为统帅，督同镇南将军杨安等十将，步骑六万人，祃纛出关。坚亲送猛至灞上，执卮与语道："今委卿经略关东，当先破壶关，继平上党，长驱取邺，如迅雷不及掩耳，方可成功。我当亲率万众，继卿星发，舟车粮运，水陆并进，卿尽管前行，可勿劳后顾呢。"说着，便将酒卮给猛，使猛取饮。猛拜受饮毕，慨然答说道："臣得仗威灵，奉成算，往平残胡，如风扫叶，不烦銮舆亲犯尘雾，但愿预敕有司，处置俘虏便了！"坚闻言大悦，再赐猛尚方宝剑，准令便宜行事。猛拜领而去，坚当然还都。

猛麾军直逼壶关，遣杨安等往攻晋阳。燕主暐闻秦兵入境，亟令太傅慕容评，调集中外兵马三十万，出拒秦军。会邺中屡有妖异，暐颇以为忧，乃召散骑侍郎李凤，黄门侍郎梁琛，中书侍郎乐嵩入见，问及军事道："秦兵多少如何？今我军大出，王猛能与我战否？"李凤答道："秦国小兵弱，怎能敌我王师？王景略乃是常才，又非我太傅敌手，何劳忧虑！"琛与嵩却接入道："将在谋不在勇，兵贵精不贵多。秦兵远来为寇，怎肯不战？我当用谋求胜，奈何反望他不战呢！"暐初闻凤言，颇有喜色，及听得二人言论，又变作怒容。正愤闷间，外面已传入警报，乃是壶关失守，上党太守，南安王越，被敌擒去，郡县相继降秦，急得暐面目又改，变做了一片土色；但使李凤出外催评，速即进兵。凤受命趋出，琛与嵩亦相继告退。

慕容评领兵出发，行至潞川，探得秦兵甚锐，不敢前进，便在潞川逗留。朝命虽然敦促，他总是顾命要紧，仍然不动。那王猛已攻入壶关，留屯骑校尉苟苌守着，自引兵往助杨安。安攻晋阳，连日未下。及猛至城下，见城池高深，不易力取,乃使虎牙将军张蚝,督领壮士数百人,夜凿地道。至地道已成,即由蚝与壮士,从地道偷入城中。燕兵但防秦军登城,不料蚝等从地下突出,大呼斩关,招纳秦军。燕并州刺史东海王庄,为晋阳守将,蓦闻急警,忙率兵拦阻。秦军如潮涌入,就使庄三头六臂,也是不及抵挡。当下拍马返奔,被张蚝持矛追及,刺落马下,捆绑了去。余众多降,晋阳遂破。猛又使将军毛当戍晋阳,自引大军趋入潞川,与评对垒。

评素贪鄙,在潞川逗留多日,私据鄣固山泉,令军人入绢一匹,方得给水二石。军人无可如何,只得向他购水,纳入钱帛,高等邱陵。至闻猛悬军深入,仍然闭住营门,不准将士出战,但言当持重制敌,毋得妄动。猛侦知情形,不禁冷笑道:“慕容评真是奴才,虽有众百万,也不足惧,何况止二三十万呢!我此行定能灭燕了。”遂召游击将军郭庆入帐,使率骑兵五千,夜袭燕兵辎重,不得有误。庆领命而去,当夜出发,从间道绕出燕营后面。正值三更时候,遥望燕辎重营,扎住山上,一些儿没有影响,料知辎重兵都已睡着,便令部众各燃火炬,跃马登山,呼噪直上。燕兵守住辎重,不过数千,仓猝惊醒,睡眼朦胧,向下一望,差不多有几万火炬,大家惊惶得很,还是趁先逃走,较为见机,一动百动,纷纷乱窜,霎时间逃得精光。郭庆驰至辎重旁,已无一人,便集五千火炬,焚毁辎重。火盛风炽,山高焰飞,连邺城里面,都得了见,邺中大震。黄门侍郎封孚,私问司徒长史申胤道:“此城可得保存否?”胤答道:“此城必亡,我辈亦必为秦虏;但目前福德在燕,秦虽得志,不出一纪,燕可重兴了。”燕主暐遣侍中兰伊,驰赴潞川,传敕责评道:“王系高祖嗣子,当以社稷宗庙为忧,奈何不抚战士,反榷卖泉水,自谋货殖呢?试想国家府库,朕与王应同享受,何虑贫穷?若寇得直进,家国破亡,王持钱帛,存置何处?皮且不存,毛将怎附?可急将钱帛散给三军,振作士气,得能平寇凯旋,立功报国,朕与王才得安荣了!”

评接到此敕,惊惧交并,没奈何致书秦营,向猛请战。猛批回战期。届期这一日,猛陈师渭源,向众宣誓道:“王景略受国厚恩,任兼内外,今与诸君深入战地,应该竭力致死,有进无退,誓报国家,待功成归国,受爵君廷,称觞亲室,岂不是一大喜事么?”大众齐声应命,于是破釜弃粮,大呼竞进。猛在后督军,望见燕兵大至,趋集如蚁,也恐众寡不敌,私自踌躇。旁顾邓羌在侧,乃手抚羌背道:“今日大敌当前,非将军不能破灭,成败利钝,在此一举,愿将军努力!”羌应声道:“若能给我司隶一职,公可无忧!”猛答道:“这非我所能及,将军如得立功,我当表请为安定太守,万户侯。”羌默然不答,反向后退去。猛不禁着急,驰呼羌还,准如所请。羌即与张蚝徐成等,跨马运矛,突入燕阵。秦军一齐随上,横厉无前。燕兵虽数倍秦军,可奈人无斗志,各思趋避,你推我诿,任凭秦军,出入自由。战至日中,燕兵大溃,秦军乐得追杀,俘斩至五万余人,逃去约十余万，乞降又六七万，评单骑走还邺城。

猛长驱围邺，一面遣使告捷。秦王坚返报道："将军役不逾时，便即大捷，直抵寇都，功无与比。朕当亲率六军星夜前来，将军可休养将士，静待朕至。"猛乃屯兵城下，严申军律，法简政宽，远近帖然。燕民各安生业，喜相告语道："不图今日复见太原王。"猛闻知舆论，不禁叹息道："慕容玄恭，确是奇士，可称为古时遗爱了！"遂特具太牢，亲往祭墓。看官听着！这慕容玄恭，就是太原王恪的表字。

过了七日，秦王坚已自率精锐十万，到了安阳。猛潜往谒坚，坚戏语道："昔周亚夫不迎汉文帝，今将军独临敌弃兵，究是何意？"猛答道："亚夫不纳汉文，太觉好名，臣尝未敢赞同；且臣奉陛下威灵，东讨残虏，釜底游魂，立可荡平，何劳陛下远临？"坚又道："朕留太子监国，李威为辅，内顾无忧，所以率甲远来，看卿灭贼。"猛太息道："监国冲幼，未能守国，倘有不测，追悔何及！陛下独不记臣灞上语么？"坚但说无妨，俟平邺后，即当西归，猛乃辞别回营，督兵急攻。

先是燕宜都王桓，率众万余，屯居沙亭，为评后援。及闻评败，移驻内黄。坚使邓羌攻信都，信都与内黄相近，桓闻风惶惧，奔往龙城，邺中益震。燕散骑常侍余蔚等，率同扶余高句丽及上党质子五百余人，夜开邺城北门，纳入秦军。

燕主暐与太傅评，乐安王臧，定襄王渊，左卫将军孟高，殿中将军艾朗等，溃围北去。秦王坚得入邺城，即使游击将军郭庆，麾骑追暐。暐出邺城时，卫士尚有千余骑，既而沿途四散，惟十余人随暐北行，道旁又是荆棘，群盗又四起如毛。孟高扶侍燕主，护持二王，非常劳瘁，且所在遇盗，转斗而前。好几日行至福禄，依冢暂憩，不意有剧盗数十人，张弓挟矢，吆喝前来。高即持刀与战，杀伤数盗。及刀折力穷，自知不免，乃直前抱住一贼，同仆地上，凄声大呼道："男儿今日死了！"言未已，身上已中数箭，呕血而亡。艾朗见高独战，也上前奋斗，与高俱死。暐乘马中箭，乃下鞍步行，踉跄急走。偏有大队人马，从后追到。回头一望，并非暴客，乃是秦将郭庆部下的先驱，叫作巨武。既至暐前，便指挥兵士，上前缚暐。暐叱道："汝是何人，敢缚天子？"武厉声答道："我奉诏缚贼，何物小丑，尚敢自称天子呢！"暐无法撑拒，只好束手受擒，被武牵回邺中。独慕容评北奔龙城，外此数人，统作俘虏，一并解入邺中。秦王坚见暐后，问他何故不降？暐答道："狐死尚正首邱，但欲归死先人墓侧呢。"坚也觉动怜，敕令还宫，使率文武出降。总计前燕自慕容廆据大棘城，至俊僭号，传暐亡国，共八十五年。

坚又使郭庆进攻龙城，慕容评东奔高句丽，慕容桓也逃往辽东。辽东太守韩稠，已通款降秦，闭城拒桓。桓攻城不下，复因郭庆追至，弃众潜奔。庆遣部将朱嶷追捕，嶷率轻骑急驰，行至数十里，便得见桓，击杀了事。慕容评被高句丽人拘住，械送邺中，秦王坚也加赦宥。封降王暐为新兴侯，命评为给事中，所有燕宫子女玉帛，俱分赐将士，且下诏大赦道：

朕以寡薄，猥承休命，不能怀远以德，柔服四维，至使戎车屡驾，有害斯民，虽百姓之过，然亦朕之罪也。其大赦五下，与之更始，特此诏闻！

先是燕黄门侍郎梁琛使秦，曾用侍辇苟纯为副，一切应对事宜，琛未尝与纯商议，纯因此挟嫌。及与琛返邺，当即进谗道："琛在长安，与王猛很是亲善，莫非有异谋不成！"暐尚未深信，琛屡言坚猛多才，不可不防，果然不到期年，秦即攻燕。燕兵屡败，暐乃疑琛知秦谋，收琛系狱。至是，秦王坚将琛释出，授中书著作郎。又闻孟高艾朗，随主殉难，称为忠臣，俱命厚加殓葬，且引高朗子入见，拜为郎中。于是，授王猛为关东六州都督，领冀州牧，进爵清河郡侯，镇守邺中。守令有阙，得便宜补授。封杨安为博平侯，邓羌为真定侯，郭庆为襄城侯。此外与战将士，封赏有差。州县守令，悉仍旧贯，惟进燕常山太守申绍为散骑侍郎，使与散骑侍郎韦儒，并为绣衣使者，循行关东州郡，观省风俗，劝课农桑，赈恤穷困，收葬死亡，旌扬节行，改革敝政。关东大悦，就是六夷渠帅，无不望风输诚。

秦王坚乃启驾西还，所有慕容暐以下，如后妃王公百官，暨鲜卑四万余户，一古脑儿徙入长安。复拜暐为尚书，皇甫真为奉车都尉，李洪为驸马都尉，李邽为尚书，封衡为尚书郎，慕容德为张掖太守，平睿为宣威将军，悉罗腾为三署郎。凡故燕稍有才望的官僚，各得署秩。独慕容垂见燕故僚，常有愠色。前郎中令高弼，私语垂道："大王具命世才，遭无妄运，流寓外邦，备极困苦。今虽国家倾覆，怎知不剥极再复，更得龙兴？他日重造江山，舍大王尚有何人？愚谓宜恢弘度量，延纳旧臣，为山九仞，始自一篑，若徒记前嫌，反失众望，窃谓大王不取哩！"垂欣然受教，从此待遇旧僚，仍归和好，惟不肯放过慕容评。独入白秦王道："臣叔父评，为亡燕首恶，不宜再污圣朝，愿陛下声罪加诛，以谢燕人。"坚不愿戮评，惟出为范阳太守。余如故燕诸王亦徙补边郡。燕故太史黄泓叹道："燕必中兴，将来定属吴王，可惜我年已老，恐不及见呢！"还有汲郡人赵秋，亦私语亲友道："天道在燕，偏为秦灭，不出十五年，秦必复为燕有了。

是时，晋桓温已攻破寿春，擒住袁瑾朱辅，送往建康。秦将王鉴张蚝，曾由秦王坚差遣，带领步骑二万人，往援寿春，为温击败，引兵退归。袁瑾朱辅到建康后，当然处斩，无庸细叙。惟秦王坚因南援无功，改图西略，特命博平侯杨安等，带领步骑七万人，往伐仇池。仇池自杨初嗣位后，尝遣使至建康，向晋称藩。晋命初为雍州刺史，封仇池公。初为族弟宋奴所杀。初子国，又杀宋奴。国从父俊，复杀国，俊传子世，世传子纂。世臣事秦晋，纂独与秦绝好，所以秦兴兵往讨。众至鹫峡，纂集众得五万人，出拒秦军。晋扬州刺史杨亮，也遣督护郭宝卜靖，领千余骑助纂，与秦军交战峡中。秦军久经百战，个个是骁悍绝伦，仇池兵怎能与敌？一经交手，勇怯悬殊，只落得步步倒退。秦军直前乱斫，杀死仇池兵一二万人，连郭宝等亦俱战殁。纂拼命遁还。武都太守杨统，系纂叔父，素与纂相仇杀，至此遂举城降秦。秦军进攻仇池，纂保守不住，没奈何面缚出降。当由杨安送纂入关，秦王坚接得捷报，即加安都督南秦州诸军事，留镇仇池，使杨统为南秦州刺史。小子有诗叹道：

外侮都缘内乱兴，仇池虽小亦堪惩。

从知骨肉相争日，瓦解无非兆土崩。

仇池被灭，梁州孤危，晋廷也无暇西顾，那大司马扬州牧桓温，平空起浪，闯出一场绝大的事情。看官欲问为何事，请即续阅下回。

第六十三回

海西公遭诬被废 昆仑婢产子承基

却说桓温得专晋政，威权无比。他本来是目无君相，窥觎非分，尝卧对亲僚道："为尔寂寂，恐将为文景所笑！"嗣又推枕起座道："不能流芳百世，亦当遗臭万年！"又尝经过王敦墓，慨望太息道："可人！可人！"先是有人以王敦相比，温甚不平，至此反慨慕王敦，意图叛逆。会有远方女尼，前来见温，温见她道骨珊珊，料非常人，乃留居别室。尼在室中洗澡，温从门隙窥视，见尼裸身入水，先自用刀破腹，继断两足，温大加惊异。既而尼开门出来，完好如常，且已知温偷视己浴，竟问温道："公可窥见否？"温料不可讳，便问主何吉凶？尼答云："公若作天子，亦将如是！"温不禁色变，尼即别去。术士杜炅，能知人贵贱；温令言自己禄秩，炅微笑道："明公勋格宇宙，位极人臣。"温默然不答。

他本欲立功河朔，收集时望，然后还受九锡。自枋头败归，声名一挫，及既克寿春，因语参军郗超道："此次战胜，能雪前耻否？"超答言尚未。既而超就温宿，夜半语温道："明公当天下重任，年垂六十，尚未建立大功，如何镇惬民望！"温乃向超求计，超说道："明公不为伊霍盛举，恐终不能宣威四海，压服兆民。"温皱眉道："此事将从何说起？"超附耳道："这般这般，便不患无词了。"温点首称善，方才安寝。越日，便造出一种谣言，流播民间，但说帝奕素有痿疾，不能御女，嬖人米灵宝等，参侍内寝，二美人田氏孟氏，私生三男，将建立太子，潜移皇基云云。看官试想！这种暧昧的情词，从何证实？明明是无过可指，就把那床笫虚谈，架诬帝奕，这真所谓欲加之罪，何患无词呢。

温既将此语传出，遂自广陵诣建康，奏白太后褚氏，请将帝奕废去，改立丞相会稽王昱，并将废立命令，拟就草稿，一并呈入。适褚太后在佛屋烧香，由内侍入启云："外有急奏。"太后出至门前，已有人持入奏章，捧呈太后。太后倚户展阅，看了数行，便怅然道："我原疑有此事。"说着，又另阅令草，才经一半，即索笔写入道："未亡人不幸罹此百忧，感念存殁，心焉如割。"写毕，便交与内侍，饬令送还。温在外面待着，但恐太后不允，颇有忧容。及内侍颁还令草，无甚驳议，始改忧为喜。越日，温至朝堂，召集百官，取示令草，决议废立。百官都震栗失色，莫敢抗议；只是两晋相传，并没有废立故事，此次忽倡此议，欲要援证典章，苦无成制，百官都面面相觑，无从悬定。就是温亦仓皇失措，不知所为。独尚书仆射王彪之，毅然语温道："公阿衡皇家，当参酌古今，何不追法先代？"温喜语道："王仆射确是多能，就烦裁定便了。"彪之即命取汉《霍光传》援古定制，须臾即成，乃朝服立阶，神采自若。然后将太后命令，宣示朝堂道：

王室艰难，穆哀短祚，国嗣不育，储宫靡立。琅琊王奕，亲则母弟，故以入纂大位。不图德之不建，乃至于斯！昏浊溃乱，动违礼度。有此三孽，莫知谁予。人伦道丧，丑声遐布。既不可以奉守社稷，敬承宗庙，且昏孽并大，便欲建树储藩，诬罔祖宗，倾移皇基，是而可忍，孰不可怀！今废奕为东海王，以王还第，供卫之仪，皆如汉朝昌邑故事。但未亡人不幸罹此百忧，感念存殁，心焉如割。社稷大计，义不获已。丞相录尚书事会稽王昱，体自中宗，明德劭令，英秀玄虚，神契事外，以具瞻允塞，故阿衡三世，道化宣流，人望攸归，为日已久，宜从天人之心，以统皇极。饬有司明依旧典，以时施行。此令。

总计帝奕在位六年，无甚失德，不过奕虽在位，好似傀儡一般，内有会稽王昱，外有大司马温，把持国政。他尝自虑失位，召术士扈谦筮易，卦象既成，谦据实答道："晋室方如磐石，陛下未免出宫。"至是竟如谦言。温使散骑侍郎刘享，收帝玺绶，逼奕出宫。时值仲秋，天气尚暖，奕但着白帢单衣，步下西堂，乘犊车出神兽门，群臣相率拜辞，莫不欷歔。侍御史殿中监，领兵百人，送奕至东海第中。一面具备法驾，由温率同百官，至会稽邸第，迎会稽王昱入殿。昱戴平巾帻，单衣东向，拜受玺绶，呜咽流涕。当即入宫改着帝服，升殿受朝，即改太和六年为咸安元年，史家称他为简文帝。温出次中堂，分兵屯卫，有诏因温有足疾，特命乘舆入朝。温欲陈述废立本意，及引见时，但见简文帝泣下数行，倒也无词可说，只好默然告退。

太宰武陵王晞，与简文帝系出同胞。简文即位，顾念本支，当然优礼相待。惟晞素好武事，又与殷浩子涓，常相往来。浩殁时，温遣人赍书往吊，涓并不答谢，为温所恨，因并及晞。新蔡王晃，系从前新蔡王腾后裔，亦与温有隙。还有广州刺史庾蕴，太宰长史庾倩，散骑常侍庾柔，皆为前车骑将军庾冰子，就是废帝奕皇后庾氏的弟兄。庾后既连带被废，降为东海王妃，温恐庾家族大宠多，阴图报复，于是想出一法，先扳倒武陵王晞，诬他父子为恶，曾与袁真同谋叛逆，因即免官归藩。简文帝不得不从，出晞就第，罢晞子综璲等官。温又迫令新蔡王晃，诬罪自首，连及武陵王晞父子，并殷涓庾倩庾柔等，一同谋逆，且将太宰掾曹秀，舍人刘强，凭空加入，一古脑儿收付廷尉。御史中丞谯王恬，阴承温旨，请依律诛武陵王晞。简文帝复诏道："悲惋惶怛，非所忍闻，应更详议。"温复自上一表，固请诛晞，语近要挟，简文帝手书给温，内有晋祚未移，愿公奉行前诏；若大运已去，请避贤路云云。温览到此诏，也不觉汗流色变，始奏废晞及三子家属，皆徙新安郡，免新蔡王晃为庶人，徙锢荥阳。殷涓庾倩庾柔曹秀刘强，一律族诛。简文帝不便再驳，勉依温议，可怜殷庾两大族，冤冤枉枉死了若干人。庾蕴在广州任内，闻难自尽，蕴长兄前北中郎将庾希，季弟会稽王参军庾邈，及希子攸之，并逃往海陵陂泽中。独东阳太守庾友，也是蕴兄，因子妇为温从女，特邀赦免。温自是气焰益盛，擅杀东海王奕三子，及田氏孟氏二美人。旋复奏称东海废黜，不可再临黎元，应依昌邑故事，筑第吴都。简文帝商诸褚太后，请太后下令，谓不忍废为庶人，可妥议徙封。温复奏可封海西县侯，有诏徙封奕为海西县公。废后庾氏，积忧病殁，尚追贬为海西公夫人。会吴兴太守谢安，入为侍中，遥见温面，便即下拜。温惊呼道："安石何故如此？"安答道："君且拜前，臣难道敢揖后吗？"温明知安有意嘲讽，但素重安名，不便发作，且默记前时女尼微言，也有戒心，因即上书鸣谦，求归姑孰。诏进温为丞相，令居京师辅政。温仍然固辞，乃许他还镇。

秦王坚闻温废立，顾语群臣道："温前败灞上，后败枋头，不知思愆自贬，遍谢百姓，反且废君逞恶，六十老人，作此举动，怎能为四海所容？古谚有云'怒其室，作色于父'便是桓温的注脚呢。"

温虽然还镇，揽权如故。且留郗超为中书侍郎，名为入值宫廷，实是隐探朝事。简文帝格外拱默，尚恐温再有异图，会荧惑星逆行入太微，简文帝越觉惊惶，原来帝奕被废以前，荧惑尝守太微端门，仅逾一月，即有废立大事。此番又经星文告变，哪得不危悚异常。当下召语郗超道："命数修短，也不遑计，但观察天文，得勿复有前日事么？"超答道："大司马温，方思内固社稷，外恢经略，非常事只可一为，何至再作？臣愿百口相保，幸陛下勿忧！"简文帝道："但得如此，尚有何言！"超即告退。侍中谢安，尝与左卫将军王坦之，诣超白事，超门多车马，络绎不休，待至日旰，尚未得间。坦之欲去，安密语道："君独不能为身家性命，忍耐须臾么？"坦之乃忍气待着，直至薄暮，才得与超清谈，语毕乃别。超父愔卸职家居，偶有不适，由超请假归省，简文帝与语道："致意尊翁，家国事乃竟如此，自愧不德，负疚良深，非一二语所能尽意。"说至此，因咏昔人诗云："志士痛朝危，忠臣哀主辱。”咏罢泣下，超无言可对，拜别而去。

好容易过了残年，复遣王坦之征温入辅，温复固辞，惟与坦之言及，请将海西公外徙。坦之返报，乃徙海西公至吴县西柴里。敕吴国内史刁彝，就近防卫，并遣御史顾允，监督起居，免有他变。蓦闻庾希庾邈，联结故青州刺史武子沈遵，聚众海滨，掠得鱼船，夤夜突入京口城。晋陵太守卞耽，猝不及防，逾城奔曲阿，于是建康震惊，内外戒严。嗣又得庾希等檄文，托称受海西公密旨，起诛首恶桓温，累得京畿一带，讹言蜂起，益相惊扰。平北参军刘奭，高平太守郗逸之，游军督护郭龙等，引兵往击，就是卞耽，亦调发县兵，并讨庾希等人。希众统是乌合，一战即败，闭城自守，再由桓温遣到东海太守周少孙，也有锐骑数千，合力攻城，攀堞杀人。庾希兄弟子侄，以及沈遵等人，没处逃奔，遂致陆续被擒，送到建康市中，伏诛了案。一番乱事，数日即平，晋廷诸臣，入朝庆贺，又象是化日光天。

哪知吉凶并至，悲喜相寻，简文帝忽然得病，医治罔效，差不多将要归天。当时皇后太子，俱尚未立，说将起来，又须溯述源流，表明颠末。简文帝为元帝少子，生母郑氏，受封建平国夫人，咸和元年病殁。简文帝受封主爵，追号郑氏为会稽太妃，嗣位后时日尚浅，故未及追尊。惟简文帝先娶王氏，生子道生为世子，后来母子并失帝意，俱被幽废，王氏忧郁成疾，亦即去世，此外妾媵颇多，生有三男，又皆夭逝。未几道生又亡，简文帝年垂四十，迭丧诸子，未免悲悼，况膝下竟致无男，诸姬偏皆绝孕，不由的寸心焦灼，百感徬徨。会闻术士扈谦，善能卜易，因召令入筮。谦筮毕作答道：“后房中已有一女，当生二贵男，长男尤贵，当兴晋室。”简文帝乃转忧为喜，但麒麟佳种，究未识属诸谁人，适徐贵人生下一女，眉目韶秀，酷肖生母。徐氏本以秀慧见幸，既得破胎，总望她接连有娠，得产麟儿。谁料一索再索，音响寂然。简文帝却年齿日增，望子愈切，不得已访求相士，得一叔服后人，令他入视诸姬，能否生男？偏他接连摇首，无一许可。乃再将婢媵等一齐出示，仍未称善。最后看到一个织婢，身长色黑，仿佛似乡僻女子一般，不禁惊诧道：“这才算是贵相，必生贵男。”宫人听了，都葫芦大笑道：“昆仑婢要发迹了！日前的好梦，才得实验了！”简文帝叱道：“何故罗唣?”大众始不敢再言，嗣经简文帝问明底细，始知此婢姓李，名叫陵容，家世寒微，入充织坊女工。旁人因她形体壮硕，替她取一绰号，叫做昆仑婢。她尝梦见两龙枕膝，日月入怀，便欣然称为吉兆，屡与同侪说及。同侪相率揶揄，不是说她要做皇后，就是说她要做皇娘。偏偏弄假成真，变虚为实，简文帝竟令她侍寝，一度春风，遽结珠胎，十月分娩，居然一雄。临盆以前，李氏复梦一神人，送给一儿，且嘱咐道：“此儿畀汝，可取名昌明。”李氏向神接受，忽觉一阵腹痛，遂致惊醒，当下起床坐蓐，立即产出一儿，呱呱坠地。时值黎明，李氏记受神嘱，使侍媪转启简文帝，呼婴儿为昌明。简文帝闻报，谓既得诸神授，当然不宜更换，惟以昌明为字，即将昌明二字的寓意，取名为曜，后来简文帝猛记前事，曾见一谶文云：“晋祚尽昌明！”不觉流涕道：“天数天数，只好听天由命罢！”既而李氏又生一男一女，男名道子，后得封王专政，女长成后，至昌明嗣位，封为鄱阳长公主，这且再表。

且说简文帝寝疾经旬，渐至弥留，乃立皇子昌明为太子，并封道子为琅琊王，领会稽内史，使奉帝母郑太妃祀，又召大司马温入辅，一日一夜，连发四诏，未见温至。乃命草遗诏，使大司马温依周公居摄故事，且谓少子可辅最佳，如不可辅，卿可自取。这草诏颁将出去，被王坦之接着。坦之已迁官侍中，看了草诏，便即趋入，直抵简文帝榻前，把草诏撕作数片。简文帝瞧着，已知坦之用意，便顾语道：“天下系傥来物，卿有何嫌！”坦之道：“天下乃宣帝元帝的天下，陛下怎得私相授受呢！”帝乃使坦之改诏道：“家国事一禀大司马，如诸葛武侯王丞相故事。”坦之改就，乃持诏而出。是夕，简文帝崩，年五十有三，在位实不满一年。只因过一元旦，两个半年，算做两年。

群臣会集朝堂，未敢立嗣，互相私议，或谓须归大司马处分。尚书仆射王彪之正色道：“天子崩，太子代立，这乃古今通例，大司马何致异言？若先面咨，恐反为所责了。”朝议乃定，遂奉太子昌明嗣即帝位，颁诏大赦，是为孝武帝，帝年尚只十龄，褚太后以冲人践阼，并居谅暗，不如使温依周公居摄故事，令照前议施行。王彪之又进言道：“这乃异常大事，大司马必当固让，恐转使万机倍滞，稽废山陵，臣等未敢奉令，谨即封还！”于是议遂不行。桓温颇望简文临终，召已禅位，否则或使居摄，不意遗诏颁到，大失所望，乃贻弟冲书道：“遗诏但使我依武侯王公故事呢。”

是年十月，彭城妖人卢悚，自称大道祭酒，煽惑愚民八百余家，因遣徒许龙如吴，驰入海西公门，诈传太后密诏，奉迎兴复。海西公奕，几为所惑，幸保母在旁谏阻，始却龙请。龙愤然道：“大事垂成，奈何听信儿女子言！”奕答道：“我得罪居此，幸蒙宽宥，怎敢妄动？且太后有诏，应使官属来迎，汝系何人，乃敢妄来传旨呢？”龙尚不肯行，当由奕叱令左右，上前缚龙，尤始仓皇遁去。

是时，宫廷方料理丧葬，奉安简文皇帝于高平陵，庙号太宗。葬事才毕，忽有乱徒，突入云龙门，诈称海西公还都，直达殿廷，略取武库甲仗，卫士骇愕，不知所为，亏得游击将军毛安之，闻变入云龙门，引着部曲，奋击乱党。又有左卫将军殷康，中领军桓秘，从止车门驰入，也有部众数百人，与安之并力夹击，乱党不过三四百名，哪里敌得过猛将三员，虎旅千余，顿时死的死，逃的逃，那头目也情急欲遁，被毛安之截住厮杀，不到十合，已将他打倒地上，用绳捆住。讯明姓名，便是妖贼卢悚，当即按律拟罪，伏法市曹。海西公曾拒绝乱徒，得免连坐，但经此一吓，越觉小心，索性杜聪塞明，无思无虑，有时借酒消遣，有时对色陶情，时人怜他无辜遭废，为作哀歌。奕却屏去一切，得过且过，直至太元十一年冬，安然病逝，享年四十有五。小子有诗叹道：

废主由来少善终，居吴幸免海西公。
天心似为冤诬惜，不使孱王剑血红！

越年，改元宁康。大司马温，竟自姑孰入朝，都中复大起讹言，恼惧的了不得。究竟有无祸事，俟至下回说明。

第六十四回

谒崇陵桓温见鬼　重正朔王猛留言

却说孝武帝宁康元年，国乱粗定，大司马桓温，竟从姑孰入朝。朝臣重望，要算谢安王坦之，安已迁任吏部尚书，坦之仍任侍中。都下人士，相率猜疑，群谓温无故入朝，不是来废幼主，就是来诛王谢。谢安却不以为忧，独坦之未免焦灼，偏宫廷又发出诏命，竟使安与坦之，赴新亭迎温，坦之接诏，惊得面色如土，安仍谈笑自若。且语僚属道："晋祚存亡，在此一行。"当下启行出都，径往新亭，百官相随甚众。及与温遇，温大陈兵卫，延见朝士，凡位望稍崇的官员，但恐得罪，都向温遥拜，战栗失容，坦之更捏着一把冷汗，趋诣温前，几似魂灵出窍，连手版都致倒持。惟谢安从容步入，一些儿不拘形迹。温见他态度异人，自然加敬，便即起身延坐，两下坐定。安眼光如炬，已有所见，乃即语温道："安闻诸侯有道，守在四邻，明公亦何须壁后置人？"温笑答道："恐有猝变，不得不然。"说着，即顾令左右，撤去后帐，帐后本列甲士，亦一齐麾退。安与温笑语移时，方才请温动身，同入建康。坦之呆若木鸡，一语不发，只背上的冷汗，已经湿透里衣，幸温无一语相责，始得将魂魄收回，偕行还都。他平时本与安齐名，经此一举，优劣乃分。

温入朝谒见孝武帝，讯及卢悚犯阙事，由尚书陆始，检察不严，以致贼入禁门，乃将陆始收付廷尉，按律治罪；此外没甚举动，朝臣才得少安。温寓居建康数日，安与坦之，屡往议事。忽觉凉风入室，吹开后帐，内有一榻，榻上卧着一人，安略略瞧着，便识是中书侍郎郗超，当即微笑道："郗生可谓入幕宾了。"超本受温密嘱，留卧帐后，窃听客谈，既被安瞧破机关，不得已起身出帐，与安相见，安谑而不虐，转使温超两人，愧赧交并。及安等去后，温心下亦很觉忌安，但因安素孚物望，一时未便下手，只好暂从容忍，观衅后动。于是拟谒高平陵，诘旦登车，左右见他凭轼起敬，统暗暗称奇。途次复顾语道："先帝究属有灵，汝等可得见否？"左右听着，亦不知他说何鬼话。到了陵前，温下车叩拜，且拜且语道："臣不敢！臣不敢！"及拜毕后，还说臣不敢三字，左右俱莫名其妙。温仍驾车还寓，复问左右道："殷涓如何形状？"左右答称涓身肥矮，温不觉失色道："不错不错，他亦曾在先帝左侧呢。"是夕，即寒热交作，谵语不休，经医诊治，好几日才得少瘥，乃辞行还镇。

既抵姑孰，病又转剧，他还想荣膺九锡，特遣人入都请求。谢安王坦之未敢峻拒，不过逐日延挨，至温使再三催促，乃令吏部郎袁宏具草。宏有文才，援笔即就，偏谢安吹毛索瘢，屡嘱修改，遂至匝月未成。宏密问仆射王彪之，究应如何著笔，彪之道："如卿大才，何烦修饰，这是谢尚书故意如此，彼知桓公病势日增，料必不久，所以借此迁延呢。"宏始释然。

温未得如愿，当然恚恨。适温弟江州刺史冲，过问温疾，见温病垂危，便问及王谢二人，温喟然道："渠等非汝所能处分，我死后熙等庸弱，所有部曲，归汝统率便了。"冲应命而出。看官听说，温有六子，长名熙，次名济，又次为歆祎伟玄。熙闻冲面受温命，将统遗众，心中很是不服。遂与弟济谋诸叔秘，意欲杀冲。冲诇悉阴谋，不敢复入，嗣由熙等报温死耗，召冲临丧，冲即遣力士直入丧次，拘住熙济，且逐秘出外，然后举哀。已而奏徙熙济至长沙，罢黜秘官，且称温遗命，以少子玄为嗣。晋廷追赠丞相，赐赙衮冕，予谥宣武，此外丧葬礼仪，一依汉大将军霍光及晋太宰安平献王孚故事，即命玄袭封南郡公。玄年才五岁，冲总道他幼弱易制，可无后忧，哪知他长成后，比乃父还要凶险呢？相传玄为温庶子，生母马氏，夜坐月下，见流星坠盆水中，用瓢掬吞，因得有娠。及生玄时，有光照室，家人诧为神奇，乃取一小名，叫作灵宝。乳媪每抱玄省温，经过重门，必易人乃至，说是沈重异常，故温甚加宠爱。冲立玄为嗣，或果承温遗命，亦未可知，这且待后慢表。

且说桓温既死，有诏进冲为中军将军，都督扬雍江三州军事，兼扬豫二州刺史，使镇姑孰。加右将军荆州刺史桓豁，为征西将军，都督荆扬广三州军事。豁子竟陵太守石秀，为宁远将军，兼江州刺史，使镇寻阳。或劝冲入诛王谢，专执朝权，冲将他叱退。冲力反温政，一切生杀予夺，皆先时奏闻，然后施行，晋廷上下，始得解忧。

谢安尚恐桓冲干政，拟请褚太后临朝。褚太后为康帝后，康帝系元帝孙，与孝武帝本为叔嫂，从前简文入嗣，比褚太后辈分较长，但因她既为太后，不得以家人礼相待，故仍称为太后，且因她居住崇德宫，特尊为崇德太后。至是由谢安倡议，再请训政，群僚皆无异词，独尚书仆射王彪之抗议道："前代人主，幼在襁褓，母子一体，故可请太后临朝，但太后亦未能专断，仍须顾问大臣。今主上年逾十岁，将及冠婚，反令从嫂临朝，表示人君幼弱，这难道好光扬圣德么？"安不肯从，竟率百官奏白太后，大略说是：

王室多故，祸难仍臻，国忧始周，复丧元辅，天下惘然，若无攸济，主上虽圣明天亶，而春秋尚富，兼在谅浸，蒸蒸之思，未遑庶事。伏维太后陛下，德应坤厚，宣慈圣善，遭家多艰，临朝亲览，光大之美，化洽在昔，讴歌流咏，播益无外，虽有莘熙殷，任姒隆周，未足以喻。是以五谋克从，人鬼同心，仰望来苏，悬心日月。夫随时之义，《周易》所尚，宁固社稷，大人之任，伏愿陛下，抚综万几，厘和政道，以慰祖宗，以安兆庶，不胜喁喁待命之至！

褚太后俯从众议，便即复诏道：

王室不幸，仍有艰屯，览省启事，感增悲叹，内外诸君，并以主上春秋冲富，加以蒸蒸之慕，未能亲览，号令宜有所由。苟可安社稷，利天下，亦未便有所固执。当敬从所启，但暗昧之阙，自知难免，望尽弼谐之道，献可替否，则国家有攸赖焉。

这诏既下，次日便即临朝。进王坦之为尚书令，谢安为仆射，两人同心辅政，终安晋室。越年令坦之出督徐兖等州军事，但命谢安总掌中书。安好声律，虽遇期功丧服，不废丝竹，士大夫相率仿效，浸成风俗。坦之尝贻书苦谏，安不能用。安又尝与王羲之登冶城，慨然遐想，有出世志，羲之独规诫道："夏禹勤王，手足胼胝，文王旰食，日不暇给。今四郊多垒，宜思自效，若虚谈废务，浮文妨要，恐非当世所宜为呢。"安笑答道："秦用商鞅，二世即亡，岂必是清谈贻祸么？"未几，坦之病殁，留有遗书，分贻谢安桓冲，语不及私，但以国家为忧。晋廷追赠安北将军，赐谥曰献。坦之为故尚书令王述子，父子俱有重名，殁后不衰。

中军将军桓冲，因谢安素洽时望，愿将扬州刺史兼职，转让与安，自求外出。桓氏族党，莫不苦谏，冲竟出奏。有诏调冲为徐州刺史，令安领扬州刺史。宁康三年，孝武帝年已十三，册立前司徒长史王濛孙女为皇后，后即哀帝后侄女，以贵戚入选中宫，又越年正月朔日，帝行冠礼。褚太后归政，仍居崇德宫，下诏改元，号为太元元年。进谢安为中书监，录尚书事，征郗愔为镇军大将军，加桓豁为征西大将军，迁桓冲为车骑将军，兼尚书仆射。此外，文武百官，各进位一等，毋庸絮述。

惟苻秦雄踞北方，尝出兵寇晋，连陷梁益二州。梓潼太守周虓，固守涪城，遣兵送母妻东下，拟由汉水趋江陵，使她避难，偏途中为秦将朱彤所获，牵至城下，迫令招虓，虓不得已出降。秦王坚素闻虓名，欲拜为尚书令，虓愀然道："虓蒙晋室厚恩，理宜效死，只因老母见获，没奈何屈节偷生，今得母子两全，已出望外，怎敢再邀富贵呢?"遂辞不受官，坚更加器重，时常引见。虓有时箕踞坐着，谩骂不逊，甚至呼坚为氐贼，秦人无不动怒，坚独不以为意，反加优待，这也是大度包荒，非人所及。一面召冀州牧王猛入关，使为丞相，另调阳平公苻融为冀州牧。猛至长安，复加都督中外诸军事。猛辞章屡上，终不见许，乃受命就职。嗣是放黜贪庸，擢拔幽滞，督课农桑，练习军旅，官必当才，刑必当罪，国家大治，驯致富强。

会有彗星出尾箕间，长十余丈，经太微，历夏秋冬三季，光尚未灭，秦太史令张亚上言道："尾箕二星，当燕分野，东井乃秦分野，今彗起尾箕，直扫东井，明是燕兴秦亡的预兆。十年后燕当灭秦，二十年后，代当灭燕。臣想慕容暐父子兄弟，是我仇敌，今乃布列朝廷，贵盛无比，将来必为秦患。天变已著，不可不防。"坚不肯听。嗣又接到阳平公融谏书，略称燕据六州，南面称帝，经陛下劳师累年，然后得灭，彼本非慕义前来，不过穷蹙乃降。陛下格外亲信，令他父子兄弟，森然满朝，狼虎心肠，终未可养，况天象已经告变，务须留意为是。坚仍然未信，且报书道："朕方混六合为一家，视夷狄如赤子，不劳汝等多忧，且修德方可禳灾，岂多杀反能免祸？诚使内求诸已，无亏德行，还怕甚么外患呢!"已而，又有人入明光殿，厉声呼道："甲申乙酉，鱼羊食人，悲哉无复遗!"坚听到此语，叱左右立即搜捕，人忽不见，于是秘书监朱彤，秘书侍郎赵整，同请诛诸鲜卑，以为鱼羊二字，便是鲜字左右两旁，坚又复不睬。

慕容垂寓居关中，常恐遭祸，特遣夫人段氏，屡入秦宫，侦探举动。段氏小字元妃，幼即敏慧，具有志操，尝语妹季妃道："我终不作凡人妻。"季妃亦答道："妹亦不作庸夫妇。"元妃姊曾嫁慕容垂，遭谗致死。元妃得为垂继室。季妃亦适慕容德，果然得配英雄。及元妃随垂入秦，为夫所遣，常入谒坚，凭着那玉貌冰肌，锦心绣口，惹得秦王坚目迷耳软，惟言是从。一日，坚竟引元妃同辇，游玩后庭。赵整随辇同行，信口作歌道："不见雀来入燕室，但见浮云蔽白日。"坚听得歌声，回首返顾，见是赵整，也不觉内省怀惭，乃命元妃下辇，且改容谢整。整本来是个宦官，博闻强记，善属文，好讽谏，颇得坚宠，故语多见从。

至秦王坚建元十一年，就是晋孝武帝宁康三年，秦丞相王猛有疾，秦王坚亲祈宗庙社稷，又分遣近臣，遍祷河岳，冀疗猛病，果得少痊，当复为猛赦死录囚，猛乃上疏称谢，且进规道：

臣累蒙宠遇，得总百揆，报称无方，忽罹重疾。不图陛下以臣之命，而亏天地之德，开辟以来，未之有也。臣闻报德莫如尽言，谨以垂没之命，窃献遗款。

伏惟陛下威烈振乎八荒，声教光乎六合，九州百郡，十居其七，平燕定蜀，有如拾芥。夫善作者，不必善成，善始者，不必善终，是以古先哲王，知功业之不易，战战兢兢，如临深谷，伏惟陛下追踪前圣，天下幸甚！

坚览到此疏，不禁泪下。过了旬余，猛病复转剧，势且垂危。坚亲往省视，问及后事，猛喘着道："晋虽僻处江南，究竟正朔相承，上下安和，臣闻亲仁善邻，足为国宝，臣死后，愿陛下勿再图晋，惟鲜卑西羌，是我仇敌，终为大患，宜逐渐剪除，免误社稷！"说到稷字，语不成声，两目一翻，呜呼毕命，年五十有一。

坚大哭一场，因即还宫，拨给帛三千匹，谷万石，使充丧费，又遣谒者仆射，监护丧事，追赠侍中尚书，余官如故。安排就绪，复诣猛第哭灵，且挈太子宏同往。至棺殓时，往返已历三次，且语太子宏道："天不欲使我平六合么？奈何夺我景略，有这般迅速呢？"随命葬礼如汉霍光故事，谥为武侯。朝野巷哭三日，方才罢休。先是王猛在日，因凉州牧张天锡，遣使诣秦，骤告绝交，猛奉坚命，特作书贻天锡道：

昔贵先公称藩刘石者，惟审于强弱也。今论凉土之力，则损于往时，语大秦之德，则非二赵之匹，而将军幡然自绝，无乃非宗庙之福也欤？以秦之威，旁振无外，可以回弱水使东流，返江河使西注。关东既平，将移兵河右，恐非六郡士民，所能抗也。刘表谓汉南可保，将军谓西河可全，吉凶在身，元龟不远，宜深算妙虑，自求多福，毋使六世之业，一旦而坠地也！

天锡得书，却也知惧，因复通使修好，谢罪称藩。秦王坚不复苛求，待遇如初，惟天锡沉湎酒色，不恤国事，敦煌处士郭瑀，虽屡经天锡征聘，终因他不足有为，屏居绝迹。凉使孟公明，拘瑀门人，强胁瑀至，瑀叹道："我乃逃禄，并非逃罪，如何害及门人！"乃出诣姑臧。适值天锡母刘氏病殁，瑀即括发入吊，三踊遂出，仍返南山隐居去了。天锡也不再强留，由他自去。将军刘肃染景，曾助天锡诛死张邕，因功得宠，赐姓张氏，并使预政。又使肃景诸子，入侍左右，作为义儿，肃景得横行无忌，弄法舞文。

天锡长子大怀，已立为世子，偏天锡得了一个焦氏女，宠冠后庭。生子大豫，尚在襁褓，焦氏因宠生骄，屡在天锡面前，求立己子为世子。天锡为色所迷，竟遣大怀为征西将军，封高昌郡公，改立大豫为世子，号焦氏为左夫人。另有美人阎薛二姬，也为天锡所宠。天锡尝患重疾，顾语二姬道："汝二人将如何报我？我若不测，难道汝等愿为他人妻么？"二姬齐声道："尊驾倘若不讳，妾当死随地下，供给洒扫，决不敢再生异心！"既而天锡疾笃，二姬果皆自杀。哪知二姬死后，天锡反得渐瘳，因特加悲悼，丧葬用夫人礼。只天锡怙过不悛，荒耽如故，二姬亡后，仍然别选丽姝，入充下陈。

忽闻秦遣河州刺史李辩，据守枹罕，储粟募兵。枹罕系凉州要塞，为秦所踞，整顿戎务，当然不怀好意。那天锡也未免寒心，因就姑臧立坛，宰杀三牲，率领官属，遥与晋三公为盟，即遣从事中郎韩博，赍送盟文，直达江南，约为声援。偏偏弄巧成拙，得罪秦廷。至晋太元元年仲夏，秦王坚拟并吞凉州，下令国中道：

张天锡虽称藩受任，然臣道未纯，可遣使持节武卫将军苟苌，左将军毛盛，中书令梁熙，步兵校尉姚苌等，将兵临西河。尚书郎阎负梁殊，奉诏征天锡入朝，若有违王命，即进师扑讨，毋得稽延！

这令下后，就调集步骑十三万，归各将分领。再命秦州刺史苟池，河州刺史李辩，凉州刺史王统，率三州部众，作为继应，阎负梁殊，先期出发，直赴姑臧。小子有诗叹道：

十三万众下西凉，九世华宗一旦亡。
莫怨苻秦专黩武，败家覆国是淫荒。

究竟张天锡如何对付，且看下回再详。

第六十五回

失姑臧凉主作降虏　守襄阳朱母筑斜城

却说秦使阎负梁殊，行至姑臧，赍传秦命，征天锡入朝。天锡召集官属，与商行止道："今若朝秦，恐必不返；如或不从，秦兵必至，如何是好？"禁中录事席仂道："先公原有故事，遣质爱子，赂遗重宝，今且照旧施行，缓兵退敌，徐作计较，这也是孙仲谋。屈伸的良法呢！"语才说毕，即由群僚指驳道："我世事晋朝，忠节著闻海内，今一旦委身贼廷，辱及祖宗，岂不可耻？且河西天险，百年无虞，若悉众出拒，右招西域，北引匈奴，与秦一战，难道定不能胜敌么？"天锡听了，即攘袂大言道："我计决了，言降即斩！"乃引负殊入语道："汝两人欲生还呢？还是死返呢？"负殊仍不少屈，朗声辩论。天锡大怒，叱左右拿下负殊，牵缚军门，即命军吏射死二人，且出令道："射若不中，是不肯与我同心，就当坐罪。"军吏齐声得令，弯弓竞射。忽有天锡母严氏出来，且泣且语道："秦王起自关中，横制天下，东平鲜卑，南取巴蜀，兵不留行，汝若出降，尚可苟延性命。今欲将蕞尔一隅，抗衡大国，又命射死秦使，激怒敌人，国必亡了！家必灭了！"天锡不听，仍促军吏急射，两人是血肉身子，怎能禁得起许多箭镞，当然为国捐躯。

那张天锡即使龙骧将军马建，率兵二万，出拒秦兵。秦将梁彪姚苌王统李辩等，已至清石津，攻凉河会城。凉守将骁烈将军梁济，举城降秦。秦苟池又自石城津济师，与梁熙等会攻缠缩城，又得陷入。凉将马建，途次闻两城失守，不禁惊惶，反令前队变作后队，退屯清塞，且飞报姑臧，再请添兵。天锡复遣征东将军常据，率众三万，戍洪池，自领余众五万，驻金昌。安西将军宋皓，入白天锡道："臣昼察人事，夜观天文，秦兵不可轻敌，不如请降。"天锡怒道："汝欲令我为囚奴么？"遂将皓叱出，贬为宣威护军。广武太守辛章，保城固守，与晋兴相彭知正、西平相赵疑商议道："马建出自行阵，必不肯为国家效死，若秦兵深入，彼若不走，定即迎降，我等须自为定计，且合三郡精卒，断他粮道，与争死命，方可保全陇西。"彭赵二人，恰也赞成，惟欲先通报常据，约为声援，当下由辛章遣报常据，据请诸天锡，天锡搁置不理，于是一条好计，徒付空谈！

秦兵却连日进行，姚苌为先驱，苟苌等陆续继进。行近清塞，马建只好出兵迎战，一边是奋勇直前，有进无退；一边是未战先怯，有退无进，彼此成了一个反比例，自然秦胜凉败。马建见不可敌，便即弃甲下马，匍匐乞降，余众多半逃散。苟苌既收纳马建，复移兵攻洪池。常据率兵奋斗，与马建却不相同，无如凉兵都不耐战，一经交锋，统是徬徨却顾，不敢直前。秦兵着着进逼，东斫西劈煞是厉害，单靠常据一腔忠忱，究竟不能支住，终落得旗靡辙乱，一败涂地。据马被秦兵刺死，偏将董儒另授他马，劝据奔避，据慨然道："我三督诸军，再秉节钺，八统禁旅，十总外兵，受国宠荣，无人可比，今在此受困，应该致死，还要走到何处呢？"说着，步行回营，免胄西向，稽首再拜，自刎而死。军司席仂，见据已死节，也慷慨赴敌，格杀秦兵多名，伤重身亡。

秦兵遂入清塞，天锡闻耗，亟遣司兵赵充哲，中卫将军史荣等，领兵五万，往拒苟苌。不意赤岸一战，全军覆没。秦兵长驱至金昌城，天锡不得已，出城自战。兵刃初交，狂风大起，天昏地黑，白日无光，凉兵本无斗志，经此一变，立即骇散。天锡也欲回城，偏是城门紧闭，不纳天锡，眼见得城中已叛，只好带着骑兵数千，奔还姑臧。金昌城内的守吏，即开城迎纳，秦军苟苌等，休息一宵，便向姑臧进发。

先是张骏为凉州刺史时，已有童谣行："刘新妇簸米，石新妇炊羖羝，荡涤簸张儿，张儿食之口正披。"这种不伦不类的歌谣，大众视为胡诌，不值研索。谁知一传十，十传百，百传千万，到了秦兵攻凉的时候，姑臧城内的童儿，无一不歌此曲。后来有人解释，谓刘曜石虎，先后伐凉，均不得克，及秦兵一至，方才迎降。

还有天锡所居西昌门，及平章殿，无故自崩。天锡又尝梦见一绿色狗，形甚长大，从城东南跃入，欲噬天锡，天锡避匿床上，狗尚未舍，惊极乃寤。自知此梦不祥，阴有戒心。及败回姑臧，婴城固守，才阅数日，秦兵已到城下。天锡登城巡阅，俯见敌军统帅，身著绿地锦袍，手执令旗，跨马指挥，督兵攻城，当下顾问军士，秦帅姓甚名谁？军士有几个认识苟苌，便即报告。天锡猛悟道："绿色狗，绿袍苟，梦兆果不虚了！"遂下城太息，闷坐厅中。

接连警报数至，或说东门紧急，或说南门孤危，累得天锡心似辘轳，惊惶不定。可巧左长史马芮驰入，喘声说道："东南门要被攻陷了！"天锡顿足道："奈何！奈何！”马芮道：“现在已无他法，只有屈节出降，保全一城生灵。”天锡道：“能保我一门生全否？”芮答道：“待芮出投降书，凭着三寸不烂舌，为王请命。”天锡允诺，遂令芮草就降表，遣他出去。未几即得芮返报，许令不死，且保富贵。天锡大喜，因即素车白马，舆榇出城，走降秦营。秦帅苟苌，释缚焚榇，送天锡诣长安，于是凉州郡县，相继降秦。

秦王坚命梁熙为凉州刺史，留镇姑臧。天水太守史稷，前曾暴殁，五旬复苏，谓见凉州谦光殿中，尽生白瓜，至此梁熙镇凉，小名正是白瓜二字，岂非奇验。熙奉秦王坚命，徙凉州豪右千余户入关，余皆安堵如故。天锡入秦，亦得受封为归义侯，任比部尚书，迁右仆射。凉自张轨牧守凉州，至天锡降秦，共历九主，计七十六年。天锡后事，下文慢表。

且说秦既灭凉，复拟攻代。凑巧匈奴部酋刘卫辰，为代所逼，向秦乞援。秦正好借此兴兵，即令幽州刺史行唐公洛，会同镇军将军邓羌、尚书赵迁、李柔、前将军朱彤、前禁将军张蚝、右禁将军郭禁等，共出步骑三十万，东向击代。代王什翼犍，本来是有些能力，尝与燕彼此和亲，燕为秦灭，又向秦入贡，不相侵犯。就是刘卫辰亦曾娶什翼犍女为妻，有翁婿谊，惟刘卫辰系刘虎孙，绰有祖风，素好反复，俄而附代，俄而叛代。什翼犍恨他无礼，发兵往讨，卫辰西走降秦。秦王坚送还朔方，遣兵助守。什翼犍拟部署兵马，再击卫辰，适部将长孙斤密图内乱，引兵入帐，将弑什翼犍，亏得什翼犍子实，侍直帐中，奋身格斗，得将长孙斤截住。斤持槊刺入实胁，实尚忍痛与战，帐外卫士，也来助实，遂把斤擒住，乱刀砍死。实受伤已重，越月竟殁，实尝娶东部大人贺野干女，生一遗腹子，取名涉圭，后改名珪。什翼犍喜得生孙，令赦境内死罪。一面因兵马整齐，复讨卫辰，卫辰南走，仍然向秦乞救。秦遂大发兵众，令卫辰为向导，侵入代境。

代王什翼犍，忙使白部独孤部南御秦兵。两部出战数次，统遭败衄，乃改遣南部大人刘库仁抵敌秦军。库仁与卫辰同族，不过库仁为什翼犍甥，所以特遣，且调发十万骑兵，归库仁统带。库仁行至石子岭，正与秦军相值，战了一场，又复败绩，四面逃散。什翼犍又适患病，不能出拒，只得北奔阴山。已而秦兵渐退，乃还次云中。犍弟孤，尝分据部落，比犍先殁。孤子斤，失职怨望，时思构乱。犍子实，本居嫡长，由犍立为世子。实死后，尚未立嗣。犍继妃慕容氏，生有数子，俱尚稚弱，独有贱妾子阏君，年龄最长，秉性悍戾。斤正好乘间煽祸，密语阏君道：“王将立慕容妃子，恐汝不服，先拟杀汝，汝肯束手就毙么？”阏君听了，无名火高起三丈，便浼斤为助，私集兵甲，突攻犍帐，杀死诸弟。犍闻阏君为乱，正思出帐弹压，偏乱众已经杀人，不管尊卑上下，竟持刀乱劈，把犍杀死。慕容妃已早亡故，尚有实妻贺氏，挈子珪走依贺讷。讷就是野干嗣子，与珪有甥舅谊，当然容纳。此外如后庭男妇，都仓皇奔散，有几个反往投秦军，向敌乞援。秦兵虽然渐退，尚在君子津驻扎，既闻代乱，乐得乘机急进，直趋云中，阖君方拟据位，猝遇秦兵到来，如何抵敌？况部众俱已倒戈，益觉无力支撑，只好迎降秦军。

秦将露布告捷。秦王坚召代长史燕凤，问明情状，也勃然怒道："天下有这等乱贼么？身为臣子，敢弑君父，我当代为问罪，诛除大逆。"当下飞敕尚书李柔等，拘送阖君及斤，到了长安，用五马分尸法，车裂以徇。又引问燕凤，谓什翼犍有无遗嗣，凤以珪对，坚欲遣使征珪母子，凤申请道："代王新亡，群下叛散，遗孙幼弱，不能统摄，别部刘库仁，骁勇有智，刘卫辰狡猾善变，各难独任，今宜将代众分属两部，就令他两人分辖。两人素有深仇，莫敢先发，俟珪年已长，方为册立。陛下果俯纳臣言，兴灭继绝，再存代祀，人非木石，能不感恩？他时子子孙孙，不侵不叛，永作秦藩，岂不是安边长策么？"坚喜从凤言，乃分代众为二部，河东属库仁，河西属卫辰，划境分管。

库仁迎珪母子，居养帐中，恩礼备至，未尝以废兴易意，且语诸子道："此儿志趣不凡，将来必能恢隆祖业，汝等须善加待遇，慎勿忘怀！"随即招抚离散，厚意怀柔，凡代郡流亡人民，多半趋附，恩信聿著。秦王坚加库仁为广武将军，赏给幢麾鼓盖，隐示劝功的意思。卫辰无从得赏，向隅抱怨，攻杀秦五原守吏。秦令库仁往讨，库仁遂率众往击卫辰。卫辰屡战屡败，北奔阴山，经库仁追逐至千余里外，虏得卫辰妻子，方才还兵。卫辰自知穷蹙，不得已向秦谢罪，秦乃命卫辰为西单于，督辖河西杂胡，屯代来城。但从此僻处偏隅，无复从前威焰了。

秦王坚荡平西北，威声大振，凡东夷西羌诸国，联翩入贡，外使盈廷。坚大喜过望，免不得骄侈起来。故赵将作功曹熊邈，屡次白坚，谓石氏宫室器玩，多用金银，非常华丽。坚乃命邈为将作长史，领尚方丞，大修舟舰兵器，就将石氏金银移用，作为饰品，备极精巧。慕容垂从子绍，为秦阳平国常侍，私与兄楷相语道："秦王自恃强大，转战不休，北戍云中，南守蜀汉，转运万里，民不堪命，今复筑舟铸兵，穷极奢侈，眼见是盛极必衰了！冠军叔父，智识英伟，必能恢复燕祚，我等但当爱身待时，不患无成。"还有垂子慕容农，亦密语垂道："自从王猛死后，秦法日颓，今乃加以汰侈，祸必不远，父王宜结纳豪杰，仰承天意，兴复燕宗，机不可失了！"垂笑道："天下事非尔等所及知，我自有区处呢！"

会秦王坚欲图统一，经略江南，当有细作报知建康。晋廷诏敕内外诸臣，整顿防务。荆州刺史桓豁，表请调兖州刺史朱序，为梁州刺史，驻守襄阳，孝武帝自然依议。已而桓豁病殁，有诏令桓冲代任，都督江荆梁益宁交广七州军事。冲以秦人强盛，欲移扼江南，乃奏自江陵徙镇上明，使冠军将军刘波，守江陵，谘议参军杨亮守江夏。孝武帝除准奏外，复诏求文武良将，捍御北方。尚书仆射谢安，即以兄子玄应诏。孝武帝加安侍中，令都督扬豫徐兖青五州军事，即授玄领兖州刺史，监辖江北。又授五兵尚书王蕴，都督江南诸军事，领徐州刺史，蕴上表固辞，安劝阻道："卿为后父，与国家同休戚，不应妄自菲薄，致失上意。"蕴乃受命。

中书郎郗超，尝以父愔资望，出谢安右，偏安握重权，愔居散地，未免心下不平，屡生讥议。及闻安举兄子玄，却很是赞成，谓安能违众举亲，不失为明，如玄材具，将来必不负所举。或疑超如何变议，超答道："我尝与玄共在桓公府，早知玄有使才，足任方面，若无端加毁，岂非太诬蔑时贤么？"果然玄出镇广陵，练兵募材，连日不懈。得彭城人刘牢之，使为参军。牢之智勇兼全，常领精锐为前锋，所向披靡，时人号为北府兵。自有北府兵成立，方得与强秦抗衡，保全江左。郗超且惭且愤，先父病殁，超本擅时誉，交游皆一时俊秀，惟党同桓温，遂为遗玷，父愔虽无甚功业，但心却忠晋，与子异趋。超平生与桓温计议，多不使愔知，临殁时，自出一箧，付与门生道："我死以后，倘我父为我悲悼，致损眠食，汝等可将此箧呈父，否则焚毁为要。"后来愔果悲超，寝食俱废，门生依超遗言，呈入一箧，经愔启阅，统与温往返密计，不禁大怒道："小子死已迟了！"遂不复记忆，病亦渐瘥。及太元九年乃殁，追谥文穆。这且无庸絮叙。

且说太元三年二月，秦王坚大举侵晋，遣征南大将军长乐公丕，都督征讨诸军事，率同武卫将军苟苌，尚书慕容暐，共步骑七万人，南寇襄阳。又命秦荆州刺史杨安，率樊邓二州兵马为先锋，与征虏将军石越，步骑万人，出鲁阳关，冠军将军京兆尹慕容垂，扬武将军姚苌，率众五万，出南乡。领军将军苟池，右将军毛当，强弩将军王显，率众四万，出武当，统在襄阳城下会齐，限期攻克。襄阳守将朱序，闻秦兵大至，不以为虞。看官道是何因？他恃汉水为阻，且探得秦兵，不具舟楫，总道他无术飞渡，可以放心；不料秦将石越，竟驱骑兵五千，浮渡汉水，直逼襄阳。序仓皇得报，才不觉脚忙手乱，立即调兵守城，中城已布置妥当，外城尚不及严防，竟被石越攻入，且夺去战船百艘，往渡余军。秦长乐公苻丕等，次第得渡，同来攻城，城中大震。

序有老母韩氏，颇通兵略，自挈婢仆等登城，亲行察视。至西北隅，便蹙眉道："此处很不坚固，怎能保守得住呢？"说着，即督同婢仆，在城内增筑斜城，婢仆不足，另募城中妇女为助，即将库中布帛，及室内饰玩，作为犒赏，一日一夜，即将斜城筑就。工役方竣，那西北隅果被攻陷，坍坏数丈，秦兵一齐拥进，亏得城内尚有一道斜城，兀然竖着，仍将秦兵阻住，秦兵但得了一埭濠沟，仍无用处，襄阳人至此，始知序母确有识见，齐呼新城为夫人城。小子有诗咏道：

寇兵十万下襄阳，守备孤单未易防。
幸有夫人城不坏，彤编留得姓名香。

究竟襄阳城能否固守，且至下回续叙。

第六十六回

救孤城谢玄却秦军
违众议苻坚窥晋室

却说襄阳被围，西北隅坍陷数丈，幸有朱母预筑斜城，才得敛众拒守。但秦兵未肯退去，单靠这埭夫人城，仍是孤危得很。晋江荆都督桓冲，屯兵上明，有众七万，也怕秦兵强盛，未敢径进。秦长乐公苻丕，欲急攻襄阳，武卫将军苟苌道："我军十倍敌人，糗粮山积，但稍得汉沔人民，移往许洛，塞彼运道，断彼兵援，彼似网中鱼，笼中鸟，无虑不获，何必多杀将士，急求成功呢？"丕乃依议，暂从缓攻，惟饬兵围着，杜绝内外。

既而秦冠军将军慕容垂，攻克南阳，执住太守郑裔，亦至襄阳会师，秦复遣兖州刺史彭超，都督东讨诸军事，使与后将军俱难，右禁将军毛盛，洛州刺史邵保，统领步骑七万，寇晋淮阳盱眙，进攻彭城。晋命右将军毛虎生，率众五万，出镇姑孰。彼此相持多日，已阅暮冬。秦御史中丞李柔，劾奏长乐公丕，师老无功，请收下廷尉治罪。秦王坚因使黄门侍郎韦华，持节责丕，且赐丕剑道："来春不捷，汝可自裁，不必再来见我了！"丕接到此谕，当然惶急，时已残腊，在城下过了新年，乃誓众急攻。朱序督兵固守，有时见秦兵少懈，出奇猛击，杀伤秦兵多人，丕引退数里。序见秦兵退去，防守少疏，且因士卒多苦，略命休息。不料过了数日，秦兵又蜂拥攻城。序仓皇抵御，正在危急的时候，忽然北门洞开，纳入秦军，事出意外，令人不测，序只好拼命搏战。可巧督护李伯护前来，由序呼同效死，伯护佯为应诺，及趋近序旁，竟拔剑击伤序马，马负痛倒地，序亦坠下。伯护即麾动左右，缚序送秦军。看官不必细问，便可知这李伯护卖主求荣，私通外国了。序母韩氏，却挈着健婢，及兵役数百人，从西门出走，绕道东归，幸得脱祸。

序被执送长安，秦王坚闻序能守节，拜为度支尚书，独责李伯护不忠，将他斩首。令中垒将军梁成，为荆州刺史，配兵一万，使镇襄阳。秦将军慕容越，复将顺阳夺去，擒送太守丁穆，坚欲授穆官爵，穆固辞不受，还有晋魏兴太守吉挹，也为秦将韦钟所攻，粮尽被陷，挹拔刀在手，意欲自刎，偏左右夺去挹刀，挹求死不得，为秦所执，挹自草遗疏，密授参军史颖，令他逃归建康，自在秦营数日，绝不一言，并不一食，竟尔饿死。秦王坚叹为忠臣。晋得史颖归报，亦追赠挹为益州刺史，不没忠忱。

惟彭城被围已久，由晋兖州刺史谢玄，率众万余，往救彭城。行次泗口，拟遣使往报彭城太守戴逯，大众都互相推诿，不敢轻往。唯部将田泓，慨然愿行，玄当然遣去。是时彭城外面，统是秦营扎住，端的是水泄不通，无路可入。泓泅水潜行，到了城下，探头出望，正与秦巡兵打个照面。巡兵大声呼捉，泓知不可逃，索性登岸，趋入秦营，秦将彭超，啗以重利，使他传语城中，只言南军已败，泓佯为允许。及趋至城下，却扬言道："戴太守以下诸将士听着！我是兖州部将田泓，单行来报，南军将至，望诸军努力待援，我不幸为贼所得，已不望生还了！"说至此，被秦将喝令斩首，刀光起处，碧血千秋。

秦兵急攻彭城，旦夕将陷，亏得晋后军将军何谦，奉谢玄命，来劫秦兵辎重。秦将彭超，方引兵还御，彭城太守戴逯，遂乘隙出奔，兵民始不致全没，但何谦一退，彭城便被秦兵占去。超留治中徐褒守城，自督兵南攻盱眙，掳去高密内史毛璪之，得将盱眙陷入。秦将俱难，亦攻克淮阴。再加秦将毛当王显，又从襄阳出发，来会彭超，俱难两路人马，进攻三阿。三阿距广陵百里，晋廷大震，临江列戍，一面遣征虏将军谢石，率舟师出屯涂中，右卫将军毛安之，率步兵出屯堂邑。秦将毛当毛盛，夜袭毛安之军，安之惊溃，独谢玄自广陵往救三阿，至白马塘，击斩秦将都颜，直至三阿城下，彭超俱难，并马来战，被谢玄麾军杀去，纵横驰骤，锐不可当。超与难虽经百战，未曾见过这般锐卒，顿时惊退，部兵折伤甚多，余兵随着两将，走保盱眙。谢玄入三阿城，与刺史田洛，招集邻境士卒，得五万人，进攻盱眙。难超出战，又复败绩，奔往淮阴。玄复遣后军将军何谦，带领舟师，乘潮直上，夤夜纵火，焚毁淮桥。秦淮阴留守邵保，出兵拦截，怎禁得火焰直冲，敌势又猛，徒落得焦头烂额，一命呜呼！难超欲上前救应，只见淮桥左右，笼着一片火光，不由的逡巡畏缩，再奔淮北。玄与何谦戴逯田洛等，并力追击，又大破难超等军。难超仓皇北遁，仅以身免。秦王坚闻报大怒，征超下狱，超惧罪自杀，难削爵为民。用毛当为徐州刺史，使镇彭城，毛盛为兖州刺史，使屯湖陆，王显为扬州刺史，使戍下邳。

晋谢玄凯旋广陵，详报捷状。孝武帝进玄为冠军将军，加领徐州刺史。并进谢安为司徒，领卫将军，开府仪同三司。桓冲亦并授开府，如谢安例。他将亦赏功有差。

越年为孝武帝太元五年，即秦王坚建元十六年，坚徙行唐公苻洛为散骑常侍，都督宁益西南夷诸军事，兼征南大将军，领益州牧，使镇成都。洛雄武有力，为坚所忌，故但使外任，不令预政。此次在幽州奉命，又要他由东至西，心甚不平，乃商诸将佐，意欲谋变。幽州治中平规，促令起事，洛遂自称大都督秦王，用平规为谋主，就在幽州发难，集众七万，西指长安，关中震动，盗贼四起。坚遣使责洛道："天下尚未统一，全仗兄弟戮力同心，廓清区宇，奈何无故谋反？请即还和龙，当仍以幽州为世封。"洛不受命，且语来使道："汝可还白东海王，幽州偏僻，不足容万乘，须还王咸阳，上承高祖遗业；若能在潼关迎驾，当位为上公，爵归本国。"这数语由使人返报，坚当然大愤，立遣左将军窦冲，及步兵校尉吕光，统率步骑兵四万，东出拒洛。又命右将军都贵，驰传诣邺，发冀州兵三万为前锋，授阳平公融为征讨大都督，率兵援应；再使屯骑校尉石越，率骑一万，从东莱出石迳，浮海四百余里，往袭和龙。

洛领众至中山，适北海公重，亦率众来会，共计得十万人。未几，由窦冲等驰至，与洛交战数次，洛皆失利。校尉吕光，素有勇略，料知洛将奔回，急从间道驰出洛后，截洛归路，果然洛引众退走，被光截住厮杀，洛将兰殊，拍马与战，才及数合，只听得踢蹋一声，殊已坠地，即为光手下捉去。洛众大溃，洛夺路欲逃，马蹄忽蹶，也致掀倒，为光所擒，独重没命乱跑，行至幽州附近，被光追及，一刀断命。和龙尚未接败报，但由平规居守，未曾加防，突来了一支秦军，掩入城门，劈死平规，及叛党百余人，这支人马，便是石越的骑兵，一鼓驰入，立下幽州，吕光械洛入关，并将兰殊随解。秦王坚特加赦宥，仍署兰殊为将军，惟流洛至凉州西海郡，屏诸远方，终身示罚。

当下征阳平公融为中书监，都督诸军，录尚书事。长乐公丕，为冀州牧。平原公晖，为豫州牧，且因诸氐族类繁滋，不便聚处，特将三原九嵕武都汧雍氐十五万户，使诸宗亲分道率领，散居方镇，如古诸侯世封成制。长乐公丕分得氐众三千户，辞阙启行。坚亲送至灞上，一嘱属别，父子俱有戚容，就是三千户子弟，拜别父兄，亦皆恸哭失声，哀感行路。秘书侍郎赵整，援琴作歌道："阿得脂，阿得脂，伯劳舅父是仇绥，尾长翼短不能飞，远徙种人留鲜卑，一旦缓急当语谁？"坚知他有意嘲讽，但微笑不答。他为了苻洛一乱，格外加防，所以分遣氐众，免得他变生肘腋，哪知同族不可恃，他族更不可恃，坚徒防同族，不防他族，这真是顾及眉睫，不防肩臂呢！已而坚调左将军都贵为荆州刺史，屯驻彭城，特置东豫州，令毛当为刺史，屯守许昌，都贵遣司马阎振，及中兵参军吴仲，领兵二万，入寇竟陵。晋江荆都督桓冲，飞饬从子南平太守石虔，与虔弟参军石民，出兵截击，大破秦军。振与仲退保管城，石虔乘胜攻入，擒住振仲，斩首七千级，俘虏万人，飞章告捷。有诏授石虔为河东太守，特封桓冲子谦为宜阳侯，仍令江淮戒严，防备秦寇。

秦王坚好大喜功，日思统一，尝就渭城作教武堂，命旁通兵法的太学生，教授将士，秘书监朱肜谏阻道："陛下南征北讨，已得海内十分之八，此时宜偃武修文，与民休息，乃反立学教战，徒乱人意，何足致治！况将士多经过战阵，莫不知兵，今更使受教书生，亦不足激厉志气，与实无益，与名有损，不如不设为是。"坚乃罢议。

太常韦逞，素受母训，劬学成名，坚平时尝留心儒术，故命逞典礼，一日由坚亲临太学，问及博士经典，博士卢壶答道："废学已久，书传零落，近年多方搜辑，粗集正经。惟《周官》礼注，尚乏师资，窃见太常韦逞母宋氏，世学《周官》，夙承父业，今年垂八十，耳目犹聪，非此母不能讲解《周官》音义，传授后生。"坚不待说毕，便欣然道："既有韦母，何妨令诸生就学哩。"随即召逞与议，使他禀白老母，即就逞家设立讲堂，特遣生员百二十人，偕往受业。宋氏当然依命，隔幔授经，连日不辍。坚复赐给侍婢十人，号宋氏为宣文君，自是《周官》学复得发明，时称为韦氏宋母，传名后世。还有才女苏蕙，表字若兰，系陈留令苏道贤第三女，幼通文史，雅善诗歌，智识精明，仪容妙丽，年十六为窦滔妇，滔很是敬爱。嗣滔为秦州刺史，复纳一妾，叫做赵阳台，妖冶善媚，未免夺宠。苏蕙虽号多才，究不脱儿女性质，由妒生恨，渐与窦滔反目，滔因此疏蕙。旋滔坐罪被谴，徙往流沙，但挈阳台西去，留蕙家居。蕙独处岑寂，不免思夫，乃为回文诗数首，织诸锦上，宛转循环，寓意悱恻，共得八百四十字，寄与窦滔，滔接阅回文旋锦图，反复吟哦，也为泣下。可巧秦王坚亦赦令回家，马上启行，东归探妇，伉俪重逢，和好如初。这也是一段情天佳话，后人播为美谈，看官幸勿笑我夹杂哩。

且说秦王坚阳若好文，阴仍尚武，始终不忘南略。勉强捱延了两年，正拟大举南侵，偏东海公苻阳，及侍郎王皮，尚书郎周虓，通同谋叛，定期举事。阳系法子，皮系猛子，虓系晋故益州刺史周抚孙，降秦受官，三人纠众作乱，倒也是一场大难。偏偏逆谋预泄，被坚饬人收捕，面加讯鞫。阳抗声道："臣父哀公。死不当罪，臣欲为父复仇呢！"坚不禁流涕道："哀公致死，事不在朕，如何错怪？"说至此，复问皮何故谋逆？皮答道："臣父丞相猛，有佐命大功，臣乃不免贫贱，为富贵计，不得不然。"坚叱道："丞相临终，只贻汝十具牛，嘱汝治田，未尝为汝求官，朕念汝先父有功，擢汝为侍郎，汝反忘恩肆逆，这真叫做知子莫若父哩！"说着，又顾虓问状。虓答道："世受晋恩，生为晋臣，死为晋鬼，何劳再问？”坚喝令系狱，叹息入宫。旋即颁发命令，曲贷三人死罪，惟徙阳至高昌，皮虓至朔方塞外，算作了案。

会西域车师鄯善二国，遣使入朝，愿为向导，引秦兵经略西域，秦王坚即遣将军吕光为都督，统兵十万，往定西域。阳平公融入谏道：“西域荒远，得民未必可使，得地未必可食，从前汉武西征，得不偿失，臣愿陛下毋循覆辙呢！”坚不肯从，竟令吕光西行。光出陇西，越流沙，收服焉耆诸国，惟龟兹王白纯拒命，为光所逐，光遂居龟兹，威爱兼施，远近悦服，秦威大震。

适前高密内史毛璪之等，由秦逃亡，仍归晋室。秦王坚乃亲御太极殿，大会群臣，当面宣谕道：“今四方略定，只有东南一隅，未沾王化，现计我国兵士，可得九十余万，朕欲大举亲征，卿等以为可否？”尚书左仆射权翼道：“昔商纣不道，三仁在朝，武王犹且旋师。今晋虽微弱，未有大恶；谢安桓冲，并皆江表伟人，君臣辑睦，内外同心，依臣愚见，晋却未可速图呢。”坚沈吟半晌，又左右旁顾道：“诸卿可各言所见。”太子左卫率石越应声道：“今岁镇二星，适守南斗，福德在吴，未可轻讨。且彼有长江天险，民尚乐用，臣以为不宜加兵。”坚说道：“从前武王伐纣，逆岁违卜，天道幽远，未易可知。夫差孙皓，皆保据江湖，终归覆灭。今凭我百万兵马，投鞭江中，已足断流，怕甚么天险呢？”越又答道：“三国君主，统淫虐无道，所以敌国往取，易如拾芥。今晋虽寡德，究无大愆，愿陛下且按兵积谷，坐待敌衅，果使有隙可乘，发兵未迟。”此外群臣各言利害，纷纭莫决。坚懊怅道：“这便是筑室道旁，无时可成，看来惟我独断罢！”群臣见坚有愠色，自然不敢再言，相率退出。独阳平公融尚在座侧，坚顾语道：“人主欲定大事，不过一二臣可以与谋，今众议纷纭，徒乱人意，我当与卿专决此事。”融答道：“今欲伐晋，却有三难，天道不顺，就是一难；晋国无衅，就是二难；我国屡经征讨，兵力已疲，势转怯斗，就是三难。群臣谓不宜伐晋，确是忠谋，愿陛下依从众议！”坚忿然道：“汝也来作此说么？我尚何望？试想我有强兵百万，资械如山，我虽未为令主，究非暗劣，乘我累胜，击彼垂危，何患不克？怎可复留此残寇，长为国忧呢？”融泣语道：“晋未可灭，昭然易知，今欲劳师大举，实非万全计策。且如臣所忧，更不止此，陛下宠养鲜卑，羌羯布满畿甸，这统是萧墙大患，如陛下督师南征，太子独与弱卒留守京师，一旦变生肘腋，悔何可追？臣本顽愚，言不足采。王景略乃一时俊杰，陛下尝比为诸葛武侯，他临殁时，曾有遗诫，难道陛下忘记么？”坚愈加不乐，退入内庭，融当然趋出。

适太子宏入内问安，坚与语道：“我欲伐晋，以强临弱，可保必胜，朝臣皆言未可，我实不解！”宏婉答道：“今岁在吴分，晋君又无大过，若南征不捷，外损国威，内殚民力，所伤实多，无怪群下疑沮呢。”坚摇首道：“前我出兵灭燕，亦犯岁星，天道原不可尽凭。况古时秦灭六国，六国君主，岂必皆暴虐么？”说罢，便顾令左右，宣召冠军将军慕容垂入议，垂应召即至，坚问及伐晋事宜，垂抵掌道："弱肉强食，乃是古今通例。如陛下神武应运，威加海内，虎旅百万，韩白满朝，乃蕞尔江南，独违王命，不伐何为？古诗有云：'谋夫孔多，是用不集。'愿陛下断自圣衷，不必多虑！陛下可记得晋武平吴，只有张杜二三臣，与他同意，若必从众议，如何能统一中原呢？"坚不禁起舞道："与朕共定天下，独卿一人。余子碌碌，何足与谋！"遂命赐帛五百匹，垂拜谢而出。

坚即命阳平公融为司徒，领征南大将军，并调谏议大夫裴元略为巴西梓潼二郡太守，嘱令速具舟师，指日南下。阳平公融，辞不受职，且再入谏道："知足不辱，知止不殆，自来穷兵黩武，鲜有不亡，况国家本系戎狄，正朔未归，江东虽然微弱，尚存中华正统，天意亦必不遽绝哩？"坚作色道："帝王历数，有何定例？刘禅非汉室苗裔么？何故为魏所灭，汝所以不能及我，就在此拘执的弊病呢！"融无言而退。坚仍授融为征南大将军，不过取消司徒职衔。融无奈受命。

坚素信沙门道安，群臣托他乘机进谏，道安允诺。一日得与坚同辇，出游东苑，坚笑语道："朕将与公南游吴越，泛长江，临沧海，公以为可乐否？"安接口道："陛下应天御宇，居中宅外，自足比隆尧舜，何必栉风沐雨，亲往遐方哩？况东南卑湿，容易染疫，舜禹俱巡游不返，陛下幸勿亲行！"坚驳说道："天下必统属一尊，方可太平，朕经略四海，已得八九，难道使东南一隅，独不被泽么？必如公言，是古时圣帝明王，何为不惮劳苦，巡狩四方呢？"道安见不可谏，乃更易一说道："陛下如必欲南征，也只可驻跸洛阳，但遣一使贻书江南，怵以兵威，彼亦必稽首称臣，无烦圣驾跋涉了。"坚终不从，小子有诗叹道：

帝典王谟戒面从，刍经群议已知凶。
如何骄主矜张甚，但务穷兵未敛锋。

既而后宫又有一人，上书谏坚，请勿伐晋！究竟书中如何措词，待至下回再表。

第六十七回

山墅赌弈寇来不惊
沔水交锋兵多易败

却说秦王坚有一宠妾张氏,明敏有识,素得坚宠,号为张夫人。她闻坚欲侵晋,亦以为兵凶战危,不宜常动,乃上书规谏道:

妾闻天下之生万物,圣王之驭天下,皆因其自然而顺之,故功无不成。是以黄帝服牛乘马,因其性也;禹浚九川,障九泽,因其势也;后稷播殖百谷,因其时也;汤武率天下而攻桀纣,因其心也。自来有因则成,无因则败,今朝野之人,皆言晋不可伐,陛下独决意行之,妾不知陛下何所因也?《书》曰:"天聪明,自我民聪明。"天犹因民,而况人主乎?妾又闻王者出师,必上观乾象,下采众祥,天道崇远,非妾所知,以人事言之,未见其可。谚云:鸡夜鸣者,不利行军,犬群嗥者,宫室将空,兵动马惊,军败不归。自秋冬以来,众鸡夜鸣,群犬哀嗥,厩马多惊,武库兵器,自动有声。此皆非出师之祥也,愿陛下详而思之!

坚得书览毕,搁过一边,且自语道:"妇人有何见识?来管什么军旅大事?"正懊恨间,幼子中山公诜,亦驰入面谏道:"臣闻国家兴亡,系诸贤才,用贤必兴,不用贤即亡。今阳平公为一国谋主,陛下奈何不用?晋有谢安桓冲,皆号贤才,陛下乃欲往伐,臣不胜滋疑,故敢直陈无隐!"坚又叱道:"天下大事,孺子何知,也敢来饶舌吗?"说得诜满怀惭愤,低头退出。

好容易又阅一年,晋桓冲率众十万,攻秦襄阳,使前将军刘波等,攻沔北诸城,辅国将军杨亮,攻蜀涪城,鹰扬将军郭铨,攻武当。冲攻襄阳未下,分兵拔筑阳，当有警报飞达长安，秦王坚亟遣征南将军钜鹿公睿，冠军将军慕容垂等，率步骑五万救襄阳，兖州刺史张崇救武当，后将军张蚝，步兵校尉姚苌救涪城。桓冲闻秦兵大至，退屯沔南，惟郭铨击败张崇，掠得二千户东还。慕容垂为秦军前驱，进临沔水，与桓冲夹岸对垒。他却想出一法，夜命军士，各持十炬，燃系树枝，光彻数十里。冲果被吓退，自沔南还保上明。张蚝出斜谷，杨亮亦引兵东归，桓冲表荐从子石民为襄阳太守，使戍夏口，自求领江州刺史，有诏依议，乃各莅镇辖守。

秦王坚以晋敢先发，倍加震怒，遂下令全国，集众侵晋。约计民间十丁，抽一为兵，良家子年在二十以下，如有材勇，皆入选为羽林郎，共得三万余骑。拜秦州主簿赵盛之为少年都统，且预先下令道："平晋以后，可令司马昌明为尚书左仆射，谢安为吏部尚书，桓冲为侍中。"朝臣闻令，俱嗤为太早。独慕容垂姚苌，及良家子等，怂恿苻坚，即速发兵。阳平公融又进谏道："鲜卑羌虏，实我仇雠，所陈计划，无非利我疲敝，彼得乘间逞志，如何可从？良家少年，类皆富饶子弟，不娴军旅，但知逢迎上意，希宠求荣，陛下误信彼言，轻举大事！臣恐功既不成，且有后患，后悔将无及了。"坚始终不听，反饬融督同张蚝慕容垂等，率步骑二十五万为前锋，自率大军为后应，又命兖州刺史姚苌，为龙骧将军，监督益梁二州军事，并面语苌道："朕尝为龙骧将军，得建王业，今特将此职授卿，愿卿勉力！"左将军窦冲，在旁进言道："王者无戏言，这乃是不祥征验呢！"坚默然不答。苌即辞去。

慕容楷慕容绍私语慕容垂道："主上骄矜日甚，亡象已见，叔父此行，正好规复旧业哩。"垂点首道："这须由汝等合力，方可成功；今且勿言，俟南下观衅便了。"乃随坚出发长安，戎卒共六十余万，骑士约二十七万，旗鼓相望，前后千里。是时为晋孝武帝太元八年仲秋，凉风拂地，玉露横天。秦王坚左杖黄钺，右秉白旄，安坐云母辇，徐徐启行，留太子宏居守。宠妃张夫人自请从征，当由坚敕备副车，令她随着，端的是须眉巾帼，八面威风。

到了九月初旬，行抵项城，凉州兵始达咸阳，蜀汉兵方顺流东下，幽冀兵已到彭城，东西万里，水陆并进。苻融等前驱兵二十五万，先至颍口。江淮各戍，飞报建康，孝武帝急命尚书仆射谢石，为征虏将军，兼征讨大都督，并授徐兖二州刺史，谢玄为前锋都督，与辅国将军谢琰，西中郎将桓尹等，督众八万，出御秦军。又使龙骧将军胡彬，带领水军五千，往援寿阳。谢玄既奉朝命，也恐众寡不敌，未免加忧，因向谢安问计，安夷然答道："已别有旨。"玄待了多时，并不闻有什么计议，自己不便渎陈，因令僚属张玄重请。安从容道："且俟明日再谈。"到了翌晨，玄再往请教，安却召集亲朋，同游山墅，命玄亦相偕出游。玄只好随去，及抵山墅中，安绝口不谈军务，反令玄对坐弈棋。玄棋本胜安一筹，此时怀着鬼胎，无心下子，所以应接多疏，反致见输。约下数局，少胜多负，玄殊不耐烦。偏安强令续弈，直至傍晚，方才撤枰。安又与亲朋登山览水，入夜乃还，终不道及军情。越日得桓冲来书，拟遣精锐三千人，入援京师，安对来使道："朝廷处分已定，兵甲无阙，不劳桓公遣兵；且西藩关系重大，幸勿疏防！"来使受命返报，桓冲顾语僚佐道："谢安石有庙堂雅量，可惜不谙军略。今大敌将至，尚务游谈，但遣诸不经事的少年，督师拒敌，兵又单弱，天下事已可知了，恐我辈不免左衽呢！"

又越一月，秦苻融攻克寿阳，擒去守将徐元喜。晋龙骧将军胡彬，闻寿阳被陷，退保硖石，融复引兵进攻。秦卫将军梁成等，又率众五万，进屯洛涧，沿淮列栅，阻遏东兵。谢石谢玄等，至洛涧南岸，距梁成军二十五里，惮不敢进。胡彬因粮食将尽，潜遣人告石等道："今贼势甚盛，硖石乏粮，倘或不测，恐不能再见大军。"这使人行至中途，为秦逻骑所获，送入融营。融讯悉情形，便驰使白秦王坚道："贼少易擒，但恐逃去，宜急击勿失！"坚乃留大军在项城，自引轻骑八千名，倍道就融，且遣朱序至谢石营，劝令速降。序本晋臣，志在保晋，因私语谢石谢玄道："秦兵不下百万，若同时并至，诚不可敌，今乘诸军未集，宜速与战，若得败秦前锋，余众夺气，将不战自溃了！"石尚踌躇未决，玄赞成序议，并嘱序俟机归晋，序唯唯而去。玄既送序出营，便促石进兵。石仍有难色，谓秦王坚已到寿阳，未可轻敌，不如固垒勿动，待彼师老，然后进兵。辅国将军谢琰道："机不可失，敌不可纵，朱序此来，正天授我机宜，奈何勿从！"石乃依议，遂与玄商定进行。

玄遣广陵相刘牢之，率精骑五千，直趋洛涧。秦将梁成，阻涧列阵，静待厮杀。牢之麾兵渡水，奋击成军，成开阵与战，不防牢之持槊突入，左挑右拨，杀退秦兵，竟至成前，成措手不及，被牢之一槊刺来，正中腰胁，痛极坠马，死于非命。秦弋阳太守王咏，忙来救成，两下交手，才及数合，由牢之用槊格住咏刀，右手拔出宝剑，用力砍去，把咏劈作两段。秦兵既失梁成，又丧王咏，吓得心胆俱裂，各自逃生。再加谢玄谢琰，又来接应，大杀一阵，俘斩数千。牢之更往截秦兵归津，秦兵尽弃甲抛戈，越淮奔窜，有数千人不善泅水，并皆溺死。秦扬州刺史王显等，一并受擒，共计秦兵死伤万五千人，所有器械军资，都被晋军载归。于是晋军水陆继进，连谢石亦放大了胆，策马前行。

秦苻融得洛涧败报，趋回寿阳，与秦王坚登城遥望，见晋军踊跃到来，步伐井井，很是严整，已不禁暗暗生惊。再向东北隅的八公山，眺将过去，差不多有千军万马，布满山上。坚愕然语融道："这也好算得劲敌哩！怎得说他弱国？"融也觉寒心，乃下城部署，更谋一战。看官听说！八公山上并无兵马，不过草木蕃衍，经冬未衰，苻坚由惊生疑，还道是草木皆兵呢。坚既疑惧交并，累得寝食不安，但骑虎难下，只好督同苻融等人，再与晋军一决雌雄。当下驱动各军，出寿阳城，径至沔水沿岸列阵。谢玄见对岸尽是秦军，苦不得渡，乃遣使语苻融道："君悬军深入，志在求战，乃逼水为阵，使我军不得急渡，究竟是欲速战呢，还欲久持呢？若移阵稍退，使我军得济，与决胜负，也省得彼此久劳了。"融即转白苻坚，坚欲依晋议，诸将皆谏阻道："我众彼寡，不如遏住岸上，使不得渡，才保万全。"坚驳说道："我军远来，利在速战，若夹岸相持，何时可决？今但麾兵小却，乘他半渡，我即用铁骑围蹙，可使他片甲不回，岂不是良策么？"融也以为然，遂麾兵使退。

秦军正如墙列着，一闻退军的命令，便即掉头驰去，不可复止。那晋军已控骑飞渡，齐集岸上，一面用着强弓硬箭，争向秦兵射来。秦兵越觉着忙，竞思奔避，忽又有一人大呼道："秦兵败了。"于是秦兵益骇，顿时大溃。苻融拍马略阵，还想禁遏部军，偏部众不肯回头，晋军却已杀到，急得融无法可施，拟加鞭西奔，那知马足才展，忽然倒地，自己不知不觉，随马坠下。说时迟，那时快，晋军并力杀上，刀枪并举，乱斫乱戳，将融葅成肉泥。苻坚见融落马，惊惶的了不得，便即返奔，连云母辇都弃去。晋军乘胜追击，直达青冈，秦兵大败，自相践踏，死亡不可胜计。或侥幸逃脱性命，听得道旁风声鹤唳，都疑是晋军将至，昼夜不敢息足，草行露宿，冻饿交并，可怜百万大兵，十死七八，仿佛是曹操赤壁，王寻昆阳。

当时秦兵仓皇四散，究不知由何人呼败，惊动全军，后来朱序与徐元喜乘势奔晋，始由序自述前因，佯呼兵败，吓退秦兵。照此看来，朱序实是破秦的第一功臣。还有前凉主张天锡，也随序归晋。谢石谢玄等，统表欢迎。复引兵夺还寿阳，拘住秦淮南太守郭褒。唯苻坚宠妃张夫人，得由亲兵保护，从寿阳城出走，奔依苻坚。坚身上亦中流矢，单骑狂奔。到了淮北，闻后面已无声响，料知距敌已远，方敢下马少憩，可奈饥肠乱鸣，辘轳不息，一时无食可觅，只得徬徨四顾，做了一个墦间乞食的齐人。百姓前来问讯，方识是秦王坚。乃进壶飧，奉豚髀，坚方得一饱。正虑无物可酬，凑巧张夫人驰至，带有绵帛等物，坚且悲且喜，即命取下绵帛若干，分赏百姓。百姓辞谢道："陛下厌苦安乐，自取危困，臣民为陛下子，陛下为臣民父，怎有子奉父食，乃思求报么？"遂不顾而去。坚深为叹息，旁顾张夫人，见她花容憔悴，云鬓蓬松，不由的怜悯起来。转念自己狼狈至此，灭尽前日威风，便且泣且语道："我今还有何面目再治天下？"张夫人不便答坚，也惟有相对下泪。未几，有散骑陆续趋集，报称冠军将军慕容垂，独得全师，部众三万人，不折一名。坚乃率骑往依，垂迎坚入营，谨执臣礼。

垂子宝密白垂道："祖国倾覆，天命人心，皆归至尊，不过因时运未至，晦迹埋名。今秦王兵败，委身属我，是天意亡秦，使我兴燕，此时不图，尚待何时？幸勿徒顾微恩，自忘社稷！”垂徐徐道：“汝言也自有理，但彼既诚心投我，如何加害？天若弃秦，何患不亡？不如暂为保护，聊报旧德！待至有衅可乘，然后举事，方不致有负宿心，且可仗义执言，取服天下。”宝乃无言。奋威将军慕容德入白道：“秦强时并吞我燕，今秦已弱，正可报仇雪耻，并非有负宿心，兄奈何得而不取，坐失机会呢？”垂说道：“我前为太傅所不容，置身无地，乃逃死关中，秦王以国士待我，恩礼备至，嗣复为王猛所卖，不能自明，赖秦王明我心迹，毫不加谴，此恩此德，何可遽忘？若氐运必穷，我当怀集关东，规复旧业，关西却非我所愿有了。”冠军行参军赵秋道：“明公当绍复燕祚，图谶甚明，今天时已至，尚复何待？若杀秦王，据邺都，鼓行西进，三秦可唾手而定，何必迟疑？”垂终不从，因举兵授坚。坚收集离散，偕垂同归。行至洛阳，溃兵次第趋还，尚不下十余万。百官仪物，才得少备。垂子农复启垂道：“尊不迫人于险，义声足感动天地，但尝闻秘记云：燕若复兴，当在河阳，譬如取果，或在未熟，或待自落，先后相去，原不过旬日间，但难易美恶，未免悬殊，还请尊见裁择！”垂点首道：“我自有区处。”

嗣又自洛阳抵渑池，将入潼关，垂向坚面请道：“北鄙人民，闻王师不利，互相煽动，臣愿得一诏书，驰往抚慰，且乘便过谒陵庙，请陛下准议！”坚即许诺，垂欣然告退。

左仆射权翼亟进谏道：“国家新败，四方皆有贰心，应即召集名将，置诸京师，自固根本。垂勇略过人，世长东夏，前次西来，不过为避祸起见，岂得一冠军职衔，便已足望？陛下独不见养鹰么？饥乃附人，一遇风起，便思凌霄，只可谨备绦笼，系住不放，若一经宽纵，任彼所欲，难道还重来不成？”坚爽然道：“卿言亦是，但朕已许他前去，匹夫尚不食言，况为万乘主呢？天命果有废兴，亦非智力所能挽回，只好听诸天命罢了！”翼又说道：“陛下重小信，轻社稷，终嫌失算，臣料垂一去不返，关东祸乱，从此开始了！”坚不肯听，即遣将军李蛮闵亮尹固等，率众三千送垂，又令骁骑将军石越，率精卒三千戍邺，骠骑将军张蚝，率羽林五千戍并州，镇军将军毛当，率部曲四千戍洛阳，俟各军分头出发，乃西入关中。

权翼密遣壮士百人，潜伏河桥，谋刺慕容垂。垂预防不测，使典军程同，扮作自己模样，衣冠马匹，悉数给同，自己却微服轻装，从凉马台编结草筏，悄悄渡河。那程同却挈着僮仆，夜逾河桥，黄昏遇伏，同急驰获免。权翼闻垂得脱去，自恨计策不成，垂头丧气，随坚入关。坚抵长安，在郊外辟坛祭融，大哭一场，追谥曰哀。方才入城，下令大赦，抚恤阵亡家属，这且不必细表。

且说谢石谢玄，既得破秦，便驰书告捷，司徒谢安，方对客围棋，接到捷书，草草一阅，便搁置案上，弈棋如故。客问为何事？安徐答道："小儿辈已经破贼了！"客起身道贺，安仍无喜色，邀客终局。及弈毕，客去，返入内室，急跨门限，屐齿为折。看官阅此，应知谢安是未尝忘情，不过对客时，故示镇定，好似忧怒不形，具有绝大度量。至客已辞去，遂不觉趾高气扬，流露喜色了！小子有诗咏道：

一生忧乐本常情，露布传来喜气生；
怪底当年谢太傅，欺人只是一棋枰。

既而谢石班师，奏凯还朝，晋廷当有一番封赏，且至下回说明。

第六十八回

结丁零再兴燕祚 索邺城申表秦庭

却说谢石班师，还至建康，孝武帝按功加赏，进谢石为尚书令，谢玄为前将军，谢安为太保，他将亦各从优叙。惟玄固辞不受，有诏嘉奖，赐钱百万，彩锦千段。并封张天锡为散骑常侍，兼西平公，朱序为琅琊内史，行赦境内，中外解严。嗣由谢安上疏，请乘苻坚丧败，经略淮北，乃复命前锋都督谢玄，率同冠军将军桓石虔，再趋涡颍，往定兖青冀各州。这三州俱为秦有，守吏当然报达长安，无如天下事，不堪一败。为了淝水战事，秦兵大挫，遂致土崩瓦解，乱端四起，累得秦王坚不遑抚近，哪里还能顾及远方！小子且先将苻秦乱事，依次叙来。

陇西有乞伏氏，系出鲜卑，从前有一部酋纥干，雄悍过人，得统附近部落，号乞伏可汗，传至祐邻，部众浸盛，据住高平川。祐邻四传至司繁，复迁居度坚山，为秦将王统所破，因向秦请降。秦王坚赐号南单于，征居长安，寻遣令西讨叛胡，留镇勇士川，甚有威惠。司繁死后，子国仁嗣，坚征为前将军，使从大军侵晋，但留国仁叔父步颓居勇士川。及淝水败还，步颓首先叛秦，坚使国仁往抚。步颓迎国仁入寨，愿推国仁为主，背秦独立，国仁乃置酒高会，攘袂大言道："苻氏因石赵乱衅，妄窃名号，穷兵黩武，跨僭八州，疆宇既宁，应该修德行仁，与民休息，彼乃广骛虚威，专谋远略，骚动苍生，疲敝中国，天怒人怨，致有此败，自来物穷必亏，祸盈必覆，天道如此，苻氏怎能违天？看来是终要覆亡了。我当与诸君据守一方，勉成霸业哩。"大众齐声应命，乃召集诸部，自张一帜，遇有未肯归附的胡人，即用兵力胁服，有众十余万。

秦王坚正拟加讨，哪知铜山西崩，洛钟东应，丁零翟斌又起兵为乱，谋攻洛阳。丁零系西番种落，世居康居，辗转徙入河洛，服属苻秦；秦命翟斌为卫军从事中郎，至是因秦败挫，遂有贰心。再加燕族慕容凤，燕臣王腾，辽西段延等，各率部曲依斌，斌乐得拥众自主，兴兵图洛。

豫州牧平原公苻晖，飞书报坚，坚亟遣使至邺，嘱使冀州牧长乐公丕，传谕慕容垂，令率部兵讨斌。垂自离长安后，行至安阳，即遣参军田山，奉笺启丕，作问候状。丕也恐垂有异图，密谋袭击，侍郎姜壤进谏道："垂未露反形，明公擅加诛杀，似未合臣子大义，不如以礼接待，严加管束，密表情状，待敕后行。"丕乃依议，乃出郊迎垂，馆诸邺西。可巧长安使至，令转饬垂讨丁零，丕乃召垂与语道："翟斌兄弟，因王师小失，便敢肆逆。今得长安来敕，欲烦冠军一行。冠军英略盖世，定能灭贼。"垂答道："下官乃大秦鹰犬，敢不唯命是听！"丕乃厚给金帛，垂皆不受，惟请赐还旧田园，丕当然应允。独拨给羸兵二千，归垂统领，又遣部将苻飞龙，率领氐骑千人，作为垂副。临行时密嘱飞龙道："卿系王室肺腑，官秩虽卑，义同统帅，此去用兵制胜，防微杜贰，一委诸卿，愿卿毋忽！"飞龙受命，遂偕垂同行。镇将石越，驰入白丕道："王师新败，人心未定，丁零一倡，旬日间即得众数千，公奈何复遣垂出发，垂系故燕宿将，常思规复，今复畀彼兵甲，这真似为虎添翼了。"丕说道："垂在邺中，好似伏虎寝蛟，常恐为患，今遣令外出，可纾内忧。且翟斌凶悖，必不肯为垂下，使他两虎相斗，我得乘彼敝，用兵制伏，这就是卞庄子的遗策哩。"

正议论间，有一外吏入禀道："慕容垂私谒燕庙，擅戕亭吏，且将亭毁去了。"丕尚未答言，石越在旁问吏道："垂已去否？"外吏道："已出城了。"越复顾丕道："垂敢轻侮方镇，杀吏烧亭，反形已露，望殿下速除此人！"丕说道："垂曾向我前面请，欲入城拜谒故庙，我尚未许，今敢烧亭杀吏，咎固难辞，但淮南一役，王师败衄，垂独侍卫乘舆，此功亦不可遽忘呢。"越应声道："垂为燕臣，事燕尚且不忠，怎肯尽忠事我？失今不取，必为后患！"丕终不信。越出告僚佐道："长乐公父子，好为小仁，不顾大计，终当为人所擒呢！"

垂挈家属出行，只留慕容农慕容楷慕容绍在邺，使丕勿疑。及达汤池，适有私党从邺来报，述及丕与飞龙密语，垂不禁怒起，便宣告部属道："我事苻氏，不为不忠，彼乃专图我父子，我岂可束手就毙吗？"乃托言兵寡，暂停河内募兵，约阅旬日，得众八千。秦豫州牧苻晖，促使进兵，垂语飞龙道："今距寇不远，当昼止夜行，出彼不意，方可制胜。"飞龙亦以为然，谁知中了垂的诡计。垂少子麟，前曾告讦乃父，为垂所嫉。燕为秦灭，麟与母仍然归垂。垂杀死麟母，尚不忍杀麟，惟尝置外舍，罕得侍见。此次往来河洛，麟得随从军中，为垂画策，谋杀飞龙。飞龙不能调破，还道昼止夜行，却是好计。时当岁暮，寒夜无光，垂遣世子宝率兵居前，季子隆勒兵居后，令飞龙约束氐骑，五人为伍，居中急走，行至夜半，一声鼓号，宝与隆前后合兵，围杀飞龙。飞龙寡不敌众，又因昏夜，不辨南北，徒落得一刀两段，连氐兵都杀得精光，不留一人。未免残忍。垂自是以麟为能，宠爱如初。一面使田山赴邺，潜告慕容农等，令起兵相应。慕容绍因先出蒲池，盗丕骏马数百匹，守候农楷。到了除夕，农楷微服出邺，与绍相会，同奔往列人去了。翌晨为晋太元九年元旦，秦长乐公丕，大宴宾客，使人往邀慕容农，不见下落。才知农等已经遁去。再令左右四出侦察，遍求至三日有余，方闻他已往列人，追悔无及，徒唤奈何！

那秦苻晖待垂不至，只好另檄他将毛当，往剿翟斌。斌与慕容凤等商议对敌方法，凤奋然道："凤今将为先王雪耻，愿代将军斩此氐奴！"说毕，即披甲上马，当先出寨。丁零部众，随凤驰出，劲气直达，所向无前，秦兵相率披靡。凤闯入秦阵，突至毛当面前，手起刀落，竟将毛当砍倒，再加一刀，结果性命。当仓猝被杀，连魂灵儿都莫名其妙，只模模糊糊的走诣枉死城。

秦兵大溃，凤乘胜攻入凌云台戍，获得甲仗马匹，不计其数。会闻慕容垂济河焚桥，有众三万，将抵洛阳，凤乃劝翟斌迎垂，推为盟主。斌从凤议，遣使白垂，垂尚虑有诈，乃拒绝斌使道："我来救豫州，不来赴君，君既欲建大事，成败祸福，由君自择，我不愿与闻！"斌使乃去，及垂抵洛阳，苻晖闭门不纳，且责他擅杀飞龙。垂正在徬徨，适翟斌又遣长史郭通，来申前议。垂尚有疑色，通进言道："将军屡拒和议，莫非因翟斌兄弟，山野异类，无甚远略，所以不愿与谋，独不思将军今日，与斌合兵，可济大业，否则将军进为秦阻，退为斌扼，恐反致进退两难了！"垂乃允议，遣通返报翟斌。斌率众来与垂会，因劝垂即称尊号，垂谦言道："新兴侯乃是我主，当迎归反正，我怎好背主自尊呢！"遂向众宣谋道："洛阳四面受敌，北阻大河，若欲控驭燕赵，实非易事，计不如北取邺都，较得形便。"众齐声称善，垂因复东还。故扶余王余蔚，正为荥阳太守，邀同昌黎鲜卑卫驹等，迎垂入荥阳，垂又得万余人。群下再请上尊号，垂乃依晋中宗故事，称大将军大都督燕王，承制行事，号为统府，群下称臣，文表奏报，封拜官爵，皆如王制。命弟德为车骑大将军，封范阳王，兄子楷为征西大将军，封太原王，翟斌为建义大将军，封河南王，余蔚为征东将军，封扶余王，卫驹为鹰扬将军，慕容凤为建策将军。部署已定，即从石门筑起浮桥，渡河向邺。

慕容农奔列人时，借宿乌桓人鲁利家，利置馔饷农，农但笑不食。利入内语妻道："慕容郎乃是贵人，今到我家，自恨贫微，不能备具盛馔，为之奈何？"妻答道："郎有雄才大志，今无故到此，岂徒为饮食起见？妾料他必有隐图，君宜亟出与议，不必多疑。"利因复出见，农语利道："我欲在此募兵，锐图兴复，卿可从我否?”利便答应道:“死生唯命!”农大喜进食,醉饱尽欢。嗣又往约乌桓部豪张骧。骧亦愿为效死,于是农驱居民为士卒,斩木为兵,裂裳为旗,并使赵秋说下屠各东夷乌桓等众,约同举事。远近趋集,众至数万。农号令整肃,随才署职,上下帖然,兵民共悦。

长乐公丕,使部将石越,率着步骑万人,往击农军。农众请治列人城以便战守,农笑道:“今纠众起义,惟敌是求,若得战胜,当以山河为城池,区区列人,何足整治呢!”旋闻越军将至,便命赵秋及参军綦毋滕击越前锋,斩俘数百人,得胜回营。参军赵谦白农道:“越甲仗虽精,人心危骇,容易破灭,请急击勿延!”农答道:“彼甲在外,我甲在心,若与彼昼战,我军见他外貌,未免怯惧,不如待暮出击,可保必胜!”遂令军士严装待命,毋得妄动。会见越立栅自固,复笑语诸将道:“越兵精士众,不知乘锐来攻,反立栅为防,我知他无能为呢!”待至日暮,乃鸣锣动众,出阵城西,牙将刘木,请先攻越栅,农即使为先锋,令率壮士数百,前往拔栅,自率大众继进。刘木奋勇直前,毁栅直入,秦兵抵挡不住,向后退却。石越素号骁勇,不肯遽退,便持枪跃马,来与刘木决斗。月光隐约,火具模糊,彼此一来一往,战了数十回合,不分胜负。偏慕容农麾众入栅,喊声震地,刀光闪处,血肉横飞,秦兵多半骇散,越亦无心恋战,虚晃一枪,回马便走。木眼明手快,就从越背后直刺一刀,越不及顾避,大叫一声,撞落马下,木即下马割了越首,复上马追杀秦兵,血流数里,方才收军回城。越与毛当,皆秦骁将,秦王坚特使帮助二子,镇守冀豫,及相继败亡,秦人夺气。

慕容农即使刘木,函送越首,驰报垂军,自引兵随后赴邺。垂至邺下,先接刘木捷报,继与农等相会。农本由大众推戴,权称骠骑大将军,都督河北诸军事。垂即令实授官阶,立世子宝为太子,改秦建元二十年为燕元年,史家称为后燕。服色朝仪,概如旧章,大封宗室功臣,计王公侯伯子男百余人。

秦长乐公丕,使属吏姜让至垂营,责他负德。垂答道:“孤受秦王厚恩,未尝背负,故欲保全长乐公,使他率众往赴长安,然后修我旧业,与秦永为邻好,若长乐公执迷不悟,未肯举邺城归还,孤只可悉众与争,一经决裂,恐长乐公匹马求生,也不可得了。”让厉声道:“将军不容本国,奔命我朝,岂尚得有故燕尺土么?主上与将军风殊类别,一见倾心,亲如宗族,宠逾勋旧,从来君臣际遇,有如此隆厚么?今因王师小败,遂有异图,长乐公乃主上元子,受命镇邺,岂肯低首下心,便将全邺相让,将军欲裂冠毁冕,自可穷极兵势,何劳多言!不过将军年垂七十,叛道致败,悬首白旗,高世忠臣,反为逆鬼,实未免令人可惜哩!”垂听了让言,倒也无言可驳。惟左右都恨让不逊,俱请杀让,垂摇首道:“彼此各为其主,让有何罪?”仍依礼遣归。因即麾众攻邺,且遣使上表长安,愿送丕入关,乞还邺城。表文有云:

臣才非古人，致祸起萧墙，身婴时难，归命圣朝。陛下恩深周汉，猥叨微顾之遇，位为列将，爵忝通侯，誓在戮力输诚，尝惧不及。去夏桓冲送死，一出云消，回讨郧城，俘馘万计，斯诚陛下神算之奇，抑亦愚臣忘死之效，方将饮马桂州，悬旗闽会，不图天助乱德，大驾班师，陛下单马奔臣，臣奉卫匪贰，岂惟陛下圣明，鉴臣丹心，皇天后土，实亦知之。臣奉诏北巡，受制长乐，丕外失众心，内多猜忌，令臣野次外庭，不听谒庙。丁零逆竖，寇逼豫州，丕迫臣单赴，限以师程，惟给敝卒二千，尽无兵仗，复令飞龙潜为刺客。及至洛阳，平原公晖，复不信纳。臣窃维进无淮阴功高之虑，退无李广失利之愆，但惧青蝇，交乱黑白，颠倒是非。丁零夷夏，以臣忠而见疑，乃推臣为盟主，臣受托善始，不遂令终，泣望西京，挥涕即迈。军次石门，所在云赴，虽周武之会于孟津，汉祖之集于垓下，不期之众，实有甚焉。臣欲令长乐公尽众西还，以礼发遣，而丕固守匹夫之志，不达变通之理。臣息农，收集故营，以备不虞，而石越倾邺城之众，轻相掩袭，兵阵未交，越已陨首。臣既单车悬轸，归者如云，斯实天符，非臣之力。且邺系臣国旧都，应即惠及，然后西向受命，永守东藩，上成陛下遇臣之意，下全愚臣感报之诚。今进兵至邺，并喻丕以天时人事，而丕不察机运，杜门自守，时出挑战。兵刃相交，恒恐兵矢误中，以伤陛下天性之念。臣之此诚，未简天听，辄遏兵止锐，不敢穷攻。夫运有推移，来去常事，惟陛下鉴之！

秦王坚得表，当然愤恨，也有一书报垂道：

朕以不德，忝承灵命，君临万邦，二十余年矣。遐方幽裔，莫不来庭，惟东南一隅，敢违王命。朕爰奋六师，恭行天罚，而玄机不吊，王师败绩，赖卿忠诚之至，辅翼朕躬，社稷之不陨，卿之力也。中心藏之，何日忘之！方拟任卿以元相，爵卿以郡侯，庶弘济艰难，敬酬勋烈，何意伯夷忽毁冰操，柳惠倏为淫夫，览表惋然，有惭朝士。卿既不容于本国，匹马而投命，朕则宠卿以将位，礼卿以上宾，任同旧臣，爵齐勋辅，歃血断金，披心相付，谓卿食椹怀音，保之偕老，岂意畜水覆舟，养兽反害，悔之噬脐，将何所及！诞言骇众，夸拟非常，周武之事，岂卿庸人所可并论哉！失笼之鸟，非罗所羁；脱网之鲸，岂罟所制，翘陆任怀，何烦闻也。念卿垂老，老而为贼，生为叛臣，死为逆鬼，侏张幽显，布毒存亡，中原士女，何痛如之！朕之历运兴丧，岂复由卿，但长乐平原，以未立之年，遇卿于两都，虑其经略，未称朕心，所恨者此焉而已，余复何言！

垂览书不顾，但督兵围住邺城，攻入外郛。秦苻丕退守中城，与垂相持，经旬未下。垂遣老弱至魏郡肥乡，筑造新兴城，置守辎重，复令弟范阳王德，及从子太原王楷等，攻据枋头馆陶，置戍而还。自是关东六州郡县，依次降燕。

秦北地长史慕容泓，系前燕主慕容暐弟，闻垂已起兵恢复，遂亡奔关东，收集鲜卑遗众，得数千人，还屯华阴，自称都督陕西诸军事，大将军，雍州牧，济北王。秦王坚急命钜鹿公睿为大将军，都督中外诸军事，并授左将军窦冲为长史，龙骧将军姚苌为司马，拨兵五万，使往讨泓。兵队方发，忽报平阳太守慕容冲，亦起兵河东，攻秦蒲坂，冲系泓弟，从前秦灭燕时，冲年尚只十有二岁，与乃姊清河公主同为秦俘，充入掖廷。清河公主，年方二七，具有绝色，正是芬含豆蔻，艳若芙蕖，坚怎肯放过，逼令侍寝。亡国女儿，不能自主，只好由他摆布，充做玩物。冲亦面若冠玉，与乃姊不相上下，坚又视若娈童，晨夕与共，扑朔雌雄，迷离莫辨。当时长安有歌谣云："一雌复一雄，双飞入紫宫。"王猛在日，极言切谏，坚不得已遣冲出宫。俟冲稍长，便令为平阳太守，哪知他得了尺符，也乘势发难，竟与兄起兵响应，小子有诗咏道：

到底男戎胜女戎，龙阳崛起亦称雄。
可知伊训由来旧，误毗顽童长乱风。

冲复叛秦，秦王坚不得不防，又只好调兵往御。欲知何人为将，且待下回再表。

第六十九回

据渭北后秦独立　入阿房西燕称尊

却说慕容冲起兵平阳，进攻蒲坂，秦王坚欲调兵抵御，一时苦无统将，只好将钜鹿长史窦冲，拨使讨冲。钜鹿公苻睿，少了一个帮手，未免势孤，但睿是少年使气，粗猛任性，不管甚么利害，即倍道往攻华阴。慕容泓接得探报，说他来势凶猛，却也寒心，当下引众东走，将奔关东。睿便欲率兵邀击，司马姚苌进谏道："鲜卑各众，并皆思归，所以群起为乱，今彼既东行，正好驱令出关，由彼自去，不宜阻遏。试想鼷鼠甚微，被人执尾，尚能反噬；况乱党甚多，凶猛可知，倘或进退无路，必将向我致死，我一失利，悔将何及！故不若鸣鼓相随，但教张皇声势，彼已是奔避不遑了。"睿悍然道："今日驱出关外，他日待我旋师，彼又入关，终为后患，俗语有云：斩草除根，能乘此斩尽根株，岂不较善！况我兵比寇倍蓰，怕他甚么？"遂不从苌议，自为前驱，往截慕容泓。泓正防秦军掩击，却故意逗留华泽，分兵四伏，专待苻睿到来。睿未曾探明路径，但知向前乱闯，纵辔急进，行至华泽附近，见有一簇人马，停驻泽旁，便麾兵杀去。泓略略接战，当即退走，睿不肯舍泓，从后追赶。到了泽畔，正值春草繁茂，一碧连天，看不出甚么高低，辨不出甚么燥湿，睿尚自恃兵众，不以为意。猛听得胡哨声起，草泽里面，钻出许多伏兵，各执长槊，前来厮杀，睿忙督众抵敌，不防一面伏发，四面俱起，一齐围裹拢来，累得睿前后左右，统是敌兵。睿自知不佳，只好退兵，为了一退，顿致行伍错乱，没路乱窜。华泽中多是泥淖，一不经心，立即滑倒，断送性命，睿亦急不暇择，误蹈淖中，马足越陷越深，一时无从自拔，那敌兵即乘势攒集，你一槊，我一槊，戳得苻睿身上有几十百个窟窿，就使铜头铁脚，也是活不成了。余众亦大半陷没，只剩得残卒数千，还亏姚苌驰来援应，方得救回。

苌返至华阴，检查兵士，十失七八，几难成军。乃遣龙骧长史赵都，速诣长安，报明败状，一面谢罪，一面请示。哪知赵都去后，杳无复音，派人探听，才知都被杀，且有敕命来拿姚苌。苌当然惶急，潜奔渭北，转至马牧。西州豪族尹详赵曜王钦狄广等，共挈五万余家，愿推苌为盟主，苌未肯照允。天水人尹纬进言道："百六数周，秦亡已兆，如将军威灵命世，必能匡济时艰，所以豪杰驱驰，共乐推戴，将军宜降心从议，曲慰众望，不可坐观沉溺，同就沦胥。"苌踌躇半晌，自思秦已与绝，无路可归，不如就此独立，较为得计。遂依了纬议，据万年为根本地，自称大将军大单于秦王，大赦境内，改元白雀。即用尹详庞演为左右长史，姚晃尹纬为左右司马，狄伯支焦虔等为从事中郎，王钦赵曜狄广等为将帅。历史上称苻氏为前秦，姚氏为后秦。

时慕容冲为秦将窦冲所破，奔依兄泓。泓仍屯华阴，集众至十余万，因贻书秦王坚道："吴王已定关东，可速资备大驾，奉送家兄皇帝，泓当率关中燕人，翼卫皇帝还主邺都，与秦以武牢为界，分王天下，永为邻好。钜鹿公轻戆锐进，为乱兵所害，非泓本意，还幸俯原！"坚得书大怒，即召慕容暐入责道："卿兄弟干纪僭乱，乖逆人神，朕应天行罚，拘卿入关，卿未必改迷归善，乃朕不忍多诛，宥卿兄弟，各赐爵秩，虽云破灭，不异保全，奈何因王师小败，便猖獗至此？垂叛关东，泓冲复称兵内侮，岂不可恨！今泓书如此，付卿自阅，卿如欲去，朕当相资助，如卿宗族，可谓人面兽心，不能以国士相待呢。"说着，将来书掷示慕容暐，暐连忙叩头，流血泣谢。坚怒意少解，乃徐徐说道："古人云父子兄弟，罪不相及，今三竖构兵，咎不在卿，朕非不晓，许卿无罪，仍守原官。但卿宜分书招谕，令三叛速即罢兵，各还长安，须知朕不为已甚，所有前愆，概从恩宥便了。"暐唯唯而出，名为奉命致书，暗中却遣密使嘱泓道："秦数已终，燕可重兴，惟我似笼中禽鸟，断无还理，且我不能保守宗庙，自知罪大，不足复顾。汝可勉建大业，用吴王为相国，中山王为太宰，领大司马，汝可为大将军，领司徒，承制封拜，听我死耗，汝便即尊位，休得自误！"泓得暐使传言，乃进向长安，改元燕兴，且致书与垂，互结声援。

垂围攻邺城，日久未下，因向右司马封卫问计，卫请决漳水灌城。垂依议施行，水入城中，固守如故。垂未免焦烦，特自往游猎，聊作消遣，顺便过饮华林园，不意为内城所闻，出兵掩袭，将园围住，飞矢如注，垂几不得脱，幸冠军将军慕容隆，麾骑往援，冲破秦兵，才得翼垂出围。

垂既得回营，太子宝入白道："翟斌恃功骄恣，潜有贰心，不可不除！"垂说道："河南盟约，不应遽负，况罪状未露，便欲下手，人必谓我嫉功负义。我方欲收揽豪杰，恢弘大业，奈何示人褊狭，自失人望呢！果使彼有异谋，我当豫先防备，彼亦无能为了。"宝趋退后，范阳王德，陈留王绍，骠骑大将军农，俱进见道："翟斌兄弟，贪骄无厌，必为国患。"垂又驳道："贪必亡，骄必败，怎能为患？彼有大功，当听他自毙罢。"既而斌嘱使党与，代请为尚书令，垂复语道："翟王功高，应居上辅；但现在台尚未建，此官不便遽设，且俟邺城平定，自当相授。"斌以所求不遂，竟致怀怒，潜与城中勾通，使人泄去漳水。当有人向垂报闻，垂不动声色，佯召斌等议事，斌与弟檀敏入帐，由垂叱令左右，将他弟兄拿下，面数斌罪，按律斩首。檀敏亦被杀，余皆不问。

斌从子真，却夜率部众，北走邯郸。嗣又还向邺下，欲与苻丕，内外相应。垂太子宝，与冠军大将军隆，凑巧碰着，迎头痛击，得将真众击退，向垂报功。垂又遣农楷二人，带着骑兵数千，北往追真。驰至下邑，见真众驻扎前面，多是老弱残兵。楷即欲进战，农谏阻道："我兵远来，已经饥疲，且贼营内外，未见丁壮，定有诈谋，不如安营自固，免堕彼计！"楷不听农言，径击真营，真弃营佯退，诱楷往追。楷恃勇追去，果为伏兵所围，冲突不出，势将覆没。还是农急往相救，杀开血路，方将楷拔出围中，狼狈驰还，兵士已伤毙不少了。垂见楷等败归，乃宣告大众道："苻丕穷寇，必且死守，丁零叛扰，乃我心腹大患，我且迁往新城，纵丕西还，既可谢秦王宿惠，复可防翟真来侵，这也未始非目前至计呢。"众无一异议，垂遂引兵去邺，北屯新城，再遣慕容农往攻翟真。真转趋中山，据住承营，复遣从兄辽，往扼鲁口，作为犄角。农乃先攻翟辽，辽屡战屡败，仍奔依翟真去了。

后秦王姚苌，进屯北地，秦王坚调集步骑二万人，亲出讨苌。行次赵氏坞，使护军杨璧，带领游骑三千，堵苌去路。又令右军徐成，左军窦冲，镇军毛盛等，三面攻苌，连破苌兵，并将苌营水道，扼住上源，不使通入。时当盛夏，苌军无从得水，当然患渴。苌令弟尹买出营，领着劲卒二万，往击上流守堰的秦兵，期通水道。不防秦将窦冲，埋伏鹳雀渠，待至尹买到来，一鼓齐出，竟将尹买击死，斩首至一万三千级，只余数千人逃回。苌众大惧，向地掘坎，不得涓流，去路又被塞断，好似竹管煨鳅，危险万状。约莫过了三五日，苌营内渴死多人，急得苌仰天长叹，焦灼异常。忽然间，黑云四布，雷电交乘，大雨倾盆而下，滂沛周流，苌众得饮甘霖，不由的欢跃逾恒，精神陡振。更可怪的是苌营里面，水深至三尺许，距营百步外，水仅寸余。秦王坚方在营用膳，得着雨信，甚至投箸起座，出指空中道："老天，老天！难道汝亦佑贼么？"秦军见天意归苌，并皆气馁，苌军转衰为盛，又通使慕容泓，约为奥援。

会燕谋臣高盖等，因泓持法严峻，德望不及乃弟冲，竟引众杀泓，推立冲为皇太弟,承制行事,署置百官,即用高盖为尚书令。姚苌闻冲得众心,特致书相贺,且遣子崇往质冲营,令冲速赴长安,牵制苻坚。一面集众七万,径攻秦军。秦将杨璧,挡住去路,被苌冲杀过去,立即荡破,且将杨璧擒住。再分头掩击徐成毛盛各营,无不摧陷。连徐毛二将,一并擒来,只窦冲得脱。苌却厚待杨璧徐成毛盛三人,与他宴饮,好言抚慰,以礼遣归。

秦王坚很是懊丧,又接长安警报,慕容冲兵马日逼,不得已舍了姚苌,奔回长安。适平原公苻晖,率领洛阳陕城兵众七万人,还援根本,坚遂命晖都督中外诸军事,配兵五万,出拒慕容冲。行至郑西,与冲接战,秦兵已成弩末,所向皆靡,晖只得退走。坚又遣前将军姜宇,与少子河间公琳,率众三万,御冲坝上,又复败绩。琳与宇相继战死,冲遂入据阿房城。冲小字凤皇,当时长安有歌谣道:“凤凰凤凰止阿房。”秦王坚还道阿房城内,将有真凤凰到来,意谓凤凰非梧桐不栖,非竹实不食,特植桐竹数十万株,专待凤凰。哪知来的是人中凤凰,不是鸟中凤凰,反使秦王坚一番奢望,变作深愁。这岂非变生不测么?

俗语说得好,喜无双至,祸不单行。秦既为慕容氏姚氏所困,已闹得一塌糊涂,偏江左的桓谢各军也乘势进略淮北,连下各城。荆江都督桓冲,已自愧前时失言,悔不该轻视谢氏,遂至恚愤成疾,病殁任所。晋廷追赠冲为太尉,予谥宣穆。只从子桓石虔,方随谢玄逾淮北行,拔鲁阳,下彭城,逐去秦徐州刺史赵迁,玄表石虔为河东太守,使守鲁阳。自为彭城镇帅,使内史刘牢之,攻秦兖州,击走秦守吏张崇。崇奔依燕王慕容垂,牢之得进据鄄城,晋军大振。河南城堡,陆续归晋,晋授太保谢安为大都督,统辖扬江荆司豫徐兖青冀幽并梁益雍凉十五州军事,并加黄钺,余官如故。安表辞太保职衔,情愿统兵北征,恢复中原全境,有诏不许。适谢玄进图青州,特遣淮阳太守高素,率兵三千,往攻广固。秦青州刺史苻朗,系秦王坚从子,放达有余,韬略不足,急得手足无措,只好奉书乞降。玄当即收纳,送朗入都,再分檄各将,北攻冀州,刘牢之进据碻磝,济阳太守郭满,又进据滑台,将军颜肱刘袭等,复进逼黎阳。秦冀州牧苻丕,闻报大惊,急遣将军桑据,至黎阳抵御晋军。不料黎阳又被陷没,更闻燕军复来围邺,正是愁不胜愁,拒不胜拒,没奈何遣参军焦逵,向晋乞和,宁让邺城与晋,但请假途求粮,西赴国难。

逵奉命后,密语司马杨膺道:“今丧败至此,长安阻绝,存亡且不可知,就使屈节竭诚,径乞粮援,尚恐不得见许,乃长乐公豪气未除,语设两端,事必无成,奈何奈何?”杨膺道:“这也何难,但教改书为表,自称降晋,许以王师一至,便当致身南归,我想晋军方锐图冀州,定必前来援邺了。”焦逵犹有难色,膺附耳与语道:“君虑彼未肯相从吗?如果晋军到来,我等可逼令出降,否则生缚与晋,看他何法拒我?”说罢,便将丕书私下改窜,令逵赍送晋军。

晋将接着，送逵往见谢玄，玄欲征丕子入质，然后出援。逵固陈丕无他志，且将杨膺所嘱，亦约略表露，玄始有允意，遣使转白谢安。安正与琅琊王道子有隙，乐得借此为名，出外督军，遂许玄收邺，自请往镇广陵，经略中原。孝武帝当即批准，亲饯西池，由安献觞赋诗，从容尽欢，然后别主出都，尽室偕行，径赴广陵去了。

且说慕容垂屯兵新城，遣子麟攻入常山，收降秦将苻定苻绍苻亮苻评，进拔中山，执住守将苻鉴，遂得入中山城。慕容农引兵会麟，与麟共攻翟真，驰至承营，两人并辔先驱，观察形势，随从只数千骑兵，真却驱众齐出，竟来角斗。燕兵俱逡巡欲退，慕容农语麟道："丁零非不勇悍，翟真却是懦弱，我若简率精锐，专攻翟真，真必却走，众亦自散，可蹙使尽歼了。"说着，便回头返顾，见骁骑将军慕容国，方在背后，就使他率领锐骑百余，径冲翟真，真果返奔，众亦驰还。农与麟从后追逐，迫压营门，真众争门奔入，自相践踏，死伤甚众。燕军得夹杂进门，遂拔承营外郛。真慌忙逃入内城，闭门守住，有一半未及奔入，统弃械降燕。慕容农收了降众，再攻内城。相持多日，真粮将尽，潜开门遁往行唐，真司马鲜于乞叛真，将真刺死，自称赵王。真众不服，又共杀乞，拟推立翟辽为主。偏辽已奔往黎阳，只有从弟翟成，尚在军中，大众就奉为主帅，据住行唐，苟延残喘罢了。

慕容垂拟北都中山，将自新城启行，闻苻丕在邺，引晋援师，不由的怒气上冲，便语范阳王德道："苻丕可去不去，与我争邺，且向晋乞援助守，情实可恨，我且去赶走了他，再作计较。"德也即赞成，因复引兵围邺，但留出西门一路，纵丕出奔。丕仍不肯去，居守如初。

垂在城下数日，接得慕容冲来书，乃是故主慕容暐被杀，在秦诸宗族，一律就歼，只垂幼子柔，与垂孙盛，脱奔冲营，幸得无恙，请垂放心。且说自己承暐遗命，已在阿房城称尊即位，勉承燕祚，云云。垂不禁悲叹，将佐统向垂劝进，垂谓冲已称号关中，不应遽自加号，且从缓议为是，将佐方才无言。究竟慕容暐如何被杀，应该约略叙明。

暐在长安，尚有宗族千余人，他本思奔往关东，苦无间隙。慕容绍兄肃，与暐密谋，将乘暐子婚期，请坚入室，为刺坚计，坚全未得知。既而婚期已届，暐入见坚，稽首称谢道："臣弟冲不识义方，辜负国恩，臣罪该万死，蒙陛下恩同天地，许臣更生，臣次子适当结婚，愚意欲暂屈銮驾，幸臣私第，臣得奉觞上寿，不胜万幸！"坚当即许诺，会遇大雨，坚果不出，暐计遂败。乃决意出奔，密令部酋悉罗腾屈突铁侯等，潜告鲜卑遗众，诈言自己将受命出镇，旧部俱可随去，应预先会集，在城外伺候。部众信以为真，内有一人名叫突贤，往与妹别，妹为秦将窦冲妾，不忍乃兄远离，请诸窦冲，乞留突贤。冲即入白秦王，秦王坚惊诧道：

"朕并未有遣時情事,为何设此谎言?"冲答道:"陛下既未有此意,定是慕容時有异谋了。请速传召悉罗腾,讯明虚实。"坚即召腾入讯,备悉時谋,因复传召時肃。肃语時道:"无故猝召,事必泄了,入即俱死,不如杀死来使,斩关出奔,或可得一生路。"時尚谓秦王未必知谋,当有别事相商,遂与肃并入见坚。坚果盛气相向,叱時负恩谋叛。時尚思抵赖,肃直答道:"家国事重,顾不得小恩小惠,我等不幸事泄,外面二王即至,秦祚总不久了。"坚竟大怒,喝斩時肃。并令卫兵搜捕鲜卑各众,无论男女老幼,尽加诛戮。惟慕容柔寄养阉人宋牙家,幸得免死,且与慕容盛乘隙逃出,奔依慕容冲。

冲为時发丧,托称受遗即位,称帝阿房,改元更始,因即贻书与垂,如上所述。史称慕容冲为西燕,但因他历年短促,不列入十六国中。小子有诗叹道:

桐竹纷披引凤凰,娇雏一举入阿房;
当年僭国俱垂史,独略西燕为速亡。

冲既称帝,复西逼长安。欲知秦王坚如何拒冲,请看官续阅下回。

第七十回

堕虏谋晋将逾绝涧 应童谣秦主缢新城

却说慕容冲进逼长安，众至数万。秦王坚登城俯视，见冲在马上耀武扬威，不禁失声道："此虏从何处出来，乃敢猖獗至此！"说着，复大声呼冲道："奴辈止可牧牛羊，何苦自来送死！"冲答道："正因不愿为奴，所以欲取尔位！"坚令将士登陴守御，自下城踌躇多时，乃遣使赍取锦袍一袭，出城送入冲营，且令传谕道："古人交兵，不绝使人，朕想卿远来草创，岂不惮劳，特命使臣赐汝一袍，聊明本怀，朕与卿何等恩情，卿为甚么变志？"冲亦遣詹事复答，自称皇太弟，谓现今心在天下，岂顾一袍小惠，如果知命，便可君臣束手，早送出皇帝梓宫，孤当宽贷苻氏，借报前惠，省得汝口口声声，自矜旧谊。这一席话，气得苻坚两目圆睁，且怒且悔道："我不用王景略阳平公言，使白虏胆敢至此，岂不可叹！"遂调兵出战，互有杀伤。两下里相持兼旬，已战过了好几次，未决胜负。秦王坚不觉愤发，亲督将士，与冲交战仇班渠，得破冲军，进至雀桑再战又捷，复进至白渠，陷入伏中，为冲所围。殿中上将军邓迈，左中郎将邓绥，尚书郎邓琼，自相告语道："我家世受秦恩，怎可不死君难！"当下各执长矛，拼死突围，三将在前，诸军随后，一齐奋勇，立将冲兵冲散。坚得着走路，始克驰归。

冲收兵不进，到了夜间，却遣尚书令高盖，引众疾走，潜袭长安。城中未曾戒备，晨启南门，突被冲军掩入，门不及闭，幸左将军窦冲，前禁将军李辩等，从内城杀出，猛厉无前，得把高盖杀退，斩首八百，脔尸分食。盖败退后，复移兵往攻渭北诸垒，与秦太子宏相值，战复失利，奔回冲营。秦王坚又自出击冲，大获胜仗，逐冲至阿房城，城尚未阖。秦将请乘胜杀入，偏坚惩着前败，只恐城内有伏，不敢径进，竟鸣金收军，退回长安。

后秦王苌，闻冲入关，与僚佐共议进止，齐声道："大王宜亟西行，得能先取长安，方可立定根本，再图四方。"苌笑说道："诸君所论，皆非明见。今日燕人起兵，意在规复故土，就使得志，也必不愿久留关中，我当移屯岭北，广收资实，坐待秦亡，俟燕人既去，然后引众入关，长安可唾手而取了。僚佐方才拜服，苌乃留长子兴居守北地，自率部众趋新平。从前石虎季年，清河人崔悦为新平相，被郡人杀死，悦子液奔入长安，至苻坚僭位，得官尚书郎，自表父仇不共戴天，欲与新平人拼命，坚代为调停，削去新平城角，作为纪念。新平土豪，引为己耻，常思自立忠义，得补前恨。及苌至新平，太守苟辅，因兵单难守，即欲降苌，郡人冯杰等入谏道："天下丧乱，忠臣乃见，昔田单仅守一城，尚得存齐，今秦犹连城数百，难道便灭亡不成？况既为臣子，服事君父，要当尽心竭力，除死方休，奈何甘作叛臣，遗臭万年呢？"辅乃誓众固守，多方抵御。苌筑土山，辅亦筑土山，苌凿地道，辅亦凿地道，内外相制，屡挫苌众。辅又为诈降计，诱苌入城，伏兵邀击，几得擒苌。苌幸得逃脱，部众丧亡万余人。嗣是苌不与辅战，但在城外，筑起长围，堵截粮汲，辅坚守数月，粮尽矢竭，连水道尚且不通，眼见是无力再支。苌探得消息，即遣吏语辅道："我方以义取天下，岂忍仇害忠臣？君可率众男女还长安，请勿他虑，我但求此城设镇罢了。"辅信为真言，遂率男女万五千口，开城西走，那知苌已预设陷坑，坑旁置伏，一俟辅众出来，即发伏四蹙，迫使入阱，可怜万五千口兵民，都堕落陷坑中，尽被坑死，无一孑遗。苌得入据新平，专探听长安消息，再议进行。

那邺城为燕王垂所困，再遣使至晋促援。晋前锋都督谢玄，乃遣刘牢之率兵二万，北援邺城，并馈秦兵粮米二万斛，燕王垂督众逆战，挡不住牢之锐气，纷纷溃退，垂不得已撤围北走。牢之不愿入城，便即长驱追击。秦长乐公丕，正出城迎接牢之，偏牢之已经过去，乃亦督兵继进。牢之恃勇轻追，昼夜疾驰二百里，至董唐渊，将及垂兵。垂语将佐道："秦晋瓦合，各自争强，胜不相让，败不相救，实非同心。今两军相继追来，势尚未合，我宜用计，先破晋军，晋军败去，苻丕亦何能为呢？"遂在五桥泽旁，散置辎重，作为晋饵，使慕容德慕容隆两将，分兵伏住五丈桥，静候晋军。牢之引众越五桥泽，见沿路尽是辎重，不禁欣羡起来，晋军又个个好利，统望前争取，遂致不顾行列，哪知慕容德慕容隆两军，左右杀出，急切里如何抵挡？再加慕容垂统着大众，又复杀回，三面受敌，料难招架，不得不拍马返奔，回至桥畔，禁不住叫一声苦，原来桥板已被燕兵拆去，只有涧水潺潺，络绎不绝。牢之逃命要紧，索性退后数步，将马缰一提，幸亏是匹骏马，腾空跃起，得将五丈涧跳过。部众无此马匹，相率投入涧中，好许多卷入漩涡，随水漂没，惟素能泅水的，还得幸逃性命。偏燕兵尚不肯舍，架起桥板，仍逾桥追来。牢之倍觉着急，适值苻丕踵至，才得保救牢之，击退燕兵。牢之随丕回邺，邺中大饥，前时由晋给与二万斛，经旬散尽。丕不得已引众至枋头，就食晋谷，令刘牢之入守邺城。谢玄以牢之兵败，征还原镇。丕亦仍然回邺，察知杨膺前谋，将他诛戮，自是仍不服晋。

慕容垂亦无从觅粮，趋回中山，沿途但取桑椹代食，饥疲异常。关东前时，曾有谣言道："幽出鈇，生当灭，若不灭，百姓绝。"鈇系慕容垂原名。垂与丕相持经年，害得百姓不安耕稼，遂致野无青草，人自相食，应了前日谣言；这也未始非劫运侵寻，所以有此兵争呢。

且说慕容冲败回阿房，收集败军，再加整缮，复四出寇掠。秦平原公苻晖，屡次为冲所败，秦王坚使人责晖道："汝为我子，拥众数万，不能制一白虏小儿，还想活着做甚？"晖闻言恚慨，竟至自杀。前禁将军李辩，都水使者彭和正，恐长安不守，召集西州人，出屯韭园，坚征召不至。高阳公苻方，与尚书韦钟父子，驻守骊山。方与冲战殁，钟父子并皆擒住。冲命钟子谦为冯翊太守，使招降三辅士民。冯翊垒主邵安民等，责谦道："君系雍州望族，今乃从贼自失忠义，有何面目对人！乃尚敢来饶舌吗？"谦羞惭满面，返白父钟，钟不胜悔叹，仰药以殉，谦南下奔晋。秦左将军苟池，右将军俱石子，率骑五千，与冲争麦，冲族人征西将军慕容永，击杀苟池，石子奔邺。秦复遣骁将杨定，引兵击冲。定系故仇池公杨纂族人，仇池陷没，降入苻秦，坚爱定骁勇，招为女婿，拜领军将军，至是率左右精骑二千五百人，前击冲军，十荡九决，无人敢当，冲众大败，被定掳得万余人，还城报功。坚命将俘虏一并坑毙，再令定出徇坝上，又破慕容永，永退语慕容冲，谓定难力敌，宜用智取。冲乃设堑自固，俟养足锐气，再行进攻。嗣闻长安城上有群鸟数万翔鸣，俱作悲声，关中术士，多言长安将破，冲乃悉众攻长安，秦王坚亲出督战，飞矢集身，流血满体，不得已走还城中。

冲纵兵暴掠，民皆流散，道路断绝，千里无人烟。惟冯翊堡壁三十余所，推平远将军赵敖为统主，共结盟誓，辄遣人负粮助坚，途中多为燕兵所杀，不过二三人得入长安。坚使人传语道："闻来使多不得达，忠义可嘉，死亡可悯。当今寇氛日恶，非数人可能拒灭，但望明灵照护，祸绝灾退，方有转机，卿等当善保诚顺，为国自爱，裹粮坐甲，静听师期，不可徒劳役夫，轻糜虎口。为此谕令周知"等语。既而三辅豪民，又遣人告坚，请拨兵攻冲，愿放火为内应。坚又与语道："诸卿忠诚，可敬可哀，但时运剥丧，恐无益国家，空使诸卿夷灭，益足伤心！试想我猛士如虎，利刃若霜，乃反为小丑所困，岂非天意，愿卿等善思为是！"偏豪民又复固请，情愿效死，坚乃遣骑士八百，往劫冲营。三辅人却也纵火，无奈风势不顺，焰反倒冲，竟致自焚，十有九死。

坚闻报益哀，就在长安设祭招魂，且亲制诔文道："有忠有灵，来就此庭，归汝先父，勿为妖形。"一面遣护军仇腾为冯翊太守，往抚郡县，大众都感激涕零，誓无贰志。无如人心尚固，天意难回，长安城中，但闻有人夜呼道："杨定健儿应属我，宫殿台观应坐我，父子同出不共汝。"到了诘旦，遍索此人，查无踪迹。长安又有遗书，叫做《古苻传贾录》，内有帝出五将久长得一语。又秦人亦有谣传云，坚入五将久长得。坚知长安东北有五将山，还道是往至五将，便可久长得国。乃嘱太子宏留守长安，且与语道："谶文谣言，统谓我宜出五将。大约天意欲导我出外，集兵剿寇。今留汝兼总兵政，善守城池，不必与贼争利，我当出陇收兵，输粮给汝便了。"计议已定，先使将军杨定，出西门击冲，截住冲军，自与宠妃张夫人，及幼子中山公诜，幼女宝锦，率骑数百，东出五将。正要启行，即有败卒入报道："杨将军为贼所算，追贼不慎，堕入陷坑，竟被贼捉去了！"坚不禁大骇，匆匆嘱别，出城自去。

长安城中的战将，首推杨定，定既被擒，阖城惊惧。燕兵又猛攻不息，秦太子宏，料不能守，奉母挈妻及宗室男女等，西奔下辨。百僚逃散，司隶校尉权翼等数百人，奔投后秦。慕容冲入据长安，纵兵大掠，死亡不可胜计。那秦王坚出长安城，行过韭园，麾骑袭击，前禁将军李辩奔燕，都水使者彭和正走死，坚乃径往五将山。

后秦主姚苌，探得苻坚出奔，正拟往袭，适值权翼奔来，益知苻氏虚实，遂遣骁骑将军吴忠，带领骑兵，往围五将山。忠星夜前进，行抵五将，一声鼓噪，把山围住。秦兵当即骇走，只侍御十余人，随着苻坚。坚神色自若，尚召宰人进膳，从容下箸。俄而后秦兵至，把坚拘往新平。所有坚妾张夫人以下，一并被掳，幽禁新平佛寺中。姚苌不见苻坚，但使人向坚求玺道："苌次应历数，可将传国玺见惠。"坚瞋目怒叱道："小羌敢干逼天子，太无天理，图纬符命，有何依据？五胡次序，无汝羌名，玺已送晋，岂授汝小羌么？"苌尚不肯已，再遣右司马尹纬，迫坚禅位。坚见纬状貌魁梧，志气英挺，身长八尺，腰带十围，不由的惊问道："卿在朕朝，曾否得官？"纬答道："曾做过几年吏部令史。"坚叹息道："卿仪容不亚王景略，也是一宰相才，朕无耳目，独不知卿，怪不得今朝败亡哩？"纬乃援尧舜禅让故事，从容讽坚。坚变色道："禅让故事，惟圣贤可为，姚苌叛贼，怎得上拟古人！"说着，复大骂姚苌背恩负义，唠叨不休。纬知不可说，返报姚苌，苌竟遣使逼坚自尽。坚临死时，顾语张夫人道："不可使羌奴辱我女儿。"遂拔出佩剑，先杀宝锦，然后投缳毕命，计年四十八岁。张夫人向尸再拜，大哭一场，就把坚佩剑拾起，向颈一横，碧血飞溅，红颜委逝。中山公诜，也取剑自刎，随那父母灵魂，同往鬼门关去了。

后秦将士，得知此变，也为哀恸。姚苌至此，亦不欲自播恶名，只言坚父子自尽，许为殓葬，追谥坚为壮烈天王。先是关中，尝有童谣云："河水清复清，苻坚死新城。"坚闻谣知戒，每出征伐，遇有地方名新，便即避去，但到头终缢死新平。又有童谣云："阿坚连牵三十年，后若欲败时，当在江淮间。"又云："鱼羊田升当灭秦。"前谣是应在沔水一役，后谣是应在鲜卑亡秦；鱼羊便是鲜字，田升乃是卑字，总计坚在位二十七年，为晋所败，后二年，燕入长安，走死五将，俱如谣言，这且不必细表。

且说秦太子宏，奔至下辩，为南秦州刺史杨壁所拒。壁妻本是坚女，叫作顺阳公主，为太子宏女兄，他却欲自保身家，不认郎舅，竟致拒绝。宏乃转奔武都，顺阳公主也恨夫薄情，弃壁投宏。尚恐壁发兵来追，索性南下归晋。晋廷令处江州，寻给辅国将军职衔。惟秦长乐公苻丕，趋还邺城，尚有部众三万人，会王猛子幽州刺史王永，与平州刺史苻冲，屯兵壶关，遣使迎丕。丕恐燕军复来攻邺，不如先机出走，乃率男女六万余口，西往潞州。秦骠骑将军张蚝，并州刺史王腾，趋候途中，迓丕入晋阳。王永闻信，留苻冲守壶关，自率万骑见丕，述及长安失守，及故主凶终等情。乃就晋阳举哀，三军缟素，追谥坚为宣昭皇帝。

丕即日嗣位，为坚立庙，号称世祖，改建元二十一年为太安元年。命张蚝为侍中司空，王永为侍中，都督中外诸军事，兼车骑大将军尚书令，王腾为中军大将军，司隶校尉，苻冲为尚书左仆射，封西平王，余官亦进职有差。立妃杨氏为皇后，子宁为皇太子，颁告远近，大赦境内。适前尚书令魏昌公苻纂，自长安奔晋阳，丕拜纂太尉，封东海王。就是苻定苻绍苻谟苻亮等，亦皆闻风反正，自河北遣使谢罪。还有中山太守王兖，固守博陵，为秦拒燕，上表沥陈。丕授兖为平州刺史，兼平东将军，且拜苻定为冀州牧，苻绍为冀州都督，苻谟为幽州牧，苻亮为幽平二州都督，并进爵郡公。秦左将军窦冲，秦州刺史王统，河州刺史毛畔，益州刺史王广，俱奔集陇右，合图规复。领军将军杨定，亦从燕营脱走，趋至陇上，即如南秦州刺史杨壁，也居然为秦效节，一古脑儿奉表晋阳，请讨姚苌。丕大喜过望，封杨定等俱为州牧，即令王永传檄州郡，声讨慕容氏及姚苌。小子有诗叹道：

存亡继绝亦当然，一脉留贻得再延。
可惜苻丕非令主，晋阳兴替仅逾年。

欲知檄文中如何命词，请看下回便知。

第七十一回

用僧言吕光还兵
依逆谋段随弑主

却说苻丕嗣位以后，令侍中王永，都督诸军，拟讨慕容氏及姚苌，因先传檄州郡，号召吏民，檄文有云：

大行皇帝弃背万国，四海无主。征东大将军长乐公，先帝元子，圣武自天，受命荆南，威振衡海，分陕东都，道被夷夏，仁泽光于宇宙，德声侔于下武。永与司空蚝等，谨顺天人之望，以季秋吉辰，奉公绍承大统，衔哀即事，牺谷总戎，枕戈待旦，志雪大耻。慕容垂为封豕于关东，泓冲继凶于京邑，致乘舆播越，宗社沦倾。羌贼姚苌，我之牧士，乘衅滔天，亲行大逆，有生之巨贼也。永累叶受恩，世荷将相，不与骊山之戎，荥泽之狄，共戴皇天，同履厚土。诸牧伯公侯，或宛沛宗臣，或四七勋旧，岂忍舍破国之丑竖，纵杀君之逆贼乎？主上飞龙九五，实协天心，灵祥休瑞，史不辍书，投戈效义之士，三十余万，少康光武之功，可旬朔而成。今以卫将军俱石子为前军师，司空张蚝为中军都督，武将猛士，风烈雷震，志殄元凶，义无他顾。永谨奉乘舆，恭行天罚，君臣始终之义在三，忘躯之诚，戮力同之，以建晋郑之美，因申羿寡之诛，宁非善乎？特具檄以闻。

这篇檄文，传递出去，却亦说得有条有理。无如苻氏已衰，不能复振，徒凭那纸上空谈，唤不起什么义举！还有秦将吕光，自略定西域后，得受封西安将军西域校尉，他闻关中大乱，拟留居龟兹，不愿东归。惟当时有西僧鸠摩罗什，为光所得，颇加信用，独劝光亟还陇右。光乃用橐驼二万余头，载运外国珍宝，及奇技异戏，殊禽怪兽千百余品，并骏马万余匹，启程而还。

小子叙到此处，记得那鸠摩罗什的履历，也与后赵时的佛图澄，同一怪异，说将起来，又有一番特别源流。鸠摩罗什世居天竺，祖宗尝为国相，父鸠摩罗炎，秉性聪懿，将嗣相位，独辞避出家，东度葱岭，行至龟兹，龟兹王闻他重名，出郊迎入，尊为国师。王有妹年已二十，才慧过人，邻国交来乞婚，俱不见许，惟见了鸠摩罗炎，却是芳心相契，愿订丝萝。炎不甚乐从，偏国王硬为要求，只好勉从王命，谐成一番欢喜缘。未几炎妻有孕，慧解逾恒，十月满足，产生罗什。过了七年，见罗什已有知识，乃挈与出家，命罗什从师受经。罗什过目成诵，日读千偈，无不记忆，且尽通晓。既而鸠摩罗炎，不知所适，罗什母也挈子远游，行至沙勒，颇得国王优待，乃暂寓沙勒国中。罗什更博览五明密论，及阴阳星算，莫不阐幽尽妙，所以吉凶休咎，都能豫知。年至二十，声名大噪，国人多奉以为师。龟兹国王，遣使迎归，罗什广说诸经，四远学徒，无人能及。罗什母亦悟彻禅机，欲往天竺求佛，但留罗什传教东土，孑身西去，后来得成正觉，进登第三果，坐化了事。惟罗什留居龟兹，专以大乘教课徒，远近景仰。秦王苻坚，亦有所闻，拟密迎罗什至国。可巧太史奏称西域分野，出现明星，当有大智入辅中国，坚憬然道："莫非就是鸠摩罗什么？"及将军吕光，受命西征，坚特与语道："若得罗什，即当驰驿送来，休得迟慢！"光唯唯而去。罗什闻光军将至，便语龟兹王白纯道："国运已衰，将有勍敌从中国来，宜尽礼迎纳，勿抗敌锋。"白纯不从，果被光陷入国都，将纯逐走，掳住纯家属多人。一面搜访罗什，竟得相见。光因罗什年齿尚少，未有妻室，当将龟兹王女，强使为妻。罗什坚辞不受，光笑道："道士贞操，岂过乃父，何必固辞？"罗什尚不肯依，光乃佯言罢议，但使罗什酣饮醇醪，待他沉醉，扶卧密室，又迫龟兹王女与他同寝。至罗什酒醒，始知中计，不得不将错便错，同效于飞。会光引军出巡，使罗什从行，道经山麓，下令安营，将士已皆休息，罗什白光道："将军在此，必致狼狈，宜徙军陇上。"光以为妄言，笑而不纳。到了夜半，天果大雨，洪潦暴起，水深数丈，溺死至数千人，光始服罗什先见。及光欲久居龟兹，罗什又进谏道："此处乃凶亡故土，不宜淹留，关陇自有福地可居，请即东还！"光因前次不从罗什，致遭水患，此番怎好再违忠告，自蹈凶机？乃决计引归。

行至玉门，为凉州梁熙所拒，责光擅命还师，特遣子胤与部将姚皓，别驾卫翰，引众五万，出击光军。一战即败，再战又败，胤率轻骑数百人东奔，被光将杜进追着，活擒而去。于是武威太守彭济，诱执梁熙，向光乞降。光杀熙父子，遂入姑臧，自领凉州刺史，护羌校尉，表杜进为抚国将军武威太守，封武始侯，自余封拜各有差。陇西郡县，陆续归附，惟酒泉太守宋皓，南郡太守索泮，不服光命。光发兵往攻，依次陷入，执住宋皓索泮，责他违令不臣，泮朗声道："将军受诏平西域，未闻受诏略凉州，梁公何罪，乃为将军所杀，泮不能为国报仇，深加惭恨，主灭臣死，何必多言！”光竟令斩泮，并及宋皓。

先是张天锡南奔，世子大豫，不及随从，走依长水校尉王穆家，穆与大豫同走河西。魏安人焦松齐肃张济等，纠众数千，迎大豫为主帅，占据一方。光入凉州，令部将杜进招讨，大豫麾众杀退杜进，追逼姑臧。王穆谏阻道：“吕光粮多城固，甲兵精锐，未可轻攻，不如席卷岭西，厉兵秣粟，然后东向与争，不出期年，便可得志了。”大豫不从，遣穆至岭西乞师。建康太守李隰，祁连都尉严纯阎袭等，统起兵相应。又有鲜卑旧部秃发思复鞬，即晋初叛酋树机能侄曾孙，避居河西，渐复旧业，此时也愿助大豫，遣子奚于等至姑臧。大豫屯兵城西，王穆与奚于屯兵城南，光猝发兵出南门，袭击奚于兵营，奚于不及防御，骤为所乘，竟至败殁。王穆亦被牵动，全军俱溃，就是大豫所率的兵士，也闻风骇退。于是大豫奔广武，王穆奔酒泉。广武人执住大豫，送至姑臧，被斩市曹。

会光得接长安音信，才知秦王坚为姚苌所害，乃令部曲丧服举哀，设祭城南，谥坚为文昭皇帝，大临三日。乃大赦境内，建元太安，自称中外大都督大将军，领护匈奴中郎将凉州牧酒泉公。

看官欲知吕光的身世，原来就是秦太尉吕婆楼的长儿，源出氐族，素居略阳。婆楼为秦王坚佐命功臣，故得享尊荣，垂及子嗣。相传光生时曾有光绕室，因名为光。年十岁，与村童嬉戏，喜为战阵，自作统领，部署精详，俦类莫不悦服。惟不乐读书，专好驰马，及成年后，身长八尺四寸，目有重瞳，左肘有肉印，沈毅凝重。王猛尝目为异人，白诸苻坚，举为美阳令，颇有政声。嗣迁鹰扬将军，调任步兵校尉，累著战绩。及往略西域，左臂肉印中现出赤文，有巨霸二字，夜间安营，尝有黑物护住营外，头角崭然，目光如电，诘旦即云雾四周，不得复见。光疑为黑龙，杜进谓即龙飞九五的预兆，光以此自喜，遂有大志。返据凉州，乘机自立，这便是后凉建国的权舆。

同时乞伏国仁，亦在勇士川筑城为都，自称大都督大将军大单于，领秦河二州牧，改元建义。何义之有？设置将相，分属境为十二郡，是为西秦。彼分此裂，不相统属，可见得苻秦一败，逐鹿已多，单靠着晋阳苻丕，孤危一线，欲系千钧，谈何容易！惟故尚书令魏昌公苻纂，为丕宗亲，自关中奔至晋阳，与丕相见，丕拜纂为太尉，进封东海王，遇事必咨，共图恢复。兵尚未发，那邺城已早被燕将慕容和据去。且博陵守将王兖，本是苻氏第一忠臣，偏被那燕王垂子慕容麟，引兵围住，害得粮尽援穷。功曹张猗，逾城出降，并为慕容麟招募丁壮，编成队伍，号为义兵。引至城下，呼兖答话，劝令降燕，兖登城叱责道：“卿为秦人，我为卿主，卿乃纠众应贼，反称义旅，何名实不符，竟至如此？古人有言，求忠臣于孝子之门，卿有老母在城，甘心弃去，还说出什么忠义！我不料中州文物，偏出一卿，不孝不忠，试问卿有何面目长居人世呢？”说着，弯弓欲射。猗急忙驰退，才免箭伤。阅数日，城被陷没，兖被擒不屈，便即遇害。还有秦固安侯苻鉴，也为麟所杀。

麟向慕容垂报功，垂已至中山，见城郭缮固，宫室构新，所有府库仓廪，统皆充溢，便顾语诸将道：“这是乐浪王的大功，就使汉代萧何，想亦不过如是了。”看官，你道乐浪王为谁？乃是前燕主慕容俊第四子温。垂起兵攻邺时，温亦引众往会，由垂命为征东将军，封乐浪王，使与慕容农等同定中山，即留温居守。温劝课农桑，怀远招携，外拒丁零，内抚郡县，吏民争馈粮糈，遂得富足，缮城筑室，措置裕如。垂既得此安乐乡，当然不愿他去，将佐复联笺劝进，乃以中山为国都，就南郊燔柴祭天，自称燕帝，改元建兴。署置公卿百官，缮修宗庙社稷，立世子宝为太子，余子农为辽西王，麟为赵王，隆为高阳王，范阳王德为尚书令，太原王楷为左仆射，乐浪王温为司隶校尉，领冀州刺史。追尊生母兰氏为文昭皇后，徙皝后段氏神主至别室，改奉兰氏配飨。博士刘详董谧，谓尧母位列第三，并未尝因尧为天子，上陵姜源，王道贵示大公，不宜自存私见。垂不肯依议，又废皝后可足浑氏，说她倾覆社稷，不足祔庙。尊俊昭仪为景德皇后，配飨龙陵。追谥先妃段氏为成昭皇后，册立继室段氏为皇后。太子宝为先段后所出，后来宝多失德，后段后劝垂易储，议不果行，反惹出许多祸乱，事见下文。

且说西燕主慕容冲，逐去秦王坚父子，遂入据长安，怡然自得，渐即淫荒，赏罚不均，号令不明。慕容柔与慕容盛，尚在冲麾下。盛年方十三，密语叔父柔道：“从来为十人长，亦须才过九人，然后得安，今中山王智未迈众，才不逮人，功尚未成，先自骄侈。据盛看来，恐必不能持久哩！”冲遣尚书令高盖，率众五万，往伐后秦。行至新平南境，与姚苌兵马相遇，两下交战，盖兵大败，十亡七八，盖恐还军得罪，索性与残众数千人，降附姚苌，苌令为散骑常侍。这音耗传到长安，冲好似失一左臂，乃惟与左仆射慕容恒，右仆射慕容永，协图政事，但也不甚信用，遂致群怨交集，众叛亲离。将军韩延等，因众心未悦，即与前将军段随商议道：“今主上骄侈日甚，臣民不安，如何而可？我与将军百战疆场，才得关中，怎堪令庸主败坏呢！”段随道：“据君意见，应该如何处置？”韩延附耳说了两语，随只是摇头。延变色道：“将军如不见信，恐难免灭族了！”随不觉失惊，延说道：“韩信彭越，功高天下，尚且被诛，试问将军能如韩彭么？”随听此一语，也觉动心，因即依延计，乘夜行事。

到了黄昏，便密召兵士，攻入宫中。冲尚在酣饮，猛见乱兵入室，始起坐惊问，一语未完，刀锋及项，立即颈血模糊，倒毙地上，左右皆已骇散。延即率兵登殿，召集文武，高声宣令道：“慕容冲饮酒淫荒，不堪为主，我等已为众除暴，另议立君，今段将军威德日闻，可为燕主，愿诸公同心辅戴，不得有违！”文武百官，皆错愕失容，不知所对。延竟顾视左右，令拥段随御座，且厉声道：“如不服新主，便当处斩！”大众闻一“斩”字，一时不敢违慢，只好勉强谒贺，再作后图。段随居然受谒，改元昌平。草草毕礼，才命殓葬慕容冲。当时冲将王嘉，曾劝冲东还邺城。冲见长安宫阙崇宏，后庭充牣，便乐得久居，无志东归。嘉作歌讽冲道：“凤凰凤凰，何不高飞还故乡？何故在此取灭亡？”冲亦知凤皇二字，是自己的小字，只因志在苟安，始终不从，遂遭此祸。

慕容永与慕容恒，与冲同族，怎肯坐观成败，竟令外人霸据成业，安然称王？当下两人密谋，号召旧部，袭杀段随，并诛韩延等人，推立宜都王慕容恒子顗为主。恒系慕容俊弟，尝留镇辽东，燕亡时为秦将朱嶷所杀。长子便是慕容凤，曾劝丁零翟斌迎慕容垂，遂归垂麾下。垂为燕王，令凤承袭父爵。凤弟即慕容顗，随冲入关，永与恒乃奉为燕王，改元建明。且率鲜卑男女四十万，出关东行。才至临晋，不意恒弟慕容韬，阴怀异志，竟将顗刺死。永与武卫将军刁云攻韬，韬战败遁去。恒再立冲子瑶为主，改元建平，谥冲为威皇帝。大众不服恒所为，情愿依永，当即奉永攻恒，恒亦败走，瑶不及脱身，竟死乱军中，于是众情一致，戴永为主。永系慕容廆从孙，自言序不当立，决计让去，另立慕容泓子忠。忠既嗣立，改元建武，即授永为丞相，封河东公。再东行至闻喜，始知慕容垂已称尊号，惮不敢进，即在闻喜县中筑造燕熙城，为自固计。偏刁云等又复杀忠，定要推永为主，永乃自称大将军大单于，领雍秦梁凉四州牧，录尚书事，兼河东王。一面遣使至中山，向慕容垂处称藩，一面遣使至晋阳，向秦主苻丕处假道。看官试想！这秦主不与慕容永，具有不共戴天的大仇，难道就肯假道么？小子有诗叹道：

> 大仇未复慢投戈，假道何堪谬许和；
> 可惜苻秦王气尽，遗灰总莫障颓波！

欲知苻丕当日情形，容至下回续叙。

第七十二回

谋刺未成秦后死节 失营被获毛氏捐躯

却说秦自博陵失守，燕兵四至，冀州牧苻定，镇东将军苻绍，幽州牧苻谟，镇北将军苻亮，自知不能御燕，复向燕请降，受封列侯，就是王统王广毛兴等，亦互相攻夺。广败奔秦州，为鲜卑人匹兰所执，解送后秦，兴亦为枹罕诸氐刺死，改推卫平为河州刺史。平年已老，不能驭众。坚有族孙苻登，素有勇略，得受封为南安王，拜殿中将军，迁长安令，寻坐事黜为狄道长。关中陷没，登走依毛兴，充河州长史，兴颇重登才，妻以爱女，擢为司马。至兴被戕时，登孤掌难鸣，只好含忍过去。后来枹罕诸氐，悔立卫平，再议废置，连日未决。会七夕大宴，氐将啖青，拔剑大言道："今天下大乱，豺狼塞路，我等义同休戚，不堪再事庸帅，前狄道长苻登，虽系王室疏属，志略却很是英强，今愿与诸君废昏立明，共图大事；如有不从，便申异议，休得一误再误呢！"说至此，仗剑离座，怒目四视，咄咄逼人。大众莫敢仰视，俱俯首应诺；乃拥登为抚军大将军，都督陇右诸军事，领雍河二州牧，称略阳公。与众东行，攻拔南安，因遣使至晋阳请命。秦主丕不能不从，准如所请，且授登为征西大将军，仍封南安王，命他同讨姚苌。

是时，王永进为左丞相，已二次传檄，预戒师期。丕乃留将军王腾守晋阳，右仆射杨辅戍壶关，自率众四万进屯平阳。适值慕容永驰使假道，自愿东归，丕当然不许，且下令云：

> 鲜卑慕容永，乃我之骑将，首乱京师，祸倾社稷，冢凶继逆，方请逃归，是而可忍，孰不可忍？其遣左丞相王永，及东海王纂，率禁卫虎旅，夹而攻

之，即以卫大将军俱石子为前锋都督，誓歼乱贼，以复国仇，其各努力毋违！

令甲既申，诸军并出，总道是旗开得胜，马到成功，哪知天下不如意事，十常八九。丕在平阳静待数日，起初尚接得平安军报，只说是军至襄陵，与贼相遇，未决胜负，后来即得败报，前锋都督俱石子战死了，最后复得绝大凶信，乃是左丞相王永，亦至阵亡，全军俱败溃了。丕不禁大惊，忙问东海王纂下落，侦吏报称纂亦败走，惟兵士死伤，尚属不多。这语说出，急得丕失声大呼，连说不佳。看官道是何因？原来纂从长安奔晋阳，麾下壮士，本有三千余人，丕恐纂为乱，胁令解散，此次又惧纂报复，所以越觉惊惶。匆匆不及细想，便率骑士数千，狼狈南奔，径赴东垣。探得洛阳兵备空虚，意欲率众掩袭。洛阳时已归晋，当由晋西中郎将桓石民，探知消息，即遣扬威将军冯该，自陕城邀击苻丕。丕不意中道遇敌，仓猝接仗，部骑惊溃，丕跃马返奔，马蹶坠地，可巧冯该追至，顺手一槊，了结性命。总计丕僭称帝号，不过二年。尚有秦太子宁，长乐王寿，及左仆射王孚，吏部尚书苟操等，俱被晋军擒住，连丕首共送建康。还算蒙晋廷厚恩，命将丕首埋葬，所有太子宁以下，一体赦免，饬往江州，归苻坚子宏管束。

东海王纂，与弟尚书永平侯师奴，招集余众数万，奔据杏城。此外后妃公卿，多被慕容永军掳去。永遂入长子，由将佐劝称帝号，便即被服衮冕，居然御殿受朝，改元中兴。他见丕后杨氏，华色未衰，即召入后庭，迫令侍寝。杨氏貌若芙蕖，心同松柏，怎肯失节事仇，含羞受辱？当下拒绝不从。永复与语道："汝若从我，当令汝为上夫人；否则徒死无益！"杨氏听了"徒死无益"四字，不由的被他提醒，便佯为进言道："妾曾为秦后，不宜复事大王，但既蒙大王见怜，妾亦何惜一身，上报恩遇！但必须受了册封，方得入侍巾栉，免致他人轻视呢。"永闻言狞笑道："这亦不妨依卿，俟明日授册，与卿欢叙便了。"说罢，即使杨氏出宿别宫。翌日，下令册封杨氏为上夫人，令内官赍册入奉，杨氏接得册宝，勉为装束，专待夜间下手。夜餐已过，永即至杨氏寝室，来与调情。杨氏起身相迎，假意拜谢，永见杨氏浓妆如画，秀色可餐，比昨日更鲜艳三分，禁不住欲火上炎，便欲与她共上阳台，同谐好梦。偏杨氏从容进言道："今夕得侍奉大王，须待妾敬奉三觞，聊表敬意。"永不忍推辞，乃令侍女取出酒肴，自己坐在上面，由杨氏侧坐相陪。杨氏先斟奉一觞，永一吸而尽，第二觞亦照样的喝干了。到了第三觞上奉，杨氏左手执觞，递至永口，右手却从怀中拔出短刀，向永猛刺。也是永命不该绝，先已瞧着，急将身子一闪，避过刀锋。杨氏扑了一个空，又因用力过猛，将刀戳入座椅，一时反不能拔出，更被永左手一挥，把杨氏推开数步，跌倒尘埃。杨氏自知无成，才竖起黛眉，振起娇喉，向永诟詈道："汝系我国逆贼，夺我都，逐我主，反思凌辱我身，我岂受汝凌辱么？我死罢了！恨不能搥汝逆贼！”说着，已被永抽刀一掷，正中杨氏柔颈，血花飞溅，玉碎香消。永怒尚未息，喝令左右入室，拖出尸身，自向别室寻乐去了。

慕容盛叔侄，随永至长子，见永所为不合，恐自己不免遭殃，因密白叔父柔道：“闻我祖父已中兴幽冀，东西未壹，我等寄身此地，自居嫌疑地位，好似燕在幕上，非常危险，何不乘此机会，便即高飞，一举万里，免得坐待罗网哩！”柔也以为然，遂与盛等悄悄出奔，从间道趋往中山。途次遇着群盗，拦住去路，盛慨然与语道：“我是六尺男儿，入水不溺，在火不焦，还问汝敢当我锋否？汝若不信，试离我百步，高举汝手中箭镞，我若射中，汝可小心仔细，防着丧命，倘射不能中，便当束手待毙，由汝处置罢！”盗见他年少语夸，必有奇技，乃退至百步以外，举箭待着。脚才立定，已听得飕的一声，有箭射到，不偏不倚，插入箭镞。盗不禁咋舌，掷箭拱手道，“郎君乃贵人子，具有家传绝技，我等但欲相试，岂敢相侵！”说罢，反从囊中取出白镪，作为赆仪，让路送行。盛也不多辞，受赠作别，径往中山去了。

永闻盛等私奔中山，勃然大愤，竟收捕慕容俊子孙，无论男女少长，骈戮无遗。这且待后再表。

且说后秦主姚苌，探得慕容永等出关，料知长安空虚，遂自新平西进，驰入长安，御殿称帝，改元建初，国号大秦，改名长安为常安。立妻蛇氏为皇后，子兴为太子，分置百官，服色尚赤。追谥父弋仲为景元皇帝，兄襄为魏武王。命弟绪为征虏将军，领司隶校尉，留守长安，自率众往安定，击破平凉胡金熙，及鲜卑支酋没柔干，乘势转趋秦州。秦州刺史王统尚为苻氏旧将，出兵相拒，连战失利，不得已举城降苌。苌授弟硕德为征西将军秦州刺史，都督陇右诸军事，领护东羌校尉，镇守上邽。适秦南安王苻登，招集夷夏三万余户，兵马浸盛，进攻秦州。姚苌正自上邽启行，欲还长安，途中闻秦州被攻，亟引兵返援，与硕德同出胡奴阪，截击苻登。不料苻登部下，勇健善斗，个个是冲锋上选，苌众无一敢当，竟被他蹂躏一场，伤亡至二万余人。苌连忙返奔，背上已着了一箭，为登将啖青所射，深入骨髓，犹幸未中要害，还得忍痛逃归。硕德亦走还上邽，婴城拒守。

时岁旱众饥，饿莩载道，登每战杀敌，即取尸肉蒸啖，号为熟食，且语军士道：“汝等旦日出战，暮即得饱食人肉，还愁甚么饥馁呢？”军士闻令，争取死人为粮，每食必饱，故壮健如飞。姚苌察悉情形，急召硕德同归，并传语道：“汝若不来，恐麾下兵士，定将苻登食尽了！”硕德遂弃去秦州，亦东奔长安。

登既得胜仗，再图进取，适值丕尚书寇遗，奉丕子渤海王懿，济北王昶，自杏城奔至登军，述及丕败死等情，于是登为丕发丧，三军缟素。拟即立懿为嗣主，部众都趋进道：“渤海王虽先帝嗣子，但年尚幼冲，未堪继立。国家多难，须立长君，这是《春秋》遗义。今三虏跨僭，寇贼盛强，豺狼枭獍，举目皆是，大王挺剑一起，便败姚苌，可谓威振华夷，光极天地，宜即正大位，龙骧武奋，光复旧京，再安社稷宗庙，怎可徒顾曹臧吴札小节，自失中兴盛业呢！”登乃命在陇东设坛，嗣为秦帝，改太安二年为太初元年，仿置文武官属。且就军中设立苻坚神主，仍依苻丕旧谥，称坚为世祖宣昭皇帝，载以辎軿，卫以龙贲，凡所欲为，必启主后行。当下集众五万，将讨后秦，便在坚神主前，拜祷读祝道：

维曾孙皇帝臣登，以太皇帝之灵，恭践宝位。昔五将之难，贼羌肆害于圣躬，实登之罪也。今收合义旅，众逾五万，精甲劲兵，足以立功，年谷富穰，足以资赡。即日星驰电迈，直造贼庭，奋不顾命，陨越为期，庶上报皇帝酷怨，下雪人民大耻。维帝之灵，降监厥诚！

读祝既毕，唏嘘泣下。将士莫不悲恸，志在必死，各刻鍪铠中，为死休字样，每战辄用长槊钩刃，列为方圆大阵，遇有厚薄，从中分配，所以人自为战，所向无前。前中垒将军徐嵩，屯骑校尉胡空，各聚众五千，结垒自固。既而受姚苌官爵，借避兵锋。及苻坚遇害，嵩等请领坚尸，以王礼营葬。苻登称帝，嵩与空复率众请降。登拜嵩为镇军将军，领雍州刺史，空为辅国将军，兼京兆尹，改葬坚柩，用天子礼。

越年正月，登立妃毛氏为后，渤海王懿为皇太弟，遣使拜东海王纂为太师，领大司马，都督中外诸军事，进封鲁王，纂弟师奴为抚军大将军，领并州牧，封朔方公。纂不欲受命，怒叱来使道：“渤海王系世祖孙，为先帝遗体，南安王何不拥立，乃妄自称尊呢？”来使以国难未平，须立长君为词，纂意终未释。独长史王旅进谏道：“南安已立，理难中改，今国虏未平，不宜先仇宗室，自相鱼肉，容俟二虏平定，再作后图。”纂乃对使受职，遣令归报。登复调梁州牧窦冲为南秦州牧，雍州牧杨定为益州牧，南秦州刺史杨壁为梁州牧，并授乞伏国仁为大将军大单于，封苑川王。

杨定与东海王纂，会攻后秦，进至泾阳，正值姚硕德奉行兄令，率众来战。被定纂两路夹攻，顿致大败。姚苌自督兵往救，纂乃退守敷陆，檄令他镇济师。窦冲进拔后秦汧雍二城，苌移兵击冲，冲战败退还。秦冯翊太守兰犊，引众二万，自频阳入和宁，贻书苻纂，共图长安。纂正喜得一帮手，偏乃弟师奴，谓不如背了苻登，自进尊号，纂不肯从，竟为师奴所杀。师奴遂自称秦公，欲袭长安，途次遇着苌军，逆战大败，奔亡鲜卑。兰犊闻报，亦即退去，苌更遣将军梁方成引兵攻秦雍州刺史徐嵩军垒，嵩兵单力弱，不能支持，竟被陷入，且为所擒。方成责嵩反复不忠，徒自取死。嵩怒骂道：“汝姚苌已坐死罪，乃蒙先帝恩赦，授任内外，备极荣宠，今乃负恩忘义，身为大逆，连犬马尚且不如。汝附逆为虐，不知责己，反来责我，我不幸被执，情愿速死，早见先帝，收汝逆苌生魂，治罪地下。”说至此，怒眦尽裂，噀血横喷，惹得方成大愤，拔剑杀嵩，连斫三剑，嵩始陨命，遗众数千，俱被方成坑死。姚苌亦引兵来会，发掘秦王坚墓，劈棺鞭尸，剥去殓服，裹以荆棘，埋入坎中。

苻登闻姚苌猖獗，出屯胡空堡，招集戎夏兵民十余万众，循陇西下，径入朝那。苻懿得病而死，予谥献哀。登乃立子崇为太子，弁为南安王，尚为北海王。姚苌亦移据武都，与登相持，大小经数十战，苌多败少胜，退营安定。登粮亦垂尽，令大军就食胡空堡，自率精骑万余，进围苌营。四面大哭，哀声动人，苌亦命三军皆哭，与外相应，登乃引还。苌见登军中，载着苻坚神主，遂疑是坚有神验，故登战辄胜。当下想入非非，亦在军中立坚神主，作文致祝。文词似涉诙谐，颇堪一噱，由小子录述如下：

往年新平之祸，非苌之罪。臣兄襄从陕北渡，假路求西，狐死首邱，欲暂见乡里，陛下与苻眉要路距击，不遂而殁。襄敕臣行杀，非臣之罪。苻登陛下末族，尚欲复仇，臣为兄报耻，于情理何负？昔陛下假臣龙骧之号，尝谓臣曰：“朕以龙骧建业，卿其勉之！”明诏昭然，言犹在耳，陛下虽没世为神，岂假手于苻登而图臣，竟忘前征时言耶？今为陛下立神像，可归休于此，勿记臣过，鉴臣至诚，永言保之！

既而苻登复进兵攻苌，望见苌军亦立坚神主，便登车楼语苌道：“从古到今，难道有身为弑逆，反立神像求福，还想得益么？”苌闻言不答，登又大呼道：“弑君贼姚苌出来，我与汝决一死战，看汝果能胜我否？”苌仍然不应。登乃下楼，督军攻苌。苌遣将出战，败回营中，再战又败，军中每夕数惊。苌乃伐鼓斩像，将像首掷入登营，自引兵退入安定城内，潜遣中军将军姚崇，袭大界营。大界营是苻登安顿辎重的地方，所有登后毛氏，及登子弁尚等，俱在营中居住，留作后应。崇从间道绕至大界，偏为登所闻知，还军邀击，大破崇军，俘斩至二万五千人，崇狼狈遁还。

登因此次得胜，总道苌不敢再来掩袭，便进拔平凉，留尚书苻愿居守，再进拔苟头原，逼攻安定。哪知姚苌复自率铁骑三万，夜袭大界营，营中不及预防，竟被攻入。登后毛氏，颀皙多力，且善骑射，仓猝上马，带领壮士力战，左手张弓，右手发箭，弦声所至，无不倒地，苌众被射死七百余人。待至箭已放尽，寇仍未退，反一重一重的围裹拢来，毛氏弃弓用刀，尚拼死格斗，终因寡不敌众，马蹶被擒。就是登子弁尚，亦俱被拘去。

苌军将毛氏推至苌前，苌见她皎皎芳容，亭亭玉立，刚健婀娜，宜武宜文，不觉惹动情魔，便令军士替她释缚，且涎脸与语道：“卿能依我，仍不失为国母。”毛氏当面唾骂道：“呸！我为天子后，怎肯为贼羌所辱！”苌老羞成怒道：“汝不怕死么？”毛氏又道：“羌奴！羌贼！可速杀我。”苌尚未忍加刑，毛氏仰天大哭道:“姚苌!汝既弑天子,又欲辱皇后,皇天后土,岂肯容汝长活么?”苌听她越说越凶,遂命左右推出斩首,一道贞魂,上升天国去了。登子弁尚,亦相继受戮。小子有诗赞毛氏道:

贞心亮节凛冰霜,一死留为青史光;
写到苻秦三烈妇,笔头也觉绕余香。

苌既杀毛氏母子,诸将请往击登军。究竟苌是否允议,且看下回便知。

第七十三回

拓跋珪创兴后魏　慕容垂讨灭丁零

却说姚苌既破大界营,诸将欲乘胜击登,苌摇首道:"登众尚盛,未可轻视,不如回军为是。"乃驱掠男女五万余口,仍归安定。登闻大界营失陷,妻子覆没,悲悔的了不得,经将佐从旁劝慰,乃退回胡空堡,收合余众,暂图休养,两秦始罢战半年。是时,中华大陆除江东司马氏外,列国分峙,大小不一。秦分为三:若秦,若后秦,若西秦。燕别为二:若燕,若西燕。尚有凉州的吕光,史称后凉,共计六国。此外又有一国突起,乃是死灰复燃,勃然兴隆,渐渐的扫清河朔,雄长北方,传世凡九历年至百有五十,好算是当时最盛的强胡。这人为谁?就是前文六十五回中所叙的拓跋珪。

珪为代王什翼犍孙,与母贺氏同依刘库仁,库仁待遇甚优,母子乃得安居。已而,库仁为燕将慕舆文等所杀,库仁弟头眷代统部众。头眷破贺藻,败柔然,兵势颇盛,偏库仁子显,刺杀头眷,自立为主,并欲杀拓跋珪。显弟亢埿妻,为珪姑母,得知显意,走告珪母贺氏。又有显谋主梁六眷,系代王什翼犍甥,亦使人告珪。珪年已十有六,生得聪颖过人,亟与母贺氏商定秘谋,安排出走。贺氏夜备筵宴,召显入饮,装出一番殷勤状态,再三劝酒,显不好推辞,又因贺氏虽然半老,丰韵犹存,免不得目眩神迷,尽情一喝,接连饮了数巨觥,醉得朦胧欲睡,方才归寝。珪已与旧臣长孙犍元他等,轻骑遁去。到了翌晨,贺氏又潜至厩中,鞭挞群马,马当然长嘶,显从睡梦中惊醒,急至厩中探视,但见贺氏作搜寻状,当下问为何因?贺氏竟向显大哭道:"我子适在此处,今忽不见,莫非被汝等杀死么?”显忙答道:“哪有此事!”贺氏佯不肯信,仍然号啕不休。显极力劝慰,但言珪必不远出,定可放心,贺氏方返入后帐。显也不加疑,总道珪未识己谋,不致他去,所以劝出贺氏,仍未尝遣人追寻。

珪已奔入贺兰部,依舅贺讷,诉明详情,讷惊喜道:“贤甥智识不凡,必能再兴家国,他日光复故物,毋忘老臣!”珪答道:“果如舅言,定不相忘!”已而贺氏从弟贺悦,为刘显部下外朝大人,亦率部亡去,潜往事珪。显待珪不归,正在怀疑,及闻贺悦复遁,料知阴谋已泄,由贺氏居中设法,纵使他去,遂持刀往杀贺氏,贺氏走匿神车中,接连三日,幸得亢埿夫妇,向显力请,始得幸免。嗣南部大人长孙嵩,亦率所部七百余家,叛显归珪。显追嵩不及,怅怅而还。哪知中部大人庾和辰,乘显他去,竟入迎贺氏,投奔贺兰部。及显回帐,贺氏早已远扬,气得显须眉直竖,徒呼恨恨罢了。

珪居贺兰部数月,远近趋附,深得众心,偏为贺讷弟染干所忌,使党人侯引七,觑隙刺珪。代人尉古真,又向珪告知染干诡谋,珪严加防备。侯引七无隙可乘,只好复报染干。染干疑古真泄计,将他执讯,用两车轴夹古真头,伤及一目,古真始终不认,才命释去。惟引众围住珪帐,珪母贺氏出语道:“染干!汝为我弟,我与汝何仇?乃欲杀死我子呢?”染干亦惭不能答,麾众引退。又阅数旬,珪从曾祖纥罗兄弟,及诸部大人,共请诸贺讷,愿推珪为主,贺讷自然赞成,遂于次年正月,奉珪至牛川,大会诸部,即代王位,纪元登国。使长孙嵩为南部大人,叔孙普洛为北部大人,分统部众。命张兖为左长史,许谦为右司马,王建和跋叔孙建庾岳等为外朝大人,奚牧为治民长,皆掌宿卫。嵩弟长孙道生等,侍从左右,出纳教命,于是十余年灭亡的故代,又得重兴。珪嫌牛川地僻,不足有为,因徙居盛乐,作为都城,务农息民,众情大悦。北人谓土为拓,后为跋,因以拓跋为姓,且改代为魏,自称魏王。

先是前秦灭代,徙代王什翼犍少子窟咄至长安,从慕容永东徙,永令窟咄为新兴太守。刘显为逼珪计,特使弟亢埿引兵数千,往迎窟咄,使压魏境,并代为传告诸部,说是窟咄当为代王,诸部因此骚动。魏王珪左右于桓等,与部人同谋执珪。往应窟咄,幢将代人莫题等,亦潜与窟咄勾通。幸桓舅穆崇,与珪莫逆,预向珪处报明。珪捕诛于桓等五人,莫题等赦免不问。为了这番乱衅,珪不免日夕戒严,尚恐内难未绝,暗算难防,不得已再逾阴山,往依贺兰部。更遣外朝大人安同,向燕求救。燕主慕容垂,因遣赵王麟援珪。麟尚未至魏,窟咄又与贺染干联结,侵魏北部。北部大人叔孙普洛,未战先遁,亡奔刘卫辰,魏都大震。麟在途中闻报,急遣安同归报魏人。魏人知援军将至,众心少安。窟咄进屯高柳,珪与燕军同攻窟咄,杀得窟咄大败亏输,奔投刘卫辰。卫辰把他杀死,余众四散,由珪招令投诚,不问前罪,散卒当然归魏。乃改令代人库狄干为北部大人，犒赏燕军，送令归国。燕主垂封珪为西单于，兼上谷王，珪不愿受封，但托言年少材庸，不堪为王，即将燕诏却还。

刘卫辰久居河西，招军买马，日见强盛。后秦主姚苌，封卫辰为河西王，领幽州牧，西燕主慕容永，亦令卫辰为朔州牧。卫辰因遣使诣燕，贡献名马，行至中途，被刘显部兵夺去，使人逃往燕都，只剩了一双空手，不得不向燕泣诉。燕主垂勃然大愤，便拟兴兵讨显。可巧魏主珪虑显进逼，再遣安同至燕乞师，燕主垂一举两得，立遣赵王麟与太原王楷，率兵击显。显地广兵强，浸成骄很，士众无论亲疏，均有贰心，至是倾寨出拒，略略交锋，便即溃散。显知不可敌，奔往马邑西山。魏王珪复引兵会同燕军，再往击显，大破显众。显走入西燕，所有辎重牛马，都为燕魏两军所得。彼此分肥，欢然别归。

自是魏势日盛，连破库莫奚高车叱突邻诸部落，雄长朔方，甚且密谋图燕，特遣太原公仪，以聘问为名，至燕都窥探虚实。燕主垂诘问道："魏王何不自来？"仪答道："先王与燕尝并事晋室，约为兄弟，臣今奉使来聘，未为失礼。"垂作色道："朕今威加四海，怎得比拟前日！"仪从容道："燕若不修德礼，但知夸耀兵威，这乃将帅所司，非使臣所得与闻呢。"垂见他语言顶撞，虽然怒气填胸，却也无词可驳。留仪数日，遣令北还。仪返魏告珪道："燕主衰老，太子暗弱。范阳自负材气，非少主臣，若燕主一殁，内难必作，乃可抵隙蹈瑕，掩他不备，今尚未可速图呢！"珪点首称善，因与燕仍然往来，不伤和气。

彼此敷衍了一两年，珪复与慕容麟会集意辛山，同攻贺兰附近纥突邻纥奚诸部，所过披靡，相率请降。会刘卫辰收合余烬，又来出头，令子直力鞮攻贺兰部，贺讷忙向魏乞援。魏王珪引兵援讷，直力鞮望风退走。珪乃徙讷部众，居魏东境。既而讷弟染干，与讷相攻，构兵不已。珪欲并吞贺兰部，想出一条借刀杀人的计策，使吏告燕，请讨贺讷兄弟，情愿自为向导。燕主垂即遣麟督兵，出击贺讷，讷本没有甚么能力，更兼兄弟阋墙，闹得一塌糊涂，怎能再敌燕军？至燕军已经逼寨，向魏请救，杳无复音，没奈何硬着头皮，自出抵敌，打了一仗，兵败力竭，被麟军擒了过去。贺染干不敢进战，便诣燕营乞降。麟驰书告捷，燕主垂还算有恩，命麟归讷部落，但徙染干入燕都，且召麟班师。麟还都告垂道："臣看拓跋珪举动，必为我患，不如征令来朝，使该弟监国，较可无虞。"垂未以为然，经麟一再请求，方遣使至魏，征使朝贡。珪令弟觚，至燕修好，慕容麟等劝垂留觚，更求良马。珪不肯照给，使张衮至西燕求和，燕遂不肯释觚。觚伺隙潜逃，又被燕太子宝追还，燕与魏就从此失好了。

且说西燕主慕容永，称帝逾年，屡出兵侵晋河南，旋复率众寇晋洛阳。时晋太保谢安，曾在广陵遇疾，卸职还都，竟至病逝。晋廷赠官太傅，追谥文靖。另命琅琊王道子领扬州刺史，录尚书事，都督中外诸军，加前锋都督谢玄，统辖徐兖青司冀幽并七州军事，寻又录沔水战功，赠谢安为庐陵公，封谢石为南康公，谢玄为康乐公，安子琰为望蔡公。会泰山太守张愿叛晋，北方不靖，谢玄上疏请罪，自乞罢职。孝武帝不从所请，只令玄还镇淮阴，调豫州刺史朱序代镇彭城。玄又称病谢职，有诏令为会稽内史。未几，玄殁，年止四十六，比乃叔谢安寿数，短少二十年。晋廷追赠车骑将军，予谥献武。乃命朱序都督司雍诸州军事，移戍洛阳，谯王恬都督兖冀诸州军事，就镇淮阴。会值慕容永侵洛，序即带领兵马，从河阴渡河，击走永军。永走还上党，序追至白水，尚未收军。忽由洛阳守吏，递到急报，乃是丁零翟辽，谋袭洛阳，序始引军亟归。中道与翟辽相遇，一阵猛击，辽众俱仓皇遁去。

看官阅过前文，应知辽奔就黎阳，丁零遗众，奉翟成为主帅，驻守行唐；后来成为燕灭。惟辽尚存，晋黎阳太守滕恬之，为辽所欺，非常爱信，辽竟起歹心，乘恬之出外时，闭城峻拒，恬之无路可归，东奔鄄城，又被辽引众追及，擒还恬之，据住黎阳。朱序曾遣将军秦膺等讨辽，辽且先发制人，遣子钊南寇陈颍，正与秦膺等相值，被膺击退。嗣高平人翟畅，执住太守徐含远，举郡降辽。高平已为燕属，燕主垂怎肯干休，即亲自出讨，命太原王楷为前锋都督，杀往黎阳。辽众皆燕赵遗旅，俱云太原王子，犹我父母，不可不降，遂相率投诚。辽闻风惊惧，亦输款燕营，垂乃授辽为徐州牧，封河南公，受降而还。不到数月，辽又叛燕，出掠燕境，寻又遣司马眭琼，诣燕谢罪。燕主垂恨他反复，斩琼绝辽。辽竟自称魏天王，也居然建设百僚，改元建光，引众徙屯滑台，南图晋，北窥燕，阴使人赴冀州，诈降燕刺史乐浪王慕容温。温留置帐下，竟被刺死。燕辽西王慕容农，往捕刺客，得诛数人。辽自幸得计，又欲袭晋洛阳，幸为朱序击败，方才退还。序留将军朱党守石门，自引兵还镇。辽却雄心未死，又命子钊寇晋鄄城。晋将刘牢之领兵邀击，钊始败去。前泰山太守张愿叛晋，为燕所破，复投翟辽，辽令愿来敌牢之。愿知辽不可恃，致书牢之，自陈悔过，牢之乃许愿归降，并进逼滑台，再破辽众。辽入城固守，牢之猛攻不下，自恐饷运难继，才撤兵退回。

已而辽竟病死，由钊继立，改元定鼎。复欲承父遗志，攻燕邺城，失利而还。再遣部将翟都，侵燕馆陶，屯苏康垒。于是燕主垂不能再忍，下令亲征，自率步骑十万，径压苏康垒前。翟都弃垒夜走，奔还滑台。翟钊闻燕兵大至，也不禁惶急起来，连忙缮就哀书，借兵西燕。西燕主慕容永，召集群臣商议行止，尚书郎鲍遵道："两寇相争，势必俱敝，我随后出兵，乘敝制寇，便是卞庄刺虎的遗策了。"中书侍郎张腾道："强弱异势，何至遽敝，不如率兵往救，使成鼎足，方可牵制强燕，一面分兵直趋中山。昼设疑兵，夜设火炬，使彼自相疑惧，引兵自退，然后我冲彼前，钊蹑彼后，必可蹙燕，这乃天授机会，万不可失呢！"永不肯依腾，却回翟使，使人返报翟钊。钊只好调集部众，出拒黎阳。

燕主垂至黎阳北岸，临河欲济，钊列兵河南堵截。燕军见钊众气盛，颇有惧色，俱劝垂留兵缓渡。垂掀髯笑道："竖子有何能为？卿等可随朕杀贼哩！"诸将始不敢多言，但静待军令，严装候着。到了次日，垂忽下令拔营，迁往西津，去黎阳西四十里，具备牛皮船百余艘，载着兵仗，将溯流东上，进逼黎阳。钊见垂引兵西向，不得不随向西趋，防垂渡河。哪知垂是诱他过去，到了夜半，却暗遣中垒将军桂阳王镇，率骁骑将军国等，仍到黎阳津偷渡。平风息浪，竟达河南，当即乘夜筑栅，及旦告成。钊得知燕军东渡，急忙麾众赶回，来夺燕寨。偏燕军依栅自固，坚壁勿动，钊一再挑战，统被燕军射退。待至午后，钊士卒往来饥渴，只好引还，不意燕营内一声鼓角，驱兵杀出，竟来追钊。钊亟回军抵敌，两下里正在酣战，突有一彪人马到来，为首大将，乃是燕辽西王慕容农。他因钊众东回，得从西津渡河，前来助镇，左右夹攻钊众。钊如何抵挡得住，慌忙引众返走，已被燕军杀得七零八落，只带得残骑数百，奔归滑台。燕军陷入黎阳，再乘胜进逼，钊力不能支，没奈何挈着妻子，率数百骑北走，渡河登白鹿山，凭险自守。

燕军追至山下，望见山路险仄，林箐朦胧，急切不敢进去，便在山下安营。一住数日，并无一人出山，慕容农语将士道："钊仓猝入山，粮必不多，断不能久居山中，惟我军常围山下，彼且惮死不出，不如佯为退兵，诱他下山，方可一鼓歼灭了。"将士当然赞成，便即引退，钊果下山西走，行未数里，燕军已两面突至，掩杀钊众。亏得钊乘着骏马，飞奔而去，所有妻子部曲，悉数被擒。钊所统七郡将吏，均向燕请降。垂从子章武王宙为兖豫二州刺史，居守滑台，徙徐州七千余户至黎阳，亦留从子彭城王脱居守，领徐州刺史，自引军还中山，命辽西王农都督兖豫荆徐雍五州军事，屯兵邺城。独翟钊单骑奔入西燕，西燕主慕容永好意延纳，授钊车骑大将军，领兖州牧，封东郡王，偏钊住了年余，又生异志，复思叛永。永察出阴谋，方将钊杀死了事，翟氏乃绝。小子有诗叹道：

居心反复太无诚，不信如何得幸生！
试看丁零衰且尽，益知作伪总难成。

欲知后事如何，且看下回分解。

第七十四回

智姚苌旋师惊噩梦　勇翟瑥斩将扫孱宗

却说秦主苻登，自退屯胡空堡后，按兵不出。后秦主姚苌，使弟硕德镇守安定，分置秦州守宰，派从弟常戍陇城，邢奴戍冀城，姚详戍略阳。秦益州牧杨定，出攻陇冀，阵斩姚常，并擒邢奴。姚详大惧，即将略阳城弃去，奔往阴密。定遂自称秦州牧，晋爵陇西王。秦主登方借定拒苌，不便斥责，只好许称王号，且加定为左丞相上大将军，都督中外诸军事，领秦梁二州牧。一面进窦冲为大司马，兼骠骑大将军，都督陇东诸军事，领雍州牧，杨璧为大将军，领南秦益二州牧，约与共攻后秦。又敕并州刺史杨政，冀州刺史杨楷，各率部曲相会，再图大举。

姚苌遣将军王破虏，略地秦州，为杨定所破，狼狈奔还。秦主登出攻鸯泉堡，由姚苌亲自驰救，登亦引退。苌嘱使东门将军任瓮等，致书与登，诈为内应，登得书后，即欲轻骑践约。征东将军雷恶地，在外将兵，得知此事，即驰入白登道："姚苌多诈，怎可轻信？请三思后行！"登乃中止。嗣探得任瓮诈降，悬门以待，乃惊语左右道："雷征东料敌如神，若非彼言，我几为竖子所欺了。"恶地因谏苌有功，亦未免语带矜夸，偏登又阴怀猜忌，只恐他另生恶念，逐渐见疏。恶地果然疑惧，竟往降后秦，姚苌命恶地为镇军将军。

既而秦镇东将军魏褐飞，自称冲天王，号召氐胡部落，围攻杏城。杏城为后秦安北将军姚当成所守，便驰使报告姚苌，请速济师。苌自引精兵千六百人，往援杏城，哪知降将恶地，又与褐飞相应，反攻李润。两人会合拢来，众至数万，氐胡又相继奔赴，络绎不绝。苌固垒不战，佯示怯弱，褐飞见苌兵弱少，意存轻藐，毫不加防,不意后面有苌兵掩入,立致惊溃。苌既分兵绕击褐飞,自己在营中眺着,望见褐飞后营,尘头扰乱,料知褐飞中计,便即驱兵杀出,直击褐飞前营。褐飞前后受敌,吓得手足无措,只好没路的乱撞。偏偏冤家路狭,正与姚苌相值,再欲回头返奔,已是不及,那好头颅即被人取去了。褐飞有众三万人,死了一万,降了一万,逃去一万,霎时间成为平地。杏城守将姚当成,出迎姚苌,苌命就营址间,每一栅孔,改植一树,作为战胜纪念。当成嫌营地太小,苌笑道:"我自结发以来,与人交战,从没有这般奇捷。试想我军不过千余,能骤破三万贼众,可见营地以小为奇,如贼大营,有什么用处哩!"说着,复命移兵往击恶地。兵方启行,恶地已前来谢罪,俯伏投诚。苌传命宥免,令他随归长安,待遇如初。

过了一年,冯翊人郭质,忽起兵应秦,移檄三辅,数苌过恶。三辅多贻书归附,独郑县人苟曜不从,聚众数千,与质为敌。秦授质为冯翊太守,后秦授曜为豫州刺史。曜与质互相战争,质屡次失利,败奔洛阳,后来苟曜为秦所诱,密约秦主登出兵,愿为内应。登督兵赴约,竟至马头原,姚苌引众逆战,为登所败,右将军吴忠阵亡。姚硕德等拼命拦截,才得勉强收军,不致大挫。苌令军士饱食干粮,再行进战,硕德旁问道:"陛下每战不胜,即有奇谋,今战既失利,又欲进攻,果有何策?"苌答道:"登用兵迟缓,不识虚实,今轻兵直进,竟据我东首,这定是苟曜竖子,与他通谋,所以冒险前来;若再不与战,日久势增,祸更难测,故不如更与交锋,使苟曜未得连合,登尚疑信参半,当可转败为胜,解散贼谋哩。"说毕,上马督兵,进攻登营。登不防姚苌再至,仓皇接仗,士无斗志,纷纷溃退,苌驱众追杀一阵,斩获无算,直至登奔往郿城,始命凯旋。诸将益佩服苌谋。

嗣闻登复移攻安定,苌命太子兴居守长安,自往拒登。临行时嘱兴道:"苟曜好为奸变,他闻我北行,必来见汝,汝宜将他捕戮,免贻后患。"兴唯唯受教。果然苌就道后,曜即入关见兴,当被兴喝令拿下,推出枭首,然后报达姚苌。苌闻苟曜已死,安心前行。至安定城东,见登引众来前,立即麾众与斗,把登击退。苌入城犒军,宴集将佐,诸将进言道:"今日魏武王尚存,必不令此贼久盛,陛下但务拒守,不愿进击,所以养寇到今,尚未荡平呢。"苌微哂道:"我原是不及亡兄,约算起来,共有四种。我兄身长八尺五寸,臂垂过膝,人一望见,便觉生畏,这是我第一种不及处;我兄与天下争衡,虽遇十万雄师,毫不畏缩,当先直进,横厉无前,这是我第二种不及处;我兄谈古知今,讲论道艺,善遇英雄,广罗俊异,这是我第三种不及处;我兄董率大众,履险如夷,上下咸服,人人愿尽死力,这是我第四种不及处。我事事不及亡兄,尚得建立功业,策任群贤,无非靠了一些智略,稍得过人一筹。苻登穷寇,将来总要覆亡,何必急速求功,反致败事哩!"于是群下咸称万岁。越日苌复下书,令诸镇各置学官,不得偶废,考试优劣,量才擢叙。会秦骠骑将军没奕于,率户六千,来降姚苌,苌授没奕于为车骑将军，封高平公。

既而苌遇重疾，因遣弟硕德镇李润，仆射尹纬守长安，亟召太子兴驰诣行营。那秦主苻登，方立昭仪李氏为继后，连日庆宴，闻得姚苌有病，不禁大喜，便欲乘机往攻，厉兵秣马，特向苻坚神主前祷告道：

曾孙登自受任执戈，几将一纪，未尝不上天锡佑，皇鉴垂矜，所在必克，贼旅冰摧。今由太皇帝之灵，降灾疢于逆羌，以形类推之，丑虏必将不振。登当因其陨毙，顺行天诛，拯复梓宫，谢罪清庙。神祖有灵，实式凭之！

祷毕，复大赦境内，加百僚位秩各二等，遂督兵出行，进逼安定。去城只九十余里，忽由侦骑入报道："姚苌已引兵出城，想是前来迎战了。"登惊诧道："敢是苌已病愈了么？"随即带领轻骑，自往觇苌。行至中途，又有探马来报道："姚苌已遣将姚熙隆，从间道绕出，攻我大营去了。"登又恐大营有失，勒马回营，望见距营数里，果有敌军扎住，因天色已晚，不欲往攻，但命部众戒严，枕戈夜宿，好容易过了一宵，差幸夜间无事，黎明即起，正在营中早餐，忽有逻骑入告道："贼营都空空洞洞，不知所向了！"登大惊道："这是何人？去令我不知，来令我不觉，人人说他将死，他偏又来出现，我与此羌同时，真是不幸极了！"遂引兵徐退，途次亦严勒部伍，井井不紊，才得安然还雍。究竟姚苌用何计策，得退登军。原来登出兵时，苌病小愈，他不欲与登剧战，所以想出了一条疑兵计，诡去诡来，使登无从测摸。等到登退兵还雍，他本已绕出登前，伏兵待着。及见登行列整齐，料不可犯，也乐得让他过去，自还安定罢了。

秦雍州牧窦冲，已进任右丞相，冲徙屯华阴，被晋河南太守杨佺期击走，他尚矜才使气，上书登前，自请加封天水王。登偏不许，冲竟僭称秦王，改年元光。登闻报大怒，即引兵攻冲。冲情急生变，遂向后秦乞降，请发援师。姚苌欲力疾赴救，尹纬进言道："太子纯厚有声，惟将略未曾著闻，可遣令代征，使示威武，也是固本的要着哩。"苌乃召兴入嘱道："闻冲兵现屯野人堡，汝若趋救，必有一场恶战，胜负未可逆料，不若径攻胡空堡，使苻登撤围还援，那时冲围自解，汝亦可全军引还了。"兴受计而去，行抵胡空堡，登果还救，兴遵着父命，不与交战，便即退归。

苌因久病未痊，命兴先还长安，自引从臣继发。到了新支堡，夜宿驿中，朦胧中见一金甲皇帝，领着数多将士毁门进来，仔细一瞧，那皇帝不是别人，正是秦王苻坚。当下骇惧欲奔，回头急望，恍惚见有宫门开着，便踉跄跑入。可巧有宫人出来，便向他们呼救，宫人手中，各有长矛持着，应声拒敌，争把手中矛掷去，不意敌兵未曾击倒，自己的肾囊上，反被掷中一矛，顿致痛彻肺腑。更可恨的是敌兵哗笑，拍掌欢语道："正中死处，正中死处！"那时又痛又愤，咬着牙根，将矛拔去。矛才拔出，血即狂流，越觉痛不可耐，一声号呼，竟致惊悟，才知是一魇梦。挑灯审视，既没有甚么皇帝，又没有甚么将士，不过肾囊上却是有些暴痛，卸裳俯视，略略红肿，也不知是何病症。挨至天明，肿势又添了一半，便召医官入视，医官就病论病，无非说是疝气等类，外敷内治，全不见效，只觉得囊胀难忍，令医用针刺治。医官不得已如言施针，竟致血出不止，仿佛似梦，苌痛极致晕，不省人事。好容易灌救得活，仍是神志不清，狂言谵语，或云臣苌该死；或云杀死陛下，实为兄襄，并非臣罪，幸勿枉臣！从官见苌病亟，不便逗留，只得将苌舁置车中，使他卧着，匆匆还入长安。苌偶觉清醒，便召太尉姚旻，尚书左仆射尹纬，右仆射姚晃，尚书狄伯支等，受遗辅政，且嘱太子兴道："受遗诸公，统是我患难至交，如有人无端诬毁，慎勿轻信！汝能抚骨肉以仁，接大臣以礼，待物以信，字民以恩，四德具备，自可永年，我虽死无忧！"言毕即逝，时年六十有四，在位八年。

兴恐内外有变，秘不发丧，急调叔父绪镇安定，硕德镇阴密，召弟崇还镇长安。硕德部下诸将佐，各进白硕德道："公威名素振，部曲最强，今闻故主已终，新君甫继，恐不免与公相猜，公不若径赴秦州，观望时势，自作良图，免贻后戚。"硕德怫然道："太子志度宽明，必无疑阻。今苻登未灭，即自寻干戈，是蹈三国时二袁覆辙，徒取灭亡，我宁死不愿出此呢！"随即启行至长安，与兴相见，兴优待如常，遣令赴镇。一面自称大将军，授尹纬为长史，狄伯支为司马，部署将士，严备苻登。

登屡使侦骑觇视，探得姚苌死耗，当即还报，登欣然道："姚兴小儿，怎能敌我，但折杖以笞，便足使他屈服了。"遂驱众尽出，但留弟安成王广守南安，太子崇守胡空堡，自督兵径向关中。复遣使拜金城王乞伏乾归为河南王，领秦梁益凉沙五州牧，并加九锡。这乞伏乾归，就是乞伏国仁弟。国仁尝受苻登封爵，称苑川王，逾年即殁，子公府尚在幼年，部众谓宜立长君，因推乾归为大将军大单于，改元太初，徙居金城。且向秦报闻，秦遣使册封乾归为金城王。乾归雄武英杰，不亚乃兄，征服附近部落，威振边陲。立妻边氏为王后，用出连乞都为丞相，悌眷为御史大夫，也是一个小朝廷制度。苻登欲规取长安，所以加封乾归，联为声援，自引兵急进，从六陌趋废桥。后秦始平太守姚详，据住马嵬堡，堵截登军。姚兴恐详不能御，特遣长史尹纬，率兵助详。纬径至废桥拒登，登争水不得，兵多渴死，遂麾众攻纬。纬正欲与战，忽见狄伯支驰至，传达兴命，教他持重，不可轻战。纬勃然道："先帝升遐，人情震惧，今不思奋力歼寇，乃使逆竖压境，日久变生，大事去了！纬情愿死争，不敢闻命！"说罢，便麾众出战，一当十，十当百，竟将登众杀败，追奔数里，斩馘甚多。

是夜，登竟溃归，纬乃旋师奏功。兴始为父发丧，举哀成服，命在槐里筑坛,嗣即帝位,大赦境内,改元皇初。寻由长安至安定,调集人马,再击苻登。登败回南安,不料弟广与子崇,都因闻败心惊,弃戍远窜,转令登穷无所归,没奈何奔至平凉,收集溃卒,走入马毛山。蓦闻姚兴又率众来攻,自思众心携散,不能再战,乃亟遣子崇驰诣金城,向乞伏乾归处求援,并进封乾归为梁王,愿将妹东平长公主嫁与乾归。乾归乃遣前将军乞伏益州,冠军翟瑥,分领骑兵二万,往救苻登。登闻援兵将至,出山探望,遥见山南有大兵驰到,正道是援兵前来,便即踊跃欢迎。待至两下遇着,才觉叫苦不迭,原来不是援兵,乃是姚兴进袭的潜师。那时退避不遑,只好与他交战,不到半时,部众一半伤毙,一半逃去,单剩登一人一马,返身乱跑,被兴兵快马追及,你矛我槊,戳死马下。总计登在位九年,大限五十二岁。

登子崇窜至湟中,得悉乃父死耗,还想据位称尊,草草登极,改元延初,再遣人至乾归处乞师。时乞伏益州等不及援登,中道折回,报明苻登战死情状,乾归即变易初心,逐回崇使。崇孤立无助,自知艰危,乃走依陇西王杨定。定闻乾归不肯发兵,投袂而起,召集步骑二万人,与崇共攻乾归。乾归得报,顾语诸将道:"杨定勇虐聚众,穷兵逞欲,我看他此次前来,乃是恶贯已盈,徒自取死。天方授我,此机正不可错过呢!"乃遣凉州牧乞伏轲殚、秦州牧乞伏益州、立义将军诘归等,出拒杨定。

益州为乾归弟,素称骁勇,先驱急进,驰至平川,正值杨定麾兵进来。益州兵少,杨定兵多,毕竟双拳不敌四手,被定杀败,夺路奔回。轲殚诘归,亦引众退还,独冠军翟瑥,趋入轲殚营中,仗剑进言道:"我王具神武英姿,开基陇右,东征西讨,无不席卷,所以威振秦梁,声光巴汉,将军身膺重寄,位重维城,理应宣力致命,保安家国,秦州虽败,二军犹全,奈何不思赴救,便即返奔,将军自思,尚有甚么面目,敢见我王呢?瑥虽不才,愿为国效死!"轲殚听了,不禁怀惭,便向瑥谢过道:"我所以未赴秦州,正恐众心摇动,未肯向前,今如将军所言,已知众愤,且败不相救,当坐军罚,我难道敢自偷生,徒取罪戾么!"说着,即命瑥为先锋,自率骑兵继进;且遣人分报益州诘归。益州诘归,也勒众再进,夹攻杨定。定恃胜无备,陡遇三路杀来,竟至无法抵挡。主将慌忙,众愈骇散,那翟瑥舞着大刀,左斩右劈,如入无人之境。定尚思拦阻,不防瑥已至马前,砉的一声,头竟落地。就是秦嗣主崇,亦不及奔逃,致为敌军所杀。秦自苻健僭号,传至苻崇,合计六主,共四十四年而亡。小子有诗叹道:

善败不亡善战亡,苻秦一代费评章。
寿春六陌重寻辙,祸始佳兵终不祥。

苻氏已亡,乾归并有陇西巴蜀诸地,遂增置官属,张示声威,欲知他一切详情,待至下回再叙。

第七十五回

失都城西燕被灭 压山寨北魏争雄

却说乞伏乾归，增置官属，令长子炽磐领尚书令左长史，边芮为尚书左仆射右长史，秘宜为右仆射，翟瑥为吏部尚书，翟勍为主客尚书，杜宣为兵部尚书，王松寿为民部尚书，樊谦为三公尚书，方弘、麹景为侍中。此外拜授，一如魏武晋文故事，犹自称大将军大单于。惟杨定死后，天水人姜乳，袭据上邽，因遣乞伏益州往讨。边芮王松寿入谏乾归道："益州贵为介弟，屡立战功，因胜致骄，常有德色，古人谓骄兵必败，若令他专阃，恐非所宜。"乾归道："益州骁勇，非诸将所能及，我但恐他刚愎自用，或致偾事，今当另简重佐，便可无忧！"说着，遂派韦乾为行军长史，务和为司马，令与益州偕行。至大寒岭，益州果不加部勒，反纵军士解甲游畋，日夕酣饮；且下令道："敢言军事者斩！"韦乾看不过去，只好邀同务和，违令进谏道："将军为王室懿亲，受命专征，期殄凶丑，今贼已逼近，奈何解甲自宽，宴安鸩毒，古有明戒，望将军三思！"益州大言道："乳众乌合，闻我到来，理应远窜，若欲与我决战，便是自来送死，我自有擒贼方法，卿等勿忧！"韦乾等只好退出，自加戒备。果然姜乳引众劫营，益州未曾预防，竟被陷入，仓皇惊溃。还亏韦乾等救护益州，且战且行，才得逃脱性命。乾归闻益州败还，也仿秦穆公悔过语云："孤违蹇叔，致有此败，将士何罪，罪实在孤呢！"乃概令复职，悉置勿问。并令兵士休养，暂息干戈。

杨定无子，从弟盛先守仇池，特为定发丧，追谥武王，自称秦州刺史仇池公。仇池前为秦灭，曾由杨安镇守，后来杨安他徙，辗转为杨定所据，定死盛继，仍算未绝，并遣使称藩东晋，晋廷但务羁縻，封盛为仇池公。盛与定原属氐族，因分氐羌为二十部护车，各自镇戍，不设郡县。乞伏乾归也不愿过问，仇池始得少安。

事且慢表，且说燕主慕容垂，扫灭丁零，还至中山，闻翟钊奔入西燕，乃议兴兵西略，往攻慕容永。诸将俱说道："永未有大衅，不宜轻伐，且近来连岁战争，士卒久劳，居民亦不暇耕织，疮痍满目，哭泣盈途，宜乘此安抚兵民，待时而动，区区长子，无庸深忧呢！"独司徒范阳王德驳议道："昔三祖积德，遗训在耳，所以陛下龙兴，人皆思燕，不谋而合。永与陛下系出同宗，乃独僭称尊号，煽动华夷，惑民视听，致令群竖纵横，逐鹿不息，今若不先加除灭，恐民心不壹，后患方长，怎得谓不足深忧！就使士卒疲劳，此举亦不能再缓了！"垂掀须语诸将道："司徒所议，与我同意，古称：'二人同心，其利断金。'我计决了！且我年虽老，扣囊底智，尚足歼除此贼，不宜再留遗患，累我子孙呢！"乃发步骑七万人，遣镇西将军丹阳王瓒，及龙骧将军张崇，往攻晋阳，征东将军平视，往攻沙亭，自率大军赴邺。晋阳守将，为西燕主永弟武乡公友，沙亭守将，为西燕镇东将军段平。西燕主永，尚恐两处有失，因再遣尚书令刁云，与车骑将军慕容钟，率众五万，出屯潞川，使为援应。垂复使太原王楷出滏口，辽西王农出壶关，自出沙亭击永。

永急令从子征东将军小逸豆归，镇东将军王次多，右将军勒马驹等，率兵万余，往戍台壁。又派遣诸将，分道拒守。偏燕军沿途逗留，月余不进。永莫名其妙，但恐垂声东击西，佯从邺城进兵，暗中却分兵潜入太行，绕击背后，所以预防一着，特调诸军还扼太行，严守轵关；惟留台壁军不遣。垂正要他调开各军，好使部众前进，既闻慕容永中计，立即趋就慕容楷，同进滏口，入天水关，直抵台壁。小逸豆归飞报慕容永，永遣太尉大逸豆归，至台壁助战，适垂将平视引兵驰至，垂即使与大逸豆归交锋，一阵痛击，大逸豆归败去。小逸豆归不得已与王次多勒马驹等，开壁出战。平视再与奋斗，正杀得难解难分的时候，忽由慕容楷慕容农杀到，两支统是生力军，纵横驰骤，锐不可当。小逸豆归自知不敌，急忙收兵入壁，偏敌军两面围裹，一时不能杀出，等到死命冲突，才得一条血路，奔入垒中。部兵万余名，伤亡了六七千。就是王次多勒马驹，也相继战死，连骸骨都无从夺回。更可怕的是台壁外面，统是敌军，围得铁桶相似，除非插翅腾空，不敢出去。小逸豆归坐守孤城，只眼巴巴的向西望着，专待援军到来。

时大逸豆归已奔还报永，永乃自率精兵五万，驰救台壁，屯兵河曲，贻垂战书。垂批回战期，列阵台壁南面，分农楷二军为左右翼，又使慕容国率兵千人，伏深涧下。越日交兵，由垂亲往挑战，两下里不及答话，便将对将，兵对兵，角斗起来。才及片时，垂竟拍马返奔，将士亦佯作败状，曳械遁走。永不管好歹，挥兵急追，人驰马骤，争向深涧中跃过，似乎有灭此朝食的气象。不料驰至半途，那慕容楷慕容农两军，出来截住，夹攻永军，垂又翻身转来，迎头痛击，永三面受敌，如何支持？只得回马奔还。追兵变做逃兵，逃兵反变做追兵，胜负变幻，真不可测。永驰还涧旁，不防慕容国又复杀出，截住去路。垂与农楷等在后紧追，累得永进退两难，顿致全军大乱，或被杀，或被溺，死了无数士卒。永还须迟死数月，所以幸得逃脱，奔还长子。

晋阳沙亭潞川各守将，统闻风逃散，慕容钟且奔降垂营。永闻钟叛去，竟将钟妻子拘住，悉数骈戮。又恐长子受围，拟留太子亮居守，自奔后秦。侍中兰英道："昔石虎攻我龙城，我太祖坚守不去，终得创业垂基，造成大燕。今垂七十老翁，厌苦兵革，难道能连年不返，长此围攻么？为今日计，但当缮修守备，坚壁勿战，待他师老粮尽，自然退去了。"永乃依议，婴城拒守。那燕兵即陆续趋至，环集城下，四面筑栅，把一座长子城，团团围住。一攻一守，约莫有四五十日，城中虽未被陷，却已孤危得很。乃遣子常山公泓，赍取玉玺一方，缒城夜出，向晋雍州刺史郗恢处求救，恢即请命晋廷。晋虽有诏许援，但征发需时，一时如何应急？永恐晋兵不至，又遣太子亮诣魏乞师。亮出城时，被燕将平视探知，引兵追及，把亮擒回。只有随骑逃脱，得至盛乐，见魏王拓跋珪，涕泣求援。珪本与西燕通好，乃命陈留公虔，将军庾岳，率骑五万，出屯秀谷，相机进行。怎奈长子城日危一日，晋魏兵又皆未至，急得守城将士，朝不保暮。大逸豆归与部将窦韬等，起了歹心，竟潜通外兵，开城延敌。慕容永惊悉内变，忙挈着眷属，奔往北门。冤冤相凑，兜头碰着燕军前队，一声呐喊，把永围住。永无从逃脱，只好束手受擒，所领家属，无一幸免，统被缚至慕容垂前。垂责他僭据位号，滥杀宗族，罪无可恕，叱出斩首，妻子等当亦受戮。又执住刁云等四十余人，一体加诛。大逸豆归昂首进谒，还道是开城有功，得邀重赏，偏被垂叱他不忠，赏他一刀两段。总计西燕自慕容泓改元，至永亡国，已易六主，合计只十有一年。

垂既灭西燕，得永所统八郡七万余户。令宜都王慕容凤为雍州刺史，镇守长子，丹阳王慕容缵为平州刺史，镇守晋阳，自率军驰还邺城，复东巡阳平平原，因闻晋有救永意，特使慕容农渡河，与镇南将军尹国，攻晋廪邱阳城，先后陷入，晋平东太守韦简，引兵截击，败死平陆。晋高平太守徐含远，遣使至刘牢之处乞援，牢之不能赴援，遂致高平泰山琅琊诸郡，陆续奔溃。慕容农进兵临海，分置守宰，方才引还。垂北往龙城，告捷太庙。

会接得北方军报，谓魏王珪已出师秀谷，侵逼附塞诸郡。垂本拟亲出伐魏，因年已衰迈，疲病难行，乃遣太子宝为统帅，使与辽西王农赵王麟等，率步骑八万人，自五原伐魏。是时慕容柔慕容楷诸人，相继病殁，惟慕容德慕容绍掌兵如故。垂令绍统步骑一万八千，为宝后应，散骑常侍高湖，上书谏垂道："魏与燕世为姻婚，结好已久，今因求马不得，拘留彼弟，彼直我曲，不宜用兵。且拓跋珪沈鸷善谋，幼历艰难，饱尝世故，兵精士盛，更难轻敌。太子年少气壮，必且藐视珪众，诸多玩忽，万一挫失，大损国威，愿陛下慎重将事"云云。垂非但不从，反褫湖官爵，竟令宝等北进。

魏王拓跋珪，方讨平刘卫辰，斩获卫辰父子，并诛他宗党五千余人。只卫辰少子勃勃，逃往薛干部，不及追获。当下掠得战马三十余万匹，牛羊四百余万头，载归盛乐，充做国用。嗣又向薛干部索交勃勃，薛干部酋太悉伏，拒绝魏使，竟将勃勃一人，送往后秦高平公没奕于。魏王珪又恨他抗命，袭破薛干部帐，逐去太悉伏，入帐屠掠，尽把财物取归，因此国帑充足，士饱马腾。此次燕军入境，长史张衮语珪道："燕灭丁零，杀慕容永，一入滑台，再陷长子，今复倾众前来，总道我亦无能为，一战可取，我不如暂避凶锋，佯示羸弱，使他骄怠无备，然后发兵邀击，定可得胜！这就是兵志所谓'居如处女，出如狡兔'呢。"珪喜从衮议，遂徙部落畜产，西行渡河，直至千余里外，方才休息。

燕军进至五原，收降魏别部三万余家，割取穄田百余万斛，移置黑城。复进军临河，采木造船，作为济具，约历旬余，才得制成千余艘。魏王珪闻燕兵将济，始发兵出拒，并遣右司马许谦，至后秦借兵，遥乞声援。燕太子宝，正备齐船只，督兵下船，忽河中刮起一阵狂风，吹动船只，有数十艘牵勒不住，竟顺风漂往对岸。适魏兵前队，濒河游弋，即将燕舟缆住，搜获甲士三百余人，魏王珪与语道："燕主已死，燕太子何不早归，反要渡河前来呢？"说毕，即令一一释缚，纵使归营。燕兵得命，即将珪言还报，太子宝不免惊疑。原来宝引兵至五原，与中山使命往来，屡不见答，还道垂果有不测情事。其实中山非无复使，统被魏暗地遣兵，绕出燕营后面，把他截住，牵缚了去，所以出兵多日，不得闻垂起居。魏王珪既将燕兵纵归，使他传言，复令所执燕使人，隔河传语燕营，伪证燕主死状，益令宝等惊惶，士卒骇动，因此不敢径渡。珪遂使陈留公虔率五万骑屯河东，东平公仪，率十万骑屯河北，略阳公遵，率七万骑绕出河南，堵截燕军归路。再加后秦亦遣将杨佛嵩，引兵救魏，魏势益盛。

先是燕太子宝，行至幽州，所乘车轴，无故自断，术士勒安极言不祥，劝宝还军，宝不肯从。至是安复白宝道："天时不利，咎征已集，急速还军，尚可幸免！"宝仍然不听。安退出告人道："我辈并将委尸草野，不得生还了！"赵王麟部将慕舆嵩，疑垂真死。密谋作乱，将就军中奉麟为主，事泄被诛。宝因此忌麟，自思顿兵非计，遂焚船夜遁。时值初冬，天不甚寒，河冰未结，宝料魏兵必不能渡，未设斥堠。偏偏隔了一宵，河上朔风暴吼，天气骤冷，河冰四合。魏王珪竟引兵渡河,挑选锐骑二万余名,亟追燕军。

燕军还屯参合陂,突有大风裹着黑气,状若堤防,或高或下,从后过来,覆压军上。沙门支昙猛,知为凶象,急向宝进言道:"风气暴迅,魏兵将至,请遣兵抵御为要!"宝以为去敌已远,尽可无虑,但从鼻中嗤了一声,余不复言。昙猛固请不已,慕容麟在旁发怒道:"如殿下神武过人,拥兵甚众,自足威行沙漠,索虏怎敢远来?今昙猛无端絮聒,摇惑众心,按律当斩!"昙猛泣语道:"秦王苻坚驱动百万雄师,南下侵晋,一败涂地,正由恃众轻敌,不信天道所致。今天象已经告警,还斥昙猛多言,昙猛死亦何恨,只可惜许多将士哩!"宝虽不欲杀昙猛,但总未肯尽信。还是范阳王德谓:"宁可预防,毋贻后悔。"宝乃遣麟率众三万,作为殿军,借防不测。麟虽依令断后,总道魏兵不至来追,但纵骑游猎,不肯设备。

俄而黄雾四塞,日月无光,宝遣侦骑还诇魏兵,侦骑只行了十余里,即解鞍卧着,魏兵昼夜兼行,到了参合陂西偏,燕军尚未察觉。靳安又白宝道:"今日西北风甚劲,定是追兵将至的应兆,宜饬兵士倍道速归;否则定难免祸了!"宝尚以诘旦为期,是夜还安宿营中。至次日天明,晨曦已上,方拟饬军启行,哪知山上已鼓角乱鸣,震动天地。开营仰望,见魏兵正从山腰下来,好似泰山压卵一般。这一惊非同小可,吓得燕军个个股栗,各思逃生。再加宝平日在营,不善拊循,毫无纪律,仓猝遇敌,哪个肯为宝效死,一声哗噪,都弃营飞奔。魏兵从上临下,正如风扫残叶,所过皆靡。燕军急不择路,统向涧中乱走。涧中虽有坚冰,到了人马腾踔的时候,或被滑倒,或致踏碎,不是压死,就是溺死,迟一步的,即被魏兵杀死。及逾涧后,死伤已达万人;再经魏拓跋遵率兵冲出,截住去路,燕军四五万人,都恨宝不用良言,致陷绝地,索性投戈抛甲,敛手就擒。只有数千将佐,保住太子宝等,杀开一条血路,踉跄走脱。陈留王慕容绍被杀,鲁阳王倭奴,桂阴王道成,济阴公尹国等,及文武将吏数百人被擒,还有太子宝宠妻,及东宫侍女以及兵甲辎重,军粮资财,一古脑儿被魏掠去。

魏王珪但欲拣留数人,余皆赦还。偏有一人出阻道:"不可,不可!"珪看将过去,乃是中部大人王建。便问他有何评议,建抵掌高谈,强说出一番大道理来,遂令被擒的燕军,都做了异域的鬼奴。小子有诗叹道:

> 大德由来是好生,如何入帐敢相争;
> 片言断送多人命,惨比长平赵卒坑。

欲知王建如何说法,待至下回声明。

第七十六回

子逼母燕太后自尽　弟陵兄晋道子专权

却说王建入帐，请魏王珪尽杀燕军，略谓燕恃强盛，来侵我国，今幸得大捷，俘获甚众，理应悉数诛戮，免留后患，奈何反纵使还国，仍增寇焰云云。珪尚以为疑，顾语诸将道："我若果从建言，恐南人从此仇视，不愿向化，我方欲吊民伐罪，怎可行得？"偏诸将赞同建议，共请行诛。建又向珪固争，珪乃命将数万俘虏，尽数坑死，才引还盛乐去了。燕太子宝，弃师遁还，不满人口，宝亦自觉怀惭，请再调兵击魏。范阳王德，亦向垂进言道："参合一败，有损国威，索虏凶狡，免不得轻视太子，宜及陛下圣略，亲往征讨，摧彼锐气，方可免虑，否则后患恐不浅了！"垂乃命清河公会领幽州刺史，代高阳王隆镇守龙城，又使阳城王兰汗为北中郎将，代长乐公盛镇守蓟郡。会为太子宝第二儿，与盛为异母兄弟，盛妻兰氏，即兰汗女，且与垂生母兰太后，系出同宗，所以亦得封王。垂使两人代镇，是要调还隆盛部曲，同攻北魏，定期来春大举。太史令入谏道："太白星夕没西方，数日后复见东方，不利主帅，且此举乃是躁兵。躁兵必败！"垂以为天道幽远，不宜过信，仍然部署兵马，准备出师。惟自参合陂败后，精锐多半伤亡，急切招募，未尽合用。尚幸高阳王隆，带得龙城部曲，驰入中山，军容很是精整，士气方为一振。垂复遣征东将军平视，发兵冀州，不料平视居然叛垂。视弟海阳令平翰，又起兵应视，镇东将军余嵩，奉令击视，反至败死。垂不得已亲出讨逆，视始怯遁。翰自辽西取龙城，亦由清河公会，遣将击走，奔往山南。于是垂留范阳王德守中山，自率大众密发，逾青岭，登天门，凿山开道，出指云中。魏陈留公拓跋虔，正率部落三万余家，居守平城。垂至猎岭，用辽西王农，高阳王隆，为前锋驱兵袭虔。虔自恃初胜，未曾设防，待至农隆两军掩至城下，方才知悉。他尚轻视燕军，即冒冒失失的率兵出战。龙城兵甚是勇锐，呐一声喊，争向虔军队内杀入。虔拦阻不住，方识燕军厉害，急欲收兵回城，那慕容隆已抄出背后，堵住门口。待虔跃马奔回，当头一槊，正中虔胸，倒毙马下。内外魏兵，见虔被杀，统吓得目瞪口呆，无路奔逃，只好弃械乞降。隆等引众入城，收降魏兵三万余人，当即向垂报捷。垂进至参合陂，见去年太子宝战处，积尸如山，不禁悲叹，因命设席祭奠。军士感念存亡，统皆哀号，声震山谷。垂由悲生惭，由惭生愤，霎时间胸前暴痛，竟致呕血数升，几乎晕倒。左右忙将垂舁登马车，拟即退还，垂尚不许，仍命驱军前行，进屯平城西北三十里。太子宝等本已赴云中，接得垂呕血消息，便即引归。魏王珪闻燕军深入，却也惊心，意欲北走诸部，嗣又有人传报，讹言垂已病死阵中，复放大了胆，率众南追。途次得平城败耗，更退屯阴山。垂驻营中十日，病且益剧，乃逾山结营，筑燕昌城，为防魏计，既而还至上谷，竟至殁世。遗命谓祸难方启，丧礼务从简易，朝终与殡，三日释服，惟强寇在迩，应加戒备，途中须秘不发丧，待至中山，方可举哀治葬等语。太子宝一律遵行，密载垂尸，亟还中山，然后发丧。垂在位十三年，殁年已七十有一。由太子宝嗣即帝位，谥垂为神武皇帝，庙号世祖。尊母段氏为太后，改建兴十一年为永康元年。命范阳王德，都督冀兖青徐荆豫六州军事，领冀州牧，镇守邺城，辽西王农，都督并雍益梁秦凉六州军事，领并州牧，镇守晋阳，赵王麟为尚书左仆射，高阳王隆为右仆射，长乐公盛为司隶校尉，宜都王凤为冀州刺史。余如异姓官吏，亦晋秩有差。宝为慕容垂第四子，少时轻狡，也无志操，弱冠后冀为太子，乃砥砺自修，崇尚儒学，工谈论，善属文，曲事乃父左右，购得美名。垂因立为储贰，格外宠爱。其实宝是假名窃位，既得逞志，复露故态，中外因此失望。垂继后段氏，尝乘间语垂道："太子姿质雍容，轻柔寡断，若遇承平时候，尚足为守成令主；今国步艰难，恐非济世英雄，陛下乃托以大业，妾实未敢赞成！辽西高阳二王，本为陛下贤子，何不择一为嗣，使保国祚！赵王麟奸诈强愎，他日必为国患，这乃陛下家事，还乞陛下图谋，毋贻后悔！"垂不禁瞋目道："尔欲使我为晋献公么？"段氏见话不投机，只好暗暗下泪，默然退出。原来宝为先段后所出。麟农隆柔熙，出自诸姬，均与继后段氏，不属毛里。段氏生子朗鉴，俱尚幼弱，所以垂疑段后怀妒，从中进谗，不得不将她叱退。段氏既怏怏退出，适胞妹季妃入见，因即流涕与语道："太子不才，内外共知，惟主上尚为所蒙，我为社稷至计，密白主上，主上乃比我为骊姬，真是冤苦！我料主上百年以后，太子必丧社稷！赵王又必生乱，宗室中多半庸碌，惟范阳王器度非常，天若存燕，舍王无第二人呢！"季妃亦不便多言，但唯唯受教罢了。古人说得好,属垣防有耳,窗外岂无人?段后告垂及妹,虽亦秘密相商,但已被人窃听,传出外面,为太子宝及赵王麟所闻。两人当然怀恨,徐图报复。到了宝已嗣位,故旧大臣,总援着旧例,尊皇后为皇太后,宝说不出从前嫌隙,只好暂时依议。过了半月,即使麟入胁段太后道:“太后前日,尝谓嗣主不能继承大业,今果能否?请亟自裁,还可保全段宗!”段太后听了,且怒且泣道:“汝兄弟不思尽孝,胆敢逼杀母后,如此悖逆,还想保守先业么?我岂爱死,但恐国家将亡,先祖先宗,无从血食呢!”说毕,便饮鸩自杀。麟出宫语宝,宝与麟又复倡议,谓段氏曾谋嫡储,未合母道,不宜成丧。群臣也不敢进谏。惟中书令眭邃抗议道:“子无废母的道理,汉时阎后亲废顺帝,尚得配享太庙,况先后语出传闻,虚实且未可知,怎得不认为母?今宜依阎后故事,遵礼发丧。”宝乃为太后成服祔葬,追谥为成哀皇后。这且慢表。

且说晋孝武帝亲政以后,权由己出,颇知尽心国事,委任贤臣。淝水一战,击退强秦,收复青兖河南诸郡,晋威少振。太元九年,崇德太后褚氏崩,朝议以帝与太后,系是从嫂,服制上不易规定。独太学博士徐藻,援《礼经》夫属父道、妻皆母道的成训,推衍出来,说是夫属君道,妻即后道,主上曾事康帝为君,应事褚后为后,服后应用齐衰,不得减轻云云。孝武帝遂服齐衰期年,中外称为公允。惟孝武后王氏,嗜酒骄妒,有失阃仪,孝武帝特召后父王蕴,入见东堂,具说后过,令加训导。蕴免冠称谢,入宫白后,后稍知改过,不逾大节。过了五年,未产一男,竟至病逝。当时后宫有一陈氏女,本出教坊,独长色艺,能歌能弹,应选入宫。孝武帝方值华年,哪有不好色的道理,花朝拥,月夜偎,尝尽温柔滋味,竟得产下二男,长名德宗,次名德文。本拟立为继后,因她出身微贱,未便册为正宫,不得已封为淑媛,但将中宫虚位,隐然以皇后相待。偏偏红颜不寿,翠袖生寒,到了太元十五年,又致一病告终。孝武帝悲悼异常。幸复得一张氏娇娃,聪明伶俐,不亚陈淑媛,面庞儿闭月羞花,更与陈淑媛不相上下,桃僵李代,一枯一荣,孝武帝册为贵人,得续欢情,才把陈淑媛的形影,渐渐忘怀,又复易悲为喜了。

惟自张贵人得宠,日伴天颜,竟把孝武帝迷住深宫,连日不亲政务。所有军国大事,尽委琅琊王道子办理。道子系孝武帝同母弟,俱为李昆仑所生。孝武即位,曾尊李氏为淑妃,嗣又进为皇太妃,仪服得与太后相同。道子既受封琅琊王,进位骠骑将军,权势日隆,太保谢安在位时,已因道子恃宠弄权,与他不和。安婿王国宝,系故左卫将军王坦之子,素性奸谀,为安所嫉,不肯荐引。国宝阴怀怨望,会国宝从妹,入选为道子妃,遂与道子相昵,常毁妇翁,道子亦入宫行谗。孝武帝素来重安,安又避居外镇,故幸得考终。但自安殁后,道子即首握大权,录尚书事,都督中外诸军,领扬州刺史。道子嗜酒渔色,日夕酣歌,有时入宫侍宴,亦与孝武为长夜饮,纵乐寻欢。又崇尚浮屠,僧尼日集门庭，一班贪官污吏，往往托僧尼为先容，无求不应。甚至年轻乳母，貌俊家僮，俱得道子宠幸，表里为奸。道子又擢王国宝为侍中，事辄与商，国宝亦得肆行无忌，妄作威福，政刑浊乱，贿赂公行。

尚书令陆讷，望宫阙叹道："这座好家居，难道被纤儿撞坏不成？"会稽处士戴逵，志操高洁，屡征不起。郡县逼迫不已，他见朝政日非，越加谢绝，逃往吴郡。吴国内史王珣，在武邱山筑有别馆，逵潜踪往就，与珣游处兼旬，托珣向朝廷善辞，免得再召。珣与他设法成全，逵乃复返入会稽，隐居剡溪。会稽人许荣，适任右卫领营将军，上疏指陈时弊，略云：

> 今台府局吏，直卫武官，及仆隶婢儿，取母之姓者，本臧获之徒，无乡邑品第，皆得命议，用为郡守县守，并带职在内，委事于小吏手中。僧尼乳母，竞进亲党，又受货赂，辄临官领众，无卫霍之才，而妄比古人，为患一也。佛者清虚之神，以五诫为教，绝酒不淫，而今之奉者，秽慢阿尼，酒色是耽，其违二矣。夫致人于死，未必手刃害之，若政教不均，暴滥无罪，必夭天命，其违三矣。盗者未必躬窃人财，讥察不严，罪由牧守，今禁令不明，劫盗公行，其违四矣。在上化下，必信为本，昔年下书，敕使尽规，而众议毕集，无所采用，其违五矣。僧尼成群，依傍法服，五诫粗法，尚不能遵，况精妙乎？而流惑之徒，竞加敬事，又侵逼百姓，取财为害，亦未合布施之道也。

疏入不报。会孝武帝册立储贰，命子德宗为皇太子。德宗愚蠢异常，口吃不能言语，甚至寒暑饥饱，均不能辨，饮食卧起，随在需人，所以名为储嗣，未尝出临东宫。许荣又疏言太子既立，应就东宫毓德，不宜留养后宫，孝武帝亦置诸不理。

惟道子势倾内外，门庭如市，远近奔集，孝武帝颇有所闻，不免怀疑。王国宝谄事道子，隐讽百官。奏推道子为丞相，领扬州牧，假黄钺，加殊礼。护军将军车胤道："这是成王尊崇周公的礼仪，今主上当阳，非成王比，相王在位，难道可上拟周公么？"乃托词有疾，不肯署疏，及奏牍上陈，果触主怒，竟把原奏批驳下来，且因奏疏中无车胤名，嘉他有守。

中书侍郎范宁徐邈，守正不阿，指斥奸党，不稍宽假。范宁尤抗直敢言，无论亲贵，遇有坏法乱纪，必抨击无遗。尝谓王弼何晏二人，浮词惑众，罪过桀纣，所以待遇同僚，必以礼法相绳。王国宝为宁外甥，宁恨他卑鄙，屡戒不悛，乃表请黜逐国宝。国宝仗道子为护符，反构隙谮宁。宁且恨且惧，遂乞请外调，愿为豫章太守。豫章一缺，向称不利，他人就任，辄不永年，朝臣视为畏途。孝武帝览表亦惊疑道："豫章太守不可为，宁奈何以身试死哩！"宁一再固请，方邀允准。宁临行时尚申陈一疏，大略说是：

> 臣闻道尚虚简，政贵平静，坦公亮于幽显，流子爱于百姓，然后可以轻夷

险而不忧，乘休否而常夷，先王所以致太平，如此而已。今四境晏如，烽燧不举，而仓庾虚耗，帑藏空匮。古者使民，岁不过三日，今之劳扰，殆无三日休息，至有残形剪发，要求复除，生儿不复举养，鳏寡不敢妻娶，岂不怨结人鬼，感伤和气！臣恐社稷之忧，积薪不足以为喻。臣久欲粗启所怀，日延一日，今当永离左右，不欲令心有余恨，请出臣启事，付外详择，不胜幸甚！

孝武帝得了宁疏，却也颁诏中外，令公卿牧守，各陈时政得失。无如道子国宝，蟠踞宫廷，虽有良言，统被他两人抹煞，不得施行。就是范宁赴任后，也有一篇兴利除害的表章，大要在省刑减徭，戒奢惩佚数事，结果是石沉海底，毫无音响。惟王国宝前被纠弹，尝使陈郡人袁悦之，因尼妙音，致书后宫，具言国宝忠谨，宜见亲信。这书为孝武帝所见，怒不可遏，即饬有司加罪悦之，处以斩罪。国宝越加惶惧，仍托道子入白李太妃，代为调停，方得无恙。

道子贪恣日甚，卖官鬻爵，无所不为。嬖人赵牙出自倡家，贡金献妓，得官魏郡太守。钱塘捕贼小吏茹千秋，纳贿巨万，亦得任为谘议参军。牙且为道子监筑东第，迭山穿沼，植树栽花，工费以亿万计。道子且就河沼旁开设酒肆，使宫人居肆沽酒。自与亲昵乘船往饮，谑浪笑敖，备极丑态。孝武帝闻他筑宅，特亲往游览，道子不敢拒驾，只好导帝入游。帝眺览一周，使语道子道："府内有山，足供游眺，未始不佳；但修饰太过，恐伤俭德，不足以示天下！"道子无词可答，只好随口应命。及帝既还宫，道子召语赵牙道："皇上若知山由版筑，汝必坐罪致死了！"赵牙笑道："王在，牙何敢死！"道子也一笑相答。牙退后并不少戒，营造益奢。茹千秋倚势敛财，骤致巨富，子寿龄得为乐安令，赃私狼藉，得罪不诛，安然回家。博平令闻人奭据实弹劾，孝武帝虽怀怒意，终因道子袒护，不复查究。道子又为李太妃所爱，出入宫禁，如家人礼，或且使酒嫚骂，全无礼仪。

孝武帝愈觉不平，意欲选用名流，任为藩镇，使得潜制道子。当时中书令王恭，黄门郎殷仲堪，世代簪缨，颇负时望，孝武帝因召入太子左卫率王雅，屏人密问道："我欲外用王恭、殷仲堪，卿意以为何如?"雅答道："恭风神简贵，志气方严，仲堪谨修细行，博学能文，但皆器量褊窄，无干济才。若委以方面，天下无事，尚足称职，一或变起，必为乱阶。愿陛下另简贤良，勿轻用此二人！"孝武帝不以为然，竟命恭为平北将军，都督青兖幽并冀五州军事，领青兖二州刺史，出镇京口，仲堪为振威将军，都督荆益宁三州军事，领荆州刺史，出镇江陵。又进尚书右仆射王珣为左仆射，王雅为太子少傅，内外分置心膂，无非欲监制道子。哪知内患未去，反惹出一场外患来了。小子因有诗叹道：

> 恶习都由骄纵成，家无贤弟咎由兄。
> 尊亲尚且难施法，假手群臣乱益生！

欲知晋廷致乱情形，且至下回再表。

第七十七回

殷仲堪倒柄授桓玄　张贵人逞凶弑孝武

却说孝武帝防备道子，特分任王恭、殷仲堪、王珣、王雅等，使居内外要津，分道子权。道子也窥透孝武帝心思，用王国宝为心腹，并引国宝从弟琅琊内史王绪，作为爪牙，彼此各分党派，视同仇雠。就是孝武帝待遇道子，也与从前大不相同，还亏李太妃居间和解，才算神离貌合，勉强维持。道子又想推尊母妃，阴竖内援，便据母以子贵的古例，启闻孝武帝，请尊李太妃为太后。孝武帝不好驳议，因准如所请，即改太妃名号，尊为太后，奉居崇训宫。道子虽为琅琊王，曾领会稽封国，为会稽太妃继嗣。会稽太妃，就是简文帝生母郑氏，郑氏为元帝妾媵，未列为后。故归道子承祀，至是亦追尊为简文太后，上谥曰宣。群臣希承意旨，谓宣太后应配飨元帝，独徐邈谓太后生前，未曾伉俪先帝，子孙怎得为祖考立配？惟尊崇尽礼，乃臣子所可为，所建陵庙，宜从别设。有诏依议，乃在太庙西偏，另立宣太后庙，特称宣太后墓为嘉平陵。

又徙封道子为会稽王，循名责实，改立皇子德文为琅琊王。德文比太子聪慧，孝武帝常使陪侍太子，凡太子言动，悉由德文主持，因此青宫里面，尚没有甚么笑话，传播人间。惟道子内恃太后，外恃近臣，骄纵贪婪，终不少改。

太子洗马南郡公桓玄，就是前大司马桓温少子，五龄袭爵，及长颇通文艺，意气自豪，朝廷因父疑子，不给官阶，到了二十三岁，始得充太子洗马。玄以为材大官小，很是怏怏，乃往谒道子，为夤缘计。凑巧道子置酒高会，盛宴宾朋，玄得投刺入见，称名下拜。道子已饮得酣醉，任他拜伏，并不使起，且张目四顾道："桓温晚年，想做反贼，尔等曾闻知否？"玄听到此言，不觉汗流浃背，匍匐地上，未敢起来。还是长史谢重，在旁起答道："故宣武公黜昏登圣，功超伊霍，外间浮议纷纭，未免混淆黑白，还乞钧裁！"道子方点首作吴语道："侬知！侬知！"因令玄起身，使他下座列饮。玄拜谢而起，饮了一杯，便即辞出。自是仇恨道子，日夕不安。未几得出补义兴太守，仍郁郁不得志，尝登高望震泽湖，即鄱阳湖。欷歔太息道："父做九州伯，儿做五湖长，岂不可耻！"因即弃官归国，上书自讼道：

臣闻周公大圣而四国流言，乐毅王佐而被谤骑劫，巷伯有豺虎之慨，苏公兴飘风之刺，恶直丑正，何代无之！先臣蒙国殊遇，姻娅皇极，常欲以身报德，投袂乘机，西平巴蜀，北清伊洛，使窃号之寇，系颈北阙，园陵修复，大耻载雪，饮马灞浐，悬旌赵魏，勤王之师，功非一捷。太和之末，皇基有潜移之惧，遂乃奉顺天人，翼登圣朝，明离既朗，四凶兼澄，向使此功不建，此事不成，宗庙之事，岂堪设想！昔太甲虽迷，商祚无忧，昌邑虽昏，弊无三孽。因兹而言，晋室之机，危于殷汉，先臣之功，高于伊霍矣。而负重既往，蒙谤清时，圣帝明王黜陟之道，不闻废忽显明之功，探射冥冥之心，启嫌谤之途，开邪枉之路者也。先臣勤王艰难之劳，匡平克复之勋，朝廷若其遣之，臣亦不复计也。至于先帝龙飞九五，陛下之所以继明南面，请问谈者，谁之由耶？谁之德耶？岂惟晋室永安，祖宗血食，于陛下一门，实奇功也。自顷权门日盛，丑政实繁，咸称述时旨，互相煽附，以臣之兄弟，皆晋之罪人，臣等复何理可以苟存身世，何颜可以尸飨封禄？若陛下忘先臣大造之功，信贝锦萋菲之说，臣等自当奉还三封，受戮市朝，然后下从先臣，归先帝于玄宫耳。若陛下述遵先旨，追录旧勋，窃望少垂恺悌覆盖之恩，臣虽不肖，亦知图报。犬马微诚，伏维亮鉴！

看官阅读此疏，应知玄满怀郁勃，已露言中，后来潜谋不轨，逞势行凶，便可概见。那孝武帝怎能预料，惟将来疏置诸不理，便算是包荒大度。就是道子瞧着，也因玄无权无势，不值一顾，但视为少年妄言罢了。及殷仲堪出镇江陵，玄在南郡，与江陵相近，免不得随时往来。桓氏世临荆州，为士民所畏服，仲堪欲牢笼物望，不能不与玄联结，并因玄风神秀朗，词辩雄豪，便推为后起隽杰，格外优待，渐渐的大权旁落，反为玄所把持。玄尝在仲堪厅前，戏马舞槊，仲堪从旁站立，玄竟举槊向仲堪，作欲刺状。中兵参军刘迈，在仲堪侧，忍不住说出二语，谓玄马槊有余，精理不足。玄听到迈言，并不知过，反怒目视迈，仲堪也不禁失容。及玄既趋出，仲堪语迈道："卿系狂人，乃出狂言，试想桓玄久居南郡，手下岂无党羽？若潜遣刺客，乘夜杀卿，我岂尚能相救么？况见他悻悻出去，必思报复，卿不如赶紧出避，尚可自全。"迈乃微服出奔，果然玄使人追赶，幸迈早走一时,不为所及,才得幸免。征虏参军胡藩,行过江陵,进谒仲堪,乘便进言道:“桓玄志趣不常,每怀怨望,节下崇待太过,恐非久计。”仲堪默不一言,藩乃辞出。时藩内弟罗企生,为仲堪功曹,藩即与语道:“殷侯倒戈授人,必难免祸,君不早去,恐将累及,后悔不可追了!”企生亦似信非信,不欲遽辞,藩嗟叹而去。

看官听说,殷仲堪不能驾驭桓玄,哪里能监制道子?道子权威如故,孝武帝越不自安。中书侍郎徐邈,从容入讽道:“昔汉文明主,尚悔淮南,世祖聪达,负悔齐王,兄弟至亲,相处宜慎,会稽王虽稍有失德,总宜曲加宽贷,借释群疑,外顾大局,内慰太后,庶不致有他变呢!”孝武帝经此一言,气乃少平,委任道子,仍然如初。

惟王国宝有兄弟数人,皆登显籍。长兄恺尝袭父爵,入官侍中,领右卫将军,多所献替,颇能尽职,次兄愉为骠骑司马,进辅国将军,名逊乃兄,弟忱少即著名,历官内外,文酒风流,睥睨一切。王恭、王珣,才望且出忱下。恭出镇江陵以前,荆州刺史一职,系忱所为,别人总道他少不更事,不能胜任,谁知他一经莅镇,风裁肃然,就是待遇桓玄,亦尝谈笑自如,令玄屈服。只是素性嗜酒,一醉至数日不醒,因此酿成酒膈,因病去官,未几即殁。国宝欲奔丧回里,表请解职,有诏止给假期。偏国宝又生悔意,徘徊不行,事为中丞褚粲所劾。国宝惧罪,只得再求道子挽回,都下不敢露迹,竟扮作女装,坐入舆中伪称为王家女婢,混入道子第中,跪请缓颊。道子且笑且怜,即替他设法进言,终得免议。

已而假满复官,更加骄蹇,不遵法度,后房妓妾,不下百数,天下珍玩,充满室中。孝武帝闻他僭侈,召入加责,经国宝泣陈数语,转使孝武帝一腔怒气,自然消融。他素来是个逢迎妙手,探得孝武帝隐憎道子,遂竭力迎合,隐有闲言,并厚赂后宫张贵人,代为吹嘘,竟至相府爪牙,一跃为皇宫心腹。道子察出情形,很觉不平,尝在内省遇见国宝,斥他背恩负义,拔剑相加,吓得国宝魂胆飞扬,连忙奔避。道子举剑掷击,又复不中,被他逃脱。嗣经僚吏百方解说,才将道子劝回。孝武帝得悉争端,益信国宝不附道子,视作忠臣,常令国宝侍宴。酒酣兴至,与国宝谈及儿女事情,国宝自陈有女秀慧。孝武帝愿与结婚,许纳国宝女为琅琊王妃,国宝喜出望外,叩头拜谢。至宴毕出宫后,待了旬余,未见有旨,转浼张贵人代请,才得复音,乃是缓日结婚四字,国宝只好静心候着,少安毋躁罢了。当时有人戏作云中诗,讥讽时事云:

> 相王沉醉,轻出教命,捕贼千秋,干预朝政。王恺守常,国宝驰竞,荆州大度,散诞难名。盛德之流,法护王宁,仲堪仙民,特有言咏。东山安道,执操高抗,何不征之,以为朝匠?

诗中所云千秋王恺国宝,实叙本名,想看官阅过上文,当然了解。荆州系指王忱，不指殷仲堪，法护系王珣小字，宁即王恭，仙民即徐邈字，安道即戴逵字。这诗句传入都中，王珣欲孚民望，表请征戴逵为国子祭酒，加散骑常侍，逵仍不至。太元二十年，皇太子德宗，始出东宫。会稽王道子兼任太子太傅，王珣兼任太子詹事，与太子少傅王雅，又上疏道：

会稽处士戴逵，执操贞厉，含味独游，年在耆老，清风弥劭。东宫虚德，式延正士，宜加旌命，以参僚侍。逵既重幽居之操，必以难进为美，宜下诏所在有司，备礼发遣，进弼元良，毋任翘企！

孝武帝依议，复下诏征逵，逵仍称疾不起，已而果殁。那孝武帝溺情酒色，日益荒耽，镇日里留恋宫中，徒为了一句戏言，酿出内弑的骇闻，竟令春秋鼎盛的江东天子，忽尔丧躯，岂不是可悲可愤么！当孝武帝在位时，太白星昼现，连年不已，中外几视为常事，没甚惊异。太元二十年七月，有长星出现南方，自须女星至哭星，光芒数丈。孝武帝夜宴华林园，望见长星光焰，不免惊惶，因取手中酒卮，向空祝语道："长星劝汝一杯酒，从古以来，没有万年天子，何劳汝长星出现呢？"既而水旱相继，更兼地震，孝武帝仍不知警，依然酒色昏迷。仆射王珣，系故相王导孙，虽然风流典雅，为帝所昵，但不过是个旅进旅退的人员，从未闻抗颜谏诤，敢言人所未言。颇有祖风。太子少傅王雅，门第非不清贵。祖隆父景，也尝通籍，究竟不及王珣位望。珣且未敢抗辩，雅更乐得圆融，所以识见颇高，语言从慎。时人见他态度模棱，或且目为佞臣，雅为保全身家起见，只好随俗浮沈，不暇顾及讥议了。孝武帝恃二王为耳目，二王都做了好好先生，还有何人振聋发聩？再经张贵人终日旁侍，蛊惑主聪，酒不醉人人自醉，色不迷人人自迷，越害得这位孝武帝，俾昼作夜，颠倒糊涂。

太元二十一年秋月，新凉初至，余暑未消，孝武帝尚在清暑殿中，与张贵人饮酒作乐，彻夜流连，不但外人罕得进见，就是六宫嫔御，也好似咫尺天涯，无从望幸。不过请安故例，总须照行，有时孝武帝醉卧不起，连日在床，后宫妾媵，不免生疑，还道孝武帝有什么疾病，格外要去问省，献示殷勤。张贵人恃宠生骄，因骄成妒，看那同列娇娃，简直是眼中钉一般，恨不得一一驱逐，单剩自己一人，陪着君王，终身享福。有几个伶牙利齿的妃嫔，窥透醋意，免不得冷嘲热讽，语语可憎。张贵人愤无可泄，已是满怀不平。

时光易过，转瞬秋残，清暑殿内，銮驾尚留，一夕与张贵人共饮，张贵人心中不快，勉强伺候，虚与绸缪。孝武帝饮了数大觥，睁着一双醉眼，注视花容，似觉与前少异，默忖多时，猜不出她何故惹恼，问及安否，她又说是无恙。孝武帝所爱惟酒，以为酒入欢肠，百感俱消，因此顾令侍女，使与张贵人接连斟酒，劝她多饮数杯。张贵人酒量平常，更因怀恨在心，越不愿饮，第一二杯还是耐着性子，勉强告干，到了第三四杯，实是饮不下了。孝武帝还要苦劝。张贵人只说从缓。孝武帝恐她不饮，先自狂喝，接连数大觥下咽，又使斟了一大觥，举酒示张贵人道：“卿应陪我一杯！”说着，又是一口吸尽。张贵人拗他不过，只得饮了少许。孝武帝不禁生忿，迫令尽饮，再嘱侍女与她斟满，说她故意违命，须罚饮三杯。张贵人到此，竟忍耐不住，先将侍女出气，责她斟得太满，继且顾语孝武帝道：“陛下亦应节饮，若常醉不醒，又要令妾加罪了！”孝武帝听了加罪二字，误会微意，便瞋目道：“朕不罪卿，谁敢罪卿，惟卿今日违令不饮，朕却要将卿议罪！”张贵人蓦然起座道：“妾偏不饮，看陛下如何罪妾？”孝武帝亦起身冷笑道：“汝不必多嘴，计汝年已将三十，亦当废黜了！朕目中尽多佳丽，比汝年轻貌美，难道定靠汝一人么？”说到末句，那头目忽然眩晕，喉间容不住酒肴，竟对张贵人喷将过去，把张贵人玉貌云裳，吐得满身肮脏。侍女等看不过去，急走至御前，将孝武帝扶入御榻，服侍睡下。孝武帝头一倚枕，便昏昏的睡着了。

惟张贵人得宠以来，从没有经过这般责罚，此次忽遭斥辱，哪里禁受得起，凤目中坠了无数泪珠儿。转念一想，柳眉双竖，索性将泪珠收起，使侍女撤去残肴，自己洗过了脸，换过了衣，收拾得干干净净。又踌躇了半晌，竟打定主意，召入心腹侍婢，附耳密嘱数语。侍婢却有难色，张贵人大怒道：“汝若不肯依我，便叫你一刀两段！”侍婢无奈，只好依着闺令，趋就御榻，用被蒙住孝武帝面目，更将重物移压孝武帝身上，使他不得动弹。可怜孝武帝无从吐气，活活闷死！过了一时，揭被启视，已是目瞪舌伸，毫无气息了。看官记着！这孝武帝笑责张贵人，明明是酒后一句戏言，张贵人伴驾有年，难道不知孝武帝心性？不过因华色将衰，正虑被人夺宠，听了孝武帝戏语，不由的触动心骨，竟与孝武帝势不两立，遂恶狠狠的下了毒手，结果了孝武帝的性命。总计孝武帝在位二十四年，改元两次，享年只三十有五。小子有诗叹道：

恩深忽尔变仇深，放胆行凶不自禁；
莫怪古今留俚语，世间最毒妇人心！

张贵人弑了孝武帝，更想出一法，瞒骗别人。究竟如何用谋，待看下回分晓。

第七十八回

迫诛奸称戈犯北阙 僭称尊遣将伐西秦

却说张贵人弑主以后，自知身犯大罪，不能不设法弥缝，遂取出金帛，重赂左右，且令出报宫廷，只说孝武帝因魇暴崩。太子德宗，比西晋的惠帝衷，还要暗弱，怎能摘伏发奸？会稽王道子，向与孝武帝有嫌，巴不得他早日归天，接了凶讣，暗暗喜欢，怎肯再来推究？外如太后李氏，以及琅琊王德文，总道张贵人不敢弑主，也便模糊过去。王珣、王雅等，统是仗马寒蝉，来管什么隐情，遂致一种弥天大案，千古沉冤。

王国宝得知讣音，上马急驰，乘夜往叩禁门，欲入殿代草遗诏，好令自己辅政。偏侍中王爽，当门立着，厉声呵叱道："大行皇帝晏驾，太子未至，无论何人，不得擅入，违禁立斩！"国宝不得进去，只好怅然回来。越日，太子德宗即位，循例大赦，是谓安帝。有司奏请会稽王道子，谊兼勋戚，应进位太傅，邻扬州牧，假黄钺，备殊礼。有诏依议，道子但受太傅职衔，余皆表辞。诏又褒美让德，仍令他在朝摄政，无论大小政事，一律咨询，方得施行。道子权位益尊，声威益盛，所有内外官僚，大半趋炎附热，奔走权门。最可怪的是王国宝，本已与道子失欢，不知他用何手段，又得接交道子，仍使道子不念前嫌，复照前例优待，引为心腹，且擢任领军将军。从弟王绪，随兄进退，不消多说。

平北将军王恭，入都临丧，顺便送葬。见了道子辄正色直言，道子当然加忌。惟甫经摄政，也想辑和内外，所以耐心忍气，勉与周旋。偏恭不肯通融，语及时政，几若无一惬意，尽情批驳，声色俱厉。退朝时且语人道："榱栋虽新，恐不久便慨黍离了!”道子知恭意难回,更加衔恨。王绪谄附道子,因与兄国宝密商,谓不如乘恭入朝,劝相王伏兵杀恭。国宝以恭系时望,未便下手,所以不从绪言。恭亦深恨国宝。有人为恭画策,请召入外兵,除去国宝,恭因冀州刺史庾楷,与国宝同党,士马强盛,颇以为忧,乃与王珣密谈,商决可否。珣答说道:“国宝虽终为祸乱,但目前逆迹未彰,猝然加讨,必启群疑。况公拥兵入京,迹同专擅,先应坐罪,彼得借口,公受恶名,岂非失算?不如宽假时日,待国宝恶贯满盈,然后为众除逆,名正言顺,何患不成!”恭点首称善。已而复与珣相见,握手与语道:“君近来颇似胡广。”珣应声道:“王陵廷争,陈平慎默,但看结果如何,不得徒论目前呢。”两人一笑而散。

过了一月,奉葬先帝于隆平陵,尊谥为孝武皇帝。返祔以后,恭乃辞行还镇,与道子等告别。即面语道子道:“主上方在谅暗,冢宰重任,伊周犹且难为,愿相王亲万机,纳直言,远郑声,放佞人,保邦致治,才不愧为良相呢!”说着,睁眼注视道子。旁顾国宝在侧,更生愠色,把眼珠楞了数楞。国宝不禁俯首,道子亦愤愤不平,但不好骤然发作,只得敷衍数语,送恭出朝罢了。

到了次年元旦,安帝加元服,改元隆安。太傅会稽王道子稽首归政,特进左仆射王珣为尚书令,领军将军王国宝为左仆射,兼后将军丹阳尹。尊太后李氏为太皇太后,立妃王氏为皇后。后系故右军将军王羲之女孙,父名献之,亦以书法著名,累官至中书令,曾尚简文帝女新安公主,有女无子。及女得立后,献之已殁,至是始追赠光禄大夫,与乃父羲之殁时,赠官相同。史称羲之有七子,惟徽之献之,以旷达称,两人亦最和睦。献之病逝,徽之奔丧不哭,但直上灵床,取献之琴,抚弹许久,终不成调,乃悲叹道:“呜呼子敬,人琴俱亡!”说毕,竟致晕倒,经家人舁至床上,良久方苏。他平时素有背疾,坐此溃裂,才阅月余,也即去世。徽之字子猷,献之字子敬,还有徽之兄凝之,亦工草隶,性情迂僻,尝为才妇谢道韫所嫌。事见后文。

且说王国宝进官仆射,得握政权。会稽王道子,复使东宫兵甲,归他统领,气焰益盛。从弟绪亦得为建威将军,与国宝朋比为奸,朝野侧目。国宝所忌,第一个就是王恭,次为殷仲堪,尝向道子密请,黜夺二人兵权。道子虽未照行,谣传已遍布内外,恭镇戍京口,距都甚近,都中情事,当然早闻,因即致书仲堪,谋讨国宝。仲堪在镇,尝与桓玄谈论国事,玄正思利用仲堪,摇动朝廷,便乘隙进言道:“国宝专权怙势,唯虑君等控驭上流,与他反抗,若一旦传诏出来,征君入朝,试问君将如何对付哩?”仲堪皱眉道:“我亦常防此着,敢问何计可以免忧?”玄答道:“王孝伯嫉恶如仇,正好与他密约,兴晋阳甲,入清君侧,东西并举,事无不成!玄虽不肖,愿率荆楚豪杰,荷戈先驱,这也是桓文义举呢。”仲堪听着,投袂而起,深服玄言。遂外招雍州刺史郗恢,内与从兄南蛮校尉殷觊,南郡相江绩，商议起兵。觊不肯从，当面拒绝道："人臣当各守职分，朝廷是非，与藩臣无涉，我不敢与闻！"绩亦与觊同意，极言不可，惹得仲堪动怒，勃然作色。觊恐绩及祸，从旁和解。绩抗声道："大丈夫各行己志，何至以死相迫呢？况江仲元年垂六十，但恨未得死所，死亦何妨！"说着，竟大踏步趋出。仲堪怒尚未平，将绩免职，令司马杨佺期代任，觊亦托疾辞职。仲堪亲往探视，见觊卧着，似甚困顿。乃顾问道："兄病至此，实属可忧。"觊张目道："我病不过身死，汝病恐将灭门。宜求自爱，勿劳念我！"仲堪怀闷而出。嗣得郗恢复书，亦不见允，因复踌躇起来。适值王恭书至，乃想出一条圆滑的法儿，令恭即日先驱，自为后应。恭得了复书，喜如所愿，便即遣使抗表道：

后将军国宝，得以姻戚频登显列，不能感恩效力，以报时施，而专宠肆威，以危社稷。先帝登遐，夜乃犯阙叩扉，欲矫遗诏，赖皇太后明聪，相王神武，故逆谋不果。又夺东宫现兵，以为己用，谗嫉二昆，甚于仇敌。与其从弟绪同党凶狡，共相煽连，此不忠不义之明证也。以臣忠诚，必亡身殉国，是以谮臣非一，赖先帝明鉴，浸润不行。昔赵鞅兴甲，诛君侧之恶，臣虽驽劣，敢忘斯义！已与荆州督臣殷仲堪，约同大举，不辞专擅，入除逆党，然后释甲归罪，谨受钺钺之诛，死且不朽！先此表闻。

为了王恭这篇表文，遂令晋廷大臣，个个心惊。当下传宣诏命，内外戒严，道子日夕不安，即召王珣入商大计。珣本为孝武帝所信任，孝武暴崩，珣不得预受顾命，名虽加秩，实是失权。及应召进见，道子便问道："二藩作逆，卿可知否？"珣随口答辩道："朝政得失，珣勿敢预；王殷发难，何从得知？"道子无词可驳，只好转语王国宝，且有怨言。国宝实是无能，急得不知所措。没奈何派遣数百人，往戍竹里，夜遇风雨，竟致散归。国宝越加惶惧，王绪进语国宝道："王珣阴通二藩，首当除灭，车胤现为吏部尚书，实与珣同党。为今日计，急矫托相王命，诱诛二人，拔去内患，然后挟持君相，出讨二藩，人心一致，怕甚么逆焰呢？"国宝迟疑不答，被绪厉声催逼，方遣人召入珣胤。至珣胤到来，国宝又不敢加害，反向珣商量方法。珣说道："王殷与君，本没有甚么深怨，不过为权利起见，因生异图。"国宝不待说毕，便愕然道："莫非视我作曹爽不成！"珣微哂道："这也说得过甚，君无爽罪，王孝伯亦怎得比宣帝呢？"国宝又转顾车胤道："车公以为何如？"胤答道："昔桓公围攻寿春，日久方克。今朝廷发兵讨恭，恭必婴城固守，若京口未拔，荆州军又复到来，君将如何对待呢？"国宝闻言失声道："奈何奈何？看来只好辞职罢！"珣与胤窃笑而去。胤字武子，系南平人，少时好学，家贫不常得油，夏月取萤贮囊，代火照书，囊萤照读故事，便是车胤古典。成人后得膺仕籍，累迁至护军将军。前时王国宝讽示百官，拟推道子为丞相，胤不肯署名，独与国宝反对，所以绪将他牵入，欲加毒手。至计不得遂，因长叹道："今日死了！"国宝置诸不睬，即上疏解职，诣阙待罪。嗣闻朝廷不加慰谕，又起悔心，乃矫诏自复本官。不料道子与他翻脸，竟因他诈传诏命，立遣谯王尚之，收捕国宝及绪，付诸廷尉，越宿赐国宝死，命牵绪至市曹枭首。一面贻书王恭，自陈过失，且言国宝兄弟，已经伏诛，请即罢兵。恭乃引兵还屯京口。殷仲堪闻国宝已死，才遣杨佺期出屯巴陵，接应王恭。旋亦接到道子来书，并知恭已退归，因亦召还佺期，一番风潮，总算暂平。

国宝兄侍中王恺，骠骑司马王愉，与国宝本是异母，又素来不相和协，故得免坐，悉置不问。惟会稽世子元显，年方十六，才敏过人，居然得官侍中，他却禀白乃父，谓王殷二人，终必为患，不可不防。道子乃即奏拜元显为征虏将军，所有卫府及徐州文武，悉归部下，使防王殷。于是除了两个佞臣，又出一个宠子来了。

这且待后再表。且说凉州牧吕光，背秦独立，据有河西。武威太守杜进，是吕光麾下第一个功臣，权重一时，出入羽仪，与光相亚。适光甥石聪自关中来，光问聪道："中州人曾闻我政化否？"聪答道："止知杜进，不知有舅。"光不禁愕然，遂将杜进诱入，把他杀死。既而光宴会群僚，谈及政事，参军段业进言道："明公乘势崛起，大有可为，但刑法过峻，尚属非宜。"光笑道："商鞅立法至峻，终强秦室，吴起用术无亲，反霸荆蛮，这是何故？卿可道来。"业答道："公受天眷命，方当君临四海，效法尧舜，奈何欲将商鞅吴起的敝法，压制神州？难道本州士女，归附明公，反自来求死么？"光乃改容谢过，下令自责，改革烦苛，力崇宽简。会酒泉被王穆袭入，也自称大将军凉州牧，诱结吕光部将徐炅，及张掖太守彭晃。光遣兵讨炅，炅奔往张掖，光亟自引步骑三万，倍道兼行，直抵张掖城下。晃不意光军骤至，仓猝守城，并向王穆处乞援。穆军尚未赴急，城中已经内溃，晃将寇颉，开城纳光。晃不及脱身，被光众擒斩。光复移兵掩入酒泉，王穆正出援张掖，途中闻酒泉失守，慌忙驰还，偏部将相率骇散，单剩穆一人一骑，窜至骍马。骍马令郭文，顺手杀穆，函首献光。光乃从酒泉还军，适金泽县令报称麒麟出现，百兽相随。光目为符瑞，遂自称三河王，改年麟嘉。立妻石氏为王妃，子绍为世子，追尊三代为王，设置官属。中书侍郎杨颖上书，请依三代故事，追尊吕望为始祖，立庙飨祀，世世不迁。光欣如所请，因自命为吕望后人。

会张掖督邮傅曜，考核属县，为邱池令尹兴所杀，投尸入井，急图灭迹。偏是冤魂未泯，竟向吕光托梦，自陈履历，且言尹兴赃私狼藉，惧为所发，是以将臣杀害，弃尸南亭枯井中，臣衣服形状，请即视明，乞为伸冤云云。光闻言惊寤，揭帐启视，灯光下犹有鬼形，良久乃灭。次日即遣使案视，果得尸首，因即诛兴抵罪。时段业已任著作郎，犹谓光平日用人，未能扬清激浊，以致贤奸混淆,乃托词疗疾,径至天梯山中,拨冗著作,得表志诗九首,叹七条,讽十六篇,携归呈光。光却也褒美,但究竟未能听从,不过空言嘉许罢了。

南羌部酋彭奚念,入攻白土。守将孙峙,退保兴城,一面飞使报光。光遣武贲中郎将庶长子纂,与强弩将军窦苟,带领步骑五千,往讨奚念,大败而还。奚念进据枹罕,光乃大发诸军,亲自往击。奚念才觉惊慌,命在白土津旁,迭石为堤,环水自固,并遣精兵万名,守住河津。光遣将军王宝,潜趋河水上游,绕越石堤,夜压奚念营垒,光从石堤直进,隔岸夹攻,守兵俱溃,遂并力攻奚念营,奚念亦遁。光驱众急追,乘势突入枹罕,逼得奚念无巢可归,没奈何逃往甘松,光留将士戍枹罕城,振旅班师。

先是光徙西海郡民,散居诸郡。侨民系念土著,不乐迁居,乃编成歌谣道:"朔马心何悲,念旧中心劳;燕雀何徘徊,意欲还故巢!"光恐他互相煽乱,因复徙还。并因西海外接胡虏,不可不防,乃复使子复为镇西将军,都督玉门以西诸军事,兼西域大都护,镇守高昌。

光又自号天王,称大凉国,改年龙飞。立世子绍为太子,诸子弟多封公侯。进中书令王详为尚书左仆射,著作郎段业等五人为尚书,此外各官,不胜殚述。史家称他为后凉。西秦王乞伏乾归,尝向吕光称藩,未几即与光绝好。光曾遣弟吕宝等,出攻乾归,交战失利,宝竟败死。光屡思报怨,只因彭奚念入扰,不暇顾及乾归,坐此迁延。奚念本依附乾归,曾受封为北河州刺史。至奚念败窜后,光还称尊号,更欲仗着天王威势,凌压西秦。可巧乾归从弟乞伏轲殚,与乞伏益州有隙,奔投吕光,光不禁大悦,即日下令道:

> 乞伏乾归,狼子野心,前后反复,朕方东清秦赵,勒铭会稽,岂令竖子鸱峙洮南,且其兄弟内相离间,可乘之机,勿过今也。其敕中外戒严,朕当亲征!

这令下后,即引兵出次长最,使扬威将军杨轨,强弩将军窦苟,偕子纂同攻金城,作为中路。又遣部将梁恭金石生等,出阳武下峡,会同秦州刺史没奕于,从东路进兵。再命天水公吕延,征发枹罕守卒,出攻临洮武始河关,向西杀入。延为光弟,最号骁悍,接了光命,首先发兵,奋勇前驱,所向无敌。

当有警报传达乾归,乾归已徙都西城,便召集将佐,商议拒敌。众谓光军大至,不易抵敌,且东往成纪,权避寇锋。乾归怫然道:"昔曹孟德击败袁本初,陆伯言摧毁刘玄德,统是谋定后战,以少胜多。今光兵虽众,俱无远略,光弟延有勇无谋,何足深虑!我能用谋制延,延一败走,各路皆退,乘胜追奔,当可尽歼了!"

正议论间,帐外驰入金城来使,报称万急。乾归只好亟援金城,自率部兵二万,行至中途,又接着急报。乃是金城陷没,太守卫鞬被擒。接连复得数处

警耗,临洮失守了,武始失守了,河关又失守了,乾归至此,也不觉大惊。小子有诗咏道:

扰扰群雄战未休,雄师三路发凉州。
须知兵众仍难恃,用力何如用智谋!

欲知乾归如何拒敌,待至下回表明。

第七十九回

吕氏肆虐凉土分崩 燕祚浸衰魏兵深入

却说乞伏乾归连接警耗，不禁惶急起来。沉思多时，乃泣语将士道："今事势穷蹙，无从逃命，死中求生，正在今日。凉军虽四面到来，究竟相去尚远，不能立集，我果能败他一军，不怕凉军不退。"将士听了，统踊跃应声道："如大王命，愿效死力！"乾归道："我意总在杀退吕延。延甚骁勇，不可力敌，我当用计取他便了。"遂分派将士，散伏要隘，人卷甲，马衔枚，静候不动。一面令敢死士数人，佯探延兵，故意被擒，伪说本军退走。果然延拘讯死士，信为真言，即释令不诛，使为前导。此引彼随，直入陷阱，那死士不知去向。但听得数声胡哨，伏兵四面杀出，把延兵冲成数段。延情急失措，正要寻路返奔，又被万弩竞射，就使力大无穷，也禁不住许多硬箭，眼见是一命呜呼了。延有司马耿稚，本戒延轻进，延不用忠言，因致败死。稚尚在后队，急与将军姜显，结阵自固，收集逃卒，徐徐引退，才得还屯枹罕。光闻延败殁，神色沮丧，遂命各军退回，自己匆匆返入姑臧。乾归复进据枹罕，使定州刺史翟瑥居守，召入彭奚念为镇卫将军，命镇西将军屋弘破光为河州牧，因即还师。

惟吕光遭此一挫，声威顿减，遂令部将离心，又生出南北二凉来了。南凉为秃发乌孤所建，乌孤就是思复鞬次子。思复鞬尝使长子奚于，助张大豫拒光，为光所杀，事见前文。未几，思复鞬亦死，乌孤嗣立，欲报兄仇，因与大将纷陁，谋取凉州。纷陁道："凉州方盛，未可急取，请先务农讲武，招俊杰，修政刑，巩固根本，然后观衅而动，可报前仇。"乌孤依议施行，才越数年，已易旧观，振作一新。吕光欲羁縻乌孤，特遣使封乌孤为冠军大将军，领河西鲜卑大都统。乌孤问诸将道："吕氏远来授官，可接受否？"诸将多应语道："吕氏与我有仇，怎可与和？况近来士强兵盛，难道还受人制么？"乌孤道："我意亦是如此。"独有一人抗声道："欲拒吕光，今尚未可。"乌孤瞧着，乃是卫弁石真若留。便诘问道："卿怕吕光么？"石真若留道："今根本未固，邻近未服，还宜随时遵养，未可轻动。况吕光势尚未衰，地大兵众，若向我致死，恐不可敌，不如暂时受屈，使他不防，彼骄我奋，一举成功了。"乌孤道："卿言亦是，我且依卿。"乃对使受封。及凉使去后，乌孤即整顿兵马，出破乙弗折掘二部落，又遣将石亦干筑廉川堡，作为都城。乌孤遂徙居廉川。

已而登廉川大山，但泣不言。石亦干在旁进言道："臣闻主忧臣辱，主辱臣死，大王今日不乐，想是为了吕光一人。光年已老，师徒屡败。今我得保据大川，养足锐气，将来一可当百，岂尚怕吕光不成！"乌孤道："吕光衰老，我非不知，但我祖宗德威及远，异俗倾心。今我承祖业，未能制服诸部，近且未怀，怎思及远！悲从中来，不能不泣呢。"旁又闪出大将苻浑道："大王何不振旅誓众，讨服邻近部落？"乌孤道："卿等肯同心协力，我便当出师。"苻浑等齐声应命。随即出兵四略，迭破诸部。吕光闻乌孤日盛，进封乌孤为广武郡公。广武人赵振，少好奇略，弃家依乌孤。乌孤素慕振才，立即引见，与言国政，无不称意。遂大喜道："我得赵生，大事成了！"适凉州又有使人到来，进乌孤征南大将军益州牧左贤王，并给鼓吹羽仪等物。乌孤语来使道："吕王擅命专征，得有此州，今不能怀柔远人，惠安黎庶，诸子贪淫，群甥肆暴，郡县土崩，远近愁怨，我岂尚可违反人心，助桀为虐么？帝王崛起，本无常种，有德即兴，无道即亡，我将应天顺人，为天下主，不愿再事吕王了！"遂将鼓吹羽仪，一并留住，但拒绝封册，仍交原使赍回。于是自称大都督大将军大单于西平王，纪元太初，治兵广武，攻凉金城。凉王吕光，遣将军窦苟往援，到了街亭，被乌孤率兵邀击，苟兵大败，狼狈奔还。金城遂被乌孤夺去。复取凉乐都湟河浇河三郡，收纳岭南羌胡数万家，就是凉将杨轨王乞基，亦率户数千降乌孤。乌孤复改称武威王。史家因他占据各地，在凉州南面，所以号为南凉，免与前后凉相混，这也是史笔的界划呢。

南凉既兴，北凉又起，首先发难的，叫作沮渠蒙逊。蒙逊系张掖郡卢水胡人，先世尝为匈奴左沮渠王，因以沮渠为氏。蒙逊有伯父二人，一名罗仇，一名麹粥，均在吕光麾下，从光往伐西秦。吕延败死，光众退还，麹粥语兄罗仇道："主上荒耄，骄纵诸子，朋党相倾，谗人侧目。今兵败将亡，必多猜忌，我兄弟素为所惮，必不见容，倘或徒死无名，何若勒兵径向西平，道出苕藋，奋臂一呼，凉州可立下了。"罗仇道："汝言亦自有理，但我家世代忠良，为西土所归仰，宁人负我，我却不忍负人哩。”既而光果听信谗言，竟将败军的罪名，诿诸罗仇麹粥身上，将他骈戮。蒙逊素有谋略，博涉经史，并晓天文，突遭此变，当然悲愤交并，不得已殓葬两尸。诸部多为沮渠氏姻戚，多来送葬，数达万人，蒙逊向众哭语道：“吕王昏耄，滥杀无辜，我先世尝统辖河西，保安诸部，今乃受人戮辱，岂不可耻！我欲与诸公并力，为我二伯父复仇雪恨，不使他埋怨泉下，未知诸公肯助我否？”大众听了，都齐称万岁。当下结盟起兵，攻凉临松郡，阵斩凉护军马邃。临松令井祥，屯据金山。凉主吕光，遣子纂率兵往攻，蒙逊抵敌不住，逃入山中。

适蒙逊从兄男成，由晋昌纠众数千，起应蒙逊。酒泉太守垒澄，引兵出击，临阵败死，男成遂进攻建康。建康太守段业，正为仆射王详所排，出就外任，男成遣人说业道：“吕氏政衰，权臣擅命，刑杀无常，人皆生贰，百姓嗷然，无所依附，近已瓦解，将必土崩，府君奈何以盖世英才，效忠危地！男成等今倡大义，欲屈府君抚临鄙州，造福百姓，尽使来苏，岂不甚善！”业不肯从，登陴拒守，且向姑臧乞师，相持至二旬余，援兵不至，郡人高逵史惠等，劝业不如俯从男成，业恐王详等居中反对，阻住援军，乃决与男成联络，开城纳入。男成即推业为大都督龙骧大将军，领凉州牧，号建康公，改吕氏龙飞二年为神玺元年。男成派人往召蒙逊，蒙逊遂出山投业。业授男成为辅国将军，委任国事，蒙逊为镇西将军，兼张掖太守。

蒙逊请速攻西郡，将佐互有异言。蒙逊道：“西郡为岭南要隘，不可不取。”业乃令蒙逊为将，引兵往攻。蒙逊到了城下，相视地势，见城西有河相通，遂佯为攻扑，暗堵河流。西郡太守吕纯，为吕光从子，专在城上守着，不防河水灌入城中，汹涌澎湃，势如奔潮，兵民相率惊徙，不暇拒战。蒙逊得乘际杀入，城即被陷，吕纯无从奔避，被蒙逊督众擒归。于是晋昌太守王德，敦煌太守孟敏，俱举郡降业。业封蒙逊为临池侯，命德为酒泉太守，敏为沙州刺史，再使男成及王德，进攻张掖。张掖为光次子常山公弘所守，未战即溃，弃城东走。男成等得入城中，向业告捷。业即驰至张掖，誓众追弘。蒙逊谏阻道：“归师勿遏，穷寇勿追，这乃兵法要言，不可不戒。”业不以为然，竟率众往追。适值纂奉了父命，领兵迎弘，望见业众追来，便分部兵为二队，使弘率右翼，自率左翼，夹道以待。至业已驱至，一声号令，两队夹击，杀得业左支右绌，慌忙返奔。吕纂等哪里肯舍，当然追赶。业落荒急走，手下不过百余人，幸得蒙逊前来救应，方得保业退还。吕纂见有援兵，也收兵自去。段业叹道：“孤不能用子房言，致有此败！”懊怅了好几日，又命兵役往筑西安城，用部将臧莫孩为太守，蒙逊又谏道：“莫孩有勇无谋，知进忘退，今乃令彼往守，是无异与彼筑坟，怎得称为筑城呢？”业复不从。俄而吕纂兵至，莫孩战死，西安城果然失守，枉费了许多财力，蒙逊自此轻业。业尚侈然自大,自号凉王,又复改元天玺,进蒙逊为尚书左丞,梁中庸为右丞,即以张掖为国都。张掖在凉州北面,所以史家号为北凉,南北相对,都从后凉分出,后凉吕氏,就此浸衰了。话分两头。

且说后燕主慕容宝,嗣位以后,即弑太后段氏,已失众心。嗣又违背父命,溺爱少子,立储非人,益致内乱。宝有数子,最长为长乐公盛,次为清河公会,又次为濮阳公策,皆非嫡出。惟策母本出将门,最得宝宠;盛母较贱,会母尤贱。盛与会颇有智略,会更为祖垂所爱,每遣宝北伐,必令会代摄东宫诸事,已寓微意。嗣又以龙城旧都,宗庙所在,特使会往镇幽州,委以东北重任,国官府佐,俱采选一时名俊,使崇威望。及垂临死嘱宝,须立会为宝嗣,宝虽承遗嘱,心下却爱怜少子,未肯立会。会生年本与盛同,不过因月日较先,号为长男。盛因自己不得立储,也不愿会得嗣立,索性让与季弟,因向宝陈词,请立弟策。宝正合意旨,尚恐族议未同,特与赵王麟等商及,麟极口赞成。乃即立策为太子,并立策母段氏为皇后。策年才十二,外若秀美,内实蠢愚。盛为排会起见,劝宝立策。麟更怀着私意,利立愚稚,将来容易捽去,好行僭逆。宝怎知两人隐衷,无非是溺爱不明,背父遗言,暂图快意。还有会怏怏失望,很觉不平。暗中伏着如许祸祟,试想这后燕还能平静么?宝虽进封盛会为王,终难释怨。再加那北方新盛的后魏,常来惊扰,因此内乱外患,相继迭乘。

魏王拓跋珪,养兵蓄马,日见盛强。群臣劝称尊号,珪始建天子旌旗,出警入跸,改登国十一年为皇始元年。魏人所惮,惟一慕容垂,垂既去世,拓跋珪以下,无不心喜。参军张恂,遂劝珪进取中原,珪乃大举攻燕,率步骑四十余万,南出马邑,逾句注山,旌旗达二千余里,鼓行前进,直逼晋阳,又分兵东袭幽州,燕并州牧慕容农,与骠骑将军李晨,督兵出战,挡不住魏兵锐气,并因寡不敌众,竟至大败,奔还晋阳。不料司马慕舆嵩在城居守,忽起歹心,竟将慕容农妻子,驱出城外,把城门紧紧关住。

农跑至城下,遇着妻孥诉苦,气得不可名状,但退无所归,进不能战,只好挈了妻子,向东急走。偏部众统皆惊骇,沿途四散,单剩数十骑随农。到了潞川,后面尘头大起,乃是魏将长孙肥,引兵追来。农逃命要紧,连妻子都不及顾了,挥鞭疾驰。距敌少远,背上尚着了一箭,忍痛逃脱,还至中山,随从只有三骑,那爱妻娇儿,久不见归,想总被魏兵拘去,悲亦无益,只好入见燕主。燕主宝不好斥责,略略慰谕数语,令他归第休息。越日,即得警报,晋阳降魏,并州陷没了。

又过了两三天,复有急报传到,乃是魏将奚牧,攻入汾州,擒去丹阳王买德,及离石护军高秀和。燕主宝也觉着忙,亟召群臣会集东堂,咨问拒敌方法。中山尹苻谟道:"今魏兵强盛,转战千里,乘胜前来,勇气百倍,若纵入平原,更不可敌，亟宜遣兵扼险，遏住寇锋，方可无虑。”中书令眭邃道：“据臣意见，不如令郡县人民，聚众为堡，坚壁清野，但守勿战。彼寇骑往来剽锐，马上赍粮，不过旬日可以支持；若进无所掠，粮何从出，数日食尽，自然退去了。”尚书封懿道：“眭中书所言，亦属未善；今魏兵数十万，蜂拥前来，百姓虽欲营聚，势难自固，且屯粮积食，转为寇资，计不如阻关拒战，还不失为上策哩。”宝听了众议，无从解决。因旁顾及赵王麟，麟答道：“魏兵大至，锐不可当，宜完守设备，与他相持。待他粮尽力敝，然后出击，当无虑不胜了。”于是修城积粟，为持久计，且命辽西王农，出屯安喜，作为外援。所有军事调度，悉归赵王麟主持。

魏主拓跋珪，已使部将于栗磾公孙兰等，带领步骑二万，从晋阳出井陉路，拔木通道，俾便往来，复自率大军驰出井陉，进拔常山，擒住太守苟延。常山以东诸守宰，统皆惶惧，或望风输款，或弃城逃生。只有邺与信都二城，尚固守不下。魏主珪即命征东大将军东平公拓跋仪，率五万骑攻邺，冠军将军王建，左将军李栗等攻信都，自进兵直攻中山，掩至城下。城中已有预备，当然不致陷入。珪督兵围攻数日，毫不见效，乃顾语诸将道：“我料宝不能出战，定当凭城固守，急攻必伤我士卒，缓攻又费我粮糈，不如先平邺与信都，然后还取中山，我众彼寡，自然易克了。”诸将齐声称善。珪尚为示威计，再麾众猛扑一场，南城墙不甚固，几为魏兵所毁。燕高阳王慕容隆，镇守南郭，一面派兵修缮，一面率锐力战。自旦至暮，杀伤至数千人，魏兵乃退，乘夜南行。

先是燕章武王慕容宙，奉垂及段后灵车，往葬龙城，并由燕主宝命，叫他毕葬回来，顺便将前镇军慕容隆家属部曲，带还中山。清河王会，方代镇龙城，阴蓄异志，把他部曲，多半截留，不肯遽遣。宙拗他不过，只得挈隆家眷，及隆参佐等，趋还中山。途次闻有魏寇，驰入蓟州，与镇北将军慕容兰登城守御。魏将石河头，往攻不克，退屯渔阳。魏主珪南抵鲁口，博陵太守申永，弃城奔河南，又有高阳太守崔宏，也出奔海渚。珪素闻宏名，遣骑追及，把宏擒归。急命释缚，用为黄门侍郎，使与给事黄门侍郎张衮，并掌机要，创立礼制。博陵令屈遵降魏，也即命为中书令，出纳号令，兼总文诰。后来拓跋氏各种制度，及所有谕旨，多出二人手裁。小子有诗咏道：

楚材入晋再弹冠，用夏变夷易旧观。
只是华人甘事虏，史家终作贰臣看！

欲知魏兵南下情形，且至下回再表。

第八十回

拓跋珪转败为胜 慕容宝因怯出奔

却说邺中镇守的燕将，乃是范阳王慕容德。他闻魏将拓跋虔来攻，便使安南王慕容青，率领将士，夤夜出城，袭击魏营。拓跋虔未及防备，竟被捣破，伤了许多兵马，踉跄返奔，退入新城，青回城报功。到了次日，还要引兵追击，别驾韩谆劝阻道："古人先谋后战，昨夜掩他无备，才得胜仗，今不可轻击魏军，共有四端：悬军远客，利在野战，一不可击；深入近畿，向我致死，二不可击；前锋既败，后阵必固，三不可击；彼众我寡，四不可击。并且官军不宜轻动，亦有三要，本地争战，胜且扰民，一不宜动；倘或不胜，众心难固，二不宜动；城隍未修，敌来无备，三不宜动。为今日计，不如深沟高垒，持重勿战，彼师远来，无粮可因，难道能久留不去么？"慕容德依了谆言，止青勿出。

魏辽西公贺赖卢为魏主珪母舅，奉了珪命，来会拓跋仪攻邺。适魏别部大人没根，为珪所忌，投奔中山，燕主宝命为镇东大将军，封雁门公。没根素有胆勇，请还袭魏营，宝尚未深信，只给百余骑随去。行近魏主珪大营，适当日暮，没根走入僻处，令群骑吃了干粮，悄悄伏着，待到夜半，方趱至魏营门外，仿着魏兵口号，叩营径入。魏兵还道他是巡卒，并未拦阻，至没根直入中帐，始被珪卫兵截住，两下里动起手来，喊声震动。魏主珪才从帐中惊醒，跣足趋入后帐，急命将士拒战。没根等东斫西劈，已得了首级百余，及见魏兵陆续趋集，方大喝一声，夺路走脱。魏兵因月黑天昏，不敢追赶，一听没根驰回。这次魏营被劫，虽然不致大损，但魏主珪常有戒心，倒也有三分胆怯了。只拓跋虔围邺逾年，终未退去。燕范阳王德，也守得力倦神疲，不得已遣使入关，至后秦姚兴处乞救。后秦太后蛇氏，正患寝疾，兴颇有孝思，日夕侍奉，不愿出兵。邺使只好返报，守兵闻秦援不至，颇加恟惧。忽城外有书射入，经守兵拾呈慕容德，德展览后，颇有喜色。原来魏辽西公贺赖卢，自恃国戚，不愿受拓跋仪节制，互相猜疑。仪司马丁建阴与德通，因射书入城，报明魏营情形，令德放怀。德知魏军必有变动，当然易忧为喜。又越数日，大风暴起，白日如昏，赖卢营中爇炬代光，丁建伪报拓跋仪道："贺营已纵火烧营了，必乱无疑。"仪不禁着忙，急引兵趋退。贺赖卢莫名其妙，但见仪众退去，也只好撤还。丁建竟入邺降德，且言仪师老可击，德乃遣慕容青等带着精骑七千，追击魏兵；果然大得胜仗，夺了许多军械，搬回邺城。燕主宝得邺城捷报，也使左卫将军慕舆腾，收复博陵高阳，杀魏所置守令诸官，堵塞魏军粮道。

魏主珪因邺城难下，信都又复未克，乃亲督军赴信都，往助冠军将军王建。燕冀州刺史宜都王慕容凤，已守了七十余日，粮食将尽，又闻魏主珪亲来围攻，自知不支，竟逾城夜走，奔归中山。信都失了主帅，所有将军张骧徐超等，不能再拒，便即开城出降。

燕失去信都，却得拔杨城，杀毙守兵三百余人。慕容宝拟大举击魏，尽取出府库金帛，购募壮士，不论良莠，悉数录用，甚至金帛不足，把宫中闲散侍女，也作为赏赐。于是盗贼无赖，统皆应募，数日间得数万人。乌合之徒，宁足成事！会没根兄子丑提，为并州监军，闻叔降燕，恐连坐被诛，因即还国作乱。魏主珪防国都有失，意欲北归，乃遣国相涉延，诣燕求和。燕主宝不肯照允，使冗从仆射兰真，责珪负恩，悉发部众出拒，统计步卒十二万，骑兵三万六千，行至钜鹿郡内的柏肆坞，临滹沱河沿岸为营。魏主珪不得所请，当然怒起，叱还燕仆射兰真，即引兵至滹沱河南，与燕军夹岸列寨。

燕主宝见魏兵势盛，又有惧容，还是高阳王隆，想出一计，自请潜师夜渡，往劫魏营。宝依了隆计，自在营中戒严，作为后援。隆从募兵中挑出勇士万人，各执火具，待到夜静更深，悄然渡河。一经登岸，便乘风纵火，且烧且进，突向魏营杀入。魏营中虽有夜巡，未及入报，魏兵从睡梦中惊醒，顿致大乱，自相践踏。魏主珪仓猝起视，见外面尽是火光，也不由惊心动魄，连衣冠都不及穿戴，匆匆逃脱。燕将乞特真，捣入魏主寝帐，那魏主已经走远，只剩得衣靴等件，劫取而回。此外粮械，由燕兵悉数搬运，你抢我夺，竟至互相争论，私斗起来。魏主珪惊走数里，觉后面并无追兵，乃敢少息。溃兵亦次第趋集，仍然择地安营。复登高遥望，见燕军抢夺各物，自相斫射，不禁欣喜道："今夜尚可转败为胜哩！"随即回营伐鼓，号召散卒，在营外遍布火炬，然后纵骑冲击燕兵。

燕兵方才罢斗，由慕容隆弹压平静，捆载各物，正要渡河还营，不防魏兵来打还复阵，好似怒虎咆哮，逢人便噬。燕军已无行列，又无斗志，逃的逃，死的死。将军高长，略略对敌，便被魏兵攒绕拢来，把他打翻，捆绑了去。慕容隆到此，也只好自管性命，奔回宝营。宝忙出兵援应，才得救回一二千人，此外不是被杀，就是被擒。越宿，魏兵又整队临河，对营相持，军容很是严肃，燕人大惧，上下夺气。慕容麟与慕容农，劝宝还师，宝乃拔营急归。魏兵越河追蹑，屡败燕军，并因春寒未解，风雪交乘，士多冻死，枕藉道旁。宝驱马急驰，不遑顾及全军，只带旧兵二万骑，匆匆北走，尚恐被魏兵追及，令士卒抛仗弃甲，赶紧行路，所有兵器数十万，一齐丧失，寸刃无遗。

燕尚书闵亮，秘书监崔逞，太常孙沂，殿中侍御史孟辅等，不及奔还，俱为魏兵所虏，悉数降魏。崔逞素有才名，魏张衮常为称扬，至是魏主珪得逞甚喜，即授官尚书，使录三十六曹，委以政事。一面麾众再进，竟抵中山城外，屯芳林园。

燕主宝奔入中山，喘息未休，尚书郎慕舆皓，竟阴谋杀宝，推立赵王麟。幸有人预先讦发，宝即派兵严查，皓自知谋泄，斩关奔魏。宝本欲罪麟，又闻魏兵进逼，不敢遽发，只好飞使往达龙城，召清河王会入援。会犹怀私怨，未肯遽赴。但使征南将军库傉官伟，建威将军余崇，率兵五千，先驱进行。伟等到了卢龙，静待后应，约莫至三阅月，未见会至，所带粮饷，早已食尽，甚至宰牛杀马，烹食充饥，亦且无余。时中山已被困多日，燕主宝累诏催会，会尚托词练兵，迁延不发。伟在卢龙，也觉焦急，意欲使轻骑先进，侦敌强弱，且为中山遥接声援，诸将皆互相推诿，不敢奉令，独余崇奋然道："今巨寇滔天，都城危迫，匹夫尚思致命，往救君父，诸君受国重任，乃如此贪生怕死么？若社稷倾覆，臣节不立，死有余辜。诸君尽管居此，崇愿自往一行，虽死无恨！"可惜会不闻此言！伟极口褒许，便选给精骑数百人，随崇出发。行至渔阳，遇魏游骑千余人，众皆彷徨，且前且却，崇又励众道："彼众我寡，不战必死，与战或尚可求生。"遂当先进击，众亦随上，格杀数十人，活捉十余人，魏骑骇退，崇亦引还。当下讯明俘虏，得知魏主亦有归志，乃驰使报会，会方引兵就道，沿途还是逗留，好几日才至蓟城。

燕都被围日久，将士统欲出战，高阳王隆，向宝献议道："魏主虽得小利，但顿兵经年，锐气已挫，士马亦大半死伤，人心思归，诸部离散，正是可击的机会，且城中将士，已尽思奋，彼衰我盛，战无不克，若持重不决，将士气丧，日益困逼，事久变生，恐无能为力了。"宝颇以为然，令隆整兵出战，偏赵王麟多方阻挠，竟致隆孤掌难鸣，欲出又止。

宝急得没法，因使人至魏营请和，愿送还魏主弟觚，并割让常山西境，即以常山为燕魏分界。魏主珪因母后贺氏，念觚致疾，竟至谢世，未免怀着余哀。

此次由燕许归觚，并得常山西境，乐得乘机罢兵，便不复多求，愿如所约。燕使请即撤围，然后照约履行，珪亦许诺，遣还燕使，自引兵退屯卢奴。谁知宝又复翻悔，不肯照行和约，自食前言。好似儿戏。魏主珪待了数日，杳无音信，复督诸将进攻中山，燕将士数千人，俱入殿自请道："今坐守孤城，终致困敝，臣等早愿出战，陛下一再禁止，难道待死不成？且受围多日，无他奇策，徒欲延时积日，待寇自退。臣等见内外形势，强弱悬殊，彼必不肯无故舍去，请从众决战，背城借一，彼见我尚能奋力，自然知难即退了！"宝当面允许，又命隆率众出击。隆被甲上马，勒兵诣门，将要出城，偏慕容麟驰马急至，不准开门。隆亦未便与争，涕泣还第，大众从此灰心，各悻悻散去。

到了夜间，麟竟带领部众，迫左卫将军慕容精，入宫弑宝，精抗议不从，惹动麟怒，拔刀杀精，自率妻子出城，奔往西山，于是人情骇震。

燕主宝闻报大惊，只恐麟出夺会军，拟遣将迎会追麟，可巧麟麾下属吏段平子，背麟奔还，报称麟赴西山，招集丁零余众，谋袭会军，东据龙城。宝顿足道："果不出我所料，奈何？奈何？"说着，即召农隆二王入议，欲弃去中山，走保龙城。隆应声道："先帝栉风沐雨，成此基业，今崩未逾年，大局遽坏，岂非孤负先帝，但外寇方盛，内乱又起，骨肉乖离，百姓疑惧，原是不足拒敌，北迁旧都，未始非权宜计策。但龙城地狭民贫，若移众至彼，要想足食足兵，断非旦夕可成。陛下诚能节用爱民，务农训士，待至公私充实，可守可战，将来赵魏遗民，厌苦寇暴，追怀燕德，当不难返旆南来，克复故业。否则不如凭险自固，静镇不动，或尚足优游养锐哩。"宝答道："卿言确有至理，朕当一从卿意，今日是不能不迁了。"隆默然退出，农亦随退。辽东人高抚，素善卜筮，为隆所信。隆返第后，抚即入见，附耳与语道："殿下北行，恐难及远，太妃亦未必相见，若使主上独往，殿下留守都城，不但无祸，并得大功。"隆摇首道："国有大难，主上蒙尘，老母又在北方，我若得归死首邱，亦无所恨，怎得另生异志呢？"乃遍召僚佐，预嘱行期。僚佐多不愿从行，惟司马鲁恭，参军成岌，尚无异言。隆喟然道："愿从者听，不愿从者亦听！"僚佐闻言，便各散归，隆遂部署行装，准备出走。慕容农与隆同意，亦即日整装，部将谷会归进谏道："城中兵士，俱因参合一战，家属多亡，恨不得与敌拼命，只因赵王禁遏，不能伸志。今闻主上北徙，大众互相私议，俱谓得慕容氏一人，奉为主帅，与魏力战，虽死无怨。大王尽可留此，俯从众望，击退魏军，抚宁畿甸，奉迎大驾，重整河山，岂不是忠勇兼全么？"农怫然不悦，意欲拔刀杀归。转思归有才勇，不忍下手，但作色与语道："必如汝言，才可望生，我终不愿，宁可就死！"归只得告退。是夜燕主宝开城北走，除农隆二人随行外，尚有太子策，长乐王盛等，带着万骑，衔枚急奔。河间王熙，渤海王朗，博陵王鉴，年尚幼弱，不能出城，隆复入城迎接，护令同行，方得走脱。燕将王沈等降魏，乐浪王惠，中书侍郎韩范，员外郎段宏，太使令刘起等，挈工役三百余人，奔往邺城。

燕都无主，百姓惊惶，东门连夜不闭。事为魏主珪所闻，即欲引兵入城，偏冠军将军王建，志在掳掠，偏至魏主面前，谓夜间昏黑，恐士卒入盗库物，无从彻查，不如待至天明，魏主乃止。及晨鸡报晓，旭日已升，魏主始引兵至东门，哪知门已紧闭，城上守兵俱列，反比前日整齐，不由的惊诧起来。遂饬众功，反伤害了数百人。次日，又复攻扑，仍然无效，乃使人上登巢车，招谕守兵道："慕容宝出城奔走，已弃汝等北去，汝等百姓，复替何人把守？难道汝等俱不识天命，徒自取死么？"守兵齐声答道："从前参合一役，降且不免，今日守亦死，降亦死，所以不愿出降，情愿死守！况城中并非无主，去一君，立一君，难道汝魏人能杀尽我么？"魏主珪听了，顾视王建，直唾建面。当下遣中领将军长孙肥，左将军李栗，率三千骑追慕容宝。行至范阳，尚不见有宝踪迹，但新城戍兵，约有千人，索性攻将进去，俘得数百名，还报大营。魏主珪懊悔无及，尚拟攻克中山，未肯撤围。究竟中山由何人主持？原来是燕开封公慕容详。详未曾出城，即由守兵奉为主帅，闭城拒守，因此宝虽北去，城尚保存。小子有诗叹道：

国都未破主先逃，遗族留屯差自豪；
假使岩垣长不坏，维城宗子也名高。

欲知慕容宝在途情状，待至下回再详。

第八十一回

攻旧都逆子忘天理　陷中山娇女作人奴

却说慕容宝弃都出走，行至阱城，适与赵王麟相遇。麟不意宝至，还道他亲自出讨，顿致惊溃，奔往蒲阴。宝不遑追击，但驱众北趋，到了蓟城。随从卫士，散亡略尽。惟慕容隆部下四百骑，留卫行幄。慕容会率骑兵二万人，方至蓟南，闻宝已入蓟，乃进城相见。父子叙谈，会语多讽刺，面上亦很觉不平。宝俟会退出，即召农隆二人，入语会不平情形。二人均说道："会尚年少，专任方面，习成骄盈，所以有此情状。臣等执礼相绳，料彼也不致生异了。"宝虽然许可，心中总未免疑会，遂欲夺会兵权，归隆统辖。隆恐会有变，当面固辞。宝犹分拨会众，给与农隆。又遣西河公库傉官骥，率兵三千，助守中山，一面尽徙蓟中库藏，北趋龙城。

魏将石河头引兵追宝，驰至夏谦泽，得及宝军。宝不欲与战，会抗声道："臣抚练士卒，正为今日，今大驾蒙尘，人思效命，乃狡虏敢来送死，太违情理。兵法有言：'归师勿遏。'又云：'置之死地而后生。'彼犯二忌，我得二利，若再不战，益启寇心，龙城亦岂可长保么？"宝乃从会言，列阵拒敌。会出当敌冲，使农隆二军，分攻魏兵左右，三路夹击，大败魏兵，追奔百余里，斩首数千级。隆尚未肯罢休，再追至数十里外，夺得许多甲仗，方才回军，归途语故吏阳璆道："中山城积兵数万，不得伸展我意，今日虽得一胜，尚令我遗恨无穷。"说着，慷慨太息，泪下数行。独会经此一捷，骄夸愈甚，隆不得不从旁训勉。会非但不听，反加忿恨，又因农隆俱常镇龙城，名望素出己右，恐宝至龙城后，大权必在农隆掌握，自己越致失势，乃潜谋作乱。幽平二州士卒，统已受会牢笼，不愿归二王节制，遂向宝陈请道："清河王勇略过人，臣等愿与同生死，今请陛下与太子诸王，留住蓟宫，臣等从清河王南征，解京师围，还迎大驾便了。"宝似信非信，默然不答。大众退后，宝左右进言道："清河王不得为太子，神色已很是不平，且材武过人，善收人心，陛下若从众诸，臣恐解围以后，必有卫辄故事，不可不防。"宝点首示意。侍御史仇尼归，系会私党，探悉宝情，便私下告会道："大王所恃惟父，父已异图，所仗在兵，兵已去手，试问将如何自全呢？不如诛二王，废太子，由大王自处东宫，兼任将相，匡复社稷，方为上策。"会尚犹豫未决。

宝语农隆道："我看会已有反志，今若不除，难免大祸。"农隆齐声道："今寇敌内侮，中土纷纭，社稷危如累卵，会镇抚旧都，来赴国难，威名远震。逆迹未彰，若一旦加诛，不但父子伤恩，人心亦必将不服呢。"宝慨然道："逆子已不顾君亲，卿等兹恕，尚不忍诛，一旦变起，必先害诸父，然后及我，后悔恐无及了。"话虽如此，但也不肯急切下手，仍向龙城进行。

到了广都黄榆谷，时已天晚，因即驻宿。农与隆二人为卫，卧至夜半，忽有一片哗噪声，从外而入。隆急忙起视，见有十数人持刀进来，料知有变，便欲返身入报，不防背上已中了一刀，痛彻心窝，立致晕倒，接连又被一刀剁下，自然断命。时农已拔甲出来，跨马欲遁，偏被那强人阻住，用刀乱斫，农急忙闪避，左臂已着了刀伤，忍痛走脱。背后却有数健卒相随，代抱不平，俱奋力留拒强人，格翻几个，赶去几个，独擒得一个头目，仔细辨认，正是侍御史仇尼归。当下将他捆住，牵送慕容农。农已窜入山谷，健卒亦跟了进去，待至追及，由农讯问仇尼归，供称为会所遣。农乃裹创待晓，然后出山，返报慕容宝。

宝夜间闻变，正在惊惶，突见会踉跄趋入道："农隆谋逆，臣已将他二人除去了。"宝知会有诈，一时不便叱责，乃佯为慰谕道："我素疑二王，果然谋变，今得除去，甚好！甚好！"会喜跃而出。翌晨，由会排齐兵仗，严防他变，始拥宝就道。建威将军余崇，请收殓隆尸，载往龙城，会尚未许，经崇涕泣固请，方得邀允。即由崇殓隆入棺，用车载行。适慕容农自来谒宝，并押献仇尼归。宝不令农诉明情迹，但伪叱道："汝何故负我？"遂令左右将农拿下。仇尼归乐得狡赖，只说农等为逆，拒战被擒，宝即令释缚，仍复原官。约行十余里，正要午餐，宝召群臣同食，且议加农罪。会方就坐，宝目顾卫军将军慕舆腾，暗嘱杀会。腾拔剑出鞘，向会行刺。会把头一低，冠被劈去，略受微伤，身子向外一掠，竟得逃走。腾不及追杀，慌忙奉宝急奔，飞驰二百余里，得抵龙城。时已夕阳下山了；会号召徒党，追宝至石城，终不得及，乃使仇尼归为前驱，径攻龙城。宝令壮士夤夜出击，得破仇尼归。会且上书要求，请诛左右佞臣，并求立为太子。宝当然不许，惟乘舆器物及后宫妾御，不及随宝进城，尽被会掠去，分赏将吏，擅置官属，自称皇太子，录尚书事，引众再攻龙城，以讨慕舆腾为名。宝登城责会，会跨马扬鞭，意气自如，且令军士鼓噪扬威。城中将士，见会如此无礼，统皆愤怒，开城迎战。天下事全仗理直，理直自然气壮，一鼓作气，锐不可当，便将会众杀退。会走还营中，到了夜半，侍御史高云，又从城中潜出，带着敢死士百余人，袭击会营。会众大乱，相率逃散。会不能成军，只带十余骑奔往中山。开封公慕容详，怎能容会，立将会拘住斩首，并派人传报龙城。宝乃颁令大赦，凡从前与会同谋，悉置不问，使复旧职。又论功行赏，封侯拜将，共数百人。命慕容农为左仆射，兼职司空，领尚书令，进高云为建威将军，封夕阳公，养为义儿，追赠高阳王隆为司徒，予谥曰康。龙城一隅，暂得少安。

惟邺城尚被围住，积久未退，慕容详尚有能耐，坚持到底。魏主珪因军食不继，命东平公仪撤去邺围，徙屯钜鹿，筹运粟米。慕容详又暗遣步卒，出袭魏营，虽然魏主有备，杀败守兵，但终因粮道未通，解围自去，就食河间。详还道是威足却魏，竟僭称皇帝，改元建始，用新平公可足浑谭为车骑大将军，领尚书令。此外设官分职，居然备置百官。且闻慕容麟出屯望都，即遣兵掩击，逐麟入山，擒麟妻子还都。燕西河公库傉官骥，本奉燕主宝命，助守中山，及详既僭位，便思逐骥。骥与他反抗，遂致互阋，结果是众寡不敌，为详所杀。详尽灭库傉官氏，又杀中山尹苻谟，诛及家族。惟谟有二女娀娥训英，娇小玲珑，幸得走脱，后文自有表见。详既得逞志，便即淫荒，嗜酒无度，横加杀戮。所授尚书令可足浑谭直言进谏，适值详酒醉糊涂，竟不分皂白，喝令左右，把谭推出斩首。官吏等当然不服，均有异言，详更使人监谤，遇有私议政事的人员，不论贵贱，一体处斩。自详僭号以后，但阅一月，所诛王公以下，已五百余人，内外屏息，莫敢发言。

城中又复饥迫，百姓欲出外觅粮，偏详下令严禁，不准出入，因此人多饿死，举城皆恨详无道，欲就近往迎赵王麟。详尚未察悉，但因城中乏食，遣辅国将军张骧，率五千余人赴常山，督办粮糈。慕容麟伺隙复出，招集丁零余众，潜袭骧军。骧正在灵寿县，严加督责，戕害吏民，众心浮动，一闻麟至，都去欢迎，连骧部下各兵士，亦弃骧就麟。骧仓皇窜去，麟即引众掩至中山，城门不闭，得一拥直入，城中兵民，见麟到来，无不喜慰，从前被杀诸大臣家属，乐得乘机报怨，各引麟趋入伪宫，往捉慕容详。详醉后酣寝，未及逃避，即被大众七手八脚，把他捆住，牵出见麟。详尚睡眼模糊，不知为何人所执，但听得一片杀声，才开眼一睁，那刀光已到颈上，未及开言，头颅已落。又搜杀详亲党三百余人。麟复僭称尊号，听民四出觅食，大众才得一饱。

魏主珪闻中山变乱，即遣中领军将军长孙肥，带领轻骑七千人，潜袭中山，得入外郛。麟忙集众出拒，肥始退去。麟复率步骑四千，追至派水，由肥麾众返击,彼此各有杀伤。麟丧失铠骑二百,肥亦身中流矢,两造统收军引还。魏主珪移驻常山九门,军中大疫,人马多死,将士多半思归。珪觇知众意,便语众将道:"前闻丑提作乱,本即北返,嗣因燕主悔约,丑提乱亦得平。我意决拔中山,再作归计,今全军遇疫,岂天意不欲我取中山么?但四海以内,人民众多,无处不可立国,诚使我抚驭有方,谁不悦服?目前病死多人,也不足顾恤呢。"诸将始不敢再言。珪即令抚军大将军略阳公拓跋遵,引兵再袭中山,割取禾稻,捆载而还。中山失禾,饥荒益甚。慕容麟不能安居,因率众三万余人,出据新市。

魏主珪已进兵攻麟,太史令晁崇进谏道:"今日进军,恐防不吉。"珪问为何因?崇答道:"纣以甲子亡,故后世称甲子日为疾日,今日适当甲子,不宜出兵。"珪笑道:"纣以甲子亡,周武不以甲子兴么?"崇无言可对。珪即启行至新市,与麟对垒。麟不免心怯,退屯派水,依渐洳泽立营,意图自固。彼此相持数日,魏兵进压麟营,麟不得已开营出战,一场交手,哪里敌得过魏兵?二万人死了九千余,逃去一万余,单剩得数十骑,随麟奔还。麟妻子前为详所拘,未曾处死,麟入中山,当然放出,此次复挈了妻子,遁入西山,从间道赴邺。魏主珪驰入中山,凡麟所署公卿将吏,及守城士卒,统皆迎降,共约二万余人。又得燕所传皇帝玺绶,并图书府库珍宝,以巨万计,还有后宫妇女,数亦盈千。并得慕容详遗女一人,年青貌美,秀色可餐,珪即纳为妾媵,晚令侍宿。详女亦只好随缘作合,供他淫污。越日,又发慕容详塚,锉尸焚骨,并查得拓跋觚死时,由燕人高霸程同下手,便将两人磔死,并夷五族。于是班赏将士,多寡有差。

慕容麟奔至邺城,与范阳王慕容德相见,便向德献议道:"魏兵既克中山,必来攻邺,邺中虽有蓄积,但城大难固,且人心恇惧,恐难坚守,不如南赴滑台,较为万全。"德闻言心动,遂拟南迁。时滑台守将,为燕鲁阳王慕容和,亦遣人迎德,德因决计徙屯。好容易又是残冬,越年为燕主宝永康三年,正月上旬,德率户四万,南徙滑台,将吏当然随行。魏东平公拓跋仪,已进封卫王,引众入邺,追德至河,不及乃还。慕容麟等向德劝进,德依兄慕容垂故事,自称燕王元年,摄行帝制,备设官属,用慕容麟为司空,领尚书令,慕容法为中军将军,慕舆拔为尚书左仆射,丁通为右仆射,这便是南燕的始基。看官听说!慕容麟劝德南徙,仍然为自己起见,他因河间常有麟现,自谓与己名相应,必得君临燕土。中山僭号,不满三月,匆匆奔邺,欲用德为傀儡,迁往河南,仍好废德自立。那知天不助逆,竟至谋泄,被德赐死,狡猾半生,终归不得善终。

那慕容宝尚未知滑台情形,还遣鸿胪卿鲁邃,册拜慕容德为丞相,领冀州牧,封南夏公,一面大阅兵马,仍欲规复中原。会魏主北归,慕容德亦命侍郎李延,向宝报闻,谓"魏军已返,中原空虚,正好及时收复"等语。宝心下大喜,即拟南行。辽西王农，长乐王盛进谏道：“今方北迁，兵疲力弱，魏新得志，未可与争，不如养兵观隙，更俟他年。”宝颇欲依议，偏抚军将军慕舆腾抗言道：“寇虏已返，我师大集，正宜乘机进取，百姓可与乐成，难与图始，惟当独决圣虑，不应广采异同，阻挠大计。”宝闻言奋袂道：“我计决了，敢谏者斩！”遂留慕容盛居守龙城，命慕舆腾为前军大司马，慕容农为中军，自为后军，统率步骑三万，自龙城依次出发，南屯乙连。

燕制称卫兵为长上，素随乘舆出入，不令迁调，此次宝统众南行，当然随着，但众情俱不愿征役，各有怨言。卫弁段速骨宋赤眉等，本为高阳王隆旧部，入充宿卫，此次因众心蠢动，遂纠众作乱，逼立隆子崇为主帅，立即发难，杀毙司空乐浪王慕容宙，中牟公段谊诸人。惟河间王熙，素与崇善，崇代为庇护，始得免难。燕主宝突然遇变，急率十余骑奔往农营。农急忙出迎，左右抱住农腰，谓营卒亦恐应乱，不宜轻出。农抽刀吓退左右，才得出营见宝，接入营中。一面遣人追还前军慕舆腾，一面拔营回讨段速骨等。谁知军心都变，俱弃仗散走，就是慕舆腾部下，亦皆溃散。宝与农只好奔还龙城，乱兵尚在后追赶，亏得龙城留守长乐王盛，引兵出接，才得迎入宝与农。小子有诗叹道：

> 不从众议妄行师，祸起军中悔已迟。
> 纵使一时能幸脱，窜身便是杀身时。

宝与农既入龙城，乱兵亦进逼城下，欲知乱事如何结果，容待下回表明。

第八十二回

通叛党兰汗弑君
诛贼臣燕宗复国

却说段速骨等引着乱兵，进逼龙城。城中守兵甚少，由慕容盛募民为役，始得万人，登陴奋力拒守。速骨等人数虽多，但同谋不过百人，余皆胁从为乱，并无斗志。惟尚书顿邱王兰汗，本为慕容垂季舅，又是慕容盛妇翁，他偏起了歹心，与速骨等通谋，所以速骨等有恃无恐，日夕鼓噪，威吓城中；且诱慕容农出城招抚，愿与讲和。农恐城不能守，潜自夜出，往抚乱兵。速骨怎肯依农，反把农拘住不放。翌晨，复引众攻城，城上守兵，拒战甚力，伤毙乱卒百余人。守兵正在得势，忽见速骨牵出慕容农，指示城上，呶呶乱语。守兵本恃农为重，忽见农在城下，也不暇问明情由，骤然夺气，一哄而散。速骨等得缘梯登城，纵兵杀掠，死亡相枕。燕主宝与慕舆腾余崇张真李旱等，轻骑南奔。

速骨尚不敢杀农，但将他幽住殿内。另有同党阿交罗，为速骨谋主，意欲废崇立农，偏被崇左右闻知，就中有馛让出力鞬两人，为崇效力，骤入杀农，并及阿交罗。农故吏左卫将军宇文拔，亡奔辽西，速骨恐人心忆农，必且生变，因归罪馛让出大鞬，把他诛死。哪知与他反对的，不是别人，就是前时通谋的兰汗。汗阳与勾通，暗中仍然嫉忌，速骨未曾防着，突被汗纠众袭击，见一个，杀一个，才阅半日，已将速骨等亲党百余人，一古脑儿送他归阴。当下废去慕容崇，奉太子策监国，承制大赦，且遣使迎宝北归。

时长乐王盛等，已逾城从宝，同至蓟城，接见兰汗来使，宝即欲北还。盛等俱进谏道："兰汗忠诈，尚未可知，今若单骑往赴，倘汗有异志，悔不可追，不如南就范阳王,合众取冀州,就使不捷,亦可收集南方余众,徐归龙城,这却是万全计策呢。”宝乃依议,从间道趋邺。邺人颇愿留宝,宝独不许。南至黎阳,暂驻河西,命中黄门令赵思,召北地王慕容钟,使他迎驾。钟为慕容德从弟,曾劝德称尊,至是执思下狱,并即报德。德召僚属与语道:“卿等为社稷大计,劝我摄政,我亦因嗣主播越,民神乏主,暂从群议,聊系众心。今天方悔祸,嗣主南来,我将具驾奉迎,谢罪行辕,然后角巾还第,不问国事,卿等以为何如?”黄门侍郎张华应声道:“陛下所言,未免失计,试想天下大乱,断非庸材所能济事,嗣主暗弱,不足绍承先绪,陛下若蹈匹夫小节,舍天授大业,恐威权一去,身首不保,社稷宗庙,岂尚得血食么?”将军慕容护亦接入道:“嗣主不达时宜,委弃国都,自取败亡,尚何足恤?从前蒯聩出奔,卫辄不纳,《春秋》尚不以为非,彼为子拒父,尚属可行,况陛下为嗣主叔父,难道不可拒犹子吗?”德半晌才道:“古人逆取顺守,终欠合理,所以我中道徘徊,怅然未决呢。”护又道:“赵思南来,虚实未明,臣愿为陛下驰往诇察,再作计较。”德乃遣护前往,佯为流涕。护率壮士数百人,偕思北往。适宝得樵夫言,谓德已僭号,料知不为所容,仍转身北去,护追宝不及,复执思南还。

德闻思练习掌故,召他入见,欲为己用。思慨然道:“犬马尚知恋主,思虽刑臣,颇识大义,乞加惠赐归。”德作色道:“汝在此受职,与在彼何异?”思亦发怒道:“周室东迁,晋郑是依,陛下亲为叔父,位居上公,不能倡率群臣,匡扶帝室,乃反幸灾乐祸,欲效晋赵王伦故事!思虽不能效申包胥,乞援存楚,尚想如王莽时的龚胜,不屑偷生,归既不得,死亦何妨!”德被他揶揄,容忍不住,便命将思推出斩首,嗣是遂与宝绝。

宝遣盛与慕舆腾,收兵冀州,盛因腾请兵启衅,激成祸乱,且素来暴横不法,为民所怨,因即将他杀死。行至钜鹿,遍谕豪杰,俱欲起兵奉宝,约期会集。偏宝闻兰汗祀燕宗庙,举动近理,便欲北还龙城,不肯再留冀州,于是召盛速还,即日启行。到了建安,留宿土豪张曹家。曹素武健,自请纠众效劳,盛又劝宝缓归,俟确觇兰汗情状,再定行止。宝乃遣冗从仆射李旱,往见兰汗,自在石城候信。

会兰汗遣左将军苏超,至石城迎宝,极陈兰汗忠诚。宝信为真言,不待李旱返报,遂自石城出发。盛涕泣固谏,宝仍不从,但留盛在后徐行。盛与将军张真等下道避匿,不肯遽赴。宝匆匆急返,抵索莫汗陉,去龙城只四十里,城中皆喜。兰汗惶惧,欲自出谢罪,兄弟同声谏阻。汗因遣弟加难率五百骑出迎,又令兄提闭门止仗,禁人出入。城中皆知汗有变志,但亦无法挽回。加难驰至陉北,与宝相见,拜谒甚恭。宝即令他护驾,昂然进行。颍阴公余崇,密白宝道:“加难形色不定,必有异谋,陛下宜留待三思,奈何径往?”宝尚说无妨。又行了十余里，加难忽喝令骑士向前执崇，崇徒手格斗，毕竟寡不敌众，终为所缚。崇大骂道："汝家幸为国戚，迭沐宠荣，今乃敢为篡逆，天地岂肯容汝？不过稍迟旦暮，便当屠灭，但恨我不得手脍汝曹呢！"加难听了，竟拔刀杀崇。宝至此悔已无及，只好随了加难，同入龙城。加难不令入殿，但使寓居外邸，用兵监守。到了夜间，便遣壮士潜入邸中，将宝拉死。兰汗闻报，命为棺殓，追谥曰灵。又杀太子策及王公卿士以下百余人。汗自称大都督大单于大将军，昌黎王，改元青龙，令兄提为太尉，弟加难为车骑将军，封河间王熙为辽东公。使如周时杞宋故例，备位屏藩。

慕容盛在外闻变，即拟奔丧入城，将军张真，极力劝阻。盛说道："我今拼死往告，自述哀穷，汗性愚浅，必顾念婚姻，不忍害我。约过旬月，我得安排妥当，便足伸志，这也是枉尺直寻的办法呢。"遂不从真言，径入城赴丧，先使妻兰氏进求汗妻，为盛乞免。汗妻乙氏，究是女流，见女涕泣哀请，自然代为缓颊。汗本意颇欲害盛，但见了一妻一女，宛转哀鸣，免不得心肠软活，化刚为柔。惟兄提及弟加难，谓斩草留根，终足滋患，不如一并杀盛。盛妻又向伯叔叩头，哀吁不已，提与加难尚有难色，汗独恻然道："我就赦汝夫婿，但汝当为我传言，须怀我德，毋记我嫌。"盛妻当然应命。汗即遣子迎盛，引入宫中。盛见汗匍伏，且泣且谢。汗还道他是诚心归附，一再劝慰，且伪言宝实自尽，并非加害，当即为宝治丧，令盛及宗族亲党，一律送葬，复授盛为侍中，兼左光禄大夫。还有太原王奇，系前冀州牧慕容楷子，为汗外孙，汗亦将奇宥免，命为征南将军。奇既得受职，遂与盛同列，两人俱怀报复，且系从曾祖兄弟，当然患难相亲，于是盛得了一个帮手，尝与密谋。

兰提等随时防着，屡次劝汗杀盛，汗终不从，兄弟间遂有违言。提又骄狠荒淫，动逾礼法，就是与汗相见，亦往往恶语相侵。汗情不能忍，益生嫌隙。盛得乘间媒孽，如火添薪，又潜使奇出外招兵，为恢复计。奇密往建安，募集丁壮，得数千人，使据城自固。提闻变报汗，汗即遣提往讨，偏盛入白汗道："善驹小儿，怎敢起事？莫非有假托彼名，谋为内应不成？"汗瞿然道："这是由太尉入报，当不相欺。"盛屏人语汗道："太尉骄诈，不宜轻信，若使发兵出讨，一或为变，祸不胜言了。"汗闻盛言，即饬罢提兵，另遣抚军将军仇尼慕，率众讨奇。时龙城数月不雨，自夏及秋，异常亢旱。汗疑得罪燕祖，致遭此谴，乃每日至燕太庙中，顿首拜祷，又向故主宝神主前，叩陈前过，实由兄弟二人起意，应当坐罪云云。提与加难，得悉汗言，统怒不可遏，竟擅领部曲将士，出袭仇尼慕军，杀毙无算。

仇尼慕幸得不死，奔回告汗。汗不禁惊骇，立遣长子穆出讨。穆临行时，密语汗道："慕容盛与我为仇，今奇起兵，盛必与闻，这是心腹大患，急宜除去，再平内乱未迟。”汗半疑半信，欲召盛入见，觇察情实，然后加诛。盛妻兰氏，稍有所闻，忙即告盛。盛伪称有疾，杜门不出。汗亦搁着不提。燕臣李旱卫双刘忠张豪张真等，本与盛有旧交，因见兰穆势盛，虚与周旋，穆遂引为腹心，使旱等往来盛室，为监察计。哪知旱等反向盛输情，为盛谋主，伺隙起事。会穆击破兰提等军，回城献捷，汗遂大飨将士，欢宴终日，父子统饮得酩酊大醉，分归就寝。当有人诣盛通报，盛夜起如厕，逾墙趋出，直往东宫。李旱等已先待着，即拥盛斩关，入室寻穆。穆高卧未醒，被旱等手起刀落，立即毙命。盛得穆首级，携带出门，徇示大众。众未解严，尚扎住东宫外面，一闻盛起兵杀穆，大都踊跃赞成，便听盛指挥，往攻兰汗。汗醉寝宫中，至大众突入，才得惊醒，起视门外，遥见一片火光，滚滚前来，火光中露出许多白刃，料知不是好事，亟呼卫卒保护，偏卫卒已逃散，不知去向，任他喊破喉咙，并无一人答应。他想返身避匿，奈两脚如痿躄一般，急切不能逃走。那外兵已趋近身边，不由分说，便即劈头一刀，但觉脑袋上非常痛苦，站立不住，就致晕倒，一道灵魂，与长子穆先后归阴，同登森罗殿上，同燕主宝对簿去了。

汗尚有子和与扬，分戍令支白狼，盛连夜使李旱张真，驰往诱袭，相继诛死。兰提加难，也由盛遣将掩捕，同时受戮。人民大悦，内外帖然，盛因妻为汗女，当坐死罪，因拟遣她出宫，迫令自尽，亏得献庄太子妃丁氏，从旁力争，始得免死。看官道献庄太子为谁？就是慕容垂长子令。令前时走死，事见上文。垂称帝时，曾追谥令为献庄太子，令妻丁氏，尚得生存，宝尝迎养宫中，以礼相待。盛妻兰氏，奉侍维谨，所以丁氏壹力保护，极言兰氏相夫有功，如何用怨报德？说得盛无词可驳，不得不曲予通融。但后来盛称尊号，仍不立兰氏为后，终未免心存芥蒂，这且无庸絮言。

且说慕容盛得复父仇，便告成太庙，大赦境内，一时不称尊号，暂以长乐王摄行统制，降诸王爵为公，文武各复旧官，并召太原公奇还都。奇听信谗言，竟抗不受命，勒兵叛盛，回屯横沟，去龙城只十里。盛亲督将士，出城击奇，奇手下虽有三万余人，究竟是临时召募，没有纪律，乘兴便至，见敌即逃。奇不能禁遏，如何拒盛？盛驱兵追杀，又令军士接连射箭，射倒奇马，奇坠地受擒，牵入龙城，立即处死。奇党严生王龙等，一并捕诛。遂命河间公熙为侍中，都督中外诸军事，改谥先主宝为惠闵皇帝，庙号烈宗。宝尚有庶子元，受封阳城公，兼卫将军，东阳公根，为尚书令，张通为左仆射，卫伦为右仆射，李旱为辅国将军，卫双为前将军，张真为右将军，皆封郡公。又进刘忠为左将军，张豪为后将军，并赐姓慕容氏。既而步兵校尉马勒等谋反，事泄伏诛，案连高阳公崇，因即将崇赐死。

是夕，大风暴起，拔去阙前七大树，宫廷震悚。偏群臣一味迎合，还要向盛劝进。盛初尚不许，嗣复屡接奏牍，请上尊号，盛乃即燕帝位，改元建平，追尊伯考献庄太子为皇帝，宝后段氏为皇太后，献庄太子妃丁氏为献庄皇后，谥太子策为献庄太子。后来张豪张真张通及尚书段成，昌黎尹留忠等，相继谋叛，依次发觉，一并伏诛。就是东阳公慕容根，亦株连被戮。即用阳城公元为尚书令，改封平原公。才阅一年，复改元长乐。每有罪犯，盛必自矜明察，亲加鞫讯；且因宝宽弛失国，务从严刻，无论宗族勋旧，稍有过失，便置重刑。辽西太守李朗，在郡十年，威行境内，盛屡征不至，且阴召魏兵，阳吓燕廷。盛察知有诈，便将他留居龙城的家属，尽加屠戮，并遣辅国将军李旱，率骑讨朗。旱奉命出次建安，忽又接到朝使，召他还都。旱只得驰还。及抵阙下，谒盛问故。盛但云："恐卿过劳，所以召归休息。"旱乃退出。越宿，又遣旱从速出兵，群臣都莫名其妙，就是旱亦无从索解，只好依令奉行。

朗初闻旱兵出击，当然防守，及旱中途却还，总道是龙城有变，不复设备，留子养守住令支，自往北平迎候魏兵。旱兼程前进，掩入令支，擒斩李养，复遣广威将军孟广平，引骑追朗。朗尚未抵北平，已被孟广平追及，纵骑奋击，攻他无备。朗慌忙抵敌，与广平战了数合，因见从骑溃散，未免胆怯，手下一松，即由广平觑隙猛刺，中朗左胁，坠落马下。广平再加一槊，断送朗命，当下枭了首级，取回报旱。旱即传首龙城，盛得捷报，方明谕群臣道："朗甫谋叛，必忌官威，或纠合同类，与我力敌，或亡窜山泽，据险自固，一时如何荡平？我所以前召旱还，使他无备，再令旱出，猝加掩击，这是避实击虚的妙计。今果一鼓平逆，得歼渠魁，总算是计不虚行了。"群臣自然贡谀，群称神圣。盛即将朗首悬示三日，一面召旱班师。旱应召西归，途次得卫双被诛消息，不禁惶骇，弃军潜奔，走匿板陉。盛知旱无他意，不过畏罪逃亡，乃遣使往谕，说是："卫双有罪，不得不诛，与旱无涉，可即日还朝。"旱乃入都谢罪，盛仍令复职，惟讨平辽西的功劳，已付诸汪洋大海，搁起不提了。小子有诗咏道：

用宽用猛贵相兼，但尚刑威总太严；
罚不当辜功不赏，君臣怎得免猜嫌！

盛虽得平辽西，魏兵却已出境，欲知燕魏交战情形，且至下回详叙。

第八十三回

再发难王恭受戮　好惑人孙泰伏诛

却说魏主拓跋珪，自中山还军以后，复徙都平城。营宫室，建宗庙，立社稷，正封畿，制郊甸，遣使循行郡国，考核守宰，明正黜陟。又命尚书吏部郎刘渊，立官制，协音律，仪曹郎董谧制礼仪，三公郎王德定律令，太史令晁崇考天象。进黄门侍郎崔宏为吏部尚书，总司典要，纂定各制，垂为永式。就于魏皇始三年十二月，即皇帝位，改元天兴，命朝野皆束发加帽，追崇远祖毛以下二十七人，皆称皇帝。尊六世祖力微为神元皇帝，庙号始祖，祖什翼犍为昭成皇帝，庙号高祖，父闿为献明皇帝，仿行古制，定郊庙朝飨礼乐。又用崔宏条议，自谓黄帝后裔，以土德王，徙六州二十二郡守宰，及土豪二千家至代郡。凡自代郡以西，善无以东，阴馆以北，参合以南，俱为畿内。此外四方四维，分置八部帅监守，居然有体国经野的遗规。平城附近有秀容川，旧有酋长尔朱羽健服属魏主，且随攻晋阳中山，立有战功。魏主珪特别加赏，即就秀容川四围三百里，给为封土，于是尔朱氏亦蕃盛起来。

会因燕李朗遣使借兵，乃命材官将军和拔，入袭幽州。幽州刺史卢溥，旧为魏民，戕吏据州，叛魏降燕，至是被和拔突入，擒溥及子涣，押送平城，车裂以徇。燕主盛闻幽州被兵，亟遣广威将军孟广平往救，已是不及，但斩魏戍吏数人，引师退还。盛复去皇帝号，贬称庶人天王，封弟渊为章武公，虔为博陵公，子定为辽西公。适太后段氏病殁，谥为惠德皇后。襄平令段登，与段太后同宗，忽然谋变，由盛遣将捕诛。前将军段玑，系段太后兄子，迹涉嫌疑，恐致连坐,即逃往辽西,嗣复还都归罪,得邀赦免,赐号思悔侯,使尚公主,入直殿庭。一面尊献庄皇后丁氏为皇太后,立子辽西公定为皇太子,颁制大赦,命百僚会集东堂,亲考器艺,超拔十有二人。并在新昌殿遍宴群臣,令各言志趣。七兵尚书丁信,年方十五,因为丁太后兄子,擢居显要,他独起座面陈道:“在上不骄,居高不危,这是小臣的志愿呢。”这数语是因盛好杀,暗加讽谏,盛亦知他言中寓意,便微笑相答道:“丁尚书年少,怎得此老成论调呢?”话虽如此,但盛终不肯反省,仍然苛刻寡恩,免不得激成众怒,终罹大祸。事且慢表。

且说晋青兖刺史王恭,及荆州刺史殷仲堪,分镇长江,势倾朝右。会稽王道子,惧他侵逼,既令世子元显为征虏将军,配给重兵,使为内备,复因谯王尚之,及尚之弟休之,素有才略,引为谋士。尚之向道子进议道:“今方镇强盛,宰相权轻,大王何不外树腹心,自增藩位?”道子听着,即令司马王愉为江州刺史,都督江州及豫州四郡军事。偏豫州刺史庾楷,不愿分权,抗疏辩驳,略言:“江州系是内地,与豫州四郡,素不相连,不应使王愉分督。”疏入不报。楷因遣子鸿往说王恭道:“尚之兄弟,为会稽羽翼,权过国宝,欲借朝威,削弱方镇,王愉又是国宝兄弟,前来督豫,公等若不早图,恐必来报复前嫌,祸且不测了。”王恭本虑道子报怨,一闻此言,当然着急,忙遣人报告殷仲堪。仲堪即与桓玄商议,玄本是个闯祸的头目,那有不劝令为乱,况当时又有一种刺激,更增玄忿,尤觉得跃跃欲动,乘隙寻仇。原来玄在荆州,料为道子所忌,特故意上书,求为广州刺史,果得朝廷允准,且敕令兼督交广二州。当下佯为受命,暗中实无意启行。凑巧遇着王恭来使,阴约仲堪,此时不怂恿起事,更待何时?乃与仲堪拟就复书,愿推恭为盟主,约期同趋建康。恭得书后,便欲发兵,司马刘牢之进谏道:“将军为国家元舅,义同休戚,会稽王乃天子叔父,又当国秉政,前因将军责备,诛及王国宝王绪,自割所爱,为将军谢过,将军亦已可谓得志了。现在王愉出镇江州,虽未惬人意,亦不为大失,就是豫州四郡,割配王愉,与将军何损?晋阳兵甲,可一不可再呢。”恭不肯从,即上表请讨王愉,及尚之兄弟。

道子闻庾楷从恭,即使人说楷道:“孤前与卿恩如骨肉,帐中共饮,结带与言,也好算是亲密了。卿今弃旧交,结新援,难道竟忘王恭前日的欺侮么?若欲委身事恭,使恭得志,恭也必疑卿反复小人,怎肯诚心亲信?身首且不可保,还望甚么富贵呢!”楷闻言大怒,即令使人还报道:“王恭前赴山陵,相王忧惧无计,我知事急,发兵入卫,恭乃不敢猝发。去年恭勒众内向,我亦櫜鞬待命,我事相王,未尝有负,相王不能拒恭,反杀国宝兄弟,国宝且死,何人再为相王尽力?庾楷身家百口,怎能再不见几,自取屠灭呢?相王今且责己,毋徒责人。”这一篇话报知道子,道子素来胆小,急得不知所为。独世子元显奋然道:“前不讨恭,致有今日,今若再姑息,难道还有朝廷么?我虽年少,愿出当逆贼。”道子听了，稍稍放怀，乃将兵马大权，悉付元显，自在府第中日饮醇酒，作为排遣罢了。

殷仲堪闻恭已举兵，也即勒兵出发，但平时素无将略，所有军事，尽委南郡相杨佺期兄弟，使佺期率舟师五千，充作前锋。桓玄继进，自督兵二万为后应。佺期到了湓口，王愉尚全然无备，惶遽奔临川。桓玄遣偏将追愉，愉不及逃避，竟被擒去。建康闻报，很是震动，内外戒严，当即加会稽王道子黄钺，命元显为征讨都督，遣卫将军王珣，右将军谢琰，率兵讨王恭。谯王尚之率兵讨庾楷。楷方出兵至牛渚，突遇尚之统众杀来，一时惊惶失措，立致溃散，楷单骑奔投桓玄。会稽王道子，遂授尚之为豫州刺史。尚之有弟三人，除上文所叙的休之外，尚有恢之允之，此时均授要职。休之为襄城太守，恢之为骠骑司马丹阳尹，允之为吴国内史，各拥兵马，为道子声援。不意桓玄乘锐杀入，所向无前，连破江东各戍，由白石直进横江。尚之驱军与战，竟为所败，仓皇遁走。恢之所领各舟军，又被玄捣破，悉数覆没，于是都城大震。道子自屯中堂，令王珣守北郊，谢琰屯宣阳门，严兵守备。元显独出守石头城，英气直达，毫不畏缩。当时会稽府中，多半谀媚元显，说他聪明英毅，有明帝风。他亦自命不凡，居然以安危为己任，因见敌势甚锐，遂多方探刺敌情，果被察出破绽，想就一条反间计来。

自王恭不用刘牢之言，贸然出兵，牢之虽尚随着，却不愿为恭效死。恭又淡漠相待，越使牢之灰心。正在懊怅的时候，忽有庐江太守高素，借入报军机为名，得与牢之密语，啗以厚利，大略劝牢之背恭，事成后即将恭位转授。牢之自然心动，踌躇不答。素见牢之情状，乐得和盘托出，便从怀中取出一书，交与牢之，作为凭信。牢之启视，乃是会稽王道子署名，书中所说，也与素言相符，这封书是元显手笔，托名乃父，牢之未尝不知，但已闻元显握有全权，足为道子代表，便深信不疑，因即遣素返报，愿如所约。一面语子敬宣道："王恭曾受先帝大恩，今为帝舅，不能翼戴王室，反屡发兵寇逼京师，我想恭蓄志不轨，事果得捷，尚肯为天子相王所制么？我今欲奉国威灵，助顺讨逆，汝以为可行否？"敬宣答道："朝廷近政，虽不能媲美成康，究竟没有幽厉的残暴，恭乃自恃兵威，陵蔑王室，大人与恭，亲非骨肉，义非君臣，不过共事有年，略联情好，但彼既营私负国，大人原不宜党逆叛君，今欲助顺讨逆，理应如此，何必多疑。"牢之乃与敬宣密谋，将乘间图恭。

恭参军何澹之，素与牢之不协，至是侦知机密，急入白恭。恭尚疑澹之挟嫌进谗，不肯遽信，且特置盛宴，邀请牢之，就在席间拜他为兄，所有精兵坚甲，悉归牢之统领，使率帐下督颜延为先锋，进攻建康。牢之谢过了宴，立即登程。行至竹里，即将颜延一刀两段，送首入石头城。并遣子敬宣，及女婿东莞太守高雅之，还军袭恭。恭方出城阅兵，拟为牢之后继，不防敬宣麾骑突至，纵横驰骤，乱杀乱剁，霎时间将恭兵驱散。恭匹马回城，城门已闭，城上立着一员大将，便是东莞太守高雅之。他已混入城中，据城拒恭。恭知不可入，忙纵马奔往曲阿。他平时本不善骑，急跑了数十里，髀肉溃裂，流血涔涔，不得已下马觅舟。适有曲阿人殷确，为恭故吏，乃用舟载恭，送往桓玄军营；行至长塘湖，偏被逻吏截住，将恭擒送建康。恭至此还有甚么希望，眼见是引首就刑。惟临死时，尚自理发鬓，颜色自若，顾语刑吏道："我误信匪人，致遭此祸，但原我本心，岂真不忠？使百世以下，知有王恭，我死已值得了。"恭既受诛，所有子弟党与，当然骈戮无遗。晋廷遂命刘牢之为辅国将军，都督兖青冀幽并徐扬各州军事，代恭镇守京口。

俄而杨佺期桓玄至石头，殷仲堪至芜湖，俱上表为恭伸冤，请诛刘牢之。元显见他势盛，却也生畏，遂悄悄的驰还京师，令丹阳尹王恺等发京邑士民数万人，共往石头。佺期与玄，方在石头城下，耀武扬威，猖獗得很。忽见建康兵士，如蜂拥，如蚁攒，漫山遍野，踊跃前来。两人不禁失色，当即麾军倒退，回屯蔡州。惟仲堪尚在芜湖，拥众数万，气焰未消。晋廷不知虚实，尚以为忧。左卫将军桓修，入白道子道："西军情实，修已了如指掌了，彼纠众为逆，殷桓以下，单靠王恭，恭既破灭，西军气沮，今若以重利啗玄，并及佺期，二人必然心喜，桓玄已足制仲堪，再加一佺期，便可使倒戈取仲堪了。"道子乃令玄为江州刺史，召还雍州刺史郗恢，使为中书，即命佺期代刺雍州，并都督梁雍秦三州军事。任修为荆州刺史，权领左卫文武，即日赴镇。遣刘牢之带领千人，护修前行。黜仲堪为广州刺史，使仲堪叔父太常殷茂，赍诏敕仲堪回军。

仲堪接诏，愤怒的了不得，便一再遣使，催促桓玄佺期进军。玄等得着朝命，颇为所动，犹豫未决。仲堪防他生贰，急从芜湖南归，又着人传谕蔡州军士道："汝辈若不早散归，我至江陵，当尽诛汝等家属了。"蔡州军士，听到此言，当然恟惧。佺期部将刘系，潜率二千人先归，一军已去，余众皆动。玄与佺期，不能禁遏，也只好随众西还。众惧家属被诛，倍道还趋，行至寻阳，得与仲堪相值。仲堪已经失职，不能不倚玄等为援，玄等见仲堪众盛，一时也不便相离，虽是两下猜嫌，表面上只好联络，所以彼此叙面，各无异言，且比前日较为亲昵，你指天，我誓日，俨然有沥肝披胆的情形，甚至各出子弟，互相抵质，就在寻阳筑台，歃血为盟，仍皆不受朝命，并连名上疏，提出三大条件：一是请申理王恭；二是求诛刘牢之，及谯王尚之；三是诉仲堪无罪，不应独被降黜。这篇奏牍呈将进去，又令道子以下，无法抗辩，莫展一筹，统是酒囊饭袋。结果是召还桓修，仍将荆州给与仲堪，还要优诏慰谕，明示和解。御史中丞江绩，且劾桓修专为身计，贻误朝廷，于是修被褫官爵，放归田里。

仲堪等得了诏谕，虽尚未尽如愿，但名位各得保全，已足令人意快，不如得休便休，受了诏命。偏佺期又来作怪，密语仲堪，谓："将来玄必为患，索性乘早袭击，杀死了他，方免后忧。”仲堪非不忌玄，但寻阳联盟，还是仗玄声望，得吓朝廷；且佺期素有勇略，兄广及弟思平，又皆粗悍强暴，不易驾驭，若杀玄以后，必更嚣张，势益难制，所以不从佺期，且加禁止。佺期孤掌难鸣，只得罢手，辞别赴镇。仲堪亦与玄相别，各就镇所去了。

三镇暂息战云，东南忽生妖雾，遂致建康都内，又复恐慌，正是祸端日出，防不胜防，这也是典午将亡，所以有此剧变呢。先是钱塘人杜子恭，挟有秘术，为众所推，尝就人借一瓜刀，数日不还。刀主向他索取，子恭道：“当即相还，但不必由我亲交呢。”刀主似信非信，不过因刀为微物，未便强索，乃辞即去。会刀主有事赴吴，舟行至嘉兴，忽有大鱼一条，跃入舟中，当下将鱼获住，剖腹待烹，腹中有刀一柄，仔细审视，就是前日借与子恭的瓜刀。刀主很是惊异，免不得传示他人，一传十，十传百，顿时哄动远近，大都称子恭为神，多往就学，负笈盈门。当时有琅琊人孙泰，系是西晋时孙秀的后裔，世奉五斗米道，闻子恭有异术，特南访子恭，愿为弟子。子恭即收泰为徒，便将生平秘技，一一传授。已而，子恭病死，泰为子恭高弟，就将那师家秘传，试演一二，便得愚民信仰，奉若神明。泰性狡猾，青出于蓝，往往借端敛钱，自供挥霍，甚且为人禳灾祈福，见有年轻女子，便乘机引诱，据为婢妾。愚民有何知识，但教有福可求，有灾可避，就使倾资竭产，也是甘心。至若女生外向，本要嫁给人家，何妨进奉仙师，可徼全家福利。于是泰既得财帛，又得子女，食必粱肉，衣必文绣，最快乐的是左拥娇娃，右抱丽姝，日夜演那彭祖采战的秘戏，生下六个红孩儿。左仆射王珣，闻他妖言惑众，即请诸会稽王道子，把泰流戍广州。偏广州刺史王怀之，为泰所惑，竟使为郁林太守。他复借术欺人，名驰南越。太子少傅王雅，本与泰交游，竟向孝武帝前推荐，说他养性有方，因复召还都城，使为徐州主簿，寻迁辅国将军，兼新安太守。王恭发难，泰私集徒众，得数千人，号为义兵，为国讨恭。黄门郎孔道，鄱阳太守桓放之，骠骑谘议周勰等，都替泰揶扬，声誉日盛。就是会稽世子元显，也时常诣泰，求习秘术。泰见天下起兵，以为晋祚将终，乃聚资钜亿，号召三吴子弟，意图作乱。朝士多知泰异谋，只因元显与泰相契，惮不敢发。独会稽内史谢輶，密白道子，揭发泰隐。道子乃使元显诱泰入都，泰昂然进见，不防道子厅前，伏着甲士，见泰进来，一齐突出，立将泰拿下，推出斩首，并发兵捕泰六子，尽加诛戮。只泰兄子孙恩，逃奔入海，愚民尚说泰蝉蜕成仙，纠资送往海岛中，接济孙恩。恩得聚合亡命百余人，潜谋复仇。小子有诗叹道：

人道反常妖自兴，瓜刀幻术有何凭？
渠魁虽戮余支在，东海鲸波又沸腾。

究竟孙恩能否起事，待至下回再表。

第八十四回

戕内史独全谢妇 杀太守复陷会稽

却说孙恩逃往海岛，还想纠众作乱，只因亡命诸徒，陆续趋附，尚不过百余人，所以未敢猝发。适会稽王道子有疾，不能视事。世子元显，竟暗讽朝廷，解去道子扬州刺史兼职，授与元显，朝廷竟允所请。及道子疾得少痊，始知此事，未免懊恼，但事成既往，无可奈何，徒落得一番空恨罢了。元显既得领扬州，引庐江太守张法顺为谋主，招集亲朋，生杀任意，并发东土诸郡，凡免奴为客诸人民，尽令移置京师，充作兵士。东土嚣然苦役，各有怨言。孙恩因民心骚动，遂得乘势号召，集众至千余人，从海岛中出发，登岸入上虞境，戕官据城，沿途劫掠，复引众进攻会稽。

会稽内史谢輶，已经去职，换了一个王凝之。凝之就是前右军羲之的次子，由江州刺史调任，素性迂僻，工书以外，没甚才能，但奉五斗米道，讲习符箓祈祷诸事。他妻便是谢道韫，乃安西将军谢奕女，素有才名，少时已善属诗文，叔父安尝问道韫，谓《毛诗》中何句最佳？道韫答云："全诗三百篇，莫若《大雅·嵩高篇》云，吉甫作颂，穆如清风。仲山甫永怀，以慰其心。"安一再点首，谓道韫有雅人深致。又尝当冬日家宴，天适下雪，安问雪何所似？兄子谢明道："撒盐空中差可拟。"道韫微哂道："未若柳絮因风起。"安不禁大悦，极称道韫敏慧。已而适王凝之，归宁时谒见伯叔，很是怏怏。安问道："王郎乃逸少子，并不恶劣，汝有何事未快呢？"道韫怅然道："一门叔父，有阿大中郎。群从兄弟，有封胡羯末，不意天壤中乃有王郎。"安也为叹息不置。阿大疑即指安，中郎系指谢万。万长子韶，小字为封，曾任车骑司马。胡系朗小字，父据早卒，朗官至东阳太守，乃终。羯即玄小字，乃是道韫胞兄，位望最隆，详见上文。还有谢川小字，就叫作末，也是道韫从兄，青年早逝。这四人俱有才名，为谢氏一门彦秀，所以道韫提及，作为凝之的反比例。看官阅此，便可知凝之的本来面目了。

凝之弟献之，雅擅风流，为谢安所器重，辟为长史。他本来善谈玄理，有时与辩客叙议，或至词屈，道韫在内室闻知，即遣婢白献之道："欲为小郎解围。"宾客闻言，一座皆惊。少顷用青绫步障，施设屏前，即由道韫出坐帷内，再申献之前议，与客辩难，客亦词穷而去。及凝之赴任会稽，挈家同行，才越半年，即由孙恩乱起，将逼会稽城下。凝之并不调兵，亦不设备，厅室中向设天师神位，每日焚香讽经，至是闻寇氛日逼，但在天师座下，日夕稽颡，且叩且诵，几把那道教中无上宝咒，全体念遍，又复起立东向，仗剑焚符，好象疯子一般，令人可笑。官吏入见凝之，请速发兵讨贼。凝之大言道："我已请诸道祖，借得神兵数千，分守要隘，就使有十万贼众，也无能为了。"哪知凝之虽这般痴想，神兵终未见借到，反致贼势日逼日近，距城不过数里。属吏连番告急，凝之方许出兵，兵未调集，贼已鏖至，城中人民，夺门避难，凝之尚在道室叩祷，忽有隶役入报道："贼已入城了。"凝之方才惊起，急挈诸子出走，连妻谢道韫都不暇带去。才行至十里左右，已被贼众追及，仆从骇散，天尊无灵，只剩下父子数人，无从逃避，徒落强人手中，牵缚至孙恩面前，由恩责讯数语，但说他殃民误国，叱令枭首。凝之尚念念有词，不知诵什么避刀咒，无奈咒语仍然没效，但听得几声刀响，那父子数人的头颅，统已砍去了。

谢道韫尚在内室，举动自如，及得凝之父子凶闻，始失声恸哭，下了数行痛泪。百忙中还有主宰，命婢仆等舁入小舆，自己挈着外孙刘涛，乘舆出走，弃去细软物件，但使各携刀械，防卫身体。甫出署门，即有数贼拦住，道韫使婢仆与斗，杀贼二人，余贼返奔，复去纠贼百余，前来抢掳。道韫见不可敌，索性下舆持刃，凭着那生平气力，也与贼奋斗起来。贼猝不及防，竟被砍倒数人，后来一拥齐上，才为所执。外孙刘涛，尚止数龄，自然一并掳去。道韫毫无惧色，但请往见孙恩。既至恩前，从容与语，说得有条有理，反令恩暗暗称奇，不敢加害；惟见了幼儿刘涛，却欲把他杀毙，道韫又抗声道："这是刘氏后人，今日事在王门，何关他族？必欲杀儿，宁先杀我！"恩也为动容，乃不杀涛，各令释缚，使她自去。

道韫自是嫠居会稽，矢志守节，律身有法。后来孙恩被逐，会稽粗安，太守刘柳闻道韫名，特往求见。道韫素知柳才，亦坦然出来，素髻素褥，自坐帷中，与柳问答。柳整冠束带，侧坐与谈。道韫风韵高迈，叙谈清雅，先述家事，慷慨流涟，徐酬问意，词理圆到。柳谈了片时，乃告退自叹道："巾帼中罕见此人，但瞻察言气，已令人心形俱服了。"道韫亦云："亲从阔亡，始遇此士，听他问语，亦足开人心胸。"这也是惺惺惜惺惺的意思。先是同郡张玄，亦有慧妹，为顾家妇。玄每向众自夸，足敌道韫。有济尼往游二家，或问及谢张两女优劣，济尼道："王夫人神情散朗，自有林下风，顾家妇清心玉映，也不愧为闺房翘秀哩。"道韫所著诗赋诔颂，辑成卷帙，至寿终后，遗集流传，脍炙人口。但古来才女，总不免有些命薄，曹大家中年丧夫，谢道韫自伤不偶，且致守孀，难道天意忌才，果不使有美满姻缘么？话休叙烦。

且说孙恩既陷入会稽，遂高张巨帜，号召远近。吴国内史桓谦，临海太守王崇，义兴太守魏隐，皆弃郡窜去。凡会稽吴郡吴兴义兴临海永嘉东阳新安八郡，土豪蜂起，戕吏附贼。吴兴太守谢邈，永嘉太守司马逸，嘉兴公顾胤，南康公谢明慧，黄门侍郎谢冲张琨，中书郎孔道等，相继被杀。冲邈皆谢安从子，明慧又是冲子，过继南康公谢石，故得袭封。邈兄弟且至灭门，罹祸尤惨。邈先纳妾郗氏，颇加宠爱，嗣娶继室郗氏，貌美心妒，为邈所惮。妾郗氏竟致见疏，阴怀忿怼，遂作书与邈，凄词诀绝。邈知文非妾出，疑为门下士仇玄达所作，因黜玄达。玄达竟投依孙恩，引贼执邈，逼令北面下跪。邈厉声道："我未尝得罪天子，何用北面?"说毕被害。玄达复搜邈家族，屠戮无遗。

时三吴承平日久，兵不习战，但知望风奔溃，或且降附孙恩。恩住会稽旬余，得众至数十万，遂自称征东将军，胁士人为官属，号为长生党。士民或不肯相从，立屠家属，戮及婴孩。每拘邑令，辄醢为肉酱，令他妻子取食，一不从令，即支解徇众。所过诸境，掠财物，毁庐舍，焚仓廪，无论男女，悉驱往会稽充役。妇人顾恋婴儿，未肯即行，便把她母子尽投水中，且笑祝道："贺汝先登仙堂，我当随后就汝。"百姓横遭酷虐，不可胜数。恩恐师出无名，未足动众，乃上表罪会稽王父子，请即加诛。晋廷当然不许，遂内外戒严，复加会稽王道子黄钺，进元显为领军将军，命徐州刺史谢琰，兼督吴兴义兴诸军事，征兵讨恩。青兖七州都督刘牢之，自请击贼，拜表即行。谢琰为谢安次子，颇负重望，既奉诏督军，即调集兵士，长驱直进。行至义兴，与贼党许允之，一场大战，便将允之首级取来，义兴城唾手夺还。召回前太守魏隐，仍令照前办事。再移兵进攻吴兴，又破贼邱尫，可巧刘牢之亦麾军到来，遂与他分头征剿，转斗而前，所向皆克。琰留屯乌程，遣司马高素助牢之，南临浙江。有诏命牢之都督吴郡诸军事，牢之引彭城人刘裕为参军。看官听说，这刘裕系乱世枭雄，就是将来的宋武帝。此时正当发轫，自然英武特出，比众不同。相传裕为汉楚王交二十一世孙，交尝受封彭城，后裔就在彭城居住。嗣随司马氏东迁，方移居丹徒县京口里。裕字德舆，小名寄奴，幼时贫贱，粗识文字，好骑射，善樗蒲，无计谋生，没奈何织屦为业。尝至荻州伐荻作薪，忽遇着大蛇一条，长约数丈，他急拔箭射去，适中蛇两目间，蛇负痛自去。次日复往，见有群儿捣药，便问作何用？一儿答道："我王为刘寄奴所伤，故遣我等采药，捣敷伤痕。"裕又问："汝王为谁？"儿答为山神。裕惊诧道："山神岂不能杀一寄奴？"儿又谓："寄奴王者不死。"裕听了儿言，胆气益壮，便叱退群儿，把臼中药取归，每遇伤痕，一敷即愈。自此襟期远大，有出仕意，遂往投冠军将军孙无终麾下，充入行伍，未几，即擢为司马。

牢之尝闻裕智勇过人，因即引参军事，与商计议，多出意表。牢之使裕率数十人，往探贼势。裕毅然径行，途次遇贼数千名，即挺身与斗，从人多死，裕亦逼坠岸下。贼欲下岸刺裕，裕手中执着长刀，仰斫数人，复一跃登岸，大呼杀贼，贼竟骇走。适牢之子敬宣，见裕久出不归，恐他遇险，因引兵往寻，及见裕孑身驱贼，不禁惊叹，遂助裕进击，斩获贼党千余人，然后回营。

孙恩前据会稽，闻八郡响应，喜出望外，便笑语党羽道："取天下如反掌了，我当与诸君朝服至建康。"嗣因贼党屡败，又闻牢之兵已临江，复对众叹息道："我割浙江以东，尚不失为越勾践哩。"至牢之引兵渡江，防贼相继溃归，恩扼腕道："孤不羞走，将来再出未迟。"遂驱男女二十余万口，向东急奔，沿途抛散宝物子女，赚弄官军。果然官军从后追蹑，见了珍奇的宝物，髫秀的子女，无不争取，遂至躜路迟滞，不得及恩，恩复逃入海岛中去了。高素亦连破贼党，斩恩所署吴郡太守陆瑰，吴兴太守邱尫，余姚令孙穆夫。东土人民，稍稍还复旧居。惟官军亦不免纵掠，以暴易暴，殊失民望。

朝廷虑恩复至，用谢琰为会稽太守，都督五郡军事，率领徐州文武，镇守海浦。琰以资望守越，时论总道他驾驭有方，可无后患，那知他莅任以后，荒废职务，既不抚民，又不训兵，镇日里闲居厅舍，饮酒自遣。将佐多入请道："强贼在海，伺人形便，宜广扬仁风，宽以济猛，俾彼自新。"琰傲然道："苻坚拥兵百万，尚自送死淮南，况孙恩败奔海岛，怎能复出？如或出来，乃是天歼贼党，令他速死了。"遂不从所请。

既而孙恩果复寇浃口，入余姚，破上虞，进逼邢浦，距山阴北只三十五里。琰乃遣参军刘宣之引兵往击，得破贼众，恩又退还海中。宣之还军报琰，琰益以为贼不足虑，高枕无忧。偏孙恩探得官军已返，复领众登岸，再攻上虞。太守张虔硕驱兵出战，为恩所破，败走邢浦。恩乘胜进击，戍兵多望风骇退，于是贼势复张，人情大骇。警报纷至琰所，琰尚不以为意，将吏又请诸琰前，谓："宜严加防堵，挫遏贼锋。"琰还摇首道："彼来送死，待我一出，便可立歼了。"或谓："贼颇猖獗，未可轻视，最好是预遣水军，埋伏南湖，俟他到来，发伏邀击，不患不胜。"琰付诸一笑，总道是贼党乌合，容易破灭，不必多设机谋。

迁延了一两日，贼已大至，琰尚未朝食，闻报即出，招集将士，便命击贼。帐下督张猛，请食毕后行。琰瞋目道："么麽小丑，一鼓可平，我当先灭此寇，再来会食未迟。"猛又道："众皆枵腹，如何从戎？"琰不待说毕，便厉声喝道："汝敢违我军令么？左右快与我拿下，斩讫报来！"他将见琰动怒，乃环跪帐前，为猛乞免。琰尚执着"死罪可免，活罪难饶"二语，令把猛笞杖数十，然后发放。一面出厅上马，命广武将军桓宝为先锋，匆匆出战。行至江塘，与贼相遇，宝颇有胆力，前驱陷阵，杀贼甚多。琰见先锋得胜，麾兵急进，怎奈塘路迫狭，不能四面直上，只好鱼贯而前。琰尚恨迟慢，从后催趱，不防江外有贼舰驱至，舰中贼弯弓迭射，竞向官军射来。官军无法避免，多被射倒，贼复从舰中登岸，上塘冲击，把官军截做两段，官军前后不能相顾，前面的贼党，顿时起劲，围住桓宝。宝虽称骁悍，究竟不能久持，手下所领的兵士，又是饥敝得很，无力再战，宝自知必死，索性下马格斗，杀贼数十人，刀缺力竭，自刎而亡。余众尽做了刀下鬼兵。

那谢琰领着后队，不得前进，自然倒退，到了千秋亭，贼众不肯相舍，还是恶狠狠的赶来。琰正在着忙，忽背后有一骑驰至，用刀斫琰马尾，马负痛倒地，琰亦坠下，顶上又着了一刀，便即归阴。究竟是为何人所杀？原来就是帐下督张猛。猛既杀琰泄恨，逼官军降贼，官军或逃或降，贼得与猛同入会稽。一不做，二不休，可恨逆猛忍心，还要屠琰家眷。琰有二子肇峻，俱为所害，只有少子混曾尚晋陵公主，就职都中，幸得免难。后来刘裕破贼左里，活擒张猛，押送与混。混刳出猛肝，生食泄忿。有诏谓："琰父子陨于君亲，忠孝萃于一门，应并加旌典。"乃追赠琰为侍中司空，予谥忠肃。琰子肇得赠散骑常侍，峻得赠散骑侍郎。小子有诗叹道：

谢家琪草本多栽，况复东山受训来。
谁料骄兵遭败劫，捐躯徒使后人哀！

孙恩再入会稽，转寇临海，晋廷当然遣将抵御，欲知后事，请看官续阅下回。

第八十五回

失荆州参军殉主　弃苑川乾归逃生

却说晋廷闻谢琰战殁，亟遣将军孙无终、桓不才、高雅之等，分讨孙恩。恩转寇临海，为雅之所击，退走余姚。雅之进兵再战，竟至败绩，退保山阴，部众十死七八，诏令刘牢之都督会稽五郡，率众击恩。恩颇惮牢之兵威，复走入海。牢之乃东屯上虞，使刘裕戍勾章，吴国内史袁崧，筑垒沪渎，作为后备，才得少安。惟荆州刺史殷仲堪，前次虽不听佺期，未袭桓玄，但心中也恐玄跋扈，足为己患，所以与佺期仍相联络，互结姻缘。玄也颇闻佺期密谋，先事豫防，督兵屯戍夏口，用始安太守卞范之为长史，充作谋主；且引庾楷为武昌太守。楷尝挟嫌寻衅，见嫉朝廷，故仲堪等免罪，楷独不得遇赦。玄引罪人为心腹，已隐与朝廷反抗，偏又上告执政，谓："殷杨必再滋事，请先给特权，以便控制"云云。会稽王道子等，亦欲三人自相构隙，使他乖离，乃加玄都督荆州四郡军事。又以玄兄桓伟，代佺期兄广为南蛮校尉，佺期原是不平，广更忿恨的了不得，定要兴兵拒伟。惟佺期尚未敢遽发，禁广暴动，且出广为宜都建平二郡太守。会后秦主姚兴，寇晋洛阳，擒去河南太守辛恭靖，河洛一带，相继陷没。佺期想出一条声西击东的计策，部署兵马，阳言援洛，暗中实欲袭玄；自思兵力未足，仍遣使商诸仲堪。仲堪又恐佺期得势，也非己利，因复书苦劝，并遣从弟遹屯北境，防遏佺期。佺期不能独举，且未测仲堪命意，因此敛兵不动。仲堪多疑少决，谘议参军罗企生，密语弟遵生道："殷公优柔寡断，终必及祸，我既蒙知遇，义不可去，将来必与彼同死了。"遵生也为太息。但见兄已决死，不好劝他引退，只好听天由命罢了。是时，荆州水溢，洪流遍地，仲堪偏发仓廪，赈济饥民。桓玄欲乘他空虚，先攻仲堪，继及佺期，表面上也以救洛为名，筹备军事，先遣人致书仲堪道：

佺期受国恩而弃山陵，宜共罪之。今当入沔，讨除佺期，已屯兵江口，若公与同心，可速收杨广杀之。如其不尔，便当率兵入江，公其毋悔！

仲堪得书，不答一词。玄遂遣兵袭入巴陵，夺取积谷，作为军粮。适梁州刺史郭铨，奉命赴官，道经夏口，玄把铨留住，诈称朝廷遣铨助己，使为前锋，拨给江夏部曲，督同诸军并进，且密报兄伟，使为内应。伟毫不预备，急切不知所为。仲堪亦稍有所闻，便迫伟入见，诘问桓玄消息。伟恐为所杀，只好和盘说出，谓与自己无干。仲堪将伟拘住，使与玄书，说得情词迫切，吁乞退军。玄览书微笑道："仲堪为人，素少决断，必不敢加害我兄，我可无忧，尽管准备进兵便了。"遂使部将郭铨苻宏，掩至江口，与殷遹军相值。遹仓猝接战，败还江陵。仲堪再遣杨广，及从子道护等往拒，又为玄军所败，江陵震骇；且因城中乏食，用胡麻代粮，权时充饥，偏桓玄乘胜进逼，前锋距江陵城，仅二十里，仲堪大惧，急召杨佺期过援。佺期道："江陵无粮，如何待敌？可请来相就，共守襄阳。"仲堪得报，不欲弃州他往，乃复遣人给佺期道："现已收储粮米，不虞无食了。"佺期信以为真，即率步骑八千，直趋江陵，仲堪无粮可给，但使人挑出数担胡麻饭，饷佺期军。佺期始知被绐，勃然大怒道："这遭又败没了！"遂不暇入见仲堪，忙与兄广一同击玄。玄闻佺期挟锐前来，暂避凶锋，退屯马头，但令郭铨留戍江口。佺期杀将过去，铨兵少势孤，怎能抵敌？险些儿被他擒住，幸亏逃走得快，才保性命。佺期等既得胜仗，休息一宵，锐气已减，谁知桓玄领着大兵，突然杀到，闯入佺期营内。佺期兵立时哗散，单剩佺期兄弟二人，如何退敌？没奈何拼命逃生，奔往襄阳。途次被玄将冯该，引兵追到，佺期及广，无处可奔，束手受死。冯该怎肯容情，便将他兄弟缚去献玄。玄立命枭斩，传首建康。佺期弟思平，与从弟尚保孜敬，逃入蛮中。

仲堪闻佺期败走，即出奔酂城，旋接佺期死耗，又率数百人西奔。将赴长安，行至冠军城，为玄军追及，数百人逃避一空，只有从子道护随着，四顾无路，两叔侄被捉去一双，还至柞城，逼令仲堪自杀。道护抚尸恸哭，也为所害。仲堪尝信奉释道，不吝财贿，惟专务小惠，未识大体；及桓玄来攻，尚求仙祷佛，毫无战守方略，终致败死。后由仲堪子简之，觅得遗骸，移葬丹徒，庐居墓侧，有复仇志，事且慢表。

先是仲堪出走时，文武官属，无一人送行，独罗企生随与同往。路经家门，适弟遵生待着，便语企生道："今日作这般分离，何可不握手言别？"企生乃停辔授手，遵生素有膂力，竟将企生牵腕下马，且与语道："家有老母，去将何往？"企生挥泪道："我决与殷公同死，不宜失信，但教汝等奉养老母，不失子道，便是罗氏一门忠孝两全，我死亦无遗恨了。”遵生仍然牵住，不令脱身。仲堪回头遥望，见企生被弟掖住，料无脱理，因即策马自去，故企生尚得不死。及桓玄已杀仲堪，唾手得了荆州，自然急诣江陵。江陵人士，统去迎谒，惟企生不往，专为仲堪办理家事。有友人驰语企生道：“君为何不识时务？恐大祸就在目前了。”企生道：“殷公以国士待我，我何忍相负？前为我弟所制，不得随行，共除丑逆，今有何面目去见桓玄，屈志求生呢？”这数语为玄所闻，当然忿恨，但颇怜惜企生材具，乃使人传语道：“企生若肯来谢我，必不加罪。”企生慨然道：“我为殷荆州属吏，殷荆州已死，我还去谢何人？”玄因企生不屈，遂将他收系狱中，复遣人问企生，尚有何言？企生道：“前文帝尝杀嵇康，康子绍仍为晋忠臣，今我不求生，只乞活一弟，终养老母。”玄乃引企生至前，自与语道：“我待汝素厚，何故见负？难道真不怕死么？”企生道：“使君兴音阳甲，出次寻阳，与殷荆州并奉王命，各还本镇，当时升坛盟誓，言犹在耳。今口血未干，乃遽生奸计，食言害友。企生自恨庸劣，不能翦灭凶逆，死已嫌迟，还怕甚么！”玄被他诘责，益觉恼羞成怒，因令左右将企生斩讫，总算释免遵生，不使连坐。企生母胡氏，尝由玄赠一羔裘，及企生遇害，胡母即日焚裘。玄虽然闻知，也置诸不理，惟上表归罪殷杨，自求兼领荆州。晋廷但务羁縻，并不责玄专杀，只调玄都督荆司雍秦梁益宁七州军事，领荆州刺史，另起前将军桓修为江州刺史。玄得了荆州，失去江州，心仍不甘，再上疏固求江州。于是加督八州，兼领江荆二州刺史。玄兄伟未曾被害，由玄擅授为雍州刺史，且令从子振为淮南太守。朝廷不敢违忤，遂致玄肆无忌惮，越要恃势横行了。

是时，河北诸国，后秦最强。秦主姚兴，礼耆硕，登贤俊，讲求农政，整饬军容，尝遣弟姚崇寇晋洛阳。晋河南太守辛恭靖，固守百余日，援绝粮尽，城乃被陷。恭靖被执至长安，得见姚兴。兴与语道：“卿若肯降我，我将委卿以东南重任，可好么？”恭靖厉色道：“我宁为国家鬼，不愿为羌贼臣。”兴虽不免动怒，将他幽锢别室，但也未尝加刑。后来恭靖逾垣逃归，兴也不欲追赶，由他自返江东。惟自洛阳陷没，淮汉以北诸城，多半降秦，姚兴并不矜夸；且因日月薄蚀，灾眚屡见，自削帝号，降称秦王。凡群公卿士，将帅牧守，俱令降级一等，存问孤寡，简省法令，清察狱讼，严定赏罚，远近肃然，推为美政。

西秦主乞伏乾归，自杀退凉主吕光后，与南凉主秃发乌孤和亲，互结声援；又讨服吐谷浑，攻克支阳鹯武允吾三城，威焰日盛。只因所居西城南景门，无故忽崩，虑及不祥，乃复自西城迁都苑川。后秦主姚兴，恐乾归逼处西陲，势大难制，乃拟先发制人，特遣征西大将军陇西公姚硕德，统兵五万攻西秦，趋南安峡。乾归出次陇西，督率将士，抵御硕德。俄闻兴潜军将至，因召语诸将道：“我自建国以来，屡摧劲敌，乘机拓土，算无遗策，今姚兴倾众前来，兵势甚盛，山川阻狭，未便纵骑与敌，计惟诱入平川，待他懈怠，然后纵击，国家存亡，在此一举，愿卿等努力杀贼，毋少退缩。若能枭灭姚兴，关中地便为我有了。"于是遣卫军慕容允，率中军二万屯柏阳。镇军将军罗敦，率外军四万屯侯辰谷。乾归自引轻骑数千，前候秦军。

会大风骤起，阴雾四霾，军士无故自骇，东奔西散，致与中军相失。姚兴却驱军追来，乾归忙驰入外军。诘旦，天雾少晴，开营出战，敌不过秦军锐气，前队多半伤亡，后队便即奔溃。乾归见势不佳，弃军急走，逃归苑川，余众三万六千，尽降姚兴。兴遂进军枹罕，乾归不能再战，复自苑川奔金城，泣语诸豪帅道："我本庸才，谬膺诸军推戴，叨窃名号，已逾一纪。今败溃至此，不能拒寇，只好西趋允吾，暂避寇焰，但欲举众前往，势难速行，倘被寇众追及，必致俱亡。卿等且留居此城，万一不能保全，尽可降秦，免屠家族，此后可不必念我了。"诸豪帅齐答道："从前古公杖策，豳人归怀，玄德南奔，荆楚襁负，临歧泣别，古人所悲，况臣等义深父子，怎忍相离？情愿随着陛下，誓同生死！"乾归道："从古无不亡的国家，如果天未亡我，再得兴复，卿等复可来归，何必今朝俱死呢？况我将向人寄食，亦不便携带多人。"诸豪帅见乾归志决，乃送别乾归，恸哭而返。乾归遂率着家属，数百骑西走允吾，一面遣人至南凉，奉书乞降。

南凉主秃发乌孤，因酒醉坠马，伤胁亡身，僭位仅及三年。遗命宜立长君，乃立弟凉州牧利鹿孤为嗣主，改元建和，追谥乌孤为武王。才阅半年，即得乾归降书，乃令弟广武公傉檀，往迎乾归，使居晋兴，待若上宾。镇北将军秃发俱延，入白利鹿孤道："乾归本我属国，妄自尊大，今势穷来归，实非本心，他若东奔姚氏，必且引兵西侵，为我国患，故不如徙置西陲，使他不得东往，才可无忧。"利鹿孤道："我方以信义待人，奈何疑及降王，徙置穷边？卿且勿言！"俱延乃退，已而乾归得南羌梁弋等书，谓："秦兵已撤回长安，请乾归还收故土。"乾归即欲东行，偏为晋兴太守阴畅所闻，驰白利鹿孤。利鹿孤遣弟吐雷，率骑三千，屯扪天岭，监察乾归。乾归恐为利鹿孤所杀，因嘱子炽磐道："我因利鹿孤谊兼姻好，情急相投，今乃忘义背亲，谋我父子，我若再留，必为所害。今姚兴方盛，我将往附，若尽室俱行，必被追获，现惟有送汝兄弟为质，使彼不疑，我得至长安，料彼也不敢害汝呢。"炽磐当然从命。乾归即送炽磐兄弟至西平，作为质信。果然利鹿孤不复加防，乾归得潜身东去。去了二日，利鹿孤始得闻知，急遣俱延往追，已是不及。

那乾归径诣长安，往降姚兴。兴喜得乾归，即命他都督河南军事，领河州刺史，封归义侯。寻复迁还苑川，使收原有部众，仍然留镇。乞伏炽磐质押长安，常思乘间窃逃，奔依乃父。一日已得脱行，偏被利鹿孤探知，遣骑追还。利鹿孤欲杀炽磐，还是广武公傉檀，替他解免，说是："为子从父，乃是常情，不足深责，宜加恩宽宥，表示大度。"利鹿孤乃赦免炽磐，不复加诛。炽磐心终未死，过了年余，竟得逃还苑川。乾归大喜，使他入朝姚兴。兴命为振忠将军，领兴晋太守。炽磐父子，总算共事姚氏，暂作秦臣。

惟南凉秃发氏，与后凉吕氏，常有战争，小子宜就此补叙，表明后凉衰乱情形。吕光晚年，政刑无度，土宇分崩，除北凉段业，另行建国，已见前文外，尚有散骑常侍太史令郭麐，连结西平司马杨统，叛光为乱，借兵南凉，于是两凉构兵，差不多有一年余。麐颇识天文，素善占候，为凉人所信重。会荧惑星守东井，麐语仆射王详道："凉地将有大兵，主上老病，太子暗弱，太原公又甚凶悍，我等为彼所忌，倘或乱起，必为所诛。现田胡王乞基两部最强，东西二苑卫兵，素服二人，我欲与公共举大事，推乞基为主帅，俟得据都城，再作计较。"详颇以为然，与麐约期起事。不料事尚未发，谋已先泄，王详在内，首被捕诛。麐即据东苑，集众作乱。凉主吕光，急召太原公纂讨麐，纂司马杨统，为麐所诱，密告从兄桓道："郭麐举事，必不虚发，我欲杀纂应麐，推兄为主，西袭吕弘，据住张掖，号令诸郡，这却是千载一时的机会哩。"桓勃然道："臣子事君，有死无贰，怎得称兵从乱？吕氏若亡，我为弘演，尚是甘心哩。"统见兄不从，恐为所讦，遂潜身奔麐。太原公纂，初击麐众，为麐所破。嗣由西安太守石元良来援，方得杀败麐兵。麐先入东苑，拘住光孙八人，及兵败生愤，把光孙一并杀死，肢分节解，饮血盟众。众皆掩目，惨不忍睹。

适凉人张捷宋生等，纠众三千，起据休屠城，与麐勾通，共推凉后军杨轨为盟主。轨遂自称大将军凉州牧西平公，令司马郭伟为西平相，率步骑二万人，往助郭麐。麐已打了好几个败仗，遣人至南凉乞援。南凉利鹿孤傉檀，先后发兵赴救，两路兵共逼姑臧，凉州大震，亏得吕纂已驱麐出城，严兵把守。麐兵十死五六，余众因麐性残忍，尽已离心。麐不禁气夺。至杨轨进营城北，欲与纂决一雌雄，反被麐从旁阻住，屡引天道星象，作为证据，只说是不宜急动，急动必败。看官试想！行兵全仗一股锐气，若久顿城下，不战自疲；还有南凉兵远道前来，携粮不多，利在速战，但因杨轨等未尝动手，也只好作壁上观，不但兵粮日少一日，军心也日懈一日，相持至数阅月，已有归志。会凉常山公吕弘，为北凉沮渠男成所攻，拟自张掖还趋姑臧。凉主吕光，令吕纂发兵往迎，杨轨闻报，语将士道，"吕弘有精兵万人，若得入姑臧，势且益强，凉州万不可取了。"乃与南凉兵邀击纂军。纂正防此着，驱军大杀一阵，南凉兵先退，轨亦败退，于是纷纷溃散。郭麐先东奔魏安，轨与王乞基等南走廉川。南凉兵当然归国，姑臧解严，纂与宏安然入都。惟吕光受了一番虚惊，老病益甚，要从此归天了。小子有诗叹道：

重瞳肉印并奇闻，谁料耄昏治日棼。
十载光阴徒一瞥，五胡毕竟少贤君。

欲知吕光临死情形，且至下回说明。

第八十六回

受逆报吕纂被戕　据偏隅李暠独立

却说后凉主吕光，老病已剧，自知不起，乃立太子绍为天王，自称太上皇，命庶长子纂为太尉，纂弟弘为司徒，且力疾嘱绍道："我之病势日增，恐将不济，三寇窥窬，迭伺我隙，我死以后，汝宜使纂统六军，掌朝政。委重二兄，尚可保国，倘自相猜贰，起衅萧墙，恐国祚从此殄灭了。"说毕，又召纂弘入嘱道："永业非拨乱才，但因正嫡有常，使为元首，今外有强寇，人心未宁，汝兄弟能互相辑睦，自可久安，否则内自相图，祸不旋踵，我死亦难瞑目呢。"纂与弘受命而退。未几光死，享年六十三，在位十年。绍恐有内变，秘不发丧。纂已闻知，排闼入哭，尽哀乃出。绍所忌惟纂，恐为所害，乃呼纂与语道："兄功高年长，宜承大统，我愿举国让兄。"纂答道："臣虽年长，但陛下系国家冢嫡，不能专顾私爱，致乱大伦。"绍尚欲让纂，纂终不从，绍乃嗣位，为父发丧，追谥光为懿武皇帝，庙号太祖。

光有从子二人，长名隆，次名超，皆为军将。此次送葬已毕，超即乘间白绍道："纂连年统兵，威震内外，临丧不哀，步高视远，看他举止，必成大变，宜设法早除，方安社稷。"绍摇首道："先帝顾命，音犹在耳，况我年尚少，骤当大任，方赖二兄安定家国，怎得相图？就使彼若图我，我亦视死如归，终不忍自戕骨肉，愿卿勿言！"超又道："纂威名素盛，安忍无亲，今不早图，后必噬脐。"绍半晌答道："我每念袁尚兄弟，未尝不痛心忘食，宁可待死，不愿相戕。"超叹息道："圣人尝言，知几其神，陛下临几不断，臣恐大事去了。"既而绍在湛露堂，适纂进来白事。超持刀侍侧，屡次顾绍，用目示意，欲绍下令收纂。绍终不为动，纂得从容退去。

弘前得光宠，望为世子，及绍得嗣立，弘常怀不平，至是遣尚书姜纪，私下语纂道："先帝登遐，主上暗弱，兄尝总摄内外，威震远迩，弟欲追踪霍子孟，废暗立明，即推兄为中宗，兄以为如何？"纂尚觉踌躇，再经姜纪怂恿数语，动以利害，不由纂不从弘议，遂夜率壮士数百人，潜逾北城，攻广夏门。弘亦率东苑卫士，斫洪范门，与纂相应。左卫将军齐从，方守融明观，闻禁门外有哗噪声，即孑身出视，问为何人？纂手下兵士齐声道："太原公有事入宫。"从抗声道："国有大故，主上新立，太原公行不由道，夜入禁门，莫非谋乱不成？"说着，即抽剑直前，向纂剁去。纂连忙闪过，额已被伤，左右争来救纂，与从对敌。从双手不敌四拳，终为所擒。纂称为义士，宥从勿杀。绍在宫中闻变，乃遣武贲中郎将吕开，率禁兵出战端门。吕超亦引众助战，偏兵士都惮纂声威，相率溃散。纂得入青光门，升谦光殿，绍知不可为，趋登紫阁，自刎而亡，超独出奔广武去了。

弘入殿见纂，纂见弘部众强盛，也不得不佯为推让，劝弘即位。弘微笑道："绍为季弟，入嗣大统，所以人心未顺，因有此变。我违先帝遗训，愧负黄泉，若复越兄僭号，有何面目偷息人间？大兄年长才高，威名远振，宜速就大位，安定人心。"纂遂僭称天王，改元咸宁，谥绍为隐王，命弘为侍中大都督大司马车骑大将军，录尚书事，封番禾郡公。此外封拜百官，不胜具述。惟前左卫将军齐从，仍令复职。纂引从入见，且与语道："卿前次砍我，未免太甚。"从泣答道："隐王为先帝所立，臣当时惟知有隐王，尚恐陛下不死，怎得说是太甚呢？"纂仍嘉从忠，优礼相待，且遣人慰谕吕超，说他迹不足取，心实可原。超乃上疏陈谢，得复原官。

惟弘因功名太盛，恐不为纂所容，时有戒心，纂亦不免加忌。两下里猜嫌已久，弘竟从东苑起兵，围攻禁门。纂遣部将焦辨，率众出击，弘战败出奔，逃往广武。纂纵兵大掠，所有东苑将士的妇女，悉充军赏。弘妻女不及出走，也被纂兵掠去，任意淫污。纂自鸣得意，笑语群臣道："今日战事，卿等以为何如？"侍中房晷应声道："天祸凉室，衅起萧墙，先帝甫崩，隐王幽逼，山陵甫讫，大司马惊疑肆逆，京邑交兵，骨肉相戕，虽由弘自取夷灭，究竟陛下亦未善调和。今宜省己责躬，慨谢百姓，乃反纵兵大掠，污辱士女，衅止一弘，百姓何罪？况弘妻为陛下弟妇，弘女为陛下侄女，奈何使无赖小人，横加凌侮？天地鬼神，岂忍见此？"说罢，欷歔泣下。纂亦不禁改容，乃禁止骚扰，召还弘妻及男女至东宫，妥为抚养。寻由征东将军吕方，执弘系狱，飞使告纂。纂使力士康龙，驰往杀弘。康龙将弘拉死，还归复命。纂妻杨氏，为弘农人杨桓女，美艳绝伦，纂即立为皇后，授后父桓为散骑常侍，尚书左仆射，封金城侯。且因内乱已平，侈图远略,遂拟兴兵往攻南凉。中书令杨颖进谏道:“秃发利鹿孤,上下用命,国未有衅,不宜遽伐。今且缮备兵马,劝课农桑,待至有机可乘,然后往伐,乃可一举荡平。今日国家多事,公私两困,若非先固根本,内患恐将复起,愿陛下计出万全,毋轻用兵。”纂不肯从,竟引兵渡浩亹河,侵入南凉境内,果为利鹿孤弟傉檀所败。纂尚未肯罢休,复移兵西袭张掖。尚书姜纪又谏道:“今当盛夏,农事方殷,若废农用兵,利少害多,且逾岭攻虏,虏亦必乘虚来袭都下,不可不防,还请回军为是。”纂尚不以为然,侈然说道:“利鹿孤有甚么大志,若闻朕军大至,自守尚且不暇,还敢来攻我都么?”遂进围张掖。偏傉檀不即赴援,竟引兵入逼姑臧,当由姑臧守将,飞报纂军。纂慌忙驰还,傉檀乃收兵退去。

先是纂弑绍据国,姑臧城内,有母猪生一小猪,一身三头;又有黑龙出东箱井中,蟠卧殿前,良久方去。纂目为祥瑞,改殿名为龙翔殿。俄而黑龙又升悬九宫门,纂复改名九宫门为龙兴门。时西僧鸠摩罗什,尚在姑臧,因吕光父子,不甚听从,所以闲居寺中,无所表白,至是闻纂用兵不已,才入殿告纂道:“前时潜龙屡出,豕且为妖,恐有下人谋上的隐祸,宜亟增修德政,上挽天心。”纂虽当面应诺,下令罢兵;但性好游畋,又耽酒色,越是酣醉,越是喜游。杨颖一再谏阻,终不少改;再经殿中侍御史王回,中书侍郎王儒,叩马极谏,仍然不从。好容易过了一年,吕超调任番禾太守,擅发兵击鲜卑思盘。思盘遣弟乞珍,至姑臧诉纂谓超无故加兵。纂乃征超与思盘,一同入朝。超至姑臧,当然惧罪,先密结殿中监杜尚,求为内援,然后进见。纂怒目视超道:“汝仗着兄弟威势,敢来欺我,我必须诛汝,然后天下可定。”超叩首求免,纂乃将超叱退。

超趋出殿门,心下尚跳个不住,乃急往兄第。兄隆为北部护军,此时正返姑臧,便与超密商多时,决定异谋,伺机待发。也是纂命已该绝,不能久待,越日即引入思盘,与群臣会宴内殿,又召隆超两人,一同预席,意欲为超与思盘,双方和解。当下和颜与语,谈饮甚欢。超佯向思盘谢过,思盘亦不敢多求,宴至日旰,大家都已尽兴,谢宴辞出,思盘亦随着退去。惟隆起两人,怀着异图,尚留住劝酒,纂是个酒中饿鬼,越醉越是贪饮,到了神志昏迷,才乘车入内。隆与超托词保护,跟入内庭,车至琨华堂东阁,不得前进。纂亲将窦川骆腾,置剑倚壁,帮同推车,方得过阁。超顺便取剑,上前击纂,因为车轼所隔,急切不得刺着。偏纂恃着勇力,一跃下车,徒手与搏,怎奈醉后晕眩,一阵眼花,被超刺入胸间,鲜血直喷,急返身奔入宣德堂。川腾与超格斗,超持剑乱斫,劈死二人。纂后杨氏,闻变趋出,忙命禁兵讨超,哪知殿中监杜尚,不奉后命,反引兵助超,导入宣德堂,把纂杀死,且枭首徇众道:“纂背先帝遗命,杀害太子,荒耽酒猎,昵近小人,轻害忠良。番禾太守超,属在懿亲,不敢坐视,所以入除僭逆,上安宗庙,下为太子复仇。凡我臣庶,同兹休庆。”这令一下,众皆默然,不敢反抗。

惟巴西公吕他，陇西公吕纬，居守北城，拟约同讨贼。他妻梁氏，阻他不赴，纬又为超所诱，佯与结盟，伪言将奉纬为主。纬欣然入城，立被拿下，结果性命。超径入宫中，搜取珍宝。纂后杨氏，厉声责超道："尔兄弟不能和睦，乃致手刃相屠，我系旦夕死人，尚要金宝何用？现皆留储库中，一无所取，但不知尔兄弟能久享否？"超不禁怀惭；又见她华色未衰，起了歹心，因暂退出。少顷，又着人索交玉玺。杨氏谓已毁去，不肯交付，自与侍婢十余人，收殓纂尸，移殡城西。超召后父杨桓入语道："后若自杀，祸及卿宗。"桓唯唯而退，出语杨后。杨氏知超不怀好意，便毅然语桓道："大人本卖女与氏，冀图富贵，一次已甚，岂可至再么？"遂向殡宫前大哭一场，扼吭自尽。

还有吕绍妻张氏，前因绍被弑，出宫为尼，姿色与杨氏相伯仲，并且年才二八，正是娇艳及时，前为吕隆所见，久已垂涎，此次已经得志，即自造寺中，逼她为妾。张氏登楼与语道："我已受佛戒，誓不受辱。"隆怎肯罢手，竟上楼胁迫，强欲行淫。张氏即从窗外跳出，跌得头青额肿，手足俱断，尚宛转诵了几声佛号，瞑然而逝。

隆扫兴乃返，超遂请隆嗣位。隆有难色，超忙说道："今譬如乘龙上天，怎好中途坠下呢？"隆遂僭即天王位，拟改年号。超在番禾时，曾得小鼎一枚，遂以为神瑞，劝隆改元神鼎。隆当然依议，追尊父宝为皇帝，母卫氏为皇太后，妻杨氏为皇后，命弟超为辅国大将军，都督中外诸军事，封安定公。一面为纂发丧，追谥为灵皇帝，与杨后合墓同葬，总计纂在位不过年余，惟自晋安帝隆安三年冬季僭号，至五年仲春被弑，先后总算三年。纂平时与鸠摩罗什弈棋，得杀罗什棋子，辄戏言斫胡奴头。罗什从容答道："不斫胡奴头，胡奴斫人头。"纂听了不以为意，谁料吕超小字胡奴，竟将纂斫死，后人才知罗什所言，寓着暗谜。真是玄语精深，未易推测呢。话分两头。

且说北凉主段业，虽得乘时建国，却是庸弱无才，威不及远，当时出了一个敦煌太守李暠，起初是臣事北凉，后来也居然自主，另建年号，变成一个独立国，史家叫做西凉。不过他本是汉族华裔，与五胡种类不同。相传暠为汉李广十六世孙，系陇西成纪人。高祖雍，曾祖柔，皆仕晋为郡守。祖弇仕前凉为武卫将军，受封安世亭侯。父旭少有令名，早年逝世，遗腹主暠。暠字玄盛，幼年好学，长习武略，尝与后凉太史令郭麐，及同母弟宋繇同宿。麐起谓繇道："君当位极人臣，李君且将得国，有騧马生白额驹，便是时运到来了。"已而段业自称凉州牧，调敦煌太守孟敏为沙州刺史。敏署暠为效谷令，宋繇独入任中散常侍。及孟敏病殁，敦煌护军郭谦，沙州治中索仙等，因暠温惠服人，推为敦煌太守。暠尚不肯受，适宋繇自张掖告归，即语暠道："段王本无远略，终必无成，兄尚记郭黁遗言么？白额驹今已生了。”暠乃依议，遣使向业请命。业竟授暠为敦煌太守，兼右卫将军。至业僭称凉王，右卫将军索嗣，向业谮暠道：“李暠难恃，不可使居敦煌。”业乃遣嗣为敦煌太守，令骑兵五百人从行。将到敦煌，移文至暠，使他出迎。暠颇欲迎嗣，宋繇及效谷令张邈，同声劝阻道：“段王暗弱，正是豪杰有为的机会，将军已据有成业，奈何拱手让人？”暠问道：“若不迎嗣，当用何策？”宋繇遂与暠密谈数语，暠点首许可，乃即遣繇往见索嗣。繇与嗣晤谈，满口献谀，说得嗣手舞足蹈，得意扬扬。繇辞归语暠道：“嗣志骄兵弱，容易成擒，请即发兵击嗣便了。”暠遂使二子歆让，及宋繇张邈等引兵出击，出嗣不意，杀将过去。嗣不知所措，急忙拍马返奔，逃回张掖，五百人死了一大半，歆让等得胜回军。暠与嗣本来友善，此次反被谗间，当然痛恨，遂上书段业，请即诛嗣。业迟疑未决，适辅国将军沮渠男成，亦与嗣有嫌，从旁下石借端复仇，于是业竟杀嗣；且遣使谢暠，进藿都督凉兴巴西诸军事，领镇西将军。

时有赤气绕暠后园，龙迹出现小城，众以为瑞应在暠，交相传闻。晋昌太守唐瑶，首先佐命，移檄六郡，推暠为大都督大将军凉公，领秦凉二州牧。暠既得推戴，便颁令大赦。是年，岁次庚子，即以庚子纪元。追尊祖弇为凉景公，父旭为凉简公，命唐瑶为征东将军，郭谦为军谘祭酒，索仙为左长史，张邈为右长史，尹建兴为左司马，张体顺为右司马，宋繇为从事中郎，兼折冲将军。即遣繇东略凉兴，并拔玉门以西诸城，屯田积谷，保境图强，是为西凉。北凉主段业，闻暠独立，也欲发兵出讨，无如庸柔不振，力未从心，再加沮渠蒙逊等从中作梗，连自己位且不保，怎能顾及敦煌，所以李暠背业自主，安稳连年，那段业非但不能往讨，甚至大好头颅，也被人取去。看官欲问业为何人所杀？便是那尚书左丞沮渠蒙逊。小子有诗叹道：

文弱终非命世才，因人成事反招灾。

须知祸福无常理，大祸都从幸福来。

究竟蒙逊如何弑业，非一二语所能详尽，欲知底细，请至下回看明。

第八十七回

扫残孽南燕定都　立奸叔东宫失位

却说北凉主段业，用沮渠蒙逊为尚书左丞，貌似信用，暗实猜嫌，蒙逊窥业意，深自晦匿。业授门下侍郎马权为张掖太守，甚见亲重。权自恃豪略，蔑视蒙逊，蒙逊遂伺隙谮权，业信以为真，将权杀死。蒙逊既除去一患，还想设法除业，因复语从兄男成道：“段业愚暗，非济乱才，信谗爱佞，鉴断不明，前有索嗣马权，为业心腹，未可急图，今已皆诛死，我正可下手，除业奉兄，兄以为何如？”男成道：“业本孤客，为我家所拥立，彼得我兄弟，情同鱼水，人既亲我，我不应背人，背人不祥。”蒙逊即默然趋出。越宿，即向业而陈，愿出为西安太守。业正虑蒙逊内逼，巴不得他离开眼前，既得此请，当即乐从。蒙逊佯赴外任，致书男成，约与同祭兰门山，暗中却先使司马许成，入告段业道：“男成将乞假为乱，若求祭兰门山。便见臣言不虚了。”业疑信参半，到了次日，果由男成请假，谓须出祭兰门山。业遂信许成言，把他拿下，勒令自杀。男成道：“蒙逊先与臣谋反，臣因兄弟至亲，但加斥责，不忍遽发。今与臣共约祭山，反诬臣为逆，臣若朝死，彼必夕发，为大王计，不若诈言臣死，暴臣罪恶，待蒙逊倡乱，然后出臣往讨，名正言顺，无忧不克了。”业竟不肯听，迫使速死。

蒙逊闻男成死状，便泣告部众道：“我兄男成，忠事段王，反被枉杀，岂不可恨？况我等拥段为主，本欲安土息民，今段王如此无道，戮害忠良，试想我等还能安枕么？诸君如肯为我兄复仇，请速从我来。”部众未悉阴谋，并怀男成旧恩，便即泣涕应命，踊跃从行，霎时间已得万人。便由蒙逊引逼氐池，镇军臧莫孩,率众请降,羌胡亦多响应。蒙逊又进屯侯坞,业至此悔杀男成,亟授梁中庸为武卫将军,饬使专征。右将军田昂,得罪被囚,业复将他释放,令与中庸共讨蒙逊。别将王丰孙入谏道:“昂貌恭心险,不宜重用。且羁囚有日,定必怀仇,奈何反使他讨逆呢?”业蹙然道:“我亦未尝无疑,但事至今日,非昂不能讨蒙逊,卿且勿言!”昂奉命出发,一至侯坞,即率骑五百,归降蒙逊。中庸麾下各将士,不战先溃,害得中庸无法可施,也只好向蒙逊请降。

蒙逊毫不费力,长驱直进,竟到张掖。昂兄子承爱,愿为内应,就斩关纳蒙逊军。业惶急万状,号召左右,已皆奔散,顿时抖做一团,没法摆布。俄而蒙逊率兵进来,业越加惊慌,不得已流涕语蒙逊道:“孤孑然一身,为君家所推,勉居此位,今愿推位让国,但乞全我一命,使得东还,与妻子相见,便是再造宏恩了。”蒙逊回顾部众道:“彼杀人时,并未加怜,今死在目前,倒想人怜惜,汝等以为可恕么?”部众听了,都说是可杀可杀,杀声一起,便由蒙逊顺手一挥,众刃齐进,就使段业铜头铁额,到此也裂成数段了。蒙逊既得斩业,便召集梁中庸等,拟立嗣主。中庸等当然推立蒙逊,蒙逊尚谦让三分,但自称大都督大将军凉州牧张掖公,改元永安,署从兄伏奴为镇军领张掖太守,封和平侯,弟挐为建忠将军,封都谷侯,田昂为镇南将军,领西郡太守,臧莫孩为辅国将军,梁中庸房晷为左右长史,张隲谢正礼为左右司马,布赦安民,臣庶大悦。看官!你道蒙逊窃位的方法,善不善呢?刁不刁呢?

小子一支秃笔,演述这边,又不得不演述那边。当时南燕王慕容德,已自滑台徙都广固,竟由王称帝了,说来又有一段表白,请看官浏览下去。先是秦主苻登,为姚兴所灭,登弟广收拾残众,奔依南燕。慕容德令为冠军将军,使居乞活堡,会荧惑守东井,有人谓秦当复兴,广遂自称秦王,击败南燕北地王慕容钟。德乃留鲁王慕容和守滑台,自率精骑讨广,竟得荡平,斩广了事。不意滑台留守慕容和,竟为长史李辩所杀,举城降魏。德闻报大怒,即欲引兵还攻。前鄃令韩范谏阻道:“前时魏为客,我为主,今日我为客,魏为主,客主情形,大不相同,人心危惧,不可再战。今宜先据一方,自立根本,然后养足兵力,取还滑台,方为上计。”正议论间,帐外报称右卫将军慕容云到来。德即传入。云献上李辩首级,并言已救出将士家属二万余口,一并带来。德军正系念家眷,得了此信,统去分别认领,聚首言欢。

德又集将佐商议道:“苻广虽平,滑台复失,进有强敌,退无所依,将用何策?”给事中书令张华进言道:“彭城为楚旧都,依山带川,地广民饶,可取作基本,急往勿延。”德不甚赞成,犹豫未答。慕容钟慕舆护封逞韩讳等,谓不如仍攻滑台。独尚书潘聪献议道:“滑台四通八达,不易安居,且北通大魏,西接强秦,两国环伺,防不胜防。彭城土广人稀,坦平无险,又距晋甚近,晋必与我相争，我长陆战，彼长水战，就使我幸得彭城，到了秋夏霖潦的时候，江淮水涨，千里为湖，晋人鼓棹前来，如何抵御？故欲取彭城，亦非久计。惟青齐沃壤，向号东秦，地方二千里，户口十余万，右控山河，左负大海，可谓用武胜地；况广固为曹嶷所营，山形险峻，足为皇都，今被辟闾浑据住，浑本燕臣，辜负国恩，今宜遣辩士先往招谕，再用大兵在后继进，彼若不从，一战可下。既得广固，然后闭关养锐，伺衅乃动，这也好似西汉的关中，东汉的河内呢。”德尚以为疑，特遣牙门苏抚，往询齐州沙门僧朗。朗素善占候，与抚相见，抚即自陈来意，并述群臣各议。朗答道：“三策中莫如潘议。按诸天道，亦无不合。今岁彗星起自奎娄，遂扫虚危，奎娄二星，当鲁分野，虚危二星，当齐分野，彗星适现，正是除旧布新的天象。今请先定兖州，巡抚琅琊，待至秋风戒令，乃可北转临齐，应天顺人，正在此举。”抚又密问道：“将来历年几何？”朗微笑不言。抚再三固问，朗乃布蓍占易，详审卦兆，才密告道：“燕衰庚戌，年适一纪，传世及子。”抚惊起道：“有这般短促么？”朗说道：“卦兆如是，无关人事，但留证后来便了。”抚当即告别，还报慕容德，但说当进取广固，所有年数长短，不敢遽述。

德遂决意东行，引兵入薛城。兖州北鄙诸郡县，望风迎降。德另置守宰，禁兵侵掠，百姓安堵，统赍牛酒犒军。德又遣谕齐郡太守辟闾浑，辟闾浑抗命不从，乃命慕容钟率步骑二万，即日进攻，自率兵进据琅琊。徐兖人民，陆续归附，数达十余万户。兖州守将任安，弃城遁去。渤海太守封孚，就是后燕的吏部尚书，前次兰汗作乱，孚南奔辟闾浑，浑令他署守渤海。及德至莒城，孚乃出降。德大喜道：“我得平青州，尚不足喜，所喜者在得卿呢。”遂委任机密，事辄与商。再拟进军广固，为钟后援。辟闾浑闻德将至，徙八千余家守广固，遣司马崔诞守薄荀，平原太守张豁守柳泉，诞豁俱遣子奉书，向德投诚。浑孤立无助，当然惊骇，急挈妻子奔魏。行至莒城，被德将刘刚追及，擒住斩首。浑有少子道秀，自诣德营，愿与父俱死。德叹息道：“父虽不忠，子独能孝，我何忍加诛呢？”遂赦免道秀，只杀浑参军张瑛，随即入据广固，作为都城，并为僧朗建神通寺，酬绢百匹。越年，德自称皇帝，即位南郊，改元建平。因人民不易避讳，特在德字上加一备字，叫做备德，即援二名不偏讳故例，诏示境内。复在宫南建筑祖庙，遣使致祭，奉策告成，追谥前燕主慕容皝为幽皇帝，用慕容钟为司徒，慕舆拔为司空，封孚为左仆射，慕舆护为右仆射，立妻段氏为皇后。后即段仪次女季妃，自誓不作庸夫妇，至此果得为南燕后，也可谓如愿以偿了。

惟备德为前燕主慕容皝少子，母公孙氏尝梦日入脐，因致怀孕。生备德时，尚昼寝未醒，及侍女惊呼，方醒寤起床。皝谓此儿寤生，颇似郑庄公，将来必有大德，乃以德为名。及为范阳王，由后秦太史令高鲁，遗赠玉玺一纽，上有篆文镌着，系“天命燕”三字。又图谶秘文，载有四语云：“有德者昌，无德者亡，德受天命，柔而复刚。”此外尚有童谣云：“大风蓬勃扬尘埃，八井三刀卒起来，四海鼎沸中山颓，唯有德人据三台。”为了种种征验，所以备德入广固，终称尊号。独母公孙氏及兄慕容纳，陷落长安。备德前时别母，曾留金刀与诀，及从慕容垂起兵背秦，秦苻昌收捕备德家属，杀纳及备德诸子，公孙氏因老免死。纳妻段氏方娠，下狱待刑，狱掾呼延平，为备德故吏，私释二人，同奔羌中。纳妻段氏，生下一男，就是慕容超。超年十岁，祖母公孙氏方殁，临危时取出金刀，付超垂嘱道：“这是汝叔留下的纪念。若天下太平，汝可东往寻叔，赍刀送还便了。”超自然受教。呼延平代为理丧，复恐秦人掩捕，转挈超母子往投后凉。备德屡遣使入关，访问母兄，杳无下落，后由故吏赵融从长安东来，具述前情，才知母兄凶闻，备德连番恸哭，甚至呕血，寝疾数日，经良医调治，始得渐愈。但兄纳妻子，逃入后凉，不但备德无从探悉，就是赵融亦未尝闻知。后来超得东归，容至下文表明，小子却要叙入后燕了。

后燕主慕容盛，苛刻少恩，前文中已经叙过，勉强过了二年，宗族亲旧，多半携贰。盛尚不知恩抚，单靠着暗地钩考的思想，寻隙索瘢，不遗余力，独有一种暧昧的事情，发自太后宫中，盛虽自矜明察，反被她始终瞒着，毫无所闻。丁太后为盛伯母，看官应早阅悉，她本是个燕中的尤物。到了中年，还是丰容盛鬋，雪貌花肤，就中有个河间公慕容熙，索性渔色，又仗着皇叔懿亲，骠骑重任，时常出入宫廷，谒问太后。丁氏见他年甫逾冠，绰有丰仪，好一个翩翩公子，免不得另眼相看。熙就此勾引，朝挑暮拨，惹动丁氏情肠，你有情，我有意，彼此不顾嫂叔名义，竟凑成一番露水缘。宫中大小妇寺，就使得知，总教利诱势驱，自然不敢多口，只碍着主子慕容盛，不好明目张胆，夜夜交欢。盛又尝调熙远征，东伐高句骊，北讨奚契丹，情郎行役，闺妇怀愁，个中况味，唯有两人亲尝，不能与外人诉说，所以两人视盛，已似眼中钉一般，恨不得置盛死地，好让他日夜欢娱。可巧燕主盛长乐三年，盛往伐库莫奚，大获而还，饮至行赏，宫廷交庆。左将军慕容国，与秦舆段赞等，谋率禁兵袭盛，熙与丁氏，稍有所闻，但望他一举成功，偏偏机事未密，被盛察觉，竟将慕容国等先行拿斩，连坐至五百余人，惟舆子兴赞子泰等，幸得逃脱。

过了数日，兴与泰串同思悔侯段玑，夜入禁中，鼓噪大呼，响震屋瓦。盛闻变起床，亟率左右出战，击退乱党，玑亦被创，走匿厢屋间。忽有一贼潜蹑盛后，用刀斫盛。盛闻声跃起，身虽闪免，足已受伤，回顾那贼，却一闪儿不见了。盛忍不住痛苦，忙乘辇出升前殿，申约禁卫，宣召叔父河间公熙，拟嘱后事。熙尚未至，盛已晕倒座上，经左右舁入内廷，便即断气。中垒将军慕容拔，冗从仆射郭仲，急入白太后丁氏。丁氏装出一副泪容，颦眉与语道：“嗣主不测，为贼所伤，现惟有亟立新君，捕诛贼党，方足安慰先灵。”慕容拔道：“太子在外，请即迎立。"丁氏道:"国家多难,宜立长君,太子年幼,恐不堪承祚呢。"郭仲从旁插入道:"太子即不可立,不如迎立平原公。"丁氏又复摇首。再由慕容拔等请示,丁氏乃推出那心上人儿,说他名望素隆,足靖国难。又温言笼络拔等,即令他乘夜往迎,休得漏泄。拔等奉命而出,适值慕容熙进来,遂导令入宫,准备即位。

转眼间,便是天明,群臣联翩入朝,才知盛已暴殁。内廷有择立长君的消息,当时平原公慕容元,系盛季弟,曾任司徒尚书令,群望相属,总道是不立太子,必立太弟,就是郭仲所说,也属此人。偏待了半晌,由内侍传出太后手诏,乃是继立河间公熙,竟使叔承侄统,大众未免惊愕。但因熙职掌兵权,不好反抗,只得联名上书,向熙劝进。熙尚谓元宜嗣位,故意推让。元当然固辞,熙遂僭即尊位,捕诛叛臣段玑,及秦兴段鬚等人,并夷三族。且将平原公元,亦牵入案内,只说是与玑同谋,迫令自尽。乃下令大赦,为盛营葬。盛在位三年,殁时只二十九岁,追谥昭武皇帝,庙号中宗,出葬兴平陵。丁氏亦出都送葬,尚未还宫,中领军慕容提,及步军校尉张佛等,谋立故太子定,乘间发难。偏有人报知慕容熙,熙忙发兵捕获慕容提张佛,立即斩首,并将定一并赐死。及丁氏回来,宫廷已安静如常了。熙再颁赦令,改元光始,把北燕台改称大单于台,置在右辅,位次尚书,每日除视朝外,惟与太后丁氏调情取乐,俨然与伉俪相似。丁氏亦华装盛饰,日夜陪着,还道天长地久,生死不离,那知男子心肠,本多薄幸;再加丁氏华年,要比熙加长十余龄,熙未免嫌她年老,暗嘱左右幸臣,采选美人儿入宫。凑巧有一对姊妹花,流寓龙城,得被选入。经熙仔细端详,端的是面似桃花,眉似柳叶,目如点漆,发如堆云,齿若瓠犀,领若蝤蛴,再加一副轻盈体态,画笔难描,真令熙喜极欲狂,真把魂灵儿交付两美,惹得颠倒迷离,慢慢地按定了神,讯明姓氏,方知是前中山尹苻谟女儿,长名娀娥,次名训英。熙也不暇再问来历,便命左右摆起盛宴,令两美左右侍饮。红灯绿酒,翠鬟朱颜,真个是春色撩人,无情不醉。况熙系登徒子一流人物,怎得不馋涎欲滴?才饮数觥,已按不住欲火,便搂住两美,同入欢帏,去做那阳台梦了。小子有诗叹道:

冶容本是诲淫媒,况复娇雏并翼来。
一箭双雕原快事,谁知极乐即生哀。

熙既得了大小苻女,左拥右抱,欢爱的了不得,当然将丁氏冷淡下去,欲知后事,且看下回便知。

第八十八回

吕隆累败降秦室　刘裕屡胜走孙恩

却说大小苻女，并邀宠幸，与慕容熙欢爱数宵，大苻女娀娥，受封贵人，小苻女训英，受封贵嫔，两姊妹轮流伴寝，说不尽的凤倒鸾颠。但小苻女年既娇小，态愈鲜妍，更足令人生爱，所以得熙专宠，比阿姊还突过一筹。看官试想，两苻女貌本相同，只为了年龄上长幼，略有区别，便觉大不如小，何况这太后丁氏，已过中年，任她如何美艳，究竟残花败叶，不及嫩柳娇枝，自从两苻女入宫，熙遂与丁氏断绝关系，好几月不去续欢。丁氏忍耐不住，尝遣侍女请熙，熙哪里肯往，有时还要谩骂侍女，侵及丁氏。痴心女子负心汉，教丁氏如何不恼？如何不怨？七兵尚书丁信，为丁氏兄子，当由丁氏召他入议，密谋废熙。天道祸淫，不使丁氏再得快意，竟至密谋发泄，信被执下狱，所有丁氏定策功劳，一笔钩消，反说她是谋逆首犯，活活的胁使自尽，还算保全太后脸面。丁氏至此，悔也无及，只有一死罢了。熙命用后礼殓葬，谥曰献幽皇后，惟将丁信处斩了事。越年，进大苻女为昭仪，嗣复立小苻女为皇后，大苻女好微行游宴，熙为凿曲光海，清凉池，盛暑兴工，役夫多半渴死。小苻女好骑马游畋，熙尝与她并辇出猎，北登白鹿山，东过青岭，南临沧海，沿途征索供亿，不堪骚扰。士卒多为豺狼所害，并因路上遇寒，冻死至五千余人。熙全不顾恤，但教得两美人的欢心，还管甚么兵民，眼见是要好色亡国了。

且说后凉主吕隆，僭称天王，壹意逞威，收捕内外叛党，不遗余力。杨轨王乞基等，早自廉川奔降南凉，郭黁亦自魏安奔依西秦。南凉主利鹿孤，本收纳杨轨等人，既而杨轨阴有异谋，为利鹿孤所杀。西秦主乞伏乾归，服属后秦，势力方衰，郭麐虽然投奔，不过苟延残喘，未能唆使乾归，进图后凉。吕隆本可少安，偏他尚疑忌群臣，只恐为吕纂复仇，稍涉嫌疑，即加诛戮，因此内外骚然，各有戒心。魏安人焦朗，遣人至后秦，怂恿陇西公姚硕德道："吕氏自武皇弃世，诸子相攻，政治不修，但务威虐，百姓饥馑，死亡过半。明公位尊分陕，威振遐方，何不弃吕氏衰残，吊民伐罪，救此一方涂炭呢？"硕德遂转告秦主姚兴，兴令率步骑六万人，进攻后凉。乞伏乾归亦领七千骑从军。硕德自金城渡河，直逼姑臧，部将姚国方献策道："今悬军深入，后无援应，乃是危道，宜乘我锐气，与他速战，他总道我远来疲乏，可以力拒，我若得将他杀败，他自然生畏，无虑不克了。"硕德遂严申军律，准备厮杀。吕隆遣弟吕超，及龙骧将军品邈等，出城迎战。兵刃甫交，秦军如潮涌进，十荡十决，杀毙凉兵无数，超慌忙遁回，邈迟走一步，已被秦军打倒马下，活捉去了。姑臧大震，巴西公吕他，率东苑兵二万五千，出降秦营。隆惊惶得很，急忙收集离散，婴城拒守。西凉主李暠，北凉主沮渠蒙逊，南凉主秃发利鹿孤，俱遣使贡秦，且贺秦胜凉。

凉尚书姜纪，前因隆超僭夺，惧奔南凉。南凉广武公傉檀，与谈兵略，甚相契合，坐必同席，出必同车。利鹿孤常语傉檀道："姜纪原有美才，但我看他目动言肆，必不肯在此久留。倘若入秦，必为我患，不如趁早除去。"傉檀闻言大惊，忙接口道："臣以布衣交待纪，料纪必不负我，请勿他疑。"利鹿孤乃止。不意秦凉战起，纪竟潜奔秦军，往说硕德道："吕隆孤城乏援，明公率大军围攻，城中危急，势必乞降，但乞降乃是虚文，非真心服，公若班师，彼又抗命，现请给纪步骑三千，与焦朗等互为犄角，箝制吕隆，隆必无能为了。否则秃发在南，兵强国富，若乘公退兵，入据姑臧，威势益振，李暠沮渠蒙逊等，必且折入秃发，岂非公将来大患么？"硕德大喜，遂表为武威太守，给兵三千，使屯晏然，再督兵进攻姑臧。城中多谋外叛，将军魏益多，且煽惑兵士，谋杀隆超，事泄被诛，连坐至三百余家。于是群臣多向隆上书，请与秦军通和。隆尚不许，再经超一再进劝，略说"强寇外逼，兵粮内竭，上下嗷嗷，势难自固，不如遣使乞和，卑辞退敌。敌果退去，完境息民，若卜世未终，自可复旧，万一天命已去，亦得保全宗族"等语。隆乃依议，派使出城，乞降秦营，愿遣子弟为质。硕德不欲苛求，允如所约，一面转报长安。秦主兴即使鸿胪卿桓敦，册拜隆为镇西大将军，都督河西军事，领凉州刺史，封建康公。隆对使受命，乃遣母弟爱子，及文武旧臣慕容筑杨颖等五十余家，入质长安。硕德振旅而还，往返皆严肃部伍，秋毫无犯，西土皆称为义师。

过了两日，吕超又引兵攻姜纪，因纪严守不下，转攻焦朗。朗向南凉求救，南凉广武公傉檀，率兵赴援，到了魏安，见城下并无一人，只城门还是紧闭，一些儿没有影响。傉檀大是惊疑,即在城下大呼,促朗出迎,但听城上有人应声道:“寇已退走,无劳援军费心,也请退还,恕不送迎。”傉檀勃然怒起,便欲麾兵攻城,部将俱延谏阻道:“朗但靠孤城,总难久持,今岁不降,明年自服,何必多劳士卒,同他拼命?且为丛驱雀,转非良策,不如退兵数里,发使晓谕,令他自知无礼,定然出来谢罪了。”傉檀依议而行,果由朗复使谢过,乃仍与朗连和,顺道进军姑臧,就胡坑立营。夜间防凉兵掩袭,蓄火戒严,兵不解甲。到了夜半,营外突然火起,凉将王集,果来劫垒,傉檀徐起,纵兵出击,内外火炬齐明,光同白昼。集部下不过千人,敌不住傉檀大营,便欲返奔。偏傉檀驱兵杀上,集措手不及,竟被砍死。败兵逃回姑臧,吕隆惊骇,与超密谋,想出一条诈计,致书傉檀,伪与修好,且请傉檀入盟。傉檀也恐有诈,因使将军俱延往代。俱延入城,由超引至东苑,发伏出攻。俱延不及上马,徒步急奔,还亏城阃两旁,有南凉将军郭祖,引兵待着,让过俱延,截住超兵,且战且走,才得退归营中。傉檀大愤,遂攻显美城。昌松太守孟祎,固守待援,吕隆遣将荀安国石可等,领兵往救,中道却还。孟祎守了数旬,援军不至,竟被傉檀陷入,祎巷战被擒。傉檀问他何不早降?祎抗声道:“祎受吕氏厚恩,分符守土,若明公大军甫至,便即归附,如何对得住吕氏?想明公亦必斥为不忠呢。”傉檀改容礼祎,命即释缚,面授为左司马。祎固辞道:“吕氏将亡,圣朝必取河右,可无疑义。但祎为人守,城不能全,若再忝居显任,益增愧赧。果使明公加惠,令祎就戮姑臧,祎死且知感了。”傉檀称为义士,纵使归去。且恐师劳粮绝,收兵自归。

会姑臧大饥,斗米值钱五千,人自相食,饿莩盈途。吕隆恐有变祸,饬闭城门,日夜不开,樵采路绝。百姓乞出城觅食,愿为胡虏奴婢,日有数百。隆恨他煽动众心,索性把他拘住,尽行坑死,尸积如山。北凉主沮渠蒙逊,乘隙攻姑臧,隆不得已卑辞厚币,向南凉乞援。南凉再使傉檀赴急。蒙逊闻傉檀将至,勒兵挑战,为隆所败,乃与隆讲和结好,留谷万余斛,赈济凉民,然后退还。傉檀到了昌松,得知蒙逊回兵消息,因亦引军折回,途次接到利鹿孤命令,嘱他移讨魏安,乃改辙北行,再攻魏安守将焦朗。朗无力守城,不得已面缚出降。傉檀送朗赴西平,徙魏安人民至乐都。嗣是复屡寇姑臧,再加沮渠蒙逊,与吕隆背了前盟,也去侵扰。傉檀在南,蒙逊在北,恰好似喝着同心酒,共图后凉,累得隆南防北守,奔走不遑。偏后秦又来作祟,遣使征吕超入侍,隆急得没法,只好令超赍着珍宝,奉献秦廷,情愿将姑臧归秦,请兵相迎。秦主兴遂遣左仆射齐难等,率步骑四万人迎隆。军至姑臧,隆素车白马,出候道旁。难令司马王尚署凉州刺史,给兵三千,权守姑臧,分置守宰,镇守仓松番禾二城。隆使吕胤告辞光庙道:“陛下前抒远略,开建西夏,德被苍生,威震遐裔,后嗣不肖,迭相篡弑,二虏交迫,将归东京,谨与陛下诀别,从此长离。”胤告毕复命,隆即率宗族僚属，及民万户至长安。秦主兴授隆为散骑常侍，超为安定太守，其余文武三十余人，量才录用，不使向隅。但后凉自吕光开基，至隆亡国，共历四主，合十九年。

先是太史令郭黁，占得术数，谓代吕者王，故叛凉起兵，先推王详，后推王乞基。及吕隆东迁，代以王尚，恰如黁言，可惜黁徒算得一半，知姓不知名，所以终归失败。且奔投西秦后，从乞伏乾归降秦，又暗中推算，以为灭秦者晋！乃复潜身东奔，偏被秦人追获，割去头颅，这叫做人有千算，天教一算，算到尽头，徒落得身首两分，追悔无及了。那吕隆仕秦数年，亦连坐乱党，终至伏诛，待后再表。此处却要补述晋事了。

自孙恩被逐入海后，余灰复燃，又纠众进寇勾章，转攻海盐。勾章守将刘裕，随地抵御，且就海盐添筑城堡。恩屡来攻城，由裕麾兵出击，得破孙恩，阵斩恩党姚盛，然后收兵还城。惟恩虽败挫，余焰未衰，城中兵少势孤，恐难久持；裕乃想出一法，待至夜半，把城上旗帜，一齐拔去，密遣精兵伏住城闉。到了天明，竟把城门大开，只遣几个老弱残兵，嘱付数语，登城立着。恩探得城内空虚，驱兵复进，将到城下，遥见城门开着，便厉声喝问道："刘裕何在？"城上羸卒答应道："昨夜已引兵出走了。"贼众信为真言，拥众入城，陡听得一声鼓响，城门左右，突出两路伏兵，大刀阔斧，向贼乱斫。贼挤住城闉，进退无路，除被裕军杀死外，多半由自相蹴踏，倒毙无数。恩尚在城外，掉头急奔，幸逃性命，余众死了一半，一半随恩北走，径趋沪渎。

裕复弃城追击，海盐令鲍陋，遣子嗣之率吴军一千，从裕讨贼。嗣之年少，自恃骁勇，请为前驱。裕与语道："贼众善战，非吴军所能与敌，卿为前驱，倘或失利，必至牵动我军，不如随着我后，可作声援。"嗣之勃然道："将军亦未免小觑后生了。嗣之决意前行，效力杀贼，虽死无怨。"说着，引兵即去。裕明知不佳，没奈何从后继进，但使两旁多伏旗鼓，作为疑兵，等到前驱遇贼，两下交锋，裕令伏兵扬旗呐喊，擂鼓助威，贼果疑他四面有军，仓皇引退。偏嗣之不肯少停，策马急追，竟致裕军落后，无人相助，冒冒失失的闯将进去，被贼众翻身杀转，围住嗣之。嗣之独力难支，竟至战殁。贼众既得胜仗，便乘势来击裕军。裕见来势凶猛，也只得且战且走，走了数里，贼尚未肯舍去，麾下兵却死伤多人。裕索性下马，令左右脱去死人衣，故示闲暇。贼众见了，倒不禁生疑，勒马停住。裕反上马大呼，麾兵杀贼，贼始骇退，裕得从容引归。孙恩知裕不易敌，竟北赴沪渎，攻入守将袁山松营垒，将山松杀死，山松部下伤毙四千人。恩劫掠三吴丁壮，胁使为贼，遂航海直往丹徒。党羽十余万，楼船千余艘，烽火夜逼建康，都城大骇，内外戒严。

百官入命省内，使冠军将军高素等守石头，辅国将军刘袭堵淮口，丹阳尹司马恢之戍南岸，冠军将军桓谦等备白石，左卫将军王嘏等屯中堂，征豫州刺史谯王尚之入卫京师。会稽都督刘牢之，自山阴发兵邀击孙恩，已是不及，乃使刘裕从海盐入援。裕闻命即行，部兵不满千人，偏兼程前进。恩甫至丹徒，裕亦踵至，丹徒守军，本无斗志，百姓多荷担欲逃。恩率众登岸，鼓噪登蒜山，声震江流，兵民益骇。独裕晓谕兵民，叫他勿惧，自率步兵上山奋击，一当十，十当百，竟把恩众击退，复乘胜杀下，大破恩众。恩狼狈遁回船中，贼党投崖溺水，不下万人。惟恩尚有余众八九万，势还猖獗，他想丹徒有刘裕守住，未可轻进，不如直趋建康，遂驶舰西上，步步进逼。会稽世子后将军元显，发兵拒战，并皆失利。会稽王道子，无他谋略，但向蒋侯庙中焚香祷禳，日日不休。蒋侯名叫子文，系东汉时广陵人，嗜酒好色，尝自谓骨具青色，死当为神。及汉末为秣陵尉，逐贼至钟山下，受创而死。吴据江东，有故吏见子文出现，乘白马，执白扇，遮道与语道："我当为此间土神。"言讫不见。后来土地祠中，果常见灵异，吴主乃封为都中侯，加印绶，立庙堂，改钟山为蒋山，表示神灵。道子很是敬信，所以镇日祈祷，只望他暗中显灵，驱除贼寇，哪知寇氛甚恶，日逼日紧，宫廷内外，恟惧的了不得。幸亏谯王尚之，率锐驰至，入屯积弩堂。恩楼船高大，又遇逆风，不得疾行，好几日才到白石，探得尚之已至建康，都城有备，倒也不敢径进。又恐刘牢之截住后路，或至腹背受敌，因浮海北走郁洲，另遣党羽攻陷广陵，杀毙守兵三千人。朝旨调刘裕为下邳太守，集兵讨恩。裕仗着谋力，与恩大小数十战，无一不胜。恩逃至沪渎，再走海盐，俱由裕督兵尾追，好似飚迅电扫一般，杀得恩抱头狂奔，仍然窜入海中。到了安帝六年，改年元兴，恩还想出来骚扰，入寇临海，被太守辛景一场痛击，几乎杀尽贼党，恩投海自溺，方才毕命。亲党及妻妾等，从死百人，残众还称他为水仙。小子有诗叹道：

黄巾左道尽虚诬，篝火狐鸣吓腐愚。
若果水仙通妙术，海滨何事伏兵诛。

恩既溺死，尚有残众数千，未曾解散，又由众推出一个头目来了。欲知头目为谁，容至下回报明。

第八十九回

覆全军元显受诛
夺大位桓玄行逆

却说孙恩溺死，尚有妹夫卢循，未曾从死，为众所推，奉为头目。循系晋从事中郎卢谌从孙，双眸炯彻，眉宇清扬，少时工草隶书，并善弈棋。沙门惠远，有相人术，尝语循道："君可谓风雅士，可惜志存不轨，终乏善果，奈何奈何！"卢循听了此言，倒也不以为意。及长，娶孙恩妹为妻。恩纠众作乱，与循通谋。循常劝恩抚绥士卒，故人乐为循用。恩死后即奉循为主，仍然蟠踞海岛，不服晋命。晋廷还想命刘牢之等，出兵剿循，偏长江上游，突起了一场大乱，几乎把东晋江山，席卷了去，于是不暇顾循，但期扫清长江乱事，好几年才得就绪。

看官欲问乱首为谁？就是都督八州，兼领荆江二州刺史的桓玄。玄先令兄伟为雍州刺史，晋廷不敢驳议，他遂得步进步，表移伟为江州刺史，镇守夏口。司马刁畅为辅国将军，监督八郡军事，镇守襄阳。且遣部将桓振皇甫敷冯该等，并戍溢口。移沮漳蛮二千户至江南，为立武宁郡，更招集流民万人，为立绥安郡。两郡俱增设郡丞。晋廷征广州刺史刁逵，及豫章太守郭昶之入都，俱被玄留住不遣。玄自谓地广兵强，势压朝廷，遂欲篡夺晋祚，屡上书报告祯祥，隐讽执政。更向会稽王道子上笺，再为王恭讼冤。会稽王父子，见了玄笺，当然惶惧。庐江太守张法顺，进白元显道："玄始得荆州，人心未附，若使刘牢之为先锋，再用大军继进，取玄不难了。"元显本倚法顺为谋主，听了此言，自然心动。适武昌太守庾楷，密使人自结元显，请为内应，元显大喜，即遣法顺至京口，转告牢之，牢之颇有难色。法顺还报元显道："牢之无意效命，看他词色，将来必且叛我，不如召他入京，先斩此人，否则反多一敌，难免误事。"元显听了，不以为然，竟不从法顺所请。一面大治水军，准备讨玄。

元兴元年元旦，竟由晋廷颁诏，数玄罪状。即授元显为骠骑大将军，征讨大都督，加黄钺，节制十八郡军马。使刘牢之为前锋，谯王尚之为后应，克日出发，前往讨玄。加会稽王道子为太傅，居中秉政。元显欲尽诛诸桓，骠骑长史王诞，为中护军桓修舅，力向元显解免，谓修等与玄，志趣不同，元显乃止。法顺又入请道："桓谦兄弟，每为上流耳目，应速即加诛，借杜奸谋，况兵事成败，系诸前军，牢之居前，一或有变，祸败立至，最好令刘牢之杀谦兄弟，示无贰心，彼若不肯受命，隐情已露，我也好预先防备了。"元显怫然道："今非牢之不能敌玄，且三军甫出，先诛大将，人情亦必不安，这事怎可行得？"法顺再三固请，元显只是不从，且因谦父桓冲，遗惠及荆，特授谦荆州刺史，都督荆益宁凉四州军事，冀抚荆人。

桓玄坐踞江陵，自思东土未靖，朝廷不暇西顾，可以蓄力观衅。及闻元显已统军出讨，也不禁意外惊心，因欲完城聚甲，为自固计。长史卞范之道："明公声威，传闻远近，元显口尚乳臭，刘牢之大失物情，若进逼近畿，示以祸福，势必瓦解。明公自可得志，怎可延敌入境，自取穷蹙呢？"玄依范之言，遂抗表传檄，罪责元显。留兄伟守江陵，自举大兵东下。途次尚未免却顾，及行过寻阳，并不见有官军，才放大了胆，驱军急进，部众亦勇气加倍。又探悉庾楷诡谋，分兵诱袭，把他拘住，于是江东大震。元显甫出都门，接得桓玄来檄，已经心慌，再得庾楷被囚消息，免不得惊上加惊，勉强下船，终不敢发。晋廷上下，也不免着忙，特遣齐王柔之，执着驺虞幡，出告荆江二州，谕令罢兵。途中遇着桓玄前锋，不服朝命，竟将柔之杀死。玄顺流直至姑孰，使部将冯该等，往攻历阳。襄城太守司马休之，婴城固守，玄军堵截洞浦，纵火焚豫州军舰。豫州刺史谯王尚之，率步卒九千，列阵浦上，又遣武都太守杨秋，屯兵横江。秋竟降玄军，反引玄军攻尚之，尚之众溃，自奔涂中，避匿数日，终被玄军擒去。休之出战败绩，弃城遁走。

刘牢之本来观望，不附元显，他想利用桓玄，除去元显父子，再伺玄隙，把玄翦除，然后好职掌大权，唯所欲为，所以牢之虽为前驱，始终未肯效力。下邳太守刘裕，此时也奉调从军，为牢之参谋，请牢之亟往击玄。牢之摇首不答。可巧牢之的族舅何穆，阴受玄嘱，进说牢之道："从古以来，功高必危，试看越文种，秦白起，汉韩信，俱身事明主，尽忠戮力，功成以后，且不免诛夷，何况为暗主所任使呢？君如今日战胜，亦必倾宗，战败当然夷族。胜败俱不能自全，何若幡然改图，尚得长保富贵。古人射钩斩祛，还不害为辅佐，今君与桓玄，素元嫌隙，难道不好相亲么？”牢之正有此意，便令何穆报玄，阴与相通。刘裕再谏不从，牢之甥何无忌，为东海中尉，也极谏牢之，终不见听。裕又使牢之子敬宣入谏，以汉董卓比玄，请牢之急击勿失。牢之反怒叱道：“我也知桓玄易取，但平玄以后，试问骠骑能容我否？”敬宣不好违父，只得唯唯听受。牢之遂遣敬宣潜诣玄营，奉上降书。玄佯为优待，授任谘议参军，乘势进迫建康。

元显将要出发，忽有急报传到，谓玄已至新亭，吓得魂不附体，弃船返奔，退屯国子学。越日，出阵宣阳门外，军中自相惊扰，俄而玄军前队，鼓噪前来，大呼放仗。元显拍马急奔，还入东府，将佐统皆逃散，惟张法顺一骑随归。元显前曾录尚书事，与乃父东西对居，道子所居称东录，元显所居称西录，西府车骑辐辏，东府门可张罗，后来星孛天津，元显解职，仍加尚书令。吏部尚书车胤，密白道子，请抑元显。元显闻悉，谓胤离间父子，意欲害胤，胤竟惶急自杀。自是公卿以下，无一敢与元显抗礼。至元显败还，大都袖手旁观，无人顾恤，只有道子是情关骨肉，狼狈相依，虽平时亦隐恨元显，到此丢去前嫌，想替儿子设法。怎奈想了多时，不得一筹，惟有相对泣下。俄而从事中郎毛泰，导引玄军，闯将进来，七手八脚，把元显抓了出去，送往新亭，缚诸舫前，由玄历数元显罪恶。元显也不多言，但自称为王诞张法顺所误，懊悔不休。玄复命将王诞张法顺拿住，与元显同付廷尉，置诸狱中，一面整仗入京，矫诏解严，自为丞相，总掌百揆，都督中外诸军，录尚书事，领扬州牧。令桓伟为荆州刺史，桓谦为尚书左仆射，桓修为徐兖二州刺史，桓石生为江州刺史，卞范之为丹阳尹，王谧为中书令。新安太守殷仲文，系玄姊夫，弃郡投玄，星夜入都，玄即授为谘议参军。晋安帝本同木偶，未晓国事，内政一切，统由琅琊王德文代理，德文又无兵无权，如何能制服桓玄？玄得独断独行，不过借着天子的名目，号令四方，当下将元显等牵出狱外，先将元显开了头刀，次及谯王尚之，又次及庾楷张法顺。惟王诞本应同斩，桓修为舅乞怜，才得免死，流戍岭南。再收捕元显家属，得元显子六人，一并处死。只因道子为安帝叔父，不得不欺人耳目，先行奏闻，然后处置。奏中有“道子酣纵不孝，罪应弃市”等语。复诏援议亲故例，贷道子死，徙居安成郡，使御史杜竹林，偕往管束。竹林密承玄旨，鸩死道子，父子代握政权，威吓已极，至此相继遇害，这叫做自作孽，不可活呢。

刘牢之留次溧州，静待好音，好几日才见朝命，但授为会稽内史。牢之惊叹道：“今日便夺我兵权，祸在目前了。”已而敬宣自建康驰至，乃是讨差出来，佯称替玄慰谕，暗中却为父设谋，进袭桓玄。牢之迟疑未决，私召刘裕入商道：“我悔不用卿言，致为桓玄所卖。今欲北趋广陵，联结高雅之等，起兵讨逆，卿可从我去否？”裕答道：“将军率劲卒数万，望风降玄，今玄已得志，威震天下，朝野人士，已失望将军，将军岂尚能再振么？裕只有弃官归里，不敢再从将军。”

言毕即退，出外遇着何无忌。无忌密问道："汝将何往？"裕与语道："我观刘公必不能免，卿不若随我至京口。桓玄若守臣节，我与卿不妨事玄，否则与卿图玄便了。"无忌依议，也不向牢之告辞，竟偕裕同往京口去了。牢之大集僚佐，拟据住江北，纠众讨玄。参军刘袭进言道："天下惟一反字，最悖情理，将军前反王兖州，近日反司马郎君今又欲反桓玄，一人三反，如何自立？"这数句话说得牢之瞠目结舌，无言可答。袭亦退出，飘然自去。佐史亦多半散走。牢之惊惧，使敬宣至京口迎家眷。敬宣愆期不还，牢之还道是机谋已泄，为玄所杀，乃率部曲北走。到了新洲，部众散尽，牢之悔恨已极，且恐玄军追来，竟解带悬林，自缢而死。尚有左右数人，代为棺殓，草草了事。及敬宣奔至，惊悉牢之早死，无暇举哀，匆匆渡江，逃往广陵。桓玄闻报，命将牢之斲棺枭首，曝尸市中。牢之骁勇过人，当时推为健将，惟故太傅谢安在日，尝说牢之器小，不可独任，独任必败，至是果如安言。

桓玄又伪示谦恭，让去丞相，改官太尉，兼领豫州刺史，余官如故。国家大事，俱就谘询，小事乃决诸尚书令桓谦，及丹阳尹卞范之。自从安帝嗣位以来，会稽父子，秉权乱政，闹得一蹋糊涂。玄初入建康，黜奸佞，揽贤豪，都下人民，欣然望治。过了月余，玄即奢侈无度，政令失常，朋党互起，凌侮朝廷，甚至宫中供奉，亦隐加尅扣。安帝以下，不免饥寒；再加三吴大饥，民多饿死。临海永嘉，又遭孙恩卢循等侵掠，十室九空，百姓流离死亡，苦不胜言。桓玄出屯姑孰意欲抚安东土，乃遣人招致卢循，使为永嘉太守。循虽然受命，仍是暗中劫夺，骚扰不休。玄却自诩有功，隐讽朝廷，录取前后勋绩，加封豫章桂阳诸郡公。又复表辞不受，暗嘱有司为子侄请封。晋廷怎敢不依，因封玄子昇为豫章公，玄兄子濬为桂阳公。一面钩求异党，再杀吴兴太守高素，将军竺谦之刘袭等人。数子皆牢之旧将，故一并遇害。袭兄冀州刺史刘轨，邀同司马休之刘敬宣高雅之等，共据山阳，欲起兵攻玄，被玄先期察觉，发兵控御。轨等自知无成，走投南燕去了。

越年二月，玄上表申请，愿率诸军讨平关洛，有诏授玄为大将军。玄命整缮舟师，先制轻舸数艘，装载服玩书画。有人问为何因？玄答道："兵凶战危，倘有意外，当使轻便易运，免为敌人所掠呢。"这语一传，大众始知他饰辞北伐，其实为求封大将军起见。果然不到数日，朝旨复下，饬玄缓进。玄借朝命宣示将士，不复出兵。已而荆州刺史桓伟病死，玄令桓修继任。从事中郎曹靖之说玄道："谦修兄弟，专据内外，权势太重，不可不防。"玄乃令南郡相桓石康为荆州刺史，石康为玄从弟，仍系桓氏亲属，曹靖之徒费唇舌，反多为桓氏增一羽翼罢了。侍中殷仲文，散骑常侍卞范之，为玄心腹，密劝玄早日受禅，且由仲文起草，代撰九锡文及册命，玄当然心喜。朝右大臣，统是玄党，便即迫安帝下诏，册命玄为相国,总百揆,晋封楚王,领南郡南平宜都天门零陵营阳桂阳衡阳义平十郡,加九锡典礼,得置丞相以下官属。桓谦进任卫将军,录尚书事。王谧为中书监,领司徒,桓胤为中书令,桓修为抚军大将军。

时刘裕为彭城内史,修因召裕密问道:“楚王勋德崇隆,中外属望,闻朝廷将俯顺人情,仿行揖让故事,卿意以为何如?”裕应声道:“楚王为宣武令嗣,勋德盖世,宜膺大宝。况晋室衰弱,民望久移,乘运禅代,有何不可?”修欣然道:“卿以为可,还有何人敢云不可呢?”裕暗笑而退。

新野人庾仄,为殷仲堪旧党,闻玄谋篡逆,即纠众袭击襄阳,逐走刺史冯该。当下辟地为坛,祭晋七庙祖灵,祃师誓众,传檄讨玄,江陵震动。适值桓石康莅镇,引兵攻襄阳,仄出战败绩,奔投后秦。玄伪欲避嫌,自请归藩。桓修等入白安帝,请帝手诏慰留,安帝不得不从。玄又诈言钱塘临平湖忽开,江州有甘露下降,使百僚集贺庙堂,矫诏谓:“相国至德,感格神祇,所以有此嘉瑞”云云。玄复自思前代受命,多得隐士,乃特征前朝高隐皇甫谧六世孙希之,为著作郎,又使希之固辞不就,然后下诏旌礼,号为高士,时人讥为充隐。都人士有法书好画,及佳园美宅,必为玄所垂涎,尝诱令赌博,使作孤注,得胜便取为己有。生平尤爱珠玉,玩不释手,至逆谋已成,遂假传内旨,加玄冕十有二旒,建天子旌旗,出警入跸,车驾六马,乐舞八佾,妃得称王后,世子得称太子。卞范之便代草禅诏,迫令临川王司马宝,持入宫中,胁安帝照文誊录,盖用御印,当即发出。越宿,逼帝临轩,交出玺绶,遣令司徒王谧赍给楚王,复徙帝出居永安宫。又越宿,迁太庙神主至琅琊庙,逼何皇后及琅琊王德文,出居司徒府。何皇后行过太庙,停舆恸哭,哀感路人;后来为玄所闻,勃然怒道:“天下禅代,不自我始,与何氏妇女何涉,乃无端妄哭呢?”

王谧既将玺绶献玄,百官又统至姑孰,联名劝进。玄命在九井山北,筑起受禅台来,便于元兴二年十二月朔旦,僭即帝位,改国号楚,纪元永始,废安帝为平固王,王皇后为平固王妃,降何后为零陵县君。琅琊王德文为石阳公,武陵王遵为彭泽县侯,追尊父温为宣武皇帝,母南康公主为宣皇后,封子昇为豫章王。余如桓氏子弟族党,一律封赏,大为王,次为公,又次为侯。过了数日,玄乘法驾,设卤簿,驰入建康宫。途中适遇逆风,旌旗皆偃,及登殿升座,猛听得豁喇一声,御座陷落,好似有人在后推玄,险些儿跌将下来。小子走笔至此,因随书一诗道:

唐虞禅位传文德,汉魏开基本武功。

功德两亏谋盗国,任他狡猾总成空。

究竟玄曾否跌下,待至下回续表。

第九十回

贤孟妇助夫举义　勇刘军败贼入都

却说桓玄上登御座，忽致陷落，几乎跌下。左右慌忙扶住，才得站住。群下统皆失色，独殷仲文向前道："这是圣德深厚，地不能载，所以致此。"玄乃易惊为喜，出殿还宫，徙安帝出居寻阳，纳桓温神主于太庙中，立妻刘氏为皇后。散骑常侍徐广，请依据晋典，建立七庙。玄自以为祖彝以上，名位未显，不欲追尊，但诡词辩驳道："礼云三昭三穆，与太祖为七，是太祖应为庙主，昭穆皆在太祖以下。近如晋室太庙，宣帝反列在昭穆中，次序错乱，怎得奉为定法呢？"广乃默然退出，适遇秘书监卞承之，述及前言。承之喟然道："宗庙祭祀，上不及祖，眼见是楚德不长了。"

玄性苛细，好自矜伐，朝令暮更，群下无所适从，遂致奏案停积，纪纲不治；惟素好游畋，日必数出。兄伟葬日，旦哭晚游。且出入未尝预告，一经命驾，传呼严促，侍从奔走不暇，稍或迟慢，即遭斥责，所以众情咸贰，怨气盈廷。玄心中也不自安，时常戒备。一夕，有涛水涌至石头城下，奔腾澎湃，突如其来，岸上人不及奔避，多被狂涛卷去，顿时天昏地黯，鬼哭神号。玄在建康宫中，也有声浪传到，矍然惊起道："敢是奴辈发作么，如何是好？"说着，即命左右出外探听。及接得还报，方知巨涛为祟，才得放心。

寻遣使至益州，加封刺史毛璩为散骑常侍，兼左将军。璩不肯服玄，竟将来使拘住，扯碎玄书。因授桓希为梁州刺史，令他分派诸将，调戍三巴，严防毛璩。璩索性传檄远近，列玄罪状，慷慨誓师，克日东讨。当下遣巴东太守柳约之，建平太守罗述，征虏司马甄季之，会攻桓希，大得胜仗，遂引兵进屯白帝城。玄又命桓弘为青州刺史，镇守广陵，刁逵为豫州刺史，镇守历阳。弘令青州主簿孟昶，入都报政，玄见他词态雍容，很加器重，便语侍臣刘迈道："素士中得一尚书郎，与卿同一州里，卿可相识否？"迈与昶皆下邳人，素不相悦，至是即应声道："臣在京口，不闻昶有异能，但闻他父子纷纷，互相赠诗哩。"玄付诸一笑，乃遣昶仍返青州。昶行至京口，正与刘裕相遇，彼此叙谈，颇觉投机。裕笑语道："草泽间当有英雄崛起，卿可闻知否？"昶接口道："今日英雄为谁，想便应属卿了。"看官听说，昶因刘迈从中媒孽，隐怀愤恨，所以见了刘裕，乐得乘间挑衅，要他去做个冲锋，推倒桓玄。

裕乃与昶共议匡复方法，当时有好几处机会，可以联络，一是弘农太守王元德，与弟仲德皆有大志，不服桓玄，此时卸职入都，正好使他内应。还有前河内太守辛扈兴，振威将军童厚之，亦寓居建康，与裕素有往来，亦可密令起应元德，做个帮手；二是裕弟道规，方为青州中兵参军，正好使他暗袭桓弘，当令孟昶还白道规，佐以沛人刘毅合同举事；三是豫州参军诸葛长民，也是裕一个密友，正好使他同时举发，袭取豫州刺史刁逵，据住历阳。安排已定，便分头通知。

孟昶立即辞行，返至青州，即向妻周氏说道："刘迈在都中毁我，使我一生沦落，我决当发难，与卿离绝，倘然得遇富贵，迎汝未迟。"周氏接口道："君有父母在堂，理应奉养，今君欲建立奇功，亦非妇人所能谏阻，万一不成，当由妾谨事舅姑，死生与共，义无归志，请君不必多心。"昶沉吟多时，欲言不言，因抽身起座，意欲外出。周氏已瞧破情形，抱儿呼昶，复令返座道："看君举措，并非欲谋及妇人，不过欲得我财物呢。"说着，又指怀中儿示昶道："此儿如可质钱，亦所不惜。"昶乃起谢。原来周氏多财，积蓄颇饶，至此遂倾资给昶，昶得与刘道规等联同一气，相机下手，一面预报刘裕。裕与何无忌同居京口，无忌尝思为舅复仇，当然与裕同志，事必预谋。裕既决计起兵，令无忌夜草檄文，无忌母为刘牢之姊，从旁瞧着，不禁流涕道："我不及东海吕母，汝能行此，还有何恨？"随即问同谋为谁？无忌答称刘裕。母大喜道："得裕为主，桓玄必灭了。"

过了两日，无忌偕裕出行，托词游猎，号召义徒，共得百余名，就中选得志士二十人，使充前队，自己冒作敕使，一骑当先，扬鞭入丹徒城。徐兖二州刺史桓修，闻有敕使到来，便出署相迎。兜头遇着无忌，正要启问，偏被无忌顺手一刀，头随刀落，当下大呼讨逆，众皆骇散。刘裕得无忌捷报，即驰入府舍，揭榜安民，片时已定。当将桓修棺殓，埋葬城外。召东莞人刘穆之为府主簿，穆之直任不辞。徐州司马刁弘，得知丹徒有变，方率文武佐吏，来探虚实。裕登城与语道："郭江州已奉乘舆，反正寻阳，我等并奉密诏，诛除逆党，今日贼玄首级，已当枭示大众，诸君皆大晋臣子，来此何干？”弘等闻言，信以为真，当即退去。适值孟昶刘毅刘道规，诱杀桓弘，收众渡江，来会刘裕。裕令刘毅追袭刁弘，杀死了事。

青徐兖三州已经略定，只有建康及豫州二路，尚未发作。裕令毅作书报告乃兄，乃兄就是刘迈，得了毅书，踌躇未决。致书人周安穆，见迈怀疑，恐谋泄罹祸，匆匆告归。迈正受玄命为竟陵太守，意欲夤夜出行，冀得避难，忽由桓玄与书，谓：“北府人情云何？卿近见刘裕，彼作何词？”迈阅书后，还道玄已察裕谋，竟默然待旦，自行出首。玄顿觉大惊，面封迈为重安侯，立饬卫兵出宫，收捕王元德辛扈兴童厚之等，骈戮市曹。已而有人向玄谮迈，谓迈纵归周安穆，不免同谋。玄遂收迈下狱，亦处死刑。

那刘裕已为众所推，作为盟主，总督徐州军事，用孟昶为长史，檀凭之为司马，当下号召徐兖二州众士，得一千七百人，出次竹里，传檄远近，声讨桓玄。玄因命扬州刺史桓谦为征讨都督，并令侍中殷仲文，代桓修为徐兖二州刺史，会同拒裕。谦请发兵急击，玄皱眉道：“彼众甚锐，向我致死，我若一挫，大事去了，不若屯兵覆舟山下，以逸待劳，彼空行至二百里，无从一战，锐气必挫。忽见我大军屯守，势必却顾，我再按兵坚垒，勿与交锋，使彼求战不得，自然散去，这乃是今日的上计哩。”谦尚执定前议，仍然固请。玄乃请顿邱太守吴甫之，右卫将军皇甫敷，北击裕军。各军陆续出发，玄心下还带着惊慌，绕行宫中，徬徨不定。左右从旁劝慰道：“裕等不过乌合，势必无成，至尊何必多虑？”玄摇言道：“裕乃当世英雄，刘毅家无担石，樗蒱且一掷百万，何无忌酷似彼舅，共举大事，何谓无成？”说至此，又忆从前不听妻言，懊怅不置。原来裕为彭城内史，曾在桓修麾下，兼充中书参军。修尝入都谒玄，裕亦从行。玄见裕风骨不凡，称为奇杰，待遇甚优，每值宴会，必召裕入座。玄妻刘氏，从屏后窥见裕貌，谓裕龙行虎步，瞻顾非凡，将来必不可制，因劝玄趁早除裕。玄欲倚裕为助，故终不见从，谁知裕还京口，果然纠众发难，做了桓玄的对头，玄怎得不悔？怎得不恨？但已是无及了。

刘裕率军径进，攻克京口，用朱龄石为建武参军。龄石父绰，曾为桓冲属吏，至是龄石虽受裕命，自言受桓氏厚恩，不欲推刃。裕叹为义士，但令随着后队，不使前驱。行至江乘，正值玄将吴甫之，引兵杀来。甫之向称骁勇，全不把刘裕放在眼中，拍马直前，挺槊急进。裕军前队，却被拨落数人，正在杀得兴起，蓦有一将驰至，厉声大呼道：“吴甫之敢来送死吗？”甫之未曾细瞧，已被来将大刀一劈，剁落马下。看官道是何人？原来就是刘裕。裕乘甫之不备，把他劈死，便即杀散余众，进军罗落桥。对面有敌阵列着，乃是玄将皇甫敷。裕又欲亲出接战，独司马檀凭之，纵马先出，与敷交锋，战了数十回合，凭之力怯，一个失手，为敷刺死。裕不禁大怒，自出接仗，敷素闻裕名，不敢轻与交手，惟麾众围裕，绕裕数重。裕毫不畏缩，倚着大树，与敷力战。敷呼裕道："汝欲作何死？"说着，即拔戟刺裕。裕大喝一声，吓得敷倒退数步，不敢近前。可巧裕党共来救应，击破敷众，敷解围欲走，裕令军士一齐放箭，射中敷额，敷遇创仆地，裕持刀直前，将要杀敷，但听敷凄声语道："君得天命，敷应受死，惟愿以子孙为托。"裕一面允诺，一面下手斩敷，随令军吏厚恤敷家，安抚孤寡，示不食言。且因檀凭之战死军中，特令他从子檀祗，代领遗众，仍然进薄建康。

桓玄闻二将战死，越觉惊心，忙召诸术士推算吉凶，并为厌胜诅咒诸术，并问及群臣道："朕难道就此败亡么？"群臣皆不敢发言。独吏部郎曹靖之抗声道："民怨神怒，臣实寒心。"玄瞿然道："民或生怨，神有何怒？"靖之道："晋氏宗庙，飘泊江滨，大楚祭不及祖，怎得不怒？"玄又道："卿何不先谏？"靖之道："辇下君子，统说是时逢尧舜，臣何敢多言。"玄无词可答，只长叹了好几声。寻使桓谦出屯东陵，卞范之出屯覆舟山西，共合二万人。裕至覆舟山东，使军士饱餐，弃去余粮，期在必死，先令老弱残兵，登高张旗，作为疑兵，然后与刘毅等分作数队，突进谦阵。毅与裕俱身先士卒，拼死直前，将士亦踊跃随上，喊声动地。适有大风从东北吹来，裕军正在上风，便放起一把火来，火随风势，风助火威，烧得桓谦部下，都变了焦头烂额的活鬼，那里还敢恋战，纷纷大溃。谦与范之，也一溜烟似的跑去，苟延生命。

玄因两军交战，时遣侦骑探报，侦骑见了疑兵，即返报裕军四塞，不知多少。玄亟遣武卫将军庾赜之，带领精兵，往援谦军，暗中却使领军将军殷仲文，至石头城预备船只，以便逃走。忽有探马踉跄入报，说是桓谦卞范之两军，俱已败溃。玄忙集亲信数千人，仓皇出奔，口中还声言赴战，挈同子昇及兄子濬，出南掖门。适遇前相国参军胡藩，叩马谏阻道："今羽林射手，尚有八百，非亲即故，彼受陛下累世厚恩，应肯效力，乃不驱令一战，偏舍此他去，究竟何处可以安身？"玄不暇对答，但用鞭向天一指，便即策马西走。驰至石头，见仲文已备齐船只，即下船驶行。船中未曾备粮，经日不食。及驶至百里外，方从岸上觅得粗粝，刈苇为炊，大众才得一饱。玄勉强取食，咽不能下，由子昇代为抚胸，惹得玄涕泣俱下，复恐追兵到来，径往寻阳去了。

惟建康城内，已无主子，司徒王谧等，当然背玄，迎裕入都。王仲德抱元德子方回，出城候裕。裕接见后，便将方回抱入怀中，与仲德对哭一场，面授仲德为中兵参军，追赠元德为给事中，然后将方回缴还仲德，引兵驰入都中。越日，移屯石头城，设立留台，令百官照常办事，取出桓温神主，至宣阳门外毁去，另造晋室新主，奉入太庙。又派刘毅等追玄，所有桓氏族党，留居建康，尽行捕诛。再使部将臧熹入宫检收图书器物，封闭府库，熹一一敛贮，毫无所私。裕乃倡言迎驾,使尚书王嘏,率百官往寻阳,迎还安帝。嘏与百官奉令去讫,惟王谧居守留台,推裕领扬州军事。裕一再固辞,让谧为扬州刺史,仍领司徒,兼官侍中,录尚书事。谧复推裕都督扬徐兖豫青冀幽并八州,领徐州刺史,裕即受任不辞。当下令毅为青州刺史,何无忌为琅琊内史,孟昶为丹阳尹,刘道规为义昌太守。凡军国处置,俱委任刘穆之,仓猝办定,无不就绪,朝野翕然。只诸葛长民前与裕约,谋据历阳,事尚未发,为刺史刁逵所闻,将他拘住,槛送建康。行亚当利,闻得桓玄出走,建康已属刘裕,解差乐得用情,破槛放出长民,还趋历阳。历阳兵民,乘机反正,逐去刺史刁逵,逵弃城出走,正与长民相值,再经城中兵士追来,无从逃避,只好下马受缚,由他解送石头,一刀处死。子侄等亦皆骈戮,惟季弟给事中刁聘,幸得赦免。裕令魏咏之为豫州刺史,镇守历阳,诸葛长民为宣城内史。先是裕少年微贱,轻狡无行,名流多不与往来,惟王谧素来重裕,尝语裕道:"卿当为一代英雄。"裕亦因此自负。会与刁逵赌博,输资不偿,逵缚诸树上,责令还值,嗣由谧代为偿还,方得释裕。裕感谧愈深,恨逵亦愈甚,至是酬恩报怨,才得伸志。惟桓玄篡位时,谧实助玄为虐,手解安帝玺绶,献与桓玄。见前回。时论皆不直王谧,谓宜声罪伏诛,独裕力为保全,谧才得无恙。

桓玄奔至寻阳,将要息肩,闻得刘毅等又复追来,他急胁迫安帝兄弟,及何王二后,乘舟西行。留龙骧将军何澹之,与前将军郭铨,刺史郭昶之等,堵仗湓口。刘毅等不能前进,尚书王嘏等,无从迎驾,只好还报刘裕。裕乃托称受帝密诏,迎武陵王司马遵为大将军,暂居东宫,承制行事。遵父名晞,就是元帝第四子,受封武陵,由遵袭爵,留官建康,任中领军。桓玄篡位,降遵为彭泽侯,勒令就镇。遵甫出石头,裕军已至,乃退还就第,此时总摄百揆,称制大赦,惟桓玄一族,不在赦例。可巧刘敬宣司马休之,自南燕奔归,遂令休之领荆州刺史,监督荆益梁宁秦雍六州军事,敬宣为晋陵太守。他两人奔往南燕时,曾与刘轨高雅之同行,后欲密图南燕王慕容备德,事泄南奔,轨与雅之被南燕兵追斩,独休之敬宣得脱,还为晋臣。休之奉命赴镇,但此时的荆州,尚为桓石康所据,怎肯让与休之,再加桓玄自寻阳奔赴,当然迎纳桓玄,与晋反抗。玄仍称楚帝,即以江陵为楚都,眼见得桓玄虽败,还有一片尾声。小子有诗咏道:

石头城内庆安全,半壁江山得少延。
只有荆襄还未靖,尚劳兵甲扫残烟。

欲知江陵如何攻克,待至下回再表。

第九十一回

截江洲冯迁诛逆首 陷成都谯纵害疆臣

却说桓玄退居江陵，仍称楚帝，署置百官，用卞范之为尚书仆射，倚作心腹，自恐奔败以后，威令不行，乃更加严刑罚，好杀示威。殷仲文劝玄从宽，玄发怒道："今因诸将失律，天文不利，故还都旧楚。今群小纷纷，妄兴异议，方当严刑惩治，奈何反说从宽呢？"仲文不便再劝，只好退出。玄兄子歆，贿结氐帅杨秋，进寇历阳，为魏咏之诸葛长民刘敬宣等击败，追至练固，将秋杀毙。玄再使武卫将军庾雅祖，江夏太守桓道恭，率数千人助何澹之，共守湓口。晋将何无忌刘道规，引兵至桑落洲，与澹之等乘舟交战。澹之平时的坐船，羽仪旗帜，很是辉煌，无忌语众将道："澹之必不居此，无非虚张声势，摇惑我军，我当先夺此船。"众将道："澹之既不在此船，就使夺得，也属无益。"无忌道："彼众我寡，胜负难料，澹之既不居此船，战士必弱，我用劲兵往攻，定可夺取，夺取以后，彼衰我盛，乘势迫击，破贼无疑了。"道规也以为然，遂遣精兵往攻。船中果无健将，立被晋兵夺来。无忌即令军士传呼道："我军已擒得何澹之了。"澹之军中，闻声大惊，自相哗扰。就是晋军也道是已得澹之，勇气百倍，当由无忌道规，麾军进攻澹之等。澹之各军，已经气夺，怎禁得晋军猛扑，奋勇杀来，顿时逃的逃，死的死，澹之等一齐遁去。无忌道规，得驶入湓口，进屯寻阳，取得晋宗庙主祐，奉还京师。

桓玄接得澹之等败报，复大集荆州士卒，得众二万人，楼船数百艘，再挟安帝东下，亲来督战。使散骑常侍徐放先行，入说刘裕等道："若能旋军散甲，当共同更始，各授爵位，令不失职。”裕等当然不从，更拨青州刺史刘毅，及下邳太守孟怀玉，会师寻阳，与何无忌刘道规两军，西出拒玄。两军相遇峥嵘洲，毅军尚不满万人，见玄军军容甚盛，各有惧色，意欲退还寻阳。独刘道规挺身道：“行军全在气势，不在多寡，今欲畏怯不进，必为所乘，就使得返寻阳，亦岂遂能固守？玄虽外示声威，内实恇怯，并且前次已经奔败，众无固志，临机决胜，在此一举，怕他什么！”说着，即麾众前进，毅等乃鼓棹随行。两下方才交锋，忽江面刮起一阵大风，吹向玄舟，道规大喜，即令军士纵火，顺风烧贼。毅等亦助薪扬威，烟焰迷蒙，统望玄舟扑去。玄众本无斗志，再加大火冲来，船多被焚，哪里还敢对敌，当下散舟大溃。玄坐舫边备有小舸，慌忙挟帝换船，飞桨西走。时何王二后，亦被玄胁令从军，避火乱奔，行至巴陵，殷仲文收集散卒，背叛桓玄，奉二后奔往夏口，旋即东入建康。惟桓玄挟住安帝，再返江陵，玄将冯该，请再整兵拒战，无如人情离沮，号令不行。玄不得已乘夜出走，欲奔汉中，往依梁州刺史桓希。甫至城阃，忽暗中有数人闪出，持刀斫玄。玄手下尚有心腹百余人，慌忙代玄格住，玄才得免伤。彼此互相刺击，天又昏黑，不能细辨，但乱杀了一回，徒落得肝脑涂地，尸首塞途。玄单骑逃出，幸得下船，待了片刻，唯卞范之踉跄奔来，尚有嬖人丁仙期万盖等，也随后趋至，偕玄西行。安帝才免挟去，由荆州别驾王康产，奉帝入南郡府舍。南郡太守王腾之，率领文武，为帝侍卫。琅琊正德文，始终随着安帝，不离左右。安帝至此，才觉惊魂粗定，稍安寝食了。

益州刺史毛璩，前曾移檄讨玄，因为桓希所阻，未曾东下。有侄修之，为汉中屯骑校尉，与璩交通，他闻玄战败西奔，正好设法除奸，便亲诣玄舟，诈言蜀地无恙，不妨前往。玄已如漏网鱼，脱笼鸟，但教有路可奔，无不愿行，再加子侄辈陆续奔集，船中也有数十人，乐得一同西往，权寻一个安身窠。适宁州刺史毛璠，在任病殁，璠系璩弟，由璩遣从孙毛祐之，及参军费恬，督护冯迁等，护丧归江陵，道出枚回洲，正与桓玄遇着。两边俱系舟行，祐之眼快，看见玄坐在舟中，便遥问道：“逆贼何往？”一声喝着，舟中竞起，统弯弓放箭，射向玄舟。玄惊慌得很，嬖人丁仙期万盖，挺身蔽玄，俱被射死。益州督护冯迁，索性督同壮士，跃过玄舟，持刀径入。玄战声道：“汝，汝何人？敢杀天子？”迁应声道：“我来杀天子的贼臣。”道声未绝，刀光一闪，已将玄首劈下。玄子昇忙来救护，已是不及，反被冯迁等打倒，捆绑起来。毛祐之费恬等，一齐到玄舟中，劈死桓石康桓濬，惟卞范之凫水逃去。毛修之持了玄首，毛祐之锁住桓昇，同赴江陵，即遣人迎入安帝，暂借江陵为行宫，下诏大赦。惟桓氏不赦，命将桓昇牵出市曹，一刀斩讫。进毛修之为骁骑将军，余亦封赏有差，一面传送玄首，悬示大桁。

刘毅等闻乘舆反正，总道江陵已平，不必速进，且连日为逆风所阻，未便行舟，所以沿途逗留。哪知死灰复燃，余孽再炽。玄从子桓振，自华容浦纠众出来，掩袭江陵城。桓谦本避匿沮中，也聚党应振，众又逾千。江陵空虚，只有王康产王腾之守着，蓦被桓振等陷入，慌忙抵敌，已是不及，两人相继战死。桓振跃马操戈，直入行宫，向安帝追索桓昇，张目奋须道："臣门户何负国家，乃屠灭至此？"安帝面如土色，连一句话都说不出来。还是琅琊王德文，从旁代答道："这岂我兄弟本意么！"振尚不肯敛手，奋戈指帝。可巧桓谦驰入，斥振无礼，苦加禁阻。振乃敛容下马，再拜而出。越宿为玄发丧，伪谥武悼皇帝。又过一宵，桓谦等率领群臣，奉还玺绶，且上言道："主上法尧禅舜，德媲唐虞，今楚祚不终，民心仍还向晋室，谨将玺绶奉缴，借副众望。"琅琊王德文，接了玺绶，交与安帝，又不得不婉言羁縻，令他退候诏旨，谦等奉命退出。未几，即有诏命颁发，授德文为徐州刺史，桓振为荆州刺史，都督八郡军事，桓谦复为侍中卫将军，加江豫二州刺史。于是桓氏又得专政，侍御左右，皆振爪牙。振少时无赖，为玄所嫉，至是振叹息道："我叔父不早用我，遂致败亡；若使叔父尚在，我为前锋，天下已早定了。今局居此地，果将何归？看来是不能久持呢。"谦劝振引兵东下，自守江陵。振方纵情酒色，肆行杀戮，欲安享几日的威福，怎肯再行赴敌？谦只得招募徒众，出堵马头，使桓蔚往戍龙泉。

刘毅何无忌刘道规等，接得江陵警耗，方鼓行西进，击破桓谦，又分兵再破桓蔚，兵势大振。无忌欲乘胜直趋江陵，道规谏阻道："兵法屈伸有时，不可轻进。诸桓世居西楚，群小皆为竭力，振又勇冠三军，难与交锋，今且息兵养锐，佯为示弱，待他骄怠，不患不胜。"无忌不从，引军直进。桓振果倾众出战。冯该卞范之等，又先后趋集，与无忌交战灵溪。无忌抵挡不住，前队多死，没奈何退保寻阳，与刘毅等上笺请罪。刘裕仍命毅节度诸军，惟夺去青州刺史官职。毅整署兵甲，修缮船械，再图西进。刘敬宣豫储粮食，拨给各军，所以无忌等虽然败退，不致大挫。休养数日，复从寻阳出发，前往复口。桓振遣冯该守东岸，孟山图据鲁山城，桓仙客守偃月垒。共计万人，水陆互援。刘毅攻孟山图，道规攻偃月垒，无忌遏住中流，抵御冯该，自辰至午，晋军大胜，擒住山图仙客，独冯该走往石城。毅等进拔巴陵，军令严整，不准侵掠，百姓安堵如常。

刘裕复命毅为兖州刺史，规复江陵。时益州刺史毛璩，从白帝城引兵出发，袭破汉中，得诛桓希。桓氏势力日蹙，惟荆襄尚为所据。桓振令桓蔚驻守襄阳，勉强过了残年。一交正月，南阳太守鲁宗之，起兵讨逆，掩入襄阳城。桓蔚走还江陵，刘毅并集各军，再攻马头。桓振挟安帝出屯江津，遣使求割江荆二州，然后送还天子。刘毅不许。振正欲拒战，不防鲁宗之杀入柞溪，击破振将桓楷，进驻纪南。振不得不还防宗之，留桓谦冯该卞范之守住江陵，监视安帝兄弟。谦令冯该堵截豫章口，为刘毅等所击败，再奔石城。毅等直至江陵城下，纵火焚门，谦等弃城西遁。惟卞范之迟走一步，被晋军拦住，拿下处斩。随即扑灭余火，麾军入城。桓振到了纪南，杀退鲁宗之军，返救江陵，途中望见火起，料知城已被陷，部众溃散，振无路可归，逃往涢川。安帝再得正位，改元义熙，复下赦诏，惟桓氏仍不得赦。前丰城公桓冲，有功王室，特赦免冲孙胤一人，徙居新安。进刘毅为冠军将军，所有行宫政令，悉归毅主持。授鲁宗之为雍州刺史，毛璩为征西将军，都督益梁秦凉宁五州军事。璩弟瑾为梁秦二州刺史，瑗为宁州刺史，遣建威将军刘怀肃，追剿桓氏余党，阵斩冯该。桓谦桓蔚桓楷何澹之等，都西奔后秦。

会建康留台，备齐法驾，来迎安帝。何无忌奉帝东还，留刘毅刘道规居守夏口，江陵归荆州刺史司马休之入守，不意桓振再收遗众，又从涢川进袭江陵。司马休之未曾豫备，仓皇出敌，吃了一个败仗，奔往襄阳。振再入江陵，自称荆州刺史。建威将军刘怀肃，急引军救江陵城，刘毅又遣广武将军唐兴为助，夹攻桓振。振出战沙桥，还靠着一把大刀，盘旋飞舞，乱劈晋军。怀肃素知桓振厉害，早备着强弓硬箭，与他对敌，兵刃初交，便令军士弯弓迭射，箭如骤雨一般。振众死了一半，逃去一半，那时振亦没法支持，拍马欲逃，偏偏马已中箭，掀倒地上，振亦坠马。怀肃急抢前一步，手起刀落，把振剁作两段。桓氏后起悍将，至此才尽。江陵城当然夺还。

惟益州刺史征西将军毛璩，得了江陵再陷消息，集众三万，东出讨振。使弟瑗出外水，参军谯纵出涪江，偏蜀人不乐远征，多有怨言，纵将侯晖，与巴西人阳昧联谋，逼纵为主。纵不敢承受，自投水中，又为晖等捞起，再三固请，胁纵登车，往攻秦梁二州刺史毛瑾。瑾在涪城，闻变调兵，一时无从召集，即被侯晖等陷入，把瑾杀死，遂推纵为梁秦二州刺史。毛璩行至略城，才知纵等为乱，慌忙赶还成都。亟使参军王琼，率三千人讨纵，又令弟瑗领兵四千，作为后应。琼至广汉，适值侯晖引众拦阻，当由琼麾兵杀去，击毙晖众数十名，晖即引退。琼乘胜急追，瑗亦从后趋进，驰至绵竹，不意谯纵弟明子，奉了兄命，暗设两重伏兵，悄悄待着。琼陷入第一重伏中，尚然未觉，及深入第二重，前后胡哨大作，伏兵齐起，把琼困在垓心，琼拼命冲突，竟不得出。至毛瑗兵到，杀开血路，救琼出围，琼众已十死八九，就是毛瑗麾下，也战死了一半。瑗与琼奔还成都，侯晖谯明子等追至成都城下，日夕攻扑。益州营户李腾，潜开城门，引入外寇，毛璩及瑗，不及逃避，均为所戕。侯晖谯明子，遂据住成都，迎纵为主。纵令从弟洪为益州刺史，明子为征东将军，领巴州刺史，使率部众五千，出屯白帝城，于是全蜀大乱，汉中空虚。氐帅仇池公杨盛，得遣兄子杨抚，乘虚袭据汉中，余地多归入谯氏。晋廷方搜捕桓氏余孽，不遑西顾，谯纵得安然为成都王，霸占一隅了。且说晋安帝东还建康，留台诸官，诣阙待罪，有诏令一律复职，命琅琊王德文为大司马，武陵王遵为太保，刘裕为侍中，兼车骑将军，都督中外诸军事，领青徐二州刺史。刘毅为左将军，何无忌为右将军，分督扬州豫州诸军事。刘道规为辅国将军，督淮北诸军事。魏咏之为征虏将军，兼吴国内史。余官亦进职有差。惟刘裕固让不受，安帝还道他未足偿愿，优诏慰勉，再加裕录尚书事。裕又表辞，且恳请归藩。安帝复遣百僚敦劝，并亲幸裕第，面加劝谕，裕仍不受命，始终请调任外镇。乃改授裕都督荆司梁益宁秦雍凉诸州军事，并前时扬徐等八州，合成十六州都督，驻守京口，裕始拜命而去。

先是，刘毅尝为刘敬宣宁朔参军，时人或称毅为雄杰，独敬宣说他“内宽外忌，夸己轻人，将来得志，必致陵上取祸”云云。毅得闻此言，衔恨甚深。及敬宣因功加赏，擢任江州刺史，毅使人白裕道：“敬宣未预义谋，授为郡守，已属过优，今超任至江州刺史，岂不令人骇愕么？”裕却未依毅议。敬宣已稍有所闻，自请解职，乃召还为宣城内史。毅复与何无忌等，分讨桓氏余党，所有桓亮桓玄等遗孽，一概荡平。荆湘江豫四州，从此肃清。有诏命毅都督淮南五郡，无忌都督江东五郡，晋室粗安。惟永安何皇后自巴陵还都后，年已六十有六，累经跋涉，饱受虚惊，便即一病去世，追谥为章皇后。当时，宫廷虽经丧乱，但大憝已除，人心自然思治，共望升平。惟有一个彭泽令陶潜，系是故大司马陶侃曾孙，表字元亮，一字渊明，独因郡中遣到督邮，县吏谓应束带出迎。潜慨然太息，谓不能为五斗米折腰，遂于义熙二年，解印去县，归隐栗里，自作《归去来辞》表明高志。后来诗酒自娱，屡征不起；到了刘宋开国，还去征召，仍然不就，竟得寿终，这也是危邦不居，无道则隐的意思。小子有诗赞道：

摆脱尘缨且挂冠，何如归隐尚堪安。

北窗醉卧东皋啸，能效陶公始达观。

陶潜归隐，寓有深衷，实在是江左乱端，未曾平定，试看下回卢循等事，便可分晓。

第九十二回

贪女色吞针欺僧侣　戕妇翁拥众号天主

却说卢循侵掠海滨，连年未已，虽前应桓玄招抚，受职永嘉太守，仍然未肯敛锋。当时为刘裕堵击，一再败循，循弃去永嘉，浮海南走。及裕起义讨玄，循复转寇南海，攻陷番禺，执住广州刺史吴隐之，自称平南将军，摄广州事，使姊夫徐道复往袭始兴，掩入城中，把始兴相阮腆之拘住，于是，循据广州，道复据始兴。及安帝反正，得平逆党，循亦未免畏忌，乃使人入贡晋廷，窥探虚实。晋廷方欲休兵息民，无暇南讨，因令循为广州刺史，道复为始兴相。循复贻刘裕益智粽，裕报以续命汤。前琅琊内史王诞，时在广州，为循所迫，令为平南长史。诞因说循道："诞未习戎旅，留此无用，不若遣诞北上。诞与刘镇军素来友善，前去必蒙委任，倘与将军交际，定当从中相助，仰答厚恩。"循颇以为然，正要使诞启行，忽接刘裕来书，令循释还吴隐之。循尚不肯从，诞复语循道："将军今留吴公，实非良策。孙伯符岂不欲留华子鱼？但一境不容二主，所以纵还，将军独未闻此义么？"循乃释出隐之，使与诞同还建康。裕因隐之既归，得休便休，且暂时羁縻卢徐，容后再图。小子亦暂搁循事，到后再表。

且说后秦主姚兴，自收纳吕隆后，闻西僧鸠摩罗什，道行甚高，也即遣人迎入，尊为国师，令居西明阁及逍遥园，翻译佛经。罗什博通经典，所有西域梵音，无不熟诵，及见关中通行诸佛书，多半错谬，乃召集沙门僧睿僧肇等八百余人，传授奥旨，笔述经纶三百余卷。沙门慧睿，才识高明，尝随罗什传写，罗什每与慧睿详论西方辞体，商榷异同，且云："天竺国俗，甚重文制，大约以宫商声韵,可入管弦,最为美善,所以臣民觐见国王,必有赞德经中偈颂等,语皆叶调,无不谐音。惟因中土流传,多非大乘教旨。”因特撰实相论二卷,呈诸姚兴。兴奉若神明,亲率朝臣及沙门千余人,肃容静听。罗什登座谈经,从容演讲。一日讲了多时,忽下座白兴道:“有二小儿登我肩上,致生欲障,不得不求御妇人。”兴欣然道:“大师聪明超悟,海内无双,若一旦入定,怎可使法种无嗣呢?”因即罢讲还宫,拨遣宫女一人,使伴罗什住宿。罗什一与交媾,果生二子,嗣是不住僧房,别立廨舍。兴敬礼不衰,优加供给,更拨女使十名,为充服役。罗什得了众女,索性肉身说法,与结大欢喜缘。僧徒等从旁艳羡,免不得互相效尤,作狭邪游。罗什乃持出一钵,召语僧徒道:“汝等能将钵内贮物,取食净尽,方可蓄养妻妾,否则不得效我。”僧徒听了,都向钵中瞧着,不禁咋舌。原来钵中并非他物,乃是七大八小的绣花针,当下无人敢食,面面相觑。罗什却举匕箝针,一一进食,好似食韭一般,到口便软,自然熔化。僧徒等不禁叹服,方才敛迹,相戒淫游。后来,罗什居秦九年,年已七十有四,自觉不适,因口出三番神咒,令外国弟子传诵,意图自救。偏是大命该绝,诵祷无灵,到了病危时候,与众僧诀别,但言“传译诸经,俱系真旨,当使焚身以后,舌不燋烂”云云。西俗向用火葬,故罗什留有此语。罗什既死,姚兴令在逍遥园中,依西域法,用火焚尸,薪灭形碎,唯舌尚存。僧肇为作诔文,说得罗什非常神悟,共计有数千言。小子不忍割爱,特节录诔词如下:

先觉登遐,灵风缅邈,通仙潜凝,应真冲漠。从从九流,是非竞作,悠悠盲子,神根沈溺。时无指南,谁识冥度?大人远觉,幽怀独悟。冲恬静默,抱此玄素,应期乘运,翔翼天路。既曰应运,宜当时望,受生乘利,形标奇相。禤褓俊远,龆龀逸量,思不再经,悟不待匠。投足八道,游神三向,玄根挺秀,宏音远唱。又以抗节,忽弃荣俗,从容道门,尊尚素朴。有典斯寻,有妙斯录,弘无自替,宗无拟族。霜结如冰,神安如岳,外迹弥高,内朗弥足。恢恢高韵,可模可因,愔愔冲怀,惟妙惟真。静以通玄,动以应人,言为世宝,默为时珍。华风既立,二教亦宾,谁谓道消?玄化玄新。自公之觉,道无不弘,灵风遐扇,逸响高腾。廓兹大力,燃斯慧镫,道音始唱,俗网以崩。痴棍弥拔,上善弥增,人之寓俗,其徒无方。统斯群有,纽兹颓网,顺以四恩,降以慧霜。如彼维摩,迹参城坊,形虽圆应,神冲帝乡。来教虽妙,何足以臧?伟哉大人,振隆圆德。标此名相,显彼冲默,通以众妙,约以玄则。方隆般若,以应天北,如何运邅,幽里冥克。天路谁通?三途谁塞?呜呼哀哉!至人无为,而无不为,拥网遐笼,长途远羁。纯恩下钓,客旅上擒,恂恂善诱,肃肃风驰。道能易俗,化能移时,奈何昊天,摧此灵规?至真既往,一道莫施,天人哀泣,悲恸灵祇。呜呼哀哉!公之云亡,时维百六，道匠韬斤，梵轮摧轴。朝阳颓景，琼岳颠覆，宇宙昼昏，时丧道目。哀哀苍生，谁抚谁育？普天悲感，我增摧衄。呜呼哀哉！昔吾一时，曾游仁川，遵其余波，纂承虚玄。用之无穷，钻之弥坚，跃日绝尘，思加数年。微情未叙，已随化迁，如何赎兮？贸之以千。时无可待，命无可延，惟身惟人，靡凭靡缘，驰怀罔极，情悲昊天。呜呼哀哉！

自从鸠摩罗什讲经以后，尚有道恒道标道融昙无成等，具为罗什高徒广传佛法。西僧佛陀耶舍，弗若多罗，及觉贤法明，亦开关入秦，与罗什辩疑析难，多所发明。秦人沿为风气，佞佛唪经，十居八九。姚兴迷信释氏，煦煦为仁。关中臣民，颇免刑虐。但小信未孚，大体已失，姚氏国运，已启衰机。晋十六州都督刘裕，因桓氏余孽，奔入关中，恐他引秦入寇，特遣参军衡凯之，诣秦通好。秦亦遣吉默报聘，由是使节往来，东西不绝。裕复求南乡诸郡，兴慨然许诺。廷臣多半谏阻，兴遍谕道："天下善恶，彼此从同。刘裕拔萃起微，匡辅晋室，乃能讨平逆党，修明政治，这正是当世英雄，我何惜数郡土地，不成彼美呢？"遂将南乡顺阳新野舞阴等十二郡，割与东晋。惟仇池公杨盛，附魏抗秦，兴乃遣陇西公姚硕德，及冠军将军徐洛生等，往伐仇池，连得胜仗。盛穷蹙乞降，遣子难当及僚佐等数十人，入质长安。兴因署盛为征南大将军益州牧，都督益宁二州军事，召硕德等还师。硕德为姚氏勋戚，独具忠忱，兴亦特别待遇，每见硕德，必具家人礼，语必称字，车马服御，赏给甚丰。至此硕德凯旋，顺道入觐，兴盛筵相待，欢宴数日。待硕德辞行返镇，兴亲送至雍，然后与别，这也是兴优礼勋戚的好处。

是时，南凉王秃发利鹿孤，已早去世，由弟广武公傉檀嗣立，傉檀少时机警，颇有才略，乃父思复鞬，尝语诸子道："傉檀器识，非汝等所及。"因此乌孤传位利鹿孤，利鹿孤传位傉檀，兄终弟及，有吴子诸樊兄弟遗意。傉檀既嗣兄位，自号凉王，迁居乐都，改元弘昌。他见姚秦势盛，不能不与为联络，因此上表秦廷，报称嗣立。秦主兴遣使册拜傉檀为车骑将军，封广武公。已而，傉檀欲得姑臧，特向秦格外输诚，自去年号，罢尚书丞郎官，乃遣参军关尚诣秦入贡。秦主兴与语道："车骑投诚献款，为国屏藩，今闻他擅兴兵众，自造大城，究属何意？"尚答道："王公设险守国，系是古来成制，预备不虞，试想车骑僻处遐藩，密迩勍寇，南方逆羌未宾，西方蒙逊跋扈，一或有失，不但危及车骑，并且有害大秦，陛下奈何反启猜嫌呢？"兴闻言始笑道："卿言甚是，朕不免错怪了。"尚归报傉檀，傉檀乘机用兵，使弟文支出破南羌，向秦告捷，并求凉州。姚兴不许，但加傉檀散骑常侍，增邑二千户。傉檀再发兵攻北凉，沮渠蒙逊登陴固守，傉檀芟割禾苗，掠得牲畜数千头，引兵退还。于是再遣使至秦，献马三千匹，羊二万口，复乞给凉州城。秦王兴以傉檀为忠，始命都督河右诸军事，进车骑大将军，领凉州刺史，镇守姑臧。召凉州留守王尚还长安。

凉州人申屠英等，遣主簿胡威赴长安，请留王尚仍守凉州，兴不肯从，威流涕白兴道："臣州奉戴王化，迄今五年，仰恃陛下威德，良牧仁政，士民戮力固守，才得保全，陛下何故贱人贵畜，以臣等易马羊呢？若军国须马，但烦尚书一符，令臣州三千余户，各输一马，朝下夕办，并非难事。昔汉武倾天下财力，开拓河西，截断匈奴右臂，今陛下无故弃五郡士民，俾资暴虏，窃恐虏情狡诈，不但虐我百姓，且劳圣朝旰食呢。"兴始有悔意，使人止住王尚，并谕令傉檀缓进，哪知傉檀已率众三万，倍道行至五涧，逼尚出城。尚不得已让去姑臧，自还长安，傉檀遂入姑臧城，就宣德堂宴集群僚，酒至半酣，仰视建筑，很觉崇闳，便感叹道："古人谓作者不居，居者不作，今果然了。"凉州故吏孟祎进言道："从前张文王筑造城苑，缮治宫庙，无非欲传诸子孙，永垂久远，乃秦兵渡河，全州瓦解；梁熙据有此州，拥兵十万，丧师酒泉，亡身彭济，吕氏掩入，势可排山，称王西夏，再传以后，率土崩离，衔璧秦雍。昔人有言，富贵无常，忽乱易人，此堂建设，已将百年，共历十有二主，大约信顺乃可久安，仁义才能永固，愿大王慎图远久，无间始终。"傉檀改容称谢，推为谠言。先令弟文支镇守姑臧，自还乐都，旋即迁居姑臧城，车服礼仪，统如王制，不过向秦称藩罢了。

先是魏主拓跋珪称帝，暂不立后，珪本来好色，所得妃妾，不下十百，大都恃娇倚宠，想做一个正宫娘娘，无如旧不敌新，后来居上，那慕容宝的季女，被虏入魏，竟因年轻貌美，得宠专房。魏俗欲立皇后，必先范铜为像，像成乃得册立。慕容氏铸像适成，遂得立为魏后。约莫过了三五年，珪又想另选娇娃，特遣北部大人贺狄干，向秦求婚。秦王兴闻魏已立后，当然不从，且将贺狄干拘留，不令归魏。珪闻报大怒，便亲自督兵，出攻秦属没奕于诸部。当时，北狄有柔然国，为东胡苗裔，姓郁久闾氏，始祖名木骨闾，本为代王猗卢骑卒，遁匿广漠。子车鹿会勇武过人，始纠众立国，号为柔然。后裔社仑，正与拓跋珪同时，连结后秦，屡侵魏境，至是复援秦拒魏，为珪所破，远徙漠北，夺高车为根据地，自号豆代可汗，不劳琐叙。惟秦主兴也遣弟姚平，率兵攻魏平阳，陷入乾壁。珪移众击平，将平围住。平向兴乞援，兴自统兵往救，被珪邀击蒙坑，杀退兴军。姚平乃不得出围，粮竭矢尽，投水殉难。余将狄伯支等，尽被擒去。兴力不能救，举军恸哭，因遣使向魏请和。珪尚不许，且进攻蒲坂。守将姚绪，用了坚壁清野的计策，固垒扼守，珪无从抄掠，方才引还。嗣因柔然复盛，又为魏患，魏乃与秦通好，放还秦俘。秦亦遣归贺狄干，释怨罢兵，谁知反恼了一个降臣，恨秦通魏，居然叛秦自立，独霸一方。看官道是何人？原来是刘卫辰子勃勃。

卫辰为魏所灭，勃勃辗转入秦，奔依秦高平公没奕于。没奕于妻以爱女，使谒姚兴。兴见他身高八尺，腰带十围，仪容伟岸，应对详明，禁不住暗暗称奇，便面授骁骑将军兼奉车都尉，所有军国大议，常使参谋。兴弟邕入谏道："勃勃天性不仁，未可轻近，愿陛下留意。"兴怫然道："勃勃有济世才，我方欲与平天下，何为见疏?"寻命勃勃为安远将军，封阳川侯，使助没奕于镇高平。且令朔方杂夷，及卫辰遗众三万人，拨归勃勃节制，使他伺魏间隙，报复宿仇。姚邕复与兴固争，力言不可。兴又道："卿如何知他性气?"邕答道："勃勃奉上慢，御众残，贪暴无亲，轻为去就，如欲过宠，必为边害。"兴乃罢议。未几，复拜勃勃为安北将军，封五原公，配以三交五部鲜卑，及杂虏三万余落，使镇朔方。勃勃既得专方面，号令一隅，免不得暗蓄雄心，跃跃思逞。会闻秦魏通和，遂与秦有嫌，起了叛意。适值柔然部酋社仑，遣使贡秦，有马八千匹，路过大城，竟被勃勃截住，夺为己有。又复召集部众三万余人，伪猎高平川，诱令没奕于出会。没奕于以女夫入境，定无歹心，便即坦然相迎。不料勃勃生成戾性，不顾妇翁，竟暗嘱部众，刺死没奕于，并有高平部曲，众至数万。晋安帝义熙二年，便僭称天王大单于，建元龙升，署置百官，自谓系出匈奴，乃夏后氏苗裔，因以夏为国号。命长兄右地代为丞相，封代公，次兄力俟提为大将军，封魏公，弟阿利罗引为征南将军，兼司隶校尉。异姓依次授任，尊卑有差。当下出击鲜卑薛干等三部，收降万余人，复进攻三城以北诸戍垒。

三城为秦要塞，由秦将杨丕姚石生等守着，既闻勃勃来攻，当然督兵堵击。偏勃勃兵锋甚锐，势不可当，杨姚二将，连战失利，相继败亡。勃勃尚随地侵掠，不肯少休。部将请定都高平，自固根本，勃勃道："我新创大业，士众未多，姚兴亦一时英雄，诸将用命，未可骤图，我若专恃一城，彼必并力攻我，亡可立待，不如东西飚突，攻他无备，彼顾后必失前，顾前必失后，劳碌奔波，不战亦敝，我得游食自如，不出十年，岭北河东，可尽为我有。待兴既死，然后进攻长安，兴子泓庸弱小儿，怎能敌我？我自有擒他的计策。古时轩辕氏亦迁居无常，至二十多年，始定国都，何必以我为怪呢?"部将相率拜服。勃勃遂攻秦岭北诸城，忽来忽去，害得诸城门终日关闭，白昼不开。种种警报，传入长安，秦主兴方自叹道："我不用黄儿言，致生此患，今已无及了。"小子有诗咏道：

狼性难驯本易知，献箴况复有黄儿。

如何不纳忠良语，坐昧先几后悔迟。

欲知黄儿为谁，且看下回便知。

第九十三回

葬爱妻遇变丧身　立犹子临终传位

却说后秦主姚兴，连接岭北警报，始悔从前不听黄儿，黄儿就是姚邕小字，但此时已经无及，只好严饬边城防备。勃勃已杀死妇翁没奕于，不欲立妻为后，乃更遣使至南凉，向秃发傉檀乞婚。傉檀不许，勃勃遂率骑兵二万，进攻南凉。傉檀方与沮渠蒙逊互起战争，少胜多败，又遇勃勃来攻，慌忙移军阳武，与他对敌。勃勃气势方盛，所向无前，南凉兵已经战乏，怎能招架得住？一场角逐，傉檀大败，将佐死了十余人，兵士伤毙万余，自与散骑逃入南山，才得幸免。勃勃裒尸成邱，号为髑髅台；又大掠人民牲畜，满载而归。

时西秦主乞伏乾归，自苑川入朝后秦。姚兴闻他兵势寖强，恐将来不易制服，因留乾归为主客尚书，惟令他长子炽磐，署西夷校尉，监抚部众。傉檀阴欲背秦，曾遣使邀同炽磐，共图姚氏。炽磐杀死来使，传首长安。兴得炽磐报闻，方知傉檀已有贰心，非但不肯往援，且欲声罪致讨。傉檀大惧，急还姑臧，并将三百里内民居，悉数徙入，国中骇怨。屠各部内的成七儿，劫众谋叛，幸亏殿中都尉张猛，设法解散，骑将白路等追斩七儿，才得无事。寻又由军谘祭酒梁裒，辅国司马边宪等，潜图不轨，事泄被诛，这是南凉气运未终，所以还有此侥幸呢。

小子因后燕构乱，正在此时，不得不插叙慕容熙事，成一片段文章。慕容熙纳二苻女，姊为昭仪，妹为皇后，宠爱的了不得。大兴土木，筑造宫室，最大的叫做龙腾苑，广袤十余里，役徒二万人，苑内架迭景云山，台广五百步，峰高十七丈；又建逍遥宫甘露殿，连房数百，观阁相交。熙与苻氏两姊妹，朝游暮乐，快活异常，两女所言，无不依从，甚至刑赏大政，亦尝关白帷房，使她裁断，所以两女权力，几出熙上。会熙游城南，暂憩大柳树下，忽听树中有声发出，好似有人呼道："大王且止！大王且止！"熙甚觉骇异，即命卫士用斧伐树。树方劈开，忽有一大蛇蜿蜒出来，长约丈余，闪闪有光，当由卫士各用长槊，竞相攒刺，好多时才得刺死。大苻女正随熙同行，见了这般大蛇，也觉惊心，迨还宫后，遂至精神恍惚，体态慵松，过了数日，便一病不起，奄卧床中。龙城人王荣，自言能疗昭仪疾病，愿为诊治。熙忙使入视，开方进药，连服了两三剂，竟把这如花似玉的苻昭仪，医得两眼翻白，一命呜呼。熙不胜悲愤，命将王荣拿下，责他妄言诞语，反使宠妾速亡，当下推出公车门，处以磔刑，支解四体，焚骨扬灰。一面用后礼殓葬，追谥为愍皇后。熙经此悼亡，连日不欢，亏得宫中还有个小苻女，本来是宠过乃姊，以小加大，此次从旁解劝，格外绸缪，方把那慕容熙的悲伤，渐渐的淡了下去。

光始四年冬季，东方的高句骊国，入寇燕郡，杀掠百余人。越年孟春，熙督兵东征，令苻后从行。到了辽东，攻高句骊城，仰用冲车，俯凿地道，高下并进，守兵不遑抵御，几被陷入。熙遍号令军中道："待铲平寇城，朕当与后乘辇共入，休得着忙！"将士等得了此令，只好缓进，城内得严加堵塞，反致难下。会春寒加剧，雨雪霏霏，兵士多致冻僵，熙与苻后披裘围炉，尚觉不温，只好引兵退还。辽西太守邵颜，供应不周，遂至黜责，并欲将颜处死。颜亡命为盗，侵掠人民。熙遣中常侍郭仲往讨，用了无数的兵力，才得斩颜。转瞬间又是暮冬，苻后欲北往围猎，熙不得不依。出猎已毕，苻后尚不肯还宫，劝熙北袭契丹，熙乃在塞外过年。元旦已过，即与苻后进趋陉北，探得契丹兵戍，很是严密，料难进取，因拟收兵南归。偏苻后不欲空行，定欲出些风头，得着战胜的荣誉，方肯回南，熙不忍违抗后旨，又未敢轻迫契丹，只好想出别法，改向东行，再袭高句骊。途中不便载重，索性将辎重弃去，但率轻骑东趋。军行三千余里，士马俱疲，又适遇着大雪，冻死累累，勉强行至木底城，攻打了一二旬，全然无效，夕阳公慕容云，身中流矢，因伤辞归，士卒亦无斗志，苻后兴亦垂尽，乃一并引还。

慕容宝子博陵公虔，上党公昭，皆为熙所忌，诬他谋反，相继赐死。又为苻后砌承华殿，高出承光殿一倍，负土培基，土与谷几至同价。宿卫典军杜静，载棺诣阙，上书极谏。熙怒令斩首，弃尸野中。苻后尝在季夏时，思食冻鱼脍，至仲冬时，思食生地黄。熙令有司采办，有司无从觅取，竟责他不奉诏命，辄置死刑。到了光始七年的元旦，复改元建始，大赦境内。太史丞梁延年，梦见月光散采，化为五白龙，就在梦寐中占验吉凶，谓："月为臣象，龙为君象，将来臣化为君的预兆。"说着，竟被鸡声唤醒，想了片刻，觉得梦象不虚，乃起语家人道：

"国运恐要垂尽了。"

已而由春历夏，苻后忽然遘疾，急得慕容熙眠食不安，遍求内外名医，多方疗治。偏偏昙花易散，好梦难圆，苶苜无灵，芙蕖竟萎。熙悲号擗踊，如丧考妣，且在尸旁陪着，终日不离，自朝至暮，抚尸大哭道："体已冷了，难道果就此绝命么?"道言未绝，竟至晕倒地上。左右慌忙救护，过了多时，才得苏醒，还是哭泣不休，嘱令缓殓。时当孟夏，天气温和，尸身不致骤坏，停搁两日，左右屡请殓尸，方才允准。大殓已毕，盖棺移殿。熙不许移棺，还望她起死回生，再命左右启棺审视。说也奇怪，那尸体原是未朽，并且面色如生，仍然杏脸桃腮，红白相衬。熙亲为摩抚，看一回，哭一回，嗣复想入非非，俯下了首，与死后接一个吻。两口相交，禁不住欲火上炎，竟遣开左右，扒入棺内，俯压尸身，把她卸去下衣，演出一番独角戏。好一歇才平欲火，仍复出棺，见尸身忽然变色，蓬蓬勃勃的臭气，熏将出来。熙方始避开，召入侍从，把棺盖下，自己斩衰食粥，就宫内设立灵位，令百僚依次哭灵；且暗令有司监视，凡哭后有泪，方为忠孝，若无泪即当加罪。于是群臣震惧，莫不含辛取泪，免受罪名。前高阳王慕容隆妻张氏，本为熙嫂，素美姿容，兼有巧思，熙将令为苻氏殉葬，特吹毛索瘢，把她縗靴拆毁，见有敝毡，即诬她厌胜，勒令自尽。三女叩头求免，熙终不许。可怜这位张嫠妇，平白地丧了性命。熙又传出命令，凡公卿以下，及兵民各户，统须前往营墓。墓制非常弘敞，周轮数里，内备藻绘，下及三泉，所费金银，不可胜计。熙语监吏道："汝等须妥为办理，朕将随后入此陵了。"右仆射韦璆等，并恐殉葬，沐浴待死，还算命未该绝，不见令下。至墓已营就，号为徽平陵。启殡时全体送葬，惟留慕容云居守。熙披发跣足，步随柩后。丧车高大，不能出城，因即拆毁北门，才得舁出。长老私相叹息道："慕容氏自毁国门，怎得久享呢?"

既至南苑，忽由中黄门赵洛生，踉跄奔至，报称祸事。看官道是何因?原来中卫将军冯跋，左卫将军张兴，曾坐事出奔，至是得混入城中，与跋从兄万泥等二十二人，密结盟约，即推慕容云为主，发尚方徒五千余人，分屯四门。跋兄子乳陈等鼓噪入宫，禁卫皆散，遂由跋等闭门拒熙。熙得赵洛生警报，却投袂奋起道："鼠子有何能为?待朕还剿，便可荡平。"说着，即收发贯甲，驰还赴难。夜至龙城，门已紧闭，命卫士攻扑多时，无从得胜，乃退入龙腾苑中。越日，由尚方兵褚头，逾城从熙，自称营兵将至，愿来助顺。熙未曾听明，便即趋出。左右不及随行，待了半日，未见熙还，方向各处找寻，并无下落，只有衣冠留在沟旁。中领军慕容拔，语中常侍郭仲道："大事垂捷，主上却无故出走，令人可怪，但城内已经悬望，不应久延，我当先往城中，留卿待着，卿如寻得主上，便应速来。若主上一时未归，我亦好安抚兵民，再出迎驾，也不为迟哩。"郭仲允诺。拔即率壮士二十余人，趋登北城。城中将士，还道是熙已前来，俱投械请降，已而熙久不至，拔无后继，众心疑惧，复下城赴苑，遂皆溃散，拔竟为城中人所杀。

慕容云既据龙城，令冯跋等搜捕慕容熙。熙自龙腾苑出走，错疑城中兵来攻，避匿沟下，累得拖泥带水，狼狈不堪。良久不见变动，方从沟中潜出，脱去衣冠，辗转逃入林中，为人所执，送至云处。云亲数熙罪，把他处斩，并杀熙诸子，同殡城北。总计熙在位七年，还只二十三岁，当时先有童谣云："一束藁，两头燃，秃头小儿来灭燕。"燕人初不解所谓，及熙死云手，才应谣言，藁字上有草，下有木，两头燃着，乃是草木俱尽，成一高字。云本姓高，系高句骊支庶，从前慕容皝破高句骊，被徙青山，遂世为燕臣。云父名拔，小字秃头，拔有三子，云列第三，所以称为秃头小儿，起初入事慕容宝，拜为侍御郎，旋因袭败慕容会军，宝乃养为义儿，封夕阳公。冯跋向与交好，所以推他为主，篡了燕祚，当下僭称天王，复姓高氏，大赦境内，改元正始，国仍号燕。命冯跋为侍中，都督中外诸军事，领征北大将军，开府仪同三司，录尚书事，封武兴公。冯万泥为尚书令，冯乳陈为中军将军，冯素弗为昌黎尹，兼抚军大将军，张兴为辅国大将军。此外，封伯子男及乡亭侯，共五十余人。所有慕容熙故臣，仍令复官。谥熙为昭文皇帝，与苻后同葬徽平陵。自慕容垂僭号称帝，至熙共历四世，凡二十四年。高云为慕容宝养子，或仍附入后燕谱录，其实是已经易姓，不能再沿旧称了。

是时，南燕主慕容备德，据住广固，势尚未衰，蹉跎过了五年，已是六十九岁，苦无后嗣，探闻兄子超流寓长安，乃遣使购求。超母子尝随呼延平奔入后凉，前文中已曾叙过，后因凉主吕隆，失国降秦，呼延平又挈超母子徙入长安。未几平殁，超号恸经旬，母段氏语超道："我母子死中逃生，全亏呼延氏保护，若受恩不报，必受天殃。平今虽死，我欲为汝纳呼延女，聊报前恩，汝以为何如？"超当然从命，遂娶平女为妻。惟因诸父在东，恐为秦人所捕，乃佯狂乞食，敝服游市中，秦人都目为贱丐。独东平公姚绍，看破隐情，即入白姚兴道："慕容超姿干魁伟，必非真狂，愿微加爵禄，略示羁縻。"兴便召超入见，详加研诘。超故为谬语，答非所问，兴顾语绍道："谚云'妍皮裹痴骨'，今始知是妄语哩。"乃叱超令退，不复加意。超得自由往来，无拘无束，途中遇着一个相士，叫做宗正谦，看超面目，便与语道："汝当大贵，奈何混居市中？"超不禁着忙，亟引正谦入僻静处，详告履历，嘱使讳言。正谦系济阴人，即替超设法，使人密报南燕。备德才有所闻，因遣济阴人吴辩，往探虚实。辩至长安，先访宗正谦，当由正谦告超。超不敢转白母妻，竟与吴宗两人，变易姓名，潜行至梁父，投入镇南长史悦寿廨舍，方吐真名。寿报诸兖州刺史南海王法，法说道："昔汉有卜人，诈称卫太子，今怎知非此类呢？"遂不肯迎超。悦寿即送超入广固，备德闻超到来，大喜过望，即遣三百骑往迎。超进谒备德，呈上金刀，具述祖母临终遗语。备德抚超大恸，泣下数行，当下封超为北海王，授官侍中，拜骠骑大将军，领司隶校尉。超仪表雄壮，颇肖备德，备德很加宠爱，意欲立超为嗣，乃为超筑第万春门内，规制崇闳，每日有暇，必亲自临幸，与超谈论国事。超曲意承欢，侍奉弥谨；又复开府置吏，屈己下人，内外誉望，翕然相从。

约莫过了一年，暮秋天凉，汝水忽竭，备德未免失惊，越两月，竟至寝疾。超请往祷汝水神，备德道："人主命数，本自天定，难道汝水神所能专主么？"遂不从所请。是夜，备德梦见父慕容皝，临榻与语道："汝既无男，何不立超为太子？否则恶人将从此生心了。"备德欲问恶人何名，偏有人从旁唤醒，开目一瞧，乃是皇后段氏，不由的欷歔道："先帝有命，令我立储，看来是我将死了。"翌日，力疾起床，勉御东阳殿，引见群臣，议立超为太子。事尚未决，忽觉地面震动，坐立不安。百僚都窜越失位，备德也支持不住，乘辇还宫，延至夜分，病已大增，口不能言。段氏在旁大呼道："今召中书草诏，立超为嗣，可好么？"备德张目四顾，见超已侍侧，便即颔首。段后因宣入中书，草定遗诏，立超为皇太子，备德遂瞑目而逝。年正七十，在位六年。

诘朝由超登殿，嗣为南燕皇帝，循例大赦，改元太上。尊备德后段氏为太后，命北地王慕容钟都督中外诸军，录尚书事。南海王慕容法为征南大将军，都督徐兖扬南兖四州诸军事。桂阳王慕容镇为开府仪同三司，尚书令封孚为太尉，麹冲为司空，潘聪为左光禄大夫，段弘为右光禄大夫，封嵩为尚书左仆射。此外封拜各官，不必备述。追谥备德为献武皇帝，庙号世宗。惟奉灵出葬时，却先有十余柩，夜出西门，潜葬山谷，至正式告窆的东阳陵，实是一口空棺，谅想由备德生前的预嘱呢。小子有诗叹道：

奸诈几同曹阿瞒，不为疑冢即虚棺。
生前若肯留余地，朽骨何容虑未安？

欲知慕容超嗣位后事，且看下回再表。

第九十四回

得使才接眷还都 失兵机纵敌入险

却说慕容超既得嗣位，引亲臣公孙五楼为武卫将军，领司隶校尉，内参政事。五楼欲离间宗亲，多方媒孽。超因出慕容钟为青州牧，段弘为徐州刺史。太尉封孚语超道："臣闻亲不处外，羁不处内，钟系国家宗臣，社稷所赖，弘亦外戚懿望，百姓具瞻，正应参翼百揆，不宜远镇外方。今钟等出藩，五楼内辅，臣等实觉未安。"超终信五楼，不听孚言。钟与弘俱不能平，互相告语道："黄犬皮恐终补狐裘呢。"嗣为五楼所闻，嫌隙益深。超因前时归国，为慕容法所不容，因亦怀恨在心。备德殁时，法恐为超所忌，不入奔丧，至是超遣使责法。法遂与慕容钟段弘等，合谋图超。不意被超察悉，立召令入都，法与钟皆称疾不赴，超先搜查内党，捕得侍中慕容统，右卫将军慕容根，散骑常侍段封等，一体枭斩；复将仆射封嵩，轘裂以殉。然后遣慕容镇攻钟，慕容昱攻弘，慕容凝韩范攻法，封嵩弟融，出奔魏境，号召群盗，袭石塞城，击杀镇西大将军馀郁。青土震恐，人怀异议。慕容凝也有异心，谋杀韩范，袭击广固。范侦得凝谋，勒兵攻凝，凝出奔后秦。慕容法亦保守不住，弃城奔魏。钟在青州，亦被镇引兵攻入，钟自杀妻孥，凿隧逃出，也奔往后秦去了。

超既平叛党，遂以为人莫敢侮，肆意畋游。仆射韩谆切谏不从。百姓屡受征调，不堪供役，多有怨言。会超忆念母妻，特使御史中丞封恺，前往长安请求。秦主姚兴，本已将超母妻拘住，至此闻恺到来，乃召入与语道："汝主欲乞还母妻，朕亦不便加阻，但从前苻氏败亡，太乐诸伎，悉数归燕；今燕当前来归藩，并将诸伎送还，否则或送吴口千人，方可得请呢。”恺如言还报，超使群臣详议。左仆射段晖，谓：“不宜顾全私亲，自降尊号。且太乐诸伎，为先代遗音，怎可畀秦？万不得已，不如掠吴口千人，付彼罢了。”尚书张华，力驳晖议，说是：“侵掠吴边，必成邻怨，我往彼来，贻祸无穷。今陛下慈亲，在人掌握，怎可靳惜虚名，不顾孝养？今果降号修和，定能如愿，古人谓‘枉尺直寻’，便是此意。”超大喜道：“张尚书深得我心，我也不惜暂屈了。”遂遣中书令韩范，奉表入秦。

秦主兴取阅表文，见他称藩如仪，便欣然语范道：“封恺前来，致燕王书，曾与朕抗礼，今卿赍表来附，莫非为母受屈么？还是以小事大，已识《春秋》古义呢？”范从容答道：“昔周爵五等，公侯异品，小大礼节，缘是发生；今陛下命世龙兴，光宅西秦，我朝主上，上承祖烈，定鼎东齐，南面并帝；通聘结好，若来使矜诞，未识谦冲，几似吴晋争盟，滕薛竞长，恐伤大秦堂堂国威，并损皇燕巍巍美德，彼此俱失，义所未安。”兴不待说毕，便作色道：“若如卿言，是并非以小事大了。”范又道：“大小且不必论，今由寡君纯孝，来迎慈母，想陛下以孝治人，定必推恩锡类，沛然垂悯呢。”兴方转怒为喜道：“我久不见贾生，自谓过彼，今始知不及了。”乃厚礼相待，欢颜与叙道：“燕王在此，朕亦亲见；风表有余，可惜机辩不足。”范答道：“‘大辩若讷’，古有名言。若使锋芒太露，便不能继承先业了。”兴笑道：“使乎？使乎？朕今当为卿延誉了。”范复乘间聘词，说得兴非常惬意，面赐千金，许还超母妻。时慕容凝已早至长安，入白姚兴道：“燕王称藩，实非本心，若许还彼母，怎肯再来称臣呢？”兴意乃中变，又不好自食前言，但称天时尚热，当俟秋凉送还，因即遣范归燕，且使散骑常侍韦宗报聘。

超北面受秦诏敕，赠宗千金，再遣左仆射张华，给事中宗正元赴秦，送入乐伎一百二十人。兴喜如所望，延华入宴，酒酣乐作，雅韵铿锵。黄门侍郎尹雅语华道：“昔殷祚将亡，乐师归周；今皇秦道盛，燕乐来庭，废兴机关，就此可见了。”华不肯受嘲，忙即接口道：“从古帝王，为道不同，欲伸先屈，欲取姑与，今总章西入，必由余东归，祸福相倚，待看后来方晓哩。”兴听着华言，不禁勃然道：“古时齐楚竞辩，二国兴师，卿乃小国使臣，怎得抗衡朝士？”华乃逊辞道：“臣奉使西来，实愿交欢上国，上国不谅，辱及寡君社稷，臣何敢守默，不为仰酬？”兴始改容道：“不意燕人都是使才。”乃留华数日，许奉超母妻东还。宗正元先驰归报命，超乃亲率六宫，出迎母妻。彼此聚首，自有一种悲喜交并的情形，无庸细表。

越年，为太上四年，正月上旬，追尊父纳为穆皇帝，立母段氏为皇太后，妻呼延氏为皇后。超亲祀南郊，柴燎无烟。灵台令张光，私语僚友道：“今火盛烟灭，国将亡了。”及超将登坛，忽有一怪兽至圜丘旁，大如马，状类鼠，毛色俱赤，少顷即不知所在，但见暴风骤起，天地昼昏，行宫羽仪帷幔，统皆毁裂。超当然惶恐,密问太史令成公绥。绥答道:"陛下信用奸佞,诛戮贤良,赋税烦苛,徭役杂沓,所以有此变象哩。"超因还宫大赦,谴责公孙五楼等,疏远了好几日,旋复引用如前;再遇地震水溢诸变,毫不知儆,又荒耽了一年。

太上五年元旦,超御东阳殿朝会群臣,闻乐未备音,自悔前时送使入秦,乃拟南掠吴人,补充乐伎。领军将军韩谆进谏道:"先帝因旧京倾覆,戢翼三齐,遵时养晦,今陛下嗣守成规,正当闭关养锐,静伺贼隙,恢复先业,奈何反结怨南邻,自寻仇敌呢?"超怫然道:"我意已决。卿勿多言!"当下遣将军慕容兴宗斛谷提公孙归等,率骑兵寇晋宿豫,掳去阳平太守刘千载,济阴太守徐阮,及男女二千五百人,载归广固。超令乐官分教男女,充作乐伎。并论功行赏,特进公孙归为冠军将军,封常山公;归为公孙五楼兄,故赏赉独隆;五楼且加官侍中尚书令,兼左卫将军,专总朝政;就是他叔父公孙穨,也得授武卫将军,封兴乐公。桂阳王慕容镇入谏道:"臣闻悬赏待勋,非功不侯,今公孙归结祸构兵,残贼百姓,陛下乃封爵酬庸,岂非太过?从来忠言逆耳,非亲不发,臣虽庸朽,忝居国戚,用敢竭尽愚款,上渎片言。"超默然不答,面有怒容,镇只好趋退。群臣从旁瞧着,料知超喜佞恶直,遂相戒不敢多言。尚书都令史王俨,谄事五楼,连年迁官,超拜左丞,时人相传语云:"欲得侯,事五楼。"超又使公孙归等率骑五千,入寇南阳,执住太守赵光,俘掠男女千余人而还。

晋刘裕欲发兵进讨,先令并州刺史刘道怜,出屯华阴,一面部署兵马,请命乃行。时刘裕已晋封豫章郡公,刘毅何无忌,也分封南平安成二郡公。三公当道,裕权最盛。无忌素慕殷仲文才名,因仲文出任东阳太守,请他过谈。仲文自负才能,欲秉内政,偏被调出外任,悒悒不乐,因此误约不赴。无忌疑仲文薄己,遂向裕进谗道:"公欲北讨慕容超么?其实超不足忧,惟殷仲文桓胤,是心腹大病,不可不除。"裕也以为然。适部将骆球谋变,事泄被诛,裕遂谓仲文及胤,与球通谋,即将他二人捕戮,屠及全家。

已而,司徒兼扬州刺史王谧病殁,资望应由裕继任。刘毅等不欲裕入辅政,拟令中领军谢混为扬州刺史。或恐裕有异言,谓不如令裕兼领扬州,以内事付孟昶。朝议纷纭莫决,乃遣尚书右丞皮沈,驰往询裕。沈先见裕记室刘穆之,具述朝议。穆之伪起如厕,潜入白裕道:"晋政多阙,天命已移,公勋高望重,岂可长作藩臣?况刘孟诸人,与公同起布衣,共立大义,得取富贵,不过因事有先后,权时推公,并非诚心敬服,素存主仆的名义。他日势均力敌,终相吞噬,不可不防。扬州根本所系,不可假人,前授王谧,事出权道;今若再授他人,恐公终为人制,一失权柄,无从再得,不如答言事关重大,未便悬论,今当入朝面议,共决可否。俟公到京,彼必不敢越公,更授他人了。"裕极口称善;见了皮沈,便依言照答,遣他复命。果然沈去数日,便有诏征裕为侍中,扬州刺史,录尚书事。裕当然受命，惟表解兖州军事，令诸葛长民镇守丹徒，刘道怜屯戍石头。

会闻谯纵据蜀，有窥伺下流消息，乃亟遣龙骧将军毛修之，会同益州刺史司马荣期，共讨谯纵。荣期先至白帝城，击败纵弟明子，再请修之为后应，自引兵进略巴州。不料参军杨承祖，忽然心变，刺死荣期，擅称巴州刺史，回拒修之。修之到了宕渠，接得警耗，退还白帝城，邀同汉嘉太守冯迁，同击承祖，幸得胜仗，把他枭首。再欲进讨谯纵，偏来了一个新益州刺史鲍陋，从旁阻挠，牵制修之。修之据实奏闻，刘裕乃表举刘敬宣为襄城太守，令率兵五千讨蜀，又命并州刺史刘道规，为征蜀都督，节制军事。谯纵闻晋师大至，忙遣使至后秦称臣，奉表乞师；且致书桓谦，招令共击刘裕。谦将来书呈入秦主，自请一行。秦主兴语谦道："小水不容巨鱼，若纵有才力，自足办事，何必假卿为鳞翼？卿既欲往，宜自求多福，毋堕人谋。"谦志在报怨，竟拜辞而去。到了成都，与纵晤谈，起初却还似投契，后来谦虚怀引士，交接蜀人，反被纵起了疑心，竟把他錮置龙格，派人监守。谦流涕道：姚主果有先见，求福反致得祸了。"已而谯纵出兵拒敌，与刘敬宣接战数次，均至失利，再遣人至秦求救。秦遣平西将军姚赏，梁州刺史王敏，率兵援纵。纵亦令将军谯道福，悉众出发，据险固守。敬宣转战入峡，直抵黄虎，去成都约五百里。前面山路崎岖，又为谯道福所阻，不能进军。相持至六十余日，军中食尽，且遭疫疠，伤毙过半，没奈何收兵退回。敬宣坐是落职，道规亦降号建威将军。裕因荐举失人，自请罢职，有诏降裕为中军将军，余官如故。

裕本欲自往讨蜀，因南燕为患太近，不得不后蜀先燕，于是抗表北伐，指日出师。朝臣多说是西南未平，不宜图北，独左仆射孟昶，车骑司马谢裕，参军臧熹，赞同裕议。安帝不能不从，便命裕整军启行。时为义熙五年五月，夏日正长，大江方涨，裕率舟师发建康，由淮入泗，直抵下邳，留住船舰辎重，麾兵登岸。步至琅琊，所过皆筑城置守。或谓裕不宜深入，裕笑道："鲜卑贪婪，何知远计？诸君不必多虑，看我此行破虏呢。"乃督兵急进，连日不休。

南燕主超闻有晋师，方引群臣会议，侍中公孙五楼道："晋兵轻锐，利在速战，不宜急与争锋。今宜据住大岘山，使不得入，旷日延时，挫他锐气，然后徐简精骑二千，循海南行，截彼粮道，别敕段晖发兖州兵士，沿山东下，腹背夹攻，这乃是今日的上计。若依险分戍，筹足军粮，芟刈禾苗，焚荡田野，使彼无从侵掠，彼求战不得，求食无着，不出旬月，自然坐困，这也不失为中策。二策不行，但纵敌入岘，出城逆战，便成为下策了。"超作色道："今岁星在齐，天道可知，不战自克。就是证诸人事，彼远来疲乏，必不能久，我据有五州，拥民万亿，铁骑成群，麦禾布野，奈何芟苗徙民，先自蹙弱哩？不若纵使入岘，奋骑逆击，以逸待劳,何忧不胜?”辅国将军贺赖卢道:“大岘为我国要塞,天限南北,万不可弃,一失此界,国且难保了。”超摇首不答。太尉桂林王慕容镇又谏道:“陛下既欲主战,何不出岘逆击?就使不胜,尚可退守,不宜纵敌入岘,自弃岩疆。”超终不从,拂袖竟入。镇出语韩谆道:“既不能逆战却敌,又不肯徙民清野,延敌入腹,坐待围攻,是变做刘璋第二了。今年国灭,我必致死,卿系中华人士,恐仍不免文身了。”谆无言自去,径往白超。超怒镇妄言,收镇下狱,乃集莒与梁父二处守兵,修城隍,简车徒,静待晋兵到来。

刘裕得安然过岘,指天大喜道:“兵已过险,因粮灭虏,就在此举了。”慕容超方命五楼为征虏将军,使与辅国将军贺赖卢,左将军段晖等,率步骑五万人,出屯临朐。自督步骑四万,作为后应。临朐南有巨蔑水,距城四十里,公孙五楼领兵往据,方达水滨,已由晋将孟龙符杀来,兵势甚锐,不容五楼不走。晋军有车四千辆,分作左右两翼,方轨徐进。将至临朐城下,与慕容超大兵相遇,杀了半日有余,不分胜负。刘裕用胡藩为参军,至是向裕献策,请出奇兵径袭临朐城。裕即遣藩及谘议将军檀韶,建威将军向弥,引兵绕出燕兵后面,直攻临朐,且大呼道:“我军从海道来此,不下十万人,汝等守城兵吏,能战即来,否则速降。”城内只有老弱残兵,为数甚少,惟城南有燕将段晖营,不及乞援,已被向弥擐甲登城,立即陷入。段晖闻变,料难攻复,只得遣人飞报慕容超。超闻报大惊,单骑奔还,投入段晖营中。南燕兵失了主子,统皆骇散,当被刘裕纵兵奋击,追到城下,乘胜踹入晖营。晖出营拦阻,一个失手,要害处中了一槊,倒毙马下。还有燕将十余人,相继战死。超策马急奔,不及乘辇,所有玉玺豹尾等件,一古脑儿抛去。晋军一面搬运器械,一面长驱追超。超逃入广固,仓皇无备,那晋军已随后拥入,竟将外城占据了去。小子有诗咏道:

设险方能制敌强,如何纵使入萧墙?
良谋不用嗟何及,坐致岩疆一旦亡。

欲知慕容超如何拒守,容至下回说明。

第九十五回

覆孤城慕容超亡国　诛逆贼冯文起开基

却说晋军入广固外城，急得慕容超奔避不遑，慌忙闭内城门，集众固守。刘裕督兵围攻，四面筑栅，栅高三丈，穿堑三重，抚纳降附，采拔贤俊，华夷大悦。超闷坐围城，无计可施，乃遣尚书郎张纲，诣秦乞援，并赦桂林王慕容镇，令督中外诸军，兼录尚书事。当即召入与语，自悔前误，殷勤问计。镇慨答道："百姓怨望，系诸一人，今陛下亲董六师，战败奔还，群臣离心，士民短气，今欲乞秦援兵，闻秦人亦有外患，恐不暇分兵救人。惟我散卒还集，尚有数万，宜尽出金帛，充作犒赏，更决一战。若天意助我，定能破敌，万一不捷，死亦殉国，比诸闭门待尽，恰是好得多了。"语尚未毕，旁有司徒乐浪王慕容惠接口道："晋兵乘胜，气势百倍，今徒令羸兵与战，不败何待？秦虽与勃勃相持，未足为患，且与我分据中原，势如唇齿，怎得不前来相援？但不令大臣西向，恐彼未必遽出重兵，尚书令韩范，望重燕秦，宜遣令乞师为是！"超依了惠言，再令韩范前去。

是时，秦主兴因南凉生贰，秃发傉檀内外多难，意欲乘此进讨，收还姑臧。先使尚书郎韦宗往觇虚实，宗与傉檀相见，傉檀纵横辩论，洞悉古今。宗大为叹服，归报秦主兴道："凉州虽敝，傉檀权谲过人，未可骤图。"兴疑问道："刘勃勃兵皆乌合，尚能击破傉檀，况我军曾经百战，攻无不克，难道还不及勃勃么？"宗答道："傉檀为勃勃所欺，敝在轻视勃勃，不先留意，今我用大军往讨，彼必戒惧求全，兵法有言：'两军相见，哀者必胜。'臣所以为不宜轻攻哩。"兴不信宗言，竟令子广平公弼，及后军将军敛成，镇远将军乞伏乾归等，率领步骑三万，袭击傉檀。又使左仆射齐难，率领骑兵二万，往攻勃勃。吏部尚书尹昭入谏道："傉檀自恃险远，故敢违慢，不若诏令沮渠蒙逊，及李皓往讨，使他自相残杀，互致困敝，不必烦我兵力哩。"兴仍然不从，惟使人致书傉檀，伪称："我国发兵，实是往讨勃勃，请勿多虑！"傉檀信为真言，遂不设备。谁知秦军已乘虚直进，攻克昌松，杀毙太守苏霸，直达姑臧城下。傉檀方知为秦所赚，急忙调兵登陴，日夕督守，伺敌少懈，密遣精骑夜出，劫破秦垒。秦统将姚弼退据西苑，暗使人嗾动城中，买嘱凉州人王钟宋钟王娥等，使为内应。偏被傉檀察悉，把他叛党坑死，再命各郡县散牛羊，作为敌饵。果然秦将敛成，纵兵抄掠，自紊军律。傉檀即遣将军俱延敬归等，开城纵击，大败秦兵，斩首七千余级。

姚弼收集败兵，固垒自守，且驰报长安，请速济师。秦主兴复遣常山公显，率骑二万，倍道赴援。显至姑臧，令射手孟钦等五人，至凉风门前挑战，不意城外已伏着凉将宋益，觑得孟钦走近，引兵突出。孟钦弦不及发，已被劈倒，余四人不值一扫，尽皆毙命。显始知傉檀有备，不易攻克，乃遣人与傉檀修好，委罪敛成，引众退归。还有齐难一军，驰入夏境，沿途四掠。勃勃却退兵河曲，佯示虚弱，乘难无备，潜师掩袭，俘斩至七千人。难慌忙退走，奔至木城，被勃勃引兵追到，四面兜围，把难擒去，余众皆为所虏，数共万三千人，于是岭北一带，俱降勃勃。勃勃遍置守宰，分疆拒秦，秦主兴未免懊悔，尚欲再讨勃勃，适值南燕求援，自觉不遑东顾，但权允发兵，令张纲先行返报。

纲经过泰山，为太守申宜所执，送入晋营。刘裕素闻纲有巧思，善制攻具，便引纲入见，亲为解缚，好言抚慰，使登楼车巡城，呼语守吏道："刘勃勃大破秦军，秦主无暇来救，只好由汝等自寻生路罢。"守吏听了此言，无不失色。慕容超惶急异常，乃遣使至裕营请和，愿割大岘山南地归晋，世为藩臣。裕拒绝不许，未几来一秦使，传语刘裕道："慕容氏与秦毗邻，素来和好，今晋军无端加攻，秦已遣铁骑十万，行次洛阳，若晋军不还，便当长驱直进了。"裕怒答道："汝可归白姚兴，我平燕后，便当来取关洛，若姚兴自愿送死，尽管速来。"秦使自去。参军刘穆之入白道："公奈何挑动敌怒？今广固未下，再来羌寇，敢问公将如何抵御？"裕笑道："这是兵机，非卿所解。试想姚兴果肯救燕，方且潜师前来，何至先遣使命，令我预防，这明明是虚声吓人，不足为虑。"穆之乃退。

秦主兴本遣卫将军姚强，带着步骑万人，偕燕使韩范至洛阳，令与洛城守将姚绍合兵，往救广固。嗣闻勃勃杀败秦军，窥伺关中，乃追还姚强，但用了一个虚张声势的计策，去吓刘裕。裕不为所动，秦谋自沮。只韩范怏怏自归，且悲且叹道："天意已要亡燕了。"燕臣张华封恺，出兵击裕，均被裕军擒住。封融张俊，相继乞降。俊语刘裕道："燕人所恃，惟一韩范，今范甫归，还道他能致秦师，若得范来降，燕城自下了。"裕乃表范为散骑常侍，致书招范。长水校尉王蒲，劝范奔秦，范慨然道："刘裕起自布衣，灭桓玄，复晋室，今兴师伐燕，所向崩溃，这乃天授，未必全由人力呢。燕若灭亡，秦亦难保，我不可再辱，不如降晋罢了。"遂潜投裕营。裕得范大喜，即使范至城下，招降守将，城中愈觉夺气。或劝燕主超诛范家族，超因范弟谆尽忠无贰，因赦范家。嗣见晋军建设飞楼，悬梯木，幔板屋，覆以牛皮，上御矢石，料知此种攻具，定是张纲所为，遂将纲母捕到，悬缚城上，支解以徇。

既而太白星入犯虚危，灵台令张光，谓天象亡燕，劝超降晋。超并不答言，便把佩剑拔出，剁落光首。好容易过了残腊，翌日为晋义熙六年元旦，超登天门，在城楼朝见群臣，杀马犒飨将士，并迁授文武百官。越宿，与宠姬魏夫人登城，见晋兵势甚强盛，不禁唏嘘泪下，与魏氏握手对泣。韩谆从旁进言道："陛下遭际厄运，正当努力自强，鼓励士气，奈何反与女子对泣呢？"超乃拭泪谢过。尚书令董锐又劝超出降，超复系锐下狱。贺赖卢公孙五楼暗凿地道，通兵出战。晋军不及防备，几被掩入，幸亏裕军律素严，前仆后继，仍把燕军杀退。城门久闭不开，居民无论男女，俱生了一种脚气病，不能行走，就是超亦染了此症，乘辇登城。尚书悦寿语超道："今天助寇为虐，战士雕敝，城孤援绝，天时人事，已可知了。从来历数既终，尧舜尚且避位，陛下亦应达权通变，庶得上存宗庙，下保人民。"超忾然道："兴废原有天命，我宁奋剑致死，不愿衔璧求生。"

刘裕见城中困乏，乃下令破城，悉众猛扑。或谓："今日往亡，不利行师。"裕掀须道："我往彼亡，有何不利？"遂亲自督攻，不克不止。悦寿在城上望着，料知不能支持，因开门迎纳晋军。超与左右数十骑，逾城出走，才行里许，即被晋军追到，捉得一个不留。当下押至裕前，由裕叱责数语，大略是说他抗命不降，殃及兵民。超神色自若，但将母托刘敬宣，余无一言。裕乃命将超置入槛车，解送建康。且因广固围久乃下，恨及燕人，意欲把男子一并坑死，妇女尽赏将士。韩范入谏道："晋室南迁，中原鼎沸，士民失主，不得不归附外族。既为君臣，自当替他尽力，其实统是衣冠旧族，先帝遗民，今王师吊民伐罪，若不问首从，一概加诛，窃恐西北人民，将从此绝望了。"裕虽改容称谢，尚斩燕王公以下三千人，没入家口万余，毁城平濠，变成白地，然后班师。慕容超解入晋都，枭首市曹，年才二十有六。总计超僭位六年，与慕容德合并计算，共得十有一年，南燕遂亡，慕容氏从此垂尽。慕容宝养子高云，已经篡位，仍复原姓。但使慕容归为辽东公，使主燕祀，是前燕后燕南燕三国，至此俱已沦亡。就是史家把高云僭位，列入后燕，也不过一年有余，便即告终。

云本由冯跋等推立，僭号天王，立妻李氏为后，子彭城王为太子，名目上算做一国主子，实际上统是冯跋专权。云亦恐跋等为变，心不自安，特养壮士为爪牙，令他宿卫。当时卫弁头目，一名离班，一名桃仁，日夕随侍，屡蒙厚赐，甚至高云的饮食起居，也慷慨推解，毫不少吝，居然有甘苦同尝的意思。哪知小人好利，贪婪无厌，任你高云如何宠遇，总有一二事未惬他意，遂致以怨报德，暗起杀心。迁延到一年有余，突然生变，班仁两人，怀剑直入，向内启事。高云毫无所觉，出临东堂。桃仁递上一纸，交云展阅。云接纸在手，不防离班抽剑斫来，吓得云不知所措，还算忙中有智，把儿提起，当住离班的剑锋，无如一剑未中，一剑又至，这剑乃是桃仁所刺，急切无从招架，竟被穿入腰胁，大叫一声，晕倒地下；再经离班一剑，当然结果性命。

冯跋在外闻报，忙升洪光门观变。帐下督张泰李桑语跋道："二贼得志，将无所不为，愿为公力斩此贼。"跋点首应诺，泰与桑仗剑下城，招呼徒众，扑入东堂。途中遇着离班，大呼杀贼，班迫不及避，也恶狠狠的持剑来斗，桑接住厮杀，徒众齐上，并力击班。独泰恐桃仁遁走，亟向东堂驰入，冤冤相凑，正值桃仁出来，由泰劈头一剑，好头颅左右分离，立致倒毙。可巧桑已枭了班首，进来助泰，见泰诛死桃仁，自然大喜，当下迎跋入殿，推他为主。跋情愿让弟素弗，素弗道："从古以来，父兄得了天下，方传子弟，未闻子弟可突过父兄。今鸿基未建，危甚赘疣，臣民俱属望大兄，何必再辞。"张泰李桑等，亦同声推戴。跋乃允议，遂在昌黎城即天王位，改元太平，国仍号燕，是为北燕。

跋字文起，世为汉族，系长乐郡信都人。祖父和曾避晋乱，迁居上党，父安雄武有力，尝为西燕将军。西燕灭亡，跋复东徙和龙，住居长谷。屋上每有云气护住，状若楼阁，时人诧为奇观。及慕容宝即位，署跋为中卫将军。跋弟素弗，素性豪侠，不务正业，尝与从兄万泥，及诸少年同游水滨，见一金龙出溪水中，问诸万泥等人，皆云未见。素弗捞得金龙，取示大众，无不惊异。后来被慕容熙闻知，暗加疑忌。熙既篡立，欲诛冯跋兄弟，增设禁令。跋适犯禁，惧祸潜奔，与子弟同匿山泽，每夜独行，猛兽尝为避路。跋乃奋然起事，与兄弟潜入龙城，弑熙立云，云既被戕，跋得称尊，总算不忘旧谊，为云举哀发丧，依礼奉葬。云妻子亦已遇害，统皆代埋，设立云庙，置园邑二十家，四时致祭。追谥云为惠懿皇帝。一面追尊祖考，称祖和为元皇帝，父安为宣皇帝，奉母张氏为太后，立妻孙氏为王后，子永为太子，弟范阳公素弗为车骑大将军，录尚书事。次弟汲郡公弘为侍中，兼尚书仆射。从兄广川公万泥，领幽平二州牧，从兄子乳陈为征西大将军，领并青二州牧。余如张兴冯护等，佐命功臣，亦皆封赏有差。

素弗当弱冠时，曾向尚书左丞韩业处求婚，业因素弗行谊不修，毅然谢绝。素弗再求尚书郎高邵女，邵亦弗许。至是得为宰辅，并不记嫌，待遇韩业等，反且加厚。又能拔寒畯，举贤能，谦恭俭约，以身率下，端的是休休有容，不愧相度，这也好算是难得呢。惟万泥乳陈，自命勋亲，欲为公辅，偏跋令居外镇，作为二藩。乳陈性尤粗悍，不顾利害，因密遣人告万泥道："乳陈有至谋，愿与叔父共议。”万泥遂往与定约，兴兵作乱。跋遣弟弘与将军张兴，率步骑二万人往讨，弘先传书招谕道：“我等兄弟数人，遭际风云，鼓翼齐起。今主上得群下推戴，光践宝位，裂土分爵，与兄弟共同富贵，并享荣华，奈何无端起衅，自寻干戈呢？人非圣人，不能无过；过贵能改，方不终误。属在至亲，所以极诚相告，还望释嫌反正，同奖王室，勿再沉迷。”万泥得书，便欲罢兵谢罪，独乳陈按剑怒吼道：“大丈夫死生有命，怎得中道生变，不战即降呢？”遂答书不逊，约同一战。张兴语弘道：“贼与我约，明日争锋，恐今夜就来劫营，应命三军格外戒备，方保无虞。”弘乃密下军令，每人各携草十束，备着火种，分头埋伏，自与张兴出伏要路，静待乱兵到来。

黄昏已过，万籁无声，尚不闻有什么动静，到了夜半，果见尘头纷起，约莫有千余人，疾趋而来。弘不禁暗叹道：“张将军确有先见，贼众前来送死了。”再阅半时，那乱兵已经过去，才发了一声胡哨，号召各处伏兵，霎时间火炬齐明，呼声四集，吓得乱兵东逃西窜，拼命乱跑。怎奈四面八方，统已有人拦着，不是被杀，就是被擒，扰乱了小半夜，千余人全体覆没，无一得还。弘等得胜回营，天色已大明了。乳陈得了败耗，方才惊惧，与万泥诣营乞降。弘召他入营，诘责罪状，即命左右推出斩首。余众赦免，然后班师。跋进弘为骠骑大将军，改封中山公，且署素弗为大司马，改封辽西公。嗣是除苛政，惩贪赇，省徭赋，课农桑，燕人大悦，恰享了好几年的太平。同时，南凉的秃发傉檀复称凉王，改元嘉平。西秦的乞伏乾归，也逃归苑川，复称秦王，改元更始，这都因后秦浸衰，所以不甘受制，仍然独立。惟有那雄长朔方的拓跋珪，立国已二十四年，尚只三十九岁，被那逆子清河王绍，入宫弑死，这也是北魏史上的骇闻。小子有诗叹道：

父子相离已灭伦，况经手刃及君亲。
莫言胡俗无天性，祸报由来有夙因。

毕竟拓跋弑何故遇弑，且至下回再详。

第九十六回

何无忌战死豫章口 刘寄奴固守石头城

却说拓跋珪素来好色，称帝时曾纳刘库仁从女，宠冠后宫，生子名嗣，后因慕容氏貌更鲜妍，特立为后，已见前文。珪母贺氏，已早殁世，追谥为献明太后。太后有一幼妹，入宫奔丧，生得一貌如花，纤浓合度，珪瞧入眼中，暗暗垂涎，便想同她狎昵，无如这位贺姨母，已经嫁人，不肯再与苟合，惹得珪心痒难熬，竟动了杀心，密嘱刺客，把贺姨夫杀毙。贺姨母做了寡妇，无从诉冤，只好草草发丧，丧葬已毕，即由宫中差来干役，逼令入宫。贺氏明知故犯，不能不随他同去，一经见珪，还有什么好事，眼见得衾裯别抱，露水同栖。冤家有孽，生下了一个婴儿，取名为绍，蜂目豺声，与乃母大不相同，渐渐的长大起来，凶狠无赖，不服教训，珪尝把他两手反缚，倒悬井中，待他奄奄垂毙，然后释出。他经此苦厄，稍稍敛迹，但心中愈加含恨。珪哪里知晓，还道他惧罪知改，特拜为清河王。后来珪势益盛，纳妾愈多，一人怎能御众？免不得求服丹药，取补精神。哪知这药性统是燥烈，愈服愈燥，愈燥愈厉，遂至喜怒乖常，动辄杀人。长子嗣本受封齐王，至是立为太子，嗣母刘贵人，反被赐死。珪召嗣与语道："昔汉武将立太子，必先杀母，实预恐妇人与政，所以加防。今汝当继统，我不得不远法汉武了。"嗣闻言泣下，悲不自胜。珪反动怒，把他叱退。待嗣还居东宫，还闻他朝夕恸哭，又遣人召嗣入见。东宫侍臣，劝嗣不应遽入，因托疾不赴。卫王拓跋仪前镇中山，为珪所忌，召还闲居，阴有怨言。珪适有所闻，便说他蓄谋不轨，勒令自杀。贺夫人偶然忤珪，亦欲加刃，吓得贺氏奔避冷宫，立遣侍女报绍，令他入救。绍本怀宿愤，又听得生母将死，气得双目直竖，五内如焚，当下招致心腹，贿通宫女宦官，使为内应，趁着天昏夜静，逾垣入宫，宫中已有人前导，引至内寝，破户直入。珪才从梦中惊醒，揭帐启视，刀已飞入，不偏不倚，正中项下，颈血模糊，便即毕命。

绍既弑父，便去觅母。贺氏见绍夜至，问明情状，却也一惊，忙去视珪，果被杀死，不由的泪下两行。绍却欲号召卫士，往攻东宫，意图自立。卫士多不愿助绍，相率观望。适东宫太子拓跋嗣，使人报告将军安同，促令诛逆。安同慷慨誓众，无不乐从，遂一拥入宫，搜捕逆绍。卫士争先应命，七手八脚，把绍抓出，送交安同。安同迎嗣登殿，声明绍罪，立命枭斩。绍母贺氏，一并坐罪赐死。于是嗣即尊位，为珪发丧，追谥为宣武皇帝，庙号太祖。后来改谥道武，这且慢表。

且说晋刘裕既平南燕，还屯下邳，意欲经营司雍二州，忽由晋廷飞诏召裕，促令还援。看官道是何因？原来卢循陷长沙，徐道复陷南康庐陵豫章，顺流东下，居然想逼夺晋都了。先是卢徐二人，虽受晋官职，仍然阳奉阴违，伺机思逞。徐道复闻刘裕北伐，致书卢循，劝他入袭建康，循复称从缓。道复自往语循道："我等长住岭外，岂真欲传及子孙？不过因刘裕多智，未易与敌，所以郁郁居此。今裕方顿兵北方，未有还期，我正好乘虚掩击，直入晋都，何刘等皆不及裕，无能为力。若我得攻克建康，裕虽南还，也不足畏了。"循尚狐疑未决。道复奋起道："君若不肯同行，我当自往。始兴兵甲虽少，也可一举，难道不能直指寻阳么？"循见他词气甚厉，不得已屈志相从。道复即还至始兴，整顿舟舰。他本预蓄异谋，尝在南康山伐取材木，至始兴出售，鬻价甚贱，居民争往购取，不以为疑，其实是留贮甚多，至尽取做船材，旬日告成，遂与卢循北出长江，分陷石城，舣舟东指。

晋廷单靠刘裕，自然驰使飞召，裕即令南燕降臣韩范，都督八郡军事，封融为渤海太守，引兵南行。到了山阳，又接得豫章警报，江荆都督何无忌，为徐道复所败，竟至阵亡。无忌系江左名将，突然败死，令裕也惊心。究竟无忌如何致败？说将起来，也是冒险轻进，有勇寡谋，遂落得丧师失律，毕命战场。当无忌出师时，自寻阳驶舟西进，长史邓潜之进谏道："国家安危，在此一举，卢徐二贼，兵舰甚盛，势居上流，不可轻敌，今宜暂决南塘，守城自固，料彼必不敢舍我东去，我得蓄力养锐，待他疲老，然后进击，这乃是万全计策呢。"无忌不从。参军殷阐复谏道："循众皆三吴旧贼，百战余生，始兴贼亦骁捷善斗，统难轻视，将军宜留屯豫章，征兵属城，兵至合战，也不为迟。若徒率部众轻进，万一失利，悔将何及？"无忌是个急性鬼，仗着一时锐气，径至豫章西隅，徐道复已据住西岸小山，带了数百弓弩手，迭射晋军。晋军前队，多受箭伤，不敢急驶过去，惹得无忌性起，改乘小舰，向前直闯。偏偏西风暴起，将他小舰吹回东岸，余舰亦为浪所冲，东飘西荡。道复乘着风势，驶出大舰，来击无忌，无忌舟师已散，如何抵当，顿致尽溃。独无忌不肯倒退，厉声语左右道："取我苏武节来。"左右取节呈上，无忌执节督战，风狂舟破，贼众四集，可怜无忌身受重伤，握节而死。

刘裕得知无忌死耗，恐京畿就此失守，便即卷甲急趋，与数十骑驰至淮上。可巧遇着朝廷来使，急忙问讯，朝使谓贼尚未至，专待公援，裕才放心前进，行至江滨，适值风急波腾，众不敢济。裕慨然道："天若佑晋，风将自息，否则总是一死，覆溺何害！"说着，便挺身下舟，众亦随下。说也奇怪，舟行风止，竟安安稳稳的驶至京口。百姓见裕到来，齐声相庆，倚若长城。越二日，裕即入都，因江州覆没，表送章绶，有诏不许。时青州刺史诸葛长民，兖州刺史刘藩，并州刺史刘道怜，各将兵入卫。藩系豫州刺史刘毅从弟，与裕相见，报称毅已起兵拒贼，有表入京。裕谓兵宜缓进，不可求速，遂展纸作书云：

> 吾往日习击妖贼，晓其变态，贼新获利，锋不可当。今方整修船械，限日毕工，当与老弟同举。平贼以后，上流事自当尽委，愿弟勿疑！

书毕加封，令藩赍书诣毅，并嘱他传语乃兄，切勿躁进。藩趋往姑孰，投书与毅，且述裕言。毅展阅未毕，便瞋目顾藩道："前日举义平逆，权时推裕，汝道我真不及他吗？"说着，将书掷地，立集水师二万，出发姑孰。到了桑落州，正值卢循徐道复合兵前来，船头很是高锐，毅舰低脆，一与相触，便致碎损。客主情形，既不相符，毅众当然惊避。卢徐乘势冲突，连毅舟都被撞碎。毅慌忙弃舟登岸，徒步奔还，随行只有数百人，余众都被贼虏去。卢循审讯俘虏，得知刘裕已还建康，颇有戒心，意欲退还寻阳，攻取江陵，据住江荆二州，对抗晋廷。独道复谓宜乘胜急进。彼此争论数日，毕竟道复气盛，循不得不从，便即连樯东下。

警报传达建康，裕因都城空虚，亟募民为兵，修治石头城。或谓宜分守津要，裕摇首道："贼众我寡，再若分散，一处失利，全局俱动，今不如聚众石头，随宜应赴，待至徒众四集，方可再图。"诸葛长民孟昶等，探得贼势猖獗，舳舻蔽江，有众十数万，都不禁魂驰魄散，想出了一条趋避的计策，欲奉乘舆过江，独裕不许。昶料事颇明，曾谓何无忌刘毅出师，必遭败衄，后皆果如昶言。此时因北师甫还，战士已经疲乏，亦恐裕不能抗循，所以主张北徙，朝议亦大半赞成。惟龙骧将军虞邱面折昶议，还有中兵参军王仲德，也不服昶论，独向裕进言道："明公具命世才，新建大功，威震六合，妖贼乘虚入寇，闻公凯旋，自当惊溃，若先自逃去，威名俱丧，何以图存？公若误从众议，仆不忍同尽，请从此辞。"裕大喜道："我意正与卿相同。南山可改，此志不移呢。"正问答间，见孟昶踉跄进来，又申前议。裕勃然道："今重镇外倾，强寇内逼，人情惶骇，莫有固志。若一旦迁动，必致瓦解，江北岂果可得至么？就使得至，也不能久延。今兵士虽少，尚足一战，我能胜贼，臣主同休，万一不胜，我当横尸庙门，以身殉国，难道好窜伏草间，偷生苟活么？我计已决，卿勿再言！”昶还要泣陈，自请先死。裕忿然道：“汝且看我一战，再死未迟。”昶怏怏退出，归书遗表，略言“臣裕北讨，臣实赞同，今强贼乘虚进逼，自愧失策，愿一死谢过”云云。表既封毕，便仰药而死。

俄闻卢循已至淮口，不得不内外戒严，琅琊王德文督守宫城，刘裕出屯石头，使谘议参军刘粹，辅着四龄少子义隆，往镇京口。余将亦由裕调度，各有职守。裕登城遥望，见居民多临水眺贼，不禁动疑，顾问参军张劭。劭答道：“今若节钺未临，百姓将奔散不暇，尚敢临水观望吗？照此看来，定是有恃无恐，所以得此安详。”裕又凝望片刻，召语将佐道：“贼若由新亭直进，锐不可当，只好暂时回避，徐决胜负。若回泊西岸，贼势必懈，便容易成擒了。”将佐等听了裕言，便专探贼舰消息。徐道复原欲进兵新亭，焚舟直上，偏卢循不肯冒险，逡巡未行，且语道复道：“我军未向建康，闻孟昶已惧祸自裁，看来晋都空虚，必且自乱，何必急求一战，多伤士卒呢？”道复终不得请，退自叹息道：“我必为卢公所误，事终无成。若使我独力驰驱，得为英雄，取天下如反手哩。”

既而刘裕登石头城，望见敌船，引向新亭，也觉失色。嗣看他退驻蔡洲，方有喜容。龙骧将军虞邱，请伐木为栅，保护石头淮口，又修治越城，增筑查浦药园廷尉三垒，杜贼侵轶。裕皆依计施行，人心渐固。刘毅奔还建康，诣阙待罪。有诏降毅为后将军，裕却亲加慰勉，使知中外留守事宜。再派冠军将军刘敬宣屯北郊，辅国将军孟怀玉屯丹阳郡西，建武将军王仲德屯越城，广武将军刘默屯建阳门外。又令宁朔将军索邈，用突骑千匹，外蒙虎皮，分扎淮北。部署既定，壁垒皆新。卢循探悉情形，才悔因循误事，急遣战舰十余艘，进攻石头城的防栅。栅中守卒，并不出战，但用神臂弓竞射，一发数矢，无不摧陷，循只好退去。寻又伏兵南岸，伪使老弱东行，扬言将进攻白石。刘裕留参军沈林子徐赤特防备南岸，截堵查浦，嘱令坚守勿动，自与刘毅诸葛长民等，往戍白石，拒遏贼军。卢循闻裕北去，自喜得计，遂引众进毁查浦，直攻张侯桥。徐赤特即欲出击，林子道：“贼众声往白石，乃反来此挑战，情诈可知。我众寡不敌，不如据垒自固，静待大军。况刘公曾一再面嘱，怎好有违？”赤特不听，自引部曲出战，遇伏败走，遁往淮北。贼众趁势攻栅，喊杀连天，亏得林子据栅力御，又经别将刘钟朱龄石等，相率来援，方将贼众击退，循引锐卒趋往丹阳。

裕抵白石，未见贼至，料知贼有诈谋，急率诸军驰还石头，捕斩赤特，然后出阵南塘，令参军诸葛叔度，及朱龄石等渡淮追贼。贼众转掠各郡，郡守统坚壁待着，毫无所得。循乃语道复道：“我兵老了，不如退据寻阳，并力取荆州，徐图建康便了。”乃留徒党范崇民，率众五千，居守南陵，自向寻阳退去。晋廷进刘裕为太尉，领中书监，并加黄钺。裕表举王仲德为辅国将军，刘钟为广州太守，蒯恩为河间太守，令与谘议参军孟怀玉等，引兵追循，自还东府整治水军，增筑楼船；特遣建威将军孙处，振武将军沈田子，领兵三千，自海道径袭番禺，捣循巢穴。将佐谓海道迂远，不宜出发，裕微笑不答，但嘱孙处道：“大军至十二月间，必破妖贼，卿可先倾贼巢，截彼归路，不怕不为我所歼哩。”孙处等奉令自去。

那卢循退至寻阳，遣人从间道入蜀，联结谯纵，约他夹攻荆州。纵复称如约，并向后秦乞师。秦主姚兴，册封纵为大都督，相国蜀王，加九锡礼，得承制封拜，并使前将军苟林，率兵会纵。纵乃释出桓谦，令为荆州刺史，又使谯道福为梁州刺史，兴兵二万，与秦将苟林共寇荆州。荆州为贼寇所阻，与建康音问不通，刺史刘道规，曾遣司马王镇之，率同天门太守檀道济，广武将军刘彦之，入援建康。镇之行至寻阳，适值秦苟林抄出前面，击败镇之，镇之退走。卢循欢迎苟林，使为南蛮校尉，拨兵相助，会攻荆州。桓谦又沿途募兵，得众二万，进据枝江。苟林入屯江津，二寇交逼江陵，荆州大震，士民多思避去。刘道规会集将士，对众晓谕道：“诸君欲去，尽请自便。我东来文武，已足拒寇，可不烦此处士民了。”说着，令大开城门，彻夜不闭，任令自由出入，暗中却日夕增防，士民不禁惮服，反无一人出走。会雍州刺史鲁宗之，自襄阳率军与援，或谓宗之情不可测，道规独单骑迎入，推诚相待，引为腹心。当下留宗之居守，自引各军士击桓谦，水陆齐进，直达枝江。天门太守檀道济，奋呼陷阵，大破谦众。谦单舸奔逃，被道规追击过去，一阵乱箭，把谦射死。再移军进攻苟林。

林闻谦败死，未战先逃，道规令参军刘遵，从后追赶，驰至巴陵，得将苟林击毙。道规回军江陵，检得士民通敌各书，一律焚去，不复追究，人情大安。鲁宗之当即辞去。忽闻徐道复率贼三万，奄至破冢，将抵江陵，城中又复惊哗，一时谣言蜂起，且云：“卢循已陷京邑，特使道复来镇荆州。”道规也觉怀疑，自思追召宗之，已是不及，眼前惟有镇定一法，募众守城。好在江陵士民，统感道规焚书德惠，不再生贰，誓同生死，因此秩序复定。可巧刘遵亦得胜回来，道规即使为游军，自督兵出豫章口，逆击道复。道复来势甚锐，突破道规前军，节节进逼。不防斜刺里来了战舰数艘，横冲而入，把道复兵舰截作两段，道复前后不能相顾，顿致慌乱。道规得乘隙奋击，俘斩无算。再经来舰中的大将，帮同拦截，杀得道复走投无路，拼死的杀出危路，走往湓口去了。小子有诗赞刘道规道：

江陵重地镇元戎，战守随宜终立功。
尽有良谋能破贼，强徒漫自诩英雄。

究竟何人来助道规，得此胜仗，待至下回报明。

第九十七回

窜南交卢循毙命 平西蜀谯纵伏辜

却说刘道规至豫章口，击破徐道复，全亏游军从旁冲入，始得奏功。游军统领，便是参军刘遵，当时道规将佐，统说是强寇在前，方虑兵少难敌，不宜另设游军。及刘遵夹攻道复，大获胜仗，才知道规胜算，非众所及，嗣是益加敬服，各无异言。刘裕闻江陵无恙，当然心喜，便拟亲出讨贼。刘毅却自请效劳，长史王诞密白刘裕道："毅既丧败，不宜再使立功。"裕乃留毅监管太尉留府，自率刘藩檀韶刘敬宣等，出发建康。王仲德刘钟各军，前奉裕令追贼，行至南陵，与贼党范崇民相持，至此闻裕军且至，遂猛攻崇民，崇民败走，由晋军夺还南陵。凑巧裕军到来，便合兵再进，到了雷池，好几日不见贼踪，乃进次大雷。越宿，见贼众大至，舳舻衔接，蔽江而下，几不知有多少贼船，裕不慌不忙，但令轻舸尽出，并力拒贼，又拨步骑往屯西岸，预备火具，嘱令贼至乃发，自在舟中亲提旛鼓，督众奋斗。右军参军庾乐生，逗留不进，立命斩首徇众。众情知畏，不敢落后，便各腾跃向前。裕又命前驱执着强弓硬箭，乘风射贼，风逐浪摇，把贼船逼往西岸。岸上晋军，正在待着，便将火具抛入贼船，船中不及扑救，多被延烧，烈焰齐红，满江俱赤，贼众纷纷骇乱，四散狂奔。卢循徐道复，也是逃命要紧，走还寻阳。

裕得此大捷，依次记功，复麾军进迫左里。左里已遍竖贼栅，无路可通，裕但摇动麾竿，督众猛扑，砉然一声，麾竿折断，幡沈水中，大众统皆失色。裕笑语道："往年起义讨逆，进军覆舟山，幡竿亦折，今又如此，定然破贼了。"大众听了，气势益奋，当下破栅直进，俘斩万余。卢徐二贼，分途遁去。裕遣刘藩孟怀玉等，轻骑追剿，自率余军凯旋建康，时已为义熙六年冬季，转眼间便是义熙七年了。徐道复走还始兴，部下寥寥，只剩了一二千人，并且劳疲得很，不堪再用。偏晋将军孟怀玉，与刘藩分兵，独追道复，直抵始兴城下。道复硬着头皮，拚死守城。一边是累胜军威，精神愈振，一边是垂亡丑虏，喘息仅存，彼此相持数日，究竟贼势孤危，禁不住官军骁勇，一着失手，即被攻入。道复欲逃无路，被晋军团团围住，四面攒击，当然刺死。

独卢循收集散卒，尚有数千，垂头丧气，南归番禺。途次接得警报，乃是番禺城内，早被晋将孙处沈田子从海道掩入，占踞多日了。原来卢循出扰长江，只留老弱残兵，与亲党数百人，居守番禺，孙处沈田子引兵奄至城下，天适大雾，迷蒙莫辨，当即乘雾登城，一齐趋入。守贼不知所为，或被杀，或乞降。孙处下令安民，但将卢循亲党，捕诛不赦外，余皆宥免，全城大定。又由沈田子等分徇岭表诸郡，亦皆收复。只卢循得此音耗，累得无家可归，不由的惊愤交并，慌忙集众南行。倍道到了番禺，誓众围攻，孙处独力拒守，约已二十余日，晋将刘藩，方驰入粤境，沈田子亦从岭表回军，与藩相遇，当下向藩进言道："番禺城虽险固，乃是贼众巢穴，今闻循集众围攻，恐有内变，且孙季高兵力单弱，未能久持，若再使贼得据广州，凶势且复振了，不可不从速往援。"藩乃分兵与田子，令救番禺。田子兼程急进，到了番禺城下，便扑循营，喊杀声递入城中。孙处登城俯望，见沈田子与贼相搏，喜出望外，当即麾兵出城，与田子夹击卢循，斩馘至万余人。循狼狈南遁。处与田子合兵至苍梧郁林宁浦境内，三战皆捷。适处途中遇病，不能行军，田子亦未免势孤，稍稍迟缓，遂被卢循窜去，转入交州。

先是九真太守李逊作乱，为交州刺史杜瑗讨平，未几瑗殁，子慧度讣达晋廷，有诏令慧度袭职。慧度尚未接诏，那卢循已袭破合浦，径向交州捣入。慧度号召中州文武，同出拒循，交战石琦，得败循众。循党尚剩三千人，再加李逊余党李脱等，纠集蛮獠五千余人，与循会合，循又至龙编南津，窥伺交州。慧度将所有私财，悉数取出，犒赏将士。将士感激思奋，复随慧度攻循。循党从水中舟行，慧度所率，都是步兵，水陆不便交锋，经慧度想出一法，列兵两岸，用雉尾炬烧着，掷入循船。雉尾炬系束草一头，外用铁皮缚住，下尾散开，状如雉尾，所以叫做雉尾炬。循船多被燃着，俄而循坐船亦致延烧，连忙扑救，还不济事，余舰亦溃。循自知不免，先将妻子鸩死，后召妓妾遍问道："汝等肯从死否？"或云："雀鼠尚且贪生，不愿就死。"或云："官尚当死，妾等自无生理。"循将不愿从死的妓妾，一概杀毙，投尸水中，自己亦一跃入江，溺死了事。慧度命军士捞起循尸，枭取首级，复击毙李脱父子，共得七首，函送建康。南方十多年海寇，至此始荡涤一空，不留遗种了。晋廷赏功恤死，不在话下。

且说荆州刺史刘道规，莅镇数年，安民却寇，惠及全州，嗣因积劳成疾，上表求代。晋廷令刘毅代镇荆州，调道规为豫州刺史。道规转赴豫州，旋即病殁。荆人闻讣，无不含哀。独刘毅素性贪愎，自谓功与裕埒，偏致外调，尝郁郁不欢。裕素不学，毅却能文，因此朝右词臣，多喜附毅。仆射谢混，丹阳尹郗僧施，更与毅相投契。毅奉命西行，至京口辞墓。谢郗等俱往送行，裕亦赴会。将军胡藩密白裕道："公谓刘荆州终为公下么？"裕徐徐答道："卿意云何？"藩答道："战必胜，攻必取，毅亦知不如公。若涉猎传记，一谈一咏，毅却自诩雄豪。近见文臣学士，多半归毅，恐未必肯为公下，不如即就会所，除灭了他。"裕半晌方道："我与毅共同匡复，毅罪未著，不宜相图，且待将来再说。"随即欢然会毅，彼此作别。裕复表除刘藩为兖州刺史，出据广陵。毅因兄弟并据方镇，阴欲图裕，特密布私人，作为羽翼。乃调僧施为南蛮校尉，毛修之为南郡太守，裕皆如所请，准他调去。毅又常变置守宰，擅调豫江二州文武将吏，分充僚佐；嗣又请从弟兖州刺史刘藩为副。于是刘裕疑上加疑，不肯放松，表面上似从毅请，召藩入朝，将使他转赴江陵。藩不知是计，卸任入都，便被裕饬人拿下，并将仆射谢混，一并褫职，与藩同系狱中。越日，即传出诏旨，略言"刘藩兄弟与谢琨同谋不轨，当即赐死。毅为首逆，应速发兵声讨"云云。一面令前会稽内史司马休之为荆州刺史，随军同行。裕弟徐州刺史刘道怜为兖青二州刺史，留镇京口。使豫州刺史诸葛长民监管太尉府事，副以刘穆之。

裕亲督师出发建康，命参军王镇恶为振武将军，与龙骧将军蒯恩，率领百舰，充作前驱，并授密计。镇恶昼夜西往，至豫章口，去江陵城二十里，舍船步上，扬言刘兖州赴镇。荆州城内，尚未知刘藩死耗，还道传言是实，一些儿不加预防。至镇恶将到城下，毅始接得侦报，并非刘藩到来，实是镇恶进攻，当即传出急令，四闭城门，那知门未及闭，镇恶已经驰入，驱散城中兵吏。毅只率左右百余人，奔突出城，夜投佛寺，寺僧不肯容留，急得刘毅势穷力蹙，没奈何投缳自尽。镇恶搜得毅尸，枭首报裕。裕喜已遂计，即西行至江陵，杀郗僧施，赦毛修之。宽租省调，节役缓刑，荆民大悦。裕留司马休之镇守江陵，自率将士东归。有诏加裕太傅，领扬州牧，裕表辞不受，惟奏征刘镇之为散骑常侍。镇之系刘毅从父，隐居京口，不求仕进，尝语毅及藩道："汝辈才器，或足匡时，但恐不能长久呢。我不就汝求财位，当不为汝受罪累，尚可保全刘氏一脉，免致灭门。"毅与藩哪里肯信，还疑乃叔为疯狂，有时过门候谒，仪从甚多，辄被镇之斥去。果然不到数年，毅藩遭祸，亲族多致连坐，惟镇之得脱身事外。裕且闻他高尚，召令出仕，镇之当然不赴，唯守志终身罢了。。

豫州刺史诸葛长民，本由裕留监太尉府事，闻得刘毅被诛，惹动兔死狐悲的观念，便私语亲属道："昔日醢彭越，今日杀韩信，祸将及我了。"长民弟黎民进言道："刘氏覆亡，便是诸葛氏的前鉴，何勿乘刘裕未还，先发制人？"长民怀疑未决，私问刘穆之道："人言太尉与我不平，究为何故？"穆之道："刘公溯流西征，以老母稚子委足下，若使与公有嫌，难道有这般放心么？愿公勿误信浮言！"？长民意终未释。再贻冀州刺史刘敬宣书道："盘龙专擅，自取夷灭，异端将尽，世路方夷，富贵事当与君共图，幸君勿辞！"敬宣知他言中寓意，便答书道："下官常恐福过灾生，时思避盈居损，富贵事不敢妄图，谨此复命！"这书发出，复将长民原书，寄呈刘裕。裕掀髯自喜道："阿寿原不负我呢。"阿寿就是敬宣小字。说毕，即悬拟入都期日，先遣人报达阙廷。

长民闻报，不敢动手，惟与公卿等届期出候，自朝至暮，并不见刘裕到来，只好偕返。次日，又出候裕，仍然不至，接连往返了三日，始终不闻足迹，免不得疑论纷纭。谁知是夕黄昏，裕竟轻舟径进，潜入东府，大众都未知悉，只有刘穆之在东府中，得与裕密议多时。到了诘旦，裕升堂视事，始为长民所闻，慌忙趋府问候。裕下堂相迎，握手殷勤，引入内厅，屏人与语，非常款洽。长民很是惬意，不防座后突入两手，把他拉住，一声怪响，骨断血流，立时毙命，遂舆尸出付廷尉，并收捕长民弟黎民幼民，及从弟秀之。黎民素来骁勇，格斗而死；幼民秀之被杀。当时都下人传语道："勿跋扈，付丁旿。"旿系裕麾下壮士，拉长民，毙黎民，统出旿手，这正好算得一个大功狗了。

裕又命西阳太守朱龄石，进任益州刺史，使率宁朔将军臧熹，河间太守蒯恩，下邳太守刘钟等，率众二万，西往伐蜀。时人统疑龄石望轻，难当重任，独裕说他文武优长，破格擢用。臧熹系裕妻弟，位本出龄石上，此时独属归龄石节制，不得有违。临行时，先与龄石密商道："往年刘敬宣进兵黄虎，无功而还，今不宜再循覆辙了。"遂与龄石附耳数语，并取出一锦函，交与龄石，外面写着六字云："至白帝城乃开。"龄石受函徐行，在途约历数月，方至白帝城。军中统未知意向，互相推测，忽由龄石召集将士，取示锦函，对众展阅，内有裕亲笔一纸云："众军悉从外水取成都，臧熹从中水取广汉，老弱乘高舰十余，从内水向黄虎，至要勿违。"大众看了密令，各无异言，便即倍道西进。

蜀王谯纵，早已接得警报，总道晋军仍由内水进兵，所以倾众出守涪城，令谯道福为统帅，扼住内水。黄虎系是内水要口，此次但令老弱进行，明明是虚张声势，作为疑兵。外水一路，乃是主军，由龄石亲自统率，趋至平模，距成都只二百里。谯纵才得闻知，亟遣秦州刺史侯晖，尚书仆射谯诜，率众万余，出守平模夹岸，筑城固守。时方盛暑，赤日当空，龄石未敢轻进，因与刘钟商议道："今贼众严兵守险，急切未易攻下，且天时炎热，未便劳军，我欲休兵养锐，伺隙再进，君意以为可否？"钟连答道："不可不可。我军以内水为疑兵，故谯道福未敢轻去涪城,今大众从外水来此,侯晖等虽然拒守,未免惊心,彼阻兵固险,明明是不敢来争,我乘他惊疑未定,尽锐进攻,无患不克。既克平模,成都也易取了。若迟疑不定,彼将知我虚实,涪军亦必前来,并力拒我,我求战不得,军食无资,二万人且尽为彼虏了。”龄石矍然起座,便誓众进攻。

蜀军筑有南北二城,北城地险兵多,南城较为平坦,诸将欲先攻南城,龄石道:“今但屠南城,未足制北,若得拔北城,南城不麾自散了。”当下督诸军猛攻北城,前仆后继,竟得陷入,斩了侯晖谯诜,再移兵攻南城。南城已无守将,兵皆骇遁,一任晋军据住。可巧臧熹亦从中水杀进,阵斩牛脾守将谯抚之,击走打鼻守将谯小狗,留兵据守广陵,自引轻兵来会龄石。两军直向成都,各屯戍望风奔溃,如入无人之境,成都大震。谯纵魂飞天外,慌忙挈了爱女,弃城出走,先至祖墓前告辞。女欲就此殉难,便流泪白纵道:“走必不免,徒自取辱,不若死在此处,尚好依附先人。”纵不肯从,女竟咬着银牙,用头撞碣,砰的一声,脑浆迸裂,一道贞魂,去寻那谯氏先祖先宗了。纵心虽痛女,但也未敢久留,即纵马往投涪城。途次正遇着道福,道福勃然怒道:“我正因平模失守,引兵还援,奈何主子匹马逃来?大丈夫有如此基业,骤然弃去,还想何往?人生总有一死,难道怕到这般么?”说着,即拔剑投纵。纵连忙闪过,剑中马鞍,马尚能行,由纵挥鞭返奔,跑了数里,马竟停住,横卧地上。纵下马小憩,自思无路求生,不如一死了事,遂解带悬林,自缢而亡。巴西人王志,斩纵首级,赍送龄石。龄石已入成都。蜀尚书令马耽,封好府库,迎献图籍。当下搜诛谯氏亲属,余皆不问。谯道福尚拟再战,把家财尽犒兵士,且号令军中道:“蜀地存亡,系诸我身,不在谯王。今我在,尚足一战,还望大家努力!”众虽应声称诺,待至金帛到手,都背了道福,私下逃去。剩得道福孤身远窜,为巴民杜瑾所执,解送晋营,结果是头颅一颗,枭示军门。总计谯氏僭称王号,共历九年而亡。小子有诗叹道:

九载称王一旦亡,覆巢碎卵亦堪伤。

撞碑宁死先人墓,免辱何如一女郎。

朱龄石既下成都,尚有一切善后事情,待至下回续叙。

第九十八回

南凉王愎谏致亡　西秦后败谋殉难

却说朱龄石入成都后，上书告捷，晋廷叙功加赏，命龄石监督梁秦二州军事，赐爵丰城县侯。龄石恐降臣马耽，在蜀生事，特将他徙往越巂。耽至徙所，私语亲属道："朱侯不送我入凉，无非欲杀我灭口，看来我必不免了。"乃盥洗而卧，引绳扼死，既而龄石使至，果来杀耽。见耽已死，即戮尸归报，龄石乃安。后来龄石遣使诣北凉，宣谕晋廷威德，北凉王沮渠蒙逊，却也有些畏惧，因上表晋廷。略云：

上天降祸，四海分崩，灵耀拥于南裔，苍生没于丑虏。陛下累圣重光，道迈周汉，纯风所被，八表宅心。臣虽被发旁徼，才非时俊，谬经河右遗黎，推为盟主，臣之先人，世荷恩宠，虽历夷险，执义不回，倾首朝阳，乃心王室。近由益州刺史朱龄石，遣使诣臣，始具朝廷休问。承车骑将军刘裕，秣马挥戈，以中原为事，可谓天赞大晋，笃生英辅。臣闻少康之兴大夏，光武之复汉业，皆奋剑而起，众无一旅，犹能成配天之功，著《车攻》之咏。陛下据全楚之地，拥荆扬之锐，宁可垂拱晏然，弃二京以资戎虏乎？若六军北轸，克复有期，臣愿率河西诸戎，为晋右翼，效力前驱，櫜鞬待命。

看官听说！这时候的沮渠蒙逊已夺了南凉的姑臧城，从张掖徙都姑臧，自称河西王，改元玄始，差不多与吕光一律了。原来南北二凉，互相仇敌，争战不休。南凉王秃发傉檀，背秦僭位，称妻折掘氏为王后，子虎台为太子，也设置臣僚，封拜百官。且遣左将军枯木，与驸马都尉胡康等，往侵北凉，掠去临松人民千余家。北凉怎肯干休？由蒙逊亲率骑士，称戈报怨，突入南凉的显美境内，大掠而去。南凉太尉俱延，引兵追蹑，被蒙逊回军奋击，大败遁还。于是傉檀也征兵五万，往攻蒙逊。左仆射赵晁，及太史令景保谏阻道："近年天文错乱，风雨不时，陛下惟修德责躬，方可晋吉，不宜再动干戈。"傉檀勃然道："蒙逊不道，入我封畿，掠我边疆，残我禾稼，我若不再征，如何保国？今大军已集，卿等反出言沮众，究出何意？"景保道："陛下令臣主察天文，臣若见事不言，便负陛下。今天象显然动必失利。"傉檀道："我挟轻骑五万，亲征蒙逊，可战可守，有甚么不利呢？"景保还要强谏，惹得傉檀性起，锁保随军，且与语道："有功当斩汝徇众，无功当封汝百户侯。"当下亲自出马，引众直趋穷泉。

蒙逊当然出拒，两下相见，北凉兵非常厉害，杀得南凉人仰马翻，纷纷逃溃。傉檀亦单骑奔还，只有景保锁着，不能自由行走，致被北凉兵擒去，推至蒙逊面前。蒙逊面责道："卿既识天文，为何违天犯顺，自取羁辱？"保答道："臣非不谏，谏不肯从，亦属无益。"蒙逊道："昔汉高祖免厄平城，赏及娄敬；袁绍败溃官渡，戮及田丰。卿谋同二子，可惜遇主不同，卿若有娄敬的功赏，我当放卿回去，但恐不免为田丰呢。"保又道："寡君虽才非汉祖，却与袁本初不同，臣本不望封侯，亦不至虑祸呢。释还与否，悉听明断便了。"蒙逊乃放归景保。保还至姑臧，傉檀引谢道："卿为孤蓍龟，孤不能从，咎实在孤，孤今当从卿了。"乃封保为安亭侯。

蒙逊进围姑臧，城内大骇，民多惊散。傉檀亦非常着急，只得遣使请和，遣子他及司隶校尉敬归，入质蒙逊。蒙逊乃引兵退去。归至胡坑，乘间逃还，他亦走了里许，仍被追兵拘住，将他械归。傉檀恐蒙逊复至，不敢安居，竟率亲党徙居乐都，但留大司农成公绪守姑臧。甫出城门，魏安人焦谌王侯等闭门作乱，收合三千余家，占据南城，推焦朗为大都督，自称凉州刺史，通款蒙逊。蒙逊复进兵姑臧，焦朗未悉谌谋，纠众守城，偏偏谌为内应，潜开城门，迎纳蒙逊。朗不及出奔，束手受擒。还算蒙逊大开恩典，把朗赦免，再移兵往取北城。成公绪早已遁去，姑臧城遂全属蒙逊了。蒙逊令弟挐为秦州刺史，居守姑臧，自率兵进攻乐都。

傉檀迁居未久，闻得蒙逊兵至，慌忙勒兵登陴，日夕守御。蒙逊相持匝月，尚幸全城无恙，惟守卒已死了多人，总觉岌岌可危，不得已再与讲和。蒙逊索傉檀宠子为质，傉檀不肯遽许，旋经群臣固请，才令爱子安周出质，蒙逊乃去。过了数月，傉檀复欲往攻蒙逊，邯川护军孟恺进谏道："蒙逊方并姑臧，凶势方盛，不宜速攻，且保守境土为是。"傉檀急欲复仇，不听恺言，遂分兵五路，同时俱进。到了番禾苕藋等地方，掠得人民五千余户，乃议班师。部将屈右入白道："陛下转战千里，已属过劳，今既得利，亟宜倍道还师，速度险阨。蒙逊素善用兵，士众习战，若轻军猝至，出我意外，强敌外逼，徙户内叛，岂不危甚?”道言方绝，卫将伊力延接口道:“彼步我骑，势不相及，若倍道急归，必致捐弃资财，示人以弱，这难道是良策么?”屈右出语诸弟道:“我言不用，岂非天命？恐我兄弟将不能生还了。”傉檀徐徐退还，途次忽遇风雨，阴雾四塞。那蒙逊兵果然大至，喊声四震，吓得南凉兵魂不附体，没路飞跑。傉檀亦即返奔，弃去辎重，狼狈走还。蒙逊追至乐都，四面围攻，傉檀又送出一个质子染干，方得令蒙逊回军。

是时，西秦王乞伏乾归，叛秦独立。乃号妻边氏为王后，子炽磐为太子，兼督中外诸军，录尚书事。屡寇秦境，陷入金城略阳南安陇西诸郡。秦主姚兴，不遑西讨，只好遣吏招抚，曲为周旋。乾归方欲图南凉，乃与秦修和，送还所掠守宰，答书谢罪。兴更册拜乾归为征西大将军，河州牧，大单于，河南王，都督陇西岭北匈奴杂胡诸军事。炽磐为镇西将军左贤王平昌公。乾归父子受了秦命，送遣炽磐及次子审虔，带领步骑万人，往攻南凉，击败南凉太子虎台，掠得牛马十余万匹而还。未几，复与秦背约，寇掠略阳南平，徙民数千户至谭郊，令子审虔率众二万，赴谭郊筑城；筑就后又复迁都，但命炽磐留镇苑川。

从子乞伏公府，系国仁子，年已长成，自恨前时不得嗣立，深怨乾归。会乾归出畋五溪，有枭鸟飞集手上，忙即拂去，心中不能无嫌，惟未曾料及隐患。是夕，宿居猎苑，被公府招引徒党，突入寝处，刺死乾归。因恐炽磐往讨，走保大夏。炽磐闻变，立命弟智达木奕于等，引兵讨逆，留骁骑将军娄机镇苑川，自帅将佐至枹罕城。已而智达击败大夏，追公府至嵻崀山，把他擒住，并获公府四子，解至谭郊，车裂以徇。炽磐遂自称大将军河南王，改元永康，迎回乾归遗柩，安葬枹罕，追谥为武元王，号称高祖。署翟勍为相国，麹景为御史大夫，段晖为中尉；当即兴兵四出，攻讨吐谷浑诸胡，先后俘得男女二万八千人。越二年余，有五色云出现南山，炽磐目为符瑞，喜语群臣道:“我今年应得太庆，王业告成了。”嗣是缮甲整兵，专待四方衅隙。适南凉王傉檀，西讨乙弗，炽磐拔剑奋起道:“平定南凉，在此一行了。”当下征兵二万，克日起行。

那傉檀连年被兵，损失不资，国威顿挫。唾契汗乙弗，向居吐谷浑西北，臣事南凉，至是亦叛。因此傉檀定议西征。邯川护军孟恺，又进谏道:“连年饥馑，百姓未安，炽磐蒙逊，屡来侵扰，就使远征得克，后患必深，计不如与炽磐结盟，通籴济难，足食缮兵，相时乃动，方保万全。”傉檀不从，使太子虎台居守，预约一月必还，倍道西去，大破乙弗，掳得马牛羊四十余万头，饱载归来。哪知乐极悲生，福兮祸倚，中途遇着安西将军樊尼，报称:“乐都失守，王后太子，俱已陷没了。”傉檀听到此耗，险些儿晕了过去，勉强按定了神，问明情形，才知为炽磐所掩袭。乐都城内的兵民，仓猝奔溃，虎台不及出奔，遂致被掳，妻妾等统是怯弱,当然不能脱身了。傉檀踌躇多时,复号众与语道:"今乐都为炽磐所陷,男夫多死,妇女赏军,我等退无所归,只好再行西掠,尽取乙弗资财,还赎妻子罢。"说着,又麾众西进。偏将士俱思东归,多半逃还。傉檀遣镇北将军段苟往追,苟亦不返。俄而将佐皆散,惟安西将军樊尼,中军将军纥勃,后军将军洛肱,散骑常侍阴利鹿,尚是随着。傉檀泣叹道:"蒙逊炽磐,从前俱向我称藩,今我若穷蹙往降,岂不可耻?但四海虽广,无可容身,与其聚而同死,不若分而或生。樊尼系我兄子,宗祧所寄,我众在北,尚不下二万户,可以往依。蒙逊方招怀远迩,不致寻仇,纥勃洛肱,俱可同去。我已老了,无地自容,宁与妻子同死罢。"樊尼与纥勃洛肱,依言别去。傉檀掉头东行,随从只阴利鹿一人,因凄然顾语道:"我亲属皆散,卿何故独留?"利鹿道:"臣家有老母,非不思归,但忠孝不能两全,臣既不能为陛下保国,难道尚敢相离么?"傉檀感叹道:"知人原是不易,大臣亲戚,统弃我自去,惟有卿终始不渝,卿非负我,我实愧卿。"说毕,泪下如雨。利鹿亦泣慰数语,乃再相偕同行。

途次探得炽磐已归,留部将谦屯都督河右,镇守乐都,又任秃发赴单为西平太守,镇守西平,赴单系乌孤子,为傉檀侄。傉檀得此援系,当即往投。赴单已臣事西秦,自然报达炽磐。炽磐从前入质南凉,利鹿孤尝给宗女为妻,后来炽磐奔还,傉檀曾将炽磐女送归。及炽磐攻入乐都,掳得傉檀季女,见她艳丽动人,遂逼令侍寝。为此两道姻谊,所以遣使往迎傉檀,待若上宾,令为骠骑大将军,封左南公。就是虎台被他带归,亦优礼相待。傉檀乃遣阴利鹿归省,利鹿方去。

自从乐都失陷,南凉各城,尽归炽磐,惟浩亹守将尉贤政,固守不下。炽磐遣人招谕道:"乐都已溃,卿妻子都在我处,何不早降?"贤政答道:"主上存亡,尚未探悉,所以不敢归命。若顾恋妻子,便忘故主,试问大王亦何用此臣?"去使还报炽磐。炽磐再使虎台赍去手书,往招贤政。贤政见了虎台,便正色道:"汝为储副,不能尽节,弃父忘君,自堕基业,贤政义士,岂肯效汝么?"虎台怀惭而去。及傉檀受爵左南,才举城归附后秦。炽磐既并吞南凉,遂自称秦王,立傉檀女秃发氏为王后,前妻秃发氏为左夫人。旋恐傉檀尚存,终为后患,竟遣人赍了鸩毒,往毒傉檀。傉檀一饮而尽,俄而毒发,痛不可当,左右请亟服解药,傉檀瞋目道:"我病岂尚宜疗治么?"言讫即毙。年终五十一,在位十三年。南凉自秃发乌孤立国,兄弟相传,共历三主,凡十有九年而亡。

傉檀子保周破羌,利鹿孤孙副周,乌孤孙承钵,皆奔往北凉,转入北魏。魏并授公爵,且赐破羌姓名,叫作源贺,后来为北魏功臣。就是傉檀兄子樊尼,亦入魏授官,不遑细叙。惟虎台仍在西秦,北凉王沮渠蒙逊,遣人引诱虎台,许给番禾西安二郡,且愿借兵士,使报父仇。虎台恰也承认,阴与定约。偏被炽磐闻知，召入宫廷，不令外出，但表面上还不露声色，待遇如初。炽磐后秃发氏，与虎台为兄妹，起初是无法解脱，只好勉侍炽磐，佯作欢笑，及得立为后，历承恩宠，心中总不忘君父，自恨身为女流，无从报复。可巧乃兄召入，尝得相见，遂觑隙与语道："秦与我有大仇，不过因婚媾相关，虚与应酬，试想先王死于非命，遗言不愿疗治，无非为保全子女起见，我与兄既为人子，怎可长事仇雠，不思报复呢？"虎台点首退出，密与前时部将越质洛城等设谋，阴图炽磐。不料宫中却有一个奸细，本是秃发氏遗胄，偏他甘心事虏，反噬虎台兄妹，这叫丧尽天良，可叹可恨呢！

看官道是何人？便是炽磐左夫人秃发氏。她自傉檀女入宫得宠，已怀妒意，又平白地失去后位，反使后来居上，越觉愤愤不平，但面上却毫不流露，佯与王后相亲，很是投机。秃发后仍以姊妹相呼，误信她为同宗一派，当无异心，所以有时晤谈，免不得将报仇意计，漏说数语。她便假意赞成，盘问底细，得悉她兄妹隐情，竟去报知炽磐。炽磐不听犹可，听了密报，自然怒起，立把王后兄妹，及越质洛城等人，一并处死。自是左夫人秃发氏，得快私愤，复沐专宠了。惟炽磐元妃早殁，遗下数男，次子叫做慕末，由炽磐立为太子。慕末弟轲殊罗，亦为前妻所出，后来炽磐身死，慕末继立，秃发左夫人做了寡妇，不耐嫠居，竟与轲殊罗私通，谋杀慕末。慕末闻知，鞭责轲殊罗，赦他一死，独勒令秃发氏自尽，事在刘宋元嘉六年，乃是东晋后事。小子因她妒悍淫昏，终遭恶报，所以特别提出，留作榜样。奉劝后世妇女，切莫效此丑恶事呢。因随笔凑成一诗道：

一门姊妹不相侔，谗杀同宗甘事仇。

待到后来仍自尽，何如死义足千秋。

西秦方盛，后秦却已垂亡，欲知详情，试看下回分解。

第九十九回

入荆州驱除异党　夺长安翦灭后秦

却说秦主姚兴嗣位后，曾立昭仪张氏为后，长子泓为太子，余子懿弼洸宣谌愔璞质逵裕国儿等，皆封公爵。弼受封广平公，素性阴狡，潜谋夺嫡，外面却装作孝谨，深得父宠，出为雍州刺史，权镇安定。降臣姜纪，曾叛凉归秦，依弼麾下，劝弼结兴左右，自求入朝。弼如言施行，果得兴诏，征为尚书侍中大将军，得参朝政。嗣是引纳朝士，勾结党羽，势倾东宫，为国人所侧目。左将军姚文宗，与东宫常相往来，很是亲昵。弼因之加忌，诬称文宗怨望，嘱使侍御史廉桃生为证人。兴不察虚实，竟将文宗赐死，群臣益复畏弼，不敢多言。弼令私人尹冲为给事黄门郎，唐盛为治书侍御史，伺察机密，监制朝廷。右仆射梁喜，侍中任谦，京兆尹尹昭，不忍坐视，乘间白兴道："家庭父子，人所难言，但君臣恩义，与父子相同，臣等理不容默，故敢直陈。广平公弼势倾朝野，意在夺嫡，陛下反假他威权，任所欲为，时论皆言陛下有废立意，果有此事，臣等宁死不敢奉诏。"兴愕然道："哪有此事？"喜等复道："陛下既无此事，爱弼反致祸弼，应亟加裁制，方免他忧。"兴默然不答，喜等只好趋退。大司农窦温，司徒左长史王弼，为弼说情，劝兴改立弼为太子。兴虽然不允，亦未尝驳责，益令朝右生疑，但不过腹诽心议罢了。

未几，兴遇重疾，太子泓入侍，弼谋作乱，潜集党羽数千人，披甲为备，拟俟兴死后，杀泓自立。兴子裕侦悉弼谋，遣使四出，飞告诸兄。于是上庸公懿，治兵蒲坂，陈留公洸治兵洛阳，平原公谌治兵雍州，俱欲入赴长安，会师讨弼。尚幸兴病渐愈，弼谋不得遂。征虏将军刘羌，乘兴升殿，泣告前情。兴慨然道："朕过庭无训，使诸子不睦，负惭四海，今愿卿等各陈所见，俾安社稷。"京兆尹尹昭复请诛弼，右仆射梁喜，亦如昭议，惟兴始终不忍，但免弼尚书令，使以将军公就第。懿洸谌闻兴已瘳，各罢兵还镇。已而懿洸谌及长乐公宣，联翩入朝，使弟裕先入报兴，求陈时事。兴怫然道："汝等无非论弼得失，我已尽知，不烦进言了。"裕答道："弼果有过，陛下亦宜垂听，若懿等妄言，尽可加罪，奈何不令入见呢？"兴乃就谘议堂引见诸子。宣流涕极陈弼罪，兴徐嘱道："我自当处弼，何必汝等加忧？"宣始趋出。抚军东曹属姜虬疏请黜弼，兴将虬疏取示梁喜，喜复请早决，兴仍然不从，蹉跎过去，又越年余。

晋荆州刺史司马休之，据住江陵，雍州刺史鲁宗之，据住襄阳，与太尉刘裕相争，因驰书入关，乞发援兵。秦主兴遣将姚成王司马国璠等，率八千骑赴援，指日出发。究竟休之宗之，何故与裕失和？说来又是一番原因。休之出镇江陵，颇得民心，子文思过继谯王，留居建康，豪暴粗疏，为太尉裕所嫉视。有司希旨，阴伺文思过失，适文思捶杀小吏，正好据事纠弹。有诏诛文思党羽，本身贷死。裕将文思送给休之，令自训厉，意欲休之将子处死。休之但表废文思，并寄裕书，陈谢中寓讥讽意。裕因之不悦，特使江州刺史孟怀玉，兼督豫州六郡，监制休之。翌年，又收休之次子文质，从子文祖，并皆赐死，一面声讨休之，即加裕黄钺，领荆州刺史，起兵西行。裕令弟中军将军刘道怜监留府事，进刘穆之兼左仆射，佐助道怜，自己好放心前去。休之闻报，忙邀雍州刺史鲁宗之。及宗之子竟陵太守鲁轨，合拒裕军。裕使参军檀道济朱超石，率步骑出襄阳。江夏太守刘虔之，聚粮以待，偏被鲁轨暗袭虔之，把他击死。裕婿徐逵之，与别将蒯恩沈渊子等，出江夏口，又堕入鲁轨的埋伏计。逵之沈渊子阵亡，惟蒯恩得免。

裕连接败报，不由的怒气勃勃，麾军渡江，亲决胜负。休之也恐不能敌裕，因向后秦乞援。秦虽遣将为助，究因道途相隔，未能遽至。休之子司马文思，与宗之子鲁轨，合兵四万，夹江扼守，列阵峭岸，高约数丈。裕舟近岸，将士见了峭壁，不敢上登。裕披甲出船，自欲跃上，诸将苦谏不从。主簿谢晦，把裕掖住，气得裕嫚目扬须，拔剑指晦道："我当斩汝！"晦答道："天下可无晦，不可无公。"将军胡藩，忙趋出裕前，用刀头挖穿岸上，可容足趾，便蹑迹登岸。将士亦陆续随上，向前力战。文思与轨，稍稍却退。转瞬间，裕亦上岸，麾军大进，顿将文思等击退，直指江陵。休之宗之，闻裕军锐甚，无心固守，亦弃城北遁。惟轨退保石城，裕令阆中侯赵伦之，参军沈林子攻轨，另遣武陵内史王镇恶，领着舟师，追蹑休之宗之。休之在途中收集败军，拟援石城，不意石城已被攻破。轨独狼狈奔来，乃相偕奔往襄阳。襄阳参军李应之，闭门不纳，休之等只好奔往后秦。行至南阳,正遇秦将姚成王等前来,彼此谈及,知荆雍已被裕军夺去,不如同入长安,再作后图,乃相引入关去了。

休之有亲属司马道赐,为青冀二州刺史刘敬宣参军,密拟起应休之,与裨将王猛子等合谋,竟将敬宣刺毙。敬宣府吏,当即召众戡乱,捕斩道赐猛子,青冀二州,仍然平定。裕饬诸军还营,奏凯入朝。廷旨加裕太傅扬州牧,剑履上殿,入朝不趋,赞拜不名。裕表辞太傅州牧,其余受命。是年,又命裕都督二十二州军事。越年,再任裕为中外大都督。裕闻后秦乱起,骨肉相残,已有亡征,乃说他援纳叛党,决计西讨;当下敕令戒严,准备启行。

自从秦主兴收纳休之,命为镇军将军,领扬州刺史,使他侵扰荆襄,且欲调兵接应。无如诸子相争,国内不安,天灾地变,复随时告警,忽而大旱,忽而水竭,忽而白虹贯日,忽而荧惑出东井,童谣讹言,哗传不息。兴亦未免怀忧,乃不遑出师。再越一年,已是秦主兴的末年了。正月元旦,兴御太极前殿,朝会群臣,礼毕退朝,群臣忽闻有哭泣声,仔细一查,乃是沙门贺僧。贺僧能言未来吉凶,为兴所敬礼,所以宴会时尝得列席。此次退朝哭泣,大众不免疑问,他且默然自去。兴哪里知晓,北与拓跋魏和亲,特遣女西平公主,嫁与拓跋嗣为夫人,南使鲁宗之父子,寇晋襄阳。宗之道死,由鲁轨引兵独行,为晋雍州刺史赵伦之击退。兴自出华阴,调兵南下,不意旧疾复发,没奈何趋还长安。太子泓留守西宫意欲出迎,宫臣进谏道:“主上有疾,奸臣在侧,殿下今出,进不得见主上,退且有不测奇祸,不如勿迎。”泓蹙然道:“臣子闻君父疾笃,尚可不急往迎谒么?”宫臣答道:“保身保国,方为大孝,怎可徒拘小节呢?”泓乃不敢出郊,但在黄龙门下,迎兴入宫。时黄门侍郎尹冲,果欲因泓出迎,刺泓立弼,偏偏计不得遂,只好罢议。

尚书姚沙弥,为冲画策,拟迎兴入弼第。冲因兴生死未卜,欲随兴入宫作乱,故不用沙弥言。兴既入宫,命太子泓录尚书事,且召入东平公姚绍,使与右卫将军胡翼度,典兵禁中,防制内外。且遣殿中上将军敛曼嵬,往收弼第中甲仗,纳诸武库。未几,兴疾益剧,有妹南安长公主,入内问疾,兴不能答,于是阖宫仓皇,群谓兴死在目前。兴少子耕儿,出告兄南阳公愔道:“主上已崩,请速决计!”愔闻言即出,号召党羽尹冲姚武伯等,率甲士攻端门。敛曼嵬勒兵拒战,胡翼度率禁兵闭守四门,愔等不得突入,索性在端门外面,放起火来,那时宫内臣妾,见外面火光烛天,当然骇噪。秦主兴耳目尚聪,力疾起问,才得乱报,便令侍臣扶掖出殿,传旨收弼,立即赐死。禁兵见兴出临,无不喜跃,争往击愔。愔败奔骊山。愔党建康公吕隆奔雍,尹冲及弟泓奔晋,秦宫少定。兴已弥留,亟召姚绍姚赞梁喜尹昭敛曼嵬等,并入内寝,受遗诏辅政,越日兴殂。泓秘不发丧,便遣将捕诛南阳公愔及吕隆等人,然后发丧。追谥兴为文桓皇帝,总计兴在位二十二年，寿终五十一岁。

泓乃嗣位，改元永和。北地太守毛雍，起兵叛泓，泓命东平公绍往讨，将雍擒斩。长乐公宣，未知雍败，遣将姚佛生等，入卫长安。佛生既行，宣参军韦宗好乱，劝宣乘势自立，宣竟为所误，也即发难。再由东平公绍移军往击，大破宣兵。宣诣绍归罪，为绍所杀。既而西秦王炽磐，仇池公杨盛，夏主勃勃，先后交侵，秦土日蹙。再经晋刘裕引着大军，得步进步，姚氏宗祚，从此要灭亡了。

刘裕既兴兵讨秦，加领征西将军，兼司豫二州刺史。世子义符为中军将军，留监府事。左仆射刘穆之，领监军中军二府军司，入居东府，总摄内外。司马徐羡之为副，左将军朱龄石守卫殿省，徐州刺史刘怀慎守卫京师。部署既定，然后西讨军出都，分作数路。龙骧将军王镇恶，冠军将军檀道济，自淮淝向许洛，新野太守朱超石，宁朔将军胡藩趋阳城，振武将军沈田子，建威将军傅弘之入武关，建武将军沈林子，彭城内史刘遵考，率水军出石门，自汴达河，又命冀州刺史王仲德为征虏将军，督领前锋，开钜野入河。刘穆之语镇恶道："刘公委卿伐秦，卿宜努力！"镇恶道："我若不克关中，誓不复渡江。"当下各路出发，陆续西进。裕亦徐出彭城，连接前军捷报。王镇恶收服漆邱，檀道济降项城，拔新蔡，下许昌，沈林子克仓垣，王仲德亦入滑台，好算是势如破竹，先声夺人了。

惟滑台系是魏地，守将尉建，骤见晋军到来，不明虚实，便即遁去。魏主拓跋嗣闻报，即遣部将叔孙建公孙表等，引兵渡河。途遇尉建返奔，就将他缚住，押往滑台城下，一刀斩首，投尸河中。随即问城上晋兵，责他何故入犯？仲德使司马竺和之答语道："刘太尉遣王征虏将军，自河入洛，清扫山陵，并未敢侵掠魏境，不过魏将弃城自去，王征虏暂借空城，休息兵士，缓日即当西去，便将原城奉还。"叔孙建不便启衅，使人飞报魏主。魏主嗣又令建致书刘裕，裕婉词答复道："洛阳系我朝旧都，山陵具在，今为西羌所掠，几至陵寝成墟，且我朝叛犯，均由羌人收纳，使为我患，我朝因此西讨，假道贵国，想贵国好恶从同，定无违言。滑台一军，便当令彼西引，断不久留。"这一席话，答将过去，魏人倒也无词可驳，只好按兵待着，俟仲德他去，收复滑台。

那晋将檀道济，进拔秦阳荥阳二城，直抵成皋。秦征南将军姚洸，屯戍洛阳，急向关中乞援。秦主泓遣武卫将军姚益男，越骑校尉阎生，合兵万三千人，往救洛阳。又令并州牧姚懿，南屯陕津，作为声援。姚益男等尚未到洛，晋军已降服成皋，进攻柏谷。秦宁朔将军赵玄，劝洸据险固守，静待援师，怎知司马姚禹，已暗通晋军，但请洸发兵出战。洸即令赵玄，领兵千余，出堵柏谷坞，广武将军石无讳，出守巩城。玄临行时，泣语洸道："玄受三帝重恩，理当效死。但公误信奸人，必贻后悔。"说毕，即与司马骞鉴，驰往柏谷，正值晋军攻入，便与交锋。晋军越来越多,玄兵只有千余,又无后继,如何拦截得住?玄拼命冲入,身中十余创,力不能支,据地大呼。司马骞鉴,抱玄泣下。玄凄声道:“我死此地,君宜速去。”鉴泣答道:“将军不济,鉴将何往?”遂相偕战死。无讳至石阙奔还,姚禹逾城降晋。晋军直逼洛阳,四面围攻。姚洸待援不至,只好出降。檀道济俘得秦兵四千余名,或劝他悉加诛戮,封作京观。道济道:“伐罪吊民,正在今日,怎得多杀哩?”因皆释缚遣归,入城安民,秦人大悦。

姚益男等闻洛阳失陷,不敢再进,折回关中。刘裕使冠军将军毛修之往镇洛阳,再饬道济等前进。适西秦王炽磐,遣使诣裕,愿击秦自效。裕即表封炽磐为平西将军河南公,自引水军发彭城,接应前军。秦主泓方惶急得很,不防并州牧姚懿,到了陕津,误听司马孙畅计议,意图篡立,反倒戈还攻长安。秦主急遣东平公姚绍等,引兵击懿。懿败被擒,孙畅伏诛。接连是征北将军齐公姚恢,复自称大都督,托言入清君侧,自北雍州还趋长安,再由姚绍移军攻恢,恢方败死。姚绍得进封鲁公,升官太宰,都督中外诸军事,率同武卫将军姚鸾等,拥兵五万,东援潼关。别遣副将姚驴守蒲坂。晋将王镇恶入渑池,进薄潼关,檀道济沈林子,自陕北渡河,进攻蒲坂。蒲坂城坚难下,林子谓不若会同镇恶,合攻潼关。道济依议,便与林子回军,共至潼关下寨。姚绍开关搦战,被道济等纵兵奋击,丧亡千人,不得已退保定城,据险固守,再令姚鸾出击晋军粮道,偏为晋将沈林子所料,夤夜袭鸾,把鸾击毙。绍又使东平公姚赞,截晋水军,亦被沈林子击败,奔回定城。

秦主泓连接败报,仓皇失措,只好向魏乞援。晋刘裕泝河西上,亦使人向魏借道。魏主拓跋嗣集众会议,多说秦魏方通婚媾,理应拒晋援秦。独博士祭酒崔浩,谓:“秦已垂亡,往救无益,不如假裕水道,听他西上,然后发兵堵塞东路。裕若胜秦,必感我惠,否则我亦有救秦的美名,这乃是一举两得的上计。”拓跋嗣不能无疑,再经宫内的拓跋夫人,劝嗣拒晋,嗣乃遣司徒长孙嵩等屯兵河北,遏住裕军。裕引军入河,魏兵随裕西行。裕遣亲兵队长丁旿,率勇士七百人,坚车百乘,登岸列阵。再命朱超石领着弓弩手二千,登车环射魏兵,且射且进。再用大锤短槊,左右猛击,连毙魏兵无数。魏兵大溃,魏将阿薄干阵亡,裕军遂安然向西去了。

魏主嗣始悔不听崔浩,再与浩商议军情,欲截裕军归路。浩答道:“裕能得秦,不能守秦,将来关中终为我有,何必目前劳兵?臣尝私论近世将相,王猛佐秦,乃是苻坚的管仲,慕容恪辅燕,乃是慕容暐的霍光,刘裕相晋,乃是司马德宗的曹操,彼欲立功震世,篡代晋室,岂肯长留关中么?”嗣乃大喜,不再出兵。晋将王镇恶,久驻潼关,粮食将尽,意欲弃去辎重,还赴大军。沈林子拔剑击案道:“今许洛已定,关右将平,前锋为全军耳目,奈何自沮锐气,功败垂成呢?”镇恶乃自至弘农,晓谕百姓,劝送义租,百姓应命输粮,军食复振。林子复击破河北秦军,斩秦将姚洽姚墨蠡唐小方。姚绍愧愤成疾,呕血而亡。秦兵失了姚绍,越加惊心,无心战守。晋将沈田子傅弘之等,领着偏师千余骑,袭破武关,进屯青泥。秦主泓率众数万,前来抵御,弘之欲退,田子独慷慨誓众,鼓噪奋进。姚泓素未经大战,蓦见晋军各执短刀,冒死冲来,好似虎狼一般,不由的惊心动魄,急忙返奔,余众当然披靡,统皆溃散,所有乘舆麾盖,抛弃殆尽。沈林子恐田子有失,亟往驰救,见秦主已经败去,便相偕追入,再加刘裕到了潼关,令王镇恶自河入渭,亟捣长安。裕军继进,斩姚强,走姚难,直达渭桥。姚丕扼守渭桥,由镇恶舍舟登岸,身先士卒,大破丕军。姚泓引兵援丕,反被丕败卒还冲,自相践踏,不战即溃。泓匹马奔还,镇恶追入平朔门,长安已破,急得泓不知所为,挈妻子奔往石桥。姚赞还救姚泓,众皆散去,胡翼度走降晋军。泓无法可施,只得输款乞降。后秦自姚苌僭号,共历三世,凡三十二年而亡。小子有诗叹道:

霸踞关中卅二年,如何豆釜竟相煎!
内忧外侮侵寻日,莫怪姚宗不再延。

姚泓出降,独有一幼子涕泣谏阻,坠城殉国。欲知详情,下文还有一回,请看官仔细看明。

第一百回

招寇乱秦关再失　追禅位晋祚永终

却说姚泓幼子佛念，年才十二，他料乃父出降，未足自全，因涕泣语泓道：“陛下今虽降晋，亦必不免，还不如自裁为是。”泓怃然不应。佛念竟自登宫墙，跃坠下地，脑破身亡。泓率妻子及群臣诣镇恶营前乞降，镇恶命属吏收管，待刘裕入城处置，一面出示抚慰，严申军令，阖城粗安。既而闻裕到来，出迎灞上，裕面加慰劳道：“成我霸业，卿为首功。”镇恶再拜道：“威出明公，力出诸将，镇恶何功足录呢？”裕笑道：“卿亦欲学汉冯异么？”说着，即偕镇恶入城，收秦仪器法物，送往建康，外加金帛珍宝，分赏将士。秦平原公姚璞，及并州刺史尹昭，以蒲坂降。东平公姚赞，亦率宗族百余人投降。裕尽令处斩，且解送姚泓入都，枭首市曹，年才三十。司马休之父子及鲁轨，已见机先遁，逃入北魏，裕无法追捕，只好罢休。

晋廷遣琅琊王德文，暨司空王恢之，并至洛阳，修谒五陵。裕欲表请迁洛，谘议将军王仲德，谓：“劳师日久，士卒思归，迁都事未可骤行。”裕乃罢议，惟暗嘱行营长史王弘，入朝讽请，加九锡礼。有诏进裕为相国，总掌百揆，封十郡为宋公，兼加九锡。裕反佯辞不受。寻又封裕为王，裕仍表辞。时夏主勃勃雄踞朔方，就黑水南面筑一大城，作为夏都，自谓将统一天下，君临万邦，故名都城为统万城。又言祖宗误从母姓，实属不合，特改刘氏为赫连氏，取徽赫连天的意思。远族以铁伐为氏，谓刚锐如铁，并足伐人。嗣是屡寇秦边，掠民突境。至闻刘裕伐秦，因笑语群臣道：“姚泓本非裕敌，且兄弟内叛，怎能拒人？眼见是要灭亡了。但裕不能久留,必将南归,但使子弟及诸将居守,我正好进取关中呢。"遂秣马厉兵,进据安定。秦岭北郡县镇戍,皆降勃勃。

裕得此消息,亦知勃勃必进图关中,乃遣使贻勃勃书,约为兄弟。勃勃使侍郎皇甫徽,预草答书,一诵即熟,乃对着裕使,口授舍人,令他书就,即交裕使赍归。裕问悉情形,并展读复书,不禁愧叹,自谓勿如,因欲经略西北,为弭患计。偏由建康递到急报,乃是左仆射刘穆之,得病身亡。裕恃穆之为腹心,府事统归他主裁,忽然病死,顿令裕内顾怀忧,当即决意东归,留次子义真为安西将军,都督雍梁秦州军事,镇守关中。义真年仅十三,特使谘议将军王修为长史,王镇恶为司马,沈田子毛德祖傅弘之为参军从事,留辅义真,自率诸军启行。三秦父老,各诣军门泣阻道:"残民不沾王化,已阅百年,今复得睹汉仪,人人相贺,长安十陵,是公祖墓,咸阳宫阙,是公旧宅,去此将何往呢?"裕只以受命朝廷,不得擅留为辞。且言:"有次子义真及诸文武共守此土,可保无虞。"秦民只好退去。王镇恶恃功贪恣,盗取库财,不可胜记。又与沈田子等不和,田子屡次白裕,谓:"镇恶贪婪不法,且家住关中,不可保信。"裕终不问。至裕启程时,又与傅弘之同申前议。裕答道:"猛兽不如群狐,卿等十余人,难道怕一王镇恶么?"语毕即行,自洛入河,开汴渠以归。

夏主勃勃,闻裕已东归,便召王买德问计,欲夺关中。买德道:"关中为形胜地。裕乃令幼子居守,匆匆东返,无非欲急去篡晋,不暇顾及中原,我若不再取关中,尚待何时?青泥上洛,是南北险要,可先遣游军截住,再发兵东塞潼关,断他水陆要道,然后传檄三辅,兼施威德,区区义真,如网罟中物,自然手到擒来了。"勃勃大喜,遂命子赫连璝率兵二万,南向长安。前将军赫连昌,往屯潼关,使买德为抚军长史,出据青泥,自率大军继进。璝至渭阳,秦民多降。关中守将沈田子傅弘之等,督兵出御,因闻夏兵势盛,不敢前进,但退守刘回堡,遣使还报刘义真。王镇恶语王修道:"刘公以十岁儿付我侪,理当竭力匡辅,今大敌当前,拥兵不进,试问虏何时得平?"说着,即遣还来使,自率部曲往援。田子得使人返报,益恨镇恶,随即造出一种讹言,谓:"镇恶将自王关中,送归义真,杀尽南人。"军士闻言,当然惊惶。及镇恶到来,由田子邀入傅弘之营,诈称有密计相商,请屏左右。镇恶贸然径入,突被田子宗党沈敬仁,一刀刺死,复矫称:"刘太尉密令,谓镇恶系前秦王猛孙,反复难恃,所以加诛"云云。弘之本未与田子同谋,骤遭此变,急忙奔还长安,告知王修。修拥义真披甲登城,潜令军士埋伏城外,等到田子返报,即发伏拿下田子,责他擅杀大将,斩首徇众。当下命冠军将军毛修之,代为司马,与傅弘之同出拒战,连破夏兵,夏兵乃退。

王修遣人报知刘裕,裕表赠镇恶为左将军青州刺史,别遣彭城内史刘遵考为并州刺史,领河东太守,出镇蒲坂。征荆州刺史刘道怜为徐兖二州刺史,调徐州刺史刘义隆出镇荆州。义隆系裕第三子，年尚幼弱，辅以刘彦之张邵王昙首王华等人，四方重镇，统用刘氏子弟扼守，刘裕心术，不问可知了。已而相国宋公的荣封，及九锡殊礼，联翩下诏，裕居然受封。正要将篡立事下手进行，偏得关中警耗，乃是长安大乱，夏兵四逼，非但秦地难守，连爱子义真都命在须臾。裕不禁着忙，急遣辅国将军蒯恩，率兵西往，召还义真，再派右司马朱龄石为雍州刺史，代镇关中。龄石临行，裕与语道："卿到长安，速与义真轻装出关，待至关外，方可徐行，若关右必不可守，即与义真俱归便了。"龄石领命而去。裕又遣龄石弟超石，宣慰河洛，随后继进，才稍稍放下忧心。

哪知关中变乱，统是义真一人酿成。义真年少好狎，赏赐无节，王修每加裁抑，为众小所嫉视，遂日进谗言，诬修谋反。义真不明曲直，便使嬖人刘乞等，刺杀王修，于是人情疑骇，无复固志。义真悉召外兵入卫，闭门拒守，这消息传入夏境，赫连勃勃，即发兵南下，占据关中郡县，复自率亲军入踞咸阳，截断长安樵汲，长安大震。义真自然向裕乞援，到了蒯恩入关，促义真即日东归。偏义真左右，志在子女玉帛，一时未肯动身；及龄石踵至，再三敦促，义真乃出发长安。部下趁势大掠，满载妇女珍宝，方轨徐行，傅弘之蒯恩随着，一日只行十里。忽闻夏世子赫连璝，轻骑追来，弘之急白义真，劝他弃了辎重，赶紧出关。义真还不肯从。俄而夏兵大至，尘雾蔽天，弘之即令义真先行，自与蒯恩断后，且战且走。夏兵不肯舍去，尽管追蹑，累得傅蒯两人，力战了好几日，杀得人困马乏，才到青泥。不料夏长史王买德，引兵截住，傅弘之蒯恩，虽然死斗，究竟敌不住夏兵，结果是同被擒去。司马毛修之，也为买德所擒，单逃出一个义真。义真见左右尽亡，避匿草中，幸遇中兵参军段宏，窃负而逃，又当夜色迷蒙，无人能辨，才得脱归。

夏主勃勃入攻长安，长安只有朱龄石居守，百姓不服龄石，把他撵逐。龄石焚去前朝宫殿，奔往潼关。弟超石奉令西行，亦入关探兄，兄弟方才相会，同入戍将王敬垒中。偏夏将赫连昌，引众来攻，先截水道，后扑戍垒，垒中兵渴不能战，竟被陷入。龄石使超石速去，超石泣道："人谁不死？宁忍今日别兄，自寻生路呢？"遂与敬等出斗，力竭负伤，统为所擒。勃勃遂入长安，据有关中。龄石兄弟，及王敬傅弘之等，并皆不屈，均遭杀害。勃勃且积人头为京观，号为髑髅台，然后命在灞上筑坛，自称皇帝，改元昌武。寻复还居统万城，留世子赫连璝为雍州牧，镇守关中，号为南台，这且搁下不提。

且说刘裕闻长安失守，未知义真存亡，顿时怒不可遏，即欲兴兵北伐。侍中谢晦等固谏，尚未肯从，嗣得段宏启闻，知已救出义真，乃不复发兵，但登城北望，慨然流涕罢了。是岁为晋义熙十四年，西凉公李歆，遣使至建康，报称父丧，且告嗣位。歆父就是李暠，自与北凉脱离关系，据有秦凉二州郡县，初称凉公，嗣称秦凉二州牧。改年建初，由敦煌迁都酒泉，一再奉表建康，词极恭顺。就是境内自治，亦注重文教，志在息民。惟北凉主沮渠蒙逊，屡往侵扰。暠每出防堵，互有胜负。在位十九年，年已六十七岁，得疾而亡。临殁时，遗命长史宋繇道："我死后，我子与卿相同，望卿善为训导，勿负我心。"繇当然受命，嗣奉暠子歆为西凉公，领凉州牧，改元嘉兴，追谥暠为武昭王，尊暠继妻尹氏为太后。暠元配辛氏，贞顺有仪，中年去世，暠尝亲为作诔，并撰悼亡诗数十首。续配尹氏，本是扶风人马元正妻，元正早卒，尹乃改嫁，自恨再醮失节，三年不言，抚前妻子，恩过所生；及暠创业时，多所赞助，故当时有李尹王敦煌的谣传歆既嗣位，进宋繇为武卫将军，录三府事。繇劝歆仍事晋室，尹太后语亦从同，所以歆遣使报晋。晋授歆为镇西大将军，封酒泉公。北凉王蒙逊，闻歆得邀封，也遣使向晋称藩。有诏授蒙逊为凉州刺史，惟此时颁发诏旨，已为琅琊王德文所出，那晋安帝已被刘裕弑死了。

裕年逾六十，急欲篡晋，自娱晚年，尝查阅谶文云："昌明后尚有二帝。"乃决拟弑主应谶，密嘱中书侍郎王韶之，贿通安帝左右，乘间弑帝。安帝原是傀儡，一切辅导，全仗弟琅琊王德文。德文自往洛阳谒陵后，便即还都，仍然日侍帝侧，不敢少离。韶之等无隙可乘，如何下手？会德文有疾，不得不回第调养。韶之趁势入宫，指挥内侍，竟用散衣作结，套住安帝颈中，生生勒毙。年止三十七岁，在位二十二年。韶之既已得手，便去报知刘裕，裕因托称安帝暴崩，且诈传遗诏，奉琅琊王德文嗣位，是为恭帝。越年正朔，改元元熙，立妃褚氏为皇后。后系义兴太守褚爽女，颇有贤名。恭帝因先兄未葬，一切典仪，概从节省。过了元宵，方将梓宫奉葬，追谥为安皇帝，一面加封百官，进刘裕为宋王。裕老实受封，移镇寿阳。嗣复讽令朝臣，再加殊礼，得用天子服驾，出警入跸，进母萧氏为王后，世子义符为太子。

好容易过了一年，裕在寿阳宴集群僚，伪言将奉还爵位，归老京师。僚属莫名其妙，只有一中书令傅亮，悉心揣摩，居然窥透裕意，到了席散出厅，复叩扉请见道："臣暂应还都。"裕掀髯一笑，并无他言。亮便即辞去，仰见天空中现出长星，光芒四射，不禁抚髀长叹道："我尝不信天文，今始知天道有凭了。"越宿，即驰赴都中。未几，即有诏命传出，征裕入辅。裕留四子义康镇寿阳，参军刘湛为辅，自率亲军匆匆启行。到了建康，傅亮已安排妥当，迫帝禅位，自具诏草，进呈恭帝，令他照稿誊录。恭帝顾语左右道："桓玄时晋已失国，亏得刘公恢复，又复重延，到今将二十年。今日禅位，也是甘心。"说着，即强作欢颜，操笔书就，付与傅亮；复取出玺绶，交给光禄大夫谢澹，尚书刘宣范，赍送宋王刘裕；自挈皇后褚氏等，凄然出宫去了。当时，司马氏中，稍有才望的人物，或逐或死，已经垂尽，只司马楚之有万余人，屯据长社，司马文荣引乞活千余人，屯据金墉城南，司马道恭自东垣率三千人,屯据城西,司马顺明集五千人屯陵云台,彼此统是晋室遗胄,志在规复,但没有一定统领,好似散沙一般,如何成事?结果是被各处戍将,驱逐出境,同奔北魏去了。宋王刘裕得了禅诏,表面上还三揖三让,佯作谦恭,那一班攀鳞附翼的臣僚,连番劝进,遂在南郊筑坛,祭告天地,即皇帝位,国号宋,颁诏大赦,改晋元熙二年为宋永初元年。废晋恭帝为零陵王,晋后褚氏为零陵王妃,徙居故秣陵县城。使冠军将军刘遵考率兵管束,东晋遂亡。更可恨的是狠心辣手的刘裕,暗想废主尚存,终是祸根,不如一律铲除,好免后患。自晋元熙二年六月受禅,到九月中,竟用毒酒一罂,命鸩零陵王司马德文,起初是遣琅琊郎中令张伟往鸩,伟竟取来自饮,毒发即亡。后竟令兵士逾垣,再鸩德文。德文不肯饮鸩,竟被兵士用被掩死。可怜德文在位才及年余,便遭惨毙,年终三十六岁。宋主裕佯为举哀,辍朝三日,追谥曰恭。总计东晋自元帝至恭帝,共十一主,得一百零四年,若与西晋并合计算,共十五主,得一百五十六年。

至若刘宋开国,一切事实,具详《南北史演义》中,此书名为《两晋演义》,便应就此收场。惟东晋亡时,西凉亦亡。西凉主李歆,好兴土木,又尚严刑,累得人民不安,变异迭出。歆尚不知儆,从事中郎张显,切谏不从。北凉主蒙逊,乘隙图歆,佯引兵攻西秦,暗中却屯川岩,专待歆军,果然歆为彼所诱,拟乘虚往袭北凉。武卫将军宋繇等,苦口谏阻,终不见听,再经尹太后危词劝戒,仍然不从;遂将步骑三万人东行。中途被蒙逊邀击,一败涂地。或劝歆还保酒泉,歆慨然道:“我违母训,自取败辱,不杀此胡,有何面目再见我母呢?”当下收拾残兵,再战再败,竟为所杀。蒙逊遂进据酒泉,灭掉西凉。西凉自李暠独立,一传而亡,凡二主,共二十二年。只西凉母后尹氏,见了蒙逊,蒙逊却好言劝慰,尹氏正色道:“李氏为胡所灭,尚复何言?”蒙逊默然,仍令退去。或语尹氏道:“母子命悬人手,奈何倨傲若此?”尹氏道:“兴灭死生,乃是定数,但我一妇人,不能死国,难道尚怕加斧钺,求为他人臣妾么?若果杀我,我愿毕了。”蒙逊闻言,反加敬礼,娶尹氏女为子妇。后来尹氏自往伊吾,与诸孙同居,竟得寿终。惟北凉沮渠蒙逊,传子牧犍,为魏所灭,西秦乞伏炽磐,传子慕末,为夏所灭。夏历二传,北凉只一传,先后入魏。就是仇池杨氏,亦被魏吞并,这都属刘宋时事,详载《南北史演义》,请看官另行取阅便了。

小子叙述既毕,尚有煞尾诗二首,作为本编的余声,看官毋遽掩卷,且再阅后面两行。诗云:

百年遗祚竟沦亡,大好江东让宋王。
我篡他人人篡我,祖宗作法子孙偿。
彝夏如何溃大防,五胡迭入竟猖狂。
可怜中土无宁宇,话到沧桑也黯伤。